高尔基四部曲

[苏]高尔基——著　吴兴勇——译

我的大学

Мои университеты

北方联合出版传媒（集团）股份有限公司
辽宁少年儿童出版社
沈阳

图书在版编目（CIP）数据

高尔基四部曲 /（苏）高尔基著；吴兴勇译．-- 沈阳：辽宁少年儿童出版社，2021.10
ISBN 978-7-5315-8881-8

Ⅰ．①高… Ⅱ．①高… ②吴… Ⅲ．①长篇小说－小说集－苏联 Ⅳ．① I512.45

中国版本图书馆 CIP 数据核字（2021）第 213316 号

出版发行：北方联合出版传媒（集团）股份有限公司
辽宁少年儿童出版社
出 版 人：胡运江
地　　址：沈阳市和平区十一纬路 25 号　邮编：110003
发行部电话：024-23284265　23284261
编辑室电话：024-81060398
E—mail:qilinln@163.com
http://www.lnse.com
承 印 厂：长沙鸿发印务实业有限公司

责任编辑：赵　博
特约编辑：高洁琳　张淳芮
责任校对：武海山
版式设计：黄佳运
封面设计：阿　娅
责任印制：吕国刚

幅面尺寸：170mm × 240 mm
印　　张：56　　　　字数：1140 千字
出版时间：2021 年 10 月第 1 版
印刷时间：2021 年 10 月第 1 次印刷
标准书号：ISBN 978-7-5315-8881-8
定　　价：118 .00 元（全四册）

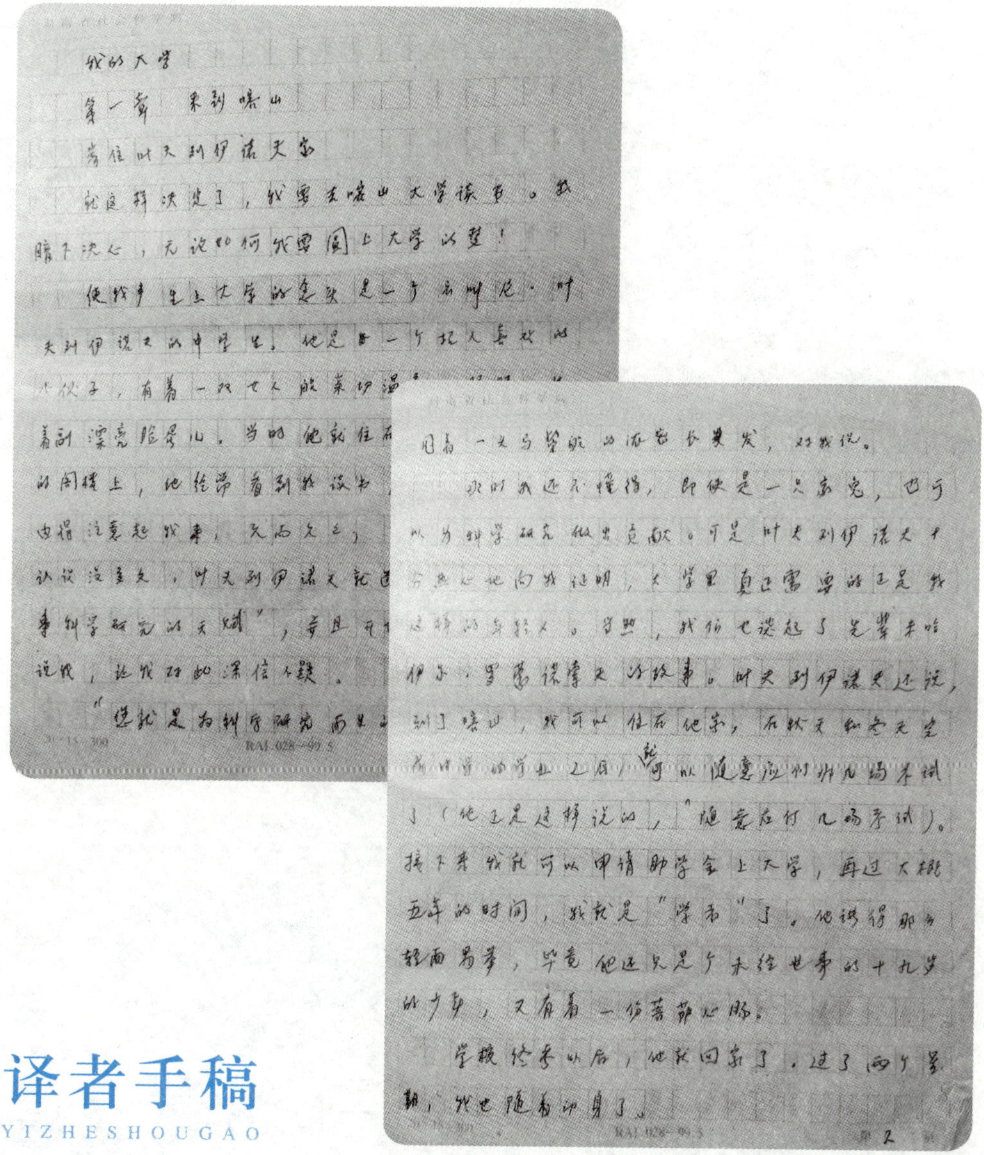
我的大学

第一章 来到喀山

寄住叶夫列伊诺夫家

就这样决定了，我要去喀山大学读书。我暗下决心，无论如何我要圆上大学的梦！

使我萌生上大学的念头是一个名叫尼·叶夫列伊诺夫的中学生。他是一个招人喜欢的小伙子，有着一双女人般亲切温…
着副漂亮脸蛋儿。当时他就住在…
的阁楼上，他经常看到我读书，…
也得注意起我来，久而久之，…
认识没多久，叶夫列伊诺夫就…
事科学研究的天赋”，并且…
说我，让我对此深信不疑。

“您就是为科学研究而生…

团着一头乌黑的漂亮长发，对我说。

那时我还不懂得，即使是一头蠢驴，也可以为科学研究做出贡献。可是叶夫列伊诺夫十分热心地向我证明，大学里真正需要的正是我这样的年轻人。当然，我们也谈起了先辈米哈伊尔·罗蒙诺索夫的故事。叶夫列伊诺夫还说，到了喀山，我可以住在他家，在秋天和冬天里准备中学的毕业考试，以后就可以随意应付那几场考试了（他正是这样说的，“随意应付几场考试”）。接下来我就可以申请助学金上大学，再过大概五年的时间，我就是“学者”了。他说得那么轻而易举，毕竟他还只是个未经世事的十九岁的少年，又有着一份菩萨心肠。

学校结束以后，他就回家了，过了两个星期，我也随着动身了。

第2页

译者手稿

YIZHESHOUGAO

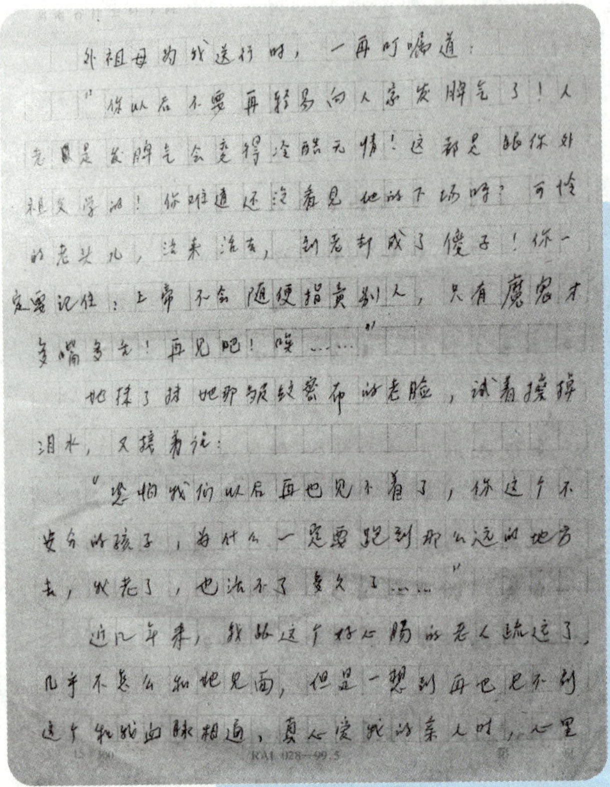

外祖母为我送行时，一再叮嘱道：

"你以后不要再轻易向人家发脾气了！人老是发脾气会变得冷酷无情！这都是跟你外祖父学的！你难道还没看见他的下场吗？可怜的老头儿，活来活去，到老却成了傻子！你一定要记住：上帝不会随便指责别人，只有魔鬼才多嘴多舌！再见吧！唉……"

她抹了抹她那皱纹密布的老脸，试着擦擦泪水，又接着说：

"恐怕我们以后再也见不着了，你这个不安分的孩子，为什么一定要跑到那么远的地方去，我老了，也活不了多久了……"

近几年来，我跟这个好心肠的老人疏远了，几乎不怎么和她见面，但是一想到再也见不到这个和我血脉相通，真心爱我的亲人时，心里

译者手稿

YIZHESHOUGAO

总序 / PREFACE

“太阳底下无新事”，穿越时代的洪流，与历史对话，你会发现共鸣是如此强烈。那些触目惊心、荒诞不经的情节与现实有着巧妙的呼应；那些人性的贪婪、弱点和不足，哪怕历经百年都不曾改变。读一本书，不仅仅是在和书中人物对话，更是在与自己对话，与历史和现实对话。

这套高尔基作品批注丛书，精选了高尔基“自传体三部曲”《童年》《在人间》《我的大学》和其最优秀的作品之一《母亲》，用名师引导阅读的方式将高尔基对于自我成长历程的回顾和怀念展现出来，也借此将那一声声深沉的呐喊延续下去，使其在新一代年轻人的胸中荡漾。

总的来说，这套丛书有以下几个特点：

一、全方位品读，让理解更深刻

翻开这套丛书，你会发现“多角度品评文章”的奥妙所在。所谓多角度，就是可以做到从不同的层面深读一部作品。例如，可以从品读情节、人物、语言、主题等角度加以分析，进而真正做到把一本书读“厚”。

在每一章节的开头都设置了“名师导读”栏目，用简洁凝练的语言概括本章主要内容，提出具体的问题，让读者带着问题去阅读并寻找答案，增添阅读时的趣味性和思考力。与之相呼应的是，每一章节的结尾也设置了“名师赏析”栏目，呼应开头，总结本章内容，深化主题，为开启下一章做好铺垫。

章前与章尾栏目的设置，浑然一体，能够让读者在阅读中更深刻地理解人物的选择与无奈，增强共鸣。

此外，因为文化的差异及时代背景的不同，我们在阅读高尔基的作品时是存在一些认知障碍的，这样就容易形成囫囵吞枣、走马观花式的阅读，并不能很好地理解书中的内容，更不能扩展知识，丰富自己的精神世界。

因此，译者在对本套丛书的解读中，还加入了对时代背景、相关人物或关联事件的注释，这样既有效地补充了情节，又能够使读者更容易理解全书的创作背景和人物的处境。

二、专业化批注，让内容更明晰

“名师批注”栏目是对文本的二次解读。本套名师导读丛书所批注的内容具有极强的专业性，从专业的角度出发，对原文做了有效的解读与补充，既是对原作者的敬意，也是对读者的负责。

本书的批注角度丰富深刻。译为中文时，保留了原作的韵味，也彰显了译者深厚的文化功底，因此，本套丛书的语言亮点颇丰。大量的环境描写和人物细节描写，都值得我们一起细细品读。当我们读到作者所描绘的俄国乡村与城市的风光时，仿佛眼前真的浮现出百年前它们的样子。跟随“名师批注”栏目的引导，品评文本内容，将自己的感受和原文碰撞，能使你的心灵激荡。

“名师批注”栏目除了角度丰富深刻以外，还特别注意语言的严谨性。尤其是对于独属于俄国文化的部分，是名师通过查阅大量的资料、寻求译者的帮助等方法，准确、无误地批注出来的，这让跨越国家、民族的文字更有温度和力量。

同时，“名师批注”栏目还着重点评文章中修辞手法的运用。对文章中作者的写作手法、修辞手法和人物之间的情感也进行了点评，使读者能更深刻地领悟全文的主旨思想。此外，我们还设置了“读书笔记”栏目，由导师引出问题，促使读者开拓思维，通过这样的精读方式使读者理解全文。

三、互动式设计，让文字会说话

除了“名师批注”栏目，我们还运用了交互式的设计，通过无声的交流，在本书的内容上设置了能力提升板块，渗透着笔者作为一线名师对思维培养的关注。

“积累与运用”栏目分为“好词”“佳句”“美文仿写”三部分，其中“好词”“佳句”是从每一章节中总结、提炼出可以用来积累、学习的部分，使读者在阅读整本书的同时做到关注细节与基础。“美文仿写”板块的设计初衷是引导读者向作家学习写作，向作品学习方法，进而迁移应用到自己的练笔与习作中。

读一本书时，除了要得到思想的洗礼外，还要在阅读习作的应用上得到提升，这样才能使这本书做到真正“为我所用”。

另外，本书设置了与每一章节对应的练习题。它能够帮助读者做到自主检测并直接体现阅读效果，而且试题设计涵盖了主观题和客观题两部分，真正让读者得到互动式的阅读体验，与作者进行思想对话。

四、兼具人文性，让情感更丰富

这套书绝不仅仅是工具书，它是一套有温度的智慧结晶。它不仅包含了原作者对人生的深刻体悟，还有译者和编写者与之交织的情感共鸣。我们对这套书的感受也许不尽相同，却因为追求的一致和表达上的差异而让这套书更加熠熠生辉。

在整本书的编写过程中，我们对内容的极致要求，正是人文性的集中体现。那些书中鲜活的人物，他们或饱含激情，或沉闷压抑，或得过且过……可谓是众生百态，包罗万象。如果仅仅只看到人物的表面，不去深究其行为背后暗含的主旨和主题，那么不过只是给

原作狗尾续貂罢了。

我们常常期望，在翻开一本书之后，能够用广阔的想象去参与他们的生活、体味他们的感情。而要达到这样的效果，就必须将自己的情感赋予其中，让冰冷的文字变得灵动起来，散发着激情与魅力，感受那个时代特定的温情。因此，不仅是专业批注的文字，还有其他流淌于这本书中的所有文字，都是一种脉动，一种与之契合的情感共鸣，希望它们可以深深地打动你。

心有所感，笔墨追录。写作无范式，批注亦如此。本书在“名师导读”栏目所展示的仅仅为“一家之言”，若因此可以启发读者的感悟，也算是起到了小小的作用。站在巨人的肩膀上，我们可以看得更远，但也别忘了，脚下的路同样需要独自走过，这样才能抵达远方。

试着想一想，你通过这套书触摸到了高尔基文字中的哪些动情点？有些问题，我们可以从书中找到答案，但更多的答案，需要我们在生活中寻找。

编者

译 序

《我的大学》是高尔基写的第三部自传体小说，是《童年》《在人间》的续篇。这部作品是在俄国十月革命胜利后的1922年完成的，次年发表在《红色处女地》杂志上。它描述的是阿列克塞·马克西莫维奇·佩什科夫（爱称阿廖沙）1884年夏天到1888年秋天的生活。但当时写作的历史环境和政治生态已经完全变了，受到多方面的限制，所以作者写作时比较拘谨，少有自由发挥，只是简单地罗列主人公经历的一些事和遇到的一些人。本书在风格上也和前两本不同，主人公很少在篇章中简述自己的感触和对事件的评价。

本书名为《我的大学》，内容应该有美丽幽雅的校园、学问高深的教授、森严的校规、举止潇洒的同学、万众瞩目的校花、庄严的学位授予、热火朝天的学术辩论会、丰厚的奖学金、深奥的学术讲座、设备一流的实验室、丰富的科学典籍、富丽堂皇的图书馆和展览馆等，可全书丝毫没有涉及这些内容。

不过，本书主人公的原型高尔基在这段时间并非连大学的门也没有摸到。据研究结果，他可能在1884年夏末或秋初曾在喀山大学学习。但作者为什么不写有关大学的事呢？因为他认为不值得写。在作家的笔下，这段时间主人公主要的生存状态还是四处流浪和打工，而流浪打工正是作者要认真着笔的方面；正因为有长期流浪打工的经历，主人公后来从事写作才有素材，他才能写出不同凡响的杰作。

大学生在学校里求学的作品比比皆是，男女学生在学校里恋爱的小说数不胜数。但描写整个社会，特别是描写下层社会的作品非常稀缺，因为历来一般作家为了迎合普通读者，其作品总要添上一些花前月下，才子佳人缠绵悱恻的浪漫故事。作家们都不敢描写阴暗的下层社会，他们也不懂得下层社会，因为他们没有落入其中亲身体验过，担心写出来没有读者。本书作者则不然，他偏要写整个下层社会的图景，他要把一个青年在其中的遭遇写出来，这就是《我的大学》这本书的全部要旨。

在这本书中，主人公阿廖沙的生存状态和《在人间》这部书中的情形一样，他仍旧在流浪打工——做码头装卸工、面包师、杂货店伙计、送货员等。但他这时的处境和《在人间》中描写的处境有显著不同之点——《在人间》这部书中，阿廖沙还有外祖母家可以依靠，中途失业，可退回外祖母家，在老人家的庇护之下暂息。但在《我的大学》中，主人公阿廖沙身在异地喀山，离外祖父的城市距离甚远，举目无亲、形单影只。他已没有任何退路，只能靠自己一人拼搏。

《在人间》这部书中，阿廖沙结交的或和他相处的都不是文化人和知识分子，而是厨师、司炉工、轮船上的侍者、小店伙计、掌柜、洗衣妇、画工、建筑工匠等；而在《我的大学》这部书中，他结交的人截然不同，大都是知识分子，多半是大学生或上过大学的民粹主义者。这是因为他对非知识分子、没有文化的工匠、商店伙计（甚至掌柜）、画匠、司炉、轮船服务员等人早就十分失望，因为这类人虽有混世的本事，但难成大器，很容易酗酒堕落。

他想躲避这些人，离群索居，或进修道院，或长久待在某个护林人身边和铁路的小岗亭里，或在城郊某个地方担任守夜人，只求离身边的人远一些。可是这些避世独居的想法一时都难以实现。于是他选择到喀山大学去，至少要到紧邻这所大学的地方去，沾一点儿学术气息。他立志要靠知识和科学来摆脱困境，他相信知识和知识分子的力量。

他来到喀山，最初住在引导他来此地的中学生叶夫列伊诺夫家里。那是一所平房宅院，他称这是他的第一所大学。叶夫列伊诺夫家生活紧张，他母亲靠可怜的抚恤金维持一家人的生计。阿廖沙不可能在那儿白吃白住，常常到伏尔加河码头工作，和那些搬运工、流浪汉和无赖为伍，他还认识了两个有特色的人——巴什金和特鲁索夫。

巴什金曾在师范学院念书，现在以干小偷为生。但他有创作天赋，他编的小曲唱遍伏尔加河两岸的所有城市。特鲁索夫卖赃货为生，但他擅长讲述关于西伯利亚等地的故事，说故事的技巧十分娴熟。这两人是阿廖沙在此地最初遇到的“文学教授”。

如果这所平房宅院就是阿廖沙的第一所大学，那么以后他寄居或打工的许多处所都是他的大学。他并没有一一指明，我们不妨代他排列一下他心目中的各类大学。

阿廖沙后来结交到一个民粹主义的革命家普列特尼奥夫，这人带领他住进一所怪异而有趣的贫民窟，好几代喀山的大学生都熟悉这个地方。这儿住着形形色色的人，有患肺病的数学家、靠富商太太养着的学音乐的大学生、豁出性命打官司的赌徒，最特别的是，这里云集了民粹主义的暴徒。

尼基福雷奇警长常常光顾这个贫民窟，在这里逮捕了不少有头面、有身份的图谋作乱者。不久，阿廖沙参加这些革命者的秘密活动，在大学生米洛夫斯基的家里听经济学课程，所以这个贫民窟可以说是阿廖沙的第二所大学。

阿廖沙在伏尔加河上参加了紧张的装卸货物的劳动。在文中，他对这种激烈、紧张、快速的体力劳动有精彩的描写，他歌颂这些搬运工的猛虎下山般的气势，用浓墨重彩再现这种节奏极其紧张的拼命干活的欢快场景，充分显示出劳工的伟大和神圣。这种热火朝天的无比宏伟的劳动场面，没有亲身体验是写不出来的。所以，这个装卸码头可以说是他的第三所大学。

不久，阿廖沙认识了杂货铺的年轻老板杰连科夫。这个表面平常的小铺里面暗藏着全城最珍贵的图书室，各种禁书应有尽有。喀山大学、神学院等各院校的大学生们经常在这里聚会。阿廖沙认真听取这些民粹主义大学生们的谈论，获得不少新知识和新思潮，还在内心里对其进行分析和批判。这个杂货铺是阿廖沙的第四所大学。

阿廖沙在谢苗诺夫的面包坊里打工。面包坊的同事们常去逛妓院，回来后就吹嘘他们在那里的所见所闻。阿廖沙开始对两性关系感到好奇，因他当时还没有体验过女性的抚爱。

后来，他在杰连科夫的面包铺子里，又见到了面包师和短腿姑娘的爱恋，终于明白下层民众的爱情是十分朴素简单的。所以，妓院和其他低级娱乐场所是他的第五所大学，这为以后他描述在底层的人们时提供了素材。

一个风雪交加的夜晚，他救助了一个喝醉了的文人，使得他没被冻死在雪地里。这个人是一个历史教师，他向阿廖沙论述了有关人类发展的前途问题，后来阿廖沙从一个老工人嘴里也听到了对这个问题的离奇见解。这种逆潮流的思考使阿廖沙如梦初醒，十分惊讶。这是他的第六所大学。人类文明往何处去？时至今日，这个问题仍令全世界学者和科学家思考。

有一次，老警察尼基福雷奇邀阿廖沙到派出所里谈话。这位警察告诉他，有一条无形的线，仿佛一张蜘蛛网似的，以皇帝为中心，通过各级官吏，一直通到每个警察，甚至最下等的士兵那里。这条线无处不在、无所不包。它就像是一座无形的壁垒，维持着帝国的千秋万代的统治。阿廖沙从他的谈话中认识到警察不像激进的大学生所想象的那样，不只是统治阶级的鹰犬，他们也有他们的逻辑。他们力图通过严厉的手段，使政权牢不可摧。所谓法律、法庭、检察院、警察局等，都是为统治阶级服务的。

激进的民粹主义大学生们只凭着一腔热情，毫无斗争策略和实力，却贸然参与叛乱，放炸弹、搞谋杀，其必定失败，自不待言。这种正反两面的认识，对阿廖沙而言，是第七所大学。

有一次，城里来了个托尔斯泰主义者，阿廖沙出于好奇，登门拜访。这个托尔斯泰主义者对阿廖沙侃侃而谈，他友好亲切地谈论着爱的创造力，说：“谁要是不会爱，就不懂得生活。有人说：生活的法则就是斗争，这些人是注定要灭亡的糊涂虫。正如不能用火来灭火一样，用邪恶的力量是不能铲除邪恶的。”

但阿廖沙发现生活中充满残暴和死亡，因而他对托尔斯泰主义者的博爱产生了疑问。他也因此了解到和民粹主义者对立的一种理论，这算是他的第八所大学。

后来，阿廖沙因参加一次民粹派组织的造反行动而被捕。逃脱后，他对这种斗争方式感到幻灭。而外祖母去世的噩耗使他感到这十分黑暗的世界里失去了最后一道光明，于是他选择自杀。被救活后，他认为这种做法十分愚蠢。这是他人生中最重要的一课，算是他的第九所大学。

1888 年夏天，阿廖沙离开喀山，和一个叫罗马斯的民粹主义者来到伏尔加河畔的一个叫克拉斯诺维多夫的村子。农村的现实生活，农民的贫困、野蛮、愚昧和保守排外心理使阿廖沙很难接受。罗马斯似乎想发动农民反抗富农，甚至起义，最后也是一场空。有钱人敌对他就算了，连贫苦农民也不支持他。最后他的房子和商店也被人一把火烧了。在农村中遭受的失败打击也许是阿廖沙的第十所大学。

在这十所大学学习后，阿廖沙学业圆满，就离开了罗马斯和克拉斯诺维多夫村，坐船来到里海海岸的一个渔场。本书的故事就此结束。

高尔基既然以自己为主人公的原型，他的人生经历在之后也更加丰富，那为什么就此搁笔不写了呢？据笔者看，这与当时的政治形势有密切的关系。当时，新的革命政权对俄罗斯的资产阶级作家和诗人进行清洗，大多被驱逐出境，流亡西方，有些甚至被当作反革命人士处决（如诗人古米廖夫）。

高尔基从事创作，进入文坛后，握蛇骑虎，和许多资产阶级作家过从甚密，有千丝万缕的联系。而这些作家或被杀，或被驱逐出境，或被流放。高尔基避祸就福，为谨慎起见，就此搁笔，因此使读者对阿廖沙以后的成长只能作出猜测了。但是高尔基作为本书主人公的原型，他自己后来的简历，公众还是知道一些的。

十月革命前，高尔基蛟龙得水，已经写出了大量作品，奠定了他在俄国和世界文坛以及文学史上的牢固地位，任何美化和拔高都是多余的。十月革命后，他写的作品不多，大多是回忆录性质的，即使有两部长篇，也是对革命前半个世纪的社会进行回顾之作。

苏维埃政权之所以授予他一顶社会主义现实主义奠基人的桂冠，是因为他的作品受到广大人民的欢迎，发行量位居榜首，同时，因他的贫苦出身、不接纳沙皇政权态度，以及他在作品中对下层民众的同情合乎苏维埃政权的要求和意识形态，他在革命前已名满天下，在俄国文坛上居崇高地位，叱咤风云、不可动摇。最后，还有一个原因，就是他和早期革命领导人有交往。

有人说，高尔基在苏联时期，名声大噪，红得发紫，得到过度的声誉和推崇，而现在苏维埃时代已结束，高尔基也应该离开读者关注和重视的范围了——这种观点是错误的，这只是看到表面，而未知究底。高尔基不是苏维埃政权的死党、依附者、吹鼓手、应声虫和喉舌。有无苏维埃政权，对他的名垂青史，毫无影响。他本就是一个自由探索的作家，高风亮节、刚正不阿，不慕浮名虚利，崇尚自主写作，笔走龙蛇，任意发挥，且始终保持人格的独立。而苏维埃政权少他不得，利用他出身贫寒的背景和他在文坛上的极高威望，把他作为一面无产阶级文学的旗帜，并树立起来。

今天，苏维埃政权在建立七十年后，积重难返，砰的一下倒塌了，而高尔基作品的影响永远不会消失，它保持着无穷的文学魅力和追求真理的精神，永远为广大读者所喜爱。他是下层民众和知识分子的代言人，而不是苏维埃政权的红色文化贵族。我们在阅读他的作品时，一定要注意到这一点。

吴兴勇

目　录

c o n t e n t s

目 录

c o n t e n t s

第一章

名师导读

怀着美丽的大学梦，十六岁的阿廖沙来到了喀山。在这里，一个涉世未深的少年开启了一段极不平凡的人生之旅。但一边是美好的希冀，一边是残酷的现实，他会遇到什么人，又会有怎样的心灵触动呢？让我们一起翻开本书，与他同行，共看这人世间难以言说的悲喜……

就这样决定了，我要去喀山大学[1]读书。我暗下决心，无论如何要圆上大学的梦！

使我产生上大学念头的是一个名叫尼古拉·叶夫列伊诺夫的中学生[2]。①他是一个招人喜欢的小伙子，有着一双女人般亲切温柔的眼睛，生着一副漂亮脸蛋儿。当时他就住在我们那幢房子[3]的阁楼上，他经常看到我读书，手不释卷，不由得注意起我来，久而久之，我们就熟悉了。认识没多久，叶夫列伊诺夫就断定我“具有从事科学研究的天赋”，并且开始苦口婆心地劝说我，让我对此深信不疑。

“您就是为科学研究而生的！”他帅气地甩着一头马鬃般的浓密长发，对我说。

名师批注

①运用外貌描写，写出了尼古拉·叶夫列伊诺夫的帅气与善良，生动地描绘了人物的形象，给读者以直观的感受。

---

1 喀山大学建立于1804年，高尔基可能是1884年到喀山的，当时是流浪做工，但1884年夏末或秋初，高尔基可能曾在喀山大学学习。

2 真实的叶夫列伊诺夫（1864—1934）出身于小公务员家庭，当时在喀山第三中学读书，1885年起在喀山大学数学物理系学习，曾积极参加喀山各秘密小组的活动。

3 指主人公的老板家的住处，见《在人间》卷。

那时我还不懂得，即使是一只家兔，也可以为科学研究做出贡献。可是叶夫列伊诺夫十分热心地向我证明，大学里真正需要的正是我这样的年轻人。当然，我们也谈起了先辈米哈伊尔·罗蒙诺索夫[4]的故事。叶夫列伊诺夫还说，到了喀山，我可以住在他家，在秋天和冬天完成中学的学业之后，就可以随意应付那几场考试了（他正是这样说的，“随意”应付几场考试）。接下来我就可以申请助学金上大学，再过大概五年的时间，我就是“学者”了。①他讲得那么轻而易举，毕竟他还只是个未经世事的十九岁的少年，又有着一副菩萨心肠。学校终考以后，他就回家了。过了两个星期，我也随着动身了。

外祖母为我送行时，一再叮嘱道：“你以后不要再轻易向人家发脾气了！人老是发脾气，会变得冷酷无情！这都是跟你外祖父学的！你难道还没看见他的下场吗？可怜的老头儿，活来活去，到老却成了傻子！你一定要记住，上帝不会随便指责别人，只有魔鬼才多嘴多舌！再见吧！唉……”

②她抹了抹她那皱纹密布的老脸，试着擦掉泪水，又接着说：“恐怕我们以后再也见不着了，你这个不安分的孩子，为什么一定要跑到那么远的地方去？我老了，也活不了多久了……”

近几年来，我跟这个好心肠的老人疏远了，几乎不怎么和她见面，但是一想到再也见不到这个和我血脉相通、真心爱我的亲人时，心里也不禁难受起来。

③上了轮船，我一直站在船尾望着外祖母，她紧靠码头在水边站着，一只手在胸前画着十字，一只手拿着破旧的披肩角擦拭她的脸和眼睛，那是一双永远对世人充满慈爱的、闪闪发光的眼睛。

打那之后，我就来到这座有着一半鞑靼人的城市了，住在一所平房宅院的小套间里。这所平房孤零零地坐落

名师批注

①尼古拉·叶夫列伊诺夫的讲述一方面展现了他善良和乐于助人的美好品质，另一方面也包含着一个不谙世事的少年对生活的期许，也与后文中“我”的大学遭遇形成了对比，为下文做了铺垫。

读书笔记

②此处描写外祖母的动作体现了什么？

名师批注

③这个情景交融的画面中浸染了世间的真情，垂暮的老人与意气风发的少年产生了强烈的对比，一个为了理想，一个一如既往。

4 米哈伊尔·瓦西里耶维奇·罗蒙诺索夫（1711—1765），俄国著名科学家、诗人、哲学家。

在一条既窄小又僻静的小街尽头的小山坡上，房子有一面墙对着一片经过火烧的地面，火烧场上长满密密麻麻的野草，在艾蒿、牛蒡和马蓼中，在接骨木的灌木丛里，耸立着一座砖砌的建筑物的废墟，废墟下面有个很大的地窖，那些无处安身的野狗经常躲到这里，有时葬身于此。①这个地方使我永生难忘，因为它也是我的第一所大学。

叶夫列伊诺夫的一家人——母亲和她的两个儿子——靠少得可怜的抚恤金维持生计。我刚刚到他们家那几天，常看见这个面无血色、身材矮小的寡妇，每次从市场买回东西放到厨房里，就眉头紧锁地发一顿愁。她在思考如何解决面临的难题：怎样才能用一小块不好的肉做一顿满足三个健壮男孩儿而不算她自己的美餐呢？

②她向来就是一个异常沉静的女人，灰色的眼睛中蕴含着无奈、温良和倔强的情绪，她就如一匹精疲力竭的母马，在拉车上坡，明明知道自己已无法把车拉到山顶了，仍旧拼命往上拉！

到她家的第四天早上，她的两个儿子还在熟睡。我去厨房帮她洗菜时，她小心翼翼地轻声问我："您来这里干什么？"

"念书，上大学。"

只见她眉毛一挑，额头一蹙，原来是不经意中，她的一个手指不小心被刀割破了，她用嘴吮吸着手指上流出的鲜血，一下子跌坐到椅子里，但她立刻又站起来，叫道："哎呀！真是见鬼了……"

她用手帕包扎完伤口后，夸赞我道："您削土豆倒是挺有水平的！"

③这算什么嘛！小菜一碟！于是，我便和她讲述了那段在轮船上当帮厨的历史。

她继续问我："那您就是凭这点儿本事上大学的吗？"

那时候我还不懂幽默，体会不到她话里的弦外之音。我把她的话当真了，于是把我的上学计划详细地告诉了她，告诉她如此这般，最后学府大门就会向我敞开，并

名师批注

①"使我永生难忘"的不仅仅是因为这里独特的地理位置，还有在这里所经历的一切美好和残酷。此处设置了悬念，吸引读者的阅读兴趣。

读书笔记

②从这段描写中，你可以读出叶夫列伊诺夫的母亲是个怎样的人吗？

名师批注

③对于过去的苦难，"我"轻描淡写地一笔带过，体现了"我"的刚毅与坚强，这是一个人必须拥有的美好品质。

强调，我上了大学后便能为科学研究事业服务。

她叹了一口气：①“唉！尼古拉[5]！这个尼古拉……”这时，恰好尼古拉跑进厨房洗漱，他睡眼惺忪，头发蓬乱，但看上去仍和往常一样愉悦。

“妈妈！今天吃顿肉馅饺子多好哇！”

“那好吧。”他的妈妈答道。

我想炫耀一下自己的烹饪知识，就赶紧说，要包饺子的话，那么这块瘦肉既不合适，又太少了。

②这时，瓦尔瓦拉·伊万诺夫娜（叶夫列伊诺夫的母亲）生气了。她数落得我面红耳赤，并且，她把手里的胡萝卜往桌子上一扔，头也不回地离开了厨房。尼古拉则向我使了个眼色，然后向我解释他母亲的行为，说：“她心情不好……”

他坐在凳子上，接着对我说道：“一般说来，女人比男人更具有神经质，这是与生俱来的，并且好像瑞士有位颇有声望的学者不容置疑地证实了这一点，英国人约翰·斯图尔特·穆勒[6]也曾探讨过这个问题。”

尼古拉特别喜欢开导我，一遇到合适的机会，便不断地给我灌输一些生活中不可或缺的常识——因为少了这些东西是无法生活的。我每次都会洗耳恭听，但是我记不了这么多，随后，我的脑子里竟然把傅科[7]、拉罗什富科[8]和拉罗什雅克兰[9]混为一谈了，我怎么也分不清是拉瓦锡[10]砍了迪穆里埃[11]的头，还是迪穆里埃砍了拉瓦锡的头。

这位热心的小伙子由衷地希望“能开导我成才”，他

名师批注

①这句话承载着许多无奈与心酸，这一声叹息又岂是年轻的“我”所能理解的？艰苦的岁月，让这个女人看透了人生，但面对这个年轻的孩子，她又能说些什么呢？

名师批注

②作为长辈，本来是不应该这样对待客人的，但这份压力与羞辱让瓦尔瓦拉·伊万诺夫娜不堪重负，这种爆发有些无奈、凄凉。

5 尼古拉就是叶夫列伊诺夫，他的全名是尼古拉·叶夫列伊诺夫（但未包括父名）。

6 约翰·斯图亚特·穆勒（1806—1873），英国哲学家、经济学家、逻辑学家。

7 傅科（1819—1868），法国物理学家。

8 拉罗什富科（1613—1680），17世纪法国古典作家。

9 拉罗什雅克兰，法国将军。法国大革命时期保皇派首领，曾镇压革命派。

10 拉瓦锡（1743—1794），法国化学家。法国大革命中被反动势力杀害。

11 迪穆里埃（1739—1823），法国大革命时期的将军，曾镇压革命派。

有把握地许诺我会做到这一点，可是他没有工夫，也不具备认真教我的其他条件。①他有着浮华、轻佻和自私的都市青年作风。②他甚至对妈妈的含辛茹苦熟视无睹，他的母亲竭尽全力，想方设法支撑这个家，但他浑然不觉。他的弟弟是个抑郁呆板的中学生，对母亲的艰辛更不会有任何体恤。倒是我很快就发觉了这位可怜的妈妈的厨艺，这着实令人叹服，她是数着米粒做饭的，每天只用一点点东西，变戏法般地做出丰富的菜肴，养活自己的两个孩子以及喂饱我这个相貌平平、不懂礼貌的小流浪儿。她分给我的每一片面包，在我心中都有着沉甸甸的重量。

我决定出去找份活儿干，我要自己养活自己。为了不在他家吃闲饭，我清晨就迅速地逃了出去，如果不幸地碰上刮风下雨，就到附近荒僻的火场遗址上的那个地窖里待一会儿。

在那倾盆大雨的哗哗声和大风的呼啸声中，我待在那个大地洞里，闻着死猫死狗的臭味，才顿然醒悟——③上大学只是个幻想，如果自己当时足够明智，应该去遥远的波斯[12]国。

于是我开始充分发挥我的想象力，幻想自己变成了一个白发苍苍的魔法师，找到了一种培育农作物的新技术，可以让每粒谷子长成苹果那么大，每个土豆有一普特[13]重。我在为这片土地上的所有苦难人民寻求出路，我想拯救他们，我知道，在这世界上，生活得如此穷困潦倒的不仅仅是我一个人——我当时正处于喜爱幻想的年龄，总幻想一些伟大的事情，因为苦难的日子那么漫长，需要幻想来调剂。

我已幻想成癖了，依靠幻想的助力，在苦难的日子里，我变得更加坚强了。我并不奢望外来的救助，也不渴望好运降临。生存环境越艰苦，就越能磨炼人的意志，人就越能变得坚强，甚至更聪明。④我从小就懂得，人

12 波斯：伊朗的旧称。

13 旧俄重量单位，1 普特约等于 16.38 千克。

名师批注

①虽然尼古拉善良、热情，但他身上也有着不可避免的都市青年的作风，这是一种“浮华、轻佻和自私”的行为，“我”细数生活中的事例，更加全面地刻画了尼古拉的人物形象。

读书笔记

②从此处，你觉得尼古拉和弟弟是什么样的人呢？

名师批注

③理想在现实面前被击得粉碎，残酷的现实冲击着“我”的心灵，幼稚的理想破灭了。因此，“我”开始思考人生，感悟人生，这个转折成为“我”迈入社会大学的第一步。

读书笔记

④你如何理解这句话呢？

就是在与周围环境的不断冲突和斗争中成长起来的。

为了填饱肚子，我常常到伏尔加河码头工作，在那儿挣十五至二十个戈比还算容易。因此，我就加入了那些搬运工、流浪汉和无赖的队伍。①我感觉自己犹如一块被投进燃烧的炉火里的生铁——每天都有如烙印般深刻的印象留在我的心里。

那些毫不掩饰自己的渴求、生性粗野的人群在我眼前像旋风般转来转去，他们悠闲地消遣娱乐，我喜欢他们这种对现实生活的愤愤不平，也喜欢他们这种对世上的一切持讥笑、仇视和漠不关心的"乐观"态度。由于过去的种种经历，我不由得和他们步调一致起来，再加上我读过的布勒特·哈特[14]的作品以及其他通俗小说，深化了我对他们这种人生态度的欣赏，我迫不及待地想融入这个热情的群体。

曾在师范学院念书的职业小偷巴什金是个身心受尽摧残并且患肺痨病的人，他向我娓娓道来：②"你怎么老像个姑娘家一样胆小怕事、畏畏缩缩，难道害怕丧失人格，坏了名声吗？名誉对姑娘家来说很重要，是她们的一项财富，但对你来说只是一副枷锁而已。公牛的确很老实，名声不错，但它只配吃干草！"

巴什金貌不惊人，一头棕发，脸刮得光光亮亮，就像一个戏子，短小的身材使他像猫般轻盈灵活。他对我特别好，常训诫我，也总是以老师和保护人的身份对待我，看得出他是真心实意希望我能有所作为，得到幸福。他很聪明，又读过很多好书，最爱的一本书是《基督山伯爵》[15]。

"这部书里既有人生追求的目标，又情感真挚。"他说道。

③他喜欢女人，一说到女人简直口若悬河、言狂意妄、眉飞色舞，衰弱的躯体里发出一种病态的痉挛，这种病态的痉挛令我厌恶。然而，我依然全神贯注地听他讲话，

名师批注

①运用比喻的修辞手法，把自己比作一块"生铁"，生动形象地表现了自己在遭受着生活的捶打和磨砺，这也是成长的一部分。

名师批注

②通过语言描写，表现出巴什金虽然身份特殊，身心受到摧残，但有自己独到的见解，他一针见血地指出了"我"的不足，为后文"我"对他的复杂感情做了铺垫。

名师批注

③这段文字让我们看到了一个放荡不羁的人，人性是善恶同在的。主人公产生这种态度的原因，除了对巴什金有感情，还源于他的判断力，以及不会一概而论，也从侧面可以看出主人公是一个有理想、有主见的年轻人。

14 布勒特·哈特（1836—1902），美国西部文学的代表作家。
15 《基督山伯爵》是法国 19 世纪作家大仲马的一部长篇小说。

并且觉得他讲得十分动听。

"女人啊女人！"他极其动情地说，干黄的脸颊上顿生红晕，两只黑眼睛里闪动着光芒，现出赞赏的情绪，"为了女人，我什么事情都愿意干，赴汤蹈火，在所不惜。女人像魔鬼一样，根本就不知道什么是罪孽！和女人恋爱是世上最美妙的事！"

他擅长编故事，不费吹灰之力就能编出一些妓女红颜薄命、凄美哀怨的小曲。他编的小曲传遍了伏尔加河两岸的所有城市。这首曾流行一时的小曲就是他的杰作：

我出身蓬门贫寒之家，
脸蛋儿粗俗不够漂亮。
身上没有一件好衣裳，
仅仅因为这些原因哪，
无人会娶我这个姑娘！

我还认识一个叫特鲁索夫的人，他行踪诡秘，但对我很好。①他穿着讲究，仪表不凡，打扮得很阔绰，有一双纤细修长的手。他在城郊的海军村开着一间小店，挂的招牌上写着"钟表匠"，实际上，他是借着这个招牌买卖偷来的赃货。他对我说："马克西莫维奇[16]，别干什么偷鸡摸狗的事！"他极正经地摸了摸花白的胡子，然后眯起狡黠大胆、傲视世俗的双眼，继续说道：②"我看得出来，你不会沉沦浊世，你能走另一条路，因为你是个注重精神需求的人。"

"注重精神需求的人有何特色？"

"嗯，注重精神需求的人对待事物有好奇心，却没有丝毫嫉妒心……"

我实在是受之有愧，因为我对许多人和事都产生过嫉妒心，比如我曾嫉妒过巴什金说话富有艺术性。

读书笔记

①从对人物的外形的描写中，想一想，特鲁索夫是一个什么样的人？

名师批注

②作为年轻人，很容易随波逐流，一失足而成千古恨，特鲁索夫有着丰富的阅历和独到的眼光，这是善意的劝告，也是真心为"我"好的体现。

16 马克西莫维奇是主人公的父名，他的全名是阿列克塞·马克西莫维奇·佩什科夫。

我还记得他在讲一个爱情故事时是这样开的头："在一个漆黑的夜色中，我如一只躲在树洞里的猫头鹰一样，呆坐在斯维亚日斯克这个荒僻小城的客店里。这时正值十月，外面阴雨连绵，秋风怒号，如同一个备受委屈的鞑靼人在慢条斯理地用歌声倾诉哀怨，歌声没完没了，一直呜——呜——呜……

①"这时候，她来了！步履轻盈、脸蛋红润，一身艳装，如初升的朝霞，她的眼神里充满了天真纯洁。她用极其真切的语气说：'我亲爱的，我没有辜负你吧！'虽然我知道她在撒谎，却无可救药地相信她！理智令我清醒，爱情却让我迷惑！"

②他讲故事时，身体有节奏地抖动起来。他稍稍眯着眼，不时轻拍自己的胸脯，一副极投入的样子。他的嗓音略带沙哑，没有底气，但是语言鲜明生动，宛如夜莺的歌声。

我还嫉妒过特鲁索夫，他最擅长讲关于西伯利亚、希瓦、布哈拉等地的故事，他讲故事的技巧十分娴熟，让人有身临其境之感。他敢对大主教肆意嘲讽，有一回居然还神秘兮兮地讲到了当时在位的沙皇亚历山大三世[17]："他是一个地地道道的专制君主，治国真有手腕！"

我觉得特鲁索夫这个人非常像小说中的"坏蛋"，读者读到小说的末尾，这种坏蛋摇身一变，变成了胸怀坦荡的英雄。

③每当炎热的夜晚，大家就渡过喀山河到对岸去，坐在小树林间的草地上，一边吃吃喝喝，一边倾诉心事。主题多是困苦的生活、奇闻怪事，莫名其妙的极其纠结的人物关系，最热门的话题自然是女人。奇怪的是，每当他们谈论到女人，就充满了愤恨和忧伤，有时说起来很感动人，可总有一种好像是朝一个满是蛇蝎的黑暗角落窥视的感觉。

我和他们在这儿度过了两三个夜晚，我们躺在长满

读书笔记

①你如何理解巴什金所讲的这个故事？

名师批注

②此处细致地描写了人物在讲故事时的动作和神态，将一个热情洋溢的人物形象鲜活地展现了出来。

名师批注

③通过"我"的视角，写出了沙皇统治下底层人民的真实状态，他们庸俗、空虚甚至无耻，但在苦难中又透露着乐观和坚强，这种矛盾的交织也使作者当时感到苦闷，这既是对自己的定位，也是对人民的同情。

17 亚历山大三世（1845—1894），1881 年起为俄国皇帝，在位期间，把中亚细亚地区并入了俄国。

小柳树的闷热的洼地里休息。由于这个地方临近伏尔加河，空气是湿润的，黑暗中，轮船上的一盏盏桅灯看上去像是许多金色的蜘蛛，缓缓地向四面八方蠕动。

富裕的乌斯龙村里的店铺和住宅从窗口透出的光亮，在漆黑的岩石河岸上变成一串串火球、一条条火龙。轮船的外轮片拍打着河水，发出隆隆的轰响。

①驳船上的水手们在“狼嚎鬼叫”，一些人用锤子敲着船板，用拖长的声调唱着凄厉的歌，像是在用歌声排解心中的忧伤，这歌声在无形中平添了一份苍凉的气氛，使人觉得悲伤。最让人心烦的还是听周围同伴们低声细语诉说心事——他们在思索人生，各自倾诉衷肠，几乎谁也不听谁的，这更令人愁上加愁。他们在灌木丛中或坐或躺，抽着烟，喝点伏特加或啤酒什么的，酒总能引发出很多令人难忘的往事。

“嗯，我曾遇见过这样一件事。”夜色中，伏在地上的一个人突然说道。

故事讲完之后，大家异口同声地说：“这样的事情太常见了……”

②“过去有过”“现在还经常有”“见得不愿见了”，这些话听上去让人丧气，好像就在今夜他们已走到了人生的终点，由于人世间的一切他们都经历过了，以后再没什么有趣的新鲜事了。因为这个想法，我有意疏远了巴什金和特鲁索夫，可我依然喜欢他俩。依我当时的生活阅历来看，我走他们曾走过的路是顺其自然发生的，特别是我想跻身于社会上层和上大学的期望破灭之时，我便更接近他们了。

当生存变得异常艰辛、异常苦闷的时候，我认为自己完全可以侵犯“神圣的私有制”，而且能干其他犯法行为。然而，我青年时期读的很多书不容许我背离光明大道。

我除了读布勒特·哈特的作品和一些格调不高的小说，还看了不少正经八百的好书，书中向我展示某种不太清晰但很美好的前程，③因此，我应追求比现在所见所

读书笔记

①请从环境描写的角度赏析这段文字。

名师批注

②这种悲观与无奈是当时人们的共性，折磨着“我”和身边的每一个人。年轻的“我”此时有理想，有追求，但也是痛苦的，“我”必须要从这样的泥泞中挣脱出来，这样的情感为下文做了铺垫。

名师批注

③这一点弥足珍贵，面对当时的情况，“我”随时都可能堕落，正是“我”心中有着明确的认识，才会选择一条光明之路，也为下文埋下了伏笔。

闻更有价值的东西。这段时间，我又结识了一些新朋友，也有一些新的领悟。经常有一群中学生来叶夫列伊诺夫家前的那片空地玩击木游戏[18]，我被他们中一个叫作古里·普列特尼奥夫的青年迷住了。他相貌平平，皮肤略黑，头发青蓝色，有点儿像日本人，脸上布满细小的雀斑，像火药末涂进了皮肤里。他总是喜气洋洋，玩游戏时灵巧机智，讲话幽默俏皮，多才多艺，在各方面都有很高的天赋。

普列特尼奥夫和很多有天赋的俄罗斯人一样，他并不想发展和提高自己的能力，而是靠与生俱来的天赋过日子。他有艺术天赋，听力十分敏锐，善于鉴赏音乐，他自己会弹古斯里琴[19]、巴拉莱卡琴[20]，会拉手风琴，可惜他仅仅满足于此，不去尝试掌握更高级、更难演奏的乐器。①他很穷，衣衫褴褛，但是那揉得起皱的破衬衫、打满补丁的裤子和脚上有洞的皮靴，和他那慷慨大方、豪放不羁的风格，干瘦的身子，敏捷麻利的动作，倒也十分相称。他看上去如同久病初愈的人，刚刚才能起床行走，又像昨天才出狱的囚犯。生活中的一切，对他来说都是新鲜的，令人愉快的；他对一切都感兴趣，他过得如此惬意，就像一只快乐的小鸟似的跳来跳去。

②他知道了我生活的艰难，没有依靠，就让我和他一起住，还建议我报考农村小学老师。

因此，我就住进了“玛鲁索夫卡”这个怪异而有趣的贫民窟——雷布诺里亚德大街上一幢破旧不堪的房子，大概好几代喀山的大学生都熟悉这个地方，③这儿住满了饥渴的大学生、妓女和受尽折磨而衰老无用的穷鬼，这所房子仿佛是这些人的领地，是他们从房主手中夺过来的。普列特尼奥夫住在走廊里通往阁楼的楼梯下面，那里放着一张木板床，走廊尽头的窗户旁有一张桌子和

名师批注

①通过他衣着的寒酸和洒脱的性格的对比，用无比惊艳的文字，让我们看到了一个颓废的肉体和有趣的灵魂。

读书笔记

②试着分析一下普列特尼奥夫的人物特征。

名师批注

③“我”又来到了一个新的地方，简单介绍了周围的环境和居住的人们，给读者展现了一个残酷的下层人民的生活图景，令人无比心酸。

18 俄罗斯的一种民间游戏，一方用木棒把对方摆在方圈内的木棒击出圈外，便算获胜。

19 俄国一种多弦拨弦乐器，有翼形（5—12 根弦）、钟形（11—36 根弦）和直角形（35—66 根弦）三种琴。

20 俄罗斯民间一种三弦的三角琴。

一把椅子，这就是他的全部家当了。

走廊通向三个房间，其中有两间房住着妓女，另外一间房住着得肺病的数学家。他从前是神学院的学生，又瘦又高，头上、脸上长着棕红色的硬毛和头发，破烂的衣服几乎不能遮盖身体，从衣服的残破处可以一清二楚地看到他发青的肉皮和一根根的肋骨，总而言之，他的样子十分吓人。他好像以吃指甲为生，手指头都被咬破了。他没日没夜地算哪算，写呀写，常常传出咳咳的咳嗽声。

妓女们认为他是疯子，又怕他又怜悯他，她们常常故意将面包、茶叶或者砂糖放在他的门前，他见了就把它们一股脑儿地搬回自己房里，还一面呼呼地喘着粗气，如一匹累坏了的老马，要是妓女们没给他送吃的，就会听到他沙哑的声音不时地在走廊里回荡："给我面包！"

①靠别人的怜悯度日并不能丝毫改变他深陷的眼睛中闪烁着的高傲神气，这种踌躇满志是躁狂症患者常有的，他认为自己很了不起。有时还有一个个子矮小的驼子来找他，这个人样子怪怪的，拐着一条腿，肥笨的鼻子上架着一副厚厚的眼镜。他头发花白，一张冷漠的黄脸上带着狡诈的笑容。他每次来后，他们就紧闭房门待上数个小时，彼此默默无言地呆坐，气氛极为宁静。但是有一次深夜时分，我被数学家的吼叫声惊醒了：②"要我说，这明显是监狱！几何学——是牢笼，是的！是只老鼠笼，是的！是个监狱！"

之后传来驼子尖锐刺耳的笑声，他在不断重复着一句难懂的话，这时数学家已怒不可遏了："真见鬼！你给我滚！"

驼子气鼓鼓地跑到走廊里，嘴里还在不停地咒骂，他用宽大的斗篷裹住身子。这会儿，身材高大、脸色可怕的数学家无可奈何地站在门口，手指插入蓬乱的头发中，沙哑的喉咙里吐出几句话："欧几里得[21]是个大傻瓜！地地

读书笔记

①你如何理解他的行为表现?

名师批注

②数学家声嘶力竭地吼叫，似乎是在向世人呐喊他内心的悲苦，也为下文他的结局做了铺垫。

21 欧几里得（前450—前374），古希腊数学家，以《几何原本》而闻名。

道道的大傻瓜……我敢肯定，希腊人一定没有上帝聪明！”

随后，数学家砰的一声关上房门，屋里好像有什么东西被震掉了，发出哐啷一声巨响。

①没过多久，我听说这个数学家本来还想用数学证明上帝的存在，只可惜壮志未酬就死了。

②普列特尼奥夫的工作是在一家印刷厂给报纸做夜班的校对，一个晚上能挣十一戈比。因为我要参加考试，没时间出去干活挣钱，因此我俩一天的吃喝就只有四俄磅[22]面包、两戈比的茶和三戈比的糖了。我不得不硬着头皮学习，极其艰难地攻读各门学科，那些无法解释、只能死记硬背的古怪、呆板的语法形式让我苦不堪言，我根本不会把老百姓那种生动活泼又富于表现力的俄语嵌进语法框子里。庆幸的是，我意识到现在学习这些东西未免“为时太早”，就算我通过了乡村教师考试，也会因为年龄太小而没有资格当教师。

我和普列特尼奥夫睡一张单人床，他白天睡，我晚上睡。

每天早晨他干完一整夜的工作而筋疲力尽，带着阴沉的脸色和红肿的眼睛回来时，我便立马去小酒馆打开水——我们自己是没有茶炊的。然后我们就坐着开始吃早餐——面包和茶。他经常从报纸里挑出新闻给我讲，常常讲一个笔名为“红色多米诺”的酒鬼作家的打油诗。

我一直对普列特尼奥夫游戏人生的生活态度感到好奇，依我看来，③他的人生态度和那个肥头大耳的黄脸的胖婆娘加尔基娜没有什么两样，这女人靠倒卖女人的旧衣服、为人拉皮条混日子。

而且，这个肥婆就是房东。普列特尼奥夫租了楼梯下的这个小屋角，但是没钱付房租，他就给肥婆讲笑话，拉手风琴，唱优美的歌。每当他用不太高的男高音唱起那些歌时，他的眼睛中就会闪动着④讥笑和嘲弄的光。肥婆加尔基娜早年做过歌剧班的合唱歌手，她能领会歌

名师批注

①数学家是一个典型的人物形象，他是万千悲惨人民的缩影，他的一生是癫狂的，但这种悲剧的根源又是什么呢？虽然作者只是轻描淡写地点出了他的死去，但是也给读者带来了深思。

名师批注

②普列特尼奥夫意志坚强，有着崇高的理想，他以苦为乐，勇于担当，和主人公之间建立了真诚伟大的友谊。

读书笔记

③为何“我”对普列特尼奥夫的人生态度有这样的看法呢？

读书笔记

④为何他眼睛里的光是讥笑和嘲弄的呢？

22 俄国采用公制前的重量单位，1 俄磅约等于 409.5 克。

声中的含意，①甚至有时候被感动得热泪盈眶，不知羞耻的眼睛里流出泪水，流淌于这贪吃的女酒鬼的发肿的脸庞上。她伸出粗胖的手指抹掉泪水，再拿出一条脏兮兮的手帕慢悠悠地擦手指，“天啊！好样的古罗奇卡（古里·普列尼奥夫的爱称）！”她赞叹道，“你是个真正的艺术家！如果你再长得英俊点——我会给你介绍好去处的！你不知道我介绍过多少个年轻小伙给那些孤独又寂寞的女人消遣啊！”

我们楼上的阁楼里就居住着一个这样的小伙子，他是个大学生，毛皮匠的儿子，中等身材，胸宽背阔，下身却又窄又小，看上去像个倒三角形，只是下方这个锐角稍稍折断了一点儿。他有一双如女人脚一样的小脚，他那小小的脑袋紧缩在两个肩膀中，上面盖着一头马鬃似的红头发，毫无生气的、苍白的脸上瞪着一双鼓起来的碧绿色眼睛。

这个大学生很有反叛精神，他违抗父亲的旨意，像丧家狗一样无家可归，衣食无着，忍饥挨饿，好不容易从中学毕业，升入大学，可又发现自己有一副好嗓子——能唱低沉、柔和的男低音，于是他又想去学唱歌了。

②正是凭借这项长处，加尔基娜才赏识他，把他介绍给一个富商的太太。

这位太太四十几岁，儿子正在上大学三年级，女儿快中学毕业了。她极其瘦削，胸脯扁平，如士兵般有着直挺挺的身板，她的脸如克制情感的修女般冷漠，两只灰色的大眼睛深陷在发黑的眼窝里。她常穿一件青色的外衣，头戴旧式丝绸头巾，两只镶嵌着绿得刺眼的宝石耳环垂在耳边。

她一般在深夜或清早来找大学生。我见过她许多次，她十分敏捷，一眨眼的工夫就跳进了大门，然后勇敢地从院子里走过去。

③她的脸看起来令人害怕，嘴唇往里抿得几乎看不到，眼珠瞪得鼓鼓的，她用忧郁的眼神望着前方，让人

名师批注

①观察细致，用词精当，抓住加尔基娜具有代表性的动作，让我们看到了加尔基娜的轻浮、虚伪、令人讨厌，这是一个灵魂肮脏的恶毒人物。

名师批注

②加尔基娜乘人之危，用花言巧语百般诱惑，败坏了人伦道德，也毁了大学生的一生。作者用典型的事例，更加深刻地刻画了这个人物丑陋的行径。

读书笔记

③作者详细地描写这个女人的外貌和举止，有什么具体的作用？

觉得她是个睁眼瞎子。

虽然她长得不算丑陋，但是她身上让人明显感到有股紧张劲儿，这种紧张使她变得畸形，好像在把她的身体拉长，使她的脸绷得很紧，都到了发痛的地步，这样一来，她整个人就变得难看了，不仅如此，她身上透出的一种气息简直让人难受得窒息。

“瞧！”普列特尼奥夫叫道，“真是个疯女人！”

①其实大学生特别厌恶这个富商太太，一直躲着她，可她却像个毫无情面的债主，甚至像一个歹毒的密探，时时刻刻紧盯着他。

“我是个知羞耻的人！”大学生在酣醉之中带着悔意说，“而且我为什么心血来潮想要学唱歌呢？就凭我这副嘴脸，这样的身材，人家怎么会让我登台唱歌呢？肯定不会！”

“你就别再干这浪费时间而又无聊的事了，跟这女人一刀两断吧！”普列特尼奥夫规劝他。

“嗯……你说得很对，我该了结这事了，可我又很可怜她！虽然我忍受不了她，但又觉得她很可怜，唉！如果你们知道她怎么追着我不放就好了……唉！”

这些事情我们早就知道了。有一天晚上，我们看见这个女人站在楼梯上，用颤抖的声音轻轻地哀求大学生：“看在上帝的分上……我的心肝宝贝儿！求求你了！”

②这个富商太太拥有万贯家产，据说是某个大厂的股东，有房产，有车马，也做慈善，为产科学院捐了一笔巨款——至少几千卢布，可她平时却像个乞丐一样向穷大学生乞讨爱情。

普列特尼奥夫吃完早饭就睡觉了，我也去外面找活儿干，等到天黑的时候我就回来了，而他又得去印刷厂干活。如果运气好，我能挣回点吃的——面包、灌肠或牛杂碎，就分给他一半，他把自己的那份随身带走。

接下来的时间里我一个人没事做，就在“玛鲁索夫卡”贫民窟的走廊里和各个隐蔽的角落里转悠，仔细观

名师批注

①细致地写出了大学生进退维谷的艰难处境，他想要改变，却又无力改变，难免引发人们的同情。但同时，也为他下文中展现的懦弱做铺垫。说到底，一切都是他“咎由自取”。

名师批注

②“乞讨爱情”这句话写出了富商太太空虚的心灵，这是对她的同情，但她又是不值得被同情的，因为她的纠缠本身就是违背伦理道德的，直接地毁了大学生的美好前程，也体现了当时社会的畸形。

察我的新邻居们是怎样打发日子的。这儿和蚂蚁窝一样，各种各样的人都有，大家挤在一起，房子里总是散发着种种刺鼻的酸臭味，各个角落都阴森森的，令人胆寒，仿佛暗藏对人怀有敌意的鬼魂。这里从清晨到深夜都是闹哄哄的，响声不断：缝纫机发出的不停的嗒嗒声，小戏班的歌女们练嗓的歌声，大学生练音阶的低沉声。一个疯疯癫癫的常醉酒的男戏子扬手抬脚地大声念台词，喝得醉醺醺的妓女们歇斯底里地狂呼乱叫着……①看着这一切，一个难以解答的问题在我的心头油然而生：他们这样活着究竟是为了什么？

名师批注

①“我”开始真正地关心这个社会，关心身边的人，但这丑陋的现实让人麻木，面对这份真实，“我”在思考，也想改变。

在这群吃不饱的青年人当中，有一个秃顶的人常常爱指手画脚、说三道四、胡扯闲聊、大放厥词，这人的秃顶周围长着一圈火红的头发，颧骨很高，两条细长的腿撑着圆鼓鼓的肚子，一张大嘴里藏着一口和马的牙一样的大牙，由于这口牙齿，大家叫他“红毛马”。

他经常游荡在那群年轻人中，据说，他已经和自己的一些亲戚——辛比尔斯克[23]的几个商人打了三年官司。他见人就说：②“我豁出性命去也要把他们折腾得倾家荡产！让他们在世界各地行乞，过三年讨饭的生活，然后我再把打官司赢得的财产全部还给他们，并且要问他们：‘狗奴才们，知道我的厉害了吧！敢惹我吗？’”

名师批注

②这种匪夷所思的做法令人咋舌，看似荒唐，实则不然。透过文字，我们可以感受到“红毛马”心中那深深的恨意，这表现了他的性格特点。

“‘红毛马’！这就是你这辈子的追求吗？”有人这样问他。

“对！我这辈子就一门心思干这件事，别的什么事再喜欢都只好忍痛割爱了！”

他整天忙忙碌碌，在地方法院、高级法院和律师事务所之间穿行，常常在夜里坐着马车，带着大包小包的东西和酒瓶回来，接着把大学生、女裁缝们和所有想吃一顿饱饭、喝两口酒的人请到他那间天花板陷落、地板

23 辛比尔斯克，俄国伏尔加河流域的城市，1926 年改名为乌里扬诺夫斯克市，是乌里扬诺夫州的行政中心，古比雪夫水库的港口。1870 年 4 月 22 日列宁诞生于此地。

塌陷的脏屋子里，举行热闹的宴会。“红毛马”本人只喝朗姆酒[24]，这种酒溅到桌布上、衣服上，甚至地板上都会留下深褐红色的污迹，怎么洗也洗不掉。

他要是喝醉了，就叫喊：①“你们这群可爱的小鸽子！我喜欢你们，你们都是守本分、蛮老实的好人！但我是一个恶棍，是吃人的鳄鱼，我要吃掉我的亲戚！我一定要毁掉他们！真的！我拼死拼活也要让他们四面楚歌、走投无路，可是……”他一边叫喊一边悲哀地眨巴眼睛，甚至流下泪来，像是受了委屈般。泪水从他那难看的高颧骨上滑下，他用手抹抹泪，就往膝盖上蹭——这是他的习惯动作，因此他那肥大的裤腿上永远沾满了油污。

“你们过的是什么日子呀？”他大声说道，“挨饿受冻，穿的衣服破烂不堪，为什么你们该过这样的日子？这样生活下去能有什么出息呢？要是皇帝陛下知道你们是这样活着的……”

他从衣兜里抓出一把五颜六色的钞票，冲大家喊：“喂！兄弟们！需要钱的人都拿去吧！”

②话音刚落，歌女和女裁缝们蜂拥而至，想从他长满毛的手中抢到钱，他却高声笑道：“这些钱是给大学生的，不是给你们的！”

但是大学生们不去拿他的钱。

“让你的钱见鬼去！”也算个大学生的毛皮匠的儿子怒声叫着。

一天，“红毛马”喝醉了，手里抓着一把揉皱的十卢布钞票来到普列特尼奥夫这儿，③把钱丢到桌上，说：“这些钱我不要了，你要吗？”他说完就往我们的木板床上一躺，号啕大哭起来，同时大喊大叫，我们赶紧往他头上浇冷水，往他嘴里灌冷水，让他醒酒。等他睡着了，普列特尼奥夫试着把他的钱一张张展平，但是办不到，因为卷得太紧了，得先用水润湿才能一张张揭开。

“红毛马”住的那房间的窗口正对着隔壁一座房子

名师批注

①通过语言描写，表现了“红毛马”对底层劳动人民的同情，他尽可能地做些事情去帮助别人，但同时，他对自己所在的阶层又充满着愤恨。

读书笔记

②你如何理解歌女和女裁缝们与大学生的不同表现？

读书笔记

③“红毛马”两次都把钱要给别人，这是为什么呢？

24 用甘蔗汁发酵和蒸馏酿成的烈性饮料。

的山墙，屋子里乌烟瘴气、肮脏不堪，又挤又闷，吵闹声让人心烦。“红毛马”是人群中叫得最响的一个，我问他：“你干吗不住大旅馆，要挤在这儿住呢？”

①“我的好兄弟！我就想图个心里痛快呀！同你们在一起我才能体会人间的温情……”

毛皮匠的儿子马上赞同地说：②“‘红毛马’说得对！我也有同感，如果我住到别的地方去，恐怕早就没办法生活了！”

这时“红毛马”请求普列特尼奥夫说：“请弹你的琴吧！唱首歌……”

普列特尼奥夫坐下弹起了古斯里琴，他边弹边唱道：

鲜红的太阳啊，万物生长的源泉，
你快快升起来吧！快快升起来吧……

他的歌声悠扬婉转，沁人肺腑，屋子里所有人都静下来了。大家全都陶醉在这哀怨的歌声和如泣如诉的古斯里琴声中了。

“唱得太好了！小伙子！”那个被富商太太纠缠的可怜大学生高声赞叹。

在这个怪异的贫民窟里，住户形形色色，而古里·普列特尼奥夫是最会营造快乐氛围的人，他就如同神话故事里的快乐之神一样，他的名字就意味着欢乐[25]。③他才华横溢，精神焕发，充满了青春的热情，他会讲最幽默的笑话，也会唱最动听的歌，他还辛辣地讽刺嘲笑人世间的歪风陋习，勇敢地揭露生活中难以容忍的丑恶现象，他的存在就像烟火似的，给人们暗淡的生活创造出了一道光明。

古里只有二十岁，看上去还是个孩子，但是在这个大家庭中，所有的人都把他看成困难时能给予有见地的劝告，而且能随时扶危济困的人，好一点儿的人喜欢他，坏一点儿的人怕他，就连那个叫作尼基福雷奇的老岗警

名师批注

①这种真性情是值得尊敬的，这是对人性中真诚、质朴的品质的一种赞美，短短的几句话，揭示出了人生的哲理和寻找快乐的方法，也体现了“红毛马”的独特之处。

名师批注

②这绝不是随声附和，而是发自心底的诚挚表达，物质上虽然匮乏，但精神上的愉悦让人得到满足，这也是底层人民苦中作乐、自我宽慰的一种表现。

名师批注

③古里·普列特尼奥夫用才华与智慧赢得了大家的敬佩，这是他人格魅力的展现，也是开展革命工作的需要，为下文做了铺垫。

25 指他的名字古里与古斯里琴有点儿相近。

见到他都露出一脸谄笑。

马鲁索夫卡贫民窟是上山去的要道，是雷布诺里亚德街和旧戈尔舍奇纳街两条街的交汇点，尼基福雷奇的岗亭就坐落在旧戈尔舍奇纳街的幽静拐弯处，和贫民窟的大门距离不远。

①尼基福雷奇是我们这一条街上的警长，他是个胸前挂满奖章的瘦高老头儿，在这条街上工作了很多年，看上去聪明伶俐，笑起来特别亲切，却是个极其狡猾、笑里藏刀的人。他很关心我们这个人多繁杂的贫民窟，②每天都会全副武装、穿戴整齐地来到这儿巡视几回，一副优哉游哉的样子，就像动物园里饲养员查看铁笼里的野兽一样，一个接着一个窗口地查看。

这年冬天[26]，他从一个房间里逮捕了独臂的退伍军官斯米尔诺夫和兵士穆拉托夫，他们都是获得过圣乔治十字勋章的人，并且还参加过斯科别列夫将军[27]指挥的阿哈尔—帖金远征军。他还逮捕了佐布宁、奥夫相金、格里戈里耶夫、克雷洛夫等人，据说是因为他们想建立一个秘密的“地下”印刷厂，穆拉托夫和斯米尔诺夫被抓是因为星期日大白天跑到城里闹市上的克柳奇尼科夫印刷所偷铅字。没过多久的一个夜里，住在“玛鲁索夫卡”贫民窟里的一个整天愁眉苦脸的人被宪兵们抓走了——我给他起过绰号，叫他“流动钟楼”。

第二天早上，古里·普列特尼奥夫知道这事之后，激动地抓着头发对我说：“马克西莫维奇老弟！真见鬼，糟透了！你快去，麻烦你跑一趟……”

他告诉我应该往哪儿跑，又嘱咐道：“一定要小心！那儿可能会有密探……”

③这个秘密任务让我非常兴奋，我犹如一只雨燕，

名师批注

①“奖章”证明他是沙皇的忠实奴仆，“狡猾”则告诉我们此人的虚伪与奸诈，他是统治集团的代言人，注定是要与革命为敌的。

读书笔记

②你如何理解警长全副武装、穿戴整齐地多次到贫民窟巡视？

名师批注

③运用比喻的修辞手法，把“我”比作一只雨燕，生动形象地写出了“我”在接到秘密任务后的欣喜，“我”渐渐开始踏上了寻求真理的道路。

26 据史料记载，此事发生在1886年1—2月间。当时被捕的人有退伍陆军中尉、民意党人斯米尔诺夫、穆拉托夫和佐布宁等喀山大学的几名学生。

27 斯科别列夫（1843—1882），俄国将军，1880至1881年曾在突厥斯坦指挥阿哈尔—帖金远征军。

迅速地飞跑到海军村。

我走进一家昏暗的铜匠作坊，看见一个鬈发蓝眼的青年正在给一口带耳的平底锅镀锡，但他看上去不像工人。屋角的老虎钳机床旁有一个矮小的老头儿，他正在忙着打磨一个铜质活塞，白头发用一根小皮带束着。我问他："你们这儿有活儿干吗？"

小老头儿充满怒气地答道："我们自己人有活儿干，可没活儿给你干！"

那个年轻人瞥了我一眼，又低头镀他的锅去了。①我用脚轻轻地碰了一下他的脚，他用他那双蓝眼睛又惊又怒地瞪着我，一只手中抓着平底锅把，仿佛要冲我砸过来似的。看我一个劲儿地朝他使眼色，他才平静地说："走吧，你先走吧……"

我又朝他使了个眼色，才走出店铺，站在大街上。这个鬈发青年伸了个懒腰，也跟了出来，默默地凝视着我，点燃一根纸烟抽了起来。我问："你是吉洪吧？"

"嗯，是呀！"

②"彼得被捕了。"

他怒了，仔细地打量着我："你指的是哪个彼得？"

"高高的个子，像教堂里的助祭。"

"还有什么？"

"没了，就这些。"

"什么彼得？什么教堂里的助祭？和我有什么关系？"他毫不在意地问道。

他回话的口气使我确信他肯定不是这里的工人。我终于完成任务了，激动地跑回贫民窟，心里感到骄傲、高兴极了！我的第一次"地下"活动就这样结束了。

古里·普列特尼奥夫和他们这些有组织的人走得比较近，我曾经请他把我介绍给他们，可他总是说："老弟呀，你还小！还得多念书学习……"

有一回，老朋友中学生尼古拉·叶夫列伊诺夫来找我，让我和一个做秘密工作的人会面，这次会面考虑得

读书笔记

①为什么年轻人有这么大的反应？

名师批注

②通过对话，表现了吉洪作为一个革命者的警觉性，也表现了"我"初次执行任务的谨慎。

十分周密，气氛异常紧张，我预感到这件事非同小可。

叶夫列伊诺夫带我来到城外的阿尔斯科耶波列平原，一路上提醒我会面时要谨慎小心，并让我为这次会面保密。然后，他指着从空旷无人的地方慢悠悠地走过来的一个灰蒙蒙的人影，环顾了一下四周，轻声对我说："就是他！你跟着他走！等他停下来的时候，你就走上前对他说：'我是新来的……'"

①秘密的行动本应该是新鲜、刺激并且充满乐趣的，可是这次会面让我感觉有点儿可笑，甚至令我哭笑不得：炎热的大白天，火辣辣的太阳，一个孤孤单单的人影在野地里像根灰色的草一样摇摆着——再也没有其他的了。

我一直跟到了一座墓地的门口，才赶上他，原来他也是一个翩翩少年。他面孔瘦削，漠然无表情，两只圆圆的眼睛看起来像小鸟的眼，但目光冷峻而警觉，咄咄逼人。他穿着一件学生的灰大衣，衣上原有的银灰纽扣已经脱落，又重新补上了几枚黑纽扣，破旧的学生制帽上还可以看到帽徽。②整体上看，他还是个孩子，羽翼未丰，有几分稚气，却急于把自己装成大人。

我们在坟场里找了一块有树阴的地方坐下来，他讲话乏味又冷漠，一本正经，我一点儿都不喜欢他那个样子。他很严肃地问我读过哪些书，还希望我能参加他创建的小组一起学习，我答应了，我们的会面就这样结束了。

③他小心翼翼地向前走了几步，同时探头探脑，悄悄环顾着空旷无人的野草地。

他创建的这个秘密小组还有三四个年轻成员，我是其中最小的一个。我们主要是学习约翰·斯图亚特·穆勒的著作和车尔尼雪夫斯基给这本书做的注释，这对我来说完全是一个陌生的领域。

小组会在一个师范学院的大学生米洛夫斯基家里进行，后来米洛夫斯基用叶列翁斯基为笔名发表了一些短篇小说，写满五本后就自杀了——像这样随意结束自己生命的人我见过不少，我对这种事已经习以为常了。

名师批注

①"我"和别列津的初次见面是"可笑的"，一方面表现了"我"此时对革命工作还不熟悉，产生了"轻浮"的想法，另一方面也与后文"我"的转变形成了对比。

名师批注

②此时的别列津还很年轻，但为了工作方便，故意将自己打扮得成熟一些，年轻人之间有时也是互相排斥的，"我"当时有这样的想法也是十分正常的。

读书笔记

③他的行为体现了他怎样的性格特点？

米洛夫斯基十分内向，沉默寡言，思想沉闷，但讲话十分注意分寸。他住的是一所脏乱不堪的房子下面的地下室，他为了“身心平衡”，每天都会做点细木工活儿。和他在一起的时间很无聊，而我对穆勒的书也没什么兴趣。

没过多久，我发现我对这些经济学基本理论早已清楚，凭个人生活经历就可以直接领会，而且可以说是已经刻骨铭心。

①我似乎觉得，曾经为他人的幸福生活付出过力气的人都十分明白这些原理，完全用不着花费这么大的心思、用那么多深奥难懂的语句编成一本厚书。要我在这间充满木工胶水味的地下室里，看着小虫子在污浊的墙上爬来爬去，一坐就是两三个小时，那真是一件很不容易的事。

有一次，我们这位热心讲课的辅导老师迟到了，我们还觉得他不来了呢，就买了一瓶伏特加酒、一点儿面包和黄瓜，举行一个小酒宴。

可是，我们突然看见老师灰色的裤腿从地下室的窗口处一闪，吓得我们赶忙把酒藏起来，这时候老师就走进来讲车尔尼雪夫斯基的伟大论断了。我们全都像泥塑木雕似的，坐在那儿一动不动，提心吊胆，生怕自己的脚把酒瓶给弄倒了。②结果那酒瓶却让老师踢了个正着，我们吓坏了，个个满面通红，以为老师会大发脾气，结果他往桌底瞧了一眼，什么也没说。唉！我宁肯他把我们臭骂一顿！

他的沉默不语和那严峻的面孔，还有那双气恼得眯起来的眼睛，使我羞愧万分、如坐针毡。我皱着眉头偷偷看一眼同伴们羞得紫红的脸，虽然买酒的主意不是我想出来的，但我还是觉得自己犯错了，违背了老师的教导，③我对老师始终抱有一种负罪感。

他讲课一直枯燥乏味，尽是浮语虚辞，我人在这儿，心儿却早飞到鞑靼人居住区去了，那里的人们善良又

名师批注

①此时的“我”对自己所处的环境还不是十分清楚，内心对于真理的渴望尚未点燃，所以会觉得现在的一切是那么无聊、无趣。

读书笔记

②为什么老师瞧见了酒瓶，却什么也没有说呢?

读书笔记

③“我”对老师为什么始终抱有一种负罪感?

勤劳，过着一种正派纯洁的特殊的“清真”生活，讲一口不够纯正、令人发笑的俄罗斯话。天一黑，清真寺的塔尖上就会有执事僧用奇特的声音召唤大家去做晚祷。

①我琢磨鞑靼人过的是另一种生活，这种生活是我不熟悉的，肯定与我以前过的那些不愉快的生活截然不同。

名师批注

①“我”一直都对新奇的事物保持着充沛的好奇心，鞑靼人的“清真”生活与此时“我”的处境形成了对比，展现了“我”对美好生活的向往和追求。

名师赏析

事实证明，美丽的幻影终将被现实击得粉碎，空气中弥漫着些许哀愁，我们似乎很难想象一个人在这样的社会中一点点被蚕食会是怎样的滋味，但作者通过主人公的视角将这“吃人的社会”的一隅呈现了出来，那些形形色色的人身上是鲜活的丑恶与善良。无论如何，这个“社会大学”的大门已然敞开……

积累与运用

·好词·

蓬乱 醉醺醺 手不释卷 深信不疑 眉头紧锁 额头一蹙 洗耳恭听
白发苍苍 赴汤蹈火 凄美哀怨 慢条斯理 步履轻盈
胸怀坦荡 低声细语 衣衫褴褛 慷慨大方 豪放不羁
破旧不堪 四面楚歌 沁人肺腑 咄咄逼人

·佳句·

◆ 她紧靠码头在水边站着，一只手在胸前画着十字，一只手拿着破旧的披肩角擦拭她的脸和眼睛，那是一双永远对世人充满慈爱的、闪闪发光的眼睛。

◆ 她向来就是一个异常沉静的女人，灰色的眼睛中蕴含着无奈、温良和倔强的情绪，她就如一匹精疲力竭的母马，在拉车上坡，明明知道自己已无法把车拉到山顶了，仍旧拼命往上拉！

◆ 巴什金貌不惊人，一头棕发，脸刮得光光亮亮，就像一个戏子，短小的身材使他像猫般轻盈灵活。

◆ 他相貌平平，皮肤略黑，头发青蓝色，有点儿像日本人，脸上布满细小的雀斑，像火药末涂进了皮肤里。

◆ 靠别人的怜悯度日并不能丝毫改变他深陷的眼睛中闪烁着的高傲神气，这种踌躇满志是躁狂症患者常有的，他认为自己很了不起。

· 美文仿写 ·

本段运用环境描写，调动感官，详细地介绍了“我”的处境，引发人们的同情。请你仿照文段，写一写你记忆中的“河边景色”。

由于这个地方临近伏尔加河，空气是湿润的，黑暗中，轮船上的一盏盏桅灯看上去像是许多金色的蜘蛛，缓缓地向四面八方蠕动。富裕的乌斯龙村里的店铺和住宅从窗口透出的光亮，在漆黑的岩石河岸上变成一串串火球、一条条火龙。轮船的外轮片拍打着河水，发出隆隆的轰响。驳船上的水手们在“狼嚎鬼叫”，一些人用锤子敲着船板，用拖长的声调唱着凄厉的歌，像是在用歌声排解心中的忧伤，这歌声在无形中平添了一份苍凉的气氛，使人觉得悲伤。

第一章 检测卷

（共 20 分）

一、填空题。（每空 1 分，共 10 分）

1. 阿廖沙决定到____________读书，使他产生上大学的念头的是一个名叫________________的中学生。

2. 待在那个大地洞里的时候，阿廖沙会想象自己变成了一个白发苍苍的__________。

3. 为了填饱肚子，阿廖沙常常到伏尔加河码头工作，在那儿挣到____________个戈比，还算容易。

4. ________貌不惊人，一头棕发，脸刮得光光亮亮，就像一个戏子，短小的身材使他像猫般轻盈灵活，他最爱的一本书是_________________。

5. ________________________总是喜气洋洋，玩游戏时灵巧机智，讲话幽默俏皮，多才多艺，在各方面都有很高的天赋。

6. 在贫民窟中，有一位富翁，他的秃顶周围长着一圈火红的头发，颧骨很高，两条细长的腿撑着圆鼓鼓的肚子，一张大嘴里藏着一口和马的牙一样的大牙，由于这口牙齿，大家叫他“____________”。

7. 住在“玛鲁索夫卡”贫民窟里的一个整天愁眉苦脸的人被宪兵们抓走了——我给他起过绰号，叫他“______________”。

8. 秘密小组主要是学习约翰·斯图亚特·穆勒的著作和车尔尼雪夫斯基给这本书做的注释，主要是在_____________的家展开活动。

二、简答题。（每题 5 分，共 10 分）

1. 在叶夫列伊诺夫的家里，他的母亲为什么会对阿廖沙发脾气呢？

2. 你觉得巴什金是个什么样的人？

参考答案

一、填空题

1 喀山大学；尼古拉·叶夫列伊诺夫。

2 魔法师。

3 十五至二十。

4 巴什金；《基督山伯爵》。

5 古里·普列特尼奥夫。

6 红毛马。

7 流动钟楼。

8 米洛夫斯基。

二、简答题

1 因为阿廖沙故作聪明，在女主人包饺子的时候，说肉馅太少。这番话深深地刺痛了她的内心。

2 巴什金是个职业小偷，贪恋女色，一身疾病。他在师范学院读过书，有学问，会谱写歌曲。他是一个悲剧人物，他应该成为一名教书育人的老师，但命运让他成了可耻的窃贼。

第二章

名师导读

在本章中，“我”见到了伏尔加河上的劳动场面，结识了杰连科夫一家，遇到了思想激进的大学生们，获得了在谢苗诺夫的面包坊打工的机会，听到了“鸨母”讲述的故事……这些生活片段都在一步步重塑着“我”的价值观。世间有罪恶，也有肮脏，此时“我”又该何去何从呢？

①一直以来我都十分向往伏尔加河上的那种集体劳动的热闹场面，那种劳动中唱的乐曲令我心驰神往。

虽然我早已闲云野鹤，不躬行实践了，可直到今天，工人们热爱劳动的狂热依旧使我着迷。我还清晰地记得我第一次感受到劳动激情的那天。

当时，一群码头装卸工合作组的工人带着我一起去船上卸货，那是一艘满载货物的大拖船，它在喀山附近撞到礁石，船底破了。

当时正是九月，从上游刮来了大风，吹来了冷雨，灰色的河面上，波涛汹涌澎湃，狂风卷起大浪。合作组的五十来个工人裹着草席和帆布，脸色阴沉，蹲在一艘空驳船的甲板上。一艘小汽船拖着空驳船向前行驶，汽船喘着粗气，在大风冷雨中，不时喷吐出一团团红色的火花。

已是黄昏时候，潮雾浓重的天空黑了下来，像铅似的低垂在河面上。②搬运工们又叫又喊，骂完天又骂地，诅咒凄风苦雨，抱怨自己的生活处境。他们懒洋洋地在

名师批注

①交代“我”对这种集体劳动的热闹场面的向往，与后文“我”对这些装卸工人们的不满形成了对比。

名师批注

②装卸工人的抱怨让主人公不屑，在“我”的眼中，这些人一无是处，实际上他们真的是这样吗？接下来的情节中就会揭晓答案，此处与下文形成了鲜明的对比。

甲板上挪来挪去，企图躲避寒气和潮气。我看着这群人晕晕乎乎的样子，一点儿也不像能干活儿的，估计他们根本抢救不了快要沉下去的那船货物。

午夜时分，终于到了那艘货船搁浅的地方，大家把空驳船和出事的船甲板对甲板系牢在一起，搬运合作组的组长首先亮相了。①他是个凶神恶煞的老头儿，一脸麻子，生性狡猾，又爱说脏话，长着一双鹰眼和一只鹰鼻。他摘下他光秃的头顶上那湿透的帽子，用女人一般的尖嗓子喊道：“伙计们！祈祷吧！”

黑灯瞎火，工人们在甲板上聚成一个个黑团团，像一群狗熊似的狂叫起来，组长先祷告，又喊道：“点灯！伙计们，看你们的了！好好干，上帝会保佑你们的！快开始干吧！”

刚才还一筹莫展、无精打采、浑身湿透的人们要露一手了，一个个变得生龙活虎，他们像上战场一样，以电闪雷鸣之势，纵身跃到那艘快要沉没的触礁船的甲板上，一面呐喊，一面狂叫，竟讲起俏皮话来。

②我的前后左右，一袋袋大米、一包包葡萄干、一捆捆皮革和羔羊毛皮犹如一个个鸭绒枕头那样轻飘飘飞过，粗壮的人影在穿梭，大声怒叫，吹口哨，狠狠地斥骂，以此来相互鼓劲。很难相信，这些刚刚还在颓丧地抱怨生活、诅咒风雨寒天、愁眉不展、怨声载道的人们，这会儿竟然兴高采烈、欢蹦乱跳地投入战斗了。

③雨越下越大，天也变得越来越冷，风更猛了，人们的衬衫被吹得卷起来，衣襟翻转到头上去，肚皮都露出来了。湿漉漉的夜色中，六盏昏暗的灯笼发出微弱的光，五十多个人影跳来跳去，踩得甲板咚咚作响。

他们干活儿的劲头就像他们本就渴望繁重的劳动，抛着传递四普特重的米袋和扛着货包赛跑的乐趣，他们早就想享受享受了。用个恰当的比喻：他们干活就如孩子热爱游戏一样，干得那么愉快、陶醉，看他们那个幸福劲儿，看来在他们心中除了和女人拥抱，再没什么事能和干活儿媲美了。

名师批注

①通过外貌描写，可以看出这个领队的性情。统领这么多装卸工人绝不是一件容易的事，为后文他指挥装卸工人劳动做了铺垫。

名师批注

②这段精彩的场面描写令人振奋，洋溢着浓浓的赞美之情。搬运工人的表现让“我”始料未及，他们真诚、顽强、乐观、积极向上的态度深深地感染了“我”，也让每一个读者从中受益。

读书笔记

③此处的环境描写有何作用？

一个满脸胡须的大个子，身穿哥萨克式紧身外衣，他浑身湿透了，看上去是货船的主人或者代理人，他为了给大家鼓劲，突然兴奋地大声说道："好小伙子们！我奖励你们一桶酒！我的小强盗们！两桶也行！快加油干吧！"

①夜色里，从四面八方传来沙哑的叫喊声："来三桶吧！"

"好，三桶就三桶！加油干吧，瞧你们的了！"

于是，劳动场面这会儿更加热烈了。

我跑去抱米袋，搬、抛、抱，一遍又一遍地重复着，我感觉我们不是在干辛苦繁重的劳动活，而是在跳狂欢的舞蹈。

好像这些人可以永远这样不知苦累和疲倦，快快乐乐地干下去，那劲头儿足得仿佛他们随时都能抓起城里的一座座钟楼或者尖塔，整个喀山城也握在他们手里，想搬到哪儿就搬到哪儿。

这一天晚上，我过得前所未有的愉快。我真想就这样一辈子疯疯癫癫、痛痛快快地劳动下去，这种愿望使我心中明亮起来，愁云顿散。

船舷外面波浪翻滚，大雨点哗哗落在甲板上，河面上狂风在呼啸，黎明的薄雾中，落汤鸡似的赤裸的搬运工们不停地跑着、笑着、叫着，显示着自己的力气，欣赏着自己的劳动成果。

②这时来了阵风，吹开了厚重的乌云，一角蓝天上露出了太阳粉红色的脸，这群快乐的疯子抖动着湿乎乎的胡须，一齐朝着太阳大叫。

③这时我真想跑上去拥抱这群两条腿的动物，亲吻他们，他们干活时的机智灵活简直让人激动万分！没有什么可以阻止他们由衷快乐地迸发出来力量。这种神奇的力量可以创造出奇迹，它可以实现神话故事里一夜之间就能盖起美丽的宫殿和城市的梦想。

阳光极其吝啬地照了一两分钟，就藏到厚重的乌云身后去了，就像一个小孩掉进了大海，完全被乌云吞没

名师批注

①虽然我们看不清楚工人的脸庞，但是他们沙哑的声音是那样地充满力量，他们的激情也在感染着每一个人，折射出底层劳动人民身上的美好品质。

名师批注

②采用环境描写和拟人手法，生动地展现了这群工人此时不畏辛苦、欢快劳作的场面。

名师批注

③此处语言简练，却充满着激情，作者用直抒胸臆的方式表达了对装卸工人的赞美之情。

了，倾盆大雨漫天泼了下来。

“歇工吧！”不知谁喊了一声。

这声喊立刻招来了许多愤怒的声音：“看谁敢歇工休息！”

这场战斗一直持续至下午两点，这群半赤裸的人们顶着狂风暴雨搬运货物，不知疲倦地拼命劳动，直到把全部的货物卸完为止。我被他们身上爆发出来的强大力量震慑住了。

①随后，他们返回小轮船上，不一会儿，就一个个东倒西歪像醉鬼似的睡着了。小轮船一到码头，他们就如一道灰色泥流，向岸边的沙滩蜂拥而去，飞奔至小酒馆喝那三桶伏特加去了。

在小酒馆我见到了小偷巴什金，他走到我跟前，朝我仔细打量了一番，问道：“他们让你做什么去了？”

我满怀欣喜地把这次劳动的情况一五一十地说给他听，谁知他听完便露出一脸的不屑，说道：②“傻瓜！傻瓜都没你傻，你真是——一个白痴！”

说罢，他吹着口哨，如同一条在水中游泳的鱼似的摇摆着身体，沿着酒桌之间窄小的过道走掉了。

这会儿，搬运工们坐到酒桌旁，热火朝天地大吃大喝起来。

突然角落里一个人用男高音哼起了下流小曲：

哎哟，每逢三更半夜时分，有个老太太去了后花园在那儿寻欢作乐呀，哎哟！

这时候又有十几个人的声音加入其中，他们一起发出震耳欲聋的吼叫声，同时用手在桌沿上打着不一的节拍：

打更人巡视碰巧来到这里，
看见哪，太太仰面躺在地上……

名师批注

①这是底层劳动人民的真实写照，他们没有理想，却充满激情，每一天都在为了生活打拼，这种低级粗俗的宣泄方式是他们最好的选择。

读书笔记

②为什么巴什金骂“我”是白痴？

①小酒馆里人声嘈杂，有放声大笑的，有吹口哨的，还有人用极其下流无耻的腔调说着恐怕这世上都少有的污言秽语。

我被介绍认识了杂货铺老板安德烈·杰连科夫。他的杂货铺在一条荒凉小街的尽头，俯临一条被垃圾占领的冲沟，让人一点儿都提不起兴趣。

②他是个手患肌肉萎缩症的人，个子矮小，相貌温和，留着银灰色的胡须，眼里透出一股聪慧。他有全城最好的图书室，收藏了许多禁书和珍贵版本书，喀山许多学校的大学生，还有那些具有革命倾向的人物都到他这儿来借书看。

他的杂货铺是一幢低矮的平房，是一个从事银钱兑换的阉割派教徒的住宅的附属建筑物。从铺子中进去，有一扇门通向一个大房间，这间房子采光不好，只有一扇朝向天井开的窗子透入微弱的光线。

和大房间相连的是很窄的厨房，从厨房走过去，是一条阴暗的走廊，走廊在阉割派教徒的正宅和披屋之间，可在这条阴暗走廊的拐弯处，隐藏着一间仓库——就是那间秘密图书室！其中一些书是手抄的，用钢笔抄在厚厚的笔记本上，例如拉甫罗夫[28]的《历史信札》，车尔尼雪夫斯基的《怎么办》，皮萨列夫[29]的一些论文，以及《沙皇就是饥饿》[30]和《巧妙的圈套》[31]等。③现在这些手抄本被翻破了，书页边儿也都卷起来了。

我第一次来小杂货铺时，安德烈·杰连科夫正在接待客人，他指着通向大房间的门向我示意。我走进去一

名师批注

①这就是生活本来的样貌，充满激情，也充满堕落，人如浮萍，无根可依。

名师批注

②“我”开始认识更多的人，杂货铺老板安德烈·杰连科夫就是其中一个。通过作者对他的外貌描写，我们看到了一个和蔼、充满智慧的人物形象。

读书笔记

③从作者描述的书的情况中，你读出了什么信息？

28 彼得·拉甫罗维奇·拉甫罗夫（1823—1900），俄国哲学家、社会学家、政论家。革命的民粹主义思想家之一。

29 德米特里·伊万诺维奇·皮萨列夫（1840—1868），俄国政论家、文艺批评家，革命民主主义者，空想社会主义者。主要著作有《劳动史纲要》《现实主义者》《美学之毁灭》等，对俄国作家多有褒扬，但对普希金有所贬低。

30 这是俄罗斯科学家、生物化学学派创始人阿列克谢·尼古拉耶维奇·巴赫（1857—1946）于1883年写的一本小册子。

31 这是俄罗斯统计学家和经济学家瓦尔扎尔（1851—1940）于1874年写的一本小册子。

瞧，①只见在暗淡的房间角落里，跪着一个小老头儿，他在虔诚地祈祷，那副样子，恰似萨罗夫修道院里的谢拉菲姆圣像。我望着他，心里觉得异常不舒服。

我听人们说杰连科夫是民粹派[32]，在我的心里民粹派该是革命家，既然是革命家就不应该信上帝了，所以我感觉这个祈祷的老头儿在装模作样。他祷告完，仔细地用木梳理了理白头发和胡子，极其郑重地看着我说："我是安德烈的父亲，你是谁？哦，是吗？我还以为你是化了装的大学生呢。"

"大学生为什么一定要化装啊？"我问他。

"是啊！"小老头儿小声说道，②"他们就算装扮得再好，上帝总会认出他们的！"

他到厨房去了。我坐在窗子旁想事，突然听到有人说："哦，这就是他呀！"

③厨房边上靠着一个白衣女孩儿，短短的金黄色头发，脸色苍白且有点儿臃肿，一双漂亮的蓝眼睛露出盈盈笑意，宛如街上廉价石印画上面的小天使。

"您有必要那么惊讶吗？我的样子有那么可怕吗？"她说。她说话的声音很尖，微微颤抖着。

她用手紧紧扶着墙壁，十分小心地、缓缓地向我靠近，那样子仿佛她脚下踩的不是坚硬的地板，而是悬挂在空中的一根晃晃悠悠的绳索。她不方便走路的样子，更使人觉得她不像凡人。她整个身子都在颤抖，好像有万千支针扎进了她的脚掌，又像是墙壁上有火烫伤了她婴儿般胖乎乎的手似的。她的手指直直的，非常僵硬。

④我一言不发地站在她面前，从来没有感到过这么狼狈和孤独，同时心里萌发出对这女孩儿的痛惜和怜悯。这间暗淡房子里真是无奇不有啊！

名师批注

①通过"我"的视角，看到了以安德烈·杰连科夫的父亲为代表的老人对于上帝的虔诚和接受新事物的态度。

读书笔记

②你如何理解老人的这句话？

名师批注

③通过详细的外貌描写，一个柔弱可怜的女孩儿形象跃然纸上，这是杰连科娃与"我"的初次见面，"我"对她印象深刻。

名师批注

④这间房子，这里的人都让主人公无法理解，一个喜欢思考的人，必定对新鲜事物充满着好奇。

---

32 民粹派，即民粹主义者。民粹主义是一种19世纪俄国平民知识分子的思想体系和社会活动，代表农民利益，反对农奴制和资本主义在俄国的发展，主张通过农民革命推翻沙皇专制制度，认为俄国可以通过"村社"形式过渡到社会主义。他们自认为是人民的精粹，故有"民粹派"之称。

女孩儿小心翼翼地坐到椅子上，就像在担心椅子会忽然从她屁股底下飞走似的。

她告诉我，她这几天才开始下床活动，在这之前她几乎有三个月的时间一直躺在床上，当时她的手脚都不听使唤了。

她遇见一个生人，就如此十分坦率地、随随便便地说出了自己的一切隐情，一般人是不会这样做的。

“这是一种神经系统的病。”她微笑着告诉我。

①我记得，当时我特别希望还有别的理由解释她身体的病态。这样的一个女孩儿，住在这样一间怪异的房间里，她的病却仅仅用神经系统疾病一词来解释，这未免太简单，也太不可思议了。这个房间非常怪异，房里所有的东西都怯生生地依偎着墙壁，屋角圣像前面的小神灯分外明亮，神灯的铜链子的黑影在饭桌的白桌布上莫名其妙地、不停地晃动着。

“我听很多人提起过你，一直想知道你长什么样子。”她说。她的声音如小孩子说话一样细弱。

②这个女孩儿大大方方地打量着我，让我感到很难受，浑身不自在，她那双蓝眼睛里透出一股可以穿透一切的力量。面对这么一个女孩儿，我不知道应该说什么，所以只好默默地看着墙上挂着的赫尔岑[33]、达尔文、加里波第等人的画像。

这时，杂货铺里闯进一个和我年龄相仿的男孩儿，他有着淡黄色的头发，③眼睛里流露出放肆和无礼，用嗓音变化时期那种刺耳的声音大喊：“你怎么爬出来了呀？玛丽娅！”说完，他马上又钻进厨房里去了。

“他是我的弟弟，阿列克谢！”女孩儿和我说，“我以前在产科进修班学习，后来却得了这个病，唉……您为什么一句话也不说？是不是觉得不自在？”

名师批注

①“我”希望有别的理由可以解释她的病态，表现了杰连科娃的遭遇令人同情，也侧面表现了“我”强大的共情能力，感叹生活的艰辛，体现出“我”的善良。

读书笔记

②为什么“我”会有这种感觉？

读书笔记

③试分析阿列克谢流露出这种眼神的原因。

33 亚·伊·赫尔岑（1812—1870），俄国革命家、作家、哲学家。哲学著作有《科学上一知半解》《自然研究通信》等，长篇小说有《谁之罪》，回忆录有《往事与随想》等。

①杰连科夫走了进来，那只残手插在怀里，另外一只手默默地抚摸着他妹妹柔软的头发，她的头发被揉得乱乱的，而他问我要找什么活儿干。

这时候，又进来了个火红色鬈发、身材匀称的女孩儿，她用那双绿莹莹的眼睛严厉地瞥了我一眼，扶起了白衣女孩儿，边走边说："玛丽娅！你待在这儿很长时间了！"

于是她把这有病的姑娘搀扶走了。

直接这样叫一个大姑娘的大名，听起来很刺耳，一点儿也不和谐[34]。

②我从杂货铺出来了，心里惴惴不安，但第二天晚上我又来到杂货铺，坐在那间怪异的房子里。

我只是很想了解他们如何生活，靠什么为生，我觉得他们这样住在一起令人奇怪，其中肯定有着不可告人的秘密。

那个和蔼可亲的小老头儿名叫斯捷潘·伊万诺维奇，他的脸色苍白得像块透明的玻璃，他在屋角静静地坐着，面带笑容环顾四周，黑乎乎的嘴唇微微颤动，好像是在央求着："谁也不要来打扰我！"

③他整天像只兔子似的惶恐不安，似乎有种不祥的预感，总怕有什么大祸突然降临。我把他的内心世界看得一清二楚。

他的儿子安德烈·杰连科夫一只手不听使唤。此刻安德烈身穿一件灰色短衫，胸前的那一片沾满油污、面粉和其他东西，硬得结成痂了，像是块老树皮。他侧着身子在屋子里走来走去，惭愧地微笑着的样子就像一个刚刚做了错事被原谅的淘气孩子。

安德烈的二弟阿列克谢在小杂货铺给他帮忙，是个又懒又馋又笨拙的小伙子。三弟名叫伊万，在师范学院上学，平时在学校里住宿，只有节假日才回家。伊万长得矮小却打扮得十分精致，头发总是油光可鉴，颇有老

名师批注

①通过动作描写，表现了杰连科夫对妹妹的宠爱，即使在潮湿、阴暗的房间里，也有着这一份难得的温情，温暖人心。

名师批注

②眼前所看到的一切，在"我"的心头激荡，才会有"惴惴不安"的心理，一方面是好奇心的驱使，另一方面是同情心的滋生。

读书笔记

③"我"洞察到了什么？

34 玛丽娅是正式名字，按俄国习俗，对女孩子应该叫小名或爱称才显得亲切。

练的小官吏的风范。得病的妹妹玛丽娅住在阁楼上，[①]她很少下楼。她一下来我就感到浑身不自在，感觉全身被无形的枷锁束缚了一样。

[②]杰连科夫的家务事由一个女人料理，这女人和阉割派教徒房东住在一起。她又瘦又高，脸如木偶，长着一双恶修女特有的冷酷眼睛。她的红发女儿叫娜斯佳，就是搀走玛丽娅的那个姑娘，她常常到这儿来转悠。当她用那双碧绿色的眼睛盯着男人的时候，尖鼻子的鼻孔就会习惯性地抽动起来。

不过杰连科夫家的真正主人还是喀山大学、神学院等各院校的大学生们，这是一帮不甘寂寞的人。他们经常在这里聚会，时时刻刻为国家和人民的未来忧心忡忡，殚精竭虑。每当看到报纸上的一篇文章、读到书本里的某些观点、听到城里或是大学里发生的一些新闻时，他们总会激动不安，当天晚上就从喀山城的各个角落蜂拥而至，挤到杰连科夫家的小杂货铺，慷慨激昂地争论着，要么躲到屋角里窃窃私语。他们经常随身带来大本大本的厚书，然后将手指头戳到某一页上，互不相让地争辩，各自说着自己赞赏的观点。

我不大明白他们在争辩什么，但我觉得真理已被他们汹涌的空话冲淡了，就像穷人家菜汤里的油星一样非常少了。我甚至认为有几个大学生，就像伏尔加河沿岸的那些反对正教的分裂派教徒中满腹经纶的老人。

当然，我非常清楚大学生们的初衷是好的，他们向往美好的生活，即使他们的真意被他们滔滔不绝的空洞的评说淡化，但至少没有被全部淹没。他们希望解决一些社会问题，我非常理解他们，因为我也有同样的想法。

[③]听他们讲话，我常常可以发现我想说但没说出的话，接触到这些人，我心中不禁狂喜。此时，我好像是一个俘虏，即将被开禁，既心存感激，又兴奋异常。在他们眼里，我就像木匠手中的一块好木材，他们非常希望用这块木料打造出一件不同凡响的物件来。

读书笔记

①“我”为什么会产生这样的反应?

名师批注

②详细地介绍了杰连科夫的家庭情况，为下文做了铺垫。

名师批注

③此时，“我”在真理的认识上仍是朦胧的，但这种浓厚的学习氛围让“我”受益匪浅。就这样，在不断的熏陶下，“我”与大学生们的进步思想有了初步的共鸣，革命理想正在悄悄萌芽。

"这是个天才！"他们彼此在见面时总是这样把我推销出去，还带着骄傲与自豪，就像街上到处跑的孩子捡到了一枚五戈比铜板后朝别人炫耀一样。

①我不喜欢被人们称作什么"天才""骄子"之类的，我觉得我应该是个被遗弃的孤儿。有时候那些指导我学习的大学生让我感到一种沉重的压力，这种压力会制约我智力的发展。

读书笔记

①为什么"我"认为自己应该是个被遗弃的孤儿？

有一回，我在书店的橱窗里看见一本叫《警世箴言》[35]的书，尽管我看不懂书名，但是我非常想看这本书，于是就向一个神学院的大学生借。

这个未来的高级神职人员长得像黑种人——鬈发、厚嘴唇、白牙齿，他说话尖酸刻薄，用嘲讽的语气教训我："瞧你！老弟！你这是瞎胡闹！让你看什么书你就看什么书，别费尽心思去借不适合你的书来读！对你不懂的领域，你就别往那里瞎掺和了！"

这位导师粗暴的语调深深地伤了我的心。②后来，我还是买到了这本书，买书的钱，一部分是我在码头打工挣的，一部分是从安德烈·杰连科夫那里借的。这是我买的第一本内容严肃的书，我一直珍藏到现在。

名师批注

②为了得到这本书，"我"付出了劳动，也用当时人们不可能做到的方式——借钱去买书，体现了"我"为了实现理想迎难而上的美好品质。

总的来说，周围的人们对我相当严厉。有一次我读《社会学入门》[36]这本书，我以为作者过分夸大了游牧民族对人们文化生活的影响，并且忽视了富有创造精神的游民和猎人的作用。

我把自己的想法告诉了一个中文系的大学生，他听了我的疑问，那张充满女性气质的脸上立刻庄重严肃了起来。他和我讲起了"批评权"的问题，拉拉杂杂讲了整整一个小时。

"你先得坚信一种真理，才能去批评，才有批评的权利，那你坚信的是什么呢？"他这样问我。

---

35 作者是叔本华（1788—1860）。

36 该书的作者是俄国社会学家、政论家和经济学家瓦·瓦·别尔维—弗列罗夫斯基（1829—1918）。

他是个在街上走路都要读书的大学生，他经常因为把脸埋在书里看书而撞到行人。他得了斑疹伤寒，躺在阁楼的床上的时候都在不停地念着：“道德必须是自由部分和强制部分的调和一致，调和一致，调和……调……调……”

①这位可怜的文弱书生因为长期忍饥挨饿而落得一副病态，再加上他为了寻求真理而上下求索，导致他看上去更虚弱了。读书是他唯一的兴趣，除此以外他别无所求。当他觉得他化解了两位大思想家的矛盾时，他那双温柔的黑眼睛就会闪烁出喜悦的光芒。

我还记得，离开喀山十年后，我在哈尔科夫城见过他，当时他已经在凯姆度过了五年的流放生活，这时又返校学习了。我觉得，②他总是生活在不可调和的矛盾中——他在快被肺结核折磨死的时候还在打算把尼采[37]思想和马克思思想调和起来。

我印象最深的一次是他用冰冷的手指捏住我的手，嘴里在咯血，嗓子里呼噜呼噜地传出声音：“矛盾不统一起来，就不能活了！”

后来，他就死在了去上学的电车车厢里。

③我曾经见过许多这样为真理以身殉职的人，每当我想起他们的时候，心中的敬意便油然而生。

常常来杰连科夫小杂货铺聚会的有二十来个人，都是这一类愤青。其中有一个叫潘捷列伊蒙·佐藤的神学院学生，是个日本人。有时还有一个大个子会来，他有着宽阔的胸膛、密实的络腮胡子和鞑靼式光头，身着一件卡萨金[38]短大衣，扣子一直扣到嘴巴下。他寡言少语，总爱坐在角落里，吸着一支短烟斗，用两只沉稳的灰眼睛冷静地观察着在场的每一个人。④看得出来，他非常留意我，目光不时地落在我身上，我觉得这个非常严肃的人在暗暗地琢磨着我，不知道为什么我就害怕他了。

名师批注

①这个痴迷于读书的大学生代表了当时人们共同的精神状态——为了追求真理而甘愿付出，在黑暗的人生之路上靠读书获取光明，获得心灵的支撑。

读书笔记

②这体现了人物什么样的性格特征？

读书笔记

③为什么“我”对这些人怀有敬意？

名师批注

④他的沉默和盯着“我”看是有目的的，没有今日的相逢，又怎会有将来的聚首？两人之间注定会有一段不同寻常的交往，此处为下文埋下了伏笔。

37 尼采（1844—1900），德国唯心主义哲学家，唯意志论者。
38 19 世纪至 20 世纪初乌克兰人和俄罗斯人穿的一种短外套。

在人人争辩的大房间里，他保持沉默的样子让我很纳闷。

人们高谈阔论、口若悬河，语气斩钉截铁，毫不掩饰地、大胆地讲着自己的想法，他们争论得越热烈，我越兴奋爱听。很久以后我才能明白，在他们唇枪舌剑的辩论中隐藏着浅薄而虚假的虚无主义。可这个大络腮胡子的高个儿为什么一言不发呢？他此刻在想些什么呢？

大家都叫他“一撮毛[39]”，这里除了安德烈·杰连科夫没有其他人知道他的真实姓名。过了不久我听说他是个流放犯，从雅库茨克刚回来没多久，他在那边过了十年的流放生活。①这让我对他的兴趣更加强烈了，但是这还不足以让我鼓起勇气和他相识。

我这个人不害羞，也不怕见陌生人，相反，我充满好奇心，对一切事情都喜欢刨根问底，而且越快越好。正是这种性格让我这一生从没有认真地研究过什么。

我听他们谈到了人民，我的自信仿佛从我身上离开了——我的想法为什么和他们不一样呢？这让我感到惊异和难以解惑。他们认为人民是真、善、美的化身，几乎是和上帝浑然一体的，是集一切美好、正义和伟大之精神于一身的生命载体。我怎么从没见过这样的人民呢？我见过的只有木匠、装卸工、泥瓦匠，我还见过雅科夫、斯穆雷、日哈列夫[40]，可他们现在谈论的是作为统一体的人民，他们把人民看得比自己还高贵，并且甘愿服从他们的意志。

②可我认为，正是这些具体的人真正拥有美好的思想，在这些人身上才真正体现出博爱、自由的美好品德。他们身上凝聚着、燃烧着按照新的原则去建设自由生活的善良意志。

在这之前，我所接触的人身上并没有什么博爱的特质，但是现在，在这里，他们的每一句话，甚至每一个

名师批注

①他怪异的行为和经历引发了“我”的好奇心，但仍然难以让“我”鼓足勇气与他相识。这体现了“我”性格上的缺憾，足够勇敢，但有时也会退缩，正因为如此，“我”的性格才会如此鲜明。

名师批注

②“我”的思想正在一点点地成长变化，但没有盲目地崇拜他人，始终保持着自己正确的认识和分析，这种判断能力对一个年轻人来说是难能可贵的。

39 音译为“霍霍尔”，原意是冠毛、额发的意思，是乌克兰人的一种习惯发型；后来变成了对乌克兰人的蔑称。
40 都是高尔基第二部自传小说《在人间》里的人物，雅科夫是轮船上的司炉工，斯穆雷是厨师，日哈列夫是画脸匠。

眼神里都闪烁着博爱的光芒。

这些崇拜人民的人说的话像春雨般滋润着我的心田，那些描写农村黑暗生活和苦难农民境况的朴素的现实主义文学作品给了我很多新的启示。①我认为只有对人类充满了热烈的关爱，才有可能从这种关爱中激发出一股强大的力量，来寻找和领悟生活的意义。从那之后我不再只考虑自己，而是开始为他人着想了。

有一天，安德烈·杰连科夫真心实意地告诉我，他把开杂货铺所赚的钱全部用来帮助这些相信“人民的利益高于一切”[41]的人们了。他犹如一个虔诚的助祭侍奉大主教一样，不停地在这些人中转来转去，不时地为他们的博学多才而感到欣喜。他常常不由自主地面带笑容，将一只有残障的手插入怀中，用另一只手捋着柔软的胡须对我说：“您听！多好的思想啊！”

这群人里面有一个叫拉夫罗夫的兽医——他有着一副跟鹅叫似的怪里怪气的嗓音，他独树一帜地发表与大学生们相反的言论，这时杰连科夫就不安地闭上眼睛，喃喃道：“捣乱！”

②杰连科夫对待这些民粹派大学生的态度和我一样毕恭毕敬，但是大学生对他却粗暴得像老爷对待奴仆或酒馆的伙计一样，他并没有觉察到这一点。每当送走客人后，他总会留下我在他那儿过夜。

我们把房间打扫干净，以地为席，铺一块毛毯就在地上睡。在神像前的那盏灯的微弱灯光的照耀下，我们畅所欲言，倾心交谈，没完没了。他带着教徒所特有的虔诚和欢快告诉我：③“如果以后有成百上千个这样出类拔萃的人才，就能夺取和占领国家的所有重要的位置，那我们的生活就会翻天覆地的！”

杰连科夫比我大十岁，看得出来他很喜欢红发姑娘娜斯佳，但在众人面前故意对她不屑一顾，甚至用十分

读书笔记

①你如何理解这种“热烈的关爱”？

名师批注

②通过态度的对比，表现出杰连科夫的善良和他对这些大学生的“崇拜”，但他的这种付出在大学生看来似乎有些理所当然了，这也体现了当时思想觉醒的短板，其实只是萌芽，并未真正觉醒。

名师批注

③通过语言描写，表达了杰连科夫内心的愿望，他希望有更多有知识的人觉醒，一起追求美好的生活。

41 引自俄国诗人涅克拉索夫（1821—1878）的长诗《谁在俄罗斯能过好日子》（1866—1876）的第4章。

冷漠的语气和她说话，好像是主人下命令般，而且尽量不看她那双充满激情的眼睛。可当她要走开时，他又用那依依不舍的神情望着她离去；当只剩下他俩单独在一起时，他就唯唯诺诺，露出怯生生的微笑，一只手还不忘捋着稀软的胡须。

他的妹妹也常常站在角落里听人们唇枪舌剑，争论不休，她全神贯注地听着，神情严肃，孩子气的脸蛋有趣地紧绷着，眼睛瞪得大大的。①每当听到特别激烈的言辞时，她就会大声地倒吸一口凉气，好像被当头浇了一盆冷水似的。有一个红发医学大学生[42]，像一只公鸡似的围着她转来转去，故弄玄虚地凑在她耳边轻声说话，不时挤眉弄眼，有时候还挺神气地皱起眉头。

读书笔记

①为什么杰连科娃会有这样的表现?

这一切都让人觉得特别有趣。

名师批注

②“我”始终自力更生，这体现了“我”的坚韧，不依靠他人过活，保有自己做人的尊严和追求，“我”的形象正在一点点丰满、立体起来。

秋天来了，我必须有一个固定的活儿干了。②我被周围所发生的一切新鲜事物给迷住了，活儿干得越来越少，几乎是靠别人养活，这种感觉太难受了。我必须为自己找一个活儿来维持生计，是为了找一个“地方”过冬，于是我来到瓦西里·谢苗诺夫的面包坊打工。

这段时期的生活虽然艰苦，但对我来说十分有教育意义。我后来写的短篇小说《老板》《科诺瓦诺夫》《二十六个和一个》中就描述过这段时间的生活。

读书笔记

③你是如何理解这句话的?

③肉体上的折磨固然痛苦，精神上的煎熬却是真正的痛苦。

我自从进了那家面包坊的地下室后，似乎渐渐地和以前天天见面聊天的人疏远了许多，我和他们之间好像竖起了一道“忘却的高墙”。他们没人来面包坊看我，而我也因为每天要干十四个小时的活儿没空跑到安德烈那儿去。

逢上节假日，我不是睡大觉，就是和作坊里的工人

42 在真实生活中，这个大学生是库德里亚采夫，后来成为环卫医生，在杰连科夫的小店里从事秘密工作。

们待在一起厮混。一开始，有些同伴把我当成“开心果”，还有的人和天真可爱的小孩似的，就喜欢听我讲一些有趣的故事。天晓得我都给他们讲了些什么，但是不言而喻，我讲的东西确实能激起他们的兴趣和对更轻松、更美好的生活的向往。有时候，我的故事比较精彩，他们就流露出富有同情心的忧伤，眼里激起怨愤的火花。①这时候我便非常得意，我自以为我在做“群众的思想工作”，对他们进行“启蒙教育”。

名师批注

①“我”此时的得意，并不是因为获得了利益，而是立足于对他人产生了意义，也许之前的“我”没想过做一个多么高尚的人，但此时“我”已经开始在影响他人了，也正是基于这种力量，让“我”更坚定了自己的方向。

不得不说，我在“教育”他们的时候也很自卑，因为觉得自己读书太少，知识匮乏、肤浅无知，有时连基本的生活常识问题都不能回答。这时候我就觉得自己好像被抛弃在一个昏暗的地洞里，地洞里的人像蛆虫一样慢慢蠕动，他们拼命回避现实，一有空闲就跑到小酒馆去借酒消愁或到妓女冷漠的怀抱中去寻求抚慰。

每月的月底领薪水时，他们一定会光临妓院。每当在这个美好的日子来临前的六七天里，他们就开始津津乐道了，宣讲嫖妓女的那种乐趣。从妓院回来后，他们又会久久地互相分享自己那一刻亲身感受到的快乐，厚颜无耻地炫耀自己的床上功夫，以及是如何肆无忌惮地蹂躏妓女的。但谈到妓女本人时，他们又露出一脸的不屑，甚至嫌弃地吐了唾沫。

②不知为什么，从所有这些交谈中——话里话外的，我也能够听出几分伤心和愧疚的意思。

名师批注

②这是一种矛盾的心态，一方面肉体的放纵是一种宣泄，另一方面这种宣泄背后带来的羞耻与不安也折磨着人们，这是一种畸形、病态的社会现象。

我发现，在“逍遥宫”里，一个卢布可以让一个妓女陪自己一晚上，我的同伴们觉得有些拉不下面子，举止拘谨、惶惑不安，感到这样做不合适，我觉得这是很自然的。可是，他们有几个人肆无忌惮地好色，放纵得令人发指，我觉得他们的放纵也可能只是故意做出来的，以满足自己的虚荣心。

我开始对两性关系感到好奇，所以对这方面的事情的观察就比较敏感。我还没有体验过女人的爱抚，这个情况使我的处境非常尴尬——不论是妓女还是同伴，都有意地嘲笑我、挖苦我。

没多久，我的伙伴们不再邀我去“逍遥宫”了，并且直截了当地对我说：“老弟！你就不要去了！”

“为什么不让我去呢？”

“带你去觉得别扭！”

①我牢牢地记住这句话，觉得其中对我大有含意，既有讥刺，又有轻藐，可是我一直也没有得到更明白的解释。

“你这个人啊！跟你说别去就别去了！你去令人扫兴……”

只有阿尔乔姆带着冷笑说：②“和你在一块儿，就像跟神父或不通情理的牧师在一块儿差不多！”

开始妓女们还笑话我太拘谨，缩头缩脑，后来她们就生气了，问：“你是不是嫌弃我们哪？”

名师批注

①“我”似乎是这些人中的异类，因为“我”开始觉醒，开始有了更加美好的追求，这种美好是精神层面的欢愉。

读书笔记

②从阿尔乔姆的这句话中，你觉得常嘲笑“我”的是一群什么样的人？

有个漂亮丰满的四十岁波兰“姑娘”，名叫捷列扎·博鲁塔，她打扮得花枝招展，是这里的“妈妈”。她望了我一下，说：“我说姑娘们，别逗他了！他一定是有情人了，是不是？这么健壮的小伙子，他一定给情人迷住了，错不了！”

③她是个女酒鬼，经常豪饮，喝醉了就丑态百出，令人反感。酒醒的时候判若两人，她那沉稳冷静又善于察言观色的体贴别人的性格让我惊讶。

名师批注

③巨大的人物反差不禁令人十分费解，是什么让一个人发生了这样大的变化？作者其实想通过描写这位老鸨告诉我们，生活有太多无奈，人生也会有很多变数。

“最让人感到莫名其妙的就是那些神学院的大学生了，”她对我的伙伴们讲述，“他们真会玩儿啊——先让姑娘在地板上打上肥皂，再叫一个赤身裸体的姑娘四肢朝下，手脚分别搭在四只瓷盘上，然后对着姑娘的屁股使劲一推，看看她在地板上能滑多远。就这样，他们推完一个，就再推另一个，你们说这叫什么事呀？”

“你瞎说！”我说。

“哟，我干吗要瞎说呀？”她叫道，但没有生气，依旧心平气和，但这种平和的态度让人有点儿难受。

“这是你自己编造的！”

“一个姑娘家怎么可能编这样的事呢？难道我是疯子吗？”她瞪着眼睛问我。

①大家都竖着耳朵听我们争论，捷列扎继续用她那冷静的声调说着嫖客们不可思议的行为，她只是想弄明白他们为什么要这样做。

在场的人都厌恶地往地上吐唾沫，用粗话骂着这些大学生，我以为这是捷列扎故意诽谤我所喜爱的大学生们，唤起老百姓对激进的大学生们的仇恨，就告诉他们，大学生是热爱人民并且希望人民幸福的。

“你说的是复活街上那所普通大学里的大学生，我说的却是从城外阿尔斯克波尔的神学院来的大学生！他们——那些神学院的学生，是教会抚养大的，过去都是孤儿，从小就养成了偷盗扒窃、调皮捣蛋的恶习，后来越变越坏，长大了肯定是小偷、流氓、坏蛋！在这些孤儿的心目中，没有任何值得他们珍惜、留恋的东西！”

②“妈妈”所讲述的故事，和妓女们对大学生、对官吏们，或者说，对各种“圣洁嫖客”们所说的怨恨话，在我的同事们心里引起的不仅是厌恶和气愤，还有一种差不多是幸灾乐祸的心情，因为他们发现，这么说，这些受过教育的人还不如我们呢！

听他们这么说，我非常难受，也很痛苦。我目睹着那些人就像城里的污水流向污水坑似的汇聚到这间昏暗的小房间里，在这里乱七八糟地折腾一通后，又带着满肚子的怨恨回到喀山城的各个角落去了。他们因情欲和生活中的郁闷而从四面八方过来，躲到这个肮脏的洞穴里，荒唐地唱着凄楚又动人的情歌，并且谈论那些受过教育的人们的丑闻怪事，然后嘲笑那些他们无法理解的事情，发泄他们对这些事情的愤怒。

我甚至觉得这“逍遥宫”就是一所大学，在这里，我的同伴们认识了人间最丑恶的事物。

名师批注

①捷列扎不明白的是，为什么受过教育的“文明人”会对底层人民做出这样“野蛮的行径”，他们曾高谈阔论，也曾如此卑劣。

名师批注

②在争论之中，听着人们痛快淋漓的叱骂，“我”深刻地理解了他们的愤怒。但同时，他们也因此感到了幸灾乐祸，这体现了人们内心的麻木与冷漠。

我清楚地目睹着那些“让人开心”的姑娘如何懒洋洋地拖着脚步在污浊不堪的地板上有气无力地走着，如何在手风琴的哀音或一架破钢琴无可奈何的颤音里厌恶地摆动着纤弱的身子。[①]我望着眼前的一切，心中泛起一阵朦胧的忧思，周围的一切都是如此不堪，我想赶快离开却又无能为力，心情坏到了极点。在面包坊里，只要我说，还有人大公无私地为他人寻求通往自由和快乐的道路时，就会有人提出质疑：“但是姑娘们谈起那些人来并不是这么说的呀！”

名师批注

①“我”非常迷茫。“我”愤恨妓院，愤恨同事们的沉沦，讨厌这里的一切，却又无力解决，在这里又一次进行了人性与人生的思考。

然后他们开始对我进行猛烈攻击，凶狠地嘲笑我。我当时很自信，我觉得自个儿如同一条不驯服的小狗，但比大狗还要聪明勇敢，因此我对他们毫不客气，甚至大发脾气。[②]这时我才开始懂得，思考人生的痛苦不会比生活本身轻松，我有时会对同伴们的百般忍耐产生憎恨，他们甘愿忍受酒鬼老板的恣意侮辱，这种毫无休止的顺从和忍耐激起了我的愤慨。

读书笔记

②你如何理解这句话呢？

正是在这些令我十分痛苦的日子里，好像故意跟我过不去似的，我又接触到一种新的思想，虽然这种思想实质上是和我的理想相对立的，但是它仍然深深触动了我。

名师赏析

令人欣慰的是，主人公深陷泥沼，但仍然洁身自好，他希望追求善良、平等、祥和的初心始终未改。那些看似沉沦却有着令人难以相信的韧劲的劳工代表着一种尚未觉醒的力量，杰连科夫和激进的学生又代表着不同的唤醒者，而面包坊里的同事和鸨母是被社会压榨的人，一幕幕的生活让主人公思考着、痛苦着，也寻觅着。

积累与运用

·好词·

震慑 暗淡 闲云野鹤 波涛汹涌 凶神恶煞 一筹莫展 疯疯癫癫

震耳欲聋 人声嘈杂 污言秽语 晃晃悠悠 莫名其妙 放肆无礼

惴惴不安 惶恐不安 油光可鉴 蜂拥而至 慷慨激昂 满腹经纶
滔滔不绝 浑然一体 肆无忌惮

·佳 句·

◆ 已是黄昏时候，潮雾浓重的天空黑了下来，像铅似的低垂在河面上。搬运工们又叫又喊，骂完天又骂地，诅咒凄风苦雨，抱怨自己的生活处境。他们懒洋洋地在甲板上挪来挪去，企图躲避寒气和潮气。

◆ 雨越下越大，天也变得越来越冷，风更猛了，人们的衬衫被吹得卷起来，衣襟翻转到头上去，肚皮都露出来了。湿漉漉的夜色中，六盏昏暗的灯笼发出微弱的光，五十多个人影跳来跳去，踩得甲板咚咚作响。

◆ 他是个手患肌肉萎缩症的人，个子矮小，相貌温和，留着银灰色的胡须，眼里透出一股聪慧。

◆ 厨房边上靠着一个白衣女孩儿，短短的金黄色头发，脸色苍白且有点儿臃肿，一双漂亮的蓝眼睛露出盈盈笑意，宛如街上廉价石印画上面的小天使。

◆ 有时还有一个大个子会来，他有着宽阔的胸膛、密实的络腮胡子和鞑靼式光头，身着一件卡萨金短大衣，扣子一直扣到嘴巴下。他寡言少语，总爱坐在角落里，吸着一支短烟斗，用两只沉稳的灰眼睛冷静地观察着在场的每一个人。

·美文仿写·

本段中用了连贯的动词展现杰连科娃走路的样子，十分细致。请你调动生活经验，想一想，你是否也见过这样的场景，仿照文段来写一写别人走路的样子。

她用手紧紧扶着墙壁，十分小心地、缓缓地向我靠近，那样子仿佛她脚下踩的不是坚硬的地板，而是悬挂在空中的一根晃晃悠悠的绳索。她不方便走路的样子，更使人觉得她不像凡人。她整个身子都在颤抖，好像有万千支针扎进了她的脚掌，又像是墙壁上有火烫伤了她婴儿般胖乎乎的手似的。她的手指直直的，非常僵硬。

第二章 检测卷

（共 20 分）

一、填空题。（每空 1 分，共 10 分）

1 ______________ 是个手患肌肉萎缩症的人，他喜欢红发姑娘 ______，他拥有全城最好的 ______，收藏了许多禁书和珍贵版本书。

2 ______ 以前在产科进修班学习。

3 杰连科夫家的真正主人是 ______、神学院等各院校的大学生们，他对待这些民粹派大学生 ______，但是大学生对他却粗暴得像老爷对待奴仆或酒馆的伙计一样。

4 __________ 寡言少语，总爱坐在角落里，吸着一支短烟斗，用两只沉稳的灰眼睛冷静地观察着在场的每一个人，大家都叫他 ________。

5 秋天来了，阿廖沙来到了瓦西里·谢苗诺夫的 ______ 打工。

6 ____________ 是个女酒鬼，经常豪饮，喝醉了就丑态百出，令人反感。

二、简答题。（每题 5 分，共 10 分）

1 初次相见，杰连科娃给阿廖沙留下了什么样的印象？

2 为什么说大学生们才是杰连科夫家的主人呢？

参考答案

一、填空题

1 安德烈·杰连科夫；娜斯佳；图书室。

2 杰连科娃。

3 喀山大学；毕恭毕敬。

4 大络腮胡子；“一撮毛”。

5 面包坊。

6 捷列扎·博鲁塔。

二、简答题

1 阿廖沙初次见到杰连科娃的时候，她还是个病人，一副弱不禁风的样子，阿廖沙对她产生了极大的同情心和好奇心。

2 因为一到晚上，这些大学生就来到杰连科夫的家里，宣讲进步思想。他们没有任何拘束，不受时间限制，不在意杰连科夫是否忙碌，在他们的眼中，杰连科夫是个可有可无的人；杰连科夫把开杂货铺所赚的钱全部用来帮助这些人，不停地在这些人中转来转去，不时地为他们的博学多才而感到欣喜。

第三章

名师导读

对待生活的态度，一直是主人公深思的问题。那些如蝼蚁一般生活的人，难道不应该起身去追求幸福吗？在本章中，主人公遇到的人给了他答案——人们只不过是想安于现状罢了，哪怕要争取利益，也不过是想争取自己的利益。可是，他会认同他们的观点吗？他又会有怎样的抉择呢？

①一个风雪交加的夜晚，大风呼啸，像是要把灰蒙蒙的苍穹撕成碎片，如碎片般的白雪纷纷洒落下来，铺满整个大地，就像世界末日来临，太阳从此西沉，不再升起。

在这个“谢肉节[43]”的夜晚，我从杰连科夫那儿回到面包坊。我眯着眼，顶着大风，在一片将四周搅得昏天黑地的飞雪中一步一步地走着。忽然我的脚被一个横躺在人行道上的人绊住了，我一下子摔倒在地上，我俩开始对骂，我操一口俄语，他操一口法语：“啊，真是见鬼……”

这下子，我的好奇心被他勾起，我把他扶起来，他的个子比较矮小，身材瘦弱。这时他一下把我推开，愤怒地吼道：“我的帽子！快把帽子给我，我快被冻死了！”

我在雪地里帮他找到了帽子，他拿过帽子，把雪抖了抖后戴在他头发倒竖的脑袋上，可他又摘下帽子，在手里挥舞着，同时用俄法交杂的话骂我，要我走开：

名师批注

①运用环境描写，点明了当时的天气情况，也体现着“我”此时仍处在矛盾、无奈之中。

43 谢肉节：基督教的节日，大斋前的一个星期。

"滚！滚！"

说完，他倏地往前狂奔，消失在茫茫的雪夜中了。我继续向前走着，又看见他站在被风吹熄了的路灯下，双手抱着木头制造的路灯杆子，郑重其事地对路灯杆子说道：①"列娜，我快要死了……唉，我的列娜……"

看得出来，他喝醉了，如果我撇下他不管，他肯定会冻死街头的，我走过去问他住哪儿。

"这是哪条街呀？"他带着哭腔说，"我也不知道该往哪儿走！"

我搂住他的腰，拉着他向前走，一边不断问他。

"我住在布拉克街……住在布拉克街……那儿有个澡堂，澡堂过去有幢房子……"他用冻得发抖的声音嘟哝着。

他步履蹒跚，摇摇晃晃，弄得我扶着他走也很吃力，我听到他冻得上下牙直打战。

"要是你知道。"他一边推撞着我，一边嘟嘟囔囔地说。

"你说什么？"

他停下来，举起一只手，吐字清晰，甚至有点儿得意地说：②"如果你知道，我要带你去哪里就好了……"

说着他把手指头放在嘴里哈气，身子摇摆得快站不住了。我蹲下身子，背着他继续走，他把下巴顶在我的脑袋上，不停地埋怨道："要是你知道……可是，我快要冻死了！哎呀，上帝啊……"

我在布拉克街上找了半天，总算弄清楚他住在哪幢房子里——我们最后钻入一间坐落在院子深处、几乎快要淹埋在暴风雪中的小厢房里。③他摸索到房门口，小心翼翼地敲了一下门，对我轻声呵斥道："嘘，你小声点儿……"

开门的是一个身穿粉红色的宽松睡袍的女人，她一只手托着燃着蜡烛的烛台。她让我们进屋后，悄无声息地走到一旁，随后不知道从哪儿掏出一副长柄单目眼镜，

名师批注

①在这样恶劣的环境中，这个人还在呼唤着列娜，足以证明列娜在他心目中的重要地位，与下文列娜对他的冷漠态度形成了对比。

读书笔记

②为什么醉汉会这么说？

名师批注

③从醉汉的动作变得小心翼翼和呵斥"我"小声点中，体现了他的性情，暗示着屋子里的人对于他来说十分重要。

开始仔细地打量起我来。

我和她说，这个人的双手已冻僵了，应该让他脱掉衣服，躺到床上去。

“真的吗？”她说话声音如女孩儿般清爽。

“你得把他的手浸在凉水里面……”

她似乎没听懂我的话，只是用长柄单目眼镜向屋角的画架指了指，那里的画架上搁着一幅风景画，上面画着几棵树木和一条小河。

①我诧异地看着眼前这个毫无表情的女人，她却转身走向桌子旁，桌子上亮着一盏带粉红色灯罩的台灯。她在桌旁坐下，接着若无其事地玩着一张“红桃J”的纸牌。

名师批注

①通过“诧异”一词，准确地写出了“我”的不解，为什么面对这个醉汉，“我”都可以热心地提供帮助，而醉汉心心念念的女人却无动于衷呢？

“您这里有伏特加酒吗？”我高声问道。

她仍无动于衷，继续玩着那张纸牌。我费劲地背回来的男人坐在椅子上，耷拉着脑袋，冻得通红的双手垂在身体两边。我只能把他扶到躺椅上，给他脱掉衣服，我也不知道自己为什么要那样做，就像做梦一样。

躺椅后面的墙上挂着许多照片，在这些照片当中，有一个缀着白缘带蝴蝶结的金色花环，颜色已经十分暗淡，白缘带的一端印着一行烫金的字：

献给绝色美人吉尔达。[44]

“真见鬼，你轻点！”我给他搓手的时候，他呻吟着。

那个女人还在玩弄着手中的纸牌，仿佛心事重重。②她有一个鸟嘴一般的尖鼻子，一双一动不动的大眼睛给她的容貌增添了几分光彩。她举起双手，抚摸自己如假发般浓密蓬松的灰白头发，用充满少女感的轻柔又响亮的声音说道：“乔治！刚才你找到米沙了吗？”

名师批注

②通过对人物的外貌描写，一个漂亮又充满少女气息的女人形象跃然纸上，让我们对她的身份更加好奇起来。

这个叫作乔治的男人推开我，立刻坐起来答道：“你

44 吉尔达，意大利作曲家威尔地（1813—1901）于1851年创作的著名歌剧《黎哥莱托》（又译《弄臣》）中的女主人公。

知道，他不是去基辅了吗……"

"是的，他去基辅了。"①女人重复他的话，目光却始终没离开过纸牌，我感觉她说话的声音单调又冷漠。

"他很快就会回来……"

"是吗？"

"是的，很快！"

"真的吗？"那女人又问一遍。

脱掉一半衣服的乔治跳下躺椅，蹭了两下，跪在女人脚前用法语说了好几句话。

"我很放心。"她用俄文回答道。

②"你可知道我刚才迷路了？外面大雪迷漫，冰天雪地，寒风刺骨，我以为我会冻死在街头呢。"乔治一边紧张地对女人说，一边还轻轻地揉着女人放在膝盖上的一只手。

他四十来岁，有一张红扑扑、长着厚嘴唇的脸，还留着厚唇髭，看上去有些惶惑不安，一副忧心忡忡的样子。他用手狠狠地抓着自己那圆脑袋上的马鬃似的灰发，此时他咬字说话已很清楚了。

"明天我们去基辅。"那女人像是问话，又像是下决心似的宣布。

"好吧，那就明天去！但是现在该休息了，你快上床睡觉吧，都快半夜了……"

"米沙今晚不回来吗？"

"哦，是的，不会的！这么大的风雪……走吧……我送你去睡觉了……"

他持起桌上的灯盏，扶着女人进了书橱后的小门。我一个人在外屋待了许久，脑中一片空白，内心平静地听着乔治沙哑的低语。

③暴风雪如同长了毛的爪子，不时地抓着窗玻璃，发出沙沙的响声。地板上化了的雪水羞涩地反射出烛焰的光辉。房间里挤满了家具，有一种奇怪的暖融融的气息，使人昏昏欲睡。

名师批注

①通过人物的细节描写，再次凸显这个女人怪异的行为，为下文揭开女人的身份做了铺垫。

名师批注

②通过动作描写，十分准确地写出了乔治对待这个女人的万般柔情，给人一种非常重视的感觉。

读书笔记

③请从环境描写的角度赏析这段话。

乔治总算摇摇晃晃地走了出来，手中的台灯罩不停地撞击着灯泡，发出细碎的响声。

“她已经睡下了。”

他把灯盏放回了桌子上，若有所思地在屋子中央停下脚步，眼睛也不看着我。他说道：“怎么说好呢？今晚要是没你，我早就冻死了……谢谢你！小伙子，你是干什么的？”

①他侧耳倾听着另外那间屋子里发出的窸窸窣窣的细微动静，身体不住地颤抖着。

“她是您的妻子？”我轻声问。

“是妻子，是我的一切，是我的全部生命！”他望着地板，声音虽不响亮但是十分清晰，并开始用手使劲地去搔自己的头。

“我们喝点儿茶吧？”

他心不在焉地向门那儿走去，却又猛地站住，他忽然想起他的女仆由于吃鱼中毒住院了。

我提议说，我可以代替女仆去烧茶炊，他表示同意。他肯定是忘了自己几乎赤裸着身子，只顾光着脚啪嗒啪嗒在潮湿的地板上走。他把我带到一间极小的厨房里。他背靠着炉灶，又重复一遍说：“要不是你，我可能早冻死了！太感谢你了！”

蓦地，他全身颤抖了一下，恐惧地瞪大了双眼说：②“万一我死了，她将怎么办？天啊！”他看着漆黑的卧室门口，急速而又低声地说，“你也看见了，她是一个病人。她有个儿子是音乐家，后来在莫斯科自杀了，她还在盼他归来，这事发生已经有两年了……”

我们一起喝茶时，他语无伦次地、断断续续地讲述了他们的奇异经历。他告诉我这个女人原来是个地主，而他自己是历史老师，曾经给她儿子当家庭补习教师，后来爱上了她，她就离弃了自己的丈夫——一个德国男爵，常去歌剧院演出。他俩生活得十分融洽，尽管她的前夫千方百计想破坏她的生活。

名师批注

①通过“侧耳倾听”“身体不住地颤抖着”，写出乔治虽然在和“我”说话，但依然关注着妻子的房间，表现了乔治对她深深的爱。

名师批注

②通过语言描写，再一次表现了乔治对这个女人的关爱，是一种令人无比动人的感情。

他稍稍眯起眼睛，一边述说着，一边紧张地细瞧着昏暗、肮脏的厨房里的什么东西，那里火炉边的地板已经腐烂。①他呷了一口茶，被烫了一下，顿时皱眉蹙额，一双圆圆的眼睛直眨巴。

“你是干什么的？”他问我，“哦，烤面包的工人，怎么一点儿也不像？这是怎么回事呢？”

他显然有点儿不知所措，用一种受骗者的目光惊慌地望着我。

我简单地讲述了我的情况。

“哦！原来如此！”他轻声惊叹道，“原来如此呀！”

他整个人变得活泼起来了，他问我：②“你听过《丑小鸭》[45]的故事吗？肯定读过吧？”他的脸立刻变得歪歪扭扭，嗓子里发出令人惊异的尖细而嘶哑的声音。他愤怒地说了起来：“多么动人的故事，挺吸引人的！在像你这样的年岁，我也曾幻想过：我会不会变成一只白天鹅呢？可是呢？你看看我吧……我该去神学院，却上了大学。我父亲是神父，因此他和我断绝了父子关系。我曾在巴黎研究过人类的悲剧史——人类进步史。不错，我也发表了文章。但是，这一切又能怎样……”

他猛然跳起来，这很吓人，接着他又坐到椅子上，认真地听听房间里的动静，继续说：“③进步，这是人们臆想出来的聊以自慰的说法！生活本是缺乏理性、没有意义的。没有奴役就不会有进步，没有少数人对多数人的统治，人类就会停滞不前，也就没有人类的进步。要是我们想让自己的生活变得轻松自在，减轻劳动强度，就会让生活变得更加复杂，劳动也会更加沉重。工厂和机器的作用就是为了不断生产出更多的机器，这真是蠢事！这样，工人就会越来越多，而只有生产粮食的农民才是社会必不可少的。粮食，这是必须通过劳动向大自然索取的。一个人需要得越少，幸福就越多；希望越多，自由就越少。”

这也许不是他的原话，但这就是他所要表达的思想，

45 丹麦童话作家安徒生（1805—1875）的一篇著名童话。

名师批注

①乔治边喝茶边向“我”讲述了他和这个女人的经历，就像在说别人的故事一样，听起来似乎很轻松，但真实的经历是难以承受的。

读书笔记

②为什么乔治会突然向“我”提出这个问题？

名师批注

③这是完全和“我”相悖的一种价值观，他认为社会需要奴役和统治，这样才会有进步，这也体现了这一阶层的固有认识。

着实令我大惊失色。我还是初次听到这种令人震惊的理论，而且说得如此尖锐，如此坦率，如此别开生面。

他激动地尖叫一声，又担心地盯着里屋的门，听了听动静，再怒气冲冲地低声说：①“你要记住——一个男人需要的东西并不多，一块面包和一个女人……”

他用一种神秘的语调，用我从未听说过的语言和诗句说起了女人，他的样子突然变得像小偷巴什金了。

“贝雅特里齐[46]、菲洛美塔[47]、劳拉[48]、妮侬[49]。”他低声说出几个我陌生的名字，讲述了诗人甚至国王和上述美女们之间的爱情故事，朗诵了几段法国抒情诗，朗诵过程中还不忘记用他瘦弱、赤裸的手臂和着节拍。

②“爱情和饥饿统治着世界！”他狂热地低语道。我猛然记起这句炽热的语言是一本革命小册子《饥饿国王》书名下的副标题，于是我更觉得他的话意义深远。

“人类追求的是遗忘和安慰，却不是知识！”这种思想使我莫名惊讶。

早晨我走出厨房时，墙上的小挂钟正指着六点过几分。③我在灰蒙蒙的雾霭中踏着积雪向前走去，听着暴风雪的怒吼，想起那个受尽折磨的人发出的狂怒的尖叫，顿时觉得他的话如鲠在喉，憋得我难受。

我不想回面包坊，也不想见任何人，于是任凭自己身上披着厚厚的积雪，游荡在鞑靼区的街道上，一直逛到天际放亮，一直到茫茫大雪中影影绰绰地出现行人的身影为止。

打那之后我再没见过这个名叫乔治的历史教师，我也不想再见到他了。

名师批注

①对“我”来说，乔治对生活的抱怨以及对人生的另类分析震撼了“我”，他目光短浅，容易满足，只在乎自己的生死安危，而不关注国家的发展变化。

读书笔记

②你是否赞同乔治的观点，为什么？

名师批注

③浓雾、狂风、飞雪，这萧瑟的场景体现着主人公沮丧的心情，乔治的话让他悲观失望，他的追求，在那一刻遭到了最沉重的质疑。

---

46 意大利佛罗伦萨贵族家庭的女儿，1290 年 6 月死去，年仅 24 岁。意大利著名诗人但丁曾为之奉献了自己创作的大部分诗歌。

47 意大利作家薄伽丘所钟情的女人，1345 年薄伽丘创作了传奇《菲洛美塔的哀歌》。

48 意大利诗人彼特拉克钟情一生的情人，1348 年去世后，诗人为她写了三百多首十四行诗。

49 法国 19 世纪作家缪塞（1810—1857）的喜剧《姑娘们想什么》（1832）中的两个女角色之一。

①此后的日子里我不止一次地听到其他人说出类似的理论，说生活没有意义，劳动得不到好处，他们中各色人等都有：有目不识丁的云游派教徒[50]、无家可归的流浪汉、托尔斯泰主义者和受过高等教育的人，还有教堂中的教职人员、修士、神学士、制造炸药的科学家、主张新活力论的生物学家以及许多其他的人。

无论怎么样，我再听到这类想法时都已经不像第一次那样感到大吃一惊了。

那会儿离我今天执笔写作大约有两年了，也就是我听了历史教师乔治那次谈话的时候。②转瞬间又过了三十多年，我从一个熟悉的老工人嘴里听到了几乎同样的说法，甚至语言的表达方式也与乔治非常相近。

有一天我跟这位老工人“推心置腹”地交谈，他苦笑地自嘲为“政治上的老油子”，用一种似乎只有俄国人才有的极其坦率的口气对我说：“亲爱的阿列克塞·马克西莫维奇，③我什么也不需要，对我来说，研究院、飞机、科学这些跟我毫无关系，我要的是一间僻静的房子和一个女人，我高兴时就和她亲吻，她的心灵和肉体都属于我，这就够了！您和我们不是一路人，您喜欢用知识分子的方式思考问题，您中了毒啦，您把理论、思想看得高于一切，比活人还高贵，您是否像犹太人那样，认为人是为安息日[51]而设立的[52]呢？”

“犹太人可不是这样认为……”

④“鬼才知道他们的想法，这个稀奇古怪的民族！”他自己回答，随手把烟蒂丢下河，并且一直目送它落到水里面去。

名师批注

①作者列举出了许多不同身份的人的共同认识，表现了在这所“社会大学”里，存在着认识上的巨大偏差，这也体现了革命者追求真理路上的艰难。

名师批注

②三十年后，虽然“我”听到了同样的观点，但心情已然不同，因为“我”有了更深刻的思考，民众的这种想法是有原因的。

读书笔记

③从这句话中，你读出了什么信息？

名师批注

④从老工人的言语中，我们可以看出他的失望、愤恨与无奈，他想要的生活很简单，他的追求也很单纯，这实际上是难以达到的。

---

50 18世纪后半期俄国正教旧礼仪派反教堂派中的一个小教派。他们云游各地，居无定所，或逃往荒凉之地。

51 安息日，即周六休息日，犹太教中规定礼拜的日子。

52 见《新约·马可福音》第2章第23节至第28节。耶稣的门徒在安息日从麦地经过时掐了麦穗，法利赛人认为不应该这么做，耶稣说“据经文记载，大卫和跟从他的人饥饿时就做过此事”，还说“安息日是为人设立的，人不是为安息日设立的”。

在那个月光如洗的秋夜，我们坐在涅瓦河畔的花岗岩石凳上。

白天，我们殚精竭虑地考虑着如何做点有意义的事情，结果事与愿违，毫无结果，由于一整天的瞎忙，此时我们已经是心力交瘁了。

“您总是跟我们待在一起，可是跟我们不一样，这就是我要说的话，”他一边思考一边接着说，“知识分子们都不安分守己，他们世世代代就爱结党谋乱。正如基督这个空想家为救赎人类的罪恶瞎折腾一样，所有的知识分子也这样为实现乌托邦乱闹。一个空想家闹起来，那些社会上的渣滓、坏蛋、恶棍马上就跟他一起闹。他们这些人全都是愤青，怀着一肚子愤恨的情绪，因为他们看到生活中没有他们的位置。工人暴动就是为了革命，他们要争取生产工具和生产产品的合理分配权。①可是，他们一旦夺取了政权，您认为他们会建立新国家吗？没门儿！到那会儿，人们都作鸟兽散，自顾自地寻找自己的安乐窝……”

“您喜欢谈论机器和技术吗？它只会把我们脖子上的绳索勒得更紧，把我们的手脚束缚得更牢。我们根本就不需要机器，我们要的是免除不必要的劳动，过安静日子，但是工厂和科学不会给人安静。其实一个人所需要的东西并不多，假如我只需要一间小房，那又何必劳民伤财建一座城市呢？大家集中到城市里，拥挤不堪，还有自来水、下水道、电气等。如果没有它们，生活将是多么轻松！嗯！我们这儿有许多多余的东西，都是知识分子们折腾出来的。②所以我认为知识分子就是害群之马。”我敢断定，世界上再没哪个国家的人民会像俄国人这样全盘否定生存的意义了。

“俄国人在精神上是绝对自由的，”我的朋友微微一笑，继续说，“但是请您别动气，我的想法是绝对正确的。千千万万的人们都是这样想的，只是他们不善于言谈……生活都该简简单单，才最舒服轻松……”

名师批注

①知识分子领导的反抗没有成功，最终都变成了某些人攫取利益的手段。人民的生活没有得到改善，一次次的挫败让人民失望，所以他们只能选择安于现状。

读书笔记

②为什么老工人会认为知识分子是“害群之马”呢？

这个工人从来就不是“托尔斯泰主义者”，也从没有过无政府主义倾向，我对他的思想变化状况了解得十分清楚。

谈完话之后，我不禁想道：①莫非，千百万的俄国人民真的仅仅因为心底怀着从劳动里解脱出来的期望，而甘愿忍受革命的千辛万苦？付出最小的努力，获得最大的享受，这话听上去和各种空想主义和乌托邦传说一般美丽，充满了迷人的诱惑力。

名师批注

①答案当然不是，主人公的反问恰恰是在表明决心，尽管人民还没有彻底觉醒，但“我”和战友们革命的目标非常清晰——为人民的幸福而奋斗。

我想到了亨利克·易卜生[53]的一首诗：

保守主义者，你这么称呼我。
我一生都是这样，毫无改变，
我从不喜欢仅仅调换棋子，
我要把整个棋局统统推翻。

我只记得有那么一次革命，
它绝非什么闹着玩的骗局，
比以后每场革命都更辉煌。
我指的就是创世记的洪水。

即便那个时候，魔鬼也会失算！
挪亚倒成了方舟上的独裁者，[54]
来吧，再一次起来吧，我激进的朋友们，
再来一次光荣革命吧，斗士和演说家！

是的，我们再掀起一场颠覆世界的大洪水，

53 亨利克·易卜生（1828—1906），挪威剧作家、诗人。

54 据《旧约全书·创世记》第6至9章记载，耶和华创造亚当和夏娃后，人类繁衍生息，行恶于世，于是他决定发洪水毁灭人类，他让义人挪亚造一方舟，洪水来时可让全家及各种活物进方舟内躲藏。洪水泛滥，好多天后，水势渐落，方舟搁浅在亚拉腊山上，挪亚多次放鸟出去探视陆地的情况，终于有一只鸽子衔一枝橄榄叶回来，说明大水早已消退。这时上帝对挪亚说：你们可以离开方舟，主宰地上的万物了。这样挪亚又活了350年，享年950岁。

而我呢，我很乐意去炸毁这艘陈旧的方舟。

杰连科夫的小杂货铺有点儿入不敷出了，收入太少，需要救济的人太多。

“必须想点办法。”安德烈心事重重地捋着胡须说，他抱歉地笑笑，又长叹一口气。

我似乎觉得他把自己当作判了无期徒刑，服服帖帖地给人们做苦工的人，尽管他很愿意接受这种刑罚，有时候却仍感到吃不消。

我曾多次变着法地问他：“您到底为什么要这样做呢？”

①他并没明白我问话的意图，每次在回答“为什么”这个问题时总是令人费解地、文绉绉地大谈民生疾苦，以及说明让他们接受教育、获取知识的重要性。

“您说人们想获得知识，在寻求知识吗？”

“当然了！您不是也这样想吗？”

是的，这也是我的愿望，可乔治的话此时又在我耳边回荡起来：“人类追求的是忘却和安慰，不是知识！”

这种尖锐辛辣的思想对于十七岁的年轻人是很有害的，年轻人听多了会黯然神伤，对他们毫无裨益。

②我有这样一种感受：人们为了逃避习以为常的现实的苦难，十分喜欢听有趣的故事，而且故事越离奇，大家就越爱听。他们认为那些充满“虚构”情节的书才是最好的书。简而言之，我就像在雾中行走一般，真有些无所适从了。

杰连科夫经过周密的筹划后，盘算着开一家面包铺子，做这种生意，每一次资金周转可赚回不少于百分之三十五的利润。我被委以重任——提升为面包师助手，并以“亲信”的身份，监视面包坊里的面包师，看他们是否会偷面粉、鸡蛋、黄油和烤熟的面包。

于是我从肮脏的大地下室搬到了这个小而比较整洁的地下室了，店里的清洁卫生由我来负责。这里我面对

名师批注

①杰连科夫在用自己的方式实现他的理想，虽然小杂货铺入不敷出，但他仍然没有被动摇，这体现了他高贵的灵魂。

名师批注

②人们根本没有想过为什么会这么痛苦，也不会想如何摆脱，所以只能在现实生活中逃避，麻醉自己，这也让我们看到革命者应该去做的事，那就是用知识唤醒民众。

的只有面包师一个人，已不再是有四十个人的大班子了。

这个面包师已两鬓斑白，脸色如同被烟熏过一样干枯蜡黄，长着一撮小胡子，有一双阴沉而忧郁的眼睛。他的嘴巴长得极富特色，小得像鲈鱼嘴一样，丰厚的唇总是聚拢着，仿佛要和人接吻似的，但是他的眼神中透出一种嘲笑人的意味。

①他并不脱俗，自然也偷东西，就在我们一起干活儿的头一天晚上，他就迫不及待地施展才能了。他暗自把十个鸡蛋、约三俄磅面粉、一大块黄油放在了一边。

我问："这些是干啥用的？"

"这是留给一个小姑娘的，"他和和气气地回答我，又皱了皱眉头补充说道，"一个——挺可爱的小姑娘。"

我试图向他说明，偷窃是一种犯罪行为，但不知是因为我的口舌笨拙，还是因为我自己也不能完全相信自己所说的理由，反正我的话没起到任何作用。

②面包师躺在装生面团的柜子上，透过窗子看着天上的星星，阴阳怪气地咕哝着："他还想训斥我！第一次见面就要教训人！论年纪我可比他大了三倍呢。简直是笑话……"

他望着星星又问我："我好像在什么地方见过你，你从前在哪儿干过？是谢苗诺夫家吗，就是闹暴动那家？哦，这样啊，那看来我们就是梦中相遇了……"

几天以后我发现这个人十分嗜睡，不论在什么地方，不论处于什么状态，甚至站着烤面包时扶着铁铲子他也能睡着。他睡着的面相依旧怪异，眉毛微挑，一副讥讽人的神态。

③平时他喜欢讲寻觅珍宝和梦幻的故事。他信心十足地说道："我能看到地下的东西，整个大地就如一张巨大的馅饼，里面装满了各种财宝：一罐罐的钱，一箱箱的金银宝物，一件件的铁器，到处都埋藏着。我不止一次在梦中见到过一个熟悉的地方，比如说，有一次梦见了浴池，浴池的墙角下面埋着一箱金银器皿。梦醒以

名师批注

①果然发生了这样的事情，而且还是开工的头一天晚上，可见杰连科夫的安排是十分有必要的。

名师批注

②偷盗的面包师代表着一类人，他们自私、狭隘，甚至有些麻木。

读书笔记

③为什么他喜欢讲这些故事？

后，我信以为真连夜去挖，挖了一尺半，挖出了煤渣和狗骨头！你瞧瞧，我居然还能挖出这些破烂货！这时哗啦一声响，窗玻璃撞碎了，随着一声女人的尖叫：‘来人啊，抓贼呀！’幸好我逃得快，慢一点儿就会挨一顿打，真可笑。”

我经常听到他说“真可笑”，这几乎成了这个名叫伊万·科兹米奇·卢托宁的面包师的口头语，他说这话时自个儿却不笑，只是和颜悦色地眯着眼睛，皱起鼻梁，张大一下鼻孔而已。

他的梦并不奇妙有趣，它们就像现实生活一样枯燥无味、荒诞不经。①我真不明白他怎么会那么津津乐道于讲述自己的梦，但现实生活中的真人真事，他倒是视若无睹，从不轻易提起。

一天发生了一件事，全城为之震惊：一个有钱的茶商的女儿因为对婚姻不满，婚礼结束回家就开枪自尽。

出殡那天，几千名青年跟在她的灵柩后面为她送葬[55]。大学生们在她的坟前发表演说，警察出动驱散了他们。在跟面包坊邻近的小店里，大家都在谈论这个悲剧事件。

②小铺后面的一个房间里挤满了大学生，我们在作坊的地下室都可以听到他们愤怒的叫喊声和狂热的辩论声。

“这个姑娘从小管教不够哇。”卢托宁评论说，紧接着他又跟我讲道，“我那会儿梦见过，或许是在池子里捉鲫鱼，一个警察猛然大喊：‘站住！你好大的胆子！竟敢在这里捉鱼？’我无处可逃，一着急就往水里扎，于是便醒了过来……”

卢托宁虽然对现实生活视而不见，漠不关心，但是，没过多久他还是觉察出了小杂货铺的不同寻常的情况：

名师批注

①从面包师沉醉在自己的梦中和他对现实很冷漠的对比中，鲜明地刻画出这一类生活在底层的劳动人民。他们尚未觉醒，仍活在自己的世界，等待被救，而不是自救。

名师批注

②总有一些人为了追求自由而失去生命，也总有一群人为了寻找真理、捍卫真理而勇敢地表达着。大学生的行为也与卢托宁的态度形成了鲜明的对比。

55 这里指的是当时的一则真实新闻：一位少女的自杀事件。在她自杀后有五千人为她送葬，认为她是家庭专横和封建专制主义的牺牲品。

小店里的服务员是两个爱读书但是不熟悉业务的姑娘，一个是老板的妹妹，另一个是老板妹妹的好朋友——高高的个子，粉红色的脸颊，一双温柔可人的眼睛。

大学生们是这家店铺的常客，①他们每次到小铺后面的大房子里，一坐就是很久，或高谈阔论，或小声低语。真正的店老板不大露面，而我这个当面包师助手的，却要应付四面八方拥来的人，就像是这个小店的掌柜。

> **读书笔记**
> ①从这句话中，你能读出什么信息？

“你是老板的亲戚吧？” 卢托宁问我，“要不就是他想招你为妹夫，对不对？真是笑话！那帮大学生干吗老来这儿串来串去？是来看姑娘？嗯，或许可能……但那两个姑娘可没那么漂亮，没有那么大的魅力……②我看，这群大学生吃面包的积极性超过了看姑娘……”

> **名师批注**
> ②连冷漠的面包师卢托宁都察觉出了小店的不同寻常，那暗探、警察应该也会有所察觉，此处为下文埋下了伏笔。

几乎每天早上五六点钟的时候，就会有一个短腿姑娘准时出现在面包坊窗外的街上，她的身体组成十分奇特，像是由一个个大小不等的半圆球构成的大球体，整个身子就像装着大大小小西瓜的口袋。

她赤足走到地下室的窗外的洼坑里，边打呵欠边喊道：“瓦尼亚（卢托宁的小名）！”

③她头上扎着一块五颜六色的头巾，头巾下面露出浅色的鬈发，那鬈发如同一串串小圆环挂在圆鼓鼓、红通通的脸上和低矮的前额上，刺得她那朦胧的睡眼有点儿发痒。她懒洋洋地用那双小手撩开遮住双眼的头发，她的十指好像新生儿那样令人觉得好笑地大大地张开着。

> **读书笔记**
> ③你从作者对短腿姑娘的外貌描写中读到了什么信息？

真有趣——跟这样的姑娘能说些什么呢？我叫醒面包师，他睁开眼问姑娘：“你来了？”

“你不是瞧见了吗？”

“晚上睡得好吗？”

“当然好了！”

“梦见什么了？”

“我记不清了……”

此时，整个城市都在寂静之中，①只有远处传来清道夫挥动扫把的沙沙声，一觉醒来的小麻雀欢快的叽叽喳喳的叫声。地下室的窗子也在享受阳光的抚慰，我很钟情于这样发人深思的宁静的清晨。

> **名师批注**
> ①通过环境描写，写出了清晨的宁静与美好，作者花费了大量笔墨描写，实际上体现着他对这种生活的向往之情，但这种美好终究会被一天的烦闷所驱散。

面包师贪婪地把毛茸茸的手从窗子伸出去抚摸姑娘的光脚丫，姑娘若无其事地任凭摆弄，两只温柔顺从的眼睛甜甜地眨巴着。

“佩什科夫！奶油鸡蛋面包熟了，尽快取出来！”

我把铁烤盘从炉子里抽了出来，②面包师从上面抓了十来个小甜饼、面包圈和白面包放进姑娘的裙子下摆里。她把热甜饼从左手倒到右手，又送到嘴边，张开嘴用黄黄的细碎牙齿咬了起来，烫得她边吃边哼哼。

> **名师批注**
> ②面包师偷偷地将烤好的面包塞给姑娘，只为俘获姑娘的芳心，作者生动地勾勒了一个爱占小便宜、狡猾的人物形象。

面包师痴迷地看着他的姑娘说：“快把裙襟放下来，你这不害羞的小妮子！”

姑娘走后，他又夸起她来了，说：“看到了吧？多像一只小绵羊，她一头鬈发。老弟，我是正经八百的人，我从来不和娘们鬼混在一起，只和小姑娘打交道。这已是我交往的第十三个姑娘了，她是尼基福雷奇的干闺女。”

③听着他这番得意扬扬的话，我私下里琢磨：“难道我也得这样活着吗？”

> **名师批注**
> ③面包师对待生活放浪的态度并没有影响到“我”，反而更坚定了“我”想要改变这种生活状态的决心。

我赶快从炉子里取出论斤卖的白面包，挑出十块，也可能是十一块，放进一个长托盘里，急忙给杰连科夫的杂货铺送去。然后我赶回来，手忙脚乱地把白面包和奶油面包装上两普特，提着篮子跑到神学院给学生们送早点。

我站在神学院饭厅门口，把面包发给大学生，“记账”或收“现金”。有时我站着听他们说那些关于托尔斯泰的争论。神学院里有个叫古谢夫的教授，是列夫·托尔斯泰的持不同政见者[56]。

56 A. 古谢夫（1842—1904），喀山神学院教授，在报刊上发表文章坚决反对列夫·托尔斯泰的《忏悔录》（1879—1880）。《忏悔录》1882年被教会查禁，但它的手抄本和油印本仍在俄国各地流传。

①我有时候还从事一些“地下”工作，在面包下面放几本小册子，偷偷地送到大学生手中，他们也经常把书本或者字条塞进我的篮子里。

每个星期我都得远行一次，去疯人院，精神病学家别赫捷列夫[57]在那儿给大学生们上实例教学课。我还记得他讲堂上有一个患狂躁症的病人。病人当时已经站到了教室门口，模样怪怪的，身上穿着白色病号服，个子很高，头上顶着像长筒袜形状的尖筒帽。看见他那样，我忍不住笑了出来。病人经过我的时候特意停留片刻，然后瞪了我一眼，可把我吓坏了，我一个劲儿地往后缩，仿佛他那乌黑的炯炯发亮的犀利目光会把我的心刺穿似的。在精神病学家捋着胡子讲课时，我一直悄悄地用手掌抚摸脸，好像它被炙热的尘土烫伤了一样。

②病人语调低沉，他从白色病号服里伸出他细长得可怕的手，手指也同样细长得可怕，那样子像是在索取什么。或许是我的幻觉，但我觉得他的整个身体都在拉长延伸，无止境地在伸长，他原地不动，只要伸出一只发黑的手，就能抓住我，掐住我的喉咙。特别是那张干瘪的瘦脸上的黑眼窝里的眼睛，放射出威严、凶狠的锐利光芒。

听课的二十几个学生打量着这个头戴怪帽的疯子，有几个学生笑了，但大多数学生都在凝神沉思，神色悲愁，他们平淡无奇的目光根本就没法和疯子炙热的目光较量。疯子非常可怕，然而他身上有种说不出的威严，他真是太傲气了！

大学生们默默不语，教室里鸦雀无声，只有教授那清脆的声音在教室里回荡，教授提出的每一个问题都引起病人低沉的厉声吼叫。他的声音像是从地板下，或没有窗子的一堵死气沉沉的白墙后面发出来的，疯子的举

名师批注

①送面包只是“我”的表面工作，实际上则是去给大学生们传递信息。“我”在逐步成长，正在成为一个更有激情、更有思想的青年人。

名师批注

②此处详细地描写了病人的样貌、举止，体现了“我”当时被眼前所见的景象震撼，为下文“我”为病人写诗埋下了伏笔。

57 弗·别赫捷列夫（1857—1927），苏联生理学家、精神病学家、心理学家；创立了心理学的一个新的科学流派——反射学派。1885至1893年别赫捷列夫曾在距喀山三俄里远的一所精神病医院工作。

止像大主教那样缓慢、庄重、威严。

[1]当天夜里，我就写下一首描写疯子的诗，把那个病人称作“一切主宰的主宰，上帝的挚友和参谋”。疯子的形象在我心中留下了难以磨灭的印象，他搅得我寝食难安。

名师批注

①“我”为什么会给妄想症患者写诗呢？因为“我”所关注的并不是病人本身，而是他身上所散发出来的、“我”最需要的、正常人所没有的王者风范，这让“我”感受到了巨大的冲击。

我每天从晚上六点钟开始干活儿，几乎一直要干到第二天上午，午后我要补觉。我想读点书，只能在干活儿的间隙，也就是趁着刚揉好面团搁着，另一团还在发酵，或者把面包送进炉子去烤的时候，我才能够抓紧时间看点书。

随着我渐渐掌握了干这一门活儿的诀窍，面包师便越来越少干活儿了，他感到有点儿惊讶，用和气而古怪的声音教导我，说：“你真能干，再过一两年，你就可以当面包师了。说起来也真好笑，像你这么年轻，人家不会听你的，也没人会看重你……”

他对我酷爱读书表示不赞成：[2]“我看你还是别读书了，最好是睡一觉！”他常常这样关切地对我说，但他从来没问过我，读的是些什么书。

读书笔记

②你如何理解面包师的这句话？

他的最大癖好就是做千奇百怪的梦，梦想着地下埋藏的金银财宝，迷恋那个圆球般的短腿姑娘。短腿姑娘常常在夜里和他约会，她一来，他就把她带到堆面粉的门洞里去，要是天太冷，他就耸耸鼻子对我说道：“你出去半个小时吧！”

我一边朝外走，一边想：“他们的恋爱方式和书本里描写的可是相去甚远啊……”

面包坊后面的小房间里住着老板的妹妹，我经常给她烧茶炊，[3]但极力避免和她见面，因为一见到她，我就会感觉到局促不安，很不自然。但是她总是用纯净的眼睛望着我，这让我觉得难堪，就像我们初次见面时一样，我觉得她的眼神中有一种讥讽我的笑意。我的力气很大，但是动作显得笨拙，面包师见我搬运拖拽五普特重的面袋，就有些遗憾地说道：“你劲儿大得能顶三

名师批注

③这是一种美好的感情，其实“我”已对杰连科娃萌生了爱意，也正因为如此，才会“局促不安”，正因为喜欢，才会在意她的目光，可惜的是，现在的“我”还没有完全明了这种感情。

个人，可是一点儿都不灵活，看你长得又瘦又高，但只是一头又蠢又笨的牛……”

这时候的我虽读了不少书，也爱读诗，而且开始动手写诗，却仍然用“自己的话”来写作。我知道我那些话不流畅、晦涩、尖刻，但是我觉得，我只有用这样的话才能表达内心那种紊乱不堪的思想。有些时候，为了反抗那些无法容忍的事情，我就故意把话说得很粗鲁很野蛮。

一个曾教过我的数学系大学生曾经这样评价我：①“魔鬼才知道你在说什么，你说出的哪里是话，几乎就是实打实的秤砣……”

其实，我对自个儿感觉也不太好，这或许也是十五六岁青春期男女的通病，我总觉得自己既丑陋又可笑，一张脸就像卡尔梅克人的脸[58]，长着一副高颧骨，嗓音也失真。

②可是老板的妹妹却步履轻快、举止灵敏，犹如空中的燕子，我甚至觉得她那轻盈灵巧的动作同她丰腴、柔软的体形不相称。她的姿势和步态有点儿忸怩作态，她说话时嗓音欢快，而且经常开怀大笑，我听到这响亮的笑声，就想：她希望我忘掉初次见到她时她的那副模样。可我忘不了，我很珍惜这一非同寻常的际遇，我渴望了解、认识可能发生或已发生的事物。

有时候她走近我，问：“您都看什么书呢？”

我简单地予以答复，真想反问她一句：“您问这干什么？”

有一天晚上，面包师要和短腿姑娘幽会，他用肉麻的语气对我说：“你出去会儿吧！喂！你最好到老板的妹妹那儿去，干吗还傻乎乎地看着？你知道吗，那些大学生……”

③我告诉他住嘴，要不我一秤砣下去砸烂他的脑袋，说完我就去了堆面粉的门洞。

名师批注

①数学系大学生的评价十分精准，这也从侧面反映出了“我”的性格特点，不愿随波逐流，敢于否定，敢于表达，表现了“我”超乎常人的自信和勇气。

读书笔记

②请从描写的角度赏析这句话。

名师批注

③虽然“我”对杰连科娃的感情深埋心底，但“我”的心思没有逃过面包师的眼睛，被看穿的“我”是尴尬、愤怒的。

58 俄国少数民族，主要居住在俄联邦卡尔梅克自治共和国境内，有十余万人，讲卡尔梅克语，首府埃利斯塔市。

我从关得不太严实的门缝里听到卢托宁说：“我才不和他动气呢！他就知道念书，几乎是个疯子……”

门洞里的老鼠吱吱尖叫窜来窜去，面包坊里传来了短腿姑娘陶醉的呻吟声。①我只好躲到院子里，外面正悄无声息地飘着毛毛细雨，我的心情十分烦闷，院子里还有一股焦烟味，可能是哪里发生了林火吧。

名师批注

①用环境描写再一次烘托了此时“我”的心情，表现了“我”作为一个年轻人的不知所措，人物形象十分鲜活、生动。

时间已经是后半夜了，面包店对面的房子的窗户还敞开着，有几个房间里透出暗淡的灯光，里面的人在哼歌：

荣耀的圣徒瓦尔拉米[59]，
头上的光环金光闪闪，
他从天上打量着她们，
脸上绽开了灿烂笑容……

②我竭力想象此时玛丽娅·杰连科娃会像短腿姑娘躺在面包师膝盖上那样躺在我的膝盖上，可我又觉得这种想法很荒谬，甚至还有些吓人。

名师批注

②再次点明“我”对玛利娅·杰连科娃产生了爱意。

他通宵达旦地
狂饮加上作乐，
而且还有——嘿嘿！
干那种违礼事……

从和声吟唱中，蓦地，激越的歌声中传出一个深沉的男低音——“嚯”。我两只手支在膝上，弯下腰朝一个窗户里望去，透过钩花窗帘，我看见一个方方正正的地下室，蓝色灯罩的小台灯照亮了灰色的墙壁，灯下一个姑娘对着窗子在写信。这时候她抬起头来，用红笔杆理一下垂下来的头发，她眼睛眯着，满面笑意。

59 这首歌在喀山神学院大学生们中间颇为流行，歌名《从早到晚》，带有明显的反宗教色彩。

她缓缓地折好那封信塞入信封，用舌尖舔着封口的胶边粘好信封，就将信丢到了桌子上，接着伸出比我的小指都小的食指将信封用力压了几下。但不一会儿，她又重新拾起封好的信封，眉头紧锁，撕开信封，把信取出来又读了一遍，装入另外一个信封，伏在桌上写好地址。①为使封口快点儿干，她举起信封在空中摇来摇去，像挥一面白色旗帜似的。她打着旋儿，一边击掌，一边向放着床铺的屋角走去，等回来时她已脱了短上衣，露出了面包似的丰腴肩头。她从桌上拿起灯，消失在屋角里。

当你观察某一个人的单独行动时，你就会觉得他像个疯子。我在院子里踱步，心想这个姑娘孤零零一个人待在自己的小屋里，她的日子过得多么奇怪。然而，每次那个红头发大学生来找她，压低嗓音，用几乎耳语般的声音对她说着什么的时候，她却全身蜷缩着，人变得更加小了。她怯生生地瞧着他，把手放到背后或桌子底下去。②我不喜欢这个火红头发的大学生，很不喜欢。

这会儿，短腿姑娘裹着头巾摇摇晃晃地走了出来，她对我嘟囔着说："你能回去了！"

回到屋里，面包师一边从柜子里往外掏面团，一边朝我炫耀他的情人多么善解人意，多么让人快活且让人从来不知疲倦。可我却暗自想道："长此以往，我该怎么办啊？"

③我似乎觉得，近在咫尺，或在哪个角落里，一场不幸正等着我。

面包店算得上生意兴隆，杰连科夫想另找一间大点儿的作坊，还计划再雇一个助手。这是个不坏的消息，我现在的活儿可太多了，每天我都累得筋疲力尽。

"去了新作坊，你当大助手，"面包师对我许愿说，"我和他们说说，把你的薪水提到十卢布，是该这样。"

我当大助手对面包师是百利而无一害的，他不爱干活儿，我愿意干，身体的疲倦能消除我心灵上的忧愁，

名师批注

①"我"看到了一个少女写信的场景，通过大量的动作描写，展现了一个美丽、可爱、憧憬爱情的少女形象，温馨而又浪漫。

名师批注

②通过描写杰连科娃和红头发大学生交流后的变化，表现了"我"对她的关心，也进一步说明"我"对她的非比寻常的感觉。

名师批注

③这句话为下文埋下了伏笔，此时的情景不可能长久地持续下去，生活总是会波澜四起的，令人捉摸不透。

控制我的情欲，但是我没法再读书了。

“你撂下书本了，这很好，让老鼠去啃它吧！”面包师说道，“难道你夜晚睡觉真的不做梦？大概你也做梦，只是闷在心里不说出来！真可笑，要知道说说梦境，不会带来什么危害，也不必担惊受怕……”

面包师和我说话十分和善，好像还有点儿敬意。估计是他认为我是老板的心腹，尽管店铺里的东西他每天仍不露声色地照偷不误。

我的外祖母去世了。

她入葬后的第七个星期，我才从表兄的信里得知这一噩耗。那封简短的、没有逗号的来信说，有一天外祖母在教堂门口乞讨，不幸从台阶上摔下来，折断了一条腿。到了第八天，她的腿突然发生了坏疽[60]，便去世了。

①我后来才知道，两个表兄弟、一个表姐及其几个孩子，都是身体健康的年轻人，全都坐享其成，只靠一个老人的乞讨过活，是他们把她活活拖垮的。在外祖母生病时，他们竟然没有请过医生来看病。信中还说：她被安葬在彼得罗巴甫洛夫斯克坟地，我们家所有人以及叫花子们都在那里为她送行。他们爱戴她并恸哭不止。

他说外祖父也哭了，他把他们赶走，自己留在墓地，他们躲在灌木丛里瞧着他哭。他也快死了。

那时我看完信后没有哭，只记得好像有一阵凛冽的寒风向我袭来。②那天夜里，我坐在柴火堆上，思绪万千，迫切地想找个人讲讲我的外祖母，说说她是个多么聪明、多么真挚善良的人，就像全世界的妈妈一样。我心中久久怀着这个痛苦的愿望，但是一肚子话没人说，就这样，这个愿望、这些没有说出来的话渐渐烟消云散了。

名师批注

①外祖母的晚年生活多么令人痛心！那么一个善良、淳朴的妇女，被家庭、亲人、社会无情地吞噬了。外祖母只是悲剧的一个缩影，千千万万的妇女已经遭受、正在遭受或者即将遭受这种迫害。

名师批注

②外祖母是“我”挚爱的亲人，她的悲惨离世让“我”痛心不已，这一段话深切地表现了“我”对外祖母的怀念。

60 一种肌肉坏死症。机体大块组织坏死，受细菌感染而腐烂，呈黄绿色或黑色。

许多年以后，当我读到契诃夫[61]的一篇关于一个马车夫向一匹马诉说自己儿子的死亡的异常真实的短篇小说时，我又想起了那些日子。然而遗憾的是，在极其哀愁的那些日子里，我身边既没有一匹马，也没有一只狗。我也没想让老鼠来分担我心中的痛苦——面包铺里老鼠倒是有，而且我与它们共处一室，相安无事。

名师赏析

深夜里醉醺醺的历史老师和老工人虽然身份不同，但观念竟然是一致的，那些深刻的谈话在主人公的心中留下了难以磨灭的印记。杰连科夫新的面包店里的面包师正在用行动向阿廖沙展示着——世人的确如此。也许，只有此刻懵懂的春心和暧昧可以给他一点点安慰了吧。

积累与运用

·好词·

淹埋　臆想　纤弱　束缚　文绉绉　步履蹒跚　嘟嘟囔囔　若无其事　紊乱不堪
惶惑不安　窸窸窣窣　皱眉蹙额　如鲠在喉　目不识丁　推心置腹　不露声色
殚思竭虑　害群之马　入不敷出　高谈阔论　炯炯发亮　大雪迷漫　烟消云散

·佳句·

◆ 一个风雪交加的夜晚，大风呼啸，像是要把灰蒙蒙的苍穹撕成碎片，如碎片般的白雪纷纷洒落下来，铺满整个大地，就像世界末日来临，太阳从此西沉，不再升起。

◆ 她有一个鸟嘴一般的尖鼻子，一双一动不动的大眼睛给她的容貌增添了几分光彩。她举起双手，抚摸自己如假发般浓密蓬松的灰白头发。

◆ 暴风雪如同长了毛的爪子，不时地抓着窗玻璃，发出沙沙的响声。地板上化了的雪水羞涩地反射出烛焰的光辉。房间挤满了家具，有一种奇怪的暖融融的气息，使人昏昏欲睡。

61 安东·契诃夫（1860—1904），俄国小说家，剧作家，这里指的是他于1886年发表的短篇小说《苦恼》。

◆ 我在灰蒙蒙的雾霭中踏着积雪向前走去，听着暴风雪的怒吼，想起那个受尽折磨的人发出的狂怒的尖叫，顿时觉得他的话如鲠在喉，憋得我难受。

◆ 这个面包师已两鬓斑白，脸色如同被烟熏过一样干枯蜡黄，长着一撮小胡子，有一双阴沉而忧郁的眼睛。他的嘴巴长得极富特色，小得像鲈鱼嘴一样，丰厚的唇总是聚拢着，仿佛要和人接吻似的。

· 美文仿写 ·

这是“我”在百无聊赖之中偶然瞥见一个姑娘正在窗子旁写信的场景，其运用了细致的镜头式描绘的方法，将场景具体地呈现了出来。请你仿照文段，写一写你观察到的场景。

这时候她抬起头来，用红笔杆理一下垂下来的头发，她眼睛眯着，满面笑意。她缓缓地折好那封信塞入信封，用舌尖舔着封口的胶边粘好信封，就将信丢到了桌子上，接着伸出比我的小指都小的食指将信封用力压了几下。但不一会儿，她又重新拾起封好的信封，眉头紧锁，撕开信封，把信取出来又读了一遍，装入另外一个信封，伏在桌上写好地址。为使封口快点干，她举起信封在空中摇来摇去，像挥一面白色旗帜似的。

第三章 检测卷

（共 20 分）

一、填空题。（每空 1 分，共 10 分）

1. 阿廖沙在一个风雪夜，把喝醉的 ______ 送回了家，并和他彻夜长谈，他说的“爱情和饥饿统治着世界”是一本革命小册子 ____________ 书名下的副标题。

2. 这位老工人苦笑地自嘲为“ __________________ ”，他认为正如基督这个空想家为救赎人类的罪恶瞎折腾一样，所有的知识分子也这样为实现乌托邦乱闹。

3. 杰连科夫经过周密的筹划后，盘算着开一家 ____________，做这种生意每一次资金周转可赚回不少于 ______________ 的利润。

4. 面包师卢托宁十分嗜睡，平时他喜欢讲 __________ 和梦幻的故事，他和一个 __________ 关系亲密。

5. 精神病学家 ______________________ 给大学生们上实例教学课，阿廖沙对疯子印象深刻，当天夜里，就写下一首描写疯子的诗，把那个病人称作“ ____ ”。

6. 外祖母入葬后的第 _____ 个星期，阿廖沙才从表兄的信中得知这一噩耗。

二、简答题。（每题 5 分，共 10 分）

1. 面包师卢托宁发现了面包店里的哪些特别之处呢？

2. 听到外婆去世的噩耗后，阿廖沙的心情如何呢？

参考答案

一、填空题

1 乔治；《饥饿国王》。

2 政治上的老油子。

3 面包铺子；百分之三十五。

4 寻觅珍宝；短腿姑娘。

5 别赫捷列夫；一切主宰的主宰，上帝的挚友和参谋。

6 七。

二、简答题

1 杰连科娃总是卖不好面包，一有时间就看书；大学生们在面包店来来往往，久久不会离去；阿廖沙虽然只是伙计，说话办事倒是像老板。

2 阿廖沙在得知外祖母去世的消息后并没有哭，他迫切地想找个人讲讲他的外祖母，但是一肚子话没人说，为了生活只能将自己的愤怒、悲痛留在心底。

第四章

名师导读

总有一根“无形的线”让阿廖沙难以释怀。他在全力寻找它，试图扯断它、毁灭它，但似乎都无济于事。在迷茫中，鲁布佐夫和雅科夫的出现，给了他一丝光明和希望。那些底层人民是如何用善良、愤怒、冷漠和懦弱来对抗这个社会的呢？主人公会受到怎样的触动？他们最终的命运又会如何呢？这些答案，由你来寻找。

老警察尼基福雷奇如同一只老鹰般盘旋在我的周围。他身体健康、身形匀称，一头银灰色短发向上竖起，又宽又密的胡子修剪得整整齐齐。①他常常津津有味地咂咂嘴，用两只眼睛瞅着我，那副样子就好像是在察看圣诞节前夕人们宰的一只鹅。

“听说你特别喜欢看书，是不是？”他问道，“你爱读哪类书？比如说是《圣徒传》呢，还是《圣经》？”

“我常读《圣经》，也读《日课经文月书》[62]。”

这话不禁使尼基福雷奇大吃一惊，显然是把他搞糊涂了。

“真的？当然，读这些书非常好，是合法的！想必托尔斯泰的作品你也是常读的吧？”

我的确看过托尔斯泰的书，但在我看来这不是警察们关注的那些作品。

名师批注

①通过比喻，形象地表现了老警察尼基福雷奇发现主人公这样奋进的青年后，绝对不会放过。作为沙皇的鹰犬，他的出现是必然的。

62 被基督教尊为圣者的神职人员或世俗人的生平，用来进行宗教宣传，也可作史料和文学资料。

“这些都是平平常常的小说，其他作家也能写。据说，他有几部反对神父的作品，倒可以看一看！”

我早已拜读过这几本书[63]，十分枯燥乏味，我很清楚在这个问题上不必和警察去费力地争辩。

经过几次在街上边走边交谈之后，这个老头儿就邀我去他那儿做客了。

“到我的小派出所来吧，来喝杯茶怎么样？”

①我心中很明白他的用意，但我还是想去他那儿看看，我这个人对一切新奇的东西都感兴趣。我先向一些聪明人讨教要不要去，大家认为如果我辜负岗警这片好意，会加深他对面包店的怀疑。于是，我就到尼基福雷奇那儿做客了。

在他的小房间里，俄式壁炉就占去了三分之一的地方，还有三分之一的地方放着一张挂着印花布帐子的双人床，床上搁着好几个带大红斜纹布枕套的枕头。余下的空间里放着一个碗橱、一张桌子、两把椅子，靠窗口放着一条长凳。

尼基福雷奇此时正在长凳上解制服的纽扣，窗子被他挡得严严实实的。他太太坐在我旁边，②她是个胸脯丰满、两颊绯红的二十几岁的少妇。她有一双奇特的灰蓝色的、狡诈而又凶狠的眼睛，老是任性地噘着鲜红的嘴唇，说起话来总是干巴巴、气冲冲的。

“我知道，”岗警说，“我的教女谢克列捷娅，一个低贱的丫头，常到你们的面包铺去。瞧，这些低贱的丫头都是下等人，包括你。”

“我也是？”他的太太反问道。

“没一个不是！”③尼基福雷奇坚定地答道。他身子震动着，导致他胸前的奖章哗哗直响，就如马儿摇响身上的鞍辔一样。

他喝口茶又兴致勃勃地说道：“是的……你看示巴

名师批注

①面对尼基福雷奇这样的警察，不能把什么都告诉他，也不能让他看出“我”对他有所防备，由此可见“我”十分聪明，并且有经验，知道如何应对，如何保护自己。

名师批注

②运用外貌描写，将岗警太太精明、狡诈的凶悍形象展现得淋漓尽致。

读书笔记

③请从修辞的角度赏析这句话。

63 指列夫·托尔斯泰的一些宗教哲学文章，教会当局虽已查禁，但私下流传还很广。

女王[64]为了向所罗门王倾诉衷情，不惜跨越两千俄里沙漠。叶卡捷琳娜女王[65]也是如此，虽然称为大帝，但她也不能脱俗……”

他以确凿的证据证明了女皇的风流艳事，他仔细地讲述了一个宫廷烧茶炉的侍者因为同女皇一夜风流而飞黄腾达的故事，侍者现在已经高居将军之职。

他的太太听得入了迷，不时地用舌头舔舔嘴唇，还用桌下的腿碰我的腿。

①老警察口齿十分伶俐，并且思维敏捷，爱用逗人的语言，我还没听明白是怎么回事呢，他已转到另一个话题上了——“就以那个一年级大学生普列特尼奥夫来说吧。”

他太太非常遗憾地叹息一声，插话说：“可惜他不怎么好看，但是人蛮不错！”

“你说谁蛮不错？”

“普列特尼奥夫先生。”

“这么说不对，第一，他现在不是先生，等大学毕业之后才能称为先生，而眼下他只是一个普普通通的大学生，就跟我们周围成千上万的大学生一样。第二，你说他人还不错，这是什么意思？”

“他快乐，有青春活力。”

②“这么说来，第一，马戏团里的小丑也同样快活。”

“小丑是为了挣钱才那样！”

“闭嘴！第二，别看不起老狗，老狗也是从小狗过来的。”

“小丑们却如猴子……”

“我刚才说让你闭嘴！你没听到吗？”

“听到了！”

“那不就完了……”

名师批注

①尼基福雷奇讲故事这一情节中，可以体现出他的性格特点，及他作为一个老警察的狡猾。

读书笔记

②老警察尼基福雷奇和他的妻子的争论，说明了两个人怎样的性格特点？

64 出自《旧约 · 列王纪上》第 10 章第 1 节。示巴女王听见所罗门的名声，就来到耶路撒冷，要用难解的话试问所罗门。

65 指 18 世纪的俄国女皇叶卡捷琳娜二世（1729—1796），她原为德国公主索菲娅 · 奥古斯塔，1762 年借近卫军之力推翻彼得三世上台称帝。

说服了太太，老警察转过脸就建议我说："你该认识一下普列特尼奥夫，他为人挺有意思。"

①他大概不止一次在街上看到我和普列特尼奥夫在一起，因此我说："我们认识。"

"是吗？是这样……"他的口气表明他好像有点儿失望，他的身子突然抖动，震得胸前的奖章又响了起来。

我警觉起来，因为我知道普列特尼奥夫正在用胶版印刷传单。

②那女人一边用她的腿碰我的腿，一边故意挑逗她的老丈夫，老警察如孔雀开屏似的滔滔不绝地炫耀他的能言善辩。

他太太的轻浮举动妨碍了我听他说话。不经意间，我又发现他说话的声音变了，变得更加低沉，更加生动有力。

"有一条无形的线，你明白吗？"他问我，两只眼睛睁得圆圆的，并望着我的脸，仿佛有点儿害怕似的说，"沙皇就是织网的大蜘蛛……"

"哎哟！你怎么能这样说呀？"他的太太惊叫起来。

"你给我住嘴！蠢婆娘，这样说是为了浅显易懂，并不是诽谤，真是木头脑袋！快把茶炊收走……"

老警察眉间紧锁，眯起眼，继续他那生动的讲话："这条无形的线，仿佛一张蜘蛛网似的，以沙皇陛下亚历山大三世[66]等人为中心，从那儿出来，通过各部大臣，再经过省长大人和各级官吏一直到我这儿，甚至通到最下等的士兵那儿。这条线无处不通，无所不包，它就像是一座无形的堡垒，维持着沙皇帝国千秋万代的统治。③可那些狡猾的英国女王所收买的波兰人、犹太人、俄罗斯人却想方设法钻空子，弄断这条线，仿佛他们是为了人民！"

他隔着桌子探身靠近我，压低声音略带点恐怖地说

名师批注

①其实，这是老警察尼基福雷奇对"我"的试探，他其实早就知道"我"和普列特尼奥夫相识。"我"只能如实相告，免得引来更大的猜疑，这也体现了"我"的机警。

读书笔记

②试分析老警察的妻子有如此行为的原因。

名师批注

③这个老警察的视角是独特的，其实自上而下的控制体系早已僵化了人们的思想。作为最底层的国家机器，他的人生体会是最为深刻的，对这个社会也看得极为透彻。但他不会觉醒，甚至还要尽力维护这种极端的统治。

66 亚历山大三世（1845—1894），亚历山大二世的次子，1881 年起成为俄国的皇帝，专断独行，大力镇压民主运动。1885 年将中亚地区并入了俄国。

道："你明白吗？这就对了。为什么我对你说这些呢？你的面包师傅常夸你，说你是个聪明正直的小伙子，单身一人过日子，可是大学生们却经常去你们的面包铺闲串门，每到夜里就坐在安德烈·杰连科夫老婆的房间里。[①]如果只有一个大学生去那还可以理解，但是好多人都去，这是怎么回事呢？啊？我不反对他们，今天他是大学生，明天也许是副检察官。大学生都是好人。只是他们太急于进入社会扮演角色了，而沙皇的敌人又在怂恿他们！你明白吗？我还要告诉你……"

他还没来得及说下去，这时房门突然敞开了，走进来一个红鼻子老头儿，一头鬈发用小皮带束住，手里拿着一瓶伏特加，已经喝得醉醺醺的了。

"咱们杀盘棋吧？"他借着酒劲兴致勃勃地说，看上去是个挺有趣的人。

"哦，这是我岳父。"老警察有点儿懊恼，脸色阴沉地说。

几分钟之后，我便告辞了。

尼基福雷奇的妖艳太太送我出来时，捏了我一把，有点儿献媚地说："您看那片云彩，像着了火一般！"

[②]天空晴朗，那片金色云朵，逐渐消散了。

虽然我并不想惹我的那些上大学的老师生气，但是，我还是要说，这个警察对当时的国家机构的解释分析得更加鞭辟入里，浅显易懂。[③]某个地方有一只大蜘蛛，通过很多条紧密纠缠的无穷无尽的线，编织成一张无形的网，把整个生活紧紧缠住，团团捆住。我很快就学会到处觉察用这些线结成的一个个牢固的结扣。

晚上已经很迟了，店门锁上之后，女掌柜玛丽娅·杰连科娃把我叫到她的房间里，一本正经地告诉我，她受人委托来了解，那警察跟我说了些什么。

我一五一十地对她讲述了整个过程，她听完后大吃一惊道："天啊！我的上帝！"然后她就像只老鼠般，在屋子里窜来窜去，若有所思，还晃动着脑袋，"怎么？

名师批注

①老警察是想告诉"我"，他们对面包铺的监视已经很久了，用这种暗示给人造成一种心理上的震慑。

名师批注

②通过环境的描写，象征着"我"开始有了更深刻的认识。尼基福雷奇的话让"我"开始觉醒，以前所有的困惑渐渐清晰，从某种程度上来讲，他也是"我"的思想启蒙者。

名师批注

③现在的"我"也许不能深刻体会，但对人生的思考开始有了方向，也一定会坚持地走下去，将向这条无形的线发起冲击。

面包师没向你打听过别的什么吗？原来他的情人是老警察的亲戚！我们得把他赶走！”

我站起来倚着门框，皱起眉头望着她。①她说“情人”这个词说得太顺溜又太不负责了，我可不喜欢这样，而且她决定赶走面包师也不合我心意。

“以后您要多加小心！”她说。

②跟平时一样，她那锐利的目光使我局促不安，似乎这目光在向我询问某种我不能理解的事情。她把双手藏在背后，突然在我面前站住了：“为什么您总是愁眉苦脸的？”

“我外祖母刚去世了。”

她对这件事好像突然发生了兴趣，于是她面带微笑说：“您很爱她？”

“当然，您还需要了解什么吗？”

“没什么了。”

我走了，夜里我写了一首诗。我记得，里面有这样一行尖刻的诗句：

别看您装腔作势，实际上您并非如此。

从那之后，组织上就决定让大学生们少到面包店来。见不到大学生，我的问题就没人解答了，只能把有关问题记在笔记本上，有机会再一块儿问清楚。

有一次，我累极了，写着写着就枕在笔记本上睡着了，面包师偷看了我的笔记本，他叫醒了我：“喂！你写的什么呀？‘加里波第[67]为什么不驱逐国王？’加里波第是谁？

读书笔记

①试分析“我”不喜欢这样的原因。

读书笔记

②联系上下文，说一说“我”为什么有这种感觉？

---

67 加里波第（1807—1882），意大利民族解放运动革命民主派领袖，军事家。1834年因起义失败，被撒丁王国缺席判决死刑。1848年返回意大利，曾多次参加起义，均未如愿。1860年率“千人义勇军”远征，解放南意大利，从波旁分子手里解救了皮埃蒙特王国，然后把统一意大利的领导责任拱手让给了皮埃蒙特国王，从而确保了意大利1859—1960年革命的胜利。1866年对奥作战，收回威尼斯。为祖国的统一，他献出了毕生精力。

他为何敢驱逐国王？”

①他愤愤地把笔记本扔到面粉橱上，就钻到炉坑去烘烤面包了。他在那里还喋喋不休地说：“请你来说说看，他应该赶走国王吗？真好笑。你还是打消这些念头吧，书呆子！大约在五年前，在萨拉托夫，宪兵们逮老鼠似的捉了许多你们这种书呆子！真的，即使没有这些，其实尼基福雷奇早就开始盯上你了。你以为驱逐皇上像赶只鸽子一样如此轻而易举吗？”

②他说这些话对我是一番好意，可我不能按照我自己的意愿来回答他，因为有人不准我跟面包师谈论“危险的话题”。当时有一本小册子在全城流传，读过小册子的人们纷纷窃窃私语，议论着什么。我拜托兽医拉夫罗夫帮忙找一本看看，只可惜他没有找到。

“哎！我说老弟，不要抱希望了，早就没了，不过，我倒是听说有个地方近日可能要宣讲这本小册子，到时候我带着你去听听……”

那是圣母升天节[68]之夜，我跟随拉夫罗夫的身影，与他一前一后相隔大约五十俄丈[69]远，行走在阿尔斯科耶波列原野昏暗的大地上。尽管旷野里人迹皆无，我仍旧按拉夫罗夫说的那样去做，我时刻提高警惕，一边走一边吹口哨，唱着小曲，俨然一副醉酒工人的样子。

③这时候旷野上昏暗而寂静，黑色的云朵缓缓地飘动，掠过大地上空，金黄色的月亮隐藏在云间，水洼地闪动着银灰色和铁蓝色的光，不断发出沉沉低吼的喀山城就这样被我甩在身后了。

拉夫罗夫就停在神学院后边果树园的栅栏边，我赶上去，越过栅栏，走过杂草丛生的果园。

树枝上有露水，一碰就落下来打湿了衣服。我们来到一幢房子的墙脚，轻轻叩响窗板，一个络腮胡子打开

名师批注

①通过“扔”“钻”等动词，可以生动地表现出面包师不能理解加里波第的行为，也不能理解“我”的真实心意，他代表了这个阶层的一类人。

名师批注

②对于面包师对“我”的关怀，“我”是领情的，但他确实不懂“我”，而且杰连科娃对“我”的嘱咐让“我”记忆犹新。

名师批注

③通过环境描写，寓意在“我”追求光明的道路上，时刻潜伏着黑暗与危机，但“我”丝毫不惧怕，正在大踏步地向前走去。

68 此事发生在1887年的8月15日（俄历）。

69 1俄丈约等于2.134米。

窗板，他身边一片黑暗，也听不到丝毫声息。

“谁？”

“从雅科夫那里来的。”

“请进来吧！”

屋子里一片漆黑，伸手不见五指，但可以感觉有许多人在那儿，我听到衣服的摩擦声，鞋子的沙沙声，还有人们的轻咳声和窃窃耳语声。这时有人划了一根火柴照照我的脸，一下子有很多黑影投在地板上。

“人都齐了吗？”

“齐了。”

①“挂好窗帘，千万不要让灯光漏出去。”一个愤怒的声音突然响了起来，“谁那么自以为是，居然把我们带到这种鬼地方来开会，要知道，这儿也许有几万年都没人住过了！”

“小声点儿！”

屋角亮起一盏灯，房间里到处空空荡荡，只有一条木板架在两个箱子上，上面坐了五个人，就像乌鸦栖息在树枝上一般。小台灯放在一个倒置的箱子上，靠墙处地板上还坐了三个人。窗台上也坐着一个年轻人，这人长发，脸色苍白，身形瘦弱，除了他和刚才打开窗板的络腮胡子，其他人我都是认识的。

络腮胡子轻声说，他要给大家读那本小册子，它是脱离民意党[70]的格奥尔基·瓦连廷诺维奇·普列汉诺夫[71]撰写的文章，名为《我们的意见分歧》。

②昏暗中有人坐在地板上吼了一声：“我们早就读过！”

这种神秘的气氛使我感到愉快而激动，神秘的诗意

名师批注

①通过对组织者语言的描写，表现了他们的警觉与机敏，也说明了追求真理道路的不易。

读书笔记

②难道他们不是因为志同道合而相聚的吗？为什么还会出现争吵？

70 “民意党”是俄国最大最有实力的民粹派组织，1879 年成立于彼得堡。其纲领是：推翻沙皇专制制度，召开立宪会议，要求民主自由，将土地分给农民。该组织曾八次刺杀沙皇亚历山大二世，终于在 1881 年 3 月 1 日刺杀成功，后遭沙皇政府的残酷镇压，从此一蹶不振。有人曾多次试图恢复活动，但均未能如愿。

71 格奥尔基·瓦连廷诺维奇·普列汉诺夫（1856—1918），俄国和国际社会民主运动活动家、哲学家、马克思主义宣传家。1875 年加入民粹派，1880 年与民粹派断绝关系，侨居国外。《我们的意见分歧》是他批判民粹观点的重要著作。

是最高级的诗意。我感到自己仿佛是在教堂里做晨祷的教徒，想起了古罗马时代最初的基督教徒做礼拜的地下祷告所[72]。

满屋子响着深沉的男低音，不过字字句句都很清楚。

“胡说八道！”又有人在屋角里吼了一声。

①在黑暗的房间里，朦朦胧胧地有什么东西在闪闪发光，显得很神秘，可能是件铜器，很像是罗马时代骑士们戴的盔甲。我估计着，可能是炉子通风门上的把手。

屋子里一片低沉的嘈杂声，人们压低了声音在激烈争论，乱糟糟的，简直弄不清楚谁在说什么。有人从我头顶的窗台上以②嘲笑的口吻大声地问道：“我们还读不读哇？”

发问的是个留长发、脸色苍白的年轻人。大家默不作声，只听见一个男低音在读小册子。人们擦燃火柴，烟卷头上的小红光不时闪亮，映出一张张若有所思的脸，他们不是眯着眼睛，就是睁大眼睛。

读的时间拖得太长，令人无法忍耐，就连我这个对语言通俗、文辞流畅、观点鲜明的文章情有独钟的人都已厌烦了。不知怎的，朗读的声音突然中断了，顿时屋里响起一片愤然的叫喊：“叛徒！”

“纯粹是一纸空文！”

“这明显是在亵渎英雄的鲜血！”

“这文章是格涅拉洛夫[73]和乌里扬诺夫[74]牺牲以后问世的……”

窗台上又传来那个年轻人的嗓音：③“诸位，能否严肃认真地提出异议而不是进行谩骂呢？”

④我向来讨厌人们争论不休，也不善于听人们争论，

名师批注

①通过形象的比喻，表现了“我”此时处于获取新知识的亢奋之中，沉浸在难以言说的喜悦中。这也让我们看到了“我”对进步思想强烈的追求。

读书笔记

②为什么发问的人要用“嘲笑的口吻”问话呢？

名师批注

③年轻人一句话就抓住了问题的重点，通过人物的语言描写，表现了这个年轻人卓越的领导力和组织力。

名师批注

④这段内心独白体现了“我”鲜明的个性特征——果敢坚决、爱憎分明，在“我”的心中有追求真理的固定模式，“我”正在一步步地成熟起来。

---

72 在古罗马时代，最初的基督教徒受罗马皇帝的迫害，不敢公开活动，就躲在秘密地下室里举行礼拜。

73 瓦·格涅拉洛夫（1867—1887），俄国民意党“恐怖派”成员。因参加 1887 年 3 月 1 日民意党刺杀沙皇亚历山大二世的密谋行动而被捕，后被处以绞刑。死时年仅 20 岁。

74 亚·乌里扬诺夫，民意党的“恐怖派”组织者和领导人之一，列宁的哥哥。因参加 1887 年 3 月 1 日民意党刺杀沙皇亚历山大二世的准备活动而被捕，后被处以绞刑。

再说要揣摩他们飘忽不定、情绪激昂的思想对我来说也很不易，况且那些争论者的赤裸裸的自高自大的狂妄神气总使我生气。

长发青年从窗台上俯身对我说道：“您是面包师佩什科夫吗？我是费多谢耶夫[75]，我们认识一下好吗？说实话，我们在这儿什么也做不了，这场吵闹要持续很长的时间，待下去没什么收获，我们离开这儿怎么样？”

我已经听说过费多谢耶夫这个人，说他是个十分正经的青年小组的组织者。因而我现在喜欢他那张有一双深沉的蓝眼睛、苍白而又具神经质的脸。

我们俩走在田野上，他问我在工人当中是否有熟人，我在读什么书，是否有很多空闲时间。他顺便对我说：“我知道你们那个面包铺，可令我奇怪的是，您怎么浪费大好时光尽去干那些毫无意义的事情呢？”

其实，有时候我自己也觉得干那些事没什么意义，于是我把自己的想法告诉了他。

①他听了我的述说，十分欣喜，紧紧握住我的一只手，露出粲然的微笑。他对我说，再过一天他就要去别的地方，要三个星期，等他回来后，他再告诉我，我们怎样行动以及在哪儿见面。

名师批注

①费多谢耶夫通过两人之间的谈话，已经了解到“我”最真实的一面，年轻的“我”富有革命理想，是一个值得培养的人才。他对“我”粲然一笑，并约定下次见面，体现了他对“我”的信任。

面包铺的生意越来越红火，我自个儿的事情却乱成了一锅粥。新作坊不但没有减轻我的工作量，反而加重了。我现在里里外外的事都得做，除了作坊里的事，就是往外送面包，送到私人住宅、神学院和贵族女子寄宿学校去。

那些女学生们经常趁我在篮子里挑选面包的时候，把一些小字条塞给我。在那些美丽的信笺上居然写着无耻的词句，令我十分惊讶，尽管字写得很幼稚，但思想好像已经“成熟”了。

75 尼·叶·费多谢耶夫（1871—1898），俄国最早的马克思主义理论家之一。1888年在伏尔加河沿岸地区组织社会民主主义小组。与列宁有书信来往。

我觉得非常奇怪，每当这帮性格开朗、衣着干净、眉清目秀的贵族小姐围着我的面包篮一边滑稽地做鬼脸，一边用粉嫩的小手挑拣白面包的时候——我瞧着她们，竭力去猜测——究竟是谁给我写的这种厚颜无耻的字条呢？我想，也许她们还不懂得这些话的下流含义。由此，我不禁回想起那肮脏的“逍遥宫”来。

①难道那条看不见的线从烟花巷延伸到这些贵族小姐身上了？

一天，一个胸脯丰满、头发乌黑、扎着一条粗发辫的女学生在走廊里拦住我，她很紧张地轻声说：“劳驾你把这封信按上面的地址送去，我会给你十戈比。”

她那双温柔的黑眼睛满含着泪水瞅着我，她紧紧咬住嘴唇，而这时她的双颊和耳朵是通红的。

我委婉地拒绝了她的十个戈比，接过便函，把它送给了一个高等法院司法人员的儿子，一个脸上泛着肺痨病红晕的高个儿大学生。他收下便函，一声不吭、若有所思地掏出一把铜币数起来，准备给我五十戈比作为报酬。听到我不要报酬后，他又把钱放回裤袋，可是没放进去，铜币哗啦啦全撒落在地板上了。

②他茫然地、不知所措地看着五戈比、七戈比的铜币在地上翻滚，用力地搓着双手，使得指节啪啪直响，然后困难地咕哝了一句：“该怎么办哪！那就这样吧！再见了！我必须想一想……”

我不知道他想出了什么好计策，我只是觉得那个女学生非常可怜。没多久她就从那所贵族女子中学失踪了。

十五年后，我又遇见了她，她在克里米亚半岛上的一所中学里当老师，得了肺结核，③一谈起社会、人生就忍不住感到十分悲愤和心酸。

就这样，白天我送完面包才去睡觉，晚上到作坊帮着烤面包，半夜里要烤好，送到面包铺里卖。

我们的新面包铺开在一个剧院旁，每晚散场之后，夜场的观众常常到店里吃热乎乎的面包圈。除此之外，

名师批注

①“我”又一次陷入了迷茫，眼前的事实真的令人难以置信，这份疑惑又促使“我”联想到了那条看不见的线，“我”正在努力梳理自己的经历，企图透过它们找到心中的答案。

读书笔记

②这段细节描写是十分值得玩味的，男大学生的表现说明了什么呢？

读书笔记

③女学生在十五年后为何对社会、人生有这么悲观的想法？

我还得揉好按斤卖的面包和法式面包的面团，这些可是十五到二十普特重的大面团，是一件十分繁重的工作。

仅仅睡上两三个小时，我就必须又开始送面包。

日复一日，天天如此。

好在这段时间我对社会工作充满了热忱，我极其渴望并热切地向周围的人们传播一种“合理的、永恒的、美好的东西”[76]。

①我天生具备优越条件，喜欢和人打交道，很会讲故事，特别擅长把自个儿的亲身经历和所读书本中获得的知识编撰起来，汇成挺有趣的故事，在故事里别出心裁地穿插上那种无处不通、无所不包的“看不见的无形的线”。

名师批注

①这是一个崭新的成长阶段，“我”的目标明确而坚定，可以看出“我”正在由理论的认识向具体的行动转化。这个被进步思想熏陶的青年正在为自己的理想努力奋斗着。

我与克列斯托夫尼科夫和阿拉富佐夫的工厂的工人们都很熟，还同织布老工人尼基塔·鲁布佐夫交上了朋友，他简直走遍了全俄国的织布工厂，是个天生聪慧、性格不安分的人。

“我在世上已混了五十七年了，我的列克塞·马克西莫维奇（这是俗称，高尔基正式的名字叫阿列克塞·马克西莫维奇·佩什科夫）！我的小流浪儿，新鲜的小精灵！”②他说话声音总是瓮声瓮气的，一副黑眼镜后面的那双害病的灰眼睛总是满含笑意。这副眼镜的镜架是他自己用铜丝做的，戴久了，鼻梁上和耳后都留下斑斑绿铜锈。大家之所以管他叫“德国佬”，是因为他平时刮胡子总喜欢像德国人一样留一小撮唇髭，在下嘴唇留下一绺灰白胡子。他中等个儿，阔脸膛，生性愉快而又满怀悲愁。

名师批注

②通过对尼基塔·鲁布佐夫的外貌描写，着重刻画他的眼镜和胡子，细致地写出了他是一个“生性愉快而又满怀悲愁”的人。

“我最喜欢去看马戏，”他把长有疙瘩的光秃秃的脑袋往左肩一斜，说，“马本是畜生，人们是怎样把它训练出来的呢？真令人感慨。我钦佩地望着那些畜生，心里想：嗯，这么说，人也可以训练得聪明起来。在那

76 出自俄国诗人涅克拉索夫（1821—1877）1876 年写的一首诗《致传播者》中的诗句。

里，马戏演员是用糖块把畜生驯得服服帖帖的，嗯，当然我们会到小铺去买糖块。①我们，也就是我们的灵魂，需要糖块，而糖块就是抚爱！也就是说，小伙子，我们对待人要和蔼可亲，而不应当像我们现在这样冷酷无情，你说对吗？”

他自己待人并不和蔼可亲，与人说话常带着半鄙视半讥笑的口吻；与人争论时，言语简短，声音高亢，盛气凌人，大有非要压倒对手不可的气势。

我跟他是在一家啤酒馆里相识的，那时人们正打算揍他，而且已经揍了他两下，我走过去把他拉走了。

“您被打疼了吧？”在下着牛毛细雨的黑暗中，我一边跟他一起走着，一边问道。

“嘿，这能算是打吗？”他满不在乎地说，“等等，你跟我说话的时候为什么称呼我‘您’呢？”

从那以后我们成了朋友。最初他还经常嘲讽和讥笑我，但是听了我讲那个“看不见的网”在我们的生活中发挥什么作用时，他一改常态，认真地说道：“你真的不笨，一点儿也不笨，对不对？”

②于是他像个长辈似的对我亲切起来，甚至叫我的名字时还加上父称[77]：“我的列克塞·马克西莫维奇，我亲爱的小兄弟，你的看法是对的，可是谁也不会相信你的话，这样就太不合算了……”

“您相信我的话吗？”

“③我现在是一条短尾巴的丧家狗，而平民百姓则是拴着链条的看家狗，每条狗的尾巴上都沾着许多带刺的杂草：老婆、孩子、手风琴、套鞋。而且每条狗都十分喜爱自己的狗窝。他们不会相信你的。当初我们在莫罗佐夫工厂里闹事的时候就是这样！谁冲在前面，谁就会被砸破脑袋，枪打出头鸟嘛，而脑门子可不同于屁股，一旦砸破了，那可够你受的。”

不过，自从结识了克列斯托夫尼科夫工厂的钳工雅

名师批注

①尼基塔·鲁布佐夫虽然只是一个织布工人，但他的心中满怀善良。他的语言中蕴含着对美好人性的呼唤，文章借此表达出深刻的人生主题——有爱，人类才会更加美好。

读书笔记

②从称呼的变化中，你读到了什么？

名师批注

③尼基塔·鲁布佐夫的比喻直接又残酷，的确是这样的，这就是社会的本性，也是人们不敢反抗的原因。他们追求安逸、胆小怕事，只不过是有太多的牵绊和无可奈何。

77 称呼名字还加上父称是尊敬的表现。

科夫·沙波什尼科夫后，尼基塔·鲁布佐夫就甘拜下风了，说起话来就跟以前有一点儿不一样了。

①雅科夫·沙波什尼科夫是一个害肺痨病、会弹吉他、熟知《圣经》，但是拼命否认上帝存在的工人，这人时常一边咯着血，一边坚决而又狂热地证实说："第一，我完全不是'按照上帝的形象和面貌'[78]创造出来的，我一无所知，一无所能，而且我不是一个善良的人。对，我不善良！第二，上帝不知道我的境况多么困难，或者他知道，但是无能为力，或者他能帮助，但是不想帮助。第三，上帝不是无所不知、无所不能的，也不仁慈。干脆说吧，上帝根本就不存在！这是捏造出来的，全是捏造的，整个生活也是捏造的，不过这都骗不了我。"

读书笔记

①你觉得雅科夫是一个什么样性格的人？

鲁布佐夫听了，惊骇得目瞪口呆，随后气得脸色铁青，以致破口大骂。可是，雅科夫从《圣经》上引用了一句庄严的话语，使他无法争辩，迫使他不再吭声，沉思着蜷缩起身子。

②沙波什尼科夫说话时的样子简直令人害怕，他的脸黑黝黝的、瘦瘦的，头发像茨冈人那样卷卷的、黑黑的，发青的嘴唇里露出狼一般的牙齿。一双黑眼睛一动不动地直盯着对方的脸，这种凶狠、逼人的目光让人难以忍受——我觉得这很像狂躁病人的眼睛。

名师批注

②丑陋的外貌对应着卑劣的灵魂，这是写作中常用的手法。通过这段描写，使得雅科夫对上帝的恨意暴露无遗。

告别雅科夫之后，鲁布佐夫郁郁不乐地说："在我面前还没有人反对过上帝。我从来没听到过这种话。什么样的话我都听过，可是没听到过这种话！不用说，这个人在世上活不久了。唉，真可惜！他自身已经烧到白热化的程度了……有意思，老弟，太有意思了。"

鲁布佐夫很快跟雅科夫热络起来，浑身热血沸腾，激动不安，不时地伸出手揉揉害病的眼睛。

"那么，"他得意地讥笑着说，"这就是说，让上帝靠边站了？我的小兄弟，关于沙皇，我还是那么一句

78 见《旧约全书·创世记》第1章第26节。

话——对我来说，沙皇不碍大事。①问题不在沙皇，而在一些老板们身上。我同哪位帝王都能讲和，哪怕是同沙皇，哪怕是同伊凡雷帝[79]都行：既然你愿意，那你来坐宝座，来当皇帝吧，只要能让我去处治老板，那就行！你下令让我去用金链子把老板拴在皇帝的宝座上，我会对着你做祈祷……”

有一天，他读完《沙皇就是饥饿》这本小册子，对我说：“这书中写得没错！”

他是头一次看这种石印小册书，俏皮地说道：“喂！这书是谁给你写的？写得真清楚！麻烦你对他说一声，我谢谢他！”

②他对知识的渴求到了贪得无厌的地步，他很投入地听沙波什尼科夫大肆亵渎上帝，也一连几个小时听我讲书中的故事，他经常被逗得前仰后合，纵声大笑，并迭声地赞美：“人的头脑真灵敏，嘿，真灵敏啊！”

他由于有眼病，自己读书很困难，可这似乎并不影响他见多识广，他的博学经常让我吃惊不已，记得有一回他说道：“德国有一个异常聪明的木匠，国王本人都常常请他去出谋划策。”

我追问下去后才弄清他说的是倍倍尔[80]。

“您是怎么知道的？”

“我就是知道哇。”他随口一句，手指头烦躁地摸着脑袋上那个崎岖不平的疙瘩。

③沙波什尼科夫对周围的现实生活漠不关心，一心一意只想消灭上帝，讥讽神父，尤其憎恨修士。

有一次鲁布佐夫平心静气地问他：“雅科夫，你怎

名师批注

①这是鲁布佐夫的核心观点，也是他作为一名典型劳动人民的真实诉求。而现阶段的“我”，正在接收着不同身份、不同阶层人们的思想和认识，正在慢慢地树立自己的追求。

名师批注

②此时的鲁布佐夫极度相信沙波什尼科夫的观点，并表现出对知识极度的渴求，他越是这样表现，越让“我”无比动容。

名师批注

③沙波什尼科夫“怪异”的行为在当时来说一定是很格格不入的，人们普遍信仰上帝，而此处他的疯狂似乎在点醒大家。

79 即伊凡四世（1530—1584），瓦西里三世之子；俄国历史上第一位沙皇（1547年起），号称“雷帝”。在位时对中亚进行扩张，为争夺波罗的海出海口，不惜发动战争（1558—1583），同时并吞西伯利亚（1581）。

80 奥斯古特·倍倍尔（1840—1913），德国社会民主党和第二国际的创始人与领导人之一。少年时学过车工，20岁后开始投身工人运动。因捍卫巴黎公社和批评德国帝国主义的殖民主义政策而被监禁约六年之久。当时是国会议员，所以有“国王本人都常常请他去出谋划策”的说法。

么老是一个劲儿地大骂上帝？”

这下可捅了马蜂窝，他发狠般地狂叫道：“除了上帝，还有什么妨碍我的生活，啊？我信仰上帝差不多已经有二十年，在上帝面前一直战战兢兢地过日子，忍气吞声，逆来顺受。要想争辩，那是不允许的，一切都是由上帝决定的。活得痛苦、压抑、没有自由。后来我细细读了《圣经》才发现，全是捏造出来的！尼基塔，全是捏造出来的呀！”

①他气愤地挥动着一只胳膊，仿佛在掐断那条“无形的线”似的，而后几乎哽咽地说：“全是因为这个，我年纪轻轻就快要死了！”

这段时间我还认识了好几个很有意思的人，还常常跑到谢苗诺夫的面包铺去看望老伙伴们。他们兴高采烈地接待我，很乐意听我讲各种事。

不过鲁布佐夫住在舰船修造厂区，沙波什尼科夫住在卡班河对岸很远的鞑靼区，相距五俄里之遥，我们几乎不怎么见面。他们来看望我也不可能，因为我没有能招待他们的场所，还有个很重要的原因，就是新来的面包师是个退伍兵，常和宪兵来往。

②宪兵司令部的后院和面包铺的院子只有一墙之隔，一些飞扬跋扈的“穿蓝制服的人”经常翻墙而过，上我们这儿来，或是为汉加尔特上校买白面包，或为自个儿买个黑面包。也有人警告我，别太“出头露面”，以免引起有关方面对面包铺的过分关注。

③我看到我的工作已经失去意义。而且人们不考虑面包铺的经营情况，任意从柜上支取现款，这样的事情越来越频繁，以致购买面粉的钱有时都周转不过来。

杰连科夫揉着自己的小胡子，无可奈何地苦笑说：“完了，我们真的快要破产了。”

他的私人生活也变得很糟，红头发的娜斯佳怀孕了，老是像一只恶猫似的发火抱怨，那双绿眼睛无论看什么东西，无论看什么人都带着气恼的情绪。

她走路的时候直往安德烈身上撞，故意无视他的存

名师批注

①沙波什尼科夫是愤怒的，他激进的观点也在影响着“我”，这根“无形的线”终有一天会被冲破、被消灭！

名师批注

②危险时刻都在，前行的道路上充满着阻碍与困难，越是充满泥泞，越体现了那些最先觉醒，并引领人民的人们的伟大。

读书笔记

③此处体现了“我”当时面对的是怎样的一个社会状况？

在，此时的安德烈却满含歉意地微笑着给她让道，随后叹一口气。

有时杰连科夫对我抱怨说：①“这些人也是有点儿不像话！太随便了，没有什么东西他们不敢拿。我买的半打袜子一会儿就全拿没了！”

关于袜子的事，确实令人发笑，但是我没有笑，因为我知道这个朴实无私的人在怎样艰难地支撑着铺子，竭力在做好这桩有益的事业，可是周围的人对他的这种事业持轻视和漠不关心的态度，甚至还进行破坏。

杰连科夫并不指望得到那些他所效劳的人的感谢，但是他有权利要求他们对他更关注、更友好，而不是现在这种态度。他的家庭很快就垮了，父亲由于宗教信仰的压抑，得了忧郁症；小弟开始酗酒，跟姑娘们厮混起来；妹妹举止异常，变得像个陌生人似的——显然，她与那个火红头发的大学生不愉快的浪漫情事已经告吹。我经常发现她两眼哭肿。我心里不由得憎恨起那个大学生来。

我感觉自己似乎喜欢上了玛丽娅·杰连科娃，我觉得我还喜欢面包铺女店员娜杰日达·谢尔巴托娃，一个嫣红的嘴角上挂着温和的微笑、胖乎乎的姑娘。

我真的在恋爱了。我的年龄、性格及纷繁复杂的生活使得我要去同女性交朋友，这么做与其说是过早，不如说是太晚了。

我很需要女性的抚爱，哪怕得到女性友谊般的关心也好。②我也需要坦率地说说自己的心里话，需要别人和我一起清理茫无头绪的思想，以及错综复杂的感觉。

有生以来我还没有真正意义上的朋友。那些个把我看成“璞玉”的人，不能触动我的心灵，我不会对他们倾诉衷肠。如果我讲了令他们不感兴趣的话题，他们立刻就会阻止我：“嘿！算了，算了，不要往下讲了！”

昨天古里·普列特尼奥夫[81]遭到逮捕，随后被押送

名师批注

①杰连科夫以无私的精神“供养”着这些大学生，但他的生活其实乱糟糟的。他的愤怒体现出人性的自私与肆无忌惮，他的付出并未得到相称的尊敬，反而使那些人变本加厉。

名师批注

②此时的“我”正在遭受巨大的心灵冲击，“我”对杰连科夫充满着同情，也对那些别有用心的人嗤之以鼻。但这种复杂的情感，“我”无人倾诉，追求真理的人注定是孤独的、不被人理解的。

81 古里·亚历山大罗维奇·普列特尼奥夫曾经因参加学生运动两次被捕，第一次是1888年2月，第二次是同年9月。先是关押在喀山监狱，后来被押解到彼得堡。

到彼得堡的“十字架”监狱[82]去了。

我最初是从老警察尼基福雷奇口中得知这个消息的，今天大清早，他在街上遇见我时，就把这消息告诉我了。当时，①他若有所思、神态庄重地朝我迎面走来，胸前挂满奖章，仿佛刚受检阅回来，然后把手举到帽檐边，默然从我身旁走过去了，但是他立刻又停下脚步，气鼓鼓地对着我的后脑勺说：“昨天夜里古里·亚历山大罗维奇·普列特尼奥夫被捕了……”

他摆摆手，一边四下打量着，一边悄声补了一句：“这个年轻人完蛋了！”

②我看他狡诈的眼睛里似乎闪动着点点泪花。我知道普列特尼奥夫预料到自己总有一天会被捕的，他本人曾为此警告过我，并奉劝无论是我还是鲁布佐夫都不要去跟他相会，他跟鲁布佐夫的交往同跟我的交往一样，也是十分友好的。

尼基福雷奇呆呆地望着自己的脚，郁郁寡欢地说：“你为什么不常来看我……”

晚上我去看他时，他刚刚睡醒，倚在床上喝克瓦斯[83]，他的太太独自一个人坐在窗口上，好像在忙着给他缝裤子。

“事情原来是这样，”老警察搔着他那像狗熊一样生满长毛的胸脯，若有所思地看着我说，“他被捕，是由于在他那里搜到了一口熬颜料的锅，你知道，他是打算印制传单，反对沙皇。”

③说着，他往地板上吐了一口唾沫，没好气地朝着夫人喊：“快把裤子给我！”

“马上就好。”她头也不抬地答应着。

“她怜悯他，为他哭泣，”老头儿用目光示意他的妻子说，“我也可怜他。但是大学生怎么可以叛逆沙皇呢？”

读书笔记

①老警察朝“我”走来，为何着装如此庄重？

读书笔记

②你如何理解尼基福雷奇“眼睛里似乎闪动着点点泪花”的行为？

名师批注

③看似不经意的举动，实则恰恰体现了尼基福雷奇的狡诈，他把普列特尼奥夫的行为详细地告诉我，实际上就是想看看“我”的反应。

---

82 “十字架”监狱，1892至1917年对彼得堡监狱的俗称，因监狱建筑物的形状像多个十字架，故得名。
83 一种用燕麦酿制的清凉酸甜饮料。

他一边穿衣服，一边吩咐太太："我出去一会儿……你烧茶炊，听到了没有？你！"

他年轻的太太仿佛对他的话无动于衷，雕塑似的望着窗外，当丈夫走出房门，她迅速转身，握起拳头向门口一伸，咬牙切齿地骂道：①"呸！人面兽心的老家伙的东西！"

她的脸哭肿了，左眼上有一大块青紫色伤痕，眼睛差不多睁不开了。她跳起身来，走到炉子跟前，弯下身子去烧茶炊，恶狠狠地低声说："我一定要骗他一下，要骗得他伤心地号啕大哭！像野狼一样哀号。②你别信他，他的话一句也别信！他就要逮捕你了。他在说谎，他不会可怜任何人的。他像个捉鱼的，你们的事他全都知道，他是吃这行饭的。抓人——这是他的爱好……"

她走到我跟前，紧紧依偎着我，用祈求的口吻说："你亲亲我好吗？嗯？"

我原本不喜欢这个女人，可是她用那双带着悲愤哀愁的眼睛望着我，我只得拥抱她，并且抚摸她那乱蓬蓬、油光光、有点儿硬的头发。

"眼下他在监视谁？"

"住在雷布诺里亚德大街上旅馆里的一些人。"

"你知道那些人的姓名吗？"

她嫣然一笑，答道："③好啊，我要告诉他，你向我打听什么来着！他回来了……古罗奇卡（古里·亚历山大罗维奇·普列特尼奥夫的爱称）就是他跟踪发现的……"

她迅速跑到壁炉边上。

老警察满载而归，带了一瓶伏特加、一瓶果酱和一些面包。于是大家坐下喝茶，警察之妻玛丽娜和我坐在一起，殷勤地侍候着我，还用那只没被打伤的眼睛端详我的脸。

这时她的丈夫又来训导我：④"这条看不见的线深入到人们的骨髓中了，你要斩断它，那是绝不可能的！沙皇就是上帝！他主宰一切！"

他说着说着，突然发问："喂！你读过很多书，《福

名师批注

①尼基福雷奇年轻的太太饱受他的凌辱，但又无力反抗，只能对着他的背影唾骂，这是一种令人无比同情的无奈。

名师批注

②通过玛丽娜的这番话，彻底揭穿了尼基福雷奇凶残、奸诈的本性，他为沙皇死心塌地地卖命，表面上与"我"交好，实际上对"我"威逼利用、百般算计。

名师批注

③玛丽娜很聪明，看得出"我"是在利用她，但心中这份好感让她欲罢不能。告密，是两个人之间的玩笑。

读书笔记

④你如何理解老警察对于这根无形的线的理解？

音书》[84]读过吧，你觉得它上面写的东西都对吗？”

“我不知道。”

“依我看，上面附带写了些多余的东西。而且数量还不少。比方说，关于穷人的那些话吧，说穷人是有福的[85]，可是他们的福表现在哪儿呢？真有点儿胡说八道。总之，关于穷人的那些话，有许多是不可理解的。应当把生来就穷的人和后来变穷的人区分开来。生来就穷的人是坏的！而后来才变穷的人是不走运。应当这样来看问题，这样看比较好。”

“为什么？”

①他用探询的目光望着我，沉默了一下，然后就明确而有力地说了起来，看来，这些想法是经过他深思熟虑的。

“在《福音书》里，关于怜悯心的内容很多，而怜悯心是有害的东西。我是这样想的：怜悯心要求在那些没用的、甚至有害的人身上支出大量的费用，像是办养老院、监狱、疯人院。应当帮助的是那些结实健康的人，要使他们把力气用在刀刃上，可我们去帮助那些弱小的人，难道你能使那些弱小的人变得强壮吗？这种白白浪费、毫无意义的做法使得强壮的人也渐渐变得弱小，而弱小的人却骑在强壮人的脖子上。这真是个值得好好探讨的问题！有很多东西需要重新考虑。现实生活和《福音书》早就是两码事了，生活有它自己的道路。②你看，普列特尼奥夫为什么会完蛋呢？就是由于怜悯心。我们施舍穷人，而大学生却一个个在完蛋，这哪儿合理呀？”

这样的思想虽然我以前多次听到过，但是被人以如此尖锐的形式表达出来还是第一次遇到，它们比我想象中更富于生命力，流传得也更广。

大约过了七年，我读尼采的著作时，又清晰地记起了这个喀山老警察的人生哲学。顺便说一下，我从书本里读

名师批注

①通过对尼基福雷奇的细节描写，表现了他其实一直都是在试探“我”，企图从“我”这里获取有关信息，他是有备而来的。

名师批注

②作为沙皇专制统治的代言人，尼基福雷奇说出这样的话并不奇怪，并且具有极强的代表性。他的行为智慧和统治者高度一致，他们漠视人民，把维护自身和统治集团的利益放在第一位。

84 这里说的“福音书”指的是《新约全书》。

85 见《新约全书·马太福音》第5章，第1—11节，原经文是：“虚心的人有福了，因为天国是他们的。”

到的各种思想，其中极少有我以前在生活中没听说过的。

这个以“逮人”为生的老头儿就这样无休无止地往下谈着，还用手指敲击茶盘打出节拍，残酷无情的脸上双眉紧皱，现出严厉的神色。他并不看我，眼睛盯着能当镜子的铜茶坎。

“哎！你该走了！”年轻的太太已经很不耐烦地提示他两回了，他根本就不理会，而是顺着自个儿的思路继续说。不知不觉中，他的话锋一转：①“你是个不笨的小伙子，还读书识字，难道就该只当个面包师吗？你要是愿意为沙皇帝国做点别的事，就能挣到更多的钱。”

②我一边听他的话，一边在想，用什么办法去警告那些住在雷布诺里亚德大街上与我不相识的人，告诉他们，尼基福雷奇盯上他们了呢？

在那条街上的旅馆里住着一个不久前从亚卢托罗夫斯克流放回来的人，名叫谢尔盖·索莫夫，我听到过许多关于他的有趣的事情。

“聪明人应该过群居生活，像蜂房里的蜜蜂一样团结一心，沙皇帝国……”

“你看看都九点了！”太太催促他说道。

“见鬼！”

老警察边站起身，边扣制服的扣子。

“哦，没关系，我坐马车过去。我说老弟！再见了！有空常来玩，别不好意思……”

我走出派出所就下定决心，从今后再也不踏进这个门了，即使这个老头儿蛮有意思，对一些问题的看法也很有见地，但我还是从心底里厌恶他，也许就是因为他是个警察。③他那些关于怜悯心有害的话使我很有感慨，而且深深印在脑海里。我感到这些话有点儿道理，但令人遗憾的是它们出自一个警察之口。关于这个问题的争论经常发生，其中有一次争论给我的印象特别深刻，也使我特别激动。

城里来了一个“托尔斯泰主义者”，我是第一次见

名师批注

①这是尼基福雷奇的真正目的，他威逼不成，变为利诱，准备将“我”培养成他的接班人，变成一条维护沙皇统治的看家犬。

名师批注

②此时的“我”从老警察妻子的口中获取了老警察即将要抓捕的人的信息，“我”虽和住在那条街上的人不相识，但“我”依旧为他们担忧着。这体现了“我”善良的品质，同时也展示出“我”思想上再一次的觉醒。

名师批注

③尼基福雷奇的话，在“我”的心中产生了巨大的震撼，这是他发自内心的表白，也是为沙皇统治代言的话语，这些话深深刺痛了“我”。通过内心独白，表达了“我”对尼基福雷奇最直接的厌恶和谴责。

到这种人。①他身材高大魁梧，粗壮有力，紫红色脸庞，黑色山羊胡，长着黑人般的大厚嘴唇。他向前弯着身子，望着地上，可有时，他会猛然将有点儿谢顶的脑袋往后一仰，一双润湿的黑眼睛里闪现着热情的光芒，尖锐的目光中流露出某种仇视的情绪。

当时大家在一位教授的家里座谈，来了许多的青年人，其中有一位文弱优雅的小神父，他是神学硕士，穿了一件黑色的丝绸法衣，这件法衣很好地衬托出他那苍白清秀的脸庞，而他那双冷漠无情的灰眼睛里流露出的淡淡笑意，又给他那张脸平添了几分光彩。

托尔斯泰主义者开始发表他的长篇大论，主旨是宣讲《福音书》中的伟大真理。他极为注重演讲技巧，声音虽略带沙哑，但是铿锵有力，言简意赅，在他的讲话里我可以感觉到一种虔诚的力量。他讲话的时候，总是使劲地挥动毛茸茸的左手，而右手却放在口袋里不动。

"一个演员！"我旁边的角落里，有人低声地说。

②"的确没错，就是在演戏……"

我在此前不久读过一本书，作者好像是德雷波尔[86]，内容是有关天主教是怎样反对科学的。我觉得正在讲话的托尔斯泰主义者仿佛是书里的天主教教士，那些教士狂热地相信可以用爱的力量拯救世界，而他们出于对人的仁慈，准备把人们杀死，并放在火堆上焚烧。

③托尔斯泰主义者的穿着比较独特，里面白衬衫的袖子很肥大，外面却是件灰不溜秋的破旧的长衫。突然，他在结尾语中提高了声调："请问，你们相信基督还是相信达尔文？[87]"

这话就像投石入水，激起了人们内心的波澜，年轻的姑娘和小伙子们都惊恐而兴奋地看着他，然后大家都

读书笔记

①通过作者的外貌描写，你认为这个"托尔斯泰主义者"是个怎样的人？

名师批注

②"的确没错，就是在演戏……"这样的评价不免让人不寒而栗，一个貌似虔诚的人实际上是在舞台上展现自己需要展现的一面，这体现了演讲者的虚伪，为下文做了铺垫。

读书笔记

③为什么此处要着重强调他的衣着？

86 约翰·威廉·德雷波尔（1811—1882），美国化学家、生理学家、历史学家，著有《科学与宗教冲突史》。

87 查理·罗伯特·达尔文（1809—1882），英国博物学家，达尔文主义创始人。著有《物种起源》（1859）等书，揭示了生物界进化的基本因素，提出人类起源类人猿的假说。

低头沉思这个极其严肃的问题。他用热切的目光打量了一下所有在座的人，严厉地补充说：“只有法利赛人[88]才会试图把这两种水火不相容的原理调和在一起，把它们调和起来是可耻的自我欺骗，是用谎言毒害人们……”

①小神父不慌不忙地挽起袖口，从座位上站起来，带着故意装出来的彬彬有礼的神态和很不友善的冷笑，伶牙俐齿地开口了：“您显然赞成那种有关法利赛人的庸俗看法了。可是那种看法不仅是粗暴的，而且是荒谬绝伦的……”

我感到十分惊讶，小神父竟然要证明法利赛人是真正的忠实的犹太人民遗训的保卫者，还说人民常常跟法利赛人站在一起，共同对敌。

“你们最好是去读读书，比如说，读约瑟福斯[89]的书！”

②托尔斯泰主义者早已气急败坏，跳起身用力把手一挥，像是要挥手砍断约瑟福斯的头似的。他大喊道：“听听！人民一直受蒙蔽、受欺瞒，到今天他们仍在和自己的敌人站在一起，不断地在反对自己的朋友，多么让人痛心啊！你和我提约瑟福斯干吗？”

会场上一片混乱，小神父和其他的人把争论的主题扯得零零碎碎，发言失去了中心。

“真理，这就是爱！”托尔斯泰主义者高声大叫，他的眼睛里闪着憎恨和轻蔑的目光。

我被这种热烈的争论弄得头昏眼花，无论如何也抓

名师批注

①这里对小神父的动作和神态的描写，写出了他并不同意“托尔斯泰主义者”的态度，并且大有针尖对麦芒的感觉。

读书笔记

②你从他的言行中，可以看出这是个怎样的人？

88 法利赛人属犹太教的一个教派，盛行于公元前 2 世纪至公元 2 世纪，他们大多出身于城市的富人阶层，主张遵守口传律法，至今这种观点仍是犹太神学思想的核心。法利赛派以旧约的字面意义为准则，因此，人们指责法利赛人拘泥于律法的条文，而忽视其精神。法利赛人笃信教义，鼓吹灵魂不死，与基督教颇为一致，但有悖于犹太教该教派的教义，不过其神学思想对后犹太教颇有影响。《福音书》中耶稣把法利赛人称为“伪君子”。

89 约瑟福斯（约 37—95），又译优素福·弗拉维，古代的犹太历史学家。反抗罗马的犹太战争期间背叛了起义者，投降了罗马人。著有亲罗马立场的《犹太战争》、为犹太人辩护的《犹太古代史》和为自己变节辩护的《一生经历》等。

不住真正的要点，我甚至觉得脚下土地都被他们争辩得晃荡起来了。①我时常绝望地想：世界上再也没有比我更愚蠢、更无能的人了。

托尔斯泰主义者一边擦去他赤红脸上的汗水，一边狂怒地咆哮着："丢开《福音书》吧！忘掉《福音书》吧！别再编造谎言！回去把基督再钉在十字架上吧！只有这样才是心诚！"

②我的心中有疑问：这是怎么回事？如果生活就是一场为了争取人间幸福而不断斗争的过程，那么，仁慈和爱只会妨碍斗争的顺利进行吗？

我已经打听到托尔斯泰主义者的姓名和住址，第二天晚上便去登门拜访。他叫克罗波斯基，寄住在本城一个地主家。我去时，他正同地主家的两位姑娘坐在花园里一棵大椴树下的一张桌子旁边。他的模样和我脑海中的行脚僧或传道士形象完全吻合：他穿着白裤子和白衬衫，衬衫扣子没有扣，露出毛茸茸的胸膛，身材高大瘦削，颧骨凸出。

③他用银匙子从盘子里舀出浇有牛奶的莓子，津津有味地吃着，吞咽着，厚嘴唇吧嗒吧嗒直响，每吃一口就从稀疏的几根胡子上吹掉那些白色的牛奶末。

一位姑娘站在桌旁伺候他，另一位靠在大椴树上，双手交叉抱在胸前，仰望着昏暗燥热的天空，沉入幻想之中。两位姑娘都穿着紫丁香色的连衣裙，长得极其相似。

他对我侃侃而谈，友好亲切地谈论着爱的创造力，他说人应该在自己的灵魂里发扬那种唯一能够"使人具有世界精神"，也就是能够使人博爱人类的崇高情感。

"只有这种神圣的情感才可以把人团结在一起！谁要是不会爱，就不懂得生活。有些人说：生活的法则就是斗争，这些人是注定要灭亡的糊涂虫。正如不能用火来灭火一样，用邪恶的力量也不能铲除邪恶！"

④但是当两位姑娘相互搂抱着走回花园深处的房间去的时候，他一边眯着眼睛看两位姑娘的背影，一边问

读书笔记

①听讲课后的"我"为何此时会有如此绝望的想法？

名师批注

②"我"是带着疑问和憧憬来听讲课的，"托尔斯泰主义者"的言论对"我"有所启迪，也带来了深深的思考。但这场无理智的争论对"我"的帮助并不大，混乱、徘徊、困惑还在纠缠着"我"。

名师批注

③作者详尽地描写了他的"吃相"，通过他的动作，一步步在揭露他的真面目，使得人物形象十分鲜活、生动。

名师批注

④从他的态度的变化中，十分细致地展现了"托尔斯泰主义者"的虚伪，人前一套，人后一套，也验证了会场中年轻人对他的评价——只是在演戏而已。

我："你是什么人呀？"

听完我的回答后，他用手指敲击着桌面说："人啊，无论走到哪儿，都还是人，无须拼命去改变自己在生活中的地位，只需要努力提高博爱的精神。

"人的社会地位越低下，就越能接近真理，越接近生活的最高智慧……"

①我有点儿怀疑他自己也不一定知道这种"最高智慧"，但我没说什么，只是沉默着。

我感觉他讲话的兴致随着两位小姐的离去而一落千丈，他用厌倦的眼神望着我，打了一个呵欠，两腿伸直，双手托着脖子伸了一个懒腰，耷拉着眼皮半梦半醒地讲着呓语："服从爱的力量……是生活的法则……"

他忽然打了个激灵，挥舞着双手，好像要在空中抓住什么东西似的，惊慌失措地盯着我说："我这是怎么了，我累了，请原谅！"

他又重新闭上了眼睛，好像身上什么地方疼得他咬紧牙关，露出牙齿，下嘴唇耷拉着，上嘴唇向上翘着，几根稀落发青的胡子也竖立起来了。

②我向他道别后就走了，心里对他充满了厌恶，我甚至还怀疑他对人是否有诚意。

几天之后，我在清早给一个我所认识的嗜酒的单身副教授送面包时，又碰见了克罗波斯基。他大概是晚上没有睡觉，脸色很难看，眼睛红肿——我觉得，他或许是喝多了。

这位身体有点儿发福的副教授，醉得眼泪直掉。他衣冠不整，手中抱着吉他，在地板上坐着，周围摆着乱七八糟的家具，还有啤酒瓶和脱掉的外衣。他坐在那里摇摇晃晃，大声嚷嚷着："仁……仁慈……"

克罗波斯基怒气冲天地说道：③"没有仁慈！我们不是沉浸于爱中死去，就是参与争夺爱的战争而灭亡，反正都一样，我们命中注定是要死的！"他揪住我的肩膀，把我拉进屋，对副教授说："喏，你问问他，他到

名师批注

①"我"其实是非常聪明的，早已把这个人看穿，心中充满了愤怒和鄙夷。"最高智慧"这个词语，幽默风趣，道破实质。

读书笔记

②结合文章内容，说一说"我"对这个人的态度都发生了哪些变化？请简要梳理一下。

名师批注

③这个人终于撕下了自己的伪装，神圣的外衣下包裹着丑陋的灵魂，这一类人道德败坏，却又满口仁义，欺骗民众。

底需要什么？你问问他，需要仁爱吗？”

副教授抬起泪涟涟的眼望了我一下，笑着说：“他是卖面包的！我还欠他的面包钱。”

他摇晃了一下身子，把一只手伸进衣服口袋，掏出钥匙递给我：“哎！把钱全都拿走吧！”

可是，托尔斯泰主义者却先把钥匙接过去了，他挥挥手，说：“走吧！以后再来拿钱！”

①面包被他扔到了墙角处的躺椅上了。他没有认出我是谁，反而使我好受些。我走出门的时候，还记得刚才他发表的言论，“人沉浸于爱中死去”，这更加深了我对他的厌恶。

后来我听说，他向他寄住那家的姑娘求爱，可在同一天他又去向另一个姑娘求爱，姐妹俩皆大欢喜。后来两个人分享欢乐，互相说出事情的经过，她们恨死了这个“钟情的人”，于是命令仆人转告这个多情的传教士，让他马上滚出她们的家门。

这个人从此在城里消失了。

关于爱或仁慈在人们生活中的意义，一直是困扰我的难题，它起初模模糊糊，只是在我心里非常矛盾地纠缠着，后来，才以非常明确的方式，清楚明白地把这个问题提了出来：“爱的作用到底是什么呢？”

我所读过的书里面，尽是写一些基督教思想、人道主义以及呼吁对人的同情，当时我所认识的优秀人士，他们也满腔热情、头头是道地谈论这类问题。

②然而我亲眼看到的一切，几乎都不是对人们的关爱和同情。在我眼前所显示的现实生活是一连串的仇视和残忍，人们为着鸡毛蒜皮的事就卑鄙龌龊地进行一场场肮脏的明争暗斗。我个人最需要的就是书籍，此外一切东西在我看来都没有什么意义。

只要你走到大街上或是坐在大门口观察一会儿，你就可以看见，那些马车夫、清道夫、工人、官吏和商人，他们的生活跟我以及我所敬爱的知识分子全然不一样，

名师批注

①通过这个人物可以看出，当时俄国缺少一种稳定持久，能引领人民的信仰，很多人的生活还是局限在追求享乐之中。

名师批注

②“我”把理想寄托于名人、学者、书籍，可活生生的现实让“我”再一次失望。

他们怀着另外的希望，走着另外的道路。

我所尊敬和信仰的那些知识分子都非常孤独，他们性格不同，志趣不同。在社会大多数人中间，在这像蚂蚁般的人群忙忙碌碌、卑鄙狡诈的生活中间，他们是多余的。

眼前这种生活，我感到极端愚蠢无聊，简直令人烦闷得要死。①我常常发现人们所谓的仁爱或博爱只不过是口头上说说罢了，而实际上也不知不觉地屈从于社会生活的普遍习惯。我觉得生活真是艰难啊！

名师批注

①可以说，“我”对生活的体察是细致入微的，“我”看到不同阶层的人们，尽管在生活方式上不一样，但核心都是为了自己，没有人会想到为别人做些什么，为社会做些什么。

有一天，那个因水肿病而导致脸孔和全身又黄又肿的兽医拉夫罗夫，气喘吁吁地对我说道：“应该加强人的残暴性，让残忍发展到这种地步，使人们大多感到疲惫不堪，使每个人都厌恶它，就跟厌恶这个该死的秋天一样！”

那年秋天来得很早，秋雨绵绵，气温骤冷，瘟疫闯入了这个城市，自杀事件频频发生。拉夫罗夫不愿意等水肿病把他杀死，服氰化钾自杀了。

②“治了一辈子牲口，到头来也跟牲口一样倒毙了！”兽医的房东梅德尼柯夫在给他送葬时讲了一句意味深长的话。

名师批注

②人怎么能和牲口相提并论呢？通过这句话，可以看到当时严峻的社会现实——民众对生活的悲观，对生命的蔑视。

梅德尼柯夫是个裁缝，面容消瘦，笃信宗教，可以全文背诵圣母赞美诗。③他常常用系着三根皮条的鞭子抽打他才七岁的女儿和十一岁的中学生儿子，并用细竹条抽打妻子的腿肚子，还抱怨说：“民事法官斥责我，说我的这种陋习是从中国人那儿学来的，而我除在广告里，还有在画片上看到过中国人外，这一辈子还从未见过中国人。”

读书笔记

③从此段描写中，你读出了什么信息？

在他的裁缝铺里的工人当中，有一个愁眉苦脸的罗圈腿，绰号叫“敦卡老公”，他谈起自己老板的时候说：④“我最害怕这种笃信宗教的态度温和的人！粗暴的人一眼就能看出来，来得及防备。可是温和的人到你身边

名师批注

④这一大段的内心独白发人深省，梅德尼柯夫的伪善、残暴是显而易见的。通过这个人物，也曝光了当时社会上的这一类人，他们善于伪装，内里暴虐又凶残。

的时候常常不露形迹，就像草丛里阴险的蛇，它朝你身上爬来，冷不防向你袒露的心窝咬上一口。我真害怕温和的人。”

“敦卡老公”也是一个既温和又狡猾的人，他很会溜须拍马、阿谀奉承，很讨梅德尼柯夫的欢心，而他讲的这番话又确实很有道理。

有时候我觉得，温和的人像长在岩石上的苔藓，正如苔藓能使岩石变得松软，温和的人也能感化生活中铁石心肠的人。①但是，我又看到很多温和的人，他们跟一些卑鄙下流的人同流合污，他们捉摸不定、变化无常、见风使舵并且圆滑狡诈，他们那种像蚊虫似的嗡嗡叫声，使我觉得自己像是一匹陷入牛虻群中被绊住了脚的马，难受极了。

那次我从老警察那里出来的时候，就有过相似的想法。

秋风呼呼地吹着，像大喘息似的，街灯在大风中摇闪不定，似乎灰暗的天空也在颤抖，向大地洒下如尘埃般的细润的毛毛细雨。一个全身淋湿的妓女拖着一个醉汉在街上的一段上坡路上艰难地爬行。她搀扶着醉汉的胳膊往前推，那醉汉嘴里嘟嘟囔囔，还不时抽抽搭搭地哭。这妓女累得筋疲力尽，用暗哑的声音说：“这就是你的命运……”

“真的，”我想，“我不是也在被人拖着走吗？一直把我推向那令人讨厌的角落，使我看遍了种种龌龊不堪、令人伤心的事件和莫名其妙、花里胡哨的人们。这些我都已经看够了，也看累了。”

也许我在思考的时候用的不是这些言语，但当时在我脑海里闪现过的正是这种思想，也正是那么一个伤心的夜晚，我第一次感到精神萎靡、情绪低落、意志消沉。②从这一刻起，我开始感到自己越来越糟，开始以旁观者的眼光很冷淡地来看待自己，开始用别人的眼光、用敌视的眼光来看待自己。

名师批注

①年轻的“我”对于人性的弱点有着深刻的感受，刚烈直率的性格使“我”讨厌摇摆不定的人，不屑与他们同流合污。正是基于这一点，才造就了日后那个意志坚定、敢做敢当的“我”。

名师批注

②从这段悲伤的描写中，我们看到了一个危险的信号——年轻的主人公要扛不住了，解不开的人生疑问、朋友的自杀身亡、虚伪奸诈的小人，这些彻底地动摇了他心中的信念，暗示着他的人生将滑向悲惨的境地。

我发现，几乎在每一个人身上都有错综尖锐的矛盾，这些矛盾，不仅表现在他们的言语和行动上，更表现在他们的情感上。人们的这种情感上变幻无常的游戏尤其使我苦恼，我在自己身上也看到了这种游戏，因此更觉得难受。

我对什么都感兴趣，忽而对女人和书籍，忽而对工人和快活的大学生，可是无论在哪一方面都不能成功，①整天弄得自己东奔西跑，就像一只陀螺在不停地打转，似乎是有一只看不见的大手在拿着无形的鞭子猛烈地抽打我。

听说雅科夫·沙波什尼科夫生病住在医院里，我去看望他。②医院里一个歪嘴斜眼的胖女人，戴着一副眼镜，头上扎着护士头巾，头巾下面垂着两只像煮过的通红的耳朵，她轻描淡写地告诉我："他死了！"

她见我傻愣愣地站着不动，就开始大发脾气地喊叫："喂！你还要干什么？"

我也被惹怒了："你是个混蛋！"

"尼古拉！快把他赶走！"

③尼古拉正在用抹布擦拭一些铜条，他听到命令大吼一声，用一根铜条打在我的后背上。于是我冲上前去抱住他，把他拖到了医院大门口外的水坑里。他似乎处变不惊，一点儿也不在意，还老老实实地在水坑里坐了片刻，只是两眼朝我瞪着，站起来叫着："呸！你这条疯狗！"

我走到杰尔查文[90]花园，坐在诗人铜像旁的长凳上，心里很想做点什么不成体统的坏事，好让人群朝我扑来，这样我就可以趁机好好地揍他们一顿。

尽管今天周日，公园里仍然是空旷得没有一个人影，只有狂风吹赶着枯叶，路灯柱子上的广告纸也被吹得簌簌作响。时近黄昏，花园上面清澈湛蓝的天空因暮色的降临变得越来越昏暗。诗人巨大的青铜像耸立在我面前，我注视着它，一面想：雅科夫这个孤苦伶仃的光棍汉，

读书笔记

①请从修辞的角度赏析这段话。

名师批注

②作者通过对胖女人的外貌描写，将一个冷漠自私、残酷无情的人物形象鲜明地呈现了出来。

名师批注

③这种爆发一定是不理智的、具有破坏力的，此时如果有良师或益友解开"我"的心结，就不会出现冲突。

90 杰尔查文（1743—1816），俄国诗人，古典主义的主要代表之一。曾任女皇叶卡捷琳娜二世秘书和保罗一世的司法大臣。他出生在喀山省，1754 至 1762 年生活在喀山，他的纪念碑就竖立在喀山大学的校园内。

活在世上的时候曾拼命地反对上帝，结果竟和凡人一样死了，无声无息地死了！一切都是那样平庸，这真是叫人难过，真叫人觉得非常冤屈和不值。

①“尼古拉这个白痴，他本该和我好好地打一场架，如果打架不成，他叫警察把我抓了也好哇。”当我精神沮丧地去找鲁布佐夫时，他正在小桌旁伴着微弱的灯光缝补衣服。

“雅科夫死了！”

老头儿抬起拿针的那只手，显然是想画十字，可只挥了一下手，没能画成，手上的针线绊住了什么东西，他随口低声骂了一句：②“妈的！”

接着他就发起牢骚来：“跟你说吧，我们都要死了。这就是咱们的命！老弟，他是死了，我们这儿还有一个光棍铜匠，他也跑不了，肯定要被清除掉。上个星期天，他被宪兵抓走了！是古里介绍我认识他的，人很聪明，可就是交友不慎，和大学生们有些来往。你听说大学生闹事的事了吗？是不是真的？你给我补一下这件短上衣吧！我真是老眼昏花了……”

他把破衣服连针带线递给我，自己两手往背后一抄，在屋子里走来走去，不停地咳嗽着，嘴里不停地唠叨：“一会儿这儿，一会儿那儿，不断地迸发出火花，可是，星星之火没有形成燎原之势，火花刚一出现，就被魔鬼扑灭了，于是又是一阵沉寂郁闷。这个城市实在是太不幸了！趁伏尔加河没有上冻，轮船还能通行的时候，我得赶快离开这儿了。”

他站住了，深感犹豫，搔着头皮自言自语道：“往哪儿去呀？到处都去过了。是啊，各地都走遍了，结果只是把自己弄得筋疲力尽而已！”

他吐口唾沫接着说道：“哼！这算什么生活呀！活来活去，也没活出个人样来，到头来无论身体还是心灵都没有得到一点儿好处……”

③他停顿了一下，站在门边的屋角，仿佛是驻足倾听，

名师批注

①“我”就像一只不断膨胀的气球，随时都可能爆炸。面对现实的压力，“我”只能通过暴力纾解自己，实际上是在掩饰自己对于雅科夫死亡的悲伤。

读书笔记

②为什么鲁布佐夫听到雅科夫的死讯后首先骂了一句呢？

名师批注

③鲁布佐夫心存恐惧，他害怕房门外有沙皇的密探，因为某些言论甚至会招来杀身之祸，反映了当时社会恐怖的气氛。

然后大步走向我，在桌边坐下。“我的阿列克塞·马克西莫维奇，你听我说：雅科夫耗费一生的精力去反对上帝，无论上帝也好，沙皇也好，他们绝不会因为我不承认他们就会变好一些。如果是我来反对他们，我就先让老百姓自己恨自己，自己抛弃自己所过的这种龌龊的生活，非这样不可！唉，我老了，力不从心了，眼睛也快瞎了，真叫人伤心啊！老弟！缝好了吗？谢谢……我们去馆子喝杯茶吧……”

路上，他用手搭在我的肩膀上，在黑暗中深一脚浅一脚地前行。他低语着：①“请记住我说的话，老百姓是不会一直忍受下去的，总有一天会爆发的，把这个世界全盘砸烂，彻底改变我们无聊的生活！老百姓已经受不了啦！”

我们没有去成茶馆，因为在半路遇见了一群水兵在围攻一家妓院，阿拉甫佐夫工厂的纺织工人们在守护着妓院大门。

“每逢节假日，这儿就会聚众斗殴！”鲁布佐夫眉飞色舞地说道。他认出在保卫妓院的工人中有自己的同伴，于是摘下了眼镜，马上投入战斗，而且还加以煽动怂恿：“我们一定要坚持住，战斗到底！掐死这些癞蛤蟆！把这些臭鱼烂虾消灭干净！大家冲啊！”

②这件事看起来令人觉得既惊奇又好笑，这个聪明的老头儿充满狂热，行动起来多么机灵麻利！他冲进运输舰水兵队伍里，抗击着水兵们的拳头，用肩膀把水兵撞得四脚朝天。这与其说是一场战争，倒不如说是一场快乐的嬉戏，工人们一点儿也不惧怕，他们信心十足、勇气百倍，他们有的是多余的力量。黑压压的一堆人都挤到了大门口，把工人们逼得身子紧靠着妓院的大门，压得大门的门板发出吱吱呀呀的声音，人堆里发出好斗的叫喊声：“打那个秃头的军官！”

有两个人爬上屋顶，在屋顶上快乐地、有板有眼地唱起来：

名师批注

①鲁布佐夫的话代表了老百姓的心声，这是人民觉醒的前奏，任何一个专制残暴的统治都不会长久，这番话对年轻的“我”来说是一种鼓励，后来的一切证明了鲁布佐夫的预见是对的。

名师批注

②鲁布佐夫在用自己的行动证明着他始终在反抗，哪怕收效甚微，他也会用自己的双手去努力创造新的生存环境。

我们不是小偷，不是骗子，更不是绿林强盗，
我们是渔船上的小伙子，是一群捕鱼的青年！[91]

警笛嘟嘟地响起来了，黑暗中到处闪动着警察制服上的铜扣，警察重重的皮鞋扑哧扑哧地踏着泥泞的土地。①从屋顶上又传来了歌声：

我们的渔网儿撒向两岸的旱地，
向那些巨商富豪、货栈粮仓撒下去……
“住手！常言说，不要打倒下的人嘛……”
“老爷子，你要小心，别让人打破了你的脸啊！”

我和鲁布佐夫，还有另外也不知是敌是友的五个人被捕了，并被送往警察分局。深秋的夜色里，俏皮的歌声在为我们送行：

啊哈，我们捕住了梭鱼四十尾，
正好给自己缝件美丽鱼皮衣！

“伏尔加河上的老百姓是多么好哇！”鲁布佐夫赞美地说，他不停地擤鼻涕、吐唾沫，还悄悄地对我说，②“你赶快逃吧！瞅准机会——一跑了之！你干吗要往警察局里钻呢？”

于是，我撒腿就跑，还有一个高个子水手，他紧跟在我后面。我们朝一个胡同里猛跑，翻过一道道围墙，就这样逃走了。③但是从那以后，我就再也没见过这个活泼可爱、聪明热忱的老头儿尼基塔·鲁布佐夫了。

我的生活更空虚、无聊了。大学生们又开始闹事了，可是我既不明白闹事的意义，也不理解闹事的动机，只看到人来人往，非常热闹，并没意识到这场斗争的残酷或者悲哀。他们为了获得在大学里学习的幸福，即使被

读书笔记

①为什么在如此压抑、沉重的氛围之中还有歌声呢？

名师批注

②在关键时刻，鲁布佐夫的这番话令人感动，这是一个善良勇敢的老人，他用自己的行动证明了对“我”的挚爱深情。

名师批注

③老人的命运不言而喻，这样一个善良勇敢、敢于对残暴的统治进行反抗的人就这样消失在了“我”的生活中，这令“我”感到悲痛。

91 俄罗斯民歌中的《窃贼歌》。

严刑拷打一顿也在所不惜。

假如有人向我提议：[①]“你去大学里学习吧，不过为了此种待遇，每逢星期天我们要在尼古拉耶夫广场用棍子揍你一顿！”就是这种条件，我也一定会接受。

有一天我顺路到谢苗诺夫面包坊去，听到那里的工人们打算到学校里去殴打大学生。

“我们要用秤砣去砸他们！”其中一个面包工人恶狠狠地说道。

我跟他们争辩着，吵闹起来，可是我突然大吃一惊地感觉到，我已经没有想法去和大学生站在一起，也找不到多少词语为他们做辩护了。

记得那天我像被人打得五劳七伤似的，怀着一种难以排遣的、极其苦闷的心情，从面包坊的地下室走了出来。

晚上来到卡班河岸，我朝被黑夜染黑的河水里扔小石头，心中翻来覆去地想着这么一句话：[②]“我该怎么办呢？”

为了减轻苦闷，我开始学拉提琴。每到夜里我都在店里嘎吱嘎吱地拉琴，把更夫和老鼠搅得不得安宁。我对音乐极其偏爱，因而学起来十分狂热。

万万没料到的是，我的老师，一个戏院乐队里的小提琴手，在一次上课时，趁我出去有事不在店里的时候，私自打开了我忘记上锁的钱柜，把里面的钱装满了他的口袋。等我回来时，他就把脖子一伸，将自己那张刚刮过的木呆呆的脸凑了过来，小声说：“喂，你打吧！”

他的两片嘴唇瑟瑟发抖，两眼无光，混浊的泪水夺眶而出，泪珠大得出奇。

我真想狠狠揍这个小提琴手一顿，而为了不这样做，我坐到地板上，把两只握紧的拳头压在大腿下面，命令他把钱放回钱柜去。他把口袋倒空，走到门口又停住，痴痴地用大得惊人的声音说：“给我十个卢布吧！”

[③]我把钱给了他，可是学提琴的事也就这样告吹了。

这年十二月，我决定结束自己的生命。

名师批注

①宁可被人痛打，也想要上大学，这种强烈的愿望有些凄凉，也有一些悲伤。这样一个对知识如饥似渴的青年竟被拒于大学门外，纷乱的年代造就了不公平的人生，寥寥几句就把“我”最大的不幸写了出来。

名师批注

②这个场景让我们知道主人公已经走到了崩溃的边缘，当他无数次呼喊怎么办的时候，我们都可以感受到他心底的无助。这个社会，这种遭遇，让一个充满激情的青年无路可走。

读书笔记

③为什么“我”没有打他，反而还给了他钱呢？这体现了主人公怎样的性格特点？

至于事情的起因，我试图在短篇小说《马卡尔生活中的事变》[92]中加以描写。但这是一次拙劣的创作，小说写得很糟糕，看了令人很不愉快，内容缺乏内在的真实性。但我又觉得这篇小说的价值就在于它完全没有这种真实性。事情的经过倒是真的，可是讲述这些事情的好像并不是我，小说里讲的好像也不是关于我的事。如果撇开它的文学价值不谈，我觉得这里面有使我觉得惬意的一点，那就是我好像已经超越了自己。

名师赏析

如果说，之前阿廖沙更多的是在用他的视角展现别人的故事，那么在本章中，便是在演绎他自己的悲惨了。老警察用虚伪和奸诈慢慢靠近他，那是代表着沙皇统治者的凶残与狡猾；“托尔斯泰主义者”的虚伪和无耻真正点燃了他的愤怒；好友的相继去世和老工人鲁布佐夫的被捕则是压死骆驼的最后一根稻草。冥冥中的那只黑手，一步步推着他向前……

积累与运用

·好 词·

鞍辔　亵渎　粲然　哽咽　嫣红　蜷缩　庸俗　咆哮　枯燥乏味
脸色阴沉　鞭辟入里　局促不安　喋喋不休　朦朦胧胧　若有所思
服服帖帖　脸色铁青　平心静气　战战兢兢　逆来顺受　无动于衷
嫣然一笑　高大魁梧　侃侃而谈　夺眶而出　倾诉衷情

·佳 句·

◆ 这时候旷野上昏暗而寂静，黑色的云朵缓缓地飘动，掠过大地上空，金黄色的月亮隐藏在云间，水洼地闪动着银灰色和铁蓝色的光，不断发出沉沉低吼的喀山城就这样被我甩在身后了。

---

92 短篇小说《马卡尔生活中的事变》发表于1912年。

◆ 这种神秘的气氛使我感到愉快而激动，神秘的诗意是最高级的诗意。我感到自己仿佛是在教堂里做晨祷的教徒，想起了古罗马时代最初的基督教徒做礼拜的地下祷告所。

◆ 他自己待人并不和蔼可亲，与人说话常带着半鄙视半讥笑的口吻；与人争论时，言语简短，声音高亢，盛气凌人，大有非要压倒对手不可的气势。

◆ 他的脸黑黝黝的、瘦瘦的，头发像茨冈人那样卷卷的、黑黑的，发青的嘴唇里露出狼一般的牙齿。一双黑眼睛一动不动地直盯着对方的脸，这种凶狠、逼人的目光让人难以忍受。

◆ 这件法衣很好地衬托出他那苍白清秀的脸庞，而他那双冷漠无情的灰眼睛里流露出的淡淡笑意，又给他那张脸平添了几分光彩。

◆ 秋风呼呼地吹着，像大喘息似的，街灯在大风中摇闪不定，似乎灰暗的天空也在颤抖，向大地洒下如尘埃般的细润的毛毛细雨。

·美文仿写·

文段中按照一定的顺序介绍了“我”初次到尼基福雷奇家做客时看到的场景。请你仿照文段，介绍一下你自己的房间，记得要把顺序写清楚。

在他的小房间里，俄式壁炉就占去了三分之一的地方，还有三分之一的地方放着一张挂着印花布帐子的双人床，床上搁着好几个带大红斜纹布枕套的枕头。余下的空间里放着一个碗橱、一张桌子、两把椅子，靠窗口放着一条长凳。尼基福雷奇此时正在长凳上解制服的纽扣，窗子被他挡得严严实实的。

第四章　检测卷

（共20分）

一、填空题。（每空1分，共10分）

1 老警察 ________ 如同一只老鹰般盘旋在阿廖沙的周围，他经常用两只眼睛瞅着阿廖沙，就好像是在察看圣诞节前夕人们宰的一只 ____。

2 络腮胡子给大家读了脱离民意党的格奥尔基·普列汉诺夫撰写的文章，名为 ________________。

3 阿廖沙同织布老工人 ______________ 交上了朋友，他是个天生聪慧、性格不安分的人。

4 ____________ 奇怪阿廖沙为什么会一直在面包店打工，在他看来，这是在浪费大好时光去干那些毫无意义的事情。

5 在鲁布佐夫和雅科夫的争论中，雅科夫从 ________ 上引用了一句庄严的话语，使鲁布佐夫无法争辩，迫使他不再吭声，沉思着蜷缩起身子。

6 托尔斯泰主义者克罗波斯基认为“人的社会地位越低下，就越能接近真理，越接近生活的 __________”。

7 “__________”也是一个既温和又狡猾的人，他很会溜须拍马、阿谀奉承，很讨梅德尼柯夫的欢心。

8 为了减轻苦闷，阿廖沙开始 ______________，但他的老师竟然是个 ______。

二、简答题。（每题5分，共10分）

1 尼基福雷奇真的不知道阿廖沙认识普列特尼奥夫吗？他这样说的目的是什么呢？

2 当杰连科夫的面包店濒临破产的时候，他又遇到了哪些麻烦呢？

参考答案

一、填空题

1 尼基福雷奇；鹅。

2 《我们的意见分歧》。

3 尼基塔·鲁布佐夫。

4 费多谢耶夫。

5 《圣经》。

6 最高智慧。

7 敦卡老公。

8 学拉提琴；小偷。

二、简答题

1 尼基福雷奇当然知道阿廖沙认识普列特尼奥夫。他这样做的目的是在阿廖沙的面前演戏，想从他的口中得到自己想要的东西。可见，尼基福雷奇是个极其狡猾的人。

2 他的私人生活也变得很糟，红头发的娜斯佳怀孕了，总是对他发脾气；他一心支持大学生们，但人们对他的这种事业持轻视和漠不关心的态度，甚至还进行破坏；他的父亲由于宗教信仰的压抑，得了忧郁症；他的小弟开始酗酒，跟姑娘们厮混起来；他的妹妹举止异常，变得像个陌生人似的。

第五章

名师导读

罗马斯的出现，拯救了日益沉沦，甚至想要放弃生命的阿廖沙。不仅仅是拯救阿廖沙，罗马斯还在用自己的方式去拯救、去唤醒那些蒙昧的农民，他在做一项伟大的事业。阿廖沙在他的影响下，开始接触一个新的阶层。在这里，山野的美景涤荡着他的心灵，几个典型的农村形象也在触动着他。新的故事开始了……

我在市场上买到一支军队中鼓手用的左轮手枪，枪里面装有四颗子弹，我对着我自己的胸膛打了一枪，心想它能够打中心脏，但是结果只打穿了一个肺叶。

于是一个月后，①我羞愧万分地又重新回到面包铺里干活儿，局促不安地感到自己是多么愚蠢。可在这儿没有干多久，在三月底的一天夜里，我从面包作坊去面包铺，看见霍霍尔在女店员的房间里。他坐在窗边的一个椅子上，若有所思地吸着一支卷得很粗的纸烟，聚精会神地盯着自己吐出的烟雾。

“您有时间吗？”他说话单刀直入，没打招呼就直接问我。

“有二十分钟时间。”

“请坐，我们谈一谈。”②他还和从前一样，穿着扣得紧紧的“鬼晓得是什么皮的”哥萨克上衣，金黄色的耀眼的长胡子垂在宽阔的胸前，倔强固执的脑门上是剪短的硬发，脚下的那双农民靴子发出难闻的臭胶皮味。

名师批注

①一个人别的事可以干不好，但自杀是很容易的，可“我”偏偏失败了，显得自己很愚蠢，所以羞愧万分，对生活再次失去激情。

名师批注

②通过对其身材、胡子、鞋子三个方面的细致描写，使我们看到了一个朴实憨厚的霍霍尔。

“喂！”他平心静气地说，声音不高，“您愿不愿意到我那儿去？我眼下住在克拉斯诺维多夫村，在伏尔加河下游，离此地有四十五俄里，我开了一间小杂货店[93]，您可以帮我做生意，这花不了您多少时间。我那儿有一些好书，还可以帮助您学习，您同意吗？”

“好吧。”

“那请您在星期五早晨六点钟，到库尔巴托夫码头去，在那里打听一条从克拉斯诺维多夫村来的平底小木船，船老板名叫瓦西里·潘科夫。①算了，您不必打听了，到时候我就在那里，我会看见您的，再见！”他站起身来，向我伸出了一只大手，另一只手则从怀里掏出一块沉甸甸的银壳的凸形怀表，对我说，“我们俩一拍即合，仅仅用了六分钟！对了，我叫米哈伊·安东诺夫（米哈伊·安东诺夫和后面的米哈伊·安东内奇全是米哈伊·安东诺维奇的俗称），姓罗马斯。我们就这样说好啦。”

②他头也不回地扬长而去，迈着坚定的脚步，轻松地挪动着他那五大三粗、结实强壮的身躯走了。

两天后，我搭船去了克拉斯诺维多夫村。

那时，伏尔加河刚刚解冻，从上游沿着混浊的河水漂来灰色易碎的冰块，平底小木船穿行在这些冰块间，发出刺啦刺啦的响声，浮冰一碰上船体，便被撞得四散开来，变成棱角分明的结晶体。从上游吹来一阵阵的风，不断地把浪花吹到岸边，蓝色玻璃般的冰块反射着太阳耀眼的光芒。

我们的船乘风而行，船上装着许多货物，有木桶、袋子、箱子。舵手长是那个叫潘科夫的年轻庄稼人，他穿着非常讲究的羊皮短上衣，短上衣的前面用彩线绣着花纹。③他有一张平和安详的脸和一双透露着沉着冷静的眼睛，且寡言少语，不大像是庄稼人。

这时，潘科夫雇来的船工库库什金手握篙杆，笨拙地

读书笔记

①为什么他决定亲自接“我”？

名师批注

②直接描写霍霍尔的背影，一是表现了他的坚定有力，二是代表“我”将在他的引领下得到重生，拥有新的生活。

名师批注

③通过神态描写，暗示了他的不一般，为下文做了铺垫。

93 罗马斯由民粹派地下小组资助开了一个小杂货铺，是为了掩护在农民中间进行的宣传工作。

叉开两腿站在船头。这是一个蓬头垢面的矮个儿庄稼人，他穿着一件普通农民常穿的破旧的粗呢外衣，腰间系着一条绳子，头上戴着一顶揉得皱巴巴的旧神父帽，他的脸上有几块淤青疤痕和擦伤。他用长篙拨开冰块，嘴里轻蔑地咒骂着："让开，滚一边去……你往哪儿钻……"

我和罗马斯并肩坐在船帆下面的一只木箱子上，他轻声说道：①"庄稼人都痛恨我，尤其是富农！您去了那儿就能亲身感受到这种不友好的滋味。"

库库什金将长篙横放在船头，放在自己脚边后，将那张伤痕累累的脸冲着我们，感叹地说道："他们特别恨你，安东内奇，神父也很不喜欢你。"

"确实如此。"潘科夫又加以证实。

"神父那个杂毛狗，他几乎把你当成了卡在他咽喉里的骨头了！"

②"不过我也有不少好朋友啊，您将来也会有的。"我听到霍霍尔这样说。

三月天依旧是春寒料峭，虽然阳光明媚，天气却并不暖和。河岸上摇摆着掉光了树叶的黑色树枝，在一些沟道里、岩石夹缝里或者河岸上的灌木林底下，仍然积着一堆堆天鹅绒似的白雪。河面上处处浮着冰块，宛如成群的白羊在蠕动，我觉得就像在梦境里一样。

库库什金一边往烟斗里装烟丝，一边发表自己独特的见解："虽说你不是神父的老婆，可是他既然当了神父，就应该遵守《圣经》上的训诫，对什么人都爱才对呀。"

"是谁把你的脸打成这样的？"罗马斯笑着问。

"是这么一回事，打人的是一些不明身份的人，反正是一群恶棍。"③库库什金很不以为意地回答道，接着又颇为自豪地说，"不过有一回是炮兵们把我打伤的，那次打得可厉害啦！甚至我自己都不明白，我怎么还活下来了。"

"他们为什么会打你？"潘科夫问。

"你指的是昨天，还是炮兵打我的那一次？"

名师批注

①罗马斯提前阐明了这种"不友好的滋味"，是希望"我"有心理准备，也暗示着所处环境的凶险恶劣。

读书笔记

②你如何理解霍霍尔的这句话？

名师批注

③"不以为意""颇为自豪"都写出了库库什金豁达、坚毅的性格特点，他身上洋溢的饱满的情绪也在一点点感染着"我"。

“那么昨天人们打你是为什么？”

“难道我能明白他们为什么打我吗？我们这地方的人就像长着犄角的山羊一样，动不动就互相顶撞起来，人们为一点儿鸡毛蒜皮的小事就争吵不休，打架可是家常便饭。”

“我想，”罗马斯说，“大概是因为你多嘴多舌，人家才打你的，你说话太随便，不太注意……”

“也许是这样吧，我这个人生性好奇，总爱问长问短。我一听到新鲜事，心里就特别高兴。”

①船头猛地撞在了冰块上，冰块擦得船舷沙沙作响。库库什金摇晃了几下，差点摔倒。他赶紧抓住长篙，潘科夫训斥他说：“你可要注意船啊，斯捷潘！”

“你就别再跟我说话了！”库库什金把冰块拨开，嘴里咕哝着说，“我可不能一心二用，一边跟你聊天，还得一边干工作！”

两个人没有恶意地争辩着，罗马斯回过头对我说：“这儿的土地没我们乌克兰的肥沃，人却比我们乌克兰人强得多，很能干！”

我仔细地听他讲着，也相信他所讲的话。

②我喜欢他那沉稳的作风和舒缓平和的谈话，简明有力，掷地有声。我觉得这个人学识渊博，对人的看法也极有分寸和尺度。最令我高兴的是，他从未提及我自杀的事。要是换了别人，早就问了，我是多么讨厌这个问题，而且也难以回答，连我自个儿也不明白我为什么要干那样的蠢事。

要是霍霍尔问我，我会回答的，但一定回答得既啰嗦又愚蠢。是的，一般来说，我不愿再回想起这件事。

在美丽的伏尔加河上，我过得是多么美好，多么自由、愉快、幸福啊！

小木船靠右行驶，小船左边的河面显得越来越宽阔，河水漫到长草的岸边。河水上涨，水花飞溅，拍击着岸边的灌木丛。晶莹透彻的春水奔波跳跃，顺着许多沟渠

名师批注

①运用环境暗示，他们走进“我”的生活，实际上是在帮“我”破冰，帮助“我”更快地成长。

名师批注

②通过写出“我”对他的评价，表现了“我”在和他们的相处中，慢慢放下了戒备和内心的烦闷，渐渐地从绝望中挣脱出来。

和地面的裂缝喧嚣着滚到河流里来。

晴朗的天空下，几只黄嘴鸦披着黝亮的羽毛呀呀地叫个不停，正忙着筑巢。①向阳的地方，从土地里欣欣向荣地茁长出一片嫩嫩的绿草。空气微寒，但是我的心是暖融融的，就像春天的土地，心头也在孕育着新的希望。大地上一派春意盎然的景象，令人陶醉。

中午，我们的船到达了克拉斯诺维多夫村。一所蓝色圆顶的教堂是村庄的标志和中心，它建在一座如同刀切般陡峭的高山的山顶上，从教堂沿着山坡向下，是连绵不断的一幢幢造型别致又很牢固的小木屋。黄色的木板屋顶和绸缎似的草屋顶在阳光下熠熠生辉，看上去既简朴又漂亮。以前，我乘船路过这儿时，总是要一次次欣赏它那美丽的景色。

当我和库库什金一起开始从小木船上卸货时，罗马斯从船侧把一个货袋递给我，说："看不出，您还很有力气呀！"

接着他眼睛望向别处，好像不经意地问道："胸口还疼吗？"

"一点儿都不疼了。"

②我对他这样委婉体贴的问话很是感激，因为我特别不愿意让农民们知道我曾经想自杀的事。

"你的劲儿大得过分啊！"库库什金快言快语地插了一杠子，"小伙子，你是哪省的？是下诺夫哥罗德省人吗？俗话说，'靠山吃山，靠水吃水'，人们都笑你们是以水为生的，还有一句俗话，'你看今天水鸥向哪儿飞'[94]，这就是你们的写照。"

③从山上沿着下坡路，踩着松软的黏土走来一个瘦高个子农民。他嘴上长着鬈胡须，一头帽盔般的红发，打着赤脚，身上只穿一件衬衣和一条衬裤，从一条银光闪闪的溪水间摇摇晃晃地大步走来。他快走到岸边时，热情地高声喊道："欢迎你们到来！"

名师批注

①城市曾让"我"心灰意冷，这恬静美丽的乡村就成了心灵的完美寄托。这段轻松愉快的文字让读者心情大为舒畅，这是对春天景色的赞美，更是"我"心中的颂歌。

名师批注

②罗马斯问话技巧高超，于不经意间把这种浓浓的关爱表达了出来。

读书笔记

③通过这段描写，你认为"标准的"农民形象是怎样的？

94 指伏尔加河沿岸的人们往往根据海鸥的飞行方向来判断天气的变化。

他向四下里望望，为了从船上卸下笨重的煤油桶，他拾起两根粗木棍，将两根木棍的一头搭在船舷上。

他纵身一跃，很轻松地跳上了木船，于是开始指挥起我们来："用脚踩住木棍的一头，不要让木棍从船舷上滑下去，然后再用手去接煤油桶。年轻人，到这儿来，帮忙干吧！"

①他长得很帅，也很有力气，红红的脸蛋，端正竖直的高鼻梁，一双海蓝色的眼睛闪闪发亮、炯炯有神。

"伊佐特！你打赤脚，只穿衬衣衬裤，得当心不要着凉！"罗马斯关切地说。

"我吗？你别担心，没关系的。"

煤油桶终于滚上了岸，伊佐特上下打量我一番道："是店伙计吗？"

"你跟他打一架试试。"库库什金提议说。

"你的脸又被打伤了？"

"那有什么办法呢？"

"你跟谁打架啦？"

"跟那些打人的家伙们呗。"

"唉，你这个人啊！"

伊佐特叹了口气，转身向罗马斯说道："大车立刻就到，我大老远就看见你们了，看见你们在划着船，划得快极了。安东内奇，你先回去，我看守着这些货物。"

②伊佐特对罗马斯的关心是显而易见的，简直像是他的保护人一样，尽管他看上去比罗马斯要小十岁。

半个小时之后，我已经坐在一所新造的木房的洁净、温馨的房间里，四壁还散发着松香和麻屑的气味。一个目光锐利、动作利落的农妇正在铺桌子，准备开饭。

霍霍尔从提箱里选出一些书，把书放到壁炉旁的书架上。

"您的房间在阁楼上。"他说。

从阁楼的窗口往外看，可以看到村庄的一部分，房子的对面是一条山沟，山沟中的林木中闪出一些澡堂式

名师批注

①对人物的外貌进行细致的描写，一个帅气、正直、充满朝气的青年活灵活现地出现在我们眼前。

名师批注

②通过对话，细致地描写出了伊佐特对于罗马斯的关心，也体现了他的纯真与质朴。

的屋顶。

[1]山沟后面是一些果园和农耕地，它们错落有致，一望无际，和远处的一脉森林连接成一片，极为壮观。在那个澡堂式屋顶上坐着一个穿蓝衣的农民，他一只手拿着斧头，另一只手靠近额头遮在眼上，凝望着伏尔加河。大车嘎吱嘎吱地响，牛累得哞哞直叫，潺潺的小溪水在欢快地流淌。

有一个全身穿黑衣服的老太婆从一家小木房门里走出来，但她马上又转过身去，对着木房门内发狠地说道：“你们这些该死的家伙！”

有两个淘气的孩子正极认真地用石头和泥土拦截小溪的流水筑堤，听见老太太的叫喊，吓得一溜烟跑开了。[2]老太太从地上捡起一块木板，在上面吐口唾沫，抛到溪水里。随后，她又用穿着男式靴子的脚把孩子的杰作捣毁，向伏尔加河笔直走去。

“我在这里应该怎样生活呢？”

有人叫我去吃午饭。楼下，伊佐特坐在桌边，伸展着他穿草鞋的紫红色的长腿，嘴里正在说什么，我一出现他马上打住。

“你怎么不讲了？”罗马斯皱起眉头问，“往下说呀！”

“已经没什么好说的了，全都说完了。大伙儿是这样决定的：[3]我们要自己照顾好自己。你出门得带枪，要不就带根粗木棒。当着巴里诺夫的面，可不能口无遮拦，什么话都讲，他和库库什金的舌头比长舌妇的还长。喂，我说小伙子，你喜不喜欢钓鱼？”

“不喜欢。”

罗马斯又谈到，必须把农民和小果园主都组织起来，使他们摆脱大收购商的控制。

伊佐特认真地听完他的话后说：“如果这样干，村里的地主富农们是不会让你有安稳日子过的！”

“那就让我们走着瞧吧！”

名师批注

①这是充满生活气息的乡村风情图，有人有景，构筑成“我”心中的美好。在景物描绘中，注入了“我”的激动、喜悦之情。

名师批注

②作者描绘了乡村中一个典型的画面，通过孩子的调皮和老太太的气愤，将这种生活的烟火气鲜活地表现了出来。

读书笔记

③结合上下文，从此段文字中，你获取了什么信息？

“哼，他们绝不会放过你的！”

①我望着伊佐特，想：“就像卡罗宁[95]和兹拉托夫拉茨基[96]在小说里描写的农民一般……”

难道说，我这算是参加了某种重大的活动，而且还要跟从事真正革命事业的人一起工作了吗？

饭后，伊佐特又叮嘱罗马斯：“米哈伊·安东诺夫，不要太心急，好事多磨，这些事得耐着性子，慢慢来！”

他走后，罗马斯若有所思地说道：“他这人聪明、能干、可靠。可惜就是不怎么识字，文化低。不过他在努力地学习，您在这方面要多帮帮他。”

他让我熟悉各种货物的定价，这件事一直忙到傍晚天快黑时才结束，他对我说：②“我的货物定的价格，要低于本村另外两个店。不用说，他们对这一点很不高兴。他们造谣中伤我，还扬言要教训我一顿。我到这村里来，并不是图舒服或赚钱，而是另有所求，这一点，就和你们在城里开面包铺的意思差不多……”

我对他说，这事我心里明白。

“是呀……我做的是启蒙工作，要教育人们破除愚昧，对吗？”

这时候杂货铺已经关门，我们每人手里拿着一盏灯，在店铺里走来走去，到处巡视。

我忽然听到外面街上也有人在走动，他们小心翼翼，在泥水中噼噼啪啪地行走，时而有沉重的脚步偷偷踏到店铺的台阶上来。

“喂，您听到了吗？有人在走动！这是米贡，是个无业游民，也是只凶恶的猛兽，他很喜欢干坏事，就像漂亮的姑娘爱卖弄风骚一样。您以后和他说话可要小

读书笔记

①“我”为什么会有这样的联想？

名师批注

②罗马斯来到这里是工作需要，是为了教育农民，带领他们走上革命的道路。要让农民相信自己，就不能计较个人的利益，这是他工作的策略，也让我们看到了在农村开展工作的艰难。

95 卡罗宁（1853—1892），俄国民粹派作家，因参加民粹运动遭受迫害。他的作品多半描写改革后俄国农村生活的变化。代表作有小说集《巴拉什金诺人纪事》（1879—1880）。

96 兹拉托夫拉茨基（1845—1911），俄国民粹派作家。彼得堡科学院名誉院士（1909），他的作品内容主要描写农民苦难的生活和农村阶级分化的情形。代表作有中篇小说《农民陪审员》（1874—1875）等。

心！跟其他人说话也一样要谨慎……”

后来，他走进自己的卧室，燃起烟斗抽起烟来。他宽宽的脊背紧靠着炕炉，眼睛稍微眯着，从嘴里吐出一缕缕烟云。他慢慢地斟酌着语句，简单明了地告诉我，他早就看出我在白白荒废自己的青春年华。

“①您是个很有才干的年轻人，意志坚强。显然，您也对未来满怀憧憬。您应该努力学习，但不要让书本成为你和周围人交往的屏障。有一个什么教派的老头儿说得很对：‘任何教益都是从人家那里得到的。’人们教训你时常常是粗暴的，当时你心里的感受比看书要痛苦些，但是这样得来的东西可以让你永生难忘。”

他又谈起我已经听说过的那些话，说首先应当唤起农民的理智，然而，在这些熟悉的语句里，我却琢磨到一些更深刻、对我来说更新颖的含义。

“你们那里，大学生们嘴上总挂着热爱人民等高尚词语，所以我早就想对他们说：人民是不能够爱的！所谓爱人民，只是一句空话……”他偷偷地笑了笑，目光犀利地望着我，开始在屋子里走来走去，神采飞扬地说着，②“爱如果仅仅意味着宽容、同情、迁就、谅解、姑息、袒护，对女人可以这样！难道我们可以袒护人民的愚昧无知吗？对他们的混沌思想可以宽容吗？对他们的卑鄙行为可以迁就吗？对他们的野蛮行为能够一味谅解吗？不可以吧！”

“不可以。”

“就是嘛！你们城里的人，都爱读涅克拉索夫[97]的诗，还喜欢吟唱，我说单靠涅克拉索夫一个人的诗是成不了大事的。还应该唤醒农民，对他们说：③兄弟们！你们这些人虽然本身不坏，但过着多么悲惨的生活呀！为什么不努力改变现状，让生活变得轻松一些、美好一

名师批注

①罗马斯指出，“我”的坚定来源于书本，“我”的困惑也来源于书本，他对“我”的情况是十分了解的。“我”只有对理论的认识，而没有实践的检验，这就是痛苦的根本。

读书笔记

②以反问的形式表达自己的观点有什么好处？

名师批注

③从农民们的苦难生活出发，让他们从思想上得到启蒙，星星之火，可以燎原。

97 涅克拉索夫（1821—1878），俄国诗人和革命民主主义者。著有长诗《严寒，通红的鼻子》《俄罗斯妇女》《铁路》《谁在俄罗斯能过好日子》等，深刻描写了下层民众的生活和妇女的遭遇，表现了人民对幸福的向往和追求。

些、愉快一些呢？可你们又想不出办法，一筹莫展，恐怕野兽也比你们更会照管自己，更会保护自己。不过，在你们农民中间也产生过各种各样的人物。贵族、神父、学者，甚至沙皇，追根溯源，他们都是农民出身，你们现在知道应该怎样做了吧？你们要热爱生活，别再让人来折磨你们……"

他走进厨房，吩咐厨娘把茶炊生起来，接着他让我看他的书架，我发现书架上几乎都是自然科学类的著作，例如巴克尔、莱伊尔、哈特波尔·莱基、拉布克、泰勒、穆勒、斯宾塞、达尔文等人的作品，还有俄国人的许多作品：皮萨列夫、杜勃罗留波夫、车尔尼雪夫斯基、普希金以及涅克拉索夫等大家之作，还有冈察洛夫的旅行随笔《战舰巴拉达号》等。

①他用宽大的手掌抚摸着他心爱的书，就像是抚摸小猫一样亲切。他很动情，怜惜地小声低语着："这全是好书！这本是禁书，一本极珍贵的书。您想知道什么是国家吗？那您就读这本书吧！"

这本书是霍布斯的《巨灵》。

"这儿还有一本，也是论述国家的，读起来也容易，还有一定程度的趣味性呢！"

这本有趣的书是尼克罗·马基亚维利的《君主论》。

②我们喝茶的时候，他简明扼要地讲了讲自己过去的一些经历：他是切尔尼戈夫市一个铁匠的儿子，在基辅车站当过加油工人。也就是在那里，他和革命者们有了接触，后来他因为组织工人学习小组被捕入狱。他蹲了两年牢房，出来后又被流放到雅库特待了十年。

"最初，我同雅库特人住在一个乡里。我想，这下我是毫无希望了。那里的冬天冷透了，连脑子都被冻僵了。当然啦，在那里有脑子也派不上用场。后来我惊喜地遇见了一个俄罗斯人，接着又来了一个，虽说不多，但总算是有了！好像是为了不让这里的俄罗斯人感到太孤单，不断地有新的俄罗斯人被送到这儿来，他们都是

名师批注

①通过比喻的修辞手法，把罗马斯抚摸书的动作比作是抚摸小猫，生动形象地写出了他对于这些书的珍视与爱护。

名师批注

②通过罗马斯的自述，"我"更加了解他了，他的经历也给了"我"巨大的启迪，"我"在他的引领和帮助下渐渐获得内心的救赎。

些好人。有个大学生叫弗拉基米尔·柯罗连科[98]，他现在也已经回来了。我和他曾经非常要好，可后来各奔东西、分道扬镳了。我们俩在许多方面都很相似，但相似不一定会成为好朋友。这个人既顽强又认真，多才多艺，还会画圣像，可我不喜欢这玩意儿，听说他现在混得不错，常常给书刊、杂志撰写文章。”

罗马斯和我谈了很久，直到半夜。①我明白他的心思，看得出他是很希望一下子把我变成和他一样的人，我第一次感觉到这样的真正热情的友谊。自从我自杀未遂以后，我非常自卑，觉得自己很渺小，在人们面前就像罪犯一样，简直没脸再活下去了。

罗马斯想必了解我的这种心情，于是他细腻、体贴地引导我走出误区，给我展现美好的前程，给我光明、希望和继续生存的勇气，这是我生命中值得纪念的日子。

星期日，小店铺一开门，做完祷告的村民们就聚集过来了。第一个来的是马维特·巴里诺夫，这个人全身脏兮兮的，鸡窝似的头发，长臂猿一样的胳膊，却长着一双漂亮的眼睛，目光是漫不经心的。

②“进城带回了什么消息吗？”他哼哼哈哈地打了招呼后，没等对方回答，就又冲迎面走来的库库什金喊道，“斯捷潘！你的那群猫又吃了我一只大公鸡！”

然后他又讲到省长从喀山去圣彼得堡朝见沙皇，请求沙皇下令把所有鞑靼人迁移到高加索和突厥斯坦。省长受到沙皇的夸奖，他说：“真聪明！很会办事……”

“这全是你自己编造出来的吧？”罗马斯不慌不忙地说道。

“我？什么时候编的？”

“我不知道……”

“安东内奇！你怎么这么不信任人呢？”巴里诺夫

名师批注

①通过大段的内心独白，将“我”内心积压已久的情感宣泄出来，“我”在与罗马斯的交流中获得了新生。这巨大的精神蜕变，扫除了“我”的迷茫与自卑，给了“我”信心与勇气。

读书笔记

②从人物的“漫不经心”中你读出了什么？

98 弗拉基米尔·柯罗连科（1853—1921），俄国民主主义作家和社会活动家。1879 年因涉嫌与革命者有来往被捕，曾被流放到雅库特。主要作品有小说《马卡尔的梦》《盲音乐家》《我的同时代人的故事》等。

用责备的口气说，并且遗憾地摇着头，“唉，我很为鞑靼人担心，高加索有很多风俗习惯，他们去了后会住不惯的！”

①这时一个瘦瘦的小个子蹑手蹑脚地走来，身上穿着一件似乎是捡来的哥萨克式破旧外衫，菜青色的脸奇怪地抽搐着，咧开黑嘴唇做出不自然的微笑，左眼特别犀利，不停地眨着，被伤痕截断了的白眉毛还不停地抖动着。

名师批注

①通过对米贡外貌的详细描写，生动形象地展现了一个底层农民的形象，使人如临其境，仿佛跟随作者来到了他的面前。

“向米贡先生致敬！”巴里诺夫讥讽地说道，“你昨天晚上偷了什么？”

“偷了你的钱。”米贡满不在乎地高声说，一边还向罗马斯脱帽致意。

这时候我们小铺的房东，也就是我们的邻居潘科夫正走出院子，他还是那么衣冠楚楚——上身短西服，脖子上系着红围巾，脚上一双胶皮套鞋，胸前垂着一条长长的像马缰绳一样的银链。他气鼓鼓地用眼睛打量一下米贡，说：②“你这个老魔鬼！你敢再进我的菜园，看我不打断你的双腿！”

名师批注

②看似怒气冲冲，实则是暖意融融。这是农民之间特有的沟通、消遣的方式，是一种典型的农村文化。

“老调重弹，又来这一套！”米贡脸不变色心不跳地答复着，然后叹一口气，又无可奈何地说道，“你要是不打人，怎么把日子过下去呢？”

潘科夫被气得破口大骂，米贡不紧不慢又加了句：“我怎么算是老鬼呢？我才四十六岁……”

“但是去年圣诞节的时候，你就五十三啦！”巴里诺夫喊叫着，“你亲口说的，现在怎么又说谎了？”

又来了一个身材魁梧的大胡子老头儿苏斯洛夫，渔民伊佐特跟在老头儿身后。至此，小铺前前后后已聚集了十几个人。

③霍霍尔坐在杂货铺的门廊下吸烟斗，一声不吭地听着农民们的谈话。农民们有的坐在小铺台阶上，有的坐在小铺门口的长凳上。

读书笔记

③这样的场景说明了什么？

天气清冷，而且变化无常，忽阴忽晴，仿佛被严冬冻住了的蓝色天空上快速飘动着白云，阳光和云影在小溪和水洼里时隐时现。①天上的阳光时而灿烂，亮得刺眼，时而像天鹅绒般平滑柔和，让人感到温暖和舒适。

打扮得花枝招展的姑娘们，像孔雀一样，惹人注目地穿过这条街道，飘然而下，奔向伏尔加河河岸，她们跨过水洼时候撩起裙裾角，露出了她们笨重的靴子；小孩们则扛着长长的鱼竿煞有介事地去河边垂钓，也打这里跑过去了；一群老实巴交的农民走过这儿时，往店铺瞅瞅，望着我们这些人，毫无声息地摘一摘头上的便帽或者毡帽，表示敬意。

②米贡和库库什金平心静气地分析着一个疑难问题：商人和地主究竟哪个心更狠毒？

他们二人各执所见，库库什金说是商人，米贡说是地主老爷，米贡洪亮的男高音盖过了库库什金不太利索的说话声："有一回，芬格罗夫先生的爸爸抓住了拿破仑[99]大帝的胡子，芬格罗夫闻讯而来，抓住两人颈子后面的羊皮领子，决心把他们分开，谁知猛一用劲，使得两人脑门儿对脑门儿那么一碰，好，这下两人全瘫倒在地上，一动都不动了。"

"我相信，要是这么碰撞一下，你也会躺倒的！"库库什金赞同地说道，接着又坚持自己的观点，"还有一点，商人可是比地主的胃口大多了……"

仪表不凡的苏斯洛夫坐在台阶最上面的一阶，抱怨道："米哈伊·安东诺夫！农民种地可有些靠不住了。早先，在老爷们手下，谁也不许偷懒，每个人都有固定的事要干……"

"我看你最好送上一份请愿书，要求复辟农奴制得了！"伊佐特抢白道。

③面对所有这一切议论，罗马斯只是沉默，他看了一下伊佐特，然后在栏杆上磕了磕烟斗里的烟灰。

名师批注

①此处虽是对环境的描写，其实暗地里也体现了作者来到新的地方似乎"重获新生"，周围的一切都让他感到舒适。

名师批注

②通过描写米贡和库库什金的争吵，引出下文"我"期待看到罗马斯对这一问题的分析，推动了故事情节的发展。

读书笔记

③你如何理解罗马斯的沉默？

---

99 拿破仑（1769—1821），法国军事家、政治家，法兰西第一帝国的缔造者。

我一直盼着罗马斯到时候能发言。我一边专注地听着农民东拉西扯的闲谈，一边猜想罗马斯会说什么话。可我觉得罗马斯在故意放弃讲话的机会，过了好久，他仍然无动于衷，默默不语，像木头人一样呆坐不动，眼睛望着天空变幻的云彩和地上被风吹皱的水洼。

伏尔加河上的轮船发出震耳欲聋的吼声，河边飘荡着姑娘们尖细的歌声，伴着手风琴的演奏。一个醉汉东倒西歪地沿街而行，向河边走去，他又打呼噜又打嗝，手忙脚乱地往水洼地里走，不时跌倒在水洼里。

①村民们的争论逐渐地平息了，大家都有点儿郁郁寡欢，我的情绪也随之低沉。

因为寒冷的天空有风雨来临的前兆，我回想起城市里永无休止的躁动、杂乱无章的声音、街上川流不息的人群，以及城里人那机灵流利的谈吐和丰富而激动人心的语言。

晚上喝茶时，我问霍霍尔："您打算什么时候才和农民谈话呢？"

"谈什么呀？"他认真、仔细地听完我的话，说，"喏，您要知道，要是我跟他们谈这类事情，而且是在大庭广众之下谈，那我准会再被流放到雅库特去……"

他往烟斗里塞了一点儿烟叶，点燃了，并抽了起来，周围马上就出现一片烟云。②他开始沉静地、令人难以忘怀地谈起了农民，他说："他们是胆小怕事、恐惧多疑的一群人，他们害怕自己，害怕邻居，尤其害怕外地人。他们得到自由还不到三十年[100]，每一个四十岁以上的农民，生下来的时候还是农奴，他们就记得这个，很难弄明白什么是自由。他们的理解十分简单——自由就是想怎么生活就怎么生活。但到处是官老爷，他们要来干涉你的生活。沙皇从地主手里抢走了农民，于是，沙皇如今就成了全体农民的唯一主人。如果你要再问什

名师批注

①可以看出"我"很着急，也很困惑。罗马斯的一言不发使"我"感到沮丧，"我"的疑惑并没有得到解决，为下文揭开真相埋下了伏笔。

名师批注

②罗马斯是一个成熟的革命者，他了解农民，知道他们的诉求，所以他能够在保护自己的同时去开展自己的事业，这也与"我"的急功近利、心浮气躁形成了鲜明的对比。

100 俄国沙皇1861年2月19日下令废除农奴制，到1888年还不到三十年。

么是自由，总有一天，沙皇会颁布圣旨，对你做出解释，告诉你什么是自由！老百姓们非常信赖沙皇，因为他们把沙皇看作全国土地和财富的占有者。他们甚至认为沙皇既然能把他们从地主那儿解放出来，就可以替他们从商人手中夺回商店和轮船。

“[①]他们骨子里是拥戴沙皇的，他们否定所有的地方长官，只有沙皇好一点儿。他们一直在等待，等待有那么一天，沙皇给他们下一道让他们自由的圣旨。于是他们想拿什么就可以拿什么，想要什么就可以得到什么。为了这一天的到来，他们惶惶不可终日，忐忑不安地生活着，害怕误了这个大喜的日子。他们还有一种顾虑，想要拿的东西很多，既然有东西可拿，那怎么个拿法呢？如果大家都盯住同一样东西垂涎欲滴，就会发生争抢了。再说四周还有许多官老爷，他们显然是仇视农民的，对沙皇也不待见。可是没有当官的也不行，那样人们将会你争我夺，彼此打起来。”

[②]狂风在怒号，它把春天的紧密雨点噼里啪啦地打在窗户的玻璃上，街上满是灰蒙蒙的雨雾。我的心里也是阴沉沉的，感到烦闷寂寞，百无聊赖。

罗马斯思索着，他用平静的声音带着沉思的语气轻轻地对我说：“要去唤醒农民，使他们逐步学会把政权从沙皇手里夺过来，要对他们说明人民应该有权从自己人中间选举各级官员，选举警察局局长，选省长，一直选到沙皇……”

“这太漫长了！必须用一百年！”

“难道您计划革命在圣灵降临节[101]前成功吗？”他十分严肃地说。

晚上他不知道去什么地方了，大约十一点，我听到街上传来一声枪响，枪声很近。我黑灯瞎火地冒雨跳到漆黑的门外，正看见米哈伊·安东诺夫朝店铺走来，他那高大的黑乎乎的身影，不慌不忙，小心地绕开街上横

名师批注

①罗马斯精准地分析出了当时农民的心态，他们对于自由意识的觉醒是寄希望于沙皇的，这也侧面反映出俄国农民的觉醒之路困难重重。

读书笔记

②此处的环境描写有何作用？请你结合文章内容简要分析。

101 亦称三一主日。东正教十二大节之一，在复活节后第五十天。

流的水，走了进来。

“您跑出来干什么？是我开的枪……”

“开枪打谁呀？”

①“有几个人拿着棍子朝我猛扑过来。我喊：‘站住，不然我要开枪了！’他们不听，我只能朝天鸣枪，吓唬吓唬他们，反正天是打不坏的。”

他在过道里，脱了外衣，用一只手拧了拧湿漉漉的大胡子，像马那样，鼻子里发出呼哧呼哧的声音。

“我这双鬼靴子真是糟糕透了！该换一双了。您会不会擦手枪？帮忙给擦擦，要不就生锈了。给抹点火油……”

②他遇事沉着冷静，那双灰色的眼睛里透露出来坚强而镇定的情绪，真令我敬佩。

他走进卧室，一边梳理胡须，一边警告我说：“您在村子里走动时要格外小心，尤其是节日或者礼拜天的晚上。看来他们也打算揍您！但是，您出门别带棍子，这会刺激那些爱打架的人，而且可能会使他们认为您胆小害怕。实际上，这儿也没那么恐怖，您别怕！他们才是胆小如鼠的人呢……”

我的生活开始过得很愉快，每天都有新的、重要的收获。我贪婪地读着这些自然科学类的书，罗马斯经常在一旁加以指点：“马克西莫维奇！我看最好您先弄懂这个，科学知识里面蕴藏着人类绝顶的智慧。人类最优秀的人才，都投身于一门科学。”

伊佐特每周有三个晚上到我这儿来，我教他读书识字。③开始他对我报以怀疑的态度，常常露出轻蔑的微笑，我给他上过几次课后，他改变了最初对我的印象。他友好地说道：“小伙子，你真行！你当正式教师都没问题了！”

他还突发奇想：“看你的样子好像是蛮有劲儿，咱们比试一下拉棍子行吗？”

名师批注

①在大街上行走，可能会遇到施暴的人，从侧面展现出了虽然他们此时身处农村，但是潜伏在四处的敌人依旧很多，体现了革命之路的艰巨性。

名师批注

②通过描写米哈伊·安东诺夫面对别人挑衅时临危不惧、毅然反抗的情节，体现了他的性格特点，为下文做了铺垫。

读书笔记

③伊佐特对“我”的态度变化说明了什么？

我们从厨房找来一根粗棍子，坐在地板上，脚抵脚，拼命使劲儿设法把对方从地板上拉起来，僵持了半天，谁也没有把谁拉起来。霍霍尔在一旁快乐地为我们鼓劲：“啊，好！加油！加油！”

①最后，伊佐特把我拉了起来。这样，我和伊佐特的关系一下子拉近了许多。

“这没什么，你已经够棒了！”他安慰我说，“唉，很遗憾你不爱捕鱼，要是你喜欢捕鱼，咱俩就可以一起去伏尔加河游玩了，伏尔加河的夜色比天堂还美！”

②他学习热情极高，成绩也相当好，连他自个儿都有些惊异。有一回上课，他从书架上随便抽出一本书，用力扬着眉毛，费力地念了两三行，然后有些羞涩地红着脸，高兴地对我说：“嘿！这真怪！我能读书了！”

于是，他闭着眼睛，反复地诵读：

在凄凉的原野上空一只山雀在哀鸣，
宛如母亲在儿子的墓前泣不成声……[102]

“你看见了吧？”他曾很小心地问过我好几回，“老弟！你能给我念叨念叨这是怎么回事吗？这一个个的鬼符号，它们怎么就变成一句句的话了呢？而且我也能读懂它们，我知道它们并不神秘，都是我常说的话！一句句活生生的话！我怎么弄懂的呢？又没人一旁小声提示我？要是一张画，看懂很容易，③可是这好像人们的思想都被印在纸上了，这是怎么回事呢？”

我没法回答他，告诉他我也不知道，所以他就为此苦恼起来了。

“这简直是魔术！”他一边对着灯光一页一页地翻看书页，一边惊讶地说。

④他天真、纯洁得像孩子，和许多小说中描写的可

102 这是俄国诗人涅克拉索夫（1821—1877）的长诗《萨沙》（1855）中的诗句。

名师批注

①朋友之间贵在交心，朝夕相处、真诚相待是建立友谊的重要条件，我和伊佐特之间就是最好的范例。

名师批注

②这一段生动形象地描绘出了伊佐特的可爱，他的进步带有典型意义，学习对农民起了重要的作用，这也为“我”投身实践提供了巨大的勇气。

读书笔记

③从这句话中，你得出了什么信息？

名师批注

④伊佐特的天真可爱代表着千千万万的农民形象，他们不谙世事，怀有美好的憧憬，是这个国家坚实有力的力量，也是这个国家的希望。

爱农民形象很吻合。他有着乡村农民和河上渔民的共同特点，具有诗人和画家的气质，纯洁浪漫，热爱伏尔加河，对一人独处和静谧的生活，情有独钟。

有一次他仰头望着天空，深情而天真地问道：“霍霍尔说过，在那里，在跟我们这里一样的星球上面，也住着跟我们一样的人，你对这问题怎么看？你认为这是真的吗？要是能给他们发个信号就好了，了解一下他们的生活状况怎么样，也许他们生活得比咱们好，也该快活些……”

实际上，他对他已有的生活十分知足。他是个孤儿，没有土地，无依无靠，以捕鱼为生，他是那么热爱捕鱼！可是他对农民很反感，和他们相处得很不好，他曾警告我说：“别看他们表面上随和老实，实际上全是狡猾、虚妄之徒！千万别信任他们，他们刚才还和你要好，一会儿就变了卦，他们很自私自利，就只顾自己，把社会公共事业看作是服苦役。”

①原本他是一个性情温和的人，可是一谈到乡村里的土豪，他马上恨得咬牙切齿：“土豪为什么就该比农民富有？就因为他们聪明些、狡猾些，你小子要是有点儿头脑的话，那就请你记住：农民应该联合起来，齐心合力过日子，那样他们才有力量！而村民们把好端端的一个村子搞得分崩离析，像一盘散沙似的，他们就会瞎胡闹！到头来自己害自己。这是些爱搞恶作剧的人，这样的人太可恶了。你瞧，罗马斯都被他们弄得精疲力竭……”

伊佐特是美男子，一表人才，身体健壮，深得女人们的欢心，这把他搅得很烦恼。

“我毫无办法，我在这方面给女人们宠坏了，”他虔诚地自责着，“这对那些当丈夫的是一种奇耻大辱，如果我处在他们的位置，我也会非常生气的。但是对于这些女人，我又不能不同情她们，她们好像是你的第二个生命。她们活着没有欢乐、没有温情，过着牛马一般

读书笔记

①请你结合文章说一说，为什么温和的伊佐特一提到乡村里的土豪就变得咬牙切齿呢？

的生活，每天除了干活儿还是干活儿。丈夫们没工夫爱她们，而我是个自由人。许多女人结婚当年就挨丈夫的揍了，①我承认我这样干是错误的，因为我和她们有点儿太出格。我只请求一件事：女人们啊，千万别再彼此争风吃醋，我会让你们都快乐！你们也不要相互嫉妒，对我来说，你们大家全都一样，我觉得你们全都很可怜。”

他竟然有点儿羞涩地笑了笑，继续说：“有一次我几乎勾搭上一个官太太，她是从城里到乡下别墅来的，她长得真标致，脸蛋像牛奶一样白嫩嫩的，柔软的浅黄头发，浅蓝的善良小眼睛。我把鱼卖给了她，老是眼巴巴地望着她。‘你想干什么？’她问。我说：‘您自己清楚！’‘那好吧，’她说，‘我晚上来你这儿，你等着！’她果真来赴约了！但是蚊子太多，咬得她受不了，我们什么也没做成，她带着哭腔说：‘我受不了，蚊子实在太厉害。’第二天，她的丈夫就到了，原来是个什么审判官。真的，这些官太太就是这样。”他用一种伤感的责备口吻说，“一只蚊子就能影响她们的生活……”

伊佐特对库库什金的评价十分高：“你要是仔细观察一下这个农民，你就会发现，他是个心肠多么好的庄稼人啊！大家不喜欢他，唉，真是不应该！当然啦，他有点儿多嘴多舌，可是哪一匹马身上没有点儿杂毛哇？”

库库什金是个没一分土地的农民，娶了一个嗜酒如命的女仆做老婆，这个女人很矮小，但很机灵、结实，也很凶狠。

库库什金把自己的小屋租给了一个铁匠，自己则住在浴室里，白天给潘科夫家做雇工。②他很喜欢收集一些新闻，逢人便说，要是没有什么新闻可以讲，他就自己编造各种各样的故事，而且总要把这些故事用一条线索贯穿起来。

“米哈伊·安东诺夫，你听说了吗？京科夫地区的一名警官决定辞职去当修士。据说其原因是他整天打骂老百姓打够了，不想打骂了。”

名师批注

①作为最好的朋友，“我”应该告诉他这样做的恶果，人都不是完美的，伊佐特聪明、善良、能干，也有他自己的陋习和短板，他后来的命运与他的行为是分不开的。

名师批注

②这一段简要地介绍了小人物库库什金的身世和经历，什么样的境遇就会塑造出什么样的性格，原本朴实的农民竟变得如此无聊和悲凉，这不得不让人感到悲痛。也正因为如此，才有那么多的有识之士会为了改变农民的凄惨命运而不断奋斗。

①霍霍尔郑重地说道："要是所有的官吏都真的这么想的话，那全国的长官们都该走开了。"

库库什金一面用手从他头上那乱蓬蓬的金黄色头发里拣掉麦秸、干草、鸡毛，一面分析说："我看，不会轰动全国的长官，只有那些尚有良知的才会退隐，他们当这种官也是很难受的。安东内奇，我看得出来，你是不相信良心的，可是如果谁没了良心，那他就是有天大的本事也活不下去，好了，好了，我再讲一个关于女人的故事吧……"

于是他开始讲一个"绝顶聪明"的女地主的故事："以前有一个恶贯满盈的女地主，连省长也惊动了，并且屈尊到她府上，对她语重心长地说：'太太呀！你还是收敛一下吧！你的恶名都传至圣彼得堡了。'女地主用美酒佳肴款待了省长大人，但对于他的话，她不放在心上，她说：'上帝保佑您一路平安！江山易改，但秉性难移！'但是三年零一个月后，她突然把农民们召集起来，说：'我把我的全部土地分给你们，还请大家饶恕我先前犯下的罪过，我将……'"

②"去当修女。"霍霍尔提示说道。

库库什金惊喜地盯着他看，加以肯定说："没错，她当了女修道院的院长！这么说，你也听过这个故事？"

"从没有。"

"那你打哪儿知道的？"

"我就知道你要这样说。"

这个好幻想的人摇着头咕哝："你就是不相信别人……"

③库库什金嘴里的故事，那些坏人、恶人，一旦坏事做绝，就"逃之夭夭，销声匿迹"，而且通常结局是：库库什金把他们送进修道院里，就像把脏土倒进垃圾坑里一样。他常常有一些奇怪想法，然后眉头一皱脱口而出："咱们不应该镇压鞑靼人，真是多此一举！他们比咱们要优秀呢！"

名师批注

①霍霍尔及时打破了他们的"幻想"，官员们绝对不会有这样的觉悟；同时，此处的假设，也进一步说明了当时沙皇统治下的专权与腐败。

名师批注

②霍霍尔如此笃定地接上了库库什金的话，来源于对他的了解。这熟悉的故事结尾为下文揭开原因做了铺垫，使得库库什金的人物形象更加丰满、立体。

读书笔记

③这会是真实的结局吗？为什么库库什金会有这样的幻想？

而这时大家都没有谈鞑靼人的事，人们正在说的是组织果园主成立合作组织的事。

还有一次，罗马斯兴致勃勃地讲西伯利亚和那儿的富农生活时，库库什金突然若有所思地嘟囔着说：“如果人们两三年不去捕鲱鱼，那鲱鱼就能繁殖得越来越多，海水会被他们挤得漫出海岸，会把大家淹没掉。鲱鱼真是一种繁殖力特别强的鱼！”

①库库什金被公推为没头脑之人、废物，但他讲的故事和奇思怪想却能打动村民的心，也引起人们对他的谩骂和嘲笑。不过他们总是津津有味地、专心地听他胡诌，就像是要从他编造的故事里得到点什么意外收获似的。

“撒谎大王。”正经八百的人都这样叫他，只有那个讲究打扮的潘科夫对他有一个正确并且隐讳的评价：“斯捷潘是一个神秘莫测、捉摸不透的人……”

库库什金是个有本事、会干活儿的人。他是个箍桶匠，还会修炉子，知道怎样养蜂，教妇女们饲养家禽，他还会做木工，虽说他干起活儿来老是一副懒洋洋、磨磨蹭蹭的样子，但他做每件事都很出色。

他很喜欢猫，他在他的浴池里养着十来只肥肥胖胖的大猫和小猫，他用乌鸦肉和寒鸦肉喂它们，训练它们捕食家禽，这使得村上的人对他更加不满：他的猫经常咬死母鸡和小鸡，家庭主妇们气急了就捉住猫，狠命地毒打，所以在他的浴池前常常会有满面愁容的女人叫骂。对此，库库什金满不在乎地说：②“蠢婆娘！猫本来就是这种天性，它是小老虎，比狗更灵活。等着瞧吧，我要把它们训练得可以捕鸟，之后再繁殖几百只，把它们卖掉，到时候得来的钱都给你们，蠢婆娘们！”

库库什金原先识字，可惜忘得差不多了，他也没有心思再学习了。他天资聪颖，对罗马斯说的话反应很快，并能准确地抓住要点：“是呀，是呀。”他像小孩子吞吃了苦药似的，皱着眉头说，“这就是说，伊凡雷帝杀贵族大臣，但并不威胁平民百姓……”

读书笔记

①为什么他要讲这些荒诞的故事？听故事的人，为什么在谩骂与嘲笑中还能听得津津有味呢？

名师批注

②再次通过具体的事例表现库库什金的荒诞不经。其实，他才是一个高超的“演员”。他的智慧、理想被深深地掩埋着，无力改变现实，只能选择逃避，他用这种被人误解和忽视的方式，麻木地生活着。

①他、伊佐特和潘科夫晚上常常到我们的杂货铺里来，一来就坐到半夜才散。他们听霍霍尔讲国际形势、讲异域人的生活状况和其他国家人民的革命运动。潘科夫最喜欢听法国大革命的历史故事。

“这才是翻天覆地地彻底地改变原有生活呢！”他赞叹地说道。

②潘科夫的父亲是个富农，因甲状腺肥大，脖子上长了两个大瘤子，还长有一双鼓得令人担心要蹦出来的眼睛。两年以前，潘科夫以“自由恋爱”的方式娶了伊佐特的侄女——一个孤儿，做老婆。他对老婆管得特别严，但是也让她穿城市人的时装。父亲骂儿子太固执、太任性，每次路过儿子的新屋时总要吐口唾沫以解心头之恨。

潘科夫不顾村里富农们的反对，把房子租给了罗马斯，还开了一间小杂货铺，引起了全村富农们的仇恨，而他呢，平时表面上不理会他们，只有说起富农时，他才露出不屑的脸色，语调轻蔑，跟他们打交道时则态度粗暴，而且冷嘲热讽。乡村的封闭生活使他感到非常苦恼。

“如果我懂得一门手艺，那我也许早就离开这里去城市住了……”

③潘科夫体格匀称，仪表堂堂，又注重修饰，身上总是一尘不染。他举止庄重，自尊心极强。他很有心计，并且多疑。

“你为什么要做这件事？是出于感情呢，还是出于理智？”他不止一次这样问罗马斯。

“你认为是出于什么呢？”

“不，还是你来说吧！”

“照你的看法，哪样更好些？”

“我不知道，依你看呢？”

霍霍尔很执拗，最后还是逼得这个农民说话了：“当然是出于理智！没有理智是很难生活的。哪里有理智，哪里的事情就会做得好。但只一味地听从情感的支配就不同了，单凭感情用事，容易铸成大错。如果这样行

名师批注

①这段话让我们感受到了罗马斯对革命事业的热情，这种潜移默化的教育方法使人更容易接受进步思想。潘科夫的目光令人震撼，也让我们看到了知识的巨大力量——可以改变人生的态度。

读书笔记

②为什么这里要插叙潘科夫的人生经历？

名师批注

③对人物的外貌进行描写，使我们对潘科夫的印象更加深刻。

事，我肯定会把神父活活烧死——免得他狗拿耗子多管闲事！”

①这村里的神父是个长得贼眉鼠眼的凶恶老头儿，曾经干涉过潘科夫父子之间的矛盾，因而潘科夫对他怀恨在心。

最初潘科夫对我的态度不太好，几乎有点儿仇视，甚至摆出一副主人的架子对我呼来喝去。他这种态度很快就改变了，不过我总感觉他心里对我还是不信任，说实在的，我看了他也有点儿不舒服。

最使我难忘的是在一间四壁用圆木砌成的干净小屋里度过的那些夜晚。窗子的防护板关得严严实实，屋角桌子上点着一盏灯，灯后坐着一个前额凸起、头发剪得平平整整、留着大胡子的人，他正在侃侃而谈：“生活的本质就在于人和动物的距离越来越远……”

②三个聪明俊秀的农民神情专注地听着，各自有着不同的形态：伊佐特像雕塑般坐在那儿，仿佛在倾听着遥远地方传来的只有他一个人听得见的某种声音；库库什金一刻不停地转动着，像是有蚊子在叮他的屁股；潘科夫用手捻着他那黄色的胡须，若有所思：“就是人，也要有等级之分啊。人以群分，物以类聚。”

潘科夫对他的雇工库库什金说话时态度从来不粗暴生硬，并且很认真地倾听这个幻想家所杜撰的各种各样的荒诞故事，这点很迎合我的心意。

谈话快结束时，我返回自己的阁楼上，打开窗子，坐下来凝望沉寂的村庄与寂静的田野。星星穿过重重的夜雾，发出微弱光亮，这些星星仿佛离地面越来越近，实际上却离我越来越远。我的心被大地无边的寂静压得萎缩起来，心灵的野马也开始驰骋了，飞往无边无际的空间。我仿佛看见广大的土地上有着数不清的和我住的这个村庄一样的村庄，全都一声不响地紧紧坐落在辽阔的大地上。四下里毫无动静，悄无声息。

③温暖浓重的夜雾包围着我，我的心上好像有成千

名师批注

①简单的一句话交代潘科夫和神父的过往，说明了两人交恶的原因，解释了上文的潘科夫为什么表现出激烈态度。

名师批注

②随着故事情节的发展，人物的形象与纠葛也越来越明晰，“我”正在深入农村，在五光十色的生活中寻求出路。这些性格迥异的农民正在为“我”揭开一些困惑。

名师批注

③这是一种近似于绝望的悲观，年轻的“我”没能在农村找到追寻理想的激情，所看到的、所接触的阴暗，让最初的希望逐渐消逝，“我”的人生走向又一次悄悄发生了变化。

上万条水蛭在吮吸，我渐渐感到全身困倦无力，一种莫名的恐慌袭上心头。我在这土地上是多么渺小，是那样微不足道……

名师赏析

潘科夫、伊佐特、库库什金是三个非常典型的农村人物形象，他们热烈地争执着，向阿廖沙分享他们的生活，也在传递着一种善良但又各自有性格弱点的美好，鲜活的人物为阿廖沙的生活注入了色彩，也让他的内心有了别样的情感。与此同时，罗马斯的言行也在影响着阿廖沙，这些都在阿廖沙的成长中留下了浓墨重彩的一笔。

积累与运用

·好 词·

轻蔑 犀利 斟酌 僵持 静谧 喧嚣 虚妄之徒 争风吃醋 一尘不染
聚精会神 单刀直入 寡言少语 掷地有声 学识渊博 煞有介事
熠熠生辉 银光闪闪 错落有致 神采飞扬 追根溯源 分道扬镳
川流不息 大庭广众 垂涎欲滴 百无聊赖 杂乱无章 震耳欲聋

·佳 句·

◆ 三月天依旧是春寒料峭，虽然阳光明媚，天气却并不暖和。河岸上摇摆着掉光了树叶的黑色树枝，在一些沟道里、岩石夹缝里或者河岸上的灌木林底下，仍然积着一堆堆天鹅绒似的白雪。

◆ 小木船靠右行驶，小船左边的河面显得越来越宽阔，河水漫到长草的岸边。河水上涨，水花飞溅，拍击着岸边的灌木丛。晶莹透彻的春水奔波跳跃，顺着许多沟渠和地面的裂缝喧嚣着滚到河流里来。

◆ 向阳的地方，从土地里欣欣向荣地茁长出一片嫩嫩的绿草。空气微寒，但是我的心是暖融融的，就像春天的土地，心头也在孕育着新的希望。大地上一派春意盎然的景象，令人陶醉。

◆ 一所蓝色圆顶的教堂是村庄的标志和中心，它建在一座如同刀切般陡峭的高山的山顶上，从教堂沿着山坡向下，是连绵不断的一幢幢造型别致又很牢固的小木屋。

◆ 他走进自己的卧室，燃起烟斗抽起烟来。他宽宽的脊背紧靠着炕炉，眼睛稍微眯着，从嘴里吐出一缕缕烟云。

·美文仿写·

浮冰随着流水向前奔去，那样的景象是多么让人难忘呀！你是否也见过河水解冻时的场景？请你联系生活实际，写一写吧！

那时，伏尔加河刚刚解冻，从上游沿着混浊的河水漂来灰色易碎的冰块，平底小木船穿行在这些冰块间，发出刺啦刺啦的响声，浮冰一碰上船体，便被撞得四散开来，变成棱角分明的结晶体。从上游吹来一阵阵的风，不断地把浪花吹到岸边，蓝色玻璃般的冰块反射着太阳耀眼的光芒。

第五章 检测卷

（共20分）

一、填空题。（每空1分，共10分）

1 阿廖沙对着自己的胸膛打了一枪，心想它能够打中心脏，但是结果____________________。后来，________开导了阿廖沙，并带他来到了乡下。

2 ______长得很帅，也很有力气，红红的脸蛋，端正竖直的高鼻梁，一双海蓝色的眼睛闪闪发亮、炯炯有神。他每周有三个晚上到阿廖沙那里__________。

3 罗马斯是切尔尼戈夫市里一个______的儿子，在基辅车站当过加油工人。他因为组织工人学习小组被捕入狱，蹲了两年牢房，出来后又被流放到雅库特，待了______。

4 ______是罗马斯杂货店的房东，他衣冠楚楚，身上总是一尘不染，举止庄重，自尊心极强。

5 米贡和库库什金讨论商人和地主究竟哪个心更狠毒时，二人各执所见，库库什金说是________，米贡说是__________。

6 __________把自己的小屋租给了一个铁匠，自己则住在浴室里，白天在潘科夫家做雇工。

二、简答题。（每题5分，共10分）

1 罗马斯为什么会认为阿廖沙是在白白荒废自己的青春年华？他为什么要带阿廖沙来到乡下？

2 在农民们争执、抱怨时，为什么罗马斯一声不吭？

参考答案

一、填空题

1 只打穿了一个肺叶；霍霍尔 / 罗马斯。

2 伊佐特；读书识字。

3 铁匠；十年。

4 潘科夫。

5 商人；地主老爷。

6 库库什金。

二、简答题

1 罗马斯认为阿廖沙是个很有才干的年轻人，意志坚强，认为他应该努力学习，但不要让书本成为他和周围人交往的屏障；罗马斯希望一下子把阿廖沙变成和他一样的人，罗马斯了解他想要自杀的心情，于是罗马斯细腻、体贴地引导阿廖沙走出误区，给他展现美好的前程，给他光明、希望和继续生存的勇气。

2 因为如果罗马斯再跟他们谈这类事情，而且是在大庭广众之下谈论，那他准会再被流放到雅库特去；罗马斯认为农民们胆小怕事、恐惧多疑，他们害怕自己，害怕邻居，尤其害怕外地人。要去唤醒农民，需要使他们逐步学会把政权从沙皇手里夺过来，要对他们说明人民应该有权从自己人中间选举各级官员，选举警察局局长，选省长，一直选到沙皇。

第六章

名师导读

此时，阿廖沙竟然会萌生厌弃农村，要回到城市的想法，可见他对这样的生活有多么失望。他无力改变，只能将内心的愁闷倾诉给伏尔加河，在月光挥洒的夜晚独自消化这些负面情绪。但最令他崩溃的事还在继续发生着，那些矛盾早已铸成，报复、躁动与不安充斥着他的生活。凄苦的人生里，还有什么样的悲剧在上演着？

我面对的这种乡村生活毫无乐趣。我无数次听说过，书上也这样写着：农村人比城市人诚实本分，身体健硕。然而我看见的农民却终日忙着那做不完的苦重活儿，有很多人累得一塌糊涂，身体状况极为不佳，几乎没有一点儿快乐。城市里的工匠或者工人，他们的工作并不轻松，但有乐可寻，不像农村人，终日愁眉不展地咒骂生活。

①我觉得其实农村生活也很复杂，他们既要辛勤地照料土地，又要处心积虑地处理邻里和同村人之间的关系，我甚至觉得他们之所以关系紧张，就是因为他们中缺少诚实和有理性的人。这种缺乏理性的生活是很不如意的。

可以看出，村子里所有的人都宛如盲人，他们像盲人似的凭感觉在摸索着过日子，人们整日惴惴不安，提心吊胆，互相猜测，生怕他们当中有狼心狗肺的人，这种人际关系，有点儿像狼与狼之间的关系。

我很难理解，为什么他们如此固执地憎厌霍霍尔、潘科夫以及我们这群想要把生活变得合理的人。

名师批注

①书中的恬静与现实的残酷，形成了鲜明的对比，失望让“我”开始厌倦农村，也明白了读书与实践的关系，为自己上了一堂鲜活的人生大课。

①我清楚地看见了城市的优越性，我看见城市里的人们渴望幸福，大胆地追求理智，他们开动脑筋，为自己提出各种各样的远大目标或艰巨任务。而且，每逢这样的夜晚，我就会想起两个住在城里的居民：弗·卡卢金和兹·涅别伊。

钟表匠，兼修各类仪表器械、外科医疗器具、缝纫机、各色八音盒等。这是块招牌，悬挂在一家钟表铺的门口，门旁是一扇落满灰尘的窗子，在一面窗子下坐着卡卢金，他那黄色秃头上长着一个大肉瘤，工作时他一只眼睛戴着放大镜。他身体极好，圆脸上总挂点儿笑意，手中捏着小镊子拨弄钟表的机械，有时候张着隐在两撇灰白胡子下面的圆嘴，唱着歌。

兹·涅别伊坐在弗·卡卢金对面，他满头鬈发，黑黑的脸上长着一只独特的大号歪鼻子、两只李子般的大眼睛和少得可怜的一缕胡须，他骨瘦如柴，像个骷髅。他正在拆修一件精致的小机器，有时突然用男低音喊一嗓子："特拉—达姆，达姆！"

②他们俩背后乱七八糟地放满了匣子、器械、机轮、八音盒、地球仪等，在货架上尽是些各式各样的金属物品，墙上到处悬挂着钟表，挂钟的钟摆来回地摆动着。

我准备用一天的时间来看他们是如何工作的，只可惜我身材太高大了，遮住了他们的光线，因此被他们粗暴地驱逐了，但是在我离开时，心里仍然无限向往："一个人假如无所不能该是多么幸福啊！"

③我很钦佩他们这些人，并且相信，他们知道所有机器、工具的奥秘，能够修理世界上的一切东西，这才是人呢！

我不喜欢农村，农民都是些莫名其妙的人，女人们见了面就谈自个儿的疾病和生活的艰辛，她们经常说什么"心里乱扑腾""胸口堵得慌"，而且经常说"腹痛如刀绞"。逢年过节，她们或坐在自家门口，或坐在伏尔加河河岸，大谈特谈疾病和困苦。

名师批注

①"我"的内心正在经历着成长。在乡村美如画的风景下也有暗流涌动，以及令人感到绝望的问题存在，这也使得"我"愈加怀念起城市的喧嚣，这是极其正常的。

读书笔记

②为什么"我"会想起这两个人的工作状态呢?

名师批注

③离开得越久，这份回忆就越深厚，主人公是一个极重感情的人，透过这种思绪，更让我们看到了主人公对城市的怀念与期盼。

她们脾气暴躁，动辄彼此破口大骂。她们为了一只十二戈比的破壶，就可以引起几家人的械斗，打断老太婆的胳膊、打破小伙子头颅的事件早已①司空见惯了。这类斗殴的事件几乎每个星期都要发生。

年轻人对待姑娘们更是肆无忌惮，下流无耻，他们公然搞恶作剧、戏弄她们：他们在田地里抓住几个姑娘，掀起她们的裙裾，让裙子下摆包住她们的头顶，再用菩提树皮做绳扎紧，这个游戏叫“处女开花”。

这些姑娘裸露着下半身，虽不停地尖叫、谩骂，可是她们并不反感，好像还挺惬意似的。你看，她们本来是可以迅速解开被扎住的裙子的，可是她们却尽可能地往后拖延时间。

在教堂做通宵祈祷时，小伙子们就用手去拧姑娘们的屁股蛋儿，好像这才是他们到教堂的目的。

到了星期日，神父特意训诫此事：“畜生！你们这种伤风败俗的行为，难道就不能换个别的地方做吗？”

“在乌克兰，人们对于宗教的态度要更富于诗意。”罗马斯说道，②“我看这里的人都信奉上帝，这正是由于恐惧和贪欲的本能所造成的。你知道，像那种虔诚教民所拥有的对上帝毫无保留的爱，和对上帝美德和权威的崇拜，在这些人心中根本就没存在过。但是，话说回来，这不见得是坏事，因为这样一来他们就可以比较容易地摆脱宗教的束缚，我告诉您真话吧，宗教是一种极有害的偏见！”

这里的年轻人还爱说大话，可骨子里却是一群窝囊废。他们已有两三次试图在夜里的街上碰见我的时候揍我一顿，可是他们一直未得逞，不过有一回我不幸被他们的棍子打中了腿。

当然，我不会对罗马斯说这种小冲突，不过他发现我走路有一点儿跛，就猜到了是怎么一回事。

“唉！您还是收到了他们的一份礼物，对吗？我早就警告过您！”

名师批注

①一个“司空见惯”说明了像这一类恶劣的事件并不止一次发生，人们对于这样的行为已经麻木了，这是多么令人心痛的现实哪！

名师批注

②信仰的力量是巨大的，当一个人有了坚定的信仰，他会不畏生死，自觉排斥其他思想和行为。罗马斯接触的农民是达不到这种标准的，这就给了他传播革命思想的机会。

①虽然他劝告过我夜间不要出去散步，但我有时会顺着房子后面的菜园溜达到伏尔加河边去，坐在河边的白柳树下，观看渐渐变得黑暗的夜景，隔着清澈晶莹的夜幕向河岸下面张望，或者，在浓浓的月色下眺望对岸的草原。

伏尔加河缓缓地流淌，庄严而肃穆。太阳将最后一抹金黄色不遗余力地洒满伏尔加河，月亮也无精打采地反射着太阳的光芒。

我不喜欢月亮，因为月亮代表一种不祥之兆，它会引起我的忧伤，使得我想放声哭叫，就像吠月的村犬一样。后来我才明白月亮本身不发光，它是死的，因为它上面没有也不可能有生命存在，我这才觉得高兴。

从前我一直幻想月亮上住的是奇怪的铜制的人，他们的躯体是由打击乐器的三角铁构成的，而且都长着两条圆规般细长的腿，走起路来摇摇晃晃，丁零当啷，发出像大斋戒日教堂的钟声那样吓人的洪亮声响。在月亮上面一切都是铜质的，无论植物、动物都不断低沉地轰隆作响，其力量足可穿云裂石、沸天震地，威胁着地球，图谋进行危害地球的阴险勾当。后来我听说月亮上是空空的，这使我很愉悦，不过我又总希望会有一颗大流星重重地掉落到月球上，撞击使它突然发光，那它就可以用自身的光芒来普照地球了。

②我看到伏尔加河的河水舒缓地流动，形成一条蜿蜒曲折、闪闪烁烁的亮带，从黑暗里很远的某个地方流过来，然后又消失在山岩的黑影里。这时我的思想才真正变得活跃，白天脑子里纷乱的思绪都被驱除了，一些难以用语言表达的想法纷纷涌现。

伏尔加河里的主航道静静地淌着，几乎毫无声息，宽阔的黑乎乎的河面上浮动着一艘轮船，看上去好像一只长着火红色翎毛的怪鸟，船尾传来轻柔的噗噗声，似乎是那怪鸟在抖动沉重的翅膀。河对面野草丛生的岸边闪烁着一片灯火，水面上反射着美丽的光芒，是渔民点燃篝火在捕鱼，这景象就像一颗走错路的流星坠落到河

名师批注

①罗马斯告诫“我”不要独自在夜间散步，一方面体现了他对“我”的关怀，另一方面也说明了这里的年轻人的阴暗、丑恶与美丽的伏尔加河格格不入。

名师批注

②“我”向往自由、热爱思考，而夜色中的伏尔加河给了“我”这样的机会。舒缓的文字将主人公的感情寄托于夜空与流水，流露出一种淡淡的浪漫与忧伤。

水中，溅起了一朵巨大的火花一般。

①从书本上获得的知识此时变成种种奇特的幻想，这种想象力不知疲倦地编织着一幅幅精美绝伦的图画，让我跟随着流淌的河水漂浮在薄暮的夜空中。

伊佐特找我来了，夜色中他似乎显得更加高大魁梧，更加和蔼可亲了。

“你又跑这儿来了？”他似问非问地问了一句，坐在我旁边。

然后他很长时间一直沉默着，目光凝视着舒缓的伏尔加河和幽远的天空，手中不时地抚摸着他那细如蚕丝般的金黄色胡须。

后来，他诉说自己的幻想了：“②等以后我学有所成，读许多许多书，就沿着全国的江河游历，我会把一切都搞懂的！行万里路，胜过读万卷书。我还要教育别人！老弟，你知道吗？能把心里话痛痛快快地说出来真是件快乐的事！甚至和乡下娘们儿说说心里话，她们也能听明白。前不久，我碰到一个娘们儿，她坐在我的船上问我：‘人死后怎么样呢？我就不信什么天堂和地狱。’你看她们也是……”

他沉默了片刻，挖空心思寻找一个合适的字眼儿，最后补充说道：“有思想有灵魂的活人啊……”

伊佐特是个夜猫子，习惯于过夜生活，有丰富的审美情趣。他像一个耽于幻想的孩子，用朴素的字眼恰到好处地谈论美的事物。他信奉上帝，但并不是由于害怕和恐怖而信奉，他是按照教堂里所描述的那样，把上帝想象成为一个高大、文雅、俊美的老人，是仁慈、智慧的创世主。他说：“③上帝之所以没能惩处邪恶，只是因为他太忙了，人世间每天都要有许多的新生命降生！其实这也不要紧，铲除邪恶不过是早晚的事，他会来得及的，不信就等着瞧！但是对于基督我不太理解，干吗要弄出个什么耶稣来？我真想象不出他有多少用，一个上帝就足够了！据说耶稣是上帝的儿子，儿子又算得了

读书笔记

①你如何理解这句话呢？

名师批注

②伊佐特因为知识的启蒙开始觉醒，有了自己独立的意识，十分令人欣慰。但愿他能够实现美好的愿景吧！

名师批注

③这是伊佐特的自圆其说之词，因为虔诚才不会被怀疑，当心中出现不能解释的问题时，很自然地就会为自己创造答案。通过这段话，也让我们看到了伊佐特的淳朴与天真。

什么，何况上帝又没有死……"

伊佐特经常不说话，坐在那儿想心事，只是偶尔叹息一声说："哦！原来是这样啊……"

"你说什么呢？"

"我没说什么，我自言自语呢……"

①他又举目遥望朦胧的夜景，长叹一声道："生活是多么美好哇！"

我很赞同地附和着说："是啊，是很美好！"

伏尔加河水流在夜幕下如黑色丝绒带般奔流着，在流水的上空浮着一道弯弯的银色天河，几颗大星星闪烁着金色百灵鸟似的光芒，对这生活的奥妙，心儿静悄悄地唱出了荒诞的遐想。

②远处草原上的云层呈现出粉红色光辉，透出了旭日的光芒，接着一轮红日喷薄而出，犹如孔雀开屏。

"太阳真是奇妙极了！"伊佐特带着幸福的笑容自言自语。

苹果树绽开了花朵，乡村里处处飘散着粉红色的花瓣，散发阵阵充满苦涩的芳香，这种香气无处不在，把农村特有的油烟和大粪味冲淡了许多。③成百上千棵开花的苹果树，像过节似的，披着花瓣编织而成的粉红色锦衣，一排排、一行行，井然有序地从村边延伸到田野。

月夜之时，清风拂面，花枝摇曳，发出的轻微簌簌声依稀可闻，这时让人觉得金光闪闪的淡蓝色巨浪似乎会把村子淹没。夜深人静，夜莺就不知疲倦地尽情歌唱，一到白天，椋鸟会狂热地叫，而隐没在高空的云雀则不断地向大地一展美妙的歌喉。

每逢节日之夜，姑娘们和少妇们会倾巢出动，在大街上闲逛，她们也像小鸟一样不停地歌唱，脸上露出慵懒、醉人的笑意。

伊佐特也微笑着，这些日子他瘦削了，眼窝深陷，面容更显严峻、清秀，他更像个圣徒了。他常常整天整天地睡大觉，只是到傍晚才满怀心事、神情恍惚地走上

读书笔记

①请从描写的角度赏析这句话。

名师批注

②通过比喻的修辞手法，把即将升起的太阳比作孔雀开屏，为我们展现了伏尔加河的美丽，也表现了"我"迎接光明时的激情与渴望。

名师批注

③用拟人和比喻的修辞手法，写出了苹果树开花时的热烈和芬芳，字里行间流淌着浓浓的乡土气息，表现了"我"此时内心的喜悦。

街头。库库什金说话粗俗，但在挖苦嘲笑他时显得亲切，而他听了，总是神情窘迫地笑笑说："唉！别提了！有什么办法呢？"

接着他又满心欢喜地说："总的来说，生活是充满甜蜜的美酒！你知道吗？生活是多么温情脉脉啊！语言是多么沁人心脾啊！那些美妙的喁喁私语，让你至死都无法忘怀，要是人能死而复生，他最先记起的就是这些耳鬓厮磨，喁喁私语！"

①"要当心！早晚有一天那些丈夫会来打你的！"霍霍尔也友善地警告着他。

"打吧，也该打。"伊佐特对这倒是有清醒的认识。

几乎每天一到黑夜，米贡那高亢而优美动人的嘹亮歌声，就会伴着夜莺的啼鸣，在果园、田野和伏尔加河岸边飘荡。他把许多好歌唱得极为婉转动听，甚至为了这一点，村民们饶恕了他白天的恶行。

每逢礼拜六晚上，我们的小铺前就会有一群人聚在一起，每周必到的有：苏斯洛夫老头儿、巴里诺夫、铁匠克洛托夫、米贡等人。他们坐下来一面谈论一面思考，几个人走开了，又走来几个人，一般来说都要到半夜时分才肯散去。

有时候也碰巧来几个醉汉在这儿折腾一通，主要以退伍兵科斯京为代表，他是独眼龙，左手缺了两根指头。他捋起袖子，挥着拳头，像一只好斗的公鸡，一步跨到小铺门口，声嘶力竭地拼命喊叫：②"霍霍尔！你属于一个危害民众的集团！信奉土耳其人的宗教！我必须问问你，为什么不去教堂做祈祷？啊！你这个异教徒！坏家伙！你究竟算哪种人？"

大家嘲弄退伍兵："米什卡（米什卡是科斯京的爱称。科斯京大名米哈伊尔，小名米沙）！你为什么开枪打自己的手指头？是不是被土耳其人吓昏了头啊？[103]"

他气急败坏，要冲上来拼命，大家笑着一齐动手揪

103 指 1877 至 1878 年的那场俄土战争。

名师批注

①霍霍尔友善的提醒暗示着伊佐特之后的命运，为下文埋下了伏笔。

读书笔记

②你如何理解退伍兵科斯京对霍霍尔的谩骂？

住他，叫喊着把他推到山沟里去。他倒栽着滚下山坡，一边拼死地尖声号叫：“救命啊！要摔死人啦！”

过后，他从山沟里爬上来，浑身是泥土，就向霍霍尔讨钱买杯伏特加酒喝。

“为什么？”

①“因为我让你们开心了！”科斯京回答，引得大家捧腹大笑。

一个节日的早晨，厨娘阿克西尼娅点燃炉子里的劈柴后，就到院子里去了。我在铺里看柜台，这时厨房里传来砰的一声巨响，整个铺子都被震得摇晃，盛糖果的铁盒子一个个从货架上滚下来，震碎的玻璃稀里哗啦地响着。不知什么东西扑通扑通落在地板上。

我马上奔向厨房。团团的黑烟从厨房门口向卧室扩散，浓烟下仿佛有什么东西在刺啦刺啦、噼里啪啦地爆响着，霍霍尔抓住我的肩膀说：“站住，不要进去……”

厨娘在外屋里号啕大哭。

“唉！真是个蠢婆娘……”

②罗马斯冲进烟雾里，咣当一声像是把什么东西绊倒了，他怒气冲冲地咒骂着，朝门外喊：“行了，别哭了！拿水来！”

厨房里的地板上摆了很多正在冒烟的劈柴，小块劈柴的上面还有火苗，炉砖有几块震掉了，黑洞洞的炉膛里空空荡荡，像是被打扫过一样。

我在浓浓的烟雾中摸到水桶，赶紧浇灭地板上的火，顺手把一块块劈柴扔回炉膛里去。

“小心！”霍霍尔嘱咐我，一面拉着厨娘的一只手，把她推向外面的房间里，一面命令她说，“快把店门关上！”

他又转头警告我：“马克西莫维奇！小心点！可能会继续爆炸呢！”

他蹲下身子，仔细审视那用云杉圆木劈的木柴，而且把我扔进炉子里的劈柴从炉膛里小心地掏了出来。

“您这是干什么？”

名师批注

①整日醉酒的退伍兵科斯京也是一个典型的农村人物代表，是矛盾的交织体，虽是戏谑的话，但让人无比同情。

名师批注

②罗马斯有条不紊地处理爆炸事故，与厨娘的慌慌张张形成了鲜明的对比，体现了他卓越的领导才能和组织能力，以及面对突发情况时的镇定。

“哎！瞧瞧。”

他把一块被炸得七扭八歪的圆木柴递给我看，我看见圆木里面用手摇钻旋了一个圆洞，而且里面熏得漆黑漆黑的，这事真有点儿古怪。

①“您明白了吧？这些混蛋居然往木柴里装火药！哼！一帮蠢货！一俄磅炸药顶什么用？”他扔下木柴，一边洗手，一边说，“幸亏阿克西尼娅没在厨房，不然后果不堪设想了……”

名师批注

①此处与“我”最初和罗马斯一起来到乡村时，他向我介绍恶劣的生存环境及人们对他的憎恶形成了呼应。

略带酸味的硝烟渐渐散去，现在可以看清楚东西了。厨房里一片狼藉，碗架上的瓶瓶罐罐都已经被震碎了，窗户玻璃也全破了，炉膛口的砖头也已塌落。

②我不喜欢霍霍尔这时候那种满不在乎的态度——他表现得跟没事人似的，好像这种愚蠢的恶作剧丝毫没有使他感到气愤。

读书笔记

②为什么霍霍尔表现得若无其事呢？

街上顽皮的孩子们在跑来跑去，大叫大嚷：“霍霍尔家起火啦！咱村烧起来啦！”

一个胆小的女人被吓哭了，而且不停地诉说着，从房间里又传来了厨娘阿克西尼娅声嘶力竭的喊叫声：“米哈伊·安东内奇！人们闯进铺子里来了！”

“哎！小声点！”他说着用干毛巾擦了一下他的湿胡子。

③从卧室打开了的窗口处露出几张表情复杂、毛发丛生的脸，他们不顾呛人的烟气，争着向店铺里面张望，不知是谁在煽动性地大声叫喊：“把他们从我们的村子赶出去！总是出事情！天啊！这是些什么混账东西？”

名师批注

③生动形象地描绘了村民们得知霍霍尔家爆炸后的反应，表现了他们的“看客心理”。

一个小个子的红发农民嘴唇哆嗦着，在胸前画了一个十字，试图从窗口爬进店铺，但是他失败了——他右手拿着一把斧子，左手颤抖地使劲抓着窗台，最终滑下去了。

罗马斯手持一根木柴，问他：“你想要干什么？”

“老大爷！我来救火……”

“可是也没有哪儿着火呀！”

那农民吃惊地张开了嘴巴，无话可说，悄悄地走开了。

罗马斯走到小铺门口，把那根木柴拿给一群人看，对大家说：①“不知道你们中的哪一位把这根圆木柴塞满了火药，插到我家的柴火堆里了。但是很遗憾，火药不够多，没太大杀伤力……”

我站在霍霍尔身后，看着门前的人群，其中那个手握斧子的农民心惊肉跳地说道：“他干吗冲着我挥动那块木柴啊？”

醉汉科斯京又走来助兴：“赶走他！这个异教徒！把他交给法院！”

而大部分人一言不发，盯着罗马斯，不是很信任地听着他的话。

“要想炸掉这所房子，这点火药可不够，大约得一普特才成呢！好啦，好啦，大家散开吧……”

忽然有人叫喊着：“村长呢？”

“嗯，应该找村警去了！”

②人群慢慢散去，不过他们似乎不忍离去，像没过够瘾似的。

我们坐下来喝茶的时候，厨娘阿克西尼娅显得特别周到和殷勤，并十分关切地对罗马斯说：“您不去控告他们，所以他们才敢任意胡闹。”

“您一点儿也不为这事生气吗？”我也不解地问道。

“我可没工夫对他们做的每一件蠢事生气。”

③我思忖，如果人们都像他这样镇定沉着地处理自己的事情，那就好了！

罗马斯说他最近可能要去一趟喀山，问我要带些什么样的书回来。

有时候我觉得在这个人的心里，装有一种机器，就像钟表的机芯那样，只需上发条，它就会永远地运转下去。

我很喜欢霍霍尔，非常敬重他，可我真希望他能够对我或者别的什么人大发一次脾气，甚至跺脚痛骂一顿。然而他不会发火，或许是不想发火。

④当人们故意用愚蠢的或是卑劣的行为来激怒他时，

名师批注

①罗马斯用戏谑的语气介绍着事情的原委，一方面是在消除村民们的猜忌，另一方面也是在威慑那些反动者，体现了罗马斯的睿智与镇定。

②短短几句话，就把村民那种固有的性格缺陷展现了出来，他们冷酷、麻木、幸灾乐祸，农村生活本就死气沉沉，他们还对罗马斯抱有偏见，在这样的思想的支配下，其实他们非常愿意看到今天这样的热闹。

③这是出自“我”真心的赞美，作为一个卓越的革命者，智慧与胸怀必不可少。“我”还是一个年轻人，尚不具备这样的素质，所以无比羡慕、钦佩罗马斯。

④直接描写罗马斯待人接物的方式，表现了他崇高的思想和行为，也体现了“我”对于他的钦佩与追随。

他只是嘲笑地眯起那对灰眼睛，冷冷地说上几句不咸不淡的话，而这些话却总是那么简单明快，一针见血。例如有一次，他说苏斯洛夫："您都胡子一大把了，为什么还要昧着良心说话和做事呢？"

苏斯洛夫老头儿黄黄的脸颊和脑门子上慢慢泛出紫红色，那把花白胡子的根须似乎也变成了暗红色。

"要知道，这样做损人不利己，会令您失去别人对您的尊敬。"

苏斯洛夫垂下脑袋，表示赞同："是的，的确没任何好处！"

事后，苏斯洛夫跟伊佐特说：①"他是个领导天才，要是让这样的人做官就好了……"

罗马斯极为简单明了地告诉我，他去喀山后，我应该做些什么和该怎样做。

看来他早就把火药事件忘得一干二净了，就如记不得被蚊子叮咬过一样。

潘科夫跑来了，他细看了一下炉子，皱起眉头问道："你们被吓坏了吧？"

"这有什么可怕的呢？"

"这是一场斗争啊！"

"坐下来，喝一口茶吧！"

"我老婆在家等着我呢。"

"你刚从哪里来的？"

"渔场，和伊佐特待在一起。"

他转身离开，走过厨房时却又若有所思地咕哝了一句：②"这是一场斗争！贫农和富农的斗争！"他和霍霍尔说话从来都很简短，好像他们早已针对一切重大而又复杂的问题反复交谈过了。

我还记得有一回，罗马斯讲完与伊凡雷帝时代有关的历史故事后，伊佐特先发言："他是个令人感觉乏味的沙皇！"

"这是个生性凶残的刽子手！"库库什金脱口而出。

读书笔记

①苏斯洛夫的评价有何作用？

名师批注

②潘科夫直接点明了罗马斯身处危险的原因，也为下文的具体故事做了铺垫，让我们更加钦佩罗马斯的为人。

潘科夫却非常坚定地认为："我真看不出他有什么超人之处，他杀掉王公贵族，让更多的小贵族地主取而代之，甚至还别出心裁地招来一批外国人，这一点特别不对。①从某种意义上讲，小地主比大地主更加可恶，譬如苍蝇和狼，狼还可用枪来对付，可苍蝇却不行，它到处乱窜，比狼更让人生厌。"

库库什金提着一桶和好了的黏土走过来，一边把掉下的砖砌到炉子上去，一边说："这群坏蛋，他们竟想出这样的鬼主意！他们连自己身上的虱子都捉不干净，却暗算起别人来，你看，真是的！对了，安东内奇！你以后不要一下子搬回那么多货了，应该采取多运几次，每次少运点货的方法。不然的话，你就等着瞧吧，他们又会来放火烧你的铺子的！现在你正在操办那件事，小心飞来横祸！"

②所谓"那件事"指的是组织苹果合作社，这事可触怒了村里的富农。霍霍尔依靠潘科夫、苏斯罗夫和其他几个懂道理的农民的协助，就快把这事办成了。许多农民改变了对罗马斯的敌对态度，来杂货店里买东西的人数有了显著的增加，甚至巴里诺夫和米贡这类无赖之徒，也都千方百计为霍霍尔的事业助一臂之力。

其实，我很喜欢米贡，尤其爱听他那优美哀婉的歌声，他唱歌时很陶醉和投入，眼睛使劲儿闭着，痛楚的脸也忘了颤抖。在没有月亮的浓云密布的夜晚，我经常能听到他那迷人的歌喉，这时是他显露才华的时刻。一到傍晚，他就轻轻地招呼我："你到伏尔加河岸边来吧！"

在那里，他独自一人坐在自己小船的船尾，两条黑黢黢的小罗圈腿悠闲地垂在黑乎乎的河水中。他一面拾掇已禁用的捕鲟鱼的刺网，一面小声嘟囔着："某地主老爷欺负我，唉，我还能容忍，这混蛋，是个有头有脸的人，知道的东西比我多。但是咱们的农民兄弟也来欺负我，我根本接受不了，我们之间有什么两样？他们挣的是卢布，我挣的是戈比，仅仅是这点差异！"

名师批注

①潘科夫运用形象的比喻写出了这些小官的危害，这些人对人民的压迫直接而巨大，并且极会伪装自己，从而被统治者忽视。潘科夫从现实中敏锐地看到了这一点，由此可以看见他看待事物十分理性和透彻。

名师批注

②每一年，苹果都被村里的有钱人垄断，他们从中挣了很多钱，果农只能听之任之。合作社成立之后，水果出售价格的主动权都在果农那里，对果农是非常有利的，因此罗马斯招来了那些人的嫉恨。此处呼应了上文潘科夫所说的话。

米贡的脸开始略显病态地抽搐起来，眉毛也直跳，心中十分痛苦。他在检查渔网，使用锉子锉刺钩，把刺钩锉尖，他拿着小锉刀的手剧烈颤抖着，他小声地发泄内心的感受，说：①“人家把我当成小偷，没错，我是有点儿小毛病！可是要知道大家都像强盗一样过日子，尔虞我诈，不是我吃掉你，就是你吞掉我。确实，上帝不喜欢我们，只有魔鬼看中我们！”

名师批注

①这是米贡心底的呐喊，艰难的生活让他走上了歧途，而村里人们的欺侮更让他伤心欲绝，尽管做人的尊严尚在，但他又无力抗争，这是一个值得同情的悲剧性人物。

黑乎乎的河水从我们身边缓缓流去，乌云在河面上空飘浮，黑暗中已经看不清河岸上的水草地了。浪头慢慢拍打着河边的沙子，冲洗我的两只赤脚，仿佛要把我冲到无边无际的黑暗中，使我漂向什么地方去。

“日子总得过下去呀，是不是？”米贡叹口气，问道。

远处传来狗吠之声，我像在梦中一般寻思着：“可是别人才不要过你这样的日子呢。”

②伏尔加河寂静无边，一片漆黑，十分可怕，河面上那种湿润的夜色仿佛在无休无止地绵延。

读书笔记

②请从环境描写的角度赏析这段话。

“他们定会整死霍霍尔，瞧着吧，你也会被打死的。”米贡咕哝着。然后他出人意料地低声唱起歌来：

想起当年妈妈深深爱着我，
她也曾温柔委婉地告诉我：
哎哟，我的亲宝贝，我的亚沙，
你要平平安安地活在世上，
一片冰心，不求闻达……

他闭上眼睛，歌声越发高亢有力、越发凄婉动人了。他的手指还在检查渔具上的细绳索，但移动得更慢了。

但是我不听妈妈的忠告，哎呀呀！
我为何不听，落入陷阱，无法自拔……

这时候有一种奇异的幻觉袭上心头，好像脚下的土地被永无休止的黑乎乎的洪流冲毁，大地坍陷了，我也随着坍陷往下滑落、滑落，一直滑落到那个伸手不见五指的黑暗处，即太阳永远沉没的地方。

米贡忽然不唱了，就像他开始唱歌的时候一样出人意料。他一言不发推船下水，坐上船，很快就消失在沉沉夜色之中。

望着他远去的背影，我突然想到：①“这样的人活着是为了什么呢？”

我的朋友是三教九流，什么样的都有了，就连巴里诺夫也成了我的好友。他做事马虎、好说大话、喜爱挑拨离间，成天东游西荡，总之是一个地地道道的流浪汉。

他曾经在莫斯科住过，一提起在莫斯科的那段日子，他就直吐唾沫：“莫斯科和地狱简直没什么两样，一片混乱！虽说教堂有一万四千零六座，但是那儿的人清一色都是骗子！②他们个个都像癞皮马一样，浑身长疮。从商人、军人到市民都是一路走一路挠痒痒。真的，那里有一个‘大炮王’，好家伙，炮筒粗极了！它是彼得大帝亲手铸造，专门用来对付暴动的人们的。有个娘们儿，出身贵族，因为被彼得大帝打入冷宫，就起来反抗他。她和彼得大帝曾同居七年，快乐的日子一天又一天地过去，可后来彼得大帝竟然把她和三个孩子全丢下不管了。女人气极了，就发起暴动。我的老弟呀，嘿！大炮轰的一声，一下子就结束了九千三百零八条人命！彼得大帝自个儿都吓坏了，他对大主教菲拉列特说：‘这样不行，得把那混账玩意儿的口子用铁块堵上，免得再有人去点火开炮！’之后大炮就真的被封了……”

③我对他说，你这全是胡扯，他气冲冲地说：“我的天哪！你这人的脾气真讨厌！这故事我是从一个有学问的人那儿打听来的，你却……”

他还去过基辅，到那里“朝拜圣徒”，他说：“那个城市跟我们的村庄一样，同样坐落在山上，也有一条河，不过我记不得它叫什么河了。当然，他们的河与我

名师批注

①“我”对米贡的遭遇报以极大的同情，但“我”也确实不知道该如何帮助米贡面对人生的纠结与无奈，这也使“我”陷入了沉思之中。

读书笔记

②从巴里诺夫的这段话中，你得到了什么信息？

读书笔记

③你如何理解“我”和巴里诺夫的争论？

们的伏尔加河比起来，只是条小水沟罢了！说实话，那个城市乱七八糟，简直乱极了。那儿所有的街道都高低不平，弯曲起伏，很不整齐，通往山上。市民大部分是'一撮毛'[104]，和米哈伊·安东诺夫的血统可不同，他们是鞑靼人和波兰人的混血种。他们喜欢胡说八道，从没正经话，不注重卫生，脏兮兮的，披头散发，喜欢吃蛤蟆。那儿的蛤蟆都是特大号的，一只大概十普特重。他们把牛当作交通工具，耕地也用牛。他们的牛大极了，最小的也比我们这儿的牛大三倍，体重有八十三普特。那里有五万七千个修士，二百七十三个主教……喏，你真是怪人！你跟我争什么呢？这全是我亲眼所见，可你呢——你有没有在那儿住过？没有？这不就结了！我这人最讲究准确无误……"

①他喜欢数字，曾在我这里学会了加法和乘法，可是他没耐心再学除法了。他常常入迷地算着多位乘法，经常出错也不在乎。

他用木棒在沙地上写出一长串数字后，就一边瞪着一双眼睛惊奇地瞧着这些数字，一边唉声叹气地说："这么一长串数字谁也念不出来！"

巴里诺夫是个不修边幅的人，他不讲卫生、头发乱糟糟、衣衫褴褛。可是他的脸蛋儿真不应该被埋没，卷曲的可爱的小胡须，大海般碧蓝的双眸，笑起来像个孩子似的。

②在他和库库什金身上有一些共同之处，也许正是因为这个，他俩才竭力回避，尽量少碰面。

巴里诺夫曾有两次去里海捕鱼，因此，他总爱念念叨叨地说："老弟呀！没什么能和大海相提并论！人一旦到了大海面前，就渺小得不值一提了！海上生活是多么美妙呀！吸引了形形色色的人，有一个修道院的院长也跑到海上来了，他做得不错！还有一个厨娘，她以前

名师批注

①从一些具体的生活事例中，详细地描写了巴里诺夫的性格特点，随性、自由，他始终活在自己的世界里。

读书笔记

②你认为他们两个是否相同？请结合文章内容说说你的看法。

104 旧时对乌克兰男人的一种不敬的称呼，因他们常在脑门上留下一撮毛发而得名。

是一个检察官的姘头，这运气别人想都不敢想呢！可是她因为对大海一见钟情，恋恋不舍，就对检察官说：‘你待我挺好，不过咱们还是分开吧！我要到海边去了。’不论是谁，只要看一眼大海，就会对那个地方心驰神往。那儿有广阔的领域，像在空中一样，任你自由飞翔，没有人会压制你，你能为所欲为，无拘无束！我也要永远到海上去啦！因为我讨厌眼前的这些人，我也不喜欢做这样的人，我真想去僻静的地方过隐居的生活，唉，我不知道哪儿是真正的世外桃源……”

[1]他像丧家犬似的在村里东游西荡，大家都看不起他，可是听他讲故事倒是很乐意，就像愿意听米贡唱歌一样。

“他真会胡诌！但听起来也挺有意思！”

他那虚构的故事，有时让最务实的潘科夫也信以为真。有一回，这个从不轻信人言的农民告诉霍霍尔：“听巴里诺夫说，书本上对伊凡雷帝的描写不够完善，有些环节被省去了。伊凡雷帝本事可大着哪，他会七十二变，最爱变成老鹰的形象，因此后来人们在钱币上铸了一只鹰，以纪念他。”

我有多次发现，故事越是虚构、荒诞，就越引人入胜，反倒是那些严肃正经、带有生活哲理的故事备受冷落。

我把这个想法告诉了霍霍尔，他笑着说道：[2]“这只是暂时的！等人们学会思考就好了，那时他们就会分辨真假，认清真理的意义。什么巴里诺夫、库库什金，他们不同于常人，应归为艺术家或演说家。基督大概当初也是这样的怪人吧。您会同意我这样说吧？有些虚构的东西并没有十分离谱……”

使我惊异的是，所有这些人很少并且不乐意谈论上帝，只一个苏斯洛夫老头儿还算得上敬畏上帝：“一切全是上帝的旨意！”

但是我往往从这句话里面听出一种无奈的情绪。我和这些人相处得很融洽，也从他们每晚的闲谈中获取了

名师批注

①又是一个让人同情的人物，巴里诺夫有着崇高的精神追求，向往自由，但现实中的处境让他的理想成为笑谈，他那一个个动人的故事，愉悦了别人，却麻醉了自己。

名师批注

②这是一番非常深刻的话语，作为一个革命家，罗马斯当然清楚民众的思想倾向，对事情的发展也有清晰的预见，更能对人物进行准确的分析。

不少知识。

①我觉得罗马斯认识问题十分深刻，他所提出的每一个问题就像是一棵大树，都是植根于现实生活的土壤中的，树根伸到土壤深处，又和另外一些古老大树的根结合在一起，于是在大树的每一根枝条上都绽放出了无数朵鲜丽夺目的思想花朵，长出了动听的沙沙作响的繁茂的话语树叶。我不断汲取书本中的丰富营养和催人向上的蜜汁，觉得自己在进步，说话也满怀自信了。

霍霍尔曾不止一次地微笑着夸奖我说："马克西莫维奇！您干得很好啦！"

我打心眼儿里感激他对我的称赞和鼓励！

潘科夫有时也把妻子带来。这个女人身材矮小，脸上闪动着一对聪明灵秀的蓝眼睛，穿着城市里的时髦衣服。她一般都是默不作声地待在房间的角落里，端庄地紧闭双唇。可是隔不多久，她便惊奇地张开嘴，眼睛也吃惊地瞪得老大。有时碰到什么话说到了她的心坎上，她就会双手掩住脸羞怯地笑起来，潘科夫一边向罗马斯使眼色，一边解释说："她也听懂啦！"

②常有一些小心机警的人[105]从外地过来找霍霍尔，霍霍尔带他们上我住的阁楼，一谈就是几个小时。阿克西尼娅殷勤地伺候他们吃饭和喝茶，他们就在这阁楼上面住宿休息。

这事除了厨娘和我，谁都不知道。这个厨娘对罗马斯真是像犬马一样忠心耿耿，几乎把他奉若神明。

夜半时分，这些人就神不知鬼不觉地由伊佐特和潘科夫划船送上过往的轮船，或者径直送往洛贝什卡轮船码头。

③我从山上目送着小船离开，只见小船的透光镜在黑乎乎的河水里闪闪发光，有时则是在沐浴着月光的银白色河面上时隐时现。为了引起过往轮船船长的注意，

名师批注

①罗马斯的不凡经历决定了他认识问题的高度，而"我"的人生几乎就是一张白纸，罗马斯对"我"的影响是显而易见的。在这段经历中，书中的理论也给了"我"巨大的力量。因此"我"的思想正在慢慢成熟。

读书笔记

②这段话有什么具体作用？

名师批注

③小船上的人为了民众的幸福在奋斗着，他们的存在就是人民的希望，"我"在心里追随他们，参与修建这一条光明的道路。

105 高尔基在其他文章中提到，当时宣传鼓动家维克多·阿列费耶夫和巴维尔·西特尼科夫常来找罗马斯。

他们常常在小船上挂一盏灯笼。我望着这一切，感到自己也参与了一项伟大而秘密的事业。

[1]玛丽亚·杰连科娃经常从城里到这里来，可是她的眼神中再也没有可以激起我痴迷的东西了。我觉得她的眼睛已变成一个普通姑娘的眼睛，她因意识到自己长得漂亮而倍感幸福，因为有一位高个子大胡子男人在热烈地追求她，她脸上常常挂着心花怒放的笑容。

读书笔记

①为什么“我”会有这样的感觉？

那个男人对她说话的时候，跟对别人讲话时一样平静，并略带几分嘲笑的意味，只不过是胡子捋得更勤快些，目光更温存些罢了。

杰连科娃的说话声音还是那么轻柔，只是声音里洋溢着欢快的音调，她穿天蓝色外衣，同头上的天蓝色丝带遥相呼应。她那白嫩的手总是忙得不可开交，好像在寻找一样东西，想把它抓在手里似的。她的小嘴不住地翕张，几乎一刻不停地哼唱着某个小曲，同时用小手绢扇着她那有点儿绯红的、好像就要融化的脸蛋。

在她身上有一种新的习惯，激起我对她的不快和气恼，我还是尽可能少见她为妙。

[2]大约是七月中旬，伊佐特忽然失踪了。

名师批注

②透过村民们凄苦的人生境遇，“我”进一步看到了农村生活百态和人民的不幸。就在“我”踌躇满志的时候，伊佐特却离奇失踪。这使原本复杂的形势更加扑朔迷离，这一重要情节为下文埋下了伏笔。

有人说他落水淹死了。两天之后，这个说法得到了证实——人们在离村七俄里[106]远的下游处发现了他的小船，船被冲到了杂草丛生的河岸，船底破裂，船舷被撞碎了。

人们对这次不幸事件的解释是：大概伊佐特在船上睡着了，小船顺流而下，漂到下游方向离村子七俄里处，和三条抛锚在那儿的驳船的船头相撞，他的船被撞坏，才发生这一悲剧的。

出事那天，罗马斯还在喀山，没有回来。

那天晚上库库什金垂头丧气、无精打采地跑来，坐在包装麻袋上。他低垂着头，望着自己的两只脚，沉默了好一会儿才抽着烟，问我道：“霍霍尔什么时候回来？”

106 俄国长度单位，1 俄里约等于 1.06 千米。

"我也不知道。"

①他使劲用手掌搓他那张布满伤痕的脸，小声地用肮脏的语言骂着街，喉咙里发出被骨头卡住般的怒吼声。

"你到底怎么了？"

他紧咬着嘴唇，朝我看了一眼。他的眼睛发红，下颌直哆嗦。看样子他已经说不出话来了，我惶惶不安地等待他说出令人悲伤的消息。

最后，他冲大街上看了看，总算结结巴巴地说出话来："我和米贡坐着船，到那儿察看了伊佐特的小船，船底明显是用斧子砍漏的，你明白我的意思了吗？伊佐特是被人蓄意杀害的！准是……"

他摇晃着脑袋，接连不断地用一连串的脏话大骂起来，声音又干又哑，焦急而痛苦地哽咽着，随后他沉默了一会儿，又开始画十字。

这个庄稼汉很想恸哭一场，可是他哭不出来，也不会哭，只是气得浑身颤抖，哀伤难过得透不过气来。这情形我简直不忍心看。

②后来他猛地跳起来，一个劲地直摇头，极其忧伤地走掉了。

第二天入暮时分，一群孩子到河边洗澡，突然在一只搁浅的驳船底下发现了伊佐特的尸体。

驳船就在距村子不远的上游岸边，船的一端已被水冲上了岸，另一端浸泡在水里。伊佐特长长的尸体被挂在船尾已经损坏的舵板上。他脸向下，身子平躺着，四肢张开，颅骨被打碎，脑壳全空了，脑浆早就被水冲走了。显然他是被人从身后砍死的，他后脑勺上的斧痕清清楚楚。

③伏尔加河的河水冲得伊佐特的尸体晃来晃去，把他的两条腿推向岸边，他的两只手也在随着水流晃动，好像他在拼命地想爬上岸来。

河岸上站着二十来个富农，一个个都阴沉着脸凝视

名师批注

①通过一连串精彩的动作描写，生动形象地表现了库库什金极度的悲伤与愤怒。这个善良的农民面对突如其来的变故几近崩溃，他不愿意相信伊佐特出事，深厚的兄弟情让他不能坐视不理。

读书笔记

②为什么库库什金哭不出来？

名师批注

③文章中详细地描写了伊佐特的死状，触目惊心、令人愤怒。这个可怜的小人物，就这么悄无声息地死去，死前的绝望与愤恨都让人无比动容。

着，贫穷的庄稼汉们在地里还没有回来。面对这一惨境，人们表现出各种心态。

胆小怕事、鬼祟狡猾的村长挥着手杖，在东奔西跑地瞎忙着，鼻子大声地抽着气，用粉色衬衫的袖子擦抹着鼻涕。

矮胖的小杂货铺掌柜库兹明叉开两腿，挺着大肚子站在那儿，时而看看我，时而看看库库什金。他凶恶地皱着眉头，让人觉得可怕，可是他那双灰白色的眼睛里也落泪了，麻脸上似乎也显露出悲惨的神情。

①"哎哟，简直胡作非为！"村长一边数落着，一边颠着一双罗圈腿在走来走去，"唉，这些农民，简直太可恶了！"

一个身材粗壮的少妇——村长的儿媳妇，坐在河岸的一块大石头上，凝望着河水发呆，颤抖的手不停地在胸前画着十字。她的嘴唇翕动着。她的下嘴唇又厚又红，像狗的嘴唇一样，向下耷拉着，够丑，还露出两排大黄牙，让人看了感到很不愉快。

小女孩儿和小男孩儿们像彩球似的一个个从山坡上奔跑下来，浑身泥土的农民们也陆陆续续往这儿聚集。

②人们小声地议论："真是个惹是生非的家伙。"

"怎么会得到这样的下场？"

"这个人，喏，他就像刺头儿库库什金那样，总爱惹事……"

"平白无故就把人杀了，真不该……"

"伊佐特其实怪老实的……"

"老实吗？"库库什金怒吼着朝农民们扑去，"那你们为什么要打死他呀？你们这些混蛋！啊？为什么？"

③忽然，一个女人歇斯底里似的哈哈大笑起来，这女人的狂笑，如同鞭子挥动，重重地刺痛了人们的心，农民们大吼一声，立刻乱成一团，又挤又吵。

库库什金趁火打劫，一个箭步冲到那个杂货铺掌柜库兹明身边，照着他坑坑洼洼的麻脸，狠狠地打了一个

读书笔记

①你如何理解村长的行为？

读书笔记

②此处体现了农民们什么样的思想？

名师批注

③这笑声凄惨刺耳，发泄着内心的愤怒，尽管不知是谁，和伊佐特的关系如何，但这笑声会让更多有正义感的人行动起来。

耳光："老乌龟！找打！"

之后他挥动双拳，杀出一条生路，他从纷乱的人群中冲出来，幸灾乐祸地大喊："快走，就要打群架了！"

①别人随即挥拳打他，他挨了揍，不时地从被打破的嘴里吐出血水，但是脸上扬扬得意……

"你看见了吧？我打了库兹明一记耳光！"

巴里诺夫跑到我们跟前来，提心吊胆地回头张望那些聚集在破驳船旁的躁动的人群。他们紧张地挤成一堆，这时我们听到混乱的人群中传来村长尖细的喊叫声："呸！胡扯！你倒说说，我放纵什么人了？你要拿出证据来！"

"我得尽快离开这个是非之地。"巴里诺夫嘟囔着，朝山坡上走去。

这时正值炎热的夏季，傍晚空气闷到了极点，让人喘不上气来。殷红的太阳已经躲进了厚厚的墨蓝色云层里，它那红色的余晖映射在丛林的叶子上，树叶闪闪发亮，从什么地方传来轰隆隆的雷声。

②伊佐特的尸体在我面前微微漂动，他那破碎的头颅上的头发被水流冲得笔直，好像根根竖立起来，叫人毛骨悚然。我不禁回想起他独有的低哑的音调和他美妙动听的话语："每个人身上其实都或多或少保持着孩童般的天真，我们应该看到这一点，要正视它，看重这孩子般天真的东西！就说霍霍尔吧，表面上看上去像一个铁石心肠的人，但是，有时他的心和孩子一样天真无邪！"

我和库库什金并肩而行，他压抑不住愤怒地说："他们会对我们所有人都下这样的毒手……这群混账！做事太荒唐了！"

③又过了两天，霍霍尔终于在深更半夜返回来了，看上去他有什么高兴事，对人特别和蔼亲切。

我领他走进屋，他很热情地拍拍我的肩说："马克西莫维奇！看你这模样，你一定睡眠不足吧？"

"伊佐特被人害死了。"

"什……什么？"

名师批注

①尽管库库什金挨了打，但他仍然感到扬扬得意，因为他在用自己的方式发泄内心的愤恨，这也体现了他的耿直与善良。

名师批注

②死者浸泡在水中，死后不得安息，这份冤屈却无处申诉，作为好朋友，哪一个能安心？友情难以割舍，愤懑难以平息。

名师批注

③此时的霍霍尔尚且不知道伊佐特已经去世，他还沉浸在办完事的喜悦之中，与下文他的愤怒形成了鲜明的对比，更加突出了他对于伊佐特的死亡的重视。

他的腮帮子忽然像生了肿瘤似的鼓了起来，颧骨突起，胡须哆嗦得像一股股细流，直往胸口淌。他没顾上脱下帽子，站在房间中央，眯起眼睛直摇头。

“那么，还不知道是谁干的？哦，肯定是……”

他迟缓地走到窗户旁坐下，伸开两条长腿。

“我早就提醒过他……地方长官来过了吗？”

“昨天来过了，是区警察局长。”

①“嗯，有什么结果吗？”他问，接着又自己回答自己，“唉，自然不会有结果的。”

我告诉他，区警察局长仍是例行公事，在库兹明那儿落脚，他们把库库什金扣押了，由于他打了小杂货铺老板库兹明一个嘴巴。

“是这样，还有什么好说的？”

我去厨房烧茶炊。

我们边喝茶边谈，罗马斯马上开口了：“这种人真可怜！也可恨！他们常常干这样的蠢事，杀死他们中间的优秀人物。实际上就等于承认了，他们惧怕优秀者。正像这里常说的，他们跟优秀的人‘脾气不合’。我还记得，我在被押往西伯利亚流放地的途中，曾遇到一个犯人，他给我讲了这么一个故事：他是个贼，专门从事盗劫活动。他们有一帮人，共五个。有一次其中一个良心发现，建议大家：‘弟兄们！咱们干脆洗手不干了！偷来偷去，反正都一样——没什么好处，这终究不是长久之计呀！’就因为这句话，他们趁他喝醉睡觉的时候把他勒死了。这个犯人在我面前大肆夸赞这个被勒死的伙伴，他继续说：‘后来我又杀了三个同伴，我一点儿也不觉得惋惜，唯独对头一个至今仍然觉得歉疚，他很不错，又灵活，又快乐，心地纯洁又善良。’我问他：‘那你们为什么要掐死他呢？害怕他出卖你们？’②他居然动了气，说：‘不，他绝不会出卖伙伴，无论是为金钱或是为什么别的东西，他都不会出卖伙伴！这只是因为我们和他性情不相投合，我们大家都有罪，他倒像

读书笔记

①为什么罗马斯在询问完之后会说“唉，自然不会有结果的”？

名师批注

②畸形变态的人生、荒诞可笑的理由，却是活生生的事实。这个故事对照伊佐特之死，二者是何其相似呀！

个好人，很正派，让人心里怪不舒服的。'”霍霍尔在卧室里光着脚板走来走去，背着手，嘴上衔着烟斗，身上穿着一件长及脚面的鞑靼式白睡袍。他若有所思，小声低语：“我有好多次碰见这样的情况，害怕正直的人，畏惧优秀者，以致消灭优秀者。他们对待优秀者一般有两种态度：一是先巧妙地设计陷害他，最后不择手段地消灭他；二是顶礼膜拜，像狗一样崇拜得五体投地。这第二种态度是比较少见的。至于学习这些好人、正直人的先进思想、好的做法？他们才不肯，也不会。也许，他们不愿意吧？”

这时，他端起放了好久已冷了的茶，继续说：①“他们很可能是不愿意呀！您想想看，他们千辛万苦、费尽心思才拥有现在的生活，他们都已经习惯了。这时突然蹦出一个什么人来告诉他们：你们的生活是不合理的、错误的。这样的生活不对吗？但我们全部的心血都倾注到这种生活里了，滚你的吧！说罢，啪的一声给了这个喜好教训人的正人君子一个巴掌，让他少来指手画脚！然而这些敢于说出‘这样生活不对’的人，到底还是懂得生活真理的，他们是对的！他们的行动在事实上推动了生活向更好的方向发展。”

他指着书架说：②“尤其是这些书！如果我会写书那该有多好哇！但是这事我干不了，我的思想太迟钝，又没有条理。”他双手抱头，胳膊支在桌子上，陷入了深深的痛苦里。

“伊佐特死得太惨了！”

他沉默良久。

“哦，咱们睡觉吧……”

我爬上我的阁楼，挨着窗子坐下。

田野上方不断出现闪光，照亮了半个天空。③每当天上射出皎洁透明的浅红色的闪光时，似乎月亮也吓得胆战心惊、瑟瑟发抖。村里的狗凄凉地号叫着，撕心裂肺地狂吠着，若不是有这些狗的叫声，我很可能以为自

名师批注

①罗马斯又一次精辟地论述了农民的真实状态——麻木不仁、故步自封，他们需要知识与教育，这段话也让我们隐隐感觉到了罗马斯的愤怒与失望。

读书笔记

②罗马斯致力于改变农村的现状，但现在为什么他会有所动摇呢？

名师批注

③伊佐特的离奇死亡，给了“我”沉重的打击。这一段情景交融，一种难言的悲伤与绝望扑面而来。

个儿生活在某个荒无人烟的孤岛上。

远处传来了轰隆的雷鸣，一股烦人、闷热的气流从窗口袭入阁楼。

我面前又呈现出伊佐特的尸体。他就躺在这条河岸边的柳丛下面，他发青的脸仰望着天空，可是他那双玻璃般的眼睛却严峻地审视着自己的内心。他金黄色的胡须沾在了一起，形成几个尖尖的团块，胡子里面隐藏着一张张开的嘴，显得很惊讶的样子。

“马克西莫维奇！做人最重要的是仁慈和善良，因此我最喜欢的节日是复活节[107]，就因为它是个最仁慈的节日！”伊佐特的声音在耳畔回荡。

那条蓝裤子的两条裤管在酷热的太阳下已经晒干，紧紧贴在他被伏尔加河河水冲刷得干干净净的发青的腿上。苍蝇围在他脸的上方嗡嗡乱飞。尸体散发出一股令人作呕、昏眩的臭气。

楼梯上传来沉重的脚步声，罗马斯俯身钻进阁楼，坐在我床上，一只手捻着胡须。

“您知道吗，我呀，快要结婚了！真的。”

“女人到这里来住，有很多难处……”

①他目光专注地看着我，似乎期待我还会对他说点儿什么，可我偏偏又找不出什么恰当的词来。

这时一道闪电的余光照进了室内，照得满室生辉。

“我要跟玛莎（玛莎是玛丽娅·杰连科娃的爱称）·杰连科娃结婚了……”

我不由得微微一笑，因为在这以前我从未想到，会有人把这个姑娘叫作玛莎，真有意思！我不记得她的父亲或是兄弟以前是否这样亲昵地叫她玛莎。

名师批注

①这是一个艰难的抉择，自己喜欢的人与最好的朋友结婚，对年轻的我来说百感交集。对于这种尴尬的身份，保持沉默或许是最好的应对之法。

107 复活节，犹太教为逾越节，犹太教和基督教春天的节日。犹太教是为了纪念犹太人“走出”埃及，庆祝此节意味着等待救世主的降临。基督教中这一节日同耶稣被钉十字架受难后第三日复活的神话有关，亦称耶稣复活节、主复活节、耶稣复活瞻礼。俄历一般在3月22日至4月25日，届时人们互赠复活彩蛋，象征着生命与繁荣。

“您笑什么？”

“哦，没什么。”

“您以为，我对她来说太老了点儿，是吗？”

“没有，没有。”

①“她和我说，您曾喜欢过她。”

“是的，是有过那么一回事。”

“那么现在呢？事情过去了吗？”

“嗯，我想是的。”

他松开手，放下胡子，轻声说：“你们这样年龄的人，常常觉得这种事是朦朦胧胧的，认为‘怎么样都可以’，到了我这把岁数，对这种事就看得比较清楚了，就不是什么‘怎么样都可以’了，而是干脆抓住一个就不放，其他的什么都不能再考虑了，而且也没有精力去考虑了！”

这时，他露出整齐结实的牙齿，咧开嘴笑了，继续说：“安东尼[108]在亚克兴战役[109]中之所以被盖乌斯·屋大维[110]打败，就是由于当时的埃及女王克里奥帕特拉[111]被吓坏了，仓皇而逃！他无心指挥战舰，就扔

名师批注

①朋友之间坦诚的交流，让我们感受到了他们之间纯洁无私的友谊。但“我”的内心仍然是无法真正释怀的。

108 马可·安东尼（前82年—前30年），古罗马统帅，恺撒的部将。公元前44年任执行官，次年与屋大维（奥古斯都）、李必达结成后三头政治联盟，共同打败布鲁图和卡西乌的军队。公元前42年出治罗马东部行省。后与埃及女王克里奥帕特拉（前69年—前30年）结婚。遭元老院反对，元老院向克里奥帕特拉宣战，公元前31年，安东尼和克娄巴特拉一起败于屋大维，二人逃往埃及，相继自杀。

109 亚克兴战役，古罗马屋大维与安东尼的一次大决战，发生于公元前希腊阿卡那尼西亚北隅的亚克兴海角，结果屋大维大败安东尼。

110 盖乌斯·屋大维（前63年—公元14年），公元前28年在罗马称帝，元老院奉以“奥古斯都”（拉丁文有“神圣者”“至圣者”之意）的尊号，后人即以此称之。亚克兴战役的胜利，使他成功结束了恺撒（前100年—前44年）死后古罗马的内战局面。

111 克里奥帕特拉（Cleopatra，约前69年—前30年），埃及末代女王（公元前51年起），属托勒密王朝。据传，她才智过人，还有绝代佳人之称。她权势欲极强，称王之后，自恃权重，为所欲为，被罗马元老院宣布为“祖国之敌”。亚克兴战役失败后，为避免当俘虏的命运，最后自杀（据说是被毒蛇咬死的）。她的形象在莎士比亚、萧伯纳等艺术家的作品中都有描绘。

下自己的舰队，乘着自己的战舰去追克里奥帕特拉。您看，会有这种事！”

罗马斯站起身，伸了个懒腰，仿佛要反抗自己的意志似的，重复了一遍：“就这样，不管怎么说，我要结婚了！”

“很快吗？”

“秋天结婚，等苹果摘完之后。”

他走了，出门的时候把头俯得比平时低。

我又躺下，心里寻思，我最好在秋天以前离开这儿。①他打算结婚，可喜可贺，可为什么他要提安东尼的事呢？我真不喜欢听这样的悲剧。

名师批注

①罗马斯所讲的悲剧其实喻示着后面的故事情节，两者相呼应，使得表达效果更加明显，体现了作者的匠心独运。

名师赏析

如果要用一个中心语概括本章内容，“宁静甜蜜的生活中危机四伏”可能再合适不过了。平静、恬淡的乡村生活中其实暗流涌动，矛盾潜伏。一方面，阿廖沙与一些农民建立了深厚的友谊，见识了罗马斯有条不紊的领导能力；另一方面，他也身处矛盾的中心，难以为继。富农与贫农的利益冲突，是整个俄国社会的缩影，令人深思、惹人痛心。

积累与运用

·好词·

薄暮　翕动　黑黢黢　一塌糊涂　处心积虑　提心吊胆　司空见惯
穿云裂石　沸天震地　蜿蜒曲折　毫无声息　精美绝伦　和蔼可亲
文雅俊美　神情恍惚　喁喁私语　婉转动听　捧腹大笑　号啕大哭
瑟瑟发抖　仓皇而逃　清澈晶莹　挖空心思　不堪设想

·佳句·

◆ 他身体极好，圆脸上总挂点儿笑意，手中捏着小镊子拨弄钟表的机械，有时候张着隐在两撇灰白胡子下面的圆嘴，唱着歌。

◆ 坐在河边的白柳树下，观看渐渐变得黑暗的夜景，隔着清澈晶莹的夜幕向河岸下面张望，或者，在浓浓的月色下眺望对岸的草原。伏尔加河缓缓地流淌，庄严而肃穆。太阳将最后一抹金黄色不遗余力地洒满伏尔加河，月亮也无精打采地反射着太阳的光芒。

◆ 伏尔加河里的主航道静静地淌着，几乎毫无声息，宽阔的黑乎乎的河面上浮动着一艘轮船，看上去好像一只长着火红色翎毛的怪鸟，船尾传来轻柔的噗噗声，似乎是那怪鸟在抖动沉重的翅膀。

◆ 伏尔加河水流在夜幕下如黑色丝绒带般奔流着，在流水的上空浮着一道弯弯的银色天河，几颗大星星闪烁着金色百灵鸟似的光芒，对这生活的奥妙，心儿静悄悄地唱出了荒诞的遐想。

◆ 黑乎乎的河水从我们身边缓缓流去，乌云在河面上空飘浮，黑暗中已经看不清河岸上的水草地了。浪头慢慢拍打着河边的沙子，冲洗我的两只赤脚，仿佛要把我冲到无边无际的黑暗中，使我漂向什么地方去。

·美文仿写·

月夜中，有静谧也有颤动，动静结合之下才能描绘出美丽的景象。请你仿照文段，写一写你记忆中最美妙的月夜景色吧！

成百上千棵开花的苹果树，像过节似的，披着花瓣编织而成的粉红色锦衣，一排排、一行行，井然有序地从村边延伸到田野。月夜之时，清风拂面，花枝摇曳，发出的轻微簌簌声依稀可闻，这时让人觉得金光闪闪的淡蓝色巨浪似乎会把村子淹没。夜深人静，夜莺就不知疲倦地尽情歌唱，一到白天，椋鸟会狂热地叫，而隐没在高空的云雀则不断地向大地一展美妙的歌喉。

第六章 检测卷

（共 20 分）

一、填空题。（每空 1 分，共 10 分）

1 虽然罗马斯劝告过阿廖沙夜间不要出去散步，但阿廖沙总是溜达到____________，坐在河边的白柳树下，观看夜景。

2 伊佐特是个夜猫子，习惯于过夜生活，有丰富的__________。他像一个__________的孩子，用朴素的字眼恰到好处地谈论美的事物。

3 每逢__________，姑娘们和少妇们会倾巢出动，在大街上闲逛，她们也像小鸟一样不停地______，脸上露出慵懒、醉人的笑意。

4 几乎每天一到黑夜，______那高亢而优美动人的嘹亮歌声，伴着______的啼鸣，在果园、田野和伏尔加河岸边飘荡。

5 __________做事马虎、好说大话、喜爱挑拨离间，成天东游西荡，总之是一个地地道道的流浪汉，他曾有____次去里海捕鱼。

6 阿廖沙得知罗马斯将要和________________结婚，偏偏又找不出什么恰当的词来回应罗马斯的话。

二、简答题。（每题 5 分，共 10 分）

1 为什么阿廖沙总会想起弗·卡卢金和兹·涅别伊这两个住在城里的居民？

2 为什么罗马斯的厨房会发生爆炸事故？

参考答案

一、填空题

1. 伏尔加河边。
2. 审美情趣；耽于幻想。
3. 节日之夜；歌唱。
4. 米贡；夜莺。
5. 巴里诺夫；两。
6. 玛莎·杰连科娃。

二、简答题

1. 他们两个是钟表匠，修理机器时仿佛是无所不能的。阿廖沙很钦佩他们这些人，并且相信他们知道所有机器、工具的奥秘，能够修理世界上的一切东西，这才是人。

2. 因为罗马斯依靠潘科夫、苏斯罗夫和其他几个懂道理的农民的协助，组织苹果合作社，这事触怒了村里的富农。

第七章

名师导读

一场大火，让农民们备受摧残，也让罗马斯深陷绝境。这个曾怀着一腔热血想要改变农村现状的人，最终心理防线崩塌，带着失落与愤怒离开了这片土地。而阿廖沙也失去了导引和方向，如一片孤舟在大海上漂荡，他明明十分信任罗马斯，为何没有追随罗马斯离开呢？阿廖沙最终又该何去何从呢？

①早熟的苹果几乎可以摘了。今年是个好收成，树枝被果实压弯了，几乎垂到地上。果园里弥漫着苹果香，孩子们一边在那里叫嚷，一边捡着因蛀虫和风吹而掉落的发黄或发红的苹果。

八月初，罗马斯坐船从喀山回来了，他运来一船货物，还有许多装满东西的筐子。他是那天早上八点到的家。

霍霍尔洗完澡，换上衣服，准备喝茶，嘴上还高兴地说着：“夜晚在河上航行真让人心情舒畅……”

猛地，他耸起鼻子闻了闻，很担心地问：“好像有股烧焦的味道？”

正说着，从院子里传来阿克西尼娅的哭喊声：②“起火了！”

我们奔到外面，看到靠菜园那边板棚的木墙着火了，板棚里有我们存储的煤油、柏油和食用油脂。我们不知所措地望了几秒钟，眼睁睁地看着发黄的火舌猛地扑向木墙，在耀眼的阳光下，火舌由黄变白，向棚顶

读书笔记

①请从环境描写的角度赏析这段话。

名师批注

②一声喊叫犹如晴天霹雳，一波未平，一波又起。杂货铺的烈火成了贯穿这一章节的重要事件。

蹿去。

阿克西尼娅提来了一桶水，霍霍尔把水泼在着火的墙上，然后扔下水桶，喊道：①“真是麻烦！马克西莫维奇！您赶紧把油桶滚出来！阿克西尼娅，你快到店铺里去把货物搬出来！”

我冲进去把柏油桶滚到院子里，又滚到街上，反身回来推转煤油桶，这才发现桶塞是打开的，油已洒在地上不少了。

我忙着满地找塞子，可是水火无情，一道道火苗已经穿过板棚的木板墙，烧到棚顶上去了，火苗一个劲儿向里推移，房子发出一阵阵爆裂声，不知什么东西噼噼啪啪地发出一种仿佛嘲笑人的怪声。

我推着不满的油桶到了街上，此时街道已挤满了人，不少从四方八面跑来的妇女和孩子，他们被吓得又是哭又是喊。

霍霍尔和阿克西尼娅正在搬运店铺里的货，将它们放进沟壑里安全的地方。

一个白头发大黑脸的老婆子站在街上，举着拳头威吓人，尖声叫喊道：“呀——呀——呀！你们这群十足的坏家伙……”

等我再返回板棚来，发现里面浓烟滚滚，烟雾中不时发出轰隆轰隆、噼里啪啦的响声，从房顶上垂下来的火舌如同火帘洞，墙栅栏被烧得就剩个火红的空架子。

我被烟熏得透不过气来，睁不开眼睛，我竭尽全力、勉强把装食用油的桶推到了板棚门口，但是被门卡住了，怎么推也推不动。

②棚顶的火星纷纷落下来，燎着我的皮肤，痛得我大呼救命，霍霍尔冲过来，抓住我的胳膊，把我拖到了院子里。

“快走！快要爆炸了……”他冲进前室，我紧随其后，爬上阁楼去抢救我的书。

名师批注

①在面对熊熊烈火时，霍霍尔依然可以做到迅速反应、明确分工，这体现了他令人钦佩的性格特点。

名师批注

②烈焰飞腾，油桶随时可能爆炸，“我”命悬一线，罗马斯及时出现，让“我”脱离险境，此时不得不钦佩罗马斯的勇敢与执着。

我把书从窗口扔出去后，本想把装帽子的木箱子也跟着扔出去，不料窗口太小，于是我用半普特重的秤砣使劲砸窗框，这时只听到轰隆一声巨响，顶棚震得嘎嘎直响，我知道这是油桶爆炸了。

①我头上的屋顶燃烧起来，噼噼啪啪地乱响，通红的火舌在窗口涌动，不时蹿进窗子里来，我被大火烤得简直无法忍受。

我赶忙跑到楼梯口，团团浓烟扑面而来，一条条暗红色的火蛇沿着楼梯往上爬，下面的过道里传来嘎吱嘎吱的声音，好像有谁在用铁齿钢牙啃木头，十分恐怖。

我一时手足无措。眼睛被烟熏得睁不开，喉咙里喘不上气来，我呆立不动地站了几秒钟——好像无限漫长的几秒钟。

这时我看见楼梯上方的天窗口出现了一张红胡子黄脸，他急剧地、焦虑地扭动着嘴，转眼工夫又消失了。不一会儿，无数血红的火苗子，像一根根长矛，刺穿了整个房顶。

我记得，当时我的头发好像也在噼里啪啦地燃烧，此外我再也听不到别的声音了。我明白我活不成了，两只脚非常沉重，无法动弹，双手虽死命地捂着眼睛，但眼睛还是痛得无法忍受。

②我急中生智，找到唯一的逃命之路：我抱着我睡觉用的被子、枕头和一大捆麻绳，还用罗马斯的皮外衣护着脑袋，自窗口翻身而下。

我醒过来时，人躺在沟壑边上，见罗马斯蹲在我身旁，大声呼唤我："马克西莫维奇！您还好吗？"

我站立起来，呆呆地望着我们的小木屋像堆红色的刨花似的在大火中渐渐化为灰烬，火舌、火花围着房子疯狂地舞蹈，房子前面仿佛伸出了许多鲜红的狗舌头，正舔着发黑的地面。

③窗口一大股一大股地涌着黑烟，房顶上的火苗随

名师批注

①此处语言精练、用词准确，把烈火的无情与"我"的无助刻画得淋漓尽致，使人身临其境。

名师批注

②在面对危险之时，"我"急中生智，死中得活，这让"我"们看到了主人公非凡的智慧和勇气。

读书笔记

③明明烈火无情，作者为什么还要把火苗比作黄花呢？

风摇动，如同开出了朵朵黄花。

“喂！问您呢，好点儿吗？”霍霍尔还在关切地喊叫着。

他为火灾的损失而泪如泉涌。他那满是汗水、蒙着一层黑烟的脸上流出来的眼泪也很脏，两只眼睛惊魂未定地眨巴着，那湿漉漉的胡须上沾了许多树皮屑。

①但我此刻则暗自庆幸：我到底从火中逃生了，而且受到霍霍尔的关切。一股令人振奋的喜悦涌上我的心头，这是一股强大有力的情感！

后来，我感到左脚一阵剧烈的疼痛，我躺下来告诉他：“这只脚脱臼了！”

他轻柔地抚着我的脚，然后猛地用力一拽，我像被抽了一皮鞭似的疼痛难忍。可是几分钟后，满心欢愉的我已可以拐着脚把抢救出来的货物运到我们澡堂那边去了。

罗马斯嘴上衔着烟斗，愉快地开腔了：“当时油桶一炸，我看见火苗直冲楼顶，就想您准完了，那是一条巨大的火龙，气焰冲天，随后在天空中形成蘑菇云。整所房子眨眼间就成了一片火海。我想，这下子，马克西莫维奇完了！”

罗马斯又恢复了往日的平静心态，他把货物小心地摆整齐，对狼狈不堪、一头乱发、满脸黑乎乎的阿克西尼娅说：“您在这儿坐着，看住东西！别让人偷了，我去救火……”

②在沟壑附近的烟雾里，飞舞着白色的纸片。

“唉！”罗马斯说，“可惜了这些书，这全是我心爱的书呀……”

到目前为止，这场大火已经毁了四栋房子。这天平静无风，火势烧得很从容，不慌不忙地平稳地向左右蔓延，那灵活的火舌慵懒地攀上栅栏，直达屋顶。

大火像炽热的火篦子，在梳理着屋顶上的茅草，一道道火苗像弯曲的手指，在篱笆上拨弄着，好像在弹古

名师批注

①此时，“我”为友谊而感动，为生存而感到幸福，短短的一句话，准确地写出了主人公劫后余生的心情。

名师批注

②罗马斯心爱的书在大火中“粉身碎骨”，这是令人极其痛心的，与上文他对于珍藏的书籍的爱惜形成呼应，使文章更具有感染力。

斯里琴[112]的琴弦。烟雾弥漫的空中，传来火焰那幸灾乐祸的、令人难受的狂热的歌声，还有渐渐燃尽的木头发出的轻轻的、几乎是柔和的噼啪声。

金色的“火乌鸦”从团团浓烟中飞落到大街上，飞落到各家的院子里，庄稼汉和农妇们东奔西跑地忙乱着，他们只关心自己的东西，不停地发出嚎叫声：“水！水！”

水在很远的地方，在山脚下的伏尔加河里。

①罗马斯此刻充分发挥自己的组织才能，抓着这个人的肩膀，拽住那个人的领子，又是推，又是拉，迅速把农民凑到一起，随后把他们分成两个小组，指挥他们拆除栅栏和离火场近的杂屋。

他们都顺从地听从指挥，开始同心合力地与那正在吞噬整排房屋乃至整条大街的熊熊大火展开了比较有效的斗争。

可是他们仍有些畏首畏尾，好像他们是在给别人干活，总有点儿信心不足，觉得没有指望。

②我心情非常好，觉得自己从来没有像现在这么带劲儿过。

在街道的一头，我看到以村长和库兹明为首的一帮富农。他们站在那儿袖手旁观，只是挥着手杖，指手画脚，在那儿叫着。

农民们从田地里骑马朝家里飞奔，往上一颠一颠的，颠得两条胳膊肘跟耳朵一般高，女人们一见了他们便大声哭诉，小孩子们则到处乱跑。

又一家院子里的耳房起火了，必须尽快拆掉猪圈那边的一面栅栏。这堵篱笆是用很粗的树枝编织而成的，而且已经爬上了一条条通红的火舌。

③救火小组的农民砍篱笆木桩时，火花和火灰正好落到他们身上，他们顿时被吓得夺路而逃，两手不住地摩挲已经被烧糊了的衬衣。

112 俄国古代一种多弦的弦乐器，类似于中国的古筝。

名师批注

①基于对火情的准确判断，出于对乡亲们的关心，罗马斯挺身而出，力挽狂澜。事实证明罗马斯的决策是正确的，这段描写也深刻地体现出罗马斯卓越的领导才能和临危不乱的处事态度。

读书笔记

②回想前文，这种振奋人心的时刻，“我”还在何时感受过？

名师批注

③通过描写救火小组中农民的胆小、害怕，衬托出罗马斯在面对危险时表现出的难得的品质，令人敬佩。

“别害怕！”霍霍尔喊道。

但是无济于事。他果断地掀掉一个农民的帽子，把它扣在我的头上说：“您去那儿砍，我在这边砍！”

我挥动斧子，一根又一根的桩子被砍倒了，篱笆墙开始松动了，我立刻爬上去，攀到最高处，用劲儿抓住墙的上头。

霍霍尔协助我，用力向下拉我的双腿。轰隆一声，整排栅栏倒下了，差点儿就砸到我的脑袋。

农民挤上来，一齐动手把栅栏抬到街上去了。

“您伤着没有？”罗马斯关切地询问我。

他越是这样关怀我，我越是觉得自己有无穷的力量和智慧。我很愿意在我所敬爱的人面前显示一下身手，于是，我像发疯了一样，拼命地干，只希望他能多夸赞我几句。

①在滚滚浓烟中，我们心爱的书页，像鸽子似的，仍在空中飞舞。

右边的火路已经被暂时截断，左边的火势却还在凶猛地吞噬着农家庄院，着火面积越来越大，已殃及第十家了。

罗马斯留下几个农民监视右边的火情，其余的人在他的率领下忙往左边跑去。我们经过那群富农身边时，一句恶狠狠的话传进耳朵：“肯定是他们放的火！”

小杂货铺的老板也说：“咱们去搜查一下他们的澡堂！”

这些很刺耳的话深深印在我的脑海里，我很难忘记。

大家知道，一旦受到鼓舞，尤其是令人高兴的鼓舞，会使人力量倍增。

我这时候也是受到了鼓舞，才这样玩命地干着，弄得自己精疲力竭。

我记得当时我背靠着某种火烫的东西坐在地上，罗

读书笔记

①文中多次描写了霍霍尔珍爱的书被烧毁的场景，这次有何不同？

马斯从后背往我身上浇了一桶水。

农民们围着我们，显然是敬佩地低语：

“这孩子真了不起！”

“他不会累垮的……”

[1]我用头靠在罗马斯的腿上，不好意思地呜咽起来，他爱怜地抚弄着我湿润的头发说道：“好好休息会儿吧，真够累的！”

库库什金和巴里诺夫两个人都被烟熏得黑乎乎的，活像两个鬼，他们带着我到了沟壑边，不停地劝慰我：“小兄弟！不用怕！没事了！”

“你受惊了吧？”

我还没来得及躺一会儿，没完全回过神来，只见十来个“财主”从山上向沟壑里我们的澡堂走来，走在前头的是村长，紧随其后的是两个乡警，他们架着罗马斯的胳膊在走。

罗马斯没戴帽子，打湿的衬衫袖子也被扯断了，牙齿紧紧地咬着烟斗，他的脸色冷森森的，阴沉得可怕。

退伍兵科斯京挥动手里的木棍，疯狂地嚷着：“把他扔到火里去，这个异教徒！”

“打开澡堂的门！”

“你们砸锁吧，钥匙弄丢了。”罗马斯大声说。

[2]我霍地站起身，从地上抓起一根木棍，站到罗马斯身边。两个架着他的乡警被吓得直往后退，村长也忐忑不安地尖叫：“我们东正教徒是不允许砸门锁的！”

库兹明用手指着我喊：“对！还有这个家伙……他是干什么的？”

“沉住气，马克西莫维奇！”罗马斯说，“他们以为，我把货物都藏在澡堂里了，因此，我们是故意放火烧杂货铺的。”

“是你们两人一起干的！”

“砸开锁看看吧！”

“信东正教的人……”

名师批注

①“爱怜地抚弄着”说明罗马斯的真挚善良，作者用这一段描写，准确生动地写出了人物的个性特征。

名师批注

②这一迅速反应，体现了“我”的警觉和作为年轻人的热血一面。面对挑衅，“我”表现出了无畏的举止，这代表着“我”正在一步步走向成熟。

“我们敢作敢当！”

“我们负责……”

罗马斯低语着：①“我们最好背靠背站着！以防他们从后面袭击……”

澡堂的门锁被砸开了，那伙人一拥而进，又立即返回。

在这当口，我把棍子塞给罗马斯，自己又从地上抓起一根。

“什么东西也没有啊……”

“真的什么也没有吗？”

“好啊！这帮魔鬼！”

有一个胆怯的声音说道：“或许是我们弄错了，农友们……”

针对这句话，有几个人像醉汉一样，用粗暴的声音狂怒地质问着：“什么？搞错了？”

“快！快把他们扔进火里烧死！”

“这些捣乱分子！”

“竟然还想成立什么劳动合作组织[113]！”

②“他们是贼！他们那一伙全是贼！”

“住口！”罗马斯被他们的叫骂声激怒了，大喊了一声，“你们听着！你们都看见了，至于我的澡堂，你们也已看过了，什么也没有，你们还有什么话说？我的货物就剩这一点儿，其余全都烧了，都看见了吗？我总不至于烧我自己的财产吧？”

“他保了火险啦！”

于是又有十来个声音狂怒地吼道：“还傻站着做什么呀？”

“好吧，我们已受够了。”

我的两腿在发抖，两眼发黑，红色的烟雾正好把他们龇牙咧嘴的凶狠相貌映衬得更加狰狞，看着他们

名师批注

①罗马斯经验丰富，针对当时的情况，做好预防是完全有必要的。

名师批注

②一再的强词夺理说明他们是早有预谋的，就是想给罗马斯安上一个罪名，置他于死地。

113 一种为从事共同经济活动而自愿结合的合作组织，或译为合作社。

一张张胡子拉碴的大嘴，我真想冲过去把他们痛打一顿。

①愚昧的人群将我们团团围住，他们暴跳如雷，怒喊道："看啊！他们还拿着棍子呢！"

"什么？居然有棍子？"

"看来，他们真的要来拔我的胡子了！"霍霍尔说，我觉得他在冷笑，"马克西莫维奇！跟着我，您也要倒霉了，唉！无论发生什么情况，千万要沉着、镇静。"

"大家看哪！这小子还带着把斧子呢！"

我的腰里确实插着一把木工用的斧头，是砍木桩时拿的，我一时把它忘了。

②"看上去他们有点儿胆怯了，"罗马斯说，"如果他们冲上来……千万别动用斧子！"

有一个陌生的矮小的跛脚农民，一瘸一拐的，连蹦带跳，让人觉得十分可笑，他也在疯狂叫喊着："用砖头从远处砸他们！我带头！"

他还真的捡起一块砖头，冲我的肚子砸来。

我还没来得及回击，库库什金早就像只老鹰般地扑向他，他们扭着一起滚到沟壑里去了。跟着库库什金后面，又有潘科夫、巴里诺夫、铁匠等十几号人冲过来助战。

这时库兹明假装和事佬，说：③"米哈伊·安东诺夫！你是个聪明人，你应该知道，是大火使村民们失去了理智，把他们吓疯了……"

"我们离开这儿！马克西莫维奇！去河边的小饭馆。"罗马斯果断地说着，随手拿下烟斗往裤袋里用力一塞。他拄着差点儿成了武器的棍子，筋疲力尽地走出沟壑。

库兹明故意和他并肩而行，嘴里不知嘟囔着什么。只听罗马斯不屑一顾地说：④"滚吧！你们这些蠢货！"

读书笔记

①为什么这些农民仍然被利用，脱离不了"愚昧"呢？

名师批注

②罗马斯非常清楚，这些农民是被别有用心的人利用了，他们愚蠢而可怜，所以让"我"尽量不要伤害他们。同时他也担心"我"血气方刚，惹下大祸，情况如此危急，罗马斯却还是先考虑别人，这个人物的品质令人敬佩。

名师批注

③通过语言描写，把假装和事佬的库兹明的形象刻画得十分鲜活，足以看出他的阴险狡诈。

名师批注

④罗马斯一改往日的含蓄，直接、干脆地朝这些人开骂，体现了他心底的愤怒只能通过这种呼号来发泄。

在我们的杂货铺那儿的火场上，一堆金黄色的炭火还没有完全熄灭，中间是一个炉子，缕缕蓝色的烟雾从完好无损的烟囱里冉冉升起，飘向炽热的空中。烧红了的铁床架子像蜘蛛的脚似的矗立着。那些烧焦了的门框柱子好像是黑衣卫兵，守卫在火堆旁边，其中一个还戴着一顶红色的炭火帽，周身闪烁着如公鸡羽毛般的熠熠火光。

“书被烧光了，”霍霍尔叹了口气说，“太可惜了！”

孩子们像赶小猪似的，把燃烧殆尽的、大一点儿的木头用棍子拨弄到街上的泥水洼里，木头先是发出一阵刺刺的声音，接着就熄灭了，同时冒出一股怪难闻的白烟。

一个淡黄头发、蓝眼睛的四五岁小孩，坐在黑乎乎、暖烘烘的水洼里，用木棍敲着一只摔扁的铁桶，聚精会神地听着那小铁桶发出的声音。

遭遇火灾的人们愁眉苦脸地走来走去，把抢救出来的家用物品慢慢收拢到一起。

①家庭主妇们不停地哭泣、咒骂，为几块烧剩下的木头争吵不休。

火场后面那片果园中的苹果树一动不动地挺立着，许多苹果树的树叶都被大火烤得枯黄，挂满枝头的红红的苹果更加分明了。

我们到河里洗了澡，然后在河岸的小饭馆坐下，静静地喝茶。

“不管怎么样，富农们想靠苹果发财的算盘，算是落空了！”罗马斯说。

②这时，潘科夫心事重重地走进来，他神情显得比平常更温和。

“老兄！你看我们下一步应该怎么办？”霍霍尔问他。

潘科夫耸了耸肩膀说道：“我的这栋房子的确是上

名师批注

①作者用细腻的笔触写出了火灾后人们的表现，这是真实的农村现状，人们既可怜又可笑。

读书笔记

②为何潘科夫会“心事重重”呢？他是否和这次大火有关联呢？

过火险的。”

①大家沉默不语，彼此面面相觑，投以试探的目光，似乎不认识对方似的。

“米哈伊·安东内奇，现在你打算怎么办呢？”

“我必须仔细考虑一下。”

“你应该离开这里。”

“我还要看看再说。”

“我有一个想法，”潘科夫说，“这里不方便，我们到外面去谈。”

他们起身往外走。走到门口，潘科夫转过身来，对我说：“你真勇敢！你可以继续在这儿住下来，他们会怕你的……”

我也走到河岸上，躺在灌木林里，望着河里的流水。虽说已经日薄西山，天气的闷热却没有减退。

②在这个村庄所经历的一切，仿佛是一幅用彩笔在河面上画就的广阔画卷，历历展现在我眼前。我忧心忡忡，愁肠百结。但是没有多久困倦就占了上风，我酣然入梦。

“嘿！你醒醒！”不知过了多久，我迷迷糊糊地听到有人喊我，并使劲儿摇我，把我朝什么地方拉，“你是死了，还是怎么的？快点儿醒醒！”

河对岸的草地上空已升起一轮橙色的圆月，像车轮般那么大的圆月。

巴里诺夫俯在我身上，摇晃着我。

“我说，快走吧！霍霍尔正忙着找你呢！”

我们一前一后往回赶，他一路嘟囔着：③“你真不该找个什么地方倒地便睡，要知道山坡上有人走过，万一有人不小心蹬下一块石头砸着你，或是干脆蓄意丢一块大石头砸你，你就完了，我的好兄弟！村民可狠毒呢！他们喜欢记仇，除了复仇，他们心里再没别的什么了。”

名师批注

①房子保险是个非常敏感的话题，所以大家才会有如此反应。但同时，事情是否还另有隐情？作者在此处设置了悬念，为下文埋下了伏笔。

名师批注

②一场大火让罗马斯的杂货铺荡然无存，凄惨的画面令人无比惋惜，纵火者究竟是谁？他为什么这么做？罗马斯的命运又将如何呢？这一切问题都在“我”的心中挥之不去。

名师批注

③巴里诺夫的责怪不无道理，形势危急时必须谨慎小心，同时也看出了巴里诺夫对“我”是真的十分关心。

河边的灌木丛里，有人在悄悄走动，因为树枝在微微摇晃。

“找着了吗？”米贡大声问道。

“找着了。”巴里诺夫回答。

走了十来步的样子，巴里诺夫叹口气道：“米贡又打算偷着去捕鱼了，他的日子的确是不好过！”

罗马斯见我回来就动了怒：“您怎么就一个人去散步呢？您想让他们狠狠地揍您一顿吗？”

等到屋里只剩下我们俩的时候，他愁眉不展地轻声说：①“潘科夫建议您可以留下来，他打算开一个杂货铺，让您做帮手。我并不想劝您留下。事情是这样，我已经把火灾后剩下的东西都卖给了他，我决定去维亚特卡[114]，等我站稳脚，就给您写信，邀您到我那儿去，好吗？”

“我必须好好想一想。”

“那您就想想吧！”

他躺在地板上，辗转反侧了一阵，就睡着了。

我坐在窗前遥望伏尔加河，橙色的月光铺缀在河面上，让人不禁联想起那场熊熊大火。

在绿茵茵的河岸下，一艘大轮船的轮片鼓动河水发出轰隆隆的声响。船上的三盏桅灯闪闪烁烁，在黑暗中缓缓而动，时而与星星擦肩而过，时而又将星星淹没在自己的灯光里。

②“您是不是生农民的气了？”罗马斯梦呓似的道，“千万别和他们一般见识，不要生气。他们只是因为缺乏知识而有些愚蠢，凶狠也是愚蠢的一种表现。”

他的话并不能给我少许安慰，也不能减轻我心中无法遏制的强烈恼怒。

那一张张粗野、残暴、恶狠狠、凶神恶煞般的嘴脸在我面前闪现，耳畔一直回想起那句令人伤心至极的话：“用砖头从远处砸他们！”

读书笔记

①你觉得面对这样的选择，“我”会怎么做呢？

名师批注

②从“我”的表现和罗马斯的语言对比中，可以看出“我”和他性格上的不同。他有丰富的阅历，所以完全可以心平气和地面对这种不平之事，但“我”是绝对无法做到的。

114 基洛夫市 1780 至 1934 年的名称。

这时候我还没学会忘记不该记住的事情。诚然，我也看出来了，如果单论一个农民，那么在他身上并没有那么多凶狠的心肠，可以说，他根本就凶不起来。

他们本质上是未开化的野人。要让他们任何一个人露出孩子般的笑容是件很容易的事，他们任何一个人都会带着孩子般的信任来听你讲寻求真理和追求幸福的故事，听你讲伟人们的丰功伟绩。

①这些农民有一颗特别的心，他们向往随心所欲、自由自在的生活，一切能让他们产生幻想的东西，他们都十分看重。

读书笔记

①你如何理解这句话？这体现了农民怎样的身份特点？

但是一旦他们参加村里的集会，或是在伏尔加河畔的小馆子里一窝蜂地凑在一起的时候，他们就把自己身上一切好的品质都丢到九霄云外去了，他们像神父似的虚伪，披着神父的道袍，道貌岸然，见了有权有势的人就点头哈腰，极尽溜须拍马之能事，那副谄媚的样子真令人见了恶心。

有时候他们又为了芝麻粒儿大的事，会变得像狼一样凶恶，背毛直竖，龇牙咧嘴，粗野地彼此号叫，准备大打出手，或者马上厮打起来，显露出一副没有驯服过的野蛮人形象。更有甚者会去捣毁教堂，可也许昨天晚上他们还像绵羊走进羊圈似的温驯地走进教堂跪拜。

②他们当中也有诗人和会讲故事的人，但是其余的人不喜欢他们，这些孤立的才子被全村人讥笑，无人捧场，备受鄙视。

名师批注

②在感受主人公愤怒的同时，我们也为这些善良的百姓感到悲哀，残酷的社会就像一个大染缸，泯灭良知、诱发邪恶，民众是无法逃脱的，这是一种难以抗拒的必然，人们只有认清它，抛弃它，才会恢复人性的善良。

我无法跟这些人融合在一起，不可能在这些人中间长久地生活下去。在我和罗马斯告别的那天，我把自己这些痛苦的想法向他全盘托出。

“你做这样的结论还为时过早！”他用责难的口吻对我说。

“可是我得出的就是这个结论，很难更改，怎么办呢？”

“可是这种论断是错误的！没有丝毫的依据！”

他费了好长时间苦口婆心地说服我，让我知道我的看法带有偏见，是错误的。

①“不要急着下结论去责备他人！责备人最容易，您可别动不动就责备人。应该责己严，责人宽。要心平气和地看待一切，并且要记住一点：一切都会过去，一切都会向好的方面转变。好的来得虽然慢，但是很可靠！您去各处走走看看，对什么事都要亲身体验一下，这样您就会无畏无惧，然而您千万不要急于责备人，这样会陷入满腹牢骚的极端。再见，朋友！”

名师批注

①临别赠言，字字皆千金，这是一种极其严谨的人生态度，是罗马斯对“我”的最后忠告。无论是对作者还是对读者，其中的道理都值得一生去践行。

我们再次见面，是十五年后的事了。那时候，正逢罗马斯为了“民权派[115]”的案件在雅库特边疆省又度过了十年流放生活后归来，我们是在谢德尔采会面的。

罗马斯离开克拉斯诺维多夫村之后，我的心情沉重，愁闷至极，仿佛有个铅块压在心头。我像条丧家犬一样六神无主地在村里徘徊。

我和巴里诺夫搭伙到各个乡村去给富农们干活，脱谷、刨土豆、打扫果园，晚上，我就住在巴里诺夫家的澡堂里。

“阿列克塞·马克西莫维奇，你这个光杆司令，往后可怎么办呢？”一个大雨滂沱的夜晚他对我说，“明天我们出海怎么样？这回是真的，待在这儿真没意思，他们又讨厌咱们，情况还可能更糟，说不定哪天咱们就遭了那帮酒鬼的毒手……”

这样的话，巴里诺夫已经不是第一次说了。

他不知什么缘故也一直闷闷不乐，两只长臂猿般的胳膊往下垂着，像在森林里迷了路似的，沮丧地向四处张望。

②雨打窗棂，如注的雨水冲刷着澡堂的一角，哗哗

名师批注

②最后一场秋雨送走了秋天，最后一次请求让“我”痛下决心，生活如季节般不断轮换，这个雨夜的决定似乎带着希望，充满着力量。

115 “民权派”是俄国一个小资产阶级革命民主组织，成立于1893年。它号召联合革命势力和反对势力推翻沙皇专制制度。1894年4月该组织大部分成员被捕，90年代末解散。

地往沟壑深处流去。

这应该是今年的最后一场暴雨了，不时有几道惨白的闪电划过天际。

巴里诺夫小声问我："咱们明天就走吧，好吗？"

我们真的启程了。

秋夜在伏尔加河上远航，我又满怀对未来生活的憧憬，自然有说不出的惬意。

我坐在驳船的船尾，船舵旁。船舵手是个全身长毛的傻大个儿，他的脑袋特别大，蓄着一头乱发。

他一边掌着舵，一边在甲板上跺着他那笨重的双脚，还不时低沉地叹息："哦——呜啵！哦——嘞嘞——呜……"

①一望无际的河水在船尾汩汩地流淌着，如丝绸般光滑，如树脂般浓稠，轻波细纹，泛起微微的涟漪。河水黑中有亮，一眼望不到边。河面上空翻滚着团团秋日的乌云。

四下望去，只见黑幕在缓缓移动，遮蔽了河岸，使人看不清岸边在哪里，让人觉得整个大地都在黑暗中渐渐融化，化成了雾气和水流，永不间断地、无止境地、浩浩荡荡地往下游去，流向既没有太阳、月亮，也没有星辰的荒无人烟、寂然无声的什么地方。

前面黑暗的雾气里，有一艘看不见的拖轮，它正拖着我们这艘驳船艰难地行驶着，沉重地喘着粗气，好像在跟把它往后拉的巨大力量对抗。

拖轮上有三盏灯，两盏贴近水面，一盏高高在上，它在为拖轮指引着航向。在我的身边，还有四盏灯，像金鱼似的在乌云下面游来荡去，其中有一盏是我们驳船上的桅灯。

②我觉得自己好像被囚禁在一个冰冷的油气泡中，这个油气泡正沿着斜面悄然往下滑，我就像一只蚊子一样趴在里面。

读书笔记

①这一次的伏加尔河的景色喻示着什么？请你简要分析。

名师批注

②运用比喻的修辞手法，把自己比作被憋着的蚊子，生动形象地表现了"我"此时极其压抑、烦闷的心理状态，想要冲破束缚，但又无能为力。

我似乎觉得，油气泡的移动渐渐停顿下来，快到完全停止的时刻了——拖轮不再呜呜叫，外轮片也不再拍打浓稠的河水，一切声响都消失了，就像树叶从树上掉落，粉笔字从黑板上消失一样，我周围的一切显得凝然不动，寂静无声了。

那个身穿破羊皮衣、头戴毛茸茸的羊皮帽、在船舵旁走来走去的大个子舵手，此刻也如一尊塑像般屹然不动，也不再嗷嗷乱吼了，好像着了魔似的……

我问他：①“请问尊姓大名？”

“你问这干吗？”他低沉地回答。

那天傍晚，太阳落山后，轮船刚从喀山出发，我就注意到这个笨得像只狗熊的人，他那张脸上满是汗毛，小眼睛眯成一条缝。他倚靠在船舵旁，把一瓶伏特加倒入一个大木勺里，像喝水一样，两口就喝得一干二净，随后又开始吃苹果。

拖轮刚开始拖动驳船，他就紧紧地抓住舵柄，望了望红红的落日，把脑袋一甩，一本正经地说：“愿上帝保佑！”

拖轮一共拽着四艘驳船，从下诺夫哥罗德的市场起航，到阿斯特拉罕去。驳船满载着各种铁器，成桶的砂糖，还有一些木箱子，他们准备把这些东西运往波斯[116]。

巴里诺夫先用脚踢踢这些木箱子，再用鼻子闻了闻，估摸着说：“嗯，这运的准是步枪，肯定是伊热夫斯克的工厂出产的……”

掌舵的大笨熊听到他的话，朝他的小肚子来了一拳，威吓道：“你管这个干什么？”

“我只是心里琢磨……”

“你是否想挨耳光了？”

我们两个穷光蛋，买不起乘客轮的船票，只好求人家“照顾”，让我们坐上这只驳船，事实上我们也给他

名师批注

①大个子舵手的冷漠具有典型意义，他看似冷漠、自私，其实有一颗赤诚之心。作者运用先抑后扬的手法，展现了人物可敬的品质。

116 即现在的伊朗，1935 年以前称波斯。

们站岗值班，但是他们还是把我们当叫花子看。

①“你老是说人民、人民，”巴里诺夫指着我说，“你看，这里的事情倒是很简单，谁有钱有势，谁就骑在别人的头上……”

眼前一片漆黑，驳船隐没在黑暗中，只有拖船上被桅灯照亮的高耸入云的桅尖依稀可见。雾霭中散发着一股煤油味。

这个掌舵人一直阴沉着脸、沉默寡言，他这样的神态令我很恼火。

我是被水手长指派来驾驶舱“值班”兼辅助这个野蛮人掌舵的。到拐弯处，他一边注视着前方的灯光，一边悄声对我说：“喂，掌好舵！”

我猛地站起来，使劲转动舵柄。

“可以啦！”他小声说。

②我重新又在甲板上坐了下来，很想跟这个人随便聊聊，但都没有聊成。他听到我的问话，总是这样反问我：“你问这干什么？”

他在思索什么呢？

当船行驶到卡马河的黄水与伏尔加河银灰色的洪流汇合之处的时候，他望了望北面，嘟囔道：“一群混蛋。”

“你骂谁呀？”

他没有回答。

在茫茫无边的黑暗里，从很远的什么地方传来狗的狂吠声。这使人想起，生命还没有完全被黑暗所窒息，还在挣扎，但那种声音似乎来自遥不可及的地方，听起来显得多余。

“这儿的狗真没用。”掌舵人出乎意料地说。

“这儿？你是指什么地方？”

③“哪里都一样。我们那儿的狗，才是凶恶的猛兽。”

“你是从哪儿来的？”

“沃洛格达省。”

名师批注

①在巴里诺夫，甚至在更多的人眼中，金钱是最高的追求，有钱就是王道，但这些人又怎能理解心系苍生之人的博大胸怀呢？

名师批注

②“我”试图和掌舵人聊天，但总是失败，可见他的性格特点，这也与下文形成鲜明的对比。

读书笔记

③到底什么才是凶恶的猛兽呢？

于是，像土豆从撑破的麻袋里往外滚一样，一连串粗野无聊的话从他嘴里蹦了出来：“那个跟你在一起的人是你的叔叔？我看，他是个傻瓜。我的叔叔可聪明了，人很凶狠，又有钱。他在辛比尔克斯经营码头，在河岸上开饭馆子。”

①他慢吞吞地、仿佛很费劲地说出这些话之后，他那双别人几乎看不见的小眼睛又直勾勾地盯着轮船上的桅灯，注视着灯光像金蜘蛛似的在夜幕中爬来爬去。

“把住舵，哦……你看上去喝过点儿墨水吧？你知道法律是谁制定的吗？”

他不等我答话，就继续往下说：“关于这件事众说纷纭，有的人说是沙皇制定的，有的人说是大主教制定的，还有的人说是元老院制定的。我要知道是谁制定的，我肯定就去找他，我会告诉他，你应该把法律写成这样：让我不但不敢打人，甚至连挥手也不敢！②法律应当是铁面无情的，要像一把钥匙。用它把我的心牢牢给锁住，那就妥了！这样，我就能安分守己！要不，我就不能管住自己不犯法！管不住的。”

他一边用拳头敲打着木质的舵杆，一边喃喃自语，而且说得越来越轻，越来越语无伦次。

有人从拖轮上用传话筒喊话，那喑哑的喊声，和已经消失在夜的深渊中的狗叫声一样，同样显得那么多余。

在拖轮两舷旁边黑黢黢的水面上，存在着几盏灯火的极微弱的反光，像点点黄色油斑，静静地漂浮着、融化着。团团乌云饱含着水汽，显得那么浓、那么稠，如同河底的淤泥似的在我们头顶上空翻滚。我们在越来越深地融入寂然无声的黑暗之中。

这个舵手阴沉着脸抱怨道：“它们（指拖轮）把我带到什么地方了？我的心都几乎停止跳动了！”

③我觉得到了哪儿都无所谓，对一切都感到十分冷漠，忧伤涌上心头，此时我只想睡觉。

名师批注

①从“我”的视角写出对掌舵人的观察，表现了他的“特别”，为下文做了极其用心的铺垫，体现了作者在构思上的用心。

名师批注

②听起来好似是个笑话，但句句让人深思，这是一种来自灵魂的自省与自律，是一种急于摆脱内心障碍，渴望得到解脱的真挚情感。

名师批注

③再一次描写了“我”的内心状态，在经历挫败的乡村生活后，“我”仍未走出阴影，苦闷和冷漠萦绕着“我”。

不见太阳露脸，暗淡、灰蒙蒙的拂晓，小心翼翼地、费力地穿透乌云，悄悄地来临了。

黎明的曙光把原本漆黑的河水染成了铅灰色，河岸上的景色一一展现在人们面前，包括枯黄的灌木丛，好像长着斑驳锈块的松树树干和深绿色的松树枝叶，一排排木屋以及石雕般的农民的身影。一只海鸥扑棱着翅膀从驳船上空掠过。

和掌舵的汉子一起下班之后，我就急不可耐地躲到帆布篷里睡觉去了。

但是，我觉得没多大工夫，一阵急促的脚步声和叫喊声就把我从梦中惊醒了，我从帆布下探出头来，只见三个水手把掌舵的汉子按在“工作舱”的墙壁上，七嘴八舌地喊叫道：“彼得鲁哈！不要这样！”

“上帝会保佑你的！不要紧！”

“你呀，就得了吧！”

①彼得鲁哈交叉着两只手，紧紧地抱住自己的肩膀，静静地站在那里，一只脚踩着搁在甲板上的包袱，挨个打量所有的人，用嘶哑的声音请求大家说：“别让我去犯罪吧！”

读书笔记

①彼得鲁哈的行为说明了什么？

他赤着两脚，只穿了一件衬衫、一条短裤，光着的头上是一团乱蓬蓬的黑头发，耷拉着的头发盖住了他那固执的大脑门，在大脑门底下的那双异常小的眯着的眼睛里充满血丝，这双眼睛惊惶地、哀求般地望着几个水手。

“不行！你会被淹死的！”人们对他说。

“淹死？不可能！哥们儿，让我走吧！否则我控制不住自己，我会杀了他！到了辛比尔斯克，我就会……”

“你可千万别这样干！”

“哎哟，我的弟兄们……”

②他慢慢张开双臂，跪了下来，两臂贴住“工作舱”的舱板，好像被钉在十字架上一样。他再三地哀求：

名师批注

②一个要走，一个要留，真挚的兄弟之情与弃恶从善的信念相互碰撞，看似矛盾，实则动人。

"让我逃走吧，让我逃走吧，免得我去犯罪呀！"

他从内心深处发出的哀鸣中有一种十分动人的情愫，他那双伸出的像船桨一样长的双臂颤抖着，手心正对着大伙儿。

他那留着毛茸茸大胡子，熊一样的脸也在瑟瑟发抖，在他那双眯着的小眼睛里，瞪着豆子似的两颗黑眼珠，那样子就像有只无形的手掐住了他的喉咙，要置他于死地。

人们默默地给他闪开一条路来，他笨拙地站起身，抱起甲板上的包裹说："好啦，谢谢各位了！"

①他来到船舷边沿，出人意料地以极其娴熟优美的动作跳入水中。

我赶紧跑到船舷边，看见彼得鲁哈在河里，如戴了一顶大帽子似的顶着自己的包袱，不时晃动着脑袋，斜穿急流，往岸边的沙滩游去，岸上的矮树林被风吹弯了枝丫，向河水撒着黄灿灿的落叶，好像在招手欢迎他。

农民出身的水手们都说："他毕竟还是克制住了自己！"

我问道："他是不是疯了？"

②"怎么是发疯呢？不，他没有疯，他是在拯救自己的灵魂……"

彼得鲁哈已经游到了浅水的地方，他在没过他胸脯的河水里站住，回过头来，把包袱举过头顶，摇晃了几下，向水手们打招呼。

他们同样回应着说："再——见！"

有人担心地问道："他没身份证该怎么办啊？"

一个红头发、罗圈腿的水手十分高兴地告诉我：③"他在辛比尔斯克有个叔叔，他的叔叔不仅欺辱他，还霸占了他的全部财产，他发誓要杀掉他的叔叔，但是事到临头，他又心慈手软了，为了不犯罪，他强迫自己离开了。彼得鲁哈表面看上去像个猛兽，心地却

名师批注

①通过人物的细节刻画和环境的烘托，表现了彼得鲁哈在逃离之后的自由与欢快，他终于可以去做自己一直想做的事情了。

读书笔记

②你如何理解这句话呢？

名师批注

③借助别人之口还原真实的彼得鲁哈，这种插叙的方式让故事情节富有波折，人物形象更加立体丰满。

非常善良，他真是个好人……”

这个好人已经沿着一条窄小的沙滩路，往上游的方向走去，走进矮树林里，不见了。

这帮水手原来都是挺善良的小伙子，是我的同乡，是世世代代伏尔加河流域的居民。

①到晚上时，我觉得自己已经是他们当中的一分子了。但是好景不长，第二天，他们都用阴沉而不信任的目光看着我。

我顿时猜到，一定是魔鬼缠住了巴里诺夫的三寸不烂之舌，让这个好幻想的人对水手们讲了一些不恰当的话。

“你对他们胡说了没有？”

他笑着眯起那柔和的眼睛，窘迫地用手搔着后脑勺承认说：“嗯，只是说了几句无关紧要的话！”

“你真是！我早就警告过你别乱讲话！”

“我开始没想说，可是这个故事实在太有趣啦！那时我们本想打牌来着，不料牌被那个掌舵的人带走了，大家闲得无聊，于是我灵机一动……”

经过我的深究细问，原来巴里诺夫为着解闷，就编造了一个十分荒唐可笑的故事，故事的末尾说霍霍尔和我，就像古代的海盗威京人[117]一样凶猛，拿着斧头跟大群的农民互相砍杀，杀人如麻，血流成河。

对巴里诺夫生气是无济于事的——他头脑里的所谓现实全是虚幻的。

②记得过往有一天，我跟他一起去找活儿干，走累了便在山沟口的田地上休息，他满怀信心地、亲切地劝导我：“你应当去找称心如意的现实情况！你瞧，山沟对面，羊在吃草，牧羊犬在跑动，牧羊人在走来走去。这有什么意思？我们饥渴的心灵能从这得到什

名师批注

①水手们的前后态度变化，体现了人性中的弱点——自私与怯懦，这也是“我”逐渐失望的原因。

读书笔记

②此处的插叙有何作用？

117 威京人是8世纪末至11世纪出没于欧洲西海岸的北欧人，他们既经商又做海盗。

么满足呢？好兄弟！你只要一睁眼，看到的就是凶狠的人，这就是现实情况！仁慈的人在哪儿？仁慈的人咱们还想象不出来哪！”

船到了辛比尔斯克的时候，水手们很不客气地要我们离开船只上岸去。

“你们和我们在一起不合适！”他们说。

于是他们用小船把我们送到码头，我们上了岸，晒干了衣服，看看口袋里的钱只剩下三十七戈比了。

我们两人一块儿到小茶馆里去喝茶。

“以后我们该怎么办？”

巴里诺夫坚定不移地说：①“怎么办？当然是继续勇往直前！”

我们冒险做了一回“兔儿[118]”，搭上了一艘客船来到萨马拉。

在萨马拉，我们受雇去一艘驳船上干活，七天后我们一帆风顺地到达了里海海岸。

在那里，我们来到卡尔梅克人经营的一个肮脏的卡班库尔——巴依渔场，在一个不大的捕鱼合作社安顿下来。

名师批注

①在苦难之中，信心和乐观是最重要的，有时，往往某一句话就会给人带来无穷的力量，支撑着人们继续走下去。

名师赏析

伏尔加河继续流淌着，不知带走了多少波澜壮阔、悲喜交加的故事，人始终无法掌舵自己的命运，最终不得不随波逐流，但终有人觉醒，他们会为了自由不惜一切代价。故事的最后，仍然有形象鲜明的人物出场，此处的故事已然

118 俄国人把无票偷乘火车或轮船的人叫作“兔儿”。

收尾，彼处的故事正在上演。无论这座“社会大学”给了阿廖沙怎样的悲痛与记忆，最终都会化为他血液中的某种力量，推动着他展开崭新的生活……

积累与运用

· 好词 ·

蔓延　慵懒　炽热　吞噬　摩挲　呜咽　沟壑　不知所措　满腹牢骚

竭尽全力　狼狈不堪　烟雾弥漫　幸灾乐祸　精疲力竭　不屑一顾

面面相觑　忧心忡忡　酣然入梦　辗转反侧　凶神恶煞　龇牙咧嘴

· 佳句 ·

◆ 我忙着满地找塞子，可是水火无情，一道道火苗已经穿过板棚的木板墙，烧到棚顶上去了，火苗一个劲儿向里推移，房子发出一阵阵爆裂声，不知什么东西噼噼啪啪地发出一种仿佛嘲笑人的怪声。

◆ 我赶忙跑到楼梯口，团团浓烟扑面而来，一条条暗红色的火蛇沿着楼梯往上爬，下面的过道里传来嘎吱嘎吱的声音，好像有谁在用铁齿钢牙啃木头，十分恐怖。我一时手足无措。

◆ 我很愿意在我所敬爱的人面前显示一下身手，于是，我像发疯了一样，拼命地干，只希望他能多夸赞我几句。在滚滚浓烟中，我们心爱的书页，像鸽子似的，仍在空中飞舞。

◆ 我的两腿在发抖，两眼发黑，红色的烟雾正好把他们龇牙咧嘴的凶狠相貌映衬得更加狰狞，看着他们一张张胡子拉碴的大嘴，我真想冲过去把他们痛打一顿。

◆ 黎明的曙光把原本漆黑的河水染成了铅灰色，河岸上的景色一一展现在人们面前，包括枯黄的灌木丛，好像长着斑驳锈块的松树树干和深绿色的松树枝叶，一排排木屋以及石雕般的农民的身影。

· 美文仿写 ·

这是杂货铺的大火被扑灭后的惨痛场景，灾难过后的“平静”最令人难受。你是否也看到过类似的场景？请你仿照文段写一写吧！

在我们的杂货铺那儿的火场上，一堆金黄色的炭火还没有完全熄灭，中间是一个炉子，缕缕蓝色的烟雾从完好无损的烟囱里冉冉升起，飘向炽热的空中。烧红了的铁床架子像蜘蛛的脚似的矗立着。那些烧焦了的门框柱子好像是黑衣卫兵，守卫在火堆旁边，其中一个还戴着一顶红色的炭火帽，周身闪烁着如公鸡羽毛般的熠熠火光。

第七章 检测卷

（共20分）

一、填空题。（每空1分，共10分）

1 得知着火后，罗马斯命令 ________ 把油桶滚出来，让阿克西尼娅快到店铺里去把 _____ 搬出来。

2 在沟壑附近的烟雾里，飞舞着的白色纸片是 ________________。

3 阿廖沙和罗马斯再见面是 ________ 年后的事了。那时候，正逢罗马斯为了“民权派”的案件在雅库特边疆省又度过了 _____ 年流放生活归来。

4 阿廖沙决定和 ____________ 一起离开乡村，在船上遇到了 __________，他是个全身长毛的傻大个儿，脑袋特别大，蓄着一头乱发。

5 拖轮一共拽着 _____ 艘驳船，从下诺夫哥罗德的市场起航，到阿斯特拉罕去。

6 __________ 交叉着两只手，紧紧抱住自己的肩膀，嘶哑地请求其他人放他离开。

7 阿廖沙和巴里诺夫来到卡尔梅克人经营的一个肮脏的卡班库尔——__________，在一个不大的捕鱼合作社安顿下来。

二、简答题。（每题5分，共10分）

1 阿廖沙从大火中顺利逃生后，为什么会“暗自庆幸”呢？

2 为什么阿廖沙没有追随罗马斯离开？

参考答案

一、填空题

1 阿廖沙；货物。

2 罗马斯心爱的书。

3 十五；十。

4 巴里诺夫；船舵手。

5 四。

6 彼得鲁哈。

7 巴依渔场。

二、简答题

1 因为阿廖沙认为自己终于从火中逃生了，而且受到霍霍尔的关切。一股令人振奋的喜悦涌上他的心头，这是一股强大而有力的情感！

2 因为在这场大火中，阿廖沙意识到了农民的劣根性，他心中有无法遏制的强烈恼怒。那一张张粗野、残暴、恶狠狠、凶神恶煞般的嘴脸在阿廖沙的面前闪现，耳畔一直回想起那句令人伤心至极的话："用砖头从远处砸他们！"阿廖沙无法跟这些人融合在一起，不可能在这些人中间长久地生活下去。

童年

Детство

高尔基四部曲

[苏]高尔基——著

吴兴勇——译

北方联合出版传媒（集团）股份有限公司
辽宁少年儿童出版社
沈阳

译者手稿

YIZHESHOUGAO

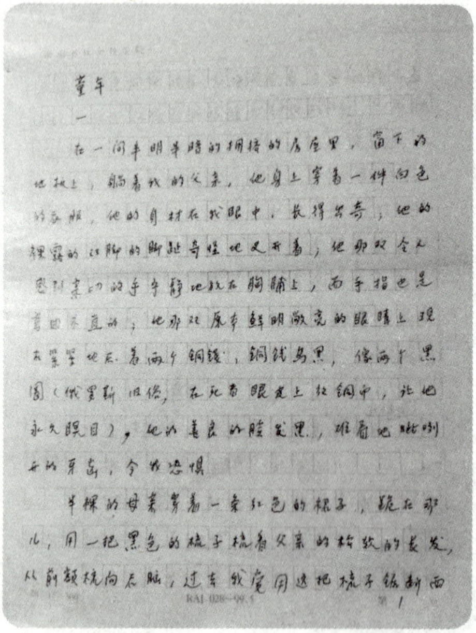

童年

一

在一间半明半暗的拥挤的房屋里，窗下的地板上，躺着我的父亲，他身上穿着一件白色的长衣服，他的身材在我眼中，长得出奇；他的裸露的双脚的脚趾奇怪地叉开着；他那双令人感到亲切的手平静地放在胸脯上，而手指也是弯曲不直的；他那双原本鲜明敞亮的眼睛上现在紧紧地压着两个铜钱，铜钱乌黑，像两个黑圈（俄罗斯旧俗，在死者眼皮上放铜币，让他永久瞑目），他的善良的脸发黑，难看地龇咧开的牙齿，令我恐惧

半裸的母亲穿着一条红色的裙子，跪在那儿，用一把黑色的梳子梳着父亲的柔软的长发，从前额梳向后脑，过去我常用这把梳子锯断西

RAI 028—99.5 第 1

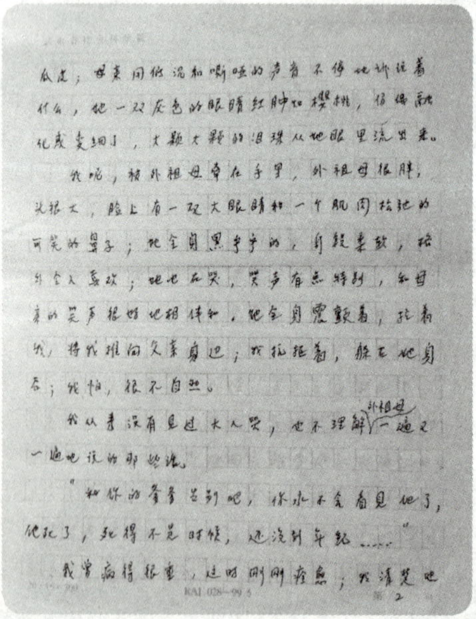

瓜皮；母亲用低沉和嘶哑的声音不停地诉说着什么，她一双灰色的眼睛红肿如樱桃，仿佛融化成变细了，大颗大颗的泪珠从她眼里流出来。

我呢，被外祖母拿在手里，外祖母很胖，头很大，脸上有一双大眼睛和一个肌肉松弛的可笑的鼻子；她全身黑乎乎的，身段柔软，格外令人喜欢；她也在哭，哭声有点特别，和母亲的哭声很好地相伴和，她全身震颤着，拉着我，将我推向父亲身边；我抗拒着，躲在她身后；我怕，很不自然。

我从来没有见过大人哭，也不理解外祖母一遍又一遍地说的那些话。

"和你的爸爸告别吧，你永不会看见他了，他死了，死得不是时候，还没到年纪……"

我常病得很重，这时刚刚痊愈；我清楚地

RAI 028—99.5 第 2

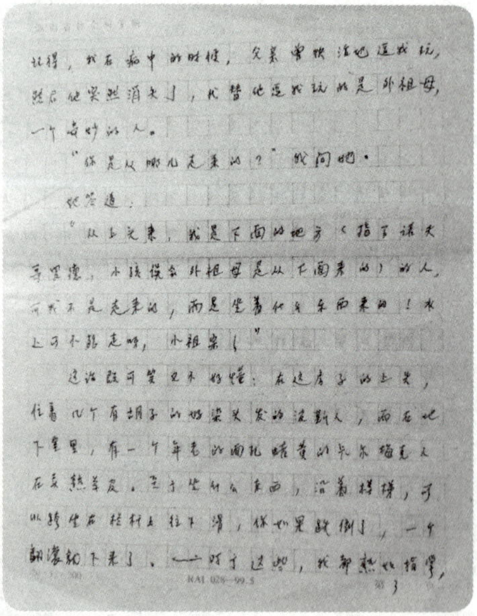

记得，我在病中的时候，父亲常快活地逗我玩，然后他突然消失了，代替他逗我玩的是外祖母，一个奇怪的人。

"你是从哪儿走来的？"我问她。

她答道：

"从上边来，我是下面的地方（指下诺夫哥罗德，小孩误会外祖母是从下面来的）的人，可我不是走来的，而是坐着什么东西来的！水上可不能走呀，小祖宗！"

这话既可笑又不好懂：在这房子的上头，住着几个有胡子的染了头发的波斯人，而在地下室里，有一个年老的面孔蜡黄的卡尔梅克人在卖熟羊皮。至于坐什么东西，沿着楼梯，可以骑坐在栏杆上往下滑，你如果跌倒了，一个翻滚就下来了。——对于这些，我都熟知指掌，

RAI 028—99.5 第 3

总序 / PREFACE

“太阳底下无新事”，穿越时代的洪流，与历史对话，你会发现共鸣是如此强烈。那些触目惊心、荒诞不经的情节与现实有着巧妙的呼应；那些人性的贪婪、弱点和不足，哪怕历经百年都不曾改变。读一本书，不仅仅是在和书中人物对话，更是在与自己对话，与历史和现实对话。

这套高尔基作品批注丛书，精选了高尔基“自传体三部曲”《童年》《在人间》《我的大学》和其最优秀的作品之一《母亲》，用名师引导阅读的方式将高尔基对于自我成长历程的回顾和怀念展现出来，也借此将那一声声深沉的呐喊延续下去，使其在新一代年轻人的胸中荡漾。

总的来说，这套丛书有以下几个特点：

一、全方位品读，让理解更深刻

翻开这套丛书，你会发现“多角度品评文章”的奥妙所在。所谓多角度，就是可以做到从不同的层面深读一部作品。例如，可以从品读情节、人物、语言、主题等角度加以分析，进而真正做到把一本书读“厚”。

在每一章节的开头都设置了“名师导读”栏目，用简洁凝练的语言概括本章主要内容，提出具体的问题，让读者带着问题去阅读并寻找答案，增添阅读时的趣味性和思考力。与之相呼应的是，每一章节的结尾也设置了“名师赏析”栏目，呼应开头，总结本章内容，深化主题，为开启下一章做好铺垫。

章前与章尾栏目的设置，浑然一体，能够让读者在阅读中更深刻地理解人物的选择与无奈，增强共鸣。

此外，因为文化的差异及时代背景的不同，我们在阅读高尔基的作品时是存在一些认知障碍的，这样就容易形成囫囵吞枣、走马观花式的阅读，并不能很好地理解书中的内容，更不能扩展知识，丰富自己的精神世界。

因此，译者在对本套丛书的解读中，还加入了对时代背景、相关人物或关联事件的注释，这样既有效地补充了情节，又能够使读者更容易理解全书的创作背景和人物的处境。

二、专业化批注，让内容更明晰

“名师批注”栏目是对文本的二次解读。本套名师导读丛书所批注的内容具有极强的专业性，从专业的角度出发，对原文做了有效的解读与补充，既是对原作者的敬意，也是对读者的负责。

本书的批注角度丰富深刻。译为中文时，保留了原作的韵味，也彰显了译者深厚的文化功底，因此，本套丛书的语言亮点颇丰。大量的环境描写和人物细节描写，都值得我们一起细细品读。当我们读到作者所描绘的俄国乡村与城市的风光时，仿佛眼前真的浮现出百年前它们的样子。跟随“名师批注”栏目的引导，品评文本内容，将自己的感受和原文碰撞，能使你的心灵激荡。

“名师批注”栏目除了角度丰富深刻以外，还特别注意语言的严谨性。尤其是对于独属于俄国文化的部分，是名师通过查阅大量的资料、寻求译者的帮助等方法，准确、无误地批注出来的，这让跨越国家、民族的文字更有温度和力量。

同时，“名师批注”栏目还着重点评文章中修辞手法的运用。对文章中作者的写作手法、修辞手法和人物之间的情感也进行了点评，使读者能更深刻地领悟全文的主旨思想。此外，我们还设置了

“读书笔记”栏目，由导师引出问题，促使读者开拓思维，通过这样的精读方式使读者理解全文。

三、互动式设计，让文字会说话

除了“名师批注”栏目，我们还运用了交互式的设计，通过无声的交流，在本书的内容上设置了能力提升板块，渗透着笔者作为一线名师对思维培养的关注。

“积累与运用”栏目分为“好词”“佳句”“美文仿写”三部分，其中“好词”“佳句”是从每一章节中总结、提炼出可以用来积累、学习的部分，使读者在阅读整本书的同时做到关注细节与基础。“美文仿写”板块的设计初衷是引导读者向作家学习写作，向作品学习方法，进而迁移应用到自己的练笔与习作中。

读一本书时，除了要得到思想的洗礼外，还要在阅读习作的应用上得到提升，这样才能使这本书做到真正“为我所用”。

另外，本书设置了与每一章节对应的练习题。它能够帮助读者做到自主检测并直接体现阅读效果，而且试题设计涵盖了主观题和客观题两部分，真正让读者得到互动式的阅读体验，与作者进行思想对话。

四、兼具人文性，让情感更丰富

这套书绝不仅仅是工具书，它是一套有温度的智慧结晶。它不仅包含了原作者对人生的深刻体悟，还有译者和编写者与之交织的情感共鸣。我们对这套书的感受也许不尽相同，却因为追求的一致和表达上的差异而让这套书更加熠熠生辉。

在整本书的编写过程中，我们对内容的极致要求，正是人文性的集中体现。那些书中鲜活的人物，他们或饱含激情，或沉闷压抑，或得过且过……可谓是众生百态，包罗万象。如果仅仅只看到人物的表面，不去深究其行为背后暗含的主旨和主题，那么不过只是给

原作狗尾续貂罢了。

我们常常期望，在翻开一本书之后，能够用广阔的想象去参与他们的生活、体味他们的感情。而要达到这样的效果，就必须将自己的情感赋予其中，让冰冷的文字变得灵动起来，散发着激情与魅力，感受那个时代特定的温情。因此，不仅是专业批注的文字，还有其他流淌于这本书中的所有文字，都是一种脉动，一种与之契合的情感共鸣，希望它们可以深深地打动你。

心有所感，笔墨追录。写作无范式，批注亦如此。本书在“名师导读”栏目所展示的仅仅为“一家之言”，若因此可以启发读者的感悟，也算是起到了小小的作用。站在巨人的肩膀上，我们可以看得更远，但也别忘了，脚下的路同样需要独自走过，这样才能抵达远方。

试着想一想，你通过这套书触摸到了高尔基文字中的哪些动情点？有些问题，我们可以从书中找到答案，但更多的答案，需要我们在生活中寻找。

编者

译 序

这是苏联作家高尔基写的第一部自传体小说，顾名思义，作家写的是他的不幸的童年遭遇，以及他小时候在当时俄国社会所闻所见的种种黑暗状况和人性中的变态。作者笔触的深入刻画和真实描写，令现代读者读后依然感慨万分、叹息不已。

本书主人公阿列克塞·佩什科夫（爱称阿廖沙，以下只用他的爱称），是作者的化身，但他已成为文学史上的一个典型人物，从而独立于作者，在他身上，反映出千百万不幸儿童的悲惨的童年。

阿廖沙是一个孤儿，本书一开头就写他父亲的死亡，当时他只有三岁，全书写到他母亲去世截止，当时他也只有十一岁。他的童年目睹了自己的双亲相继死亡，他心中一直充满悲苦，且无处倾诉，在各种残酷的逆境中磨炼出倔强的好反抗的性格。因为得不到温暖，在这个孤儿的眼中，社会是畸形的，怪异的，十分黑暗的。

人类社会本就是个十分复杂的群体，其中有快乐与忧愁、欢喜和悲苦，幸福与不幸、平安与灾祸、富贵与贫贱……互相掺杂其中，千奇百怪，令人目不暇接，眼花缭乱。在富贵者眼中，这世界无比美丽和舒适，在贫贱者眼中，这世界无比丑恶和艰苦。《傲慢与偏见》《安娜·卡列尼娜》《红楼梦》等名著写的是前一个世界和富贵者的感受，即使富贵好比幻影，很难持久。《童年》这部杰作便是描绘了古今作家极少涉及的另一个世界，真实地再现了一个不幸孤儿的感受。而后一个世界比前一个更加常见、明显、真实、普通和持久。

所以，本书讲的是一个严酷的故事，由一个心地善良的追求真实的天才陈述。作者讲的重点不是关于自己，而是关于那个给他带来了很可怕的印象的事——密集又窒息的恶人圈子里的怪事。

阿廖沙的父亲死后，外祖母将他和他的母亲接到下诺夫哥罗德（简称下城）的外祖父卡希林家中，那是一个染布作坊。外祖父一度暴富，当过下城染坊行业的行会会长，可这时，因一家人同床异梦，狗咬狗般地你争我夺，恶积祸盈，外祖父的家业急剧衰落，濒临破产。

协同外祖父经营染坊的有阿廖沙的两个舅舅——雅科夫和米哈伊尔，染坊里有两名工人——干练的学徒工齐加诺克和年老的师傅格里戈里。两个舅舅常常弄些恶作剧欺负视力不好的格里戈里，其实格里戈里曾经是外祖父的合伙人，两人一起劳心劳力创办了这家染坊。恶事做尽的雅科夫舅舅将妻子纳塔利娅虐待致死之后良心发现，制作了一个极笨重的十字架，声言要亲自将那十字架扛到妻子坟头去，可临到那一天，却强令身体单薄的齐加诺克扛十字架，结果笨重的大十字架将齐加诺克压死了。外祖父本来打算和两个儿子分家后，靠能干、忠实的齐加诺克重振作坊，齐加诺克的惨死使他计划落空。

至于两个舅舅之间更是像恶狼一样争斗不已，动不动就拳脚相向，大打出手，其根源是为了多分些家产。对于老父亲卡希林，两兄弟毫不孝敬，只想夺取他的全部财产，外祖父总要给自己夫妇留一点儿资产维持老年生活，还需要照顾生活浪荡的女儿和她的儿子阿廖沙，对两个儿子的要求不能全部答应。于是，米哈伊尔放火把父亲的作坊烧成灰烬，使父亲断了重振家业的雄心，只能把全部产业交给他们。外祖父在作坊被烧后，仍紧紧抓住手头剩下的资产不放，结果米哈伊尔多次带人来攻打父亲的宅院，父子间兵刃相向，一方严密防守，一方择机进攻，一场恶斗难分难解。

两位舅舅对待他们的姐妹、阿廖沙的母亲瓦尔瓦拉同样十分冷酷。瓦尔瓦拉和阿廖沙的父亲是自由恋爱，但外祖父和两个舅舅坚决反对他们成婚，因为阿廖沙的父亲马克西姆是个一文不名的手艺人。

外祖父自认为是有钱人，要把女儿嫁给贵族老爷，他领着两个儿子坐上四轮马车，要把瓦尔瓦拉追回来，让她不能和马克西姆在教堂举行婚礼，但外祖母将连接车辕和项圈的轭索从下面割开一个口子，导致翻车，使得他们赶到教堂时，瓦尔瓦拉和马克西姆已经举行完婚礼了。

外祖父不准女儿再入家门，等瓦尔瓦拉生下阿廖沙后，才让他们一家回来居住。

可是两个舅舅不喜欢阿廖沙的父亲，意图将他杀害，他们将阿廖沙的父亲推入一个结冰的池塘中，想把他冻死。但阿廖沙的父亲挣扎着爬了出来并向警察局隐瞒事情的真相。他不想再待在外祖父家中，于是和母亲带着阿廖沙前往阿斯特拉罕谋生去了，结果，阿廖沙的父亲死在那儿，本书的故事就是从这件事开始的。

所以，作者在书中说：外祖父的房子里充满了因各方面的互相敌对而形成的炽烈的毒雾，这种毒雾侵害着成年人，甚至将孩子们也卷入激烈的争斗中。

这个家庭的主角——外祖父和两个舅舅都能独自开染坊，属于小资产者，并非社会最底层靠行乞为生的人。但这个家庭不是一个文明礼教之家，而是个愚人组成的野蛮部落，没有脱离原始人的弱肉强食状态，在作家笔下，对这个家的黑暗生活的残酷内容描写得淋漓尽致。

小说的地域背景是伏尔加河畔的一座商业繁荣的城市，水路交通枢纽——下诺夫哥罗德。伏尔加河是俄罗斯民族的母亲河，它孕育了俄国，为其不断繁盛和向外扩张打下了基础。但在古代，这条河两岸居住着不少野蛮民族，当我们中国在两千多年前已是礼仪之邦的时候，这里还是披着兽皮的野蛮人的栖留地。事实证明，在我国黄河长江流域，今天的考古学家仍可发掘到许多文明古物（如兵马俑、三星堆），被评为世界八大奇迹，令世人震惊，可在伏尔加河流域，从未有过震惊世界的考古发现，为什么？主要因为伏尔加河流域在古代没有高度文明的人类存在过。

公元初年，被汉朝驱赶的北匈奴从东亚迁到伏尔加河流域，和芬兰的乌果尔人结合，成为匈人民族，在伏尔加河流域居住两百年后，匈人强大起来，攻破东哥特人的国家。受匈人驱赶，西哥特人、汪达尔人等蛮族人涌入罗马帝国境内，促使强盛达千年的西罗马国家崩溃灭亡。

中世纪时，蒙古国兴起于亚洲东部，以骑兵优势横扫中亚、西亚、东欧地区，蒙古人的铁蹄一直踏到了莫斯科，建立四大汗国，其在伏尔加河流域建立的国家名叫金帐汗国。

以斯拉夫人为主体的莫斯科公国是一个很晚才出现的小国家。十六世纪，它以莫斯科为中心向外扩张，终于灭掉金帐汗国，夺得伏尔加河流域，进而越过乌拉尔山，夺取西伯利亚（原为鲜卑人的活动领域），再扩张到我国的黑龙江以北地区。

所以，伏尔加河畔的俄罗斯人历史很短，又承袭了蒙古人的好斗习俗，要求他们具有西欧资产阶级的绅士风度是不可能的。而且，他们也不懂得中国汉唐时代的礼教。

十八世纪的俄国虽然经过了彼得大帝的改革振兴，但仍被西欧人视为落后野蛮的国家。俄国贵族鄙视俄语，以讲法语为荣，甚至养成了法语思维。十九世纪初期，俄国沙皇亚历山大一世依靠军事统帅库图佐夫打败强大的法国皇帝拿破仑，俄国一跃成为欧洲强国，引进西欧资本主义生产方式，经济有了发展，但仍受到封建农奴制的束缚。俄国沙皇亚历山大二世于 1861 年废除农奴制，解放全国贵族庄园中的农奴，使俄国成为欧洲的资本主义强国之一。

本书的时间跨度是从 1871 年 7 月到 1879 年 8 月。当时，资本主义经济制度在俄国已占支配地位。资本就是金钱，人与人的关系都以金钱作为基础，人们只认金钱，不认亲人，唯利是图，阴险狡诈，极度自私，个人的利益代表一切。阿廖沙看见的外祖父的家庭是当时俄国资本主义社会的缩影，他将其称为“残酷的黑暗的愚人家族”，一点儿也不为过。

在小阿廖沙眼里，外祖父是个恶毒的人，常常用他那双精明而锐利的眼睛跟踪着他，阿廖沙很怕他。并且，外祖父还对外祖母长期施暴。

当家庭关系建立在暴力的基础上，这个家庭自然会崩塌瓦解。到这部书的末尾，外祖父落得孤身一人，钱财耗尽，众叛亲离，连外祖母也和他分开吃饭。女儿死后，外祖父穷得无力养育阿廖沙，命令他到社会上去自谋生路。

在阿廖沙的眼中，他母亲瓦尔瓦拉是个严厉的女性，很少说话，打扮整齐，皮肤光滑，壮大得如一匹马，有残酷无情的体魄和一双力气大得可怕的手。但阿廖沙从她那儿得到的母爱很少。阿廖沙的父亲死后，母亲就把他丢弃在外祖母身边，自己在外厮混。

母亲私生活混乱，最终和收入不稳定的大学生马克西莫夫结婚。

阿廖沙深爱自己的母亲。他不愿母亲再婚，他很想对她说："不要出嫁，求求你，我将赚钱养活你。"但是他始终没有把这话说出来。母亲总是在他心头唤起许多对她的亲切的思念，然而任何时候他也不打算把这些思念吐露出来。

母亲再婚后，阿廖沙曾一度离开外祖父家，和母亲、继父住在一起，母亲希望家庭从此兴旺，就送阿廖沙上学；此时的她，和世间千百万母亲一样，对儿子的未来充满期望，要他念完初级小学，上中学，然后成为大学生，再拿到学位，成为博士……她给儿子设想一层层阶梯，期望他平步青云、前程万里。

但是阿廖沙不愿意走上这条普通人上升的平庸的道路，而且由于家庭的没落和变故，他一步也走不成。在学校里由于穿着不好，老师瞧不起他，和他为难，他也想出一些恶作剧报复老师，差点被开除。后来，他因偷了继父的钱买香肠和书籍与同学们分享，挨了母亲的骂，这件事传到学校里，他羞于见同学们，就再也不上学了。

随即，他因和继父不和，回到外祖父家中捡破烂。母亲也因病回归娘家，很快病逝，留给阿廖沙的只有一条路——到社会上去自谋生活，和上学念书的事根本无缘了。

如果我们将大作家高尔基和阿廖沙看作一个人（当然不能这样看，高尔基自身的经历只是阿廖沙的原型），那么，他读书这么少，日后却成为大作家，从投入—产出这项经济规律来看，他是大大获利的。这与现代的家长们的投入—产出（花费大量金钱，效果微乎其微）形成鲜明的对比，这是否能启发大家深思呢？

许多大天才，如大音乐家贝多芬、大画家毕加索等，都没有去学校接受过正规的学习，却有举世瞩目的伟大成就。这是因为他们一生最有创作能力的阶段（从十岁到二十岁）没有被学校里的教条主义的教学方式禁锢，才能够获得自由发展和创作的机会。高尔基一生经历也便验证了这个道理。希望这部作品能给广大家长、老师和同学以启迪，告诉他们读书的真正目的是什么。这或许也是本书的一项积极意义吧。

吴兴勇

目　录

c o n t e n t s

目录

contents

第一章

名师导读

有时候，命运之轮一旦开始转动，人便成了无力的木偶，不安于现状，但又无法改变现状。对于“我”来说，年少丧父，小弟夭折，童年时期家庭发生的重大变故使“我”失去了温情。此时，有一束光照进“我”的生活，灰暗的人生中也有了些许色彩，但这样的光足够温暖人心吗？

①在一间半明半暗的拥挤的房间里，窗下的地板上，躺着我的父亲，他身上穿着一件白色的衣服，他的身材在我眼中，长得出奇；他裸露的双脚的脚趾奇怪地叉开着；那双令人感到亲切的手一动不动地放在胸脯上，而手指也是弯曲不直的；两个铜币紧紧地压在那双原本鲜明敞亮的眼睛上，铜币乌黑，像两个黑圈（俄罗斯旧俗，在死者眼皮上放铜币，让他永久瞑目），他那张善良的脸此刻发黑，牙齿难看地龇咧开，令我恐惧。[1]

名师批注

①开篇用场景描写，交代了此时的环境和人物的处境，也拉开了故事的序幕。

半裸的母亲穿着一条红色的裙子，跪在那儿，用一把黑色的梳子梳着父亲松软的长发，从前额梳向后脑，之前我爱用这把梳子锯断西瓜皮。母亲用低沉和嘶哑的声音不停地诉说着什么，她一双灰色的眼睛红肿如樱桃，仿佛融化或变细了，大颗大颗的泪珠从她眼里流出来。

1 这里说的是作者自己的经历：高尔基三岁时，居住在伏尔加河下游的阿斯特拉罕城，当时城内正暴发霍乱，父亲看护幼小的孩子，不幸染病而亡。死时三十一岁。

我呢，手被外祖母牵着，外祖母很胖，头很大，脸上有一双大眼睛和一个肌肉松弛的可笑的鼻子；她全身黑乎乎的，身段柔软，令人格外喜欢；她也在哭，哭声有点儿特别，和母亲的哭声很好地相伴和。她全身震颤着，拉着我，将我推向父亲身边；我抗拒着，躲在她身后。我怕，此时的我显得很局促不安。我从来没有见过大人哭，也不理解外祖母一遍又一遍地说的那些话。

①"和你的父亲告别吧，你今后再也看不到他了，他死了。可怜的人，死得不是时候，还没到该走的年纪……"

我曾病得很重，这时刚刚痊愈。我清楚地记得，我在病中的时候，父亲曾快活地逗我玩，然后他突然消失了，代替他逗我玩的是外祖母，一个奇妙的人。

"你是从哪儿走来的？"我问她。

她答道："从上头来，我是下面的地方的人，可我不是走来的，而是坐着什么东西来的！水上可不能走呀，小祖宗！"[2]

②这话既可笑又不好懂。在这房子的上头，住着几个有胡子的喜欢染头发的波斯人，而在地下室里，有一个面孔年老蜡黄的卡尔梅克人在卖熟羊皮。至于坐什么东西下去，可以沿着楼梯，跨坐在栏杆上往下滑，你如果跌倒了，一个翻滚就下来了。对于这些，我都了如指掌，可这儿哪来的水呢？这整句话既不像真的，又滑稽，令人迷乱。

"我为什么是小祖宗？"

"因为你爱吵闹。"她亲切、快活、甜蜜蜜地说着。

③从初识的第一天起，我和她就很要好，此刻我巴望着她尽快领着我从这房间里走出去。

母亲使我感到压抑，她的泪水和哀号在我心中激起一种从未体验过的惊慌不安的感情。我第一次看见她这个样子——过往她总是非常严厉，很少说话。她打扮整齐，皮肤光滑，身材壮大得如一匹马；她有一个残酷无情的体魄和一双力气大得可怕的手。可现在呢，

名师批注

①解释了上文中"我"眼中父亲奇怪的样子，以及母亲悲痛哭泣的原因，父亲的死亡为整个家庭蒙上了悲伤哀戚的感情色彩。

读书笔记

②为什么"这话既可笑又不好懂"？

名师批注

③外祖母是"我"的光，是"我"的希望，在"我"身处困顿的境况时，"我"内心里面是多么渴望外祖母可以化解这一切。

2 据作家的经历，他外祖母是 1871 年夏天从下诺夫哥罗德来到阿斯特拉罕女儿家的。此句"从上头来"是指从伏尔加河上游来，外祖母住在下诺夫哥罗德，"下"字在俄语中为"尼日尼"，所以小孩听见外祖母说她是尼日尼人，误以为她是从下面来的。

她全身有点儿难看地肿胀起来，衣衫不整，头发蓬乱，似乎她整个人都撕裂、散开了。

平日，她的头发像青丝一样盖满整个头颅，外加一顶光鲜的大暖帽，可现在头发凌乱地披散开来，落在肩膀上，盖在脸上，其中有一半稍稍扎成一个发辫，这发辫晃动着，时不时触及长眠不醒的父亲的脸。

我在屋里已经站得不耐烦了，可她从不看我一眼。她只顾着替父亲梳头，呜呜地哭个不停，哽咽得喘不过气来。

①一些贫民汉子在门口探头张望，还有一个岗警，他气哼哼地叫喊道："快点儿抬走！"

窗子被一块深色的披巾遮住，②这块披巾被风吹得鼓起来，好似一张帆。记得有一次父亲领着我坐在一艘张着帆的小船上游玩，突然响起了雷声。父亲笑了起来，用膝盖紧紧夹住我，喊道："没关系，不要怕，卢卡[3]！"

③可此刻母亲忽然吃力地从地上急速站起，立刻又坐了下来，头发扫过地面，仰面躺在地上；她的两眼失神，脸庞苍白，她像父亲那样龇咧着牙齿，用可怖的声音说道："请打开门……阿列克塞——出去！"

外祖母推了我一把，要我出去，然后她又飞快地扑向门边，喊道："乡亲们啊，不要害怕，不要碰她，看在耶稣的面上，请你们走开吧！这不是霍乱，只是一次新的诞生来临了，上帝发发慈悲吧！"

我隐藏在一只大箱子后面的黑暗的角落里，从那儿看着母亲怎样在地板上弯曲蠕动，龇着牙齿呻吟着，而外祖母则在她周围匍匐着、爬行着，亲切而欢快地说着："以圣父和圣子的名义！忍着吧，瓦留沙（主人公母亲瓦尔瓦拉的爱称）！基督的圣母，保护我们……"

④我很害怕。她们母女俩在靠近父亲的地板上不停地忙碌着，不时触及其身体，呜咽着、喊叫着，可父亲一动不动，仿佛还在笑。这种情况延续了很久——两人在地板上不停忙碌：母亲不止一次地站起来，又落了下去；外祖母好似一个黑色的柔软的大球，一次

3 小葱头的意思。

读书笔记

①此处简单介绍的"贫民""岗警"等人物有何作用？

名师批注

②运用比喻的修辞手法，把披巾比作帆，生动形象地从"我"的角度写出了当时的环境，也引出了下文，"我"回忆父亲带着"我"在一艘张着帆的小船上游玩的场景。

名师批注

③通过描写母亲的神态和动作，写出了母亲即将分娩的紧张和痛苦。

名师批注

④新生儿的诞生本来是一桩喜事，但在这个特别的时期却是雪上加霜，这一切都是通过"我"的视角展现的。

又一次地从房间里滚出去又回来。后来，在黑暗中，一个婴孩突然啼哭起来。[4]

“感谢上帝吧！”外祖母说，“一个男孩！”

她点燃了蜡烛。

我或许在角落里睡着了——再多的事一点儿也记不起了。留在我的记忆中的第二个印迹是这样的：①下雨天，墓地的一个僻静的角落里，我站在一个满是黏泥的滑溜的土堆上，注视着一个土坑，人们将父亲的棺材向下缓慢地放入坑底；坑底有许多水，还有好几只青蛙——有两只还费力爬到了黄色的棺材盖上。[5]

名师批注

①父亲下葬的场景，对于幼小的“我”来说是不可磨灭的记忆，也是令人痛苦的一段回忆。

在墓穴旁站着的人有我、外祖母、一个全身淋湿的岗警，还有两个拿着铲子的脾气暴躁的粗汉。温暖的细雨像小玻璃珠子，不断地落在大家的身上。

“盖上土吧。”岗警说着，随即离开了。

外祖母哭了起来，用头巾的一角盖住脸。粗汉们弓着背，开始忙着将土铲入墓穴，土块扑通扑通地掉落入水中；青蛙们从棺材上跳下来，急忙扑向墓坑的四壁，土块又将它们击落入坑底。

“走吧，列尼亚[6]。”外祖母说，拉扯着我的肩膀，我挣脱了她的手，不想离开。

②“看你这个孩子，上帝呀。”外祖母叹着气说，不知是怨我，还是怨上帝。于是，她长久地站着，低着头。墓穴的盖土已经和地面齐平了，可她依然站在那儿。

读书笔记

②如何理解外祖母的这句话？

两个粗汉扬起铲子噼啪噼啪地拍紧盖土。

③骤然起了风，风驱赶着雨，将雨带走了。外祖母牵着我的手，领着我向远处的教堂走去，从许多黑色的十字架中间穿过。

名师批注

③风可以将雨带走，但是“我”的悲伤永远留下了。此时的环境描写，既烘托了人物的心情，又渲染了当时的气氛。

“你干吗不哭呢？”当走出墓园围墙后，她问我，“你也啼哭几声嘛！”

“我不想哭。”我说。

4 此处描写的是妇女生孩子的情况。根据作者自己的经历，他母亲是在1871年7月29日丈夫马克西姆死去的那天生下二儿子的。

5 据有关材料，高尔基的父亲是1871年7月30日在一个公墓里安葬的。

6 主人公阿列克塞的爱称。

“真的吗？不想哭，那就不应该啰。”她轻轻地说出这句话。

①这种情况也真有点儿离奇：我不常哭，并且只会为受委屈而哭，不为痛苦而哭。父亲总是笑我喜欢流泪，而妈妈则厉声地说：“不许哭！”

之后我们坐在一辆轻便敞篷马车上，沿着一条很宽的但十分肮脏的街道行进，两旁是暗红色的房屋。我问外祖母：“那些青蛙都没有爬出来吗？”

“对的，它们没有爬出来，”她答道，“上帝和它们在一起！”

无论父亲，或是母亲，都不曾像外祖母这样经常地——像亲戚一样亲切地提及上帝的名字。

过了好多天，我、外祖母和母亲登上一艘轮船上路了。在船上狭小的舱室里，②我的新出生的兄弟死了，躺在角落里的一张桌子上，周身白布缠绕，上面再用红色的带状物裹着。而我呢，则被安置在一些包袱和箱子的中间，那是一个很不舒服的地方，我的眼睛盯着一个窗子，这是一块凸面的圆形的玻璃，好像马的眼睛。在这块湿漉漉的玻璃后面，起泡沫的浑浊江水永无止境地流着。有时江水会猛扑船窗，舔着窗玻璃，我不由得赶紧地扑向地板。

“不要害怕。”外祖母说，用一双柔和的手轻轻地将我抱起，然后将我重新放在包袱上。

③水面上是一片灰蒙蒙的湿润的雾；远处现出一块模糊不清的陆地，但又消失在雾和水中间了。我周围一切东西都晃动着，只有母亲将一双手放在脑后，倚靠着墙壁，顽强地、一动不动地站着；她的脸是阴暗的、铁青的和失神的，一双眼睛紧紧地闭着；她所有时候都不言不语，全身显出另一种新的模样，连她的衣着对我来说也是陌生的了。

外祖母不止一次地温和地劝她：“瓦留沙（瓦尔瓦拉的爱称），你也吃点儿东西吧，稍微吃点儿，怎么样？”

她沉默着，一动不动。

④外祖母和我说话时轻言细语，和母亲说话时则声

名师批注

①平时父亲嘲笑“我”爱流眼泪，母亲让“我”不要哭，但此时外祖母一个劲儿地让“我”哭出来，这是多么离奇但又让人痛心的场景啊！

名师批注

②打击接踵而至，父亲的去世和弟弟的夭折，使“我”的母亲受到了沉重的打击，悲痛欲绝，失去了对生活的希望。

读书笔记

③请从环境描写的角度赏析这个句子。

名师批注

④通过对比，展现了童年时“我”对外祖母和母亲的不同印象，塑造了一个和蔼可亲、温柔善良的外祖母形象。

音较大，但有点儿谨慎和胆怯的意味，而且说得很少。我感觉她怕母亲，我也能理解，这使我和外祖母的关系亲密起来。

“萨拉托夫[7]，”不料母亲声音洪亮地、气急地说道，“海员在哪儿？”

眼下她说的这几个词奇怪且陌生：萨拉托夫、海员？

一个身材魁梧、头发灰白的人走了进来，穿着蓝色衣服，拿来了一个小箱子。

外祖母接过箱子后，将弟弟的遗体放在里面，让其平躺着，然后伸出手臂捧起箱子往舱门走去，①但是她太胖了，无法通过船舱狭窄的小门，只有侧着身才行，于是在小门前面可笑地进退两难。

“哎，妈妈呀。”母亲喊道，于是从她手中拿过小棺材，接着她们俩都不见了。我留在舱室里，望着这个穿蓝衣的男人。

“小弟弟亡故了，你心里难过不？”他俯下身来对我说。

“你是谁？”

“一个海员。”

“那萨拉托夫又是谁？”

“是座城市。你从窗子往外瞧，城市就在那儿！”

②窗外有一片陆地在游动着，黑乎乎的，陡峭的，它冒着雾气，像一大块刚刚从大圆面包上切下来的面包片那样冒气。

“外祖母上哪儿去了？”

“埋葬小外孙子去了。”

“要把他埋入土中吗？”

“当然埋入土中嘛，那还能怎样？”

我向海员讲述，当埋葬父亲时，人们怎样将活青蛙也埋入土中。他将我抱在手里，使我紧贴着他的身子，吻着我的脸颊。

“哎呀，小弟弟，你还什么事都不懂啊！”他说，

读书笔记

①这个场景真的可笑吗？

名师批注

②运用比喻的修辞手法，把远处的陆地比作一大块刚切下来的面包片，展现了“我”内心的空虚与孤独。

---

7 俄罗斯伏尔加河下游一港口城市，铁路枢纽，1780 年设市，现为萨拉托夫州首府。这里是说萨拉托夫到了，可以上岸埋葬小孩了。

"你不应当可怜青蛙，上帝和它们在一起！多怜惜你母亲吧——悲痛会毁了她的！"

有声音在我们头上呜呜地响了起来，似在吼叫着。我知道，这些声音是轮船发出来的，①所以我并不惊恐，但那海员急忙将我放在地板上，一边向外跑，一边对我说："我有事，得赶紧走了！"

读书笔记

①为什么此时的"我"并不惊恐？

我也想往外跑。我走到门边，半明半暗的夹缝似的过道里空无一人，离门不远处的舷梯的梯级上镶嵌着的铜踏板闪闪发光。我向上看去，只见人们都将背包和包袱拿在手上。很明显，大家都离开了轮船，这意味着我也必须离开。但是，当我混在一群男人中间的时候，推搡间，我被挤到了轮船的船舷旁边，大家开始对着我喊叫："这是谁家的孩子？孩子，你是谁家的？"

"我不知道。"②人们不停地将我推来推去，摇晃着我的身体，搜索我身上有什么东西。终于，那个头发灰白的海员来了，他一把抓住了我，向他们解释道："这个是阿斯特拉罕[8]的小孩，是从船舱里跑出来的。"

名师批注

②和海员聊天的"我"是天真而快乐的，但经历这场混乱以后，恐惧又渐渐袭来，"我"的生活似乎并不是平静的。

他抱着我快步进入舱室，把我塞在包袱和行李当中，离开时用手指指着我，威胁道："你再乱跑的话，我会给你点儿厉害瞧瞧！"

头上的喧嚣声渐渐静寂了。轮船依然没有动，也没有沿着水面发出轰隆轰隆的响声。③船舱的窗子被一个不知是什么样的湿淋淋的壁垒遮住，使我看不见外面。天黑了，我感到气闷，这些包袱似乎在膨胀，挤压着我，使我全身都不好受。难道，我会永远一个人被遗留在这艘空荡荡的轮船上？

名师批注

③船舱里压抑而沉闷的环境使年幼的"我"感到了孤独和无助，"我"害怕被母亲抛弃，内心充满了恐惧。

我走向舱门，它关得死死的，无法打开，舱门上的铜把手也无法扭动。我顺手拿起一个牛奶瓶，用上吃奶的力气朝那把手打去，奶瓶破碎了，牛奶溅了我一裤子，流进了我的靴子里。

我因未能成功逃出而伤心至极，身子无力地倒在包袱上，低声哭泣起来，在泪水洗面中，我睡熟了。

---

8 俄罗斯城市，阿斯特拉罕州行政中心，位于伏尔加河三角洲，在里海附近。

当我醒来时，轮船重新发出轰隆轰隆的响声，终于开动了，①船舱的窗子发出的光，像太阳一样明亮。外祖母坐在我身旁梳头，皱起眉头，嘴里叽叽咕咕地说着什么。她的头发奇多，且十分浓密，盖满她的肩膀、胸部、膝盖，一直落到地板上，黑油油的，泛出蓝色的光泽。她先用一只手从地上托起头发，让其悬空，再将稀齿的木梳子费力地插入一绺浓密的头发中梳理。她撇着嘴唇似在表示着不满，眼睛里似乎蕴含着怒气，而这张围在大量头发中的脸却是很小的，可笑的。

今天她显得很凶恶，但当我问她为什么她有这么长的头发时，她用昨天那样温和、轻柔的声音说："看来，这是上帝给我的惩罚——你去好好梳理它吧，该死的头发！从少年时代起我就因这些鬏毛一直受赞美，到了老年我诅咒它！你再睡一会儿吧，还早呢，太阳刚刚驱散黑暗升起……"

"我实在不想睡了！"

"是吗，那就不睡吧。"她立刻同意了，一面编织发辫，一面看着沙发上伸直身子仰面躺着的母亲。

②"昨晚你是怎样将奶瓶打破的，悄悄地对我说！"她说话时，吐出的是比唱歌还好听的话语，这些话语轻松地交织在我的记忆中，好似鲜花，一簇簇亲切的明亮的艳丽的花。

当她微笑时，她的樱桃般的黑瞳孔变大变宽了，放射出无法形容的令人欣慰的光芒，笑容让她显露出洁白又坚固的牙齿。尽管在两颊的黑色的皮肤上有诸多的皱纹，但她整张脸还是年轻的、明亮的。不过给这张脸造成很大损害的是那个鼓起鼻翼、尖端呈红色的肌肉松弛的鼻子——她常用一个镶银的黑色鼻烟壶嗅鼻烟。③她虽然皮肤黝黑，但内在散发着永不熄灭的欢快且温柔的光芒。她有点儿驼背，甚至身子是佝偻的，身材很胖，但动作轻柔而灵活，仿佛一只大母猫——她身体是那样柔软，真像那种可爱的动物。

遇到她之前，④我仿佛在黑暗中沉睡，是她的到来唤醒了我，引领我走向光明。她在我全身周围缠上无穷无尽的线，把所有这些线编织成一个五光十色的花

名师批注

①船舱的窗子发出的光，肯定不会像太阳一样明亮，但此时"我"看到的明亮的光线，正是心中的那一丝希望，也是外祖母给"我"带来的安全感。

名师批注

②生活化的询问是外祖母对"我"简单而又直接的爱，她不问"我"害不害怕，只问"我"怎样将奶瓶打破的，这是一个长者对晚辈的关爱与抚慰。

名师批注

③通过描写外祖母的外貌，可以看出她是一个普通的妇人，但她内心是欢快的、温良的，也一直给"我"力量，给"我"希望，让"我"前进。

名师批注

④这是"我"对外祖母最真挚而热烈的表白，她确实如一道光，引领"我"走向光明，让"我"阴沉昏暗的生活有了色彩。

边，她一下子就成了我整个生活中的朋友，是最接近我的心灵、最能理解我、最宝贵我的人。这是因为她对世界有一种无私的博爱，这种博爱精神充实我的心灵，它不断供给坚强的力量，使人能应对艰难的生活。

四十年前轮船的航速很慢，我们坐船很久才抵达下诺夫哥罗德，我清楚地记得这些充满美感的最初的日子。

美好的天气保持稳定，很久没变，从早晨到傍晚，我和外祖母都能登上甲板，在明朗的天空下，在镀上金黄色的秋天里，欣赏锦绣织成的伏尔加河[9]沿岸的美景。这艘浅红褐色的轮船似乎一点儿也不着急赶路，它懒洋洋地，用它的外轮片发出很大的轰隆隆的响声，沿着有点儿灰的蓝色水面逆流行驶。船尾的地方有一条长长的拖缆，拖缆上系着一条驳船。①驳船是灰色的，好像一条潮虫。太阳在伏尔加河上不知不觉地移动着；每过一个小时，周围就会换一幅全新的景色，一切都在改变着；青的山好似大地的华丽外衣上松软的皱褶，屹立在两岸的城市和乡镇，远远望去好似蜜糖饼干。秋天的金黄色的树叶在河面漂荡。

母亲很少来到甲板上，她独自待着，不和我们在一起。她总是沉默着。她的硕大而匀称的身躯，坚实而铁色的面孔，由浅色头发编成的发辫形成了沉重的冠冕——这一切使她的整个人显得强壮而坚实，②现在我回忆起她时，仿佛是通过一层雾和透明的云去看她的，从云雾中显露出一双直率大胆的灰色的眼睛，眼神是疏远而冷漠的，眼睛很大，和外祖母的眼睛一模一样。有一次她严肃地说："人们笑话您哪，妈妈！"

③"上帝和他们在一起！"外祖母若无其事地回答，"让他们笑吧，祝他们身体康健，无病无灾！"

我记得，当下诺夫哥罗德出现在眼前时，外祖母显现出孩子般的欢乐。她牵着我的手，将我推到船舷边，呼喊道："看吧，看吧，多么好的景色呀！这就是它，

名师批注

①多么美好的景致呀！通过细致的环境描写，刻画了一幅动人的秋景图，色彩绚丽，撩人心弦。这是"我"童年时期难得的美好的回忆，值得被深深记住。

名师批注

②母亲的眼睛虽然和外祖母的一模一样，但眼神是不同的，外祖母的眼神是真挚而热烈的，母亲的眼神是疏远而冷漠的，这也体现了两人不同的性格特点。

读书笔记

③你如何理解外祖母的态度？

---

9 欧洲最大的河流，主要位于俄罗斯境内，是俄罗斯内河航运干道。它发源于东欧平原西部的瓦尔代丘陵中的湖沼间，注入里海。在伏尔加河流域居住有 6450 万人，约占俄罗斯人口的 43%。

上帝呀，就是下诺夫哥罗德！它正是这个样子的，上帝呀！这就是教堂，你看吧，仿佛在飞哪！”

她央求母亲也来看风景，见母亲无动于衷，顿时急得几乎要哭了。

“瓦留沙，来看啊，也许有看头，好吗？试着看一下吧，要知道你早就忘记这地方了！来开心一下吧！”

①母亲阴郁地微笑着。

当轮船停靠在一个美丽的城市对面时，河道中间已经拥塞了许多船只，数百个尖头的桅杆林立。一只载着许多人的大舢板船驶近轮船的船舷，船夫用钩杆钩住放下来的舷梯，于是，人们一个接一个地从舢板船上爬上舷梯，升到了甲板上。抢先走在所有人前面的是一个个子不高、干瘦的老头，穿着黑色的长大衣，蓄着像黄金一样灿烂的红褐色大胡子，长着鹰钩鼻和一双碧绿的眼睛。

“爸爸！”母亲用沉厚的嗓音大声叫道，扑倒在这老头的怀里，而这老头一把抓住她的头，用他那双细小的红色的手抚摸着她的脖子，尖声喊着、叫着：“你现在怎么样，傻孩子？好吧！眼下明白了就好……唉，你们啊……”

外祖母好像螺旋一样转来转去，以同样的方式一下子就拥抱和亲吻了所有的人，她将我推到人们面前，急急忙忙地对我说着：②“喂，快一点儿吧！这是米哈伊尔舅舅，这是雅科夫舅舅……舅妈纳塔利娅，这是两个表兄弟，两个都叫萨沙，还有表姐卡捷琳娜，这是我们的家族，人不少呀！”[10]

外祖父对她说：“身体好吗，亲爱的？”

他们互相吻了三次。

③外祖父把我从密集的人堆中拉出来，一面揪住我的头，一面问道：“你这副样子，究竟是谁的孩子呀？”

“我是阿斯特拉罕的小孩，刚从船舱里出来的。”

名师批注

①母亲矛盾的神情，为下文埋下了伏笔。美丽的景色令人痴迷，但是痛苦的回忆也在慢慢地涌现，直到被这种情绪吞噬。

名师批注

②家中成员悉数登场，幼小的“我”似乎无法融入这个庞大的家族，一种恐惧和压抑渐渐地袭来。

读书笔记

③如何理解外祖父对“我”的态度？

---

10 据历史资料记载，作家高尔基的确有两个舅舅：米哈伊尔·卡希林（1832—1909）和雅科夫·卡希林（1839—1903），也的确有个表姐叫卡捷琳娜（1863—1938），她是米哈伊尔·卡希林和第一个老婆所生。

“他在说什么？”外祖父转向母亲问道，不等回答，就推开我，说道，“他那大颧骨，多像他父亲啊……走，下到舢板船去吧！”

①我们坐舢板船登岸，一群人向一座山走去，沿着一条大圆石铺成的斜坡路，路的两边是高高的护坡，护坡上覆盖着枯萎的遭到践踏的青草。

外祖父和母亲走在所有人的前头。他的头和她的肩膀齐平，为了赶上她，他用细碎的步子快速走着，而她呢，从上往下看着他，仿佛自己的身子飘浮在空中。在他们的身后默无声息地行进着的是舅舅们：头发黑而平坦的米哈伊尔，他和外祖父一样干瘦；头发浅而卷曲的雅科夫。还有几个身材肥胖的女士，都穿着鲜艳的衣服，有一个还领着六个孩子，他们都比我大，而且默不作声。

我和外祖母一块走，和我们走在一起的还有大舅妈纳塔利娅，她脸色苍白，有着一双浅蓝色的眼睛。她挺着大肚子，因此常常落后，喘不过气来，用很细的声音说：“哎，我赶不上！”

“他们干吗也让你来呀？”外祖母生气地埋怨着，“真是个愚人的家族。”

②所有的人，不论大人和孩子，我都不喜欢，我感到自己在他们中间是外来人，甚至外祖母也黯然失色，同我疏远起来。我最不喜欢的是外祖父，我马上感到他对我的敌意，我表现出一种对他的特殊的留意，一种提心吊胆的好奇心。

③下坡路走到了尽头，就在转为上坡的地方，坐落着一栋低矮然而结实的单层住宅，这栋房屋紧靠路右面的斜坡，并且是一段街道的起点。屋子被刷上一层肮脏的粉红油漆，窗子向外突出。很矮的屋檐遮住了门窗，仿佛一个人将帽子低低地拉在额头上。从街上看，我觉得这栋房屋很大，但进入里面，踏进那些很小的半明半暗的房间时，就有一种很逼仄的感觉。[11]这儿处处都和在码头前面的轮船上一样，有一些满腹牢

11 据真实资料，作家的外祖父的房子坐落在下诺夫哥罗德市的老城区，这里地势倾斜，往上是该市的上层建筑，往下则是它的集贸市场和沿河的轮船码头。

名师批注

①“我”在陌生的环境下注视着一切，这里的景象也暗示了“我”内心的惶恐，“枯萎的遭到践踏的青草”预示着“我”接下来的生活似乎不那么顺遂。

名师批注

②本段承上启下，与外祖母短暂相处的欢欣愉悦已经过去，此时“我”的内心有一种情绪在萌发，是孤独和不被接受的苦楚。

名师批注

③通过对外祖父家周围环境的描写，表现了“我”打心眼儿里对这个家庭的不喜欢，拥挤的房屋，刺鼻的味道都加深了“我”对这里的厌恶。

骚的人在忙乱着，有一些小孩，好像一群狡猾的麻雀，在各处奔跑。四处都弥漫着刺鼻的陌生的气味。

我进入了院子里。这院子也是令人不快的——所有的地方都挂着大块的潮湿的旧布，或放置着一些大桶，桶内装着很稠的多种颜色的水，水中也浸着旧布。在角落里有一间低矮的半坍塌的房屋，木柴在里面的炉子中熊熊燃烧着，什么东西在沸腾着，发出咕嘟声，一个未露身影的人在大声说着一些奇怪的字眼：“紫檀色染料——品红染料——矾类染料……”

一种浓重的、五光十色的、奇怪得无法形容的生活开始了，而且以可怕的速度飞逝。①后来，每当我回想起这种生活，就觉得这仿佛是一个严酷的故事，由一个心肠良善的但苦苦地追求真实的天才完整地陈述出来的故事。今天我复原这些往事，自己也有时很难相信，这一切真的就是这个样子的，对许多事实我想反驳，不接受，但这个愚人的家族的黑暗生活的残酷内容太丰富了。

②但是真实比怜悯更重要，要知道我现在讲述的不是关于自己的事，而是关于那个给人带来很可怕的印象的密集、窒息的交际圈，时至今日，普通的俄罗斯人仍旧生活在这样的交际圈里。

外祖父的房子里充满了因各方面的互相敌对而形成的炽烈的毒雾，这种毒雾侵害着成年人，甚至将孩子们也卷入激烈的争斗中。

后来，我从外祖父口中得知，③母亲回到娘家的那几天，正好逢上她的兄弟们要求外祖父分家的日子。母亲出人意料的回归使得他们分家的意愿更加强烈和坚决了。他们担心母亲会趁机索取她应分得的嫁妆，但外祖父一直扣留着这笔嫁妆不给她，因为她的出嫁是违反他意志的“私奔”[12]。

舅舅们认为，这笔嫁妆费应由他们私分。而他们之间也早就激烈争吵个不停，互相指责，说谁在城里开办了染坊，谁在奥卡河那边的库纳维拉镇偷着做

名师批注

①时间是治愈一切苦痛的良药。当以成年人的角度再次回忆那些严酷的、悲惨的过去的时候，总会有这样的感受。

读书笔记

②通过这段话，想一想作者为什么要写下《童年》这个故事？

名师批注

③我和母亲刚到外祖父家，舅舅们就迫不及待地想瓜分财产，并且要夺走母亲的嫁妆，暴露了他们人性的黑暗面。母亲的到来也激化了家庭内部的矛盾，为下文舅舅们大打出手埋下了伏笔。

12 关于“私奔”的事在第六章里有详尽的描写。

生意。[13]

后来，很快就爆发了一场口角，那是在大伙来到厨房里吃午饭的时间。舅舅们不知为何事突然跳了起来，弯下身子，盖过整张桌子，对着外祖父发威吼叫，好像狗一样，抱怨地龇着牙齿，身子晃来晃去。

而外祖父呢，用勺子敲着桌子，脸涨得通红，像公鸡啼叫那样响亮地怒喊道：“我要让你们靠乞讨生活！”

外祖母的一张脸都病态地扭曲了，她说道：“把所有的东西都给他们，老爷子，你也落得个清净，给他们！”

①“闭嘴，都是你纵容坏的！”外祖父叫喊道，一双眼睛炯炯发光。真令人奇怪，他如此小的个子，能发出如此雷鸣似的呼叫。母亲从桌子旁站起来，急急忙忙走到窗户边转过身去，背对着大家。

米哈伊尔舅舅突然用手一挥，猛击兄弟的脸部；挨揍的兄弟号叫着，同他扭成一团，两个人在地上打滚，发出嘶哑的呼哧声，彼此辱骂着。②孩子们哭了起来；怀孕的舅妈纳塔利娅绝望地喊叫着；我的母亲用两手抱着她，将她拉扯到别处去了。平日笑脸常开、脸上有麻子的保姆叶夫根尼娅[14]将孩子们从厨房里驱赶出去。椅子都被打架的两人弄翻了，年轻魁梧的学徒工齐加诺克找机会骑在米哈伊尔舅舅的背上，而师傅格里戈里·伊万诺维奇则沉着地用毛巾将舅舅的双手捆绑起来，这位师傅是个脸上长满胡子的秃顶男子，戴着黑色眼镜。

舅舅伸出脖子，用他稀疏的黑色胡子擦着地板，发出可怕的呼哧声。而外祖父呢，他围着一张桌子打转，发出埋怨的呼喊：“亲兄弟呀！骨肉相残！唉，你们啊！”

这场口角刚发生时，我就被吓得跳到了炉子[15]上，

名师批注

①外祖母的慈善柔和与外祖父的焦躁暴戾形成对比，突出了外祖母的无奈和悲哀。

名师批注

②真是滑稽而令人痛心的场景，一家人为了钱财大打出手，毫不顾及亲情与血缘关系，这也在童年的“我”的心中留下了不可磨灭的阴影。

---

13 库纳维拉镇是个真实的市镇，该镇坐落在奥卡河左岸，高尔基幼年在此度过很长的时间。从19世纪20年代起这里成了国内外客商云集的重镇，特别是每年的6月到9月，这里的经贸活动非常活跃。

14 叶夫根尼娅是个真实存在的人物。高尔基在《论童话》一文中写道，小时候有两个人常给他讲民间故事听，那就是外祖母和保姆叶夫根尼娅。

15 旧式俄国厨房的炉灶，其上构筑一米多高、一米多见方的平台，可以在上面睡觉。

从那儿看着这个打闹的场面，既吃惊又害怕。外祖母拿一只铜面盆盛水，洗掉雅科夫舅舅脸上的血。他哭喊着，跺着脚。而她则用沉痛的声音说：①“造孽的、野蛮的一辈呀，也该醒悟了吧！”

外祖父身上被撕破了的衬衫勉强能盖住肩膀，他向她喊叫道：“怎么样，老巫婆，你养育了一群野兽！”

②等雅科夫舅舅走后，外祖母钻在一个角落里，用战抖的声音哭诉道：“至圣至明的圣母啊，让我的孩子们的明智的灵魂归来吧！”

外祖父站在她的身旁，眼睛看着桌子——那儿所有的东西都被打翻了，液体流满一桌，他悄声地说：“你，做母亲的，对他们可得留点儿神，要不然他们可能会杀害瓦尔瓦拉的，难免……”

“你话说到哪里去了，上帝和你在一起！脱下这件衬衫吧，我给你补。”③于是，她用手掌捧住外祖父的头，亲吻了他的额头；他呢——面对她时他显得很小，将头埋在她的肩膀里。

“看样子，非分家不可了，孩子的妈……”

“孩子的爸，应当分家，应当！”

他们商谈了很久，一开始气氛十分融洽，可慢慢地，外祖父开始用脚沙沙地摩擦地面，好像一只公鸡面临战斗一样，他用手指威胁外祖母，虽然他们看起来像是在低声密谈，可声音仍很大。

“我了解你，你太溺爱他们了！而你的米什卡（米哈伊尔的爱称），是个狡猾的人，而亚什卡（雅科夫的爱称），是个大骗子[16]！他们酒从未少喝，我的家业都会被他们喝掉！”

我在炉子上笨拙地翻身，撞翻了熨斗，熨斗顺着台阶往下滚，扑通扑通地落到了洗碗筷的木盆里。

④外祖父跳上台阶，把我从炉子上拖下来，聚精会神地盯着我看。我觉得，他脸上的表情仿佛是第一次

名师批注

①通过外祖母的语言描写，我们读出了她的无奈、无助与愤恨。

名师批注

②经历了一番惨烈的家庭纷争以后，家中一片狼藉，外祖母也不再是那个明媚爱说笑的妇人了，这多么令人痛心。

名师批注

③也许这是纷扰之后唯一温情的画面了，外祖父虽然埋怨外祖母宠溺儿子们，但她在他失意和低落时给了他一些庇护与依靠。

读书笔记

④为什么外祖父“脸上的表情仿佛是第一次看见我似的”？

16 大骗子一词原意是“共济会分子”。共济会是18世纪在欧洲产生的带有神秘色彩的宗教团体，18世纪30年代传入俄国。一般人认为共济会成员具有自由思想，不拘社会习俗和礼节，所以“共济会分子”在老百姓口中变成了骂人的话。

看见我似的。

“谁叫你坐在炉子上的？是你母亲吗？”

“是我自己爬上去的。”

“你说谎。”

“我没说谎，我自己爬上去的，我害怕。”

他推开我，用手掌在我的额头上轻轻拍了一下，说：“和你父亲一模一样，走开吧……”

我很高兴地离开厨房。那时候我发现了一件事，外祖父常常用他那双精明而锐利的眼睛跟踪着我，我很怕他。我记得，当时我总是想避开这双能把人烧焦的眼睛。①我感觉，外祖父是个恶毒的人。他常用带有嘲意的侮辱性的口气和大家谈话，惯于使用挑逗性的语言，千方百计地要让所有人都恼怒。“唉，你们呀！”这是他的口头禅，他常常这样呼喊。他那长久的拖音“呀——”总是在我的心头引起一种沉闷的冷飕飕的感觉。

> **名师批注**
>
> ①这是“我”对外祖父的初印象，他是一个恶毒的、令人恐惧的人，他的语气总是带有不容置疑的挑衅，给人一种烦闷的感觉。仿佛他就是一个火药桶，时刻准备爆发。

歇工的时候，或者喝晚茶的时间，外祖父、舅舅们和工人们一起从染坊来到厨房里，一天的工作下来，大家都显得十分疲惫，他们的手都被紫檀色染料染成紫色，而且被硫酸盐灼伤，他们的头发都用小绦带扎起来，那模样一个个都活似厨房角落里的黑色的圣像。可这于我而言是一个危险的钟点，因为外祖父会坐在我的对面，从而引起其他的孙儿们的嫉妒，只因他找我谈话的频率要比同他们谈话多得多。

就整个人而言，他称得上体格好，老练而机智。②他的深色的西装背心是老式的，料子是缎子做的，辅以丝线绣花，只是有一些地方磨破了。他里面穿着印花布衬衫，但是显得皱巴巴的。他的裤子的两个膝盖处打了很大的补丁，格外显眼。但他的穿着终究比他的儿子们的衣饰要光鲜整洁，他的儿子们身上穿着的是西装男上衣和胸衣，脖子上系着丝质三角围巾。

> **名师批注**
>
> ②明明外祖父的衣着朴素，甚至有些寒酸，但为什么还要说“他的穿着终究比他的儿子们的衣饰要光鲜整洁”？

我来这里之后，没过几天，他就要我学习祈祷文。家中其他的孩子都比我大，并且都在圣母升天教堂的执事[17]那儿学会了识字。从家中的窗口就可看见这座

17 执事是东正教教会中最低等的神职人员，负责诵经、打钟、干杂活。

教堂的金色的屋顶。

教我读祈祷文的是沉静又胆怯的舅妈纳塔利娅，她是个脸孔带着孩子气的妇人，生有一双水汪汪的大眼睛，我觉得，能够通过这双眼睛看到她脑海深处的一切。

①我喜欢观察她那双眼睛，并且长久地保持我的视线，也不眨眼，她于是把眼睛眯缝起来，转过头去，用几乎是耳语的声音请求说："请念下面的祷文，'我们的天父，你是……'[18]"

要是我问："这个字是什么意思——犹如？[19]"她会惶恐地转过头来，劝导我说："你不要发问，这不好！只用跟着我念，'我们的天父'……好吗？"

我心里很不安，为什么发问就不好？"犹如"这个词包含了一层隐蔽的意义，而我就故意想尽办法曲解它："'犹如''我穿皮毛衣'[20]……"

②脸孔苍白，心却很软的舅妈总是耐着性子纠正我，我的话常常被她打断："不要多嘴，你只要念，'犹如'……"

但是她自己和她说的话都不那么朴实无华、简单明了。这激怒了我，妨碍我记熟祈祷文。

有一回外祖父问道："嘿，奥列什卡（阿列克塞的小名），今天做了什么？玩耍了吗？我见你额头上有个包。这个可不是伟大的智慧会惹来的呀！你把'我们的天父'背熟了吗？"

舅妈轻轻地说："他记性不好。"

③外祖父笑了，欢乐地挑了挑棕黄色的眉毛："如果是这样，就应当鞭打一顿。"

他又问我道："爸爸打你吗？"

我没弄明白他说的究竟是什么，便含糊地答应了一句。倒是母亲说："不，马克西姆从不打他，而且

名师批注

①通过"我"的观察，从"我"的视角去呈现家庭成员的性格特点，带有一定的主观性，但也紧扣了童年时期"我"的生活处境。

名师批注

②舅妈是耐心的，是善良的，但也总是打断"我"的话，这体现了她鲜明的性格特点。

名师批注

③暴躁严苛的外祖父竟然笑了，"欢乐地挑了挑棕黄色的眉毛"，这种变化让人看到了外祖父性格的多面性。

---

18 基督教主祷文第1句，见《新约全书·马太福音》第6章第9—13节。

19 "犹如"是古斯拉夫文，所以小孩不懂。这句祷文的全文是："免我们的债，犹如我们免了人的债。"

20 "犹如"这个古斯拉夫文如果变着法儿念就成了当代俄语中的"我穿皮毛衣"。

禁止我打。”

“这又是为什么呀？”

①“他说，靠鞭打教育不好一个人。”

“他在各方面都是个糊涂人，这个马克西姆，是个已故的人了，愿上帝宽恕吧！”外祖父气愤而清晰地说道。

他的话令我感到委屈，他觉察到了这一点。

“你干吗噘嘴生气呢？瞧你这副模样……”他用手抚平花白的棕红色的头发，又说道，②“就在这个星期六，为了顶针[21]的事我将拆开萨什卡（萨沙的小名）。”

“拆开是怎么回事？”我问道。

大家都笑起来，外祖父说：“等着吧，你会看见的……”

我溜到一边去躲着，暗地寻思：拆开意味着拆开衣服的缝线，将衣服送去染一染；[22]而鞭打和揍看来是一码事。③人们用鞭子抽马匹，用棍棒打狗，用竹棍打猫；在阿斯特拉罕，岗警们常常殴打波斯人，这些都是我亲眼见到的。但是，我从没见过人们殴打小孩，即使在这儿我有看到舅舅们常常在自己孩子的额头上、后脑上敲打几下，但孩子们都若无其事地对待这样的敲打，之后只不过搔搔敲疼的地方而已。我不止一次地问他们：“疼吗？”他们总是勇敢地回答：“不疼，一点儿也不疼。”

④我清楚知道这幕和顶针有关的闹剧。傍晚，从喝茶到晚餐的这一段时间，舅舅们和格里戈里师傅还得干活，他们将一块块染了色的布拼缝合为一整匹，并往那上面扣上纸板做的标签。

舅舅米哈伊尔想戏弄一下视力不好的格里戈里，吩咐九岁的侄儿用火将这位师傅的顶针烧红。萨沙用夹钳夹住顶针，刮掉蜡烛芯的碳头，把顶针烧得红透了，偷偷地放在格里戈里的手旁边，自己则躲到炉子

21 顶针是做针线活时戴在手指上的工具，用金属或其他材料制成，上面有许多小窝，用来抵住针鼻，使针容易穿过衣物而手指不至于受伤。

22 这里主人公体会错了，事实上，俄语中“拆开（пороть）”一词含有“鞭打”的意思。

名师批注

①通过“我”学习祈祷文一事，反映了父亲和外祖父截然不同的教育方法，二者形成鲜明的对比，使读者更加清楚地了解到“我”的生活和学习环境的变化。

名师批注

②此处的语言描写，体现了外祖父性格中幽默、有趣的一面，他不是固执的小老头，也是个会和人开玩笑的人。

名师批注

③插叙过去见到的事情，与外祖父家的情境形成对比，展现了“我”所处环境的变化，也在“我”的内心产生了不小的震动。

名师批注

④通过详细讲述的顶针事件，多方面展现了牵扯其中的人们的性格，尤其突出了外祖父和之前的不同，展现了人物多样的性格。

旁边去了。

刚好这时候，外祖父来了，他坐下来，想帮忙干活，自己将手指塞入这个烧红的顶针里。

我清楚地记得，当我听到喧闹声跑到厨房里时，外祖父正将烫伤了的手指握住耳朵，可笑地跳着，嘴里叫道："是谁的孩子干的？是哪个顽皮的家伙？"

①米哈伊尔舅舅在桌前弯着身子，一边用手指推着顶针滚来滚去，一边吹它。那个师傅在不动声色地干着针线活，烛影沿着他的硕大的秃顶闪动着。雅科夫舅舅跑进来，藏在炉子的角落里悄悄地笑，外祖母在处理菜板上一个生的马铃薯。

"这是雅科夫[23]干的！"米哈伊尔舅舅突然说。

"你说谎！"雅科夫从炉子后面跳出来，喊道。

他的儿子在某个角落里，哭叫道："爸爸，别相信，是他唆使我这样做的！"

②舅舅们开始对骂，外祖父马上平静下来了，将去皮的马铃薯贴在手指上止疼，随后他拉着我跟他一起默默地走开了。

大家纷纷议论，说有过错的是米哈伊尔舅舅。在喝茶的时候，我免不了要问道："会不会鞭打他和拆开（пороть）他呢？"

"当然会的。"外祖父喃喃地说，斜着眼睛看我。

米哈伊尔舅舅用手捶着桌子，对着母亲喊道："瓦尔瓦拉，领着你的小崽子走开，要不然我就拧下他的小头！"

母亲说道：③"你试试，你敢动？"

大家都不作声了。

④她擅长用这样的方式说很简短的语言，仿佛要用几个短而精的字眼将人们从她身旁推开，击退他们，而他们也就不再作声了。

我明白，大家都害怕母亲，甚至外祖父本人同她说话时也不像和其他人说话那样用高声，而是用较轻的声音。

23 这个人物的原型是高尔基的表兄亚·雅·卡希林（1865—1910）。

名师批注

①每个人都在做着自己"分内"的事，似乎和外祖父受伤毫无关联，但也脱不了干系。

名师批注

②家庭战争再度爆发，这一次，外祖父沉默着离开，与先前的暴怒反应形成了对比。

读书笔记

③你如何理解母亲的这句话？

名师批注

④通过描写母亲对"我"的维护和她的态度，展现了母亲的性格特点，这是不同于他人的一种执拗。

这使我感到愉快，我十分骄傲地在表兄弟们面前炫耀这一点：“我的母亲——最强大！”

他们对此并不反驳。

①但是发生在星期六的事件损害了我同母亲的关系。我本可在星期六隔岸观火，可还未到星期六，我却抢先犯了一次过错。

②大人们可以灵巧地改变布匹的颜色，这使我十分感兴趣。他们将黄色的布在黑色的水里浸一下，便染成了深蓝的布匹——“木兰色”；将灰色的布投入棕黄色的水中，就成了深红色的布匹——“红葡萄酒的颜色”。这多简单，可又不可思议。

我想自己染一块布试试，我把这个想法告诉了萨沙·雅科沃夫这个严肃又认真的孩子。③他在大人面前总是装模作样，卖弄自己，好像和每个人都很亲热，做出一副愿意给所有的人帮忙的样子。大人们都夸他听话、聪明伶俐，但是外祖父总是斜着眼睛看他，说道：“好一个马屁精！”

萨沙·雅科沃夫清瘦，皮肤黧黑，有一双突出的像虾一样的眼睛，他说话急促但声音很轻，吐出断断续续的词汇，总是令人不解地左顾右盼，那些他嘴里还未说出的词汇，仿佛准备跑到哪儿藏起来似的。他的深棕色的瞳孔平日里是一动不动的，但当他生气时，一双瞳孔也和眼白一道颤动。

我不喜欢他，我更喜欢平庸的笨手笨脚的萨沙·米哈伊洛夫[24]，这个沉默寡言，生有一双忧郁的眼睛，脸上露出和善的笑容的孩子，十分像他那温顺的母亲。

萨沙·米哈伊洛夫还长了一口难看的牙齿，所有的牙齿都向外突起，上颚长了一圈龅牙，好像有两排牙齿。他经常将手指伸入口中，摇动后排的牙齿，试图拔出它们，他还十分温顺地容许每个好奇的人摸他的牙齿。只是我在他身上找不到更多的引起我兴趣的特点。④家里人多，摩肩接踵，他常常离群独处，喜欢

名师批注

①此处承接上文“我”对母亲的自豪感，并且解释说明了“我”对母亲看法发生转变的原因，引发读者阅读兴趣，推动故事情节发展。

名师批注

②孩子的好奇是天性，但因为“我”的好奇，引发了一场争吵，是童年生活的一个小插曲。

读书笔记

③在介绍事件之前，先介绍他人对萨沙·雅科沃夫的评价有何作用？

名师批注

④通过描写萨沙·米哈伊洛夫的生活细节，展现了他孤独、冷漠的性格特点。在这个嘈杂的大家庭里，他似乎是一个特别的存在，引发了“我”的好奇。

24 这个人物的原型是高尔基的表兄亚·米·卡希林（1909年去世）。高尔基认为他人很好，但是生性懒惰，一生到处流浪。

坐在一些半昏暗的角落里，傍晚则待在窗户旁。同他默默地待在一起是很令人惬意的——坐在窗户旁，紧紧地倚靠着他，谁也不说话，瞧着傍晚的红色的天空，观看那些黑色的寒鸦怎样绕着圣母升天教堂的圆球尖顶旋转，变换队形，时而迅疾向上，飞得很高，时而急速下降，像一张黑色的大网笼罩了渐渐变昏暗的天空，随后寒鸦们不知飞哪儿去了，留下来的是一片空虚。我在观看这样的景致时，什么话也不想说，只觉得一种惬意的孤寂感充满心田。

①但如果是雅科夫舅舅的儿子萨沙见到这一切，就有许多话要说，而且说得有板有眼，好似成年人发表议论一般。他知道我想学习染色的手艺[25]，便怂恿我从大柜里取出一块白色的节日用的桌布，将其染成蓝色。

名师批注

①萨沙·雅科沃夫确实如“我”之前的判断一样，一本正经、热心肠，喜欢卖弄自己。

“白色的布最易染色，这个我知道！”他一本正经地说。

我取出一块沉重的桌布，带着它跑到院子里，但在我将桌布的一角投入有“木兰花色”染料的大桶里时，齐加诺克不知从哪儿出来，飞一样地跑到我身旁，将布从染料中抢救出来，用他宽大的手指急速拧干它，并朝着那站在门厅里观察我的工作的表兄喊道：“快叫外祖母来！”并且预示不祥地摇着满是黑色的蓬松毛发的头，对我说，②“真是的，你为了这件事会落到挨打的地步的！”

名师批注

②齐加诺克的话预示了事情的严重性，也暗示了情节的发展，与下文挨打的情节形成了呼应。

外祖母三步并作两步地跑来，哎哟哎哟地叫着，甚至哭了起来，那副神态，令人发笑。她骂我道：“哎哟你呀，真是个调皮捣蛋的鬼东西！恨不得把你抬起来再狠狠摔到地上！”

然后她开始和齐加诺克商议。

“这个，你，瓦尼亚（齐加诺克的昵称），千万不要对祖父说！我会将事情掩盖起来，也许，有办法对付过去的。”

瓦尼卡（齐加诺克的小名）在他那有多种颜色的

25 纺织品的染色有两种主要的方法：一是常规染色，主要是将纺织品放在化学染料溶液中处理；另一种方法是使用涂料，把涂料制成微小的不可溶的有色颗粒使其黏附于织物上。

围裙上擦干潮湿的手，担心地说："我会怎样？我不会说！但瞧着吧，萨舒特卡（萨沙的卑称）不去告状才怪呢！"

"我会给他二戈比硬币，封住他的嘴。"外祖母说，随后领我走进屋去了。

星期六到了，在彻夜祈祷之前，有人领我来到厨房里。在黑暗中，厨房周遭都显得静悄悄的。

我记得，①当时，通向门厅和房间的门牢实地掩着，而在窗户的外面是秋天傍晚的灰色的阴暗，雨淅淅沥沥地下着。在黑色的炉门旁的一张宽长凳上坐着横眉怒目、失去了本相的齐加诺克；外祖父站在一个大盆旁边的角落里，正从一个盛水的桶中挑选一些长树枝条，然后比了比它们的长短将它们一根根地放在一起，在空中挥动着它们，树枝们发出呼哨声。外祖母站在黑暗中的某处，大口地吸着鼻烟，埋怨着："得意吧……折磨人的狂汉……"

萨沙·雅科沃夫坐在厨房中间的一张椅子上，用拳头擦着眼睛，用好似一个老年乞丐一般变异了的声音说："看在基督的面上，饶恕我吧……"

②米哈伊尔舅舅的孩子们，也就是我的表哥和表姐，肩并肩站在这张椅子的旁边，好像木头人一般。

"我先要鞭打你——然后饶恕你。"外祖父说，一边将一根潮湿的长树枝握在拳头里，"好，乖乖地脱下裤子吧！"

他心平气和地说着，无论他的言语中的呼哧，还是坐在轧轧作响的椅子上的男孩的哀求，或是外祖母蹭着脚走路的沙沙声——③不管什么都不能打破在熏黑的、低矮的天花板下，厨房里那昏暗中的令人永远难忘的肃静。萨沙站起来，解开裤子的纽扣，让裤子褪到膝盖下，然后用双手提着裤子，弯着腰踉跄地走到板凳前。看着他走的样子，我的心里很不好受，双腿也在颤抖。

但是情况比现在还要坏，当他像被驯服的马匹一般，把脸朝下躺在板凳上的时候，瓦尼卡用一条宽大的毛巾压着他的脖子在腋下打了个结，将他绑在板凳

读书笔记

①此处的环境描写有何作用？请你结合上下文具体赏析。

名师批注

②萨沙·雅科沃夫挨打，而米哈伊尔舅舅的孩子们却无动于衷，看热闹的孩子们和被打者的可怜求饶形成了对比，突出了人心的冷酷无情，强调了压抑的家庭氛围。

名师批注

③这种肃静是令人战栗的、不安的，与周遭嘈杂的环境形成对比。

上，随后向着他俯下身来，用一双黑色的手抓住他的脚踝。

“列克塞（阿列克塞的昵称），”外祖父呼唤道，“走进来！喂，知道我在向谁说话吗？现在看一看，鞭打是怎么回事……一下！”

他抬手低低一挥，树条啪的一声打在萨沙裸露的身体上，萨沙尖叫了一声。

“你装蒜，”外祖父说，“这一下不会痛！接着这一下才会痛一些！”

他一记打下去，萨沙被打的身体上立刻出现一道红印，肿起来，火辣辣地疼痛，于是表兄长声哀号起来。

“不好受吧？”外祖父问道，执鞭的手均匀地抬起又落下去，“你不爱尝受这个？这是顶针那件事的处罚！”

①当他的手向上挥时，我的胸膛也随同他的手向上鼓起，他的手落下去时，我的胸部也瘪落下去。萨沙可怕地叫起来，声音尖细，带有反抗的口气：“我不该挨打……要知道我说了桌布的事……要知道我说了……”

外祖父像背诗似的，十分冷漠地说：“告密——不是饶恕的理由！对告密者已进行了第一顿鞭打。现在为了桌布的事，该你挨鞭子了！”

外祖母扑到我身前，一把抓住我，抱在手里，大声喊：“我不准你打列克塞！不准打他，你这恶棍！”

她开始用脚踢门，呼唤着母亲：“瓦尔瓦拉，瓦里娅！”

②外祖父朝她扑过来，把她推倒在地，从她手中夺下我，并牵着我向板凳走去。我在他双手的钳制中挣扎着，扯他的棕黄色的胡须，咬他的手指。他咆哮着，紧紧地钳制着我，终于把我推倒在板凳上，我的脸被板凳碰破了皮。我记得他的野蛮的喊叫：“将他绑在凳上！我要打死他！”

我记得母亲的苍白的脸和巨大的眼睛。她围着板凳跑着，嘶哑地喊着：“爸爸，不要打！交给我吧！”

外祖父鞭打我，一直打到我失去知觉，之后的好

读书笔记

①为什么“我”会有这些反应？

名师批注

②通过人物的动作描写，展现了外祖母对“我”的呵护、外祖父的暴烈性情和“我”的反抗。

多天，我始终待在一间小房间里，背朝上俯卧在一张宽大的热烘烘的床上养伤。房里只有一扇窗户，角落里有一盏红色的长明灯，摆在有许多圣像的神龛前面。

①养伤的日子对我来说是痛苦难熬的。我在这段时期里，应当是急速地成熟起来，心里产生了一些特别不同的感触。从那以后，我对人们产生了一种不安的警惕，仿佛人们剥去了我的心的外皮，它对所受到的任何屈辱和痛苦都难以忍受地敏感，无论这是他人所受到的屈辱和痛苦，还是我自己的。

首先，使我十分惊讶的是外祖母和母亲的争吵——在狭窄的房间里，外祖母巨大的身躯向前移动，遮住了母亲的身影，将她逼退到圣像前的屋角，只听到外祖母低声嘟哝着："当初你为什么不把他夺下来，啊？"

"我害怕。"

②"你这个身强力壮的女人！我为你害臊，瓦尔瓦拉！我一个老太婆都不怕！我真为你害臊！"

"别说了，妈妈，我承受不了……"

"我得说，你不爱他，我替你怜惜这孤儿！"

母亲却沉重而大声地说道：③"我自己整个一生都是孤儿！"

然后她们两人坐在屋角的大箱子上，长久地相对哭泣，我又听见母亲说："如果不是为了阿列克塞，我早就走了，我会走得远远的！我不能在这地狱里生活，我不能，妈妈！我没有这份力量……"

"你是我的骨血，我的心肝。"外祖母用耳语说。

她们简短的对话让我明白了——母亲不是坚强有力的，④她和大家一样，害怕外祖父；我妨碍她离家出走，她在这儿生活不下去，这是件十分令人懊丧的事。

不久之后，母亲竟真的从家里消失了，她到某处客居去了。

突然，不知怎么的，外祖父出现了，仿佛是从天花板上掉下来的。他坐在我的床边，用冰冷的手抚摸着我的头说："你好，小老爷……你可得应允我，不再发脾气！喂，你应允我不？"

我真想用脚踢他，但身体微微动一下就疼痛极了，

名师批注

①生病时期的经历使"我"对这个家庭和家里的人有了更加深刻的了解，并且这些难得的经历使"我"逐渐成长起来，为下文做了铺垫。

名师批注

②外祖母对母亲的训斥，包含着对"我"深深的爱，她拼尽一切保护"我"，自然是十分怨恨母亲的懦弱。

读书笔记

③如何理解母亲的这句话？

名师批注

④此前的种种已经暗示了母亲对外祖父的态度，她始终是惧怕这个独断专横的父亲的，她渴望追求自己的生活，却迫于压力无法实现。

只好作罢。

他的头发比以前显得更棕红了，他的头不停地摇动着，一双明亮的眼睛似在墙上寻找什么。

①他从口袋里取出一块山羊形的蜜糖饼干、两块角形的糖渍点心、一个苹果和一串蓝色的葡萄干，他把这些东西放在我的枕头上，弯下腰，靠近我的鼻子，吻了吻我的前额，然后开始说起话来："瞧，我给你带来礼物了呢！"

他一面用那不大的被染成黄色的粗糙的手不住地抚摸着我的头，他手上像鸟爪一样的弯曲指甲特别显眼。

"我当时有点儿过分了，我正在气头上，你咬我，抓我，我也发火了！于是，你多挨了几下鞭子，但这没什么大不了的，你这是领受一场考验！②你得明白，自己的亲人打你，这不是受委屈，而是受教育。你不能让别人打你，挨自己人打，不算一回事！你想过我也挨过人家的打吗？阿廖沙（阿列克塞的爱称），人家打我的那种毒辣情状，你做噩梦也没梦见过。人家是那样地欺负我，也许连上帝本人见了也会落泪！为什么呢？因为我是一个孤儿，一个乞妇的儿子，可眼下我挣到了自己的地位，我成了一个染坊的老板，管理工人的头儿！"

③他将他干瘦匀称的身子匍匐在我的身前，用他那坚定而沉重的声调诉说他童年时代的岁月，词语一个接一个地从他口中轻快而灵巧地流泻出来，他用它们编成了他的人生故事。

他的绿色的眼睛明显地燃烧着，金黄色的头发欢快地竖起。他压低自己高亢的声音，对着我的脸用粗嗓子唠叨道：④"这次你是坐着轮船来的，蒸汽把你运载到这儿，多舒服，可我年轻时候却要用自己的力量拖拉着一艘驳船沿伏尔加河逆流而上。驳船在水中走，而我是在岸上走，光着脚，踩着很尖的石头，沿着布满碎石的沙砾坡地，从太阳刚升起一直走到天黑。毒太阳将我的后脑晒得灼热，脑壳像一块生铁，滚烫得近乎沸腾，要是你，起码会死去三次——死去活来，你走啊，走啊，连路都无法看见了，因为汗水迷

名师批注

①此时外祖父对"我"的关心，和先前对"我"严厉的斥责形成了对比，外祖父也有柔软的一面，这个时候的他仅仅只有外祖父的身份。

名师批注

②从外祖父对"我"的安慰中，我们看到了外祖父亲切和蔼的一面。他早期的经历使人同情，他的不幸、多重性格使人物形象更加丰满，也引起了读者的情感共鸣。

名师批注

③外祖父对"我"敞开心扉，讲述他儿时的过往。他的童年也是不幸的，因此，在这样的成长背景下，他的性格是多重的、矛盾的。

读书笔记

④你觉得此处加入大量的外祖父对于自己过往经历的讲述，有何作用？

糊了双眼，灵魂在哭泣，泪流满面——唉，阿廖沙，你也去试试这种滋味吧！你走啊，走啊，竟松开了纤绳，脸朝下栽倒在地——这倒是痛快事；这就是说，你一丝力气都没有了，即使只能休息片刻也不错，即使只能喘口气也好！我就是在上帝的眼皮底下过着这样的生活，在仁慈的耶稣基督的关照中这样活过来的……我用脚三次丈量伏尔加河的长度：从辛比尔斯克[26]到雷宾斯克[27]，从萨拉托夫到这儿，从阿斯特拉罕到马卡里耶夫，到交易市场[28]，走了好几千俄里！第四个年头我交上了好运，当上了驳船上的工长——这是老板赏识我的才干呢！[29]”

①他这样说着——语速很快，好像一朵云，在我的面前升起，把一个干瘦的小老头变成了童话中的有力的勇士——他单枪匹马对付一条宏大的河流，一艘灰色的驳船……

有时他从床铺边上跃起，挥舞着一双手，向我演示那些拉着纤绳的纤夫们[30]是怎样走路的，怎样排除船舱内的积水；他用男低音唱着某些船大歌曲，然后，又一副令人惊奇的样子英气十足地跳回床边，用更粗、更坚定的声音说：“②喂，阿廖沙，可是苦中也有乐，在日古利丘陵地带[31]，我们找到了途中的休息处，那是一座绿色山岭下面的某个地方，夏天的凉风吹来，格外爽快。我们分组燃起篝火，煮粥喝。只听得某个不幸的纤夫在哼唱着一支诉说他心中苦衷的歌，于是整群人都加入其中，同声齐唱起来——那感觉如同严寒袭

名师批注

①外祖父讲完他的故事以后，“我”对他的态度也在悄然发生改变，他的经历只是当时众多人经历的一个缩影，更深沉的故事正在拉开帷幕。

名师批注

②外祖父苦中作乐的性格也许正是在那时养成的。面对生活的蹂躏，人们能够做的就是改变自己的心态，在难挨的日子中找寻一些快乐。

---

26 俄国古城，建于1648年，1870年列宁诞生于此。为纪念列宁，1924年改为乌里扬诺夫斯克市。

27 伏尔加河上游的港口城市，位于俄罗斯雅罗斯拉夫尔州。

28 马卡里耶夫是一个历史悠久的交易市场，从16世纪中期到19世纪初每年7月都有活动，地点在伏尔加河左岸。

29 外祖父的原型是高尔基的外祖父B.B.卡希林，1807年1月17日，卡希林生于伏尔加河沿岸一座码头城市巴拉赫纳，家境贫寒。他14岁当纤夫，几年后在船上当上工头。1841年他来到下诺夫哥罗德时已经是一名染匠师傅，被推举为行会的会长。1861—1863年当上了市杜马议员，成为工业界唯一代表。

30 指那些专以帮人拉纤为生的人。

31 在伏尔加河右岸，海拔375米，有阔叶林。

来，寒气引起全身肌肉痉挛，又好像感到伏尔加河在加速飞快地流逝。据我的想象，当时伏尔加河好像一匹马，竖起前蹄直立，直入云霄；人们唱得如此入迷，以至于稀粥通通从大锅里溢出来了，大家都没有察觉。这时真该用大勺子敲炊事员的脑壳，玩得忘其所以，连正事都不管了，让你记住这个教训吧。”

有好多次，有人在门那儿朝里窥视，仿佛是找外祖父有事，我哀求道：“别走！”

外祖父一面微笑着，一面朝门旁的人们做手势，道：“等一下，有事往后再办……”

他滔滔不绝地讲着，一直讲到傍晚时分，临走前，他亲切地和我道别。

①我明白，外祖父骨子里并不凶恶，也不可怕。我很不愿意回忆他凶恶地鞭打我的情节，但要我忘记这件事是不可能的。

外祖父来看望我，为大家前来慰问我打开了大门，从早到晚都有人坐在我的床边，他们用各种方式宽慰我，逗我开心——但我的印象里，这种种安慰的方法并不总是令我感到安慰和开心。

比其他人更常来我这儿的是外祖母，她甚至和我睡在同一张床上。但这段日子给予我最强烈的印象的是齐加诺克——②这人生就一张四方脸，宽胸膛，还有一个鬈发的大头颅。他往往是临近黄昏时分才来到我的床前，只见他穿着节日的盛装，上身穿着金黄色的丝质衬衫，下身穿着棉绒布的裤子，脚上穿着一双像手风琴那样轧轧响的靴子。他的头发光彩发亮，一双浓眉下面是一对炯炯发光的外斜视的欢乐的眼睛，在英俊的条状黑色上髭的下面是洁白的牙齿，衬衫闪闪发亮，它柔和地反射出长明神灯的红色的火光。

“你瞧吧，”他说道，同时抬起衣袖，指着我裸露到肘部的手，上面有一条条的红色的伤疤，“那就是打得肿起来的地方！当时的样子还要可怕一些，现在好多了！你感觉到了吗？你外祖父在盛怒中走进来，我见他要狠狠地鞭打你，我就开始拦阻他的那只手，我等待着一个时机——只要树条一断，你外祖父跑去取

读书笔记

①你如何理解此时“我”矛盾的心理？

名师批注

②通过描写齐加诺克的外貌，更清晰地勾勒出了他的人物形象，真挚的友谊正在慢慢升腾起来。

第二根时，你外祖母或你母亲就可趁机把你抱走！唉，可树条没有断，它很柔韧，在水中浸泡过！可终究落到你身上的要少了些——你知道我挡回去多少次吗？老弟，我可是个机灵鬼呀！”

①他笑起来。他的笑容是温馨、亲热的。他又察看了一下他那只肿痛的手，微笑着说：“当时我是多么怜惜你呀，甚至因为激动，喉咙哽住了，说不出话来！真糟糕！可他鞭打你不停手……”

他的鼻子发出呼哧呼哧的声音，像马打响鼻一样，摇晃着头，他开始讲述这件事的某些细节，说到隐秘处时，他的身子立刻挨近我，其表情像孩子那样天真。

我对他说，我十分喜欢他——他用难忘的朴实口吻回答说：“要知道我也同样喜欢你——为什么我当时心里感到如此痛苦，就因为爱你呀！难道我还会为了别的孩子如此痛心吗？如果那样的话，你就唾弃我……”

然后他轻声教导我，②时不时回头看那扇门。

“当人们下次鞭打你的时候，你要留神，不要把身子蜷缩成一团，不要收拢身子——你明白吗？你让身子紧缩，将会承受加倍的痛苦。你要自由自在地将身体摊开，以便身子变柔软——像一个松软的草包一样躺着！不要憋气，不要让胸腹鼓胀起来，要尽可能地呼出气体，同时狂暴地呼叫哭喊——你得记住这个，这样会好一点儿！”

我问道：“难道人们还会打我吗？”

“不会吗？”齐加诺克冷静地说，③“当然会！你等着瞧，人们会常常打你的。”

“为什么？”

“你外祖父将会到处搜寻你们做错事的证据。”

他又再次苦口婆心地开导我，说：“如果他将鞭子高高举起，垂直落下，你就镇静地躺着，让身子放松变软；如果他下鞭时向后一拉，打时将鞭条拉向自己，以便揭下你的皮来，这样你就要将身子朝着他移动，跟随着鞭子移动，懂吗，这样就会好一些！”

名师批注

①这种笑在压抑沉重的家庭氛围中是多么难得呀！齐加诺克是个机灵聪慧的人，他能够在苦痛中寻找到一丝丝的快乐。

读书笔记

②为什么他要“时不时回头看那扇门”？

名师批注

③通过齐加诺克的语言描写，为下文做了铺垫。在这样的家庭中，挨打是常见的事，但对于“我”来说是十分稀奇的，令“我”感到诧异。

他用他的一只黑色的斜视的眼睛使了使眼色，说道："我在这方面比城市警察分局里的警官还要精明！老弟，我因挨打被扯下的皮足够缝一双皮手套！"

①我注视他欢乐的脸，想起了外祖母说的关于伊万王子和小傻瓜伊万努施卡[32]的故事。

名师批注

①又是一处承上启下，齐加诺克风轻云淡地为"我"传授挨打时的小技巧，另外的故事也悄悄上演了。

名师赏析

故事徐徐展开，人物悉数登场。我们同情阿列克塞的遭遇，童年本该是天真欢乐的，但他深处黑暗之中，看不到生活的乐趣。本章中，塑造了许多不一样的、饱满的人物群像，善良却怯懦的外祖母、残暴却可怜的外祖父……每个人的心中都有一份难言之隐，他们的暴躁不安似乎都可以得到合理的解释，但无法得到真正的原谅。

积累与运用

·好 词·

逼仄 弥漫 窒息 镶嵌 惬意 咆哮 匍匐 揉皱

冷飕飕 湿漉漉 弯曲蠕动 身材魁梧 黯然失色

炯炯发光 隔岸观火 皮肤黧黑 沉默寡言 摩肩接踵

·佳 句·

◆ 她一双灰色的眼睛红肿如樱桃，仿佛融化或变细了，大颗大颗的泪珠从她眼里流出来。

◆ 骤然起了风，风驱赶着雨，将雨带走了。

◆ 窗外有一片陆地在游动着，黑乎乎的，陡峭的，它冒着雾气，像一大块刚刚从大圆面包上切下来的面包片那样冒气。

◆ 太阳在伏尔加河上不知不觉地移动着；每过一个小时，周围就会换一幅全新的景色，一切都在改变着；青的山好似大地的华丽外衣上松软的皱褶，屹立在两岸的城市和乡镇，远远望去好似蜜糖饼干。

---

32 俄国民间故事中两个家喻户晓的人物。

· 美文仿写 ·

外祖母对“我”来说是坚实的依靠，她给“我”温暖，让“我”在孩童时期压抑的生活里得以喘息。文中对于外祖母的形象刻画得十分鲜明，请你仿照文段，描写你身边的给你力量的人。

她说话时，吐出的是比唱歌还好听的话语，这些话语轻松地交织在我的记忆中，好似鲜花，一簇簇亲切的明亮的艳丽的花。

当她微笑时，她的樱桃般的黑瞳孔变大变宽了，放射出无法形容的令人欣慰的光芒，笑容让她显露出洁白又坚固的牙齿。尽管在两颊的黑色的皮肤上有诸多的皱纹，但她整张脸还是年轻的、明亮的。

第一章 检测卷

（共 20 分）

一、填空题。（每空 1 分，共 10 分）

1 埋葬父亲的时候，倔强的“我”不愿意离开墓地，________ 劝“我”离开。平时“我”哭泣的时候，____________ 会大声呵斥“我”，让“我”不许哭。

2 刚下船，热心的外祖母便向“我”介绍家族成员：“我”有 ______ 个舅舅，他们分别是米哈伊尔舅舅和 ____________________，“我”的舅妈叫纳塔利娅，两个表哥都叫 ______，还有表姐 ____________。

3 “我”第一次见到两个舅舅打架是在一次午饭的时候，______________ 和 ______________________________ 分别钳制住了两个舅舅。

4 初到外祖父家时，“我”对 ___________ 一直怀有敌意，彼此都看不顺眼。

5 “我”第一次遭到外祖父的毒打，是因为好奇而将白色的桌布染上了颜色，给“我”出主意的是 ____________________________________。

二、简答题。（每题 5 分，共 10 分）

1 在去外祖父家的船上主要发生了哪几件事？请你简要概括。

2 为什么“我”和外祖母很快就成了亲密的朋友？

参考答案

一、填空题

1 外祖母；母亲。

2 两；雅科夫舅舅；萨沙；卡捷琳娜。

3 齐加诺克；格里戈里·伊万诺维奇。

4 外祖父。

5 雅科夫舅舅的儿子萨沙。

二、简答题

1 （1）“我”刚刚出生的弟弟夭折了；
（2）“我”独自跑到甲板上差点儿与家人走散；
（3）外祖母试图让母亲变得开心一点儿。

2 因为外祖母说话的语气亲切和气，并且喜欢说一些笑话，逗“我”开心，而在此之前，“我”并没有什么亲密的玩伴。父亲去世后，母亲十分严肃，这使“我”感到沉闷，因此外祖母的到来给“我”带来了快乐和光明。

第二章

名师导读

在这个阴暗逼仄的家庭中，“我”好不容易有了一个玩伴——齐加诺克，他用温暖明媚的微笑点亮了“我”的生活，但“我”从不曾了解过他凄惨的身世，他的故事会有怎样的结局呢？另一个可怜人——饱受舅舅折磨的舅妈，她又会怎样呢？本章，也许是无比沉重的，关乎离别，关乎生死。

等我身体复原后，我才明白，齐加诺克在这个家庭中占有特殊的地位。①外祖父不会常常像斥责他的儿子们那样朝着他气冲冲地喊叫。可背地里提起他的时候，外祖父则眯起眼睛，摇晃着头说：“伊万卡（齐加诺克的小名）可有一双千金不换的手，这鬼东西！牢记着我的话吧，这个人就应该好好培养！”

舅舅们也厚待齐加诺克，和他和睦相处，从不和他“开玩笑”，而和格里戈里师傅开那种恶作剧的玩笑，是他们的家常便饭，差不多每天晚上他们都要搞一些侮辱性的恶毒的名堂戏弄他——②时而将他的剪刀柄烧红，时而往他的椅子的坐板上放一个尖头向上的钉子，或者偷偷地在这个半盲人的身边放一些不同颜色的布料——他用这些布料缝成一整匹“十分可笑的怪物”，遭到外祖父的怒骂。

我不记得，外祖父是怎样对待儿子们的这些玩笑的，但外祖母总是用拳头威吓他们，叫喊道：“不要脸的混蛋们，这是可耻的作孽呀！”

③但是舅舅们背地里谈起齐加诺克时，口气里暗含

名师批注

①外祖父的态度为下文埋下了伏笔，齐加诺克在这个家庭中确实占有特殊的地位。

②这些玩笑，体现了舅舅们的麻木与过分，他们用这种没有分寸感的恶作剧装点着自己普通又无聊的生活。

③此处交代舅舅们的态度，为下文揭示齐加诺克的真实身份做了铺垫。

嗔恨，含讥带讽地指责他的工作，骂他是窃贼、懒汉。我问外祖母，为什么有这种事情。

她像往常一样，乐意而清楚地向我解释：①“你没有看到吗？他们两人都在动心思，将来他们各自创办染坊时，怎样将瓦组什卡（齐加诺克的爱称）招到自己的门下，所以两人都在对方面前说这个人的坏话，他们异口同声地说他是一个不好的工人。他们这是在说谎，要阴谋诡计。并且他们还担心，瓦组什卡日后不会跟他们走，而是留下来跟外祖父待在一起。外祖父呢，是个固执的人，而且他只要留下三分之一的资产，带领着伊万卡也能使染坊运转起来——这样将对舅舅们很不利，懂吗？”

她安静了一会儿，又笑着说：“他们仅仅是在玩弄阴谋诡计，开上帝的玩笑！喃，外祖父对这些诡计看得很清楚，而且故意要刺激亚沙和米沙（雅科夫和米哈伊尔的爱称）：‘我要花钱给伊万卡买一张免兵役证，使他可以免除当兵的义务，我需要他，要留他在身边！’他们俩这下可气急了，他们不希望看到这样的结果，可又舍不得花钱，免兵役证很昂贵呀！”

现在我又和外祖母生活在一起，好像在轮船上一样，每天晚上她给我讲故事，陪我入眠，有时也述说她的往事，这些事也和故事一样有趣。②而提到家庭中的日常事务——关于孩子们的分家、外祖父购买新的房屋等的时候，她总是带着嘲笑的口吻，露出漠不关心的样子，绕着弯子说——仿佛她是个邻居，而不是家庭中的第二号人物。我从外祖母的口中知道，齐加诺克原本是个弃儿——早春时节，在一个下雨的晚上，人们在这栋房屋大门口的板凳上发现了他。

“他躺在那儿，用一块围裙包裹着，”外祖母沉思又隐秘地说，“不时啼哭几声，已经冻僵了。”

“人们为什么将小孩偷偷地扔到一个地方不管呢？”

“做母亲的没有奶水，也没有任何东西喂养小孩。那时她知道，不久前有一个小孩在这儿被生下来，后又死在这儿，于是她把自己的孩子也偷偷地塞在这儿。”

③她沉默了片刻，梳着自己的头发，叹了一口气，

名师批注

①外祖母的解释，照应了前文外祖父和舅舅们对齐加诺克的不同态度，说明了一切的缘由。

名师批注

②通过描写外祖母给“我”讲故事和提到家庭日常事务时的不同态度，表现了外祖母在生活的重压下的无奈。

名师批注

③通过外祖母的动作描写，展现了她回忆过去时痛苦的样子。那些疮疤不可愈合，伴随着人一起生长。

眼睛望着天花板，又继续说：[①]“贫穷是一切灾难的根源，阿廖沙。那种赤穷的情况，简直用言语也无法形容。也有人推测，这是某个未出嫁的姑娘不敢养育孩子——她感到羞耻！你外祖父打算将这个瓦组什卡送到警察局去，我劝他说，这是上帝给我们送来的，给我们这个死了不少孩子的人家的。要知道我生过十八胎，假如所有的孩子都能存活——这么多人要一条街才住得下，一个家里就有了十八个儿女！你想想，我十四岁就出嫁了，刚到十五岁，就已经生下第一个小孩了；上帝爱上了我的骨血，将我的孩子一个个夺走，让他们在天堂里当天使。我既感到惋惜，又感到高兴！

“上帝将较好的都拿走了，给我留下一些次品。我十分喜爱伊万卡——我真的非常爱你们，小宝贝们！嗯，我们收养了他，给他施洗礼，于是他就活了下来，并且活得很好。我最初称他为茹克[33]——他，特别爱像甲虫一样发出嗡嗡声——活脱脱是个甲虫，成天在各个房间里爬来爬去，嗡嗡地叫个不停。后来我们才用齐加诺克[34]称呼他，表示他像茨冈人一样，曾经到处流浪，而我们收留了他。喜爱他吧——他是个朴实的小伙子！”

[②]我真的喜欢上了齐加诺克，他时常令我惊讶得说不出话来。

每逢星期六，当外祖父鞭笞完这个星期内的犯错者，独自去进行彻夜祈祷时，我们在厨房里开始了有趣得难以形容的生活场景：齐加诺克从炉子里取出逮来的一些黑色的蟑螂，迅速做成一副线织的马具，用硬纸剪成一乘雪橇，于是，四只蟑螂沿着刨得很光很平的黄色桌面拖着雪橇走来走去。

而伊凡一边用一根细长的木棍子指挥它们行进的方向，一边兴奋地高声叫着：[③]“驾着雪橇去接大主教哇！”

他在一只蟑螂背上粘一块小纸片，驱赶它去追那乘雪橇，解说道：“驾车的人忘了一个口袋，这个修道士扛着口袋，奔跑着。”

33 俄语甲虫的意思。

34 俄语中，齐加诺克是茨冈人的意思。

名师批注

①此处照应了前文，说明了齐加诺克的身世，也解释了他在家里身份特殊的原因，同时从另一个方面展示了外祖母的痛苦经历。

读书笔记

②“我”为什么会真的喜欢上齐加诺克？

名师批注

③孩童的天真在这一刻表露无遗，它不因家庭的压抑而磨灭，甚至显得愈加可贵。

他把一只蟑螂的脚都用线缠住——那只昆虫胡乱爬着，用脑袋上下乱钻。而瓦尼卡则喊叫着，拍着手。

“这个教堂执事在小酒店里多喝了几杯，现在急着去做晚祷呢。”

他让我们欣赏几只老鼠，它们在他的指挥下站立着，用后腿走路，身后拖着长长的尾巴，用机警的黑黝黝的眼珠子可笑地使眼色。

他小心呵护着老鼠，将它们放在自己怀里，用嘴巴给它们喂糖，亲吻它们，满怀信心地说：①“老鼠是一种聪明的动物，性情温顺，令人喜欢，家神挺爱它，谁喂养老鼠，家神爷爷就给谁赐福……”

他会用纸牌和半戈比的铜币玩魔术，他的声调比所有的孩子都高，他和孩子们打成一片，和他们没有任何区别。有一次，他和孩子们用纸牌玩“抽王八”的游戏，连续好多次他都抽到了“王八”，成了输家。这让他很不自在，委屈地翘起嘴唇，丢下牌走了。事后他一面向我诉苦，一面大声抽泣。

“我明白了，他们预先商量好捉弄我！他们互相使眼色，暗地里在桌子底下传递纸牌。难道这是玩牌吗？我也会耍这样的鬼，而且耍得更好！”

②他当年十九岁，比我们四个小孩的年龄加起来还要大。但特别令我记忆深刻的是他在节日晚上的表现。每逢节日，外祖父和米哈伊尔舅舅出门拜访亲友了，头发鬈曲、蓬乱的雅科夫舅舅却在厨房里露面了，他还带着一把吉他，外祖母准备了茶，外加丰富的凉菜，另外还有伏特加酒——这种酒以果实和药材泡成，装在一种四棱短口酒瓶里，一个这样的酒瓶能装一俄升酒，在酒瓶的底部有一些红色的花朵，这是工匠们用玻璃精心制作成的；齐加诺克穿着节日的服装，像陀螺一样四处转个不停；格里戈里师傅悄悄地侧着身子来了，他的眼镜的黑色玻璃闪闪发光；红脸膛、脸上有麻点，肥胖得如一个坛子的保姆叶夫根尼娅也来了，她眼神狡黠，说起话来如喇叭一样响。

有时来到这儿的还有毛发多的圣母升天教堂的执事，还有某些居心叵测、滑头滑脑的人，他们的形象

名师批注

①通过描写齐加诺克所做的游戏和对小动物的呵护，展现出他活泼、善良的性格特点，进一步加深了“我”和他的感情，拉近了两人之间的距离。

名师批注

②虽然齐加诺克的年龄比“我们”都大，但是他可以和“我们”一起玩耍，没有年龄上的隔阂，这种真挚的情谊令人难忘。

令我想起狗鱼和鳕鱼。

①在大家都吃饱喝足后——由于吃喝得过量，不得不总是打嗝，孩子们都得到了礼物，每人的酒杯里斟满了果露酒，一种热烈而奇妙的快乐情绪像火焰一样渐渐地燃烧起来。雅科夫舅舅不断地弹弄，调出琴音，可他在调音时，嘴里总是吐出同一句话："好了，诸位先生，现在我要开始了！"

他抖着蓬乱的绺绺长发，让自己的身体向那吉他倾斜过去，好像鹅一样伸长脖子；他那张无忧无虑的圆脸这时带着梦呓般的表情；活泼得不可捉摸的眼睛变得暗淡起来，好似蒙上了一层涂了油的雾。而且，此时他轻轻地拨弄着琴弦，弹奏出某种使人不由自主地站立起来的醉人曲子。

②他的音乐要求一种集中心神的静穆，音乐声好似一股匆忙的细流，从遥远的地方流到我们这儿，渗透入地板和墙壁，激动着人心，引诱出一种莫名其妙的感情，使人感到忧郁和不安。在这种音乐的笼罩下，人们开始以慈悲为怀，怜惜天下众生，也怜惜自己，大人也变成小孩了，恢复了童心，大家一动不动地坐着，融合在一片沉思的静穆中。

萨沙·米哈伊洛夫特别紧张地听着——他正襟危坐，脸朝向舅舅的方向，眼睛看着吉他，张大嘴巴，口水从他的两片嘴唇中流出来。有时他过于出神，以至于从椅子上摔了下来，双手重重地碰在地板上。一旦发生这样的情况，他就干脆坐在地板上，睁着一双凝滞发呆的眼睛。

大家都着魔了，进入恍惚状态，只有俄式茶炊在细细地鸣叫着，这种鸣叫声并不妨碍大家听着吉他的怨诉；两个正方形的小窗使人们的目光迅速进入秋天夜晚的黑暗中，偶尔有人会轻轻敲一下窗子。③在桌上，两支脂油做的蜡烛摇晃着黄色的火焰，尖尖的，好似一根长矛。

雅科夫舅舅的神情更加呆滞了，似乎他已沉沉入睡，牙齿咬得很紧，只有他的那双手还有一些生命活动的迹象——右手弯曲的手指在乐器黑色的声孔上方隐约难辨地颤动着，仿佛一只鸟在飞来飞去或打斗，左手的手指

名师批注

①通过描写节日里热闹欢快的气氛，与日常形成对比，突出平时家庭氛围的沉闷。

名师批注

②把雅科夫舅舅的琴声比作细流，表现了琴声的悠扬。琴声唤起人们的联想与感悟，在这种气氛下，彼此忘却了争吵、鞭笞，拥有一份难得的肃穆与平静。

名师批注

③在这难得的欢愉中，仍有某种矛盾在潜滋暗长，令人战栗。脂油做的蜡烛，那黄色的火焰尖尖的，似一根长矛，为下文做了铺垫。

以难以觉察的快速沿着乐器的按弦板飞动着。他喝醉了，几乎总是用牙缝里的声音——一种难听的咝咝声——唱着一首无头无尾的歌：

假如雅科夫日子过得猪狗不如——
雅科夫真该从早到晚地哭诉：
哎呀，我好寂寞！
哎呀，我好忧郁！
修女沿着街道漫步；
乌鸦停在栅栏上休息。
哎呀，我好寂寞！
蟋蟀在炉子后面不停地鸣叫，
一群蟑螂不安地爬来爬去。
哎呀，我寂寞得慌！
乞丐在外面晾晒包脚布，
却被另一个乞丐趁机偷走了！
哎呀，我寂寞得慌！
可不是吗，哎呀，我真忧郁透了！

这首歌的调子哀婉凄切，我听了无法自持。①当舅舅唱到“乞丐”一词的时候，我悲从中来，竟哇的一声哭了。

读书笔记

①为什么当舅舅唱到“乞丐”一词的时候，“我”会哭泣呢？

齐加诺克和大家一样，专心听着音乐，他的手指插在自己的黑色的发绺里面，眼睛看着角落，鼻子断续地发出呼哧声。有时他会出人意料地诉说着：“唉，要是让我有个好嗓子——我也会这样唱。老爷！”

外祖母叹了一口气，说道：“亚沙，你唱得如此卖力，你的精神会因过度紧张而崩溃的！而你，瓦尼亚特卡（齐加诺克的小名），也跳一会儿舞吧……”

他们并非总是马上满足她的请求，但常常有这样的情况——弹奏者会在刹那间突然用一只手掌紧贴着乐器的弦，用力从自己身上抛开某种不可见的无声响的东西，豪放地大叫道：“通通滚蛋吧！痛苦和忧郁！瓦尼卡，你开始跳吧！”

齐加诺克梳了梳头发，整了整黄色的衬衫，小心地准确地沿着各种家什走到了厨房的中心，他圆圆的腮帮发红了，难为情地微笑着，他请求道："请您奏快点儿，雅科夫·瓦西里伊奇！"

吉他发疯似的奏起来，鞋后跟细碎地敲着，桌上和橱柜里的器皿发出叮当的响声，在厨房的中央，火照得齐加诺克满脸发光，通身出彩；①他像一只老鹰一样，缓缓旋转着身子，双手像翅膀一样挥动着，一双脚悄悄地反复挪动着；他大喊一声，迅疾蹲下，像一只金色雨燕，扑向四处，其丝绸衣服的光泽使周围各处都熠熠生辉，而他身上的丝绸织品颤动着，光彩四溢，仿佛在燃烧和熔化。

名师批注

①运用比喻的修辞手法，把在雅科夫·瓦西里伊奇的琴声中跳舞的齐加诺克的形象刻画得十分鲜明。此时，他是沉浸在音乐中的，完全忘却了周遭的烦恼。

齐加诺克不知疲倦地、忘我地跳着舞，也许，如果能有一扇通往自由的门，他会跳着、舞着通过街道，经过城市，跳向未知的某处……

"来个串场！"舅舅雅科夫喊道，一面跺着脚，并且，他刺耳地打着呼哨，用十分激动的声音呼喊着俏皮的歌曲：

哎呀，如果我不怜惜我这双树皮鞋，
我早已远走高飞，抛开妻子儿女！

在桌子旁边的人们不时抽动一下身子，他们有时也大声喝彩，或轻轻地尖叫，仿佛他们也被热情烧痛了；蓄着大胡子的师傅拍着自己的秃顶，嘴里嘟囔着什么。一曲完毕后，保姆叶夫根尼娅认真地说："歌唱家和舞蹈家——都是这世界上的第一流人物！"然后她开始唱一首关于大卫王[35]的歌。

而雅科夫舅舅，一面拥抱齐加诺克，一面对他说："你如果能在酒肆里跳舞——你会使得酒鬼们神魂颠倒的……"

"我真想有一副好嗓子！"齐加诺克很惋惜地说，"如果上帝给我一副好嗓子，我要用它不停地歌唱十年，哪怕最后进修道院隐居也行！"

大家都喝伏特加，格里戈里师傅喝得特别多。外祖

35 指公元前 11 世纪末至公元前 950 年的以色列犹太国国王。

母一杯接一杯地给他倒酒，同时警告他说：“当心，格里沙（格里戈里师傅的爱称），你的眼睛会完全瞎了的！”

他十分认真地回答说：①“没关系！眼睛对我没有用处了，我什么都见过了……”

他并没喝醉，但是他越来越多话，几乎总是和我谈起我的父亲：“我的朋友马克西姆·萨瓦捷耶维奇是个心胸广阔的汉子……”

外祖母叹了一口气，表示赞成地说：“对，他是上帝的孩子。”

这天的一切都使我感到极其有趣，一切事情都能使我保持注意力集中的状态，可又有一种源自这许多事情的无法消解的忧郁悄悄地渗透进我的心头。②忧郁感和欢快感往往在人们心头同时并存，几乎难分难解，一种感触会以无法捕捉的难以理解的速度取代另一种感触。

外祖父家的一切都是古怪而令人激动不安的。

③我没有见识过另一种生活，但我模模糊糊记得，父亲和母亲生活在一起时是另一个样子的——他们之间有另一种语言，另一种欢乐，他们总是并肩行走，并排落座，十分亲密。到了傍晚，他们常常在一起嬉笑个不停，双双坐在窗户旁边，大声唱歌；他们走到街上，很能吸引路人的眼球，人们驻足不前，甚至围拢来观看他们俩。那一张张仰起来观看他们的脸很可笑，令我想起午餐后肮脏的盘子。

可在这儿，笑声是很少听到的，即使偶尔有笑声，但人们究竟在笑什么，并不是很清楚。人们常常互相喊叫，互相用什么威胁对方，或者在角落里隐秘地私语。孩子们都无声无息地待着，连大气都不敢出，谁也不把他们当人。他们被压得伏在地面，好像雨把尘土压向地面一般。

④我感到我在这屋子里是外人，这里的整个生活经历给我造成几十次心灵创伤，因而使我以怀疑的眼光看待这里的一切，也使我对这儿的一切事物都保持着紧张的关注。

我和齐加诺克的友谊与日俱增——外祖母从太阳升起到天黑都在忙于家务，我几乎成天在齐加诺克的

读书笔记

①如何理解格里戈里师傅的这句话？

名师批注

②这种沉重又矛盾的感悟在“我”的心底慢慢涌起，这是一种超乎年龄的成熟感，也代表着幼年的“我”生活的不幸。

名师批注

③插叙从前“我”和父母在一起的生活，与现在的处境形成对比，更加突出“我”在外祖父家与他们的隔阂和不愉快的成长经历，激发了读者的同情心。

名师批注

④直接描写“我”在这个家庭的感受，无法融入，游离在外，这是一种让人痛心的生活经历。

周围转。每逢外祖父鞭打我时，他依旧将自己的手伸到树条下面阻挡。某天，他向我展示他那肿胀的手指，委屈地说道：“不啦，这一切都用不着多说了！你并没有因为我伸手阻挡而轻松些，而我呢——你看这里！我再不干这样的傻事了，你自己瞧着办吧！”

①但下一次他依旧承受不必要的痛苦。

“你不是说过自己不再干这样的傻事了吗？”

“我不想这样做，但不由自主地又把手伸出去了……事情就是这样的，不由自主……”

②不久我知道了关于齐加诺克的某件事情，这件事更增加了我对他的兴趣和友爱。

每个星期五，齐加诺克就要把那匹枣红色的骟过的公马沙拉普套在一架宽阔的雪橇上，驾着马去市场上采购食品。外祖母很心疼这匹马，它淘气而调皮，爱吃美味的食品。临出门时，齐加诺克也要装备自己——头戴沉重的皮帽，身穿短到膝盖的皮袄，腰围绿色的宽皮带。有时他长久不归，家里的人都很不安，不时走到窗前，用哈气融化窗玻璃的冰，张望街上。

“回来了吗？”

“没有！”

外祖母越来越激动不安了。

③“啊哈，”她对着儿子们和外祖父说道，“你们断送了我的人，也断送了我的马！而你们这些没良心的东西，怎不感到羞耻呢？你们占有的东西还少吗？哎哟，你们这个愚人的家族，贪得无厌的人哪，上帝会惩罚你们的！”

外祖父皱着眉头嘟哝道：“嗯，好吧，这是最后一次了……”

有时齐加诺克直到中午才回来；舅舅们、外祖父都急不可耐地走到院子里去，外祖母跟在他们的身后，猛烈地抽着鼻烟，慢吞吞地走着，不知为什么，在这个时刻她总是动作不灵活。孩子们都跑了出来，从堆满各种各样的乳猪肉、宰杀的家禽、鱼制食品、一块块肉的雪橇上欢快地卸货。

“你按我原来的吩咐把一切东西都买来了吗？”

名师批注

①简单的一句话，交代了齐加诺克对“我”的爱护，他本可以不必遭受这些痛苦，但他依然去做了，这样的行为加深了我们之间的友谊。

读书笔记

②这一段有何作用？

名师批注

③从外祖母的行为和语言中，似乎预示着齐加诺克的外出是不同寻常的，这也引发了读者的阅读兴趣，为下文做了铺垫。

①外祖父问道，一面用机警的眼睛斜着打量载货的雪橇。

“该买的东西都买了。”齐加诺克高兴地回应着，同时沿着院子跳跃着，使身子暖和，将手套拍得震天响。

“别拍打手套了，这些东西都付了钱的。”外祖父厉声喊道，“找回的钱呢？”

“没有。”

外祖父绕着载货的雪橇慢慢地转，压低嗓门说：“你又运回了这么多东西。不过，据我看——有些东西是不是没付钱就拿了？我不准再发生这样的事情。”

②他立即走了，脸孔皱了起来。舅舅们欣喜地奔向载货雪橇，将家禽肉、鱼肉、鹅内脏、牛犊腿、大块大块的肉都捧在一双手中，估量其重量，嘴里吹着口哨，赞赏地呼叫着：“哎哟，你可真会挑！”

米哈伊尔舅舅特别高兴——他围绕着载货雪橇，精力饱满地蹦跳着，用像啄木鸟的鼻子嗅着各种各样的食物，嘴唇津津有味地吧嗒作响，一双不安定的眼睛甜滋滋地眯着，即使他和他父亲一样骨瘦如柴，但个子比父亲高，皮肤黝黑得像烧焦的树疙瘩。由于怕冷，他把一双手塞在袖筒里，③再三盘问齐加诺克：“父亲给你多少钱？”

“五卢布。”

“可这些东西值十五卢布，你究竟付了多少钱？”

“四卢布十戈比。”

“因此，有九十戈比留在你的口袋里。雅科夫，你看见了吗，他是怎样积攒钱的。”

雅科夫舅舅站立在严寒中，却只穿一件衬衫，他轻声笑了笑，朝着寒冷的蓝天眨眼睛。

“你呀，瓦尼卡，请我们喝半瓶伏特加酒就行了。”他懒洋洋地说。

外祖母把马从雪橇上卸了下来，一面跟马说话：“怎么样，好孩子？怎么样，小猫？想要玩一下吗？嗯，淘气吧，这是上帝允许的娱乐！”

④硕大无朋的骟马沙拉普忽然扬起浓密的鬃毛，用它白色的牙齿咬她的肩膀，猛然从她的头发上扯下丝

名师批注

①“机警”一词写出了外祖父的期待与忧虑，这是一种复杂的情绪，也代表着外祖父对齐加诺克的态度。

名师批注

②外祖父虽然在禁止齐加诺克的行为，但没有严厉地制止，这也是一种“纵容”，一定程度上助长了齐加诺克的坏毛病，加速了他的悲剧。

名师批注

③舅舅的盘问一步步还原事情的经过，答案十分明显了。齐加诺克并不是靠钱与物的交易得到这些丰厚的物资，而是靠非常规手段取得的。

读书笔记

④此处为什么要细致地刻画小马的行为动作？

质的头巾，用它欢快的眼睛瞥了她的脸孔一眼，抖掉睫毛上的某个东西，它轻轻地嘶叫着。

“你想吃小面包吗？”

她将一块放了很多盐的大面包片塞入它的齿缝中，又将围裙当作口袋放在它的嘴脸下面，接着面包渣，细心地看着它如何吃食。

齐加诺克也像那匹年轻的马一样轻快，跳着跑近她的身边。

“老奶奶，这真是一匹好马，如此能干。”

“走开去，不要在我面前讨好卖乖！”外祖母顿足叫道，“你要明白，我今天不喜欢你。”

①她向我解释她今天对他冷淡的原因——齐加诺克运回的食物大多不是花钱买的，而是偷来的。

“外祖父给他一张五卢布的钞票，他买了值三卢布的东西，可又偷回了值十卢布的货物，”她不高兴地说，“这个淘气的孩子爱偷！试着干一次——得手了，回家后大家都因侥幸成功而欢笑，夸赞他，于是他偷窃成性了。而外祖父从年轻时就受尽了贫穷的痛苦，临到老年就成了一个贪财的人，金钱对他来说比血肉相连的孩子们更宝贵，他喜欢白得来的东西！而米哈伊尔和雅科夫……”

②她挥了挥手，沉默了片刻，然后看着打开的鼻烟壶，继续添上，抱怨地说：“列尼亚，在我们家里，事情就像织花边一样，如果织花边的是一个瞎眼婆子，我们怎能看清楚那上面的花纹呢？伊万卡偷盗成性，要是被抓住，人家会将他朝死里打。”

她又沉默了一会儿，悄声对我说：③“唉，在我们家里，规矩倒很严，孩子稍稍犯错，就挨打，可就是没有真理。”

另一天，我试着劝齐加诺克，叫他不要再偷盗了。

“要不然人家会将你往死里打的。”

④“他们逮不到我的，我会及时逃脱，我很灵巧，马也跑得很快！”他微笑着说，但马上忧郁地皱起眉头，“要知道，我明白偷盗不是好事，而且非常危险。我这样冒险去干，是因为生活太寂寞无聊了。至于金钱，我没有存多少，不到一个星期，你的舅舅们就会把我的钱

名师批注

①此处终于揭开了众人对待齐加诺克不同态度的原因，也因此鲜明地刻画了家庭中不同人的性格特点。

名师批注

②此处外祖母的行为，体现了她的纯真善良和无可奈何，她心疼齐加诺克，但又无法改变这一切。

名师批注

③通过外祖母的语言描写，反映出这个家庭悲剧的根源，一方面对子孙们的犯错严苛对待，一方面却又助长不良习气，加深了读者对于这种家庭环境的厌恶。

读书笔记

④你如何理解此处齐加诺克的话？

诱骗光。我不吝惜，拿去吧！我有口饱饭吃就行了。”

他忽然把我抱在怀中，轻轻摇晃着：“你年龄小，性格柔和，身材纤细，相貌清秀，可你身子骨结实，四肢发达，你将成为一个孔武有力的人。你应该学会弹吉他，请雅科夫舅舅教你，真的！你还是小不点儿，孤苦伶仃，命不好！不过你虽年龄小，可脾气挺大。你爱不爱外祖父？”

“不知道。”

①“我不爱卡希林一家人，当然，老奶奶除外，让恶魔去爱他们吧！”

“可你爱我吗？”

“你——可不是卡希林家里的人，你属于佩什科夫家，不同的血统，不同的家族……”

他忽然收紧了双臂，几乎是呻吟着说：“唉，如果上帝给我一副歌手那样的嗓子……上帝呀！我就会使人民都振奋起来！走吧，小弟弟，我应当干活了。”

他把我放在地板上，拿了一把小钉子，开始拉紧一幅潮湿的黑布，将其钉在一块很大的长方形木板上。

②不久，他就死了，不是因偷盗被人打死的，而是被一项不堪重负的劳作压死的。事情是这样发生的——在院子里的大门旁，靠着栅栏处放着一个橡木做的十字架，这个十字架的下面有一个笨重的多瘢节的粗端。它平放在那儿。我刚住进来的时候就看到了它，当时它还是较新和较黄的，但是经过一个秋天的雨淋后，它完全变黑了。它发出被水浸过后的浓重的橡木的气味。在拥挤、肮脏的院子里，它明显是多余之物。

这个十字架是雅科夫舅舅定购的，他要将它竖立在自己亡妻的坟墓上，他曾许愿，在妻子亡故一周年那天，他要亲自扛着十字架前往妻子的墓地。

初冬季节的某个星期六，这一天终于来临了。这天十分寒冷，而且刮风，雪不断地从屋顶上飘散下来。这时节，屋子里的人都聚在院子里，而外祖父和外祖母早就带着三个小孙辈乘车前往墓地祭奠去了。③我被强留在家里，这是对我做错了某件事的惩罚。舅舅们都穿着清一色的黑色齐腰皮袄，他们从地上抬起十字

名师批注

①通过齐加诺克的语言，直白地表露了他对这个家庭的态度，与“我”不谋而合，这是我们的共同点之一，有同病相怜之感。

名师批注

②对于齐加诺克的结局是如此的“轻描淡写”，但这种悲痛是无可代替的。作者没有用太多的笔墨，但也让读者感受到了对于“朋友”之死的悲伤。

名师批注

③简单交代“我”为什么不在场，也说明了“我”是以一个旁观者的角度叙述齐加诺克之死的。

架，扛着似两翼的横木站起来，而格里戈里和另一个来帮忙的师傅则鼓足全身的劲抬起沉重的底部粗端，将其放在齐加诺克宽阔的背脊上。他一时失去重心，连忙叉开两腿。

“扛得起吗？”格里戈里问道。

“我没把握，好像很重。”

米哈伊尔舅舅粗暴地喊：①“打开大门，瞎眼的鬼！”

而雅科夫舅舅则说：“你应感到害羞，瓦尼卡，我们两个的力气都不如你！”

格里戈里在开大门的时候，还是在认真地告诫齐加诺克：“小心，不要强撑！愿上帝保佑你！”

“秃顶的傻瓜！”米哈伊尔舅舅从街上喊道。

②聚在院子里的人嬉笑着，大声谈论着，似乎他们都很高兴能将十字架移走。格里戈里·伊万诺维奇牵着我的手，领我到染坊里，对我说：“兴许今天外祖父不会鞭打你了。”他温和地望着外面大家一团欢快的场景。

③他让我坐在一堆准备染色的毛织物上，怕我冻着，细心地用毛织物将我齐肩裹好，他一面用心闻着从大锅里冒出的蒸气的气味，一面沉思着说：“好孩子，听我说，我结识你的外祖父已有三十七年了，我亲眼见到他的事业是怎样奠基的，现在我在看着他的事业的终结。我和他早年是知心朋友，和他共同创业，在一起谋划设计。你的外祖父可是一个聪明人！他让自己成了老板，可我就不会。可是，上帝比我们大家都要聪明——他只要笑一下，那最聪明的人就在傻瓜的队伍里眨眼睛了。你现在还不懂事，不理解人们说的是关于什么，人们做的是为了什么，可你应当懂事，理解一切。孤儿的生活是困难的。④你的父亲，马克西姆·萨瓦捷耶维奇，是一张王牌，他了解一切，正因如此，你的外祖父才不喜欢他，不承认他……”

这一番好话使我听着很惬意，我一面听他讲，一面看着红色的和金黄色的火苗怎样在炉子里闪动，乳白色的蒸气团怎样从染锅里升起，蒸气在歪斜的屋顶的木板上凝结成蓝色的霜，通过屋顶的多尘埃的缝隙可看到一线蓝色的天空。风开始停息，太阳在某处照

名师批注

①米哈伊尔舅舅粗暴的语言正是代表了他的性格特点，也是在这种压抑家庭环境下养成的必然语气。

读书笔记

②你如何理解聚在院子里的人们的行为呢？

名师批注

③通过描写格里戈里·伊万诺维奇的动作，表现了他对“我”的关爱，这是不同于家庭其他成员的温暖与呵护，让“我”的心中升腾出了不一样的情感。

名师批注

④文章到现在都没有正面介绍“我”父亲的为人，更多的是从别人的口中得到零星的信息。格里戈里·伊万诺维奇的话语更激起了“我”的好奇心，也推动了情节的发展。

耀着，院子里铺满了似玻璃粉的尘埃，雪橇的滑木在街上发出尖厉的噪声，烟从房屋的烟囱里冒出，袅袅上升，在空中盘旋，其清淡的影子在雪上掠过，仿佛在诉说着什么。

高个子、骨骼粗大的格里戈里留着浓密的大胡子，他没有戴帽子，露出一双硕大的耳朵，其形象好似一个施展善良法术的巫师，他一面搅拌着沸腾的染料水，一面反复告诫我说：①“你看任何人，都应该直勾勾地看着他的眼睛；当一只狗向你扑来，你也应直勾勾地看着它的眼睛，这样你才能坚持住。”沉重的眼镜压在他的鼻梁上，他的鼻尖充满发青的血丝，在这一点上，他很像外祖母。

“别出声，外面怎么啦？”他突然说，同时用心倾听着外面的动静，然后用一只脚关上小炉门，跳起来，向院子里跑去。我也尾随着他跑出去。

在厨房里，地板的中间，齐加诺克仰卧着；从窗外射入很宽的条状的光线，一条光线落在他的头上、胸脯上，另一条光线落在他的脚上。他的前额奇怪地发亮；眉毛高高地提起；斜射的眼睛静止地看着黑色的天花板；发紫的双唇，疼得哆嗦着，吐出玫瑰色的水泡；鲜血从嘴角流出来，沿着双颊流，流到脖子上，再流到地板上；从他的背部涌出的血形成了一条很稠很浓的小溪。齐加诺克的一双脚拙劣地瘫倒在那儿，肥大的灯笼裤看样子是潮湿的；两个裤脚沉重地粘在一块地板上。地板上的泥沙已经被冲洗干净了。②地板在阳光下闪闪发亮。血的溪流横过条状的光线，向门槛延伸，十分鲜红。齐加诺克一动不动，唯有沿着身体伸直的双手的手指在微动着，抓挠着地板，染色的指甲在阳光下闪闪发光。

保姆叶夫根尼娅蹲下来，将一支精细的蜡烛放入齐加诺克的手中，齐加诺克拿不稳它，蜡烛倒了，火舌浸没在血泊中。保姆竖起蜡烛，用围裙的下摆擦净，再度试着将它安放在齐加诺克那不安地微动着的手指中。一阵隐隐约约的低语声在厨房里飘荡，它像是一阵风，从门槛那儿向我吹来，但是我紧紧地抓住了门的把手。

“他的脚绊了一下。”③雅科夫舅舅的脑袋在颤

名师批注

①格里戈里·伊万诺维奇给“我”注入了不一样的力量，这是一种镇定与坚定的力量，也是其他家庭成员无法赋予“我”的。

名师批注

②如此触目惊心的场景让人不忍直视，齐加诺克的悲剧人生就这样画上了句号。作为他的好朋友，“我”无法接受这样的结果。

读书笔记

③你如何理解雅科夫舅舅的行为和神态呢？

抖，转来转去，用一种单调乏味的口吻述说着。

他整个神态是灰溜溜的，愁眉不展的，他的眼神失去了光彩，并且总是眨眼，说：“他倒下了，而他扛的底部粗端就往他的身上压下来，打在他的背上。这当儿我们也会受重伤，幸而我们及时丢掉了十字架。”

①“米哈伊尔骑着马追赶上教堂的父亲，”雅科夫舅舅非常小声地说，“而我却雇了一辆出租马车追赶他，要他尽快到这儿来……好在当时我自己没有扛十字架的粗端，要不然我也没命了……”

最初我在等待着齐加诺克叹一口气，起身坐在地板上，吐出口中的涎沫，开口说道：“呸，好热……”

②每逢星期天的午餐后，当他睡够了醒来时，他总是这样做、这样说的。但这次他没有起身，他的整个身体溶化了。

③我心中十分害怕，又感到冷，便开始向桌子下面爬，藏在那儿。后来，一群人来到厨房里，一拥而入，走在前头的是穿着浣熊皮袄的外祖父，随后是外祖母，她身着像麻袋包、有拖地下摆的大衣，接着是米哈伊尔舅舅，孩子们和一些外人。

外祖父将大袄脱下，丢到地板上，呼叫道：④“恶棍们！你们真不该使这个优秀的小伙子没了呀！要知道，再过五年他的价值就无法估量了……”

服装堆积在地板上，使我看不到齐加诺克。我爬了出来，落到外祖父的脚下。他将我扔到一边，举起一个发红的小拳头对舅舅们说：“豺狼们！”

外祖父坐在板凳上，一双手支撑在那上面，干巴巴地抽泣着，用尖声刺耳的声音说：“我明白——他活着碍你们的事，你们讨厌他……唉，齐加诺克……你这个大傻瓜！你走了，叫我今后怎么办，啊？我说，你叫我今后怎么办？马——人家的，驾驭马的缰绳——腐烂断掉了。最近几年里上帝不爱我们。”

⑤外祖母放平身子趴在地板上，用双手摸索着齐加诺克的脸孔、头部、胸部，向他的眼睛吹气，抓住他的手，揉搓着，推倒所有的蜡烛。然后，她沉重地站起来，脸孔铁青，黑头发、黑皮肤的身子被裹在闪光

名师批注

①从雅科夫舅舅的叙述中，解释说明了齐加诺克的死因，让我们看到了舅舅们的自私和暴力，这是人性丑陋的一面，也加深了“我”对他们的厌恶和愤恨。

②过去那个爽朗、可爱的齐加诺克可以恣意地说出：“呸，好热……”但现在，他只是无力地躺在地板上，这种对比令人无比痛心。

读书笔记

③为什么我在面对死亡时又一次“隐藏”了起来呢？

名师批注

④也许，外祖父怜惜的不全是齐加诺克的殒命，他还关注着齐加诺克所创造的“价值”，这种真实的想法令人不寒而栗。

⑤通过动作描写，细致地反映了外祖母不忍齐加诺克离开的心情，她试图叫醒他的肉体，让他在这世上多停留一刻。

的黑衣服里，可怕地圆睁双眼，声音不高地说：“滚开，你们这些天地不容的东西！”

除了外祖父外，所有的人都一窝蜂地从厨房里出去了。

①齐加诺克，这个被称作茨冈人的孤儿，被无声无息地埋葬了，并很快就被人们忘却。

我躺在一张宽大的床上，盖的被子很厚，有四层，耳边听着外祖母向上帝祈祷，她跪着，一只手抚心，一只手从容不迫地在胸前画着十字。

有时候她做祈祷的时间特别长，我真的睡熟了，就没有听见她是如何落床睡觉的。②长久的祷告总是在伤心、争吵和打架的日子里做的，听她做祷告的语句十分有趣，她会一五一十地向上帝陈述家中发生的一切事情。她跪着，好像一堆笨重而庞大的东西，最初难以分辨地迅速地耳语着，然后低沉而有力地嘟哝：“上帝，你自己明白，任何人都想过得好一点儿。就拿米哈伊尔来说吧，他是大儿子，他理应留在这个城市里，接管这个染坊，可他不得不坐船前往河的那一边去创业，他感到冤屈得慌。再者，那是个新地方，在那儿创业谁也没试过，将有个什么结果不得而知。可做父亲的偏爱雅科夫，难道这是好事吗，对孩子们的爱不均匀？老头儿是个执拗的人——上帝，开导一下他吧。”

③她那发银光的大眼睛盯着黑色的圣像，劝告自己心中的上帝说：“你，上帝，送一个好梦给他吧，使他能懂得应该怎样和孩子们分家！”

她画着十字，鞠躬到地，用她的宽大的前额磕头，又重新挺直身子，富有感情地说：④“瓦尔瓦拉本应该充满欢乐地微笑的！她哪一点惹你生气了，她哪一点比其他人更罪过了？这是怎么一回事呀——一个女人家，年轻、健康，却成天在忧愁中度日。上帝，你也要替格里戈里想一想，他那双眼睛越来越坏了。他一旦瞎了眼，就只能沿街讨饭，多不好！他把一生的力量都消耗在老爷子的事业上了，可老爷子难道可以……啊，上帝，上帝……”

名师批注

①他是一个孤儿，在这世上无依无靠，连死去也如一阵风一样吹过，不留痕迹，很快就会被人们所淡忘。但是，“我”真的可以忘却吗？

读书笔记

②外祖母为什么会一直祷告？

名师批注

③外祖母希望一切事情都如她预想的那样顺利、美满，可现实真的会这样吗？答案是不可能的，在这个失控的社会中，这个家庭不过只是一个缩影罢了。

名师批注

④外祖母为身边的所有人祈祷，唯独没有为自己祈祷，体现了她的善良，也使得人物形象更加饱满，进一步激发了读者对这个人物的敬佩之情。

她长久地沉默着，虔诚地低着头，垂着一双手，她仿佛睡熟了，冻僵了。

“还有什么要说的吗？”她回想着，并大声说着，皱着眉头，“上帝发发慈悲，拯救所有的东正教徒吧！我，一个该死的蠢货，请你饶恕我的各种过失，你知道我犯错不是出于恶念，而是糊涂愚蠢造成的。”

于是，她深深叹了一口气，用亲切的满意的口吻说：“一切事情，你，亲爱的，都知道，一切事情，你，上帝，都知道。”

这个外祖母的上帝和她是如此地亲近，令我十分喜欢，我常常请求她说：“讲讲上帝的事吧！”

她一提起上帝就以一种特殊的方式说话——语句非常轻，声调出奇地拖长，眯着眼睛，而且总是正襟危坐。常常，她先稍稍欠起身子，然后坐下来，匆匆披上头巾，并且长久地眯着眼睛说话，直到你睡觉了，她才睁大眼睛看。

“①上帝坐在一座小山上，处在天堂的草地中间，他的宝座是蓝宝石做成的，一丛丛的银白色的椴树覆盖着他，而且那些椴树全年都在四处开花；在天堂里既没有冬天，也没有秋天，花朵怎么样也不会凋谢，并且会不断开出新的花朵，上帝的侍者常年都不用愁，永远生活在欢乐中。上帝的身边有许多天使在飞翔，多得不可胜数，好似飞舞的雪花，或成群飞来飞去的蜜蜂，或者像许多白色的鸽子，从天上飞到地上，又从地上飞到天上，天使们向上帝讲述所有的事，有关于我们的，也有关于世人的。在那儿，我的，你的，或外祖父的事，天使都要向上帝汇报——上帝给每个人都派来了天使，上帝对大家都是一视同仁的。瞧，你的天使给上帝带来的信息是：‘列克塞朝外祖父伸舌头！’而上帝就做出安排：‘那么，让老头子鞭打他一顿吧！’就是这样，他根据不同的事实，把一切奖赏或惩罚，有关所有人的，回报给所有人——谁该遭到不幸，谁该幸福快乐，都被安排得明明白白，丝毫不偏差。就是这样，他把这一切都做得很好，天使们也皆大欢喜，他们拍着翅膀，不停地歌颂他：‘光荣属于你，上帝，光荣属于你！’而他，这个可亲可爱的，

名师批注

①这是令人艳羡的场景，被平和、温暖所包裹，它代表着外祖母内心对这种生活的追求，她把在现实中的不快反向投射到自己对于上帝和天堂的描绘中，代表了她内心的渴望。

仅仅对他们微笑——他的意思是说，好了，可以了！”

而她自己微笑着，摇着头。

“这是你亲眼看见的吗？”

①“没有看见，但我知道！”她沉思着回答说。

谈到上帝、天堂、天使时，她就返老还童了，显得十分温和，她的脸变年轻了，湿润的眼睛发出特别温暖的光。

我将那平滑而有光泽的沉重的发辫拿在手中，用其缠住自己的脖子，一动不动，出神地听着那些没有完结的永远不会令人厌烦的故事。

②“上帝不会让人看见——你如果看到他，就会成为盲人；只有圣徒们睁大眼睛，才能看到他。可我见过天使们，只有人的心地十分纯净的时候，他们才会现身。一次晨祷时我站在教堂里，两个天使走进教堂里，他们好像一片雾，晶莹透亮，通过他们可以看见一切东西，他们的翅膀达到地面，类似花边的网状花纹，像细纱一样薄而透明。他们围着圣坛的宝座转圈，帮助伊利亚神父，那神父是个老人，他举起衰弱不堪的双手，央求上帝，而天使们则支起他的胳膊肘。他十分衰老了，一双眼睛早已看不见，走路跌跌撞撞，碰着各种东西，尽管这一次传教在天使的帮助下顺利完成了，但此后他加速衰老，不久就逝世了。我那次看见天使，因欢喜而面目一新，心脏隐隐作痛，泪珠滚滚，啊哈，多么好哇！哦，列克塞，我亲爱的，无论在天上或是在地上，依傍上帝的事物都是好的……”

“难道我们这儿的事物也是好的吗？”

外祖母给自己画十字，回答道：“荣耀属于无比神圣的圣母，一切都是好的！”

③这种说法令我惶惑不安。我很难承认在这个家庭里一切都是好的；我感到，这儿的生活越来越坏。

有一次，当她跪着和上帝倾心交谈的时候，外祖父将门一把打开，走进屋内，用嘶哑的声音说道：“喂，上帝来光顾我们了——我家起火了！”

“你说什么呀！”外祖母喊叫道，她从地板上一跃而起，于是他们两个沉重地跺着脚，奔向前面大房

读书笔记

①为什么外祖母会如此笃定？

名师批注

②外祖母认为上帝是美好的，她颂扬上帝，也在幼小的“我”的心底种下了一颗善良的种子，让“我”始终相信美好，相信纯真。

名师批注

③通过事实否认了上文中外祖母所说的美好的场景，引出下文舅妈痛苦的独白和格里戈里想离开这里的想法。

间里的黑暗中。

①“叶夫根尼娅，取下圣像！纳塔利娅，给孩子们穿好衣服！”外祖母严酷地、声嘶力竭地命令着。

而外祖父则悄悄地悲号着：“咦呃……”

我跑出来，到了厨房里。朝向院子的窗户被照亮，仿佛镀了金一般，黄色的斑点沿着地板轻快地移动着。光脚的雅科夫舅舅穿上靴子，在黄色斑点上跳动着，仿佛他的脚板烧着了，口中喊叫着：“这是米什卡放的火，他放火后又溜走了，可不是！”

“哧，混帐东西。”外祖母说，将他推向门那边，以至于他差点儿摔倒。

②通过窗玻璃上的霜可以看见，染坊的屋顶在熊熊燃烧，一团火柱正旋转着，直往染坊打开的门外冒着火舌子。

我匆忙将一件短皮袄罩在头上，一双脚则伸进某双靴子里，好不容易走到过道，来到台阶上，一时目瞪口呆。明晃晃的火光使我眼睛发花，③外祖父、格里戈里、雅科夫舅舅等人的叫喊声和大火发出的噼噼啪啪的响声震得我的耳朵发聋，而外祖母的行为更使我十分惊恐——她匆忙将一个空口袋往头上一罩，再用一件马的披衣把自身裹上，直朝着火焰跑去，钻入烈火中，大声喊叫着：“硫酸盐、矾油，傻瓜们啊！烈火会使硫酸爆炸的！”

“格里戈里，拖住她！”外祖父哀号着，“哎呀，这下她可完了！”

④但转眼之间，外祖母就从火焰中跑出来了，她全身冒烟，头不停地摇晃，双手向前伸，捧着一个桶式的大玻璃瓶，里面盛满硫酸盐。

“孩子的爸，去把马牵出来！”她用嘶哑的喉咙大喊着，一面咳嗽，“快把我肩上的东西取下来——我身上在燃烧，难道你们没有看见吗？”

格里戈里连忙从她肩头取下燃着的马披衣，将其折断成两截，他开始拿起铲子，铲起大团大团的雪，投向作坊的门。

舅舅手拿一个铁锤，在格里戈里的身边跳动着。

名师批注

①通过描写起火时外祖母和外祖父的不同反应的对比，突出了外祖母的镇定自若，展现了她智慧的一面。

名师批注

②这一段是对火势的细致描写，展现了当时环境的险恶，也为下文外祖母奋不顾身冲入火海做了铺垫，更好地塑造了人物形象。

名师批注

③通过“我”的视角看到了不同家庭成员的反应，更加真实，也进一步彰显了外祖母的镇定。

读书笔记

④你如何理解外祖母的这个行为？

外祖父跑到外祖母身边，往她身上抛掷雪块。她把桶式大玻璃瓶塞进风吹积成的雪堆中，扑向大门，将大门打开，对蜂拥而来的人们说道："①粮仓，各位邻居，千万要守住粮仓啊！大火会蔓延到仓库和干草棚——我家的一切都烧光了，你们快去抢救自己的家当吧！扒掉仓库的顶棚，将干草都扔到园子里去！格里戈里，从上面抛，你怎么老往地下扔啊！雅科夫，不要待在那儿，给大家发斧子，发铁锹！各位邻居兄弟们，大家齐心协力救火吧，上帝会给你们帮助的！"

她的模样是如此漂亮，好像火焰一样动人心魄——她全身被火焰照亮，火仿佛要俘获她似的。穿着黑色衣服的她，在院子里四处奔跑，催促各处的事情，指挥着所有的人。大家都看着她。

骟马沙拉普跑到院子里来了，它向上一跃，像人一样立起来，把牵着它的外祖父吊了起来。火焰熏坏了它那双大眼睛，此刻它的眼睛里闪着红色的光亮。那马儿支撑在前腿上，开始发出呼噜呼噜的怪声，吓得外祖父放掉了手上的缰绳，喊叫道："孩子的妈，制服它！"

②外祖母奔到盘旋立起的马儿的脚下，张开两手挡着它。马儿像哭诉一般地长啸起来，身子向她伸过来，斜眼看着火焰。

"你不要害怕哟！"外祖母低声说着，拍着它的脖子，抓住缰绳，"难道我会把你遗留在这场恐怖的灾难中吗？哎，你哟，小老鼠崽子……"

这只小老鼠崽子的身躯要比她大三倍，可是它驯服地跟着她走，走向门槛，打着响鼻，仔细打量着她那被火光映红的脸孔。

保姆叶夫根尼娅将孩子们从屋子里领出来，这些孩子都包裹在毛衣、围巾等衣物中，嘴里发出低沉的含混的哭泣声，保姆叫道："瓦西里·瓦西里伊奇，列克塞不见了……"

"你走吧，你走吧！"外祖父回答说，一面挥着手。

我隐藏在台阶的梯级下面，所以保姆无法引领着我走。

③染坊的屋顶已经坍塌了；屋子里细小的桁架很不

名师批注

①外祖母不仅指挥大家救火，还劝告邻居们回家保护自己的粮仓和干草，体现出她在危急关头以大局为重、时刻为别人着想的高贵品质，也反映出家里其他人的自私和冷漠。

名师批注

②外祖母迅速制服马儿的动作，带着一种"英雄"的光辉，让我们看到了平日里柔和的外祖母在紧急时刻的担当，进一步丰富了人物形象。

名师批注

③描写大火中的场景，给读者身临其境的感觉，也推动了故事情节的发展。大火之后的家庭会怎样？吸引着读者的阅读兴趣。

像样地露在空中冒着烟，它们被烧成了木炭，闪着金色的光。建筑物的内部，绿色的、蓝色的、红色的火旋在爆炸，伴随着呼啸声和碎裂声，一股股的火焰扑向院子，朝救火的人群扑来，这些人正铲起雪块，朝熊熊大火扔去。几口大锅里的水在火中猛烈地沸腾着，蒸汽和烟形成的浓厚的云团向上升起，一些奇怪的气味在院子里弥漫开来，熏得人眼睛直流泪。

我从台阶下面蹿出来，落到外祖母的脚下。

"走开！"她喊道，"他们会踩死你的，走开！"

一个戴着有冠状物铜帽的人骑着马闯入了院子，棕红色的马喷洒着唾沫，而他则高举握着短鞭的手，大声斥责着、威胁着："闪开！"

一些小铃铛欢快而急促地发出尖细的金属响声——这一切的一切都像过节似的好看。

外祖母将我推到台阶上："我在和谁说话？走开！"

①在这种时刻不听她的话是不可能的。我离开院子，走进厨房里，再度贴近窗户的玻璃，但是在黑漆漆的人团后面已经看不到火光了——只是那大铜盖帽在许多冬天常戴的黑帽子和有遮檐的便帽中闪闪发光。

火很快被压制下去，只有地面还有余火，人们用水浇灭零星的火，或用脚踩灭。

那警察忙着驱散民众，外祖母也走进了厨房。

"这是谁呀！是你在这儿？你还没有睡，害怕吗？不要怕，一切都已经结束了……"

她跟我坐在一排，沉默着，不时摇晃着身体。

一切又重归静谧。夜晚，黑暗又笼罩了大地，但火灭了，外面没什么好看的了，真怪可惜的。

外祖父走进来，停在门槛上，问道：②"孩子妈？"

"什么事？"

"你烧伤了吗？"

"不要紧。"

他划燃了一根硫黄做的火柴，蓝色的光照亮了他那涂满烟灰的黄鼠狼一般的脸，他审视着桌上的蜡烛，慢条斯理地在外祖母的旁边坐下来。

"你去洗洗脸吧。"她说。尽管她也是满脸烟尘，

名师批注

①在这次火灾事故中，大家都乱作一团，只有外祖母稳定住大局，她的睿智在这一刻绽放着光芒，使得所有人都必须要听她的指令。

读书笔记

②从外祖父和外祖母简短的对话中，你读出了什么？

身上还散发出刺鼻的煤烟气味。

外祖父叹了一口气，说："上帝总是施恩于你，让你具有非凡的明智……"

他看了看她的肩膀，又龇着牙，添了一句："他让你在很短的时间内，在一小时内很明智……"

①外祖母也笑了笑，想说什么，但是外祖父阴沉着脸道："这个格里戈里，应该将他解雇了——这次失火就是他看管不严、疏忽大意造成的！这个干粗活的用人已丧失工作能力，已活过头啦！雅科夫坐在台阶上痛哭着，这个傻瓜……你去看看他吧……"

她起身走了，同时举起一只手对着自己的脸，用嘴吹手指。而外祖父眼睛都不瞧我一下，问我道：②"整个火灾你都看到了，是从一开始就看到的吗？外祖母这样莽撞，这又犯得着吗？要知道她已经是个老太婆，掉下来的东西会打在她身上，会伤了她的筋骨的……可是，真有她的，啊，你们这些人啊。"

他向我弯下腰来，长久不作声，然后挺起身子，用手指摘掉蜡烛烛芯的炭头，又问我道："你害怕吗？"

"不害怕。"

"没什么害怕的。"

他暴躁地从肩膀上扯下衬衫，走向屋角的洗脸盆，他在黑暗的角落中跺着脚，大声说："失火——是一件十分糟糕、愚蠢的事情！应当把那个引起火灾的人押到广场上示众，进行鞭打！这人是个低能儿、愚夫，要不然就是个恶人、扰乱分子、窃贼！只有这样办，以后就不会失火了！去吧，去睡吧，坐在这儿干吗？"

③我走了，但是在这一晚是睡不成觉的。我刚躺到床上，就有一道道让人无法忍受的哀号声将我从床上掀起。我再度跑到厨房里，只见外祖父站在厨房的中间，他手里拿着蜡烛，蜡烛在颤动着，他用脚蹭着地板，发出沙沙声，但还是站在原来的地方，用沙哑的声音喊道："孩子的妈，雅科夫，这又是怎么回事呀？"

我跳上了炉子，钻入一个角落里。

住宅里又忙乱起来，和失火时一样，一个有节奏的声音波浪似的在天花板和墙壁中间回荡，这声音越

名师批注

①外祖母和外祖父的不同反应，体现了两人性格的差异。

名师批注

②外祖父表面上是在埋怨外祖母，实际上是在担心她，这也体现了外祖父性格中柔和的一面。作为丈夫，他也是关心妻子的，丰富了人物形象。

名师批注

③一波未平，一波又起，新的情节在推进，人物又一次被推上了命运之轮。这是难以成眠的一夜，也是人性再次暴露的一夜。

来越大，是一种声嘶力竭的哀号。

①外祖父和舅舅像发疯了似的跑着，外祖母在高声大叫，把他们从那儿驱赶出去。格里戈里磕磕碰碰地搬弄着劈柴，将其塞入炉子里，又将水注入一些铁罐子里，他在厨房里来回走动，摇着头，好像阿斯特拉罕的骆驼一般。

“你应该先给炉子生火！”外祖母命令道。

他跑去取引火的松明子，碰到了我的脚，吃惊地喊道：“谁在这儿？哦，把我吓了一跳！你怎么到处乱跑？你不应当待在这儿。”

“这么忙，是怎么一回事？”

“纳塔利娅舅妈在分娩。”他若无其事地说道，然后从炉子上跳到地板上。

②我记得，我的妈妈生小孩的时候，可没有这样喊叫。格里戈里将这些铁罐子放在火上，爬到炉子上，向我爬过来，从衣袋里取出一个陶土制的烟斗给我看。

“我开始抽烟了，为了治疗眼睛！你的外祖母劝我闻闻鼻烟，可我认为还是抽烟为好……”

他坐在炉子的边缘上，耷拉着腿，眼睛往下瞧着可怜的烛光。他的一只耳朵和一边脸都被煤烟熏脏了，衬衫的一侧也被撕破了——我看得见他的肋骨，很宽大，好像桶箍。他的眼镜的一个玻璃镜片也破碎了，几乎有半个玻璃镜片从镜框中脱落了出来，而在这个缺镜片的孔洞里看得见一只红色的眼睛，很湿润，好像伤口一般。

他一面往烟斗装烟叶，一面倾听着产妇的呻吟，并且含糊地说着不连贯的话，使人觉得这是一个醉汉在胡说：“你的外祖母倒是真正烧伤了，她怎么能承担起接生这个任务呢？你听，你的舅妈在痛苦地呻吟！一家人都忘记了她。你要知道，火灾刚发生的时候她就开始阵痛——是吓着了……这说明生孩子是件困难的事情，可人们并不尊敬婆婆和妈妈！③你应记住，应当尊敬婆婆和妈妈，也就是尊敬母亲。”

外面的吵闹声、门的开关声和舅舅充满醉意的呼喊在我耳中慢慢“消失”，我打起瞌睡来，然后睡了好一阵，迷迷糊糊之中，几句奇怪的谈话飞进了我的

> **名师批注**
>
> ①又是一个混乱的场景，舅妈要生孩子了，家庭里的人在火灾之后又迅速投入到了新的慌乱之中。

> **名师批注**
>
> ②把舅妈生孩子时的情景和“我”的母亲做对比，侧面突出了母亲的坚强勇敢，表现了“我”对母亲的爱和崇敬。

> **名师批注**
>
> ③对女人的同情和尊敬体现了格里戈里不同于这个家庭中其他男人的一面，他正直、仁慈，是这个家庭的一个独特的存在。

耳朵："上帝的大门应当打开[36]……"

"给她喝拌有糖酒和烟油的长明灯油，半杯长明灯油，半杯糖酒，加上一汤匙厨房的烟油。"

米哈伊尔舅舅死乞白赖地央求着："让我看一眼……"

①他坐在地板上，叉开双腿，向自己的前面吐痰，用一双手掌拍打着地面。

炉子上开始热不可耐了，我爬了下来，当我的身体落到与舅舅平齐的时候，他抓住我的一条腿，猛然一拉，于是我仰面朝天地跌倒了，后脑壳撞在地板上。

"混账！"我对他说。

他跳了起来，再度抓住我，吼叫着，举起我向炉子的方向投掷："我要让你撞炉子！"

等我神志清醒过来时，我在前室的角落里，一些圣像的下面。我躺在外祖父的大腿上，他摇着我，轻声说道：②"我家没有一个人是无罪的，没有一个……"

在他的头上，长明灯明亮地照耀着，在房间中间的桌上，点着一支蜡烛，而窗外已经模糊地显出冬日早晨的旭光。外祖父朝我躬下身子，问道："你觉得疼吗？"

我全身都疼，我的头是湿淋淋的，全是血，身体很沉重，但我不想诉说这些感觉。③周围的一切是如此奇怪，吸引了我的注意力。房间里所有的椅子上都坐着陌生人——一个神父，穿着雪青色的法衣；一个白发苍苍的老头，戴着眼镜穿着军装；此外还有许多人，他们都一动不动地坐着，好像泥塑木雕一般。时间似乎在等待中凝固了，耳边听着附近不知哪儿的水的拍溅声。

雅科夫舅舅靠近门边框站着，挺直身子，一双手藏在身后。外祖父对他说："喂，领这个孩子睡觉去。"

舅舅伸出一只手指，招呼我跟他走。他踮着脚走到外祖母房间的门前，当我爬上床时，他附在我的耳边说：④"那个纳塔利娅舅妈[37]死了……"

36 "上帝的大门"指教堂中通到经台的门，迷信者相信，只要求神父打开这扇门就可以解救难产。

37 小说中纳塔利娅是米哈伊尔的妻子，实际上米哈伊尔的第一个老婆不叫纳塔利娅，而叫玛利亚·基里洛夫娜（出嫁前姓哈尔拉莫娃），1869 年她死于难产。同年，雅科夫的第一个妻子也死了，身后留下两个孩子：亚历山大和卡捷琳娜。

读书笔记

①你如何评价米哈伊尔舅舅的行为？

名师批注

②外祖父的话昭示着这个家庭的畸形，本是温暖和睦的大家庭，却因为利益而分崩离析，这个家始终是充满残暴和冷漠的。

名师批注

③通过"我"的视角，介绍周围的环境，也推动了情节的发展。

名师批注

④纳塔利娅舅妈死了，她的生命在这场大火后逝去，也终结了她的水深火热的生活。不知是该悲哀还是该庆幸？

这事并不令我惊讶——她已经长久没有在日常生活中露面了，无论厨房里，或是餐桌边，都不见她的影子。

“那外祖母在哪儿呢？”

“那边。”舅舅回答说，挥了挥手，然后便走了，仍旧是光着脚、踮着脚走的。

我躺在床上，向四面张望，看见某些人的毛发或很浓密，或是白发苍苍，他们都两眼无光地把脸贴在窗玻璃上。在角落里的大箱子上，悬挂着外祖母的衣服——我认得是她的。但是这当儿我觉得，①那儿隐藏着某个活生生的人，并且在期待着什么。

名师批注

①在这样的家庭中，如果全然泯灭自己的希望和期待，那便是无尽痛苦的。童年的“我”虽然明了这种处境，但内心还是泛起了点点光辉。

我把头埋在枕头下，用一只眼睛看门，我很想从羽绒褥子里跳出来，向外逃跑。

我感到很热，呼吸着这种浓厚的难以忍受的气味，使我不由得想起齐加诺克死亡时的情景——血沿着地板流向四处，在他的头上和胸脯上都长出难看的肿块。在这栋住宅里我看见了许多事情，现在这些事一连串地在我眼前重现，好像载重马车队在街上鱼贯经过，这些事压迫着我，使我感到十分难受……

门十分缓慢地开了，外祖母进了屋子，她几乎是爬进来的，她用肩膀掩上了门，背靠在门上，将一双手伸向长明灯的蓝色的光，轻轻地、孩子气地哭诉着说：②“我的一双手，一双手疼痛啊……”

读书笔记

②你觉得外祖母仅仅是手痛吗？

名 师 赏 析

齐加诺克无疑是凄惨的，他的死亡是偶然，也是必然。可悲可叹的是舅舅、外祖父及其他人的态度，鲜明地体现了这个家庭中人与人之间的虚伪、冷漠，也在“我”的童年记忆中留下了不可磨灭的印记。但外祖母在我的心中，依然是美好的存在。在意外的火灾中，她展现出了刚毅坚强的一面，和其他人的态度形成了鲜明的对比。她颂扬天使和上帝，厌弃魔鬼，不正体现着她的追求吗？

积累与运用

· 好词 ·

忧郁 嗔恨 惬意 恍惚 呆滞 静穆 狡黠 疲惫 黑黝黝

含讥带讽 阴谋诡计 漠不关心 神魂颠倒 居心叵测

正襟危坐 凝滞发呆 哀婉凄切 泣不成声 语重心长

· 佳句 ·

◆ 他抖着蓬乱的绺绺长发，让自己的身体向那吉他倾斜过去，好像鹅一样伸长脖子；他那张无忧无虑的圆脸这时带着梦呓般的表情；活泼得不可捉摸的眼睛变得暗淡起来，好似蒙上了一层涂了油的雾。

◆ 火照得齐加诺克满脸发光，通身出彩；他像一只老鹰一样，缓缓旋转着身子，双手像翅膀一样挥动着，一双脚悄悄地反复挪动着。

◆ 风开始停息，太阳在某处照耀着，院子里铺满了似玻璃粉的尘埃，雪橇的滑木在街上发出尖厉的噪声，烟从房屋的烟囱里冒出，袅袅上升，在空中盘旋，其清淡的影子在雪上掠过，仿佛在诉说着什么。

· 美文仿写 ·

雅科夫舅舅弹奏的音乐给听众带来了不一样的感官体验，你是否也有过这样的感受？请你仿照下面的一段文字，细细地描绘出来。

他的音乐要求一种集中心神的静穆；音乐声好似一股匆忙的细流，从遥远的地方流到我们这儿，渗透入地板和墙壁，激动着人心，引诱出一种莫名其妙的感情，使人感到忧郁和不安。在这种音乐的笼罩下，人们开始以慈悲为怀，怜惜天下众生，也怜惜自己，大人也变成小孩了，恢复了童心，大家一动不动地坐着，融合在一片沉思的静穆中。

第二章 检测卷

（共 20 分）

一、填空题。（每空 1 分，共 10 分）

1 齐加诺克在家庭里地位特殊，因为他是 ________ 在门口捡来的孩子。与跳舞相比，他更希望自己拥有一副 ________。

2 齐加诺克运回的食物大多不是花钱买的，而是 ________。他被“我”规劝时，认为自己不会被逮到，因为他会 ________。

3 “我”和 __________ 的友谊日渐加深，每逢外祖父鞭打“我”的时候，他都会帮“我”用身体挡住，替“我”受罚。

4 齐加诺克不是因 ______ 被人打死的，而是因为雅科夫舅舅要为亡妻献上 ________，扛着重物的他不慎被压死的。

5 染坊的大火是 _________ 放的，当晚 ________ 指挥大家救火，表现出了不一样的刚毅，但在当晚，________________ 因为生产，不慎失去了生命。

二、简答题。（每题 5 分，共 10 分）

1 试分析齐加诺克的人物形象。

2 试简述纳塔利娅舅妈的人物形象。

参考答案

一、填空题

1 外祖母；好嗓子。

2 偷来的；及时逃脱。

3 齐加诺克。

4 偷来的；十字架。

5 米哈伊尔；外祖母；纳塔利娅舅妈。

二、简答题

1 齐加诺克是一个身世悲惨，但幽默有趣、善良仗义、乐观向上的人。他是外祖母捡来的孩子，偷窃是他在这个家庭里生存的无奈之举，他也是两个舅舅争夺的对象，最后却死于劳作之中，一生充满着悲剧色彩。他在悲惨的生活中能够自娱自乐，替“我”受罚，有着高超的舞技，希望有一副好嗓子，时常保持着对生活的热情。

2 纳塔利娅舅妈是一个单纯善良、性格软弱、不懂反抗的底层妇女形象。她教“我”识字背诗，对“我”很温和。

第三章

名师导读

初春的时候，外祖父终于和舅舅们分家了。此时，“我”和外祖父、外祖母过上了短暂宁静、祥和的生活。但好景不长，家庭冲突再次爆发，剑拔弩张的情形又会给这个家庭带去怎样的伤害呢？这一章的故事充满着争执、猜忌、纷争，甚至还伴随着打斗、流血，在这样一地鸡毛的生活中，是否还能留得住温情呢？

将近春天时，舅舅们分家了，雅科夫留在城里，米哈伊尔迁到河那边去了。外祖父给自己买了一栋宽大而有奇趣的住宅，坐落在波列伏伊[38]街头，住宅是由石头砌的。底层有一个小酒店，顶层阁楼[39]有一个十分舒适的小房间。住宅旁还有一座向一条沟壑伸展的小花园，那沟壑里长着密集的柳树，看起来好像竖立着许多光秃秃的枝条。

“这就是打人用的树条！”外祖父说道，喜笑颜开，向我使眼色。当时我正和他一起沿着柔软的化冻的花园小径漫步，我东张西望间，只听到外祖父继续说：①“过不久我就要教你读书识字，这么一来，这些树条就有用场了……”

整个房子都被租屋的房客挤占了。外祖父只留下上层的一间大房间，供自己居住和接待宾客，而外祖母则领着我住在顶层阁楼里。阁楼有一扇窗户，面向街道，如果把身子弯下来，超过窗台，可以看见街上的景色，

名师批注

①外祖父的话暗示他会再次用树条抽打“我”，为下文埋下伏笔，侧面描写出外祖父的狡诈和残暴，画面感极强。

38 又译田园大街，即现在的高尔基大街。

39 指天花板和房顶之间可以睡人和放东西的地方。

也可以看见一些酒客在小酒店里出入。每逢节日的晚上，总有好些喝醉酒的人从店里踉跄而出，甚至爬出来，他们东倒西歪地沿着街道走着，大叫一声，就跌倒在地。有时他们醉得不省人事，被人们从酒店扔到路边，像扔一个麻布袋一样，可他们稍稍清醒又来撞酒店的门，门被撞得砰砰响，声音刺耳，门框不时发出尖锐的响声，开始打架了——①从上面观看这一切是十分好玩的。

外祖父一清早就坐车到儿子们的染坊里去，帮助他们安排生产，晚上归来时很疲劳，神情抑郁，爱发脾气。

外祖母做饭，缝补，在菜园和花园里翻松土地，成天转来转去，忙个不停，好像一个巨大的陀螺，督促她的是一条无形的鞭子。她不时闻一下鼻烟，痛快地打个喷嚏，一面擦脸上的汗珠，一面说道：②“你好哇，真实无欺的世界，永远绵延不断的时代！你瞧，阿廖沙，可爱的宝贝，我们平静地生活了多久呀！感谢天上的主，这一切再好不过了！”

但我没有感到我们在平静的环境里生活——从清早到日暮，房客们就在院子里和屋子内奔走不息，手忙脚乱的。而女邻居就更不用说了，她们都似急急忙忙地要到哪儿去，总是晚了，大声叹息。她们又似都准备要做什么事，总是呼唤着：③“阿库林娜·伊万诺芙娜！”

阿库林娜·伊万诺芙娜对大家总是一个样地温和地微笑着，对所有的人都是温柔地关心着。她用大拇指将鼻烟壶安放在鼻孔里，用一条红色的方格手帕精细地擦净鼻子和手指，说道：“我的女士们，对付虱子，你们应当经常在浴室里洗澡，而且应在薄荷的蒸汽里泡蒸汽浴，如果长了癣疥——您不妨取最纯净的一食用调羹鹅脂肪、一茶匙升汞溶液、三滴沉重的水银，将这些东西混合放在一个茶碟里，用陶瓷碎片研磨七下，用这种东西涂擦皮肤！如果用木制调羹或骨制调羹研磨——水银就会消失；用铜调羹或银调羹是不允许的——对皮肤有害！”

有时她想了一下，得不到结果，就劝告提问者说：

名师批注

①从“我”的视角展现了顶层阁楼的生活化的气息，虽然生活是嘈杂吵闹的，但至少是有人情味儿的，这也为下文外祖母的享受做了铺垫。

读书笔记

②通过外祖母的语言，你读到了什么信息？

名师批注

③频繁被唤起的名字反映了外祖母在邻里之间地位的重要性，她以活泼开朗的性格影响着大家。

“您，大娘，去找住在佩乔雷修道院[40]的苦行修士阿萨夫吧，我无法回答您。”

①她常常给妇女接生，经常出面排解邻里的纠纷和争执，常给孩子治疗小伤小病，常常在妇人们面前背诵圣诗《圣母的梦》[41]，为了使妇女们记熟这首圣歌，从而“得到幸福”，在诵完诗后，她往往要加几句，介绍持家的好经验：“黄瓜长到该当腌制的时候，它就自己显示出特征来，如果它不再留恋土地，会停止发出各种异味，此时你们就要将它摘下来，动手腌制了。克瓦斯（一种清凉饮料，酸中带甜）应当储存一个时段，其味道才浓厚，产生泡沫。克瓦斯不要做得太甜，只要往其中加一点儿葡萄干就可，要不然就放一点儿糖，一维特罗（俄国液量名，约等于12.3升）克瓦斯放一佐洛特尼克（旧俄重量单位，约合4.27克）糖就够了。经过高温处理的酸乳的做法各色各样，既可做成多瑙河的味道，又可做成西班牙风味，要不然就做成高加索风味的……”

我整天依傍在她身边，无论她在花园里散步，或在院子里做家务，或者走访左右街邻，我都不离开她半步。她在邻舍家喝茶，往往一坐就是几个小时，滔滔不绝地讲述各种各样的古代故事。我就是这样傍着她长大的。我不知道，②在这段时期的生活中，除了这个不安静的不断行善的老妇人外，我心底还存留着什么别的事物。

有时，在很短时间内，母亲不知从哪儿冒了出来。她很骄傲，穿戴齐整，用她那冷淡得好似冬天的太阳的灰色眼睛观察着一切，然后很快就消失了，没有给我留下太多关于她的印象。

③有一次我问外祖母：“你是巫婆吗？”

“哟，看你想到哪里去了！”她笑了笑，立刻若有所思地继续说，“我能从哪里学到巫术哇，巫术是

名师批注

①外祖母在邻里之间忙碌着，这时候的她应该是快乐充实的。不必为家庭的琐事所烦忧，也不必为孩子们的残暴而伤心。平静祥和的生活是外祖母一直想要追求的。

名师批注

②外祖母眼里的生活是安静、美好的，但这样的生活使“我”感到厌烦。此时的“我”能够记得的是这个妇人的美好，但也暗示着可能还有其他的事情发生。

读书笔记

③想一想为什么“我”会问外祖母“你是巫婆吗”这个问题？

40 佩乔雷修道院建于1328—1330年间，坐落在下诺夫哥罗德市郊外，高高耸立在伏尔加河岸边。1597年因山体滑坡被毁，新建的修道院距市区更近了。1794年在原修道院的旧址上修建了一座教堂。

41 一首宗教叙事诗，讲圣母梦见耶稣遇难，最后被钉到十字架上的故事。

门很难的学问。可我没文化——不会读书写字，家里只有外祖父能识字，圣母不让我成为聪明人。”

①于是她在我面前展开她自己生活的一面：“要知道我也是一个孤儿，我母亲是个无田地的贫苦农妇，而且是残疾人。当她还是一个少女的时候，一个老爷非礼她，恐吓她。在一个夜晚，她十分恐惧地从窗口跳下，侧边的肋骨摔断了，肩膀也摔坏了，从那以后她最有用的右手就逐渐萎缩了，可她，我的妈妈，曾经是一个著名的织花边的女工。于是她就成了老爷们不需要的人，他们让她自谋生活——你自己打算怎样活，就怎样活吧。可没有手又能怎样生活？于是她到处流浪，向人们乞讨。那个时候，人们生活较富有，心地较善良——那些穿宽大长袍的巴拉赫纳[42]的木匠和知名的织花边女工都是些好人。我们老是这样到处流浪，我和她，我的妈妈，一年四季都是沿着城市流浪，②而当加百列[43]天使长，挥舞着剑驱走冬天，春天笼罩着大地的时候，我们就流浪得更远，朝目光所及的地方远行。

“我们常去的地方有穆罗姆[44]、尤里耶维茨[45]等城市，我们还溯伏尔加河而上，或沿着静静的奥卡河流浪。春夏季节，在大地上旅行感到很惬意，土地令人感到亲切，草地似丝绒，最圣洁的圣母将多种颜色洒满了田野，在那个时候我真的感到快乐，在那种环境下我的心胸多么辽阔！而我的妈妈呢，常常闭着一双蓝色的眼睛，开始朝着广大的天空吟唱，她的嗓子缺乏力量，但她的银铃般的声音，使得周围的人们仿佛微微入睡了，一动不动地听她歌唱。真该感谢上帝，

名师批注

①外祖母的开朗、平和的性格之下隐藏着悲惨的过去，通过外祖母的讲述，让我们对她的人物形象有了更加深刻而明确的理解。

名师批注

②生活是始终充满苦难的，当外祖母和她的母亲遭遇着饥寒交迫的困境时，她们只能通过不断远行来获取生存的资本。

42 伏尔加河码头城市，位于下诺夫哥罗德州。始建于1474年，有铁路车站和纸浆造纸联合企业。为外祖母原来的住处，外祖父的出生地。

43 耶稣教神话中的大天使，他慰劳人类，同情人类，曾向希伯来人的先知但以理解释异象，向未婚的圣母玛利亚预言其子耶稣的诞生。3月26日为加百列天使日，是冬季结束的日子。

44 弗拉基米尔州的城市，奥卡河码头，12—15世纪曾是穆罗姆公国的都城，铁路枢纽，有科西玛和达米安教堂（建于16世纪），圣三一修道院（建于17世纪）。

45 伊万诺沃州城市，伏尔加河港口，始建于1225年，1778年设市，有亚麻纺织厂和木材加工厂。

生活是多么美好哇！不知不觉我就这样度过了九年时光，在那段时间里，妈妈就是这样拉扯着我很不体面地到处流浪，以乞食为生，日子长了，妈妈也感到不好意思起来，她就在巴拉赫纳定居，不流浪了。但她仍旧独自在大街上挨门挨户讨饭，逢上节日，便在各教堂门前的台阶上求施舍。①而我则待在家里，学习编织花边，我紧张地学习着，心想要尽快学好赚钱帮助妈妈，有时候，哪一点没学会，我就急得流泪。

“你要明白，我小小年纪，只花了两年时光，就学好了这门技艺，并且在城市里出了名——只要有谁需要好的花边工艺品，就立刻找到我家来。喂，阿库丽亚（阿库林娜的爱称），抖动一下编花边的小木轴吧！我高兴极了，因为门庭若市。对我来说，那些时光和过节一样。当然，不是我的技艺好，而是妈妈指导得好。她虽然只有一只手，无法实际操作，但她很会指导。一个好的指导者抵得上十个实际操作工。唉，此时我骄傲起来了，我说：‘妈妈，你别沿街讨饭了，现在我一个人劳动能养活你了！’可妈妈对我说：‘闭嘴吧，你要知道，这是给你积累置办嫁妆的钱呢。’于是你外祖父很快冒出来了，他是个出众的小伙子，二十二岁，已经是驳船上的工长。他的母亲仔细观察后看中了我[46]，她见我是一个普通的编织工，一个乞妇的女儿，这意味着一定会温顺听话，就这样……可她是一个恶毒的村妇，我嫁过去的这些事就别提了……哎哟，我们还回忆这些恶人干吗？上帝本人会察看他们的，他看清了他们，而魔鬼们则爱他们。[47]”

②她脸上露出富有同情心的笑容，鼻子令人可笑地颤动着，而一双眼睛则若有所思地炯炯有神。她爱抚着我，她的神情和态度所表达的一切，比语言更容易理解。

我记得，这是个静静的夜晚。我和外祖母在外祖

名师批注

①用典型事例写出了外祖母性格中的坚韧。面对苦难，她咬紧牙关，始终乐观面对，积极改变生活中的困境。

读书笔记

②此处描写外祖母的神情，有何作用？

---

46 高尔基的外祖父瓦西里·卡希林的父亲早年当兵，母亲是一位遗孀。1831年1月18日，外祖父瓦西里和外祖母阿库林娜在巴拉赫纳市母亲家里结的婚。婚后头十年外祖父和外祖母一直住在这里。

47 高尔基外祖母的爷爷死后家境就一贫如洗了，奶奶带着几个孩子到处流浪，在下诺夫哥罗德以乞讨为生，风餐露宿，居无定所。后来外祖母阿库林娜家的情况也是如此，日子过得非常艰难。

父的房间里喝茶；他生了病，坐在床上，没有穿衬衫，肩膀上只覆盖了一条很长的毛巾，并且时时刻刻要用毛巾擦去大量的汗，他呼吸急促，声音嘶哑地喘着气。一双绿色的眼睛变浑浊了，脸孔肿胀发红，而特别发红的是那双小小的尖耳朵。每次他伸手去取茶杯时，手都可悲地颤抖着。①他成了一个温顺的病人，全不像他往日那样了。

“你能给我点儿糖吗？”他用娇纵的孩子要脾气的声音请求外祖母道。

她回答的声音是和气的，但也是坚决的：“你拌着蜂蜜吃，岂不更好！”

他咳嗽得喘不过气来，急速吞了一口滚热的茶，说道：“你留心点儿，我不会死吧！”

“不要怕，我照看着你。”

“真是这样就好！现在就死吧——这等于我一生完全没有活过，一切都是过眼烟云！”

②“你不要说话，闭嘴躺着！”

他沉默了一分钟，闭着眼睛，不时咂巴着发黑的嘴唇，忽然，他宛如被刺痛了一般，全身振作起来，大声地说出自己的心事：“亚什卡和米什卡应当尽快结婚。或许，妻子们和新出生的孩子们会稍微制止一下他们的戾气——是吗？”

接着他就历数起城里谁家有合适的姑娘。外祖母则一声不吭，只是一杯接一杯地喝茶。我坐在窗前，观赏着城市上空晚霞的绯红色和房屋窗玻璃上红色的反光——因为某个过失，外祖父禁止我到院子里和花园里散步。

③在花园里桦树的周围，一些甲虫在嗡嗡叫着、飞着，邻家的院子里有一个制桶匠在干活，有人在近处磨刀。在花园那一边的沟壑里，一群小孩在喧闹地大呼小叫，可能他们在浓密的灌木丛里感到害怕吧。室外的情景对我很有诱惑力，傍晚的无名忧郁堆积在心中。

突然，外祖父不知从哪儿取来一本崭新的小书，他拍打着放在一只手掌上的书本，精神饱满地呼唤我说：“喂，你这个小扒手，俏皮粗鲁的鬼东西，到我

名师批注

①生病后的外祖父和之前的暴戾完全不同，也通过不同的一面刻画了鲜活的人物形象。

名师批注

②这是家中少有的融洽气氛，描绘了外祖父和外祖母和睦相处的温馨场面，缓解了外祖父家的沉闷。

读书笔记

③请从环境描写的角度赏析这段话。

这儿来！坐下吧，你这个长着卡尔梅克人[48]那样的高颧骨的家伙。你看见这个图形了吗？这是阿斯[49]。跟着念：阿斯！布基[50]！维迪[51]！这是什么？”

“布基。”

“你蒙对了！可这个呢？”

“维迪。”

“你在瞎读，这是阿斯！你用心看着，格拉戈尔[52]、多布罗[53]、叶斯季[54]，这个是什么？”

“多布罗。”

“你蒙对了！可这个呢？”

“格拉戈尔。”

“没错！可这个呢？”

“阿斯。”

外祖母干涉道：“你躺着吧，孩子爹，静心养病。”

“别阻拦我，闭嘴吧！眼下我正在兴头上，而且我有一些心事，怎么也摆脱不开。接着念，列克塞！”

他用他的一只发热的湿润的手环抱着我的脖子，越过我的肩膀用手指点着字母，同时另一只手持着书本放在我的鼻子下。①他身上发出一种浓烈的醋的酸味，又发出烧烤的葱味，我几乎要被这些怪气味熏死，可他兴致极高，对着我的耳朵发出嘶哑的声音，喊叫着：“泽姆利亚！柳季！”

这些发音代表的名词本来是很熟悉的，泽姆利亚代表土地，柳季代表人们，可是在古教会斯拉夫文的字母表中，这些发音并不代表相应的名词，泽姆利亚代表的字母 З 好似一条蚯蚓，格拉戈尔代表的字母 Г 好似背有点儿驼的格里戈里师傅，字母 Я 很像外祖母领着我的样子，而字母表上所有的字母和外祖父都多多少少有点儿相似。

名师批注

①通过气味写人物，那令人难以忍受的酸臭味道，侧面表现了“我”对外祖父的厌恶。

---

48 俄罗斯少数民族，主要居住在卡尔梅克自治共和国，首府埃利斯塔市，语言属蒙古语系。

49 俄语字母 A 的古称。

50 俄语字母 Б 的古称。

51 俄语字母 B 的古称。

52 俄语字母 Г 的古称，现代俄语中是“动词”的意思。

53 俄语字母 Д 的古称，现代俄语中是“善良”的意思。

54 俄语字母 E 的古称，现代俄语中是“吃”的意思。

他一直催促着我跟着他读字母表，读了一遍又一遍，然后要我独自按顺序读出字母名称，并且从中抽出单个字母来一一考我。他的狂热感染了我，我也全身冒汗，尽可能张大嘴巴喊叫。

这将他逗笑了，笑得不可开交，以至于用一只手抓着胸脯，咳嗽着，又用另一只手揉着书，声音嘶哑地说："孩子的妈，你看，他一下子就发狂了，是不是？啊哈，这种阿斯特拉罕人的狂热呀，你干吗要大喊大叫呀，为了什么？"

"这是您在大喊大叫……"

①我很高兴，时而看着他，时而看着外祖母。而她呢，用手肘撑在桌子上，用一个拳头托住腮帮，看着我们，轻声笑着，说："为认字的事，你们爷孙俩都过度用力了……"

外祖父和善地向我解释："我喊叫是因为我有病，可你为什么喊叫？"他又转过脸对外祖母说话，一面晃着湿漉漉的头："已故的纳塔利娅没看准，她说这孩子记性不好。真得感谢上帝，他的记性好得出奇！往下念，翘鼻子的！"

②他喊疲倦了，终于，他开玩笑似的把我从床上推下去："走吧，拿着这本书。明天你给我从头至尾读这个字母表，不许读错，如你能做到，我会奖励你五戈比硬币。"

当我伸手去取书时，他又将我拖到身边，紧贴在怀里，脸孔阴沉地说道："你母亲把你抛弃不管了，小老弟呀……"

③外祖母的身体猝然向上一挺："哎哟，孩子的爹，你干吗要提起这个呀？"

"我要是不说，悲伤总是袭上心来……啊哈，一个好姑娘误入歧途……"

他猛然一把推开了我："走吧，散步去！不准上街，只准在院子里和花园里玩。"

我正好想到花园里去，要与一群孩子争个高下。我刚在花园里的一个小丘上露面，孩子们便群起而攻之，他们从沟壑里向我投掷石块，而我也很乐意用石

名师批注

①通过外祖父教"我"识字这件事，展现了三个人不同的状态，这是一种和谐的氛围，这样的生活，在"我"的童年中是短暂而闪着光芒的。

读书笔记

②你如何理解外祖父的这一行为？

读书笔记

③想一想为何此时外祖母的反应这么大？

块回敬他们。

“公火鸡来了！”他们叫喊道，远远看见我就赶紧武装起来，“把他剥皮抽筋！”

我不知道“公火鸡”这个词是什么意思，这个绰号并不令我感到委屈。而令我感到高兴的是，①我独自击退了这群乌合之众，当你投掷的石块准确地打中敌人，并使其急忙逃往灌木丛中去了时，你心里怎能不高兴！这场战斗从一开头双方并无恶意，结束时几乎没有造成伤害。

读书识字对我来说是件轻松的事儿，外祖父越来越以认真的眼光看待我了，他鞭打我的次数也越来越少。按我的想法，我现在的犯错比以前更多，更应当常常挨打。②我渐渐接近成年，逐渐成为硬汉子，违反外祖父的戒律和指令的情况比以前更多了，而他只是骂几句，或者扬起鞭子做个要打我的姿势，却没有真正鞭打我。

我常常这样想，也许，早先他打我都是没有理由的，毫无必要的。有一次，我把这个想法向他说了。

他轻轻推了一下我的下巴，使我稍微抬起头来，他一面使眼色，一面拖长声音说：“你说什么？”然后嘿嘿一笑，说道，“我说你呀，你这个邪教徒！可你能记得清吗，你有多少次挨打是该打，又有多少次是冤枉的？除了我以外，谁又可能知道这个呢？滚远点儿，走开去！”

但他马上抓住我的肩膀，再次细看着我的眼睛，问道：“机智狡猾和朴实忠厚，你认为哪一项可取？”

“我不知道……”

“你不知道？好吧，我告诉你，③如果能做到机智狡猾，还比较好，可要是太朴实忠厚，那就愚不可及，懂吗？公绵羊真朴实忠厚到家了，所以挨屠宰，记住吧！咱们走吧，散步去。”

④又有一个某个样子的噩梦开始了。

有一天晚上，喝过了茶，我和外祖父坐在那儿读圣诗，外祖母开始洗碗，雅科夫舅舅闯进了屋子，他像往常一样，头发乱蓬蓬的，衣衫不整，好似一把用旧了的破扫帚。他进门不向父母请安问好，把有檐儿的便帽脱下，丢在一旁的角落里，就用急速的话语诉说起来，神情振

名师批注

①“我”在受到其他人排挤的时候，并没有懦弱后退，而是勇敢地反击，这也体现出“我”内心的反抗精神。

读书笔记

②外祖父为什么不再那么频繁地鞭打“我”了？

名师批注

③这是外祖父在用他的人生经历教会“我”做人的道理，他和“我”所处的环境不同，对机智狡猾和朴实忠厚这两种处事方式的理解也是不同的。

名师批注

④噩梦开始了，引出了下文。那可怕的遭遇一次比一次强烈，在“我”的心中留下了深刻的印象，也影响着“我”后来的人生选择。

奋，一面挥着手说：“老爷子，米什卡今天行动反常，闹得不可开交！他先在我家吃午饭，喝醉了酒，就发酒疯，做出一些异乎寻常的失去理智的事情，摔碎碗碟，将染好的定制品——毛料衣服等剪成碎片，打落窗户，侮辱我和格里戈里。此刻他正在向这儿走来，嘴里放话威胁说：‘我要给老爷子点儿厉害看看！’他甚至喊道：‘我要拔掉他的胡须，杀了他！’你要防着点儿……”

外祖父双手撑在桌子上，缓缓站起身来，他的脸皱成一团，皮肤都聚到鼻子周围，此时①他的脸显得十分可怖，好像一把利斧。他尖声喊道：“你听见了吗，孩子的妈？怎么样，啊？他正在走来杀父亲，听见没有？这可是亲生的儿子！啊，是时候了！时候到了，孩子……”

他在房间里来回地走，舒展开肩膀，走到门边，猛地将沉重的挂钩放入挂锁的金属环里，使外面的人进不来，转过脸来对雅科夫说：“这说明你们依然在瓦尔瓦拉的嫁妆上打主意，是吗？给你们，拿去吧！”

他做出一种表示轻蔑和嘲弄的手势，②握住拳头，将拇指从食指与中指间伸出来，并将这种手势塞到舅舅的鼻子下边。

舅舅深深感受到侮辱，急忙向后退：“老爷子，我在这件事上有什么错？”

“你吗？我知道你的底细！”

外祖母什么也没说，性急地将茶杯收进柜子里。

“我特地坐车到这儿来保护你们……”

“啊？”外祖父充满嘲意地大声喊道，③“这太好了！谢谢你，儿子！孩子的妈，给这个狐狸一个什么家伙在手里——捅炉子的通条，你想还有什么，熨斗！而你，雅科夫·瓦西里伊奇，一旦兄弟闯入怎么办——打他却对准我的脑袋！”

舅舅把双手塞进裤袋，走到角落里去，说：“如果你们不相信我……”

“相信你？”外祖父厉声说，跺着脚，“我不能，我可以相信任何兽类和动物——狗、刺猬，可对于你，我要等一等再说！我完全清楚，你给他灌酒，教唆他！喏，好吧，现在就打吧！你选择一个打吧，打他，或打我！”

名师批注

①运用比喻的修辞手法，把外祖父的神情比作一把利斧，表现了外祖父的极度愤怒，也从侧面体现了矛盾的不可调和，为下文做了铺垫。

名师批注

②通过描写外祖父的动作，表现了他丝毫不畏惧舅舅的威胁，也体现了他的失望——儿子竟然带头来搅和他的生活，只有反抗，才能重获宁静。

读书笔记

③外祖父的话说明了什么？

外祖母轻轻地在我耳边说道：“跑到楼上去，从那小窗口看下去，要是米哈伊尔舅舅在街上现身，立刻跑下来，告诉我们！去吧，快点儿！”

可当时的我，的确有点儿害怕狂暴的舅舅的悍然入侵，但我也因临危受命而颇感自豪，于是我痴痴地站立在窗口，望着街道。街道很宽，路面覆盖着一层很厚的尘土，巨大的鹅卵石从尘埃中显露出来，好似一个个的肿块。左手边，街道延伸得很远，越过一道沟壑，直达监狱广场，那儿的黏土质的地皮上牢固地屹立着一座四角都有塔楼的灰色建筑——这是座古老的监狱，其中有一种使人感到凄凉的壮丽和动人心魄的气势。右手边，从我家的屋子数起，数过三栋房屋建筑，便是干草广场，它占地很宽，尽头是一处看守苦役犯的黄色营房和一座铅色的消防队瞭望塔。若有好眼力，可以看见消防队的看守从瞭望塔中走出来在周围转悠，好似一条锁链套住的狗。

整个广场被不少冲沟纵横交错地截断，在一条冲沟的底部，留存着一些发绿的沉淀物。往右一些，是一个发臭的久科夫池塘。按外祖母的讲述，某年冬天，舅舅们曾将我的父亲丢进那池塘的一个冰窟窿里。一条胡同差不多正对着窗子，那儿盖着一些很小的杂色的房屋。胡同伸展到厚重宽大、低矮结实的三圣教堂那儿就被阻断了。如果直往前看，入目的都是屋顶，好似一些底朝上翻转的船，浮沉在绿色的花园的波浪里。

我们街道上的那些房屋，经受多年的冬天暴风雪的磨损，又受到连绵不断的秋雨的洗刷，早已褪了色，只好用尘土来打扮自己——这些房屋互相挤压着，好像教堂门前台阶上的一群乞丐，并且，它们也和我在一起等待着谁的到来，多疑地大大张开着窗户，犹如我大睁着双眼。街上的人不多，行走时不慌不忙，好似火炉炉口前的小台上若有所思的蟑螂。热气朝着我升起，使我感到憋闷，浓厚的大馅饼的气味朝我扑来，还带有绿色的葱和胡萝卜的气味，这些气味都是我不爱闻的，它们总是引起我的忧郁。

①烦闷的感觉是如此强烈，达到了令人无法承受的

名师批注

①舅舅的闹事弄得人心惶惶，使整个家庭笼罩着一种恐怖的气氛，通过写“我”的感受来侧面表现出他们的丑恶行径。

程度。胸口仿佛灌入了一些潮湿的发热的铅，它从内部压迫着我，要冲破胸膛，弄断肋骨，我感到我的身体像气泡一样在膨胀，这小小的阁楼房间，这棺材盖似的天花板挤压着我，无法容纳我了。

瞧，是他，米哈伊尔舅舅！他站在一栋灰色的屋子的墙角里，从胡同口伸出头来向外看，留心着外面的动静。一顶男便帽压住他的耳根，两耳在压力下不像样地往外张着。他身穿红褐色的夹克，脚上套着达到膝盖的靴子，一只手插进方格图案裤子的裤袋里，另一只手揪着大胡子。我看不见他的脸，但他站立的姿势，使我觉得他仿佛要跨越街道，用他那双毛烘烘的黑手紧紧抓住外祖父的房子。此时我应当赶紧跑到下面去，告诉他们他来了，但是我一时不想离开窗口，我还要继续观察一会儿。我看见，舅舅走路是如此小心谨慎，好像生怕弄脏自己的灰色靴子似的，他终于穿过了街道，我听见，他推开了小酒店的门——门吱呀作响，玻璃受到震动，发出叮叮当当的响声。

我跑到楼下，敲外祖父房间的门。

“这是谁？”他①粗暴地问道。

“是我。”我小声地说道。

他没有打开门，说：“是你？怎么样？他进小酒店去了？好吧，上去吧！”

“我在那儿害怕……”

“你应耐着性子坚持一下！”

我重新痴痴地站在窗户旁。天黑下来了，街上尘埃飞扬，变得更深邃更黑暗了；在各家各户的窗子里泛出黄色的灯火；在对门的房屋里响着音乐声，许多弦乐器在忧郁而动听地奏响着。而在小酒店里也有许多人在唱歌；每次店门打开，就有一道疲乏、破损的声音流泻到街上来，我知道那是独眼乞丐尼基图什卡的歌声。这是个大胡子老头，右眼红得像一块火炭，左眼紧紧地闭着。每次店门啪的一声关了，就犹如一把斧头一般，砍断了他的歌声。

②外祖母羡慕这个乞丐的歌喉，她聆听着他的歌，叹着气说：“要知道这样的好嗓子是天赐的——他会

名师批注

①“粗暴”的态度并不是针对“我”的，而是体现了外祖父面对舅舅们的挑衅和威胁的态度，这是他内心的直接展现。

读书笔记

②此处写出了外祖母怎样的心情？

唱那么多圣诗，很了不起！”

有时她招呼他到院子里来，他坐在台阶上，身子支撑在一根木棍上，他唱着歌，说着故事，而外祖母同他坐在一排，倾听着，问这问那。

“等一下，难道上帝的母亲到过梁赞[55]这个地方吗？”

那乞丐用低音很有信心地说：“她哪儿都到过，无所不在，一个省一个省地巡行。”

似乎，有一种半睡半醒的倦意沿着街道不可见地流动着，它挤压着我的心脏和眼睛。我巴望着，要是外祖母来这儿陪伴我，该有多好！哪怕是外祖父来也好。我又想起了我的父亲，他为人究竟怎么样，为什么外祖父和舅舅们不喜欢他，可外祖母、格里戈里师傅和保姆叶夫根尼娅又常常称赞他呢？而我的母亲此时此刻又在哪儿呢？

①我依然常常思念母亲，把她置于外祖母讲述的所有故事和往事的中心。至于母亲不愿生活在自己的家庭里，这反而越来越提高了她在我心目中的地位。我常幻想，她住在大路旁的一所客店里，和一群盗匪住在一起。这群盗匪抢劫坐车船来往的富人，将抢来的财物和乞丐们平分，也就是劫富济贫。或许，她住在一个森林里的洞穴中，当然也是跟一些侠盗住在一起，给他们做饭，帮他们看守抢来的金银财宝。很可能，她一面计算着她的财宝，一面云游四方，正如“女公爵”延加雷切娃[56]和圣母在一起云游一样，圣母曾对那“女公爵”加以劝诫，她会以同样的词句劝诫我母亲：

不要聚财了，贪婪的守财奴，
金子，银子，从四方八面滚滚而来，
你岂能收集得了，
金钱如粪土，贪得无厌的灵魂，

名师批注

①这是“我”对母亲的思念与幻想。尽管母亲离开了“我”，离开了这个家庭，但“我”的内心仍然是深爱着她、思念着她的，并把她想象成了一个高尚伟大的人。

55 城市名，今俄罗斯梁赞州的行政中心，奥卡河码头，铁路枢纽，有著名的圣母升天大教堂、救主修道院等古代建筑。

56 著名女强盗，外号“女公爵”。据称，东正教不接受东西教会分裂后所制定的信条，包括教徒可以用不义之财为自己赎罪等。

地球上所有的财富也遮不住，
你的裸露之身的羞耻……

而母亲用这个匪首“女公爵”的话回答她：

我辜负了你，最神圣的圣母啊，
怜悯我这个作恶多端的宝贝儿吧。
我在世界上打劫不是为了自己，
要知道我是为了唯一的儿子！

而这个圣母，像外祖母一样温良，就饶恕了她，说道：

唉，你呀，马留什卡，鞑靼人的骨血，
啊，你呀，一个恶劣又不幸的基督徒！
走吧，异端分子，沿着你的道路——
路随你择，泪任你流！
出没森林中，抢劫莫尔多瓦人的财富，
横行草原上，撵走卡尔梅克人，
但不能伤害任何一个俄罗斯人[57]！
…………

我记起这些故事，陶醉了，好像生活在梦中；下面住所里和院子里的脚步声、喧嚷声和吼叫声惊醒了我。我把头伸出窗外，只见外祖父、雅科夫舅舅和一个小酒店的跑堂，可笑的切列米斯人[58]梅尔扬，正在七手八脚地将米哈伊尔舅舅从酒店推到街上去。

①他抗拒着，死活不肯走，众人推打着他的双手，捶击着他的背脊和脖子，用脚踢他，最后他在众人的合推下，如飞起一般，落到了街上的尘埃中。酒店砰的一声关上了门，门闩鼻和插锁发出咔嚓的响声，人们将一顶揉皱了的大檐帽扔出大门，便平静下来了。

名师批注

①这种纷争显得无比地可笑，一个家庭竟然四分五裂，充满着喧嚣，令人无比痛心。

57 莫尔多瓦人和卡尔梅克人都是居住在俄罗斯平原中部的少数民族。

58 居住在伏尔加河中游地区的少数民族，1918 年后叫马里人。

舅舅在地上躺了一会儿，便爬起身来。他全身衣服都扯破了，蓬头垢面，头发耸起，他拾起一块圆石朝大门扔去，传来一声很响的敲击，好像在敲击大圆木桶的底部一般。从酒店里涌出黑压压一大群人，大声喊着，声音嘶哑地说着话，挥舞着拳头。从各个房屋的窗口伸出好些人头——街上十分热闹，人们嬉笑着，高喊着。①这一切也好像是一个故事，令我感到好奇，但不使我觉得愉快，这是个令人害怕的故事。而转眼之间，这一切都过去了，周围鸦雀无声，人们消失得无影无踪。

在门槛旁的大木箱上，外祖母坐着，她弯曲着背，一动不动，屏声静息。我站立在她面前，抚摸着她的温暖、柔软、潮湿的面颊，但是，看起来，她没有感觉到这个，她愁眉苦脸地喃喃地说：“上帝呀，为什么你不能赋予我和我的孩子们足够的善良和理智呢？上帝，饶恕我吧……”

我觉得，在波列伏伊街外祖父的房子里还没有住满一年——从一个春天到另一个春天，但是这段时间里这栋房子获得了爱吵闹的名声。②几乎每个星期天就有许多儿童聚集在我们家的大门边，兴高采烈地向整条街道发布新闻说：“卡希林家又打架啦！”

米哈伊尔舅舅总是在傍晚出现，整个晚上，他都使这栋住屋处于他的围困中。屋里的居民都手忙脚乱，不得安宁。有时他还带来了两三个帮手，多半是些库纳维拉村镇的二流子和小混混，他们从沟壑那边钻进屋子的花园里，在那里营造醉汉幻想中的天地，将一丛丛的悬钩子和红穗状醋栗拔得精光；有一次他们一个个地进入澡堂，把里面可以打成几段的东西通通打成几段：蒸浴床、凳子、盛水的锅炉等，他们拆毁了炉子，撬下好多块地板，拽下门和玻璃窗扇。

③外祖父站在窗前一言不发，脸孔发青，侧耳倾听着那些毁坏他心爱的东西的浪子的动静。外祖母跑到院子里的某个地点，在黑暗中我无法看到她的身影，只听见她用央求的口气呼唤道：“米沙，你要干什么呀，米沙！”

从花园里传来一句愚蠢且下流的俄罗斯粗话，算

名师批注

①幼小的“我”总有这种感觉，这样不真实的人生仿佛是别人的，隐含着“我”对这种生活的厌弃，想要断掉与这些人的关系。

名师批注

②通过他人的评价来叙述“我”的家庭，本是家事，却沦为小镇其他人的笑柄，侧面表现了外祖父家里怪异的亲情关系，令人厌恶。

读书笔记

③外祖父和外祖母的不同表现，体现了他们怎样的性格特点？

是对她的回答，至于这句粗话的含意，大概不是这帮骂人的家伙的智慧和感情所能理解的。

在这几个小时之内，我没有尾随着外祖母行走。而外祖母没在身边，是很可怕的，于是我下楼来到了外祖父的居室，他用恶言恶语迎接我：“该死的坏蛋！”

①我跑上阁楼，在那里通过天窗察看黑暗中的花园和院子，眼睛绝不放过外祖母，我生怕人家杀死她，于是我大声叫喊，呼唤她。但她没有走出来，而舅舅听到了我的声音，并粗野地骂我的母亲。

有一次，在这样的傍晚，外祖父生病了，躺在床上，用毛巾包着的头在枕头上来回反复地滚动，声音刺耳地央求着：“②金钱使人堕落，这就是它，金钱！人们为了它而活着、为了它而犯罪，积点儿德吧！闹到这个地步，要是不感到羞耻，不怕丢人，就呼喊警察吧！明天就到省长那儿去上诉。可耻呀！哪个做父母的会请求警察局追捕自己的儿子呀？唉，就这样了吧，你躺下吧，老头。”

他似是自言自语，忽然，他将一双脚从床上放下来，以摇摆不稳的步伐走向窗口，外祖母从旁边搀住他的手。

“你要到哪儿去，哪儿？”

“点火！”他喘不过气来，急促地呼吸着，说出自己的命令。

当外祖母点燃了一支蜡烛后，他将烛台端在手中，置于自己身前，好像兵士执武器一般，在窗口嘲讽地大声喊道：“呃，米什卡，你这个夜行贼，发疯的癞皮狗！”

话音未落，就飞来半块砖头，将窗户上面一格的玻璃击得粉碎，砖头落在靠近外祖母的那张桌子上。

③“没打中！”外祖父号叫道，然后大笑起来，或者说，是大哭起来。

外祖母抓住他的一只手，那种姿态，和平日抓住我的手不准我乱动一样，她引领他走向床铺，同时惊恐地说：“你要干什么，你要干什么，上帝和你在一起！要知道这样斗下去——人们会把他送到西伯利亚去

名师批注

①在这样令人胆战心惊的家庭氛围中，“我”心系外祖母，害怕外祖母出意外，但是弱小的“我”仍然无法拯救她。

名师批注

②外祖父不愿意叫警察来帮忙，对于舅舅的粗暴行为一再隐忍、不断纵容，体现出了外祖父的虚荣和懦弱。

名师批注

③外祖父说的“没打中”，不是真的庆幸“没打中”，而是带有一种无奈和愤恨。作为儿子，如此欺侮父母，外祖父的内心应当是极度绝望的。

的[59]；在盛怒中的他，难道会理解什么叫西伯利亚吗？”

外祖父急遽地抽动双脚，嘶哑地干号道：“让他杀死我好了……”

在窗子外面，有人在怒声呵斥，跺脚辱骂，在撞墙。①我拿起桌上的砖头，跑到窗户边，外祖母及时拖住了我，将我推到屋角，轻声嘟哝着：“哎，你不要命啦！”

我很早就明白，外祖父信仰一种宗教，而外祖母信仰另一种宗教。

往常，外祖母一醒来，就长久地坐在床上，用梳子梳着自己那头浓密的头发，用力地生拉硬拽，用牙咬，拔掉一绺绺像青丝一样的长发，轻声咒骂着，以避免惊醒我。

②“唉，你们这些淘气的东西！你们得纠发病[60]去吧，该死的……”

她好不容易将纠缠在一起的头发都解开了，麻利地编织好沉重的发辫，匆忙洗完脸。她宽大的脸庞因睡梦而弄皱了，她没有从脸上洗掉激愤不安的神情，就站在诸圣像的前面——她刚开始照例举行早祷，一下子整个人都似乎变清醒了。

她把驼背伸直，昂起头，亲切地看着喀山圣母[61]的圆脸，然后真诚地画着十字，热切地低声祷告：③“享有盛誉的圣母，将您的怜悯施舍给我们未来的日子吧，母亲！”

她鞠躬到地，慢慢地伸直腰背，又以更热切更柔和的语句，喃喃地说起来：“圣母啊，您是欢乐的源泉，是圣洁的美女，是开满鲜花的苹果树！”

她几乎每天早晨都能找到新的赞美词，而这种情况使得我总是带着紧张专注的神情听着她的祷告。

“我内心中纯净的天主！我的护佑者和安全符，金色的太阳，上帝的母亲，恶魔的克星，你不会让任何人受到欺凌，即使受到欺凌，欺凌者也会得到报应！”

名师批注

①“我”再也无法忍受舅舅这样失去理智的行为和任性的胡闹，因此准备反击，体现出“我”的正直勇敢和无所畏惧。

名师批注

②外祖母的反抗是通过毫无力量的语言实现的，她表面上是在骂自己的头发，实际上是在唾骂这令人无奈的生活。

名师批注

③外祖母只能依靠自己虔诚的祈祷获取内心片刻的平静，她希望圣母可以解救她，可以带给这个家庭希望，而她的依赖真的可以实现吗？

59 暗指以杀父罪被判到西伯利亚服苦役。

60 得纠发病的人的头发会纠在一起。

61 一幅奇妙无比的半身圣母像。画中是一个著名殉教徒，东正教徒认为她是“俄罗斯保护神”。

她那双黑色的眼睛里含着微笑，她仿佛变年轻了，她再次用她那沉重的双手缓慢地画着十字。

“耶稣基督，上帝的儿子，看在你的母亲的面上，将恩惠赐予我这个女罪人吧……”

①她的祷词永远像教堂里唱的颂歌，是一种非常真挚的浑厚的赞礼。早晨她做祷告不会太久，因为她还需要烧茶炊和泡茶——外祖父已经请不起女仆了，家务事都要外祖母亲手做。如果外祖母准备早茶迟了一点儿，没有在外祖父规定的时间送上，他就会非常生气，会在房间里谩骂很久。

有时，外祖父醒得比外祖母要早，就会爬上阁楼，强制她起床祈祷。在一段时间内，他听着她的喃喃低语，鄙视地歪着他那黑色的薄嘴唇。而在喝了茶后，他就说埋怨话：“你这个橡木脑袋，我教你多少次了，应当怎样祈祷，而你总是嘟囔自己的一套，你这个异教徒啊！上帝怎能特别容许你这样祷告！”

“他会理解的。”外祖母很有信心地回答说，“他什么也不会说——他会分辨清楚。”

“可恶的楚瓦什人[62]！唉，你们啊……”

②她的上帝整天和她在一起，她甚至跟动物们也谈说上帝。我十分清楚，万物都轻易地臣服于这个上帝——人也好，狗也好，鸟也好，甚至青草也好，她对地上的生灵不分彼此，对它们同样地友善和亲近。

外祖父在教训我时，也说上帝是个无所不在的全知的洞察一切的生命体，他在各种事情上好心地帮助人们。③但是外祖父祈祷时和外祖母不同。每天清晨，他会在面向诸圣像之前，洗脸和漱口良久，然后一丝不苟地穿好衣服，很细心地梳好红褐色的头发，梳理胡须，对着镜子审察自己的容貌，将衬衫拉平整，将黑色的围巾塞入坎肩中，小心翼翼地，准确来说，是悄悄地走向诸圣像。他总是在那块有节子的地板上停下来，那节子类似马眼睛，他沉默地站立一分钟的时间，垂着头，沿着身体伸直双手，好像士兵一样。然后，

读书笔记

①你如何理解这句话呢？

名师批注

②善良的外祖母对上帝和圣母都有着十分虔诚的敬畏和热爱，她认为一切美好源于圣母又归于圣母，因此她始终保持着一颗真诚善良的心，哪怕和动物们也要谈说着上帝。

名师批注

③此处引出下文，写出外祖父和外祖母的不同。

62 楚瓦什人是俄国境内的少数民族，分布在伏尔加河流域。建有楚瓦什自治共和国，首府切博克萨雷，人口不到百万。

他身体挺直，用尖细的声音十分动情地说："以圣父、圣子和圣灵的名义！"

①我感到，他念完这一句话后，房间里便笼罩着非同一般的静寂——甚至嗡嗡叫着的苍蝇也变得很谨慎小心，从而减低了鸣叫声。他站着，扬起头，他的双眉向上扬，甚至竖起，金黄色的胡子横向撅起，他一字一顿地念祈祷文，好似学生回答功课一般，他的语气是清晰而坚决的。

"用不着审判的到来，每人的活动终将暴露无遗。"[63]

他用拳头不慌不忙地击打着自己的胸膛，顽强地请求着："我只对你有罪——移开你的脸，不看我的罪孽……"

他念"信经"[64]时，十分热情地一字一顿地念，他的右脚震颤着，仿佛在为祈祷诗文无声地踏拍子。②他的整个身躯紧张地伸向诸圣像，他的身体仿佛在生长变化着，变得越来越精瘦、干枯，他变成一个如此纯净的人，一丝不苟，要求迫切："你养育了救世良医，请治好我心中多年的贪欲吧！我不断给你诉说心中的痛苦的呻吟，尽心竭力治疗我吧，圣母！"

他大声呼叫着，绿色的眼睛里满含着泪水："信仰绝对重于赚钱的事业，如果我弄颠倒了，归咎于我吧，我的上帝，不要奖赏赚钱的事业，不要因此证明我无罪！"

这时候，他常常在自己身上慌乱地画十字，其动作好像手在抽筋，同时点着头，其姿态仿佛牛羊用角抵触一般，他的声音高亢而哽咽。后来，当我参观犹太人的教堂后，我才明白，外祖父是像犹太人一样在祈祷。

桌上的茶炊扑哧扑哧地响了很久，房间里飘浮着带乳渣的黑麦饼的香味——真令人想吃！外祖母忧心地靠着门框，叹了口气，垂下眼睛看着地板；③欢乐的阳光从花园里照射进窗户，露水如同珍珠一样在树上闪耀着，清晨的空中散发着莳萝、茶藨子和成熟的苹果的清香，可外祖父还在祈祷着，摇摆着身体，尖声号叫道："熄灭我的欲望的烈焰吧，就像扑灭乞丐和

63 东正教教徒早祷的起始祷词。

64 东正教的正式祈祷文。

读书笔记

①为什么在外祖父祷告之时，周围环境会变成这样？

名师批注

②祈祷时的外祖父和现实中的外祖父是完全不同的。他希望在上帝的庇佑下获得宽恕，也希望借助上帝的力量赶走生活的阴霾。但他信仰的上帝真的可以帮助他实现愿望吗？

名师批注

③宁静祥和的周围环境和外祖父祈祷时的狂躁形成了鲜明的对比，显得外祖父是如此地格格不入。

天地不容的恶棍心中的妄念一样！”

我凭记忆熟悉晨祷和晚祷的全部内容，我不仅熟悉，并且还紧张地监听着外祖父有没有念错，有没有漏掉内容，哪怕是漏掉一个字——①这种情况出现极少，一旦出现，就引发我幸灾乐祸的感觉。

祷告一结束，外祖父就向我和外祖母说：“你们好！”

我们都互相致意，然后一起聚在桌旁用餐。这时我对外祖父说：“你今天漏掉了‘足可以’一词！”

“你骗我？”他不安而又不相信地问道。

“就是漏掉了！本来是‘但我的这种信仰足可以代替一切其他的’，可你没有念‘足可以’。”

“啊，真是的！”他喊道，带有愧色地眨着眼睛。②后来，为了这次当面指出他的错处，外祖父假借他事狠狠地报复了我。但在当时，我眼见他的惶恐不安的神情，感到很得意。

外祖父常领着我上教堂，每个星期六都去那儿做彻夜祈祷，逢上宗教节日，也会去那儿做很晚的弥撒。我身在教堂神殿里，用心分辨着此刻人们是在给哪一个上帝祈祷——司祭神父和教堂执事念的一切经文，都是念给外祖父的上帝听的，而教堂唱诗班的歌手唱的圣诗，是唱给外祖母的上帝听的。

不用说，我此刻是在粗略地揭示儿童想象中的诸上帝间的区别，我记得，这些上帝不安地分裂着我的心灵，但是外祖父的上帝在我心头引起的是恐惧和敌意——③他对谁都不喜爱，用严酷的眼睛跟踪着一切，在一个人的身上，他首先寻找和发现的是缺陷、恶行和罪过。很明显，他不相信人，总是期待悔罪和喜爱惩罚。

在那些日子里，关于上帝的思想和情感是我的心灵的主要食粮，是生活中的最美好的东西——同时各种其他的印象都是残忍的和肮脏的，只能使我感到委屈，并激起我的敌意和恶念。在我周围的一切中，上帝是最美好的和光辉四射的，他就是外祖母的上帝，他是一切生灵的好朋友。④当然，有一个问题令我百思不

名师批注

①“我”以一个看客的身份审视着外祖父的行为，觉得可笑又可悲。一旦他的祈祷出现纰漏，“我”就有点儿幸灾乐祸，这也体现了“我”对外祖父复杂的感情。

名师批注

②一句话交代“我”后续的遭遇，表现了外祖父狭隘的心胸，更全面地刻画了他的人物形象，使读者更了解外祖父的为人。

名师批注

③此处借助对“外祖父的上帝”的描述写出了外祖父的性情，他始终无法相信任何人，他的内心充满猜疑，他的外表满是虚伪，这样的外祖父令人畏惧。

名师批注

④承接上文，与外祖父总是强调上帝的残酷相照应，引起人们更加深刻的思考。

解：为何外祖父没有看见这个友善的上帝呢？大人不允许我上街漫步，因为一上街，我就会过于兴奋和激动，街上的种种场景，真的使我陶醉，我总是失去自控能力，几乎每一次我都会成为一个狂暴和胡闹的犯罪者。我交不上朋友，邻人的孩子们对我都不友好；我不喜欢他们称呼我为卡希林，他们看出这一点，因此他们相互说话时，称呼得更频繁："老瘦鬼卡希林的外孙子出来了，瞧！"

"打他！"于是我们开始了一场斗殴。论年岁，我算是力气大的，打起架来也灵巧，就是那些合伙攻打我的敌人也承认这一点。①但我仍然遭受整条街的小孩的痛打，回家的时候，总是鼻子流血，嘴唇破裂，脸上带着青疙瘩，衣服撕得稀烂，浑身是土。

外祖母一看见我，就大吃一惊，怜悯地说："怎么啦，小萝卜头儿，又打架了？这一次又被打成这模样了，呃！我真要左右开弓，揍你一顿。"她给我洗净了脸，在我青红杂陈的伤痕上贴上海绵、铜币，或者浸过铅水的湿敷布，"哎，你干吗总是打架？在家里很安分，一上街就不成样子了！你这个放荡的浪子。我就去向外祖父说，他会禁止你出去玩。"

外祖父也常看见我身上有青肿块，但每次都不骂我，只是像鸭子嘎嘎地叫着，或发出像牛哞哞叫的含混声音："又得奖章了吗？你在我家是武士阿尼卡[65]，今后绝对不许上街乱跑，听见了吗！"

如果街上空荡无人，那样的街道对我是没有吸引力的。可我一旦听到哪儿有一群欢乐的孩童在喧闹，那么我就不顾外祖父的禁令，立刻从院子里跑出去了。青肿和皮外伤使我感受不到委屈难受，但街头娱乐的残忍性每每令我愤慨不已。他们的这些恶作剧我都非常清楚，其残忍达到疯狂的地步。

大街上另一个更沉重的记忆是关于格里戈里·伊万诺维奇师傅的。②他完全瞎了，沿街乞讨，默默无言地在街上走着，其高高的个子和仪表令人起敬。一个

读书笔记

①为什么"我"不反抗呢？

名师批注

②善良的格里戈里竟然落到了如此田地，这是多么令人痛心的事情！可他的悲剧又是必然的，在这样的社会环境下，其实人人都是牺牲品。

65 俄罗斯古代民歌中的主人公，自视英勇无敌，向死神挑战，结果自取灭亡。

面色苍白的矮小老妇人扶着他的手，牵引着他行走。老妇人经过每家窗户时，都停下脚步，用尖细的嗓音拖长着乞求声，而此时，她的眼睛总看着旁边的某处：“看在上帝的面上，行行好吧，给这个瞎眼且赤贫的人一点儿施舍吧……”

但格里戈里·伊万诺维奇总是默默无言。他黑色的眼镜后的双眼直勾勾地看着房屋的墙壁、窗子和迎面走来的人，一只完全染色的手安详地抚平大胡子，他的嘴唇紧紧地闭着。

我常常看见他，但是从未听见他的嘴里发出过半点儿声音，而老人的沉默则痛苦地折磨着我。我不能走近他，任何时候也不走近，相反，我一看见他，我就跑回家，对外祖母说：“格里戈里正在街上要饭呢！”

“真的吗？”①她不安而怜惜地尖声说道，“拿着，快去，把这给他！”

我粗鲁而生气地拒绝了。这时她亲自到门外去，站在人行道上，和他长久攀谈着。他笑着，晃动着胡子，但他自己说话很少，简短几句就完。

有时外祖母邀请他到厨房里喝茶，吃东西。有一次他问我在哪儿，外祖母呼唤我，但我跑了，躲在柴火垛里。

②我不能出来见他，在他面前我感到了无法忍受的自责和惭愧，而且我知道，外祖母也感到惭愧。

关于格里戈里的事情，我和她仅仅谈论过一次——当时她送他出门，她默不作声地在花园里来回走，低着头痛哭，我走近她，牵着她的一只手。

“你为什么要跑开不见他呢？”她轻轻地问道，“他喜欢你，要知道他是个好人……”

“为什么外祖父不把他养起来？”我问道。

“你那个外祖父吗？”她停顿了一会儿，让我紧贴着她的身子，几乎是用耳语，预言似的说道，“记住我的话，上帝为了这个人将用不幸来惩罚我们，将惩罚我们。”

③她没有说错，十年之后，当外祖母终于永恒地安息之后，外祖父却落入沿街乞讨的境地，他神经错乱，在

读书笔记

①外祖母为什么会有这样的表现？

名师批注

②“我”羞于看到格里戈里，那是来自对他的深深的愧疚，也是因为幼小的“我”不忍亲眼看到他的惨状。

名师批注

③作者在这里打破时空顺序，先交代了十年以后的结局，用以印证外祖母所说的话，从而引起读者的同情，使读者更深刻地理解这部作品的意义。

人家的窗下悲苦哀求：[66]“我的行善的厨师们，给我一块馅饼吧，给我一块馅饼就好了！唉，你们这些人啊……”

在他往昔的种种口头禅中，如今留在我心中的只有这句痛苦漫长得令人心碎的哀号：“唉，你们这些人啊……”

①在这栋房屋里发生的有趣的事情是很多的，滑稽可笑的事也很多，但有时难以排解的忧郁会使我压抑，我全身仿佛被灌入某种沉重的东西，并且，我犹如长久地生活在一个很深的黑暗地窖里，失去了视觉、听觉和一切感觉，成了盲人，半死半活。

名师批注

①在这个家里那么长时间，“我”始终没有呼吸到自由轻松的空气，就像被困住的鸟儿一样，成了一个半死不活的人，令人为之悲痛、惋惜，给读者带来了极大的震撼。

名师赏析

短暂的平静生活，让“我”感受到了一丝家的温暖。“我”慢慢开始全面地了解外祖父和外祖母，他们在年轻时经历了种种磨难，那些故事印刻在他们的记忆里，也给“我”幼小的心灵留下了深刻的印象，为“我”后来的成长做了铺垫。在本章中出现的众多人物，都在影响着“我”的认知，悲剧正在酝酿，一切都在朝着无法改变的方向疾驰而去。

积累与运用

·好词·

嗥叫 踉跄 沟壑 猝然 审慎 闭塞 深邃 急遽 湿漉漉

过眼烟云 朴实忠厚 勇猛彪悍 不露形迹 喁喁私语

悍然入侵 临危受命 义愤填膺 恻隐之心 尔虞我诈

·佳句·

◆ 春夏季节，在大地上旅行感到很惬意，土地令人感到亲切，草地似丝绒，最圣洁的圣母将多种颜色洒满了田野，在那个时候我真的感到快乐，在那种环境

66 外祖母死前和外祖父是分开过的，她住在沃斯克列先斯基教堂辖区内。从1886年末起，外祖父卡希林就住在下诺夫哥罗德市奥卡河对岸的车站大街4号。年老后患痴呆症。

下我的心胸多么辽阔！

◆ 她脸上露出富有同情心的笑容，鼻子令人可笑地颤动着，而一双眼睛则若有所思地炯炯有神。她爱抚着我，她的神情和态度所表达的一切，比语言更容易理解。

◆ 热气朝着我升起，使我感到憋闷，浓厚的大馅饼的气味朝我扑来，还带有绿色的葱和胡萝卜的气味，这些气味都是我不爱闻的，它们总是引起我的忧郁。

◆ 似乎，有一种半睡半醒的倦意沿着街道不可见地流动着，它挤压着我的心脏和眼睛。

·美文仿写·

这是文中“我”临危受命成为外祖父的观察员时看到的景象，细致描绘了自己家周围的情形。请你仿照文段，写一写在你家周围的环境。

我痴痴地站立在窗口，望着街道。街道很宽，路面覆盖着一层很厚的尘土，巨大的鹅卵石从尘埃中显露出来，好似一个个的肿块。左手边，街道延伸得很远，越过一道沟壑，直达监狱广场，那儿的黏土质的地皮上牢固地屹立着一座四角都有塔楼的灰色建筑——这是座古老的监狱，其中有一种使人感到凄凉的壮丽和动人心魄的气势。右手边，从我家的屋子数起，数过三栋房屋建筑，便是干草广场，它占地很宽，尽头是一处看守苦役犯的黄色营房和一座铅色的消防队瞭望塔。凭着好眼力，可以看见消防队的看守从瞭望塔中走出来在周围转悠，好似一条锁链套住的狗。

第三章 检测卷

（共20分）

一、填空题。（每空1分，共10分）

1 外祖母和她的母亲从小靠________生存，后来外祖母学会了________，她们的生活才慢慢好转。

2 “我”和附近的孩子相处得并不好，他们常常欺负“我”，叫“我”________，“我”用________反击他们。

3 两个舅舅仍然在滋扰外祖父，原因是觊觎________________，但________________不承认，反被外祖父逼问得哑口无言；________________带人闯进外祖父的家里，却被外祖父制服，他在众人的合推下，被扔到了大街上。

4 外祖父每天清晨都会在______之前，一丝不苟地整理自己的仪容。

5 ________________________师傅完全瞎了，沿街______，默默无言地在街上走着。

二、简答题。（每题5分，共10分）

1 与两个舅舅分家后，我们搬到了一所漂亮的房子里。在这里，外祖母快乐地生活着，为人排忧解难。她都做了哪些事情？

2 外祖父与舅舅分家后有什么变化？

参考答案

一、填空题

1 沿街讨饭；编织花边。

2 公火鸡；石块。

3 瓦尔瓦拉（“我”的母亲）的嫁妆；雅科夫舅舅；米哈伊尔舅舅。

4 面向诸圣像。

5 格里戈里·伊万诺维奇；乞讨。

二、简答题

1 （1）给邻居们提供生活经验，排忧解难，介绍持家的经验；
（2）她常常给妇女接生；
（3）出面排解邻里的纠纷和争执；
（4）常给孩子治疗小伤小病；
（5）常常在妇人们面前背诵圣诗《圣母的梦》。

2 外祖父的严厉和残暴与之前相比有所改善。他教“我”读书更有耐心了，鞭打“我”的次数变少了。

第四章

名师导读

外祖父再次搬家，“我”来到了新的居住地。这里的环境轻松而愉悦，更重要的是，在这里“我”遇见了影响“我”至深的人，他是一个奇怪的人，整日里做着奇怪的事情，说着奇怪的话，人人都讨厌他、疏远他，可为什么“我”还要亲近他呢？

外祖父出人意料地将房屋卖给了酒店老板，另买了一处位于缆绳街[67]的房屋。

这条街显得衰败，一点儿也不繁华，长满了杂草，但干净而静寂，且直通田野，这是一条经由一些漆得五颜六色的小房子装饰的街道。

①新住宅比原先的住宅要华丽一些，好看一些。房子正面被漆成温暖安详的暗红色，上面最明亮显眼的是三个窗子的浅蓝色护板，还有顶楼窗子的单扇格栅型护窗板，榆树和椴树浓厚的绿色幽美地遮掩着左边的屋顶。院内和花园里有许多舒适幽静的秘密角落，仿佛是专门为玩捉迷藏游戏设置的。

这里的花园尤其漂亮，园子不大，但花木繁茂，纵横交错，景色宜人。花园的一角有一间浴室，小巧玲珑，看上去像是个玩具；花园的另一角有一个很大很深的坑，里面长满高棵的莠草，草丛里露出几根烧焦了的粗大木头，它们是以前起火被烧毁的浴室的残

名师批注

①通过描写新房子的外观，可以看出“我”对新房子的喜爱。从它的环境来看，比以前更加地舒服，暗示了“我”在这里将会拥有和之前不同的美好生活。

67 卡希林一家人在这里住了两年（1875—1876），这条街如今叫柯罗连科大街。

留物。

①花园左边隔墙是奥夫相尼科夫上校的马厩，右边是贝特连格家的房子，园子深处紧靠着卖牛奶的女人——彼得罗夫娜家的宅院。彼得罗夫娜体态肥胖，面色红润，说起话来哇啦哇啦，像一只响铃。她的房子很矮，坐落在地平线下面，而且又黑又旧，墙体上面长了一层很厚的青苔，两个窗户像眼睛一样温厚地眺望着田野，这田野并不美，已被疏通出许多沟壑，而其远处的森林则像一块沉重的乌云。田野里整天有士兵们在跑步和操练，刺刀在秋天阳光斜晖的映照下银光闪闪，发出耀眼的光芒。

名师批注

①介绍房子周围的住户，洋溢着新鲜感，充满着对新生活的希望。即使大环境没有发生什么改变，但是居住环境的改变也预示着新的开始。

整座房子住满了我从未见过的人——前院住着一名鞑靼军人，他的妻子个子矮小，圆胖。她从早到晚都在大呼小叫，嘻嘻哈哈，一面弹奏装饰豪华的吉他，一面引吭高歌，大多是唱一些挑逗性的歌曲：

爱一个人不算快活，
你必须再找一个！
大胆地去寻找她吧，
只要你方法得当，
肯定能得心应手，如愿以偿！
噢，等待你的将是：
甜甜蜜蜜，逍遥舒畅！

这个军人身体硕大无朋，像一个圆球，坐在窗前，嘟着发青的腮帮子，心旷神怡地瞪着一双似乎是红褐色的眼睛，不停地抽着烟，用一种奇怪的似狗叫的声音咳嗽：“呜呵——呜呵——呵呵……”

在地窖和马厩的上方，有一处温暖的接修的房子，那儿住着两个出租运货马车的车夫——身材瘦小、胡子灰白的彼得叔叔和他的哑巴侄儿斯捷潘。斯捷潘是个稳重随和、结实强壮的小伙子，他的脸好似一张红铜制的托盘。

此外，那儿还住着一个面容愠怒、个子很高的鞑靼人瓦列伊，是个勤务兵。

[①]所有这些人都是新面孔，我感到十分生疏。但有一个入伙的房客，绰号叫“美事”，特别引起我注意，而且对我有强烈的吸引力。他租了这住宅的后半部分居住，他的房间很长，紧邻着厨房，房间有两扇窗户——一扇向着花园，一扇向着院子。

[②]这是一个瘦削的有点儿驼背的人，一张白脸上蓄着分成两部分的黑色大胡子，生就一双和善的眼睛，戴着眼镜。他沉默寡言，不露声色，当请他出来用膳、喝茶时，他总是回答说：“美事。”

这是他的口头禅，于是外祖母就用这个词称呼他，无论当着他的面或背地里，都称他为“美事”。

“列克塞，叫‘美事’来喝茶！”

“您，‘美事’，怎么吃得这么少？”

他住的房间里，摆满了各种各样的箱子，堆满了我看不懂的用非教会世俗字体印刷[68]的大部头书籍；到处都放着装有不同液体的瓶子，还有铁块、铜条、铅条。从早到晚，他都穿着皮革制的棕红色的男上衣，方格图案的灰色裤子，全身被各种各样的油漆弄脏了，身上散发的气味颇不好闻，头发乱蓬蓬，行动笨拙。他熔炼铅块，焊接某种铜制的物件，在一个小磅秤上将东西过磅，他有时发出含混不清的叫声——这是他灼伤了手指，在急忙用嘴吹它。

他常跌跌撞撞地走向挂在墙上的图纸，擦净眼镜，他看图纸的样子，仿佛是在闻嗅它们，他那精瘦、笔直、奇白的鼻子几乎接触到了纸张。有时，他会突然停留在房间的中部或窗前，长久地站着，闭着双眼，仰着头，呆若木鸡，默默无言。

我爬上板棚的棚顶，经过院子，观察他在打开的窗子里活动，[③]我看见桌上的酒精灯闪烁着蓝色的火焰、黑色的身影，还看见他在一个散乱的笔记本上写下什么，他的眼镜寒光闪闪，像冰块一样呈蓝色。

这个人的魔术师般的工作使我受好奇心的折磨，常常在板棚上待上几个钟头。

名师批注

①“我”对新面孔感到生疏，这是十分正常的，也引出了下文“我”对绰号为“美事”的房客的好奇。

读书笔记

②从“美事”的外貌描写中，你读到了哪些信息？

名师批注

③通过“我”的视角，详细地描写了“美事”所做的奇怪的事情，引发了读者的好奇心，为下文“我”和他进一步的交流做好了铺垫。

68 非教会世俗字体，即现在通用的字体。阿廖沙开始学的字母是教会斯拉夫字体，所以说不认识世俗字体。

有时他站在窗前，好似处在窗框之中，将一双手藏在身后，直勾勾地瞧着棚顶，但是他似乎没有看见我，这使我十分气恼。突然他退向桌旁，深深弯腰，似在那上面寻找什么。

我想，假如他是个较富有的人，穿戴打扮较为华贵，我就会怕他，但他没有钱。

在他的上衣领子上面显露出弄皱的、肮脏的衬衫衣领，十分难看，裤子上有不少污渍，而且打了补丁，在一双光脚上套了一双磨偏了的便鞋。

穷人并不可怕，也没有危险，外祖母对他的惋惜和同情的态度使我不知不觉地深信这一点，而外祖父则对他采取鄙视的态度。

在这幢房屋里谁也不喜欢“美事”，①大家谈起他时都面带嘲笑。快活的军人太太称他为“石灰鼻子”，彼得叔叔说他是药剂师和魔法家，外祖父称他为巫师和自由思想分子。

“他在做什么呀？”我问外祖母。

②她严厉地回答说：“这不关你的事！闭嘴吧，放明白些。”

有一次，我鼓足勇气，走近他的窗口，几乎无法掩饰自己的激动，开口问道：“你在做什么呀？”

他全身③震颤了一下，从眼镜后面把我打量了半天，向我伸出一只满是因灼伤而遍布溃疡和伤疤的手，说道：“爬进来吧。”

他容许我进入他的房间，但不是通过门，而是通过窗口，这种做法更提高了他在我眼中的地位。

他坐在一口箱子上，将我拉到他跟前，一会儿又推开，一会儿又凑近我，终于低声问道：“你从哪儿来？”

这句话问得真奇怪，我每天四次在厨房里和他一同用餐，他却对我视而不见！

我回答说：“我是这家人的孙子。”

④“哦，是的。”他说道，一面端详着自己的一个手指头，之后便再也不说什么了。

这当儿我觉得有必要向他声明：“我不是卡希林

名师批注

①通过描写这幢房屋里其他人对“美事”的评价，写出了只有“我”对他充满了好奇，其他人都是在嘲笑和蔑视他，“我”和其他人形成了鲜明的对比。

读书笔记

②为何外祖母会如此严厉地回答我？

读书笔记

③为什么他会“震颤”呢？

名师批注

④每天四次和他一起用餐，但他不知道“我”是谁，这样冷漠的态度更激起了“我”的好奇，也体现了他专注于自己的事情，心无旁骛的举动。

家的，是佩什科夫家……”

“佩什科夫？”他不解地重复着，“美事。”

他把我推向一旁，站起身来，走向桌子，说道：“好，安静地坐着吧。”

我坐了很久很久，观察他怎样用老虎钳夹住一块铜，用粗锉刀锉它，金黄色的金属锉屑的小碎粒纷纷落在老虎钳下面的硬纸板上。

①瞧，他将这些锉屑收集起来，集成一掌窝，倒入一个粗大的碗里，又从一个罐子里倒出一些好像盐的白色的粉末，加进这些锉屑中，再从一个黑色的瓶子里倒出一些液体浇到那上面——碗里面立马嗞嗞地响起来，开始冒烟，一股刺鼻的气味扑向我的鼻孔，我咳嗽起来，摇晃着头，而这位巫师则得意地问道：“很不好闻吧？”

“是的！”

“就该这样！这，小弟弟，好极了！”

“这有什么好开心的！”我暗想。于是我严肃地说：“可是，如果很难闻，那就真的不好……”

“是吗？”他扬声说道，使了使眼色，“这，小兄弟，并非永远是可是！你玩羊拐子游戏吗？”

②“玩羊拐子游戏？”

“羊拐子游戏，玩吗？”

“我玩。”

“你期望我做一个灌铅的羊拐子吗？那将是一个好拐子！在游戏中最适用。”

“我期望。”

“回去取一个羊拐子给我。”他再次凑近我，同时将那个冒烟的碗执在手中，用一只眼睛瞧着它。

他将脸凑到我面前，又说道：③“我会给你做好这个灌铅的羊拐子，可你得到这个后就不要再到我这儿来了，好吗？”

这个要求使我深深感到委屈，我说：“你不要做，我永远不会来这儿了……”

深感委屈的我离开并到花园里去了，外祖父正在那儿忙碌着，将粪肥施放在苹果树周围。

名师批注

①通过调动感官，展现了“我”亲眼看见“美事”奇怪的实验，使读者眼前仿佛浮现出了同样的画面，增强了语言的表现力。

名师批注

②通过对话，拉近了“我”和“美事”的距离，我得以近距离了解他，也为“我”打开了不一样的世界。

读书笔记

③为什么“美事”不让“我”再来呢？

秋天来了，树木早已开始落叶。

"来得正好，你修剪一下马林果树吧。"外祖父说道，交给我一把剪刀。

我问他："'美事'究竟在制造什么呀？"

"他在弄毁房间，"他气愤地回答说，"烧穿地板，弄污、撕破糊墙纸。我马上就要对他说：'你最好卷起铺盖坐车走吧！'"

"该当这样。"我表示同意，一面动手修剪马林果树的枝条。

①然而，我的回答只是我一时之气的表现，并非我内心的真实表露。

在一些秋雨连绵的晚上，如果外祖父有事到外面去了，外祖母就会在厨房里安排一些十分有趣的聚会，邀请房子里全体租户喝茶——马车夫们、勤务兵，常来的还有活泼利落的彼得罗夫娜，有时甚至那个快活的女房客也来。

而"美事"总是惹人讨厌地待在炉子旁的角落里，一动不动，一言不发。

哑巴斯捷潘和鞑靼人在一起玩牌，瓦列伊用纸牌拍着哑巴宽大的鼻子，判定说："你在耍鬼！"

彼得叔叔带来一大块白面包和装在一个大陶罐里的甜酱，那是真正的果仁酱，他将面包切割成片，在面包上涂上厚厚的果酱，然后将这些好吃的马林果酱面包片分发给大家——他将面包片放在手掌上，弯腰致礼说："请各位赏脸，吃吧！"

他十分客气地请求着，而当人家取走他的面包片时，他会注意自己黑色的手掌，如发现那上面有一两滴甜果酱，就用舌头舔掉它。

彼得罗夫娜拿来了一瓶樱桃浸的果露酒，快活的贵妇拿来了核桃和糖果。

②一场丰盛的酒会开始了，这是最令婆婆妈妈们喜爱的娱乐活动。

就在那次"美事"试图贿赂我要我不再去他那儿干扰他之后，不久，外祖母组织了一场这样的晚会。

不可遏止的秋雨淅淅沥沥地下个不停，风在呼号，

名师批注

①在外祖父面前，"我"向来不敢表露内心真实的想法，哪怕"我"特别想接近"美事"，想了解他到底在做什么，但此刻也只能应和着外祖父。

名师批注

②果然，新房子里拥有着和往日不同的欢快。住户们放下对生活的烦闷和对命运的愤怒，尽情地敞开自己，享受这夜晚片刻的美好与宁静。

树木哗哗作响，枯枝在划着墙壁。可在生火的厨房里是暖和、舒适的，大家彼此靠拢，坐在那儿，一切都是那样地平和宁静。

而外祖母也表现出很不平常的慷慨，她把自己心头珍藏的故事都掏出来，讲给大家听，而且一个比一个更精彩。

①她坐在炉子的边缘，一双脚搁在炉前的踏板上，她弯腰向着人们，一盏白铁制的小灯照着这些人。如果她的兴致真的来了，就是这样好表现，她爬上炉子，宣称说：“我应当坐在高处讲述——在高处讲效果更好！”

名师批注

①通过描写外祖母的动作，体现了她难得的舒展，在和邻居们的相处中，她的善良正在挥洒着光芒，也影响着众人。

我让自己挨着她的脚边，坐在宽大的炉阶上，我的位置几乎就在“美事”的头顶上。

外祖母讲述关于武士伊万和隐士米隆的十分动听的故事，一种嘹亮且沉重有力的语言从她口中有节奏地发出：

戈尔季昂是个将军，心硬如铁灵魂黑暗；
他不讲理虐待百姓，作恶多端好比鸱鸮，
如凶鸟盘踞树窟窿。戈尔季昂憎恶善人，
要将他们除之后快；他咬牙切齿地憎恨，
独居修道士老米隆，因米隆宁静而致远，
不说假话捍卫真理，不声不响扬名世界。
将军叫来忠实仆从，勇敢无畏武士伊万：
“这米隆长老太傲慢，你快去杀掉这老汉！
去一刀砍下他的头，一把抓他斑白胡子，
提着他的头来见我，我要用他首级喂狗！”
那伊万遵命上了路，一面行走一面思忖：
“不是我自己要作恶，是贫困迫我去杀人，
须知命运不由我择，是那老爷强加于我。”
一把锋利的宝剑啊，伊万将它藏前襟下。
他来到隐居者面前，先向老人弯腰致礼：
“您近来安康无恙吗，可敬而诚实的老人？”
老人是个未卜先知，他已测知对方来意。
他笑着开启智慧口：“别装蒜，伊万小奴才！

不要掩饰你的目的！一切都瞒不了上帝，
善恶都握在他手中！须知我已经知道了，
你为何来到我这里。”
在神机妙算者面前，伊万羞得无地自容。
胆怯使他不敢违命，他嗖地让剑出皮鞘，
用大前襟擦净钢铁。
“本想快刀杀你米隆，不等你看见此剑锋，
一挥就取下你首级。可现在我许你祈祷，
最后一次祷告上帝，为你自己也为了我，
也为一切亲朋好友，向主真诚翔实祷告，
然后我才割下你头……”
米隆老人跪拜上帝，默默起身站立树下。
这是一棵幼小橡树，它低垂在米隆身前。
老人微笑着开口说：“啊，伊万啊，你揣度吧，
这可要劳你久等呢！为了一切亲朋好友，
通通做一番好祈祷，这可是一次大祷告！
为你免得无益久等，最好马上杀了我吧！”
当下伊万生气皱眉，他愚蠢地大言不惭：
“我怎么说就怎么做，一言既出驷马难追，
你只管自己祷告吧，即使祷告一个世纪，
我也在此坚持等待！”
修道士祈祷到傍晚，从晚上祈祷到黎明，
从黎明祷告到深夜，从夏天祷告到春天，
米隆祈祷年复一年。小橡树已长成大树，
它的树枝参破云天，累累橡实茂盛如林，
可神圣祈祷没有完，直到今天仍在坚持；
在默默地向主哭诉，请求上帝帮助民众，
呼吁圣母给人欢乐。而勇士伊万站一旁，
他的剑已落满尘埃，锻造盔甲已成铁锈，
优质衣服完全腐烂，无论是冬天或夏天，
伊万都裸体站那儿，酷热蒸烤未烤干他，
蚊虫吸血未吸净他，狼来熊往不能动他，
无论暴风雪或严寒，对于他都不算什么。
他自己已无力移动，不能抬手不能说话，
看见了吗，这是报应。他不该听恶人命令，

不该寄生别人心中！以别人黑心当良心，
为别人罪恶担责任！而老人为我们祈祷，
因我们都是有罪人，今天的美好日子里，
祈祷声仍源源不断，直达神圣上帝耳中，
如瑰丽河流通大海。

在外祖母讲故事的最初时刻，我就发现“美事”有不安的迹象——①他奇怪而痉挛地运动着一双手，取下又戴上眼镜，随着说故事人的音调和话语挥着双手、点着头，手触及眼睛，就用手指死命揉眼，又用手掌频繁地擦拭着前额和脸颊，好像那上面在猛烈冒汗。每当在座者中间有人活动、咳嗽，沙沙作响地走动，这位寄食的房客就压低嗓音说：“嘘！嘘！”

而当外祖母闭嘴不言了，他就猛然跃起，大挥着双手，很不自然地转着圈子，喃喃地说：“各位明白吗，这太令人惊奇了，这应当写下来，马上写！这出奇地真实，我们……”

这时大家已经明显看见，他在痛哭——他眼泪盈眶，泪如泉涌，整双眼睛都浸在泪水里。这很奇怪，也令人十分怜悯。

②他在厨房里跑着，可笑而笨拙地跳跃着，他自己鼻子前面的眼镜被震得上下晃动，他想戴好眼镜，但总不能将眼镜的金属腿挂到耳朵上。

彼得叔叔微微含笑，看着他，在场的人都沉默着，有点儿局促不安，而外祖母则急忙说道：“那就记下来吧，这事儿没什么坏处，我还记得许多这一类故事……”

“不，就要这一个！这是个地道的俄罗斯故事。”这位寄食的房客兴奋地大声叫喊着，突然，在厨房中央发呆的他又开始大声说话。

他在空中挥动着右手，仿佛用这只手砍着什么东西，而用左手扶住眼镜。他滔滔不绝地说了很久，狂怒地尖声叫着，一面跺脚，一面重复着同样的词句：③“不该寄生别人心中，以别人的黑心当良心，对，对！”

然后他陡然中断了喊声，沉默地看着大家，愧疚

读书笔记

①为什么“美事”会有这样的表现？他为什么难以融入这样美好的氛围中？

名师批注

②“美事”的行为始终是奇怪的。他显得如此格格不入，他的跳跃是兴奋的表现，但让同处一屋的其他人感到不适和局促。

名师批注

③简单的一句话，却是振聋发聩的一句话，这是一个看似“奇怪”的人所道出的“真理”。

地低着头走了。

人们都在窃笑，并且局促不安地面面相觑。

外祖母将身子挪向炉子深处，处在阴影中，在那儿沉重地叹气。

彼得罗夫娜用手掌擦着发红的粗大的嘴唇，问道：“他好像生气了？”

“没有生气，”彼得叔叔回答说，“这是他的本来面目……”

外祖母从炉子上爬下来，开始默默地烧茶炊，而彼得叔叔不慌不忙地说道：“老爷们总是这样的，好耍性子！”

瓦列伊阴郁地低声埋怨：“未婚的男人总是像马一样不驯顺！”

大家都笑起来了，而彼得叔叔拖长声音说：①“耍性子到流泪了。看来——往常狗鱼都咬钩，可今天小鲤鱼也未必咬钩了……”

他这句话的意思是，“美事”不寻常的举动在以前可能会使人上当，引起关注，可现在谁也不理会他了。

我感到很寂寞，有一种无名的惆怅积压在心头。“美事”的感情爆发使我很惊讶，也使我很怜惜他——他的泪水盈眶的眼睛今天仍留在我的记忆里。

②那天夜里他没有回来，次日午饭后他才回来，不声不响，衣服皱皱巴巴的，明显感到很不好意思。

“昨天我大发议论，吵闹大家了，”他抱歉地对外祖母说，像小孩子似的，“您没生气吧？”

“有什么好生气的？”

“我是说，是不是我不该插嘴，乱说话？”

“您并没有使谁感到难堪。”

我感觉外祖母怕他，不敢看他的脸，说话也出乎寻常地平心静气。

他走近她的身边，以令人惊讶的坦率说：③“您知道吗，我害怕一个人待着，身边谁也没有，这最令我害怕！你沉默着，沉默着，突然冲破了心中的堤防，发作出来……我要对石头说，对树木说……”

名师批注

①面对“美事”突如其来的情感爆发，其他人都完全不能理解他，权当是他的“癫狂”，这也进一步说明了他的孤独，不被人理解。

读书笔记

②从作者对“美事”的这些描述中，可以品读出“美事”是一个什么性格的“怪人”呢？

名师批注

③“美事”直接对外祖母吐露自己的心声，由此可以看出他对外祖母的亲切和敬重，同时他说出了自己内心的真实想法，展现了他的苦闷，引发了读者的同情之心，使读者更好地理解人物的情感。

外祖母将身子从他旁边挪开："你就找个老婆结婚吧……"

"呃！"他大声说，似因不满而皱着眉头，摆着手走了。

外祖母眉头紧锁，目送他离去，拿起鼻烟壶，嗅了一阵鼻烟，然后严肃地告诫我说："你应该记着，不要老是追随他左右。他是一个怎样的人，上帝知道。"

①但我再次被他吸引。我看见当他说"害怕一个人待着"的时候，他的脸是如何急剧变形，变得不成人形了。在那几个词里有某种我理解的东西，并震颤着我的心灵，于是我跑去找他。

我从院子里偷偷地往他的窗户里瞧——房间里空无一人，那房间像一个家庭的小贮藏室，处处都显得杂乱和无秩序，各种无用处的东西四处乱扔——这些东西的无用处和千奇百怪的程度，正好像其主人。

我走入花园，在那儿的坑里，我看见了他，他很不舒适地坐在烧焦了的原木的末端，弯着腰，双手置于脑后，手肘撑在膝盖上。他坐的原木处在枯萎的蒿草、荨麻、牛蒡叶之上，上面落满了泥土，其末端的木炭发着亮。

他这种不舒服的坐姿更能引起我对他的兴趣和好感。

他好久没有发现我，他那双似乎视而不见的鸮鸟眼睛望着旁边某处，顺势发现了我。他突然带着几分②懊恼地问道："你找我？"

"没有。"

"那么你来此做什么？"

"随便玩玩。"

他取下眼镜，用一块印有红色和黑色斑点的手帕擦拭它，说道："好，爬到这儿来。"

③当我坐在他旁边时，他紧紧抱着我的肩膀，说道："坐着吧。我们就这样坐着，不出声，好吗？这样就很好……你是一个倔强的小孩吗？"

"是的。"

"美事！"

名师批注

①虽然外祖母在告诫"我"远离"美事"，但"我"对"美事"的好奇有增无减，他是一个奇特有趣的人，"我"希望和他交流，能分担他的孤独。

读书笔记

②明明"美事"害怕孤独，可为什么他对"我"还是"懊恼"的呢？

名师批注

③身体的接近，也代表着"我"和他的关系在慢慢建立，他开始渐渐接纳"我"，这是我们友谊的开始，为下文做了铺垫。

我们长久地沉默着。

傍晚是宁静、温顺的，这是一个晴和又有些沉闷的傍晚，这时候，四周还是五色缤纷，开满鲜花，但可察觉出来，随着以小时计数的光阴的逝去，风景在渐渐褪色，变得苍白。树叶渐渐凋零，大地已丧失自己丰满的夏天气息，散发出来的只是寒冷的湿气，空气清澈透明。在浅红的天空里，寒鸦无谓地时隐时现，引人忧思。

①一切都静悄悄的，每一个声音——鸟雀的动弹声、簌簌的落叶声——听来都是巨响，使人不禁要打冷战，但冷战过去后，又在寂静中凝神不动了——寂静拥抱着整个大地，充满了整个心胸。

往往在这种时刻，心头会产生一些纯净的轻快的思想，但是这些思想是精细微妙的，像蜘蛛网那样透明，用言语难以表达。

这些思绪迅速爆发，又迅速消失，好似天上的流星，它们既用某方面的忧思灼伤心灵，给心灵宽慰，又使之惊慌。在这当儿心潮在涌动，心儿在融化，心灵的面目就是这当儿产生的，并且，心儿在整个一生中都会采取这样的形式。

我依傍在这个寄食房客温暖的身侧，和他一道通过苹果树的黑色大树枝望着红色的天空。

我的眼光追随着忙碌的朱顶雀的飞行，我看见红额金翅雀在干枯的刺实植物的罂粟头上揉来揉去，以取得它酸涩的果实。

我还看见一团团厚实而松软的烟云从地面升起，缓缓向上延伸。这些烟云呈蓝灰色，却带有紫红色边缘，而在烟云的下面，乌鸦们正吃力地飞往位于墓地的巢穴。

②眼前的一切都是美好的，并且有某种特别的意味，不能按平素的类似的感受去理解和接近。

有时这个人会开口问我，同时深深地叹一口气：“惬意吗，小兄弟？在这里多好！不感到潮湿吗？不冷吗？”

等到天黑下来，周围一切都模糊肿胀起来，充满

名师批注

①深秋时节的景色并不仅仅使人感到悲凉，和“美事”在一起令“我”感到安心，并且享受这样的时刻。此时，“我”暂时逃离了家里那种沉闷的、令人难以喘息的气氛，内心得到了极大的释放。

名师批注

②“美事”带“我”走进了一个新奇的、别样的世界，我们的关系越来越亲密。“我”和“美事”彼此都不再感到孤单沉闷，“我”也在“美事”的身上看到了很多不曾见到的东西，这是令人愉悦的经历。

潮湿的昏暗，他说道：“该走了！我们走吧。”

他在花园的便门旁停下脚步，轻轻说道：“你有一个好外祖母——啊，多好的大地母亲啊！”他闭着眼睛，微笑着，轻声而十分清晰地朗诵起来：

看见了吗，这是报应。
他不该听恶人命令，
不该寄生别人心中！
以别人黑心当良心，
为别人罪恶担责任！

“你，小兄弟，要记住这几句诗，这非常重要！”接着，他一面轻轻推我向前走，一面问道，“你会写字吗？”

“不会。”

①“要学习写字。而学会写字——你就把外祖母讲述的故事记下来，小兄弟，这十分有用呢。”

我们成了朋友。

从那天起，我只要动了念头，就会跑到“美事”那儿去，我坐在一个装着一些破布碎絮的箱子上，随心所欲地观察着他怎样熔炼铅、烧热铜。看他将一块铁板烧红，放在一个小铁砧上，用一个有红手柄的轻巧的锤子锤打锻造，再使用粗锉刀、三角锉、金刚砂纸和细得如线的锯子对它进行加工。并且，所有的东西他都要放到一个敏锐的铜磅秤上过秤。

他把不同的液体在一只粗大的白色碗里进行混合。看吧，溶液冒烟了！整个房间里都充满刺鼻的气味，他皱着眉头，翻看一本很厚的书，发出含混不清的声音，咬咬红色的嘴唇，或者用有点儿嘶哑的声音轻轻地缓慢地哼着：

哦，沙朗的玫瑰花……[69]

名师批注

①“美事”不仅仅让“我”开阔了眼界，还潜移默化地教给“我”许多道理，他是“我”的良师益友。多希望这样美好的日子可以一直持续下去！

---

69 原句是：“我是沙朗的玫瑰花（或作水仙花），是谷中的百合花。”（见《旧约全书·雅歌》第2章）沙朗是山谷名，在巴勒斯坦，以植物茂盛闻名。

“你这是做什么呀？”

“做一个玩意儿，小兄弟。”

“什么样的玩意儿？”

“哎，你要知道，我无法用你能理解的言语把这说清楚……”

“外祖父说，你可能是在制造假钱。”

“外祖父？他是在凭空瞎说！钱嘛，小兄弟，是微不足道的事物。”

“可没有钱，买面包用什么支付呢？”

“对，小兄弟，买面包得付钱，天经地义。”

“你没见过吗？买牛肉也得付钱。”

“买牛肉也得有钱。”

①他出奇温和地露出无声的笑容，给我的耳朵呵痒，好似给小狗呵痒一样，说道：“我怎么也辩不过你，小兄弟，你赢了。我们最好还是沉默吧。”

有时，他中断工作，和我并排坐着，我们长久地看着窗外，看淅淅沥沥下着的雨怎样落在房屋的顶上，落在杂草丛生的院子里，看苹果树落掉了叶子，变得光秃秃。

②“美事”不爱讲话，但非讲不可的话他总是要讲。而更常有的是，他想让我注意什么东西，他就默默地推我一下，用眼睛指示着，递着眼色。

在院子里我没有看到什么特殊的东西，但由于他用手肘推了我，或用简短的词语提醒了我，眼前看到的一切东西似乎都有了特殊的意义，一切我都会牢记在心。

“你瞧，有一只猫，在院子里跑，它停留在一潭明澈的水洼前面，看见了自己在水中的影子，举起柔软的爪子，似乎想攻击自己的影子。”“美事”静悄悄地说，“猫往往有自尊心，又是怀疑论者。”

一只被称作玛玛尼的金褐色公鸡，飞到了院子的篱笆上，它为了尽力站稳，猛拍着翅膀，以平衡身子，可仍然差点儿掉了下来。

遭此挫折，它露出受屈的模样，生气地发出低而

读书笔记

①“美事”的行为体现了他怎样的性格特点？

名师批注

②“我”和“美事”越来越默契，友谊日渐加深。在这样的日子里，我们成了彼此最温暖的依靠。在“我”的心中，这是一段难以磨灭的记忆，为“我”的生活点缀了不一样的色彩。

不清楚的叫声，同时伸着脖颈。

①“这个爱摆架子的司令官，头脑却不十分聪明。”笨拙的瓦列伊在走着，好似一匹老马，沉重地踏着泥浆路。

他那张长着大颧骨的脸是肿胀的，稍稍眯缝着眼睛看着天，从天上射来一缕秋日的白色阳光，正好落在他胸脯上——落在上衣上面的一粒铜纽扣上。

瓦列伊高兴得满脸发红，这个鞑靼人止步不前，用弯曲的手指触摸着这粒纽扣。

“仿佛得了一枚奖章，爱不释手……”

我很快和“美事”紧密地纠缠在一起，成为知己，无论是在痛苦的日子里，或是在欢乐的时刻，他对我来说都是必不可少的。

他沉默寡言，从不阻止我将头脑里产生的想法表露出来。

可外祖父则不然，他总是用严厉的指斥打断我说的话：②“不要胡言乱语，你这个人小鬼大的家伙！”

外祖母也差不多，她胸中充满自己的想法，已听不进他人的陈述，也容纳不了别人的见解。

“美事”总是注意地听着我的废话和空谈，并且常常笑着对我说：“哎，小老弟，这件事情不是这样的，这是你自己虚构出来的。”

常常，他的简短的评语正是在我需要他点醒的时候说出——他仿佛能洞悉我心中和头脑中的所思所想，不等我说出口，他已经预知了我要说的废话和错话，他感知到我的错误，并用温和的责备词语打断我：“你撒谎，小老弟！”

我也常常存心要体验一下他的这种魔力，常有这样的情况——我臆想出一件什么事情，并当作以往发生过的真事说出来，可他才听了个开头，就摇头否认：“喂，你在说谎，小老弟。”

“可你怎么知道呢？”

③“我一听就知道，小老弟，我凭感知。”

名师批注

①“美事”总是对动物们的行为有着不一样的评价，显得十分有趣。当“我”走进他的生活后才发现，他一点儿也不奇怪，他才是真正地能去感受到生活之美的人。

名师批注

②通过描写“美事”、外祖父和外祖母对“我”的态度的对比，体现了“美事”的特别，也侧面表现了外祖父和外祖母的固执和偏见。

读书笔记

③通过具体的事例，表现了“美事”怎样的特点？

外祖母常去干草广场取水，也常带我去。可有一次，我们看见，有五个市井恶少，围在一起殴打一个庄稼汉——他们将他打翻在地，并抢夺他的随身物品，仿佛一群家狗在欺负一只外来的野狗。

外祖母打抱不平，立刻从扁担上卸下水桶，举起扁担冲向那群市井恶少，同时向我叫道："走开些！"

①但是我受到惊吓，只敢尾随着她跑，并开始用鹅卵石和石块向恶少们扔去，而她则勇猛地用扁担捶打恶少们，痛击他们的肩膀和脑袋。还有一些人参加进来助战，打得市井恶少们逃之夭夭。

外祖母着手替挨打的庄稼汉清洗伤口，他的脸被踢坏了，我带着厌恶的心情看着他用一个肮脏的手指头按压着一边被打破了的鼻孔，他呻吟又咳嗽着，而血从手指下涌出，喷到外祖母的脸和胸上，而她也喊叫着，全身颤抖。

我回到家中，立刻跑到那位寄食的房客屋内，向他讲述此事。

他丢下手头的工作在我面前停下，举起一把好似剑的长锉刀，从眼镜片后面严厉地、直勾勾地看着我，然后突然打断我的话，用不平常的激动的声音说："真妙！这事就应当这样办！很好！"

我因刚才目睹争斗而心有余悸，没来得及品味他的话并感到惊奇，只管自己继续讲下去。但他拥抱了一下我，就沿着房间踱步，顿足说道："好了，不要再讲了！小老弟，你已经把一切应当讲的都讲清楚了——你明白吗？一切都清楚了！"

我闭了嘴，同时感到委屈。但是②真奇怪，他这番话令我永生难忘。我明白，他及时制止了我，我确实把一切都讲了。

"你，小兄弟，不要把心思放在这些事情上——这是些不好的记忆！"

有时候，他突然向我说些话，这些话出乎我意料，却能留在我的心头，令我永生不忘。

我向他诉说我的宿敌克留什尼科夫——新街有名的打架好手，一个四肢肥胖粗大的大脑袋男孩，在打

名师批注

①通过描写外祖母替庄稼汉出头的事情，一方面表现了外祖母的正直和勇敢，另一方面也为下文"美事"对这一事件的态度做出了铺垫，进一步凸显了他的人物形象。

读书笔记

②为什么"我"明明没有说什么，却反而有一种"我确实把一切都讲了"的感觉？

架中我打不过他，他也打不过我。

“美事”听完我的怨诉，说道：“如此小事，不足挂齿。这样使用蛮力——不是有力量！真正的力量在于动作的敏捷，越敏捷，越有力量。你明白吗？”

①于是，在下一个星期天，我尝试用一双拳头较快地出击，轻松地战胜了克留什尼科夫。这事提高了我对这位寄食房客的话的关注程度。

“应当学会拿取任何东西——你明白吗？这十分难——学会拿取！”

我怎么也不明白这话的含意，但是不由自主地记住了诸如此类的话语——正是因为在这些貌似简单质朴的话语里含有某种神秘得令人懊丧的道理，所以才能记住，要知道不需要任何特别的本领就可拿取石子、一块面包、茶碗、锤子！

在这栋房屋里，大家越来越不喜欢“美事”，②连性格开朗的女房客喂养的那只活泼可爱的小猫也是，谁的膝盖它都爬，就是不往“美事”的膝盖上爬，而且不回应他的柔声的召唤，不去他身边。我为了这个打它，揪它的耳朵，几乎是哭求它不要害怕这个人。

“我衣服上有酸味——猫不走近我就是这个原因。”他解释说。

但是我知道，所有的人，甚至包括外祖母在内，对这有另一种说法，他们都敌视这个寄食的房客，不信任他，抱怨他。

“你为什么老是逗留在他那儿？”外祖母生气地问道，“你要当心，他会将你引上邪路！”

我每一次到这个寄食的房客那里去，如果被外祖父这个棕红色毛发的“黄鼠狼”知道了，他就会狠狠揍我一顿。

当然，我没有将家里禁止我和“美事”要好的事向他说，但是我坦白地向他讲述家里人对他的态度。

“外祖母怕你。她说，你是个魔法师。外祖父也一样，他说你和上帝作对，危害人们。”

③他抽动了一下头，仿佛在驱赶蚊虫。顿时，在他粉白的脸上泛起一层红晕，他在苦笑。这种微笑使我

名师批注

①“我”在“美事”的鼓舞下敢于反抗，获得了前所未有的“胜利”，这表现了“美事”对“我”的影响之大。

名师批注

②在“我”心中完美有趣的“美事”，竟然连温驯的小猫都不愿意接近他，这是让“我”难以理解的事情，不过也是必然的。侧面说明了其他房客对“美事”的态度，也暗示着“美事”的结局。

名师批注

③对于其他人的评价，“美事”无法做到置之不理，但他又无法改变，只得“苦笑”。其他人的不理解，也反衬出了“我”和“美事”越来越深厚的友谊。

的心发紧，眼睛发绿。

“小兄弟，我已经感知到了！”他轻轻地说，“这种情况令人不快，是吗？”

“是的！”

“令人心寒，小兄弟。”

①最后，他被撵走了。

有一天，喝完早茶后我去他那儿，我看见他正在收拾行装，他坐在地上，忙着将他的各种东西装到一些箱子里去，嘴里轻轻地哼着“沙朗的玫瑰花”。

“哦，告别了，小兄弟，我马上要坐车离开。”

“为什么要走？”

他直勾勾地看着我，说：“难道你还不知道？要腾出房间来给你妈妈住。”

“这是谁说的？”

“外祖父。”

“他在说谎！”

“美事”抓住我的手，将我硬拉到他跟前，当我坐在地板上的时候，他轻轻地说：“不要生气！小兄弟，原先我是这样想的，以为你知道，而且瞒着我。我当时想，这很不妙。”

②不知怎的，一种惆怅感在我的心头油然而生，我很为他的离开而惋惜。

“你听我说，”他微笑着，几乎是耳语般地说，“你还记得，我曾对你说‘不要到我这里来’吗？”

我点点头。

“你因此感到很委屈，生我的气，是吗？”

“是的。”

“而我，小兄弟，本不想令你感到委屈，可你明白吗，我知道，如果你同我要好，你家里的人将打骂你——不是吗？果然是这样吧？你曾理解我对你说的那番话的用意了吗？”

③他向我说知心话，好似一个年龄和我差不多的小孩，我也因他的推心置腹而高兴得发狂。

我甚至感到我很久以前，就理解他的用意了，因此我说：“我早就理解你的用意了！”

名师批注

①短短的一句话，交代了“美事”的结局。如此云淡风轻，也如此痛彻心扉。

名师批注

②备受非议的“美事”终于被外祖父赶走了，他的离开让“我”感到惆怅而惋惜。他为“我”打开了新世界的大门，却永远地从“我”的世界消失了。

名师批注

③此处再一次说明了“我”和他的心灵相通，在和他接触的这段时间里，我们都获得了不一样的成长经历，也为拥有一个令人珍视的好友而感到欣慰。

“哦，你理解！那样就好，小兄弟。我想说清楚的就是这个，亲爱的。”

我的心难以忍受地酸痛起来：“为什么他们谁也不喜欢你？”

他拥抱我，让我贴在他身上，使着眼色回答说：①“我是外人——你明白吗？这就是事情的根由，我不是他们那种人。”

我扯了扯他的衣袖，不知道说什么好，也不会说什么。

“不要气愤，”他说，然后贴在我耳边，低声继续道，“也不应当哭……”

可他自己的泪珠从浑浊的眼镜片下滚滚流出。

然后，像往常一样，我们在一起默默地坐了很久，偶尔也简短交流几句话，想来打破这沉默。

傍晚，他坐车走了。他亲切地跟大家道别，紧紧地和我拥抱。

我走到大门外，看着他的身体在大车上摇摆晃动，而大车用轮子揉软了坑坑洼洼的道路上冻结的泥土。

他坐车走后，外祖母立刻动手清洗和打扫那个肮脏的房间，②而我则故意从一个角落走到另一个角落，妨碍她的动作。

“走开！”她喊道，因为她总是撞在我身上。

“你们为什么要赶他走？”

“你再说一遍！”

“你们全是糊涂虫！”我说。

她拿起潮湿的抹布一面啪啪地抽打我，一面喊道：“你变傻了，淘气鬼！”

“不是说你，而是所有其他人都是糊涂虫。”我更正说，但这仍不能使她消气。

吃晚饭时外祖父说：“好，谢天谢地！要不然，我每次看见他，就好比一把刀子插在心里。啊哈，就应该将他赶走！”

我愤恨地折断了一把调羹，于是又挨了一顿打骂。

名师批注

①是的，他的格格不入正是因为他和外祖父及其他房客都是不同的，所以才显得如此“奇怪”，可事实真的是这样吗？答案一定是否定的。

读书笔记

②为什么“我”要妨碍外祖母的操作？

①就这样，我结束了与第一个不平常人的友谊，在自己祖国，不平常的人们构成一个无穷系列——但这都是祖国的优秀人物。

名师批注

①“我”对“美事”有着极高的评价，虽然他永远地离开了“我”的生活，但我们会在心底珍藏这份友谊，他影响“我”的一生。

名师赏析

“美事”为“我”打开了新世界的大门，但他最终也离开了“我”的世界，这是令人无比惋惜的。在和他相处的这段时间里，“我”有了不同的生命体验，学到了很多深刻的道理。当别人都把他当怪人看待时，“我”却一点儿都不觉得他奇怪。我们两个人彼此靠近，温暖彼此孤独的心灵，建立起深厚的友谊，这是令人羡慕的。然而，“美事”的结局也如料想中的一样，他离开了，但“我”始终相信——他没有真正离开。

积累与运用

·好词·

夸耀 慷慨 嘹亮 怜悯 惆怅 震颤 敏捷 浑浊 惋惜

呆若木鸡 寒光闪闪 泪如泉涌 面面相觑 杂草丛生 令人懊丧 推心置腹

·佳句·

◆ 房子正面被漆成温暖安详的暗红色，上面最明亮显眼的是三个窗子的浅蓝色护板，还有顶楼窗子的单扇格栅型护窗板，榆树和椴树浓厚的绿色幽美地遮掩着左边的屋顶。

◆ 这是一个瘦削的有点儿驼背的人，一张白脸上蓄着分成两部分的黑色大胡子，生就一双和善的眼睛，戴着眼镜。

◆ 他奇怪而痉挛地运动着一双手，取下又戴上眼镜，随着说故事人的音调和话语挥着双手、点着头，手触及眼睛，就用手指死命揉眼，又用手掌频繁地擦拭着前额和脸颊，好像那上面在猛烈冒汗。

·美文仿写·

这是“我”观察“美事”做奇怪的实验时的场景，运用了细致的动作描写，通过连贯、精准的动词，把当时的场景呈现了出来。请你仿照文段，也来写一写自己看到的某种场景。

我坐了很久很久，观察他怎样用老虎钳夹住一块铜，用粗锉刀锉它，金黄色的金属锉屑的小碎粒纷纷落在老虎钳下面的硬纸板上。瞧，他将这些锉屑收集起来，集成一掌窝，倒入一个粗大的碗里，又从一个罐子里倒出一些好像盐的白色的粉末，加进这些锉屑中，再从一个黑色的瓶子里倒出一些液体浇到那上面——碗里面立马嗞嗞地响起来，开始冒烟，一股刺鼻的气味扑向我的鼻孔，我咳嗽起来，摇晃着头。

第四章 检测卷

（共 20 分）

一、填空题。（每空 1 分，共 10 分）

1. 外祖父出人意料地将房屋卖给了 ________，另买了一处位于 ______ 的房屋。

2. 在新房子里，“我”对 _____ 充满了好奇，试图接近他，他其实是一位伟大的 _______，但所有人都不喜欢他，他离开这里是因为 ________________。

3. 在这幢房屋里，快活的军人太太称“美事”为 ___________，彼得叔叔说他是药剂师和 _________，外祖父称他为 _______ 和自由思想分子。

4. “美事”要“我”学习 _____，把外祖母讲述的故事记下来。

5. “美事”认为 _____ 往往有自尊心，又是怀疑论者。

二、简答题。（每题 5 分，共 10 分）

1. 为什么“我”和“美事”相处时总是沉默，但“我”并不感到难受，同在外祖父家的感受不一样呢？

2. 在你看来，“美事”是个什么样的人？

参考答案

一、填空题

1 酒店老板；缆绳街。

2 “美事”；科学家；外祖父赶走了他。

3 “石灰鼻子”；魔法家；巫师。

4 写字。

5 猫。

二、简答题

1 “我”和“美事”在一起是朋友之间的相处模式，因而很舒服，没有压力。但对于“我”来说，外祖父家就像是一个使人难以喘息的牢笼，压迫着“我”的精神和灵魂。“我”跟“美事”的相处恰恰是灵魂的释放，能够得到一丝松懈和解脱。

2 “美事”是一个专注于自己事业、有抗争意识，并且孤独、不被人理解的人。他专注于自己的科学实验，丝毫不理会别人的评价；他在听到外祖母帮助别人反抗坏人时，表现出了赞许之情，体现了他性格中的抗争意识；他在看到其他人其乐融融的氛围时，动情地流泪，并向外祖母吐露他的心声，表现了他是一个渴望得到认同但孤独的人。

第五章

名师导读

“美事”离开之后，“我”的生活又陷入了一片死寂。所幸，这样的沉寂没有持续太久，彼得叔叔、三个小兄弟还有“我”敬爱的母亲，都纷纷搅动着“我”的生活。这一次，他们为“我”带来了怎样的生活触动呢？压抑的生活需要色彩填充，那些走进“我”生活的人都为“我”增添了哪些色彩呢？

小的时候，我把自己装扮成一个蜂窝，各式各样平凡、庸碌和无光彩的人物，全像蜜蜂似的，把自己从生活中采集到的蜜，也就是知识和思想送进蜂窝里，它们慷慨大量，尽自己所能地丰富我的心灵。

①这种蜂蜜常常是不洁净而苦涩的，但无论任何知识，终归都是蜜。

②“美事”走后，彼得叔叔和我交了朋友。他很像外祖父，也是那样干瘦，衣着工整、爱好干净，但他个子比外祖父高，整个身段比外祖父细瘦。他像是一个为了逗他人笑而装扮成老头儿的半大男孩。他的脸是皱纹编制成的，像个筛子，全是由一条条的纤细的皮肤皱纹带组成。皮肤皱纹带之间，那对眼白发黄、令人发笑、勇敢灵活的眼睛，就像是笼子里的黄雀似的骨碌碌乱转。他那浅紫灰色的头发卷曲着，胡子也卷成一圈圈的，围着嘴唇。他抽烟斗，喷出了跟他头发的颜色一样的烟雾，也是一圈圈地上升。他说话也是挺绕圈子的，满口的俏皮话。他的声音嗡嗡地响，听来好像很亲切，但我总觉得他是在嘲笑所有的人。

名师批注

①“美事”告诉“我”，识字非常有用，所以“我”开始接受新的事物，学习新的知识。对那些人生道理，甘之如饴，也代表着“我”的成长。

名师批注

②通过对彼得叔叔的外貌描写，初步展现了他的有趣和和蔼，他开始走进“我”的生活，又会带给“我”怎样的触动呢？激发了读者的好奇心。

①他这个人喜欢说话，似乎是一个善良、快活的人，但有时他的眼睛充血，显得很浑浊，呆呆的没表情，像死人的眼睛那样。他常常随便坐在哪个角落里，在黑暗中蜷缩着身子，脸孔阴沉，和他侄子一样，一句话也没有。

“你怎么啦，彼得叔叔？”

“一边去。”他声音低沉，态度僵硬。

②在我们那条街上，有一家新搬来的老爷，此人额头上长了一个瘤子，他有一个非常奇特的习惯——每逢节假日，他就坐在窗口，专门用猎枪的霰弹，射击狗、猫、鸡、乌鸦等小动物。而过往行人，如果他觉得谁讨厌，也照射不误。

有一次，他的猎枪打出的霰弹，击中了“美事”的腰部，虽然铅沙弹没有穿透“美事”的皮夹克，但有些细铅沙子掉进了他的口袋，我至今还记得这位寄食的房客透过眼镜仔细打量那些灰色细铅沙子的情形。

外祖父劝“美事”去告那个房客，但“美事”把那几粒细铅沙子往厨房里一扔，说：③“不值得。”

又有一次，这位枪手的几粒细铅沙子打中了外祖父的一条腿，外祖父盛怒之下向民事法官呈上了禀帖，并开始在这条街上召集受害者和目击证人开会，但这位老爷突然消失了，不知去向。

可怪事还在后头呢，每当街上一响起枪声，彼得叔叔只要在家，便急忙把他那顶节日才戴的、已经褪了色的、有一个大帽檐的帽子往头发灰白的脑袋上一扣，火急火燎地往大门口跑。这时他把两手藏在背后的长衫下面，把长衫撑得老高，活像只公鸡尾巴，昂胸挺肚、大摇大摆地沿着枪手旁边的人行道行走，走过头了，再走回来，如此来回走着。

我们所有住在这幢房子里的人都站在门口。那位军人房客铁青着脸，从窗口向外张望，在他的上方，是他老婆的那一头金发。

④贝特连格家院子里也有人出来观看，只有奥夫相尼科夫家那幢死气沉沉的灰房子里不见有人出来。

有时候，彼得叔叔在街上溜达半天，挑逗没有成功——看来，这位猎手认为，彼得叔叔不是个值得他开

名师批注

①写出了彼得叔叔欢乐快活以外的另一面，心思沉重、木然发呆，引发了读者想要深入挖掘人物性格的好奇心，为下文中他的身份曝光做了铺垫。

读书笔记

②为什么此处插叙新搬来的老爷的事情？

名师批注

③“美事”对老爷的恶作剧无动于衷，不予理睬。一正一反的两种行为相对比，突出了那位老爷的卑劣和“美事”的宽容与高尚。

名师批注

④其他邻居纷纷跑出来看热闹，但奥夫相尼科夫家异常安静。通过对比，突出这一家人的与众不同，同时也引起了“我”的好奇和兴趣，为下文埋下了伏笔。

枪猎取的猎物。但有时候听见双筒枪连发，一枪又一枪，砰——砰……

这时，彼得叔叔不慌不忙地走到我们跟前，心满意足地说：“打中长衫的下摆了！”

他对我倒挺亲热的，他和我说话时，比和大人说话显得宽容些，并且不眯缝眼睛，但他有些地方总不令我喜欢。①他用各种好吃的糖煮水果招待我，给我大块面包片，并且涂上更厚的奶油，他从城市大街里给我带回麦芽糖饼干和罂粟糖饼，而同我对话的时候，永远是严肃的、轻言细语的。

“你一生将怎样度过呢，乖孩子？你要去当兵还是做公务员？”

“我要当兵。”

“有这想法不错。现在当兵并不是很艰苦。但当教士也不错，你只要不时斥责自己几句——上帝饶恕我——就万事大吉了！当教士甚至比当兵好，还有一个很好的职业——当渔夫。对渔夫而言，什么学问都不要——只要对这工作熟巧就行，熟能生巧嘛！”

②他滑稽可笑地描述着捕鱼的情形，模仿鱼儿怎样在钓饵周围转来转去，演示河鲈、圆腹雅罗鱼、欧洲鳊鱼咬住钓钩后怎样奋斗、挣扎。

他讲了许多枯燥的故事，如同编织蜘蛛网一般，而我对这样的故事已经十分熟悉了。

奥夫相尼科夫家的住宅截然不同，其庄严肃穆的气氛，使得外祖父不禁对它产生敬意。

这是座单层建筑，但是房子很高，房前有一个庭院，植满了草皮，整个庭院干净而荒凉。院子中间是口井，井上有一个用两根柱子支起来的顶盖。这幢房子好像要避开闹市似的，建造在离街道稍远的地方。它的三个窗户，开出拱形结构的孔洞，离地面特别远，窗玻璃很模糊，在阳光下反射出七彩的光。宅院大门的另一边是个仓库，仓库的正面，和那住房的结构完全一样，也有三个高高的窗户，然而却是假的，是先在灰色的墙面上钉上窗孔的饰框，再在饰框里面，用白色涂料画上有框的窗扇。

读书笔记

①此处表现了彼得叔叔什么样的性格特点？

名师批注

②对于童年的“我”来说，彼得叔叔滑稽可笑的行为十分吸引人，此时他所展现的是一个备受压迫却十分开朗的人物形象，与后文的形象形成了鲜明的对比。

这些没有眼睛的虚有其表的假窗户让人看着很不舒服，而且整个仓库再一次向人暗示，这家人想隐居起来，不露踪迹地生活。①那整个庄院，那闲置的马厩和那两扇门很大、同样闲置不用的干草棚，都有一种受够世间的沧桑和委屈后只求安静避世的意味，甚至还有点儿深藏若虚、自命清高的气息。

读书笔记

①为什么整个庄园会给人这样的感觉？

偶尔，院子里有一个瘸腿老头儿走动，高高的个子，雪白的胡子，光头，上髭向上翘着，像一根针似的。偶尔，又有一个老头出来，一脸络腮胡子，鼻子歪着，他从马厩里牵出一匹马来。那是一匹灰马，胸窄腿细，脸很长，它总是向周围点头致意，就像个谦恭的修女。瘸腿老头儿用手掌使劲拍了拍这匹马，吹着口哨，大声地叹气，然后又把这匹马牵回黑暗的马厩里了。我感觉，这个老头想要离开这个院子，可他被魔法镇住了，走不出去。

院子里几乎每天总有三个孩子在游戏，从中午一直玩到晚上。他们穿着同样的灰色的男上装和裤子，戴着相同的灰色的小帽，他们都长着圆圆的脸和灰色眼睛，长相几乎一模一样，我只能从个头儿的高矮把他们区分开来。

名师批注

②孤单的“我”只能远远地望着三个可爱的小兄弟一起玩耍，但是在观看的同时，“我”的内心已经和他们交织在一起了，体现了孩子们爱玩的天性和单纯的特点。

②我从栅栏缝里看他们，他们却看不见我，我很希望他们能看见我！他们是那么巧妙、快乐和友好地玩着我所不知道的游戏，这令我很羡慕，我也羡慕他们的服装，羡慕他们彼此之间的善意关怀。特别令我羡慕不已的是，两个哥哥对他们矮胖的弟弟很好，那小弟弟动作滑稽可笑，非常活泼好玩，如果他摔倒了，两个哥哥也像平常人那样笑，可不是幸灾乐祸的，他们会马上把他扶起来，看看是不是摔痛了。如果他的手或膝盖被弄脏了，他们会用牛蒡叶、手绢擦去他手上和裤子上的污垢，而那位当二哥的则会和蔼地说着：“瞧你笨的。”

名师批注

③他们的和谐是“我”所羡慕的，此处与上文表哥们陷害“我”的情节形成了鲜明的对比，体现出了他们家的不同。

③他们从不互相责骂，也不互相欺骗，而且三个孩子全都非常麻利，强壮有力、精力充沛。有一次，我爬到树上，冲他们吹口哨。口哨声好像有魔力，一传入他们耳中，他们便都立在原地不动了，然后慢慢地聚拢在一起，一面看着我，一面小声商量着什么。我想他们马上就会向我扔石头子儿了，便赶紧爬下树，拾了一些石

头子儿，塞在衣服口袋里，还抱些石头子儿在怀里。

可是等我又爬到树上去以后，才发现他们都到院子的另一个角落里去玩了，离我很远，①看来，他们已经把我给忘了。这多么令人感到无味和凄凉啊，但是我不愿意首先向他们挑衅。一会儿，有人从墙上的通风小窗叫他们："孩子们，赶快回家！"

他们乖乖地、不慌不忙地回去了，像三只小鹅仔。

有好几次，我坐在篱笆上面的树杈上，希望他们叫我跟他们一起玩，可他们从来没叫我。不过，我早就在心中跟他们一起玩了，有时候达到了出神入化的地步，不禁喊出声来，甚至大声笑起来。这时他们三个人一起看看我，又悄声地议论着什么，而我则感到难为情，就从树上爬下来了。

有一次，他们开始玩捉迷藏的游戏，轮到老二去找人了。他站在仓库外的一个角落里，直立着，诚实地用两只手把眼睛捂住，一点儿也不偷看，②他的两个兄弟急忙跑着，寻找躲藏的地方。哥哥迅速而灵活地爬进了仓库屋檐下的一辆大雪橇里面，小弟弟却手忙脚乱，一时没了主意，可笑地绕着井台跑，不知道该往哪儿藏才好。

"一，"老大喊道，"二……"

数到三，老二就会来找他们了。

事不宜迟。这时只见小弟弟跳到井栏上，伸手抓住井绳，让一双脚落到空空的吊桶中，而那吊桶闷声地轻轻撞击着井栏壁，一下子消失不见了。

我一下子惊呆了，眼睛望着那十分润滑的辘轳在无声地、飞快地旋转，但我马上明白会发生什么事，一纵身跳进了他们的院子，大喊："快来呀，有人掉井里去了！"

老二和我同时跑到井栏边，他抓住了井绳，拼命地向上拉！③他的手被磨得火辣辣的，但这时我已经把井绳抓到我手里了，老大此时也跑了过来，帮助我把吊桶拉上来，他边拉边对我说："请您轻点儿！"

不一会儿，小弟弟被拉了上来，他自己也吓得够呛。④他右手的指头在流血，一边脸也被蹭破了，腰以下全是湿淋淋的，脸色苍白，甚至发青，身上直打战，两只眼睛瞪得老大，但是他还露出微笑，边笑边拉长声调说：

名师批注

①这样的自作多情，体现了"我"的孤独。"我"没有玩伴，孩童的天性被压抑着，所以"我"会臆想他们是"我"的好朋友，只是他们把"我"遗忘了。

名师批注

②通过"我"的视角表现出三兄弟玩耍时的开心和快乐，表现了"我"的羡慕之情，他们的快乐是"我"可望而不可即的，引发了读者对"我"的同情。

读书笔记

③大哥和二哥的表现，体现了他们对弟弟什么样的感情？

名师批注

④描写了小弟弟掉进井里时的场面，惊心动魄，牢牢地抓住了读者的心。小弟弟与平常的孩子不同，他掉进井里，并没有因受到惊吓而哭喊，反而笑了起来，表现出了小弟弟的可爱与坚强。

“我——是——怎么——掉进——井里——去的……”

“你简直跌昏了头！这不明摆着嘛。”他二哥说，一面抱起了他，一面用手绢为他擦着脸上的血迹。

大哥皱着眉说道：“我们回家吧，反正瞒不住的。”

“你们要挨打了吧？”我问道。

他点了点头，然后，向我伸出手来，说道：“你刚才跑得可真快！”

听见他的夸奖，我非常高兴，可还没来得及把手伸出去，他已经在嘱咐他二弟了，说：“我们走吧，不然他会着凉的！我们就说他摔倒了，关于掉到井里的事，就别提了！”

“对，不要提！”小弟弟表示同意，一面打着寒战，“就说我是摔到水洼里了，行吗？”

他们走了。

这一场差点儿闯大祸的游戏发生得太快了，我扭过头，看看我跳进院子时脚下蹬的那根树枝还晃着呢，发黄的树叶正从上面纷纷掉下来。

三兄弟有一个星期没有露面。后来，他们终于出来了，比以前玩得更火热，那个大的见我也在树上，冲我亲切地喊道：①“来我们这儿玩吧！”

我们钻进仓库里屋檐下那辆宽大的旧雪橇里，面对面，促膝谈心，而且谈了好长时间。

我问道：“你们挨打了吗？”

大的回答说：“挨了。”

真令人难以置信，这三个孩子原来也和我一样，也会挨打。②我真为他们感到难过。

“你为什么爱捉鸟？”小弟弟问。

“它们会唱歌，唱得还非常动听。”

“不要捉了，应该让它们想怎么飞就怎么飞。”

“好吧，再不捉了。”

“不过，请你先捉一只送给我再说！”

“你要一只什么样的呢？”

“欢蹦乱跳的，能装进笼子里玩的。”

“那你的意思是指黄雀了。”

“猫一定会吃掉它的，”小弟弟说，“而且爸爸

名师批注

①因为上次的事件，“我”暴露了自己的行踪，但也获得了梦寐以求的机会——和他们一起玩耍，推动了故事情节的发展，为下文做了铺垫。

名师批注

②虽然“我”早就知道他们会挨打，但还是感到难过，而不是像表哥们一样幸灾乐祸。这充分体现了“我”的单纯善良，始终怀有一颗真诚的心，塑造了一个纯真可爱的主人公形象。

不会允许我养鸟。”

老大表示同意，说：“肯定不会允许。”

“你们有妈妈吗？”

“没有。”老大说。

但老二纠正他说：“有，不过……是另外的妈妈，不是我们的亲妈，我们没有亲妈，她已经去世了。”

我说：“另外的妈——那叫后妈。”

老大点了点头，说：“没错。”

①这时他们三兄弟都不说话，陷入了沉思，眼睛失去了神采。从外祖母讲的童话里，我知道了什么是后妈，因此我非常理解他们突然的沉默。他们坐在那里，就像三只模样相同的小鸡似的互相依偎着，我想起了童话里恶毒的后妈是怎么靠骗局占据了亲妈的位置，于是我安抚他们，让他们心存希望：“你们的亲妈还会回来的，耐心等着吧！”

老大耸了耸肩说：“如果她死了呢？这样的回来不会有。”

“怎么不会有呢？上帝在天上主持，人死而复生的事简直太多了！甚至被剁成肉块的人也能够活过来，只需往他们身上撒点儿圣水，就活了！有多少次这样的事情，人死了，可不是真的死，不是上帝的意志，而是被巫师或巫婆施了魔法！”

②我兴致勃勃地和他们讲起了我从外祖母那里听来的童话，老大最初只是嘿嘿地发笑，然后他轻轻对我说：“这我们听过，这是童话故事！”

他的两个弟弟一言不发地听着，最小的弟弟紧紧地闭着嘴唇，鼓着嘴。老二用一只胳膊肘顶着膝盖，探身冲着我，一只手从后面搂着小弟弟的脖子，使他的身子弯着。

天色早已黄昏，红色的晚霞悬在各个屋顶的上空，这时，在我们的旁边出现了一个老头儿，他蓄着一脸白胡子，穿着一身神父式的肉色的长衫，戴一顶毛茸茸的皮帽子。

“这是谁家的小孩？”他伸出一个手指头，指着我问。

名师批注

①虽然三兄弟是快乐的，但他们的内心也隐藏着不可提及的疼痛。美好的生活背后，总是有不为人知的悲惨。

名师批注

②“我”迫不及待地将自己知道的知识分享给小伙伴们，一方面体现了“我”的纯真善良，另一方面也体现出了外祖母对“我”的潜移默化的影响。

老大站起来，向我外祖父的房子摆了一下头，说：“他——从那边来的……”

“是谁招呼他过来的？”

①三个孩子不敢怠慢，默默地从雪橇中爬出来，回家去了，这又使我想起了那些驯顺的小鹅仔。老头儿结实地抓住我的肩膀，拽着我往院子大门口去。出于对他感到恐惧，我真想放声大哭，但我欲哭不能，因为他的步子跨得非常大，而且走得那么快，以至于我还没哭出声来，身子已经落在街上了。他站在门口，对我伸出一根手指，吓唬我说：“以后绝对不许上我这儿来！”

我确实非常生气，说：“我又不是为了你来的，老鬼！”

他伸出一只长长的胳膊，又将我一把抓住，使劲往人行道上拉，边走边问道：“你外祖父在家吗？”他的问话击中我的软肋，就像锤子似的在敲击着我的脑袋。

算我倒霉，外祖父正好在家，他站在那个凶恶的老头面前，仰起脸，撅着胡子，看着对方跟两戈比的硬币差不多大的浑浊的圆眼睛，急忙解释说：②“哎，他母亲出远门了，我又是个大忙人，没人管他——还请上校多包涵！”

上校冲着整个宅院像鸭子一样嘎嘎叫了一声，然后像一根木头柱子似的转身走了。可是我呢，就没有好果子吃了。过了一会儿，挨过打的我被扔在彼得停放在院里的马车上。

“又突然遇到糟糕的事了，小老爷？”彼得叔叔边卸着马，边问，“为什么又挨打呀？”

当我告诉他事情的缘由时，③他马上因激动而脸红，并且开始恶狠狠地低声说：“你干吗要和他们交朋友？他们是少爷，是一群幼蛇。瞧你，为他们无缘由地挨了揍，现在该你自己去打他们一顿了——怕什么！”

他唠叨了很长时间。我因为挨了打，心里非常窝火，起初听他唠叨还觉得有些道理，但他那张不停抖动的遍布皱纹的脸，越来越让我感到厌恶，这张脸使我想到这三个小孩回家也一定会挨打，可他们在我面前并无过错。

名师批注

①三个孩子拥有释放天性的时候，但也和其他的孩子一样被“驯服”，听从指令。这令人感到不舒服，但也无法改变。从孩子们的身上，也可以看到整个社会的现状。

名师批注

②外祖父对上校老爷毕恭毕敬，不像对其他人那样刻薄、暴躁，解释了上文中外祖父对这位邻居敬畏的原因，与前文呼应，同时表现了外祖父处事圆滑、善于周旋的特点。

读书笔记

③你如何理解彼得如此激动的表现？

“没必要打他们，他们都是好孩子！你净胡扯。”我说道。

他看了看我，突然怒吼道：“滚，从车上滚下去！”

“你真是个大混蛋！”我跳到地上，对他喊。

①他听了，便满院子追我，但就是捉不到我。他一边追打，一边声音很不自然地叫喊道：“我是混蛋？我胡扯？我让你知道我的厉害！”

这时外祖母闻声走了出来，站在厨房的台阶上，我立刻扑到她身上，以得到庇护，于是他便向外祖母诉起苦来：“这孩子已经让我没办法对付了！我年龄比他大五倍，他竟骂我母亲，什么都骂，骂我是个骗子！”

②当他当面毁谤我时，因过于惊讶，我张皇失措，变迟钝了，在这一分钟我显出惘然若失的样子，但外祖母口气强硬地回答他：“我说，你呀，彼得，你真的在撒谎！他不会骂太难听的话的！”

③如果是外祖父，便会相信这个马车夫的话了。

从此，我们之间便发生了默无声息的、恶意的暗斗——他往往假装无意地碰撞我，或用缰绳蹭我，或把我捉的鸟儿放飞，有一次还把鸟儿喂了猫；他以各种各样的理由，在我外祖父面前数落我的不是，并且添油加醋。我越来越觉得他跟我一样，还是一个孩子，只不过是披着一个老头的皮罢了。

我偷偷拆散他那用树皮和草绳编织的鞋子，不露痕迹地把捆扎草鞋的绳子解开，或将其扯断——彼得叔叔穿上之后，树皮草鞋就会自动散开。有一次，我往他帽子里撒了一大把胡椒，让他打了一个小时的喷嚏。总之，我殚精竭虑，以我小小年纪能有的力量和机智，想着一定要打赢他。每逢节假日，他整天目光锐利地跟踪着我，而且不止一次抓到我的犯禁——和那几个阔少爷暗通声息。他抓到把柄，就立刻到我外祖父那儿进谗言。

我向他们讲了许多关于外祖母的事，有一次，那个老大叹了一口气，动情地说：“应该说，外祖母都是十分慈祥的，我们也曾经有一个好的外祖母……”

他常常忧郁地述事，还带着这样的口头禅：曾经

名师批注

①此时彼得叔叔对“我”的态度突然发生了巨大的转变，并不像先前那样单纯快活。他的内心怀有深深的敌意，这揭示了人性的多面和复杂。

名师批注

②“我”完全没有想到，曾经信任的彼得叔叔竟然当面毁谤“我”。这是完全出乎意料的，也给“我”幼小的心灵以重重的一击，使“我”开始见识到人性的复杂。

读书笔记

③体现了外祖父对“我”什么样的感情？

有过、往昔多美好、旧时常常有，仿佛他在地球上已经生活了整整一百年，而不是仅仅十一岁。我记得，他有一双狭窄的手掌，纤细的手指头，而他整个身子都是纤细的、弱不禁风的，①可那双眼睛十分明亮，眼神又温和，像教堂里的长明灯，虽不炽烈，却有光。他的两个兄弟也很可爱，使人不由得对他们产生深厚的信任感，由此总是想做些令他们愉悦的事，但最令我喜爱的还是那老大。

我常常被谈话的内容所吸引，没注意到彼得叔叔是怎样来的，他用拉长的喊叫声驱散我们："怎么又——凑——到——一起啦？"

我发现，彼得叔叔身上越来越经常出现忧郁的麻木状态，我甚至练就了预测他每天收工回来时的心情的本领——通常，他推开大门进来时是不慌不忙的，门的铰链悠长而懒洋洋地发出刺耳的尖声，②如果这个马车夫哪天心情不好，门的铰链会突然发出短暂的尖声，仿佛因痛楚在喊叫。彼得叔叔的哑巴侄儿到乡下结婚去了，他一个人住在马厩的上面，他那间似狗窝的居室又矮又小，只有一个小窗口，里面有一股子很重的发霉的皮革、焦油、汗水和烟草的混合味道——我怕闻这种气味，因此我从来没有到他的住处去过。现在，他睡觉不灭灯，外祖父特别不高兴。

"当心，别烧了我的房子，彼得！"

"没关系，你放心吧，我已经把灯竖放在一只盛水的碗里面了。"他回答说，眼睛看着旁边。

③总的说来，他现在眼睛总爱往一旁看，不敢正视一切，而且他早已不参加外祖母的晚会了，也不请人吃果子酱了。他的脸干瘪了，脸上的皱纹也更深了，而且走路也摇摇晃晃的，一双脚像划船似的行走，就像个病人。

这一天是个平常的日子，因为雪下了一夜，早晨起来，我和外祖父在院子里铲除很厚的雪。这时，院子大门上的侧门的门闩鼻忽然响亮地咔嚓一声，这种响声有些特别，和平日的响声不一样。接着，从外面

读书笔记

①请从修辞的角度赏析这句话。

名师批注

②通过描写门铰链的声音暗示人物的心情，借助其他事物去展现人物的状态，使得内容更加生动、形象，增强了文章的可读性。

名师批注

③描写了彼得叔叔奇怪的变化，设置了悬念，为下文揭晓他的身份埋下了伏笔。

进来一个警察，他用后背关上侧门，伸出一个粗厚的灰色的手指头，用手势招呼外祖父过去，①当外祖父走近时，那警察俯身凑近他，那张长着大鼻梁的脸，仿佛要啄外祖父的额头似的。他开始用无法听清的耳语对外祖父说些什么，外祖父赶紧回答说："在这里！什么时候？上帝呀，让我想想！"

这时他突然有些可笑地一跳，喊道："上帝保佑，真有这样的事吗？"

"不要叫唤！"警察严厉地说。

警察如此命令，外祖父只好沉默。他一回头便看见了我："把铁锹收拾好，回屋里去！"

那口气和那个警察一样。我躲在一个角落里，远远地看着他们。他们向彼得叔叔居住的狗窝般的小屋走去。那警察摘下右手的手套，在左手掌上拍了一下，说："他呀，很懂行呢。他扔掉了马，而自己躲了起来。"

我跑到厨房，把我所看到的和听到的事都跟外祖母说了。当时她正在面盆里和面，准备做面包，沾了好多面粉的脑袋一摇一摇地动着。当她听完我的话，②心情平静地说："或许是他偷了东西吧……好啦，去玩吧，这关你什么事！"

我又回到院子里，外祖父正站在侧门边，脱掉有帽檐的男便帽，仰头向天，画着十字。他的脸看似十分气愤，可能预感到了不祥，一条腿直打哆嗦。

"我不是说过叫你回屋里去吗？"外祖父跺着脚，朝我喊道。一会儿他也跟着我回屋里来了，一走进厨房他就喊道："到我这里来一下，孩子的妈！"

他们到隔壁房间里，在那儿紧急商量，耳语了好长时间。③等外祖母又回到厨房时，我看她的神色，心里开始明白，一定发生了什么可怕的事。

"你有什么事好怕的呢？"我问外祖母，想安慰她。

"住嘴，放明白点儿。"她低声回答。

这一整天，家里的气氛都是沉闷的、可怕的。外祖父和外祖母一直忧心忡忡，他们俩时不时地相互望上一眼，说话声音很低，三言两语，听也听不清，这更加

名师批注

①渲染了一种恐怖、压抑的气氛，激发了读者的阅读兴趣和好奇心，推动了故事情节的发展。

读书笔记

②你如何理解外祖母此时的"心情平静"呢？

名师批注

③暴风雨即将来到，此处设置了悬念，接下来，又会有怎样的故事发生？牵动着读者悬着的心。

重了恐慌的气氛。[①]惊恐的气氛已笼罩了所有的东西。

“你，孩子的妈，把各处的长明灯都点上吧。”外祖父一边轻轻咳嗽，一边吩咐说。

一家人勉强地吃了午饭，但吃得很匆忙，好像等待谁来似的。

外祖父一脸疲惫，嘟着腮帮子，噘着嘴，似乎在生闷气。他清了清喉咙，嘟嘟哝哝地说：[②]“魔鬼比人有力量！要知道，这人难道不笃信宗教，难道不是个好教徒？你也一直迷信宗教，可是结果呢？”

外祖母叹了口气。

银白色的浑浊的冬日令人苦恼地延续着，可家里的气氛越来越令人不安，越来越沉重。

傍晚时来了警察，换了一个人，红头发，胖胖的，他坐在厨房的凳子上打着盹，断断续续地小声打鼾，鞠躬似的弯着腰。外祖母问他：“这事要怎样才能查清楚呢？”

他慢条斯理、低沉有力地回答说：“我们将会把一切都查清楚的，放心吧！”

我记得，当时我坐在窗前，将一枚等于十二戈比的旧铜币放在口中焐热，然后把它贴在玻璃窗的冰花上，一心想要在那上面印出打败恶龙的常胜将军格奥尔吉[70]的画像。

[③]突然，前室里发出沉重的声响，门打开了，彼得罗夫娜在门槛那儿，震耳欲聋地喊道：“你们要看看，在你们房子后面的地方有什么！”

一看到岗警，她一惊，狼狈地退往前室，但警察已一把揪住了她的裙子，也有几分惊讶地叫喊道：“站住——这女人是什么人，看什么？”

她被门槛绊了一跤，跪在地上，开始上气不接下气地哭诉起来，涕泪俱下：“我走去给母牛挤奶，我看见在卡希林家的花园里有件东西，是鞋子还是什么东西……”

名师批注

①谜底仍未揭晓，恐怖的气氛越来越凝重，这已经超出了“我”的预想，不知道接下来会有怎样令人难以承受的事情发生。

读书笔记

②为什么此处再一次引发了对宗教的讨论？

名师批注

③彼得罗夫娜的出现打破了僵局，推动了情节的发展，是不可或缺的一个人物，她带来了新的线索，也让众人陷入了更加惊慌的境地。

70 基督教圣徒之一，最初被认为是土地的保护神，在中世纪的欧洲，他开始被认为是圣徒——军事庇护神，通常他的画像画的都是他在马上手持长矛大战恶龙的情形，沙皇俄国的国徽和钱币上均有此图像。

外祖父立刻跺着脚，盛怒地喊道：[1]“你撒谎，蠢妇人！在花园里你什么也不能看见，围墙这么高，又没有隙缝，你撒谎，在我们家里什么也没有！”

“老兄长！”彼得罗夫娜边哭边说，向他伸出一只手，另一只手则抚着头，“一点儿也不假，老兄长，就算我是说谎！我正走着，发现一路脚印，朝向你们家围墙，并且有一个地方的雪被踏平了，我经过围墙，认真一看，于是我看见——他在那儿躺着……”

“谁呀？”

这一声呼号可怕地拖得很长，而其中的意义无论如何也难以明白，但是突然大家都好像发疯了一般，互相推搡着，从厨房里冲出来，朝花园跑去。

那儿的一个坑里，轻柔地铺着的一层雪上，躺着彼得叔叔，他的背紧靠着那段烧焦了的原木，头低低地垂在胸前。在他的右耳下面有一道深深的裂口，红红的，仿佛人的嘴巴，从裂口内很难看地露出一些牙齿般的有点儿发青的小块。我不敢再看，用手捂住眼睛，从手指的隙缝里，我看见他的膝盖上放着我熟悉的皮革刀，在刀的旁边是弯曲着的黑色的右手手指，他的左手甩在一边，陷入雪中。

这个马车夫身下的雪融化了，他细小的身体深深地落入柔软、光亮的绒毛似的雪中，更加像一个小孩了。他右边的雪上有个奇怪的图案，呈红色，类似一只鸟，左边的雪一点儿也没触动，是光滑的，令人目眩地发出光芒。[2]驯顺地垂下的头颅用下巴抵着胸膛，揉皱了浓密的卷曲的胡子，在裸露的胸膛上，在凝固的红色的血流当中，摆放着一个青铜的大十字架。

由于各种声音的喧哗，我头脑严重发晕。彼得罗夫娜不停地喊，警察吆喝着，外祖父打发勤务兵瓦列伊去那儿办事，喊道：“不要踏坏了脚迹！”但是他突然皱起眉头，看着自己的脚下，大声而又威严地对那名警察说：“你喊叫吧，喊得口吐白沫也不济事，老爷！这儿是上帝管的事情，上帝的法庭，可你将各种各样的乱七八糟的事搅和在一起——唉，你们这些人啊！”

顿时大家都不作声了，大家都盯着那个去世的人，

名师批注

①外祖父听说自家花园里有东西，第一反应不是查看事实，而是给予反驳，这是害怕负责的表现，体现了外祖父的自私，他强烈的否认也引发了读者的怀疑。

名师批注

②这是“我”又一次直面死亡，彼得叔叔的死状是极其惨烈的。面对熟悉的人和事物的逝去，必然会在“我”的心中激起波澜。

叹着气，画着十字。

一些不知从哪儿来的人从院子里跑进花园里来了，他们从彼得罗夫娜那儿爬过围墙，掉落下来，发出呼哧呼哧的声音，但全场大抵还是安静的，直到外祖父大声呼喊，才打破寂静。他环顾四周，绝望地喊叫起来：①“街坊邻居们啊，你们为什么踩坏我的马林果呀？你们要讲点儿良心，你们这样做不感到于心有愧吗？”

外祖母呜咽着，拉着我的手便回家去了……

“他干什么了呢？”我问。

“难道你没看见……”她答道。

整个晚上，直到深夜，都有一些陌生的人在厨房里和隔壁的房间里，穿进穿出，互相推搡、喊叫，一个警察在发号施令，维持秩序。有一个类似教堂助祭的人在笔录着什么，盘问着这些人，他说话好像鸭子嘎嘎地叫：“嘎克？嘎克？[71]”

外祖母在厨房里泡茶给大家喝，桌旁坐着一个脸圆圆的胖子，脸上有麻斑，留着小胡子，用嘶哑的喉咙讲述着案情：“作案者是叶拉季马[72]的人，真实姓名还没有查出来。哑巴是假装的，他一点儿也不哑，他对一切都供认不讳。他还有一个共犯，据这个共犯招认，他们很早以前就抢劫过教堂，他们主要就是干这个的。”

②“天哪！”彼得罗夫娜一声叹息，她满脸通红，脸上有泪痕。

我躺在炉子和墙之间的高板床上，从上往下看，觉得所有的人都变得那么渺小、肥胖，而且可怕。

有一天，正逢星期六，我一大早就起身前往彼得罗夫娜的菜园里捕捉红腹灰雀，我捕捉了很久，但是那些红胸脯且自命不凡的鸟儿一只也不飞进我的捕鸟器。③它们以其美丽引逗人们，在仿佛银子做成的雪面冰层上有风度地踱来踱去，展翅一飞，落在温暖的裹上一层霜的

名师批注

①一条鲜活的生命逝去了，不论他是怎样的人，都是极令人惋惜的，而外祖父却一心只记挂着自己的马林果，再一次体现了外祖父的自私。

名师批注

②通过彼得罗夫娜的语言传达了众人的震惊，似乎所有人都没有想到，事实竟是如此出乎意料。但众人也只是发出程序般的“天哪”，除此以外再无表示。

读书笔记

③请从环境描写的角度赏析这段话。

71 俄语“как？ как？”的音译，即“怎样？怎样？”的意思。

72 叶拉季马，奥卡河上游一城市，属原坦波夫省。

灌木丛的枯枝上，在干枝上摇摆，好像一朵朵活生生的鲜花，将发蓝的雪花向下摇落。这种景色是如此美丽，以至于捕鸟不成也引不起我的遗憾。我是一个不那么热情的捕鸟人，令我喜好的是捕鸟的过程，而不是其结果。我喜好观察鸟儿怎样生活，并且我总爱想念它们。

一个人坐在雪野的边缘是挺好的，耳边响着鸟儿们的啁啾声，在严寒日子里，水晶般的静寂中，鸟儿们的啁啾声显得更清晰。在远远的某处，一只鸟在歌唱，又飞走了，夹杂着过路的三驾马车的铃声，哦，这是一只在俄罗斯冬天常见的忧郁的百灵鸟。

我在雪地里冷得打战，感到耳朵简直被冻坏了，我收拾好捕鸟器和鸟笼，翻过板墙到了外祖父的花园里，随即走回家去。通往街道的大门开着，一个魁梧的庄稼汉从院子里牵出一群平日拉三套车的马，现在这三匹马套在一辆有篷的雪橇上，马匹呼出浓浓的热气，庄稼汉则欢快地吹着口哨，我的心在颤抖。

①“把谁拉来了？”我问道。

他掉转身来，手搭在额头上看了看我，跳上赶车人的位子，说道：“神父！”

哦，这和我没有关系，如果是神父，一定是来找房客们的。

“驾，小鸡们！”那农民一面吆喝，一面打着口哨，抖动缰绳，催马上路。

三匹马齐心协力，向田野奔驰而去，我目送着它们远去，掩上大门。但是当我走入空荡荡的前室时，隔壁的房间里传来了母亲强有力的声音，每一句都清晰可闻：“现在怎么办——应该把我杀死吗？”

我没有脱衣服，丢掉鸟笼便朝过道跑去，正好一头撞在外祖父身上。他一把抓住我的肩膀，一双粗野的眼睛探察着我的脸，喉咙里很困难地咽下什么东西，哑着嗓子说：②“你母亲来了，去吧！等一等！”

他对我喊叫着，使得我的双腿差一点儿没站稳，他将我朝房间的门推去：“去，去！”

我撞在门上，这门是用漆布和毡呢包裹着的，我好久没有找到门把手，用一双因寒冷和激动而颤抖的

名师批注

①其实，“我”的内心是有一些渴望的，那是“我”作为一个孩童天真的希望，“我”的询问也为后文埋下了伏笔。

名师批注

②外祖父的犹豫表现了他内心的矛盾，更好地诠释了他心中对于母亲回来的复杂情感，使读者看到了一个丰满的人物形象。

手摸索着，终于轻轻地打开了门，停留在门槛上，激动得一时目瞪口呆。

“这是他？”母亲说，“上帝呀，这么大了！怎么，你不认识我了？瞧你们给他穿的衣服，也真是……连耳朵都冻白了！妈妈，快给我拿点儿鹅油[73]。”

她站立在房屋中间，俯身向着我，脱下我的衣服，转动着我，好像转动一个皮球。她庞大的身躯裹在温暖柔软的红色衣服里面，那衣服之大真像农民的上衣，一排巨大的黑色纽扣从肩膀上倾斜着一直延伸到下摆，将衣服扣住。我从未看见过如此古怪的衣服。

我感到，她的脸比那时要瘦了些，不但瘦了，而且变苍白了，眼睛变大了，眼窝更深了，金黄色的头发更亮了。

她给我脱衣服，把脱下的衣服丢到门槛那儿，她的马林果似的嘴唇歪斜着，总是以命令的口吻叫着：①“怎么不说话？见到妈妈高兴吗？呸，这么脏的衬衫。”

接着，她给我的耳朵涂抹鹅油，这的确很痛，但她身上发出的清新好闻的气味减轻了我的疼痛感。我偎依在她身上，探察着她的眼睛，由于激动而说不出话来。我从她谈话的间隙中听到了外祖母细声而不快的声音：“他是个任性的孩子，完全不听管束，连外祖父也不怕。啊哈，瓦里娅呀瓦里娅。”

“好了，别诉苦了，妈妈，一切会好的，一定会好的！”

和妈妈相比，周围的一切都是渺小的、可怜巴巴的和衰朽的，②我感到自己也是个老人，和外祖父一样老。她用结实的膝部夹着我，用一只沉重的温暖的手抚摸着我的头发，说道：“应该理发了，也到了上学的时候了，学习得好吗？”

“我已经学会了读和写。”

“还应当多学一些，嘿，你长得很结实，不是吗？”她用密集、爽朗、温暖人心的笑声笑着，逗着我玩。

③外祖父走进来，面孔苍白，像动物那样毛发竖起，外加一双发红的眼睛。她用手将我推开，看着外祖父，

73 民间相信涂抹鹅油能够治冻伤。

名师批注

①这是母子久别重逢的感人场面，“我”终于再见到了亲爱的母亲，她对“我”的关怀显得生疏而又局促，但也在“我”的心中留下了无可替代的温暖。

读书笔记

②为什么“我”会有这样的感觉？

名师批注

③母亲刚刚回到家里，就和外祖父产生了激烈的矛盾，引发了家庭内部的危机，同时也设置了悬念，引发了读者的好奇，为下文做了铺垫。

大声地问道："怎么样，爸爸？我该坐车走了吗？"

他立在窗户前，用指甲划着窗户上的冰花儿，久久地不作声，周围的气氛变紧张了，一切都显得十分可怕。于是，像往常一样，在这种紧张的时刻，我全身的血管似乎都在扩张，眼睛睁大了，耳朵在变长，胸膛在奇怪地扩大，引起要喊叫的愿望。

"列克塞，出去。"外祖父用低沉的声音说。

"为什么？"母亲问道，重新把我拉向自己。

"你哪儿也不要去，我禁止你……"

①母亲站起身来，在房间里飘然行走，仿佛是一朵散发霞光的云，她在外祖父身后停下来："爸爸，您听着……"

他转身面向她，尖厉地叫了一声："你给我住嘴！"

"好，那我也不允许你对着我喊叫。"母亲平静地说。

外祖母从沙发上站了起来，伸出一个指头威胁说："瓦尔瓦拉！"

而外祖父却在椅子上坐下来，开始喃喃地说："等一等，我是谁？而你呢？没有尊卑长幼之别，这是怎么回事？"突然他变了声调，以一种陌生的声音咆哮道，②"你把我的脸面都丢尽了，瓦里娅！"

"你给我出去！"外祖母命令我说。

我非常不高兴地去了厨房，爬到炉子上，长久地倾听隔壁房间的动静，在那儿时而总是一个紧挨着另一个说话，互相打断话头，时而都不作声了，仿佛都睡觉了似的。③话题总离不开母亲生了一个孩子、而母亲又将婴孩送给别人了等家事，但我弄不清的是外祖父究竟为什么生气，是为了母亲生育小孩没经他允许，还是为了她没有将小孩带来交给他抚育呢？

然后他到厨房里来了，头发蓬乱、满脸通红、疲乏至极，跟在他身后的是外祖母，她一面走，一面用女上衣的前襟擦两颊的眼泪。他坐在椅子上，双手撑在椅上，驼着背，哆嗦着，咬着灰色的嘴唇。外祖母跪倒在外祖父面前，轻轻地，但充满激情地说："孩子的爹，看在上帝的份儿上，你就饶了她吧，饶恕她吧！并非这一辆

读书笔记

①请从修辞的角度赏析这句话。

名师批注

②通过外祖父愤怒的语言，引发了读者的好奇——为什么外祖父会说母亲"把我的脸面都丢尽了"，到底有怎样的隐情？情节设置了悬念。

名师批注

③隐情被渐渐剥开，交代了母亲和外祖父之间产生矛盾的原因。从"我"的角度来看待这件事情，把问题简单化，却足够震撼人心。

雪橇折裂[74]。难道在那些贵族老爷或大生意人家里就从来没有这样的事情？一个孤身女人——长得这么好看！呃，饶恕她吧，要知道天底下没有不违反教规的人。”

外祖父身子向后靠墙，看着她的脸，嘟哝着，伪装出笑容，实际在抽泣：“嗯，是的，这是不用说的呀！不饶恕又能怎么办呢？你还有谁不饶恕，你——饶恕所有的人，嗯，是呀，呃嗬，你们这些人啊……”

他朝她俯下身来，抓住她的双肩，开始摇她，急速地悄悄私语：“可上帝，恐怕是什么罪过都不会饶恕，是吗？我临到墓穴边，就遭到了上帝的惩罚，①在我们最后的日子里，既没有安宁，也没有欢乐，什么都没有！并且——你可要记住我的话！我们还会沦为乞丐而死，沦为乞丐！”

外祖母抓住他的双手，和他坐在一排，轻轻地、温和地微笑了，说道：“哎哟，如此厄运！我也没什么害怕的——沦为乞丐！哟，做乞丐又怎样。你要明白，你可以安坐家中，由我沿街乞讨——说不定，人们都会施舍给我，我们将吃饱喝够！你什么都不用做！”

②他忽然笑了，好像山羊一样转动脖子，并且一把抓住外祖母的脖子，将细小的、疲乏无力的身子偎依着她，抽泣着说：“啊哈，傻瓜，你是个非常幸福的傻瓜，我最后的一位亲人，你，这个傻瓜，你什么都舍得，你什么世事都不明白！但愿你能回忆当年，为了儿女，难道我们没有努力干活，难道我没有为他们遭那么多罪？哟，即使他们现在，即使他们还有一丁点儿回报——”

③就在这时候，我再也不能忍耐了，泪水夺眶而出，全身沸腾起来，我从炉子上跳下，扑向他们，号啕大哭起来。我之所以大哭，是因他们从未有过的和睦交谈而感到欢乐，是因感受到他们的悲苦，并且是因母亲来了，是因他们在自己的哭泣中平等地待我，让我和他们哭作一团。他俩拥抱我，紧紧搂住我，慢慢地流泪，而外祖父冲着我的眼睛和耳朵小声说：“啊哈，你呀，小魔鬼，你还待在这儿吧！眼下你的母亲来了，你将和她一块儿生活了，我这个外祖父，是个凶恶的

名师批注

①外祖父的话预示着这个家庭的结局，为下文埋下了伏笔，也让读者的内心受到了极大的震动。

名师批注

②性情多变的外祖父也有感性温柔的一面，他一时间暴跳如雷，一时间又和蔼耐心，让人觉得无比心酸。

名师批注

③“我”哭是因为我高兴，因为“我”和外祖父、外祖母终于像真正的一家人一样，拥有了共同的情感。“我”哭也是因为“我”感到了悲哀，听到了他们的对话后，对他们的不幸深表同情。

74 俄国谚语，意思为“不光我们这样的人家会出这种事”。

老鬼，现在就滚蛋，怎么样？而那外祖母，一向纵容你的人，娇惯你的人——是不是也该滚蛋？啊哈，你们这些人啊……”

他伸开双手，推开我们，大声说着，很生气的样子：①“所有的人都走掉，所有的人都很想一边去——所有的人都单独走了……喂，叫她来，是不是！快点儿！”

外祖母从厨房里走出去了，而他则低垂着头，在角落里说：“仁慈的上帝呀，喏——这就是，你看吧，这就是！”

他用拳头猛烈地捶打着自己的胸膛，这使我很不高兴。②总之，我不喜欢他和上帝谈话的方式，他似乎总是在上帝面前吹嘘自己。

母亲来了，由于她穿着红色的衣服，衬托之下，厨房里也显得明亮多了。她坐在桌旁的长板凳上，外祖父和外祖母坐在她的左右两侧。她衣服的宽广袖子搁在他们的肩膀上，她轻轻又严肃地讲着什么，而他们都不作声地听着，也不打断她。此时此刻，他们两个都成了小人，而她似乎是他们的母亲。

我由于激动而很疲乏，在高板床上渐渐睡熟了。

傍晚，两个老人都穿上节日的盛装，前去做晚祷，外祖母快活地对着外祖父挤眉弄眼，他穿着行会主任的制服，还穿着浣熊皮的大衣和衬衣，以及一条不塞进裤腰的散腿裤子。外祖母使着眼色，对我母亲说：“看啊，你爸爸打扮成一只白白净净的小羊羔了！”

母亲欢乐地笑着。当我和她留在她的房间里的时候，她坐在沙发里，把一双腿盘起来，用一只手掌拍着自己旁边的地方：“到我这里来！喏，你生活得怎样——不好，是吗？

③天知道我生活得怎样，我说，“我不知道。”

“外祖父经常打你吗？”

“现在不常打了！”

“是吗？好了，随便说点儿你想说的话吧，怎么样？”

我不想多说外祖父，我开始说一件事——就在这里，在这个房间里，曾住过一个十分可爱的人，但谁也不喜欢他，外祖父拒绝他在这儿租下去。看来，这段

名师批注

①对于外祖父和母亲之间的争吵，最终是外祖父选择了妥协。一家人四分五裂，都极力地想要逃离这个地方，间接地表现了外祖父的悲哀——无法享受天伦之乐。

名师批注

②外祖父对待上帝的态度其实也是他对待自己的态度，他始终拥有着复杂的人物形象，是本书中最为典型、最丰满的人物。

读书笔记

③你如何理解这句话呢？

往事不令母亲喜欢，她说："噢，还有别的事情吗？"

我说了那三个男孩的事，还说到那上校怎样将我从院子里赶出去，①母亲听了，紧紧地拥抱着我，轻声地说道："这个废物……"

而她不再作声，稍微眯缝上眼睛，盯着地板，摇着头。我问她："外祖父为什么生你的气？"

"我对不起他！"

"你本应该把小孩带来给他。"

她的身子一震，皱着眉头，咬着嘴唇，然后又哈哈大笑起来，同时抱紧我："嘿，你，这个小祖宗啊！在这件事上你可不许再说，听见了吗？不许再说，你甚至不要在心里琢磨这件事！"

②她滔滔不绝地说着什么，轻轻地严肃地说着让我很不好懂的话，然后她站起身来，开始踱步，用手指敲着下巴，闪动着浓密的眉毛。

鹅油蜡烛在桌上燃烧着，淌着油，在镜子的中心映照出来，肮脏的影子沿着地板爬动。在角落的圣像前，长明灯微微发光，冰冻的窗子在月亮的映照下闪烁着一片银光。母亲环顾四周，仿佛在光秃秃的四壁或天花板上搜索什么。

"你什么时候上床睡觉？"

"再等一下就睡。"

"可是，你白天睡过午觉了。"她想起来了，叹了一口气。

我开口问道："你要走了吗？"

"去哪儿？"她惊讶地反问着，略微提起我的头，长久地打量着我的脸。她看得那么久，以至于我的眼泪夺眶而出。

"你这是为什么？"

③"脖子痛。"我内心也在疼痛。我马上感到她不会在这个房子里住下去，她会走的。

"你以后长得像你的父亲，"她一面用一双脚把长而粗的地毯踢到一边，一面继续说道，"外祖母常常和你谈到他吗？"

"是的。"

名师批注

①母亲拥抱"我"的动作体现了她的愧疚，是因为她意识到自己没有尽到一个母亲应负的责任，没有好好地保护"我"，教育"我"。虽然自己的孩子受到了委屈，但同时也看到了孩子的成长，为孩子而感到开心。

名师批注

②尽管"我"听不懂母亲的话，也不明白她的做法，但此刻只要母亲在"我"的身边，"我"就感到安心与幸福，体现了"我"对母爱深深的渴望，也为读者展现了一个可怜、惹人心疼的小主人公形象。

读书笔记

③为什么平时不说谎话的"我"此刻会说谎呢？

"她十分喜爱马克西姆，十分喜爱！而他也喜爱她。"

"我知道。"

母亲看了看蜡烛，皱着眉头将它灭了，说道："这好多了！"

①是的，这样四周就比较明净和清新，就没有黑色肮脏的阴影闪动了。落在地板上的是些浅蓝色的斑点；金色的星星在窗玻璃上发出亮光。

"你在哪些地方生活过？"

②她像是回忆一件早已忘记了的事情一般，慢慢呼唤出一个个城市的名字。这些城市名似鹞鹰一般，在这个房间里一声不响地旋转。

"可你从哪儿买到这样的衣服？"

"我自己缝的，各种我自己会用到的东西，我都亲自制作。"

值得高兴的是，她特立独行，处事方式和谁也不同。但令我不快的是，她很少说话，如果不问她，她就完全保持缄默。然后她重新挨着我坐在沙发上，我们默默地坐着，互相偎依着。两个老人回家时，他俩身上都带有浓厚的蜂蜡和宗教香火的气味，两人都显得庄严、沉静和亲切。

③晚餐像过节那样丰盛，餐桌旁大家很少谈话，彼此都小心翼翼，仿佛生怕惊醒不知谁的灵敏的梦境。

不久母亲开始粗暴地教我识字。她买了一些小本子的书，按照其中的一本——《国语》[75]让我学习认字，我用了几天就掌握了阅读"世俗的"印刷文字的大智大慧，但母亲马上责令我读诗篇，要求能够背诵。

从这件事起，我们就开始互相令对方伤心。

有一首诗是这么念的：

宽阔的道路啊，笔直的道路啊，
你从上帝那儿得到许多空地，
人们用斧子砍，用铁锹挖，
也不能把你弄平整，
你柔性地承受马蹄的践踏，

名师批注

①通过对房间里环境的描写，烘托了"我"和母亲相处时融洽的气氛，表现了"我"内心的愉悦，这是长久以来不曾有过的感觉。

名师批注

②母亲慢慢地念出一个又一个城市的名字，而它们像鹞鹰一般在房间里旋转。从侧面展示出母亲这么多时日流浪了许多地方的事实。

名师批注

③这样来之不易的平和令人珍视，短暂的宁静终将逝去，但用心享受当下的每一秒就好，不必考虑过去有多么煎熬，未来有多么残酷。

75 俄国小学二年级的国语课本。

你富有的是漫天的尘土。[76]

我总把“空地”这个词里念错一个音节，意思就成了“普通”，把“弄平整”念错两个音节，结果就成了“砍伐”，而“马蹄”在语法上应念第三格，我却念成第二格。

“喏，你得动动脑子，”母亲开导我说，“怎么念成了‘普通——斯多——瓦’？普通？小祖宗啊，空地应该念成‘普那——斯多——那’，你懂吗？”

我懂了，但依然念成“普通”，我自己也对自己的念法感到惊讶。

①她说着说着就生气了，责备我头脑迟钝，性格执拗。我听了这样的评语，很伤心，我一直在努力记熟这些该死的诗句，一丝不苟，用尽功力，一心想毫无错误地念出来，可是，当我大声读的时候——总不免发生错误。

我憎恨这些难以辨认的诗行，开始心怀恶意地故意歪曲它们，胡乱挑选一些含有同一个单音的词，排成一列。我很喜欢读这样的排列，像施巫术时念咒语似的，此时这些歪诗怪句已不能表达任何意思。

但这种游戏也不是很好玩的，一定会引起不良后果。有一次，在顺利地上完一课后，母亲随即考我，看我背熟了没有，我支支吾吾，最后竟不由自主喃喃地念一些谁也不懂的诗句：

路、便宜、犄角、奶渣，
马蹄、水槽、僧侣……

等我知道我在说什么的时候，已经晚了。母亲用双手撑在桌子上，略微站起身来，②一字一顿地问道：“你背的到底是什么？”

“我不知道。”我说，一时愣住了。

“你一定是知道的，告诉我，这到底是什么？”

“就是这个。”

名师批注

①“我”努力地想在母亲面前表现自己，但还是出现了失误，惹得母亲不高兴，这体现了“我”极度希望获得母亲的关注和认可的心理，也是“我”内心缺乏安全感的表现。

读书笔记

②母亲“一字一顿地问道”，体现了母亲此时什么样的心情？

---

76 该诗是《国语》中的一段课文，选自19世纪俄国诗人阿克萨克夫（1812—1886）的长诗《流浪汉》。

“什么叫‘就是这个’？”

“念着好玩……”

“快站到墙角那边去！”

“干什么？”

①她平静，但是很威严地又说了一遍：“快站到墙角那边去！”

“哪个墙角？”

她没有理我，一直瞪着我的脸，这下我真手足无措了，不明白她要我干什么。可的确没有墙角可去——圣像下的那个墙角里有一张小桌子，桌子上的花瓶里插着虽已枯萎但仍有浓郁香味的花草；前面的另一个墙角放着一口箱子，箱子上盖着毯子；最里面的那个墙角放着一张床；而第四个墙角是不存在的——被房门占去了，因为门框紧挨着侧墙。

“我不知道你想要我干什么。”我说道，真的怎么也无法理解母亲的意思。

母亲坐下来，一声不响，擦了擦前额与脸颊，然后问道：“你外祖父让你站墙角吗？”

“什么时候？”

②她重重地拍了两下桌子，喊道：“平时，随便什么时候！”

“没有，我不记得有过。”

“你知道站墙角是一种惩罚的方式吗？”

“不知道，可为什么要惩罚我？”

母亲叹了口气：“唉，你过来吧！”

我走到她跟前，问道：“你为什么要大声呵斥我？”

“你为什么故意把诗念成那个样子呢？”

我解释了半天，说我只要一闭上眼睛，那些印在书上的诗句便历历在目，可是念出口就走了样儿。

“你不是在装蒜吧？”

我连忙否认，但我马上又想：“也许有装蒜的可能吧？”

接着我突然不慌不忙地把今天学的那首诗又念了一遍，竟一点儿也没错！这使我惊讶不已，十分难堪，这下可下不来台了。③我感到我的脸仿佛突然肿了起来，

名师批注

①母亲对“我”的态度和外祖父、外祖母对“我”的态度都不同，但“她”的平静与威严依然让“我”惧怕。

名师批注

②母亲对于“我”的调皮表现感到十分不满，但是她对“我”的惩罚采用了站墙角这种方式，表现了她的开明，她正确教育孩子的方式也与外祖父形成了鲜明的对比。

名师批注

③写出了“我”的愧疚，“我”始终没有在母亲面前好好地表现自己，得到赞许，反而惹得母亲不高兴，这让“我”十分难堪。

一双耳朵充满了血，变得臃肿，而脑袋则在发胀。我站在母亲面前，简直害羞得要死，透过眼泪，我看见她的脸难过得阴云密布，双唇紧闭，双眉皱了起来。

“这到底是怎么回事？”她用异样的声音问道，“这不就是说——你在装蒜糊弄我吗？”

“我也不知道，我本不想……”

“你人不大，倒挺难对付的，”她说，低下了头，“你走吧！”

①母亲要求我背越来越多的诗句，可是对于这些四平八稳的诗句，我的记忆力越来越差，同时有一种难以抑制的愿望——总想将这些诗句改头换面，歪曲一下它们的意思，给它们配上些另外的词儿。而且这种愿望越来越强烈。

我再次干起这种事来简直得心应手——那些没用的词儿像成群的蜜蜂，招之即来，很快就把书上应该记住的诗句给弄混淆了。往往是整整一个诗行我似乎都视而不见，无论我多么努力地想抓住它们，我就是记不住。

维亚泽姆斯基公爵[77]的一首感伤诗好像就让我吃了不少苦头：

不论是黄昏时候，还是清晨，
那众多的孤儿和鳏寡老人，
以基督的名义盼着赈济……

而下一行诗句：

提着饭篮，在窗前行乞。[78]

每次背诵时我都特意漏掉。母亲生气了，把我在学习中的各种冒犯行为说给外祖父听，外祖父恶狠狠地说：②“他就是顽皮！他的记性好得很，祷词记得比

77 彼·安·维亚泽姆斯基（1792—1878），俄国诗人，文艺评论家，彼得堡科学院院士。

78 这是另外一个俄国诗人伊·萨·尼斯丁（1824—1861）的《乞丐》一诗中的一段。

名师批注

①“我”在背诗时奇怪的表现换来了母亲的失望，而“我”无意为之的行为正体现了孩子爱玩、好奇、活泼的天性。但同时，“我”对母亲抱有敬爱之情，不想看她对“我”感到失望，可“我”又无能为力。

名师批注

②外祖父和外祖母将“我”过去的表现和盘托出，用以佐证“我”并不愚笨，反而十分聪明，侧面表现了“我”的调皮，想要引起母亲更多的关注，获取更多的母爱。

我牢。他说记不住是撒谎，他的记忆力就像石头，刻上去就再也抹不掉了！你必须狠狠揍他！”

外祖母也常揭发我：“他能把童话背下来，歌也能背下来，那诗、歌和童话难道不一样吗？”

大家说得没有错，我感到自己的确有错，但是只要我一拿起诗来读，各种不相干的词句就不知从哪儿自动进入我的脑海，①它们好像蟑螂一样爬了出来，而且也排列整齐，一行一行：

好像在我家大门口，
有许多孤儿和老头。
他们走着，哀求着，沿街行乞，
他们把讨来的聚集在一起，
卖给彼得罗夫娜去喂奶牛，
得了钱便去峡谷里喝酒。

名师批注

①“我”学习诗时，不时地把各种不相干的词句组合成一首新的诗，体现了“我”从小就有不同于寻常孩子的文学创作潜能。

夜里，我和外祖母躺在高板床上，我只好不厌其烦地把我从书本上学来的和我自己“编”成的诗一首首地念给她听，她偶尔哈哈大笑，但是更多的时候是在责怪我：②“你呀，你全都会嘛！你是能记住的。只是不要嘲弄乞丐，上帝保佑他们！耶稣当过乞丐，圣人全都当过乞丐。”

名师批注

②通过外祖母的语言描写，写出了她对“我”的肯定，也表现了外祖母对于乞丐的态度，进一步展现了她的善良。

我随口小声念道：

我不爱乞丐，对外祖父也不爱，
这又有什么办法呢？
上帝呀，切莫把我错怪！
外祖父总是在寻找借口，
抽我一顿他才痛快……

“纯粹胡说八道，小心你的舌头烂掉！”外祖母生气地说，“外祖父听见了，那可有你好瞧的！”

③“那么就让他过来听！”

读书笔记

③你如何理解“我”的这句话？

“你真不应该淘气，再惹你妈妈生气了。你不要让她生气，她已经够难受了。”外祖母若有所思，温柔地对我说。

“她为什么难过呢？”

“不许你问，记住，你还不懂。”

“我知道，因为外祖父对她……”

“给我住嘴，听见没有！”

我的日子很不好过，我体会到一种近乎绝望的心情，但不知为什么，我想掩饰这种心情，因此我调皮、淘气。母亲的功课越来越繁杂和难懂，我轻易攻克了算术这门难学的功课，但我很难有耐心写作，并且完全不理解语法。可是，最主要的，有件事沉重地压在我的心头——我看见并感到母亲生活在外祖父的家里很艰难。

①她越来越闷闷不乐，用陌生的眼光看待周围所有的人，她长久默默地坐在面向花园的窗户前，整个人都显得有几分憔悴。她来到这儿的最初的日子里是活泼的、鲜艳的，可现在她的眼睛下面出现了黑色的斑点，她整天来回行走，不梳洗打扮，穿着揉皱了的衣服，不扣女上装的扣子。她这副样子令我伤心，使我感到委屈。她应该永远美丽端庄，服饰整洁——比所有的人都美好。

上课时她也变得没有精神了，她常常用陷下去的眼睛望着我身后的墙壁和窗户，用特别疲倦的声音问我话，也不管我回答与否。她越来越爱生气，大吼大叫，这种情况也使我感到委屈——母亲应该是公正的，就像童话中讲的一样，比谁都公正。可是她……

我问：“你和我们在一起感到很不好受吗？”

她非常生气地说：“你只管做你自己的事情去！”

我隐隐约约地觉得，外祖父在安排一件使外祖母和母亲都感到十分害怕的事情。他经常到母亲的屋子里去，关上门，他在屋里一会儿长吁短叹，一会儿凄厉地尖叫，我听起来十分不快，好像听见那个歪肋的牧人尼卡诺尔吹木头笛子一般。

②有一次他们在屋里谈话时，我听见母亲大吼了一声，震得整座房子都能听见：“不，这可办不到！”门砰的一声关上了，外祖父哀号起来。

这事发生在晚上，外祖母坐在厨房里的桌子边儿上，替外祖父缝衬衣，嘴里自言自语地咕哝着什么。

名师批注

①“我”对母亲始终怀有一颗敬畏、热爱和赞美之心，但是她回到这个家里没多久，便失去了最初的光彩。虽然不知道她经历了什么，但从中可以看出环境对一个人的影响多么深刻，也表现出“我”对母亲的担忧。

名师批注

②外祖父和母亲之间又产生了新的、不可调和的矛盾，但此处并没有讲明其中的原因，设置了悬念，引发了读者的阅读兴趣，也为下文埋下了伏笔，推动了故事情节的发展。

这时门砰的一声，应该是关门声，她侧耳听了听，便说：“上帝呀，她又到房客家去了！”

①突然，外祖父冲进厨房，扑向外祖母，对着她当头就是一拳，他一面甩着打疼的手，一面尖声叫喊：“臭老婆子，不该说的不准说！”

“你这个老糊涂，”外祖母理了理被打歪的头巾，平静地说，“我不会多嘴，就像往常那样！我不说别的，你的怪主意，凡是我知道的，我都说给她听！”

他向她扑了过去，抡起拳头在她头上没命地打。外祖母既不抵抗，也不避让，只是说：“喏，打吧，打吧，你这个老糊涂！打，给你打！”

②我从高板床上抓起枕头和被褥，从炉子上拿起皮靴，拼命地向外祖父砸去。可是被激怒的外祖父没注意我扔了东西，外祖母被打晕了，倒在地板上，外祖父仍用脚踢她的头，最后他自己被绊一下，也倒下了，还绊倒了一个盛满水的桶。他急忙爬起，吐出几口唾沫，鼻息咻咻，恶狠狠地向四周看了几眼，奔回他住的顶楼去了。

外祖母很吃力地站起来，哼哼唧唧地坐回长凳子上，慢慢地整理凌乱的头发。我从高板床上跳下来，她气呼呼地对我说：“把枕头捡起来，把所有的东西都放到炉子上去！好主意呀，扔枕头！这干你什么事？这个老家伙，大发牛脾气——老糊涂了！”

她说着说着，突然“哎哟”地叫了一声，而且眉头紧皱，俯下头招呼我说：“快，快，过来看一看，这疼痛的地方有什么？”

我把她浓厚的头发分开——③才发现，有一根发针深深地扎进了她的头皮，我使劲把它拔了出来，可是又发现了一根。我的手指发软，说道：“最好去叫我妈妈，我很害怕！”

她摆了摆手，说：“你怎么啦？我叫的是你！这种事没让她听见和看见就谢天谢地了，现在你还去叫，真叫人没办法，你走吧！”

于是，她自己用织花边的灵巧的手指，开始在乌黑浓密的头发里仔细查找。我不得不又重新鼓起勇气，帮助她拔出了另外两根戳弯了的、又粗又大的发针。

名师批注

①矛盾再次被激化，外祖母又受到了外祖父的暴打，这是一种悲哀，也让读者为之心痛。

名师批注

②小小的“我”，不忍心看到外祖母受到伤害，挺身而出，表现出了“我”对外祖母的爱和对外祖父殴打外祖母的这种举动的愤恨。

名师批注

③由此可见，外祖父下手是多么地狠毒！他愤怒起来完全是失去理智的，对待外祖母的态度和平日里也天差地别。

“疼不疼？”

“没事儿，明天我烧好洗澡水，洗洗澡就会好的。”

她非常温和地央求我：①“你呀，乖孩子，千万不要把外祖父打我的事告诉你妈妈，听见了没有？他们俩的仇恨已经够深的了。你不会说吧，啊？”

“好吧，我不说！”

②“你可千万要说话算数！来，现在咱们得把这里的东西收拾好，我的脸没破吧？”

“没破。”

“那太好了，这就神不知鬼不觉了。”

她动手擦地板，我非常感动，发自内心地说：“你真像个圣人，别人让你受罪，你却什么都不在乎！”

“净说蠢话！圣人，圣人，你可真会说话！”

她絮絮叨叨地说了半天，在地上爬来爬去，用力擦着地板。我坐在炉炕的小台阶上，心里想着怎么才能替外祖母报仇雪恨。

我这是第一次亲眼看到外祖父这么疯狂和可怕地殴打外祖母。昏暗的屋子里，外祖父烧得发红的脸孔和扬起的棕红色的头发，似乎在我的眼前显现。一种屈辱感在我心中翻腾，③我感到忍无可忍，我恨自己想不出一个好招儿来报复外祖父！但是，过了一两天，机会来了。

我为了什么事，上阁楼去找他，走进屋子，看见他正坐在地板上，面前是一只打开的小匣子，他在整理匣子里边的文件，椅子上放着他的宝贝圣像——十二张灰色的厚纸，每张纸上按照一个月的日子的多少分成方格，每一个方格里是那个日子所有的圣像。外祖父把这些圣像当作宝贝，只有在稀有的情况下，也就是他偶尔对我特别满意时才拿出来让我看。而每当我仔细观看这些紧紧地排列在一起的灰色的可爱的人物像时，总会有一种异样的感觉。我对其中好些圣人的生平是有所了解的——基里克、乌莉塔、受苦受难的瓦尔瓦拉、潘捷列伊蒙以及其他许多圣徒。我非常喜欢神人阿列克谢的悲伤味儿极为浓厚的传记，还有那些歌颂他的美妙诗篇，因为外祖母常常以感伤的调子读给我听。有时，望着几百个这样的圣徒，你会感到暗自欣慰——受苦受难者历来都有。

名师批注

①外祖母为了母亲受到了外祖父的毒打，但是她不让“我”把这件事告诉母亲，怕母亲知道后，再次加深她和外祖父的矛盾，表现了外祖母对母亲深沉的爱。

名师批注

②外祖母和“我”的对话，让“我”对善良的外祖母再次燃起了同情和尊敬。

读书笔记

③这句话有什么作用？请你结合上下文详细分析。

[①]但是现在我决定剪破这些圣像，趁外祖父走到窗户跟前，去看一张印有老鹰的蓝色文件的时候，我便抓了几张圣像，飞跑下楼去。我从外祖母的桌子上拿来一把剪子，爬上高板床，毫不犹豫地剪掉了一排圣人的头，可是又突然怜惜起这些圣人来了，于是不剪头，而是沿着分成方格的线条来剪。可是，还没有等我把第二排剪下来，外祖父就追下楼来了。他站在炉子的台阶上，问道："是谁让你拿走我的圣像的？"

看着散布在高板床的木板上的纸片方格，[②]他抓起几张，贴到鼻子尖儿上看了看，扔掉后又抓起了几张。他一下子脸都气歪了，胡子一撅一撅的，呼哧呼哧地直喘粗气，把纸片都吹到了地上。

"你这是干什么呀！"他终于大叫一声，拽着我的一只脚往他身边拉，把我从高板床上腾空扔了下来，外祖母急忙双手接住了我。可是，外祖父对着她和我，抡起拳头便打，一面打一面叫道："我非打死你们不可！"

母亲及时赶到，我这时陷在炉子边上的一个角落里。母亲用身子护着我，她一边劝说，一边抓住和推挡外祖父在她面前挥舞的双手："像什么样子呀！清醒点儿吧！"

[③]外祖父倒在窗前的长凳上，号叫道："你们打死我吧！所有的人、所有的人都和我作对，哎哟，哎哟……"

"您就不害臊吗？"母亲低沉的声音响起，"您为什么总要装疯卖傻呢？"

外祖父喊叫着，用双脚踢打着长凳，他的胡须可笑地朝天花板竖起，而一双眼睛则紧紧地闭着。我也感到，他在母亲面前很惭愧——他的确在装疯卖傻，因为这个而闭着眼睛。

"我给您把这些碎片贴到细纱布上，这样还要好看些，牢固些。"母亲一面说，一面仔细搜寻剪碎的和没剪的，说道，"看吧——都揉坏了，折断了，散了……"

她和外祖父说话，其态度和跟我说话一样，当我上课的时候，对什么内容不理解，她说话就是这个样子。可外祖父陡地站起来，按日常规矩整理好衬衫和坎肩，吐了一口唾沫，说道：[④]"今天就得贴好！我现在把其他几张也给你拿来。"

名师批注

①"我"终于想出了替外祖母报仇的方法，那就是剪破外祖父所珍视的圣像，表达了"我"急于报复外祖父的心情，也体现了"我"嫉恶如仇的直率性格。

读书笔记

②你如何理解外祖父此刻的动作？

名师批注

③家庭的矛盾时刻都在发生着，一家四口试图维护的平和也渐渐产生了裂痕，这体现了家庭关系的脆弱，也为下文埋下了伏笔。

名师批注

④母亲用她柔和的态度化解了这场危机，体现了她与外祖父截然不同的处事风格，也表现了她对"我"深深的爱，这是一个母亲为维护孩子而做出的机智的处理方法。

他向门口走去，可是走到门槛的时候，又转过身来用弯弯的指头指着我说："还得打他一顿才行！"

"真的该打！"母亲答应着，她向我俯下身来说，"你为什么要剪？"

"我就是故意的！看他还敢打我外祖母！不然连他的胡子我也要剪掉！"

外祖母正在脱撕破的上衣，责怪地看了我一眼说："你不是答应不说了吗？"她朝地上啐了一口唾沫，又说道，"多嘴多舌的小鬼头，叫你舌头肿得动也不能动，卷也不能卷才好呢！"

母亲瞧了瞧外祖母，在厨房里走了一会儿，又走到我跟前："你不说我也知道！他什么时候打外祖母的？"

"瓦尔瓦拉，你怎么好意思问这个呢？这与你有什么关系？"外祖母生气了，说道。

①母亲抱住她说："妈妈，你真是我的好妈妈。"

"好妈妈，好妈妈，滚开！"

她们对看了一眼，不再说话，分开了，因为外祖父正站在过道里跺着脚呢。

母亲刚来不久，就和那个快乐的房客——军人的妻子，成了好朋友，她几乎每天晚上都到前面的屋子里去，和她相会，贝特连格家的漂亮小姐和军官也到那里去。外祖父对这一点很不满意，大家坐在厨房里吃晚饭的时候，有好几次，他举起羹匙威吓着，气哼哼地说："该死的东西，他们又聚到一起了！从现在起，一直要闹到天亮，你就别想睡觉了。"

②不久他要求房客们都腾出房子，把房客都赶走后，他不知从哪儿运来了两车各式各样的家具，摆在前面的屋子里，用一个大锁把门锁上："不需要房客，我以后要自己请客！"

果然，一到节日便会来许多的客人。外祖母的妹妹马特廖娜·伊万诺芙娜[79]，她是个大鼻子的爱喊叫的洗衣妇，穿着丝织的有条纹的连衣裙，加上金黄色的盖头。同她一起来的还有她的两个儿子，一个叫瓦西

读书笔记

①你如何理解此处母亲的言行？

名师批注

②外祖父赶走房客的行为体现了他的小肚鸡肠、心胸狭隘。他自己后来在房子里举行晚会也是另有目的的，为下文外祖父给母亲介绍对象做铺垫。

79 马特廖娜·伊万诺芙娜·穆拉托娃，1832年生。后来嫁给了谢尔盖耶夫，是B.C.谢尔盖耶夫的母亲。

里，是个制图员，留着长头发，和善而开朗，全身着单调的灰色衣服。另一个是穿着十分花哨的维克托，生着像马的脑袋，狭窄的脸孔，布满雀斑，在前厅里就脱下了橡胶套鞋。他用尖嗓子唱着，好似木偶戏中装疯卖傻逗人笑的小丑彼得鲁什卡：

安德烈——爸爸，安德烈——爸爸……

①这些客人让我特别吃惊，而且有点儿害怕。雅科夫舅舅带着吉他来了，而且还带着一个只有一只眼的秃顶钟表匠。钟表匠穿着黑色的长袍子，态度祥和，就像个修道士。他总爱坐在角落里，笑眯眯的，头垂向一边，很古怪地用一个指头戳在他那剃得光光的双层下巴上，以这样的方式支撑住整个脑袋。他的面色是黑黝黝的，那只唯一的眼睛看所有的人不知为什么都特别凝神。他说话特别少，总是重复着这样一句客套话：“别难为您了，啊，都一样，您……”

②初次见到他时，突然让我想起很久很久以前发生的一件事。那个时候我们没搬过来，还是住在新街。有一天，我听见外面有人敲鼓，声音低沉，让人感到烦躁不安。我出门一瞧，只见一辆又高又大的黑色马车，沿着从监狱通向广场的街上驶过来，周围全都是士兵和人群。一个身材不高，戴着圆毡帽，手脚都戴着镣铐的人坐在马车上面的凳子上，胸前还挂着一块黑牌子，牌子上写着很大的白色的字。那个人低着头，就像在读黑板上的字。他的身子不停地摇晃，镣铐也在叮当作响。我恰好想到这儿时，突然听到母亲在向钟表匠介绍我：“这是我的儿子。”我吓得直往后退，想要躲开他，并且把两只手藏了起来。

“别难为您了。”

他说着，③可怕地将整个嘴巴歪向右耳，伸手抓住我的腰带，把我拽了过去，迅速而轻快地拎着我转了一个圈儿，然后又放下，赞许道：“好，这孩子还比较结实……”

我爬到角落里的皮圈椅上坐着，这个椅子非常大，

名师批注

①形形色色的人都来到了外祖父家，这让“我”感到震惊，一同来的还有把家庭搅得天昏地暗的舅舅，“我”的心里自然感觉害怕。

读书笔记

②插叙这件事有何作用？

名师批注

③钟表匠表面上是想要拉近与“我”的距离，实际上是想拉近他与母亲的距离。

能够躺下一个人——外祖父总是吹嘘它是格鲁津斯基公爵[80]的宝座。我爬了上去，看大人们怎么开始无聊地欢闹，看那个钟表匠的面孔怎么古怪而且可疑地变化着。

①他那油光光、胖乎乎的脸仿佛正在融化，在流油。他一笑，两片厚嘴唇就会歪到右腮帮，而小小的鼻子就像碟子里的一只饺子，跟着滑过去。他的两只大招风耳朵莫名其妙地摇来晃去，一会儿和唯一的眼睛上的眉毛一起向上抬起，一会儿又移向两块颧骨，看样子，只要他愿意，他就能够用这两只像巴掌一样的大耳朵将自己的鼻子盖住。有时他叹了口气，伸出那黑乎乎圆滚滚像小捣槌似的舌头，灵巧地在嘴边画个圆圈，舔舔那油腻的厚嘴唇。不过，他的面部表情和动作，我并不觉得可笑，只是说不出的惊讶，迫使我目不转睛地盯住他看。

名师批注

①通过描写钟表匠的外貌，体现出了“我”对他的不喜欢，为后文做了铺垫。

他们喝着掺上罗姆酒[81]的茶，这种饮料有一股烧焦的葱叶味。外祖母酿了各种颜色的果子酒——有金子般的黄色的，有焦油般的黑色的，也有翠绿色的。他们吃着地道的自制果酱和带罂粟籽儿的奶油蜜糖饼……

大家吃得身上冒汗，大声地喘气，齐声夸奖外祖母做得好。吃饱喝足后，一个个脸色通红，挺着肚子，循规蹈矩地坐在椅子上，懒洋洋地请雅科夫舅舅来个曲子。

雅科夫舅舅弯腰拿起吉他，叮咚乱弹了几下，②露出不高兴的样子，惹人厌烦地唱道：

读书笔记

②雅科夫舅舅为何露出这样的神情？

我们会过日子，过好日子。
一片喧闹声扰动整个城市，
面对着从喀山来的小姐们，
我们对她们吐露详细事实。

我觉得这是一首十分忧伤的歌曲。

外祖母说：“亚沙，你弹个别的曲子吧，弹个真材实料的，行吗？莫特里娅[82]，你还记得以前常唱的那

---

80 格鲁津斯基公爵是格鲁吉亚国王瓦赫坦格的后裔，19世纪初在马卡里耶夫斯基修道院附近保留有一座庄园。

81 一种用甘蔗制成的烈性酒。

82 洗衣妇马特廖娜的爱称。

些歌儿吗？”

洗衣妇一面整了整窸窣作响的连衣裙，一面非常神气十足地说：①“我的老太太，那些歌儿现在不时兴了。”

舅舅眯着眼看着外祖母，好像外祖母坐在非常遥远的天边。他在继续顽强地散播不欢乐的声音，唱那支令人生厌的老歌。

②外祖父诡秘地跟钟表匠聊着，用指头向他比画着什么，钟表匠抬起眉毛，看看母亲，点了点头，他那油光水滑的面孔上的表情变幻莫测。

母亲坐在外祖母妹妹的两个儿子——谢尔盖耶夫兄弟中间，她正和瓦西里悄声、严肃地交谈，瓦西里叹了口气，说：“是呀，这事需要认真对待。”

维克多满脸的兴奋，一双脚不停地擦着地面，突然又开口唱了起来：

安德烈——爸爸，安德烈——爸爸……

大家吃惊地看着他，一下子便安静了下来。

洗衣妇正经八百地解释说：“这是他从戏院里学来的，那里就是这样唱的。”

这种无聊的晚会搞过几回以后，③在一个星期日的下午，刚做完第二次午祷，钟表匠突然来了。

我正坐在母亲房间里，帮她把一件破损的刺绣上的小玻璃珠穿起来，房门突然开了一条缝，外祖母把头伸进房间，面色惊惶，压低声音说了一句：“瓦里娅，他来了！”就立刻消失了。

母亲一动也不动，一点儿也不惊慌失措，门又打开了，外祖父站在门槛处，郑重其事地说：“瓦尔瓦拉，换好衣服，去吧！”

④母亲既没有站起来，也没有看他，只是问了一句：“去哪儿？”

“去吧，上帝保佑你，别争了。他人非常好，在他自己那一行是个十分能干的人，阿列克塞会有一个好父亲的……”外祖父说话时态度极其庄重，两个手

读书笔记

①从这句话中你得到了什么信息？

名师批注

②这时，外祖父正在向钟表匠介绍母亲的情况，两个人神秘地讨论着什么。从钟表匠的表现中可以看出，他对母亲很满意，为后文情节的发展埋下了伏笔。

名师批注

③钟表匠不请自来，很显然，他是来见母亲的。这侧面表现出了外祖父的自作主张，家里的一切事物都要在他的掌控之中。

读书笔记

④此处母亲的行为，体现了她具备什么样的性格？是一个怎样的人？

掌一直在腰的两侧摩挲着，两个胳膊肘弯在背后，就好像他的两只手一直想伸到前面去，而他又竭力不让它们向前伸去。

母亲心平气和地打断了外祖父的话："我跟您说吧，这事根本不行。"

外祖父向她迈了一步，伸出双手，像盲人似的，弯腰弓背，气急败坏地哑着嗓子喊道："走啊！要不然——我领着你走，牵着你的辫子。"

"你要领着我走吗？"母亲问道，站起身来，她的脸孔变得煞白，眼睛令人可怕地收缩成一条缝。她三下两下从身上脱下女上衣、裙子，只留下一件内衣，她走近外祖父："领着我走吧！"

①外祖父龇起牙，竖起拳头威吓她："瓦尔瓦拉，快穿上衣服！"

母亲用手推开他，抓住门的把手："我们走啊！"

"我诅咒你。"外祖父细声说。

"我不怕！怎么不走？"

她将门完全打开，但外祖父死死抓住她的内衣的下襟，跪倒在地，小声说："瓦尔瓦拉，你这恶魔，你在毁掉自己！不要把脸面丢尽！"②并且轻轻地央求着呼唤，"孩子的妈，孩子的妈呀！"

外祖母及时挡住了母亲的出路，朝她挥着双手，好像挥手赶一只母鸡，将她往门里面驱赶，从牙缝里细声埋怨说："瓦尔瓦拉，你这傻瓜，你要干什么？进房里去，不知羞耻的女人！"

她将母亲推进房间，从外面插上门钩，关上了门，然后俯身用一只手扶起外祖父，用另一只手指点着他，威吓说：③"你这老家伙，老糊涂鬼！"

她将外祖父扶到沙发旁，外祖父好似破布缝的娃娃一般，扑通一声倒在那上面，嘴巴张着，头晃动着。外祖母朝母亲喊叫道："你穿上衣服！"

母亲从地板上拾起衣服，说道："我不会到他那儿去，听见了吗？"

外祖母将我从沙发上推下来："去舀一勺水来，快点儿！"

名师批注

①矛盾一步步激化，平静的生活始终是"我"的奢望。在这个家庭中，时不时就会爆发出冲突。

名师批注

②外祖父的"央求""呼唤"和之前的态度形成了鲜明的对比，母亲以柔克刚，抓住了外祖父最害怕丢失的面子，表现出了外祖父的虚伪。

读书笔记

③外祖母为什么此时敢说出这样的话？

她的话说得很轻，几乎是耳语，平静而很有分量。我跑往前室，听见在房屋的前半部分匀整地响着沉重的脚步声，而在母亲的房间里，她的声音低沉地响着：①“明天我就坐车离开！”

我走进厨房里，坐在窗户边，如同在梦中一般。

外祖父呻吟着，呜咽着，外祖母不断埋怨着，然后门砰的一声，气氛肃静而可怕。

我记起外祖母打发我来是干什么的，便舀了一长柄铜勺水，走到前室——恰好碰见那个钟表匠从房屋的前半部分往外走，他低着头，用一只手抚摸着毛帽子，像鸭子叫那样发声。②外祖母用一只手按着腹部，对着他的背影鞠着躬，心平气和地说：“这您也很清楚，爱情是不能勉强的……”

他在台阶上绊了一下，一个踉跄便跳到了院子里。

外祖母赶紧画着十字，不知她是在默默地哭，还是在偷偷地笑。

“你到底怎么啦？”我跑了过去问道。

③她一回头，一把把盛水的铜勺夺过去，将水洒到我的两只脚上，她大声呵斥道：“你跑什么地方去舀水了？关门！”

她往母亲的房间里去了，而我又回到了厨房里。听见他们凑在一起哼哧着、叹息着、抱怨着，仿佛在把一个力不胜任的重物从一个地方移到另一个地方。

名师批注

①母亲坚定的话语，体现了她不畏强权的特点，她不甘在外祖父的控制下过任人摆布的生活，她渴望自由，渴望拥有自我。

名师批注

②在对这件事情的处理上，外祖母一如既往地善良平和。她对钟表匠怀有愧疚之意，因此才会做出这样的举动。

名师批注

③外祖母对“我”的呵斥十分有画面感，就像是气急败坏的长辈有一肚子气却无处可撒，只能对着孩子咆哮。

名师赏析

彼得叔叔伪装的善良和奸诈的面目让“我”讶异；三个小兄弟快乐外表下的痛苦经历使“我”同情；母亲倔强、坚韧的性情令“我”敬佩……“我”的生活中不止有家庭的争吵纷扰，还有许多其他的故事一并上演。

虽然“我”的童年是悲惨的，但是也会有些许“阳光”洒入心田，“我”的性格也在一点点受到触动和影响。在枯燥冗杂的生活中，痛苦和美好都是重要的色彩和点缀。

积累与运用

·好词·

蹩脚 谴责 蜷缩 轻蔑 嬉戏 懒惰 闲散

心满意足 轻言细语 熟能生巧 滑稽可笑 狼吞虎咽 幸灾乐祸

毫厘不差 络腮胡子 繁花似锦 不露踪迹 万分羞愧 令人憎恶

·佳句·

◆ 他的脸是皱纹编制成的，像个筛子，全是由一条条的纤细的皮肤皱纹带组成。皮肤皱纹带之间，那对眼白发黄、令人发笑、勇敢灵活的眼睛，就像是笼子里的黄雀似的骨碌碌乱转。

◆ 这是座单层建筑，但是房子很高，房前有一个庭院，植满了草皮，整个庭院干净而荒凉。院子中间是口井，井上有一个用两根柱子支起来的顶盖。

◆ 那整个庄院，那闲置的马厩和那两扇门很大、同样闲置不用的干草棚，都有一种受够世间的沧桑和委屈后只求安静避世的意味，甚至还有点儿深藏若虚、自命清高的气息。

·美文仿写·

这是“我”一大早就起身前往彼得罗夫娜的菜园里捕捉红腹灰雀的场景，文中使用了大量的修辞手法来表现鸟雀的美丽和环境的美丽。请你仿照文段，写一写自己某次出游的场景。

我捕捉了很久，但是那些红胸脯且自命不凡的鸟儿一只也不飞进我的捕鸟器。它们以其美丽引逗人们，在仿佛银子做成的雪面冰层上有风度地踱来踱去，展翅一飞，落在温暖的裹上一层霜的灌木丛的枯枝上，在干枝上摇摆，好像一朵朵活生生的鲜花，将发蓝的雪花向下摇落。这种景色是如此美丽，以至于捕鸟不成也引不起我的遗憾。我是一个不那么热情的捕鸟人，令我喜好的是捕鸟的过程，而不是其结果。

第五章 检测卷

（共 20 分）

一、填空题。（每空 1 分，共 10 分）

1 “美事”走后，__________ 和“我”交了朋友，实际上他是一名 ______，最后被残忍地杀害，__________ 最先发现了他的死亡。

2 “我”长大后的愿望是 ________，但彼得叔叔认为做 ________ 更好。

3 “我”远远地望着奥夫相尼科夫家的三兄弟快乐地玩耍，突然 ________ 掉进了井里。“我”和三兄弟玩耍，被 __________ 揪到了家，遭到了外祖父的毒打。

4 为了报复外祖父殴打外祖母，“我”偷偷地剪破了 __________，________ 为了维护“我”，和外祖父大吵了一架。

5 外祖父想把 __________ 介绍给母亲，但遭到了母亲的疯狂反抗。

二、简答题。（每题 5 分，共 10 分）

1 “我”是怎样和奥夫相尼科夫家的三兄弟结下深厚友谊的？

2 母亲回家后，都发生了哪些事情？请你简要概括。

参考答案

一、填空题

1 彼得叔叔；强盗；彼得罗夫娜。

2 当兵；渔夫。

3 小弟弟；老头儿 / 上校。

4 圣像；母亲。

5 钟表匠。

二、简答题

1 起初，“我”渴望和三个小兄弟在一起玩耍，但只能远远地在树枝上看着，我们一直没有交集。直到有一天，三兄弟玩捉迷藏的时候，小弟弟掉进了井里，“我”救了他一命。后来“我”和他们一起玩耍，一起讲故事，感情日渐深厚。

2 （1）母亲刚回家，就受到了外祖父严厉的斥责和辱骂；
（2）母亲听“我”向她讲述外祖父赶走房客、三个小兄弟等其他往事；
（3）母亲开始粗暴地教“我”“世俗的”识字；
（4）母亲为了维护“我”，用极端的方式反抗外祖父；
（5）雅科夫舅舅和外祖父为母亲介绍钟表匠，母亲严词拒绝。

第六章

名师导读

对于父亲，“我”的记忆是模糊的，但在其他人的评价中，“我”似乎构建了一个属于自己的父亲形象，只是并不清晰、明确。本章中，因为“我”生病，外祖母便将父亲的故事讲给“我”听，用以打发“我”难挨的卧床时光。“我”得以看到父亲和母亲曾经生活的场景，“我”很满足。但当“我”康复之后，一个“我”始终不愿意接受的事实已经发生了……

自那事发生以后，①母亲变得越发坚强起来，埋直气壮，挺起胸脯在家里踱来踱去，俨然是一家之主，而外祖父则悄然引退，变得不露形迹地沉静、温顺，与以往判若两人。

他几乎不再出门了，总是一个人待在顶楼上，读一本神秘的书——《我父亲的笔记》[83]。

这本书放在一个上了锁的箱子里，我多次看见，外祖父取出书来之前，总要先洗洗手。这本书不长，但很厚，有一个红棕色的不透水的硬书皮。在蓝色的扉页的书名前面，一则墨水已褪色的花样题词显得格外引人注目：“怀着感激之心赠给令人敬重的瓦西里·卡希林留作诚挚的纪念。”题词者是一个具有某个奇怪的姓氏的人，而花笔道[84]则描绘出一只展翅飞翔的鸟。

②外祖父小心翼翼地翻开沉重的硬书皮，戴上银丝

读书笔记

①为什么母亲和外祖父此时会发生如此大的转变？

名师批注

②通过动作描写，表现出外祖父的小心翼翼，也侧面体现了这本书的重要性，为下文埋下了伏笔。

83 指瓦西里·帕谢克的著作。1838 年出版，收进《俄国概论》第 10 卷。

84 指签字时最末字母带出的图案。

眼镜，久久地端详着这则题词，不时动着鼻子，一面扶正眼镜。

我不止一次地问他——这是一本什么书？他威严地回答："这个你不需要知道。等着吧，我死后，会把这书遗赠给你的。而那件值钱的浣熊皮大衣也遗赠给你。"

①另外，他开始用柔和的语气和我母亲说话，但说得较少，只是认真听她说话，同时眼中闪出微光，好像彼得叔叔一样，随即咕哝着，挥手要她走开："嗯，好的！你想怎么办就怎么办。"

在他的箱子里，放着许多稀奇古怪的节日服装——花缎缝的裙子，缎子做的女式防寒坎肩，用银线刺绣的绸子做的萨拉凡[85]，已婚妇女在节日戴的镶有珍珠的双角帽子和盾形头饰，色彩鲜艳的妇女用的盖头和围巾，莫尔多瓦出产的沉重的项圈，彩色宝石的项链。他将所有这些东西一把抱到母亲的房里，摆满每个椅子和桌子，母亲观赏着这些服装，而他则夸口说："在我们那年代，服装要比现时代的华丽得多，阔气得多！衣着更丰富，而日子过得更简单更随意。②那个时代一去不复返了！喂，你试试这些衣服，戴戴这些饰品。"

有一次，母亲去相邻的房间待了一会儿，她回来露面时，则穿上了绣金的青色的袍子，戴着珍珠小帽，对着外祖父鞠了个躬，问："这样好看吗，父亲大人？"

只听得外祖父喉咙里发出咯的一声，不知为什么，他大为感动，精神为之一振，摊开双手，指头颤动，绕着她转了个圈儿，像说梦话似的含糊地说："啊，瓦尔瓦拉，倘若你有了大钱，在你身边的都是些好人，该有多好哇！"

③现在母亲占了前屋的两个房间居住，房间宽裕，那里时常有客人出入，常来的人中有马克西莫夫兄弟。一个名叫彼得，是个身材高大而且英俊的军官，蓄着浅色的大胡子，蔚蓝色的眼睛。那次我朝老贵族吐了一口唾沫而遭到外祖父鞭打时，他就在场。

85 俄罗斯民间妇女穿的无袖长衫。

名师批注

①描写了外祖父的变化，此时的外祖父与之前截然不同，使读者看到了人物变化的复杂性。

读书笔记

②外祖父的这句话有什么深刻含意？

名师批注

③母亲的美貌吸引了无数的追随者，她的存在给原本死气沉沉的家庭带来了一丝生机和活力，突出了母亲的独特魅力。

另一个叫叶甫根尼，个子也很高，但一双腿很细，面色苍白，有黑色的尖胡子。他的眼睛非常大，像两只大李子，他总穿一件浅绿色的制服，制服上有一排金黄色的纽扣，狭窄的肩章上有金色的组合字[86]。他有一个习惯的动作——将头利落地一摇，从又高又平的前额上甩开波浪式的长发，总是面带宽容的微笑。他常用一种低沉的声音讲话，开场白总是一句讨人喜欢的话："您明白吗，我是这样想的……"

母亲稍稍眯缝着眼睛，听他说话，微笑着，而且常常打断他说："你真是一个小孩，叶甫根尼·瓦西里耶维奇，请原谅。"

那军官用宽大的手掌拍着膝盖，喊道："他正是一个小孩！"

圣诞节的节期[87]是喧闹而欢乐地度过的，几乎每天晚上，母亲那儿都有一伙化了装的男女，她自己也乔装打扮——比所有的人都打扮得更出色，并且和客人们一道坐车出去了。

①每一次，当她同那帮打扮得花枝招展的客人们步出大门时，这栋房屋仿佛沉入了地下，变得毫无声息，令人感到惊惶和寂寞。外祖母像只年老的母鹅，在各个房间里游荡不息，以收拾和整理各处，外祖父则袖手旁观，背紧靠着炉子的温暖的瓷砖，自言自语地说："嗯，②过得快活，过得好……我们等着瞧，一切都会化为云烟。"

圣诞节节期之后，母亲送我和米哈伊尔舅舅的儿子萨沙进学校。③萨沙的父亲又结了婚，继母从过门的第一天起就不疼爱萨沙，经常打他，在外祖母的坚持下，外祖父不得不让他住进了我们这个家。

我们一起走着上学，转眼就有一个月了[88]。我这段

名师批注

①通过描写母亲离开后的沉寂，进一步说明母亲的美貌不可抵挡，她就是热闹的代名词。

读书笔记

②想一想，外祖父此时话中的含意。

名师批注

③简单介绍萨沙的经历，推动了故事情节的发展，为下文做了铺垫。

86 以姓名头一个字母组成的字。

87 由圣诞节到主显节的十二天是圣诞节期。从 12 月 25 日至 1 月 6 日。

88 高尔基后来写道："《童年》里说，在卡纳维诺上学前，我在下诺夫哥罗德教区学校里学习过两个月，后来因出痘子便不上了。"高尔基博物馆有资料说，佩什科夫"学习不过五六个月；1876 年 2 月他因出痘子辍学了"。

时间在学校学到的东西中，记得的只有一个问题：“你姓什么？”对于这个问题，我不能简单地回答“佩什科夫”，应当说：“我姓佩什科夫。”

同样，学生不应当对教师说：“你，老兄，不要喊叫，我不怕你。”

我很快就不喜欢学校了，而表哥在最初的日子里很满意，他轻易地结交了几个同学。但有一次，他在上课时睡着了，突然在梦中可怕地叫了起来：“我不敢了！”

①他被叫醒了，要求离开课堂出去清醒一下。因为这事，他成了同学们肆意嘲笑的对象。

第二天，我们去上学，走到干草广场的山沟的时候，他停下脚步，说道：“你去上学吧，我不去了！我在这儿溜达挺好。”

他蹲下来，把书包认真地埋在雪里，就走开了。

这天正是一个晴朗艳丽的正月天，到处照耀着银白的阳光。

哪个小孩不贪玩呢？我很羡慕表哥，可是，我狠下心，还是上学去了——我不愿惹母亲生气。

萨沙埋在雪里的书包当然找不到了，到第二天，他就有十分合适的理由不上学了，可第三天他的逃学行为被外祖父察觉了。

我们受到了审问——坐在厨房里的审问桌后面的是外祖父、外祖母和母亲，他们审问我们。

我还记得萨沙是怎样可笑地回答外祖父的问话的——

外祖父审讯他道：“你到底为什么要逃学？”

②萨沙目光温和地直望着外祖父的脸，不慌不忙地回答：“忘记学校在哪儿了！”

“啊，忘了学校在哪儿？”

“是的，我找了半天。”

“你不会跟着列克塞走吗，他记得！”

“我跟丢了。”

“跟丢了？”

“是的。”

名师批注

①继母的毒打给表哥心中留下了难以磨灭的阴影，以至于在睡梦中都带有深深的恐惧，从而受到了同学们的嘲笑，引发了读者对表哥的同情，也为下文表哥厌学、逃学埋下了伏笔。

读书笔记

②萨沙回答时的样子说明了他怎样的性格特点？

"怎么跟丢的？"

萨沙顿了顿，叹了口气说道："有大风雪，什么也看不清楚。"

大家全都笑了，其实天气晴朗又无风。萨沙也小心地跟着笑了笑。

外祖父龇着牙，讽刺地问："那你怎么不拉着他的手，拉着他的腰带？"

"我是拉着的，可被风给吹开了！"萨沙解释道。

①他玩世不恭地、绝望地用这些不攻自破的谎言为自己辩护，我听了这些笨拙的谎言感到很不自在，同时我又很惊奇，他的脾气竟这样执拗。不出所料，我们都在劫难逃，两个人都挨了一顿揍。

外祖父又给我们雇了一个专门护送我们上学的小老头，那个小老头过去当过消防队员，断了一只胳膊。他负责盯住萨沙上学，不准他乱跑。可是这也不管用，就在第二天，表哥一走到山沟就突然弯下腰来，脱下一只毡靴远远扔出去，接着又脱掉第二只，抛向另一个方向，脚上只剩下一双袜子，向广场奔去。小老头大喊一声，忙着去捡鞋，之后无奈地领着我回家了。

整整一天，外祖父、外祖母和我母亲走遍了全城去捉拿逃学的萨沙，直到晚上才在修道院旁边的奇尔科夫酒馆里找到他——他正在用跳舞来娱乐观众呢。②大家都哭笑不得，一句话也没说，就把他领回家，甚至没打他。一家人都被这孩子的顽强沉默弄得忐忑不安。

他和我躺在高板床上，腿向上翘起，脚掌磨蹭着天花板，悄悄地对我说："父亲、继母、外祖父，没有人心疼我，跟他们在一起实在没法活下去了！我找外祖母问问强盗在哪里，我投奔他们去。日后你们会听见我的大名的！咱们一块儿出走吧，你说怎么样？"

我不想和他一起跑，我那时的理想是做一个留着浅色大胡子的军官。然而实现这个理想，我就必须去上学。

我把这个计划告诉了表哥，他想了想，同意了。

名师批注

①"我"厌烦于表哥的说法，表现了"我"的纯真和善良，也写出了表哥脾气中的执拗，"我"对他有了新的认识。

名师批注

②表哥对大人的抗争最终得到了大人的妥协，他是一个敢于反抗、勇敢争取自由的人，这也影响了年幼的"我"。

①萨沙说："也好，将来，你是军官，我是强盗头子了，你应该来捉我，咱们俩就得打起来，谁胜谁负还没准呢！真不知道谁死在谁手里，或者谁把谁俘虏了。然而，我是绝不会杀死你的！"

"我也不杀你。"

第二天我醒来时，全身长满红色的斑点，原来是出天花了。

家里的人将我安置在后面的阁楼里，我长久地躺在那儿，看不见东西，手和脚都被一束宽大的带子紧紧捆绑住，总是因一些噩梦而激动不安，其中有一个噩梦，让我几乎送了小命。

②我生病的期间，来到我的床前的只有外祖母，她用调羹喂我吃饭，像喂幼儿一样。她讲故事给我听，她的故事无穷无尽，永远讲不完，而且总是有新故事讲。

有一天晚上，当时我的身体已经恢复，我躺着已经不受束缚了，只是手指还是被绷带缠住，这是大人为了防止我抓破脸上的痘斑而采取的措施。

外祖母不知为什么迟迟不来看我，远远超过了往常来探视我的时间。我心中有了担忧，我担心外祖母出意外了，这种惧怕心理使我做起白日的噩梦来——我突然看见她了，她倒在门外，脸朝下，卧在阁楼的积满灰尘的木板台上，两手摊开。她的脖子被人切开了一半，好像彼得叔叔一样，一只大猫正从充满灰尘的暗处朝她徐徐走近，它正贪婪地瞪着一双绿色的眼睛。

外祖母平时讲的童话故事的情节在我梦中出现了。

③我突然惊醒过来，但我错以为梦中所见是现实，我翻身爬起，从床上跳下，手脚并用打落窗户的两个窗框，跳到院子里的雪堆中。

那天晚上，母亲那儿有好些客人，谁也没听到我打破窗玻璃和折断窗框的声音，这么一来，我不得不在雪上躺了好长一段时间。

但我并没有丧失生命，只不过一只手臂从肩上脱臼了，而且皮肤被玻璃严重割伤。我的双腿也失去了

名师批注

①孩童的愿望单纯而美好，军官和强盗本来就是两个对立的阶级层面，两个孩子许下互不相杀的承诺表现出了他们的天真和纯洁。在这里也体现出了"我"和萨沙表哥的不同，为后文埋下了伏笔。

名师批注

②新的故事情节中，陪伴"我"的仍然只有外祖母，她美好而光辉的形象一直影响着"我"，哪怕是在"我"得了天花的时候，她也毫不避讳，始终与"我"同在。

名师批注

③"我"毫不犹豫地跳窗的举动，深刻地体现了"我"对外祖母的感情。

语文教材推荐丛书

名著读物

核心考点专练

童 年

核心考点专练

看 名家

高尔基（1868—1936），苏联著名作家、诗人、政论家，无产阶级革命文学导师，苏联文学的创始人之一，享誉世界，列宁称他为“无产阶级艺术最杰出的代表”。其代表作有小说《母亲》，自传体三部曲《童年》《在人间》《我的大学》以及散文诗《海燕》等。

写 作背景

《童年》是高尔基自传体小说三部曲中的第一部。早在19世纪90年代，高尔基就有撰写传记体作品的念头。在1908年至1910年间，列宁到高尔基所在的意大利卡普里岛公寓做客，高尔基不止一次地向他讲起自己的童年和少年的生活。有一次，列宁对高尔基说：“您应当把一切都写出来，老朋友，一定要写出来！这一切都是富有极好的教育意义的，极好的！”高尔基说：“将来有一天，我会写出来……”不久，他实现了这个诺言。

写作特色

《童年》取材于作家的自身经历，然而它又不是作家早年生活的简单再现。它一方面真实描写了阿廖沙的成长过程和他的所见所闻，大量运用翔实材料；同时，又运用典型化的手法，努力挖掘生活中具有典型意义的材料，并对它们进行提炼加工，使之能够反映生活的本质。在《童年》中，人物已不再是单纯的个人，而成为某一类人的代表；外祖父的家已不是一个一般的家庭，而是旧俄时代由沉重的劳动、家长制手工业生产关系和无聊的生活造就的小市民社会的缩影。

《童年》是高尔基积一生童年生活之素材而写成的一部小说，充满童趣。它用儿童纯真无邪的眼光，通过思考和感悟，抒发童年的欢乐和初涉人生的艰难苦楚。

《童年》在艺术上运用儿童视角和成人视角交替使用

的方法描写。作品主要以儿童的视角观察描写生活，使“童年”丰富生动，充满童趣；另一方面，作家又间或以成人的视角评点生活，使笔下的文字含义更清晰深刻，更富有思想性和哲理性。

读后感

这几天，我读了《童年》这本书，它是高尔基以自身经历为原型创作的自传体小说，我感受到了现实社会和旧社会的截然不同，主人公高尔基的童年是多么地不幸福！

小说开始于阿廖沙童年时的一天，他大病初愈，看护他的父亲却不幸染病身亡，阿廖沙跟随母亲投奔外祖母家，从此开始了寄人篱下的屈辱生活。

高尔基的外祖父是个染坊老板，母亲带他回去的时候，两个舅舅正在为争夺家产闹得不可开交，舅舅的凶残自私、外祖父的吝啬贪婪让高尔基目睹了人世间的残酷与丑陋。后来，他发现外祖父内心也有善良的一面，可是被金钱蒙蔽了，再加上两个儿子暴虐成性，整天想方设法地争夺财产，让他的脾气更加暴躁，因而经常打骂阿廖沙，这让阿廖沙幼小的心灵深受打击。

和蔼可亲的外祖母是他苦难童年里唯一的守护神，她总是以慈善、宽厚的胸怀去关爱她身边的每一个人。她慈祥善良、聪明能干、热爱生活，有着圣徒一般的胸怀，她如一盏明灯，照亮了阿廖沙敏感而孤独的心。她还经常讲一些怜悯穷人和弱者、歌颂正义和光明的民间故事给阿廖沙听。她对阿廖沙的影响，正像书中描述的那样："遇到她之前。我仿佛在黑暗中沉睡，是她的到来唤醒了我，引领我走向光明。她在我全身周围缠上无穷无尽的线，把所有这些线编织成一个五光十色的花边，她一下子就成了我整个生活中的朋友，是最接近我的心灵、最能理解我、最宝贵我的人。"

阿廖沙上了一段时间的学后，他的母亲也不幸去世了，这时外祖父家日渐衰落，越来越吝啬的外祖父不肯再抚养他，于是把他赶到人间，让他自谋生路，使他尝遍了人间的辛酸。当然，阿廖沙的童年也有温情的一面，外祖母的呵护让他感觉到了亲情的温暖；追求婚姻自由的母亲；瞎了一只眼却仍踏实肯干的格里戈里；聪明能干的齐加诺克；热爱学习、渴求知识的“美事”等好朋友让他感受到了友情的可贵。在暗无天日的日子里，阿廖沙依然能发现这些阳光——生活中的真善美。正是这些让他变得坚强、乐观，让他饱受磨难的同时，依然保持着儿童的美好天性、好奇心和求知欲，也让他更加富有爱心和同情心。

阿廖沙的童年经历让我想起了许多笑对苦难、坚强乐观的人生楷模。聋哑盲的海伦·凯勒以她坚强的毅力学会了六国语言，创作了许多优秀的著作；诺贝尔不畏艰苦，经过反复尝试，屡次失败受伤，终于研制出了炸药……这些人之所以能够在苦难中成功、成才，是因为他们面对生活不屈不挠，面对困难不退缩！

读了这本书，我意识到我们要珍惜来之不易的好日子。俄国著名物理学家列别捷夫说：“平静的湖面锻炼不出精悍的水手，安逸的环境造就不出时代的伟人。”我们要勇敢地面对人生逆境，为自己的梦想努力奋斗！

一小时刷完这些题

一、填空题。

1.《童年》是苏联著名作家________以自身经历为原型创作的自传体小说三部曲中的第一部，另外两部的名称是《________》和《________》。

2.《童年》讲述的是主人公阿廖沙________（年龄段）这一时期的童年生活。

3. 在阿廖沙遭受外祖父毒打时，他伸出胳膊去遮挡；在阿廖沙养伤期间，他亲切地去探望。他生性乐观、朴实，是外祖父家的工人，他的名字叫________。

4. 阿廖沙在外祖父的家中最亲密的人是________。

5. 第一个教阿廖沙识字的人是________。

6. 为了鼓励阿廖沙把字母表都认全，外祖父用__________作为奖励。

7. 雅科夫舅舅毫无人性，打死了自己的________。

8.《童年》中的“美事”是一个______________________________。

9. 阿廖沙共读了________年小学。

10.《童年》刻画了许多性格鲜明的人物形象，比如勇敢正直的________、善良乐观的________、自私残暴的________、贪婪恶毒的________以及快乐的“小茨冈”和执着的“美事”。

二、选择题。

1. 阿廖沙在（　）岁时丧父。

A.3　B.4　C.4　D.6

2. 外祖父的童年很悲苦，他从事的行业是（　）。

A. 染坊的学徒　B. 水手　C. 纤夫　D. 驳船的工头

3. 阿廖沙在（　　）岁时外出谋生。

A.8　B.9　C.10　D.11

4.（　　）的身上体现了人性的复杂性，他唯利是图、薄情寡义，然而在内心深处也有残存的善良。

A. 外祖父　B. 外祖母　C. 两个舅舅　D. 阿廖沙

5. 阿廖沙的外祖父的职业是（　　）。

A. 卖布人　B. 染坊老板　C. 神父　D. 无业

6. 外祖父第一次打阿廖沙是因为（　　）。

A. 烧红顶针的事情

B. 没有理由

C. 不学习

D. 染布事件

7. 阿廖沙第一次看到两个舅舅吵架，是关于（　　）的事。

A. 分家

B. 谁抚养侄子

C. 谁继承父业

D. 谁的儿子最好

8. 齐加诺克怎么死的？（　　）

A. 被打死的。

B. 被十字架砸死的。

C. 累死的。

D. 自杀而亡。

9. 阿廖沙第一次搬家是因为（　　）。

A. 家里太穷

B. 齐加诺克死了

C. 家里着火了

D. 憎恨这个家

10. 最终两个舅舅分家的结果是（　　）。

A. 雅科夫到河对岸，米哈伊尔留在城里

B. 雅科夫和父亲住

C. 米哈伊尔和父亲住

D. 雅科夫留在城里，米哈伊尔到河对岸

11. 阿廖沙的童年经历了哪些痛苦？（　　）

A. 常被周围人表扬。

B. 常遭外祖父毒打。

C. 被外祖母丢弃。

D. 被舅舅毒打。

12. 在《童年》中，阿廖沙的表哥即米哈伊尔的儿子萨沙的性格是（ ）。

A. 顺受、麻木

B. 沉默、忧郁

C. 正直本分

D. 粗鲁无礼

13. 两个舅舅互相斗争的主要原因是（ ）。

A. 都想得到父亲的财产

B. 为了照顾阿廖沙

C. 格里戈里的挑唆

D. 为了阿廖沙的舅妈

14. 使阿廖沙的外祖父变得吝啬、专横、残暴的原因是（ ）。

A. 不幸的童年

B. 想赚更多的钱

C. 他的性格就是这样

D. 父亲教育

15. 阿廖沙的外祖母是一个（　　）的人。

A. 讨厌说谎

B. 喜欢撒善意的谎言

C. 爱用神灵骗人

D. 假装诚实

16. 两个舅舅为什么都在对方面前诋毁齐加诺克？（　　）

A. 他们恨他。

B. 因为他们都想把他弄到手。

C. 因为他很傻。

D. 因为外祖父喜欢他。

17. 阿廖沙在哪本书中发现了一张十卢布和一张一卢布？（　　）

A.《我父亲的笔记》。

B.《医生札记》。

C.《使徒行传》。

D.《鲁滨孙》。

18. 阿廖沙和他的那些“伙伴们”时常以（ ）挣钱。

A. 卖掉抢来的东西

B. 卖掉书本

C. 当童工

D. 捡破烂

19. 阿廖沙的外祖父把第一次搬家的那栋房子卖给了（ ）。

A. 一个商人

B. 雅科夫舅舅

C. 酒馆老板

D. 米哈伊尔舅舅

20.（ ）在大火扑灭后死了。

A. 阿廖沙

B. 外祖父

C. 舅妈纳塔利娅

D. 阿廖沙的母亲

三、简答题。

1.《童年》中的阿廖沙是一个什么样的形象？能给你带来什么启发？

2. 这部小说中，哪个人物给你的印象最深？为什么？

3. 主人公在成长过程中经历了不少痛苦，请选三件你最难忘的事加以简要叙述。

参考答案

一、填空题

1. 高尔基；在人间；我的大学。

2. 三岁到十岁。

3. 齐加诺克。

4. 外祖母。

5. 外祖父。

6. 五个戈比。

7. 妻子。

8. 献身于科学的知识分子。

9. 三。

10. “我”（阿廖沙）；外祖母 ；外祖父 ；舅舅们。

二、选择题

1.A　2.C　3.D　4.A　5.B

6.D　7.A　8.B　9.C　10.D

11.B　12.B　13.A　14.B　15.A

16.B　17.B　18.D　19.C　20.C

三、简答题

1. 阿廖沙从小心地善良、是非分明。他勤于学习、刻苦耐劳，严峻的生活使他成长为一个意志刚强、有理想有作为的人；他不畏艰难险阻，即使在穷途末路也笑着面对的精神品质深深地激励了我，让我学会了笑对人生、笑对困难。

2. 给我印象最深的是阿廖沙的外祖母，因为她慈祥、善良、聪明、能干。她是阿廖沙童年里的一抹光亮，在这冰冷的世界里，只有外祖母庇护、关心阿廖沙，给予他无限的温暖和爱。

3.（1）一天，他出于好奇，又受表哥怂恿，把一块白桌布投进染缸里染成了蓝色，结果被外祖父打得失去了知觉，并害了一场大病；

（2）阿廖沙在家中感受不到温暖，在学校也受歧视和刁难。继父的流言使阿廖沙在学校抬不起头；

（3）阿廖沙在三岁时失去了父亲，母亲瓦尔瓦拉把他寄养在外祖父卡希林家。小小年纪就享受不到父爱和母爱，只能寄居在外祖父家里，遭千般折磨。

- 《童年》不仅是一部艺术珍品，而且是高尔基的传记，是他全部创作的注解，对于我们来说是极为珍贵的。

——苏联翻译家 科尔涅伊·丘科夫斯基

- 在俄国文学中，我从来没有读过比《童年》更美的作品。

——法国批判现实主义作家 罗曼·罗兰

- 只有读过高尔基的《童年》的人，才能正确地评论高尔基惊人的历程——他从社会的底层上升到具备当代文化修养、天才的创作艺术和科学的世界观这样一个阳光普照的顶峰。在这一方面，高尔基个人的命运，对于俄国无产阶级来说，是有象征意义的。

——德国女思想家 罗莎·卢森堡

上架建议：外国名著 / 畅销
ISBN 978-7-5315-8881-8
9 787531 588818 >
定价：118.00元（全四册）

知觉，我在床上躺了三个月，完全不能使用双腿。

我躺着，并听见这所住宅的生活越来越喧闹，下面常有开门声，人们在那儿进进出出。

①令人烦闷的暴风雪沙沙地打击着屋顶，寒风在门外的阁楼上来回呼啸；烟囱里，风在奏着丧葬曲，火炉烟道的风门叮当作响。白天只听见大乌鸦的哑哑叫声，夜晚的静寂则使得田野里的狼嚎清晰可闻——在这些声音构成的音乐的陶冶下，我的心灵成长起来。

然后，三月的太阳造成的怯生生的春意以其放射光线的眼睛开始朝窗里面张望，这种春意的来临最初是羞怯的、悄悄的，但一天天地更显得温柔和可爱了。春天的簌簌声从墙壁缝里传了进来，屋檐下挂着的水晶般的冰锥的折断声，开始融化的雪从屋顶上滑下来的滴答声，比冬天多得多的马车的铃声。

外祖母常来看望我，她说话时会散发出浓烈的烧酒味，后来她干脆带来一把白色的茶壶，将其藏在我的床下，她一面使眼色，一面说："你，我的宝贝，千万不要对家神爷、你的外祖父说呀！"

"你为什么要喝酒？"

"别多嘴，等你长大了，你自然会明白。"

②她就着壶嘴喝了一口，用袖子擦擦嘴唇，脸上露出甜蜜的笑容，问道："好啦，我亲爱的小少爷，昨天我讲什么来着？"

"讲到我父亲。"

"讲到哪儿啦？"

经过我的提醒，她便像小河流水似的，滔滔不绝地讲了起来。

关于我父亲的事，是她自己向我讲起的。

有一次，她到我这里来，没有喝酒，样子显得很忧伤，一脸倦容，她说："我梦见了你父亲。他好像在旷野里行走，手里拿一根核桃木棍子，吹着口哨，身后跟着一条小花狗，舌头一伸一伸的。不知为什么，③最近我经常梦见马克西姆·萨瓦捷伊奇[89]——看样子他的灵魂还在四处漂泊，未能得到安宁……"

89 即列克塞的父亲马克西姆·萨瓦捷耶维奇。

名师批注

①环境是心灵外化的表现，在这样压抑孤独的生活之中，幼小的"我"面对眼前的景色总是会发出超乎年龄的感慨和悲痛，这让读者对"我"的遭遇产生了同情。

名师批注

②外祖母的酗酒行为是下文家里发生各种不幸之事的暗示，因为宽厚仁慈的外祖母不可能无缘无故酗酒，只是在借酒消愁而已。

名师批注

③梦见父亲，说明了外祖母对他深深的思念，也表现了二人之间深厚的感情。引起下文，自然地引出外祖母给"我"讲父亲的故事这一情节。

她一连几个晚上都在讲我父亲的故事，这些故事跟她讲的其他故事一样好听——

我的爷爷行伍出身，当过军官，因为虐待下属，被流放到西伯利亚，我父亲就是在西伯利亚某地出生的。当时家里生活很艰苦，父亲很小的时候就常常从家里逃走。

有一次，爷爷为寻找父亲，带着几条狗到森林里像猎兔子似的四处搜寻。

还有一次，爷爷逮到父亲后，把他一顿猛揍，多亏邻居们把他拉走藏了起来。

“小孩子总要挨打吗？”我问道。

外祖母平心静气地回答说：“总要挨打的。”

①奶奶死得很早，父亲刚九岁时，爷爷又去世了，他只好跟着当木匠的教父生活。教父让他参加彼尔姆市[90]的同业行会，教他木匠手艺，但是父亲从他那儿跑掉了，到集市上去给盲人领路，十六岁来到下诺夫哥罗德，给一位包工木匠打下手，跟着这木匠在科尔钦的一些轮船上干活。父亲二十岁时已经是一位手艺很好的细木工、裱糊匠和装修工了。他的店铺作坊紧挨着外祖父家，就在科瓦利赫大街[91]。

“围墙固然不高，可人也挺机灵，”外祖母微笑着说，“当时，我和瓦里娅在花园里采集马林果，突然他——你的父亲，翻过墙头落在我的面前，我甚至十分惶恐。在苹果树之间，走来一个如此身强力壮的汉子，身穿白色衬衫，波里斯绒裤子[92]，而且赤着脚，不戴帽子，长长的头发上扎着一根皮带。他原来是来求婚的！我以前也见过他，他常在我家窗户下行走，眼下我一看见他，心里就想：‘这可是一个不错的小伙子啊！’

“我问他是怎么来的：‘年轻人，你怎么正路不走要走歪道哇？’他却扑通一声，跪了下来：‘阿库

名师批注

①简要叙述父亲年轻时的悲惨经历，引发读者的同情，加深读者对马克西姆这一形象的理解。

---

90 俄罗斯彼尔姆州的一座古老城市，是卡马河港口码头。1940—1957 年曾叫莫洛托夫市。

91 科瓦利赫大街是下诺夫哥罗德市一条古老的街道。

92 一种纬织的起毛绒。

林娜，老实说，伊万诺芙娜，眼下我整个人在这儿，向你剖白我的全部心意。那边是瓦里娅，看在上帝的面上，你帮助我们吧，我们想要结婚！’这当儿，我愣住了，说不出话来，眼睁睁地看着他——而你母亲，这个欺骗父母的女儿，躲藏在苹果树的后面，脸孔红得像马林果一般，还在向他递手势呢。她自己眼睛里也含着泪水。‘哎呀，你们俩，我说，真该遭天打雷劈，你们打算做什么事呀？而你有没有头脑，瓦尔瓦拉？还有你，年轻人，听我说，你也该想一想，你配摘这朵花吗？’①我们家，也就是你的外祖父，当时很富有，孩子们还没有分家，有四处房产，既有钱，又有名气。前不久，还因为他连续当了九年的行会会长，当局特地奖给他一顶有金银边饰的帽子，外加一身制服——当时他可高傲呢！[93] 我说现在该怎么办啊，可我一提起这一点，自己就因恐惧而战栗，同时我也怜惜他们：两人的脸色都变差了。

“这当儿，你的父亲开口说：‘我早就知道瓦西里·瓦西里伊奇不会准许瓦里娅嫁给我，那么我就把她偷走，不过你得帮我才行。’偷娶我女儿，居然要我来帮忙！我甚至扬起手要打他，可他毫不退避：‘现在即使你用石头来砸我，说真的，我也任你砸，可你还是得帮助我们，反正我是不会放弃的！’②这当儿，瓦尔瓦拉走到他身边，将一双手放在他的肩头上，并且说道：‘我们，说实话，早就结婚了，那还是五月份的事儿，现在我们只需要在教堂里补办婚礼了。’这下子可把我气昏了——我的老天爷呀！”

③说到这儿，外祖母开颜笑了，笑得整个身子抖动不已。然后她闻了一阵鼻烟，擦干眼泪，欢快地叹了一口气，继续说：“你还不能理解结婚意味着什么，在教堂举行婚礼意味着什么，只是如果一个姑娘家没有在教堂举行婚礼就生了孩子，这可是一种可怕的不

名师批注

①交代当时外祖父家的家庭情况，为下文母亲执意要嫁给门不当户不对的父亲而与外祖父决裂的情节做了铺垫，推动了情节发展。

读书笔记

②此处体现了母亲年轻时是一位什么样的人？

读书笔记

③为什么外祖母回忆这些往事时会发笑呢？

93 19世纪50至60年代是高尔基外祖父事业的鼎盛时期，不仅生活富裕，而且在当地也颇有名气。作为染坊行业的行会会长，在塞瓦斯托波尔保卫战期间，他因为在全市业者中为国防军发起过募捐而得到了沙皇的褒奖——奖给他一件带金银边饰的礼服和一顶带羽毛的帽子。

幸！[①]你要记住，日后长大了，不要引诱姑娘做这样的事，这对你来说是最大的罪过，姑娘也将因你而陷入不幸中，而且孩子也是非法的。你生活着，怜爱娘儿们，应真诚地爱她们，不要出于溺爱而误入歧途，这是我对你说的金玉良言。”

她陷入了沉思，身子在椅子上微微晃动，然后，猛地一抖，又开始讲述：“那么，在这种情况下，怎么办呢？我敲打马克西姆的额头，猛地拉扯瓦尔瓦拉的辫子，可他和我讲道理：‘靠打人是不能把事情纠正过来的！’而她也说：‘您哪，说实在的，首先应考虑一下怎么办，而责罚打人是以后的事！’我问他：‘你手头有钱吗？’‘有哇，说真的，我用钱给瓦拉买了一个戒指。’‘你这是什么戒指——是三卢布一个的吗？’‘不，将近花了一百卢布，一点儿也不假。’在那时候，钱很难挣，所以东西很便宜。我打量着他们俩，认真看着你的父母亲——我想，真是两个孩子，好一对不懂事的冤家！你母亲说：‘我把戒指藏在地板下，所以您看不到，我可以用它卖钱！’唉，还完全是两个孩子！可是既然生米已煮成熟饭，总得有个办法呀。说来说去，最后说好，过一个礼拜给他们在教堂举行婚礼，事情由我亲自和神父安排。[②]而我自己一个人时则大哭一场，心儿一直在颤抖，怕老爷子知道，瓦里娅也非常紧张。噢，事情总算安排就绪了！

“只是你父亲有一个仇人，这个人为人凶恶。他早就猜到了一切，一直在暗中盯着我们。这天，我给我娇滴滴的女儿穿上我仅有的一件比较适合婚礼的衣服，领着她走到门外。在角落里停着一辆三套马车，她坐上车，马克西姆吹一声口哨——他们就坐车走了！我泪眼婆娑地转回家时，突然这个人迎上我，而且看似还有话对我说，这个卑鄙小人口吐谰言：‘我，可以说是一个善良的人，我将不会妨碍这桩好姻缘。不过，你，阿库林娜·伊万诺芙娜要付我五十卢布才行！’可我没有钱，我不爱钱，也不积攒钱。于是，我因一时糊涂，就直接对他说：‘我没有钱，也不能给你钱！’‘你最好还是先许诺我吧！’‘这事怎么弄，

名师批注

①外祖母在给“我”讲述父亲的故事的同时，教给“我”深刻的道理，一方面表现出她别出心裁的教育方法，另一方面也体现了她的善良和纯洁，她不愿意“我”的父母的悲剧再次发生。

读书笔记

②为什么“我”的外祖母和母亲在欣喜之余会有这样的感受？

许诺了，我到哪儿弄钱给你？’‘嘿，事情明摆着，难道不可以到你那富有的丈夫那儿偷点儿钱吗？’①我真是一个愚蠢的妇人，这时本应该跟他多磨一会儿，拖住他，以免他生是非，可我朝他脸上吐了一口唾沫，就转身回去了。结果他赶在我前面跑到院子里，把这事张扬开了。”

外祖母闭上眼睛，透过笑容说道：“即使是今天，想起这些蛮横无理的事儿，还有点儿后怕。你的外祖父吼叫起来，像野兽一样怒不可遏——这对他来说可是一件非同小可的事情。他平素打量着这个瓦尔瓦拉，夸口说，我们要把她嫁给贵族，嫁给老爷，可眼下找到的是一个这样的贵族，一个这样的老爷！万能的圣母比我们更清楚——谁跟谁有姻缘。②你外祖父像火烧着了似的，满院子蹦来跳去，把雅科夫和米哈伊尔喊出来，又把那个麻脸师傅和车夫克里姆叫了出来。他拿着短柄流星锤——哑铃上拴一根皮带，米哈伊尔抄起火枪。我们家的马都是好马，性情暴烈，加上那辆四轮马车——轻便快捷，我想，这下肯定能够追上他们！就在这千钧一发的时刻，瓦尔瓦拉的守护天使开导我，使我顿时开了心窍。③我取了一把刀，将连接车辕和颈圈的轭索从下面割开一个口子，据人们说，这样轭索在路上就会绷断！果真，这样的事发生了——车辕在路上松脱了，那次翻车几乎要了外祖父和米哈伊尔以及克里姆的命，于是他们在路上耽搁了很久，等他们把马车修好，赶到了教堂——瓦里娅和马克西姆已经举行完婚礼，正在教堂门口的台阶上站着呢。真是老天有眼啊！

“我们家这群人要找马克西姆打架。嘿，他挺健壮，他的力气是稀有的。他把米哈伊尔从教堂门口的台阶上扔下来，米哈伊尔摔伤了一只手，克里姆也被打伤了。④这样，外祖父和雅科夫以及那个师傅就畏惧他了。

“他在愤怒中没有丧失理智，他对外祖父说：‘放下那短柄流星锤吧，别对着我挥舞示威。我是个讲道理的人。而我取得的东西是上帝赐予我的，任何人都别想从我手里将它夺走！从你那儿我不会要更多的东西。’他们从他那里离开，外祖父坐在轻便马车里，

名师批注

①外祖母在讲述这些故事的时候充满着懊悔，如果当初的她换一种做法，也许后来的故事走向就不同了吧。

名师批注

②此处淋漓尽致地描绘了外祖父得知母亲私自结婚后暴跳如雷的真实反应，塑造了外祖父暴躁、易怒的形象。

名师批注

③外祖母在如此危急的时刻，果断地割断了轭索，表现出了外祖母对“我”的父母亲的关心和爱护。

名师批注

④在外祖母的讲述中，“我”的父亲马克西姆是一个勇敢无畏的人，面对外祖父等人的讨伐，他没有丝毫退缩，反而勇敢地保护了母亲，这体现了他的担当。

喊道：‘我们从此别过，瓦尔瓦拉，你不再是我的女儿，我也不想再看见你。你想怎么过就怎么过，你自作自受——就一辈子悲叹着忍饥挨饿吧！’他回到家里，就揍了我一顿，大骂我一番，我只是因疼痛而发出哼哧声，默默忍受着，毕竟事情已经过去，还纠缠什么！之后他对我说：‘嘿，阿库林娜，你等着瞧！你不管在什么地方，都再也见不到女儿了，记着这个吧！’我独个儿寻思：‘你瞎说过头了，你这长着棕红色头发的老爷，你出于愤恨，待她冷若冰霜，可她的小日子过得亲热着呢。’”

我认真而贪婪地听着。在她的故事中有些情节令我惊奇，外祖父给我描述的母亲婚礼完全是另一个样子的——他反对这桩婚事，举行婚礼后他不准母亲再入家门，但是按他的讲述，母亲在教堂结婚不是秘密的，当时外祖父也在教堂里。①我不想盘问外祖母，搞清楚两人的讲述谁更正确，因为外祖母说的往事更美丽动人，更令我喜欢。

名师批注

①过往的事情到底是如何，“我”已经没有很大的兴趣深究。“我”只希望心底留下的是父亲和母亲美丽动人的爱情故事。

当她讲述时，所有时间都在摇晃着身体，仿佛在小舟里飘荡一般。如果讲到痛心和可怕的地方，她摇晃得更厉害，一只手伸向前，仿佛托住空中什么东西一般。她常常眼睛半开半合，在她脸颊的皱纹中，藏匿着一个模糊不清的慈祥的微笑，而一双浓眉几乎在颤抖。

有时，这种盲目服从、容忍一切的善良使我内心十分感动，可有时，我巴不得外祖母能说出某种坚强有力的话来，大声呵斥着什么事情。

“最初一段时间，大约有两个星期，我不知道瓦里娅和马克西姆住在哪儿，可后来一个敏捷活泼的男孩子从她那儿跑来，告知了我。我等到星期六，装作出门做晚祷的样子，独自去他们那儿探望！他们住得很远，在苏耶金斯基河坡地的一个小厢房里[94]。

“②整个院落都住满了手艺人，杂草丛生，肮脏而

名师批注

②环境的肮脏与嘈杂并没有影响父亲和母亲的快乐生活，他们反而享受这样的平静，体现了父亲和母亲对生活的追求，这和外祖父是完全不同的。

94 这个地方在郊区，是一块坡地，往上是小牛胡同（现在叫果戈理胡同），往下是罗日杰斯特文斯塞大街（后改为马雅可夫斯基大街），离教堂很近。1863—1866 年阿列克塞的父母在这里住过。高尔基的短篇小说《火灾》对这里有详细的描述。

喧闹。可他们毫不在意，仿佛猫儿一样，到处可栖身。两人挺快乐，哼着曲儿，而且还会做游戏。我给他们带去尽可能多的生活物资：茶叶、糖、杂粮米、甜果酱、面粉、干蘑菇……至于钱币之类也不在话下，我记不清数目了，都是在你的外祖父那儿偷偷拿的。要知道，如果不是据为己有，偷一点儿东西也不算什么！

“你的父亲什么也不要，见怪道：‘怎么说呢，难道我们是乞丐吗？’而瓦尔瓦拉在他的笛声伴奏下唱道：‘哎呀，为什么要这样，妈妈呀？’①我轻轻数落他们道：‘小笨蛋，我是你的什么人？对你来说，我是上帝赐予你的母亲，也就是岳母娘。你呢，傻女人，是我的亲生血种！难道你们要违背我的一片心意，让我难受吗？要知道，当地上的母亲难受的时候，天上的上帝的母亲就会伤心哭泣！’这当儿，马克西姆抓住我的一只手，拉着我在房间里转圈儿，并且蹦蹦跳跳——力量挺大，这只熊！而瓦尔瓦拉呢，②这个小丫头，走路好像雌孔雀，夸起丈夫来，好像夸一件新玩偶，并且一双眼睛总是东瞧瞧、西看看，谈起家务来也是那么老练，俨然是一个真正的管家婆——看她那副神情真是极好笑！而她根本不会做家务，她端上来作为茶点的奶渣饼，硬得足以折断狼的牙齿，酸凝乳里面则散落着大颗沙粒。

“那样的日子过了很长一段时间，直到你快出生的时候，而外祖父仍旧不作声——固执着呢，这个家神！我总是默无声息地走去探望他们，又默默地回来，他也知道我到哪儿去了，却装作不知道。在家中他禁止任何人说起瓦里娅，于是大家都不说，我也保持沉默。但我懂得自己思念的是谁，你外祖父的内心虽然能隐忍，但时间不会太长。眼看着就到了泄露他朝夕思念的感情的时刻——③这是一个夜晚，暴风雪在呼啸，窗子上仿佛有许多熊在抓挠，烟囱在呜呜响，像奏乐一般，所有的妖魔鬼怪仿佛都挣脱了锁链。我和你外祖父躺在床上，怎么也睡不着，于是我就说：‘遇到这样的夜晚，穷人的日子可就难过了，要是心里再感到不踏实，那日子就更不好过了。’这时你外祖父突然问

名师批注

①外祖母为女儿和女婿带去钱和食物，体现出她的慈爱、善良和对儿女深切的爱，“我”的父母拒绝外祖母的帮助，则体现出两个人的傲骨与坚韧、吃苦耐劳的性格特征。

名师批注

②那时的母亲快乐、幸福，与现在经历沧桑的母亲相比，令人唏嘘。

读书笔记

③此处的环境描写有何作用？

道：‘他们俩过得怎么样了？’‘好像没什么，过得还挺好。’‘你知道我指的是谁吗？’‘指女儿瓦尔瓦拉和女婿马克西姆。’‘你怎么猜到我指的就是他们呢？’‘够了，我说，孩子的爹，你真执拗，别揣着明白装糊涂了，这出戏不要再演下去了——有谁高兴看呢？’他伤心地说：‘唉，你们啊，说实在的，全都是折磨人的精怪，你们都是些愚不可及的精怪！’

“然后，他询问道：‘那个大混混……’他这是指你父亲。‘真的是个混混吗？’我说道，‘那些自己不想干活，骑在别人脖子上靠人养活的人才是混混，你睁开眼睛看看雅科夫和米哈伊尔吧——他们两个不都是混混吗？家里谁是劳作不息的人？谁是淘金者？是你。他们帮过你多大的忙？’这当儿他放肆地骂我，说我就是一个蠢妇人，一个傻瓜，纵容女儿和别人私奔，骂得别提有多难听了！我一声不响。‘说实话，你怎么能随便就被一个生疏的人迷住了呢？你不知道他是从哪里来的，不知道他是个什么人。’我仍然一言不发，等他说累了，我才说：‘你去看看就知道他们生活得怎么样了，他们过得好着呢。’①‘说实在的，那也太抬举他们了，叫他们自己过来吧。’这会儿，我甚至高兴得流泪了。而他则解开我的发辫，他素来爱玩弄我的头发，喃喃地说：‘别哭了，傻瓜，说实话，难道我是一个没心肝的人吗？’要知道，你的外祖父早先是一个大好人，可后来他臆想自己比谁都聪明，从那时起，他就暴躁易怒，成为一个糊涂人了。

“喏，于是他们就来了——你母亲同你父亲。那是个神圣的日子，是大斋前最后一个礼拜日[95]。他们俩个子都很高，头发梳得又平又光，衣服样式简单，不带皱褶等装饰，整齐清洁。马克西姆站在老爷子面前——比你外祖父高出一头，他挺身站立说：‘瓦西里·瓦西里伊奇，看在上帝的分上，不要以为我来是向你要嫁妆的，不是的，我来此是为了向我妻子的父亲表达敬意。’②这话令外祖父很高兴，他面带微笑地说：‘哎，你呀，说真的，是个傻大个、掠夺者！嗯，

95 人们习惯在这一天相互原谅，抛弃前嫌。

名师批注

①外祖父虽然嘴上强硬，但还是深爱着母亲，他也不愿意自己的女儿受苦，所以在慢慢地妥协。

名师批注

②父亲马克西姆的风趣和幽默让外祖父十分开心。外祖父提出一起同住的要求，一方面表现了他对女儿的爱，另一方面也是他控制欲强的表现。

我向你吐露实话，有你受宠的时候，搬过来跟我们一起住吧！’马克西姆皱着眉头，据他说，真要这样，那么正中瓦里娅下怀，对我来说，则无所谓。因搬或不搬，意见有分歧，马上小两口开始斗嘴，各不相让，怎么也不能和解。

“我向你父亲又是递眼色，又是在桌下踩他的脚——可是不行，他仍然坚持自己的意见。他有一双好看的眼睛，欢乐而纯净，而眉毛是黑色的，有时候他把眉头一皱，眼睛便藏到眉毛下，一张脸显得冷酷无情，固执而倔强。①他谁的话都不听，只听我的。我爱他超过亲生儿子，他明白这一点，也很爱我。他紧贴在我身边，有时候还拥抱我，或是把我抱起来，满屋子转悠，嘴里一边说：‘你是我真正的母亲，像大地一样。我爱你胜过爱瓦尔瓦拉！’当时你母亲喜欢说笑，非常调皮——她一听这话便向你父亲扑了过去，嘴里喊道：‘你怎么能说出这样的话，彼尔米亚克人，多难听呀！’②就这样，亲爱的，我们仨在一块儿日子过得挺好！你父亲跳舞也是一把好手，唱的歌也很好听——是从盲人们那里学来的，而盲人——再没有比他们更好的歌手了！

“他和你母亲都搬过来了，住在花园里的一间厢房[96]里。你就是在那里出生的，当时正是中午，正好赶上你父亲回来吃午饭，而你的降生像是在迎接他。他那个高兴呀，像疯了似的，你母亲被他折腾得够呛！真是傻透了，好像他不知道女人生孩子有多么艰难！他把我背在肩上，穿过整个院子，去向你外祖父报喜，说是又添了一个外孙——你外祖父笑了起来，说：‘说实话，马克西姆，你真是个树精！’

“③可是你的两个舅舅不喜欢你父亲——因为他从不喝酒，嘴上不饶人，善于用心机——为此，他们曾使他遭受痛苦的后果。有一次，正逢大斋期，忽然刮起了大风，所有屋子都响了起来，呜呜直叫，怪吓人的——大家都惊呆了，是什么妖物在作怪？你外祖父非

读书笔记

①体现了外祖父对“我”什么样的感情？

名师批注

②多么美好的家庭生活景象呀！外祖母念念不忘那时的快乐，与当下悲惨的遭遇形成了鲜明的对比。

名师批注

③通过外祖母的话，写出了父亲马克西姆和两个舅舅的不同。暗示了父亲在这个家庭中得不到认可，受到排挤的处境，也从侧面表现了父亲高大光辉的人物形象。

96 指外祖父科瓦利赫大街住宅的厢房。1868年3月16日，阿列克塞·佩什科夫（即高尔基）在这里出生。

常畏惧，吩咐把各处的长明灯点上，奔跑着，大声喊叫着：‘祷告，应当祈祷上帝！’忽然，响声都没有了。这下大家更感到害怕了。你雅科夫舅舅猜想：‘这个，说真的，准是马克西姆干的好事！’之后你父亲自己道出了原委，他在一个声音可四处传播的窗口放置各种各样的瓶子和小玻璃瓶。风灌入这些瓶子的瓶颈，瓶子就会发出拖长的低沉声音，且每个瓶子发出的声音不同。外祖父威吓他说：‘假如你再搞这样的恶作剧，你就会被送往西伯利亚，不能回来！’

“有一年，极其严寒，狼群从田野闯入城市，咬死狗，惊吓马，吃掉醉酒的守夜人。狼祸使城里一片混乱，人心惶惶。①可你父亲不怕，他手持火枪，脚下系着滑雪板，深夜进入田野，不久，只见他拖来了一头狼，或者是两头。他剥下狼皮，把狼的头皮也剥下，安上一双玻璃眼睛——做得真奇妙！恰好米哈伊尔叔叔到外屋解手，突然，他急忙后退，头发直竖起来，一双眼睛圆睁着，上气不接下气，喉咙哑了，一句话也说不出。他的裤子掉落了，弄得他举步维艰，跌倒在地，嘴里低声呼喊——狼！大家都抓住一件来得及抓住的棍杖，持火把奔往外屋——只见一头活灵活现的狼，从一个带活盖的大箱子里伸出头来！人们用棍子击打狼，朝它射击，可是它无动于衷！仔细一瞧——原来是一张狼皮加上一个被掏空的狼头，其前脚用钉子钉牢在箱子上。

“当下，你的外祖父大发雷霆，激烈斥责你父亲。但是雅科夫马上开始学习制作这种鬼玩意儿，还是由马克西姆动手，他用硬纸板粘贴成一个似是而非的狼头——鼻子、眼睛、嘴巴都做好了，用麻絮代替狼毛。然后他伙同雅科夫沿着大街跑，将这个可怕的野兽嘴脸塞进各家的窗口，人们看见了，不十分惊慌和尖声大叫才怪哩。每逢晚上，他们则蒙着小床单行走，神父见了，吓坏了，急忙朝岗棚里跑，寻求保护，可岗警自己也受到惊吓，直喊救命。他们就如此这般地胡闹不已，怎么也制止不了他们。这话我没少说——别干了吧，瓦里娅也说：‘别干了，闹得大家都不安

读书笔记

①此处为什么要插叙父亲捕狼的情节？

宁！’①可那马克西姆却笑着说：‘太有意思了，说真的，看着人们因为一件小事就惊慌得拼命奔跑，真过瘾！’怎么，你们去试试说服他吧！

“他这种玩世不恭的态度也招来恶果，险些丢了性命。米哈伊尔舅舅真像你外祖父，胸怀狭窄、爱记仇，他打定主意要加害你父亲。有一天，正值初冬季节，一行四人从外面做客回家，他们是你父亲马克西姆、你的两个舅舅，还有一个教堂执事——后来这人因打死一名马车夫而被免去了教职。他们从亚玛街[97]往回走，同行者将马克西姆引诱到久科夫池塘边，似乎是邀他去用脚滑冰——像男孩子们滑冰一样，不用穿冰鞋。他们诱导他滑到一个冰窟窿边，然后将他推了下去。我记得这件事跟你讲过……”

“舅舅们为什么这么歹毒？”

“他们称不上歹毒，”外祖母冷静地说，闻着鼻烟，“他们这样做，只是出于愚昧！这个米什卡鬼点子多，又愚不可及。而雅科夫呢，本性不改，是个傻里傻气的男人……②是的，他们将他推入水中，可他会游泳，又浮出水面，并用双手紧抓住冰窟窿的边缘。他们猛击他的双手，用鞋后跟踩烂他所有的手指，幸而这时他的头脑很清醒，没有喝醉，而他们都喝醉了。他似乎依仗神灵的护佑，在冰块下面挺直身子躺着，头处在冰窟窿中，仰面朝天，呼吸空气。他们伸手不能触到他的头，只能往他的头上投掷冰块，投了一会儿就走了——按他们的说法，是让他自己沉没吧！可他竟挣扎着爬了出来，并且有力气跑到警察局求助，而这个警察局，你知道，就在广场上。街区警察局长认识他，也熟识我们一家，他问道：‘这是怎么一回事？’”

外祖母画着十字，感恩地说道：“为你父亲的灵魂安息而祈祷吧。上帝呀，马克西姆·萨瓦捷耶维奇遵守你的教规，他应和你的最虔诚的教徒并列，他配得上这样的尊荣！③他以善报恶，从不记仇！他为了不给我家增添危难，向警察局隐瞒事情的真相：‘这，

97 即大亚玛街，后改名红色舰队街。

名师批注

①父亲的善良和勇敢与他人的虚伪狡诈形成了鲜明的对比，他沉浸在自己的世界中，没有想到自己和其他人是那么地不同，也为后文人性的险恶埋下了伏笔。

名师批注

②通过细节描写，细致地写出了舅舅们迫害父亲的情节。体现了他们的卑劣和丑恶，使情节更加完整，人物形象更加突出。

名师批注

③尽管舅舅们对父亲进行了残忍的迫害，但父亲仍然能为他们着想，帮助他们逃过一劫，由此可以看出马克西姆的宽容和大度，展现了人物多方面的优点，与舅舅们的丑恶形成对比，更加突出父亲的高尚。

说实在的，只怪我自己，我喝醉了，误入池塘中，身子一晃一晃的，就落入冰窟窿里了。’街区警察局长说：‘不对，你从来不喝酒的呀！’不管怎么说，警察局的人赶紧用酒给他擦拭全身，使他不至于冻伤。末了，他们给他穿上干燥的衣服，用皮袄裹着他，用马车送他回家，护送他的有街区警察局局长本人，还有两名警察。可这时雅科夫和米什卡还没来得及回家，他们在各个酒店闲逛，说着关于你父母亲的坏话。我和你母亲看见马克西姆时，他完全不像他自己的本来面目了，全身冻得赤红，手指全被踩烂了，渗出鲜血，在鬓角上似乎有雪块，而且没有融化——那鬓角全白了。

“瓦尔瓦拉大叫一声：‘是谁把你弄成这副模样的？’街区警察局局长用灵敏的感官观察所有的人，对什么事都要盘根究底。我让瓦里娅一个人去缠住街区警察局局长，自己在一边悄悄盘问马克西姆到底怎么回事。①他附耳说：‘你赶快去迎着雅科夫和米哈伊尔，教他们怎样为自己开脱——他们应当说他们是在亚玛街和我分手的，之后他们俩就去波克罗夫卡大街[98]了。而我就说我拐到纺织胡同[99]了！说话千万别前后不一，露出马脚，否则警察会叫他们倒大霉的！’我找到你外祖父，跟他说：‘你去找些话头搪塞这位警察局局长，我到大门外去等两个儿子。’我同时告诉你外祖父发生了一件怎样十分可恶的事情。他边穿衣服，边哆嗦，嘴里嘟哝着说：‘我早就料到会出这样的事！’

“你外祖父这是在说谎，他什么事都没有预料到！②唉，我等到两个孩子回来，二话不说，就啪啪给了他们两个耳光——米什卡马上从恐惧中清醒过来，而雅什卡这小子醉得连话都说不清楚了，不过他也嘟嘟哝哝地说：‘我什么也不知道，都是米哈伊尔安排的，他是这件事的总指挥！’我们好不容易才使街区警察局局长安定下来——他真是一位善良的老爷！‘嘿，说实在的，你们可得留心点儿，如果你们家再发生什么事，

名师批注

①虽然两个舅舅这么残忍地对待父亲，但父亲如此善良，再次凸显了人物的品性。

名师批注

②外祖母用她的愚昧的善良保护着两个儿子。但她同时也非常气愤，他们竟然能够做出如此丧失人性的事情。

98 后改为斯维尔德洛夫大街。

99 现在的马斯利亚科夫大街。

我一定要查清楚是谁的责任。’说完他就走了。而你外祖父走到马克西姆面前说：‘谢谢你，你侠义心肠，救了我们一家。要是换个人，处在你的位置上，便不会这样做了。这件事我心里全明白！还有你，闺女，谢谢你把一位大好人领到爸爸家。’①你外祖父这个人，只要他愿意，说话好听着呢。可是后来他糊涂了，对谁也不说心里话，自己把自己封闭了起来。

“后来，只有当我们娘仨在一块的时候，马克西姆·萨瓦捷耶维奇才哭了起来，他仿佛病人说胡话似的对我说：②‘他们为什么要害我？我哪儿对不起他们了？妈妈，你说，这到底是为什么？’他没有管我叫‘岳母’，而是喊我‘妈妈’，完全像个孩子。他确实也是个孩子，就性格来说，的确像个小孩子。他问我：‘到底是为什么？’我放声大哭——我能够说什么呢？他们是我的儿子，我怜爱他们！你母亲把上衣上的所有扣子都扯掉了，披头散发地坐在那里，像刚打完架似的，大声吼道：‘我们走，马克西姆！两个哥哥把我们当成仇敌，我害怕他们，我们离开这里！’我赶紧制止她：‘别火上浇油了，家里的火势已经够旺了！’

“这时你外祖父让这两个混蛋前来请求宽恕。你母亲一见他们，立刻跳起来，向米哈伊尔扑过去，照他脸上就是几个耳光——这就是对他的宽恕！可你父亲则抱怨说：‘两位兄长，你们怎么能够这样？因为你们这样，很可能会把我弄成残废，没有手我可怎么工作呀？’喏，就这样马马虎虎，他们算是和解了。之后你父亲大病一场，在床上躺了差不多七个星期，他偶尔和我提起，说：‘哎，妈妈，跟我们一起到别的城市去吧——③这儿没多大意思！’

“没过多久[100]，他要去阿斯特拉罕。那一年夏天，那座城市的人们准备迎接沙皇，你父亲承接了修建凯旋门的工程。他们是乘第一班轮船走的，和他们道别，我心里简直难受极了，实在是难舍难分，你父亲心里也很难受，一个劲儿劝我，让我跟他们一块到阿斯特拉罕去。然而，瓦尔瓦拉可高兴了，甚至不想掩饰内

100 时在 1871 年春天。

名师批注

①揭示了外祖父由好变坏的原因，同时也说明了一个深刻的道理——自作聪明的人反而是最愚蠢的。

名师批注

②从父亲的哭诉中可以看出他对外祖父一家人的失望，表现了他的可怜和无助，也为他的离开埋下了伏笔。

读书笔记

③为什么父亲会说这里没有意思呢？

心的快乐，真不害臊……他们就这样走了。就这些，全跟你讲了。”

①她喝了口白酒，闻了闻鼻烟，若有所思地望望窗外的蓝天，说道：“是呀，我跟你父亲没有血缘关系，可我们的心是相通的。”

名师批注

①外祖母与“我”的父亲有着同样的灵魂，他们都是善良正直而又不幸的一类人，与前文相照应，解释他们两个人惺惺相惜、感情深厚的原因。

母亲很少到我住的阁楼上来了，就是来了也待不了多久，匆匆谈几句话就走了。

她显得更美丽了，穿着也更华丽。但是从她身上，我感到有某种新的事情在发生，和外祖母一样——人们都瞒着我，但我感觉得到，猜得到。

②外祖母的故事越来越勾不起我的兴趣，甚至当她提起关于我父亲的往事时，也不能使我的内心舒畅安宁，因为我心中有一种模糊不清但日益浓重的慌乱不安的情绪。

读书笔记

②为什么“我”会有这样的心态变化？

“为什么父亲的灵魂得不到安息？”我问外祖母。

“这怎么能弄明白呢？”她说着，半开半合着眼睛，“这是上帝的事情，天上的事情，我们身处尘世，是弄不明白的。”

每逢夜晚，我透过蓝色的窗户，望着星星在天空缓慢地运行，我想起了一些悲惨的故事——父亲往往在其中占据主要的位置。他总是徒步前往那儿，孤零零的，手里持着一根木棒——他身后有一条毛烘烘的狗追随。

一天傍晚，我睡着了，醒来后，我感觉到我的两条腿能稍微动动了。这时我把腿从床上放到地板上——可是它们又不听使唤了，但是我已经有了信心——相信我的腿是双好腿，将来还可以走路。

这太让人兴奋了，我高兴得叫了起来，试着站起来，把全身的重量都放在两条腿上，可是我站不稳，摔倒了，不过我立刻向门口爬去，沿着楼梯往下爬，我能够清楚地想象出，楼下的人看见我时有多么惊讶。

③现在我已经不记得当时我是怎样爬到母亲的房间的了，我只记得我坐在外祖母的膝盖上，有好多我不认识的人站在她的面前。

名师批注

③自从“我”受伤卧床起，母亲不常来看“我”，但是“我”在发现腿能动后，第一时间就爬到了母亲的房间，显示出了“我”对母亲的想念和深爱。

一个干瘪的绿色老太婆正在气势汹汹地说话，嗓门比谁都高，只听见她说："给他灌马林果汁[101]，把头包起来。"

①她浑身上下都是绿色——连衣裙是绿的，帽子是绿的，脸也是绿的，甚至眼睛下面那颗痣上长的一撮毛也像青草一样绿。她的下嘴唇向下耷拉着，上嘴唇往上翻着，看我的时候露出她那满嘴的绿牙，还用那只戴着绣有花边的无指黑手套的手半遮着眼睛。

"她是谁呀？"我胆怯地问道。

"她算是你奶奶。"外祖父不快地答道。

母亲淡淡一笑，把叶甫根尼·马克西莫夫[102]向我面前推了推，说："这就是你父亲。"

接着她很快地说了几句话，我听不明白她说的是什么。

马克西莫夫眯起眼睛，笑了一下，弯下身来，说："我送你画画的颜料，好不好？"

②屋子里非常明亮，前面一个角落放着一张桌子，桌上有一台银质枝形灯，五根蜡烛同时都点着，蜡烛中间是外祖父心爱的圣像——"勿哭我，圣母。"圣像衣饰上的珍珠在灯光的映照下光彩夺目，清澈明亮，圣像头顶金色光环上镶嵌的红宝石闪闪发光。有几张模糊不清的圆脸，紧贴在临街的玻璃窗外，他们一声不吭，把鼻子都挤扁了。

周围的一切仿佛在向某个地方飘动，而那个绿衣老太婆用冰凉的手指摸了一下我的耳朵说："一定要让他喝，非喝不可。"

③"他晕过去了。"外祖母说着，便把我抱着往门口走去。

但我并没有晕过去，我只是闭上了眼睛。当她抱着我上楼的时候，我问她："这事儿你怎么早不告诉

名师批注

①描写"奶奶"的外貌，展现她的刻薄与恐怖，写出了"我"对她的态度——一点儿也不喜欢，为后文情节的发展做了铺垫。

名师批注

②明亮的房间始终无法照亮"我"的内心，在"我"生病的这段时间，母亲给"我"找了一个继父，这无疑使"我"感到悲哀和难过，在"我"幼小的心灵中留下了巨大的创伤，这也是"我"性格发生变化的导火索之一。

读书笔记

③外祖母知道"我"并未晕倒，但她故意说"我"晕了并将我带离开，这是为什么呢？

---

101 即悬钩子，冲剂可以发汗。

102 佩什科夫（高尔基）的继父康斯坦丁诺夫斯基，测绘学院的学生。暑假期间他本来是到下诺夫哥罗德市探望自己兄弟的，但结婚后便不再回莫斯科继续学习了，而是在卡纳维诺轮船账房里找了个事做，可是没干多久就被辞退了，后来在下诺夫哥罗德火车站谋了个会计的职位。

我呢？”

“你呀——自个儿乐去吧，闭嘴！”

“你们在骗人。”

她把我放到床上后，就一头扎在枕头上，放声大哭起来，浑身都在哆嗦，肩膀抖动得很厉害，上气不接下气。她抽抽搭搭地对我说：①“你想哭就哭吧，千万别闷在心里……”

我不愿意哭。

阁楼上又暗又冷，我浑身发抖，使得床都摇晃起来，发出吱吱的响声，那个绿色老太婆仿佛就站在我的眼前。我假装睡着了，后来外祖母走了。

随后的几天，日子过得单调乏味，空虚无聊，犹如一股细流无声无息地流过去了。订婚以后，母亲便到什么地方去了，这时家里变得非常安静，但我的心情十分压抑。

一天早上，外祖父手里拿一把凿子走到窗前，要动手拆除冬天窗户上的防寒板条。

外祖母端来一盆水，带着抹布。外祖父小声地问她：“怎么样，老婆子？”

“什么怎么样？”

“这下你高兴了吧？”

她像在楼梯上回答我时那样回答他：②“你呀——自个儿乐去吧，闭嘴！”

简简单单的一句话，现在却有着特殊的含意，它的词句后隐藏着一件不用说，但每个人都心知肚明，使人极端忧郁的事情。

外祖父小心翼翼地拆下窗户上的防寒板条，放到一边，外祖母将窗户打开——花园里马上传来了椋鸟的啼唤和麻雀叽叽喳喳的叫声，一股春回大地的泥土芳香涌进了屋内。炉灶上浅蓝色的瓷砖似乎难为情地发白了，望着这些瓷砖，不禁感到有些寒意，我从床上下了地。

“不能光着脚走路。”外祖母说。

“我想去花园看看。”

名师批注

①外祖母同情“我”母亲的遭遇，却又无能为力，这时她的内心非常痛苦，而“我”尽管心里难受，但没有表现出来，体现出了“我”的倔强。

读书笔记

②你如何理解这句话？它传递出了什么样的信息？

"等一两天再去吧，那里的地还湿着呢！"

我听不进她的话，甚至一看见大人心里就烦。

花园里，四处的小草已经吐出了新绿芽，苹果树上的叶芽已经长大，花蕾正含苞待放，彼得罗夫娜家房顶上的青苔已经发绿，看上去令人心旷神怡。周围有很多鸟儿在自由飞翔，欢快的鸣叫声，清新的空气，扑鼻的芳香，令人心醉神迷，头晕目眩。

①在彼得叔叔抹脖子的那个土坑里，满目都是被积雪压得东倒西歪的棕红色的野蒿——看上去乱糟糟的，一点儿春天的气息都没有。那些被烧得发黑的一根根木头，显现出一副败落相，因此，整个土坑给人的印象令人生厌，而且绝对多余。

我真想将那些野蒿统统拔掉、踩碎，把这些破砖碎瓦和烧焦的木头拿走，把一切肮脏的废物统统清理掉，从而给自己在土坑里营造一个干净的空间，就可以在夏天避开大人，一个人到这儿来住。

于是，我立刻动手，花了很长时间。这件事使我在很长的一段时期内，自我封闭起来，对家里所发生的一切不闻不问，尽管有时候想起家里的事仍不免生气，但日复一日，对家事的关注也就减少了。

"你怎么总噘着嘴呀？"外祖母和我母亲时不时地老这样问我——②她们这样问我时，我总感到有些尴尬，其实我并没有长久地生她们的气，只是感到我在这个家里时刻都是个局外人。

午饭、喝下午茶和吃晚饭时，那个一身绿色的老太婆经常就坐在旁边，很像旧篱笆上的一根腐朽的木桩。她的眼睛像是用无形的细线缝合在脸上的，轻易就能从干瘪的眼眶内鼓出来，又缩进去，转动起来也非常灵活。她什么都能看见，什么都能发现。谈到上帝时，她眼睛就翻向天花板；谈到家务事时，两只眼睛便向脸颊垂下来。她的眉毛像是用麦麸子做成粘上去的。她裸露的大牙能咬断她塞到嘴里的一切食物，而且一点儿声音也没有。她拿东西的时候总是弄姿作态地蜷曲着手，翘起小指头。她咀嚼时，耳垂下各有一个骨质小球晃来晃去，耳朵一动一动的，连那颗痣

名师批注

①美好的春天景象与彼得叔叔抹脖子的土坑形成了鲜明的对比，美好的景致并不能唤起"我"的兴致，反而让"我"想起了伤心难过的往事。

读书笔记

②为什么"我"一直以来都很难融入这个家庭？

上的一撮绿毛也跟着微微颤动，仿佛是在她那满是皱纹的、干净得令人讨厌的皮肤上慢慢地蠕动。

她和她的儿子一样，浑身上下异常洁净——让人不好意思和他们靠近，也不便接触。最初几天，①她总想把一只死人般的手伸到我嘴边让我亲吻，可是她手上有一股喀山产的黄肥皂和乳香的气味，于是我转身就跑。

她常常对她儿子说："叶甫根尼·瓦西里耶维奇·马克西莫夫，一个男孩，一定要经常培养调教，你明白吗，叶尼亚[103]？"

②他恭谨地垂头听着，皱着眉头，没有言语，而且在这个绿衣人面前，大家都皱着眉头。

我憎恨这个老太婆，连带憎恨她的儿子——这是一种刻骨铭心的仇视，这种沉重的感情给我招来许多次责打。有一次，在用午餐之时，她开口训话了，可怕地转动着她的眼睛："哎呀，奥列什卡，你吃饭太狼吞虎咽了，将大块大块的食物急忙往自己口里送！会噎着你的，小宝贝！"

③我从口中吐出一块食物，又把它叉在餐叉上，伸手递给她："拿去吧，如果你舍不得。"

母亲将我从餐桌旁拖走，我带着一颗受辱的心被驱赶到阁楼上。外祖母来了，捂住自己的大嘴哈哈大笑，说："哎，天哪！你也太淘气了，好吧，基督保佑你。"

我不喜欢她捂住嘴巴的模样，我从她身边跑开，爬到屋顶上，坐在那儿的烟囱旁许久。

④不错，我很爱淘气，爱对大家恶言恶语，要克服这种脾性很难，但后来不得不克服。

有一次，我在未来的继父和新祖母坐的椅子上涂抹深红色的樱桃树胶，他们俩的衣服因此都被粘住了，无法脱身，那副样子很可笑。但是，当外祖父为此事在阁楼里痛打我时，母亲跑来了，她把我拉到身边，用膝盖紧紧夹住我，说道："听话吧！为什么你这样肆无忌惮，无法无天，你要知道，这对我来说是多么大的不幸！"

103 叶甫根尼的爱称。

读书笔记

①为什么这只手被形容成"死人般的手"？

名师批注

②通过描写其他人对这个"绿衣人"的恭顺，表现了她的绝对权威，这也是"我"讨厌她的原因之一。

读书笔记

③你如何理解此处"我"的反抗?

名师批注

④"我"的性情开始发生变化，是因为内心再次缺乏安全感。"我"似乎预感到了美好的生活即将逝去，想要挽留却无能为力，只能通过这种极端的方式表现出来。

她的眼睛里噙满透明的泪珠，她将我的头颅贴近她的脸颊，这时我的心头是如此沉重，干脆让她打我一顿，我还好过一些。我保证说，今后再也不得罪马克西莫夫一家人了，我再也不得罪他们，仅仅是为了她不再流泪。

“好的，好的，”她轻轻地说，“不必要从中捣蛋了！①眼看着我们就要在教堂举行婚礼了。然后我们要坐车到莫斯科去，再回来。你将和我们生活在一起。叶甫根尼·瓦西里耶维奇是个十分善良和聪明的人，他会和你好好相处的。你将上中学念书，然后成为大学生——于是你就具有和他现在同样的水平和资历了，然后拿到学位，成为博士。那时，你想干什么都可以，一个有学问的人什么事都能干成功，好了，去，散步去。”

这些“然后”的美景是她一个接一个地为我预定好的，对我来说，它们好比一座阶梯，通向下面很深的远离她的某处，通向一团黑暗的孤儿处境，这样的阶梯我不愿意走，我很想对她说：“不要出嫁吧，求求你，我将赚钱养活你。”

②但是我始终没有把话说出来，母亲总是在我的心头唤起许多许多对她的亲切的思念，然而任何时候我都不打算把这些思念吐露出来。

我在花园里的工作进展得很顺利。我拔掉坑洞里外的杂草，用柴刀割掉那些高高的杂草，由于坑的边缘土地太松，会朝里坍塌，我就用碎砖围在坑洞的边缘，还用断砖做成了一个宽广的座位，在那儿甚至可以躺下来。

我收集许多五彩的玻璃片和器皿碎片，用黏泥将它们砌入碎砖块的隙缝中，当太阳照到坑洞中时，这些玻璃片和碗碟碎片都会闪闪发光，五彩夺目，给人的感觉和身处教堂里的一样。

“你想了个好主意！”有一次，外祖父来视察我的工作，开口赞美道，“只是你割掉这些高高的杂草，你却留下了根！最好让我来用尖锹将土地重新翻掘一遍，去，拿尖锹来！”

名师批注

①母亲在为“我”描绘一个充满希望的未来，如果一切真如设想的那样，那必然是好的。但这也不过是臆想罢了，现实远比希望更压抑。

读书笔记

②为什么“我”不表露出真实的想法呢？

我拿来一把铁锹，他往手心上吐几口唾沫，咯咯地咳了几声，开始用脚将尖锹深深地压入肥沃的土地。

“把这些草根扔到一边去！今后我给你在这儿栽上向日葵、锦葵，那样多好！多好！”

忽然，他弯腰伏在铁锹上，不再言语，不再动作，呆若木鸡。

①我朝他细看，只见他那像狗一样狡黠的小眼睛在流泪，细小的泪滴掉落在泥土地上。

“你怎么啦？”

他猝然一振，用一只手掌擦擦脸，视线模糊地看着我：“我流汗了。看啊——许多蚯蚓。”

然后他重新开始挖土，冷不丁地说道：②“一切兴建和营造都是徒劳，白干了。小老弟，要知道，这处房屋，我马上就要卖掉了，大概，入秋前就要脱手。我需要钱给你妈妈置办嫁妆，必须这么办，只要她能活得开心就行，上帝保佑她吧！”

他丢下铁锹，挥了下手，就到花园角落的澡堂里去了，他在那儿建了一间蒸汽浴室。

而我则独自动手挖土，但已心不在焉，结果用尖锹挖破了自己的脚趾。

脚伤妨碍我伴送母亲去教堂举行婚礼。我只能走到大门口，眼看着她托着马克西莫夫的胳膊，低垂着头颅，小心翼翼地将脚踩在人行道的砖上，踩在从砖缝里露出头的青草上，仿佛她是在钉子的尖端上走路似的。

③婚礼是平静的。大家从教堂里回来，不太高兴地喝了茶，母亲马上换了衣服，走向自己的卧室去收拾行李。

继父和我坐在一起，他说道：“我曾答应送给你水彩颜料，但在这个城市里，没有质量好的，而我又不能将自己在用的给你，等我从莫斯科回来后，真的会给你带水彩颜料来的。”

“我拿这东西有什么用呢？”

“你不喜欢画画吗？”

“我不会。”

名师批注

①为什么外祖父会突然莫名其妙地流泪呢？这一细节设置了悬念，引发了读者的好奇心。

名师批注

②吝啬严苛的外祖父竟然会卖掉房子为母亲置办嫁妆，这是我们没想到的。他衷心地希望母亲能够幸福，体现了他对女儿的爱，又展现了一个不一样的外祖父形象。

名师批注

③母亲的这场婚礼是极度平静的，和外祖母口中母亲和父亲的婚礼相比，完全是不同的氛围，这也体现了人物此时的心境。

“嗯，我将给你带来另外的一些礼物。”

妈妈走了过来。

“要知道我们很快就会回来的，只等爸爸通过考试，结束学业，我们就回来。”

令我感到高兴的是，他们和我谈话时，其神态和跟成年人谈话一样，但听到他们谈话的某些内容，我又感到很奇怪——一个蓄有大胡子的人依然还要读书学习。

我问道：“你学习什么？”

“地界测量。”

我也懒得去问这门学问是干什么的。

①房间里笼罩着令人寂寞的肃静，只有某种毛织物的沙沙声，我的心里只盼着夜晚早点儿来临。

②外祖父站在那儿，背紧靠着炉子，眼睛眯缝着，看着窗户。

绿衣老太婆在帮着母亲打点行装，嘴里唠叨着，发出哎哟的叫声。

而外祖母呢，大半天都醉醺醺的，家里人因她那副样子而感到脸面无光，便护送她到阁楼去，将她锁在那儿。

第二天，母亲一大清早就坐车走了。她拥抱着我和我道别，略微从地面抱起我，用某种陌生的眼神看着我的眼睛，吻着我说：“告别了。”

“嘱咐他，让他听我的话。”外祖父愁眉苦脸地对母亲说，眼睛望着天空，那儿是一片有喜兆的绯红色的朝霞。

“要听外祖父的话。”母亲说，并在我胸前画十字。

③我期待着她还能再说点儿什么，可是被外祖父给打断了，因此我非常生外祖父的气。

他们坐上一辆轻便马车，母亲的裙子下摆不知钩在什么地方了，她解了好长时间，显得非常烦躁。

“去帮她一下呀，你没看见吗？”外祖父对我说。

我没有去帮忙，当时我的心情坏透了。

名师批注

①通过环境描写，衬托“我”的忧伤和心情低落，写出了“我”的情感波动，渲染了悲戚的氛围。

读书笔记

②外祖父为什么站在那儿看着窗户？

名师批注

③对于母亲的离开，“我”是十分不舍的。其实，无论外祖父是否打断对话，母亲终将离开，“我”并不是在生外祖父的气，而是在生母亲的气。

马克西莫夫在马车上耐心地把穿着蓝色窄脚裤的两条长腿摆放好，外祖母往他手里塞了一包什么东西，他把它放在膝盖上，用下巴压着，惊讶地皱着他那张苍白的脸，拉长声调说："足——够了……"

那位绿色老太婆和她的大儿子——一位军官，坐在另外一辆轻便马车上。她正襟危坐，像画上画的一样，她儿子却在用马刀把搔着自己的大胡子，而且直打哈欠。

"这么说，您这是去打仗了？"外祖父问道。

"当然要去！"

① "这是件好事。土耳其人就是该打。[104]"

读书笔记

①这句话有什么作用？

名师赏析

"我"的父亲是正直刚毅的好男儿，他用自己的人格魅力获得了外祖父的赞许。外祖母口中讲述的故事，带有强烈的主观色彩，但足够让"我"去获取一个完整的父亲形象。"我"的母亲，是一个充满着魅力的人，但生活对她的压迫正在吞噬她的美丽，她的人生一点点地被蹂躏，失去了选择权。"我"的父亲已长眠于地下，"我"的母亲试图去改变生活，但她依然深陷泥潭，也许更悲惨的故事在等待着她。

积累与运用

·好词·

惊惶 执拗 俨然 束缚 贪婪 溺爱 虔诚 搪塞 放肆

花枝招展 忐忑不安 一脸倦容 金玉良言 蛮横无理

人心惶惶 大发雷霆 玩世不恭 忧心忡忡 黯然神伤 一去不复返

104 沙俄为了在黑海和巴尔干地区扩大自己的影响，多次和土耳其发生战争。这里是指1877—1878年的那次俄土战争，土耳其战败，被迫签订了《圣斯特法诺和约》，俄获得南高加索大片土地，巴尔干许多地方纷纷脱离土耳其，宣布独立。

· 佳句 ·

◆ 外祖父小心翼翼地翻开沉重的硬书皮，戴上银丝眼镜，久久地端详着这则题词，不时动着鼻子，一面扶正眼镜。

◆ 三月的太阳造成的怯生生的春意以其放射光线的眼睛开始朝窗里面张望，这种春意的来临最初是羞怯的、悄悄的，但一天天地更显得温柔和可爱了。春天的簌簌声从墙壁缝里传了进来。

◆ 这是一个夜晚，暴风雪在呼啸，窗子上仿佛有许多熊在抓挠，烟囱在呜呜响，像奏乐一般，所有的妖魔鬼怪仿佛都挣脱了锁链。

· 美文仿写 ·

“我”患上天花，又摔断了腿，躺在阁楼里时听见了这所住宅的声音，文字调动了听觉，细致地进行了描绘。请你也从听觉的角度，写一写你印象深刻的声音。

令人烦闷的暴风雪沙沙地打击着屋顶，寒风在门外的阁楼上来回呼啸；烟囱里，风在奏着丧葬曲，火炉烟道的风门叮当作响。白天只听见大乌鸦的哑哑叫声，夜晚的静寂则使得田野里的狼嚎清晰可闻——在这些声音构成的音乐的陶冶下，我的心灵成长起来。

第六章 检测卷

（共 20 分）

一、填空题。（每空 1 分，共 10 分）

1. 外祖父总是一个人待在顶楼上，读一本神秘的书：__________。

2. “我”得了天花，又摔断了腿，所以 __________ 在照顾“我”的时候，给“我”讲述了很多关于“我”的父亲马克西姆的故事。

3. “我”的父亲马克西姆出生在一个 __________ 家庭，爷爷在他出生前被流放到了 __________。父亲与“我”母亲私自结婚，没有征得 __________ 的同意。

4. __________ 一直仇视“我”的父亲，一起计划把他推进了冰窟窿里，踩烂了他的手指，这件事也导致了 __________。

5. 母亲最终决定嫁给 __________，继父说要送“我”__________，“我”因为 __________ 而没能参加母亲的婚礼。

二、简答题。（每题 5 分，共 10 分）

1. “我”的父亲马克西姆是一个怎样的人？

2. 这一时期母亲发生了怎样的变化？她的变化说明了什么？

参考答案

一、填空题

1 《我父亲的笔记》。

2 外祖母。

3 军官；西伯利亚；外祖父。

4 两个舅舅（雅科夫和米哈伊尔）；“我”的父亲对这个家庭彻底失望，带着母亲离开了这里。

5 马克西莫夫；水彩颜料；脚伤。

二、简答题

1 “我”的父亲是一个单纯勇敢、善良宽容的人。他对人们的恶作剧体现了他的调皮活泼；对警察隐瞒两个舅舅对他的残害，体现了他的宽容大度；从外祖父对他一开始不满到最后的称颂，有力地证明了他的人格魅力。

2 母亲在反抗完外祖父后，变得越发坚强起来，理直气壮，挺起胸脯，在家里踱来踱去，俨然是一家之主。后来，母亲很少到“我”住的阁楼上来了，就是来了也待不了多久，匆匆谈几句话就走了。她显得更美丽了，穿着也更华丽。她的变化说明了原本正直、善良、开朗的母亲也会在这样的家庭环境中慢慢被消磨光彩，变得与“我”疏离，从侧面表现了这个家庭带给人的压抑感。

第七章

名师导读

故事即将作结，人物的命运又该何去何从呢？“我”美丽的母亲，她为什么最后郁郁而终？“我”古怪的外祖父，为什么变得愈发吝啬自私？“我”善良的外祖母，她还在遭受着生活怎样的打压……这是不忍翻开的章节，他们的故事令人痛心，也带着时代必然的色彩。如尘埃一般的人，在命运的轮盘上无法善始善终。

他们走了。母亲几次回过头，向我们挥动手绢，外祖母一只手扶着墙，哭得像泪人似的，另一只手也在空中不停地挥动。外祖父也一直在流泪，不断地揉着眼睛，他小声地断断续续地说：“这事儿不会有……好结果……不会……”

我坐在一个石墩上，看着两辆马车一颠一颠地往远处驶去，眼看着它们转过弯去，消失了。①此时此刻，我心里仿佛有什么东西一下子严严地合上，紧紧地关闭了。

天色尚早，各家各户的百叶窗还关着，街上冷冷清清——我从未看见过大街上如此空旷冷清、死气沉沉。只听见远处有牧人吹笛子的声音，吹得没完没了，实在烦人。

外祖父扶着我的肩膀说：②“我们喝茶去吧，看来你是命中注定跟我一块生活了。我们俩就跟火柴与石头一样——你就在我身上划吧！你这根火柴离了我这块石头就划不着！”

从早到晚，我和外祖父一直默默地在花园里忙活。他平整畦土，绑扎马林果，清除苹果树上的苔藓，捻死

名师批注

①对于母亲的再次离开，“我”的内心受到了极大的震动。本就缺失母爱的“我”，在经历了短暂的幸福甜蜜之后，又再次经历了恼人的离别，表现了“我”童年时期的悲惨遭遇。

名师批注

②外祖父的话为下文埋下了伏笔，这并不是一句玩笑话，“我”此后的遭遇的的确确印证了这句话。

小毛虫，而我却一直在营造和装饰我那个小窝。外祖父把烧焦了的那一段木头砍去，在地上插了几根木棍，我把鸟笼分别挂在上面。我用干草编成草帘子，盖在长凳上遮挡阳光和露水——把我这儿收拾得舒舒服服，停停当当。

外祖父说："你自己学着给自己营造一个舒适的处所，这对你很有益处。"

我非常珍惜他的话。有时候，他躺在我搭的草铺上，慢条斯理地开导着我，好像他的话是很不容易才说出来的。

秋天，他卖了房屋，而在卖房之前不久，在一次喝早茶的当儿，他突然阴沉而坚决地向外祖母宣布："喂，孩子的妈，我一直养活你，过去养活你——可将来呢！你自己去赚钱吃饭吧。"

外祖母十分冷静地对待这些话，仿佛很早以前她就知道他们将会商谈这件事似的，好像她一直在期待这一天的到来。她不慌不忙地拿起鼻烟壶，放入自己海绵状的鼻孔里，说道：①"嗯，这有什么大不了的？假如命该如此，就认命吧。"

外祖父在一处旧房子的地下室里租了两个小房间居住，那旧房位于一条死胡同里，在一座小山的脚底下，光线非常阴暗[105]。当我们要迁往这个小房间时，外祖母取了一只带着长长绳索的旧树皮鞋，将其投向炉子下面的空处，蹲下身子，开口呼唤家神："宗族的家神爷呀，这就是给你预备的雪橇，你乘着它，跟我们一道迁往新的地点，求得另一种幸福吧。"

外祖父从院子里朝窗户里瞧了一眼，怒斥道：②"要我把这些东西搬走，你这个女异教徒！你试试看吧，你让我丢脸！"

"唉，等着瞧吧，孩子的爹，将会有厄运来临的。"外祖母严肃地警告他，但是外祖父暴跳如雷，禁止她搬运家神。

三天之内，他就将木器家具和各种各样的生活物件全部卖给那些鞑靼旧货商了，他激烈地和他们讨价还价，互相辱骂，而外祖母从窗户里看着，时而啼哭，

名师批注

①外祖母早已预料到这样的结局，她始终明白，这个家庭是支离破碎的，不可能被修复，所以只有"认命"才能让她得到些许的宽慰。

读书笔记

②为什么外祖父不让外祖母搬走这些家神？

105 指在大雁胡同租下两间厢房，房间很小。卡希林家的人在这里住了不久，后来就搬到库纳维拉去了。

时而大笑，不时喊叫几声：“拖走吧，打碎吧！”

①我也快要哭了，舍不得我的花园，我的小草屋。

两辆运货的四轮马车载着我们迁往新居。我坐在一辆马车上面，夹在各种各样的家具什物中间，车可怕地颠簸着，仿佛要将我从车上抛下去。

在这种持续不断的颠沛流离中，我度过了两年，一直到我母亲死去为止。

外祖父迁往地下室不久，母亲就露面了。她脸色苍白，瘦了很多，一双眼睛显得很大，眼里发出热烈的令人惊奇的光辉。不知为什么，她一直在审视着大家，仿佛第一次看到外祖父、外祖母和我——细看着，却沉默不语。

②而继父则不停地在房间里踱着方步，轻轻地吹着口哨，不时咳嗽几声，把一双手搁在背后，玩弄着手指。

“我的天，你长得可真够快呀！”母亲对我说，用一双滚烫的手掌挤压着我的双颊。她的穿着并不美——一身宽大的红褐色的衣服，腹部已明显鼓起来。

继父向我伸出一只手：“你好，小老弟！哎，你过得怎么样？”他用鼻子闻着空气，说道：“可你们知道——你们这儿太潮湿了呀！”

③他们两人仿佛跑步跑了很久，疲乏极了。他们全身的皮肤都起皱了，各处都磨破了。他们看起来好像什么都不需要，只想躺下休息。

枯燥无味地喝过茶后，外祖父的眼睛瞧着雨水洗刷窗户玻璃，开口问道：“这么说来，一切都烧光了？”

“烧光了，”继父明确承认说，“我们自己好不容易跳出来。”

“是这样，火是无情的。”母亲紧偎在外祖母的肩膀上，在她耳旁低声说着什么，外祖母眯缝着眼睛，仿佛有光线射入其中似的。场面的气氛变得枯燥无味。

突然，外祖父凶恶而镇静地说起来，声音很大：④“我耳闻一些传言，叶甫根尼·瓦西里耶维奇先生，说根本没有失火，而是你在牌桌上输光了一切。”

顿时周围鸦雀无声，好像处在一个地窖里一样，水壶发出呼哧呼哧的声音，雨滴拍打着窗玻璃，后来

名师批注

①因为这是“我”第一个独自创建的属于自己的地方，“我”离开它们，就代表着“我”抛弃了过去一切美好的回忆去陌生的环境中继续过着黑暗、压抑的生活，这怎么能让“我”不感到伤心呢？

名师批注

②继父此时的行为和先前他对待“我”的温柔和善的态度形成了鲜明的对比，也暗示着他的性情大变，为下文做了铺垫。

名师批注

③通过对人物神情和外貌的描写，引申出了人物必定遭遇了一些事情，引起了读者的阅读兴趣。

名师批注

④外祖父的话揭穿了继父的谎言，说明了他们破产的真正原因，侧面揭露了继父其实是一个不务正业的浪子。

母亲开了口：“爸爸呀……”

“叫爸爸有什么用？”外祖父震耳欲聋地喊道，“今后的日子怎么过？我不是对你说过，三十岁的女人不能找一个二十岁的小伙做伴吗？瞧你这模样！瞧他——多细嫩的小鲜肉！难道你是个贵族千金吗？怎么办，女儿？”

四个人同时大声嚷叫起来，继父的声音盖过所有的人。我跑到前室，坐在那儿的室外，因惊讶而发愣。

①母亲的确变了，完全不像原先那个样子。待在房里时我很少觉察到这一点，但是在这儿的昏暗中，我明显地记起从前她是个什么样的人。

然后，我怎么也记不清我是如何来到索尔莫沃[106]的。房子里的一切都是新的，墙壁上没有印花壁纸，木缝里填着麻屑，麻屑里有无数蟑螂。母亲和继父住两间房，窗户面向街道。而我和外祖母则住在厨房里，屋顶只有个天窗。

工厂的一个个烟囱从屋顶伸向天空，就像大拇指从食指和中指里伸出来（这是一种表示嘲讽的手势）似的，喷出很浓的卷曲的烟雾。冬天的寒风将烟雾吹向村庄的各处。我们始终待在寒冷的房间里，生活在烧焦的气味之中。每天很早的早晨，汽笛像狼嚎一样地呜呜吼叫着：“哈呜，啊呜，啊呜呜——”

②如果站在长凳上，那么通过屋顶天窗的上一截玻璃，可以看见灯光照耀的工厂大门，它打开着，好像一个老乞丐无牙齿的黑色的口，一股细小的人群拥挤着爬入其中。中午，又响起汽笛，大门的两片黑色的嘴唇张开了，露出一个深邃的孔洞，工厂呕吐出一群在里面劳累受苦了一段时间的人们；他们以一股黑色的人流倾注在街道上，一股白色卷曲的风沿着街道吹过，驱赶着人们，使其分散到各个房屋里去。村落上面的天空很少能被看到——从一天到另一天，在许多房

名师批注

①日夜思念的母亲终于回来了，却被生活折磨得变成了陌生的样子，“我”在大人们的争吵中越发感到不愉快，像一只困兽，却无能为力。

名师批注

②运用比喻的修辞手法，把工厂比作老乞丐无牙齿的黑色的口，表现了资产阶级“吃人”的社会现状，令人触目惊心。

106 索尔莫沃位于下诺夫哥罗德市奥卡河左岸，沿伏尔加河的右岸分布，属下诺夫哥罗德市管辖。1876 年末到 1878 年，高尔基和母亲、外祖母、继父就住在这里。高尔基继父马克西莫夫在索尔莫沃一家工厂里当职员。

屋的屋顶之上，在一座座被黑烟严重污染的雪堆之上，悬挂着另一个屋顶，它是灰色阴沉的，平坦乏味的，近乎绝望的，令眼睛失明的，以其令人苦闷的单一色压制人们的想象力。

①每逢黄昏时候，在工厂的上空晃动着浑浊的血红色的落日的反光，把一个个烟囱的上端照得非常明亮，让人看着觉得，这些烟囱似乎不是从地下往天空伸出，而是从这种云彩般的雾团上向下落的。烟囱呼吸着血红色，发出悲惨的呼号，嗡嗡作响。看到这整个景象，感到难以忍受的恶心，像恶毒的虫子那样啃咬着心灵。

外祖母在一个小厨房里劳作不息，做饭、擦洗地板、劈柴、挑水，从早忙到晚，躺下睡觉时疲乏不堪，因疼痛而发出哼哼声，叹着气。有时候，她把饭做好了，便穿上棉上衣，高高地掖上裙子，动身往城里去：②“去看看老头子在那儿过得怎么样。”

“带我去！”

“眼看着就要刮暴风雪了，你会冻坏的！”

于是她独自走了，得走七俄里路程，眼瞧着她在道路上走着，不久她的身影就消失在被雪覆盖的田野中了。

母亲脸色蜡黄，处于待产中，身子怕冷，裹在一块有穗子的灰色破烂的披肩里，③我憎恨这条披肩，它使得原本丰满匀称的身躯变丑陋了，我也憎恨这些穗子，恨不得要扯断它的尾部，我憎恨这屋子，这座工厂，这个村落。母亲穿着一双松垮走样的毡鞋走路，边走边咳嗽，晃荡着难看的大肚子。她那双灰蓝色的眼睛十分干枯，而且心事重重地闪烁着，她的目光常常一动不动地停留在光秃秃的没有装饰的墙壁上，仿佛粘在那上面了。

有时她整个小时都张望着临街的窗外。那街道看起来好似人的颌骨，由于衰老，一部分牙齿变黑和歪斜了，一部分牙齿已经掉了，于是镶上了硕大无朋的新假牙，但镶法很笨拙，没有顺着颌骨镶，因而难看极了。

“为什么我们要住在这个鬼地方？”我问道。

她答道：“哼，闭上你的嘴巴。”

④大人很少让我到街上去，而每次我回家都被那些坏小子打得鼻青脸肿——打架是我的爱好和唯一的娱

读书笔记

①此处的环境描写有何作用？

名师批注

②虽然外祖父经常毒打外祖母，但善良的外祖母始终记挂着这个陪伴了她大半个人生的人。

名师批注

③连用三个“憎恨”表现了“我”对现状的极度不满，但又无力改变的事实，只能通过内心的愤懑来体现自己的情绪，令人感到无比压抑。

名师批注

④“我”彻底发生了改变，再也不是当初那个善良纯真的小孩子了，“我”变得暴力、逆反、固执，这是令人无比痛心的变化。

乐，我热情十足地投入其中。母亲用皮鞭抽我，但惩罚更加激怒了我，下一次我更狂热地和坏小子们打斗，而母亲惩罚我时也更凶猛了。

有一次，我警告她说，如果她还继续打我，我就会咬她，且逃到野外，在那儿冻死。她惊讶地推开了我，沿着房间走来走去，骂我，同时由于疲劳而喘不过气来："你这只小野兽！"

在这单调乏味、死气沉沉的日常琐碎中，我的精神生活中含有爱意的生机蓬勃、激荡不已的感情霓虹褪色了，①头脑中越来越频繁地闪烁着嫌恶一切人类的散发煤气味的蓝色小火花，心中隐含着沉重的不满感和孤立无援的意识。

继父和我的关系很紧张，他和母亲也不苟言笑。他总是吹口哨、咳嗽，午饭后赖在镜子前，用一根细长的木片留心地长久地剔着不平整的牙齿。他和母亲争吵的次数越来越多，他气急时，竟称她为"您"（按俄国习俗，亲密的人之间应称"你"）——这种以"您"相称的改口令我愤慨难忍，因为这意味着他想抛弃母亲。在争吵的时候，他都要紧紧地阖上通往厨房的门，看来，他怕我听见他的恶语，但我从吵闹声中依然听得出他那嘶哑的男低音。

有一次，他顿足喊道："由于您这难看的大肚皮，我不便接待任何客人，您这又胖又笨的像母牛的女人！"

②处于惊讶万分和极度的屈辱感当中，我从高架床上猛然跃起，头直撞在天花板上，我紧咬自己的舌头直到出血。

每逢星期六，就有工人来到这儿，一群十多个人，向继父出售食物券[107]。他们本应该在工厂的小铺里就餐时，用这些食物券替代现金购买饭菜，只因急于用钱，就抛售食物券。③继父用半价购买这些食物券，在厨房里接待这些工人，面孔严肃，皱着眉头，收下一张食

名师批注

①其实，这是"我"内心缺乏安全感的体现，"我"渴望得到爱，但在这个关系淡薄的家庭里，这完全是痴心妄想。曾经爱"我"的母亲，也被现实碾压，无法喘息，人人都在命运之轮上等待宰割。

读书笔记

②为什么"我"不直接反抗继父呢？

名师批注

③通过描写继父的"生财之道"，再一次刻画了继父的狡诈和自私，丰富了人物形象，也为下文继父失去工作埋下了伏笔。

---

107 这是工厂主剥削工人的一种方式，不发工人工资，而发给这种所谓的"食物券"，工人们用它在被指定的厂主开设的小铺里高价购买质量低劣的食物。

物券时，说："一个半卢布。"

"叶甫根尼·瓦西里耶维奇，当心上帝……"

"一个半卢布。"

这种荒唐黯淡的生活延续并不长久。在母亲生产之前，大人安排我到外祖父那儿去住。

外祖父已经住在库纳维拉市镇了。他占有一个带有俄国炉灶的狭小房间，有两个窗户通院子，房间在佩先内街的一幢两层楼房内，这条街道从靠近拿破里内教堂墓地围墙的小山冈向下延伸。

"你近来怎么样，喂？"他说道，一看见我就笑了，提高声音说，"俗语说，没有比亲娘更疼爱你的人，①如今看起来，可亲可靠的不是亲娘，而是老鬼外祖父！唉，你们这些人啊！"

我还没有把新的住所看个够，外祖母和母亲就带着新生儿来了。

工厂把继父炒鱿鱼了，因为他欺诈工人们，但他远行到别的地方，马上在车站获得了一个卖票员的职位。

度过了好一段空虚无味的时光后，大人又让我迁到母亲那儿去，她这时住在一所石头房子的地下层里。母亲立刻把我塞进了学校。

从第一天起学校就使我很反感。我上学的衣着的确寒酸：②脚下是母亲的矮靿皮鞋，身上是用外祖母的上衣改制的大衣、黄色的衬衫和散腿裤子。这样的装扮立刻引起了嘲笑，因那件黄衬衫，我收到了"红方块"[108]的绰号。我很快就和男孩子们和睦共处了，但是老师和神父厌恶我。

这位老师皮肤黄色，秃发，他经常出鼻血。每次他在班上露面时，总是用棉絮塞住鼻孔，坐在讲桌后面，鼻音很重地询问功课，话说了一半，他又突然沉默了，从鼻孔中取出棉絮，仔细瞧了瞧，摇着头。③他的脸是扁平的、铜色的、萎靡不振的，皱纹里显出黄中带绿的杂色，他那双锡色的眼睛完全是多余的，使他的脸丑陋无比，这双眼睛很不友善地盯着我的脸，好像粘

读书笔记

①你如何理解外祖父的这句话？

名师批注

②通过详细描写"我"的衣着，展现了"我"的生活发生了翻天覆地的变化，没有办法再回到从前，更无力改变现状，只能苟延残喘，任人嘲笑，这是多么可悲！

名师批注

③通过对人物的外貌描写，使老师的形象跃然纸上。

108 俄罗斯人的习惯，称犯人为"红方块"，而且俄罗斯犯人背上的标志常为黄色或红色。

在那上面似的，使我总是想用手掌擦脸颊。

有好多天我坐在第一排，坐在前面的课桌后面，几乎挨着老师的讲桌——这是难以忍受的，我感到，除了我以外，他谁也不看，整个上课的时间他都要鼻音很重地反复唠叨：“佩什科——哦夫，该换衬衫——衫！佩什科——哦夫，一双脚不要老是蹭来蹭去！佩什科夫，你这双网兜一样的有许多破洞的鞋子又向外渗水了！”

①为此，我想出了个恶作剧，决定狠狠报复他一下。有一次，我弄来半个冰镇西瓜，挖去瓜瓤后，穿上线，连在光线阴暗的过道门的滑轮上。这样门打开的时候，西瓜就上去了，当老师随手将门带上时，西瓜便像帽子一样，直接扣在了老师的秃头上。学校门卫拿着老师的条子，把我送回到家里。因为这场恶作剧，我又受了一顿皮肉之苦。

另外一次，是我往老师抽屉里撒了一些鼻烟末，害得他连连打喷嚏，上不成课，只得派他的女婿来代课。此人是一位军官，他命令全班一起唱《上帝保佑沙皇》和《意志呀，我的意志》。谁唱错了，他就用尺子敲他的脑袋，不知为什么，他敲的声音特别响，非常可笑，但是并不疼。

宗教课程的教师是位漂亮、年轻、头发蓬松的神父，他不喜欢我，因为我上课没有带着《新约和旧约的使徒传》，还因为我常常滑稽地模仿他说话的方式。

他一登上讲台，第一件要做的事就是盘问我：“佩什科夫，书带来没有？是的，书。”

②“没有，没有带。不错。”

“什么意思——不错？”

“没有带。”

“哼，那么——回家去吧！不错。回家去。因为我不打算教你！我不打算。不错。不打算。”

③这一点儿也不让我感到痛苦，我离开课堂，在城郊村镇里肮脏的街道上闲逛，观看那儿喧闹的生活场景，一直逛到放学为止。这位神父有一张令人钦敬的活像基督的脸，一双温文尔雅的女性的眼睛，一双小巧的手，这双手落在大家身上或什么东西上面，同样

名师批注

①即使是在这样艰苦的生活下，“我”始终没有改变自己的调皮，这也让读者稍稍得到了宽慰。虽然此时“我”和之前已经有了巨大的反差，但某些性情还残存着。

读书笔记

②为什么“我”会直接顶撞老师，而不畏惧他呢？

名师批注

③“我”享受被赶出课堂，从侧面表现了“我”不愿意被约束，渴望自由的情感追求，这短暂的欢愉让“我”感到放松。

会给人一种温文尔雅的感觉。他拿取每一件东西——书、尺子、钢笔，都出奇地温柔和小心翼翼，仿佛这件东西是活的、脆弱易碎的，神父十分爱惜它，生怕因不经意的接触而损害了它。他对待孩子们倒是没有那么温柔，但是他们仍旧喜欢他。

尽管我的学习成绩勉强过得去，但老师们总是把这句话挂在嘴边——因我的不良行为，要把我赶出学校。这可不是一个好消息，它对我构成一种威胁，使我十分沮丧。近来，母亲越来越容易发怒，常常敲打我。

但是很快出现了救星——学校令人意外地来了一位赫里桑夫主教[109]。他的模样像巫师，我似乎记得，他是个驼背。①他个头不大，穿着宽松的黑衣，头戴小桶一般的可笑的帽子，在讲桌后坐下，甩开衣袖，露出手臂，说道："喂，让我们说说话吧，我的孩子们啊！"

这时候，教室一下子变得暖融融、乐呵呵的，洋溢着难以见到的愉悦气氛。他问过许多同学后，走到我的课桌前，神情严肃地问道："你多少岁了？年龄还这么小吗？小老弟，你可是一个身材高大的男孩呀，是吗？你经常站在雨下，接受上天雨露的滋养，是不是？"

他把一只干瘦的长着很大很尖的指甲的手放在课桌上，用另一只手的手指梳理着稀疏的胡须，和善的眼睛端详着我的脸，提议道："好吧，那你给我讲一段《圣经》中你喜欢的故事吧？"

当我说明我没有这样的书，也没有学这方面的功课时，他正了正高筒僧帽，问道：②"这是怎么一回事？要知道这方面的功课非学不可！或许，你多少记得一些，听过一些吧？记得祈祷诗吗？这就好！还有祈祷文呢？哟，你看！还有圣徒生活记述呢？圣诗呢？那么，你在我心目中可是一个学问渊博的孩子。"

我们那位教神学的神父赶来了，他赶得满脸通红，

名师批注

①此处描写赫里桑夫主教上课的样子，有什么具体的作用？请结合上下文加以分析。

名师批注

②平等的询问、和蔼的沟通，赫里桑夫主教让"我"开始慢慢放下戒备心，也为后文"我"受到他的影响而得以改变的情节做了铺垫。

109 作者注：赫里桑夫主教是有名的三卷本著作《古代世界的宗教》、论文《埃及轮回》的作者，他还有一篇时评《论婚姻和妇女》，我年轻的时候读过他这篇评论文章，它曾给我以强烈的印象。这篇文章的题目我似乎写得不准确，曾在70年代某神学杂志上刊载过。

上气不接下气。主教祝福他，但是，当神父开始谈论我时，他举起一只手，说道："对不起，等一会儿……喂，你就讲讲圣徒阿列克塞的故事吧……"

"多好的诗篇啊，孩子，是不是？"当我忘记了某句诗，背不下去时，他说，"你别的还会背什么？大卫王的故事呢？我很想听听！"

我看见他真的想听——他似乎很喜爱诗，他问了我好久，然后突然打住，急切地提出一个问题："你学过圣诗？谁教你的？是慈祥的外祖父？他很凶？真的吗？你是不是非常淘气呀？"

我感到难为情，但是说——是的。教师和神父一起说了很多话，以证实我的供认，他听他们讲，垂下眼睛，然后叹了一口气，说："这就是老师对你的评语——你听见了吗？喂，走过来点儿！"

他把一只手放在我的头上，那只手有一股檀香的气味，他问道："你干吗这样淘气？"

"读书太烦闷。"

①"烦闷？小兄弟，这就不对了，如果你觉得读书烦闷，你就读不好书，可眼下教师们都证实你学习得不错，这就是说，其中还有别的原因。"他从怀里取出一本小书，在上面题字。

"佩什科夫，阿列克塞，就这样吧。你还是要克制点儿，小兄弟，不要干出这么多淘气的事来！稍微收敛一点儿——这是做得到的。不断淘气是会让大家感到很伤脑筋的，我说的对不对，是那样吗，孩子们？"

许多声音欢快地同声回答说——

"是那样！"

"你们自己可没干出许多淘气的事来吧，是不是？"

"不是，也干了许多！许多！"

主教偏身靠着椅背，将我强拉拢来，讲出一段令人意外的自白，以至于在场的人——甚至包括教师和神父，都笑了起来："说起来也怪，我的小兄弟们，要知道，我在你们这么大的年纪也是一个大淘气鬼！世事怎么会这样荒唐呢，小兄弟们？"

②孩子们哄堂大笑，他不断盘问他们，机智地把他

名师批注

①赫里桑夫主教试图走进"我"的内心，他希望可以改变"我"，这体现了他的善良和高尚。

名师批注

②通过描写孩子们的表现，侧面烘托出赫里桑夫主教的有趣，他渐渐地获得了孩子们的信任，包括"我"的信任。

们的头脑都搞晕了，使他们相互攻击。这加强了欢乐气氛。末了，他站起身，说道：“同你们一起真好，小淘气们，可眼下，我得上车走了！”

他举起一只手，让袖子落向肩膀，用最宽宏的手势对所有的人画了个大十字，祝福道：“以圣父、圣子、圣灵的名义，我祝福你们通过努力取得硕果！别了。”

大家不约而同地喊道：“别了，大主教！祈望圣驾再次光临！”

他晃动着高筒僧帽点头，说道：“我会来的，会再来的！我将给你们带小书来！”

他飘洒地从教室里走出去，吩咐老师说：“让他们放学回家吧！”

他牵着我的手，领我走到前厅，在那儿他向我俯下身来，轻声细语地说：“这样吧，你尽量克制点儿，好不好？要知道我理解你为什么爱淘气！好，别了，小兄弟。”

①我十分激动，某种特别的感情在我胸中沸腾。不仅如此，当时，老师让全班同学都走了后，单独把我留下，对我说今后我应该小心谨慎，循规蹈矩，遵守校规，我专心而乐意地听他讲。

神父一面穿大衣，一面和善地嘟哝着：“今后，我上课时，你应该在课堂里！是的，应该在，但是得守规矩地坐着，是的，得守规矩。”

②我在学校里的状况因我改过自新而缓和下来，可在家中的关系却因一桩见不得人的事故而紧张起来——我偷了母亲的一个卢布。这是一次犯罪，但事先我并没有蓄意要这样做。

有一天，母亲出门到哪儿去了，留下我在家照看仍是婴儿的小弟弟。我感到无聊，就随便找一本继父的书来翻阅——这是大仲马的《医生札记》[110]，我发现书页中夹着两张钞票：一张十卢布，一张一卢布。这本书实在看不懂，我合上书，心中陡然产生了一个念头——用一个卢布不仅可以买一本《使徒行传》，而且，

读书笔记

①请你结合文章说一说，是什么样的感情在“我”胸中沸腾？

名师批注

②大主教是“我”人生中的一位重要的导师，他激发了“我”的兴趣，帮“我”找回了自信和希望，让“我”开始积极地面对学校和老师。

110 法国作家大仲马（1802—1870）的小说《约瑟夫·巴尔萨莫》（1846）俄译本的名字。

一定还可以买一本关于鲁滨孙的书[111]。

那样的书是有的，这件错事发生前不久我在学校里就知道有这本书。那是一个严寒的日子，课间休息时，①我给男孩们讲述童话故事，万不料他们中有一个轻蔑地指出道："这些童话都是胡说八道，早听厌了，可你瞧《鲁滨孙》，这才是真正的好故事呢！"

我找到几个曾经读过《鲁滨孙》一书的小男孩。他们一致夸赞这本书，外祖母的童话故事再也引不起同学们的兴趣，使我心中气不过。当时我就下决心要读《鲁滨孙》这本书，只有读过，才好把关于他的胡说八道讲给男孩们听。

第二天，我带着一本《使徒行传》和两大本破旧的安徒生[112]故事集，还有三俄磅[113]白面包和一俄磅香肠上学来了。我发现，在弗拉基米尔教堂的围墙旁[114]，一个光线很暗的小铺里，有一本《鲁滨孙》，书很薄，黄色的封面，第一页有一帧人像，绘着一个大胡子，头戴尖顶毛皮帽，双肩上披着兽皮——我憎恶这种形象，但这本故事书令人喜爱，甚至封面装潢也很可爱，尽管它显得很破旧。

②在一次长久的课间休息时间，我将面包和香肠取出，和男孩们分享。我们开始在一起阅读奇异的童话《夜莺》，这个故事马上攫获了大家的心。"在中国，所有的居民都叫中国人，而国王也自称中国人。"我记得，这个句子以其质朴、愉悦微笑的音乐感和某种可惊的美好使我快乐而惊诧。

因为时间不够，我没来得及在学校里读完《夜莺》，可当我回到家中时，母亲正站在炉口前小台旁煎鸡蛋，手持煎锅活把[115]，她用奇怪的压抑的声音问我："你拿了一个卢布？"

名师批注

①由此可见，"我"对童话有着热切的情感，这是来自外祖母的影响，也是来自"我"内心对真善美的渴求。

名师批注

②这是"我"难得愉快的学校生活，和同学们一起分享食物、一起阅读，这正是这个年纪该拥有的简单的快乐。

111 指英国小说家笛福（约1660—1731）59岁时写的一举成名的小说《鲁滨孙漂流记》。

112 安徒生（1805—1875），丹麦作家，一生写了168篇童话故事，深受世界各国成年人和儿童们的喜爱，其中《卖火柴的小女孩》《丑小鸭》《皇帝的新衣》《豌豆上的公主》《白雪皇后》等名篇，广为世人所传诵，经久不衰。

113 1俄磅约合409.5克。

114 这教堂坐落在下诺夫哥罗德市奥卡河对面的库纳维拉市镇上。

115 用于拿无把的热煎锅。

“拿了，你瞧——这些书……”

她用煎锅活把认真地敲打我，并取走了安徒生的书，藏在一个我永远找不到的地方，这比受殴打更令我痛苦。

我有好几天没有去上学，在这段时间继父很可能把我这次不平常的举动讲给他的一位同事听，而这个人又告诉了他的孩子们，其中的一个便将此事张扬到学校中去了。于是，当我上学时，迎接我的是一个新的诨名——小偷。①这个称号简短而响亮，但确实有点儿冤枉，因为我并没有隐瞒我拿了一个卢布这件事。我试图进行解释，可谁也不相信我，这时，我离校回了家，对母亲说我再也不上学了。

母亲坐在窗前，她又怀了孕，苍白的脸上有双备受折磨、近乎疯狂的眼睛，她正在喂弟弟萨沙，看着我，张开一张像鱼的嘴说：“你撒谎。”

她的声音很轻：“谁也不知道你拿了一个卢布。”

“真叫人没办法，你去查吧。”

“你自己在闲扯中泄露了这件丑事，喂，你说，是你自己说出去的吗？等着吧，明儿个我自己去打听，究竟是谁把此事张扬到学校里去的！”

我说出了一个学生的名字，②她那张脸愁苦地皱起来，眼泪盈眶。我离开她走到厨房里，躺在自己的床上，那张床架在炉子旁，是几个箱子叠起来的。我躺着，听着母亲在房间里哀号：“我的上帝呀，我的上帝呀……”

湿热油污的抹布的气味太难闻，我躺不住了，便起来走到院子里去，母亲大声喊道：“你上哪儿去？要上哪儿？走到我这儿来！”

然后我们坐在地板上，萨沙躺在母亲的膝盖上，用手抓着他衣服上的纽扣，点着头说道：“扣扣。”（这意味着：纽扣。）

我坐着，倚靠着母亲的一侧，她抱着我说道：“我们是穷人家，在我们家里每一个戈比，每一个戈比……”

③她总是不能把这句话说完，用一只发烫的手拥抱着我。

“这个废物……废物！”她突然吐出这个词，有

名师批注

①关于小偷的传言又使“我”对学校产生了厌恶的情绪，而且这传言是继父传播的，这使“我”更加恼怒。

读书笔记

②为什么母亲会有这样的表现？

名师批注

③贫穷让母亲失去了往日的光彩，她不再是那个敢于追求自由和幸福的热情女子了，开始变得畏缩、不安，这是令人感到极其悲哀的事情。

一次我从她口中听到过这样的怨语。

萨沙学着说："废物！"

①这个男孩很怪——动作笨拙，头很大，他用美丽的蓝眼睛看着周围的一切，沉静地微笑着，仿佛在等待着什么。他说话开始得很早，从来不哭，生活在持续的安静的欢乐状态中。他是弱小的，勉强会爬，一看见我，就十分高兴，要求我抱他，老爱用柔软的微细的手拨揉我的耳朵。不知什么原因，他的手指散发出紫罗兰的香味。他死得很突然，没有生病的迹象，那个早晨，他还是好好的，和往常一样，安静地独自欢乐着，可到了晚上，晚祷前教堂鸣钟的时候，他已经一动不动地躺在桌子上了。这个不幸的事件发生在继父第二个孩子尼古拉诞生后不久。

名师批注

①描写了小弟弟萨沙的天真可爱，他的死让人惋惜。

母亲一番奔忙，把她答应要办的事都办好了。我又被安排在学校里正常学习了，但接着我又被扔到外祖父那里去了。

有一次，在晚上喝茶的时间，我从院子走到厨房里，听见母亲撕心裂肺地喊道："叶甫根尼，我求求你，我求求……"

"蠢话！"继父说。

"但要知道我猜得出——你准备到她那儿去！"

"是吗？"

两人沉默了几秒钟，母亲一面咳嗽，一面说："你是个多么恶毒的废物啊。"

②我听见他在打她，我飞快地冲进房间，看见母亲身子倾倒，跪在地上，用后背和一双胳膊撑在一把椅子上，弯曲着胸脯，头仰向后面，眼睛闪着可怕的光，他却衣饰整洁，穿着制服，用他的长脚踢她，我从桌上抓起一把带有镶银的骨质把柄的刀子——平时用它切面包，这是父亲死后留给母亲的唯一的物品。我手持刀子，使出全身力气刺向继父的肋部。幸好，母亲及时将马克西莫夫推开了，刀子没有刺到其肋部，将制服划开一个大口子，但仅仅划伤了表皮。继父哎哟了一声，急忙从房里逃出去，用手捂住肋部，而母亲则一把抓住我，高高举起，大吼一声，抛向地上。从

名师批注

②描写了母亲悲惨的遭遇，生活的艰辛和被丈夫殴打的不幸，使得母亲痛苦而无助，反映了当时多数家庭的难言之苦。

院子里转回来的继父将我带到一边。

晚上，他终于从家中走了。随后母亲走到我睡的炉子旁，小心翼翼地拥抱我，吻我，哭泣着说："请饶恕我，我有罪！唉，亲爱的，你怎么能这样？居然用刀子……"

①我怀着无限真诚，透彻地理解我正在说的话，我对她说，我要杀死继父，自己也将自刎。我想，我会做出这样的事来的。无论如何，我也要尝试一下。直至今天，我眼前依然出现那只下贱的长脚，沿着那条裤腿的彩色边饰再清楚不过了，我依然看见那只脚在空中挥动着，用脚尖猛踢一个女人的胸部。

每当我回忆起野蛮的俄罗斯日常生活中这些铅一样沉重的卑鄙龌龊的事情，我立刻问自己："这些事情值不值得述说？"接着，我满怀着重新树立起来的信心，回答自己说："值得。"因为这是生命里经历过的卑鄙下流的真实，时至今日，这种真实并没有消失灭绝。这是一种需要彻底认清的真实，以便把它从记忆中，从人的心灵中，从一切我们的沉痛、可耻的生活中连根拔掉。

还有另一个比较积极的原因需要我描述这些卑鄙龌龊的事情——即便这些事情是令人憎恶的，即便这些事压抑着我们，而且不断砸碎许多优美的心灵，置其于死地，②可俄罗斯人发挥灵性，仍然活得如此健康活泼、青春焕发，可以不断克服这些负面的东西，并将战胜它们。

我们的生活之所以令人惊奇，不仅因为其中的形形色色的废物阶层具有很强的繁殖力，并十分肥沃，而且因为穿透这个阶层，依然不断地萌发出明朗的健康的有创造力的新阶层，人固有的善在增强，同时这种善不断地催促我们走向光辉之路，唤起复兴的希望。

我又重新回到了外祖父的身旁。

"怎么样，小淘气？"他用手敲着桌子，迎着我说，"听着，现在我不能供你吃喝了，让外祖母喂养你吧！"

"我会养活他的。"外祖母说，"这样的问题也

名师批注

①面对母亲遭受的毒打，"我"不可能无动于衷，但这次"我"拿起的是刀子，和先前为了维护外祖母而反抗外祖父的方式是不同的，此时"我"的内心充满着极度的愤恨，几近失去理智。

读书笔记

②你如何理解这段话，这段话在全书中有何作用？

亏你想得出！”

“那你就喂养吧！”外祖父喊叫道，但马上平心静气地对我解释说，“我和她已经完全分家了，现在我们压根儿各过各的……”

①外祖母坐在窗下，迅速编织着花边，编花边的小木轴欢快地发出咔嚓咔嚓的响声。浓密布满铜别针的枕头在春天的阳光下好像金色的刺猬，闪闪发光，而外祖母本身，确实和以前一模一样——犹如一尊用铜制作的塑像，永不会改变。外祖父比以前更枯瘦了，满面皱纹，他的红褐色的头发变灰白了，恬静、端庄的举止变成了急躁的瞎忙，一双绿色的眼睛疑惑地瞪着。

②外祖母带着笑容向我述说她和外祖父分割财产的情况——外祖父把所有的瓦罐、砂锅、盘子、碟子，以及一切食具、器皿都给了她，说道：“这是给你的，更多的也不要问我要了！”

然后他从她那儿取走一切旧式服装、老物件、狐皮斗篷式女大衣，将这所有的东西卖了七百卢布，而这笔钱通通交给了自己的犹太教子——一个卖水果的商人，作为生利息之用。他现在斤斤计较，小气得要命，完全丧失了羞耻心。常常到老熟人、以往在手工业管理局里的同事、某些富商那儿告乏，向他们诉苦，说孩子们害得他破产了，向他们乞求一些钱财以纾解他的贫困，他利用人家对他的尊重，从这些故交旧友手中得到了大把钞票。

外祖父将钞票在外祖母鼻子下面挥动，自吹自夸，戏弄她，像戏弄小孩一样说道：“看见了吗，糊涂虫？你连这个数的百分之一也弄不到！”

③他将募集到的钱通通交给自己的新相识去生利息，那是个高个子、秃顶的熟皮匠，住在郊区村镇的人都称他为“鞭笞派教徒”。外祖父还把钱借给这人的姐妹——小铺老板娘，一个身体粗壮、脸孔红润的村妇，生有一双斜眼，眼神疲乏，却像糖浆一样甜蜜。

家里的一切都在严格划分的前提下共同享用，这一天的早餐是外祖母用她的钱购买的食物准备的，下一天则由外祖父购买食物和面包。在他负责供应的日子里，午餐往往很难吃。外祖母买来的是肥美的鲜肉，而他买来的

名师批注

①描写了外祖父和外祖母此时的生活状况，外祖母又做回了花边女工，外祖父失去了往日的活力，这都预示着家境的败落，他们的生活变得越来越困窘。

读书笔记

②为什么生活已经到了如此境地，外祖母依然还是“面带笑容”？

名师批注

③通过描写外祖父把自己仅有的财产都借给其他人，却还在沾沾自喜这件事，表现了外祖父的愚昧自大。

是猪下水，比如肝脏、肺、肚等。茶叶和糖是各人独自保存的，但是在一个茶壶里用开水泡。因此，外祖父往往不安地说道：“别忙，等一下——你放了多少茶叶？”

他将茶壶里的茶叶倒入自己的手掌中，精细地数着它们，说道：“你的茶叶片儿比我的小，这就表明——我应当少放些，我的叶片粗壮，可以泡出更浓的茶。”①他十分关注外祖母倒给自己和倒给他的茶是否为同样的浓度，以及她喝茶的碗数是否等于他喝的碗数。

“喝到最后一碗了，看到了吗？”她在倒完所有的茶前，问道。

外祖父往茶壶内部看一眼，说道：“嘿，真的喝到最后一碗了！”

甚至神像面前的长明灯的油也各买各的，这是半个世纪共同合作供奉神灵之后发生的怪事。

目睹外祖父所有这些古怪做法，我既觉得好笑，又很反感，而外祖母呢，仅仅感到好笑。

“你也别再抱怨了！”她抚慰我说，“唉，这究竟是怎么回事呀？老头儿真老了，于是就一味做荒唐事了。要知道他已八十岁了——难道他能返老还童，仍旧像当年那样精明能干？让他糊涂去吧，结果会害了谁呢？我会挣钱养活自己和你，不用怕！”

②我也开始挣钱。每逢节假日，我就早早起床，手里拿一个口袋，在各家院子和各条街道上转悠，捡拾牛骨、破布、纸张、钉子。一普特破布和纸在收购破烂的人那儿，可卖二十戈比[116]，废旧铁制品也是同样的价钱，一普特骨头可卖十戈比或八戈比不等。

平常的日子里，放学后我也干这样的事情，每逢星期六，我就把五花八门的存货通通卖掉，一般卖得三十戈比或五十戈比，运气好时，还可以卖得更多的钱。

外祖母拿到我交上的钱，匆忙塞进衣裙的口袋里，垂下眼睛，夸赞我几句：“这就该谢谢你了，亲爱的心肝宝贝，我和你不是可以养活自己吗？我们有了不起的赚钱门路！”

③有一次，我偷偷看见，她将我交上的五戈比硬币

116 1 戈比是 1 卢布的 1%。

名师批注

①通过两个人分家后的一系列表现，可以看出外祖父变得越来越吝啬和自私，深深地讽刺了外祖父的丑恶行为。

名师批注

②“我”到外面赚钱，帮助外祖母缓解家庭贫困的现状，体现了“我”的懂事。

名师批注

③通过描写外祖母的动作和神态，表现了外祖母因为“我”可以尽力帮助她而感动，同时也是自责愧疚的眼泪。

放在手心上，打量着这钱，无声地哭泣，一滴浑浊的泪水挂在她那毛孔多得好似泡沫岩的鼻子上。

比捡拾破烂东西更赚钱的项目是在奥卡河沿岸或者彼斯基岛上的木材库房里偷窃木料和薄木板。每逢集市期间，人们在用木板匆忙搭建的售货棚里买卖铁器制品，集市过后人们就拆掉这些售货棚，将那些木杆和薄木板成垛地堆放在一起，一直到春汛以前，这些木料就这样堆放在那儿的彼斯基岛上。

我若是得到一块质量好的薄木板，那些房主或小市民会付给我十戈比。一天之内，我可以拖出两三块这样的玩意儿，但得手也颇不容易，必须在阴雨的恶劣天气才有成功的把握。那时暴风雪和雨水会赶跑那些看守人，迫使他们躲藏起来。

①合伙好干事，一个友好互助的群体自然形成了，成员有——讨饭的莫尔多瓦女人的儿子桑尼卡·维亚希尔，一个可爱、温顺的男孩，总是默默地自得其乐；孤儿科斯特罗马，头发蓬乱竖立、瘦骨嶙峋，天生一双黑色的大眼睛，后来，他三十岁时，自缢在一所少年罪犯教养院里。他之所以落入教养院中，是因为他偷窃了一对鸽子；鞑靼人的孩子哈比，一个十二岁的大力士，心地宽厚而善良；塌鼻子雅兹，坟地看守和掘墓穴人的儿子，一个八岁的男孩，好像鱼儿一样不张口说话，患有“忧郁的虚弱症”；而最年长的是寡妇裁缝的儿子格里什卡·丘尔卡，一个热情，爱使用拳头打抱不平的勇士。这些人都住在同一条街上。

②在半饥半饱的小市民眼里，在城郊的村镇里偷窃不算犯罪，他们对偷盗习以为常，而且几乎是他们谋生的唯一手段。

一个半月的集市养不活整个城市，很多颇有脸面的当家人“靠这条河挣点儿额外收入”——捞取河水冲来的木材和原木，用载重量不大的平底小木船转运到别处卖钱获利。但主要的做法是从各种货船上盗窃物品，总而言之——在伏尔加河和奥卡河上浑水摸鱼，手脚像猴子一样迅速麻利，拿走一切胡乱堆放的东西。每逢节日，大人们夸赞自己的成绩，小孩们恭听着，学着这样做。

名师批注

①“我”的伙伴们都是些家庭贫苦、出身不幸的可怜孩子，这样的孩子们因为相似的苦难走到一起，读起来使人心酸。

名师批注

②在“我”生活的城镇，人们把偷窃作为谋生手段，不以为耻反以为荣，这是多么讽刺的一件事！用戏谑的手法来反映出这种不良风气，展现了当时社会的黑白颠倒。

春天，集市开张前最火爆的日子里[117]，每逢傍晚，郊区村镇的街头巷尾到处都是喝醉了酒的手艺人、马车夫以及各种各样的打工仔，摩肩接踵，川流不息，村镇的孩子们习惯于趁机搜他们的腰包。在大人们眼里，为了谋生糊口，这种不正当的勾当是合法的，他们完全可以胆大妄为。

他们在木匠那儿偷盗工具，在载人的马车夫那儿偷螺丝刀，在载货的马车夫那儿偷车辆转向盘、马车木轴的衬铁——①我们这伙人不屑于做这样的事。有一次，丘尔卡毅然决然地宣称："我不会干偷窃的事，我的奶奶吩咐我不要做。"

"可是我——真害怕做这样的事！"哈比说。

在科斯特罗马的心头，有一种对少年小偷十分嫌恶的感情。他在言谈中，吐出"小偷"这个词的时候特别用力，每次他看见一群不认识的孩子在抢醉汉们的钱，他就驱散他们，如果他能抓住其中的一个男孩子，就会狠狠打这个俘虏一顿。他是个大眼睛的忧郁的男孩，却想象自己是个成年人，他用特殊的步伐走路，左右摇摆，好像一个使用吊钩的装卸工人，他故意用低沉有力的粗鲁的声调说话。②他整个身躯和一举一动，都显露出一种绷得很紧的臆造出来的老大的气势。维亚希尔相信偷盗是一种罪过。

但是从彼斯基岛上拖拉薄木板和木杆姑且不算罪过，我们每一个人都大胆做这样的事，并且我们整出了一整套工作程序，这大大减轻了我们做这事的难度。每到傍晚，当天黑下来时，或者逢上阴雨天，维亚希尔和雅兹两人就先行出发，他们踩着潮湿的冰块，经过河湾到达彼斯基岛[118]。他们大摇大摆地前行，故意引起看守们对自己的注意，而我们四个则分散地偷偷摸摸地越过了这些地段。

看守们发现维亚希尔和雅兹后，只顾追踪他们俩，

名师批注

①这群孩子虽然贫苦，渴望赚钱，但是他们有原则和底线，是充满正义感的孩子，这里赞扬了他们的可贵品质。

读书笔记

②为什么科斯特罗马会做出令人别扭的姿势？

---

117 下诺夫哥罗德的集贸市场一般是6月15日开市，实际上到25日才开张，批发生意做到8月25日，零售生意一直要做到10月10日。

118 奥卡河夏季形成的一种狭小的河湾，只有靠螺旋桨推进的小型船只才能通过，可以直达彼斯基岛的料场。

我们则会合在预先约定的木材堆垛旁，挑选自己中意的猎物，于是，趁那两个跑得快的伙伴戏弄看守们，使他们跟着自己跑的时候，我们就得手且往回走了。我们每人手里都有一根绳索，其尾端系着一个弯成钩状的大钉子，我们用钩子钩住木板或木杆，拖着在雪地上或冰面上行走。看守们几乎从来没有发现过我们——即使发现了也追不上。①卖掉这些东西后，我们便将卖得的钱平均分成六份，每人可得五戈比，有时可得七戈比。

名师批注

①几乎每个人都被生活逼迫，但他们有自己的目标，都在努力赚钱，体现出这些孩子的不易和可爱，也与成人的堕落形成了对比。

靠这些钱可以过日子并且不愁吃穿了，但是维亚希尔有一个酗酒如命的母亲。如果他每天不带给她一什卡利克[119]伏特加酒或半瓶白酒，她就会打他；科斯特罗马把钱存起来，想要进行一次悠闲的打猎；丘尔卡的母亲有病，他要尽可能挣更多的钱；哈比也要存钱，打算坐车到他诞生的城市里去看一看，当年舅舅领着他离开了那个城市，不久舅舅在来到下城的路上不幸落水淹死了。此后，哈比忘记了那座城的名称，他只记得那个城市坐落在卡马河边，离伏尔加河不远。

不知为什么，我们总爱拿这座城来逗乐，我们戏弄这个斜眼的鞑靼孩童，反复唱道：

卡马河有座城紧靠着河边，
可它究竟在哪儿？
连我们自己也不知道。
摸也摸不着，
走也走不到。
卡马河有座城紧靠河边。

读书笔记

②想一想，这群孩童在捉弄鞑靼孩童，但他为什么从一开始的恼怒到自己也开始唱这首歌呢？

一开始哈比很恼怒我们，但是有一次维亚希尔用嘎嘎鸭叫的声音说话了，他这种叫声说明人们给他起“鸭子”这个绰号是对的，他对他说：“你怎么啦？难道你要对伙伴们发怒吗？”

②这个鞑靼孩童感到难为情，他自己也唱起这首关于卡马河边城市的歌儿来了。

③其实，我们更喜欢捡破布和骨头，觉得这比偷窃

名师批注

③描写了伙伴们捡破烂时的情景，反映他们赚钱的不易，“我们”在共同赚钱的过程中结下了深厚的友谊，使孤独的“我”感受到了人与人之间存在的善意与温暖。

119 旧俄容量单位，1 什卡利克约合 0.06 升。

木板更好玩。春季里从事这样的拾荒活动简直趣味盎然。那时，雪消失了，一场新雨之后，僻静的集市里，用青石板铺的街道被雨水冲洗得十分洁净。在集市那边的沟渠里，总是可以收集到许多钉子、铁器碎片，我们捡到钱币、铜和银子也不是稀有的事。但是，为了让那些士兵警卫不驱赶我们、不夺走我们的口袋，我们必须付给他们七戈比硬币，或者花费大把时间哀求他们。总之，我们的钱来得很不容易。但是我们日子过得很融洽，即使有时也会有少许争吵——但我记得我们之间没有过一次打架。

维亚希尔是我们的和事佬。他总是善于及时对我们说出某种独出心裁的话，这几句质朴的话令我们感到惊诧和窘困。他本人说这些话时也带着惊诧的表情。雅兹的种种恶作剧不会让他抱屈，也吓不倒他。他认为一切不好的行为都是不必要的，并且冷静地令人信服地反驳。

“喂，为什么又这样啊？”他问道，我们也明显地觉察到——这种行为是用不着的！

他称呼自己的母亲为“我的莫尔多瓦女人”，这并不使我们觉得好笑。

①“昨天我的莫尔多瓦女人又一次喝得烂醉回到家里。”他兴奋地说着，一双金黄色的圆眼睛炯炯有神，“她啪地推开门，坐在门槛上，唱啊，唱啊，这只母鸡。”

一本正经的丘尔卡问道：“唱些什么呀？”

维亚希尔用一只手掌在膝盖上打拍子，用尖细的声音使他母亲的歌儿再现：

哎哟，敲一下，又敲一下。
年轻的牧人，
他用手杖敲着窗户；
我们急忙跑到街上！
牧人波尔卡
对着晚霞，
吹起牧笛来了，
村庄里的一切都变静寂了。

名师批注

①不管母亲对维亚希尔多么不好，还时常醉酒打他，但维亚希尔还是爱自己的母亲，这体现出孩子对母亲深深的爱，使读者感受到温情和人性中美好的一面。

他熟悉许多这样的激情歌曲，而且十分灵巧地唱出这些歌。

“对了，”他继续说下去，“她就是那样地在门槛上睡熟了，因为不好关门，寒风直往屋内灌，将里屋弄得很冷，我全身冻得打战，差点儿冻僵，把她拖进屋去吧，我力气不够。就在今天早晨，我对她说：‘你干吗要做一个这么可怕的酒鬼呢？’可她说道：‘没有关系，稍稍忍耐一下吧，我真的快死了！’”

①丘尔卡严肃地强调说：“她死期不远了，全身都肿胀起来了。”

“你将会感到惋惜吗？”我问道。

“怎么不会觉得惋惜呢？”维亚希尔惊讶地说，“她在我心里终究是个好人……”

我们大家都知道，这个莫尔多瓦女人常常殴打维亚希尔，即使如此，我们仍相信她是个好人。甚至常有这样的事，在没有收获的日子里，丘尔卡提议说：“让我们一戈比一戈比地凑点儿钱给维亚希尔的母亲买啤酒喝吧，要不然她会打他的。”

在我们这一伙孩童中，会读书认字的只有两个——丘卡尔和我。②维亚希尔十分羡慕我们，常常一面拉扯着自己像老鼠一样的尖耳朵发出低声絮语：“把这个莫尔多瓦女人埋了之后，我也要到学校里去报名读书，我要在教师面前跪下叩头，求他收我为徒。我学好了知识——我就到大主教那儿，求他录用我做园丁，或者直接到沙皇那儿请求为皇家出力！”

春天里，这个莫尔多瓦女人被一处倒塌的木柴垛压伤，同时被压伤的还有一个老头。他是建筑教堂基金的募集人，被压住的还有一瓶伏特加酒。那莫尔多瓦女人被送往医院救治了，神情高傲的丘尔卡对维亚希尔说：“趁早到我家里去住吧，我妈妈会教你识字……”

过了片刻，维亚希尔高仰着头，读商店的招牌：“巴拉凯娜亚（俄语“食品杂货”错误读音）商店。”

丘尔卡纠正他说：“巴卡列伊娜亚（俄语“食品杂货”正确读音），可笑的人。”

名师批注

①丘尔卡善意的提醒体现了他的善良，孩子间的交谈带着成人的思维，这是令人感到无奈的，他们承受着这个年纪不该承受的苦痛，有着过度的成熟。

名师批注

②维亚希尔的话表达了对“我”和丘尔卡的羡慕，以及迫切希望上学的想法，表达了他对知识强烈的渴望。

“我正瞧着，布克沃弗基（俄语“字母”错误读音）突然跳动起来。”

“布科弗基（俄语“字母”正确读音）！”

“它们（字母）在我眼前跳跃——有人念它们，它们就高兴得直跳。”

①他的言行常常令我们捧腹大笑，而他对花草树木的珍惜程度则使我们大家都惊叹不已。

这个城郊村镇的地面由一片沙土延伸而来，植被十分稀少，只有在个别地方，沿着各家庭院，孤零零地生长着一些白柳树和弯曲的接骨木丛，还有些灰色的枯干的草茎怯生生地隐藏在围墙下面。

如果我们之中有谁坐在这些草茎上面，维亚希尔就会生气地唠叨：“喂，你们干吗要压坏青草？坐在旁边的沙土上，不是一样的吗？”

有他在场时，人们在奥卡河岸边折断白柳树的大树枝，或拆下接骨木树的开花的细树枝，或剪去柳树的无树叶的枝条，都会感到难为情——他总是露出惊讶的神色，耸耸肩，两手一摊说：“为什么你们总爱折断树枝，这太不像话了。”

②面对他的无比惊讶，大家都深感惭愧。

逢上阴雨的日子，我们便聚集在雅兹那儿，待在他父亲的墓地看守室里。③他父亲是个骨头弯曲、手臂很长、全身肮脏而衣服破旧的人，在他那狭小的头上、也就是黑脸的上方，长着成绺的头发，他的头令人想起枯干的芜菁，长长的细小的脖子好像花茎。他甜蜜地眯起有点儿发黄的眼睛，喃喃地说：“天哪，可不要让我失眠，嘿嘿！”

我们买了三佐洛特尼的茶叶、八分之一俄磅的糖，还有几块面包，都送给了雅兹的父亲，当然，还必须给他买一什卡利克的伏特加酒，④丘尔卡严厉地呼唤他道：“不中用的乡巴佬，烧好茶炊！”

乡巴佬赔着笑脸，忙着生起白铁皮做的茶炊的火，我们在等待喝茶的时间里，谈论着自己的生财之道，他给我们出了一个好主意：“瞧！后天特鲁索夫

名师批注

①虽然维亚希尔不识字，常常惹人发笑，但他对小草的保护和热爱，体现了这个男孩儿的天真和可爱，刻画了极其丰满的人物形象。

读书笔记

②为什么我们会“深感惭愧”？

名师批注

③雅兹的父亲正是那些贫苦人民的缩影，饱受摧残，在现状中挣扎盘旋，无力改变，最后只能变成一个“奇怪”的人。

读书笔记

④丘尔卡称自己的父亲为“不中用的乡巴佬”，那父亲在他心中的形象是什么呢？

家要举办四十天忌日祭典[120]，会有丰盛的饭食。他们在那儿吃饱，剩下的骨头可是你们的。”

万事灵通的丘尔卡说道：“特鲁索夫家的骨头会被厨娘们捡得一干二净的。”

维亚希尔幻想着，瞧着窗子外面的坟墓出神：“很快我们就可以到森林中去了，唉，你呀！”

①雅兹总是闭着嘴巴，同时用一双忧郁的眼睛仔细打量着大家，他沉默着向我们展示自己的玩具——几个从垃圾堆中翻寻到的用木头做的小士兵、几匹缺腿的玩具马、几张碎铜片、几粒纽扣。

他的父亲将各种各样的茶碗和茶杯摆放在桌子上，端上茶，科斯特罗马端坐着给大家倒茶，而这个为人之父则饮完自己那一什卡利克的伏特加酒，便爬上炉子，从那儿伸出长脖颈，用猫头鹰似的眼睛打量着我们，责怨地说：“呜嘀，你们都该死，简直都不像小孩了，真的变了，是不是？嘿嘿，没成为好人，都是一伙盗贼，上帝可不要让我失眠哟！”

维亚希尔向他声明：“我们压根儿不是贼！”

②“哼，不管怎样，是少年小偷。”

既然雅兹的父亲令我们大家都感到厌烦，丘尔卡免不了要严厉地斥责他：“闭嘴，不中用的乡巴佬！”

每当这个人开口说东道西，数说人家的不幸和灾殃时，我、维亚希尔和丘尔卡就特别反感。他总是念叨着在哪间屋子有病重的人，在自由居民大村庄（自由居民是相对于农奴而言的，这种村庄又称城郊村镇）里某某人快死了等事情。

他津津有味地谈论生活的阴暗面，毫无怜悯之心。他见我们不喜欢听他说话，便故意用言语刺激我们，挑逗我们说：“啊哈，你们害怕了吗，小魔鬼们？人生就是这么一回事呀！离这儿不远就有一个胖大头快死了，呃哈，他的全身会溃烂掉！”

我们大家阻止他说下去，但他仍旧唠叨不已：③“要知道，你们也会死的，在污水坑里翻腾的人活不了

120 旧俄风俗，人死四十天为追悼亡灵的日子，民间称“四十天忌辰”。

读书笔记

①为什么在大家沉浸在讨论的喜悦中时，雅兹会是这样的表现？

名师批注

②此处揭示了丘尔卡为什么会那么没有礼貌地喊他“乡巴佬”，成人以他们自以为是的标准去评价孩子的行为，却从没想过这种不幸是从何而来的。

名师批注

③一语双关。一层含意是指这些捡破烂的孩子每天在臭水坑里寻找财富，以此为生；更深层含意是用污水坑来形容当时的社会环境，指人们在这样的环境下无法长久地生存下去。

很久！”“嘿，即使我们也会死亡，”维亚希尔说，“上天会把我们领到天使那儿去。”

“你们？”雅兹的父亲惊讶得喘不过气来，“这种好运会轮到你们？到天使那儿去？”

他哈哈大笑，重新用言语刺激我们，叙述有关死人的各种各样的令人厌恶的传闻。

但是，有时这个人会忽然开始用一种阴阳怪气的压低的语调说话，提起某种神秘的事情：“你们听吧，孩子们，等一等！是这样吧，前三天人们将一个娘们埋葬了，我知道，关于她的生平故事——为什么这些事会缠上一个娘们呢？”

他经常谈论关于女人的事情，而且总是用十分肮脏的言辞。但是在他的各种故事中也有点儿寻求答案和控诉的意味，一旦他请求我们同他一起来揣度事理，我们就会专心致志地听他讲。他口才笨拙，说话无条理，漫诞不稽，常常用各种提问打断自己的话。然而，从他的各种故事中，留在我的记忆中的仍然有一些不知何故令我内心惊扰的残余部分和片段。

“大家问她：‘谁放的火？’‘我放的火？’‘事情怎么会这样，傻瓜？那天晚上你没有在家，你躺在医院里！’‘我放的火！’她这个人——为什么会如此冥顽不灵呢？哎哟，上帝可不要让我失眠。”

①几乎每一个由他亲手埋葬在这片悲凉荒芜的坟场的郊区小镇居民，他都洞悉其生平历史。只要他打开我们面前的这扇房门，我们便进入这些死者之中，看他们生前是怎样生活的，心头感觉到颇为严酷和深刻的哲理。他似乎可以口若悬河地讲述，一直讲到天明。但只要坟场看守室的窗户变模糊，被暮色遮盖，丘尔卡就会从桌旁起身说：“我要回家了，要不然妈妈会担心害怕的，有谁愿意同我一起走吗？”

大家一齐走了，雅兹一直送我们到栅栏边。他靠在栅栏门上，将一张发黑的瘦削的脸贴在篱笆上，闷声闷气地说：“别了！”

②我们也不约而同地朝他喊道：“别了！”把他一个人留在坟场里，我们总感到过意不去。有一次，科

名师批注

①虽然雅兹的父亲令人讨厌，但从他的讲述中，“我”也了解到了真实的人间社会是怎样的，这为“我”迈入下一个阶段做了铺垫。

名师批注

②在这群伙伴中，雅兹的身世最为可怜，生活也最糟糕，他跟着这样一个“怪人”父亲，住在乱坟场中，不知受了多少折磨，给幼小的心灵留下了多少创伤。

斯特罗马回头看了看，说：“瞧吧，我们明天一觉醒来，也许他已经死了。”

“雅兹过得比我们大家都差。”丘尔卡常常这样说。可维亚希尔总是反驳说：“我们通通过得不差……”

在我的心目中，我们过得并不差。我十分喜爱这种经常在街头活动的自食其力的生活，我也喜欢伙伴们。他们在我心中唤起一种宽宏博爱的感情，我总是想着为他们做点儿什么好事。

①在学校里，我再次陷入困难处境，同学都嘲笑我，称我为叫花子、捡拾破烂的穷光蛋。有一次，在一场争吵之后，他们向老师告状说，我身上散发出污水坑的臭味，谁也不愿和我坐在一排。我记得，这种指控深刻地使我感到受辱，以至于此后我很难背负着这样的罪名上学。这样的控告完全出于恶意，没有任何根据，其实每天早晨我都要十分仔细地将全身洗得干干净净，任何时候都不会穿着那身捡破烂的衣服上学。

但眼看着逆境熬到了头——我终于读完了三年级的课程并考试及格，而且获得了奖赏。奖品包括一本福音书、一本有硬书皮的克雷洛夫寓言集，还有一本没有硬书皮，但书名难懂的小书《法达·莫尔加那》[121]，学校还发给我一张褒奖的证书。当我带着这些奖品回家时，外祖父莫名高兴。他深受感动，宣布说，这些东西都应当好好珍藏，②而且他不准我将书放入我私人的小箱子里。

③外祖母卧病在床已经好多天了，她身无分文。外祖父唉声叹气尖声说道：“你们白吃白喝，花掉我许多钱，你们会啃光我的一切，敲骨吸髓，唉，你们哪！”

我将这些书拿到一家小铺里，换了五十五戈比，将钱交给了外祖母。而我在那张奖状上写了一些胡言乱语[122]，损坏了它，当时也将它交给了外祖父。他珍惜地藏

名师批注

①同学们的嘲笑和厌恶强烈伤害了“我”的自尊心，通过“我”的反应可以看出“我”是一个自尊心极强的孩子。

读书笔记

②为什么外祖父不准“我”将书放入“我”的小箱子里？

名师批注

③外祖母生病卧床，外祖父却不肯为她出钱看病，由此可以看出外祖父的冷酷无情、自私吝啬，也表现了“我”对外祖母深切的担忧与同情。

121 据辞书称，“法达·莫尔加那”至少有两个意思：一是指地中海墨西拿海峡等地可见到的一种变幻多端的蜃景；二是指传说故事中亚瑟的同胞姊妹。

122 1877 年秋天，高尔基在库纳维拉镇开始上小学一年级，1879 年升入三年级后，因学习成绩优秀而受到表彰，得了奖状，还奖给了书。如今奖状还存放在高尔基博物馆内，奖状上的确有高尔基的字迹，他将“品行端正”四个字改成了“调皮捣蛋”，在姓名“阿廖沙·佩什科夫”后面加上了“围巾帽”三个字。

起了这张奖状，没有展开它，因而没有发现我的鬼把戏。

摆脱了学校后，我重新过起了街头生活，此时情势更妙——春天来了，万象更新，我们的收入很不错。每逢星期天，我们全体同伴都会约好早起，前往野外一处松树林中游玩。结束后回到村镇已是夜晚，我们既愉快，又疲倦，相互间更融洽了。

①但是这种生活延续没多久——继父被解雇了，他再次前往某地，踪影全无。母亲带着小弟弟尼古拉搬到外祖父这儿居住，于是我身上增加了一份小保姆的职责，这是因为外祖母进城去了，她住在一个富商家里，给这家人绣一种覆盖物——绘有基督棺中遗体像的方布[123]。

内心隐忍、面容憔悴的母亲勉强挪动着双脚，用可怕的眼睛看着一切。小弟弟是个病弱的婴孩，全身长满瘰疬，双脚踝部溃疡。他是如此弱不禁风，以至于连大声哭喊也不能。如果饥饿了，也仅仅会颤抖着呻吟，吃饱了就打瞌睡，在半睡状态中，他颇为奇怪地吁着长气，静静地打呼噜，仿佛一只小猫。

外祖父认真地打量着他，说道：②“本应当好好地喂他，可是我无法弄到这么多食物供养你们大家。”

母亲坐在床铺的角落里，出一口长气，声音嘶哑地说：“他不会吃很多……”

“这个吃不多，那个也吃不多，加在一起就多了。”他摆了一下手，转身向我说，“要让尼古拉自由自在，让他晒太阳，玩沙子……”

我用一只口袋装来一些纯净的干燥的沙子，将其堆在窗下太阳晒得到的地方。我按照外祖父的意思，用沙子埋住弟弟直到脖颈。这个小不点儿喜欢坐在沙子上。③他甜美地眯起眼睛，用他那不寻常的双眸照射着我——他的小眼睛没有眼白，只有一双蓝色的瞳孔，被明亮的环状物包围着。

我很快对小弟弟产生了亲密的依恋之情，我感到他完全懂得我的每一个念头。我和他一同躺在窗下的沙子上面，耳边慢慢传来外祖父在某处发出的吱吱呀

名师批注

①简单交代了家庭成员中的现状，每个人过得都不顺遂，这些都为家庭悲惨的结局埋下了伏笔。

读书笔记

②外祖父为什么会变得如此斤斤计较？

名师批注

③小弟弟单纯而美好的眼神也许是“我”困苦生活中唯一的光亮，所以“我”无比珍视这份情感，也为下文“我”渐渐和小弟弟产生依恋之情做了铺垫。

123 织物上面绣着耶稣基督的像，覆盖在棺材里的圣体上。每年在受难周的礼拜五，将它从教堂里请出来，供信徒们拜谒。

呀的嗓音：[1]“死亡——不用花多大心思就可得到，可眼下你要学会继续活下去！”

母亲不停地咳嗽着。

小男孩从沙中抽出双手，朝我伸过来，一面摇晃着白色的小脑袋，他的头发很稀疏，显得有些斑白，而小脸蛋呈衰颓之相，但显露出聪明。如果有一只母鸡或一只小猫朝我们走过来，科利亚[124]会长久地观察着它们，然后看看我，露出勉勉强强的笑容——这个笑容真令我惶恐不安，小弟弟会不会敏感地认为，和他在一起我觉得很单调，我很想到街上去逛，抛下他不管呢？

院子很小、狭窄，杂草丛生，离开院门，路旁绵延着毛板盖成的板棚屋、放柴火的棚子和盛酒的地窖，然后拐个弯，尽头是一处澡堂。这些棚屋的屋顶堆满了小船的碎片，成块的木料、板材，潮湿的细劈柴，所有这些东西都是小市民们趁奥卡河解冻和春汛从河中捞上来的。而且，整个院子都胡乱堆满了各式各样的木料，十分难看，这些木料都久经水浸，在阳光下发霉，散发出腐烂的气味。

[2]院子的旁边有一个小牲畜的屠宰场。几乎每天早晨，那儿都会传来小牛的哞哞叫声和公绵羊的咩咩叫声，这是被宰杀前的惨叫。流血的气味是如此浓厚，以至于我有时感到这种气味形成了一张透明的血红色的网，在满是尘土的空气中来回晃动。每当被宰杀的动物遭到斧头的猛击（用斧背在两角之间猛然一击）而发出哞哞的哀叫时——科利亚都会稍微眯缝起眼睛，鼓起嘴巴，看样子，他也想重复这种叫声，但仅仅吹出一口气：“呼呼……”

中午时分，外祖父从窗口探出头来，呼唤道：“吃中饭了！”

因外祖母不在，他会亲自给这个小孩子喂食，将小孩子放在自己的膝盖上。他将马铃薯和面包放在自己口中嚼碎，然后用一根弯曲变形的手指将吐出来的食物塞入科利亚的小嘴里。因而弄脏了小孩细嫩的嘴唇和尖下巴。喂了不多的食物后，外祖父稍稍提起男

名师批注

①外祖父是将死之人，他对生活已经不抱任何希望了。但他在还没到真正死去的时候，又不得不挣扎着活下去，这种复杂的情绪让他活得既斤斤计较又可悲。

名师批注

②此处描写周边的环境，用屠宰场的血腥和暴力营造了恐怖压抑的可怕氛围，也展现了“我”此时的处境。

124 科利亚是“我”弟弟尼古拉的小名。

孩的小衬衫，用一根手指扎他鼓鼓的小肚子，掂量着，大声说：“够不够？或者再喂一点儿？”

从靠门的黑暗的角落里传来母亲的声音：①“你没看见吗？他伸手要面包！”

“孩子太笨了！他不知道自己应该吃多少。”于是，他又将一些吐出来的食料塞进科利亚的嘴里。看着这种喂食的场面，我觉得心中羞愧，达到了痛苦的程度，我的喉咙下面仿佛被什么东西堵住了，直犯恶心。

“喏，好了！”外祖父终于说道，“喂，抱到他母亲那儿去吧。”

我接过科利亚，他呻吟着，手伸向餐桌。②母亲见我来了，略微起身，口中发出嘶哑声，伸出一双枯瘦到没有一点儿肉的手，这双手长而细，犹如带着断枝的云杉。

她完全说不出话来了，偶尔用滚烫的喉咙吐出一两个词。她整天默默地躺在屋角等待死亡，她在死去这个事实我当然感觉得到，心中也明白，况且这时外祖父特别频繁地、令人厌烦地谈论死亡。

母亲死在八月，一个星期天，近正午时分。

那时，继父刚刚从外面流浪归来，在某处重新找到一份职业，并在火车站附近租了一处尚且整洁的套间，外祖母带着科利亚已经迁到他那里居住，过几天，母亲也会迁往那儿。

她死的那天早晨，轻声和我说话，但使用的是比往常更清晰和轻快的声音：“你到叶甫根尼·瓦西里耶维奇那儿去，对他说，请他过来。”她在床上稍微起身，用一只手扶住墙壁，坐起来，添上一句：“快去！”

③我感到她脸上带着微笑，她的双眼里有某种新的神采在闪烁。

我走到继父住处，他正在做日祷，不能马上去母亲那儿，而外祖母不知母亲请求的迫切程度，打发我到一个看守岗棚的犹太女人那儿买烟丝。那儿没有切好的烟丝，我不得不在那儿久等，直到看守岗棚的女人切好烟丝，我才拿去给外祖母。

这段时间里，预感死亡临近的母亲在那儿等待亲

读书笔记

①你如何理解外祖父和母亲的这段对话？

名师批注

②母亲越来越虚弱，暗示了她将死去的结局。从当初那个光彩夺目的年轻女人成为此时与病榻缠绵的妇女，可想而知，这个残暴的家庭和社会对人的摧残有多么可怕。

读书笔记

③为什么母亲死前变得如此神采奕奕？

人来相见，一定十分焦急。

当我回到外祖父住处时，母亲已坐在桌旁。①她穿着一身十分干净的雪青色衣服，头发像早先那样梳得很漂亮，神色像往日那样傲慢。后来我醒悟到，她如此打扮，是为了要死得体面一些。

“你好一些了吗？”我问道，不知什么缘故，这时我心中很害怕。后来我才理解她此刻的心境，她在死前急盼亲人在场，可是等了好久，仍旧只有我一个人回来，这岂不令她发怒呢？

她十分可怕地看着我，说道：②“过来！你到哪儿闲逛去了？”

我来不及回答，她已经一手抓住了我的头发，另一只手拿起一把用锯子改作的长长的柔韧的刀，宽面朝下，用劲在我身上打了几下，结果刀从她手中掉落下来。

“拾起来给我……”

我拾起刀，扔到桌子上面，母亲推开我，我坐在炉子的小台阶上，惊恐地观察她。她从椅子上起身，缓慢地朝自己的角落移动，她躺在床上，用一方手帕擦着出汗的脸。她那只手摇摇晃晃地举起来，两次挨着脸孔又落到枕头上，好不容易用手帕擦了一下脸。

“给我水……”

③我用一只茶碗从水桶里舀了点儿水，她很困难地微微抬起头，喝了一口水，用一只冰冷的手推开我的手，费劲地缓了一口气，然后抬眼看了一下角落里的圣像，又转过眼睛看着我，嘴唇微动，仿佛在微笑，两眼的长长的睫毛缓缓地落了下来。她的一双胳臂肘紧紧地贴住身侧，而手指微微动着，爬上了胸脯，向喉咙挪动，阴影慢慢浮现在她的脸上，深入到脸庞的内部，使黄色的皮肤绷紧，鼻子显得更尖了，嘴巴令人惊异地张开，但是听不见呼吸的声音。

我拿着茶碗，一动不动地长久地站在母亲的床前，目睹她的脸渐渐凝固不动，变成死灰色。

外祖父走了过来，我对他说：“母亲死了。”[125]

名师批注

①母亲死前的这一番梳洗打扮，只是为了要走得体面一些，这样一个一生爱美的人最终被活生生逼死，令人唏嘘扼腕。

名师批注

②母亲死前仍虚弱地斥责“我”，这体现了她对“我”的关心，而这种担忧也即将失去了，对幼小的“我”来说是无比残酷的。

名师批注

③详细地描写了母亲死时的情景，表现了她的不幸。她的生命一点点地在“我”的眼前流逝。对母亲的死状描写得越细致，越体现了“我”内心的悲痛。

---

125 高尔基的母亲是 1879 年 8 月 5 日因肺病去世的，年仅三十五岁。安葬在郊外一露天墓地，即现在的高尔基儿童公园。

①他看了床铺一眼："你干吗要胡说八道呢？"

他走到炉子那儿，取出一个大馅饼，弄得炉门盖和铁锅震耳欲聋地响。我看着他，心里明白母亲确实死了，等着外祖父领悟到这个事实。

继父来了，他身穿帆布夹克，头戴宽边制帽，他悄悄地取了一把椅子，放在母亲床前，突然，他将椅子推倒在地，喊了起来，声音像铜管乐器那样大："她竟死了，你们来看！"

②外祖父把眼睛瞪得溜圆，舌头仿佛僵硬了，一句话也说不出来，他从炉子那边走回来，手中还拿着炉盖，步履踉跄，好儿次绊着，差点儿跌倒，好像一个盲人。

当人们往母亲的棺木上撒干沙子时，外祖母好像盲人一样，走到坟墓中间的什么地方去了，她撞在一个十字架上，撞破了脸。雅兹的父亲领着她到坟场看守室里，在她洗脸的当儿，他轻言细语地用好话安慰说："哎，你哟，上帝可不要让我失眠，你这是因为什么，呃？人生就是这样，世事就是这样的。我据实说，外祖母？不论穷富贵贱，条条道路通向坟墓——是不是，外祖母？"

他看了一眼窗子，突然急步跑到看守室外面去了，但是马上偕同维亚希尔回来了，维亚希尔容光焕发，喜气洋洋。

③"你看看吧，"雅兹的父亲说着，递给我一个折断了的马刺[126]，"你看，多么好玩的东西呀！你看，小轮子，好玩吗？这种玩意儿别人没有，准是别人佩着，然后丢失的。我想从维亚希尔手中买下这件玩具，我出二戈比铜币。"

"你干吗要说谎！"维亚希尔轻轻地但生气地说。而雅兹的父亲跳到我的面前，一面向他使眼色，一面说："这个维亚希尔，是吗？少年老成，严谨得很！嗯——不是我，是他把这个送给你，他……"

外祖母洗净了脸，用一块手帕包裹着肿起的变蓝的脸，她呼唤我回家，我拒绝了。

我知道，在那儿为追悼母亲而设的酬客宴上，大家

名师批注

①尽管外祖父粗劣残暴，自私不近人情，但是他对女儿仍怀有父爱，因此不愿意接受女儿已经死去的事实。

名师批注

②通过外祖父的动作，表现了他对女儿死去的不舍。纵使在"我"母亲活着的时候，外祖父表现出了一个父亲的固执、霸道，但他对于孩子的爱依旧存在。

名师批注

③伙伴们试图用自己的方式纾解"我"的悲痛，让"我"感受到了一丝丝宽慰，在"我"痛苦的时候，至少还有一群贴心的小伙伴陪伴着"我"。

126 是一个钢制的呈拱形的东西，形状像鞋后跟，其末端有一个小轮子。人们将它固定在骑手和服兵役的人的靴子上，以赶马快走。

会痛饮伏特加酒，并且一定会吵架。还在教堂里的时候，米哈伊尔舅舅心怀伤感，对雅科夫说：“今天要多饮几杯，是不是？”

维亚希尔搜尽枯肠想出各种玩笑话令我发笑——他将马刺挂在边上，伸出舌头，驱动马刺的星形轮，而雅兹的父亲在旁边故意哈哈大笑，喊道：“看，你看，他竟做成了这种花样！”但是他看出来，所有这些花样都不能使我感到愉悦，于是他严肃地说：“嗯，伤心事就随它去吧，头脑清醒过来吧。所有的人都得死，甚至唱歌的小鸟也在不断死去。眼下我有一个主意，我要给你母亲的新坟铺上草皮——这该遂了你的心意了吧？说干就干，我们马上到田野里铲草皮去——你，维亚希尔，我，还有萨恩卡和我们同去，铲好草皮，就可修建起一座新坟——没有比这更好的事了！”

这件事倒令我高兴，于是我们一同前往田野。

母亲出葬后的几天，外祖父对我说：“喂，列克塞，你呀，挂在我的脖子上，却不是一个奖章，不能给我增添光彩，我这儿没有你的容身之地，你到世俗人们中间去混生活吧。”

①于是，我就到世俗人们中间混生活去了[127]。

名师批注

①本书至此作结，读完本书我们了解了阿廖沙童年的悲伤和欢乐，他带着童年的回忆和对未来的向往，走到了下一个阶段——人间去了。

名师赏析

败落的家庭处境，使每个人都陷入了困顿之中。我们试图挣扎，试图摆脱，但依然无法改变现状，最终只能苟延残喘，甚至付出生命。在充满着嘈杂、争吵的家庭里，悲剧一次次上演，人性的扭曲一点点展现，而这就是时代的缩影。这是色调灰暗的一章，也是故事必然的结局。“我”带着童年的苦痛与欢乐，要开启新的阶段了，人间里，又会有怎样的狰狞呢？

127 这句话以往的译本按字面直译，译为“到人间去”，或“在人间”，没有完整表达原文的含意，且含意不合逻辑。试想，主人在降生那天起就已来到了人间，怎么活了十多岁，又一次来到人间呢？难道有两个“人间”吗？所以这里改译成“到世俗人们中间混生活”，更符合原意。

积累与运用

·好词·

攫获 窘困 陨落 嘟囔 颠簸 萎靡不振 循规蹈矩 低声絮语

慢条斯理 沁人肺腑 悄声细语 日暮途穷 心潮起伏

·佳句·

◆ 我坐在一个石墩上，看着两辆马车一颠一颠地往远处驶去，眼看着它们转过弯去，消失了。此时此刻，我心里仿佛有什么东西一下子严严地合上，紧紧地关闭了。

◆ 动作笨拙，头很大，他用美丽的蓝眼睛看着周围的一切，沉静地微笑着，仿佛在等待着什么，他说话开始得很早，从来不哭，生活在持续的安静的欢乐状态中。

◆ 他甜美地眯起眼睛，用他那不寻常的双眸照射着我——他的小眼睛没有眼白，只有一双蓝色的瞳孔，被明亮的环状物包围着。

·美文仿写·

这是外祖父和“我”在修整园子的场景，祖孙二人之间是难得的默契与平和，这样的画面令人记忆深刻。你是否也有过这样的经历？请仿照文段试着写一写。

从早到晚，我和外祖父一直默默地在花园里忙活。他平整畦土，绑扎马林果，清除苹果树上的苔藓，捻死小毛虫，而我却一直在营造和装饰我那个小窝。外祖父把烧焦了的那一段木头砍去，在地上插了几根木棍，我把鸟笼分别挂在上面。我用干草编成草帘子，盖在长凳上遮挡阳光和露水——把我这儿收拾得舒舒服服，停停当当。

第七章 检测卷

（共 20 分）

一、填空题。（每空 1 分，共 10 分）

1 母亲婚后经常受到 ________________ 的毒打和辱骂；继父变成穷光蛋的真实原因是 ____________。后来，他因为 ____________ 而被工厂开除。

2 “我”在学校过得并不快乐，同学们叫“我” ______，是 ____________ 改变了“我”对学校的态度。

3 “我”偷了继父的钞票后，购买了 ____________ 和两大本破旧的安徒生故事集，还有三俄磅白面包和一俄磅香肠。但 ________ 把“我”偷钱的事情讲出去，后通过他人之口将这件事传到了学校，受到嘲笑的“我”再也不想去上学了。

4 外祖父与外祖母分家后愈加吝啬，他靠 __________ 维持生计；而外祖母又做起了 ____________ 的工作以谋生。

5 “我”的母亲总共生了 ______ 个孩子。

二、简答题。（每题 5 分，共 10 分）

1 “我”的母亲有什么性格特点？

2 本章中，“我”经历了哪些事情？

参考答案

一、填空题

1 继父叶甫根尼·瓦西里耶维奇；赌博输光了财产；高价售卖食物券。

2 “红方块”；赫里桑夫主教。

3 《使徒行传》；继父。

4 放高利贷；编织花边。

5 四。

二、简答题

1 “我”的母亲是一个个性很强的人，她勇敢正直、天真倔强，智慧与美貌并存，为了爱情奋不顾身，勇敢地追求自己向往的生活。但她的命运也是一个悲剧，自从“我”的父亲马克西姆死后，她便失去了生活的重心，尽管用美貌吸引着众多军官伯爵，最终却嫁给了赌徒叶甫根尼。她在落魄潦倒中撒手人寰，在她身上体现出了那个时代女性的悲剧色彩。

2 （1）“我”在母亲走后，和外祖父及外祖母过上了短暂的宁静生活；

（2）“我”在母亲回来后，随他们一起到索尔莫沃生活，经历了厌学、偷钱等事情；

（3）“我”又回到了外祖父身边，生活变得窘迫，“我”开始想办法赚钱；

（4）“我”和小伙伴们通过捡破烂建立了深厚的友谊，也看到了社会更多的黑暗面；

（5）“我”的母亲去世，外祖父和外祖母日益苍老，“我”要到世俗人们中间混生活去了。

核心考点专练

看名家

高尔基（1868—1936），苏联著名作家、诗人、政论家，无产阶级革命文学导师，苏联文学的创始人之一，享誉世界，列宁称他为“无产阶级艺术最杰出的代表”。其代表作有小说《母亲》，自传体三部曲《童年》《在人间》《我的大学》以及散文诗《海燕》等。

写作背景

1905 年以后，高尔基几度出国，去意大利定居。他在热烈欢呼 1917 年二月革命的同时，却又对此后的十月革命表示难以理解、难以接受。在这无产阶级革命风起云涌的年代，通过反思，作家重又把无产阶级革命与文化主题融入自己的创作之中，写出自传体三部曲《童年》

《在人间》《我的大学》等系列作品。

《在人间》是高尔基自传体小说三部曲的第二部，第一部是1913年发表的《童年》，1916年《在人间》问世。

写作特色

《在人间》浓缩积淀了一个旧社会少年的生活史，蕴含了俄国工业资本主义成长引起的小资产阶级手工业的瓦解过程。阿廖沙外祖父卡希林一家的破产，就是俄国十九世纪七八十年代的真实生活写照。小说在表现主人公生活经历的同时，描述了沙俄统治下普通人群的困苦生活和他们的苦闷情绪，书中真实地再现了下层人民生活的严峻与阴暗，具有全人类的教育意义。

《在人间》是一本不同的小说，它不是描写贵族舞会似的生活，而是一本贫民贴心的读物。《在人间》中阿廖沙的爱心、抗争、探索、选择及建设性的人生态度，体现着作者宽广的精神世界。这对身处现代和后现代文化语境中生存的人们具有十分重要的精神价值。

读后感

暑假期间，我认真地阅读了高尔基自传体三部曲的第二部——《在人间》。书中描写了主人公阿廖沙因外祖父的破产而被迫外出打工挣钱的曲折经历。他曾在鞋店、轮船等许多地方做学徒，不得不忍受老板的剥削和有钱人家的斥骂。阿廖沙在被压迫的过程中逐渐变得坚强、勇敢、正直、充满爱心。

屠格涅夫说：“你想要获得幸福吗，那先学会吃苦。”《在人间》里面刻画了许多有血有肉的人物：聪明善良的外祖母、爱好读书的船上厨师斯穆雷、泼辣能干的洗衣妇、冰清玉洁的“玛尔戈王后”等。书中不但描写了生活在最底层的劳动人民的痛苦生活和悲惨命运，还展现了小市民自私、保守、贪婪和庸俗的一面。阿廖沙在这种环境下生活，却没有被污染，而是用坚持保留了一片净土，他爱上了读书，并走上求学之路。阿廖沙一直在坚持，这使他虽然过得苦不堪言但从没想过放弃，使他厌恶身边的丑陋和粗俗的同时仍努力向往美好生活。阿廖沙热爱看书，虽然有不少人百般阻挠他读书，但是阿廖沙还是暗地里偷偷地读，享受着书带给他的欢乐，即使是被打，或是被赶出去，被鄙视被骂，他也没有放弃过，还是一如既往地坚持自己的爱好。相对而言，我并没有这么爱看书，尽管处于这个新时代，但有时间我宁愿去看看电视、玩玩电脑，而不是感受书香。而处于那个时代的阿廖沙，明明比我贫穷百倍，比我累千倍，空闲的时间比我少万倍，他读的书却比我要多百倍，想到这，我深感惭愧。

透过阿廖沙的童年，我好像看到了高尔基的童年。高尔基出身贫苦，幼年丧父，仅十一岁就为生计在社会上奔波，当过装卸工、面包坊工人，贫民窟和码头是他的“社会”大学的课堂。他与劳动人民同呼吸共命运，亲身经历了资本主义的残酷剥削与压迫，因此影响了他的思想和创作发展。在饥寒交迫的生活中，高尔基通过顽强自学，掌握了文学、哲学和自然科学等方面的知识。和高尔基相比，我们的童年生活是丰富多彩、幸福又充满自由的。我们拥有父母的呵护、老师的关怀、同学的友爱，因此我们的童年生活往往令人难忘。

高尔基告诉我们，只有勇往直前，才会收获成功的喜悦。人生不可能一帆风顺，既有平原也有低谷。学习上没有常胜将军，我们只要有足够的拼劲，在逆境中能够坦然地面对困难，才会离成功越来越近！我佩服高尔基的毅力和恒心，在如此艰苦的条件下仍手不释卷，不理会别人的反对而做自己认为对的事。高尔基是多么伟大呀！他身边的人都反对他看书、学习，但是，他凭借对书籍的热爱，认真读书，从没放弃过。功夫不负有心人，高尔基终于成为一名举世闻名的优秀作家。

想想现在的我们，有一个让我们学习的好环境，却不认认真真地学习，有的同学甚至还浪费学习的宝贵时间，沉迷网络，真是令人担忧。

高尔基说的没错，书籍确实是人类进步的阶梯，它带领我们进入了一个奇幻的世界，在那儿，我们可以丢掉所有的烦恼和不愉快，享受书籍带给我们的乐趣与无限的遐想。在高尔基生活的年代，一个穷苦孩子尚能孜孜不倦、承受压力，成为一个完整的人，如今的我们，更不能因为一点小挫折、小困难就退却，我们应愈挫愈勇，成为一个让自己满意的人。

一小时刷完这些题

一、填空题。

1. 高尔基自传体三部曲是：____________、____________、____________。

2. 书中描述的是主人公________之间的经历，这正是一个少年成长的年龄段。

3. 阿廖沙被迫外出工作是因为____________。

4. 在外婆的妹妹家做工时，________对阿廖沙很和善。

5. 在“善良号”轮船上，厨师________经常让阿廖沙读书给他听。

6. 从“善良号”轮船回到外祖母家，阿廖沙决定以________谋生。

7. 当阿廖沙离开“善良号”时，是________送给他一个绿花烟荷包。

8. 阿廖沙把从________________那儿借来的书藏在阁楼，并用一件干净的衬衣和一张纸包好。

9. 阿廖沙从“玛尔戈王后”那儿得到的一本精装的山羊皮子的小书是________的诗集。

10. 在圣像作坊里，只有________愿意教阿廖沙学技术，他在作坊里地位举足轻重。

11. 在读书方面，对阿廖沙影响最大的是________。

12. 阿廖沙送给斯穆雷的礼物是一本名叫____________________的故事书。

13. 圣灵降临节那天，洗衣女工纳塔利娅不顾新衣服被弄脏，挽救了被________打昏的西多罗夫。

14. 在阿廖沙的________那一天，作坊里的人赠送给他一幅小巧精致的圣徒阿列克谢的画像，日哈列夫说了很长一段话，语重心长，让阿廖沙终生难忘。

二、选择题。

1. 阿廖沙是《在人间》的主人公，他是个（　　）的人，也是一个善于观察和非常敏感的孩子。

A. 坚强、勇敢、正直、有爱心

B. 冷酷无情

C. 贪婪、专横

D. 调皮、吝啬

2.《在人间》是高尔基自传体小说三部曲中的第二部。小说描述的是主人公阿廖沙（　　）的生活。

A.1868 年到 1870 年

B.1871 年到 1884 年

C.1888 年到 1890 年

D. 一生

3. 司炉工雅科夫最后因为（　　）离开了轮船。

A. 偷东西被驱逐

B. 跟着一个胖男人去了很远的地方

C. 想读更多的书

D. 厌恶船上的工作

4. 圣像作坊里的画脸匠（　　）喜欢唱歌，但总是会用一种特别的、只有自己才懂的调子歌唱，妨碍了大家的合唱。

A. 日哈列夫

B. 雅科夫

C. 冈察洛夫

D. 西塔诺夫

5. 阿廖沙和柳德米拉经常躲在（　　）看书。

A. 外祖母家

B. 澡堂室的脱衣间

C. 垃圾堆旁

D. 仓库里

6. 在去鞋店当学徒之前，阿廖沙是以（　　）为生。

A. 打鱼

B. 捡破烂

C. 和外祖父做生意

D. 种地

7. “真是一个贵族。他煞有介事地说，一定要把桌上的面包渣清理干净，因为苍蝇都是从面包渣里滋生的。”这句话中的“他”是谁？（　）

A. 继父。

B. 阿廖沙。

C. 外祖父。

D. 雅科夫舅舅。

8. 裁缝的妻子是一个（　）的人。

A. 爱慕虚荣

B. 自私自利

C. 酷爱读书

D. 好吃懒做

9. 下列说法正确的是（　　）

A. 阿廖沙不喜欢普希金的作品。

B. “玛尔戈王后”的女儿是一个很招人喜欢的小姑娘。

C. 捕鸟给阿廖沙带来了巨大的经济利益。

D. 阿廖沙的舅舅雅科夫因患病而辞去了羁押监犯的工作。

10. 主人对阿廖沙继父关心的原因是（　　）

A. 是亲戚关系。

B. 同情他的遭遇。

C. 怕别人笑话。

D. 能为主人挣钱。

11. 下列说法错误的是（　　）

A. “玛尔戈王后” 在阿廖沙的心目中有着非常高的地位。

B. 院子里的军官们对裁缝的妻子心存非分之想。

C. 阿廖沙憎恨自己的继父，在他临终前也没能原谅他。

D. 阿廖沙要离开圣像作坊，学徒帕维尔是最不舍得他的。

12. 下列说法正确的是（　）

A. 谢尔盖是一个非常善良的人。

B. 阿廖沙被“善良号”辞退是因为偷盗。

C. 外祖母的妹妹是个暴躁无礼的老太婆，经常虐待阿廖沙。

D. 厨娘是被萨沙害死的。

三、简答题。

1. 阿廖沙和萨沙是什么关系？为什么萨沙总是欺负阿廖沙？

2. 萨沙的“魔法”究竟是什么？

3. 主人的母亲为什么要阻止阿廖沙学习绘图?

4. 你最喜欢小说中的哪个人物?请说一说原因。

5. 阿廖沙为什么会喜欢普希金的诗呢?

6. 简要分析外祖母的性格特点。

参考答案

一、填空题

1.《童年》；《在人间》；《我的大学》。

2. 十岁到十六岁。

3. 外祖父破产。

4. 瓦西里。

5. 斯穆雷。

6. 捕鸟。

7. 斯穆雷。

8. 裁缝师傅的妻子。

9. 普希金。

10. 日哈列夫。

11. 玛尔戈王后。

12.《一个士兵拯救彼得大帝的传说》。

13. 叶尔莫欣。

14. 命名日。

二、选择题

1.A　2.B　3.B　4.A　5.B　6.B

7.A　8.C　9.D　10.D　11.C　12.C

三、简答题

1. 萨沙是阿廖沙的舅舅雅科夫的儿子，是他的表哥。萨沙从小就看不起阿廖沙，性格中的高傲更让他不近人情。

2. 萨沙根本就不会魔法，他只是在吓唬阿廖沙，搞一些恶作剧而已，例如在阿廖沙脸上抹煤灰、在鞋子里放上大头针。

3. 主人的母亲是阿廖沙外祖母的妹妹，本是亲戚，但这个老太婆生性狭隘，充满妒忌。他的大儿子没有将他的本领传给自己的弟弟，这让她很不高兴。当她看到阿廖沙学习绘图的时候，由于嫉恨，她极力破坏。

4. 厨师斯穆雷真诚热情，光明磊落，尽自己最大的努力给阿廖沙创造读书的机会；裁缝的妻子温柔善良，酷爱读书，她理解阿廖沙，关心阿廖沙，她的书让阿廖

沙开阔了眼界；美丽高贵的“玛尔戈王后”给了阿廖沙无微不至的帮助，她的坦诚、热烈让阿廖沙极为痴迷。（答案不唯一）

5. 普希金的诗内容生动，读起来很有韵律感，诗中散发出的人文气息深深地感染着阿廖沙。另外，这是“玛尔戈王后”推荐的书，阿廖沙自然非常喜欢。

6. 这是文学史上最鲜明和最丰富的形象之一。外祖母是一个果敢、刚强的妇女，也是一个颇有诗意的人物。她喜欢唱歌、跳舞，讲各种各样的故事，她善良、慈爱，善于忍让，胸怀广大，外祖母是阿廖沙终身的朋友，最知心的人，是他最了解和珍爱的人。

语文教材推荐丛书

名著读物

核心考点专练

我的大学

核心考点专练

看名家

高尔基（1868—1936），苏联著名作家、诗人、政论家，无产阶级革命文学导师，苏联文学的创始人之一，享誉世界，列宁称他为“无产阶级艺术最杰出的代表”。其代表作有小说《母亲》，自传体三部曲《童年》《在人间》《我的大学》以及散文诗《海燕》等。

写作背景

《我的大学》是高尔基1923年在国外疗养期间完成的自传体三部曲的最后一部，也是他在俄国十月革命之后写的第一部重要作品。

在阿廖沙所生活的时代，俄国正处于19世纪70年代到90年代的时期，此时俄国正处于大革命前夕，社会处于黑暗的统治之下。在大革命发生之前，俄国处于封建思想与沙皇的统治之下，人们的生活十分贫苦，特别是那些处在社会底层的劳苦人民，他们中的大多数人都流离失所，苦不堪言。由于人们生活的拮据，偷窃已经在农村成为一种风气，人们为了填饱肚子不择手段，完全不在意道德与伦理的约束。这时期儿童的生活更加困难，他们没有钱去接受教育，只能靠拾荒为生，沦落街头。正是这样的社会生活现状，使得人们的价值观、世界观完全败在了生计上，人们变得自私自利，亲情、爱情与友情在它面前都显得微不足道。

写作特色

《我的大学》以阿廖沙在社会这个大学的所见所闻所感为线索，给读者生动地展现了俄罗斯旧社会的腐朽和当时人性的丑恶，用血淋淋的历史告诉读者知识才是力量。

在《我的大学》这部作品中，高尔基着重于对生活在社会底层的小市民进行描写，通过对这些小市民人物的描写，将社会与人性的病态表现了出来，因而，作品中的人物形象，正是作者表达思想与观点的重要切入点。在这部作品中，阿廖沙是童年高尔基的化身，在他很小的时候，父亲便因病去世了，母亲一个人带着阿廖沙回到了娘家。但当他们回到外祖父家之后，他们的生活状况并没有得到改善，阿廖沙的两个舅舅开始吵着要分家，他们生怕母亲来分夺他们的财产。在这之后，作品围绕着外祖父家里的这些人展开了叙述，充分地将小市民的自私自利、人情冷漠表现了出来。

在《我的大学》里，高尔基用自己的笔触反映了当时俄国知识分子的生活和民粹派反抗沙皇统治的活动，展示了这一时期俄国知识分子的思想状况。在高尔基的自传小说中，我们看到青少年时期的高尔基就已经对俄国的丑恶现实十分憎恶，一直努力探索生活的道路。

读后感

在这个周末，我终于看完了《我的大学》，这是高尔基自传的第三部。

作者通过对主人公阿廖沙的童年、少年和青年时期生活和命运的描写，生动真实地再现了他们当时那一代人的成长经历。作为主人公的原型，高尔基就生活在19世纪末20世纪初的俄国，那时候，沙俄专制下的黑暗社会就是他成长的环境，因此也铸造了他独特的成长方式，文中那些人物和情节，都带有那个年代的独特浓厚的黑暗色彩。

小说叙述了从小到大尝遍辛酸的阿廖沙抱着进大学读书的想法独自来到喀山，可现实让他的大学梦很快破灭，让他不得不为了生活而奔忙。他没钱，只能住在鱼龙混杂的地方，用体力换钱，与周围的搬运工、小偷、乞讨者来往，和他们生活。虽然他没有进入大学，但社会俨然让他进入了另一种意义上的“大学”。

在周围人的影响下，他开始了地下革命活动，向工人们传播革命理想、参加地下秘密组织等，这所特殊的社会大学展现出一个无垠的新天地。他学到了很多的学校学不到的社会知识，并且经历了许多事情，认识了许许多多的革命战友，使他的思想越发开阔，最终成长为一名革命者。

我对书中几处的印象非常深刻。

一是最开始的一段情节。当他只身来到喀山后，他寄住在一个贫困中学生尼古拉的家里。他发现中学生的妈妈想尽办法在支撑这个家，用极少的食材喂养他们这些人。那些分给他的面包，让他很不好受，由此他决定找工作赚钱活下去。在风雨交加的日子，他突然意识到“上大学只是个幻想”，但他也认为：“这个地方使我永生难忘，因为它也是我的第一所大学。”

这个情节让我不禁感叹，阿廖沙可以在艰苦的环境中寻找新的方向，不带一丝抱怨，他知道苦难的日子很漫长，可能也是由于他从小的经历，他在苦难面前，比起埋怨，更能嗅到苦难下的财富。

二是他与老警察尼基福雷奇的对话。他作为一名少年，参与了地下工作，传播真理，用“禁书”去感化人们，时时刻刻都有可能被抓走。他和八面玲珑的警察谈话时，总是让我揪心，生怕他一不小心说出了地下的事情。好在他足够聪明，并没有被抓住把柄，靠着机智躲过去了。简简单单的对话却让我读起来有一种紧张感，仿佛自己也变成了阿廖沙。

三是阿廖沙对读书的重视。三部曲之二《在人间》

描写了阿廖沙对书是如何感兴趣并热爱它的过程，这一点很好地过渡到了本书。阿廖沙正是因为热爱读书才有了知识和思想，而爱读书的他接触“禁书”，接触新的思想，并投身到革命，对知识和新思想的热爱跃然纸上，这样的前因后果是非常令人信服的。

在本书后半部分，他和罗马斯一行人的住所被烧时，他勇敢地冲进火场，想要救回他的书，可见他是多么重视书。对于阿廖沙来说，那些所谓的“禁书”才是他的目标，这是一种新型的工具，只有书籍才能真正让人们清醒，清醒了才能一起打倒专制社会。

在读完这一本《我的大学》后，我感慨颇多。这本书不仅让我了解到主人公这一生的通向光明大道的曲折经历，还展现了特定时代下的一代人的成长背景和历程。文中也不缺一些好人好事，那便是在黑暗中透出的一丝丝光亮，鼓舞着无数处于迷茫和挫败中的年轻人勇往直前。它告诉我们，无论环境多么艰苦，都要寻找属于自己的光明大道。

我想，《我的大学》至今仍受到读者热烈欢迎的原因，正是它仍可以激励年轻人追求光明的勇气和信念吧！

一小时刷完这些题

一、填空题。

1. 高尔基到喀山的时候是________岁。

2. 巴什金是一个职业______，曾在__________念书。

3. 安德烈·杰连科夫的杂货铺是一间低矮的__________，是一个从事银钱兑换的______________的住宅的附属建筑物。

4. 为了维持生计，“我”在瓦西里·谢诺苗夫的面包坊里打工，每天要干________小时的活儿，没有时间去杰连科夫的杂货铺。

5. “谢肉节”是________的节日，时间是大斋前的一个星期。

6.“是的，我们再掀起一场颠覆世界的大洪水，而我呢，我很乐意去炸毁这艘陈旧的方舟。”这两句诗是由____________创作的。

7.__________之夜，“我”跟随拉夫罗夫去参加了宣讲。

8.“我”帮一个女学生送信，她给了“我”______戈比，“我”拒绝了，把信送给了一个________的儿子。

9.“我”用左轮手枪朝“我”的胸膛打了一枪，意图打中心脏，但只打穿了________，所以活下来了。

10.潘科夫以“______”的方式娶了伊佐特的侄女。

11.“我”不喜欢月亮，因为月亮代表一种______，它会引起我的忧伤，使得我想放声哭叫，就像____________一样。

12.“我”发现，故事越是______、荒诞，就越引人入胜，反倒是那些严肃正经、带有______的故事备受冷落。

13.“我”的住所失火了，但“我”仍然想着要抢救“我”的________，为此“我”跟着罗马斯冲进了前室。

14.最后，“我”和巴里洛夫到达了里海海岸，在一个不大的______________安顿了下来。

二、选择题。

1.以下哪一部不属干高尔基白传体二部曲？（　　）

A.《童年》。

B.《母亲》。

C.《在人间》。

D.《我的大学》。

2.以下哪项不是人物“红毛马”的外貌特征？（　　）

A.火红的头发。

B.高颧骨。

C.粗短的腿。

D.圆鼓鼓的肚子。

3. 下列人物中，参加了杰连科夫的杂货铺中的聚会的人是（　）。

A. 巴什金

B. 尼基雷福奇

C. 尼古拉·叶夫列伊诺夫

D. “一撮毛”

4. 高尔基将他在面包坊打工的日子写进了他的一些短篇小说里。下列高尔基的著作中，没有描述这段日子的著作是（　）。

A.《老板》

B.《切尔卡什》

C.《二十六个和一个》

D.《科诺瓦诺夫》

5. 乔治的妻子吉尔达曾经是（　）。

A. 歌手　B. 教师　C. 地主　D. 音乐家

6. 面包师卢托宁迷恋的短腿姑娘是尼基雷福奇的（　）。

A. 孙女　B. 干女儿　C. 侄女　D. 妹妹

7. 在面包铺工作的“我”，每天除了作坊的事，还要往外送面包。下列场所中，哪个是“我”不需要送面包的场所？（　）

A. 私人住宅。

B. 神学院。

C. 贵族女子寄宿学校。

D. 杂货铺。

8. 织布老工人尼基塔·鲁布佐夫在世上混了（　）年。

A. 56　B. 57　C. 58　D. 59

9. “我”在克拉斯诺维多夫村结识了新的伙伴，以下哪个人物不是在这个村里结识的？（　）

A. 库库什金。

B. 潘科夫。

C. 米贡。

D. 卢托宁。

10. 罗马斯给“我”展示了许多书。他说，如果“我”想知道什么是国家，就应该读（　　）。

A.《巨灵》

B.《君主论》

C.《战舰巴拉达号》

D.《马卡尔生活中的事变》

11. 伊佐特说，做人最重要的是仁慈和善良，所以他最喜欢的节日是（　　）。

A. 圣灵降临节

B. 谢肉节

C. 复活节

D. 感恩节

12. “我”与罗马斯告别后再次见面，是（　　）年后的事了。

A.13　B.14　C.15　D.16

三、简答题。

1. 尼基福雷奇是一个怎样的人?

2. 为什么“我”在教育工人们的同时也很自卑呢?

3. 课堂上的狂躁症病人给了“我”什么影响?

4. “我”是如何看待托尔斯泰主义者的言论的?

5. 伊佐特的死亡这一情节表达了什么?

6. 为什么“我”觉得农村生活很复杂?

参考答案

一、填空题

1. 十六。

2. 小偷；师范学院。

3. 平房；阉割派教徒。

4. 十四。

5. 基督教。

6. 亨利克·易卜生。

7. 圣母升天节。

8. 十；高等法院人员。

9. 一片肺叶。

10. 自由恋爱。

11. 不祥之兆；吠月的村犬。

12. 虚构；生活哲理。

13. 书。

14. 捕鱼合作社。

二、选择题

1.B　2.C　3.D　4.B　5.C　6.B

7.D　8.B　9.D　10.A　11.C　12.C

三、简答题

1. 他是一个看上去聪明伶俐，笑起来特别亲切，实际却极其狡猾、笑里藏刀的人。

2. 因为“我”觉得自己也不是读书很多的人，知识匮乏、肤浅无知，有时连基本的生活常识问题都不能回答，却还要对他们进行“启蒙教育”。

3. 由于他对“我”做的一些异常行为，在“我”心中留下了难以磨灭的印象，搅得“我”寝食难安。见到他的当天夜里，“我”就写下一首描写疯子的诗，把那个病人称作“一切主宰的主宰，上帝的挚友和参谋”。

4. 他传达了一种博爱的、看似是非常理想的智慧，但“我”见识过生活中的太多负面情况，对他的言论不能苟同。（言之有理即可）

5. 当地的村民们不愿意接受新生活的改变，认为新的东西是一种毁坏稳定生活的东西，会让他们无所适从，所以对罗马斯一行人有强烈的恨意，恨到可以对这些人下杀手。（言之有理即可）

6. 因为他们既要辛勤地照料土地，又要处心积虑地处理邻里和同村人之间的关系；“我”觉得他们之间关系紧张，是因为他们之中缺少诚实和有理性的人，这样的生活是很不如意的。

核心考点专练

看名家

高尔基（1868—1936），苏联著名作家、诗人、政论家，无产阶级革命文学导师，苏联文学的创始人之一，享誉世界，列宁称他为“无产阶级艺术最杰出的代表”。其代表作有小说《母亲》，自传体三部曲《童年》《在人间》《我的大学》以及散文诗《海燕》等。

写作背景

1902年2月初，高尔基按照党的决定，到国外去筹划经费，更主要的是要利用他的影响，赢得国际上的民主力量对俄国革命的支持。高尔基在美国住了三个半月，对资本主义制度的典型社会作了实地考察。由于当时的国际形势不利于整个国际共产主义运动，高尔基这次欧美之行，就其政治与经济目的来说，均未圆满完成。高尔基代表布尔什维克党发出的“不要给俄国政府贷款”的呼吁，没被资本主义国家所接受，法国向沙皇政府提供了20亿法郎援助。高尔基在美国募集的款项，总数也不过1万美元。美国资产阶级采用逐出旅馆的手段阻挠高尔基在美国的活动，但他仍针锋相对地战斗在资本主义世界的心脏之中。1905年俄国革命失败后，面对无耻的变节叛变、反革命恐怖手段和各种各样的威胁利诱，他站在无产阶级的立场上，通过高度的艺术概括，创作了划时代的巨著《母亲》。小说取材于1902年高尔基的家乡下诺夫哥罗德附近的索尔莫夫镇的“五一”游行。游行的领导人扎洛莫夫等被捕，同年10月被判处终身流放。高尔基在游行前就听说过扎洛莫夫，游行以后，他和继续儿子事业的扎洛莫夫的母亲安娜有了交往。

写作特色

在结构上，高尔基为了表现小说的主题思想，精心设计了三组人物。第一组是革命者，包括革命工人和革命知识分子；第二组是工农群众，其中最重要的是母亲和农民雷宾的形象；第三组是敌人，这里有厂主、沙皇宪兵、法庭庭长、检察官等。在这三组人物中，高尔基突出了巴维尔和母亲这两位主要英雄人物（巴维尔是作为先进工人的代表，母亲则是作为革命群众的代表）。小说的人物形象体系和结构都是经过作者精心安排的。

在人物刻画上，高尔基善于调动多种艺术手段，通过人物的语言和心理描写来刻画英雄人物。如巴维尔的成长主要表现在语言变化中，母亲的觉醒多表现在心理描写方面。通过母亲的感受来展示小说的一切重大事件和人物，是作者揭示母亲内心世界的重要艺术手法之一。

在创作手法上，高尔基在《母亲》中首次运用了社会主义现实主义的创作方法，即从现实的革命发展中，真实地、历史地、具体地去描写现实。

读后感

在世界文学史上，《母亲》是一部划时代的巨著，开辟了无产阶级文学的新纪元，它是最具影响力的外国文学作品之一。

每当提起“母亲”两个字，我们会想到这样的词：安全、踏实、温暖。母亲是我们可以完全依赖与信任的人，我们可以向她提出要求，而她也总是尽全力地满足我们，无怨无悔。

高尔基笔下的尼洛夫娜，她首先就是一名母亲，平凡质朴、善良勤劳。她深深地爱着自己的孩子，胜过一切。

她是不幸的，生长在一个腐朽的，没有人权，没有真理，没有正义的时代。人们是麻木的，无产阶级是一个受压榨、受压迫、受威胁、没有权利的群体。她连嫁人都是被胁迫的——她的丈夫，那个脾气粗暴，让人望而生畏的男人，让她过着卑微、清贫、毫无幸福可言的生活。她每天干活，忍受丈夫的殴打，变成了一个逆来顺受、胆小怕事的人。而在那个黑色时代，她正是生活在最底层的妇女的缩影。

她的儿子巴维尔是改变她命运的重要人物。他一出场便使人莫名感到轻松。在高尔基的笔下，工厂的年轻人灰心丧气，对生活不抱希望，看上去叫人讨厌。书中的描写很是巧妙，高尔基首先用巴维尔着装上的变化将他与其他年轻人区别开来。他穿得整齐干净，而其他人则是不重仪表的。接下来便是娱乐活动的改变，其他年轻人工作之余是酗酒、打架，而巴维尔却在晚上独自一人安静地读书。

母亲是敏感的，同时她又是欣慰的，儿子一点儿也不像自己的丈夫。但渐渐地，她开始担心，因为儿子的与众不同引起了周围那些愚昧麻木的人们的议论。这些细节描写，使我们看到了一个母亲对儿子深深的爱。

当她真正了解儿子从事的事业时，恐惧占满了她的心房，那是因为爱，复杂、矛盾的犹豫也是因为爱。后来，她被真理打动，不顾危险地支持儿子的工作也是因为爱。她委屈地活了大半辈子，对于生活最恐惧的不是压迫，不是一成不变，而是改变，怕改变后得来的是更加屈辱的生活。但是真理告诉她，这种改变能真正地将他们从水深火热的日子里拉出来，能给明天带来希望。所以，她明白，儿子所做的是一件有重大意义的事情，对所有工友都有益的事。母亲的觉醒改变与那些认为生活乏味无望的年轻人的父母形成了强烈的对比。

母亲也付出了无私的爱给儿子的伙伴们，尤其是对于孤儿霍霍尔，她像亲生母亲一样给他温暖和爱，毫不顾忌地让他住在自己家里，在那样黑暗无力的时代，散发出了母爱的光辉。

随着革命工作日益有序地进行，她也更加坚定了，并支持儿子将革命继续下去。在儿子因游行被捕入狱后，她竟不顾年迈和自身安危，接替儿子继续工作。她与儿子的思想保持一致，境界不断提高，努力学习，这一切的改变都是母爱在推动。

看完这本小说，对于母爱、对于母亲我不再有疑问。母爱就是那样，不用费心劳神去思考它的来源，它就存在于孩子长大的过程与生活的点点滴滴中。人世间因为有了母爱而变得更加丰富多彩。没有无私的母爱的帮助，孩子的心灵将是一片荒漠。沧海桑田，世事变迁，唯有母爱能赐予我们神奇的力量，唯有母爱的光辉将永恒不变！

一小时刷完这些题

一、填空题。

1.《母亲》是________的作品，他是苏联著名的________、________、________。

2.巴维尔的父亲米哈伊尔·弗拉索夫的性格暴躁、易怒，他最终死于________。

3.觉醒前的主人公________是旧社会妇女的典型代表，身上有着“夫权”“神权”及“政权”的三重束缚。

4.__________________是巴维尔第一次领导群众进行的斗争，巴维尔在群众大会上向工人宣传革命道理。

5.巴维尔在狱外的主要革命活动是____________和____________。

6. 每逢星期日，要是巴维尔没有空闲，__________就到巴维尔的家里劈柴。

7. 当革命者把抨击工厂制度的传单发放出去后，________________的人为此大骂起来，说他们是一帮捣乱分子。

8. 萨申卡在一次深夜来到了母亲的家里，她的身体呈现一种____________，因为她在身上藏了很多传单和小册子。

9. 巴维尔第一次被捕时，救子心切的母亲，在女商贩____________的帮助下，偷偷地将______________送入工厂，宣传革命的真理。

10. 叶戈尔曾经有个妻子，因为过了________年的颠沛流离的生活，所以被折磨死了。

11. “生活不是一匹马，是不能用_________赶的。”这句话是_________说的。

12. “五一”游行时，________高举红旗开路，群众聚集在他的周围，像铁屑被磁石吸住了一样。

13.“五一”游行之前，__________私下劝阻过巴维尔不要去打旗。

14.巴维尔再次被捕后，母亲搬到了_________，和革命者住在一起，坚决担负起革命工作。

15.为了革命工作，母亲扮作_________、____________________、云游的朝圣者或富有的小商人，在全省范围内奔走。

16.母亲冒着生命危险把儿子在法庭上的演说稿给娜塔莎送去，被密探盯上，在_________被捕。

17.打死伊萨的人是____________________。

18.母亲和索菲娅在农村的____________________找到了雷宾。

19.叶戈尔的灵柩被抬了出来，棺盖上放着系有________________的花圈。

20. 雷宾被乡警带走，但他依旧对人们喊道：“为自由而斗争吧！自由会带给你们__________和__________！再见了，善良的人们！”

二、选择题。

1. 米哈伊尔·弗拉索夫是钳工，（　　）这两个字是他的口头禅。他用这俩字呼喊上司、警察，也用来叫唤妻子。

A. 浑蛋　　B. 酒鬼

C. 畜生　　D. 好人

2. 巴维尔家住在工人区尽头，每逢（　　），大家伙都在他家聚会。

A. 星期一　　B. 星期三

C. 星期六　　D. 星期五

3. 一天傍晚，（　　）把有人要搜查巴维尔、马津和维索夫希科夫家的消息告诉了母亲。

A. 玛丽亚　　B. 萨申卡

C. 安德烈　　D. 娜塔莎

4. 巴维尔托付给母亲的第一项任务是（　）。

A. 发传单　　B. 送字条

C. 转移革命者　　D. 送小册子

5. 雷宾说：“我们站在一起不是为了一个戈比，而是为了（　）——真的是这样！我们并不吝啬自己的一个戈比……”

A. 正义　　B. 真理

C. 财富　　D. 地位

6. “五一”游行时，（　）和巴维尔一同被捕。

A. 尼古拉　　B. 霍霍尔

C. 雷宾　　D. 布金

7.（　）是母亲由自发性的革命转向自觉性革命的转折点，是母亲正式觉醒的标志，是她直面真理的第一战。

A. “沼地的戈比”事件　　B. “五一”游行

C．来到城里　　　　　　D．认识索菲娅

8. 萨申卡在牢里（　　）天没吃东西，为的是让欺负她的看守给她道歉。

A．三　　　B．八

C．五　　　D．九

9. “这次母亲没有看见熟悉的面孔。她不紧不慢地在街上走着，然后雇了辆马车来到市场。在给尼古拉买衣服时，她与商人放肆地讨价还价，同时大骂自己的酒鬼丈夫，害得她几乎每个月就要给他买套新衣服。”这一段中，“熟悉的面孔”指的是（　　）。

A．密探　　　B．警察

C．神父　　　D．酒鬼

10. 伊格纳季与维索夫希科夫约定的暗号是在中间的窗户上敲（　　）下：先敲（　　）下，过一会儿，再敲一下。

A．四；一　　　B．四；三

C．两；一　　　D．三；两

11. 老板用工人的血汗钱，给一个歌女送了一套金制（　　）。

A. 餐具　　B. 茶具

C. 首饰　　D. 洗漱用具

12. 雷宾被捕，是（　　）告的密。

A. 伊萨　　B. 密探

C. 布金　　D. 神父

三、简答题。

1. “五一游行”的意义是什么？

2. 结合小说内容，简单概括一下索菲娅的人物形象。

3. 试着分析母亲的人物形象。

参考答案

一、填空题

1. 高尔基；作家；诗人；政论家。

2. 疝气病。

3. 尼洛夫娜。

4. “沼地的戈比”事件。

5. “沼地的戈比”事件；“五一”游行事件。

6. 霍霍尔。

7. 厂里拿高薪的、上了年纪的。

8. 不自然的肥胖。

9. 科尔苏诺娃；小册子和传单。

10. 五。

11. 鞭子；安德烈。

12. 巴维尔。

13. 萨申卡。

14. 城里。

15. 修女；买花边和家机布的小商人。

16. 火车站。

17. 德拉古诺夫。

18. 木焦油丁。

19. 红缎带。

20. 真理；面包。

二、选择题

1.C　2.C　3.A　4.B　5.A　6.B

7.B　8.B　9.A　10.C　11.D　12.D

三、简答题

1. 这场游行突显了以巴维尔、霍霍尔为代表的革命青年的热血和激情；唤醒了更多的人加入这场战斗；让敌人受到了一定程度的打击；让母亲的革命信念更加坚定。

2. 她是一个坚强的女人，丈夫去世，漂泊无依都没有打垮她；她是一个坚韧的革命者，她曾独自一人完成了许多艰险的工作；她是一个平易近人的人，她从不因为自己的贵族身份而颐指气使；她是一个宽容的人，即使雷宾最初对她抱有敌意，她也没有记在心上；她是一个善良的人，在听到母亲的遭遇时，她表现出了无比的同情。

3. 作者所塑造的母亲形象是无产阶级革命者形象的代表。母亲在革命真理的熏陶下，由一名胆小懦弱、逆来顺受的社会底层妇女成长为一名勇敢坚定、不畏牺牲的无产阶级革命战士，母亲的成长历程证明了马克思主义在教育人、改造人方面的巨大作用。

在小说中，尼洛夫娜的母爱就有一个提高和发展的过程。最初，她的母爱同一般劳动妇女的母爱没有什么区别。经过一系列事件的教育，她的思想达到了新的境界，她坚信儿子把握了真理，必然胜利。因此，她在发放儿子的演说稿时才能表现得那样镇静和勇敢。尼洛夫娜的母爱之所以那么地崇高和伟大，就是因为她跟儿子以及儿子的同志们已经是“志同道合的同志”了。

高尔基四部曲

Мать

母亲

[苏]高尔基——著

吴兴勇——译

北方联合出版传媒（集团）股份有限公司

辽宁少年儿童出版社

沈阳

译者手稿

YIZHESHOUGAO

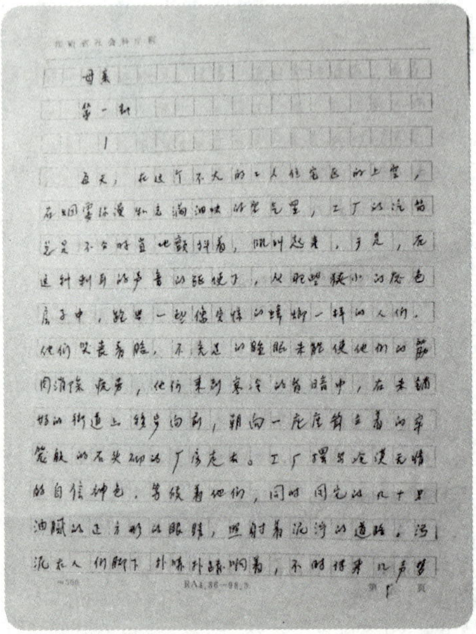

母亲

第一部

1

每天，在这片不大的工人住宅区的上空，在烟雾弥漫和充满油味的空气里，工厂的汽笛总是不合时宜地颤抖着，吼叫起来，于是，在这汽笛刺耳的声音的召唤下，从那些狭小的灰色房子中，跑出一些像受惊的蟑螂一样的人们。他们只来得及，不充足的睡眠未能使他们的筋肉消除疲劳，他们来到寒冷的昏暗中，在未铺好的街道上缓步向前，朝向一座座高高的牢笼般的石头砌的厂房走去。工厂摆出一副漠无表情的自信神色，等候着他们，同时用它的几十只油腻的正方形的眼睛，照射着泥泞的道路。污泥在人们脚下扑哧扑哧响着，不时传来几声梦

第 1 页

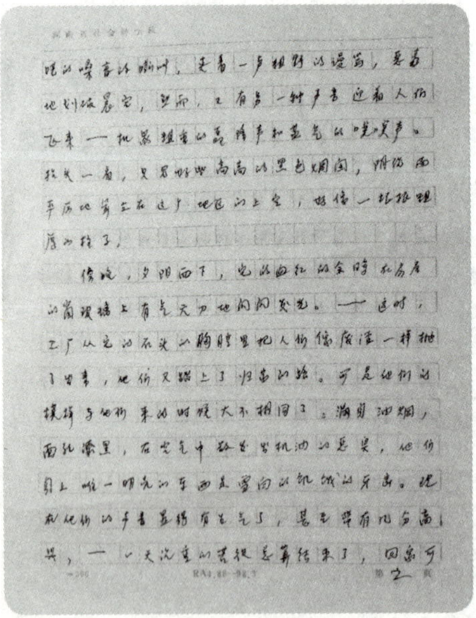

呓的嗓音的嘶叫，还有一声粗野的谩骂，恶毒地划破晨空，然而，又有另一种声音迎着人们飞来——机器粗重的轰隆声和蒸汽的咝咝声。抬头一看，只见好些高高的黑色烟囱，阴沉而严厉地耸立在这片地区的上空，好像一根根粗厚的棍子。

傍晚，夕阳西下，它的血红的余晖在房屋的窗玻璃上有气无力地闪闪发光。——这时，工厂从它的石头的胸腔里把人们像废渣一样抛了出来，他们又踏上了归去的路。可是他们的模样与他们来的时候大不相同了：满身油烟，面孔漆黑，在空气中散发出机油的恶臭，他们身上唯一明亮的东西是富有的饥饿的牙齿。现在他们的声音显得有生气了，甚至带有几分高兴，——一天沉重的苦役总算结束了，回家可

第 2 页

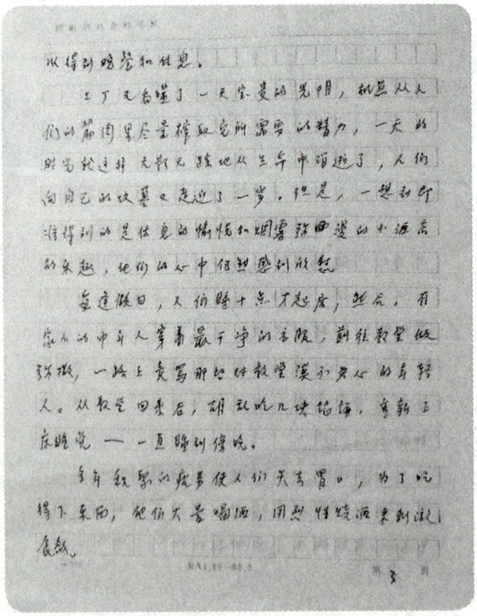

以得到晚餐和休息。

工厂又吞噬了一天宝贵的光阴，机器从人们的筋肉里尽量榨取它所需要的精力，一天的时光就这样无影无踪地从生命中消逝了，人们向自己的坟墓又走近了一步。但是，一想到所能得到的是休息的愉快和烟雾弥漫的小酒店的乐趣，他们的心中仍然感到欣慰。

每逢假日，人们睡十点才起床，然后，有家小的中年人穿着最干净的衣服，前往教堂做弥撒，一路上责骂那些对教堂漠不关心的年轻人。从教堂回来后，胡乱吃几块馅饼，重新上床睡觉——一直睡到傍晚。

多年积累的疲劳使人们失去胃口，为了吃得下东西，他们大量喝酒，用烈性烧酒来刺激食欲。

第 3 页

总序 / PREFACE

“太阳底下无新事”，穿越时代的洪流，与历史对话，你会发现共鸣是如此强烈。那些触目惊心、荒诞不经的情节与现实有着巧妙的呼应；那些人性的贪婪、弱点和不足，哪怕历经百年都不曾改变。读一本书，不仅仅是在和书中人物对话，更是在与自己对话，与历史和现实对话。

这套高尔基作品批注丛书，精选了高尔基“自传体三部曲”《童年》《在人间》《我的大学》和其最优秀的作品之一《母亲》，用名师引导阅读的方式将高尔基对于自我成长历程的回顾和怀念展现出来，也借此将那一声声深沉的呐喊延续下去，使其在新一代年轻人的胸中荡漾。

总的来说，这套丛书有以下几个特点：

一、全方位品读，让理解更深刻

翻开这套丛书，你会发现“多角度品评文章”的奥妙所在。所谓多角度，就是可以做到从不同的层面深读一部作品。例如，可以从品读情节、人物、语言、主题等角度加以分析，进而真正做到把一本书读“厚”。

在每一章节的开头都设置了“名师导读”栏目，用简洁凝练的语言概括本章主要内容，提出具体的问题，让读者带着问题去阅读并寻找答案，增添阅读时的趣味性和思考力。与之相呼应的是，每一章节的结尾也设置了“名师赏析”栏目，呼应开头，总结本章内容，深化主题，为开启下一章做好铺垫。

章前与章尾栏目的设置，浑然一体，能够让读者在阅读中更深刻地理解人物的选择与无奈，增强共鸣。

此外，因为文化的差异及时代背景的不同，我们在阅读高尔基的作品时是存在一些认知障碍的，这样就容易形成囫囵吞枣、走马观花式的阅读，并不能很好地理解书中的内容，更不能扩展知识，丰富自己的精神世界。

因此，译者在对本套丛书的解读中，还加入了对时代背景、相关人物或关联事件的注释，这样既有效地补充了情节，又能够使读者更容易理解全书的创作背景和人物的处境。

二、专业化批注，让内容更明晰

“名师批注”栏目是对文本的二次解读。本套名师导读丛书所批注的内容具有极强的专业性，从专业的角度出发，对原文做了有效的解读与补充，既是对原作者的敬意，也是对读者的负责。

本书的批注角度丰富深刻。译为中文时，保留了原作的韵味，也彰显了译者深厚的文化功底，因此，本套丛书的语言亮点颇丰。大量的环境描写和人物细节描写，都值得我们一起细细品读。当我们读到作者所描绘的俄国乡村与城市的风光时，仿佛眼前真的浮现出百年前它们的样子。跟随“名师批注”栏目的引导，品评文本内容，将自己的感受和原文碰撞，能使你的心灵激荡。

“名师批注”栏目除了角度丰富深刻以外，还特别注意语言的严谨性。尤其是对于独属于俄国文化的部分，是名师通过查阅大量的资料、寻求译者的帮助等方法，准确、无误地批注出来的，这让跨越国家、民族的文字更有温度和力量。

同时，“名师批注”栏目还着重点评文章中修辞手法的运用。对文章中作者的写作手法、修辞手法和人物之间的情感也进行了点评，使读者能更深刻地领悟全文的主旨思想。此外，我们还设置了

“读书笔记”栏目，由导师引出问题，促使读者开拓思维，通过这样的精读方式使读者理解全文。

三、互动式设计，让文字会说话

除了“名师批注”栏目，我们还运用了交互式的设计，通过无声的交流，在本书的内容上设置了能力提升板块，渗透着笔者作为一线名师对思维培养的关注。

“积累与运用”栏目分为“好词”“佳句”“美文仿写”三部分，其中“好词”“佳句”是从每一章节中总结、提炼出可以用来积累、学习的部分，使读者在阅读整本书的同时做到关注细节与基础。“美文仿写”板块的设计初衷是引导读者向作家学习写作，向作品学习方法，进而迁移应用到自己的练笔与习作中。

读一本书时，除了要得到思想的洗礼外，还要在阅读习作的应用上得到提升，这样才能使这本书做到真正“为我所用”。

另外，本书设置了与每一章节对应的练习题。它能够帮助读者做到自主检测并直接体现阅读效果，而且试题设计涵盖了主观题和客观题两部分，真正让读者得到互动式的阅读体验，与作者进行思想对话。

四、兼具人文性，让情感更丰富

这套书绝不仅仅是工具书，它是一套有温度的智慧结晶。它不仅包含了原作者对人生的深刻体悟，还有译者和编写者与之交织的情感共鸣。我们对这套书的感受也许不尽相同，却因为追求的一致和表达上的差异而让这套书更加熠熠生辉。

在整本书的编写过程中，我们对内容的极致要求，正是人文性的集中体现。那些书中鲜活的人物，他们或饱含激情，或沉闷压抑，或得过且过……可谓是众生百态，包罗万象。如果仅仅只看到人物的表面，不去深究其行为背后暗含的主旨和主题，那么不过只是给

原作狗尾续貂罢了。

我们常常期望，在翻开一本书之后，能够用广阔的想象去参与他们的生活、体味他们的感情。而要达到这样的效果，就必须将自己的情感赋予其中，让冰冷的文字变得灵动起来，散发着激情与魅力，感受那个时代特定的温情。因此，不仅是专业批注的文字，还有其他流淌于这本书中的所有文字，都是一种脉动，一种与之契合的情感共鸣，希望它们可以深深地打动你。

心有所感，笔墨追录。写作无范式，批注亦如此。本书在“名师导读”栏目所展示的仅仅为“一家之言”，若因此可以启发读者的感悟，也算是起到了小小的作用。站在巨人的肩膀上，我们可以看得更远，但也别忘了，脚下的路同样需要独自走过，这样才能抵达远方。

试着想一想，你通过这套书触摸到了高尔基文字中的哪些动情点？有些问题，我们可以从书中找到答案，但更多的答案，需要我们在生活中寻找。

编者

译　序

我从小喜欢读俄罗斯大文豪高尔基的书，十分佩服有着不平凡的奋斗历程的他。他基本上没有进过学校学习，靠自学掌握了阅读的本领，为了生存，他在俄罗斯大地到处流浪，处于社会底层，生活极不安定。他经常濒临绝境，甚至曾开枪自杀，可后来竟能写出许多杰作，一举成名。他不但影响了全俄罗斯，而且作品还被翻译成世界各国文字，名震欧洲。我真不知道他完美的文字功夫和卓越的文学技巧是从何得来的，可能是源自19世纪辉煌灿烂的俄罗斯文学的熏陶和永不枯竭的俄罗斯民间文学艺术的浇灌。

19世纪是俄罗斯群星灿烂、名家辈出的时代，举世闻名的大文豪就有普希金、莱蒙托夫、列夫·托尔斯泰、契诃夫等。这些作家有一个共同的特点：他们写的人物都局限于社会上层，总离不了官吏、贵族、商人、知识分子之类。他们不了解社会下层，因而他们的作品中很难出现有血有肉、栩栩如生的真实下层人物。

但下层人物也是人，他们和上层人物一样，也有七情六欲、喜怒哀乐，下层人物的数目远远多于上层人物，他们的表现更能代表人类的本质。忽略下层人物要求的文学作品只能供太太小姐们消闲时阅读，不会受到广大人民群众的欢迎。

高尔基出身人民下层，耳闻目睹的都是下层人民的生活场景和他们的诉求，他长久地和他们同呼吸、共命运，成为举世闻名的大作家，甚至跻身古典作家之列以后，他也没有忘记他们，更不会背叛他们，他拿起生花的妙笔，细致地描述他们的苦痛。

在他的书中，下层民众并非麻木不仁、浑浑噩噩、软弱无能、恶习不改的群体。他们之所以屈居下层，是由于许多与生俱来的因素，而非他们自身的罪过。他们也许比上层的男女更敏感，更爱憎分明，更富有同情心，更勤奋劳动。他们将自己的爱与时间普遍施于受苦受难的大众，而不是单纯地为自己谋利。

《母亲》这部小说贯穿全篇的人物是一对母子。母亲一生饱受丈夫的打骂和压迫，丈夫病死后，她在有作为的儿子的影响下，不断克服胆怯心理，由软弱变得坚强，积极投身劳苦群众的解放事业。她的儿子巴维尔更是一个有觉悟的先进工人，走在各种斗争的前列，为争取劳苦大众的共同利益，不怕坐牢和流放。巴维尔和母亲是千百万奋起斗争的劳工的榜样。

小说《母亲》写于 1907 年，反映的是俄国 1905 年的革命事件。由于在日俄战争中俄国战败，俄国民众群起反抗沙皇的专制统治。社会各阶层组成统一战线，知识分子与工农大众携手合作，共同投入抗争。这一场革命从彼得堡开始发动，波及全国，沙皇政权差点被推翻，后来革命虽然被镇压下去，但播下的火种未曾熄灭，十余年后，终于带来了十月革命的胜利。

我们从小说中可以看出，这场革命的目的是打碎沙皇的专制政权，建立一个民主、自由、均富的社会。

参加革命斗争的不仅有工人巴维尔、安德烈（霍霍尔）、费佳·马津、古谢夫兄弟等，农民雷宾、叶菲姆、伊格纳季等，还有政府职员尼古拉，医生伊凡，教师娜塔莎，贵族小姐萨莎，知识分子叶戈尔、柳德米拉、索菲娅等。他们中许多人是职业革命家，他们抛弃了家庭，牺牲了生儿育女的天赋权利，过着苦行僧似的清苦生活，为了革命成功，他们甘愿像叶戈尔一样劳累而死，或者从容就义。

不过，投身革命的群众都凭着一股狂热，他们迫切地要求砸烂旧秩序，却不知道怎样建立新秩序。他们仇恨贵族，甚至仇视贵族出身的知识分子，这从《母亲》中的雷宾对索菲娅的态度可以看出。索菲娅深入农村，传播革命道理，想启发农民的觉悟，却被由工转农的雷宾称作老爷，说她的头巾不能掩盖贵族的罪恶。

索菲娅是虔诚的革命知识分子的代表，革命后要建立新兴的革命政权，必须依靠索菲娅这类的人和他（她）们的知识，只有遵循先进的知识的引导，才可能建成现代化的社会。但从一些国家革命后的历程来看，革命后可能风光一时的只有雷宾，这是个真正的蒲加乔夫和拉辛的化身，他内心深处蕴藏着对上层阶级的无比仇恨，因而卧薪尝胆，砥砺苦行，日夜图谋报复。他的蛊惑的演说在农民群众中煽起仇恨的旋风，他们不仅仇恨贵族、官吏，而且仇视工人和知识分子。

小说借一个农民之口提到，如果巴维尔领导的游行队伍来到他们的村庄，很可能被农民群众打得半死。工人比农民生活得更好，收入较高，文化也较高，这引起农民的嫉妒。在雷宾等的眼中，工人是不可靠的群体，只有农民才信得过，因为工人都是无家可归的流浪汉，哪里有工做，就漂流到哪里，而农民则牢牢扎根于土地上。这本书将农民的狭隘性和保守性揭示无遗。小说中有一个这样的情节：巴维尔宁肯自己长期受囚禁，也要把逃跑的机会让给雷宾，这表现了工人的宽大胸怀。

雷宾生性冷酷、勇敢无畏，在敌人面前无比坚强、宁死不屈，天生的领袖气质使他很容易得到群众的拥护，甚至受到盲目崇拜。革命中涌现的领袖人物，都是群众崇拜的目标。群众迫切需要一个救世主，期望基督再度降临，雷宾很符合群众心目中的救世主形象。他一旦掌权，就会成为个人崇拜的目标，而生气勃勃的新兴政权也会变质为专制政体。

今天，我们重读这部小说，至少可以得到三个方面的教益：第一，民主、均富和社会主义是人类的理想，但要达到这个目标是一个很长的过程。第二，在一个国家的经济迅速蓬勃发展之时，一定要防止贫富过度分化，因为这是社会不安定的根源。第三，爱是一种建设性的力量，爱心创造一切，仇恨毁灭一切。

小说中的母亲出于对儿子的爱，才奋不顾身地投入群众运动，渐渐地，她那有点自私的母爱扩展成对广大群众的同情和关爱，博爱是母亲性格中最明显的特征。

吴兴勇

目　录

c o n t e n t s

目 录

c o n t e n t s

第一章

名师导读

“工厂摆出冷漠无情的自信神色”等待着“像受惊的蟑螂一样的人们”，小说一开始，作者便铺展开人物所处的社会环境：他们面目模糊，如流水线的复制品一样，失去了“个性”。当身处阴沉压抑、单调无趣的生活泥沼中时，是坐以待毙、任由宰割，还是起身反抗、追求新生活？相信本章中父亲米哈伊尔·弗拉索夫和儿子巴维尔的不同选择可以给我们答案。

每天，在这个不大的工人住宅区的上空，工厂的汽笛总是不合时宜地颤抖着，吼叫着，于是，在这种刺耳的声音的驱使下，从那些狭小的灰色房子中，①跑出一群像受惊的蟑螂一样的人们。他们哭丧着脸，不充足的睡眠未能使他们的筋肉消除疲劳。他们来到寒冷的昏暗中，在未铺好的街道上移步向前，向一座座如耸立着的牢笼般的石头砌的厂房走去。

②工厂摆出冷漠无情的自信神色，等候着他们，同时用它的几十只油腻的正方形的眼睛，照射着泥泞的道路。污泥在人们脚下扑哧扑哧响着，不时传来几声梦呓般的嘶叫。然而，又有另一种声音迎着人们飞来——机器粗重的轰隆声和蒸汽的噗噗声。抬头一看，只见好些高高的黑色烟囱，③阴沉而严厉地耸立在这个地区的上空，好像一根根粗厚的柱子。

傍晚，夕阳西下，工厂从它的石头胸腔里把人们抛了出来，像抛废渣一样，他们又踏上了归家的路。可是他们的模样与他们来的时候大不相同了：满身油烟，面孔漆黑，在空气中散发出机油的恶臭，他们身上唯一明亮的东西是雪白的、饥饿的牙齿。

名师批注

①运用比喻的修辞手法，把到压抑的工厂里上班的工人比作受惊的蟑螂，生动形象地写出了周而复始的枯燥生活让工人们失去“人性”，写出了社会对工人的压迫，开启了全文。

读书笔记

②此处运用了什么描写手法？有何用意呢？

名师批注

③“阴沉而严厉”正是工厂整体的环境氛围，前文的描写在此处得以总结和概括，精练而独到。

①工厂又吞噬了一天宝贵的光阴，人们向自己的坟墓又走近了一步。但是，一想到即将得到的是休息的愉悦和烟雾弥漫的小酒馆带来的乐趣，他们的心中仍然感到欣慰。

每逢假日，人们睡到十点才起床。有家小的中年人穿着最干净的衣服，前往教堂做弥撒，从教堂回来后，就胡乱吃几块馅饼，重新上床睡觉——一直睡到傍晚。

傍晚，人们懒洋洋地在街上溜达，在路上遇到了，免不得要闲聊几句，但话题总离不开工厂和机器，或骂几句工头——②他们所说所想只是些与做工有关的事。回到家里，他们和妻子拌嘴，动辄挥拳殴打她们。

年轻人就下酒馆，或者轮流在各家聚会，拉起手风琴，唱着淫秽难听的曲子，跳舞、说下流话、喝酒。

这些人的身体因过度劳动而十分疲劳，他们喝起酒来很容易醉，酒醉后，心里很容易产生病态的无名怒火，③人们会紧紧抓住每一个机会发泄这种烦躁心情，为了一点小事，就以野兽般的疯狂厮打起来。

每逢节假日，年轻人都在外面游荡，往往要深更半夜才回家。这时，他们的衣服被撕破了，满身泥泞和尘土，脸上带着挨打的伤痕，可他们还要夸口自己是怎样用拳头猛揍对方的，有的在外面受了气，回来时怒气冲冲，或者流着屈辱的眼泪，露出可怜巴巴的样子，可又满嘴酒气，④既令人怜惜，又令人讨厌。

有时候，父母不得不出门寻找自己的儿子，他们在路旁的围墙底下，或者某处小酒店里发现了他，小伙子已醉得不省人事，他们大声责骂儿子，强行将儿子拉回家，好歹照料他睡下，因为第二天一早，当汽笛在空中怒吼起来的时候，他们还得叫醒儿子去上工。

老一辈人尽管痛骂和痛揍自己的儿子，可是在他们的心目中，年轻人喝酒、打架，⑤完全是一种正常现象——因为他们年轻时也同样酗酒、斗殴，也挨父母的打。

⑥生活就是这个样子的，它像一条不可测度的浑浊河流，平稳而缓慢，年复一年地不知向什么地方流去。全部生活都是被长久以来的习惯牢牢套住的，人们的所想所做

名师批注

①在周而复始的绝望之中走向死亡，这是冰冷而又可怕的后果。人们将宝贵的光阴浪费在无聊的生活之中，正是这种剥削奠定了后文“反抗”的基调。

②当一个人的生活中只剩下工作，那是极其单调而乏味的。单调的生活，总会让人感到疲累而麻木，所谓的工人，不过是工具罢了。

读书笔记

③想一想，此处的描写和后文描写米哈伊尔·弗拉索夫的暴虐有何关系？

名师批注

④“既令人怜惜，又令人讨厌”这种复杂的情感正是作者基于对现实生活的观察而发出的无奈之情。

⑤交代大环境下的“正常现象”，与后文巴维尔的“不正常”形成对比，体现了巴维尔的觉醒。

读书笔记

⑥请从修辞的角度赏析这句话，并想一想作者要表达的情感是什么？

全是一成不变的模式，谁也没有改变这种生活的愿望。

有时候，也有些外地人到工人区来。起初，他们只是由于自己是陌生人而受人注意，过了一些时候，他们身上的新奇魅力消失了，①这些人的故事使工人区里的工人知道，工人的生活到处都是一样的。天下乌鸦一般黑。

但有时候，陌生人中也有人讲到一些工人区从未听过的事情。大家对于这些稀奇古怪的谈论，只是将信将疑地听着，不敢表示自己的态度，更不愿与谈述者争论。

如果发现陌生人身上有什么超越常规的地方，这些工人区的人们就会长久记住这一点，并且对这种与自己不同的人怀着戒心。②他们仿佛害怕这人会把什么东西带进他们的生活中来，以至打破他们无聊的生活常规，生活尽管沉重，但总算平稳。

人们不指望生活变得略微好一点儿，认为任何变化都是以暴易暴，他们所受的压迫将会更残酷。

③一个人这样活到五十来岁——就死去了。

米哈伊尔·弗拉索夫也过着这样的生活。他是个钳工，毛发浓密，脸色阴沉，生着一双细小的眼睛。④他是厂里最好的钳工，工人区数他的力气最大，但他对上司态度粗鲁，所以挣钱很少。每逢假日，他总要打人，大家都不喜欢他，害怕他。有人也想打他，但弗拉索夫只要看见有人走拢来，想向他动武，便捡起石头、木板或铁块，宽宽地叉开两腿，一声不吭地等着对手。

⑤他那从眼角直到脖子都长满黑胡须的面孔和毛茸茸的两手，使人望而生畏。尤其令人害怕的是他的那双眼睛——细小而且锋利，好像钢锥一般刺人，不管是谁，只要和他的目光相遇，都会感到面前这个人有一股无所畏惧的蛮劲，随时准备毫不留情地殴打别人。

“喂，给我散开，畜生！”他闷声闷气地说道。人们受到威吓，各自走开，但嘴里还胆怯地咕哝着一些骂人的话。

“畜生！”他朝着人们背后短促地骂了一声，然后，他挑衅似的昂着头，跟在人们后面走去。

他平常脸色愠怒，沉默寡言，“畜生”这两个字成

名师批注

①天下乌鸦一般黑，这是多么恐怖的事实呀！其他地方的工人也是如此，体现了这种压迫的普遍性。

②通过写工人不敢发表自己的态度，更不愿意与谈述者争论事实，表现了工人身上的棱角已经被磨平，失去了独立的思考和反抗精神。

③臧克家说“有的人活着，他已经死了”，与此处有着异曲同工之妙。失去了灵魂，只有肉体的行走证明“我还活着”。

④简单几笔，作者便勾勒出了一个态度粗鲁的老工人形象，他是社会大环境下的典型工人形象，作者带领我们开始聚焦到个人的命运中来。

读书笔记

⑤从作者此处对米哈伊尔·弗拉索夫的外貌和神态的描写中你读出了什么呢？

了他的口头禅。他这样称呼警察和工厂里的上司，也用这种字眼招呼妻子。

①他的儿子名叫巴维尔，有十四岁了，弗拉索夫有一次想揪住儿子的头发打他，可巴维尔猛地随手抄起一把分量挺重的铁锤，简短地说："不准动手……"

父亲盯着他看了一会儿，把一双毛茸茸的手藏到身后去了，冷笑着咕哝道："好哇……"然后他重重地叹了口气，说："喀，你这个畜生！……"这件事发生后不久，他就对妻子说："以后不要再跟我要钱了！巴什卡[1]可以养活你了……"

"那你想把钱拿去喝酒吗？"妻子壮着胆子问。

"这你不用管，畜生！我去找姘头……"

他并没有去找姘头，②但是从这时候起一直到他死为止，几乎两年光景，他都不再理会儿子，也不和他讲话。

他喂养了一条狗，狗像他一样，长得壮实而多毛。③那狗每天伴随他到工厂，到了傍晚，再到工厂门口去等他。每逢休息的日子，弗拉索夫就到几家小酒店闲逛。那狗整天跟着他跑，垂着一条长毛大尾巴。他在酒店里喝得烂醉，回到家里，坐下吃晚饭，用自己的盘子盛食喂狗。他不打它，不骂它，但也从来不爱抚它。

吃罢晚饭，如果妻子收拾餐桌稍微慢点，他就把碗碟一股脑儿从桌上摔到地下，然后取出一瓶烈性酒，摆在桌上，自斟自饮起来。

他背靠着墙，闭着眼，张大嘴巴，用一种喑哑低沉的令人忧伤的声音哼起小曲来。④歌词没人能听懂，字音拉得挺长，简直像冬天的狼嚎。

他一直喝到酒瓶空了为止，然后侧身倒在长凳上，一觉睡到清晨汽笛响起。那条狗就一直卧在他的身旁。

他死于疝气病。死前四五天，他全身发黑，在床上滚来滚去，两眼紧闭，牙咬得咯咯直响。他时不时对妻子说："拿耗子药来，把我毒死吧……"

医生吩咐给他做热敷，并且说要动手术，病人当天就得送进医院。⑤"见你的鬼去吧，我自己会死！畜生！"

1 巴维尔的卑称。

名师批注

①此处是巴维尔的第一次出场。虽然他只有十四岁，但他敢随手抄起一把分量挺重的铁锤与父亲展开斗争，体现了他的反抗精神，为后文做了铺垫。

②米哈伊尔·弗拉索夫是固执而倔强的。他在死之前再也没有和巴维尔讲话。在这样的家庭环境中，巴维尔的个性始终会受到潜移默化的影响。

③米哈伊尔·弗拉索夫因为其性格而"众叛亲离"，此处通过只有狗和他的交流来深刻地体现出他的颓废与堕落。虽说"可怜之人必有可恨之处"，但他不过是社会背景之下的悲剧产物罢了。

读书笔记

④想一想，米哈伊尔·弗拉索夫为什么总是在醉酒后唱着无人可懂的歌曲呢？

名师批注

⑤此处运用语言描写，写出了米哈伊尔·弗拉索夫即使到了生命的最后一刻，也没有任何渴望和追求，表现了他的颓废与堕落。

米哈伊尔声音喑哑地喊道。

①早上，正当汽笛呼唤工人去上班的时候，他死了。给他送葬的除了他的妻子和儿子，只有那条狗以及被工厂开除的小偷和老酒鬼达尼拉·维索夫希科夫，当然，还有几个工人区的乞丐。他的妻子低声呜咽了一会儿，而巴维尔没有哭。

②埋好棺材后，人们都散了，而那条狗留下不走，蹲在新掘出的泥土上，长久地、默默无声地嗅着这坟地。过了几天，那条狗不知被谁打死了……

父亲死后大约过了两个星期，在一个星期日，巴维尔·弗拉索夫喝得酩酊大醉，回到家里，③他像他父亲那样用拳头在桌子上一捶，冲母亲大声喊道：“拿晚饭来！”

母亲走到他身边，和他并排坐下，伸手拥抱儿子，他用手撑着母亲的肩膀，反抗着，嘴里嚷道：“妈妈，快点！”

“你这傻孩子！”母亲伤心而又温柔地说，制住了他的反抗。

“我还要抽烟呢！把爸爸的烟斗给我……”巴维尔勉强转动着不听使唤的舌头，嘟嘟囔囔地说。这是他生平第一次醉酒，④伏特加使他的身体发软，但是他没有失去知觉，酒醉心里明，脑海里不断地闪动一个问题：“我醉了吗？我醉了吗？”

母亲的爱抚使他感到羞愧，她眼里哀伤的神情使他十分感动。母亲慈爱的手抚摩着他沾满汗水的蓬乱头发，她在他耳畔轻轻地说：“你不应该做这种事……”

他开始感到恶心。在一阵剧烈的呕吐之后，母亲把他安排在床上睡下，给他苍白的前额敷上湿毛巾。他略微清醒了一些，但觉得自己身下有波浪在起伏，周围的东西都在晃动。母亲柔和的声音传到了他的耳边，这种声音好似来自很远的地方：⑤“你要是喝上酒了，怎能养活我呢……你可怜可怜你的妈妈，好不好？”

他没睁开眼睛，说道：“大家都喝酒……”

“可你不要喝！你父亲喝得太多了，把该你喝的酒也喝光了。他把我折磨得够苦的了……”

巴维尔听到这些悲伤而温柔的话，想起父亲在世时，

名师批注

①作者用极其平常的笔调“结束”了米哈伊尔·弗拉索夫的故事，他只是万千“蟑螂”中的一只，即使死去，也没什么可以记得和歌颂的。

读书笔记

②可怜的狗被人打死了，你认为会是谁做的，原因是什么呢？

名师批注

③巴维尔盲目地模仿父亲，希望通过喝酒来麻醉自己，忘却内心的迷茫与无措。

④此处用矛盾的心理描写写出了巴维尔并不是真正的与父亲一样，他不过是在此时找不到生命的信仰，与后文他的改变形成鲜明对比。

读书笔记

⑤此处的语言描写，表达了她怎样的内心呢？

母亲在家里处处小心，默无声息，让别人察觉不到她的存在；她成天生活在恐惧中，不知什么时候就要挨打。①现在他逐渐清醒过来，仔细地端详着母亲。

②母亲个子很高，有点儿驼背，因长年的劳累，又遭受丈夫的殴打，她的身上有不少损伤。她走起路来无声无息，略微侧着身子，仿佛害怕碰着什么似的。她的脸蛋很宽，呈椭圆形，但上面刻满皱纹，还有点儿浮肿，发黑的眼睛中带着哀愁不安的神情，像工人区大多数妇女一样。她浓密的黑头发里已经显露出一绺绺白发。她整个神态都是柔顺的、哀伤的、逆来顺受的……

一颗颗的泪珠，顺着她的双颊，慢慢地往下掉。

“不要哭！”儿子低声央求说，“给我点水喝。”

“我给你拿点冰水来……”

③但是当她回来时，他已经睡熟了，她在他身前站了一分钟，把水勺放在桌上，默默地在圣像前跪了下来。

在弗拉索夫家的小屋里，生活流逝得比过往要平静和安宁，而且与工人区别的地方相比，有些异样。④他家的房子坐落在工人区的边缘，在一个不高的陡坡旁，坡下是一片沼泽地，厨房以及用薄板隔开的母亲的小卧室占了房子的三分之一，其余的三分之二是个有两扇窗子的四方房间。一个角落里放着巴维尔的床，在对着房门的角落里摆着一张桌子和两条长凳，还有几把椅子，一个上面放着小镜子的衣橱，一个衣箱，一个挂钟，屋角里还有两个圣像——这就是他们的全部家当。

⑤巴维尔做了当时的年轻小伙子应当做的一切事：买了手风琴、胸口发硬的衬衫、漂亮的领带、套鞋、手杖。他变得和与他年纪不相上下的青年人一样，经常参加晚会，学会了跳加特里舞和波里卡舞，每逢假日回家时，他喝得醉醺醺的，也因醉酒而吃尽了苦头。早晨他醒来时头痛，胃很难受，脸色苍白而苦闷。

“无聊得要命！最好还是钓鱼去，要不——就去买一支猎枪打猎去。”

他没买猎枪，也没去钓鱼，但是，他的日常行为举止，显然已偏离了大众所走的陈规老路：他很少参加晚会，休

名师批注

①母亲因儿子的颓废而伤心，但巴维尔是一个尚未泯灭良知的人。所以此刻，他的清醒是一种及时的转变。

②对母亲细致的外貌描写和神态描写，着重刻画了她的身形和神情，突出了她的慈母形象，也强调了她“逆来顺受”的性格特点，与下文母亲的转变形成强烈的反差。

读书笔记

③你觉得母亲在祈祷什么呢？

读书笔记

④想一想，作者在这里着重描写了巴维尔家的环境，有什么作用？

名师批注

⑤“巴维尔做了当时的年轻小伙子应当做的一切事”，可想而知，他的母亲是有多么地难过和失望。这种“玩世不恭”与后文他偏离“陈规老路”的行为形成对比。

假的日子，虽然也到别处去，但回来时从不曾喝醉过。儿子的点滴变化都离不开母亲精细的眼睛，[①]她发现，巴维尔浅黑的面孔更瘦了，眼神越发严肃，一张很少言笑的嘴巴闭得更紧了。母亲看到她的儿子变得和厂里的年轻人不同，不再与他们鬼混，心中有几分高兴，但是，当她发现儿子离开了生活的迟缓的浊流，向旁边的什么地方专注地执拗地游去时——她的心里不免又产生了一种茫然的忧虑。

他开始带一些书回家，[②]读书的时候，他十分谨慎小心，似乎生怕让人发现，读完就立刻把书藏起来。有时候，他忙着从小册子里摘录些段落，写在单页的纸上，写好后，把这些纸也藏了起来……

母子之间不常谈话，见面的时候也很少。早上他一声不响地喝完茶，就去上工，中午回家吃饭，吃饭时和母亲谈几句无关紧要的家常话，饭后又从母亲的眼帘中消失了，直到傍晚才回来。晚上，他一丝不苟地洗好脸和手，坐下来吃晚饭，饭后，他取出自己的书，久久地阅读。[③]每逢节假日，他会一大早就出门，要到深夜才回来。

她知道他是进城去了，常常在那儿看戏，但是城里却没有人来找过他。她感到近段时间儿子越来越不爱说话，同时，她还察觉到，儿子的话语中常常有些她不理解的新字眼，而她听惯了的粗俗刺耳的俚语，却从他的话语中消失了。[④]他日常生活中的一些细节也引起了她的注意——他不再讲究穿戴，却很注意保持身体和衣服的清洁，他的动作变得灵敏和洒脱，为人也更加平易近人了，这一切都引起母亲的认真关注和激动不安。

对待母亲，他也有一些新的表现：有时他也会扫地和抹桌子，节假日自己收拾床铺，总想减轻母亲的劳动，在工人区内谁也不会这样做。[⑤]在他那个木工朋友为他做的精致书架上，书籍逐渐多了起来。房间收拾得令人感到舒适愉快。

[⑥]但是，她不安的情绪在增长。经过一段时间，她的心情没有平静下来，反而被搅得更加惶恐不安了，因为她预感到不平常的事情将要发生，有时候母亲对儿子产生了不满的情绪，她想：“人家都过着世俗的生活，

名师批注

①从母亲的视角写出了巴维尔的变化。巴维尔开始以行动与这个社会决裂，开启新的生活。

②通过描写巴维尔读书时的谨慎这一细节，为下文他告诉母亲正在读“禁书”的情节埋下了伏笔，设置了悬念。

读书笔记

③想一想，此处的描写有什么作用呢？

名师批注

④每一个母亲都是爱孩子的，她会细致地观察孩子的一言一行，所以作者借助母亲的视角写出巴维尔的变化，表现了巴维尔为开启新生活而做出的有力行动。

⑤巴维尔发生了翻天覆地的变化，从一个受到父亲影响而变得迷茫颓废的人成为一个积极向上的年轻人。

⑥母亲是警觉的。她发觉了巴维尔的变化，但这种变化让人感觉惶恐不安，似乎是矛盾的一种心理，但正是这样的一种心理体现了母亲对孩子的爱。

可他却像出家人。他太老成了，和他的年纪不相称……”

日子就这样过去了，一周复一周，一月复一月，转眼就是两年。①这是种奇异的沉默的生活，其中充满了茫然的思虑和日益增多的担忧。

有一次，吃罢晚饭，巴维尔放下窗帘，坐在屋角，开始读书。母亲收拾好餐桌，洗净碗碟，走出厨房，②小心翼翼地走到他的身边。他抬起头，用疑问的目光望了望母亲的脸。

“我想问你，”她悄悄地说道，“你在读什么书？”

③“你坐下吧，妈妈……”巴维尔把书合上，用非常严峻的口气低声说，“我读的是禁书。这些书之所以被查禁，是因为其中说出了我们工人生活的真实情况，要是从我这儿查到这些禁书，我就会被抓去坐牢，判我坐牢是因为我知道真实情况。你懂了吗？”

她忽然觉得呼吸困难起来，她睁大眼睛望着儿子，此时此刻，儿子对她来说，仿佛成了陌生人。母亲替儿子担心，又很怜惜儿子。

“你为什么要这样呢，巴沙？”母亲问道。

他抬起头，看了看母亲，平静地小声回答说：“我渴望知道真理。”④他的声音很轻，然而却十分坚定，他的眼睛中放射出执拗的光辉。

她打心里明白，儿子已经把自己的命运与一种秘密而可怕的事业永远联系在一起了。她已经习惯于不假思索地听天由命，现在，看见自己亲爱的儿子走上这条危险的道路，她也只有低声饮泣的份。

“不要哭！”巴维尔温存地低声劝说，但是母亲却觉得儿子是在和她告别。

“你想一想，我们过的是什么日子？妈妈，你已经四十多了，可你过过一天好日子吗？爸爸时常打骂你。⑤我现在明白了，爸爸是在你的身上发泄他的痛苦——他生活中的痛苦。这种痛苦始终压在他的身上，但是他却不知道这痛苦是怎么产生的。爸爸做了三十年的工，从工厂只有两栋厂房的时候就做起，现在，已经有七栋厂房了！”

名师批注

①“奇异的沉默的生活”，准确地概括了此时母亲和巴维尔的相处状态，她担心孩子，但也因为信任而没有过问具体原因。

名师批注

②“小心翼翼”一词，写出了母亲对孩子的关爱，引出下文母子之间敞开心扉的畅谈。

名师批注

③通过细致的语言描写，点明了巴维尔转变的原因。巴维尔所读的是禁书，也照应了上文他在阅读时怪异的举动。

读书笔记

④此处对于巴维尔的直接描写有什么作用呢？

名师批注

⑤通过巴维尔的语言描写，写出了此刻他开始意识到父亲原本的暴戾来自被压迫的社会的本质，也表达了作者对此的理解和同情。

①母亲带着既恐惧又急切的神情听着。儿子的眼睛中放射出美丽明亮的光芒。他用胸口抵住桌子，向母亲靠近了一些，直对着她那老泪纵横的面孔，他生平第一次向她倾吐他所理解的真理。有时候想不出适当的词，他就停下来，这时，他看见自己面前那张神情悲哀的脸，脸上那双和善的眼睛中饱含着泪水，目光呆滞。

她的眼睛中充满了恐惧和惶惑的神情。他可怜自己的母亲，他又重新开始说了，②但这时谈的已是关于母亲的事，不是关于母亲的生活了。

"你有过什么高兴的事吗？"他问，"过去的生活中，有什么值得你回忆的事情吗？"

③她听了这句话，悲伤地摇着头，同时胸中涌起一股从未有过的悲喜交集的新的感情——这种感情温柔地抚慰着她深受创伤的心。她还是第一次听人这样谈到自己，谈到她的生活。她曾和女伴们谈过人生，但是大家，连她自己在内，只是一个劲地抱怨，谁也说不清楚人生为什么这样沉重和艰难。可眼下，她的儿子坐在她的面前，他的眼神、脸上的表情和他的话都触动着她的心灵，她为有这么一个儿子而感到自豪，因为唯有他才真正了解自己的生活，向她述说她的痛苦，怜惜她。④做母亲的向来不会有人怜惜。

"你打算做什么呢？"她打断儿子的话，问道。

"首先，我要读书学习，增长知识，然后再教别人。"

母亲此时心中一喜一忧，喜的是儿子能这样深刻地了解生活的痛苦，满怀悲天悯人的圣贤之心；忧的是儿子还很年轻，可他居然决定单枪匹马地去反抗别人和她自己都已习以为常的生活，这不是有风险吗？

巴维尔看到了母亲唇边的微笑，他感到他已经使母亲懂得了他所说的真理。他十分兴奋，时而微笑，时而皱眉，有时他的话里充满仇恨的感情。⑤母亲听到这些深怀恨意的激昂严肃的言辞时，面呈惊恐之色，摇着头，轻声问儿子："真的是这样吗，巴沙？"

"真的！"他坚定有力地回答道。他又对母亲谈起那些为人民造福、在人民中间传播真理的人们，而敌人却因此像捕捉野兽一样逮捕他们，把他们关进监狱或者判服苦役……

读书笔记

①通过母亲与儿子的神情对比，突出了什么呢？

名师批注

②巴维尔的觉醒来自他对于人的认知，他希望母亲开始意识到作为独立个体应当拥有怎样的生活，而不是作为工具人应该如何的生活。

③母亲的情感开始发生变化，从原本的担忧到如今的悲喜交集，从情绪的变化中表现了母亲开始理解孩子。

名师批注

④多么真实露骨的评价呀，"做母亲的向来不会有人怜惜"，所有母亲的面貌都是一样的——奉献。但是庆幸的是，她有巴维尔这个懂事的孩子。

⑤通过再次提问，写出了母亲的不确定与惊慌，面对孩子述说的理想与现实的矛盾，她是不确定的，这仍是她从作为一个母亲的角度所呈现的真实的想法。

最后她对他说："天快亮了，你还是躺下睡一会儿吧！"

"好，我马上去睡！"儿子答应说。①接着，他俯身向她说："你听懂了我说的事情吗？"

"我懂！"她叹口气回答说。从她的眼中，又滚出一颗颗的泪珠，她呜咽着说："你会把自己毁掉的！"

巴维尔站起来，在屋里踱了一会儿，然后说："我请求你，妈妈，如果你疼我——就不要阻拦我！"他拉过母亲的手，紧紧地握在自己的手里。

②"我决不拖你的后腿！"她断断续续地说，"只是你可得小心啊，千万要小心！对别人一定要提防点儿——人和人都在相互仇恨！"

"是的，人们很坏。但自从我知道世界上有真理以后，在我的心目中，人们就变好些了！自从我知道人们的丑恶并非全都是他们自己的过错以后，我的心就软下来了……这就是真理的力量！"

③等他躺下睡着了，母亲小心翼翼地从床上起来，蹑手蹑脚地走到他的身旁。巴维尔仰脸睡着，白色枕头清晰地显出他那黝黑、倔强而又严峻的面庞。母亲光着脚，只穿一件衬衣，两手按着胸口，站在他的床前，嘴唇无声地颤动着，大滴大滴浑浊的泪珠从眼睛里缓缓地流了下来。

有一次，在一周中的一个休假日，巴维尔临出门时对母亲说："星期六，城里有客人上我家来。"

"有客人从城里来？"母亲重复了一句，④突然抽泣起来。

"你害怕吗？"

"我怕！"她承认说。

⑤他俯身对着母亲的脸，像他父亲当年一样，怒冲冲地说："我们就毁在这害怕上头！"

母亲伤心地哭着说："别发火！叫我怎能不怕呢！我怕了一辈子了——心中充满担忧害怕的事情！"

⑥他的口气缓和了一些，低声说："你得原谅我。"

接连三天，她的心都在战栗，一想起那些可怕的陌生人要来，她就神情呆滞，不知所措。

星期六晚上，巴维尔从工厂里回来，洗罢脸，换了

读书笔记

①读完了这部分内容，你认为母亲是否听懂了巴维尔所说的事情呢？

名师批注

②坚定的语言写出了母亲是在与巴维尔长谈以后才开始真正理解他的表现，无论从言语上还是行动上，她都会无条件地给予他支持，也为后文埋下了伏笔。

③"小心翼翼""蹑手蹑脚"再一次体现了母亲对孩子发自内心的关爱与担忧，即使她已经被巴维尔说服，但这种忧虑仍不曾消逝。

读书笔记

④母亲不是已经理解巴维尔的选择了吗，为什么此处又突然抽泣了起来呢？

名师批注

⑤再一次"像他父亲当年一样"，但这一次和他学父亲酗酒是不一样的，他的语言揭示了这个社会对工人阶级的压迫，道出了反抗的本质。

⑥母子之间有了体谅与理解，两人渐渐开始站在统一战线上，母亲也在努力向儿子靠近。

衣服，又要上哪儿去，他没转过眼睛看母亲，说道：“要是有客人来，就说我马上回来。请你不要害怕……”

这时已是十一月末。①浓重的黑暗一动不动地紧贴在窗玻璃上，怀着敌意向屋内窥伺。母亲枯坐着，双手支在凳子上，眼睛盯着门，等候着不速之客……过道里传来沙沙的脚步声。母亲战栗了一下，紧张地竖起眉毛，站了起来。

门开了。②最初往房间里伸进一个戴着大皮帽子的头，然后，慢慢钻进一个弓着背的颀长的身躯，进房后，这人挺直身躯，不慌不忙地抬起右手，大声地喘了口气，用浑厚的胸音说：“晚安！”

母亲一声不响地点了点头。

“巴维尔不在家？”这人慢条斯理地脱下皮外套，迈着一双长脚走进房间里。③他的脑袋呈正圆形，头发剪得整整齐齐，两颊刮得很干净，长长的髭须往下垂着。他用又大又鼓的灰眼睛朝屋里仔细打量一番，架起二郎腿，在椅子上摇摆着身体。

“巴沙一会儿就回来，请等一等！”母亲轻声说。

“是吗？我正在等他呢！”大个子平静地回答说。

他沉着的态度、柔和的声音和朴实的面孔，使母亲放心一些了。母亲想问他是谁，从哪里来，是不是早就认识她的儿子，但是，他忽然把身子晃了一下，④先开口问母亲道：“谁在您的额头上留下的这道伤疤，大娘？”

这是一个使女人感到屈辱的问题。母亲紧闭着嘴唇，沉默了一会儿，然后用一种冷淡而有礼貌的口吻反问道：“这跟您有什么相干，我的老爷？”

“不要生气，这有什么难为情的！我的养母头上也有一块伤疤，和您的一模一样，所以我才这样问问。您要知道，她是被同居的鞋匠用鞋楦头打的。她是洗衣女工，他是鞋匠。在收养我做儿子后，她不知道在什么地方找上了这个酒鬼，给她造成很大的不幸。您要知道，他经常打她！简直叫我毛骨悚然……”

⑤他那坦率的态度使母亲消除了成见，于是，她赔礼地笑了笑，说道：“我没有生气，不过这个问题您也问得太唐突了……这是我那死去的男人给我留下的礼

名师批注

①“浓重的黑暗”“紧贴”“窥伺”等词语，渲染了气氛的紧张，与后文的轻松形成对比。

②“未见其人，先见其头”，这是霍霍尔的出场，带着几分自然的熟悉，将人物形象刻画得栩栩如生。

读书笔记

③此处的人物描写极其精彩，请你简要地赏析一下。

名师批注

④客人一开始用冒犯的语言和母亲交流，也正体现了他的爽朗与直接，交代了他的部分经历，推动了情节的发展。

⑤通过短暂的交流，母亲开始渐渐放下戒备，与前文的紧张形成对比，也体现了和巴维尔志同道合的人们的整体特征。

物，愿他的灵魂在天国安息！您是鞑靼人吗？”

那人把腿抖了一抖，张开嘴哈哈大笑起来，笑得连耳朵都快退到后脑勺了。然后，他一本正经地说：“目前还不是[2]。”

①“可您说话似乎不是俄罗斯口音！”母亲赔着笑容解释说，她听懂了他的玩笑话。

“我这口音比俄罗斯口音还好听呢！”客人乐呵呵地点了点头，“我是霍霍尔[3]，生在卡涅夫城。”

“到这里很久了吗？”

“在城里住了快一年啦，一个月前才进了你们这里的工厂。在这里，我认识了很多出色的人——包括您的儿子，还有别的一些人。我打算在这里住一段时期！”他一边说，一边捻着胡子。

“但愿来的人都和这个人一样才好！”母亲心里盼望着。

过道里又响起脚步声，门很快打开了，母亲站起身来，迎接另一个不速之客。②但使她大吃一惊的是，走进厨房来的不是一个彪形大汉，而是一个个子不高的姑娘。姑娘面孔像乡村姑娘一样淳朴，留着一条亚麻色的粗辫子，她轻声问道：“您是——巴维尔·米哈伊洛维奇的母亲？您好！我叫娜塔莎……”

“请问您的父名？”母亲问道。

“瓦西里耶夫娜。您呢？”

“佩拉格娅·尼洛夫娜，人们有时也叫我弗拉索娃。”

“好，我们从此就是熟人了……”

霍霍尔帮她脱下外套，问道：“冷吗？”

“旷野里很冷！风大……”③她的话语清脆而明白易懂，一张小嘴圆鼓鼓的，甚至她整个身躯都是壮实滚圆的，像花朵般的生动。

“我给你们烧茶炊去！”母亲急忙向厨房走去，“马上就好……”④她觉得自己似乎很早就认识这个姑娘，并且对她怀着一种慈母才有的怜惜和疼爱。她待在厨房里，脸上带着微笑，倾听着客人在房间的谈话。

2 帝俄时代俄罗斯人歧视中亚的少数民族，将其统称为“鞑靼人”，这里客人对母亲一本正经的问话做了一个诙谐的回答。
3 帝俄时代对乌克兰人的蔑称。

名师批注

①此处轻松的聊天，与前文的剑拔弩张的紧张气氛形成对比，表现了母亲开始渐渐接近巴维尔的组织的人。

名师批注

②又是一个个性鲜明的人物登场，她只是一个淳朴的姑娘，这出乎了母亲的意料。追求真理和年龄、地位、性别无关，只要有信仰，人人都可以参与。

读书笔记

③此处运用了什么修辞，有何妙处呢？

名师批注

④这些年轻人的激情开始点燃母亲心中的火焰，感染了她，也在她的心中埋下一颗种子。

“您心中为什么烦闷，纳霍德卡？”姑娘问道。

“没什么，”霍霍尔低声回答，“这位寡妇的眼睛长得很美，我想，或许我的母亲的眼睛也长得与她的一样呢。您要知道，我常常思念母亲，我总觉得她还活着。”

“您不是说她死了吗？”

“死了的是我的养母。我现在思念的是我的亲生母亲。我觉得似乎她在基辅的什么地方乞求施舍。”

“唉，怪可怜的！”母亲一边听一边想着，叹了口气。

门慢慢开了，尼古拉·维索夫希科夫走了进来，他是老贼达尼拉的儿子，是全工人区有名的不合群的人。他总是阴郁地躲着别人，因而大家都讥笑他。母亲惊奇地问：“尼古拉，你有什么事吗？”

他瞧了瞧房间，径自往里走，说道：“同志们，你们好。”

①“这个人也是！”母亲甚为不快地想，她十分惊奇地发现娜塔莎向他伸过手去，态度亲热而欣悦。

随后又来了两个还是孩子模样的小伙子。

其中一个母亲早就认识——是厂里老工人西佐夫的侄儿，名叫费多尔，尖尖的脸，高高的额头，一头鬈发。

另一个小伙子头发梳得很光亮，举止温文尔雅，母亲不认识他，但觉得他并不可怕。最后进来的是巴维尔，他身后还跟着两个小伙子，她都认识，两人都是厂里的工人，儿子亲切地对她说：“茶炊烧好了？谢谢你啦！”

“这就是——那些危险人物吗？”她悄悄地问。

②“就是这些人！”巴维尔一边向屋里走，一边回答。

名师批注

①母亲的不悦和娜塔莎的热情形成了对比，体现了这群年轻人对所有人都一视同仁，也让这种追求充满了理想主义的色彩。

名师批注

②“危险人物”一一登场，个性独特，这种难得的信任与友好，是这个了无生机的房子里不曾有过的东西，一道光就这样渐渐射了进来。

名师赏析

在本章中，作者通过凌厉的语言描绘了阴森可怖的工厂画面，如一幅时代画卷，父亲、母亲、巴维尔与其他“志同道合”的人一一登场。他们个性鲜明，形象突出。

作者不曾将自己暴露在文中，也没有过多点评，只是通过细致的人物细节刻画，将以米哈伊尔·弗拉索夫为代表的遭受剥削与压迫的工人阶级悲惨的一生刻画了出来，将以巴维尔为代表的年轻一代的觉醒与反抗通过与母亲的“畅谈”交代了出来。

而作为本文的核心人物——母亲，也在丈夫的压榨与儿子的引导下，开始有了新的生命激情，她的人生也开始有了色彩与光芒。

积累与运用

·好词·

颤抖 淳朴 小心翼翼 老泪纵横 悲天悯人 毛骨悚然

不合时宜 烟雾弥漫 稀奇古怪 脸色愠怒 沉默寡言 低声呜咽

酩酊大醉 默无声息 蹑手蹑脚 温文尔雅 迟缓的浊流 颀长的身躯

·佳句·

◆ 满身油烟，面孔漆黑，在空气中散发出机油的恶臭，他们身上唯一明亮的东西是雪白的、饥饿的牙齿。

◆ 生活就是这个样子的，它像一条不可测度的浑浊河流，平稳而缓慢，年复一年地不知向什么地方流去。

◆ 他背靠着墙，闭着眼，张大嘴巴，用一种喑哑低沉的令人忧伤的声音哼起小曲来。

◆ 这时，他看见自己面前那张神情悲哀的脸，脸上那双和善的眼睛中饱含着泪水，目光呆滞。

◆ 巴维尔仰脸睡着，白色枕头清晰地显出他那黝黑、倔强而又严峻的面庞。

◆ 浓重的黑暗一动不动地紧贴在窗玻璃上，怀着敌意向屋内窥伺。

◆ 她的话语清脆而明白易懂，一张小嘴圆鼓鼓的，甚至她整个身躯都是壮实滚圆的，像花朵般的生动。

·美文仿写·

文中对于母亲的形象刻画十分鲜明，通过着重描写母亲的身形和神态，写出了母亲备受压迫又充满慈爱的样子。请你仿照文段，描写你的母亲。

母亲个子很高，有点儿驼背，因长年的劳累，又遭受丈夫的殴打，她的身上有不少损伤。她走起路来无声无息，略微侧着身子，仿佛害怕碰着什么似的。她的脸蛋很宽，呈椭圆形，但上面刻满皱纹，还有点儿浮肿，发黑的眼睛中带着哀愁不安的神情，像工人区大多数妇女一样。她浓密的黑头发里已经显露出一绺绺白发。她整个神态都是柔顺的、哀伤的、逆来顺受的……

第一章 检测卷

（共 20 分）

一、填空题。（每空 1 分，共 10 分）

1. 夕阳西下，下班归家的工人身上唯一明亮的东西是雪白的、饥饿的______。

2. 傍晚在街上遇到的工人，聊天的话题总离不开____________，或骂几句工头。

3. 米哈伊尔·弗拉索夫是工厂的________（职业），工人区中数他的力气最大，他最令人害怕的是他的眼睛，细小而锋利。

4. 巴维尔在___岁时拿起了铁锤反抗父亲，此后，父亲和他再也没有了交流。

5. 巴维尔生平第一次醉酒发生在________________________（时间）。

6. 改变后的巴维尔常常在吃完晚饭后_________。

7. 母亲担忧巴维尔，但是也没有过多过问和干涉，这样的日子一过就是______。

8. 巴维尔在和母亲的谈话中说那些为人民造福、在人民中间____________的人们会被逮捕。

9. 巴维尔告诉母亲，父亲打骂她的原因是________________。

10. 城里的客人们在一个________（日期）到了巴维尔家，母亲接待了他们。

二、简答题。（每题 5 分，共 10 分）

1. 请你简要概括巴维尔发生转变之后，母亲观察到的他的异样。

2. 母亲在听完巴维尔的话后，“心中一喜一忧”，请问母亲此时为何所喜，为何所忧？

参考答案

一、填空题

1 牙齿。

2 工厂和机器。

3 钳工。

4 十四。

5 父亲死后的两个星期左右。

6 阅读。

7 两年。

8 传播真理。

9 发泄他的痛苦。

10 星期六。

二、简答题

1 （1）她感到近段时间以来儿子越来越不爱说话；

（2）话语中常常有些她不理解的新字眼，俚语从他的话语中消失了；

（3）他不再讲究穿戴，却很注意保持身体和衣服的清洁；

（4）他的动作变得灵敏和洒脱，为人也更加平易近人了；

（5）对待母亲他也有一些新的表现。

2 喜的是儿子能这样深刻地了解生活的痛苦，满怀悲天悯人的圣贤之心；忧的是儿子还很年轻，可他居然决定单枪匹马地去反抗别人和她自己都已习以为常的生活。

第二章

名师导读

“茶炊烧开了，母亲把它端进房来……”当所有的人物都悉数登场以后，聚会的延伸便开始了——他们轰轰烈烈地开启了一场又一场的辩论。关于真理的探寻，也让这群年轻人有了实践的勇气，派发传单、撰写文章、演讲呼号……哪怕被抓捕，他们也不曾退缩，翻开本章，让我们一起为他们的勇气鼓掌。

茶炊烧开了，母亲把它端进房来。客人们围着桌子紧紧地坐成一圈，只有娜塔莎坐在屋角的灯底下，手里拿着一本小册子。

“我们应当弄清楚的是，为什么人们生活得这样坏……”娜塔莎说，“还有，为什么他们自己也不好。”

霍霍尔插嘴说：“首先应研究一下，他们是怎样走入生活的……”

“应当研究，亲爱的，应当研究！”①母亲一边沏茶，一边嘟囔。

霍霍尔说：“大娘，我们应谢谢您的茶！”

她瞧了儿子一眼，问道：“我不妨碍你们吧？”

娜塔莎回答说：“您是主人，怎么会妨碍客人呢？”

娜塔莎咕噜咕噜饮完一碗茶，大声舒了口气，把辫子甩到背后，开始朗读那本黄封面、有插图的书。②清脆响亮的少女嗓音与茶炊发出的微弱的“歌声”交织在一起。这本书讲的是上古的原始人住在洞穴里的情况以及他们用石制武器猎取野兽的故事，故事十分动人，像一条美丽的带子在房间里盘绕飘荡。

巴维尔和娜塔莎坐在一起，他比所有人都长得英俊。

名师批注

①通过母亲插话，从侧面表现了这群年轻人的平易近人，也为后文母亲对这场聚会的满意态度做铺垫。

读书笔记

②“茶炊发出的微弱的‘歌声’”指的是什么？

[①]娜塔莎的身子俯在书上，不时用手撩开垂到两鬓的头发。有时她把头一仰，放低声音，说一些自己的意见，这时她不看书本，而是用眼睛和善地扫视听众的脸。房间里有一种特殊的和谐美好的气氛。

母亲对此深有感触，耳边响着娜塔莎琅琅的读书声，[②]她不由得想起自己年轻时参加的那些热闹的晚会，以及总是满身酒气的小伙子们的粗话和下流玩笑，那种情景和今天这儿的是何等地截然不同啊！想到这些，一种可怜自己身世的痛苦感情隐隐地触动了她的心。

她记起死去的丈夫向她求婚的情景。一次晚会上，他在黑暗的过道里抓住她，用整个身子把她压挤到墙上，用沙哑的暴躁的声音问道："愿意嫁给我吗？"

她觉得疼痛和屈辱，她难受极了。他呼哧呼哧地出着粗气，把又湿又热的气息喷到她的脸上。她往一边挣扎着，试着要挣脱他的搂抱。

"你要往哪里跑！"他吼了一声，"你，到底答不答应？喂！"[③]由于害羞和委屈，她喘不过气来，说不出一个字。有人打开了过道的门，他才慢慢放了她，并且说："礼拜天我就叫媒人来……"

礼拜天，媒人果然来了。

"我想要知道的，不是人们过去如何如何生活，而是现在应该怎样生活！"房间里传来了维索夫希科夫不满的声音。

"对！"红发小伙子站起身来，表示赞同。

"我不同意！"费佳喊道。

[④]一场争论爆发了，发言此起彼伏，仿佛熊熊的火舌在一堆篝火上蹿动。

"别吵，同志们！"娜塔莎忽然说道。大家都不作声了，一齐看着她。

"那些认为我们什么都应该知道的人是正确的。我们应该在自己的身上燃起理性之光，好让处在蒙昧无知的暗夜中的人们都能看见我们。我们应该对所有的问题都做出公正准确的回答。应当懂得全部真理、识破一切谎言……"

名师批注

①运用神态描写和动作描写，将娜塔莎读文章时的样子生动地表现了出来。

读书笔记

②母亲的联想在此处有何作用？

名师批注

③即使是被求婚，母亲所经历的也是粗暴无礼的行为，再次交代母亲的前半生一直都是隐忍、不幸的。

名师批注

④此起彼伏的发言如熊熊的火舌一般蹿动，在这里运用了比喻的修辞手法，体现了当时热烈讨论的情景，表现出客人们对真理的探索和向往。

娜塔莎说完后，巴维尔站起来，平静地说：“我们洞明事理，明察秋毫，世间一切是非善恶，通通逃不过我们的眼睛，我们并不是傻子，不是禽兽，不只是为了要吃饱肚子，我们还希望能过人一样的生活！”

霍霍尔说：①“我们应架起一座桥梁，使人们离开腐化生活的泥潭，走向未来的真正的善良王国。这就是我们要做的事！同志们！”

他们散会的时候，已经过了半夜。

“您送我吗，纳霍德卡？”娜塔莎问。

“当然啰！”霍霍尔回答。

娜塔莎在厨房穿衣服的时候，母亲对她说：“现在天气很冷，还穿这样的袜子，太单薄了！要是您不嫌弃，我给您打一双羊毛袜，好吗？”

“谢谢，佩拉格娅·尼洛夫娜！羊毛袜子扎脚！穿着不方便走路。”娜塔莎笑着回答。

②“我给您打一双不扎脚的！”母亲说。

“啊，您的心真好！”娜塔莎急忙握了握母亲的手，低声回答。

“晚安，大娘！”霍霍尔望着她的眼睛说，随后他弯下腰，跟着娜塔莎走进过道。

③她围着桌子忙着收拾茶具，心里乐滋滋的。由于心情愉快，她动作也麻利了许多，身上甚至冒出汗来——令她十分高兴的是，一切都这样顺利地、平安地结束了。

“你安排的这次集会挺不错，巴夫卢沙！”她说，“霍霍尔挺讨人喜欢！还有那位小姐——啊，多么聪明达理呀！她是什么人？”

“小学教员。”巴维尔在房间里踱着方步，简短地回答说。

“她的爹妈在哪儿？”

“在莫斯科。”巴维尔说。他驻足在母亲面前，用严肃的口吻低声说起来：④“你可知道，她的父亲是财主，经营钢铁生意，家中光楼房就有好几栋。因为她走上了这条道路，父亲把她逐出了家门。她是在富裕家庭中长大的，不愁吃，不愁穿，要什么给什么，可是，现在要

读书笔记

①霍霍尔的发言说明了什么？

名师批注

②母亲答应给娜塔莎打一双不扎脚的羊毛袜，体现了母亲的善良和对娜塔莎的喜爱之情。

读书笔记

③在接触革命者前后，母亲的态度有何区别？为什么？

名师批注

④通过巴维尔的语言描写，交代了娜塔莎的身世，表现出了她的勇敢，以及敢于向命运挑战，不屈服的精神。

摸黑走七俄里的路，而且还是一个人……"

这使母亲大吃一惊。她站在房间当中，惊奇地抖动着眉毛，一声不响地望着儿子，接着轻声问道："她现在是走回城里去？"

"是的，回到城里去。"

"哎呀！她不害怕？"

"她就是不怕。"巴维尔笑了笑说。

"这又何必呢？留在这儿过夜不好吗——她本来可以跟我一块儿睡！"

"不方便！明天一早，人们就会看见她在我家，这对我们都不好。"

房间里只剩下她一个人了，她走到窗前，呆立在那儿，望着街道出神。

①她的眼前，出现了一片白雪皑皑的广阔原野。风儿在寒冷地尖细地呼啸着，来回疾驰，上下奔腾，卷起一团团的雪粉。在旷野中，有一个人在踽踽独行，这是一个姑娘，她那娇小的黑色身影在摇摇晃晃地行进着。

她举步艰难，因为她那双细小的脚深深地陷进了雪里。她既感到寒冷，又感到害怕。她的身子向前倒，好像在昏暗的旷野上的被秋风激烈地戏弄着的一棵小草。前面很远的地方，闪烁着城市的暗淡灯火……

②"上帝啊！可怜她吧！"母亲低声说道，由于感到恐怖而打了个寒噤……

日子像数念珠一般，一天接着一天，从手中滑过去，串成周，串成月。每个星期六，同志们都要到巴维尔家里来聚会。不断有一些新同志前来开会，由于人多，弗拉索夫家的小屋渐渐显得又狭小，又气闷。

③娜塔莎也常来，她虽然冻得发抖，疲惫不堪，却总是显得格外开心，生气蓬勃。母亲给她织了一双袜子，还亲自替她穿在她的小脚上。

娜塔莎起初笑着，但是过了一会儿，忽然闭口不语，她沉思了一会儿，低声说：④"我过去有一个保姆——心地也像您这样善良。说起来也怪，佩拉格娅·尼洛夫娜，

名师批注

①通过母亲的联想，写出了娜塔莎走夜路的情形，暴风雪夜晚的恶劣环境反衬出娜塔莎的坚强。

读书笔记

②此处体现了母亲怎样的心情？

读书笔记

③请你试着从描写的角度赏析这句话。

名师批注

④通过类比过去的保姆，写出了娜塔莎对底层劳动人民的同情，以及对他们身上淳朴善良品质的赞美。

做工的人们过着这样困难、这样屈辱的生活，但是比起那些有钱人来，他们倒更有良心，更淳朴善良。”

“啊，您的身世原来是这样！”弗拉索娃说，“失去了父母，失去了一切幸福。”她不善于用言辞完满地表达自己心里的想法，便无可奈何地叹了一口气，默然地望着娜塔莎的脸。

“失去了父母？”娜塔莎重复了一遍，“这无关紧要，①我父亲是个粗暴的人，哥哥也是一样，而且都是酒鬼。姐姐是一个不幸的女人……她嫁了一个比她年纪大得多的人……一个非常有钱、无聊而又贪得无厌的家伙。妈妈真可怜！她和你一样是一个老实淳朴的人。像小老鼠一般的瘦小，而且跑得也是那么快，见了什么人都害怕，有时我很想见见我妈……”

“啊，我不幸的孩子！”母亲悲伤地摇着头说。

名师批注

①娜塔莎的家庭和当时的众多家庭一样，男人们由于疲倦和迷茫，靠酒精来麻醉自己；女人们则一生都在胆怯懦弱中度过。

巴维尔发表议论的时候越来越多，他参与的争论也越来越激烈——他也瘦多了。母亲发现，当巴维尔与娜塔莎交谈或者注视着她的时候，他严厉的目光就会焕发出柔和的光辉，说话的腔调也亲切了一些。此时此刻，他整个人都变得更加质朴了。

每次会上，一到争论开始变得激烈甚至达到不可开交的程度时，②霍霍尔总要站起来，像钟摆一样来回摆动着身子，用响亮得有如钟鸣的声音讲几句简单而温和的话，于是大家变得平心静气，稍稍严肃了些。

读书笔记

②通过此处的描写，你觉得霍霍尔是一个怎样的人？

维索夫希科夫经常露出心情阴郁的样子，仿佛要催促大家去干什么似的。③他和叫作萨莫伊洛夫的红发青年，总是首先挑起争论。还有那个叫伊凡·布金的，则常常附和他们俩。此人脑袋圆圆的，头发呈淡黄色，仿佛被碱水洗过一般。那个肥胖的好整洁的亚科夫·索莫夫说话不多，声音低沉严肃，他和前额宽宽的费佳·马津在辩论中总是站在巴维尔和霍霍尔一边。

名师批注

③短短几句话，就将新出现的几个人物的形象准确地概括了出来。无论他们来自哪里，口音如何，他们都有一个特点——为人真挚而热烈。

有时娜塔莎有事缺席，代替她从城里赶来开会的是个叫尼古拉·伊凡诺维奇的男子。他戴着眼镜，蓄着亚麻色的山羊胡子，谁也不知道他是远处哪一省的人——

说话时总带着一种“哦”“哦”的特殊口音。他的一举一动都有点儿远方人的味道，他的话通俗易懂，说的都是些平常事物——家庭生活、孩子、生意、警察，面包和肉类的价格等，有关日常生活的各种事物他都要谈到。

从城里来的还有一些人，来得最勤的是一个体态匀称、五官端正的高个子小姐，她清瘦苍白的脸上长着一双大眼睛。大家管她叫萨申卡[4]。

萨申卡头一个激动地高声说：①“我们是社会主义者……”

当母亲听到这个词的时候，她在②无言的惊愕中定定地注视着这个小姐的脸。她曾听说社会主义者刺死了沙皇[5]。

这件事发生的时候，她还年轻，当时她听人们说，因为沙皇解放了农奴，地主们要向沙皇复仇，他们立誓杀掉沙皇才剃头，因此人们称他们为社会主义者。但是现在她不明白为什么她的儿子和儿子的朋友们也是社会主义者。

③后来，由于这个可怕的名词在同志们的口头一再出现，母亲听惯了，也觉得它不那么刺耳了，它和其他几十个她不懂得的名词夹杂在一起，经常进入母亲的耳朵。可是，她还是不太喜欢萨申卡。

有一次，她不满地撇着嘴对霍霍尔说：“萨申卡干吗那样厉害？老是发号施令，你们应当这样，你们应当那样……”

霍霍尔哈哈大笑起来，他向母亲挤了挤眼，眼神里含着嘲笑，说道：“贵族嘛！”

巴维尔干巴巴地说：“她可是个好人。”

母亲还发现萨申卡对她儿子的态度最严厉，有时甚至冲他叫嚷。④巴维尔只是含笑不语，用以前看娜塔莎的那种温柔的目光看着这个姑娘的脸。这也使母亲感到不快。

有时，令母亲十分惊讶的是，一种狂喜的情绪，突然友善地弥漫在这伙人中间。这通常发生在某些晚上，当他们在报上读到有关外国工人新闻之际。⑤这时，大家的眼睛里都显露出喜悦的神情，大家都变得有点儿怪，仿佛都沉浸在只有孩子才有的幸福中，只听见一片欢乐

名师批注

①通过萨申卡的话，揭示了巴维尔以及霍霍尔等客人们的真实身份——社会主义者。

读书笔记

②母亲的反应说明了什么？

名师批注

③母亲现在的习以为常和前面的因吃惊而发愣的态度形成了鲜明对比，体现了新事物出现的必然曲折性，也表现了母亲渐渐融入了这个集体。

名师批注

④巴维尔作为一个革命者，对于所有人的批评和建议都是一视同仁，他虚心接受并积极改正。

读书笔记

⑤你如何理解众人的反应？

---

4 她的名字叫亚历山德拉，萨申卡是昵称。

5 指民意党人于1881年3月1日在彼得堡刺杀沙皇亚历山大二世一事。

爽朗的笑声，大家互相亲热地拍着肩膀。

于是大家如醉如痴地，脸上带着微笑地，长久地谈论着法国人、英国人和瑞典人，像谈论自己的朋友一样。他们觉得这些远方的朋友是自己的知心人，他们敬仰这些朋友，与他们①休戚与共，同甘共苦。

这个房间虽然狭小简陋，可在此时此刻，产生了全球工人来自精神上的感情，这种感情把大家融合成一个灵魂，也感动了母亲；她虽然还不了解这种感情，但这种感情却使她从屈辱状况中直起腰来。②她感到，这种感情中有一种欢乐、年轻、令人陶醉和充满希望的力量。

他们常常唱歌。唱那些大家都熟悉的普通歌曲时，他们总是高声愉快地唱，但有时候，他们也唱一些调子特别和谐却又悲壮和不平常的新歌。唱的人有时脸色发白，有时情绪高涨，在响亮的歌词里，有一种巨大的力量。

其中有一支新歌[6]，特别震撼母亲的心灵。在这支歌里，听不见那种因受尽凌辱而引发伤感和疑虑的在幽暗小径上独自徘徊的灵魂的阴郁的沉思，听不见被穷困折磨、饱经惊吓、缺乏个性、毫无光彩的心灵的呻吟。这支歌里，完全没有只会破坏一切而无力进行建设的那种复仇和抱怨的盲目感情；③在这支歌里，丝毫听不到旧日奴隶世界所遗留下来的一切。

母亲被这支歌曲的歌词和声调所容纳不下的力量征服，每逢他们唱起这支歌时，她总是比听别的歌曲时更注意，比听别的歌曲时感动得更深。

“现在是我们到街上唱这支歌的时候了！”维索夫希科夫④愠怒地说。几乎每天晚上下工以后，总有同志到巴维尔家里来走访。他们一来到就开始看书，从书里摘抄一些东西，忙得脸也顾不上洗，吃饭喝茶也手不离书。母亲觉得他们说的话越来越难懂了。

“我们要出一份报纸！”巴维尔常常说。

“别人在议论我们呢！”有一次，维索夫希科夫说，

名师批注

①“休戚与共，同甘共苦”写出了革命者们坚定的目标和团结的精神，他们忧喜、祸福相依。

名师批注

②通过母亲的心理感受，体现出了当时全世界工人们的团结，为了社会主义而奋斗的决心和对这种充满希望的未来的憧憬。

读书笔记

③此处运用了什么手法？有什么作用？

名师批注

④“愠怒”，指怨恨和愤怒，体现了维索夫希科夫此刻的情绪，压抑与不满渐渐累积，即将爆发。

6 指《工人马赛曲》。歌曲作者是P.L.拉甫洛夫，写于1875年，以《新歌》为题，发表在1875年7月1日的《前进报》上，用的是法国《马赛曲》的曲子。

“我们可能很快暴露……”

①“是鹌鹑就不要怕落网！”霍霍尔说。

母亲越来越喜欢霍霍尔。每逢星期日，要是巴维尔没有空闲，霍霍尔就来劈柴。有一次，他扛来一块木板，拿起斧头，迅速而熟练地把门口台阶上腐朽了的板子换了。

有一次，母亲对儿子说：“叫霍霍尔来咱们家里做房客好吗？你们两个也会方便些，省得互相来回找。”

“你高兴怎么办就怎么办吧！”儿子回答说，“要是他搬来，我会很高兴的……”

这样，霍霍尔就搬到他们家来住了。

②工人区尽头的这座小房子引起了人们的注意，许多怀疑的目光窥察着房子的四壁。各类谣言扇动着五光十色的翅膀在房子上空飞翔，人们千方百计地想刺探和发现隐藏在峡谷上方这座房子里的秘密。每晚总有人向窗里张望，有时还敲敲窗户，又胆怯地匆匆跑开。

有一次，小酒店老板别贡措夫在街上叫住了弗拉索娃。不等对方答话，他就一气不停地向着她喋喋不休地说起来。

“佩拉格娅·尼洛夫娜，这一向身体好吗？儿子的情况怎样？怎么还不准备给他娶亲呢？年轻人应趁身强力壮的时候完成终身大事。一个人有了家，好比酸醋泡蘑菇，坏不了！如今这年头，对一个人可得严加管教。年轻人不去教堂，却在某些角落里秘密集会——议论是非。在大庭广众之中不敢说的事情，究竟是些什么事呢？秘密！只有在我们神圣的正教教堂里才有秘密。在阴暗的角落里搞出来的什么秘密，全都是因为头脑发昏！好，祝您健康！”

③弗拉索娃的邻居，铁匠的寡妇，在工厂门口经营吃食的玛丽亚·科尔苏诺娃，在市场上碰到母亲的时候也说：“外面有闲话！可不好听呀，我的大婶啊！人家都说你儿子组织了一个像鞭身教[7]一样的团体！叫作什么宗派，要像鞭身教徒那样相互鞭打……”

母亲把这些话全告诉了儿子，巴维尔一声不响地耸

名师批注

①多么坚定的语言啊！霍霍尔对于革命的激情是澎湃而热烈的，他从未畏惧与害怕。

名师批注

②巴维尔的家里仿佛发出异样的光，引人注目，谣言也渐渐传出，暗示危险的到来。

名师批注

③通过酒馆主人和邻居的怀疑与试探，表现出人们由于长期受压迫而产生的怯懦，以及对一切外来事物、新鲜事物的怀疑和扼杀的心理，这对巴维尔来说是十分危险的。

7 17世纪中叶产生于俄国的一种皈依基督的教派，教徒们举行苦行仪式时，常鞭打自己，或互相鞭打。

耸肩，霍霍尔却发出了沉厚而柔和的笑声。

“姑娘们也对你们有气！”母亲说，[①]“对所有的姑娘来说，你们是值得倾慕的未婚夫，不酗酒，又会干活，可你们根本不理睬她们！她们说，有些行为不端的小姐从城里来找你们……”

母亲陷入了沉思。巴维尔那[②]僧侣般的严峻使她感到不安。她看到年纪比儿子大的同志，比如霍霍尔，都听儿子的意见，但她觉得，大家都怕他，谁也不喜欢他那种刻板的生活方式。

有一次，她已经躺下睡觉了，儿子和霍霍尔还在读书，隔着一层薄薄的板壁，[③]她听见了他们的悄悄话。

“我喜欢娜塔莎，你知道吗？”霍霍尔突然低声感叹说。

“我知道。”巴维尔过了一会儿才回答。

“她觉察到这一点了吗？”

“她觉察到了。”巴维尔回答说，“所以她不愿到我们这里来参加活动了……”

过了一会儿，霍霍尔问：“要是我告诉她……”

“告诉什么？”

“就说我……”霍霍尔低声说道。

“干吗要这样？”巴维尔打断了他的话。

[④]“你知道，我是这样想的：要是爱上一个姑娘，那就得告诉她，不然什么好处也没有。”

巴维尔啪的一声合上书。他用十分清晰的声音提问道：“你期待什么好处呢？”

两个人沉默了许久。

“你说呢？”霍霍尔问。

“安德烈，这事应三思而行。你应该好好地想一想，你究竟想得到什么好处。”巴维尔从容不迫地说，“假设她也爱你——我可不这样认为——就假定说是这样吧，那么，你们俩就结婚吧。一种十分有趣的结合——一个知识分子和一个工人，然后生下几个孩子，那时候，你只能一个人去做工……而且，要做很多的工。你们的生活，就会成为一块面包，为几个孩子，为一套住房而生活；

名师批注

①通过姑娘们的怀疑，来侧面表现出巴维尔和霍霍尔对革命事业的执着和坚定的信心。

读书笔记

②“僧侣般的严峻”体现了巴维尔什么样的特点？

名师批注

③一句话引出后文隐秘的交谈，吸引了读者的阅读兴趣。

读书笔记

④写巴维尔和霍霍尔的对话有什么作用呢？

你们再也没有时间干事业了，两个人的前途都完了！”

一片静寂。过了一会儿，巴维尔又开始说了，口气似乎温和了一些：①“安德烈，你最好把这些想法全抛弃，你也别使她为难……”书页发出簌簌的声音——大概是巴维尔又在看书了。

母亲闭着眼睛躺在床上，不敢发出声响惊动隔壁的青年人。她觉得霍霍尔很可怜，她为他的处境哭泣，但是她更可怜自己的儿子。她心里想着他：“我亲爱的孩子……”

霍霍尔突然道：“就这样，保持沉默？”

“这样做比较恰当。”巴维尔低声说。

“就这么办吧，既然走上了这条道路，我们就要走到底！”霍霍尔说。过了几秒钟，他痛苦地轻声继续说：“巴沙！要是你自己碰到这种事情，你也会难受的……”

“我已经在难受了……”

②母亲把脸伏在枕头上，无声地哭了起来。

第二天早上，安德烈在母亲眼中似乎变得矮小了些，但是显得更可爱了。

母亲默默地拍着他的手臂。她很想对他说许多温存的话，但是同情和惋惜的感情挤满了她的心，使她一句话也说不出来。

社会主义者成了工人区的民众的热门话题，这些革命党散发了几批传单，都是用蓝墨水写的，这些传单猛烈地抨击工厂的制度，讲到彼得堡和南俄工人的罢工，号召工人们团结起来，为自己的利益而斗争。

③厂里拿高薪的、上了年纪的人大骂起来：“这一帮捣乱分子！干这种事情，该打耳光！”

他们还把传单送到工厂管理处。年轻人都兴致勃勃地读这些宣言式的传单。

“这是真话！”

而大部分人，由于过度劳累对什么也漠不关心，懒洋洋地说：“不会有什么结果的——不是吗？”

在酒店和工厂里，出现了一些陌生人，谁也不认识他们。他们到处打听，仔细察看，像猎犬一样东闻闻、

读书笔记

①巴维尔和霍霍尔为什么不去追求自己心仪的姑娘呢？

名师批注

②通过对母亲的动作描写，揭示了巴维尔和霍霍尔不顾儿女私情的真正原因，也表现了作为母亲对孩子放弃追求幸福而选择追求真理的心疼。

名师批注

③厂里拿高薪的、上了年纪的人和年轻人、大部分人的行为的对比，体现了不同年龄阶段的人对接受新事物态度的不同，也反映了长期的压迫下人们的麻木与绝望。

西嗅嗅。他们的行踪立刻引起了大家的注意，他们中有的小心谨慎到了令人生疑的程度，有的则见人就刨根问底地问个不休，令人害怕。

①母亲心里明白，这场骚动是她儿子一手策划和发动起来的。她看到人们都聚集在他的周围。她既为巴维尔的安危担心，又为他感到自豪，两种感情交织在一起。

一天傍晚，玛丽亚·科尔苏诺娃在街上敲了几下窗子，母亲打开窗扇后，她用压低的嗓门嚷道："要当心，佩拉格娅，宝贝们闹出事来了！今天夜里要搜查你们家，还有马津和维索夫希科夫的家……"

她立刻不见了。

②母亲关上窗子，飞快穿上衣服，用围巾严密地包着头，径自朝费佳·马津的家里跑去。马津身体有病，没有去上工。他听到这个消息后，立刻站起来，脸孔唰地白了。

"果然来了……"他喃喃地说。

"是啊，见鬼……应该告诉巴维尔。我这就派人去找他，您请回吧，没事！总不至于挨打吧？"

回到家里，母亲把所有的小册子都收拢起来，通通抱在胸前然后在屋里转了很久。她往炉膛里瞧了瞧，又看看炉底，甚至连水桶也仔细看过。最后，筋疲力尽的她坐在厨房的一张凳子上，把书放在座位底下。③她不敢站起来，因为这样就会让这些禁书暴露在撞进来的人的眼中，她就这么枯坐着，一直等到巴维尔和霍霍尔从工厂回家。

"你们知道了吗？"她大声问道，还是坐在那里没有起身。

"知道了！"巴维尔微笑着回答说，"你害怕吗？"

"害怕，真害怕！"

"不要害怕！"霍霍尔说，"怕也没有用。"

"连茶炊都没有烧！"巴维尔说。

母亲站起来，指着书，负疚似的解释说："瞧，我一直没离开这些书……"

儿子和霍霍尔笑了。这笑声使她胆壮了些。④巴维尔挑了几本书，到院子里藏了起来。霍霍尔一边生火烧茶炊，一边说："根本没有什么可怕的，大娘，我只是替

名师批注

①母亲既自豪于儿子的策划和发动，又担心儿子的安危，两种情感交织在一起，体现出了她身为人母的矛盾心理。

读书笔记

②母亲把自己包裹得严严实实，体现了什么？费佳·马津作为革命者，听到消息后，脸孔唰地白了，又体现了什么呢？

名师批注

③"枯坐"一词，写出了母亲当时的动作和神态，表现了当时情况的紧急和形势的严峻。

名师批注

④巴维尔和霍霍尔的从容和上文中母亲的慌乱，形成了对比，更加衬托出两人坚定的勇气和敢于牺牲的革命意志。

那些人感到羞愧，他们干的这种事太无聊了。有一次，他们来到我的住处，把什么都翻遍了，他们觉得不好意思，就灰溜溜地走了。另一次，他们把我也带走了，把我关在监牢里。我在牢里坐了四个月左右，坐着坐着，有时他们忽然来传我，由士兵押着我经过大街，去受审讯。这些人都不怎么聪明，说不出什么道理，对我胡说一通后，又叫士兵把我押回监牢。就这样把我带来带去——①他们总不能白拿薪水呀！后来把我放了出来，就算完事了。"

他的话长如流水，从容不迫地从他口中吐出来，把等待搜查的不安心理驱除到九霄云外去了。

巴维尔从院子里回来，很有把握地说："他们一定搜不出什么！"说完便开始洗脸洗手。然后，他仔细地用力把手擦干，对母亲说："好妈妈，如果您在他们面前露出惊慌失措的样子，他们就会想：房子里一定藏着什么东西，不然，她为什么直发抖呢？真理在我们一边，有什么可怕的呢？"

"巴沙，我能沉住气。"她应许道。可接着她有点儿烦恼地脱口说道："他们如果要来，就早一点儿来吧！"

但是，这一夜他们没有来。第二天早上，母亲怕他们笑她胆小，就先②嘲笑起自己来："我自己先把自己吓唬住了！"

在这个担惊受怕的夜晚过后不到一个月，他们终于来了。那天尼古拉·维索夫希科夫也在巴维尔家里，他和巴维尔、安德烈正在商量办报的事情。时间已经很晚，快到午夜。母亲已脱衣上床，正要入睡，门突然又敞开了，霍霍尔一步跨回厨房，压低嗓门说："有马刺的声音！"

③母亲马上从床上爬起来，用颤抖的双手去抓衣服。巴维尔走到门口，用手把门一推，问道："是谁？"

一个高大的灰色身影以极快的速度闯进门来，跟着又进来一个，原来是两个宪兵。他们把巴维尔挤到一边，然后站在他的两旁。又有一个响亮而充满嘲弄的声音说："不是你们要等的人吧？"

说这话的是一个高高的面庞清秀的军官，他脸上长着稀疏的黑胡子。④工人区的警察费佳金径自来到母亲

读书笔记

①"他们"如此轻描淡写的态度，说明了什么？

名师批注

②通过母亲的自嘲，写出了母亲对自己在大风浪面前的胆小和懦弱感到羞愧，也暗含了母亲对这些年轻人的敬佩。

名师批注

③通过母亲的反应，写出了暴风雨来临的突然，为后文的风浪拉开了序幕。

读书笔记

④请从描写的角度赏析此句。

床边，他一只手举到帽檐上，另一只手指着母亲的脸，说道："这就是他的母亲，大人！"

"你是巴维尔·弗拉索夫吗？"军官眯着眼睛问，"我现在要搜查你的房子。老婆子，起来！那里是谁？"他探头朝屋里张望，蓦地一步蹿到门口。

"你们姓什么？"只听见军官的声音在喊。

这时从过道里走出①两个见证人——老翻砂工特维里亚科夫和他的房客司炉工雷宾。雷宾是一个上了年纪的黝黑的庄稼汉，他用低沉的声音吼道："你好，尼诺夫娜！"

屋子里显得很挤，两个宪兵和工人区的警官雷斯金从书架上把书取下，摆在军官面前的桌子上。另外两个人用拳头敲打墙壁，往椅子下探望，其中一个笨拙地爬上炕炉。霍霍尔和维索夫希科夫站在屋角，彼此紧挨在一起。②霍霍尔看见母亲微微笑了笑，亲切地对她点点头。

军官用他那双白色的细长的手指，以迅疾的动作抓起一本本书，翻了翻，又抖一抖，然后以灵巧的手法把书扔到一边，有的掉到地板上。

在一片沉默中，突然响起了尼古拉刺耳的喊声："干吗要把书扔在地上？"

③军官眯起眼睛，朝尼古拉的麻脸瞪了一眼。他的手指更快地翻动着书页。

"士兵！"维索夫希科夫又说，"把书捡起来……"

军官抬起头来，用探究的目光扫视着尼古拉粗壮的身体，拖长着鼻音说："嗯……捡起来……"

一个宪兵弯下身，斜眼看看维索夫希科夫，把摔坏的书捡起来……

"这本《圣经》是谁读的？"

"是我！"巴维尔说。

"这些书都是谁的？"

"是我的！"巴维尔回答。

"嗯！"军官舒服地靠在椅背上，说道。他捋了捋胡须，问尼古拉："你就是安德烈·纳霍德卡吗？"

④"是我。"尼古拉往前走着说。霍霍尔伸手抓住他的肩膀，把他往旁边一推。

名师批注

①这两个所谓的见证人，其实代表了当时的那一群人，他们因长期的压迫而丧失希望，同时也因为懦弱和胆小而举报他人。

名师批注

②这种行为和此时严峻的形势似乎格格不入，但也正因为这样，体现了霍霍尔等人的乐观与坚定。

读书笔记

③此处的描写有何作用？

名师批注

④在突发的紧急情况前，众人的反应体现出了革命同志们互相关爱、不畏牺牲的高尚品德。

"他说错了！我才是安德烈！"

"纳霍德卡，你因政治犯罪受过审讯吗？"军官问。

"在罗斯托夫受过审，在萨拉托夫也受过审……不过那儿的宪兵都是用'您'来称呼我……"

"您可知道，纳霍德卡，问的正是您，您是否知道是哪些恶棍在工厂里散发违禁的传单？"

霍霍尔摇晃了一下身躯，撇嘴一笑，想说什么，但是——这时候又响起了尼古拉怒不可遏的声音："现在我们是第一次看见恶棍……"

"把这个畜生带走！"军官说。

①两个宪兵抓住尼古拉的手臂，粗暴地把他往厨房里拖去。他用力把两脚蹬在地板上，站着不动，高声喊道："等一等……我要穿衣服！"一名警官从院子里走进来，向军官说："都仔细看过了，什么也没有。"

"哼，当然是这样！"军官冷笑着大声说，"这里有个作案老手……"

"您，安德烈·奥尼西莫维奇·纳霍德卡先生！还是个私生子呢。现在要逮捕您！"

"为什么？"霍霍尔镇静自若地问。

"这我以后告诉您！"②军官用一种恶意的礼貌口吻回答，然后转向弗拉索娃问道，"你识字吗？"

"不识字！"巴维尔回答。

"我没有问你！"军官厉声说道，再次要求母亲说，"老婆子，回答！"

"不要喊得这样响！"母亲把手向他伸过去，说道，"您还年轻，根本不知道人世的艰难困苦……"

③"冷静些，好妈妈！"巴维尔拦住了她。

"等一等，巴维尔！"母亲喊道，朝桌子那边快步走过去，"您为什么要抓人？"

"这不关你的事，住嘴！"军官站起来喊道，"把犯人维索夫希科夫带进来！"

军官把一张什么文件举到眼前，开始宣读。尼古拉被带了进来，军官把公文往桌上一扔，道："签字！"

母亲看着儿子的同志们在犯罪记录上签字，她的亢

名师批注

①通过动作描写，写出了宪兵的粗暴与无耻。准确、传神地刻画出了敌人的丑恶嘴脸。

读书笔记

②"恶意"与"礼貌"是否矛盾？

名师批注

③"冷静些，好妈妈！"——虽然巴维尔的话不多，但是他的从容不迫正是这群年轻人所共有的高尚品质，和军官们形成了鲜明的对比。

奋感消失了，心情十分沮丧，她的两眼涌出因受屈辱而无力反抗的眼泪。

军官匆匆把文件塞进锁钮锃亮的新皮包里，“走！”他命令道。

①“再见，安德烈！再见，尼古拉！”巴维尔和这两个同志握着手，深情地低声说。

终于，这伙穿灰色军大衣的人一起朝过道拥去，鞋上的马刺发出明显的响声，最后都消失了。

“他们来了，抓了人就带走了。”②母亲嘴里咕哝着，无可奈何地摊开一双手。儿子安然无恙，依然待在家里，这使她的心跳稍稍平静了些，但是思想仍然停留在刚发生的风波上，而且还不能理解这样的事。

母亲发现儿子的眼里噙着泪水，很想安慰安慰他，她模糊地感到他的痛苦，便叹了口气说：“你等着吧，他们也会把你抓去的！”

“他们会来抓我的！”他应声说。

③第二天传来了消息，被逮捕的还有布金、萨莫伊洛夫、索莫夫和另外五个人。傍晚，费佳·马津上门来说，他的家也遭到搜查，对这件事他很自鸣得意，感到自己是个英雄。

过了几分钟，厨房的门慢慢打开了，走进来的是雷宾。

④“你们好呀！”他微笑着说，“瞧，我又来了！昨天是他们把我强拉来的，今天是我自己要来的！”他握住巴维尔的手用力摇了摇。

巴维尔默默地打量着他那长着浓黑胡须和黑眼睛的黝黑的宽脸庞。在他镇静的目光中，闪现出意味深长的神情。雷宾坐下来捋了捋胡子，把胳膊肘放在桌子上，用神秘的眼神看了看巴维尔。

“是啊！”他说道，仿佛在继续一次被打断的谈话，“我与你应开诚布公地谈一谈，我观察你很久了。咱们几乎是比邻，我发现经常有很多人来你家串门，可是酗酒和胡闹的事情在你这儿从未发生过，这是第一点。要

读书笔记

①此处巴维尔的行为说明了什么？

名师批注

②这里通过动作描写，写出了母亲看到同志们最后认罪的结局，心中满是不甘和委屈，但又无力反抗，最终只能无奈地摊开双手。一阵风暴过后，母亲的精神受到了极大的震撼。

名师批注

③虽然只是短短的几个人名，但直接表明了事态的严重性，暴风雨尚未平息，众人仍处于危险之中。

读书笔记

④雷宾戏谑的话，有何作用？

是人们超群脱俗，不干不成体统的事，那他们就会立刻引起注意，这是怎么回事呢？我自己就是因为不流俗，才叫人家看不惯。”

①他的语调严肃，但很自然。他用乌黑的手捋着胡须，眼睛定定地盯着巴维尔的脸，“关于你的谣言很多。我的房东称你为异教徒，因为你不去教堂。教堂嘛，我也不去。后来出现了传单，这是你策划的吧？”

“是我！”巴维尔回答。

“哪是你呀！”母亲从厨房里伸出头来，惊慌地大声说道，“不止你一个人呀！”

“传单，你这个点子想得很好。传单能在群众中引起骚动。一共散发了十九张？”

“是的！”巴维尔回答。

“这么说来，我把这些传单都读过啦！”雷宾微微一笑，露出一口雪白结实的牙齿。

“接着就发生了搜查的事。这件事最使我对你们产生好感。你、霍霍尔、尼古拉，你们都暴露了……”他一时想不出合适的字眼，于是停了下来。他望了望窗外，用指头敲了一阵桌子。

“他们觉察到了你们的打算，可是你坚持不变。你说：长官，你干你的，我们干我们的吧。霍霍尔也是个挺不错的小伙子。有一次我在厂里听过他的演讲，我想，你别想使他改变，除了死，什么也战胜不了他。他是个硬骨头好汉！巴维尔，你相信我的话吗？”

②“相信！”巴维尔说，同时点了点头。

“好，你看，我今年四十岁了，我的年纪比你大一倍，见识比你多二十倍。当过三年多的兵，娶过两次老婆，一个死了，一个被我丢了。”

③母亲如饥似渴地倾听着他那坚强有力的话。她愉悦地看到，这个上了年纪的人来到她儿子面前，像忏悔似的和儿子促膝谈心。

巴维尔激烈而又尖锐地谈到老板和工厂，还谈到外国工人是怎样维护自身应有的权利的。雷宾有时好像打句点似的，用指头敲着桌子。

名师批注

①新出场的人物雷宾说话直接，写出了巴维尔与雷宾彼此之间的坦诚相交，为后文二人的友谊埋下了伏笔。

名师批注

②这是一个新的阶段的开始，他们中有人被抓捕了，但也有更多像雷宾一样的同志正在被感染，从而加入他们，革命的力量正在一步步壮大。

读书笔记

③母亲为什么会有这样的反应？

“按你的意见，他们还用上帝来欺骗我们？对！我也这么想，我们的宗教是虚伪的。”

这时母亲也插嘴了。每逢儿子谈起上帝，谈起各种与母亲对上帝的信仰有关的事物，谈起她认为珍贵而神圣的事情的时候，她总想寻找机会和儿子的视线相遇；她想向儿子表示无声的抗议，希望他不要说那些尖锐激烈的不信上帝的话来刺伤她的心。

现在母亲实在忍不住了，就简短而坚定地说：“说起上帝，你们最好还是慎重一点儿！信不信上帝，随你们！”她换了口气，更有力地继续说：“但是，如果你们把上帝从我的心里夺走，那像我这样的老太婆，在痛苦的时候就什么依靠也没有了！”①母亲的眼睛里噙着泪水，她洗着碗碟，手指却在颤抖。

名师批注

①母亲试图用自己理解的宗教信仰来说服雷宾和巴维尔，但是失败了。从母亲的角度写出了人们被压迫之深，宗教信仰被利用，对人们产生了巨大的影响。

“我所说的，”巴维尔接着往下说，“不是您所信的那个善良仁慈的上帝，而是神父们当作大棒来吓唬我们的上帝！他们有着利用这个上帝的名义迫使所有人屈从少数人的罪恶意图……”

②雷宾用指头敲了一下桌子，放大嗓门说道：“大妈，应该把上帝的形象改变一下，替他刷洗干净！他们给上帝穿上了虚伪和诽谤的外衣，歪曲了他的面目，以此来扼杀我们的灵魂。”

名师批注

②雷宾的言语如利剑、如雷鸣，刺向了母亲，也刺向了母亲自始至终都崇奉的信仰，他是如此直接而坦诚，对母亲来说，她必然是难以被说服的。

他的一言一语，好像雷鸣似的巨响，他乌黑闪亮的目光，也使母亲难以忍受，他在母亲的心里引起了隐隐的恐惧感，她很快走进了厨房。

母亲脱了衣服，没有做祷告就躺到床上去了。她感到又冷又不舒服。她起初觉得雷宾是个聪明练达的人，而现在，他在她的心头引起了反感。

“异教徒！捣乱分子！”听着他的声音，母亲心里想道，“他也是同志——他也来了——这里用得着他吗！”而雷宾还在非常自信而又平心静气地发表意见：③“人的心灵中最神圣的地方是不应当空虚的。上帝在人的心灵里待的地方，正是灵魂中至关紧要的地方。假使上帝从灵魂中消失了，那一定会留下创伤！这是一定的！巴维尔，我们应当构想出一种新的信仰……应当创造出一个人类之友般的上帝！”

读书笔记

③母亲和雷宾所说的上帝是同一个吗？为什么？

母亲渐渐入了梦乡，她没有听见雷宾是什么时候走的。

此后，雷宾就成了他家的常客。要是巴维尔家里还有别的同志，他便坐在角落里，一声不响。

但如果只有巴维尔一个人在家，雷宾来了，他们之间立刻会产生无休止的，却是平心静气的争论。他们使她听惯了那些大逆不道的谈话，她学会了不把这些话放在心上。①有时，在这些否定上帝的话的背后，她感到还有一种信奉上帝的坚定信念。尽管她依然不喜欢雷宾，但对他已经不怀敌意了。

每个礼拜，她都要带着换洗的衣服和书籍到监狱里去看望霍霍尔。有一次，她获准和霍霍尔会了面，母亲回来后，很感动地说："他在那里也像在家里一样。对所有的人都是那样亲切。他虽然有自己的困难和苦楚，但就是不肯让人知道……"

弗拉索夫家的灰色的小屋子，越来越引起工人区公众的关注。②人们也渐渐对这所小屋产生了几分信赖、几分好奇。有时有人跑来，小心谨慎地向四下里望望，然后对巴维尔说："哦，老弟，听说你在家里常常看书，法律上的事情你一定很清楚，那你来讲讲……"

于是，来人就对巴维尔讲起警察或工厂当局干的某件不公平不合理的事情，要是情况复杂，巴维尔就给来人写一张字条，叫他进城去找某位认识的律师，他自己能解决的就自己解决。

在人们心里，逐渐萌生出对这个认真严肃的年轻人的敬意。自从"沼地的戈比"事件之后，巴维尔在人们眼中的地位更是大大提高了。

③工厂的后面，有一大片长满枞树和白桦的宽阔的沼地，这片沼地像一个腐臭的圆圈般，几乎把工厂团团围住了。到了夏天，沼地上蒸发出浓厚的黄色蒸汽，成群的蚊子从沼地飞到工人区，到处传播疟疾。沼地是工厂的土地，新厂主为了从这块沼地上开辟财源，便打算弄干这块沼地，顺便还可以从沼地里挖取泥炭。他对工人们说，这一措施可以改变这一地区的环境，有利卫生，

名师批注

①母亲并没有因为雷宾的话而对自己的信仰产生怀疑，从母亲的反应当中体现了真理被接受的过程是曲折而漫长的。

读书笔记

②巴维尔的家再次成为众人关注的焦点，这和上一次受到关注有何不同？说明了什么？

名师批注

③通过环境描写，写出了当时沼泽地的情况，为后文克扣工人的工资埋下伏笔，也成为风暴的导火索。

并改善大家的生活条件，便下令从工人的工钱的每卢布里扣出一戈比[8]，作为沼地排水和整治地形的费用。

工人们激动起来了。特别令他们①愤愤不平的是，职员可以不必缴纳这笔新规定的税款。

星期六厂主张贴了征收戈比的布告，这天巴维尔生病，没有去上工，对这件事一点儿也不知道。第二天做过午祷后，仪表令人起敬的老翻砂工西佐夫和身材高大、为人凶狠的钳工马霍京跑来，把厂主的决定告诉了巴维尔。

“我们几个年长的人凑合在一起商量了这件事，”西佐夫老成持重地说，“结果决定派我们两个来问问你，因为你是我们伙伴当中最明白事理的人——老板要用我们的戈比来跟蚊子作战，天下真有这样的法律吗？”

②“你们回想一下，”马霍京眨着细长的眼睛说，“四年前，他们这些骗子曾经募钱盖澡堂。那次一共募集了三千八百卢布。钱弄到哪里去了？澡堂……连影儿都没有。”

巴维尔和他们说这种克扣是不合理的，而且指出排干沼地的主意明显对厂方有利。他们两人愁眉苦脸地走了。

③巴维尔忧心忡忡地坐到桌旁，执笔写着什么东西。几分钟后，他对母亲说：“我求你办一件事，立即到城里去，把这张字条交给……”

“这件事有危险吗？”她问。

“是的。那里在印我们的报纸。必须让这桩戈比事件见报，一定要在这一期刊出……”

“好吧！”母亲说，“我这就去……”

④这是儿子交给她的第一个任务。令她高兴的是，儿子对她坦率地说明了这件事的底细。

“巴沙，这事我懂得！”她一边穿衣服，一边说，“他们这样做是抢劫！那个人叫什么？叶戈尔·伊凡诺维奇？”

她回来时，天已经完全黑了。她虽然疲惫不堪，可是心里很满意。

⑤“我看见萨申卡了！”她对儿子说，“她向你表示问候。那个叶戈尔·伊凡诺维奇是个朴实的滑稽鬼，

8 1卢布值100戈比。

名师批注

①“愤愤不平”，意思是心中不服，感到气愤。直接写出了工人们被压迫、被剥削而不得不反抗的原因。

读书笔记

②插叙盖澡堂的事，有何作用？

名师批注

③巴维尔既是这篇文章的撰写者，又是整个事件的策划者，在这件事情中，体现了巴维尔在人们心中的地位。

名师批注

④在长时间的耳濡目染之下，母亲已经被年轻人的革命精神所感染，以为大家服务而感到骄傲。

名师批注

⑤母亲圆满地完成了任务，之后的喋喋不休体现了母亲内心的充实，和为自己能够尽所能帮助巴维尔的自豪。

爱说笑话。”

“你和那些人讲得来，我很高兴。”巴维尔说道。

星期一巴维尔又没有去上工，因为他头痛。午饭时，费佳·马津跑来，他十分激动，高兴得不得了，上气不接下气地说：“快去！全厂都闹起来了。大家派我来叫你！西佐夫和马霍京都说，你最会讲道理。天晓得会发生什么事啊！”

“我也去！”母亲说，“他们打算干什么？我去看看！”

“去吧。”巴维尔说。

他们沿着街市快步走着，一声不响。①工厂门口站着一群妇女，她们在尖声叫骂。他们三人悄悄溜进厂院，立刻陷入了激昂喧闹的黑压压的密集人群里。母亲看见，大家的头都朝着一个方向，面向铸造车间的墙壁，在红色砖墙前的破铁堆上，西佐夫、马霍京、维亚洛夫，还有五六个上了年纪的有威望的工人站在那里，挥动着手臂。

“弗拉索夫来了！”不知是谁喊道。附近某处响起了雷宾的均匀平稳的声音：②“我们站在一起不是为了一个戈比，而是为了正义——真的是这样！我们并不吝啬自己的一个戈比……它并不比别的戈比更圆，可是它却比别的戈比更沉重，它所含的血汗，比厂主的一个卢布里的还多。”

“你说得有道理，雷宾！”

“弗拉索夫来了！”

人们的呼喊声盖过了机器沉重的轰鸣声、蒸汽困难的叹息声和电线耳语般的嗡嗡声，喊声汇成一股喧闹的旋风。人们从四面八方匆匆跑来，挥动着双手，用激烈带刺的言辞使彼此的情绪变得更加炽烈。

巴维尔终于在西佐夫和马霍京站着的地方露面了，他喊道：“同志们！”

③母亲不由自主地拨开人群，挤上前去。人们推她，但这没有使母亲止步不前，她用肩膀和胳膊肘挤开人群，慢慢地离儿子越来越近了，她心头只有一个愿望：和儿子站在一起。

“同志们！”巴维尔再次喊道，他从这个词中汲取

读书笔记

①这次普通人的行为和上次事件发生前人们的态度有何不同？为什么会发生如此巨大的转变？

名师批注

②通过雷宾的话，写出了工人的诉求和革命者的目标。他们是为了追求正义，而并非只是为了一个戈比，这是深受压迫的底层劳动人民的呼号。

名师批注

③“和儿子站在一起”，多么朴素而坚定的愿望啊！母亲真正地和儿子站在了一起，也体现了她最终接受了真理，开始追随真理。

了欢乐和力量，使他能继续说下去，“我们建造了教堂，又修建了工厂，铸造了锁链，又铸造了金钱。我们是社会的产业大军、有生力量，所有的人从生到死都依靠我们养活，全靠我们的劳动，他们才得以过舒服的日子。”

“说得对！”雷宾喊道。

①“不论在什么时候、什么地方，我们总是在第一线干活，而我们的生活却处于末位。有谁关心我们？有谁希望我们幸福圆满？有谁把我们当人看待？没有任何人！”

“这人真敢说话！”一个高个子独眼工人碰了碰母亲的肩膀，说道。

“同志们，现在是觉悟的时候了，要知道，除了我们自己，谁也不会帮助我们！一人为大家，大家为一人——这就是我们的规约，如果我们要战胜敌人，那就应当记住这条规约！”

“弟兄们，这话讲到点子上了！”马霍京喊了一声。他把手臂高高扬起，握着拳头在空中挥动着。

“应该把厂主叫出来！”巴维尔接着说。

②人群好像被一阵旋风扫过，开始晃动起来，几十个声音不约而同地喊道：

“把厂主叫来！”

“派代表去找他！”

母亲死命向前挤去，她仰起头，欣赏儿子的风采，一种骄傲感自心头油然而生：巴维尔站在老工人中间，与他们一起受到群众的敬重。

“选派代表！”

“西佐夫！”

“弗拉索夫！”

“雷宾！他伶牙俐齿，是舌战高手！”

人群中忽然有几个人用不很响亮的声音惊叫道：“他自己来了……”

“厂主！”

人群向两边闪开，给那个留着山羊胡子、长脸高个儿的人让开一条道路。

读书笔记

①一连串的反问写出了当下怎样的社会现实?

名师批注

②巴维尔的话在人群中形成了巨大的影响和波动。他勇敢地挺身而出，源于对革命的坚定信心和反抗压迫的决心，表现了他不屈不挠的性格，这种性格也正影响着众人。

“让开，让开！”他一边说，一边做着急促的手势，叫工人给他让路，但是他不屑于用手去碰他们。他的眼睛是眯着的，他正在用统治者的目光仔细审视着工人们的面孔。①由于他的到来，人群沉默了，有的不知所措，有的难堪地微笑，有的低声地叹息。

他经过母亲身旁时，用森严的目光向她的脸瞥了一眼，然后走到废铁堆前站住了。有人从铁堆上面伸手扶他，但是他不去理会，用强劲有力的动作，轻快地爬了上去。他站在巴维尔和西佐夫的前面，问道：“聚在这里干什么？为什么不去干活？”

现场寂静了好几秒钟。②人们的脑袋像麦穗一样在摇摆。西佐夫把帽子在空中一挥，耸耸肩膀，低头不语。

“我在问你们呀！”厂主大声喊道。

巴维尔③挺身站到他身旁，用手指着西佐夫和雷宾，高声说：“我们三个人，是弟兄们委任的全权代表，要求您撤销扣除一戈比的决定……”

“为什么？”厂主看都不看巴维尔地问道。

“我们认为向我们征收这种捐税是不合理的！”巴维尔声音洪亮地说。

“你们认为我排干沼地的计划只是想剥削工人，而不是想改善工人的生活，是不是？”

“是的！”巴维尔回答。

“您也是这样想？”厂主问雷宾。

“大伙的意见都一样！”雷宾回答。

“那么您呢，可敬的长者？”厂主望着西佐夫。

“是的，我也要向你请愿，给我们留下这一个戈比吧。”

④厂主缓缓地把人群扫视了一遍，耸了耸肩，然后用审视的目光定定地瞧着巴维尔，对他说：“看来您是个读过几本书的人，难道您也不懂得这个措施的好处吗？”

巴维尔放大嗓门回答：“如果厂里肯出钱来排干沼地，那大家都会理解。”

“工厂又不是慈善机构！”厂主干巴巴地说，“我命令所有人立即上工！”他移步走下铁堆，用脚小心地探着铁块，只顾自己走稳，对谁也不看一眼。

名师批注

①简单的排比罗列出了人们因长时间被压迫而产生的习惯性懦弱，与上文厂主没来时的亢奋形成了对比，体现了底层劳动人民的无奈。

名师批注

②巴维尔的话在人群中像旋风一样扫过，使人们又开始晃动起来，而厂主的斥责又让人们开始摇摆。

名师批注

③“挺身”一词，是多么地坚定啊！在人们逐渐回归到逆来顺受的语境中去的时候，巴维尔站了出来，而且是勇敢、毫无畏惧的。

读书笔记

④厂主的态度说明了什么？

“如果十五分钟以后你们还不干活，我就下令罚所有人的款！”厂主冷漠而清晰地说。

①他穿过人群，但他的身后却响起了一片嘀嘀咕咕的埋怨声，他的身影离得越远，叫喊的声浪就越高。

“跟他谈没用！”

人们转向巴维尔，对他喊道：“喂，大律师，现在该怎么办呢？”

“同志们，我提议，只要他不收回征收一戈比的命令，我们就不上工……”

群情激动，声音此起彼伏。

②“要我们砸饭碗，哪有这样的傻子？”

“罢工吗？”

“为了一个戈比犯得上吗？”

“那又怎么？就是要罢工！”

名师批注

①在厂主的斥责声中，只有巴维尔挺身而出。当厂主离开后，人群中却有了嘀嘀咕咕的埋怨声。他们不敢高声语，这是源自内心的怯懦。

②议论纷纷的语言在人群中传出，巴维尔和雷宾激昂的演说轻轻地扫过了人们的心头，但最终，在金钱的压迫之下，懦弱的本性仍未改变。

名师赏析

巴维尔家的小房子吸引了一批又一批的有志之士，他们在这里辩论真理，发出最真挚的呼喊，不计个人安危。当然，这座小房子也让其他人开始了窥察与猜疑，所以我们看到了不同人对巴维尔和他的行为的不同反应。

有人因长期的压迫变得麻木不仁，有人敢怒不敢言、怯懦怕事，有人勇敢地加入他们……这是新旧两种思想的碰撞，这种曲折性是必然的。而对于母亲来说，她对巴维尔的了解越多，对他的支持也会更坚定。一个怯懦的妇女，开始焕发新的生命力。

积累与运用

·好词·

嘟囔　飘荡　寒噤　淳朴　惊愕　弥漫

惋惜　诽谤　愠怒　腐朽　募集　严峻　簌簌

截然不同　蒙昧无知　踽踽独行　疲惫不堪　通俗易懂

如醉如痴　休戚与共　喋喋不休　大庭广众　惊慌失措　愤愤不平

·佳 句·

◆ 娜塔莎咕噜咕噜饮完一碗茶，大声舒了口气，把辫子甩到背后，开始朗读那本黄封面、有插图的书。清脆响亮的少女嗓音与茶炊发出的微弱的“歌声”交织在一起。

◆ 一场争论爆发了，发言此起彼伏，仿佛熊熊的火舌在一堆篝火上蹿动。

◆ 在这支歌里，听不见那种因受尽凌辱而引发伤感和疑虑的在幽暗小径上独自徘徊的灵魂的阴郁的沉思，听不见被穷困折磨、饱经惊吓、缺乏个性、毫无光彩的心灵的呻吟。

◆ 人们的呼喊声盖过了机器沉重的轰鸣声、蒸汽困难的叹息声和电线耳语般的嗡嗡声，喊声汇成一股喧闹的旋风。

·美文仿写·

文中通过母亲的联想与想象写出了娜塔莎在恶劣环境下独自一人行走的样子，表现了她的坚毅与刚强。请你仿照文段，结合生活经验，进行一段环境描写。

风儿在寒冷地尖细地呼啸着，来回疾驰，上下奔腾，卷起一团团的雪粉。在旷野中，有一个人在踽踽独行，这是一个姑娘，她那娇小的黑色身影在摇摇晃晃地行进着。

第二章 检测卷

（共 20 分）

一、填空题。（每空 1 分，共 10 分）

1. 娜塔莎在读书时，房子内和谐的气氛令母亲记起她死去的丈夫向她 ________ 的情景。

2. 一到争论开始变得激烈甚至达到不可开交的程度时，____________ 就成了气氛的调和者。

3. ____________ 头一个激动地高声说：“我们是社会主义者……”

4. 聚会时，他们常常唱歌。有一次，他们唱了一首新歌，叫作 _________，使人感到一种巨大的力量。

5. 每逢 ____________，要是巴维尔没有空闲，霍霍尔就来劈柴。

6. 社会主义者成了工人区的民众的热门话题，这些革命党散发了几批传单，都是用 ____________ 写的。

7. 军官闯进巴维尔家，除了带走了维索夫希科夫和霍霍尔，被逮捕的还有布金、萨莫伊洛夫、索莫夫和另外 ____ 个人。

8. 在巴维尔和雷宾的谈话中，______________________ 话题引起了母亲的不满。

9. 每个礼拜，她都要带着换洗的衣服和 _________，到监狱里去看望霍霍尔。

10. 星期六厂主张贴了 _________________ 的布告，彻底激怒了工人阶级。

二、简答题。（每题 5 分，共 10 分）

1. 母亲为什么一开始不喜欢萨申卡？

2. 母亲听到霍霍尔和巴维尔的谈话后，为什么会痛哭起来？

参考答案

一、填空题

1 求婚。
2 霍霍尔。
3 萨申卡。
4 《工人马赛曲》。
5 星期日。
6 蓝墨水。
7 五。
8 宗教 / 上帝 / 信仰。
9 书籍。
10 征收戈比。

二、简答题

1 因为母亲认为萨申卡过于强势，总是喜欢发号施令；萨申卡是第一个激动地喊出“我们是社会主义者……”口号的人，这与习惯了逆来顺受的母亲性格上有很大的冲突。

2 因为母亲了解到，霍霍尔为了继续追随革命，不得已放弃了对娜塔莎的爱慕，他牺牲了个人的情感趣味，为成千上万的人谋求幸福，这种无私奉献的精神感染了母亲。

第三章

名师导读

巴维尔为了人们的利益挺身而出，最终被逮捕入狱。为了拯救巴维尔，母亲决定冒着生命危险把小册子和宣传单送进工厂，洗脱巴维尔的嫌疑。此时，母亲的革命意识已经觉醒，不再像过去一样软弱。探视时，母亲终于见到了思念已久的巴维尔，但从探监人的麻木、监守者的冷酷无情可以看出，当时的社会现状是极其不乐观的，在这种恶劣的情况下，革命者该如何继续下去呢？

巴维尔走下铁堆，和母亲站在一起。

周围的群众都用低沉的声音议论开了，他们争吵着、激动着、叫喊着。

“别组织罢工吧！”雷宾走到巴维尔身边说，“大家虽然舍不得出钱，但是胆子小。大约有三百个人支持你，不会再多了。”弗拉索夫觉得，①他刚才说的话，在人们心中无声无息地消失了，犹如稀稀落落的雨点洒在久旱的干土上，没有什么作用。他走回家去，忧郁而疲乏。跟在他后面的是母亲和西佐夫，雷宾和他并排走着，在他耳边嗡嗡地说：“你说得很好，但是没有拨动人们的心弦，问题就在这里！”

西佐夫说：“巴维尔·米哈伊洛夫！你是个好兄弟，今天敢于站出来捍卫大伙的利益！愿上帝保佑你，兴许你能找到办法和出路，上帝保佑！”他走了。

雷宾脸色忧郁，说话的声音异常颤抖。他对巴维尔说：②“空洞的理论，人们是不相信的，一定要卧薪尝胆，亲自吃点苦给大家看，只有血洗过的话语人们才相信。”

整整一天，巴维尔都是在愁闷、疲惫和心神不安中度过的。他的眼睛冒火，好像在寻找什么东西。母亲见

名师批注

①通过形象的比喻，写出了新事物被大众所接受必然是需要一个过程的，人们因为长期受压迫而失去了反抗的劲头，巴维尔的失败其实是必然的。

名师批注

②作者借用雷宾的话揭示了巴维尔失败的原因，人们只有在刻苦自励、立志雪耻图强以后才能够去相信巴维尔所说的话。

他这样子，小心地问他：“你怎么啦，巴沙？”

①“头痛。”他若有所思地说。然后他突然低声说：“我还年轻，没有力量——就是这么回事！他们不信任我，不愿跟着我讲的真理前进，就是说，我还不会说明真理！我很难过，为自己感到屈辱！”

名师批注

①巴维尔仍陷于自我怀疑之中，他那么坚定地呼号，在工人阶层中竟然只激起了点点涟漪，这让他的自信心大受挫败。

母亲看着他愁云笼罩的脸，想安慰他几句，于是轻声说：“你要耐心等待！他们今天不懂，明天是会懂的……”

“他们应当懂！”他高声说。

夜里，母亲睡了，巴维尔正躺在床上看书，几个宪兵上门来了。②他们怒气冲冲地搜遍了屋里屋外，连阁楼和院子也不放过。

读书笔记

②宪兵再次上门，这和之前的上门有区别吗？

趁他们不注意，巴维尔赶紧悄声对母亲说：“他们是来逮捕我的……”

母亲凑过身子，小声回答：“我知道……”

她知道，他们抓儿子去坐牢，是因为今天他对工人们讲了话。③但是，他讲的话，大家都赞成，所以大伙一定会出来为他辩护，这样就意味着——他在牢里不会待很久……

名师批注

③通过心理描写，可以看出母亲对群众仍然抱有寄托，巴维尔是因为群众被逮捕的，所以群众是不会抛弃他的，他应该不会在牢里待很久。

她想拥抱着儿子哭一场，但是军官站在旁边，正眯着眼睛盯着她。弗拉索娃感到这个人正在等着她流泪、乞求和哀告。她鼓起全身力量，尽量少说话，握住儿子的手，屏住呼吸，慢慢地低声说：“再见，巴沙。要用的东西全拿了？”

“全拿了。别想念我……”

“基督与你同在……”

他被带走后，④母亲在一张凳子上坐下来，闭上眼睛，低声哀号起来。她像丈夫还在时自己不顺心时常做的那样，把背靠在墙上，她的心中充满了忧伤和对于自身软弱无力的屈辱感。她仰着头，一个劲儿地哭了很久——她在这哭声里，倾吐出受伤的心灵的哀痛。

读书笔记

④这一段的动作描写和神态描写写出了母亲怎样的心理呢？

天气很冷，雨点咚咚地敲着玻璃窗。似乎在这个黑沉沉的夜晚，房子周围有一些穿灰大衣的身影在走动着、窥伺着。

早晨，汽笛吼叫着，要人们去上工。门打开了，进来的是雷宾。他站在母亲面前，问道："他们把人抓去了？"

"抓去了，那些该死的东西！"母亲叹口气答道。

"真不像话！"雷宾苦笑了一下，说，"我也被搜查了，是啊，到处都翻遍了，他们还张口骂人……厂主眨眨眼，宪兵把头点，他们串通一气，狼狈为奸。"

"你们应该去营救巴维尔呀！"母亲站起来高声说，"他是为了大伙才被抓的。"

"谁去救他？"雷宾问。

"大伙呀！"

"看你说的！不，这是办不到的。"

①他一边苦笑着，一边迈着沉重的脚步走了。他严酷而令人绝望的话增加了母亲的痛苦。

她没有生炉子，没有煮饭，也没有烧茶喝，直到很晚的时候，她才吃了一块干面包。躺下睡觉的时候，她觉得有生以来日子从没有这样孤独、单调过。

一天慢慢地过去了，接着是个不眠之夜，第二天过得更慢。她等待着，希望有人上门，但谁也没有来。黄昏来临了，接着是漆黑的夜晚。

有人在轻轻敲窗户——一声，两声……②她怀着模糊的希望，立即站起来，把围巾披在肩上，开了门……

走进来的是萨莫伊洛夫，他身后还跟着一个人，但此人的脸全被大衣领子遮住了，他的帽子拉到眉毛上，看不清他是谁。

萨莫伊洛夫的同伴沉重地、沙哑地喘着气，脱掉帽子，向母亲伸出指头奇短的大手掌，像老朋友似的语调亲昵地说道："您好，妈妈！不认识了吗？"

③"是您啊？"弗拉索娃叫了一声，心中不知为什么豁然开朗了，"叶戈尔·伊凡诺维奇？"

"正是我！"他垂下留着长发的大脑袋，回答道。

叶戈尔·伊凡诺维奇走进房里，隔着一层板壁对母亲说："亲爱的妈妈，今天早上，您认识的那个尼古拉·伊凡诺维奇出狱了……"

"难道他也在牢里吗？"母亲问道。

"他被关了两个月零十一天。他在牢里看见了霍霍

名师批注

①雷宾的坦白，让母亲最后的希望也破灭了，与上文母亲的寄托形成了对比，更体现出了母亲的绝望。

名师批注

②长久的等待并没有磨灭母亲的期待，哪怕只有一丝希望，她也会奋力争取。这"模糊的希望"重燃了母亲的信心。

名师批注

③叶戈尔·伊凡诺维奇和萨莫伊洛夫的出现使事情似乎有了转机，不知不觉中，母亲已经对革命同志们产生了依赖感。

尔——他向您问好，也看见了巴维尔，他也向您问安，让您不要担心。您知道这里昨天抓了多少人吗？”

“不知道，难道除了巴沙还有别人被抓？”母亲惊奇地说道。

“他是第四十九个！”叶戈尔·伊凡诺维奇镇静地打断了她的话，“应该有思想准备，长官们还要再抓十来个呢！这位先生也会被抓去的……”

“对，他们不会放过我，我也会被抓去的！”萨莫伊洛夫皱着眉头说。

她穿好衣服，出来见客，走进房时，显得很有精神，对客人微微一笑。

①“抓了这么多人，总不至于关很长时间吧……”

“对！”叶戈尔·伊凡诺维奇说，“如果我们想出巧计，破坏他们的如意算盘，那他们就会变成一群不折不扣的傻瓜。目前我们面临这样的情况：如果我们现在不再把我们的小册子送进工厂，宪兵们一定会抓住这个可悲的线索，去刁难巴维尔以及与他一起落入监狱的同志……”

②“这是怎么回事呢？”母亲惊慌地呼喊道。

“道理十分简单！”叶戈尔·伊凡诺维奇温和地说，“宪兵们有时也能正确地分析判断事情。您想想：巴维尔在厂里的时候，就出现小册子和传单，巴维尔一离开——厂内却没有这些东西了。这就是说，这些传单都是他散发的了，是不是？这样，牢里的人们就成为宪兵们嘴里的食物了——宪兵这些东西，是最喜欢把一个人收拾得不像样子的……”

“明白了，我全明白了！”母亲忧愁地说，“啊，主啊！现在要怎么办才好呢？”

厨房里传来了萨莫伊洛夫的声音：③“现在我们必须像以前一样开展工作，不单是为了事业，也是为了营救同志。”

“可是没有人去干啊！”叶戈尔带着苦笑补充说，“我们的宣传品在文字方面称得上精品——我们自己创作的！但是怎么带进工厂，现在还一筹莫展呢！”

“门口开始对所有人搜身了！”萨莫伊洛夫说。

名师批注

①客人们带来的消息让母亲稍稍有了一种宽慰，既然被抓的人很多，如果一时得不到证据，那么就必须尽早放人，巴维尔也会安全了。

名师批注

②短暂的希望立即破灭，母亲又陷入了惊慌与恐惧之中，这是来自为人母的担心。

读书笔记

③宪兵已经抓捕了几十人，为什么这些人还要去以身涉险呢？

[1]母亲感觉到他们这是想要她做什么事，对她有所期待，于是急忙问："那该做些什么呢？有什么好办法吗？"

萨莫伊洛夫站在门口说："佩拉格娅·尼洛夫娜，您认识那个女商贩科尔苏诺娃吗？"

"认识，怎么？"

"去跟她商量商量，看她肯不肯拿进去？"

母亲不同意地摇摇手，说："这可不行！她是个多嘴多舌的女人，不行！大家马上就会知道，是经我交给她的，是从我家拿去的，不行，不行！"

[2]忽然，她头脑中产生了一个主意，她小声说："你们交给我吧，交给我！我能安排好，我自有好办法！我去求求玛丽亚，请她收我当帮手。就说我要吃饭，得寻找生活门路。这样，我也可以到工厂里送快餐了，我就可以把传单带进去。"

叶戈尔回答道："那么，好妈妈，事情就这么定了？明天我们把宣传材料给您送来——[3]为了锯破延续了许多个世纪的黑暗，我们的锯子又要启动了！言论自由万岁！母亲的心万岁！好了，再见！"

"再见！"萨莫伊洛夫紧紧握住母亲的手说，"可是，关于这种事情，我对我自己的母亲也不敢透露半个字，真的！"

"慢慢地谁都会明白我的诚心！"弗拉索娃想宽慰他，就这样说道。

第二天一大早，她就去找玛丽亚·科尔苏诺娃。那个女商贩像平时一样，满身油污，喋喋不休，她看见母亲表示很同情。

[4]"我想到你这儿替你打工。"弗拉索娃打断了她的唠叨，说道。

"好，我答应你。从前我那死鬼打我的时候，你常常把我藏起来，这些事你还记得吧？现在你有了困难，我也该拉你一把……"最后她们谈妥了，第二天午饭时，弗拉索娃把两个盛着玛丽亚做的饭菜的大罐子挑到工厂去，而玛丽亚自己则到市场上去做买卖。

工人们立刻发现了这个新来的女商贩。有些人走到

名师批注

①母亲主动要求参与他们的行动，既是出自营救巴维尔的急切，也是她已经不自觉地站在革命者的统一战线之上的体现。

名师批注

②母亲的灵机一动，让我们看到，母亲可以为了巴维尔的安危和狱中的同志们而积极地投入革命，不顾个人安危。

读书笔记

③从这段话中，你读出了什么？

名师批注

④"打断"一词，写出了母亲的干脆与干练，她目标明确，为了营救儿子不惜以身涉险。

她身边来，鼓励地说：“尼洛夫娜，你做起生意来了？”

①有些人安慰她，向她担保，说巴维尔很快就会被放出来的；另一些人说些表示深刻同情的话，这只能使她忧伤的心更加惴惴不安；也有些人愤恨地痛骂宪兵和厂主，引起她心里的共鸣；还有些人幸灾乐祸地望着她。考勤员伊萨·戈尔博夫咬牙切齿地说：“我要是省长，一定把你儿子绞死！看他还敢不敢煽动工人造反！”听到这种恶毒的威吓，她感到从头到脚一身都凉了。

> **名师批注**
> ①有人鼓励她，有人同情她，有人幸灾乐祸，有人威吓她……这便是众生百态。在经过巴维尔演讲时众人的不同反应后，母亲想必已经看清了这一切。

工厂里很不平静，工人们东一堆西一群地聚在一起，窃窃议论着什么。两个警察押着萨莫伊洛夫从身边走过：他默默走着，一只手插在口袋里，一只手抚摩着浅棕红色的头发。

一群工人，大约一百人，跟在后面给他送行，用咒骂和嘲笑赶着警察。萨莫伊洛夫走过母亲身边的时候，②微笑着对她点点头，说：“他们来抓我了！”

> **名师批注**
> ②即使被捕，萨莫伊洛夫也依然微笑，他不曾被这些人所吓倒，他的从容不迫与执着的精神值得人们敬佩。

母亲闭口不语，向他深深鞠了一躬，这些年轻人为人正直、头脑清醒，向牢狱走去时仍面带笑容，这使她非常感动。

从工厂做罢生意回来，母亲那一天余下的时光都是在玛丽亚家里度过的。母亲帮她干活，一边听着她唠叨，直到很晚才回到冷冷清清、寂寞凄凉的家里。③她长久地在屋子里走来走去，找不到一个安定的地方，想不出应当做什么。令她格外心焦的是，时间已近深夜，但叶戈尔·伊凡诺维奇还没有送传单来，他本来答应要送来的。

> **读书笔记**
> ③母亲的这种焦虑体现了什么？

有人小声地敲了敲门，母亲赶紧跑过去摘下门闩钩。进来的是萨申卡。母亲已经很久没见她了，现在首先引起她注意的是，④这姑娘长胖了，但这是不自然的肥胖。

> **名师批注**
> ④母亲细致地观察出了萨申卡的肥胖并不是自然的肥胖，与后文萨申卡在身体里藏了宣传册埋下了伏笔，体现了萨申卡勇敢无畏的精神。

“您好！”母亲说，她心中颇为高兴，“很久不见您了，出远门了吗？”

“不是，我蹲监狱了！”姑娘苦笑着回答，“和尼古拉·伊凡诺维奇同一个监狱；您还记得他吗？”

“怎么会不记得？”母亲大声说道，“昨天叶戈尔对我说，他已经得到释放了，但是关于您的情况，我一点儿也不知道……谁也没说您也在牢房里……”

“这种倒霉事有什么说头呢？趁叶戈尔·伊凡诺维奇还没有到，我要换件衣服！”姑娘环视四周，说道。

“您浑身湿透了……”

“我把传单和小册子带来了……”

“快拿出来，快拿出来！”母亲催促着。

①姑娘麻利地解开大衣的纽扣，全身抖了抖，于是，一沓沓纸仿佛树叶从树上掉下一般，簌簌地从她身上掉下来，散落在地板上。母亲咧嘴笑了，一边从地上将纸片拾了起来，一边说：“我见您这样胖，还以为您最近嫁了男人，怀了小宝宝呢。哎哟，带来这么多！是走来的吗？”

“是的！”萨申卡说。现在，她的身材又恢复了原样，匀称而苗条。②姑娘问道：“请您告诉我，巴维尔·米哈伊洛维奇在牢里情况怎样？还过得去吗？他不怎么焦急吧？”

“还好！”母亲回答说，“您知道，他是不会轻易向别人诉苦的。”

前室里有人很响地跺脚，喃喃地自语，母亲打了个寒噤，姑娘霍地跳起身来，急促地对母亲耳语说：③“先别开门！如果宪兵来了，您就说不认识我！就说我走错了人家，来到您这儿，忽然晕倒，您帮我脱衣服时，才发现了这些印刷品——明白了吗？”

“我的好孩子，您这是为什么啊？”母亲感动地问。

“等一等！”萨申卡说着，一边侧身细听，“可能是叶戈尔……”

走进来的人果然是叶戈尔，他浑身都淋湿了，因为疲劳，喘得透不过气来。④他慢慢地脱下了沉重的大衣，放连珠炮似的说：“唉，妈妈，官厅真拿这位姑娘没办法！监狱看守欺负她，她对看守说，如果不向她赔礼道歉，她就绝食饿死，她真的八天没吃东西，险些丧了命。这个姑娘真有两下子！”

“哎呀，您真的八天没吃东西吗？”母亲吃惊地问道。

“为了让他向我赔礼，自己吃点苦是必要的！”姑娘冷得直耸肩膀，回答道。

“我总算把沉重的大衣脱掉了！”叶戈尔打开了门，像宣布一件大事似的说道。他端起了茶炊，一边将其拿

名师批注

①通过形象的比喻，把宣传册比作簌簌而下的树叶，写出了宣传册数量之多，也体现了萨申卡作为革命者的勇敢精神。

读书笔记

②此处的语言描写，写出了萨申卡的焦急，除此以外还有什么具体的作用？

名师批注

③萨申卡把带来宣传单的责任都推到自己身上，短短的几句话体现出了萨申卡为了保护母亲敢于牺牲的精神。

读书笔记

④作者为什么不直接描写萨申卡八天没有吃东西，而是通过叶戈尔说出来呢？

走，一边说：“我的亲生爸爸，一天至少要喝二十杯茶，所以才无灾无病地活到了七十二岁。他体重八普特，是复活村的教堂执事……”

“您是伊凡神父的儿子吗？”母亲大声问道。

“对啦！您怎么知道？”

“我就是复活村的人呀！”

“是同乡？娘家姓什么？”

“你们的邻居！我是谢廖金家的人。”

“瘸腿尼尔的女儿吗？这人我认得，小时候我的耳朵被他拧过不止一次……”

①他们面对面站着，彼此一问一答，一边数说家乡旧事，一边笑着。萨申卡含笑看了看他们，便开始沏茶。

“已经十点多了，我还要走很远的路……”

“上哪儿去？还要进城吗？”母亲吃惊地问。

“是。”

“您这是怎么啦？天又黑，又下雪！您够累的了，就在这儿过夜吧！”

“不，我非走不可。”姑娘简洁地说。

“老乡，这位小姐必须离开。这儿的人认识她。如果她明天在街上露面，那就不好了！”叶戈尔说。

萨申卡喝完茶，默默地握了握叶戈尔的手，向厨房走去，母亲跟在后面送她。萨申卡在厨房里对母亲说：“您要是见到巴维尔·米哈伊洛维奇，请代我问候他！”她握住门的把手，忽然回过头来，轻轻地问道：“可以亲亲您吗？”

②母亲不声不响地抱住她，热烈地吻了吻她。

“谢谢！”姑娘小声说道，点点头便走了。

“您还记得普罗佐罗夫一家吗？”叶戈尔问。

“记得，记得！”母亲心事重重地说。她侧身走着，在桌子旁落座，她那双眼睛里充满忧伤，她望了望叶戈尔，慢慢地拖长声音说：③“哎呀！萨申卡行吗？她能走到城里吗？”

“她会累得筋疲力尽的，”叶戈尔说，“这姑娘本来身体还挺结实的，可是牢里的生活严重影响了她的健

名师批注

①母亲和叶戈尔的寒暄，消解了此时的恐惧与母亲的担忧，也拉近了母亲和革命者之间的距离。

名师批注

②通过母亲“反常”的举动，写出了母亲在这一夜放下了对萨申卡的成见，渐渐喜欢上了这个坚强的姑娘。

读书笔记

③萨申卡和娜塔莎同样都在夜晚独行，作者这样写是为了突出什么呢？

康……况且她是在娇生惯养的环境中长大的……好像肺已经有毛病了……"

"她是什么人？"母亲低声询问。

"是地主的女儿。据她说，她的父亲是个大骗子！大妈，您知道他们想结婚吗？"

"谁啊？"

"她和巴维尔呀……但是好事多磨，总不顺当，巴维尔没被捕的时候，她在坐牢，现在呢，情况又正好相反！"

①"这事我一点儿都不知道！"母亲沉思了一会儿，说道，"巴沙从来不透露他自己的事……"

现在，她更加可怜这姑娘了。

"她是一个好姑娘。"母亲思考着叶戈尔告诉她的这个消息，嘴里含含糊糊地嘟囔着。

"是个出色的姑娘！"叶戈尔点头称赞说，"我看得出来，您在可怜她。这是不济事的。如果您可怜我们这些叛逆者，即使您再多几颗心也是不够的。②我也有过妻子，她是个非常好的人，五年颠沛流离的生活，把她折磨死了……"

他开始向母亲了解，她打算怎样把小册子带进厂里去。令母亲深为惊讶的是，他对这种事十分内行，对每个细枝末节都了如指掌。

第二天早上喝茶的时候，叶戈尔问母亲："如果您被抓了去，他们问您这些异端邪说的小册子是从什么地方来的，您怎么说呢？"

"我就是不说！看他们能把我怎样！"

"那就把您关进牢里！"

③"坐牢算什么？连我这样的平庸老婆子也配坐牢，那就谢天谢地了！据说，像我这样的弱者是不会受到拷打的……"

"嗯！"叶戈尔仔细地打量她一眼，说道，"拷打——倒是不会。但是，好人应该保护自己……"

中午，她非常④镇静熟练地将小册子塞进自己的怀里，藏得巧妙又得当，连叶戈尔也满意地啧啧称赞。半个小时后，母亲挑着饭食，来到工厂前面，即使沉重的担子压弯了她的背脊，她仍然若无其事、满怀信心地站

名师批注

①通过叶戈尔的话，母亲了解到了她从来都不知道的事实，也解答了为什么巴维尔和萨申卡在相处过程中会有异样的疑问。

名师批注

②这里写出了革命者颠沛流离的生活的普遍性，体现出了他们为了革命不怕牺牲的精神和革命道路的曲折性。

读书笔记

③从母亲的语言中，你读出了什么？

名师批注

④"镇静""熟练"两个词语写出了母亲的镇定和勇敢，她已经具备了一个革命者应有的不怕牺牲的精神，渐渐坚强起来。

在工厂的门口。

两个门卫被工人的嘲笑惹火了，蛮横地搜查所有进来的人，跟他们对骂着。大门旁边还站着一个警察，和一个两脚很细小、脸孔通红、一双眼珠子乱转的家伙。母亲将担子换了肩膀，觉得这个人就是特务，皱着眉头注视了他一下。

①“让我进去吧！”母亲请求说，“您没看见人家挑着重担，腰都快被压断了吗？”

“走！走！”一个门卫怒气冲冲地喊道，“这么啰唆……”

母亲走到预定地点，放下大罐子，一边擦着脸上的汗，一边向四处张望。钳工古谢夫兄弟立刻向母亲走来。哥哥瓦西里皱着眉头，大声问：“有包子吗？”

“我明天带来吧！”她答道。

这是他们约定的暗号，兄弟俩顿时眉开眼笑。

②瓦西里蹲下身来朝罐子里瞧，在这同时母亲将一沓传单塞进了他的怀里。

“伊凡，”他张大嗓门说，“咱们别回家了，就在她这儿吃午饭吧！”他一边说着，一边把传单迅速塞进自己的长筒靴里。

“应该照顾照顾新来的女商贩的生意……”

“应该帮帮她！”伊凡附和他说，接着哈哈笑了起来。母亲小心翼翼地看着周围，嘴里吆喝着：“菜汤——热面条！”

③这时，她悄悄掏出小册子，一包接一包地递给弟兄俩。

手持饭碗的工人们走了过来，当他们走近时，伊凡·古谢夫就声如洪钟地大笑起来，这是一个信号，弗拉索娃便从容不迫地停止传递，赶紧盛汤盛面给工人们吃。古谢夫兄弟跟她开玩笑说：“尼洛夫娜手脚真利索！”

弗拉索娃不时吆喝几声：“热的——菜汤，面条，稀粥……”

她在心里揣摩着，将来怎样把自己的第一次体验告诉儿子，母亲的心像只小鸟在那里歌唱，她眉飞色舞，双眉在戏谑地抖动。她一面很灵巧地干着自己的活儿，

名师批注

①母亲的示弱和前文的镇定形成对比，体现了母亲的机智和勇敢，面对蛮横的警察，母亲表现出了无所畏惧的精神。

读书笔记

②母亲与之前相比有了怎样的变化？

名师批注

③这一段场面描写，写出了母亲将宣传册转交给同志们的过程，表现了母亲在巴维尔被捕后迅速“成长”起来，革命意识已经觉醒。

一面自言自语："嘿，这是初开张，好看的还在后面呢！"

傍晚，母亲正在喝茶的时候，听见窗外有马蹄踩着稀泥的扑哧声，又响起一个熟悉的说话声。①她一跃而起，扑向厨房门口，在过道里，有人很快地走着，她觉得眼前发黑，差点晕过去，便把身子靠在门框上，用脚踢开了门。

"晚安，大妈！"身边响起了一个熟悉的声音，一双干枯的长手搭在她的肩上。

这时，在她的心头交织着两种相反的感情：一种是失望的苦恼，因为儿子没有归来；另一种是蓦然见到安德烈的欣喜。两种感情燃烧着，融合成一种灼热的强烈感情；②它像一股热浪包围着她，拥抱着并把她举起，她不能自持，一头扎在安德烈的怀里。

安德烈紧紧地抱住母亲，两手抖个不停。母亲一句话不说，只是低声哭泣。安德烈抚摸着母亲的头发，用唱歌一般的优美声调说："不要哭，大妈，不要伤心！我向您说句实话——他很快就会放出来的！他们没抓住他任何有罪的证据，牢里的弟兄们都守口如瓶，审问时像煮过的鱼一样不开口……"

安德烈搂着母亲的肩膀，扶她进屋。③母亲倚靠在他的身上，以松鼠般的敏捷动作擦干脸上的眼泪，全身心贪婪地谛听他的话："巴维尔向您问好。他的身体十分健康，精神非常愉快。那里地方很狭窄，抓了一百多人，有我们的人，也有城里的人，一间牢房关三四个人。监狱的头头们倒没有什么，比较起来还算好的，不过他们的工作很不轻松——一下子给那些鬼宪兵增添了这么多事情！所以，他们管得并不很严，这次放出来的有我、布金和另外四个人。巴维尔也很快可以出来，这毫无疑问！维索夫希科夫可能比谁都要蹲得久些，他把那些家伙气坏了。他一天到晚骂人，不分青红皂白，什么人都骂！巴维尔在监狱里挺沉得住气，又稳重又坚强。我可以告诉您，他很快就会被放出来……"

④"真的快出来了？"母亲稍微感到放心些，温存地微笑着，说道，"我明白他很快会出来的！"

"您心里明白，那就再好不过了！好，给我倒杯茶

名师批注

①运用动作描写，通过"一跃而起""扑"这些词语，体现了母亲难掩的激动的心情。

名师批注

②这一段使用心理描写和动作描写，体现了母亲当时悲喜交加的复杂心情和激动过后难以平复的心情。

读书笔记

③此处的修辞手法有何作用？请做简要分析。

名师批注

④霍霍尔的话，让母亲稍微感到放心一些，她希望从霍霍尔的口中获得更多关于巴维尔的讯息，好减轻一些焦虑的心情。

吧，告诉我，您这段时间是怎样度过的。”

“您知道我今天做了什么吗？”她扬声说道，她有一肚子话急着要说，但高度兴奋又使她喘不过气来，她只能语无伦次、稍加渲染地讲起她把宣传品带进工厂的经过。

起初，霍霍尔十分惊讶地大睁着眼睛，不久他就开怀大笑起来，竟高兴得手舞足蹈，用指头敲着脑袋，兴奋地喊道：“哎哟！嗯，这可不是闹着玩，这是一件大事呀！巴维尔知道了一定很高兴，是吗？大妈，无论对巴维尔，还是对大家，您做的都是件大好事！”他兴高采烈地弹响着指头，吹着口哨，喜笑颜开，这在母亲心里唤起了极其强烈的共鸣。

“安德留沙，我亲爱的！”①母亲说，她仿佛打开了心灵的门，从里面流出像小溪一般滔滔不绝的充满隐隐喜悦的话语。

“我也常常思前想后，特别是思考我以往的生活。我活到现在，究竟为了什么？挨打受骂……白天黑夜都在干活……除了丈夫，谁也不敢交际；除了害怕，什么都不懂得！丈夫活着的时候，我的一切操劳，我的整个心思只用在一件事上——想方设法使我那野兽般的丈夫吃得有滋味，吃得饱，把他伺候得周周到到，不叫他生气，希望他不要打我，哪怕可怜我一次也好。”

②她勉强喘口气，像从水里捞出的鱼一样贪婪地吸着气，向前弯着身子，继续低声说：“丈夫死了，我就抓住儿子，作为晚年的依靠。但他去做这种铤而走险的事，这下我可难受了，我为他惋惜……他如果送了命，叫我怎么活下去？我不知道受过多少怕，担过多少心，每当我想到他的命运，心都要碎了……”

③她沉默了一下，轻轻地摇了摇头，意味深长地说：“我们这种女人的爱，是很不纯洁的，我们只爱自己所需要的人。你们这伙人中，好多人为人民去受苦坐牢，流放西伯利亚，去死……可是我却做不到！我只爱我自己亲近的人。”

“您做得到的！”霍霍尔说着把脸转到一边，像平时那样用手使劲揉了揉脑袋、脸颊和眼睛，“所有人都爱自

名师批注

①运用比喻的修辞手法，写出了母亲开始打开心门，倾吐自己所想，也引出了后文关于母亲的大段的、真实的心里话描写。

读书笔记

②为什么此处作者要把母亲比作“像从水里捞出的鱼一样贪婪地吸着气”呢？

名师批注

③这是母亲对于过去的错误想法的愧疚和感叹，以及母亲对当时整个时代妇女类型的概括和总结，通过赞扬这些革命者的勇敢，写出了母亲的幡然醒悟。

己亲近的人，但是，一个人有了广阔的心胸，远的也会变成近的。您能够做许多事情，您有一颗伟大的慈母心……”

“但愿能这样。”她低声说，“是啊，我早就感到像你们这样的生活是对的！真的，我喜爱您；也许比喜爱巴沙还厉害些！他是个内向的人，什么事也不肯跟别人说……①比如，他要和萨申卡结婚，也不跟我这个做妈妈的说一声……”

“不对，”霍霍尔表示不同意，“这件事我完全清楚。您说得不对。他爱她，她也爱他，这是千真万确的。但结婚——不会的，不可能！她倒是愿意，但巴维尔现在不想……”

“原来是这么回事！”母亲沉思着轻声说，她悲伤地注视着霍霍尔的脸，“哦，原来是这么回事！人们竟甘愿牺牲自己的幸福……”

霍霍尔站起身来，小心地在屋里踱来踱去。他低声说：“在克里米亚的一个城市，有个犹太人，十分年轻，擅长写诗，有一次，他写下这样的诗句：

②甚至那些没有罪而被杀了的人——
真理的力量也能使他复活！

“他被警察局杀害于刻赤城，因为他知道真理，又在人们中间大量传播了真理。比如说，您也是没有罪而在精神上被杀害的人……”

母亲接着说：③“过去，我在全部的生命历程中想的只有一件事，就是怎么样苟全性命，躲避别人的锋芒，过一天算一天，怎样悄悄地挨日子，在夹缝中求生存，只要人家不碰我就行。可现在我不再专注于独自保身之道，我心里想的是大家。也许，我还不太了解你们献身的事业，但我觉得你们都是亲人，我疼爱你们每一个人，总希望你们都好。对您，安德留沙——对您尤其是这样！”

霍霍尔一边踱着步，一边对她说：“④大妈，维索夫希科夫很值得同情，您哪怕给他一次温暖也好。他父亲也在牢里，是个令人嫌恶的老头子。尼古拉隔着窗子见到他就骂。这不好！但尼古拉心地挺善的，狗呀，老

名师批注

①巴维尔没有告诉母亲他要和萨申卡结婚的这件事，在母亲心中还是有所芥蒂的，因为母亲觉得她仍然没有真正走进儿子的内心和生活。

读书笔记

②此处引用犹太人的诗句，有何作用？

名师批注

③这是母亲内心最真实的写照，她决定抛弃原先的生活，开始自力更生，有尊严地活下去，为了谋求更多人的幸福而甘愿奉献。

名师批注

④通过写霍霍尔对维索夫希科夫的关心，表现当时同志们之间不分彼此的真心实意的情感。

鼠呀，所有的小动物他都爱惜，但人呢，他却不爱！唉，一个人竟被扭曲成这样！”

“他母亲离家出走后，一直没有音信，父亲是个小偷，又是酒鬼。”母亲沉思着说。

第二天，尼洛夫娜挑着担子走到工厂门口的时候，门卫气势汹汹地把她拦住，喝令她把罐子放在地上，仔细地搜查了一遍。

第三天，“你们把我拿来的饭菜都弄凉了！”①他们蛮不讲理地对她进行搜身的时候，她镇静地说。

“住嘴！”一个门卫板着面孔说。

另一个轻轻推了一下她的肩膀，很有把握地说：“我老早就说过——是从墙外扔进来的啊！”

老工人西佐夫第一个走到她身边，向周围看了看，低声问：“听说了吗，大妈？”

“什么？”

②“传单呀！又出现了！简直像面包上撒盐一样，什么地方都散到了。你看，又抓人又搜查，还不是没用！我的侄儿马津也被抓去坐牢了。哼，又怎么样呢？你的儿子也被抓去了。现在总该真相大白了吧？这不是他们干的！”

母亲对他的关怀表示感谢。然后她大声吆喝着饭菜的名称，招徕顾客，同时机警地观察着工厂里不寻常的热闹场面，大家都很激动，一会儿聚在一堆，一会儿又散开了，不断有人从一个车间跑到另一个车间。在充满煤烟的空气里，人们感受到了一种果敢大胆的新气象。厂方的人提心吊胆地到处走动，警察们来回奔跑，工人一见他们，就慢慢走散。

木工车间的工头瓦维洛夫和考勤员伊萨慢吞吞地从母亲身边走过。③身材矮小瘦弱的伊萨仰起头，脖子向左歪着，望着瓦维洛夫纹丝不动的气鼓鼓的脸，他抖动着小胡子，急匆匆地说：“伊凡·伊凡诺维奇，他们都在笑呢。尽管像厂主说的这是危害国家安全的案子，他们却在幸灾乐祸。伊凡·伊凡诺维奇，我看只锄草不行，非得翻耕不可……”

瓦维洛夫反背着手走着，紧攥着拳头……

名师批注

①门卫的“蛮不讲理”和尼洛夫娜的“镇静”形成了鲜明的对比。

名师批注

②从老工人西佐夫的话中，我们不难发现，一切正按照计划顺利进行。

名师批注

③这个画面是多么地可悲又可笑呀，母亲的秘密任务惹得这些人焦头烂额，又无从下手。

"你们尽管印传单吧，坏小子们，随你们的便，"他高声说，"可是要攻击到我头上——那绝不行！"

瓦西里·古谢夫走到母亲跟前，说："我又到您这儿来吃午饭了，您的饭菜做得好香！"接着他压低嗓门，眯起眼睛，悄悄地补充说，①"打中了目标！嘿，大妈，成功了！"

尼洛夫娜非常高兴地回到家里。"厂里有人抱怨自己不识字呢！"她对安德烈说，"我年轻的时候还认得一些字，现在全忘了。"

"可以再学一学嘛！"霍霍尔建议。

②"像我这么大岁数？干吗要让人笑话……"

安德烈从书架上拿下一本书来，用指尖指着封面上的字母问："这是什么？"

"安德留沙，您真的想要教我吗？"母亲问道，不由得笑了起来。

"这有什么？"他回答，"您既然以前学过，那记起来是很容易的。即使您学习中没有产生奇迹，也不会有坏处；假使有了奇迹，那不是很好？"

她为了将视力集中在这个字母上，吃力地抖动着眉毛，一面拼命地回想那些已经忘记了的字母。但是，不一会儿，她的眼睛就疲倦起来。③她流泪了，起初流的是疲倦的眼泪，后来却簌簌地滴下了悲伤的眼泪。

"我还学认字呢！"她抽咽一下说，"都四十岁了，才开始认字……"

"不要气馁，您学习识字吧！等到巴维尔回来，一看——嘿，您怎么啦？"

"哎呀！安德留沙！"母亲说，"年轻人觉得什么都容易。可是等上了年纪——悲伤多了，精力不如人了，头脑也完全不好使了……"

傍晚，霍霍尔有事出门去了，她点了灯，坐在桌旁，就着微弱的灯光，织补一双袜子。

④有人敲门，母亲唰地站起身来，惊恐不安地问道："谁？"

"我……"进来的人是雷宾，他坐下来，对母亲说，"让我们随便聊一聊吧……"

名师批注

①上文中写出了不同人的表现，可以看出母亲的这次任务完成得相当成功，对这些反派人物无疑是当头棒喝。

名师批注

②在这里，我们感受到了母亲前所未有的自信和澎湃的革命激情，即使年岁已大，但她对于新知识的渴望，让我们感到敬佩。

读书笔记

③如何理解母亲两次流泪的不同？

名师批注

④通过母亲的动作描写，写出了母亲的警觉。在经历了几次宪兵入门以后，母亲的这种意识更强烈了。

他含意深远地、诡秘地看着母亲，使母亲深感不安。

“世界唯有钱能通神，什么都得花钱！”他用沉痛悲凉的声调开始说道，“活着要钱用，死了送进坟墓也得花钱，就是这样。不论印刷传单或小册子，都得花大把的钱。你知道印小册子和传单的钱是哪儿来的吗？”

“不知道。”①母亲感觉出一种潜在的危险，低声说。

“嗯，我也不知道。还有，小册子是谁编写的？”

“有学问的人……”

“是那些老爷们！”雷宾说，他那长满络腮胡子的脸陡然变得通红而紧张，“就是说，②老爷们编写书，再把书到处散发，交到民众手里。而这些书里写的，都是些反对老爷们的话。现在，你能跟我说清这个荒谬的道理吗？——他们花钱煽动民众反对自己，这对他们有什么好处？啊？”

母亲眨了眨眼睛，惊恐地喊道：“你在想些什么呀？你的想法真令我心寒……”

“嗯！”雷宾像狗熊似的在椅子上转动起来，说道，“是呀。我也是这样，一想到这里，心就凉了半截。”

“你知道了些什么吗？”

“这是一场骗局！”雷宾回答道，“我觉得这是老爷们在骗人。其中的原因我什么也不知道，但我知道这是一场骗局。老爷们在耍花招，愚弄民众。③我不需要花招，我所需要的是真理。我也懂得了真理，我不会让老爷们牵着鼻子走。他们用得着我的时候，就驱使我打头阵，当他们的马前卒——他们要踏着我们民众的尸首向前进，用民众的尸骨当他们向上高攀的垫脚石……”

“上帝呀！”母亲悲伤地叹息道，“难道巴沙也不明白？还有所有参加这种事业的人们……”

她眼前闪过了叶戈尔、尼古拉·伊凡诺维奇和萨申卡的严肃而正直的容貌，她的心颤动了一下。

④“不、不！”她不同意地摇着头说，“我不能相信，那些人都是真心诚意的！”

“你说的是谁？”雷宾沉思地问。

“大家……我知道的所有的人！”

名师批注

①母亲从一开始就依靠直觉感受到了危险的情况，也渲染了后文母亲和雷宾对话时的紧张的气氛。

名师批注

②雷宾提出了一种新的思想，这是基于农民阶级的思想，和工人阶级的想法略有不同，但这个大胆的设想也足以让人瞠目结舌。

读书笔记

③你认为雷宾是否了解了真理？

名师批注

④雷宾的话对母亲的内心产生了巨大的冲击，但是她最终还是说服了自己坚定革命的信念。

“我们接近的人，他们也许连自己在干什么也不知道。他们相信非这样干不行，但是，在他们后面，一定有些居心叵测的操纵者，他们煽动民众去浴血苦斗，自己则从中渔利。”

“你打算怎么办呢？”母亲满腹疑团地问道。

①“我本想和这些年轻人接近，和他们在一起生活和斗争。我对他们的这种工作会有用的——我懂得民众的需求，知道该对人们说些什么，就是这样。可是，现在我要走了。我实在不能相信他们，所以我一定要走。”他垂下头，想了想。

“我要一个人走遍大小村庄，我要鼓动人民起来反抗。必须让人民自己起来干，尽力让他们懂得——除了自己，他们没有别的指望，除了自己的智慧，再没有别的智慧，就是这样！”

②母亲可怜起他来，轻声说：“人家会抓住你的……”

雷宾望着她，满不在乎地回答：“抓了，也得放——放出来，我就再干……”

“你会白白送命的！雷宾！”她忧伤地摇着头说。

“你知道基督关于种子所说的话吗？不死，就不能在新的麦穗里再复活。我离死还远着呢，我是有心眼的！”他在椅子上动了动，慢慢地站起来。

“我到酒店去，在那儿跟大家坐一会儿。霍霍尔为什么不来呢？又开始忙了吧？”

“是啊！”母亲微笑着说。

“应该这样做，请你把我的情况告诉他……”

“什么时候动身？”

“明天一早，再见！”

雷宾似乎有点儿依依不舍，他弯着身子，笨拙地走进过道。③母亲在门口驻足片刻，倾听着离人的沉重脚步声，同时也谛听着自己胸中激起的疑虑的心声。

霍霍尔回来了，他笑着喊道：“哎，大妈，钱哪！我们现在还要靠别人的钱开展工作。至于老爷们，当然也不能一概而论，有的花言巧语骗人，有的思想落后保守，只有最优秀的才能与我们走到底……”

名师批注

①雷宾有自己的打算，他对家乡充满眷恋，但追求真理的信念让他义无反顾地选择离开。

名师批注

②母亲对雷宾的担忧，体现出了母亲的善良，即使想法、意见不合，也没有妨碍母亲的善良品质。

名师批注

③从母亲的视角写出了雷宾的坚持，也保留了母亲的疑惑。但母亲从未动摇，她仍然坚信着巴维尔以及这一群年轻人的行为是正确的。

他两手一拍，很有力地继续说："离我们欢庆胜利的日子虽然还很遥远，但不管怎样，五月一号我们要举行一次小小的庆祝活动！一定会很愉快的！"

①他的兴奋情绪驱散了雷宾在母亲心中所引起的忧虑。霍霍尔用手揉着头，在屋里走来走去，眼睛看着地板说："您可知道，有时我们心里会有一种非常奇妙的感觉，好像不论走到什么地方，都有我们的同志。大家心头都燃烧着同样的火焰，大家都很开心、善良、可爱。不用开口，大家都能互相了解……"

母亲唯恐搅乱他的思路，打断他的话头，所以尽量一动不动地听着。她听霍霍尔讲话，总比听别人讲话更加留意②——他的话比任何人的都浅显易懂，更能动人心魄。

霍霍尔经常讲到未来地球上所有人都能享有的大同世界，这几近于神话故事，但这种美好的向往，向她揭示了儿子以及其他所有同志的生活和工作的意义。

安德烈又进工厂做工了，他将自己的全部工钱交给母亲。③母亲拿到这些钱时，也像从巴维尔的手里接过钱一样，并没觉得有什么不妥。有时，安德烈眼睛里含着微笑，向母亲提议："咱们读会儿书吧，大妈，好吗？"

"要是你笑话我——那又何必呢？"

母亲越来越频繁地向他请教书上那些她不懂的陌生字眼。安德烈猜出她在悄悄自学，理解她不好意思的心理，于是不再提议让母亲和他一起读书。

母亲去过监狱三次，要求和巴维尔会面，但是，每次都被宪兵队的将军拒绝，④将军是个白头发的小老头，脸颊呈深红色，长着一个大鼻子，他说话的口气十分委婉："大婶，过一个星期吧，提前是不行的。等过一个星期我们给你想想法子，但是现在是不行的……"

他的身材圆滚滚、胖乎乎的，使母亲不禁想起了熟透的、放了许多日子而发霉长毛的李子。他总是用一根尖尖的黄牙签剔那口小小的白牙，浅绿色的小眼睛温柔地弯着，他的声音显得殷勤而友善。

母亲终于得到探监的许可了。星期天，她态度谦恭、

名师批注

①霍霍尔兴奋的情绪感染了母亲，也"驱散了雷宾在母亲心中所引起的忧虑"。

读书笔记

②此处的破折号有何作用？

名师批注

③母亲拿到这些钱，像从巴维尔的手里接过一样，在这里写出了母亲和霍霍尔关系的亲近，她早已把他当成是自己的另一个儿子了。

名师批注

④通过外貌描写，生动形象地刻画出了宪兵队将军的形象，这是一个表面和蔼可亲，实则暗藏杀机的典型人物。

一声不响地坐在监狱办公室的角落里。在这间又小又脏、天花板很低的办公室里，除母亲外，还有几个等候探监的人。看来，他们不是第一次到这儿来，且互相都认识。①这些犯人家属都神情倦怠、动作迟缓，他们之间的聊天也毫无内容，像墙角的蛛网似的零零碎碎，东拉西扯。

有时，进来几个囚犯，穿着一个式样的灰色衣服和笨重的皮鞋。有一个犯人的脚上发出了脚镣的当啷声。②这里的一切，平静得出奇，单调得令人难受。似乎所有人都早已习惯这样的生活，安于自己的现状；一种人安安静静地坐牢，另一种人懒洋洋地看守着，第三种人按时但又厌倦地来探视犯人。

母亲的心由于焦急不耐而不断颤抖，她茫然地望着周围，这种沉闷的单调气氛使她感到惊讶。

③弗拉索娃旁边，坐着一个身材矮小的老太太，她的脸上布满皱纹，但她的眼睛却像年轻人，炯炯发光。

“在这里坐牢的是您的什么人？”弗拉索娃悄声问她。

“儿子，是个大学生。”老妇人很快地高声回答，“您呢？”

“也是儿子，是个工人。”

“姓什么？”

“弗拉索夫。”

“没有听说过，蹲了很久吗？”

“六个多星期了……”

“我的有九个多月了。”老妇人说。

一个留着修剪成正方形红胡子的胖看守，叫了母亲的姓名，从头到脚打量了她一遍，对她说：“跟我来……”然后他一拐一拐地带她进去。

④她一步一步地跟着走，恨不得这个看守走得快一些，她很想在看守背上推一下，催他快走。

他们进入一个小房间，她的儿子巴维尔站在房间当中，含笑伸过手来。母亲握住他的手，喜笑颜开，不断地眨着眼睛，一时找不到合适的词，只是不断低语着：“你好……你好……”

读书笔记

①想一想为什么这些犯人的家属神情倦怠、动作迟缓呢？

名师批注

②越是平静，越是让人毛骨悚然。这里是对监狱生活的简单描写，却让人印象深刻。

名师批注

③老太太似乎和周围的环境格格不入，其他人都已经麻木，对不平常之事习以为常，而这个老太太的眼睛却炯炯发光，引起了母亲的注意。

名师批注

④母亲的焦急和胖看守的迟缓形成鲜明的对比，突出了母亲当时想要见到巴维尔的急切心情。

“妈妈，你别激动。”巴维尔握着她的手说。

“原来你是母亲！”看守叹了口气说，“顺便提醒一下，你们分开一点儿，探视人与犯人之间要保持距离……”看守说完，没精打采地打了一个哈欠。

巴维尔问母亲身体怎样，家里如何……儿子与平素一样头脑冷静，只是脸色苍白，眼睛似乎变大了。

“萨莎向你问好！”她说。

①巴维尔的眼皮颤动了一下，脸上的表情变得柔和些了，他微微笑了笑。

“他们什么时候才放你出来？”她又难过又气愤地说，“为什么叫你坐牢呢？那些传单不是又出现了吗？”

巴维尔的眼睛里闪出了一道喜悦的光芒，“又出现了？”他很快地问道。

②“不准说这些事！”看守懒洋洋地说，“只许谈家常……”

“妈妈，就谈家常吧，”巴维尔说，“你近段时间在做什么？”

她感到自己身上充满了青年人的激奋情绪，回答说：“我把这些东西挑到工厂里去……”她停了一会儿，带着微笑接着说：“菜汤、粥、玛丽亚做的快餐，还有别的食物……”

巴维尔理解了她话中的含意。他的面孔由于在忍笑而颤动起来，他搔着头发，用一种母亲从来没有听到过的亲切声调说：“妈妈有事干，太好了——就不闷得慌了！”

“又谈这个！”看守生气地说，“我说了，不准谈！”

“嗯，妈妈，不要说吧！”巴维尔说。

“会见时间结束！”看守瞧着表，宣告说。

“那么，谢谢妈妈！”巴维尔说，“谢谢，好妈妈。你放心吧，他们很快就会放我出去的……”

③他紧紧抱住母亲，亲了亲她，母亲非常感动，觉得很幸福，不禁哭泣起来。

“分手吧！”看守说。他领着母亲出去，嘴里还在咕哝着：“不要哭！会放的，全都要放的……这里关不

名师批注

①巴维尔在谈及家事时如往常一样冷静睿智，但当母亲提到萨申卡的时候，表情发生了变化，体现了巴维尔对萨申卡别样的感情，萨申卡使巴维尔变得柔和起来。

读书笔记

②看守粗暴地打断了母子之间的谈话，说明了什么？

名师批注

③虽然只是短暂的会面，但对巴维尔和母亲来说都是一种宽慰。她终于见到了日夜思念的儿子，也更坚定了自己的信念。

下了……"

母亲回到家里，笑容满面，兴奋地耸动着眉毛，对霍霍尔说："我巧妙地跟他说了，他是个聪明人，一听就懂了！"接着她又伤感地叹了口气，说："一定是懂了！不然，不会对我那样亲热的，他从来没有这样过！"

有天晚上，母亲坐在桌旁编织一双毛线袜，霍霍尔在朗读一本描写罗马奴隶斯巴达克起义的书，这时候，外面有人敲门，声音咚咚响。

霍霍尔开了门，进来的是维索夫希科夫，他腋下挟着一个包，帽子推到后脑勺上，半截腿都溅满了泥水。

"我走着走着，看见你们家还有灯光，就顺便进来问个好。我刚从牢里出来。"他用一种不寻常的声音解释道。他抓住弗拉索娃的手，使劲摇了摇头，说："巴维尔向您问好……"

①接着，他犹犹豫豫地坐到椅子上，用阴沉和狐疑的目光扫了屋子一眼。

母亲过去不喜欢他，但是现在她非常高兴，亲热地微笑着，十分怜惜地说道："你瘦了！安德留沙，给他烧点茶喝吧……"

"我正在生茶炊呢！"霍霍尔从厨房里应答着。

"告诉我，巴维尔怎么样？还有谁被放出来了？就只有你一个人吗？"

尼古拉垂着头回答："巴维尔还在里面——在忍耐着失去自由的痛苦！只放了我一个。"他抬起头来望着母亲的脸，咬着牙，一字一顿地说：②"我对他们说，'受够了，放我出去！不然，老子要杀几个人，自己也不活了！'于是他们就把我放了。"

"费佳·马津在牢里怎么样？"霍霍尔从厨房里放大嗓门问道，"还写诗吗？"

"还写。我真不明白，"尼古拉摇摇头说，"他是什么怪物？是黄雀吗？关在笼子里，还要唱！我现在心中茫然无计，只知道一点——我不想回家……"

"哎哟，别说家了，你有什么家呢？"母亲沉思

名师批注

①"犹犹豫豫""阴沉""狐疑"这些词，生动地写出了维索夫希科夫内心的不安与怀疑，也为他的偏执埋下了伏笔。

读书笔记

②从维索夫希科夫威胁监狱看守的话中，你读出了什么？

着说，“空荡荡的，炉子也没烧，冷冰冰的……”

“是啊，①我家一定冷得很。佩拉格娅·尼洛夫娜，让我在您这儿借宿一晚上，行不行？”他没看母亲，声音喑哑地问道。

“那当然可以，我的小少爷！”母亲连忙说。

“而我却为父亲感到可耻。他的家……我今生今世再也不想去了。我没有父亲……也没有家庭！我是被警察监视住了，要不是这样，我很想逃到西伯利亚去……我要在那里把流放犯放走，帮他们逃跑……”

这时候安德烈从厨房出来，笑着说：“你在宣讲什么主义？”

维索夫希科夫凝视着霍霍尔，突然说：②“我这样认为，有些人就该杀掉！”

“哎哟！这是为什么？”霍霍尔问。

“为的是这种人留在世上没用……”尼古拉灰色的面孔上的麻点变得通红。

“我非叫伊萨·戈尔博夫的脑袋搬家不可，你瞧着吧！”

“为什么？”霍霍尔问。

③“叫他再也当不了密探，再也告不了密。我父亲就是被他拖下水的，现在我父亲正想通过他的关系去当密探。”尼古拉怀着一种阴郁的敌意望着安德烈说道。

“原来是这样！”霍霍尔喊了一声，“但是，有谁会因为这事怪罪你呢？傻瓜！”

“什么傻瓜，什么聪明人——全是一路货！”尼古拉倔强地说，“比方说，你是聪明人，巴维尔也是聪明人——但是，难道你们把我也看成像马琴或萨莫依洛夫那样的人吗？或者说，你们对我的看法也和你们彼此之间的看法一样吗？别骗我，反正我不信——而你们呢，偏偏事事排开我，使我孤立起来……”

④“尼古拉，你的心里有毛病！”霍霍尔坐到他身旁，和蔼地轻声说。

“是有心病！你们呢——也有心病……”

霍霍尔笑了笑，拍拍尼古拉的肩膀，继续说：“你

名师批注

①让维索夫希科夫感到冷的不只是母亲所说的房子“空荡荡的，炉子也没烧，冷冰冰的……”还有亲人之间的猜疑与揭发，冷入骨髓。

名师批注

②维索夫希科夫的语言中传递着暴力与执拗，他似乎在走向一种不可挽回的境地。

名师批注

③通过语言描写，交代了维索夫希科夫为什么如此厌恶自己的家庭，一切的愤怒都有源头。

名师批注

④霍霍尔在努力，争取让维索夫希科夫成长起来，往他的内心洒入阳光，使他走出困境。这体现了霍霍尔的善良，和他希望与革命同志携手并肩的美好愿望。

想不鸣则已，一鸣惊人，可是你的钟很小，在过节鸣钟的时候，根本听不到，那何必还要爬到钟楼上去敲它呢？以后，你还会明白，你自己的钟声，只有在齐鸣的时候才能够听见，单独鸣响时，只会淹没在那些旧钟的一片响声里，像苍蝇掉在油里一样。我说的，你懂吗？”

他们坐下喝茶。尼古拉抓起一个硕大的马铃薯，往一块面包上撒了很多盐，狼吞虎咽起来。

“这里的情况怎样？”他嘴里塞满了东西，问道。

安德烈热心地把工厂里的秘密宣传工作取得的进展向他细述了一下，可他沉下了脸，声音喑哑地说：“这样干太慢了，太慢了！应该快一点儿……”

①“生活不是一匹马，是不能用鞭子赶的。”安德烈说。

维索夫希科夫顽固地摇摇头，说：“太慢！我可没有那份耐性！你让我做什么呢？”

“我们所有人都应该认真学习并且去教别人，这就是我们的事业。”安德烈低着头说。

尼古拉问：“我们到什么时候才能拼一场？”

“我们在动手之前还要挨他们几次打，这一点我是估计到的。”霍霍尔含笑答道，“但我们到什么时候才去作战——我实在不敢预言。你应该明白，我们当务之急是武装头脑，其次才是武装双手，我是这么认为的……”

名师批注

①霍霍尔对于革命事业的进度抱有理智的预期，这也与维索夫希科夫的急躁形成了对比。在这里，作者塑造了霍霍尔更加饱满的形象。

名师赏析

在本章中，着重刻画了母亲的觉醒。除此以外，还有性格特征更加丰满的霍霍尔也站在了小说的聚光灯下，还有一个人物不容忽视，那就是维索夫希科夫。

在刻画的人物形象中，三处对比让人印象深刻：首先是维索夫希科夫的愤世嫉俗和霍霍尔的镇定形成了鲜明的对比；母亲对霍霍尔和对维索夫希科夫的态度也形成了对比；还有维索夫希科夫对待自己的态度也有前后的对比。

在这日复一日的“斗争”之中，母亲的革命意识正在悄悄生长，然而维索夫希科夫却是一如既往地偏执，这样的极端似乎也为后文埋下了伏笔。

积累与运用

·好 词·

捍卫 模糊 宽慰 刁难 煽动 寒噤 疲倦 贪婪 揣摩

卧薪尝胆 愁云笼罩 不折不扣 一筹莫展 幸灾乐祸

含含糊糊 啧啧称赞 小心翼翼 守口如瓶 不分青红皂白

·佳 句·

◆ 他刚才说的话，在人们心中无声无息地消失了，犹如稀稀落落的雨点洒在久旱的干土上，没有什么作用。

◆ 天气很冷，雨点咚咚地敲着玻璃窗。似乎在这个黑沉沉的夜晚，房子周围有一些穿灰大衣的身影在走动着、窥伺着。

◆ 姑娘麻利地解开大衣的纽扣，全身抖了抖，于是，一沓沓纸仿佛树叶从树上掉下一般，簌簌地从她身上掉下来，散落在地板上。

◆ 她仿佛打开了心灵的门，从里面流出像小溪一般滔滔不绝的充满隐隐喜悦的话语。

◆ 母亲在门口驻足片刻，倾听着离人的沉重脚步声，同时也谛听着自己胸中激起的疑虑的心声。

◆ 他的身材圆滚滚、胖乎乎的，使母亲不禁想起了熟透的、放了许多日子而发霉长毛的李子。他总是用一根尖尖的黄牙签剔那口小小的白牙。

·美文仿写·

母亲焦急地等待巴维尔回来，所以当她听到门外的一点点响动时，便异常欣喜，但结果令她失落。你有没有过类似的生活体验？请仿照文段，具体描写。

这时，在她的心头交织着两种相反的感情：一种是失望的苦恼，因为儿子没有归来；另一种是蓦然见到安德烈的欣喜。两种感情燃烧着，融合成一种灼热的强烈感情；它像一股热浪包围着她，拥抱着并把她举起，她不能自持，一头扎在安德烈的怀里。

第三章 检测卷

（共20分）

一、填空题。（每空1分，共10分）

1 “沼地的戈比”事件后，__________被捕入狱。母亲为了拯救他，偷偷地将______________________送入工厂，宣传革命的真理。

2 早晨，汽笛吼叫着，要人们去上工。门打开了，进来的是________。

3 警察逮捕萨莫伊洛夫时，大约_______人跟在后面给他送行，用咒骂和嘲笑赶着警察。

4 _________在监狱里八天没有吃喝，只为了让管监狱的人给她道歉。

5 母亲从___________的口中了解到，原来巴维尔和萨申卡准备结婚。

6 _________认为印小册子和传单的钱是老爷们提供的，年轻的革命者只是被利用了。

7 __________诙谐而有趣，他鼓励母亲加入革命生活，鼓励母亲读书认字，是母亲走上革命道路的引导者。

8 母亲去过监狱_______次，要求和巴维尔会面，但是，每次都被宪兵队的将军拒绝。

9 霍霍尔认为，他们的当务之急是____________，其次才是武装双手。

二、简答题。（每题5分，共10分）

1 雷宾为了追随革命打算做些什么？

2 维索夫希科夫出狱后，来到了巴维尔家，在他和母亲、霍霍尔的交谈中，共有三处对比，请你简要地进行梳理。

参考答案

一、填空题

1. 巴维尔；小册子和传单。
2. 雷宾。
3. 一百。
4. 萨申卡。
5. 叶戈尔。
6. 雷宾。
7. 霍霍尔。
8. 三。
9. 武装头脑。

二、简答题

1. 雷宾要一个人走遍大小村庄，将真理传达给所有的农民；他还要鼓动人民起来反抗，鼓励大家独立生活，依靠自己而活。

2. 首先是维索夫希科夫的愤世嫉俗和霍霍尔的镇定形成了鲜明的对比；然后是母亲对霍霍尔和对维索夫希科夫的态度也形成了对比；还有维索夫希科夫对待自己的态度也有前后的对比。

第四章

名师导读

巴维尔终于回到了母亲的怀抱，也重回了革命队伍中，与同志们并肩作战。五一游行时，群情高涨。那些坚定的革命者，置生死于度外，以期唤醒更多人。

巴维尔走在队伍的最前列，他是骄傲的擎旗手，飘扬的旗帜如一把火炬，被点燃、被传递……有一种力量，萦绕在人们周围，那到底是什么？翻开本章，我们一起寻找答案。

①时光迅速流逝，那是些五光十色、千变万化的日子。每逢晚上，便有一些陌生人来访，而且来得越来越勤，他们似乎操心着许多事情，和安德烈悄声谈话谈到深夜，才竖起衣领，把帽子低低地拉到眼眉上，小心谨慎、悄然无声地在黑暗中离去。

母亲在心中计算着他们的人数，同时在想象中把这些人集合在巴维尔的周围，因为有这样一大群人做掩护，巴维尔不容易被敌人发现。

有一次，城里来了一个活泼开朗的鬈发姑娘。她拿来一包东西，亲手交给了安德烈。临走的时候，她那快活的眼睛闪闪发光，她对弗拉索娃说：②“再见，同志！”

“再见！”母亲忍住笑道。

送姑娘出门后，母亲走到窗前，含笑眺望着这位同志的背影，只见她正敏捷地移动着小巧的双脚，顺着大路走去。③她如春花一般鲜艳，像蝴蝶一样轻盈。

“同志！”当女客人从她的眼帘中消失后，母亲说，“啊，可爱的姑娘！愿上帝赐给你一个一辈子对你忠实的同志！”

母亲常常发现，从城里来的所有人身上都有一种孩子般的气质，这时她便宽厚地露出微笑。但是使她又惊

名师批注

①作者的语调突然明快了起来，时间在不知不觉中流逝，每一天都有新鲜的事情发生。

名师批注

②“再见，同志！”活泼开朗而又坚定的声音响起，代表着年轻人对母亲的认同，也让母亲更加坚定了自己的立场。

读书笔记

③此处运用了什么修辞手法，有什么作用呢？

又喜而且感慨莫名的是他们的信仰。特别使她感动的，是他们的淳朴善良和无私的献身精神。

在她心中，不知不觉地形成一个不变的看法——意识到自己对于新的生活是一个有用的人。①以前，她从来没有感到自己对什么人有用，但现在她已经清楚地看到，许多人需要她，这种新的感觉给她带来愉快，使她稍稍昂起头来……

她一直准时把一批批传单带进工厂，她把这看作一件义不容辞的大事。在暗探们的眼中，她是常见的人物，不值得注意太多。她曾几次遭到搜查，但是每次搜查，都是在工厂出现传单的第二天。她在身上没有带东西的时候，往往故意引起暗探和守卫的疑心，他们抓住她，搜遍她的全身，②她装出受冤屈的样子，和他们争吵，最后还羞辱他们一番，才走开，心里为自己的机智感到十分自豪。她很喜欢这样与暗探们开玩笑。

工厂不愿重新雇用维索夫希科夫，他失了业，只好去给一个木材商打工。他的工作是在工人区附近搬运圆木、木板和劈柴，母亲几乎天天与他相遇，只见他赶着两匹黑马，拉着一辆笨重的大车。③他的马常常撞着对面来的人和大车，在他的周围，怒骂声像黄蜂似的萦绕着，恶狠狠的呵斥声划破了空气。

每一次，当同志们聚集在安德烈那里听他朗读新到的国外出版的报纸或小册子时，尼古拉也会来参加。他坐在角落里，一声不吭地听上一两个小时。读完后，青年们总要争论很久，但维索夫希科夫从来不插嘴。他待得比大家都久，只剩下他和安德烈两个人时，他才向安德烈提出一个阴郁的问题："谁的罪过最大？"

④"您要明白，私有制的始作俑者，罪莫大焉。历史上第一个说出'这些财产归我个人所有'的人，是罪魁祸首。但是这个人几千年前就死了，所以我们实在犯不着再为他生气！"霍霍尔用玩笑的口吻说。

"你说得不对，一定有罪人——他们就在你的眼皮底下。我对你说过——我们应当对全部生活进行翻天覆地的改造，像翻耕生满杂草的田地一样，要毫不留情！"

名师批注

①被需要的感觉让母亲可以稍微昂起头来，有尊严地活着，这是革命力量带给母亲的转变，也是母亲作为一个人的觉醒。

名师批注

②虽然只是轻描淡写的几句话，但母亲所面临的远远不止于此。当危险来临的时候，母亲总是能够机智地化解。

名师批注

③维索夫希科夫是不幸的，此时的他内心还是很混乱，总是用暴力来宣泄心中的不满，但暴力之后所获得的仍是冰冷的现实。

读书笔记

④从霍霍尔玩笑般的口吻中，你读出了他和维索夫希科夫的哪些不同？

“对啦，我记得，有一回考勤员伊萨在工厂里与人谈话时说到了你们！”母亲想起来了。

“伊萨？”尼古拉沉默了一会儿，问。

①“是的，是个为非作歹的人，他监视所有的人，到处盘问探听，也开始在我们这条街上活动，还朝我们窗子里偷看……”

“偷看？”尼古拉重复了一遍。

母亲已经在床上躺下了，所以看不见尼古拉的脸，但是她明白不该说这些话，因为霍霍尔急忙以调和的口吻说：“他要到处走动偷看，就随他去吧！他有空闲时间——他就要散步嘛……”

“不，等一等！”尼古拉喑哑地说，“他就是罪人！”

“他的罪是什么？”霍霍尔急忙问道，“因为他愚蠢吗？”

维索夫希科夫没有回答就走了。尼古拉走后，母亲忧心忡忡地说：“我很怕他！”

②“是啊！”霍霍尔慢慢地拖长声音说，“这是个愤世嫉俗的小伙子。大妈，以后您不要再对他提起伊萨，那个伊萨确实是个暗探。”

“这有什么奇怪？他的教父就是宪兵。”母亲说。

“说不定尼古拉会用棍棒揍他一顿。”③霍霍尔提心吊胆地说，“像尼古拉这样的人，要是受到了屈辱，忍无可忍的时候，会酿成怎样的后果呢？他们会让空中鲜血飞溅，会让大地淹没在血泊中，像肥皂一样冒着血色的泡沫……”

“太可怕了，安德留沙！”母亲低声惊呼道。

在一个假日，母亲从小铺购物回来，④她推开家门，站在门槛上，突然一阵狂喜使她全身颤动，好像从头到脚被夏天的暖雨浇了一般，原来屋里有巴维尔坚强有力的声音。

“瞧，妈妈回来了！”霍霍尔喊了一声。

母亲看到巴维尔唰地转过身来，此刻儿子脸上流露出来的依恋感情，足以使她感到无比慰藉。

⑤“你终于回来了……回到家了！”因为太意外，她茫然失措地喃喃道，而后坐了下来。

巴维尔向母亲俯下身来，脸色苍白，眼角闪着晶莹

名师批注

①此处通过母亲的话，点明了伊萨的身份，也让维索夫希科夫埋下了愤怒的种子。

②霍霍尔竭尽自己的所能想把维索夫希科夫从极端中拉出来，尽一切的能力来帮助他，但在一番争论后，霍霍尔也表现出了无奈和失落。

③维索夫希科夫是一个愤世嫉俗的人，他对这不合理的社会和习俗表示出无限的愤恨和憎恶，通过霍霍尔的话，更加鲜明地表现了维索夫希科夫的极端。

④“一阵狂喜使她全身颤动”，运用恰当的比喻，生动形象地写出了母亲看到巴维尔出狱后喜悦的样子。

⑤此处抓住细节刻画，描写了母子重逢的场面。表现出母亲看到巴维尔后的激动。

的泪花，嘴唇不住地哆嗦。他一时说不出话来，母亲也是一声不响地望着儿子。

①霍霍尔轻轻地吹着口哨，走过他们身边的时候，低着头，一直走到院子里去了。

“谢谢，妈妈！”巴维尔用深沉的低音说，他用抖动的手指紧紧攥住她的手，“谢谢，亲爱的妈妈！”

儿子的表情和声音使母亲深受感动，快活得不得了，她用手抚摩着儿子的脑袋，抑制住急促的心跳，小声说：“基督保佑你！为什么要谢我？”

“因为你为我们的伟大事业助了一臂之力，所以谢谢你！”他说，“一个人要是能够让自己的母亲成为精神上的亲生母亲，这是何等稀罕的幸福啊！”

②她默默无言，敞开心扉，一边贪婪地倾听着儿子的话，一边欣赏着儿子的相貌——他站在母亲面前，是那样魁伟英俊、可亲可爱。

“妈妈！我看得出来——很多事叫你烦透了心，你的日子很不好过。我原以为你永远不会和我们站在一条战线上，不会接受我们的思想，只会默默地忍受，就像你前半辈子那样。那时候我是很难受的！”

“得感谢安德留沙，他教我懂得了许多事情。”她插了一句。

“你的情况，他全和我讲了。”巴维尔笑着说。

“叶戈尔也教我，我和他是同乡。安德留沙连读书识字都教我呢……”母亲哧哧地笑了。③她的那颗慈母心，在甜蜜地紧缩，这时，她真称得上是沉浸在欢乐之中。但是，这时有一种近乎自私和谨小慎微的情绪涌上她的心头，使她想看到儿子像往常一样平心静气、无忧无虑。儿子回到她的身边，她心头悬着的一块大石头落了地，此刻她心里太轻松了，她希望这种有生以来初次体验到的大欢喜，能像它突然降临时那样，真切而鲜明地，永远留在她的心里。

“我回到这附近遇见的第一个人，是西佐夫老头。”巴维尔讲道，“他看见我，就主动从街对面走过来跟我打招呼，嘘寒问暖。他说：‘费多尔在那里表现好吗？’我说：‘在监牢里怎么才叫表现好呢？’他说：‘就是他在牢里有没

读书笔记

①如此温馨的场景，霍霍尔为什么会故意避开？

名师批注

②母亲是坚定的革命者，但同时她也是一个深爱儿子的母亲。多重身份下，让母亲的形象更加立体、鲜明。

名师批注

③长久的压抑、焦虑在这一刻终于得到释放，沉浸在欢乐之中的母亲是幸福的，她应该希望这样的时刻可以长久地停留吧。

有说对同志们不利的话？'于是我告诉他，费多尔表现得很好，为人正直，又很机灵。①于是他摸着胡子，傲然地说：'我们西佐夫一家，绝对不会有没出息的子孙的！'"

"他是个有头脑的老人！"霍霍尔点头称赞说，"我们常跟他聊天，他洞明事理，称得上正人君子。费佳大概就会被放出来吧？"

"我估计，所有人都会被放出来的！除了伊萨提供的小报告，他们什么也没有掌握，伊萨能说些什么呢？"

吃饭的时候，安德烈讲了雷宾的情况。他叙述完后，巴维尔很惋惜地说："要是我在家，我是不会放他走的。他带着什么东西出走的呢？是满腔的愤慨和一脑袋的糊涂思想。"

②他们又开始用母亲无法听懂的话争论起来。

母亲专心听着他们辩论，知道巴维尔不喜欢农民，而霍霍尔却为他们说话，证明对农民也得予以教导。

③春天到了，积雪融化了，白天，房檐上的雪水淅淅沥沥，滴个不停，夜里，温度骤降，屋檐停止滴水，挂着一条条的冰柱，发出朦胧的闪光。太阳愈来愈频繁地透过云层，出现在天空中。

有人已着手准备庆祝五一节。工厂和工人区经常飞舞着解说五一节意义的传单，连平素没有接触过这些宣传品的青年，看了传单也说："这倒是应当庆祝的！"

④费佳·马津成天兴高采烈的。他消瘦得厉害，活像一只被关在笼里的云雀，举止言谈急躁而又激动。那个沉默寡言、少年老成、在城里做工的亚科夫·索莫夫整天和他在一起。萨莫伊洛夫由于蹲了监狱，头发变得更红了，他和瓦西里·古谢夫、布金、德拉古诺夫和其他几个人主张携带武器游行，但是巴维尔、霍霍尔及索莫夫等人不同意他们的意见。

娜塔莎来了，原来她在另一个城市里也坐了牢，但是这并没有使她有什么变化。母亲发现，只要她来了，霍霍尔便变快活了，他放肆地开玩笑，或者用些轻松的话挖苦人，来博取她的欢笑。

萨申卡也常常跑来，她总是皱着眉头，总是很忙。

名师批注

①通过动作描写，写出了西佐夫老头对于费多尔的表现的肯定和赞赏，他也被潜移默化地影响着。

读书笔记

②明明是两个志同道合的同行人，为什么还会发生激烈的争论呢？

名师批注

③通过环境描写，写出了乍暖还寒的初春时刻，一切都在向着美好出发，充满着希望，也预示了时间的变化——五一节即将到来。

名师批注

④寥寥数笔，就把这群年轻人为五一节做准备时，摩拳擦掌的样子表现了出来。但这种热火朝天的准备之下，仍然有意见的分歧，也为后文埋下了伏笔。

[①]有一次，巴维尔送她到过道，没有把门带上。母亲听见他们在急速地谈话。

“是您在前面打旗？”姑娘轻声问道。

“是我。”

“已经定了？”

“对，这是我的权利。”

“又得去蹲监狱了？！”

巴维尔沉默无语。

“您能不能……”她欲言又止。

“什么？”巴维尔问。

[②]“让给别人……”

“不行！”巴维尔高声说。

“您仔细斟酌一下吧，您已享有很高的威望，大家都爱戴您……您和纳霍德卡是这儿数一数二的人物，你们如果保持人身自由，可以做更多的工作——您仔细斟酌一下吧，为这事他们会把您流放到很远很远的地方，服很长的刑期！”

[③]从这个姑娘的话中，母亲听出她最熟悉的感情——忧虑和恐惧。萨申卡的话，像一连串大滴的冰水浇在母亲的心头。

“不，我的决心已定！”巴维尔说，“无论为了什么我都不会退避的。”

“连我求您也不行？”

巴维尔忽然用一种非常严厉的口气很快地说：“您不应该说这种话。您这是怎么啦？您不应该这样！”

“我是人。”她低语着。

“是个好人。”巴维尔也低语着，可是声音有点儿异样，好像透不过气来，“是我敬重的人。所以……所以不能说这种话……”

“再见！”姑娘说。

听着她鞋后跟碰地的叮咚声，母亲知道她几乎是奔跑着急急地走了。巴维尔一直送她到院子里。

[④]一种无比沉重的、令人窒息的恐怖情绪攫住了母亲的心。他们谈话的内容，母亲还不十分明白，但是，

名师批注

①巴维尔和萨申卡的谈话引出了五一事件，也是整部作品的高潮所在。

读书笔记

②你认为巴维尔应不应该打头阵？

名师批注

③是啊，这是多么熟悉的情感呀！起初，母亲也正是浸泡在这种情感中，时时刻刻都在担心着巴维尔。现在，萨申卡和母亲当时一样，这使母亲感同身受。

名师批注

④以两个最爱巴维尔的女人对他的关心和担忧，体现出巴维尔在游行队伍最前面举旗的危险之大，为后文霍霍尔和巴维尔的矛盾做铺垫。

她已经感到不久就要有不幸的事情降临。

“他打算去干什么呢？”母亲猜度着。

巴维尔和安德烈一同回来了。霍霍尔摇着头说：“唉，伊萨这家伙，怎样对付他才好呢？”

“我们得忠告他，叫他停止作恶！”巴维尔皱眉说。

“巴沙，你打算干什么？”母亲低着头问。

“什么时候？现在吗？”

“一号……五月一号？”

“哦！”巴维尔用压低的声音感叹道，“我举着大旗，在前面开路。为了这件事，我可能又要进监牢。”

①母亲陡然觉得眼睛热辣辣的，嘴里干得难受。巴维尔抓起母亲的手，抚摸着：“我需要这样做，你要理解我啊！”

“我什么也没有说啊！”她说着，慢慢地抬起头来。当她的眼睛和儿子倔强的目光相遇时，她又弯下了脖颈。

②他放开了她的手，叹了口气，带着责备的口吻说：“你干吗伤心呢？应该高兴才是。要到什么时候，母亲才能高高兴兴地送自己的孩子去慷慨就义呢？”

“难道我说什么了吗？”母亲又说了一遍，“我不妨碍你。如果说我心疼你，这也不过是做母亲的心意……”

母亲很想哭一场，但她不愿意让儿子看见眼泪，所以突然自言自语：“哎哟，我的天啊！我怎么忘记了……”

这样，她走进过道里，把头倚靠着墙角，任凭委屈的眼泪尽情流淌。她无声地哭了好久，感到十分衰弱，仿佛她眼中流的不仅有眼泪，还有心头的鲜血。没有掩紧的房门内，传来了沉闷的争论的声音。

③“你怎么了？自以为当了英雄，孤芳自赏，可你折磨了母亲，懂吗？”霍霍尔问。

“我不需要那种拖人后腿的感情，不论这是爱或是友情，这样会妨碍……”

“真是个好汉！揩揩你的鼻涕吧！揩干净了，再把刚才的话说给萨申卡听！这些话应该跟她说才是……”

“我已经说了！”

④“说了？撒谎！你和她说时态度要亲热得多，温存

读书笔记

①此处描写母亲的感受有何作用？

名师批注

②这里是巴维尔和母亲之间的矛盾，母亲担心巴维尔的安危，而巴维尔则责怪母亲不理解、不体谅自己。

名师批注

③巴维尔和霍霍尔的矛盾终于爆发，霍霍尔觉得巴维尔这样做是对母亲的不尊重，而巴维尔觉得自己有自己的苦衷，两方各执一词。

名师批注

④霍霍尔对巴维尔的母亲一直怀有一种敬意与关切，他不想看到母亲伤心，便直接地去批评巴维尔，认为巴维尔所追求的所谓英雄气概一文不值！

得多，我虽然没听见，但是我料得到的！在母亲面前是英雄……告诉你吧，蠢山羊，你的这种英雄气概一钱不值！”

弗拉索娃赶紧擦去脸颊上的眼泪，她生怕霍霍尔会使巴维尔难堪，急忙推开门，走进厨房。她浑身打战，心里充满了悲哀和恐惧，高声说：“哦，好冷！可已经是春天了……”她毫无目的地在厨房里把各种东西搬来搬去，为了要盖过房间里压低嗓门的争论声，她用更大的声音继续说：①“一切都变了——人变得更加狂热，天气倒反而更冷了。从前这时节，早该暖和了，大晴天，阳光普照……”

房间里的争论终于停止了。她站在厨房中间，等待着。

“听见了吗？”房内传来了霍霍尔的轻声提问。

“应该明白她现在说话的意思。鬼东西！她内心比你丰富……”

“你们喝茶吗？”母亲用发抖的声音问。她为了掩饰自己在抖，不等他们回答就大声说：“不知道怎么啦？我总觉得冷得很！”

②巴维尔从屋里慢慢地走到母亲身边，皱着眉，望着她，带着微笑，嘴唇因负疚而颤抖着。他轻声说：“原谅我，妈妈！我还是孩子，是个傻瓜……”

“你不要挂念我！”她悲哀地呼叫着，把儿子的头搂在怀里，“什么也不用说了！愿上帝保佑你——你想怎样生活，就随你的便吧！但是不要使我伤心，做母亲的哪能不心疼儿子呢？谁也不是铁石心肠……我心疼你们！你们——全是我的亲人，个个都是值得爱惜的人。除了我，还有谁来心疼你们呢？你领先走吧，其他人会跟上来的，他们会不顾一切，跟你走……巴沙！”

③一种宏伟广阔、慷慨激越的思想，在她胸中起伏奔涌，这种思想使心灵生了翼翅，使她体会到一种悲喜交加、无比亢奋的感情，但母亲苦于不善言辞，一时想不到说什么好，只是挥动着手臂，望着儿子的脸，眼睛里燃烧着明显而深切的痛苦。

“好吧，妈妈！请原谅我，你的话我全明白。”他低下头喃喃地说道，而后含笑匆匆瞥了她一眼，既窘迫又高兴地转过脸去，补充说，“我不会忘记今天的事，

读书笔记

①母亲的这些行为说明了什么？

名师批注

②从巴维尔的动作和语言中，我们不难看出，巴维尔已经意识到自己的固执伤害了母亲，但他没有想到，母亲正在用理智说服自己——让巴维尔率先举旗。

名师批注

③这是母亲的一次自我升华。她从狭隘的母爱中走出来，开始用更加宏大的胸怀支持儿子的革命事业。

保证不会忘！”

母亲推开了他，朝房里望去，用温和的恳求口气对安德烈说：“安德留沙！您不要骂他了！您比他大，当然懂事一些……”

①霍霍尔背对着母亲站着，身子一动不动，只古怪而滑稽地低声吼道：“哼！我要大声骂他，而且还要打他！”

母亲慢慢地走到霍霍尔身边，伸过手去，说道：“您真是个可亲可敬的人……”

霍霍尔转过身去，像头公牛一样垂着头，两手紧紧捏着放在背后，从母亲身边经过，走到厨房里。从那儿传来了他不高兴的嘲笑声：“巴维尔，快走开吧，免得我一口咬下你的头！”

当母亲走进厨房的时候，看见霍霍尔正坐在地上，用嘴吹旺茶炊里的火。他没有抬头看她，又说：“您别不放心，我不会伤他一根毫毛的！我呀，性格像蒸熟的大萝卜一样柔软！”

巴维尔苦笑了一下，问道：“你骂了我一通——也该过足嘴瘾了！”

霍霍尔坐在地上，将两脚摆在茶炊两边，眼睛望着茶炊。母亲站在门口，亲切而又忧愁地把眼光停在安德烈的圆圆的后脑勺和长长的弯着的脖颈上。②霍霍尔身子向后一仰，两手支在地上，抬起微微发红的眼睛，望着他们母子俩，然后眨了眨眼睛，低声说：“你们全是好人哪——真的！”

巴维尔弯下腰，拉着他的胳膊。

“别拉！”安德烈闷声说，“我会被你拉倒的……”

“你们俩有什么不好意思的？”母亲忧郁地说，“你们最好接个吻，紧紧地、紧紧地拥抱一下……”

“好吗？”巴维尔问。

“当然好呀！”霍霍尔站起来说。

③他们紧紧地抱住了，屏住呼吸不动待了数秒钟——两个身体融成了一个炽烈地燃烧着友情和快感的灵魂。

母亲脸上再度泪如泉涌，不过已经是轻松愉快的眼泪了。她一边抹泪，一边不好意思地说：“女人就喜欢哭，悲伤时要哭，欢喜了也要哭！”

名师批注

①霍霍尔是一个有趣的人，当面对矛盾和争吵的时候，他能够通过滑稽而古怪的言语，让气氛恢复到融洽，轻松化解尴尬。

名师批注

②此处通过对霍霍尔的细节描写，体现了霍霍尔的感性。从来没有体会过亲情的霍霍尔在巴维尔家感受到了别样的温暖，即使是争吵，在他的内心留下的也是柔软。

名师批注

③拥抱好像是一团火，燃烧在两个年轻人的心中，消融了所有的不合。在母亲的调和之下，种种矛盾被释放，巴维尔和霍霍尔最终重归于好，冰释前嫌。

霍霍尔一边用柔和的动作推开巴维尔，一边用指头揩着眼泪。巴维尔低下头，走到窗前坐下，轻声说：“流这种眼泪并没有什么可害臊的……”

母亲走到他身旁，和他坐在一起。此时此刻，她的心温暖而柔和地沉浸在一种兴奋的激情里。她心中仍旧有愁云，但又觉得愉快而平静。他们喝着茶，在桌旁一直坐到午夜时分，倾心畅谈着人生和未来。

①通过这场温和的长谈，母亲的恐惧烟消云散了。她现在的心情，就好像有一天听她父亲说了几句严酷的话以后那样，当时父亲说：“不要这么愁眉苦脸！有个傻瓜来娶你，就跟他去吧！是姑娘就要出嫁，是女人就要生孩子，儿女都是父母的罪孽啊！你怎么，不是人吗？”

听了这些话后，她就认命了。她看清了自己面前是一条非走不可的羊肠小径，它没有尽头，伸向一片荒凉昏暗的地方。由于知道这条路非走不可，所以她的心头也就充满了平静，尽管这是一种听天由命的盲目的平静。眼下也是这样，②但是，由于感到新的不幸将要降临，她内心好像在对什么人说：“要拿什么，就拿去吧！”

这使她心中的隐痛略微减轻，但这痛苦仍在她心中震颤，它像一根调紧的琴弦在弹奏母亲献给儿子的悲歌。

在她的心灵深处，虽然因未来的不幸而惴惴不安，但仍然抱着尚未破灭的一线希望：总不至于将她珍惜的一切都拿走、全抢光吧？总会有些东西剩下来的吧……

③大清早，巴维尔和安德烈出门不久，科尔苏诺娃就惊慌地敲着母亲的窗户，急匆匆地喊道：“伊萨被人杀死了！咱们一同去看看吧！”

母亲打了个冷战，在她脑海里，像火花似的闪现了一下杀人者的名字。

“是谁杀的？”母亲胡乱披上肩巾，简短地问道。

“凶手是不会坐在伊萨身上等着警方来抓的，把人打死，就跑了！”玛丽亚回答。

在街上玛丽亚接着说：“现在又要开始到处搜查、寻找凶手了。幸好你们家的人昨晚都在家，这事我可以做证。午夜过后，我途经你们家，顺便朝窗子里望了一眼，

读书笔记

①想一想，为什么“通过这场温和的长谈，母亲的恐惧烟消云散了”？

名师批注

②这里说明母亲已经走出了原来患得患失的阴影，开始积极地面对新的生活。在母亲的眼中，巴维尔去做的事情是值得的，她也愿意一试。

名师批注

③随着伊萨的死亡，这个惹人困扰的问题被点燃，成为一切的导火索。

看见你们都在桌子旁坐着呢……”

“你这是什么意思，玛丽亚？难道能怀疑他们吗？”母亲惊恐地喊道。

“那有谁会打死他呢？当然是你们的人！”科尔苏诺娃挺有把握地说，“谁不知道，他在一直跟踪他们……”

①母亲站住了，喘着气，把手按在胸口上。

“你怎么啦？你不用怕！他是罪有应得！快点走吧，不然尸首就被收拾走了……”

一想到维索夫希科夫，母亲心里就无比沉重，脚步也走不稳了。“瞧，真干出来了！”她呆呆地想道。

在离工厂围墙不远处，不久前失火烧掉一栋房屋的地方，簇拥着一大堆人，人声嘈杂，像一窝蜂似的，嗡嗡议论着。

②伊萨半身躺在地上，背靠着几根表皮烧焦的圆木，裸露的脑袋耷拉在右肩上。他右手塞在裤兜里面，左手的指头抓进松软的土地里。

伊萨活着的时候，母亲十分讨厌他，但现在引起了她隐隐的怜悯。

“没有血迹，”有人低声说，“八成是用拳头揍的……”

母亲回家了。母亲的眼前，像幽灵似的，浮现出尼古拉的宽阔身影。

儿子和安德烈回来吃午饭的时候，母亲劈头就问他们：“我说，情况怎么样？没有谁因为伊萨的事被抓吧？”

“没有听说。”霍霍尔回答。

③她看到，他们两个心情都很沉重。

“没有人扯到尼古拉身上去吧？”母亲低声问。

“谁也没有说什么，人们未必会想到他。他不在这儿，昨天中午到河边去了，还没有回来。我已经了解清楚了……”

④“啊，谢天谢地！”母亲心头的一块石头落了地，她舒了口气，重复道，“谢天谢地！”

霍霍尔抬眼望了望母亲，然后低头不语。吃饭的时候，巴维尔突然把匙子一扔，说道：“这件事我真不理解。”

“什么？”霍霍尔问。

“人们为了满足口腹的贪求，屠宰牲口，这已经是够可

名师批注

①母亲此刻内心是不平静的，这样的突发事件到来，也印证着此前霍霍尔的担忧，她害怕这一切真的是她所推测的那样。

读书笔记

②此处为什么会对伊萨死亡的样子进行详细的描写？

名师批注

③两个小伙子严峻的神情，加剧了母亲的担心。从霍霍尔和巴维尔的反应当中，也体现了事情的严重性。

名师批注

④母亲重复说出“谢天谢地”，可以看出当她知道凶手不是维索夫希科夫的时候，终于松了一口气，这也表明了母亲的善良。

恶的了。打死伤害庄稼的野兽或者吃人的猛兽……这还可以理解。如果某人变成了为害人民的野兽，我也可以亲手杀他。①可是，宰掉这么一个可怜虫——怎么能下得了手呢？”

霍霍尔耸了耸肩，说道：“他的危害不亚于毒蛇猛兽。蚊子吸了我们一点点血，我们不也要打死它吗？”

“那当然啰！我说的不是该不该杀……我是说，这样做令人反感！”

“那有什么更好的办法呢？”安德烈耸着肩膀说。

“要是你，会不会杀这样的人？”巴维尔沉默了好一阵，然后沉声问。

②霍霍尔走到房子中间，驻足站定，脸色苍白，半闭着眼睛。他举起一只手，郑重地说：“我知道，人们相亲相爱、每个人在别人面前都像一颗明亮的星的时代，一定会到来！”

他略微停了一下，挺直了腰，用全胸的音量，洪亮地说：“因此，为了这种生活，我什么事情都可以去做……”他的面孔抽搐了一下，忽然涕泪横流，沉甸甸的大颗泪珠从眼睛里簌簌往下掉。

巴维尔抬起头来，脸色苍白，睁大了眼睛，凝视着他。母亲在椅子上欠了欠身，她感到一种模糊的忧虑，这种不安的心情不断增强，渐渐笼罩了她的整个心胸。

“你怎么啦，安德烈？”巴维尔轻声问道。

③霍霍尔摇了摇头，身子像琴弦一般伸得笔直，他望着母亲说：“当时我看见了……我知道……”

母亲站起来，急忙跑过去抓住他的双手——安德烈想抽出右手，但母亲紧紧地抓住它，用耳语般的声音热切地说：“我的好孩子，别说了！我亲爱的……”

“等一等！”霍霍尔喑哑地咕哝着，“我告诉你们，那件事是怎样发生的……”

“不必了！”母亲低声说，眼里噙着泪看着他，“不必了，安德留沙……”

巴维尔慢慢地走到他跟前，用湿润的眼睛望着这位休戚与共的同志。巴维尔脸色煞白，强作笑容，声音不高地慢慢说：“母亲担心是你干的……”

名师批注

①巴维尔虽然也十分痛恨这个现实社会，但他在这件事上仍然表现出了不解，他对伊萨的死抱有复杂的情绪，并不觉得这是“为民除害”。

名师批注

②通过霍霍尔的动作描写和语言描写，写出了霍霍尔对未来强烈的憧憬，他想象着美好的时代终会来临，沉浸在这种充满希望的想象中。

名师批注

③霍霍尔正在高谈阔论之时，情绪急转直下，母亲的焦急和巴维尔的关切交织在一起，作为目击者的霍霍尔开始讲述伊萨之死。

"我没有担心！我不相信！即使我看见了，也不会相信的！"

"等一等，"霍霍尔不看他们，摇晃着头，一边想挣脱右手，一边说，"不是我干的，但我当时可以制止……"

"不要说了，安德烈！"巴维尔说。

①巴维尔一只手紧握住霍霍尔的手，另一只手按在他的肩上，好像要制止他高大身躯的颤抖似的。霍霍尔低头凑近他们，用很低的声音断断续续地说："巴维尔，你知道我的为人，我并不希望出这种事。事情的经过是这样：当时你比我先走回家，我和德拉古诺夫逗留在街道的拐角上，不料伊萨从转弯的地方走出来，站在旁边不动。他盯着我们，露出奸诈的笑容……德拉古诺夫对我小声说：'你注意到这个人吗？正是他通宵达旦地监视我。可恶的奸细！我要好好收拾他。'他马上走开了——我还以为——他回家去了呢……可紧接着，伊萨走到我跟前……"

霍霍尔呼了口气。

②"从来没有人像他那样可恶地侮辱我，这个散发着恶臭的人！"

母亲默默地抓着他的手，把他拉到桌旁，好不容易才让他坐到椅子上。她和他并肩坐在一起。巴维尔站在他们的面前，忐忑不安，不时摸摸胡子。

"他阴险地对我说，我们所有人的行动，他们都了如指掌，我们的名字全上了宪兵队的黑名单。五一节前夕，他们要先发制人，把我们全都逮捕起来。③我没有答话，赔着笑脸，心里却好像被滚油煎着一般。他又说我是个通情达理的小伙子，不该走这条路，最好还是弃邪归正……"安德烈停顿了一下，用左手搓了搓脸，眼睛冷漠地闪动着。

"我懂了！"巴维尔说。

"他说，最好还是为官府干事吧，怎么样？"

霍霍尔把手一挥，摇晃了几下紧握的拳头。

"给官府干事——见他的鬼去吧！"他咬牙切齿地说，"他把我当成了什么人？这比打我一个嘴巴更使我难受……如果他真的打我几下，这样我会好受一些。对他来说，或许也会好一些。但像这样，他用一口恶臭的

读书笔记

①你如何理解此时巴维尔的行为？

名师批注

②霍霍尔向母亲和巴维尔讲起了昨天的经历。伊萨的挑衅引发了霍霍尔强烈的不满，即使这件事已经过去了一天，霍霍尔还是无法抑制住内心的愤怒。

名师批注

③通过比喻的修辞手法，把霍霍尔的愤懑比作被滚油煎着，生动形象地写出了霍霍尔的隐忍与不满。

唾沫糊在我的心坎上，是可忍，孰不可忍！”

安德烈神经质地从巴维尔手里抽出手来，带着嫌恶的表情，用更细微的声音说：“我给了他一巴掌，就转身走了。[①]这时，我听见德拉古诺夫在我身后低声说：‘你落在我们手中了。’大概，他一直等在拐角处……”

霍霍尔沉默了一会儿，说：“我没有回头看，虽然预感到会出事……忽听见打斗的声音……我照旧走我的路，好像踢了只癞蛤蟆似的。今天早晨，来到工厂里，听见人们惊喊‘伊萨被打死了！’我还不信。可是，我那只抽他耳光的手却酸疼起来，不听使唤了——也不是疼，就像短了一截……”

他斜着眼往那只手看了一眼，说道：“我大概一生也洗不掉这个污点了……”

[②]“只要你心地清白就行，我的好孩子！”母亲小声说。

“我不是说自己有罪，不是的！”霍霍尔断然说，“我讨厌这种事！这对我来说是不应该发生的。”

“我不懂你这是什么意思，”巴维尔耸耸肩说，“又不是你打死的，而且即使是……”

“老弟，明明知道，有人要杀人，却不去阻拦……我要去洗个澡。”霍霍尔勉强地笑着。他不声不响地匆匆收拾了一下，神色阴郁地到澡堂子里去了。

母亲用怜悯的目光望着他，然后对儿子说：[③]“巴沙，对这样的事你怎么想呢？我明明知道杀人是一种罪恶，但是对谁都不怪罪。伊萨很可怜，他只是专政制度的一颗很小的螺钉。今天我看了他的惨状，记起他曾威胁我，说要绞死我的儿子——现在他死了，我也不恨他，也没有因为他死了而高兴。我只是觉得可怜，可眼下连可怜他的感觉都没有了……”

过道里有人弄出很响的声音。母亲和儿子两人都猝然惊起，面面相觑。

门慢慢地被推开了，雷宾笨拙地走了进来。他一身农民装束，穿着沾满了焦油的短皮袄，脚上穿着树皮鞋，腰带上塞着一双黑手套，头上戴着毛茸茸的皮帽。

“你们身体好吗？巴维尔，他们把你放出来了？这

名师批注

①事情到这里就真相大白了，原来是德拉古诺夫杀死了伊萨。通过霍霍尔断断续续的讲述，我们可以看出，即使霍霍尔只是给了伊萨一巴掌，但他仍然觉得伊萨之死和自己有很大的关系。

名师批注

②这里和下文交代了母亲和巴维尔对这件事的不同态度，母亲觉得这件事与霍霍尔无关，巴维尔则认为霍霍尔是有一定责任的，毕竟他没有在当时阻拦德拉古诺夫。

名师批注

③通过母亲的语言描写，补充说明了母亲对霍霍尔经历的同情和对伊萨之死的同情。

是好事情。尼洛夫娜，目前生活过得怎么样？”

母亲挺喜欢他，走到他身边，紧紧握住他的黑乎乎的大手。

巴维尔面带微笑仔细打量着雷宾：“好一个庄稼人！”

[1]雷宾慢慢地脱着皮袄说：“是啊，我又当上庄稼人了。你们则慢慢变成了老爷，我呢，是向后倒退了……是这样。”他坐下来，两腿分得很开，手掌撑在膝头上。

“您过得怎样，米哈伊洛·伊凡诺维奇？”巴维尔坐到他对面问。

“没什么，过得还不错。在叶季尔格耶沃落了脚，是个蛮好的村子。每年逢两次集，有两千来人，我在一个富农那当雇工，我们的活儿是干馏木焦油，烧木炭。在那个富农家里，算上我，共有七个雇工。还好，都是年轻人，除了我，都是当地人，他们都认得字。有个小伙子叫叶菲姆……是个烈性子，真是不得了！”

“您怎样，经常跟他们聊天吗？”巴维尔热心地问。

“我的嘴没闲过，我把这儿的各色传单都带去了，一共三十四张。”他对巴维尔挤了挤眼，嘻嘻笑着继续说，“[2]光这些宣传品还太少。我到你这儿讨书来了。我们来了两个人，跟我来的就是我刚才说的那个叶菲姆。我们出来运木焦油，走弯路，顺便到你这儿来了。叶菲姆还没到，选些书给我吧。”

“妈妈，”巴维尔说，“请您走一趟，去拿些书来，那边的人清楚应该给什么书，您说乡村使用就行了。”

“好！”母亲说，“等茶炊开了，我就去。”

“你也帮助做这种工作了吗，尼洛夫娜？”雷宾笑着问道。

“这样很好。我们那边喜欢看书的人很多，是一个教员教的——大家都称赞他是一个好青年，虽然他是僧侣出身。还有一个女教员，住在离我们那里七俄里路远的地方。不过，他们是不会用被查禁的书籍做识字教材的。他们都是安分守己的人——怕惹事端。可是我现在却要索取些最激烈的禁书，然后假借他们的手悄悄散发出去……[3]要是这些禁书被警察局局长或神父们发现了，他们一定会以为

读书笔记

①你如何理解雷宾的这句话?

名师批注

②雷宾指明了当时农村的情况，人们渴望得到真理，但由于受物质条件的限制，能够接触的书本和知识都极为有限。所以，雷宾就成了这样的一个窗口，为农村的人传递新的知识和力量。

名师批注

③雷宾整个人都变了，不再是以前那个单纯的庄稼汉，对老爷们的仇恨蒙蔽了他的双眼，意图推卸责任的行为表现了他的自私，也为后文巴维尔对他的反感做了铺垫。

是教员们散发的。我就可以暂时躲在旁边，见机行事。”

“您这是什么鬼点子？”巴维尔问，“如果他们怀疑教员们散发禁书，叫他们坐牢，那怎么办呢？”

“坐牢就坐牢呗——怎么啦？”雷宾问。

“散发禁书的是您，不是他们！应该是您去坐牢……”

“怪人！”雷宾拍着膝头笑着说，①“谁会猜疑到我身上来呢？一个普通庄稼人干这种事情，难道可能吗？书，是老爷们的事，他们才应该担当责任……”

母亲小心委婉地说：“米哈伊洛·伊凡诺维奇是想由他自己来干工作，而让别人来担罪名………”

“妈妈！”巴维尔冷峻地喊了一声，“如果我们当中有人，比如说安德烈吧，借我的手干了些什么事情，而坐牢的却是我，那你会说什么呢？”

母亲打了一个冷战，困惑不解地看了看儿子，不赞同地摇着头，说：“难道可以这样坑害同志吗？”

雷宾带着嘲笑的神情挤了挤眼，对母亲说：“大妈，这可是个微妙的事呢！”他又用教训的口气对巴维尔说：“你的想法太幼稚了，老弟！做秘密工作是没有诚实可言的。你想想，②首先，逮去蹲监牢的，是被查出有禁书的人，而不是教员，这是第一层。其次，教员们教的虽然是合法的书，但是书中的实质内容和禁书没有区别，只是字句不同，真理少些，这是第二层。第三，老弟，我和他们风马牛不相及，一个是僧侣的儿子，另一个是地主的女儿——他们为什么要发动老百姓，我不明白。他们千百年来一直稳稳当当地在做老爷，剥我们庄稼人的皮，现在他们突然大梦初醒，让庄稼人也擦亮眼睛。老弟，我不喜欢神话，不管哪位老爷，都跟我隔得很远。”

“有的老爷，”母亲想起了几个熟人的面孔，开口说，“为人民做出牺牲，一辈子在监狱里受着折磨……”

“那些人是另一回事，对他们的态度也是另一回事！”雷宾说。他站起身来，显示自己黑褐色的强壮的身躯。他压低了声音，继续说：“五年来，我进过不少工厂，对乡下确实疏远了。③这次回到乡下，我看了看，觉得那种生活真是叫人受不了。在那儿，饥饿好像影不离身似的追随

读书笔记

①你认为雷宾的做法对吗？为什么？

名师批注

②通过雷宾的语言描写，直接写出了雷宾内心的扭曲，他用诡辩的思维，把一切罪责都归咎于地主老爷们，仇恨一切他所得不到的东西，坚持他所认为的正义。

名师批注

③虽然雷宾所看到的、所描述的都是血淋淋的社会现实。但这些真的可以为他的行为做辩解吗？答案一定是——不能！

着人们，饥饿吞噬了人们的心灵、把人折磨得不成人样了。人们不是活在那里，而是在无法忍受的赤贫中腐烂着……在农民的周围，丛集着一群等待吃腐肉的乌鸦，这就是那些当官的。他们窥伺着，看你还有剩下的一块面包没有，看见了，就抢去，还给你一记耳光……”

①雷宾环顾了一下，一只手撑在桌子上，俯身朝着巴维尔说：“当我重新看见这样的生活时，我甚至想呕吐。不过我终于克制住自己，不，我想，知难而退不行啊，亲爱的！我要留下来。我不能给你们弄到面包，可我要使你们这儿乱得像一锅粥，老弟，我非搅成一锅粥不可！”

雷宾的额上冒出了汗珠，他慢慢地逼近了巴维尔，把一只手放在巴维尔的肩上，他的手在抖个不停。

②“帮我一把吧！给我一些书吧，我要的是那些读了以后叫人坐卧不安的书。你跟替你们写文章的城里朋友讲讲，叫他们给我们乡下人也写些东西吧！让农村也像一锅粥似的沸腾起来——使人们能够去赴汤蹈火，不怕牺牲！”

他举起一只手，用喑哑的嗓子一字一顿地说：“用死亡来制服死亡——这就是我的宗旨！这就是说，为了使人们复活而赴死！慷慨赴死并不难。只要能让大家复活就行，只要大家能够站起来，那就好了！”

③母亲觉得雷宾有和她丈夫相像的地方，她的丈夫——也是这样龇着牙，卷起袖子，指手画脚的，在他身上也同样有一种难以抑制的作恶念头。

“这样做很有必要，”巴维尔点点头说，“给我们提供关于农村情况的材料吧，我们给你们出一份报纸……”

“写吧，我们什么材料都能弄到。写得简单通俗些，让大老粗都能看懂。”雷宾大声说道。

厨房门开了，有人走进来。

“这是叶菲姆。”雷宾说，眼睛朝厨房里张望，“叶菲姆，到这儿来！你看，这就是叶菲姆，而这一位叫巴维尔，我过去常常和你说起他。”

④站在巴维尔面前的客人，手里拿着帽子，皱着眉头，用一双灰眼望着巴维尔。这是个头发浅褐、脸庞宽阔的年轻人，他身穿短外套，身形匀称，看样子威武有力。

名师批注

①雷宾正在以压迫式的动作，激进地发表着自己的看法，他试图通过这种身体语言，获得巴维尔和母亲的认可。

名师批注

②多么亢奋、慷慨的演说呀！雷宾的思想彻底发生了转变，他希望以自己的方式去解救农民阶级，去建造新的农村秩序。

名师批注

③通过母亲的联想，侧面体现出了当时雷宾几乎疯狂的状态，他现在已经和巴维尔死去的父亲一样，以恶制恶了。

名师批注

④新的人物出场——朴实的年轻庄稼汉叶菲姆，运用了外貌、动作和神态描写，体现出叶菲姆对书籍的热爱和对新生活的渴望。

“您好！”他嗓音有点儿嘶哑地说，跟巴维尔握握手，用两手捋平硬直的头发。他向屋子里的陈设扫视了一眼，立即慢慢地，简直是蹑手蹑脚地朝书架走去。

“他看见了！”雷宾说着，朝巴维尔挤了挤眼睛。叶菲姆转过身来，看了雷宾一眼，一边翻书一边说：“您这儿书真多！你们一定没有工夫读吧，可是在乡下，看书的时间多得很呢……”

“你们既然不再是农奴，那分到了土地吗？”

“我们？分到了呀！我们弟兄三个，分了四俄亩地。全是沙地——拿来擦铜器倒是不错，种庄稼就不行了……”

他沉默了一会儿，说：“我不再眷恋土地了——土地能给我们什么？又不能养活我们，反而捆住了我们的手脚。我已经在外面当了三年多雇工。今年秋天，该轮到我当兵了。雷宾大叔说——不要去！他说，现在常派当兵的去镇压老百姓，可是我倒想去。就在斯捷潘·拉辛[9]时期，军队也打过老百姓，普加乔夫[10]时期，也是这样。现在这种现象该结束了。①您的看法如何？”他问道，眼睛定定地看着巴维尔。

“是该结束了！”巴维尔面带笑容地答道，“只不过——这事也很不容易，必须懂得对士兵讲些什么和怎么去讲……”

“我们认真学习一下——就会的！”叶菲姆说。

安德烈回来了，满脸通红，冒着汗，神态忧郁。他默默地和叶菲姆握了手，挨着雷宾坐下，打量着叶菲姆，勉强笑了一下。

“他也是工人？”叶菲姆望着安德烈问道。

“是的，”安德烈回答，“工人又怎么了？”

②“他生平第一回看见工人，因而有点儿好奇，”雷宾替他解释说，“据他看来，工人是一种特殊的人……”

“有什么特殊的地方呢？”巴维尔问。

叶菲姆认真地注视着安德烈，说道：“你们的骨相棱角分明，农民的就比较圆……”

名师批注

①叶菲姆用询问的语气试图了解巴维尔的看法，也体现了当时年轻农民对未知的未来充满希望，却也十分迷茫的矛盾现状。

读书笔记

②为什么叶菲姆认为工人是一种特殊的人？

9 斯捷潘·拉辛，17 世纪俄国农民起义的领袖。
10 普加乔夫，18 世纪俄国最大的一次农民起义的领袖。

“还是农民的基础稳固，脚站得牢！”雷宾补充说，①“他能实实在在地感觉到自己脚下的土地，可是工人是无根之木，无源之水，他们像鸟儿一样，到处飞翔：没有故乡，没有家。农民却守在一个地方不动，总想把自己的周围环境改造得更好一些。”

叶菲姆走到巴维尔跟前，问道：“可以借一本什么书给我吗？”

“请拿吧！”巴维尔很乐意地答应着。

小伙子的眼睛里闪耀着渴望求知的光芒，他立刻说：“我一定归还！我们有很多人在这附近运输木焦油，我读完后托他们带来。”

雷宾已经穿好衣服，束紧腰带，他对叶菲姆说：“咱们走吧，到时候了！”

“这些书够我读的了。”叶菲姆指着书架上的书，咧嘴欢呼道。他们走后，巴维尔很有感触地对霍霍尔大声说：②“看见这些怪人了吗？”

“是啊！”霍霍尔慢慢地拖长声音说，“好像不祥的乌云一样……”

“是说雷宾吗？”母亲大声说道，“他就像从没有在工厂里待过似的，变成一个道地的庄稼人了，而且还真可怕。”

“他对人是多么不信任，他把他们看得多么不值钱。妈妈说得对，这个人身上有一股可怕的力量。”巴维尔说。

③“我已经看出了这种苗头，”霍霍尔阴沉着脸说，“民众被毒害了。他们起来的时候，会推翻一切，打倒一切。他们只需要光秃秃的土地，让社会倒退到石器时代。他们会将大地弄得空空荡荡，把一切都一扫而光！”

他忽然激动起来，猛然把桌子一拍，说道：“是的，巴维尔，要是农民起来造反，他们会把大地弄得寸草不生！像闹过鼠疫一样——他们会放一把火，把一切都烧光，使自己当年屈辱生活的痕迹灰飞烟灭……”

“然后，他们就会挡在路上，使我们不能前进。”巴维尔小声指出。

④“我们的事业，就是不让这种历史错误发生。我们的事业，巴维尔，就是要遏制他们。我们的处境与他

名师批注

①这一部分是雷宾内心最真实想法的表述，他对工人阶级其实是排斥的，认为只有农民才能真正意义上地推翻当时的统治者，建立新的世界。

读书笔记

②为什么巴维尔认为他们是“怪人”呢？

名师批注

③农民的觉醒是粗暴的、漫无目的的，更多的人如叶菲姆一样茫然无措，被雷宾一类的人错误地引领着。

名师批注

④这里点明了工人和农民之间的隔阂，写出了巴维尔和霍霍尔对农民阶级的担忧，以及工农联合的决心。

们的最接近，他们会信任我们，会跟我们走的。”

“你知道吗？雷宾还要我们给农村办一份报纸呢。”巴维尔告诉他。

“这件事倒很有必要。”过了一会儿，安德烈说，“我要到野外去走一走。”

天色很晚了，安德烈才拖着一双疲累的脚走回家来，并立即躺下，他只说了一句：“我估计差不多走了十俄里……”说完他便像死了一样沉沉睡去。

过了一些时候，①维索夫希科夫上门来了，他一身穿着又破又脏，和往常一样，脸色很不高兴。

“你听说打死伊萨的是谁了吗？”他问巴维尔，笨拙地在房间里走着。

“没有。”巴维尔很简短地回答。

“真有愿意干这种事的人，也不怕弄脏自己的手！我一向都打算亲手把他干掉！这是我的工作——我做这事最适当。”

“尼古拉，不要说这种话。”巴维尔态度和蔼地对他说。

“你到底是怎么回事呀？”母亲亲切地接过话头说，②“你心肠很柔软，连蚂蚁也不愿意伤害，可偏要大声吼叫冒充杀手。这是为什么呀？”

“我什么也干不了，只配干这种事。”维索夫希科夫耸耸肩膀说道，③“我想呀，想呀，世界这么大，何处是我的位置呢？目前最要紧的是宣传工作，可是我不善言辞。什么不平的事我都看在眼里，可我就是不会说话。”

他走到巴维尔旁边，可怜巴巴地说：“你们交给我一些繁重的工作干吧，老弟。整天搬运圆木、木板。难道活着就是为了做这种事吗？快给我一些繁重的工作吧！”

巴维尔握住他的手，把他拉到自己身边。

“我们会给你的……”

从帐子后面传来了霍霍尔的声音：“尼古拉，我教你排字吧，你将来当我们的排字工——好不好？”

维索夫希科夫走到他跟前说：“要是你教会了我，我就将这把小刀送给你作回报……”

名师批注

①维索夫希科夫穿着又脏又破，神情不悦，通过外貌的描写，写出了他此时内心仍然是绝望的。

名师批注

②母亲其实是十分了解他的，明明是慈悲为怀的菩萨心肠，却偏偏用一副歇斯底里的凶狠样子来糟蹋自己，这让母亲感到十分不解。

名师批注

③原来，他只是觉得自己的生命没有价值，不能为革命做点什么才会如此颓唐，现在他希望能够找到自己的位置，为革命事业做出自己的贡献。

①“拿着你的小刀见鬼去吧！”霍霍尔喊着，突然哈哈大笑起来。

日子一天跟着一天飞快地过去，母亲连考虑五一节的工夫都没有。只有当夜深人静之际，她躺在床上，休息着因白天的喧闹和忙碌而疲惫不堪的身体的时候，她心里才对即将发生的事感到隐隐担忧。

②“但愿那一天早点来吧……”

天刚破晓，工厂的汽笛就刺耳地鸣叫着，催促工人们去上工，巴维尔和安德烈匆匆喝完茶，胡乱吃点东西，就进厂去了，把一大堆事务留给母亲来办。③她整天像松鼠蹬转轮似的，忙得不可开交，又是烧饭，又是熬印传单用的紫色油墨，又是煮贴传单的糨糊。还不断有人跑来，把一些字条塞到母亲手里，托她转交给巴维尔。这些人来去匆匆，但他们的激昂情绪也感染了母亲。

号召工人庆祝五一节的传单，几乎每天夜晚都贴在各处围墙上，连警察局的大门口也贴了传单，工厂里就不用说了，天天都可见到各类传单。

每天早晨，警察们来工人区巡视，口里怒骂着，气急败坏地把墙上的标语撕去，刮掉，但是一到中午，那些传单又满街飞，在行人的脚下翻转。④城里派来了密探，他们站在街道的转弯处，用目光监视回去吃饭或者吃过饭来上工的那些愉快而兴奋的工人。

人们三个一群，五个一堆，热烈议论着传单上令人激动的号召。有些人因此大动肝火，另一些人产生了隐约的不安和模糊的希望，第三种人只占少数——他们无比欢欣，因为他们意识到自己已成为唤起民众的中坚力量。

巴维尔和安德烈几乎每夜都不睡觉，他们回家时已是汽笛快拉响催人上工之时，两人都十分疲乏，嗓子嘶哑，脸色苍白。

⑤母亲明白他们晚上是到树林中的沼地里开会去了。她也十分清楚，在工人区的周围，每晚都有骑马的警察到处巡逻，还有潜伏的暗探到处活动。他们拘留和搜查单独在外面活动的工人，驱散街头集结的人群，有时还

名师批注

①霍霍尔向他开了个玩笑，气氛十分融洽，这样清风明月的美好夜晚，好像是暴风雨来临前的平静，也为后文情节的跌宕起伏做好了铺垫。

读书笔记

②母亲明明是十分担心的，但为什么还要期盼那一天早一点儿到来呢？

名师批注

③通过聚焦母亲的忙前忙后，来体现革命事业正在如火如荼地开展着，交代了五一前夕人家忙碌的样子。

名师批注

④危险时时刻刻都存在，那些密探们用监视的眼光看待着周围的一切，等待着猎物入网。

名师批注

⑤表现出了在革命热情的影响之下工人们的不同反应，和敌人的被动可笑。

要把人逮走。

奇怪的是，暗杀考勤员伊萨的案件再也无人过问。当地警察局对犯罪嫌疑人进行过一两天侦讯，但审过十来人之后，便失去了对该案的兴趣。霍霍尔的情绪越来越激昂，他畅谈未来——畅谈自由和凯旋的美好光辉的日子，沉浸在使大家如醉如痴的欢乐之中。

①当伊萨被打死的案子渐渐没有什么人提起的时候，他厌恶而痛心地苦笑着说：“他们不仅不爱惜老百姓，就是对那些供他们当走狗驱使，用来追捕我们的人，也看得一钱不值。他们爱惜的不是忠实的犹大，而是银币……”

读书笔记

①伊萨之死为什么渐渐地不被人提起？

五月一日——这一天终于来到了。

汽笛像往常一样，很早就鸣叫起来，声音凄厉，无比威严。一晚不曾安枕的母亲，听到汽笛声，一骨碌从床上爬起来，生着了昨晚已预备好的茶炊。

她想和平常一样去敲儿子和霍霍尔的房门，但考虑了一会儿，挥了挥手，竟独自在窗边坐了下来。

②在淡淡的蓝天上，片片雪白和粉红的薄云，好像被汽笛的厉声怒吼惊吓的鸟儿一般，飞快地在空中飘浮着。她的脑袋昏昏沉沉，由于整夜失眠而充血的眼睛非常干涩。

名师批注

②环境的描写渲染了当时的气氛，五月一日这一天终于到来了，这个特殊的日子显得无比庄严，但同时也暗藏着危险。

“茶炊生得太早了，水都要烧干啦！今天让他们多睡一会儿吧！两个人都受够了折磨……”

初升的太阳光快乐地嬉戏着，朝窗户里探望。

第二遍汽笛拉响了，与第一遍的相比，声音比较低，也没有那样坚定，而是微微颤抖的、粗声闷气的和发潮的。母亲觉得，今天汽笛响的时间比以往要长。

屋子里面，传来霍霍尔洪亮而清楚的声音：“巴维尔！听见了吗？”

他走进厨房，蓬着头，面容疲乏，仿佛没睡醒似的，但他内心是挺高兴的。

“早上好，大妈，睡得怎么样？”

母亲走到他的身边，低声说：“安德留沙，你可要和他并排走啊！”

“那当然啦！”霍霍尔小声说，“只要我们在一起——到哪里也要并排走——您尽管放心吧！”

①“你们在那儿嘀咕什么？”巴维尔问。

“没什么，巴沙！”

“起来，行动起来，工人们！”巴维尔低声唱起歌来。

太阳愈来愈明朗，风吹散了浮云。母亲在安排喝茶的用具，她一边摇头，一边思索。

他们喝茶喝了很久，想法子打发这段等待的时间，巴维尔讲起了往事。

母亲忍不住插嘴说：“你们最好还是商量一下今天怎么组织游行吧！”

“这件事的细节早已商议妥当了，再谈论只会把事情搅乱。”霍霍尔心平气和地说，“万一我们大家都被抓去了，大妈，你也别着急，尼古拉·伊凡诺维奇会来找你，他会告诉你怎么办的。”

“好吧！”母亲叹了口气说。

费佳·马津跑来了。

②“开始了！”他说，“群众出动了，大家拥到街上去了，人人的面孔都像锋利的战斧。维索夫希科夫、瓦西里·古谢夫、萨莫伊洛夫都站在工厂门口，向群众发表讲话。许多人都没有上工，回家去了。咱们去吧，时候到了，已经十点钟了。”

“我要去了！”巴维尔斩钉截铁地说。

母亲目送马津出去后，从桌旁起身，走进厨房，穿上外衣。

“大妈，您到哪里去？”

“和你们一同去！”她说道。

安德烈走到母亲跟前：“我什么话也不和妈妈讲……妈妈也不要和我开口，好吗？”

“好的，好的，愿基督保佑你们！”她说。

③她走到街上，听见四下里人声鼎沸，议论不休，人们在不安地期待着。当她看见各家窗口和门口都聚着成堆的人，都用好奇的眼光望着她的儿子和安德烈的时候——这时，她觉得眼里蒙上了一片模糊的东西，这东

名师批注

①巴维尔和霍霍尔两人热情的问候和不以为意，与母亲心事重重的应答形成了鲜明的对比，突出了母亲此刻的焦虑和不安，刻画了一个心情复杂的慈母形象。

名师批注

②五一节正式开始了，通过费佳·马津的转述，体现了他们的计划在人们那里得到了热烈的响应，这场活动正式拉开了大幕。

读书笔记

③此处为什么要用母亲的视角去描写街上的情形？

西在轻轻飘动，不断地变换颜色，一会儿晶莹剔透，一会儿灰暗浑浊。

不断有人和他们打招呼，在问好的话里，含有一种特殊的意味。巴维尔和安德烈似乎对沿途遇见的各类人和听到的各种议论通通不放在心上。他们镇定自若、从容不迫地走着。①忽然，米洛诺夫呼唤他们，这可是个质朴敦厚的长者，生活上规矩清白，受到大家的敬重，因此，他们停下脚步，与他交流几句。

他那聪慧的眼睛含着笑意，看着母亲，说："连你也出来造反啦？"

"哪怕在进棺材以前，能跟真理一起逛一逛，也是好的。"

"嘿，你呀！"米洛诺夫说，"有人说，厂里的禁书都是你带去的，看来人家说的还是有根据的啊！"

"谁这么说？"巴维尔问。

"有人这么说呗！好，再见吧，你们可要稳重点！"

②太阳冉冉上升，把它的温暖注入春天这令人振奋的新鲜气息里，朵朵浮云，越飘越慢，淡淡的云影，渐渐变得稀薄，渐渐变得透明。街上渐渐热闹起来，嘈杂的人声越来越大，盖过了远处的机器轰鸣声。又有许多话语进入了母亲的耳朵，它们或带着不安，或包含恶意，或满怀忧思，或充满愉快。

在街角后面的一条狭窄的巷子里，聚集了一百多人，从人群中传来维索夫希科夫的声音。

"他们像榨野莓子的浆汁一样，榨干了我们的血！"他粗笨的话语，落在群众的头上。

"这小子在卖力宣传！"霍霍尔说，"好，我们过去，给他帮帮腔！"

巴维尔还没来得及拦住他，他已经弓着腰钻进人堆里去了，不久就传来了霍霍尔悦耳动听的声音："同志们！听说地球上住着各种各样的民族——什么犹太人和德国人、英国人和鞑靼人，但是，我不相信这话！在地球上，只有两个民族，两个不可调和的种群——富人和穷人！"

③街上来的群众渐渐增加，大家都伸长脖颈，踮起

名师批注

①通过"智慧的长者"米洛诺夫的呼唤，写出了当时大部分人仍然对革命事业将信将疑的心态。

名师批注

②通过景物描写衬托了当时巴维尔等人的心态，他们认为目前的困难一定会被战胜，未来一定是能冲过重重险阻，充满希望的。

名师批注

③霍霍尔慷慨激昂的演说吸引了街上的民众，但这种激情被一声"警察"打断，人们转而四散逃开，这生动地写出了当时人们内心的怯懦和敌人武力镇压的无情。

脚，一声不响地，一个跟着一个地挤进小巷里去。

“警察！”有人喊了一声。

四名骑马的警察，从大街上一直向巷子里的人群驰来，他们手中挥着鞭子，嘴里喊道：“散开！”

人们都四散逃开，只剩下霍霍尔一个人站在小巷中间，两匹马摆着头向他冲来。他朝旁边一闪，就在这一刹那，母亲抓住他的一只手，把他拖到身后，埋怨道：“之前说好了你和巴沙一起，可你又一个人干这种冒险的事！”

“我不对。”霍霍尔赔笑认错。

他们来到广场，向教堂走去。教堂的四周、围墙里都挤满了人，有的站着，有的坐着，这里已经聚集了五百来个兴致勃勃的青年和孩子。

①汽笛吼叫起来，它那横蛮的吼声吞没了人声。人群中一阵骚动，坐着的人纷纷站了起来，许多人的脸唰的一下变白了。

“同志们！”这时传来了巴维尔的声音，响亮而有力。

母亲望着他的脸，她只看见他那双燃烧着勇敢的火焰的眼睛……

“同志们！今天，我们要高高举起我们的旗帜，举起理性的旗帜、真理的旗帜、自由的旗帜！”

②过了一会儿，在万众翘首仰望的上空，一面劳动人民的大旗，像红色的鸟儿一般，飘扬招展起来。

这时，十来只手，抓住了光滑的白色旗杆，其中也有母亲的手。人群中一片沸腾，了解这旗帜的意义的人，都从人群中挤到大旗跟前。马津、萨莫伊洛夫和古谢夫兄弟都站到了巴维尔的身旁，尼古拉低着头，推开人群走了过来。

“同志们！”霍霍尔抑扬顿挫的声音盖过了人群的喧哗，“现在，为了新的上帝，光明和真理的上帝，理性和善良的上帝，我们正举行一次神圣的进军！同志们！站好队！自由人民的节日万岁！五一节万岁！”

我们要抛弃旧世界……

③费佳·马津声音嘹亮地唱了起来。接着，几十个

读书笔记

①为什么汽笛声响起，人群就发生了巨大的变化？

名师批注

②运用比喻的修辞手法，把一面劳动人民的大旗比作红色的鸟儿，写出了革命的希望正在萌发，革命的热情正飘荡在工人阶级的心头。

名师批注

③通过对群众回应的精彩描写，体现了人们真实情感的流露，也写出了巴维尔等人所做的事情终于得到了认可。

人的声音，汇成一股徐缓有力的声浪，与他相应和。

我们要与旧世界彻底决裂！……

母亲十分快乐，脸上露出微笑，走在马津的后面，她的眼睛越过马津的头，望着儿子和红旗。她的儿子和安德烈走在人群的最前面。

起来，行动起来，工人们。
起来，起来斗争，饥饿的人们！[11]……

人们从四方八面迎着红旗跑来，嘴里呼喊着口号，他们与人群会合后，便转身跟着人群一起前进。

有一个颤抖的、哭泣般的声音喊道："米加！你到哪儿去？"母亲没有停下脚步，边走边说：①"让他去吧！您不必害怕！过去我也很怕，现在我儿子在前面领队。您瞧，打旗的那个，就是我的儿子！"

那个说话的瘦高个妇女忽然用枯瘦的手抓住母亲的手，称赞道："亲爱的，他们唱得多好！米加也在唱……"

"您不必害怕！"母亲劝慰她说，"这是神圣的事业……您想想，如果人们不为保卫基督去赴死，那就根本不会有基督了！"

②这个思想是在她的头脑里突然产生的，它所包含的明白而简单的真理使她自己也感到十分惊奇。她打量着紧紧抓住她的手的女人，吃惊地微笑着，把刚才的话重复了一遍："如果人们不为保卫基督去赴死，那就根本不会有基督了！"

母亲由于心脏跳得过于激烈，支持不住，渐渐落到了后头。人们把她推到一旁，挤到围墙旁边。③密集的群众潮水，浩浩荡荡地在她的身边流过——人数是非常多的，这使母亲觉得高兴。

起来，起来斗争，工人们……

名师批注

①母亲已经不再像以前那样软弱，而是以一个过来人的身份，去帮助仍然深陷在懦弱中，无法自拔的母亲们。

读书笔记

②这个想法真的是母亲突然产生的吗？你怎么看？

名师批注

③运用暗喻，把人群比作潮水，生动形象地写出越来越多的人开始认可这群年轻人的倡议，热情地参与进来，这也让母亲感到无比自豪。

11 《工人马赛曲》中第一段歌词。

一张张骚乱者的面孔从母亲眼前闪过去，一群群男女连跳带蹿从她身边跑过。这时，被歌声鼓舞的群众，像一股黑压压的火山熔岩一般奔涌向前。母亲远远地望着前面被挥动着的红旗，她虽然很难看到儿子，但偶尔也能看见儿子的面孔在前面闪现。

①突然间，队伍的前锋好像碰上了什么阻碍，整个游行长龙向后一退，队伍中出现一阵不安的轻微骚动。歌声也停顿了一下，接着，更急速更嘹亮地响了起来。随后，密集的声音浪潮低落了，向后退去。人们一个接一个地退出合唱，只听见几个人仍在坚持唱，他们尽力想把歌声提到原来的高度，并带领人们继续唱下去：

起来，行动起来，工人们！
去和敌人搏斗，饥饿的工人们！……

母亲急于要知道前面究竟发生了什么事，但她什么也看不见，于是，她拼命挤开人群，很快地向前挪动，可是，群众混乱地迎着她退来。

②“同志们！”前方传来了巴维尔的声音，“兵士和我们一样都是受苦的人，他们不会打我们的。为什么要打我们？是因为我们传播大家所需要的真理了吗？要知道，他们也正需要这种真理。为了让他们能尽快地理解我们的真理，我们必须前进、前进，同志们！不要后退，永远前进！”

巴维尔的声音坚强有力，字字句句都确切而清楚地在空中震荡。但是游行的队伍在逐渐溃散和瓦解，现在长龙般的游行队伍已变成了一个楔子的形状，巴维尔独自站在楔子的顶端，劳动大众火红的旗帜在他头上飘扬。

③在街道的尽头，通往广场的道路被封锁了，那儿屹立着一堵灰色的人墙，由一排分不清面貌、模样相同的人组成。这些人个个肩上扛着刺刀，锋利的刀刃寒光闪闪。母亲把这一切都看在眼里，她感到有一股冷气从那堵沉默不动的墙壁那儿向工人们袭来。它吹进母亲的胸膛，钻进母亲的心里。

名师批注

①短暂的欣喜过后，人群中有了轻微的骚动。游行并没有那么顺利，遭遇到了出乎意料的阻碍，危险也即将来临。

名师批注

②“我们必须前进、前进，同志们！不要后退，永远前进！”巴维尔孤独却坚定的声音在回响，但有形的队伍渐渐溃不成军，这样鲜明的对比令人心痛。

名师批注

③通过母亲的视角点明了人群停止前进的原因，士兵阻挡了通往广场的道路，这让母亲立刻意识到了危险的存在。

母亲拼命地往人群里挤，向举着旗帜的地方挤去，向她熟悉的人们挤去。她发现，她的熟人们的跟前，还聚集着不少她不太熟识的人，他们紧紧挨着，站在一起，互为倚靠。

“同志们！”巴维尔说，“永远前进！我们没有第二条路可走！”四周一片沉寂，人们变得十分敏感，连任何细微的声响都听得见。旗子高高举了起来，摇晃了一下，若有所思地在人们的头上飘动，十分稳重地向士兵组成的灰墙前进。母亲颤抖了一下，闭上眼睛，惊呼起来——①原来只有巴维尔、安德烈、萨莫伊洛夫和马津四个人离开群众，一直向前。但是，这时空中缓缓荡漾着费佳·马津的发颤的爽朗歌声：

名师批注

①通过着重描写巴维尔、安德烈、萨莫伊洛夫和马津四个人的行为，说明了革命同志们毫无畏惧，抱着必死的决心誓与敌人抗争到底。

你们牺牲了……

他唱着：

在殊死的……战斗中……[12]

人们用浑厚低沉的声音，跟着唱了起来，像发出两声深沉的叹息。人们向前迈了一大步，只听见一片杂沓的脚步声。人堆中飘扬出一支十分坚定的新歌，表示他们下定了决心。

为了人民，你们献出了一切……

②费佳的歌声，像一条色泽鲜明的丝带，在空中回旋盘绕……

读书笔记

②此处的比喻有何作用？请试着做出分析。

为了自由……

同志们齐声高唱。

母亲两手抓住胸口，向周围张望，看到刚才把街道挤得水泄不通的人们现在却在徘徊观望，踌躇不前，用

12 以上系阿尔汉格尔斯克作的一支革命葬礼进行曲的歌词。

迟疑的目光望着打旗的人们。

①紧紧跟在旗帜后面的，总共只有几十个人，而且每走一步，总有人向旁边躲开，好像街道中间的路是被火烧红了的，烫疼了他们的脚。

专制要垮台……

费佳嘴里唱的歌预言着未来……

人民就要起来！……

一阵强大的合唱自信而威严地跟着他唱起来。但是从这整齐的歌声中仍可以听见轻微的说话声：“在发命令了……”

“端枪！”前面传来一声尖厉的叫喊。

②一排兵士举起刺刀晃了一下，在空中划了个弧线，然后平举着，向前伸直，迎着旗子，露出狡黠的笑容。

“齐步走……”

母亲眼睛一眨不眨地望着。士兵组成的灰色浪形队伍在起伏波动着，横着排满了整个街道。他们脚步整齐地、冷酷无情地向前行进着，手里端着的刺刀组成了一个巨大的银光闪闪的钢齿梳子。③她跨前几步，走到离儿子更近的地方，她看见安德烈也焦急地跨到巴维尔前面，用自己硕大的身躯遮住他。

“并排走，同志！”巴维尔厉声喊道。

安德烈唱着歌，双手反背着，头高高地昂起。巴维尔用肩膀碰了碰他，又喊道：“并排走！你没有权利走在前面！前面应该是大旗！”

“解散！”一个矮小的军官用尖细的声音喊道，同时手中挥舞着军刀威吓着群众。

④这个军官的旁边，离他稍后的地方，有个身材高大、剃着光头、留着密密的白髭的人在吃力地走着。此人穿着红里子的灰色军衣，下身穿着宽筒军裤，裤上缀着黄镶条。他也像霍霍尔那样反背着手，高高抬起浓密的白

名师批注

①那道灰色的人墙，最终让热情高涨的游行活动被迫中断。追随者越来越少，让我们看到了敌人的残酷、革命道路的曲折，前方有希望，但也存在着不可避免的危险。

名师批注

②多么具有反讽意味的画面呀！端枪之后在空中划出“弧线”，还露出“狡黠的笑容”，这样“美好”却又让人不寒而栗的动作，体现了敌人的残酷。

名师批注

③在这种情形下，母亲只能独自承受着一切，走到离儿子更近的地方，用这种行动来默默地支持儿子。

读书笔记

④此处的描写有何作用？他和霍霍尔反背着手的行为是否一样？

眉毛，盯着巴维尔。

母亲看见的远远不止这些，这里实难尽述。她觉得她身后的群众越来越稀少，而对面逼过来寒冷的巨浪，使人们纷乱地散开。

举着红旗的示威者和紧密排列的灰色士兵线渐渐接近，她已经可以看清士兵的面孔。这些面孔都十分难看，母亲觉得，它们合在一起，组成了一条土黄色的带子，横贯整条大街。

①这条带子很窄，仿佛是被奇怪的东西压成的，上面高低不齐地缀着各种颜色的眼睛。在这条带子的前面，刺刀的尖刃冷静地闪着寒光。刺刀对准人们的胸膛，还没有碰着他们，已经把他们一个个剔出了队伍，使人群四分五裂地溃散了。

母亲听见身后有逃跑者的脚步声，不断有人用压低的声音惊惶地叫喊。

“散开，兄弟们……”

“弗拉索夫，快跑！”

“把旗扔掉，巴维尔！”维索夫希科夫阴沉地说，“给我，我藏起来！”

他伸手抓住了旗杆，旗子稍稍地往后面倾斜了一下。

“放手！”巴维尔喊了一声。

尼古拉立即将手缩回，仿佛遭到火烫似的。歌声消失了，人们停住脚步，紧紧围在巴维尔四周。但是，他冲出人群，继续向前。突然，大家都不作声了，这种沉寂的局面好像是偷偷地从天上降下来似的，它好似透明的薄云一般，笼罩着人们。

②旗子下面，至多不过二十个人，但他们却是岿然不动地站在那里。母亲很为他们担忧，心中有一种要对他们说些什么的模糊愿望，这使她情不自禁地向他们走去。

“把他们手里那个东西夺下来，中尉！”前面传来那个高个子老头的单调声音。

他伸出一只手，指着旗子。那个矮小的军官冲到巴维尔跟前，用手抓住了旗杆，尖声喊道：“放下！”

“把手拿开！”巴维尔怒喝。

名师批注

①凛冽的寒光仿佛从带子上飘落，暗示了形势的紧张与严峻，也写出了巴维尔等人置生死于度外的坚定精神。

名师批注

②巴维尔的举动震惊了整条街上的人，也感染了身边的同志，他们牢牢守护住身旁的大旗，想与士兵抗争到底。

①旗子红闪闪地在空中颤动，摇摇摆摆，忽而倾向右边，忽而倒向左边，一会儿又笔直地竖了起来——军官被推了出来，踉跄着倒退了几步，一屁股坐在地上。母亲眼前，尼古拉的身影飞快地闪过，只见他伸直了紧握拳头的手。

“把他们抓起来！”老头把脚往地下一跺，吼叫着说。

几个兵士冲向前来，其中有一个人挥了一下枪托——大旗抖了一下，就倒下来了，隐没在灰色的兵士里面。

②母亲发出了野兽般的咆哮，呼唤儿子。但是，她得到的回答是从士兵队伍里传来的巴维尔的清晰的声音。

“再见了！妈妈！再见了！亲爱的……”

“他活着！他记挂着我呢！”母亲的心震动了两下。

“再见了，我的大妈！”安德烈喊道。

母亲踮起脚，挥动双手，极力想看见他们。她望见，安德烈圆圆的脸出现在兵士们的头上——这张脸微笑着，和母亲招呼致意。

“亲爱的……安德留沙！巴沙！”她叫喊着。

“再见了，同志们！”他们在士兵队伍之中喊道。

③回答他们呼喊的，是许多次断断续续的回响。这些回响是从窗口，从空中某处，从屋顶上发出来的。

名师批注

①旗子其实也代表着同志们对理想的追求，所以他们愿意用生命去呵护，暂时倒下的大旗，会有无数的人将它扶起，并将它高高地竖起。

读书笔记

②此处写母亲的咆哮和巴维尔清晰的声音有何作用？试做简要分析。

名师批注

③表面上看，这次革命失败了，巴维尔等人都被逮捕了，而实际上，他们的英勇献身换来了更多人的觉醒，所以这仍然可以被称作是一次胜利的革命。

名师赏析

这是无比动荡的一章。关乎行动：五一游行是真理实践的产物；关乎人心：更多的人开始觉醒，开始反抗；关乎现实：勇敢的革命志士与残暴不仁的剥削阶级对立。霍霍尔在面对伊萨之死时，有过怯懦与负疚；雷宾依然仇视着贵族的一切，用自己的方式发出呼喊；巴维尔明知前路艰险，依然不听两个最爱他的女人的劝告；母亲在巴维尔被捕后，决心坚持战斗下去……

我们似乎无法在这一章节中寻找宁静，但也正是这一份激情，让更多的人物形象立体、饱满起来。

积累与运用

·好词·

眺望　魁伟　英俊　踉跄　窘迫　风马牛不相及

义不容辞　一声不吭　始作俑者　罪魁祸首　翻天覆地　忧心忡忡　抑扬顿挫

慷慨激越　惴惴不安　赴汤蹈火　棱角分明　人声鼎沸　晶莹剔透　踌躇不前

·佳句·

◆ 春天到了，积雪融化了，白天，房檐上的雪水淅淅沥沥，滴个不停，夜里，温度骤降，屋檐停止滴水，挂着一条条的冰柱，发出朦胧的闪光。太阳愈来愈频繁地透过云层，出现在天空中。

◆ 这样，她走进过道里，把头倚靠着墙角，任凭委屈的眼泪尽情流淌。她无声地哭了好久，感到十分衰弱，仿佛她眼中流的不仅有眼泪，而且有心头的鲜血。

◆ 在淡淡的蓝天上，片片雪白和粉红的薄云，好像被汽笛的厉声怒吼惊吓的鸟儿一般，很快地飘浮着。她的脑袋昏昏沉沉，由于整夜失眠而充血的眼睛非常干涩。

◆ 紧紧跟在旗帜后面的，总共只有几十个人，而且每走一步，总有人向旁边躲开，好像街道中间的路是被火烧红了的，烫疼了他们的脚。

·美文仿写·

这是文中五一游行开始前的环境描写，运用了动静结合的方式展现了当时的景象。请你仿照文段，运用同样的方法描写“街景一角”。

太阳冉冉上升，把它的温暖注入春天这令人振奋的新鲜气息里，朵朵浮云，越飘越慢，淡淡的云影，渐渐变得稀薄，渐渐变得透明。街上渐渐热闹起来，嘈杂的人声越来越大，盖过了远处的机器轰鸣声。

第四章　检测卷

（共 20 分）

一、填空题。（每空 1 分，共 10 分）

1. 维索夫希科夫在出狱后，工厂不愿意接收他，于是他只好去给一个 ________ 打工。

2. 巴维尔出狱回到家时，在附近遇到的第一个人是 ____________。

3. 当母亲得知伊萨的死讯后，怀疑凶手是 __________，但最后发现不是，母亲这才放下心来。

4. 重做庄稼人的雷宾带着叶菲姆进城找巴维尔，是为了 ________。

5. 巴维尔决定在五一节时走在队伍的最前面举旗，________、母亲和 ________ 都希望他不要这么做，但结果并没有改变他的想法。

6. 在五一游行中，________ 一直高唱着歌曲。

7. 在游行中，士兵组成的灰色浪形队伍，像一个巨大的银光闪闪的 ________。

8. 五一节游行的时候，________ 和 ________ 一同被警察抓捕。

二、简答题。（每题 5 分，共 10 分）

1. 五一节游行前后，母亲对待革命的态度有何变化？

2. 你认为五一游行是否值得，为什么？

参考答案

一、填空题

1. 木材商。
2. 西佐夫。
3. 维索夫希科夫。
4. 讨书。
5. 萨申卡；霍霍尔。
6. 费佳·马津。
7. 钢齿梳子。
8. 巴维尔；霍霍尔。

二、简答题

1. 五一游行前：母亲是被动的、自发地接受无产阶级革命的影响；五一游行后：母亲是主动地、自觉地接受无产阶级革命的影响。

2. 值得。因为这场游行突显了以巴维尔、霍霍尔为代表的革命青年的热血和激情；唤醒了更多的人加入这场战斗中；让敌人受到了一定程度的打击；让母亲的革命信念更加坚定。

第五章

名师导读

游行中，守护红旗就是延续巴维尔的意志，但为什么后来母亲“愤愤地把它抓在手里，想把它塞进炉子底下去”？尼古拉出身良好，衣食无忧，作为贵族的他为什么甘愿做一个教员？索菲娅风餐露宿，漂泊无依，她所做的工作意义到底是什么？在本章中，有太多的疑问需要解答。

有人在母亲胸口猛推一下。她透过遮住眼睛的云雾，看见推她的是那个矮个子军官。他的脸涨得通红，神情紧张，对着母亲喊道：“滚开，老婆子！”

母亲从上到下打量了他一眼，看见折成两段的旗杆就横在他的脚边——在其中一段上面，还有一块完整的红布。她弯下身子，把旗杆拾起。①那军官从她手里把旗杆夺去，往旁边一扔，跺着脚嚷道：“我叫你滚开！”

在士兵中间，忽然又响起了一阵歌声：

起来，行动起来，工人们……

军官气急败坏地奔跑过去，②暴跳如雷地叫着：“不准他们唱，克拉伊诺夫司务长！”

母亲步伐不稳地走到军官扔掉的半截旗杆旁边，又把它捡拾了起来。

“堵住他们的嘴巴！”

歌声变混乱了，颤动着，时高时低，断断续续，最后被压制下去了。有人一把抓住母亲的肩膀，强迫她向后转，还在她背脊上推了一下……

名师批注

①通过对军官的动作和语言描写，运用“夺”“扔”“跺”“嚷”等词语，可以看出敌人的残酷无情。

名师批注

②“暴跳如雷”形容又急又怒，大发脾气的样子，写出了军官怒不可遏的样子。

“走，走！”

“把街上的人统统赶走！”军官叫嚷道。

“走，鬼婆子！”一个年轻的蓄着髭须的兵士，从母亲身边走过，对着她的耳朵大喊一声，把她推到人行道上。

①她举着旗杆走着，为了不至于倒下，用另一只手扶住墙壁或围墙。在她前面，示威的群众在后退，她的旁边和后面，都是士兵，他们一面走，一面怒喝着：“走，走……”

士兵们在母亲的前后左右奔跑，可她却停下了脚步，观察四周的动静。只见街道的尽头也站着一队稀稀拉拉的士兵，挡住广场的出入口。广场上空无一人。广场的那一边有一些灰色的人影在晃动，向那儿的群众慢慢逼近……

她想转身退走，但是不知不觉地又向前走去，走到一条小巷子跟前，便拐了进去，这是一条狭窄无人的巷子。②她停下脚步，沉重地喘了口气，竖起耳朵谛听附近的声响。她察觉，前面不远，人声鼎沸，一定有不少人聚在那儿。她举着旗杆，一步一步地朝前迈步，在她心中，一些话语像火花似的闪耀起来，她急于要把心里的话说出来、喊出来。

母亲向左拐了一个急弯，转过弯后，看见聚集着一大堆人，③不知是谁有力地大声说道：“他们真是好样的，对吗？兵士端着刺刀朝他们冲来，他们岿然不动，挺立在那儿，弟兄们哪，他们毫无惧色……”

“真没想到，巴沙·弗拉索夫这样坚强！”

“还有霍霍尔呢！”

“他满不在乎地反背着手，还笑呢，这鬼东西……”

“亲爱的，你们都是好人呀！”母亲挤进人群，喊道。人们看见是她，便恭敬地让开道路。有人欢笑着：④“瞧——还拿着旗子哩！手里——是旗子。”

母亲极力地摊开双手。

“看在基督面上，你们听我说，你们大家都是乡亲，瞧，我们抚养大的孩子们，我们的亲骨肉，现在走向世界，走向寻求真理的道路……他们为的是大家！是的，为了你们大家，为了你们的孩子，他们给自己选择了一条通

读书笔记

①从这一段的描写中，你可以读出什么？

名师批注

②在经历了一场激烈的混乱以后，母亲终于停了下来，但那种残酷仿佛还在耳边，使她不由得警觉了起来。

名师批注

③五一的游行时间不只是对母亲，对其他人的影响和震撼也是极大的，人们习惯逆来顺受，他们从来都没想过会有比生命更宝贵的东西。

名师批注

④旗子代表着革命精神，旗子还在，革命精神就没有倒下，母亲在延续着巴维尔的理想。

向十字架的道路……他们走上了寻求光明日子的险途。他们希望过上有真理和正义的另一种生活，他们希望大家都有幸福！”

①她看见，大家都在静静地听着；她感到，大家都紧紧地围着她，在那里思索。她相信用言语能鼓动人们跟着她的儿子走，跟着安德烈走，跟着一切被兵士带去、现在孤立无援的人们向前进。

“我们的孩子走向世界，面向光明的乐土，他们的活动是为了大家，为了基督的真理，大家千万不要离开他们，不要舍弃他们，可不能把自己的孩子孤零零地扔在马路上啊！可怜我们自己吧！相信儿子们的信仰吧！”

“她在代表上帝讲话！”有个人激动地、低沉地喊道，“这是上帝的声音，善良的人们！大家听她讲啊！”

“回家去吧，尼洛夫娜！回家去，母亲！你受苦了！”西佐夫大声说。

他脸色苍白，挺直身子，一字一顿地说：“我的儿子在工厂里被机器压死了，他名叫马特维，大家都认识，假如他现在还活着，我一定亲自叫他和同伴们一同去赴难！面临危难，我们绝不能苟且偷生！我一定说：‘马特维，你也去吧，去吧，这是对的，这是光荣的！’”

西佐夫举起手来，在空中挥动着，继续说：“大家听我这老头子再说说吧！你们全了解我，我在这厂里干了三十九年的活，如今已经是五十三岁的人了。②我的侄儿是个聪明的好孩子，今天又被抓去了！他也和巴维尔一起走在队伍的前头，就站在大旗旁边，守护大旗……”

“回去吧，尼洛夫娜！来，拿着这棍子。”西佐夫说着，把半截旗杆递给母亲。

大家用充满痛苦和尊敬的目光望着母亲，一片充满同情的低声喁语伴随着她。西佐夫默默地用手势叫大家让路，大家一声不响地让母亲先走。

到了家门口，母亲回转身来，拉着那半截旗杆向大家鞠躬致意，感激地低声说道：“谢谢你们！”

她又记起了自己的想法——那种她觉得是由她心里诞生出来的新思想——于是说道：“如果人们都不为我

名师批注

①母亲把自己这些年来学到的真理，自己的领悟，和对儿子及其他人英勇无畏精神的感慨，全部都寄托在人们的觉醒上，希望有更多的人加入这支队伍中！

名师批注

②西佐夫的话使大家深受感触，他正是再普通不过的工人的写照，为工厂奉献了一生，甚至自己的孩子也要奉献一生，但侄儿的觉醒让他无比自豪。

主耶稣的荣耀去赴死，也就不会有我主耶稣了……”

大家沉默地望着她，后来人们缓缓散去。

①一天的剩余时间都在有如五彩斑斓的烟雾般的回忆中度过，她的整个身体和思维都处于极度的疲乏之中。生活像被突然截断了一样——刚刚开始有了丰富的内涵，而现在这些内涵都从生活中消逝了，展现在她面前的是一片凄凉的荒野。一个无法解答的问题总在脑子里漂浮：“现在该怎么办呢？”

科尔苏诺娃来了。她挥舞着双手，喊着，哭着，激动无比，跺着脚。

“是的，是的！”母亲小声说道，摇了摇头，②展现在她那一动不动的眼睛前面的，仍然是那伴随着巴维尔和安德烈的离去而消逝了的一切。

傍晚，宪兵们来了。她见到他们既不激动也不害怕。他们闹哄哄地进来了，看样子他们感到既愉快又满意。

“喂，日子过得怎么样？③我们已经是第三次见面了吧，啊？”

她沉默不语，用干涩的舌头舔了舔嘴唇。军官滔滔不绝地说教着。但当他说到“如果你不能教会自己的儿子尊敬上帝和沙皇的话，那么，大娘，这就是你自己的过失了”时，④她站在门旁，瞧也没瞧他，闷声说道：“是的，孩子们是我们的法官。他们依照我们把他们逼上了这条道路的这一真理而审判着我们。”

这时，军官急速而生气地讲开了某些道理，但他的话除了话音在周围飘荡，没对母亲起任何作用。

玛丽亚·科尔苏诺娃也和母亲同感。她和母亲站在一起，但没瞧母亲一下。当军官向她提问时，她急速地凑近他，千篇一律地答道：“不知道，尊敬的军官先生！我是一个没受过教育的女人，做点小本生意，蠢得很。我什么也不知道……”

他们命令她去搜查弗拉索娃。她眨巴眨巴眼睛，然后睁大了双眼望着军官，害怕地说：“尊敬的军官先生，我不会干这个！”

当军官命令母亲在审讯记录上签字时，她用那不熟

名师批注

①五一游行结束了，那些激烈的、令人振奋的画面，如烟雾一般消散，过后留下的是疲乏，是巴维尔、霍霍尔被捕的伤痛。

名师批注

②母亲因为巴维尔和霍霍尔等人被捕而陷入忧虑，生活变得怅然若失，她对未来充满了迷茫。

读书笔记

③请你回顾前文，说一说另外两次见面发生在什么时候？

名师批注

④母亲开始变得坚强起来，不再害怕和宪兵们正面对抗，她可以接受一切对她的侮辱，却受不了别人对巴维尔的任何诋毁。

练的手在纸上写上了一串工整的印刷黑体字：

①**工人的遗孀佩拉格娅·弗拉索娃**

“你写的什么呀？为什么这样写？”军官带着厌恶的神情喊道，然后冷笑着说，“野蛮人！”

宪兵们走了。母亲站在窗口，双手抱在胸前，目不转睛地、漠然地、久久地看着前方。②灯里的煤油已燃尽，灯光摇曳着，即将熄灭。她索性吹灭了它，待在黑暗之中。她听到玛丽亚在窗口下面醉醺醺地喊：“佩拉格娅！你睡了吗？我不幸的苦命人啊，快睡觉吧！”

母亲没脱衣服躺到了床上，很快，像坠入深渊一样，她就被噩梦所包围了。

她梦见了通往城里的路旁的沼地后面那黄沙堆成的小山冈。在它的边上，站着巴维尔，而安德烈在低沉而嘹亮地唱着：

起来，行动起来，工人群众……

③她走过路旁的小丘，看着儿子。她羞于走近他，因为她又怀孕了。她手中还抱着个婴儿，继续往前走下去。在田野上有很多孩子在玩球。婴儿向他们探过身去，高声大哭起来。她把婴儿抱在胸前转过身往回走。这时山丘上站着很多士兵，都拿刺刀对着她。她飞快地往耸立在田野中央的教堂跑去，那里正举行谁的葬礼，神父和助祭们穿着白色的法衣正沿着教堂走着，唱道：

基督死而复活了……

“抓住他们！”站在教堂中央的神父突然吼道。法衣从他身上消失了，在他的脸上出现了一些灰色的威严的胡须。人们往四面八方奔逃。婴儿从母亲的手中掉到地板上，掉在人们的脚边。人们绕开婴儿跑着，惊恐地看一眼婴儿裸着的身体。而她跪在地上，朝人群喊道：“别

读书笔记

①母亲为什么要这样写呢？

名师批注

②借助灯光的摇曳，来表现母亲内心的迷茫和苦楚。生活仿佛被掏空了，她是一个内心柔软的母亲，也是一个坚定的革命者。

名师批注

③用梦境折射出母亲内心的渴望，这也是作者对当时情况的分析。这里的婴儿象征着希望和真理，而母亲接下了婴儿，也代表她将延续巴维尔的事业。

扔下孩子！抱起他……”

她弯下腰，抱起婴儿，放在木板车上。①尼古拉推着车慢慢地走着，哈哈大笑地说道：“他们派给我这么重的话……”

母亲跟在他后面走着。突然，她绊了一跤，飞快地跌进一个无底的深渊，而这深渊悲号着朝她迎面扑来……她被吓醒了。

催人上工的汽笛在不停地吼着，她清楚地知道这已经是第二遍了。房间里，书籍和衣物杂乱无章地散落着——所有的东西都被搬动了、拆散了。地板脏得一塌糊涂。

她站起来，脸没洗、祷告也没做，开始收拾房间。②在厨房里，第一个落入她眼的是一根带有红旗的木杆；她愤愤地把它抓在手里，想把它塞进炉子底下去。但是，她叹了口气，将红旗从木杆上取了下来，仔细地将它折好藏到口袋里，把木棍顶在膝盖上折断，扔到炉子前的小台上。然后，她用凉水将窗户和地板抹了一遍，搁好开水壶，穿好衣服。在厨房的窗口前坐下来之后，一个问题又重新摆在了她的面前：“现在该怎么办呢？”

她记起还没进行祷告，站起来，走到圣像前面，默默站立几分钟后，又坐了下来——内心十分空虚。周围是一片令人不可思议的静寂——昨天还有那么多的人在街上喧闹叫喊，而今天都躲进了家中，在默默地回味着那不同寻常的日子。

午饭后，尼古拉·伊凡诺维奇出现了。他紧紧地握住母亲的手，扶了扶眼镜，将脸凑近母亲，匆忙地对母亲说：③“您知道吗，我跟巴维尔和安德烈已有约在先：如果他们被捕了的话，我在第二天就要把您转移到城里去住！”他亲切而又担心地说：“您家里被搜查过吗？”

“搜查了。什么都翻遍了，摸到了。这些人既无羞耻心，又无良心！”她大声说道。

“他们懂得什么是羞耻？”尼古拉耸耸肩膀说道，然后开始向她解释为什么她应搬到城里去住。

“如果这是巴沙的心愿，”她说，“而又不妨碍您的话……”

名师批注

①梦境中，是对现实的观照，伊凡诺维奇被委以重任。

读书笔记

②你如何理解母亲此处矛盾的行为？

名师批注

③这里照应了前文巴维尔和霍霍尔所说的一切都已经准备就绪，他们早就料想到了即将要面对的一切，把所有的后事都安排妥当。

他打断她的话："这您就不必操心了。我一个人住，只有姐姐偶尔来一下。"

①"但我不愿白吃饭。"她大声说出了心里的话。

"只要您愿意，总能找到事做的。"尼古拉说道。

"能找到吗？"

"我的家务活不多，单身汉嘛……"

"我说的不是家务活，不是这种事。"她低声说道。

他近视的眼睛微弯着，沉思后说道："要是您见到巴维尔的话，您问问他那些需要报纸的农民的地址……"

②"我知道他们！"她高兴地叫了起来，"我能找到他们。只要您吩咐，我一切都能办到。谁会想到我身上会带有被查禁的报纸呢？以前我往工厂里带过呢——感谢上帝。"

她突然渴望肩上背着口袋，手里拄着棍子，沿着大路，经过森林和乡村，往一个地方去。

"您，亲爱的，就让我干这件事吧！我求您了！"她说道，"为了你们我哪儿都可以去！走遍全省，哪条路我都能找到！我将像一个朝圣的女人一样不分冬夏地走着，一直到死——我这样做难道有什么不好吗？"

尼古拉小心地抓住她的手，用自己温暖的双手抚摸着。然后，他看了看表，说："这事以后咱们再谈吧！"

③"亲爱的，"她喊道，"孩子们是我们最宝贵的心头肉。他们能献出自己的自由和生命，毫不遗憾地去牺牲，而我，作为母亲，该怎么办呢？"

尼古拉的脸一下变得煞白。他亲切而关心地望着母亲，小声地说："您知道，我还是第一次听到这样的话……"

"我能说什么呢？"她无可奈何地摊开双手，悲伤地摇摇头，说道，"要是我能够把做母亲的心里话说出来……"

又一次看了一下表后，尼古拉站了起来。"就这么定了——您搬进城去，上我那儿？"

她默默地点了点头。

"您有钱吗？"他垂下眼睛问道。

"没有。"

他迅速地从口袋里掏出钱包，打开后将钱递给她，说："给您，请拿吧……"

名师批注

①面对尼古拉的坦诚相助，母亲感受到了革命同志之间的相互关心和爱护，但她本能地不想给别人添麻烦，要依靠自己。

名师批注

②母亲为可以参与革命事业而感到欣喜，此时的她已经有了崇高的信仰，不再畏惧死亡。

名师批注

③五一游行活动让更多的人站起来了，包括母亲。她内心重燃起希望之光，为了守护理想，她甘愿像自己的孩子们那样，献出自己的自由和生命，这是多么崇高的追求呀！

母亲不觉笑了笑，摇了摇头，说：①“一切都按新的规矩办，钱也不值钱了。人们为了钱连灵魂都可以丧失，而您，却把它看得很轻。您带着它仿佛是专门为了施舍一样……”

他抓住她的手，紧握着，再次请求道：“那么您尽快来吧！”说完，他就像以往一样悄悄地走了。

在尼古拉来探访之后的第四天，母亲就收拾好东西，上他那里去了。当大车载着她的两口箱子离开工人区驶向原野时，她扭过头瞥了一眼，突然感到：她将永远离开这个地方了。②在这里，她度过了她生命中最黑暗和痛苦的时期。而现在，她将要开始另一种充满新的悲欢离合的生活。

尼古拉·伊凡诺维奇住在城郊一条荒凉的街道上。这儿一排绿色的厢房与一栋古老臃肿而光线昏暗的两层楼房连在一起。厢房前面是一个花木繁茂的庭园，紫丁香和槐树的枝条，小杨树银白色的叶片，亲切地窥视着这三个房间的窗户。房间里幽静整洁，地板上一片斑驳的影子在无声地摇曳着。几排书架沿墙摆着，上面放满了书籍，墙上还挂着几幅不知名的神情严肃的人物画像。

“您住这儿行吗？”尼古拉把母亲领进一个小房间里，问道。这个房间一个窗户对着庭园，另一个窗户对着野草丛生的院子。房间四周同样摆着放满书的书柜和书架。

“我住厨房里好些。”她说，“厨房又亮堂、又干净……”

③她感到他被什么吓了一跳似的。当他以一种很过意不去和十分为难的态度劝说她，而她最终同意了的时候，他马上变得十分高兴了。

这三个房间里充满着某种特殊的气氛，令人轻松愉快。人们说起话来声调自然放低，不愿意大声说话，以免妨碍了墙上正凝神专注的人们安详宁静地沉思。

母亲在仔细观察尼古拉之后发现：④他在自己舒适的寓所里，行动非常小心，对周围的一切感到陌生和疏远。他要看某件东西时，总是把脸凑得很近，用右手细长的指头扶正眼镜，眯着眼，带着疑问的神情盯着他感兴趣的东西。

当母亲睡下并回忆起这一天的生活的时候，她惊奇

名师批注

①有人可以为了金钱出卖灵魂，有人视金钱如浮云，这体现的是新一代的觉醒。

名师批注

②母亲告别那个充满黑暗和痛苦的地方，开始迎接新的生活，开启全新的篇章，未来是不可知的，但总是充满希望的。

名师批注

③母亲要求住厨房，是不想给尼古拉添麻烦，这体现了母亲处处为别人着想的善良心地，而尼古拉也以一颗善良之心对待母亲，他希望母亲可以不要那么拘谨，住得舒服一些。

读书笔记

④为什么尼古拉在自己舒适的寓所里，行动还如此小心呢？

地把头从枕头上稍稍抬起来，环视了一下四周。她生平第一次住在别人家里，但并不感到拘束。①她以关怀的心情想着尼古拉，内心涌起一种使他生活得尽可能好、给他带来亲切和温暖的愿望。

第二天清晨，她擦干净茶壶，烧好开水，轻手轻脚地准备好餐具，然后坐在厨房里，静静地等待着尼古拉醒来。身后传来尼古拉的咳嗽声，随后，他一手拿着眼镜，一手捂着喉咙走了进来。他开始洗脸，将水、牙刷、肥皂都弄到了地上，喝茶时，尼古拉告诉她：②“我在地方自治局里干着一种很难受的工作——天天看着我们的农民在破产……”

“您是大学生吗？”她问他。

“不，我是教师。我的父亲是维亚特卡一家工厂的经理，我却成了一名教师。在农村我把一些书籍分发给农民，因为这事，我被抓进了监狱。出狱之后我当了一家书店的店员，又因为办事时不谨慎再次被抓进了监狱。然后，我被流放到阿尔汉格尔斯克。在那儿，我和省长之间又发生了一些不愉快的事，于是我被流放到了白海岸边一个小村庄里，在那儿我一待就是五年。”在这充满阳光的明亮的房间里，他说话的声音显得平静而安详。

“我姐姐今天会来。”他说道。

“她结婚了吗？”

③“是个寡妇。她丈夫被流放到西伯利亚。他从那里逃了出来，两年前患肺病死在国外。”

“她比您小吗？”

“她比我大六岁。我有很多事都好在有她帮忙。您可以听听，她的钢琴弹得有多好！这是她的钢琴……这儿的东西大多是她的。我的东西只有书……”

“那么她住哪儿呢？”

“四海为家！”他微笑着答道，“哪儿需要最勇敢的人，她就在哪儿。”

“她也是干这种工作的？”母亲问道。

“当然啦！”他说。

他很快就上班去了。

名师批注

①第一天很快就过去了，我们发现母亲已经开始适应新的生活，并拉近了和尼古拉的关系，两个人渐渐熟络起来。

名师批注

②通过尼古拉的语言，追溯了他的过往，我们就会明白，为什么他如此谨慎，难以平息自己的愤懑之情。

名师批注

③通过尼古拉的语言介绍了索菲娅的经历，她是一个命途多舛的女人，但她并没有因此而颓靡，反而坚定地走上了革命的道路。

①中午时分，一个穿着黑色连衣裙、身材修长苗条的太太出现了。当母亲给她开门后，她把一个黄色的小箱子扔在地板上，迅速地握住母亲的手，问道："您是巴维尔·米哈伊诺维奇的妈妈，对吧？"

"是的。"母亲困惑地看着她那身华贵的衣服，答道。

"我想象中的您就是这个样子！弟弟给我写了信，说您将跟他住在一起！"这位太太边说，边在镜子前面脱下帽子。

"我跟巴维尔·米哈伊诺维奇早就是朋友了，他经常跟我谈起您。"②她的声音低沉，说起话来慢条斯理，但她的动作却敏捷有力。一双灰色的大眼睛笑眯眯的，显得她年轻、开朗。

"我想吃点东西！"她说，"现在要是有杯咖啡喝……"

"我马上就煮！"母亲应声道，她从柜里拿出煮咖啡的用具，低声问道，"巴沙真的常讲起我？"

③"讲了很多……"

"您叫什么名字？"

"索菲娅。"她答道。

母亲用敏锐的目光审视着她。这个女人性格粗犷豪放，但有点儿随便、急躁。

她一边很快地喝着咖啡，一边蛮有把握地说："最主要的是不能让他们长时间地待在牢里，而应争取尽早开庭审判！只要一判处流放，我们马上设法让巴维尔·米哈伊诺维奇逃走。他是这里不可缺少的人。"

母亲将信将疑地看了看她。"您刚才说要让巴维尔逃跑？那么，他以后怎么过日子呢，一个逃犯？"母亲提出了一个一直使自己激动不已的问题。

"这没问题！"索菲娅答道，并给自己倒了杯咖啡，"就像其他逃亡者一样生活……我刚才接待并送走了一个人，也是一个重要的人物，判了五年流放，但他只在流放地待了三个半月就跑了……"

④母亲凝神看了她一会儿，笑了笑，摇了摇头。

傍晚时分，尼古拉回来了。他们一起吃晚饭时，索菲娅不时微笑着讲述她如何接待和掩护一个从流放地逃

名师批注

①索菲娅是当时广大妇女中觉醒的典型，为了事业奔波终身，鞠躬尽瘁，死而后已。

名师批注

②从母亲的视角，通过对索菲娅的细节描写，刻画了一个爽朗、坚定的妇女形象，散发着独特的魅力。

名师批注

③从侧面写出了巴维尔对母亲的敬重，母亲没有想到巴维尔竟然可以和革命同志们讲那么多自己的事情，这让她感到骄傲。

名师批注

④母亲对眼前的索菲娅有着天然的信任感，她相信索菲娅的安排是对巴维尔最好的安排，因此，母亲心中的一块大石头终于落下了。

出来的人；如何害怕被密探发现而把所有的人都当成了密探；而这个逃亡者的举动又是如何可笑。她的讲述使母亲联想起，当一个工人很好地完成了一件很困难的工作之后，也是这么满意，这么夸奖自己的。

现在，索菲娅穿着一件宽松的薄薄的银灰色连衣裙。她穿上这身衣服后，显得高了许多。她的眼睛的颜色更深了些，举止更加文静了。

“索菲娅，”吃完饭后，尼古拉说道，“你还得干件事。你知道我们为农民办起了报纸。但经过最近几次大搜捕之后，我们与那些农民失去了联系。现在只有佩拉格娅·尼洛夫娜能够告诉我们怎样才能找到那些在农村分发这些报纸的人。你跟她去跑一趟，要快！”

“好！”索菲娅抽了口烟说道，“佩拉格娅·尼洛夫娜，我们走吧？”

“好吧，我们一起去……”

“远吗？”

“八十俄里……”

“好极了！现在我弹一会儿钢琴。佩拉格娅·尼洛夫娜，您怎么样，能听一会儿音乐吗？”

“您不必问我，就当我没在这儿好了。”母亲说道，并在沙发的一端坐了下来。

“你听吧，尼古拉！这是格里格的曲子，我今天带来的……关上窗户。”

①她打开乐谱，左手轻轻地弹着琴键。琴弦发出洪亮、浑厚的声音，仿佛是深深地叹息了一声，之后又是一阵华丽的旋律。

音乐的旋律充满了整个房间，不知不觉地扣动了母亲的心弦。②不知怎么，母亲脑海内不自觉地从以往黑暗的洞穴中，想起一件屈辱的往事。

有一次她的丈夫深夜才回到家，喝得酩酊大醉，一把抓住她的手，把她从床上摔到地板上，还在她腰上踢了一脚，说：“滚出去，老子讨厌你！”

她为了躲避丈夫的拳头，跪在地上，飞快地抱起才两岁的儿子，用他的身体作盾牌护着自己。

名师批注

①索菲娅的钢琴曲带来了美好和希望，这样一幅宁静、温馨的画面让人感到愉悦，这和当下黑暗的现实形成了鲜明的对比。

读书笔记

②此处的插叙有何作用？

“滚出去！”米哈伊尔吼着。

她一跳站了起来，赤着脚，身上只穿一件衬裙和上衣，出了门在街上走着。时值五月，夜里很凉。街上冰凉的尘土沾在脚上，塞满了脚趾缝。天快亮了。她又害怕又羞愧，生怕有人出来看见她半裸着的身体。她走到沼泽旁边，坐在一丛浓密的小白桦树下。她胆怯地哼着，摇着已入睡的儿子。①她冷得打战，怀着已经习惯了被打和受屈辱的恐怖，走上了回家之路……

钢琴洪亮的和音发出了最后的叹息，那是一种冷酷无情的叹息，之后便寂然无声了。索菲娅扭过身子，小声地问弟弟：“你喜欢这个曲子吗？”

“非常喜欢！”尼古拉像刚刚从睡梦中醒过来一样叹了口气，他说道，“非常喜欢！”

“这是科斯嘉生前最喜欢的曲子。”她说道，匆匆地吸了口烟，又重新弹出了低回凄凉的旋律，“我是多么喜欢给他弹琴啊。他是一个多么富有同情心的人啊，关心体贴所有的人，而又精力充沛……”

“她莫不是在怀念自己的丈夫？”母亲想，“可是她还带着微笑呢……”

②“这个人给了我多少幸福啊……”索菲娅轻声细语地说，一边用轻快的琴声为自己的思绪伴奏，“他是多么善于生活啊……”

“是啊！”尼古拉摸了摸胡须，说道，“他的心地真好……”

索菲娅扔掉刚抽了几口的烟头，回过身来对母亲说道：“我的这些噪声没有妨碍您吧，没有吧？”

母亲忍不住有些遗憾地说：“您不必问我，我什么也不懂。我坐在这里，听着，却想着自己的心事……”

“不对！您听得懂！”索菲娅说道，“作为女人，不可能不懂音乐，尤其是当她悲伤的时候……”

母亲的心里生出一种想对这些人说一些美好话语的愿望。她嘴角挂着惋惜的苦笑，平静地讲述着自己充满屈辱的生活和经受的磨难，讲述着过去无数暗淡而悲惨的岁

名师批注

①这里再一次描写了母亲过往的黑暗生活，遍体鳞伤的母亲惹人心疼。我们可以想象，这只是母亲众多挨打经历中的一次。

名师批注

②从索菲娅的语言当中我们可以看出，她的婚姻是幸福的，两个人之间有着默契与爱情，但是，现实割断了这条幸福的丝带。

月，历数着丈夫对她的毒打，挨打的原因又是那样的微不足道，而她又对自己不去抗拒这些毒打感到吃惊……

他们默默地听她讲述着，为她平凡的生活经历中的深刻内涵所打动。别人把她当成牲口，而她自己也长时间毫无怨言地默认着自己如同牲口，好像成千上万人的生活都通过她的话说了出来；她全部的生活经历是那样平凡而简单，但是世界上无数人的生活也是这样的平凡而简单。因此，她的生活就具有象征意义。

①尼古拉把两肘搁在桌上，两手捧着脑袋，身体一动不动，眯着的双眼透过眼镜紧张地望着母亲。索菲娅背靠在椅子上，身体偶尔颤动一下，不时否定地摇着头。她的脸变得更瘦削、更苍白，她没抽烟。

“有时我觉得我是个不幸的女人。我的生活充满曲折，饱经忧患。”索菲娅小声地说，低下了头，“那是在被流放的时候。我们住在一个小小的县城里，我就回忆着自己全部的不幸，并加以评价：和自己热爱的父亲吵翻了；被学校开除并经受侮辱；坐牢；一个亲近的同志叛变；丈夫被捕；再次坐牢；丈夫去世。这时我认为，最不幸的人就是我。但是，我的全部不幸——即使再增加十倍——也抵不上您在一个月里所遭遇的不幸，佩拉格娅·尼洛夫娜……您是一年到头天天饱尝着这种痛苦……人们是从哪儿来的力量能忍受这种痛苦呢？”

②“习惯了！”弗拉索娃叹了口气，答道。

母亲深深地沉浸在回忆之中，从已逝去的朦胧岁月中追溯着那每日所受的屈辱，塑造出了一幅十分可怕的充满无言恐惧的画面，而她的青春岁月也就是在这种无言的恐惧中流逝了。最后，她说道：“哎呀，我讲得太多了，你们也要休息了，这些事总讲不完的……”

③几天之后，母亲和索菲娅穿着一身贫苦市民的衣服走到尼古拉面前。她们都身着旧的棉连衣裙和短上衣，肩上背着背包，手里拄着拐杖。索菲娅穿上这套服装后显得矮了些，苍白的面孔显得更加严峻。

告别的时候，尼古拉紧紧地握了握姐姐的手。

两个女人默默地走过城里的大街小巷，来到郊外的

名师批注

①当尼古拉和索菲娅听到母亲的悲惨经历时，是愕然与震惊的，通过对两个人的神态描写，写出了母亲非同寻常的痛苦经历带给他们的震撼。

名师批注

②一句“习惯了”，让人心头一颤，过去的她不懂反抗，虽然丈夫是以微不足道的理由对她进行毒打，但她只会默默承受，这是当时广大妇女生活的一种真实写照。

名师批注

③母亲和新时代的革命女性索菲娅站在一起，开始了新的生活。

田野上。她们肩并肩地沿着两排老白桦树之间的宽阔却坑坑洼洼的大路走着。

“您累不累？”母亲问索菲娅。

“您以为我很少走长路是吧？其实这对我来说已经是家常便饭……”

①她像夸耀自己童年的一些恶作剧一样，愉快地向母亲讲述着自己所从事的革命工作。她经常不得不冒名顶替，利用假证件或化装，以躲避暗探的耳目；有时把好几普特禁书送到各个城市去；帮助被流放的同志逃跑，送他们到国外去。在她的住所里曾经建立了一个秘密印刷所。当宪兵们前来搜查时，就在这一时刻，她很快地化装成使女，在门口与这些不速之客相遇，然后脱身逃走了。她没穿外衣，头上披着单薄的头巾，手里拿着盛煤油的铁罐，在隆冬的严寒中从城市的一端走到另一端。

②有一次她到另外一个城市去找一个熟人。当她已走上通向熟人寓所的楼梯时，发现宪兵正在搜查熟人的寓所。此时反身逃走已经来不及了，于是，她壮起胆按响熟人寓所楼下一家人家的电铃。她提着包走进了这户素不相识的人家，并坦诚地向他们讲述了自己的处境。

“如果你们愿意的话，就把我交给宪兵们好了。但我想，你们是不会这样做的。”她深信不疑地说。

这一家人吓坏了，整夜没有睡觉，等待着随时有人来敲门。但他们不仅没有将她交给宪兵，早上还和她一起嘲笑那些家伙。有一次，她装扮成修女，和追踪她的密探同坐在一个车厢的一条凳上。这个密探还向她吹嘘他是如何干这种跟踪的勾当。他确信被跟踪的人一定会乘坐这趟车的二等车厢。因此，火车每停靠一站，他都要出去看看，回来后对她说：“没有看见——可能是睡着了吧！他们也很累。他们的生活也和我们一样苦呢！”

母亲听了她讲的故事，笑了，用亲切的目光注视着她。③索菲娅身材高挑，瘦长，匀称的双腿迈着轻快而坚定的步伐。她以一种年轻人的目光看着世间的一切，她能到处看到充满青春欢乐的、使她高兴的东西。

“您仍然是那么年轻啊！”母亲叹了口气说道。

名师批注

①简单地概述了索菲娅的经历，她做着非同寻常的事情，以自己的胆魄、见识化解种种危机，她是令人敬佩的，这在母亲心中激起了极大的振奋之情。

名师批注

②母亲的询问，引发了索菲娅对自己革命事业感到光荣和自豪的叙说，在这段叙述中，使得索菲娅的人物形象更加饱满、鲜活。

读书笔记

③文中为什么又再一次描写索菲娅的外貌？

“哦，我已经三十二岁了！”索菲娅高声说道。

弗拉索娃笑了起来：“我不是指年龄，从表面看您似乎还要大一些。但我看您的眼神，听您讲话，我都感到很吃惊，您简直就像个姑娘！您的生活动荡不安，又艰苦又危险，但您的心却充满着欢笑！”

“我并不感到很艰难，我也不能设想还有比这更好和更有意思的生活……以后我就叫您尼洛夫娜吧，佩拉格娅对您不合适。”

“随便您怎么叫吧！”母亲沉思着答道，“您想怎么叫就怎么叫吧！我一直在看着您，听您说话，我也在想。我想，你们大伙全都一样，都能战胜生活中的罪恶，一定能够战胜！”

①“我们一定会胜利！因为我们和工人群众在一起！”索菲娅坚定而大声地说道。

“但谁会来报答你们的辛苦劳动呢？”母亲小声而伤感地问道。

索菲娅以一种在母亲听来是十分自豪的口吻说道：“我们已经得到了回报！我们找到了我们称心如意的工作；我们可以充分发挥自己的聪明才智去生活——此外，我们还有什么别的愿望呢？”

②她们尽情呼吸着新鲜的空气，走得不快，但很轻松。母亲感到她好像是去朝圣。她回忆起童年时也曾有过这样的快乐，那是她在节日里离开村子去很远的修道院参拜显灵的圣像时，那时也有过同样的快乐。

第三天，她们来到了一个村落，母亲向一个正在地里干活的农民询问：“请问木焦油厂在哪儿？”

她们顺着一条陡峭的林间小道往下走。不久，她们就来到了一块不大的圆形林中空地。这儿到处是木炭和碎木片，焦油遍地。

“瞧，我们到了。”母亲不安地环顾了一下四周，说道。

在用木杆和树枝搭成的茅棚旁，雷宾浑身漆黑，衬衫敞开，露出了胸膛，正和叶菲姆以及另外两个年轻人坐在桌旁吃饭。桌子是用三块没有刨平的木板架在埋在地里的木杆上做成的。雷宾首先发现了她们，他用手掌

名师批注

①母亲和索菲娅呼号着：“我们一定会胜利！”这代表了她们的勇敢、无畏和对革命的热情与坚定。

名师批注

②母亲已经完全把索菲娅当成自己最亲近的人了，所以她们一路上忘记了疲惫，取而代之的是欢声笑语以及对革命的向往。

挡在眉毛上方，默默地等待着。

“您好，米哈依洛兄弟！”母亲在老远的地方就喊了起来。雷宾站起来，不急不忙地迎上去。当他认出是母亲后，他停住了，微笑着，用乌黑的手摸了摸胡须。

“我们去朝圣！”母亲边走边说，“我想，还是顺便来看看兄弟吧！这是我的同伴，叫安娜……”

①“您好！”雷宾忧郁地笑了笑，和母亲握了握手，然后向索菲娅鞠了一躬，继续说道，“不要说谎，这儿不是城里，没必要说假话！这儿都是自己人……”

叶菲姆坐在桌旁，用机警的目光注视着眼前的朝圣者，并用当地的土话和同伴嘀咕着什么。当两个女人走近桌旁时，他站了起来，默默地朝她俩鞠了一躬。②而他的两位同伴坐在桌旁一动不动，就像没有看见客人似的。

“我们在这儿就像出家人一样过日子！”雷宾轻轻地拍了拍弗拉索娃的肩膀，说道，“谁也不会上我们这儿来。老板不在村里，老板娘上医院治病去了，我就像个二工头一样。请在桌旁坐下吧，想不想喝茶？叶菲姆，弄些牛奶来！”

叶菲姆不慌不忙地走进茅棚。两个朝圣者把肩上的包袱放下来。一个瘦高的年轻人从桌旁站了起来帮她们的忙，另一个矮胖而头发蓬乱的小伙子双掌撑在桌子上，沉思地望着她们，不时搔搔脑袋，低声唱着什么。

“他叫雅可夫，”雷宾指着瘦高个年轻人说道，“这位叫伊格纳季。您儿子怎么样了？”

“在牢里。”母亲叹着气说道。

伊格纳季停止了哼歌，雅可夫从母亲手里接过手杖，说：“请坐！”

“您怎么啦？请坐呀！”雷宾对索菲娅说道。

③她默默地在一个木墩上坐了下来，一面仔细地打量着雷宾。

“什么时候抓走的？”雷宾在母亲对面坐了下来问道。他摇了摇头，又大声说道：“你真不幸，尼洛夫娜！”

“没什么。”她说。

雷宾说：“那么，您说说是怎么回事吧……”

名师批注

①母亲和雷宾又一次见面，“不要说谎，这儿不是城里，没必要说假话！这儿都是自己人……”点明了农民和工人境况的不同，工人当中有密探，有敌人的眼线，但在农民当中，每个人都是坦诚的。

读书笔记

②为什么他的两位同伴如此漠然？

名师批注

③健谈的索菲娅，在这一刻选择默默地在木墩上坐下来，说明她对巴维尔处境的同情。同时她又仔细地打量着雷宾，凭借直觉和观察，发现了雷宾和他们的不同。

叶菲姆拿来一罐牛奶，从桌上拿起一个杯子，用水涮了涮，倒入牛奶，放到索菲娅面前，同时注意地听着母亲的话。当母亲把经过简短地讲完之后，大伙沉默着，彼此也没望上一眼。

“是啊！”雷宾忧郁地拖长着声音说道，“原来是这样，公开干起来了！”

①“如果在这儿也搞这么一次游行的话，”叶菲姆苦笑着说，“一定会被农民们打个半死！”

“会的！”伊格纳季点点头表示支持，“不，我要到工厂去做工，那里会好一些……”

“你说，巴维尔要受审吗？”雷宾问道，“会怎么判呢？您听说了没有？”

“服苦役，或者终生流放西伯利亚。”母亲轻声答道。

三个年轻人立刻把目光投向她，而雷宾低下头，慢条斯理地说：“他干这个时，想到过会有什么危险吗？”

“他知道！”索菲娅大声道。

②大家都沉默不语，也没动地方，仿佛被一个冰冷的思想给冻僵了。

“尼洛夫娜，书带来了吗？”雷宾问道。

母亲看了他一眼，沉默了一会儿，答道：“带来了。”

“这就好！”雷宾用手掌往桌上一拍，说道，“我一看见你，马上就明白你为什么来这儿，还不是为了这个？你们看见了吗？儿子被捕了，母亲马上来替代他！”

③“前几天，”雷宾继续说道，“地方当局的官员把我叫去，对我说：‘你这坏蛋跟神父讲了些什么？’我说：‘为什么叫我坏蛋？’那家伙大喝一声，一拳朝我的嘴巴打过来……完了还关了我三天禁闭！”

“我那天对神父讲了些什么呢？”他稍稍平静后继续说道，“那神父又讲起人应该忍受，要向上帝祈祷，求上帝赐予忍受的力量。而我说：‘人们向上帝做了很多祈祷，看来，上帝没那么多时间来理会，所以不听了！’……您，是贵族老爷吗？”雷宾突然中断自己的话，问索菲娅。

“为什么我是贵族老爷呢？”这突然的提问让索菲娅吃了一惊，立即反问道。

名师批注

①这两段对话中，再一次点明了工人阶级和农民阶级的不同，农民阶级刚刚发展起来，还不能完全团结起来，少部分农民对未来抱有希望，他们始终想投身于革命浪潮，但时机还不成熟。

读书笔记

②为什么大家“仿佛被一个冰冷的思想给冻僵了”？

名师批注

③通过雷宾的讲述，插叙前几天的事件，引出后文雷宾对索菲娅的质疑。

[①]“为什么？”雷宾冷笑道，“您以为一条头巾就能掩盖贵族的罪恶，使别人看不见吗？”

母亲担心他严厉的声音、冷笑和尖刻的言辞会使索菲娅生气，赶忙严肃地说：“她是我的朋友，米哈伊洛·伊凡诺维奇。她是个好人，因为干这个工作头发都累白了，你，不要过分……”

[②]索菲娅看了他一眼，严肃地问道：“您大概有什么话要跟我讲，是吗？”

“我？是的！我们这儿不久前来了个人，是雅可夫的堂兄弟，身患肺病。可以叫他上这儿来吗？”

“这有什么，叫他来好啦！”索菲娅答道。

雷宾眯起眼睛朝她瞟了一眼，压低声音对叶菲姆说：“叶菲姆，你去找一下他，跟他说，要他晚上来，就这样。”

叶菲姆戴上便帽，一声不响，谁也不看一眼，从容不迫地走进树林。雷宾朝他的背影摇了摇头，低声说道：“他很苦闷，他要服兵役了，他，还有雅可夫都轮上了。雅可夫干脆说：‘不去！’他也不应该去，但他想去……他是想到军队士兵中去做鼓动工作。”

雷宾沉思着说：“但是，能逃避兵役当然好。俄罗斯这么大的地方，哪能找得到他？弄到一张身份证，哪个村子都能去躲……”

“我就准备这么做！”伊格纳季拿起一块木片在自己的脚上敲着，插话道，[③]“既然已经下决心反抗——那就一直反抗下去！”

雷宾沉默了一会儿之后，说道：“嗯，我们该干活了……您是不是休息一下？在棚屋里有床板。雅可夫，你去给弄些干树叶来……老妈妈，你把书给我吧……”

母亲和索菲娅解开背包。雷宾弯下身子看着背包，满意地说：“你们带来的书可真不少，真行呀！您干这工作多久了，您叫什么名字？”他向索菲娅问道。

“安娜·伊凡诺夫娜！”她答道，“干了十二年了，怎么啦？”

“没什么。也许，还坐过牢吧？”

“坐过。”

名师批注

①雷宾一直以来对贵族都是抱有敌意的，且这种敌意包含很大的偏见，对所有人一概而论，包括正在帮助他们的索菲娅。

读书笔记

②为什么索菲娅此时如此严肃？

名师批注

③从伊格纳季的语言中，我们可以看出青年农民们的坚定决心，他们要用反抗开启新的生活。

“瞧见了吧？”母亲带着责备的口吻低声说道，“可你刚才当着她的面说那些蠢话……”

①雷宾说道：“我去把这些书藏好。”

伊格纳季和雅可夫走到他面前，伸出了手。

“给我们吧！”伊格纳季说道。

“都是一样的吗？”雷宾问索菲娅。

“不一样，里面还有报纸……”

“哦？”

他们三个急急忙忙地走进了茅棚。

“他们渴着呢！”母亲用沉思的目光目送着他们，小声说道。

“是啊！”索菲娅小声答道，②“我还从未见过像他这副样子的人，简直是个殉道者。我们也进去吧，我还想再看看他们……”

③当她们站在门口时，只见伊格纳季抬起了头，迅速瞟了她们一眼，把手伸进卷曲的头发里，又低头看着放在膝盖上的报纸；雷宾站在那里，把报纸放在从茅棚顶缝射进来的阳光下，翕动着嘴唇念着；雅可夫跪着，用胸部抵住床沿，也在读着。

母亲走到茅棚的一角，在那儿坐了下来。而索菲娅搂着她的肩膀默默地站着欣赏着这一幕。

为下工而感到欣慰的炼焦油的工人们终于回来了。

“伊格纳季，”雷宾说道，“弄点茶吧，我们这儿轮流做饭，今天轮到伊格纳季供我们吃喝。”

“伊格纳季，我来帮你。”雅可夫低声说道，便走进了茅棚。他拿出个圆面包，切成块，分放在桌子上。

“听！”叶菲姆低声喊道，“有人咳嗽……”

雷宾凝神听了一会儿，点点头，说道：“是的，他来了。”然后转身对索菲娅解释道：④“现在证人来了。我恨不得领他到各个城市去，在广场上让人民都听听他的讲话。”

一个瘦高驼背的人从林子里走了出来。他走得慢，紧紧地握着拐杖，可以听见他那嘶哑的喘息声。

“我来了。”他说完马上就咳嗽起来。

他穿着一件直拖到脚跟的破长大衣，瘦削的蜡黄色

> **名师批注**
> ①雷宾不再发出质疑，不再粗暴地交流，只是尴尬地说“我去把这些书藏好”，是因为索菲娅的经历震撼了他。

> **名师批注**
> ②“殉道者”，这是多么精准的评价呀！

> **名师批注**
> ③三个农民的反应折射出了他们对知识的渴望是盲目而汹涌的。他们很难从外界获得新的信息，一旦有，便如饿狼扑食。

> **名师批注**
> ④萨韦利还未出场，通过一声咳嗽和雷宾的语言，我们大致可以窥探一二，他是残酷剥削统治的亲历者。

脸上长着山羊胡须，嘴半张着，双眼深陷，从两个宛如黑洞的眼睛里射出火热的光芒。当雷宾把他介绍给索菲娅认识时，他问她："我听说，您把书带来了？"

"带来了。"

"我替老百姓谢谢您！"

①他呼吸急促，一口接一口贪婪地呼吸着空气。他的讲话不时中断，两手骨瘦如柴，软弱无力，不断在胸前摸着，想把大衣的纽扣扣上。

"对我来说，已没有什么对我有益的东西了！"他喘息着答道，"只有死亡才对我有益处了……"

他的声音让人听起来难受，整个体态让人看着觉得可怜，但他人无能为力，只能唤起一种无奈的同情。

篝火被点燃了，周围的一切都在颤抖、摇晃；篝火熄灭了，散发着浓烟。静寂和黑暗再次笼罩在林地上空。一切都在凝神听着病人说话的喑哑声音："但是，我对老百姓还是有用的，我可以作为罪行的见证人……②你们看看我吧，我才二十八岁，但就快要死了！十年前，我肩上扛着十二普特的东西都无所谓！我想，有这样的体质我活到七十岁还会很硬朗。但过了十年之后，就什么都完了。老板们压榨我，夺去了我四十年的寿命，四十年哪！"

篝火再次烧了起来，更亮更旺。

"有多少人被工作摧残成废人，死于饥饿……"他咳嗽起来，弯着腰，浑身颤抖。

雅可夫把一桶克瓦斯饮料放到桌上，撒上一把绿油油的大葱，对病人说道："吃吧，萨韦利，我给你拿了些牛奶……"

萨韦利摇摇头，雅可夫扶着他的胳肢窝，把他搀扶起来，送到桌旁。病人在桌旁继续说：③"他们用繁重的劳动将人们折磨至死，为什么？我就是被涅办夫开的工厂毁了这条命的——我们的老板送给一个歌女一套金制洗漱用具，连便盆都是金的！这家伙让我给他干活，把我累死，为的是用我的血汗换取他情妇的欢心，用我的血汗替她买金便盆！"

母亲朝索菲娅弯下腰，悄声问道："他说的都是真话吗？"

索菲娅大声答道："对，这是真话！送金便盆的事

名师批注

①通过对萨韦利的直接描写，写出了萨韦利病得很重，引出下文交代他的悲惨处境。

名师批注

②从萨韦利的语言中，我们得知他的悲惨遭遇，一个正值壮年的人被活生生夺去四十年的寿命，这是令人极其惋惜的。

名师批注

③萨韦利用血淋淋的事实讲出金便盆事件，工人的血汗最终成了老板取悦歌女的工具，这是多么让人难以忍受的剥削与压迫。

在报纸上都登过，这事发生在莫斯科……”

萨韦利在树墩上坐了下来，把干枯透明的手伸向篝火。雷宾朝他摆了一下头，对索菲娅说：“这些情况比书上写的还严重！当机器轧断一个人的手或者轧死了一个人时，还可以说这是他本人不小心。而当吸干一个人的血之后，便把他当死了的牲口般扔在一旁的话，这怎么也说不过去。”

吃完晚饭，大家围坐在篝火旁。①病人睁大眼睛看着篝火，不停地咳嗽，全身颤抖，好像他生命的残余要竭力抛开这病入膏肓的躯体，从胸膛里迸射出来。

很快，他打起盹来，脑袋无力地垂在胸前。雷宾看了他一眼，悄悄地说道：“他常上我们这儿来坐坐，老讲着同一回事，讲这件被欺凌的事……他的整个心灵都被这件事所占据，仿佛他的眼睛也被遮住，其他什么东西都看不见了……”

“我是听厌了。”伊格纳季小声说道。

雷宾忧郁地说道：“当我心境好的时候，我就觉得所有的人都可怜，富人也像穷人一样可怜，富人也是误入歧途！穷人是因为饥饿而盲目；富人则是被金钱迷住了眼睛。”

病人摇晃了一下，睁开眼睛，就地躺下了。雅可夫站起来悄悄地走进茅棚，拿着一件皮袄盖在他堂兄弟身上。

火焰红扑扑的脸上带着微笑，照亮围绕着它的黑黝黝的人影。索菲娅在讲述全世界人民在为争取生存的权利而斗争；讲述很久以前德国农民的斗争；讲述爱尔兰人民的不幸；讲述法国的工人群众在为争取自由的斗争中前仆后继所建立的不朽功勋……

②索菲娅略带沙哑的声音在轻轻地回响着。这声音仿佛是从遥远的过去传来，唤起人们的希望，鼓舞起人们的信心。大家都在默默地听着有关那些志同道合的弟兄们的故事。

母亲眉毛高扬，脸上凝聚着又惊又喜的神情，微笑地听着。深夜的寂静，跳动的火苗，索菲娅的面孔，都使她喜欢，更让她高兴的是那些农民专注的神情。

有一次雅可夫站了起来，小声地请求道：“请等一下再讲……”他跑进茅棚，拿来几件衣服，和伊格纳季

名师批注

①通过对萨韦利动作的描写，写出了他的不甘与愤怒。躯体已经病入膏肓，但他的意志还在坚挺，他希望自己的不幸可以得到化解。

名师批注

②从众人的反应中，我们可以看出索菲娅正在用自己的方式鼓励这些农民兄弟，唤起他们的信心，让更多的人走向这条道路。

一起默默地盖住两个女人的腿和肩膀。

天已破晓。索菲娅感到累了，也就不再说了。

“我们该走了！”母亲说道。

“是该走了！”索菲娅疲倦地说。

“真遗憾，你们要走了。”雷宾以一种不平常的温柔的口吻说道，“您讲得真好！要使大家团结在一起——这可是件大事！”

“你的善心不一定会得到善报呢。”叶菲姆脸上掠过一丝微笑，他说完便站了起来，“米哈伊洛大叔，趁现在还没人看见，让她们走吧。不然，当我们分发书的时候，官府将会搜查这些书是从哪儿来的？说不定会有谁记起有两个朝圣的女人来过……”

“嗯，大妈，谢谢您帮忙！”雷宾打断叶菲姆的话，说道，“看见您，我心里总想到巴维尔。您干得真不错！”

①东方泛白，阴影消逝。树叶颤抖着，期待着阳光。

读书笔记

①请从环境描写的角度赏析这一段文字。

“好吧，那就再见了！”雷宾握住索菲娅的手说道，“在城里怎样才能找到您呢？”

“你就找我好了！”母亲说道。

“再见！”农民们低声说。这句充满伤感的话久久地在她们耳边回响。在朦胧的晨曦中，她们沿着林间小路不急不慢地走着。母亲跟在索菲娅身后，说道：“一切都好，好像做了一场梦，这太好了！大家都想知道真理，亲爱的，他们都想知道！”

②索菲娅沉默了一会儿，小声而有点儿忧郁地答道：“跟他们一起，人也会变得淳朴些……”

读书笔记

②你如何理解索菲娅的这句话？

索菲娅轻声唱起了歌，歌声像清晨一样朝气蓬勃……

名师赏析

母亲告别了那个充满黑暗与压迫的故乡，跟随尼古拉开启了全新的生活。她的身体和灵魂终于得以统一，做自己，为自己而活，为普罗大众而活。

母亲和尼古拉、索菲娅相遇，他们彼此吐露过往，将掩藏在心底最深处的悲伤相连，那些不堪回首的过去，就让它随风飘散吧。至于前路如何，虽然无法穿透明了，但总归是充满希望的。因为，他们彼此召唤，朝着那个方向坚定地远去。

积累与运用

· 好 词 ·

欣慰　嘶哑　贪婪　喘息　笑眯眯　醉醺醺　黑黝黝　悲欢离合
暴跳如雷　低声喁语　五彩斑斓　滔滔不绝　目不转睛　杂乱无章
粗犷豪放　低回凄凉　毫无怨言　病入膏肓　不朽功勋　朝气蓬勃

· 佳 句 ·

◆ 他要看某件东西时，总是把脸凑得很近，用右手细长的指头扶正眼镜，眯着眼，带着疑问的神情盯着他感兴趣的东西。

◆ 钢琴洪亮的和音发出了最后的叹息，那是一种冷酷无情的叹息，之后便寂然无声了。

◆ 母亲深深地沉浸在回忆之中，从已逝去的朦胧岁月中追溯着那每日所受的屈辱，塑造出了一幅十分可怕的充满无言恐惧的画面，而她的青春岁月也就是在这种无言的恐惧中流逝了。

◆ 他穿着一件直拖到脚跟的破长大衣，瘦削的蜡黄色脸上长着山羊胡须，口半张着，双眼深陷，从两个宛如黑洞的眼睛里射出火热的光芒。

· 美文仿写 ·

尼古拉的家让母亲充满好奇，你的家又是怎样的呢？请你来具体描写一下。

这儿一排绿色的厢房与一栋古老臃肿而光线昏暗的两层楼房连在一起。厢房前面是一个花木繁茂的庭园，紫丁香和槐树的枝条，小杨树银白色的叶片，亲切地窥视着这三个房间的窗户。房间里幽静整洁，地板上一片斑驳的影子在无声地摇曳着。几排书架沿墙摆着，上面放满了书籍，墙上还挂着几幅不知名的神情严肃的人物画像。

第五章 检测卷

（共 20 分）

一、填空题。（每空 1 分，共 10 分）

1 巴维尔被捕后，母亲举着旗子，被其他人发现，于是母亲开始 ________，将自己的内心想法真实地表露出来，有人说她是在代表 ________ 讲话，赞同母亲的观点。

2 傍晚，宪兵们来了，军官对母亲说：“喂，日子过得怎么样？我们已经是第 ____ 次见面了吧，啊？”

3 在母亲的梦境中，她手里抱了 ____________，________ 推着车慢慢地走着。

4 ________ 遵照巴维尔的安排，把母亲接到了城里居住。

5 初到城里，母亲对尼古拉说希望自己睡在 ________。

6 尼古拉的职业是 ________。

7 母亲和 __________ 一起来到了农村，又一次见到了雷宾等人。

8 在农村，母亲见到了悲惨的萨韦利，他的老板用工人的血汗钱给歌女买了一个 __________。

二、简答题。（每题 5 分，共 10 分）

1 请你结合小说内容，简单概括一下索菲娅的人物形象。

2 你觉得是什么力量让母亲对着尼古拉和索菲娅一吐为快呢？

参考答案

一、填空题

1 发表演说；上帝。

2 三。

3 一个婴儿；尼古拉。

4 尼古拉。

5 厨房。

6 教师。

7 索菲娅。

8 金便盆。

二、简答题

1 她是一个坚强的女人，丈夫去世、漂泊无依都没有打垮她；她是一个坚韧的革命者，她曾独自一人完成了许多艰险的工作；她是一个平易近人的人，她从不因为自己的贵族身份而颐指气使；她是一个宽容的人，即使雷宾在最初对她抱有敌意，但她并没有记在心上；她是一个善良的人，在听到母亲的遭遇时，她表现出了无比的同情。

2 因为音乐的旋律充满了整个房间，不知不觉地扣动了母亲的心弦；也因为索菲娅和尼古拉的坦诚打动了母亲。

第六章

名师导读

叶戈尔之死引发了激烈的冲突，我们看到了统治阶级的麻木与残暴，也看到了此时的母亲已成长为一名成熟的革命者，她没有像之前一样为情绪所控制，而是冷静地同索菲娅一起救助了一个受伤的少年。信仰的力量闪着光芒，可是，此时仍深陷囹圄的巴维尔又过得如何呢？

尼洛夫娜的生活过得出乎寻常地平静。这种平静有时使她也感到惊奇。①儿子关在监狱里，她知道他将被判重刑，但当她想起这件事时，又总是不由自主地想起安德烈、费佳及其他一连串的人来。儿子的身影和与他相同命运的许多人的身影渐渐融合到了一起，不断地变大，引起她许多的遐想，使她对巴维尔的思念不知不觉、自然而然地扩大，向各方面展开。

名师批注

①首段明确指出，母亲的思想已经完全打开了，不再同往日一样具有普通人的狭隘和自私，如今母亲的爱是广博的、无私的。

这种思念，像一道道纤细的强弱不等的光芒，射向四面八方，照到所有的地方，不让她的思念停留在某个单一的事上，不让她只是思念儿子，为他担忧。

索菲娅很快就到别的地方去了。过了五天，她出现了，快快乐乐、朝气蓬勃；但只过了几个小时，她又消失了；过了两个星期之后她又出现了。好像她生活的圈子非常广阔。她有时回来看望弟弟，整个房子里便充满着朝气和音乐。

②但是，母亲总是难于跟索菲娅的马虎成性和平共处。她经常大谈劳动神圣，但由于她的马虎随便，总给母亲增添不少操劳。她经常把自由挂在嘴边，但母亲感到，她的粗暴、偏执和无休止的争论，明显地压制着其他人。

名师批注

②索菲娅有着崇高的革命信念，这和母亲是一致的，但她的成长背景决定了她的性格特点，体现了她和母亲的不同。

尼古拉总是心事重重，日复一日过着单调而有规律的生活：早上八点喝茶，一边看报，一边向母亲讲述新闻。像霍霍尔一样，他谈论起别人来不怀恶意，因为他认为在当今这种不合理的社会里，每个人都是有罪的。但他对新生活的信念却不如安德烈那么强烈和鲜明。

望着他的这种目光，母亲明白，这种人对任何人和任何事都不会宽恕，也不能宽恕。同时她也感到，这种坚定性使这种人自己也生活得很艰难。①她不由得有些怜悯尼古拉，而且她也越发喜欢他了。

尼古拉九点去上班。而她开始收拾房间，准备午饭，然后洗漱一番，穿上干净的衣服，坐在自己的房间里看书中的插图。

每到傍晚，尼古拉家中经常聚集着不少客人——有白净面孔和黑胡须、神态庄重而寡言少语的美男子阿列克谢·瓦西里耶维奇；满脸酒刺、脑袋圆圆又总是遗憾地咂嘴的罗曼·彼得诺维奇；又瘦又矮，留着一小撮山羊胡须，尖嗓门，急性子，喜欢喊叫，说话像锥子一样尖锐的伊凡·达尼洛维奇；总是拿同志们以及自己日益沉重的病开玩笑的叶戈尔；还有一些从遥远的城市而来的人。

尼古拉总是跟他们进行长时间的悄悄交谈。谈话的题目往往是一个——世界上的工人群众。他们总是争论不休，慷慨激昂，挥舞着手臂，喝很多茶。有时尼古拉在大家的谈话声中默默地起草传单，然后读给他们听，并当时就用印刷字体誊写清楚。

②母亲感到自己对工人生活的熟悉程度远胜于这些人。她觉得，对于他们所担负的任务的艰巨性，她比他们更清楚。她总是聚精会神地倾听着这些争论，她看到这儿谈得多的是如何破坏旧世界，而工人区里，人们谈得最多的是对新生活的期望。在这些方面，她觉得儿子和安德烈的话更亲切，更容易理解一些。有时萨申卡也来，但她从不久坐。她说话一本正经，不苟言笑，每次走时总问母亲：“怎么样，巴维尔·米哈伊洛维奇身体好吗？”

“托上帝的福！”母亲答道，“没什么，很愉快！”

“替我向他问好。”姑娘请求道，然后走了。

读书笔记

①为什么母亲会产生这样复杂的情感呢？

名师批注

②母亲是在工人阶级的背景下生活的，因此她对于工人的一切都十分熟悉。而这些人，他们大多封闭在自我狭窄的认知中彼此争吵、辩论，对工人生活的认识自然是不一样的。

有时母亲向她诉苦，巴维尔已关了很久，但审判的日子还未定。[①]萨申卡眉头紧锁，一言不发，手指却在不停地微微抖动。

尼洛夫娜早就想对她说："我亲爱的，我早就知道你爱他……"

但她还是没有说——姑娘严肃的面容、紧闭的嘴唇，以及严峻枯燥的言谈，仿佛在拒绝着这样的爱抚。

[②]有一次，娜塔莎来了。她看见母亲后很是高兴，和母亲不断亲吻。突然，她好像不经意地小声说道："我母亲去世了，不在了，可怜的人啊！"

她摇了摇头，很快地用手擦了擦眼睛，继续说道："我真舍不得她。她还不满五十岁，还可以活很久呢。而从另一个方面说，使你不由得不想，死了也许比这样活着更好些。她一天到晚胆战心惊，生怕父亲骂她——这也算生活？人活着总指望能过上好日子，而她活着除了受委屈没有什么指望了……"

母亲亲热地摸了摸姑娘的手，问道："现在只剩下您一个人了？"

"就我一个。"娜塔莎轻松地答道。

母亲沉默了一会儿，突然微笑着说道："没关系，好人总不会孤单的，总会有很多人跟着他……"

[③]娜塔莎在县里的一家纺织厂当老师。尼洛夫娜常常把一些禁书、传单和报纸送往她那里。这成了她的日常工作。一个月她总有好几次打扮成修女、卖花边和家机布的小商人，有时又装扮成云游的朝圣者或富有的小商人。肩上背着口袋，或手里提着皮箱，在全省范围内奔波。在车厢里或轮船上，在旅舍中或客栈里，她到处都表现得举止朴素安详，主动和陌生人交谈；她的和蔼可亲、善于交际，以及饱经世故、见多识广的稳健举止，总引起人们的注意，但她毫不畏惧。

[④]她喜欢跟别人交谈，乐于听他们讲自己的生活中的不满和困惑。她也看到，世界上的财富很多，但人民群众却很贫困。周围是数不尽的财富，他们却过着潦倒

名师批注

①通过萨申卡的动作描写，含蓄地表现出她对巴维尔的关心，但她又很难用语言炽热地表达出来。

名师批注

②娜塔莎热情地和母亲拥抱、亲吻，并诉说自己的身世，从这里可以看出，尼洛夫娜已经不再是巴维尔一个人的母亲，她成了革命同志们"共同的母亲"。

名师批注

③母亲接受的第一个任务是到城里送字条，接着她开始往工厂里送宣传单，后来又来到了农村送书。现在，母亲有了专属于自己的任务。

名师批注

④母亲在走街串巷中不断累积工作经验，在革命中飞速成长，她的眼界比从前更加开阔，思想也更加成熟。

的生活。在城里的教堂里，集有上帝并不需要的金银财宝，但在教堂的台阶上，一些乞丐在瑟缩颤抖，徒然地指望着谁会把一枚铜币放在他们手里。

她知道，穷人比富人与教堂更接近，也更需要。从画着基督的书上，从有关他的传说里，她知道，基督是穷人的朋友，穿着也很朴素。①但在穷人前来找他寻求安慰的教堂里，她却看到基督被禁锢在金子之中，披戴着绸缎，对穷人不屑一顾。

不知不觉之间她祈祷的次数愈来愈少了，却越来越想念基督，想到有些人，他们甚至不提基督的名字，仿佛根本不知道有他，但在她看来，这些人似乎在遵照基督的教诲生活着。而且像基督一样把世界看成是穷人的王国，希望把世界上的财富平分给所有的人。每当她旅行归来，回到尼古拉的住所时，总为一路上的见闻感到愉快、兴奋，为任务的完成而感到振奋和满足。

“这样到处走走，能看到很多东西，真好！”她常在傍晚对尼古拉这样说。尼古拉透过眼镜用善意的目光望着她，他坚定地、怀着对自己预言的真理的毫不动摇的信念，跟她讲着未来的事情：②“人的力量无穷无尽！但是世界在精神财富方面发展得很慢，因为现在每个想谋求独立地位的人，必须积累的不是知识，而是金钱。可是，当一个人能够克服贪欲，能够从强制劳动的奴役中挣脱出来时……”

母亲很少能听懂他这些话的意思。

“世界上自由的人太少，这就是它的不幸！”他说道。

这好理解。母亲认识一些已经从贪欲和凶恶中解脱了的人。她懂得，如果这样的人更多一些，那么生活中黑暗和凶恶的面孔将会改变，变得亲切淳朴些，更善良和光明些。

有一次，一向非常准时的尼古拉下班回来比平时晚了很多。他没有马上换衣服，而是激动地搓着手，急急忙忙地说道：“尼洛夫娜，您知道吗？我们同志中有一个人从狱中逃出来了。但究竟是谁还不得而知……”

母亲低声问道：“不会是巴沙吧？”

读书笔记

①多么可怕的现实啊！对此，你有何感想？

名师批注

②尼古拉向母亲传递着新的思想、新的认识，让她更快成长起来。

“有可能！”尼古拉耸了耸肩膀，答道，“但是，如何帮他躲起来，在哪里能找到他？我刚才沿街去找，心想兴许能碰上呢！这是个笨办法，但总得做点什么，我现在去……”

①“我也去！”母亲喊道。

“您上叶戈尔那里，看他知道些什么。”尼古拉说完，马上就走了。

母亲披上头巾，满怀希望地跟着他很快来到了街上。②她怀着侥幸能撞见的心理低着头走着，周围的东西她一概没看见。当她走到叶戈尔住宅的楼梯口时，她转身看了看，不禁小声地惊叫一声，她仿佛看到尼古拉·维索夫希科夫站在院子里，两手插在口袋里。她在楼梯转弯的地方停了下来，弯腰往下看了看，又见到一张麻脸在冲她微笑。

“尼古拉！尼古拉！”她喊着，迎着他跑下楼去，心里却感到失望与痛苦。

“你走你的！你走你的！”他挥了挥手低声说道。

她飞快地跑上楼梯，走进叶戈尔的房间，看见他躺在沙发上，她气喘吁吁地说道：“尼古拉从狱中跑出来了！”

“哪个尼古拉？”叶戈尔从枕头上抬起头来，声音嘶哑地问道，“这里有两位尼古拉呢……”

③“维索夫希科夫……上这儿来了……”

“太好了！”维索夫希科夫已经走进了房间，满脸堆笑地走到母亲跟前，抓住她的手，“如果不是看见了你，那我只好回监狱去了！城里我没有一个熟人，如果到工人区去，马上就会被抓起来。突然，我看见尼洛夫娜在跑！我就跟着她……”

“你是怎么跑出来的？”母亲问道。

他笨拙地在沙发边上坐了下来，不好意思地耸耸肩膀，说：④“完全是一个偶然的机会。我正在放风，几个刑事犯正在打一个看守。看守们吓坏了，到处乱跑，吹着警笛。这时，我看见大门开着，外面是广场、街道。我就大摇大摆地走了出来……

“后来我进了城里的博物馆。转了一圈，看了一下，心里想，怎么办呢？同时，也饿得要命。心想，就我这副样子，马上会被抓去受上帝的审判的……突然，尼洛夫娜

名师批注

①尼古拉带回的消息无疑点燃了母亲的希望之光，她多么希望逃出来的是巴维尔啊！

名师批注

②“怀着侥幸能撞见的心理”，这是多么令人动容的期待。作为母亲，哪怕只有一丝希望，也要去尝试。也许，此刻的母亲是无比幸福的。

名师批注

③看到这里，我们才恍然大悟，原来逃出来的是维索夫希科夫，这是令人振奋的。当然，这个消息对母亲来说是有一些打击的，免不了心生失望。

名师批注

④维索夫希科夫逃出来的契机，是几个刑事犯正在打一个看守，可以看得出来，狱中的人们已经开始反抗了，这也为下文埋下了伏笔。

迎面跑来。我闪到一旁，然后跟着她上这儿来了。就这样。”

叶戈尔说道：“应该把你藏起来。虽然这是件让人高兴的事，但做起来也不简单。要是我能起来就好了……”他喘成一团，把手放在胸前，有气无力地揉着。

“你病得很厉害，叶戈尔·伊凡诺维奇。”尼古拉说道。

“这是我个人的私事，”叶戈尔答道，“您，大妈，快问问巴维尔的事吧，别不好意思啦！”

维索夫希科夫咧开嘴笑着说：①“巴维尔没事，很健康。他在那儿好像是我们的头，和官方进行交涉的是他。总之，是他在指挥，大家都尊敬他。”

“给我点东西吃吧，我的上帝，真饿得不行了！”尼古拉突然大声说道。

“大妈，柜子里有面包，再请您到走廊上，敲一下左边第三扇门。有个女的会开门，您就跟她说，让她上这儿来一下，把所有能吃的都拿来。”

母亲走了出去，敲了门。

“是谁？”门里有人问。

“从叶戈尔·伊凡诺维奇那里来的，”母亲低声答道，“他请您上他那儿去……”

门很快打开了，一个高个子戴眼镜的女人走到走廊上来。弗拉索娃看了她一眼，记起来了，她去过尼古拉家几次。

②这女人让母亲走在前面，自己在后面跟着。当他们走进叶戈尔房间时，听见了他嘶哑的说话声：“我的朋友，我就要去见祖宗了。柳德米拉·瓦西里耶夫娜，这里有个汉子没经过官方的允许就从牢里跑出来了，一个猛汉，请你把他喂饱，然后在什么地方把他藏起来。”

女人点了点头，仔细地看了看病人的脸，严肃地说：“叶戈尔，我看，您已经两次没吃药了，同志，跟我走，医院马上就会来人接叶戈尔。”

“我还是要住医院？”叶戈尔问。

“是的，我会在那里陪你。”

“在那儿陪我？唉，我的上帝！”

女人边说话边整理叶戈尔胸前的被子，仔细地察看

名师批注

①母亲总算是有了一点巴维尔的消息，还好，他仍然是总指挥，能够和官方进行交涉，这也让母亲的心稍微放宽了一点儿。

读书笔记

②为什么“这女人让母亲走在前面，自己在后面跟着”呢？

了尼古拉一番，然后目测了一下瓶子里的药水。

①“我们走，”她继续说道，“我很快就回来。您给叶戈尔倒一调羹这种药水，不要让他说话……”

她领着尼古拉走了。

“神奇的女性。”叶戈尔叹了口气说道。

“你别说话，来，还是吃药吧……”母亲温柔地劝道。

他吃了药，眯起一只眼睛继续说道：“我即使不说话，也快要死了……”他用另一只眼睛看着母亲的脸，嘴角慢慢地露出了笑容。

②“没什么，这是很自然的事……既然尝到了生的欢乐，就要尽死的义务。”

叶戈尔努力嚅动着嘴唇，慢慢地讲起了这位女邻居的经历。

望着叶戈尔满头虚汗，她惊恐地想：“他就要死了……”

柳德米拉走了进来，仔细地关好身后的门，对弗拉索娃说道：“您的那位熟人一定要换身衣服，并尽快地离开这里。这样吧，佩拉格娅·尼洛夫娜，您现在就给他去弄一身衣服，把东西拿到这儿来。”

③叶戈尔嘶哑地笑了起来。

“我可以上医院看您吗？”母亲问。

他点点头，又咳了起来。

柳德米拉用她那黑眼睛瞅了瞅母亲的脸，试探性地说：“您想到医院和我轮流照看他是吗？太好了！而现在，您快走吧！”

她亲切却又不由分说地拉着母亲的手，把她送到门外。从大门出来后，母亲站了一会儿，整理了一下头巾，悄悄地、警惕地环视了一番周围。

这次母亲没有看见熟悉的面孔。④她不紧不慢地在街上走着，然后雇了辆马车来到市场。在给尼古拉买衣服时，她与商人放肆地讨价还价，同时大骂自己的酒鬼丈夫，害得她几乎每个月就要给他买套新衣服。在路上她就盘算好了：警察局一定会想尼古拉定要换装，会派密探到市场来。

她采取同样天真幼稚的办法回到了叶戈尔的住所，然后她还得把尼古拉送到城郊。她和尼古拉在街的两边

名师批注

①柳德米拉的交代为后文叶戈尔的死亡做了铺垫。

名师批注

②面对死亡，叶戈尔是坦然的。他的革命事业虽然无法继续下去了，但他知道还有很多的同志会接力向前。

读书笔记

③为什么叶戈尔嘶哑地笑了起来？

名师批注

④母亲已经不再惧怕一切的未知，而是可以坦然地处理一切事物，在革命的道路上，母亲的成长是多么令人欣喜呀！

各走各的。母亲感到又高兴又好笑，她看到尼古拉低着头，迈着沉重的步子，那件长红大衣的下摆总是缠着他的脚；帽子不时滑到鼻梁上，他不得不总是去扶正它。萨申卡在一条偏僻的街道上接应他们。母亲与维索夫希科夫点头告别后便独自回了家。

尼古拉一见到母亲就张皇失措地喊道："您知道吗？叶戈尔病得很厉害，非常厉害了！他已经被送进医院了。刚才柳德米拉来过，她求您去医院找她……"

由于劳累，母亲感到头晕目眩，但尼古拉张皇失措的情绪使她产生了一种不祥的预感。

①"他要死了！"这个阴暗的念头一直在她脑海里萦回。但当她走进医院那间清洁明亮的小病房时，却看见叶戈尔靠着一堆枕头坐在病床上，嘶哑地大笑着。

这时她的心马上平静下来，她站在门口微笑着听病人在对医生讲话："治疗——这是一种改良……"

"别开玩笑，叶戈尔！"医生忧郁地用尖细的嗓门大声道。

"我是个革命者，最恨改良……"

母亲对医生很了解，他是与尼古拉来往最多的同志之一，叫伊凡·达尼洛维奇。

叶戈尔的胸腔里传出一阵阵急速而艰难的喘息声，满脸虚汗。他慢慢地举起不听使唤的手，用手掌在额头上擦着。

"尼洛夫娜，请您不要和他说话，这对他有害。"医生迈着急速的碎步走了。

②"死亡正慢慢向我走来……很不情愿地走来……"叶戈尔说道，一动不动，闭着眼睛，"看来它有点儿怜惜我，这么一个和善的小伙子。"

"您别说话，叶戈尔·伊凡诺维奇！"母亲央求道，轻轻地抚摸着他的手。

"等一等，我就要不说话了……"他喘息着，吐词非常费力。他以一种无力的间断很长的声调继续说道，"您和我们一起干，这太好了！您不怕坐牢吗？"

"不怕！"她简单地答道。

名师批注

①亲眼见过叶戈尔疲惫的神色，此时母亲已经感觉到叶戈尔病得很重，她只能想到最坏的结果。

名师批注

②叶戈尔还在谈笑风生，用虚弱的气息开着不太好笑的玩笑，从这里我们可以看出他的乐观坚强，但也让人愈加心疼和惋惜他。

“不管怎么样，牢狱总是令人讨厌的。①我就是被牢狱折磨坏的。我并不想死……”

“你可能还不会死。”她想这么说，但看了一眼他的脸之后，没有说出来。

“我可能还能工作……但如果不能工作，无所事事地活着，那活着也没什么意思……”

“话是对，但并不能使人感到宽慰。”母亲不由自主地记起了安德烈讲过的话，沉重地叹了口气。

“我很不好受。”叶戈尔说。他闭上眼睛再不说话了。

窗外暮色正浓。一切都异乎寻常地昏暗，病人的脸色也暗了下来。

柳德米拉走路的窸窣声和说话声响了起来：“黑灯瞎火的在说悄悄话。开关在哪儿？”②房间里的一切突然被刺眼的白光照亮了。身材修长窈窕的柳德米拉身着一身黑衣服站在房间中央。叶戈尔突然全身痉挛，把手举到了胸前。

“你怎么啦？”柳德米拉尖叫一声，朝他跑去。

他用呆滞的目光看着母亲，两眼圆睁，放出异样的光芒。他张大着嘴，仰起头，一只手伸向前方。母亲小心翼翼地拉着他的手，屏住呼吸，望着叶戈尔的脸。他的脖子剧烈地抽搐了一阵，头向后一仰，大声说道：“我不行了……完了……”

他的身子轻轻地颤了一下，头无力地垂向肩膀，大睁着的眼睛里僵直地反射着床头电灯发出的寒光。

“亲爱的！”母亲喃喃地说道。

柳德米拉慢慢地离开病床，站在窗户边，眼睛直视着前方，用母亲从未听见过的格外高的声音说道：“死了……”

③她弯下腰，两肘撑着窗台，突然，像头上被人重重一击一样，无力地跪了下去，双手掩面，低沉地呻吟起来。

母亲把叶戈尔沉重的双手放在他胸前，把他异常沉重的头安放在枕头上，擦着眼泪，走到柳德米拉跟前，弯下身子，悄悄地抚摸着她浓密的头发。柳德米拉慢慢地朝母亲转过身来。她那暗淡的眼睛病态地睁大着。她站了起来，嘴唇颤抖，低声说：“我们在被流放时住在一起，一起到了那里，一起坐过牢。有时难以忍受，痛

名师批注

①通过对叶戈尔的语言描写，我们看到了他的依恋和愤恨。他本该拥有正常的工作、生活，体会人间的喜怒哀乐，但这一切都被剥夺了。

名师批注

②房间的灯被打开了，但叶戈尔的生命却走向了尽头，用环境将这种悲哀的情绪放大，刺眼的白光并没有照亮叶戈尔的生命之路。

读书笔记

③请从描写的角度赏析这段话。

苦万分，很多人开始丧失信心……”

她没流泪，无泪地呜咽着，急促地低声继续说道：“可他总是乐呵呵的，开玩笑，笑声不断，顽强地把自己的痛苦深藏起来……竭力鼓动着意志薄弱的人……他善良、风趣、亲切，您可知道，他是个多么好的同志啊！他个人的生活异常艰难困苦，但无论谁都没有听见他抱怨过，没有谁，无论在什么时候！我是他亲密的朋友，在很多方面都亏他热心帮助，他把他全部知识尽可能地教给我。①他孤单一人，终日劳累，但从不向别人要求关怀和体贴。”

她走近叶戈尔，弯下腰，吻着他的手，悲切地低声说道：“同志，我最敬爱最亲爱的人，感谢您，衷心地感谢您，永别了！我要像您一样地工作，永不懈怠，坚定不移地奋斗终身！”

永别了！

抽搐使她全身颤抖。她哽咽着将头放在叶戈尔脚边的床上。母亲在无声地哭着，泪水像山泉一样涌出来。

伊凡·达尼洛维奇像往常一样迈着又急又轻的脚步走了进来，紧张地大声问道：“很久了吗？”

没人回答他。他揉着额头，身子微晃着走近叶戈尔，握了握他的手，然后退向一旁。

“不奇怪，像他这样的心脏半年前就可能发生……至少……”

②柳德米拉站了起来，走到窗前，打开了窗户。很快，他们三个都站到了窗前，互相紧紧地挨着，望着秋夜昏暗的景色。

母亲感到再待在这里已属多余，她小心地抽出手来，朝叶戈尔鞠了一躬，走向门口。

“您要走？”医生头也不回地悄声问道。

“是的……”

在街上，母亲想着柳德米拉，想起她那难得流下的眼泪。叶戈尔临终前的话引起了她轻轻的叹息。她慢慢地沿街走着，回忆着他那生动的眼睛，他讲的笑话和关于生活的故事。

③“好人活着艰难，死起来容易。”

名师批注

①从柳德米拉的讲述中，我们看到了叶戈尔的高尚情操，他是一个善良坚强的人，却早早地离开了，这多么令人难过呀！

名师批注

②对人们来说，叶戈尔是一个可敬可爱的好同志，人们都为他的离去感到沉痛。

读书笔记

③你是如何理解这句话的？

第二天，为了准备葬礼，母亲整整劳碌奔走了一天。傍晚，当她和尼古拉、索菲娅正在喝茶时，萨申卡出现了，显得异常活跃和兴奋。[①]她两颊绯红，眼睛里闪着欢乐的光。尼古拉沉思着用手指敲着桌子，说：“您今天有些变态，萨莎！”

“是吗？也许吧！”她答道，愉快地笑了起来。

母亲用默默责备的眼光看着她。

索菲娅提醒道：“我们正在谈有关叶戈尔·伊凡诺维奇呢……”

“他是多么好的人啊，不是吗？”萨莎大声说道。

“但现在他已经死了！”索菲娅注视着她，执拗地说。

萨莎迅速地用询问的目光扫了大家一眼，皱起了眉头。

“死了？”过了一会儿，她高声说道，又用挑衅的目光扫了大家一眼，[②]“死了，意味着什么？是什么死了？难道我对叶戈尔的尊敬，对这个同志的爱，对他对我的思想影响的怀念都死了？难道这种影响死了吗？我知道，对我来说，任何时候这些都不会死！”

她非常激动，重新在桌边坐了下来，把双肘放在桌上，含着微笑，泪眼蒙眬地看着同志们，压低声音，用更加深思的口气继续说道：“可能我是在说蠢话。但我相信，同志们，正直的人是不会死的。那些给我们带来幸福，使我能过上现在这种美好的生活的人，是不会死的。”

“您是碰到什么好事了吧？”索菲娅笑着问道。

“是的！”萨莎点了点头，说，“我跟维索夫希科夫谈了一整夜。我以前并不喜欢他，觉得他既笨又无知，他也确实曾是这样。”

她笑了笑，又用明亮的目光看了大家一眼，说：“现在，他变得非常淳朴，非常真诚，一心只想工作。[③]他认清了自己的使命，看到了自己的力量，知道了自己的不足，最主要的是在他心中萌发了真正的同志感情。”

“他，”萨莎继续说道，“一心只牵挂着同志们。你们知不知道他要说服我干什么？要我们尽量设法让同志们越狱，真的！他说，这件事非常简单和容易……”

名师批注

①萨申卡是一个正直、勇敢、有同情心的姑娘，但此刻“她两颊绯红，眼睛里闪着欢乐的光”，明显与当时的气氛不协调，这引起了读者的阅读兴趣，为后文做了铺垫。

名师批注

②在大家的不解与埋怨中，萨申卡终于说出了内心最真实的想法：她不是不难过，而是化悲痛为力量，将对战友的无限哀思转移到工作中去。

名师批注

③这条革命道路上成长的不仅是母亲，还有那个曾经让人们十分担心的极端主义者维索夫希科夫，他也有了质的飞跃，开始萌发真正的革命情怀。

索菲娅抬起头，兴奋地说："您怎么想的，萨莎？这是个好主意！"

"如果一切真像他所讲的那样，我们应该试试！这是我们的责任！"

但尼古拉一本正经地打断了她的话："关于组织越狱的问题，如果可能的话，我想不会有不同意见的。首先，我们应该了解，狱中的同志们愿不愿意……"

"我想，他们怎么会不愿意呢？"母亲叹了口气说，"只不过我不信有这种可能……"

大家沉默不语，但母亲非常想听听有没有这种可能。

"我想跟维索夫希科夫谈谈。"索菲娅道。

"明天我告诉您时间和地点。"萨莎低声答道。

"他准备做什么工作？"索菲娅问道，在房间里来回走着。

①"已决定让他到新的印刷厂去当排字工人，去之前暂住在守林人那里。"

尼古拉向正在洗茶杯的母亲走去，说道："后天您去探视时，交给巴沙一张字条。您知道，我们要了解一下……"

"我知道，我知道！"她连忙答道，"我一定交给他……"

"我走了。"萨莎声明道，她默默地和大家握了握手，迈着特别坚定的步伐，身体笔挺、神情冷峻地走了。

索菲娅坐到了钢琴旁，弹起了一首忧伤的曲调。

②第二天清早，几十个男男女女站在医院大门口，等待着同志的灵柩被抬出来。密探们小心翼翼地在他们周围转来转去，张开灵敏的耳朵听着他们的谈话，努力记住他们的相貌、举止和言谈。街的另一面，一队腰挎手枪的警察在注视着他们。

大门开了，灵柩被抬了出来，棺盖上放着系有红缎带的花圈。一个高个子，留着黑胡子，有着一张红脸的警官，迅速地走进人群，一队士兵跟在后面蛮横地推开人群。

③"请把缎带摘下来！"

那些男人和妇女把他紧紧地包围起来，挥舞着手臂，情绪激动，你推我挤，对他说着什么。

名师批注

①看到这里，我们不禁会想到上文中霍霍尔对维索夫希科夫的无限关爱，现在他的努力终于有了回报。

名师批注

②一开始就进行了场面描写，写出了当时医院门口众人等待灵柩被抬出来的场面。同时，狡猾的密探和狰狞的警官们也在注视着这里的一切。

名师批注

③这个系有红缎带的花圈成了冲突的源头，引发了后文的矛盾。

"打倒暴力！"一个年轻的声音喊着，但很快在一片吵闹声中消失了，人们的敌对情绪在高涨。

母亲担心可能会发生冲突，她急忙对左右的人低声说道："随他们的便。既然这样，就解下缎带让让步吧，有什么要紧！"

一个洪亮而尖锐的声音压住了喧哗："我们要求，不要妨碍我们给被你们折磨致死的同志送葬……"

有人用高亢洪亮的声音唱道：

您在斗争中牺牲……

"请把缎带解下来！雅可夫列夫，把它割掉！"

①传来一声军刀的出鞘声。母亲闭上了眼睛等待着叫喊声，但人们忽然安静了些。

棺盖载着被割了缎带并被揉皱了的花圈在人们的头上缓缓地向前移动。一群警察骑在马上，左摇右晃地走在人群的前面。人们越来越多，挤满了街道。人群后面，也有骑在马上的警察的灰色身影。步行的警察手执军刀在两边走着，到处闪现着母亲所熟悉的密探们锐利的目光，窥视着人们的面孔。

永别了！我们的同志，永别了……

两个悦耳的声音唱了起来。

"不要唱！"有人喊了一声，"诸位，保持肃静！"

②这喊声有着一种威严的感召力。悲哀的歌声中止了，谈话声停后一片寂静，只有坚定的脚步踏在石头上，整条街响着低沉而整齐的声音。

到了墓地，人们在弯弯曲曲的小路上走了很久，最终来到一块竖有很多低矮白十字架的坟地上。大家挤在墓坑旁，默默地站着，坟墓之间生着严峻的沉默，给人一种恐怖的预感。

一个高个子年轻人站到一个坟堆上，他一头长发，没戴帽子，眉毛漆黑、脸色苍白。

名师批注

①军刀出鞘，表面上镇压了人们的反抗，实际上引起了人们更加强烈的不满，为后文的第二次冲突做出了铺垫。

读书笔记

②为什么"这喊声有着一种威严的感召力"？

"同志们！"黑眉毛的年轻人声音嘹亮而高亢地说道。

"听我说！"警察喊道，"现在我宣布：不准演说！"

"我只讲几句话！"年轻人镇静地说道，① "同志们！让我们在我们的导师和朋友的墓前宣誓：我们将永远不忘他的遗训。我们每个人将终生为祖国一切不幸的根源、压迫祖国的邪恶势力挖掘坟墓！"

"逮捕他！"警官喊道。但他的声音被一阵嘈杂的叫喊声所淹没："打倒专制！"

警察推开人群，向演讲人走去。但年轻人被人群从四面八方紧紧围住，他振臂高呼："自由万岁！"

母亲被推到了一边。她惊恐地靠在十字架上，闭上眼睛准备挨打。警笛声划破天空，一个粗鲁的声音在发号施令。

她睁开眼睛，离她不远的地方，在小径上，在坟墓之间，警察把那个长头发青年团团围住，拼命抵抗着四面八方冲来的人群。②一把把出鞘的马刀在空中闪着白色的寒光，在人们的头上扬起。那个年轻人苍白的脸在高处出现了——在凶猛狂暴的风暴上空，响起了他那坚强的声音："同志们！为什么要做无谓的牺牲呢？"

他的话有了效果。人们丢下棍棒，一个接一个地退到了一边。但母亲仍全力往前挤去。她看见尼古拉正在推开狂怒的人群，听见他责备的声音："你们疯了！快镇静下来！"

她看到，他的一只手被血染红了。

③"尼古拉·伊凡诺维奇，快走！"她大喊一声向他奔去。

"您往哪儿去？您会挨打的！"索菲娅一把抓住她的肩膀，和她站在一起。索菲娅的帽子掉了，头发散乱，正扶着一个几乎还是孩子的年轻人。年轻人用手擦着被打伤的血淋淋的面孔，嘴唇颤抖着说道："放开我，不要紧……"

"看住他，把他带到我们家去！这儿有头巾，帮他包扎一下脸！"索菲娅急速地说道。她把小伙子的胳膊放到母亲手上，边跑到一边去，边喊："快走！在抓人了！"

人群向四面八方退去，警察们跟在后面追赶，小伙子用狼一样的目光看着他们。

名师批注

①通过年轻人的语言描写，展示人们的愤怒，第二次矛盾再次产生，而且比第一次矛盾更加激烈。

名师批注

②再一次直接地描写出敌人残暴的镇压，当出鞘的马刀在人们头上扬起的时候，那是敌人丑恶的嘴脸，也映照出革命者的无畏。

名师批注

③母亲急着上前制止尼古拉，索菲娅忽然出现制止母亲，都可以体现出革命者勇于牺牲奉献，却一心保护同志的舍己为人的崇高精神。

“我们快走吧！”母亲用头巾擦着他的脸，低声喊道。

他一边吐着带血的唾沫，一边喃喃地说道：①“您别担心，我不痛。他用刀把打我，我也回敬了他。”

“快走！”母亲催促着，飞快地向墓地的小门走去。她小心谨慎地推开小门，发现这儿静悄悄的，空旷无人，她的心才安定下来。

“让我把你的脸包扎一下！”她说道。

母亲很快就把他的伤包扎好了。他用虚弱的声音说道：“我是白铁工伊凡，您是谁？我们三个人和叶戈尔·伊凡诺维奇在一个组——都是白铁工人……我们一共十一个人。我们非常爱他——愿他在天堂安息！”

②母亲在一条街上雇了辆马车，把伊凡扶进车里坐好之后，对他耳语道：“现在您别讲话！”

但他仍然透过头巾嘟嘟囔囔地继续说道：“你们打了我，我可忘不了，亲爱的！在叶戈尔之前，有个大学生，叫季托维奇……教政治经济学……也被捕了……”

母亲抱着伊凡，把他的头放在自己的胸前。

“他喝醉了？”车夫从座位上转过身来，和善地微笑着问道。

“醉得像一摊泥！”母亲叹着气答道。

“是儿子吧？”

“是啊，当鞋匠，我给人家烧饭……”

车夫朝马甩了一鞭，再次转过身来，悄悄地继续说道：“你听说了吗，刚才坟场那边打架啦！一个革命者出殡，埋葬他的当然也是同类的人，他们在那里高喊打倒官府！警察就打他们。当然，警察也有挨打的。”

马车沿着石头路一颠一簸地走着，③马车夫沉思着喃喃自语：“昨晚宪兵们到了我邻居家，在搜查完后抓走了一个铁匠，说要在晚上把他丢到河里淹死。”

“他叫什么名字？”母亲问道。

“那个铁匠吗？叫萨韦利，大号叫叶夫钦科。年纪还轻，但懂的可不少。”

读书笔记

①通过小伙子的语言描写，你觉得他是一个怎样的人？

名师批注

②母亲要求伊凡别讲话，和伊凡的嘟嘟囔囔形成了对比，这里体现了此刻的母亲已经有了一个革命者必备的警觉。

名师批注

③车夫不经意间的谈论和喃喃自语，其实在无形中加深了母亲的恐惧。虽然此时的母亲并没有表露情绪，但这种情绪正在慢慢蓄积。

索菲娅早已到家，神色慌张而激动地迎接着母亲。

她把伤者放在沙发上，手脚麻利地解开他脑袋上的头巾，不断地吩咐着别人。

“伊凡·达尼洛维奇，受伤的人已运来了！您受累了吧，尼洛夫娜？吓坏了，是吗？尼古拉，给尼洛夫娜拿杯葡萄酒来！”

为今天的经历所震惊的母亲艰难地喘着气，她含糊地说：“您不必为我担心……”①事实上她整个身心迫切地期望得到别人关怀和亲切的安慰。

尼古拉从隔壁房里走了出来，一只手被包扎着；随同出来的还有衣服和头发像刺猬一样竖起的伊凡·达尼洛维奇医生。他快步走到伊凡跟前，弯下腰，说道：“水，多拿些水来，还有干净的亚麻布、棉花！”

母亲起身到厨房去。尼古拉用左手挽着她，一边把她带往餐厅，一边亲切地说：“这不是叫您，而是索菲娅。亲爱的，今天让您担惊受怕了，是吧？”

②母亲见到他那关怀体贴的目光，忍不住呜咽地大声道：“这是怎么回事？亲爱的！他们用刀砍，居然用刀砍人！”

“我看见了，”尼古拉把酒端给她，低下头，说，“双方都不冷静。但您不用担心——他们只是用刀平着打，好像受重伤的只有一个人。我看见他被砍了，就跑过去把他拖了出来。”

她用感激的目光看了他一眼，问道：“您也被打了？”

③“好像是我自己不小心，手碰到了什么东西，擦破了皮。请喝茶，天冷，您穿得太少……”

伊凡·达尼洛维奇身着西装背心，挽着袖子走了进来，用他那尖细的嗓音回答着尼古拉没说出口但担心着的问题：“脸上受了点轻伤，颅骨骨折，不过也不厉害，小伙子一直忍受着疼痛，挺棒的！不过失血过多，是不是送到医院去？”

“为什么？让他待在这里好了！”尼古拉喊道。

“今天可以，明天也行，但后天我当班了，让他住进医院我就方便些，我没时间出诊。你写写有关坟地上

名师批注

①母亲表面故作镇定，但内心渴望得到关怀，表现了母亲脆弱的一面。她怕别人担心而有意地隐瞒，在这里也体现出了她的善良。

名师批注

②从母亲的呜咽声中可以看出，虽然母亲平时积累了很多革命经验，但是并没有真正见识过血腥场面，这一次的经历让母亲难以承受。

名师批注

③尼古拉的轻描淡写和母亲的故作镇定是不同的。尼古拉早就意识到了局面的改变，对于这种情况早有心理准备。

发生的事的传单吧？”

“那是当然的事！”尼古拉答道。

他们走进餐厅，久久地谈论着今天发生的事件。医生坐在椅子上，神经质地动来动去，尽量压低自己的尖嗓子说道：“宣传、宣传，现在光宣传已不够了，青年工人们是对的。现在应该更广泛地鼓动——我说，青年工人是对的……”

①尼古拉学着他的口气，犹豫地说道：“现在各个地方都抱怨宣传品太少，而我们现在还不能办一个好的印刷厂。柳德米拉拼命在努力，如果我们不能给她派个帮手，她会累出病的。”

“派维索夫希科夫去？”索菲娅问。

“他不能待在城里，只能在新印刷厂工作，而且还缺个人……”

②“我去行吗？”母亲小声问道。

三个人都不约而同地看了她一下，沉默了几分钟。

“主意不错！”索菲娅喊道。

但尼古拉岔开了这一话题。

“你在想什么，伊凡？”他问医生。

医生抬起低低地垂向桌子的脑袋，回答：“我们的人太少，我在想这个。我们必须拼命地工作……必须说服巴维尔和安德烈越狱。他们两个坐在牢里做不得事，这未免损失太大……”

尼古拉皱起眉头，怀疑地摇着头，悄悄地看了母亲一眼。母亲知道，他们当着她的面谈有关她儿子的事有些不方便，于是起身回到了自己的房间。

中午，她在监狱办公室坐在巴维尔的对面，③透过泪水端详着儿子胡子拉碴的脸，寻找着把紧攥在手心的字条交给儿子的机会。

“我身体很好，大家身体也好。”他低声说道，“喂，你怎么样？”

“还好，只是叶戈尔·伊凡诺维奇去世了。”母亲脱口而出。

④“是吗？”巴维尔喊道，慢慢地低下了头。

读书笔记

①为什么此刻的尼古拉要学着医生的口气说话？

名师批注

②母亲正是做这个任务最合适的人选，这里为她安排了一个新的任务，也为后文情节的推动埋下了伏笔。

名师批注

③此时，她是以一个母亲的身份对巴维尔目前的情况感到担忧，希望早日把巴维尔救出来，但她也不忘此行的目的。

读书笔记

④为什么巴维尔听到叶戈尔·伊凡诺维奇去世的消息是这样的表现？

“出殡时警察打人，还抓走了一个人。”她照直继续说道。副典狱长气愤地咂了一下薄薄的嘴唇，从椅子上霍地站了起来，嘟囔道：“不准说这个，你应该懂！禁止谈有关政治的事！”

母亲也站了起来，装作不懂的样子，委屈地说道：“我没谈政治，是讲打架。”

“那也不能说！与您个人和家里无关的事，一概不要说！”

他在桌边坐了下来，漫无目的地翻着案卷，垂头丧气、无精打采地嘟囔道：“我要负责任的，是的……”

①母亲向周围看了一眼，迅速地把字条塞到巴维尔的手里，轻松地叹了口气：“真不知道说什么才好……”

巴维尔笑了笑。

“快要过堂了吧？”沉默了一下，母亲问道。

“近两天检察官来过，说‘快了！’”

两人只好找些对彼此都无关紧要的话谈着。为了使他高兴，她想跟他讲关于维索夫希科夫的情况，于是，就以一种谈论无关紧要的事一样的口气说道：“我见到你的教子了……”

巴维尔以一种默默询问的目光注视着她。②为了提示维索夫希科夫脸上的麻子，母亲用手指在两颊戳了几下。

“那孩子没什么，很健康，很快就要工作了。”

儿子明白了，朝她点了点头，眼睛里带着愉快的微笑，答道：“这很好。”

当母亲回到家里时，正好碰上萨莎。③每到母亲去探视巴维尔的那天，她总要来看望母亲。今天她一见到母亲就担心地问道：“他怎么样？”

“没什么，很健康。”

“字条给他了吗？”

“那当然啦！我很巧妙地塞给了他……”

“他看了吗？”

“那是什么地方？能看吗？”

“是啊，我忘了！”姑娘慢条斯理地说道，“我们

名师批注

①母亲趁着看守分神，顺利地把字条递给了巴维尔，为后来巴维尔成功越狱提供了条件，在这里也表现了母亲的机智。

名师批注

②在积累了很多的革命斗争经验以后，母亲开始变得更加机警、有智慧了。

名师批注

③因为此时的年轻人身负重任，萨申卡不能直接表现出对巴维尔的爱慕，但是她的一举一动都让她的情感暴露无遗。

还得等一个星期，还要一个星期。您怎么想，他会同意吗？”她皱着眉头，目不转睛地看着母亲的脸。

“这我可不知道。”母亲沉思着说道，“如果这不危险的话，那干吗不逃出来呢？”

“您等一下……”[1]萨莎的脸色发白，她忧愁地瞪大着眼睛，嘴唇颤抖着，好不容易热烈而急切地说，“我想求您一件事。我知道，他不会同意越狱，您劝劝他吧！您对他说，我们需要他，工作需要他。我怕他会病倒。您也看到了，一时半会还不会开庭审判……”

母亲被萨莎的冲动弄得不知所措，但她理解这种心情。于是她怀着一种惆怅的感情，激动地抱着萨莎，小声地答道：“我最亲爱的，除了自己，他是任何人的话都不听的，任何人！”

她们沉默着，紧紧地抱在一起。然后，萨莎小心地从肩上拿下母亲的手，颤抖着说：“是的，您说得对！我说的这些都是些蠢话，太神经质了……”

门开了，一股秋天潮湿的寒气吹了进来，两颊绯红的索菲娅愉快地走了进来。

“[2]密探们老跟在我后面，就像求婚的人追求阔小姐一样！真的！我得离开这儿了……嗯，你怎么样，凡尼亚？还好吗？巴维尔怎么样，尼洛夫娜？萨莎在这儿吗？”她点燃了香烟。

母亲到餐厅里去了。这儿，索菲娅正对萨莎说：“柳德米拉已经准备了三百份宣传品，她这样工作会把自己累垮的！这就是勇敢精神！”

傍晚喝茶时，索菲娅对母亲说：“尼洛夫娜，您得再去一趟农村。”

“没什么，什么时候去？”

“三天之后，可以吗？”

“好吧……”

“您坐车去，”尼古拉低声建议道，“雇驿站的马车，并走另一条路去，经过尼科尔斯科耶乡……”

“走尼科尔斯科耶乡那边的路太远了。”母亲说道，“坐马车也太贵……”

读书笔记

①为什么萨申卡会有如此大的情绪转变呢？

名师批注

②索菲娅用诙谐幽默的语调消解了被密探跟踪的烦躁，体现了她开朗、明媚的性格特点。

"您知道吗，"尼古拉继续说道，①"我本来反对派人去。那儿很不安全——已经在抓人了，已抓走了一个教员，必须十分小心谨慎。应等一个合适的时候再去……"

索菲娅用手指敲着桌子说道："但不断地散发宣传品这一点对我们来说非常重要。您不害怕去吧，尼洛夫娜？"

她忽然问道。

②"您问我怕不怕是多余的！"她说道，叹了口气。

"原谅我，我不再这样问了。"

这句话引得母亲笑了起来。过了几分钟，三个人又关切地、友好地谈论起下乡的事了。

名师批注

①从尼古拉的语言中，我们了解到了这件事非常紧张、迫切，充满危险。

名师批注

②是啊，不必再问了，母亲早已坚定了自己的内心，无论事情多么严重，她也丝毫没有退缩，反而越挫越勇。

名师赏析

"有的人活着，他已经死了，有的人死了，他还活着"，叶戈尔的死让人无比遗憾，但真正正直的人是永垂不朽的，他们的精神代代相传，生生不息。也正是经历了此次事件，让母亲在动乱中意识到了事情的严重性，但即便如此，她也丝毫没有退缩，反而越挫越勇，在革命的道路上勇往直前。

本章是令人无比痛心，又令人无比振奋的，我们看见了亲密战友的离去，也目睹了冲突的残酷，当然，也一同见证了母亲的成长。故事，仍在发生，那些为了真理战斗的人理应被铭记。

积累与运用

·好词·

遐想　怜悯　禁锢　侥幸　嚅动　警惕　窸窣　呜咽　执拗　喧哗

慷慨激昂　严峻枯燥　见多识广　瑟缩颤抖　头晕目眩　修长窈窕

两颊绯红　凶猛狂暴　小心谨慎　嘟嘟囔囔　一颠一簸　不约而同

·佳句·

◆ 这种思念，像一道道纤细的强弱不等的光芒，射向四面八方，照到所有的地方，不让她的思念停留在某个单一的事上，不让她只是思念儿子，为他担忧。

◆ 他用呆滞的目光看着母亲，两眼圆睁，放出异样的光芒。他张大着嘴，仰起头，一只手伸向前方。

◆ 她弯下腰，两肘撑着窗台，突然，像头上被人重重一击一样，无力地跪了下去，双手掩面，低沉地呻吟起来。

◆ 门开了，一股秋天潮湿的寒气吹了进来，两颊绯红的索菲娅愉快地走了进来。

·美文仿写·

这是坟场冲突的场面描写，既有整体场面的描绘，又聚焦“马刀”“年轻人”，将当时激烈的斗争展现了出来，请你仿照原文，运用点面结合的手法，描写一次拔河比赛。

她睁开眼睛，离她不远的地方，在小径上，在坟墓之间，警察把那个长头发青年团团围住，拼命抵抗着四面八方冲来的人群。一把把出鞘的马刀在空中闪着白色的寒光，在人们的头上扬起。那个年轻人苍白的脸在高处出现了——在凶猛狂暴的风暴上空，响起了他那坚强的声音：“同志们！为什么要做无谓的牺牲呢？”

第六章 检测卷

（共 20 分）

一、填空题。（每空 1 分，共 10 分）

1. 尼古拉总是跟他们进行长时间的悄悄交谈，谈话的题目往往是 ________。
2. 娜塔莎在县里的一家纺织厂当 ______。
3. 母亲在叶戈尔住宅的楼梯口看到了越狱成功的 ________________。
4. ____________ 的葬礼引发了激烈的冲突。
5. 尼古拉把维索夫希科夫安排到新的印刷厂去当 ____________，去之前暂住在 ____________ 那里。
6. 母亲在监狱办公室会见巴维尔的时候，寻找机会把紧攥在手心的 ______ 交给了儿子。
7. 索菲娅十分乐观，把紧跟的密探比作 ______________________。
8. 母亲在索菲娅的安排下，决定 __ 天后再去一趟农村，目的是 ________。

二、简答题。（每题 5 分，共 10 分）

1. 为什么萨申卡在叶戈尔死后不像其他人一样，表现得过度悲伤呢？

2. 在葬礼冲突上，母亲明知道有危险，还要上前去制止尼古拉，索菲娅为什么要制止母亲？

参考答案

一、填空题

1 世界上的工人群众。

2 老师。

3 维索夫希科夫。

4 叶戈尔。

5 排字工人；守林人。

6 字条。

7 追求阔小姐的求婚人。

8 三；散发宣传品。

二、简答题

1 因为萨申卡认为，即使人死了，但“对叶戈尔的尊敬，对这个同志的爱，对他对我的思想影响的怀念”不会死；“正直的人是不会死的。那些给我们带来幸福，使我能过上现在这种美好的生活的人，是不会死的。”

2 他们在彼此保护，母亲意识到尼古拉有危险，才会想去制止他；索菲娅想保护母亲免受伤害，所以会去拉住母亲。这也正体现了同志们舍己为人、敢于奉献的精神。

第七章

名师导读

一个接一个的不幸在身边发生。雷宾被捕了，身处险境的他已经无法再接收这些禁书，那么这些书又该如何传递下去呢？新的人物也已经登场，他们又会在革命事业中起到什么样的作用呢？在监狱中的这些同志，又过着怎样的生活？小说新的部分已经展开……

清晨，母亲坐上驿站的马车，在秋雨冲刷过的路上①颠簸着。中午过后，又冷又累的母亲到了尼科尔斯科耶这个大村庄。她走进驿站，要了份茶，而后在窗前坐下，把沉重的箱子搁在凳子下面。从窗口望出去，可以看到一个小广场，还可以看见乡公所那栋黑灰色的房子，台阶上坐着一个秃顶、长胡须的农民，他只穿了件衬衫。

忽然，一个县警骑马飞奔到了广场上。他在乡公所的台阶附近勒住了枣红马，挥舞着马鞭，朝那个农民吼叫着。农民站了起来，用手指着远处。②县警跳下马来，把缰绳丢给农民，走进乡公所的大门，消失了……

周围又静了下来。一个还未成年的姑娘进了屋，她咬着嘴唇，伸手端着一个边上碰得凹凸不平的大托盘，托盘上放着餐具。她弯着腰，向母亲频频点头行礼。

“你好，聪明的姑娘！”母亲亲热地说。

“您好！”

姑娘在桌上摆着盘子和茶具，突然激动地说道：“刚才抓住了一个暴徒，就要带来了！”

“是个什么样的暴徒？”

“不知道，”姑娘答道，“我只听说抓了人，乡公

名师批注

①“颠簸”既指去往乡村的道路不平坦，也暗示着母亲此行的艰巨，充满着未知的危险。

名师批注

②从这个县警的动作描写中，我们可以看出事情的紧急，从而为后文的突发情况埋下伏笔。

所的门卫跑去找区警察所长去了。”

母亲看着窗外。广场上出现了一些农民，所有的人都站在乡公所的台阶旁，往左边什么地方望着。

姑娘看了一眼外面，然后跑出了房间。①母亲哆嗦了一下，把围巾往头上一披，急忙往门口走去。

当她走到台阶上时，一股寒气直扑她的眼睛和胸脯。她呼吸急促，双腿僵直——雷宾双手被反绑着走在广场中央，两个乡警和他并排走着，棍子在地上有节奏地敲着。乡公所的台阶上站着一群人，在默默地等待着。

母亲茫然若失，目不转睛地看着，雷宾在说着什么。

台阶旁站着一个留有浅色大胡子的农民，他用那双深蓝色的眼睛盯着母亲的脸。

母亲问他：“这是怎么回事？”

“您就看吧！”那个农民答道，这时又来了一个农民，站在旁边。两个乡警在人群前停了下来。②人越来越多，但都默不作声。

突然，人群上空响起了雷宾宽厚的声音：“乡亲们！你们听说过那种写我们农民生活的真实情况的书报吗？就是因为这些书报我才遭罪的，这些书报是我散发给大家的！”

人们把雷宾围得更紧了。

“听见了吗？”一个农民顶了顶蓝眼睛农民的腰，小声问道。后者没有答话，抬起头，又一次注视着母亲的脸。另一个农民也看着母亲——他比第一个农民年轻些，留着稀疏的黑胡子，瘦削的脸上满是雀斑。随后，他们两个离开台阶到一旁去了。

母亲为了使雷宾能看见自己，踮起脚，尽量伸长脖子看着他。

人们阴沉地怀疑地望着他，默不作声。

“农民弟兄们！”雷宾尽力高声地说道，③“相信这些书报吧！现在，我可能会因这些书报而死。他们打我，折磨我，想要我说出这些书报是从哪儿来的。他们还将拷打我，但这一切我忍受得了！因为这些书报里有真理，而真理对我们来说，应该比面包更为珍贵！就是

读书笔记

①此处描写母亲的行为，暗示了什么呢？

名师批注

②围观的人越来越多，但都无法发出声音。一是迫于当时的形势，二是觉醒的人还不够多。

名师批注

③雷宾在众人面前发表了自己内心最真实的想法，这个想法给农民们带来了巨大的震撼。

这样！”

“他为什么说这些？”台阶旁那个农民低声喊道。

那个蓝眼睛农民慢条斯理地答道：“现在反正都一样——死两次不可能，死一次又免不了……”

县警察出现在台阶上，摇晃着身子，醉醺醺地吼道：“这是谁在讲话？”他猛然跑下台阶，揪住雷宾的头发，一前一后地推搡着，喊道：“是你在讲话，臭小子，是你吗？”

①人群骚动起来，响起一片嗡嗡声。但雷宾的声音又响了起来：“善良的人们，你们看见了……”

“给我住嘴！”县警打了他一个耳光。

雷宾身体晃了晃，耸了耸肩膀，说：“你们将人家的手捆住，想怎么折磨就怎么折磨……”

“乡警们！把他带走！大家散开！”县警在雷宾面前蹦来蹦去，用拳头打他的脸、胸口和肚子。

“我们过去吧！”蓝眼睛农民点了点头，说道。他们两个不慌不忙地朝乡公所走去。

县警又笨拙地跑上台阶，挥着拳头，歇斯底里地吼道：“把他带到这儿来！我说……”

“不行！”人群中响起了一个有力的声音。母亲知道，这是那位蓝眼睛农民在说话。

②“不能让他带去，弟兄们！带到那儿，他们会打死他，然后又把这件事推到我们头上，说是我们打死他的！不能让他们带走他！”

“农民弟兄们！”雷宾洪亮的声音又响了起来，“难道你们没有看见自己过的是什么样的生活？不知道你们是怎样被人掠夺、被人欺骗、被人喝干你们的血的吗？一切都靠你们支撑。你们是天下最有力量的人，但你们有什么权利吗？除了饿死，你们什么权利也没有！”

农民们突然七嘴八舌地喊了起来：“他说得对！”

“说下去！我们决不让他们打你！”

“给他松绑！”

雷宾平缓而洪亮的声音盖住所有的声音：“农民弟兄们，我不会跑的！我不会离开我们的真理去躲起来的！真理就在我的心里！”

读书笔记

①人群为什么会骚动起来呢？

名师批注

②通过描写农民们的反应，侧面表现雷宾的话意义之大，他正在撼动这些农民的想法。

①农民们围着雷宾，像黑浪在翻腾。而他站在他们中间，宛如森林中的教堂。他把双手举过头顶，挥舞着，对人群说："谢谢！善良的人们，谢谢你们！我们的手应由我们自己来解开！就应该这样！有谁会来帮助我们呢？"

他摸了摸胡须，将一只染了鲜血的手又举了起来："这是我的血，是为真理而流的！

"农民弟兄们！你们去找书报看吧！别相信官府和神父们的话。当他们把一些人称为坏蛋时，那些人恰恰是给我们带来真理的人。真理在大地上神秘地流传着。②真理对你们来说是善良的朋友；真理对官府来说，则是不共戴天的敌人！"

人群中又爆发出几声叫喊："谁出卖你的？"

"神父！"一个乡警说道。

两个农民便破口大骂起来。

③警察所长向人群走来。他左手拿着军刀，右手在挥舞着，脚步声沉重而坚实，人们给他让开了一条路。

"这是怎么回事？"所长停在雷宾面前，打量着他，问道，"为什么不把手捆上？乡警们！捆上！"

"本来捆着的，但群众帮他解开了！"一个乡警答道。

"是哪些群众？"

④他用刀柄在蓝眼睛农民胸口上用力一戳："是你，楚马科夫，这号群众？嗯，还有谁？你，米新？"他用右手揪了一下一个农民的胡子。

人们低下了头，在他面前侧着脸往后退开。

"嗯？你们怎么啦？"他对乡警们吼道，"捆呀！"

他嘴里不干不净地骂了几句，重新看着雷宾。

"你们把老百姓们折磨够了，野兽！"雷宾提高声音说道，"你们流血的日子快到了！"

⑤所长站在他面前，耸动着胡须，望着他的脸，突然飞快而沉重地朝雷宾的脸上打了一拳。

"拳头是打不死真理的！"雷宾挺身上前朝他吼道。

所长向周围看了看，人群已忧郁地默默地围成了一个黑压压的紧紧的圆圈。

"尼基塔！"所长环视了一下四周，高声喊道。

名师批注

①运用比喻的修辞手法，把围过来的农民比作黑浪在翻滚，一方面写出了人越聚越多，另一方面也体现了农民的内心正在翻滚。

读书笔记

②如何理解这句话？

名师批注

③从人们的行为当中可以看出来，农民对警察的出现还是十分畏惧的，这也从侧面体现了敌人凶狠残忍的形象。

名师批注

④警察只能通过暴力来镇压农民的反抗，从表面上看，事情似乎是发生了转机，实际上是在加剧人们的愤怒。

名师批注

⑤这一段是对警察所长的动作描写，写出了他对雷宾拳脚相加的样子，为后来激怒农民做了铺垫。

从人群中走出一个个头不高、身体壮实、穿一件短皮袄的农民。

“尼基塔！”所长捻着胡子，不紧不慢地说，“打他的耳光！好好地给我打！”

①农民慢慢举起手，随便地打了一下雷宾的脑袋。

“你这也算打？”所长尖声叫道。

农民走到一边，低着头忧郁地说道：“我不打了……”

所长的脸抽搐了一下。他跺着脚，骂骂咧咧，朝雷宾扑去，狠狠地打了一拳。雷宾的身子晃了一下，手一挥。但所长的第二拳已把他打倒在地，他围着雷宾乱蹦乱跳，咆哮着用脚踹雷宾的胸膛、腰和脑袋。

人群骚动起来，响起了充满敌意的嗡嗡声，朝所长围上去。所长发觉了，跳到一边，从鞘里抽出军刀。

“你们这是干什么？要造反？啊？原来是这样！”

“他如果犯了罪，审判他就行了！”

②“怎么能这样？要是都这么打人，那以后会怎么样呢？”人群分成两堆。一堆围着警察所长，喊着，在说服他；另一堆人数不多，围着遍体鳞伤的雷宾，在忧郁地低声议论。有几个人把他从地上扶了起来，乡警又想过来捆他的手。

“你们等一下，魔鬼！”人们朝他们吼道。

雷宾擦着脸上和胡子上的脏污和血，默不作声，四处张望着。他的视线在母亲的脸上一扫而过。她颤抖了一下，向他探过身去，不由自主地挥了挥手。但雷宾已转过脸去，过了几分钟，他的视线又落在她的脸上。她感到，③雷宾好像伸直了身子，抬起了头，血淋淋的面颊颤抖起来……

“他认出来了，真认出来了吗？”

母亲对他点了点头，心里又悲戚又忧愁又高兴，不由得颤抖起来。但接着她看见蓝眼睛农民站在他身边，也在看着她。农民对雷宾说着什么，雷宾把头一甩，用发抖的声音清晰而兴奋地说：④“这没什么！这世界上不止我一个人。真理，他们是抓不完的！在我待过的地方，人们是会记得我的！虽然他们捣掉了我的老窝，那里再没有同志和朋友了……”

读书笔记

①从尼基塔的行为中，你读出了什么？

名师批注

②再次表现出了农民们真挚淳朴的本质，也体现了刚才雷宾的号召已经有了成效，有更多的农民开始觉醒。

名师批注

③雷宾即使此时已经遍体鳞伤，但仍然挺直了脊梁，这是一种不屈的精神在支撑着他，也感染着母亲。

名师批注

④从雷宾的话中我们可以看出，他其实是在暗示母亲，虽然他倒下了，但是还有人在继续他的事业。

“他这是对我说的！”母亲马上领悟了。

一群农民跟在警察所长后面走了过来，有人高声喊道：“喂，拿辆车来让犯人坐！是谁值班？”

乡警们抓住雷宾的手，把他带到乡公所的台阶上，消失在门里。农民们慢慢地沿着广场散开了。母亲看见那个蓝眼睛农民向她走来，皱起眉毛望着她。天色暗了下来，蓝眼睛农民走近台阶，叹了口气，说道：“我们这儿出了这样的事……”

“是啊！”母亲小声说道。

他用①坦率的目光看着她，问道：“您是干什么的？”

“从妇女们那里收买花边，还有土布……”

农民慢慢地捻着胡子，随后，眼睛望着乡公所那边，以一种冷漠的口气低声说道：“我们这里没有这些东西……”

母亲俯视着他，等待着有机会回驿站。②突然，她受一种直觉支配，连自己也感到意外地问那人：“可以在您家里过夜吗？”

那农民看着地上，用长外衣遮住胸口，不紧不慢地答道：“过夜？可以，那有什么！只是我家房子不好……”

母亲小心地低声问道：“那么，我现在就去，我有口箱子你帮我拿一下……”

“好！”

他耸了耸肩膀，重新用大衣遮住胸口，小声说道：“瞧，马车来了……”

雷宾在乡公所的台阶上出现了。他的手又被捆了起来，脑袋和脸被灰色的东西包着。

“再见了，善良的人们！”他的声音在寒冷的暮色中响着。

马车动了。雷宾坐在两个乡警中间，声音低沉地喊道：③“为自由而斗争吧！自由会带给你们真理和面包！再见了，善良的人们！”

车轮急速的转动声，马蹄的嘚嘚声，警察所长的吼声，搅乱了雷宾的声音，最后淹没了他的声音。

④“完了！”那农民摇了摇头，说道。他接着对母亲低声说道：“你到驿站里坐一下，我马上就来……”

读书笔记

①从“坦率”一词中你读到了什么？

名师批注

②母亲已经明白了雷宾的暗示，尝试去相信蓝眼睛的农民。

名师批注

③多么振聋发聩的声音呀！雷宾发出了最后的呼号，也在感染、号召着更多的人。

名师批注

④蓝眼睛农民的话，体现出他对雷宾的关心，也表现了他平时和雷宾的关系十分密切。

母亲走进驿站，在放着茶壶的桌子前坐了下来。

姑娘走了进来，停在门口，问道："要不要份煎蛋？"

"不要。我不想吃东西，刚才那阵吵闹把我吓坏了！"

姑娘走到桌前，气愤但低声地说道：①"警察所长打人真厉害呀！我站得很近，那人一口牙齿全被打掉了。他吐了一下，全是血，眼睛差不多看不出来了，他是个木焦油工。县警正在我们那边躺着，喝醉了，他说他们是一帮土匪。这个大胡子是头子。听说抓住了三个，跑掉了一个，还抓了个教师，也是跟他们一起的。他们不信上帝，还劝说别人去抢教堂。"

姑娘看来很高兴有人听她说话，便压低声音，上气不接下气，更起劲地说："我爸说这都是由于灾荒。前不久，瓦修科夫因为欠了税，村长要变卖他的东西，他就狠狠地打了村长一个耳光。他说：'这就是我给你的税。'"

蓝眼睛农民走了进来，没脱帽子就问："行李在哪儿？"

他轻松地提起了箱子，掂了掂，说道："空的？玛利卡，把客人领到我家来。"说完，他头也不回地出去了。

"在这里过夜？"姑娘问道。

"是的。我是来收花边，买花边……"

"我们这里不织花边，津科沃和达里诺依那里有人织花边，我们这儿没人织。"姑娘解释道。

"我明天上那儿去。"

②街上，姑娘赤着脚，在湿润的泥地上吧嗒吧嗒很快地走着。

寒冷的空气使母亲振奋起来。四周一片漆黑，又冷又湿。③农舍的窗户里闪烁着凝固不动的微微泛着的红光。

"往这儿，"姑娘说，"你过夜找错了人家，他家里穷得很……"

她摸到了门，把门推开，快活地喊了声："塔季扬娜大娘！"说完就跑了，从黑暗中又传来她的声音："再见！"

母亲在门口停了下来，用手遮在眼睛上，仔细观察了一下。房子又窄又小，但很整洁。一个年轻妇女从灶台后面伸出头看了一下，默默地行了个礼，就消失不见

名师批注

①通过姑娘的语言描写，补充了当时现场的情况，激烈而惨痛，那些革命工作者正在用鲜血换取自由，践行真理。

读书笔记

②如何赏析"吧嗒吧嗒"这一拟声词？

名师批注

③"红光"一词，暗示了这户人家的非同寻常，新的人物在这里上演新的故事，革命事业正在如火如荼地推进着。

了。迎面的那个角落里的桌上点着灯。

主人坐在桌子旁，注视着母亲的眼睛。

“请进！”过了一会儿他才说道，“塔季扬娜，去把彼得叫来，要快！”

女人很快走了，没看客人一下。①母亲在主人对面的长凳上坐了下来，向四周观察了一番——没见到自己的箱子。

“我的箱子在哪儿？”母亲突然出乎意料地小声问道。

农民耸了耸肩膀，沉思着答道：“不会丢的……”

他压低声音，忧郁地继续说道：②“当着小姑娘的面我故意说箱子是空的，但它不是空的，里面放着很沉的东西！”

“哦？”母亲问，“那又怎么样？”

他站了起来，走向母亲，弯下腰小声问道：“您认识那个人？”

母亲全身颤抖了一下，但坚定地答道：“认识！”这简短的回答好像透露了她的内心，使一切均一目了然。

农民咧着嘴笑了。

③“当您给他打暗号，他也给您打暗号时，我就看出来了。我在他的耳边问道，是不是认识站在台阶上的那个女人？”

“他怎么讲？”母亲急速地问道。

“他？他说：‘我们的人很多。’是的！他说，多得很……”

突然，他又小声问道：“我是这样，是这样猜想……箱子里放着的是——报纸，是不是？”

④“是的，”母亲坦率地承认，擦着眼泪，“给他送来的。”

他皱着眉头，手攥着胡子，眼睛看着一边，沉默了一会儿，说道：“以前报纸也送到过我们这里，还有小册子……这个人我们也认识，见过他。”

农民站住了，想了想，然后问道：“那么，现在您打算怎么处理这口箱子呢？”

母亲看了看他，用挑衅的口吻说道：“给你们留下！”

他同意地点了点头，松开攥胡子的手，用手指理了理胡须，坐了下来。他妻子走了进来，一个农民也跟着

名师批注

①母亲非常警觉，一走进房子，就四处查看，寻找箱子的踪迹，可以看出母亲的小心翼翼。

读书笔记

②农民为什么说箱子是空的？

名师批注

③通过农民的语言描写，可以看出他在之前就已经确认母亲是同志，表现了他的观察入微和机警。

名师批注

④母亲既然已经选择了相信，就坦诚地把自己交给了命运，这里体现出了母亲对农民阶级逐渐产生了好感和依赖。同时也对雷宾的遭遇报以无限的同情与伤悲。

走了进来。那人把帽子往屋角一扔，快步走到主人身边，问道：“喂，怎么样？”主人肯定地点了点头。

“斯捷潘！”女主人站在炉灶边说道，“他们都坐车赶了路，恐怕都饿了。”

“我不想吃，谢谢，亲爱的。”母亲答道。

这个农民走到母亲跟前，用快速的嘶哑的声音说道：“①那么，我们认识一下吧！我叫彼得·叶戈罗夫·里雅比宁，外号‘锥子’。你们的事我多少也懂一点儿。可以这么说，有点儿文化、不是个笨蛋……”

“我知道，”斯捷潘点着头，马上又补充道，“她不放心那箱子。”

“别担心，一切都会好的，大妈！您的箱子在我那里。刚才斯捷潘跟我谈起您，他说您也参加了这一工作，并且认识那个人。我就跟他说：‘你得小心点，斯捷潘，这可不是闹着玩的，不能有丁点儿疏忽。’嗯，大妈，当我们站在您身边时您刚才大概也感觉到了我们是什么人吧？好人的脸一看就知道。您的箱子在我那里……”

他跟母亲并肩坐下，用询问的目光注视着她的脸，继续说道：“如果您愿意把箱子里的东西处理掉的话，我们非常乐意帮您的忙。我们需要书……”

“她愿意全给我们。”斯捷潘说。

“那太好了，大妈！我们会把它们全管好的。”

②他笑着跳了起来，在屋内快步地踱来踱去，满意地说：“这真是巧极了！虽然这很简单。绳子在一处地方断了，但在另一处地方又接上了。”

吃晚饭时，彼得很快地说道：“大妈，这么说吧，为了不显眼，明天您应该尽早离开这儿。您不要乘车直接到城里去，而是到下一站，再乘车回城里去。乘驿站的车回去……”

“为什么？我准备亲自送她……”斯捷潘说。

“不要！万一有什么事，人家会问您，她在您家里过夜了？过夜了。她上哪儿去了？我送走的。哈哈，你送走的，去坐牢吧。你懂不懂？为什么要这么急急忙忙地去坐牢呢？”

名师批注

①两个一直以来都在默默观察母亲的农民的身份终于公开了，也和上文对他们的描写进行了照应。

名师批注

②通过动作描写，体现出了农民对真理的渴望。得知可以获得书的时候，农民表现出了欣喜。

[①]“彼得，你是从哪里学会胆小怕事的？”塔季扬娜嘲笑地问道。

“什么都应该知道，大嫂！”彼得一拍大腿，大声说道，“既要小心，又要大胆。你还记得吗？就是因为这些报纸，地方当局让瓦加诺夫吃了多少苦头？现在，你就是给瓦加诺夫一大笔钱叫他手里拿书他都不敢了。大妈，您相信我，我干事是很机灵的，您无论给我多少书报，我都能把它们散发出去！我在这里到处走，认识很多人，知道很多事，没什么，干得下去。[②]但要动脑子，要特别机灵，以免很快就捅了娄子。官府也会感觉得到，好像从农民那里吹来了一股冷风。前些日子，在离这儿不远的斯莫利亚科伏村子里，官府派人来催逼税款——农民们发火了，都拿起了棍子！那儿有个农民，叫斯皮瓦金，他说：‘去他的沙皇吧！连最后一件衬衫都要从我们肩上剥走，还谈什么沙皇！’大妈，您看事情闹到了何等地步！当然，斯皮瓦金被抓去坐牢了。但他的话到处流传，这些话影响很大，很有生命力。”

吃完晚饭，他站在母亲面前，摇着她的手，点着头，说道：“再见，大妈！我们可能再也见不到了。应该对您说，这一切非常之好。能见到您和听到您的谈话——都非常好！您的箱子里除印刷品外，还有没有别的什么东西？一条羊毛头巾？非常好——一条羊毛头巾。斯捷潘，你记着，他马上就把您的箱子带来。我们走吧，斯捷潘，再见，一路平安！”

塔季扬娜从暖炕和搁板上取来几件衣服，铺在长凳上，给母亲准备睡的地方。

母亲和衣躺下，浑身散架了似的疲乏酸痛，小声地呻吟起来。塔季扬娜说：“您不做祷告。我也想，没有上帝，也没有奇迹。”

母亲在凳子上不安地翻了个身。她用几乎是耳语的低声胆怯地说：“关于上帝我不知道，可我相信基督……他有这样一句话：[③]‘爱你的亲近之人像爱你自己一样。’这句话我信。”

塔季扬娜默不作声，她一动不动地站着，母亲忧愁

名师批注

①从塔季扬娜的提问中，引出了下文彼得的讲述。

名师批注

②彼得的想法是正确的，只有思考周密才可以让大家平安无事，而彼得列举的例子，让我们也看出了当时情况的危急。

读书笔记

③想一想，母亲说这句话的意思是什么？

地闭上了眼睛。

突然，塔季扬娜冰冷的声音响了起来："我的孩子都死了，所以我不能原谅上帝，也不能原谅人们，永远不能！"

①尼洛夫娜不安地抬了抬身子，她心里能理解这些话的痛苦是多么大。

透过朦胧的睡意，母亲听到了从街上走进院子的沉重的脚步声。门被小心地推开，响起了轻轻的喊声："塔季扬娜，已睡了，是吧？"

"没有。"

"她睡了？"

"看样子睡着了。"

②农民走近母亲睡觉的地方，整理了一下皮袄，把她的脚包上。这种关爱以一种淳朴的方式温柔地触动了母亲。她又闭上了眼睛，笑了。斯捷潘默默地脱了衣服，上了暖炕。

暖炕上传来清楚的耳语声，是斯捷潘低沉圆润的声音："应该这么干——先跟农民们一个个谈。③譬如阿廖沙·马科夫，很机灵，又有文化，还受过官府的欺侮；还有谢尔盖·肖林，也是个聪明人；克尼亚节夫，一个勇敢正直的人。先找这些人，应去看看她提到过的那些人……"

他低声说了很久。有时他声音很低，母亲勉强能听见他的话；有时他又突然放开嗓门，声音很响。

母亲进入了沉沉的梦乡。

当小屋窗外还是一片熹微的晨光时，塔季扬娜就把母亲叫醒了。

分手时主人很克制，没多说话，但对母亲路途的方便关怀备至。坐上马车，母亲想：这个农民将会小心翼翼地、像田鼠那样无声地努力工作。

回到家里，尼古拉给她开门。他头发蓬乱，手里拿着一本书。

"已经搞好了？"他高兴地喊道，④"您真快呀！"

他帮母亲脱下外衣，温柔地笑着看着她的脸，说道："您看见了吗，夜里我们这里遭搜查了。我正在想，是

名师批注

①塔季扬娜和母亲一样，都有着痛苦不堪的回忆，这也说明了底层劳动人民的悲剧具有统一性，她们只是万千同胞中的代表，令人无比同情。

读书笔记

②从农民的动作描写中，你读到了什么？

名师批注

③用语言简单直接地介绍了勇于反抗的革命者们，虽然没有对他们进行过多的形象塑造，但他们具有统一的革命精神。

名师批注

④从尼古拉的语言中可以看出母亲的任务完成得十分迅速，她的行动越来越敏锐，已经是一个合格的革命工作者了。

什么原因呢？是不是您出了什么事？但是，没有抓人。要知道，如果您被捕了的话，那他们也不会放过我的！”

他将她领到餐厅，兴致勃勃地继续说道：“但是，现在一定会将我解聘。这倒没什么可痛苦的，我已厌倦了这个天天统计没有耕畜的农民的事。”

①屋里一片狼藉。好像有一个大力士傻性大发，从街上使劲猛推房屋的墙，直到把屋里靠墙的东西推得东倒西歪为止。画像扔了一地。糊墙的纸被撕破，一条条挂在那里。有个地方的一块地板被撬了起来，窗台被掀开了，炉灶旁地板上撒满煤灰。

桌子上搁着已熄了火的茶炊、没洗的碗碟、面包块、面包屑，书和烧茶炊的木炭放在一起。母亲苦笑了一下，尼古拉也狼狈地笑了笑。

②“这是我在遭劫的画上添的几笔。无所谓，尼洛夫娜，无所谓！我想他们肯定还会要来的，正因为这样我才没把这一切收拾好。对了，您这次旅行怎么样？”

母亲弯腰坐在椅子上，朝尼古拉挪了挪，努力保持平静，以免漏掉了什么，她开始讲了起来：“他被抓起来了……”

尼古拉的脸颤抖了一下，说道：“是吗？”

母亲抬起手拦住了他的问话，继续讲下去，就像坐在正义的面前，控诉残酷迫害人的罪行一样。

③尼古拉靠在椅子背上，脸色发白，咬着嘴唇听着。

当她讲完之后，他站了起来，默默地在房间里走来走去。两个拳头深深地插在衣服口袋里。然后，他透过牙缝小声说道：“这应该是个很倔强的人。他在牢里会很难受的，像他这样的人，在那里一定很难受！”

但是，他终于抑制住了自己的激动。他忧郁地笑着，走近她，弯下腰，握住她的手，问道：“您的箱子在哪儿？”

“厨房里。”她答道。

“我们的门口有密探——这么多印刷品拿出去不让他们看见是不可能的——藏起来又没地方。我想，他们夜里会再来。所以不能惋惜自己的劳动成果了，我们得把这些印刷品全部烧掉！”

“那里什么都没有，一张纸片都没有。”她说道。她

读书笔记

①从房间里一片狼藉的情形中，你看到了什么？

名师批注

②从尼古拉的话中我们可以看出，他对这种事情早已习以为常，并且云淡风轻了，既表现了他的革命乐观精神，也反映了敌人手段的残暴。

名师批注

③通过描写尼古拉的神态，表现他的心情。当听到母亲的讲述时，尼古拉自然是无可遏制地表现出愤怒与难过，他为自己不能帮助同志而懊恼，也痛恨敌人的嚣张。

的精神逐渐振作起来，开始讲述与楚马科夫相遇的情况。

[1]尼古拉听着她的讲话，开始时不安地皱着眉头，然后十分惊奇，最终欢呼着打断了她的话："您听我说，这真是妙极了！您真是一个非常非常幸运的人……"

尼古拉和她并排坐了下来，贪婪地听着她流畅、淳朴而生动的讲话。

"真是令人惊奇的成功！"他喊道，"您完全可能被抓进监狱，但突然又这么顺利！是啊，看起来农民也在动起来了——其实这也是自然而然的事！您说的这个妇女，我好像清清楚楚地见到了她。我们需要增添一些从事农村工作的专门人才。"

[2]"要是巴沙能出来就好了，还有安德留沙。"母亲小声地说。

他看了她一眼，低下了头。

"尼洛夫娜，您听了我的话一定会感到难受，但我还是要讲，我很了解巴维尔，他不会从监狱里逃出来的，他需要公开审判。他要光明正大、堂堂正正地站在法庭上。他不会逃避审判，也不应该逃避，他到西伯利亚之后会逃出来的。"

[3]母亲叹了口气，小声答道："那有什么办法呢？他知道那样做更好……"

"嗯，"尼古拉透过镜片看着母亲，继续说道，"要是您认识的那个农民能尽快来这儿一趟就好了。您要知道，关于雷宾的事有必要给农村写一份传单。既然他表现得这么勇敢，这样做对他并没有害处。我今天就写好，柳德米拉会很快印出来……但传单怎么弄到那里去呢？"

"我运去。"

"不行，谢谢您。"[4]尼古拉很快地喊道，"我考虑，维索夫希科夫做这事不正合适吗，啊？"

"跟他谈谈吧？"

"对，您跟他去谈谈，多教教他。"

他坐下写传单。母亲一边收拾桌子，一边看着他。

"写完了，"他说道，站了起来，"您把这份稿子藏在身上。"

读书笔记

①通过尼古拉的表情变化，你体会到了什么？

名师批注

②从母亲的语言当中可以看出，谈到这里，母亲会有些沮丧。她嘀咕，想着霍霍尔和巴维尔能出来帮忙，也代表了她内心的一种真实的渴望。

名师批注

③母亲是为巴维尔的固执而感到难过，这也正是为什么之前尼古拉一定坚持让母亲先送字条进去，因为他是了解巴维尔的。

名师批注

④从尼古拉的语言当中我们可以看出，尼古拉通过这件事对农民产生了信任与希望，希望通过农民的支持，让革命事业百尺竿头更进一步。

傍晚，伊凡·达尼洛维奇医生来了。

“为什么这儿的官府突然这样慌张？”他边说，边在屋子里很快地走来走去，“夜里搜查了七家。病人呢？”

“昨天他就走了，”尼古拉答道，“今天是礼拜六，他们要上课，他不愿错过……”

①“嗯，这很蠢，头被打破了还去坐着学习。”

“喂，伊凡，这儿没你的事，我们在等客人。你走吧，尼洛夫娜，把稿子给他。”

“又是稿子？”医生喊道。

“在这里，你拿去交给印刷所。”

“拿了，交出去，就这些？”

“就这些。门口有密探。”

“看见了，我那门口也有。好了，再见！”

“够了，你走吧！”

“那小伙子的行为太蠢，你知道他住在哪儿吗？”

尼古拉把地址告诉了他。

②“我明天去找他一趟，是个不错的小伙子，不是吗？”

送走医生后，尼古拉和母亲开始喝茶、吃东西，一边等待着夜客光临，一边小声地谈话。

“宪兵不会来了！”尼古拉突然中断自己的谈话，叫道。

“对，但是，尼洛夫娜，您该睡觉了。嗯，是吧，赶快去休息。”

③母亲被一阵很响的敲厨房门的声音吵醒了，有人在不断地、耐心而执拗地敲门。天色还很暗，四周静悄悄的，母亲很快穿好衣服，来到厨房，站在门边，问道：“谁？”

“我。”一个陌生的声音答道。

“你是谁？”

“请开门吧！”门外传来低低的请求的声音。

母亲打开门扣，用脚把门踢开——伊格纳季走了进来，高兴地说：“哦，没敲错！”

④他下半身溅满污泥，脸色发灰，眼睛深陷，只有那一头乱蓬蓬的鬈发还是那样从帽子底下四处钻了出来。

读书笔记

①从这句话中，你读出了什么？

名师批注

②病人与医生正是代表着新崛起的工人青年，他们是如此地朝气蓬勃、充满希望，又无畏牺牲。

名师批注

③用周围的静悄悄衬托敲门声的突然，不平静的事情即将发生，引起了读者的阅读兴趣。

名师批注

④通过对伊格纳季的外貌和神态的描写，生动地体现出他当时一定遭受了很多不好的事情，这也引起了母亲的担心。

“我们那里出事了！”他关好门，低声说道。

“我知道……”

这一回答使小伙子感到惊奇，他眯起眼睛问道：“您从哪里知道的？”母亲简短而急促地对他说了经过。

“那两个也被抓了？你的那两个伙伴？”

“他们不在。他们去报到了——当新兵去了！连米哈伊洛大叔在内，抓了五个。”

①他用鼻子吸了口气，得意地笑着说道：“就我没抓到，现在他们大概在找我。”

“你是怎么逃掉的？”母亲问道。这时，通向房间的门被轻轻地推开了一条缝。

“我吗？”伊格纳季在凳子上坐下，四面望了望，高声说道，“在他们来之前的一分钟，守林人跑来，敲着窗户说：‘伙计们，有人偷偷来找你们的麻烦了！’”

他轻轻地笑了，用长外衣的下摆擦了擦脸，继续说道：②“嗯，米哈伊洛大叔是挨一榔头也不会头晕的。他马上对我说：‘伊格纳季，快到城里去！还记得那个上了年纪的妇女吗？’他马上写了个字条，说：‘给你，走吧！’我趴在树丛中躲着，一听，他们来了！来的人很多，四面八方都传来吵闹声，这群野兽！工厂被围住了。我躺在树丛中，等他们从我身边走过去，我立刻爬起来就跑，跑啊跑，跑了两夜一天没喘气才找到这里。”

“我马上给你去弄茶！”母亲提起茶炊，急急忙忙地说道。

“我先把字条给您……”

尼古拉在门口出现了。

“同志，您好！”

尼古拉拿到字条打开后，把这张揉皱了的灰色字条拿到眼前，读道：

母亲，不要放弃这儿的工作。请对那位高个子夫人说：“请她不要忘记，要多写些有关我们事业的文章。”别了！

雷宾

读书笔记

①这个动作说明了什么？

名师批注

②通过伊格纳季的语言描写，把整件事的经过都讲述了一遍，补充了之前雷宾被捕的遭遇，使文章情节更加完整，人物形象也更加丰满起来。

尼古拉慢慢地放下拿着字条的手，小声地说道：①“真是个了不起的人！”

“你知道吗？”母亲激动地说道，“米哈伊洛·伊凡诺维奇挨打了……”

“是吗？”小伙子轻声而惊恐地叫道。

“是啊，他被带来时就遭受过毒打了。在尼科尔斯科耶村，又被警察们毒打了一顿。警察所长打他的脸，还用脚踢……他还流了血！”

“他们很会干这个。”小伙子皱着眉头说。

随后，大家一起到食堂，开始喝茶。

伊格纳季用庄重的声音说道：“我曾经送过报纸，很会走路。”

“读的人多吗？”尼古拉问道。

“有文化的人都读，就连富人也读。”

尼古拉沉思着说道：“我们应尽快地把有关雷宾被捕的传单运到那里去。”

伊格纳季警觉起来。

“有传单？”他问道。

“有。”

②“给我吧，我运！”小伙子搓着手，建议道。

尼古拉说道：“您不能去那里……”

“为什么？我该上哪儿去？”伊格纳季不安地问道。

“有人代替您去。您详细跟他谈谈，该怎么干和怎么去干，好不好？”

“那好吧！”伊格纳季过了一会儿才不情愿地说。

“我们给您弄张很保险的身份证，安排您当一名守林人。”

小伙子很快抬起头来，担心地问：③“如果农民来砍柴，或者那儿……总之，我该怎么办呢？把他们捆起来？我可不会这么干。”

“不必担心，”尼古拉安慰他道，“不会要你去捆农民的，我可以担保！”

傍晚，在地下室的一个小房间里，伊格纳季和维索夫希科夫面对面地坐在凳子上。伊格纳季压低声音，皱着眉，

名师批注

①通过尼古拉的语言，表现了雷宾的千叮万嘱，可以看出雷宾对革命的热情与信任，也体现出他视死如归的奉献精神。

名师批注

②伊格纳季主动请缨，希望能够为农村的革命发展做出一点儿贡献，体现出新一代青年的革命热情。

读书笔记

③从伊格纳季的问题中，你读到了什么信息？

对维索夫希科夫说道："在中间的窗户上敲四下……"

"四下？"尼古拉关切地重复了一遍。

"开始三下，就这样！"

他弯着一个指头，在桌子上一边敲着，一边数道："一下，二下，三下。然后，过一会儿，再敲一下。"

"我记住了。"

①"一个红头发农民会出来开门，并问：'是来请接生婆的吗？'您就说：'是啊，是工场老板派来的。'更多的就不用说了，他已经明白了。"

他们头碰头地坐着。母亲两手交叉放在胸前，站在桌旁，看着他们。

"就这些。"伊格纳季站起身来说道，"就是说，您都记住了——先到穆拉托夫那儿，问老爷……"

"记住了。"维索夫希科夫答道。

伊格纳季看样子有点儿不相信他，又把敲门的暗号、暗语和记号重复了一遍，最后伸出手来："代我问候他们！他们都是些好人。你见了面就知道了……"

他满意地打量了一下自己，用手摸了摸大衣，问母亲："可以走了吗？"

"认得路吗？"

"当然认得……再见了，同志们！"他高耸着肩，走了出去。

"嗯，我也有事干了。"维索夫希科夫慢慢走近母亲说道，"我已经很烦闷了。怎么样，尼洛夫娜，越狱的事是怎么定的？"

②"我不知道。"母亲不自觉地叹了口气，说道。

尼古拉把一只大手放在尼洛夫娜的肩上，脸凑近她，说道："您去跟他们谈谈，他们会听您的，这件事很容易。您瞧，这是监狱的墙，旁边有盏路灯。对面是块荒地，左边是块坟地，右边是街道、市区。白天有个路灯工人来擦灯，把梯子靠在墙上，爬上去，把另一个绳梯的钩子挂在墙上，然后把绳梯放进监狱的院子里去，人马上走开。监狱里的人知道放梯子的时间，他们会发动刑事犯们起哄，或者自己起哄，这时，该走的人爬上梯子翻

名师批注

①伊格纳季细致地讲解了见面时的暗号和暗语，说明了当时的农民们已经十分警惕了，对革命工作也有了一定的眉目。

名师批注

②维索夫希科夫一直以来都有强烈的革命热情，但为人莽撞，一直没有担负重任，如今他可以如愿以偿地干一番事业，心里自然是欢喜的。但他没有想到，一句关切，竟无意中提起了母亲的伤心事。

过墙，一下子就行了。”

①他在母亲面前挥动着手臂，描绘着自己的计划，他的整个计划简单明了而且巧妙。

“您想想，这事要在大白天干……一定要在大白天。谁会想到囚犯们会在大白天越狱，还当着大家的面逃走呢？”

“他们会开枪呢！”母亲浑身颤抖了一下，说道。

“谁开枪？士兵？那儿没有士兵。看守们的手枪只能当钉锤使……”

②“那么一切很简单……”

“我一切都准备好了。绳梯，挂绳梯的钩子，这儿的房东可装成擦路灯的工人。”

门外有人在走动、咳嗽，还有铁器在响动。

“就是他。”尼古拉说道。

③门口出现了一个高大、背稍有点儿驼的人，那人用沙哑的声音问候道：“你们好……”

“正好，你问他吧。”尼古拉喊道。

“问我？问我什么？”

“关于越狱的事……”

“啊！”房东用漆黑的手指擦了擦胡子，说道。

“喂，雅可夫·瓦西里耶维奇，她不相信事情这么简单。”

“嗯，不信？那就是说，不愿意。而我和你想干，所以，我们信。”房东平静地说道。

“这事由巴沙和同志们定。”尼洛夫娜说道。

房东点了点头，拿出烟袋，取出烟斗，往烟斗里装烟，断断续续地说道：“我外甥认识巴沙，他也在牢里。外甥叫叶夫钦科，听说过吗？我姓戈本。④年轻人很快都会被抓去坐牢的，但我要把萨夫卡救出来！一定要救出来！”

星期天，当母亲在监狱的办公室里与巴维尔分手时，她感到手里有一个小纸团。她好像掌心被烧痛了似的颤抖了一下。她用请求和询问的目光看着儿子的脸，但没能找到答案。

“再见！”她叹着气说道。

儿子再次向她伸出了手，脸上露出了亲切的笑容：

名师批注

①“挥动着手臂”，运用动作描写，写出了尼古拉对于越狱安排已经有了周密的计划，也说明了他对同志的关切，希望把他们营救出来的迫切心情。

读书笔记

②你认为越狱计划是否真的简单？

名师批注

③又一个人物出场了——房东，他高大、背稍有点儿驼、声音沙哑，这些外貌的描写都体现了这个人的稳重与沉着。

名师批注

④从房东的语言描写中，我们可以看出他的急切，他之所以如此坚定地支持这个计划，就是为了尽快将他的外甥从监狱里救出来。

"再见了，妈妈！"

她等待着，没放开儿子的手。

"别担心，也别生气。"他说道。

①从这些话和他额头上固执的皱纹中，她寻到了答案。她没再看他一眼就匆匆地走了，她不愿意在儿子面前露出泪眼婆娑的样子。

回到家，她把纸团放到尼古拉手中，站在他面前，等待着他打开卷紧的字条，她感到了不安和期待。

但尼古拉说："果然如此！他是这样写道：②'我们不越狱，同志们，我们不能这么做，我们中谁也不愿这么做，不然的话将会丧失我们的尊严。请注意前不久被捕的那位农民，他需要你们的关怀，值得你们为他费力。他在这儿太困难了，每天都和狱吏发生冲突，已经被关了一昼夜的禁闭。他们会把他折磨死的。我们大家都求你们帮助他。请安慰我的母亲，把情况跟她讲清楚，她是能够理解这一切的。'"

母亲抬起头，小声地发抖地说道："嗯，有什么要跟我讲清楚的？我能理解。"

"我刚接到一位同志从彼得堡写来的信……"

"他能从西伯利亚逃走……能吗？"

"当然啦！这位同志写道：'事情很快就会有结果，判决已经知道了——全体流放。'您看到了吗？这些卑微的骗子们把审判变成了庸俗的滑稽剧。您可知道，结论早在审判之前就在彼得堡做好了……"

③"别谈这个了，尼古拉·伊凡诺维奇！"母亲断然说道。"我们现在来考虑一下雷宾的事吧。"她建议道。

这时门铃响了。

"这是萨莎，嗯。"尼古拉低声说。

尼古拉和母亲都站了起来，一道往前走，但到了通往厨房的门边时，尼古拉退到一旁，说："最好由您说……"

"他不同意？"当母亲打开门时，姑娘果断地问道。

"不同意。"

"我早知道会这样。"④萨莎随意地说了一句，可她的脸一下变得苍白。

名师批注

①其实母亲对巴维尔是十分了解的，她早就知道巴维尔的决定，但是作为一个母亲，还是希望能尽一切所能救儿子出来。

读书笔记

②巴维尔的字条传达出了哪些信息？你觉得巴维尔是一个怎样的人？

名师批注

③母亲的内心已经彻底绝望了，但是她支持巴维尔的一切决定，也从大义出发，不愿意因自己而让巴维尔为难。

名师批注

④萨莎虽然是随意的语气，但是她的神情已经彻底说明了她内心真实的想法。

“他写了个字条，要求把雷宾救出来。”母亲说道，她没看姑娘。

“是吗？我觉得我们应该利用这个计划。”姑娘慢慢说道。

“我也是这样想的。”尼古拉从门里出来说道，“您好，萨莎！”

拉了拉手后，萨莎问道：“到底怎么回事？大家都以为这个计划能成功吗？”

“可谁去组织呢？大家都忙……”

“交给我吧，”萨莎站了起来，很快地说道，“我有时间。”

“您去吧，但要跟其他人商量……”

“好，我会的，我马上就走……”

①她默默地和他们握了握手，又变得冷峻严肃，走了。

母亲和尼古拉走近窗口，看着姑娘走过院子，消失在大门外。尼古拉轻轻地吹起了口哨，坐到桌旁，开始写东西。

门铃又响了。柳德米拉来了。她穿着一件不合时令的薄大衣，两颊被冻得绯红。她一边脱破套鞋，一边气鼓鼓地说：“审判的时间已定了，再过一星期。”

“这是真的吗？”尼古拉在房间里喊道。

“真的！法院已完全公开地说判决已经准备好了。这算怎么回事呢？政府还怕它的官员会对敌人仁慈手软吗？”

②母亲紧张地听着她的话，但什么也没听懂，不由自主地、自言自语地重复着这样一些话：“审判，过一个星期后审判？”

在疑惑和痛苦交织的心境中，在令人苦恼的等待的重压之下，母亲就这样默默地度过了一天、两天。到了第三天，萨莎出现了，她对尼古拉说：“一切准备就绪，今天下午一点……”

③“已经准备好了吗？”他惊奇地说。

“这算什么？我只需替雷宾准备一个地方和一身衣服，其他事戈本包了。雷宾只要走过一段街道就行了。维索夫希科夫——当然化了装——在街上接应雷宾，给他披上件大衣，戴上顶帽子，给他带路。我等着他，替

名师批注

①萨莎一直都是这样，外冷内热，她以大局为重，愿意为了革命事业献出自己所有的激情。

名师批注

②从母亲紧张的样子与言语中，我们可以看出，此时她的内心是复杂和担忧的，这体现了一个慈母对儿子的无限关怀。

读书笔记

③从尼古拉的提问中，你读到了什么？

他换装，然后带走。”

“不错，这个戈本是什么人？”尼古拉问道。

“您见过他，您在他家里跟钳工们一起学习过。”

“啊！记起来了。一个性格有些怪的老头……”

“他是个退伍兵，铺屋顶的工人，文化不高，对一切暴力充满无穷的仇恨……还有点儿头脑。”萨莎望着窗外，沉思着说。

①母亲默默地听她说话，一个模糊的念头在心中慢慢成熟。

“戈本想解救自己的外甥出狱，您还记得吗？就是那个您喜欢的叶夫钦科。他最爱漂亮、爱干净。”

尼古拉点了点头。

“他把一切都安排好了。”萨莎继续说道，“我倒开始有点儿怀疑能否成功。我想很多人同时放风，犯人们看见了梯子，很多人都会想逃跑的。”

他们三人站在窗前，母亲站在尼古拉和萨莎的后面。

“我也去那里。”她突然说道。

②他们很快互相看了一眼，萨莎耸了耸肩膀，说：“这是可以理解的……”

“让她去吧。”姑娘对尼古拉说道。

“这是您的事。”他低着头答道。

“我们不能待在一起。您走进空地，朝菜园那边去，从那儿可看见监狱的墙。但如果有人问您‘您在那儿干什么’呢？”

母亲很高兴，她满怀信心地答道：“我会找到应付他们的话的。”

一个小时后，母亲到了监狱后面的空地上。

母亲身后是菜园，前面是墓地。母亲直向墓地的围墙走去，突然，她觉得两腿颤抖了。

这时，从监狱的转角处，匆匆走来一个肩扛梯子的像路灯工人一样的驼背人。母亲惊恐地眨着眼睛，迅速地朝士兵那儿瞥了一眼。

她又看看那个扛梯子的人：他已经把梯子靠着墙，不慌不忙地爬了上去。他朝里面挥了下手，很快爬了下

名师批注

①“一个模糊的念头在心中慢慢成熟”，为下文埋下了伏笔，吸引读者想要一探究竟。

名师批注

②萨莎的担心其实是有道理的，面对生的希望，有谁不想争取一下呢？

来，消失在屋角后面。

①突然，墙头上露出了一个黑脑袋，随即露出了身体，跨过墙头，顺着梯子爬了下来。墙头又出现了一个戴着皮毛帽子的脑袋，一团黑色的东西滚到了地上，迅速消失在屋角里。米哈伊洛直起腰，回头看了看，摇了摇头。

“快跑，快跑！”母亲跺着脚，小声说道。

这时墙头上又露出了第三个人的脑袋。这个长着浅色头发、没长胡子的脑袋，就像要脱离身体一样猛地往上一蹿，突然消失在墙后边。尖细的警笛声在风中飘荡。

米哈伊洛沿墙走着，已经走过她身边，正通过监狱与住房之间的那块空地。她目睹了这一切，怎么也不相信，她想象中那么可怕复杂的事，竟这么简单而快捷地完成了。

②街上已看不到雷宾的身影。一个身穿长大衣的高个子男人在走着，一个姑娘在跑。从围墙后面钻出两个警察。

“站住！”一个警察喘着气，叫道，“有个人……留着大胡子……看见没有？”

她用手指着菜园那边，镇静地答道：“往那边跑去了，怎么啦？”

她动身回家，通过空地走到街上时，一辆马车拦住了她的路。她抬起头，看见一个留着浅色胡须、脸色苍白、神情疲倦的年轻人坐在马车上，他看了母亲一眼。他侧身坐着，右肩显得比左肩高。

在家里，尼古拉很高兴地迎接了她。

“喂，那里的情况怎么样？”

“好像是成了……”

③她开始讲述越狱的情况，尽量回忆起每个细节。

“我们真走运，”尼古拉搓着手说道，“但是，我真为您担心，鬼知道会出什么事！尼洛夫娜，请您听我的好心劝告：不用害怕审判，审得越早，巴维尔获得自由的时间也就越早。请您相信好了，说不定在流放的半路上他就跑了。而审判——就那么回事！”

名师批注

①动作如此敏捷，也体现了准备的充分。一切按照计划顺利进行，“消失在屋角里”是最好的结局。

名师批注

②简单的场景描写，已经交代了最终的情况，在神不知鬼不觉中，营救成功。

名师批注

③目睹了一场顺利的营救，母亲的内心也增加了几分自信，所以才想事无巨细地和尼古拉分享越狱的细节。

名师赏析

原本一切恢复平静的生活再次被打破，每个人都有了新的任务和宿命。雷宾的被捕现场，一方面展现了统治阶级丑恶的嘴脸，一方向也唤起了更多的青年加入工人革命队伍。监狱中，被捕的同志们没有停止过战斗；监狱外，志同道合的战友们想尽一切办法营救他们。这一份高涨的革命激情如绚烂的玫瑰般绽放，让人预想着美好的生活即将到来。雷宾的重获自由，仿佛是在窒息的天空下撕开了一个口子，更多的希望就这样洒下来……

积累与运用

· 好词 ·

缰绳　哆嗦　推搡　笨拙　咆哮　忧郁　执拗

警觉　挑衅　呻吟　庸俗　淳朴　熹微　醉醺醺　冷峻严肃

遍体鳞伤　出乎意料　一目了然　踱来踱去　小心翼翼　泪眼婆娑

· 佳句 ·

◆ 农民们围着雷宾，像黑浪在翻腾。而他站在他们中间，宛如森林中的教堂。他把双手举过头顶，挥舞着……

◆ 人群已忧郁地默默地围成了一个黑压压的紧紧的圆圈。

◆ 街上，姑娘赤着脚，在湿润的泥地上吧嗒吧嗒很快地走着。

◆ 寒冷的空气使母亲振奋起来。四周一片漆黑，又冷又湿。农舍的窗户里闪烁着凝固不动的微微泛着的红光。

◆ 在疑惑和痛苦交织的心境中，在令人苦恼的等待的重压之下，母亲就这样默默地度过了一天、两天。

· 美文仿写 ·

文中通过一系列的动词描写了雷宾逃跑时的动作，那么艰难的事情他竟然如此迅捷敏锐地完成了，令人心情大为畅快。你是否也有过这样的生活经历？请你尝试用连贯的动作描写展现出来。

他已经把梯子靠着墙，不慌不忙地爬了上去。他朝里面挥了下手，很快爬了下来，消失在屋角后面。

突然，墙头上露出了一个黑脑袋，随即露出了身体，跨过墙头，顺着梯子爬了下来。墙头又出现了一个戴着皮毛帽子的脑袋，一团黑色的东西滚到了地上，迅速消失在屋角里。

第七章 检测卷

（共 20 分）

一、填空题。（每空 1 分，共 10 分）

1. 母亲去农村时，目睹了 ________ 被捕的场景。
2. 雷宾在演说时说：“这是我的血，是为 _______ 而流的！”
3. 母亲带来的沉重的箱子里装满了 ________。
4. 彼得·叶戈罗夫·里雅比宁，外号 ________。
5. 回到尼古拉的家里，母亲把箱子藏到了 ________ 里。
6. 母亲被一阵吵闹的敲门声惊醒，来的人是 ________________。
7. 尼古拉安排伊格纳季去做一个 ____________，也会给他准备一张很保险的 ___________。
8. 房东 _________ 极力主张越狱，因为他的外甥 ______________ 也在狱中。

二、简答题。（每题 5 分，共 10 分）

1. 请你仔细阅读，指出哪几处体现了蓝眼睛农民就是母亲应该找的那个能帮助她的人？

2. 为什么巴维尔坚持不越狱呢？

参考答案

一、填空题

1. 雷宾。
2. 真理。
3. 报纸。
4. 锥子。
5. 厨房。
6. 伊格纳季。
7. 守林人；身份证。
8. 戈本；叶夫钦科。

二、简答题

1. （1）在母亲来到乡公所的广场时，蓝眼睛农民一直在关注着母亲；
（2）在雷宾被捕现场，蓝眼睛农民和另一个农民一起应和雷宾；
（3）面对乡警的挑衅，蓝眼睛农民毫不畏惧；
（4）蓝眼睛农民站在雷宾身边，小声说话；
（5）雷宾用语言暗示母亲。

2. （1）巴维尔认为越狱将会丧失他们的尊严；
（2）巴维尔他们希望在监狱中能够鼓动更多的人；
（3）巴维尔他们在筹划在法庭中的演讲。

第八章

名师导读

这是本书的最后一章，所有的故事都将在此收尾。坚毅刚强的巴维尔，幽默洒脱的霍霍尔，成熟稳重的萨申卡，细腻缜密的尼古拉，博爱伟大的母亲……这些人物的命运该何去何从？故事最终的结局是什么？心中的疑惑让我们忍不住翻开内页，但又不忍心翻开……

开庭的日子到了。①她怀着压得她透不过气、直不起腰和脖子的沉重的焦虑向法院走去。在法庭的走廊和大厅里，她碰见了几个被告的亲属。

“坐一起吧！”西佐夫说道，并挪了挪身子。

母亲顺从地坐了下来，整理了下衣服。

突然，有人大声说了句什么。母亲浑身②战栗了一下。大家都站了起来，她抓住西佐夫的手站了起来。大厅左角的一扇大门开了，从那里摇摇晃晃地走进一个戴眼镜的老头，一个高个子的年轻人从后面扶着他的手臂。还有三个穿绣金制服的人和三个文官，跟在他们后面慢慢地走着。

他们在桌子旁坐了下来。之后，一个文官低声对老头说着什么。在桌子尽头一个斜面高讲台旁，站着一个高个子，他正翻着卷宗。

③老头把身子向前一倾，开始说话：“现在开庭……传被告人……”

铁栏杆后面墙上的门开了，走出一个肩上扛着出鞘军刀的士兵。在他后面走出来的是巴维尔、安德烈、费佳·马津、古谢夫兄弟、萨莫伊洛夫、布金、索莫夫，还有五个母亲叫不出名字的青年。巴维尔和安德烈坐在一起，跟他

名师批注

①此处是关于母亲的神态描写，体现出她对巴维尔等人审判结果的紧张。

②“战栗”，形容竭力克制因过分激动而引起的颤抖或因恐惧、寒冷而颤抖、发抖、哆嗦。这里写出了母亲听到声音后的惊恐——该来的总要来了。

③此处是对法官和其他法庭工作人员的描写，从他们的漠然姿态中，就可以理解下文他们的所作所为了。

们一起坐在第一排的还有马津、萨莫伊洛夫和古谢夫。

①母亲听着老头含混不清的提问。她听见了儿子平稳而简短的回答。面孔像瓷娃娃的人毫无表情地读着案卷。四个律师正低声并十分热烈地和被告谈话。在老头的一边，②坐着一个肥胖臃肿的法官，另一边坐着个驼背的法官，检察官无精打采，一副无聊的样子。法官后面坐着市长，一个威风凛凛神色庄重的胖男人；还有贵族长，一个白头发、大胡子、红脸的人；还有乡长，一个腆着大肚子的男人。

“这里没有罪犯，也没有法官。”巴维尔坚定的声音响了起来，“这里只有俘虏和胜利者。”

法庭里静了下来。

审判长说道：“喂，安德烈·纳霍德卡，您知罪吗？”

安德烈慢腾腾地站起来，挺直身子，擦了擦胡子，皱着眉头望着老头。

③“我有什么罪？”霍霍尔耸了耸肩膀，像平时一样声音悦耳地、不紧不慢地说道，“我不杀人，也不偷盗。我只是不同意这种逼得人们自相掠夺和残杀的生活秩序。”

“费多尔·马津，请您回答……”

“我不想回答！”费佳站起来清楚地说道。

④“我拒绝辩护，我什么也不愿说。我认为你们的审判是非法的！你们是些什么人？人民给了你们权力审判我们吗？没有，他们没给！我不承认你们！”

胖法官把脸凑近审判长，低声耳语了一番。白脸法官抬起眼皮，斜看着被告们，接着把手伸到桌上，在面前的纸上写了几个字。

“您的意见呢？”老头说。

秃头检察官站了起来，一只手按着讲台，分条列项地很快讲起来。

这时，一个宪兵站在法官面前，用低沉的声音说道：“巴维尔·弗拉索夫是所有人的头……”

“纳霍德卡呢？”胖法官懒洋洋地低声问道。

“他也是……”

一个律师站了起来，说：“我可以发言吗？”

老头问另一个人：“您没任何意见吗？”

读书笔记

①从这两处对比中，你读出了什么？

名师批注

②通过对法官等人的外貌描写，突出了当权者虚伪的本质，也表现了作者的批判态度。

读书笔记

③从霍霍尔义正词严的指责中，你读到了哪些信息？

名师批注

④这些勇敢的青年，每个人都坚持着自己的真理，没有一个人会临场退缩，在这里，我们读出了他们坚持革命的信念。

①母亲熟悉的那个黄脸宪兵军官站在他们面前，态度倨傲地拖长着声音，讲述着巴维尔和安德烈的情况。母亲听他讲着，不由自主地想道："你知道得并不多。"

这时，母亲看着铁栏杆后面的人，已不再为他们害怕，巴维尔和安德烈几乎一直在和辩护人中的一位小声地交谈着。这位律师，母亲前一天在尼古拉家里见过。

②法庭上，证人们用单调枯燥的声音在急急忙忙地叙说着。法官们则不情愿地、无精打采地听着。胖法官用肉乎乎的手捂着嘴打呵欠。

"我宣布……"老头说道，余下的词汇被他那薄薄的嘴唇吃掉了。他站了起来。喧哗声、叹息声、小声叫喊声、咳嗽声和脚步声充满了大厅。被告们被带了下去。他们一边离去，一边微笑着朝亲属和熟人点头致意。

但母亲发现，一个留着浅色胡须的年轻人在看着她。他右手插在裤子口袋里，因为这样，他的左肩显得低些。这一特征使母亲感到似曾相识。但他已转过身背对着她。

但过了一阵，她听见了一句低声的问话："是这个？"

接着，一个高些的声音高兴地回答道："是！"

母亲朝周围看了看。那个肩膀一边高一边低的人侧身对着她，正跟他的同伴——一个留着黑胡子、穿着短大衣和长筒靴的青年人——说着什么。

③她重新不安地回忆着，但什么也记不清了。

铃声响了。有人冷漠地宣布："继续开庭……"

大家又站了起来。法官们重新按原来的次序进入法庭，坐了下来。被告被带了进来。

"沉住气！"西佐夫耳语道，"检察官要讲话了。"

④检察官侧身站着，面对法庭，他一只手撑在桌子上，喘了口气，举起右手不断地在空中挥动着，开始说起来。他的声音飘忽不定，时高时低，很不平稳，一时很慢，一时又很快。母亲听着检察官的话，明白了他是想不加区分地指控所有的人都有罪。检察官指控完巴维尔之后，又指控费佳，把费佳与巴维尔相提并论，然后又把布金与他们扯到一起。看来，他是想把这些人硬塞进一个口袋里，然后缝起来。

名师批注

①黄脸宪兵又出现了，这是母亲深恶痛绝的一个人物，法庭上他"态度倨傲地拖长着声音"，真是荒诞！

名师批注

②证人们的说辞十分虚伪，法官们也根本无心顾及他们到底在说什么，一切都只是形式而已，这场审判是多么可悲，又多么可笑呀！

名师批注

③通过默默注视着母亲的年轻人为后文做好了铺垫，也吸引了读者的阅读兴趣。

读书笔记

④请从动作描写的角度赏析这段话。

①检察官的话不知怎的突然停止了——后来他又快速地补充了几句，向法官行了个礼，坐了下来，搓着手。贵族的首席代表瞪着眼睛向他点了点头，但他们的话并未使法官们高兴，他们一动未动。

“现在，”审判长把一份案卷拿到自己面前，说道，“请费多谢耶夫、巴尔科夫、扎加罗夫的辩护律师发言。”

母亲在尼古拉家中见过的那个律师站了起来。②他的脸宽而慈善，一双小眼睛微笑着，他从容不迫地开始发言，声音响亮而清晰。西佐夫在她耳边小声说道：“您听得懂他说什么吗？懂吗？他说这些人精神不正常、丧失理智。这是说费多尔吗？”

这时，换了另一个律师在辩护。这是一个身材矮小，有一张瘦削苍白的面孔的人，他脸上带着嘲笑的表情。法官们在阻止他发言。

③检察官跳了起来，急急忙忙生气地说了几句有关记录的话，然后老头以教训的口吻说开了。那个律师恭敬地低着头，听完他的话，又继续辩护。

法庭里开始活跃起来，出现了一种论战的情绪。律师辛辣的言辞刺痛了厚颜的法官们，法官们好像挤得更紧了，他们两腮鼓起、全身膨胀，以便反击这些律师。

这时巴维尔站了起来，法庭里突然变得鸦雀无声。母亲整个身子往前倾着。巴维尔镇定自若地开始说话：④“检察官把我们在社会民主党的旗帜的指引下举行的游行，说成是反对最高当局的暴动，而且始终把我们看成是反对沙皇的暴徒。我应该声明：对于我们来说，专制制度不是束缚我们国家机体的唯一锁链，它只是我们应该从人民身上砸碎的第一条锁链……”

老头坐在围椅上左摇右晃，对巴维尔说着什么，但他的声音被弗拉索夫平稳但气势磅礴的声音所淹没了：“我们工人，用劳动创造了一切——从巨大的机器到儿童们的玩具。我们是被剥夺了为自己的人格尊严做斗争的权利的人们。为了达到自己的目的，任何人都努力并尽可能地把我们变成工具。我们的口号很简单——打倒私有制，一切生产资料归人民，全部政权归人民，劳动

名师批注

①所有的罪行已经确定，所有的惩罚也已经确定，这一切都不过是走个形式而已。

读书笔记

②此处的外貌描写有何不同？

名师批注

③虽然此处并没有详细地展现法庭上唇枪舌剑的场面，但结果是显而易见的，法官们气急败坏的丑态更是让人哭笑不得。

名师批注

④从巴维尔的话语中，人们了解到社会主义民主政治的内涵。他旁征博引地讲述革命真理，豪情壮志溢于言表。

是每个人的义务。”

“请您不要离题！”审判长吐字清楚、声音洪亮地说。[①]他转过身来，胸口对着巴维尔，眼睛看着他。

“为了保护私有财产，需要做出无比巨大的努力。因此，事实上你们所有统治我们的人，与我们相比，更是奴隶。你们是精神上受奴役，而我们只是肉体上受奴役。你们无法摆脱在精神上扼杀你们的偏见和习惯的桎梏；而我们，没有任何东西能妨碍我们成为内心自由的人。你们用来毒害我们的毒药，弱于你们违反自己的意愿而注入我们意识中的抗毒素。你们看，在你们那里，能够在思想上为你们的政权而斗争的人已经没有了。你们的能量只是一种使金钱增值的机械力量，它只能把你们结成一个互相吞噬的集团。而我们的能量，是一种日益觉悟到所有工人要联合起来的朝气蓬勃的力量。你们使人民无法生存，毁灭他们；社会主义却要把被你们破坏的世界联合成一个伟大的整体，而这必将实现！”

[②]巴维尔稍稍停顿了一下，小声但更有力地重复道：“这是一定要实现的！”

审判长终于用手指着他，吼了起来。作为对他的回答，巴维尔嘲笑道：“我就要讲完了，我并不想侮辱你们个人。相反，我被迫在这种你们称之为审判的闹剧中出场，我甚至有点儿可怜你们。无论如何，你们毕竟是人。每当我们看到一些人，即使是对我们的目的怀有敌意的人，他们这样无耻地为暴力服务，使自己的人格尊严沦丧到如此地步，我们总是觉得非常难受。”

他看都没看法官一眼就坐了下来。母亲屏住呼吸，凝视着法官，等待着。

安德烈满脸笑容，紧紧地握住巴维尔的手。萨莫伊洛夫、马津和其他所有的人都兴奋地朝他探过身去。[③]巴维尔被同志们的激情弄得有点儿不好意思，微笑着，朝母亲坐着的地方看了一眼，对她点点头，好像在问：“这样行吗？”

作为对他的回答，她高兴地深深地呼了一口气，全身微荡着爱的热浪。

这里安德烈站了起来，晃动了下身子，皱着眉头看

名师批注

①也许审判长是想用这种方式阻止巴维尔说下去。

读书笔记

②你如何理解此处巴维尔的行为？

名师批注

③巴维尔其实是在询问母亲对自己的表现是否满意。当然，下文中也已经明确地写出了母亲的回答。巴维尔这次完全达到了自己的目的，不但痛击了敌人，还有力地号召了同志们。

了下法官，开始讲话："辩护人先生……"

"坐在您面前的是法官，而不是辩护人！"面带病容的法官气愤地大声说道。

"难道这是真的吗？"他摇着头说，"我还以为你们不是法官，而仅仅是辩护人呢！"

①"我请您只谈与本案有关的事！"审判长冷冷地说道。

"与本案有关的？我为什么要和你们谈与本案有关的问题呢？你们需要知道的，我们的同志刚才已讲过了。没说到的，有人会说的，还有时间……"

审判长抬了抬身子，宣布："我剥夺你的发言权！"

②霍霍尔紧闭着嘴唇，懒洋洋地坐到长凳上。"格里戈里·萨莫伊洛夫！"跟他坐在一起的萨莫伊洛夫甩了甩鬈发，站了起来。

"刚才检察官把我的同志们说成是野蛮人，是文明的敌人……

"你们培养密探，你们使妇女和姑娘堕落，你们使人沦为盗贼和杀人犯，你们用伏特加麻醉人民，你们挑起国际间的战争，你们撒弥天大谎，你们恶毒、野蛮——这就是你们的文明！是的，我们就是这种文明的敌人！"

"我禁止您讲话！费多尔·马津！"

③矮小的马津站了起来，好像突然成了把锥子似的，上气不接下气地说道："我……我敢发誓！我已经知道——你们对我已经做出了判决！"他喘着气，脸色发白，睁着大大的一双眼睛，伸出一只手，大声喊道："我，说老实话！无论你们把我流放到哪里，我一定要逃跑！然后再回来，永远干下去，一辈子！这是我的大实话！"

老头尖着嗓子喊道："伊凡·古谢夫！"

"不想讲话！"

"瓦西里·古谢夫！"

"不愿讲！"

"费多尔·布金！"

一个脸色有点儿苍白的憔悴不堪的青年艰难地站起来，摇着头，慢吞吞地说：④"你们应觉得害臊，我是一个没文化的人，但连我也懂得正义！"

名师批注

①面对青年们义正词严的呼号，审判长只能气急败坏地剥夺霍霍尔的发言权。这样才能够维护自己仅有的尊严和颜面。

读书笔记

②你如何理解霍霍尔此处的表现？

名师批注

③运用比喻的修辞手法，把矮小的马津突然站起来比作像锥子一样，用他行为的反差，生动形象地写出了他的坚定。

名师批注

④青年自嘲是一个没文化的人，但这样的一个粗鄙的人竟然都懂得正义的道理，可法官们却不明白，这是多么令人讽刺！

“不说了，去你的吧……”

布金忧郁地往凳子上坐下。他这几句含混不清的话里包含着深刻的含义和一种忧郁、谴责而天真的口吻。检察官耸耸肩膀，冷笑一声。

庭上又出现了低低的议论声。母亲凑近西佐夫，问道：“法官将要讲话？”

“一切都结束了，就等宣判……”

母亲目不转睛地看着法官，他们越来越激动，用模糊不清的声音在交头接耳。[①]他们冷漠、狡猾的谈话声向母亲迎面扑来，使她两颊发颤，嘴里产生一种像生病似的难受和讨厌的感觉，巴维尔用稍微有些疲乏的眼睛温柔而镇定地望着母亲的面孔，不时朝她点点头，微笑着。

“快要自由了！”这微笑像是告诉她，并温柔地抚慰着她的心。忽然，全体法官起立，母亲不由自主地站了起来。

“要走了！”西佐夫说道。

“去商量判决？”母亲问道。

“是吧……”

她朝四周看了看，被告的亲属们都朝栏杆走去，大厅里充满一片嗡嗡的谈话声。她向巴维尔走去，紧紧地握住他的手，心里充满委屈和高兴，她心情矛盾，百感交集，不禁哭了起来。巴维尔讲了些安慰的话，霍霍尔又说又笑。

所有的女人都哭了，与其说是由于悲伤，还不如说是出自习惯。父母亲们茫然地望着孩子们，[②]对孩子的不信任感和平时对孩子的优越感，现在与对孩子的亲切和尊敬的感情奇怪地结合在一起。

布金的哥哥挥着手，劝弟弟说：“最重要的是正义，其他都无所谓！”

西佐夫抓住侄儿的手，慢吞吞地说：“这样，费多尔，就是说，你要走了……”

费佳低着头，在他耳边悄悄说了句什么，狡黠地微笑着。跟其他人一样，母亲跟巴维尔谈的也是换衣服呀，保重身体呀这样一些事。而在她心中，关于萨莎，关于自己，关于他，这不下几十个问题，使她思绪万千。[③]不过，除此之外，隐藏在心中的对儿子的无限眷爱，要使儿子喜

名师批注

①描写了法官们的冷漠和狡猾，以及母亲对此的态度——令人作呕，作者对这些官吏们厌恶的态度已经非常明显了。

读书笔记

②你如何理解这种复杂的情绪?

名师批注

③此处的内容是如此打动人心，一个母亲即使再坚强，她的心中也隐藏着对儿子无限的眷爱。她只希望孩子能够平安，但这种强烈的愿望似乎无法实现。因此，母亲的情绪也在慢慢地累积。

欢她并成为儿子的贴心人的强烈愿望，在慢慢地增长着，等待着可怕的事情发生的心情消逝了。

“开庭！”

大家很快回到了座位上。

审判长一只手撑在桌子上，另一只手将判决书拿到眼前，用他那黄蜂般微弱的声音开始宣读。

“宣判了！”西佐夫说，他注意地听着。

四周一片静寂。大家站立着，看着审判长。①矮小干瘦的审判长站得笔直，就像被一只无形的手攥着的一根棍子。法官们也站着，在法官后面，画像上穿着红色制服、神情冷漠、面色苍白的沙皇，从他们的头上望下来。

> **名师批注**
>
> ①又是一处外貌描写，审判长像一根棍子，不过是个受指挥的工具；画像上的沙皇更直白地点出了矛盾的所在。

“流放！”西佐夫轻松地舒了口气，说道，“嗯，总算结束了，谢天谢地！原来说是判服苦役，这没什么，母亲，这真没什么！”

“我早就知道了！”她用带着倦意的声音答道。

“总算有结果了，现在真的判了，不然的话，谁知道他们会怎么干呢？”西佐夫转过脸来，对着被押走的犯人，大声说道，“再见，费多尔！还有各位，上帝保佑你们！”

母亲默默地朝儿子和他的同志们点着头。她想哭，但又不好意思。

母亲从法院出来，很是惊奇。夜已降临城市，街上亮着路灯，满天星斗。法院旁挤着一堆堆的人。突然，十几个小伙子和姑娘围住了他们，急速地七嘴八舌地问着，人们问判决的情况、被告们的表现、谁讲了话、讲了些什么，等等。

“各位先生！这是巴维尔·弗拉索夫的母亲！”有人喊道。大家虽然没有马上停止说话，但很快就静了下来。

“让我握握您的手！”

②一只结实有力的手紧紧握住了母亲的手。有的人声音激动地说道：“您的儿子是我们大家的勇敢的榜样！”

> **名师批注**
>
> ②巴维尔的举动已经被青年人所接受和认可，他的母亲更是被大家认作了英雄的母亲，这是对巴维尔的一种肯定，对母亲来说是一种了不起的安慰。

与此同时，萨莎不知从哪里走了过来，挽住母亲的手，很快把她拉到街的对面，说：“判了流放？到西伯利亚？”

“是啊，是啊！”

“您什么时候上他那儿去？”母亲小声温柔地问萨莎，用胳膊把萨莎的手夹在自己身上。

萨莎目光坚定地望着前方，答道："当找到能替代我工作的人时就去。要知道我也在等待审判，他们可能也会将我流放西伯利亚，那时我就声明，将我也流放到他所在的地方去。"

回到家里，她们坐到沙发上，紧紧地互相拥抱着。周围一片宁静。母亲休息片刻，又讲起了萨莎去找巴维尔的事。

①"当你们有了孩子后，我也上你们那里去，帮你们看孩子。在那里，我们过得肯定不会比在这里差，巴沙定能找到工作，他的手很巧。"

突然，萨莎哆嗦了一下，像要抖掉身上的什么东西似的，她直率地低声说道：②"他不会在那儿住下去，他当然要逃走的……"

尼古拉回来了，面带倦容。他一面脱衣服，一面说道："喂，萨申卡，趁还没出事，您快走吧！从早上起就有两个密探盯上了我，并且毫不隐蔽，看来要逮捕我了。我有预感，大概哪里出了事，正好，我这儿有巴维尔的演说词，我已决定把它印出来，您给柳德米拉送去，叫她赶快印出来。"

③他走到桌边，急急忙忙地抽出抽屉，从中捡出文件，有的撕掉，有的搁到一边。他神色焦虑，无精打采。

"看来，尼洛夫娜，您最好也不要在家里过夜，啊！他们也可能把您抓去坐牢的。您还得到处散发巴维尔的演说词呢！"

④"可是，他们抓我有什么用呢？"母亲说。

尼古拉不时在眼前挥动着手，肯定地说："我的嗅觉很灵。何况您还能帮柳德米拉的忙，是不是？还是离开，离这灾祸远点好……"

能够印刷儿子的演说词使母亲很高兴，她答道："那好，我走！"

"萨莎，您也走吧！"尼古拉说着向萨莎伸出了手。

"您估计还有多长时间？"萨莎问。

"鬼知道！大概他们掌握了我的材料。尼洛夫娜，你们一起走，好吗？要跟踪两个人会困难些，好不好？"

⑤"我走！"母亲答道，"马上穿衣。"她又回到房

读书笔记

①此处的想象有什么作用？

名师批注

②萨莎了解巴维尔，她知道巴维尔不会甘心过着平平淡淡的生活。我们从这里可以体会到当时革命者们的无私，他们早已做好了准备，把自己的一生都无悔地奉献出去。

名师批注

③危机再次出现，尼古拉也陷入了密探们监视的范围。

名师批注

④尼古拉已经意识到，危机即将牵扯到母亲的身上。更大的危险正在一步步袭来，所以他无论如何也要劝说母亲离开。

名师批注

⑤母亲终于同意了尼古拉的提议，这应该可以让尼古拉松一口气了。

间里来。

尼古拉拉着萨莎的手，说："妙极了！我相信，这无论对你对他都非常之好。有个人幸福，这并不坏。您准备好了吗，尼洛夫娜？"他又微笑着走近母亲，扶了扶眼镜。

"喂，再见了。我想，三四个月，最多半年。半年——日子够长的了……请保重身体，好不好？让我们拥抱一下吧。"

①又瘦又高的他用有力的双臂抱住母亲的脖子，看着她的眼睛，笑着说："我好像喜欢上您了，真想一直抱着您。"

母亲默不作声，吻了吻他的额头和脸颊，但她的手在发抖。为了不让尼古拉发觉，她松开了手。

"当心，明天可得特别小心。这样吧，您明天早上派个孩子来——柳德米拉那里有个男孩——让他来看看。好吧，再见了，同志们！祝你们一切顺利！"

在街上，萨莎小声地对母亲说："好像有人盯梢，我们还是分开走吧。如果您觉得有密探跟踪的话，那就不要直接去找柳德米拉。"

"我知道。"母亲说道。

但萨莎固执地补充道："您一定不要去，那时就上我这儿来。再见！"

她很快地回过身，朝相反的方向走去。几分钟后，母亲已坐在柳德米拉小房间里的炉旁烤火。女主人身穿件黑衣服，束着腰带，慢慢地在房间里来回走着。

②她在努力探寻：这女人是在哪里印刷呢？但又没有见到什么异样的东西。可以感到这里掩盖和藏着什么东西，但又不知道在什么地方。母亲仔细观察了一下两扇门：一扇是她刚才从小过道走进来时经过的门；另一扇门在炉子旁，又高又窄。

"我来是找您有事。"

母亲把巴维尔的演说词交给了她。"就是这个，请您尽快把它印出来……"并向她讲了尼古拉已做好被捕准备的详细情况。

柳德米拉开始漫不经心地读巴维尔的演说词，后来，她渐渐地把头凑近稿纸，很快把读完的部分放在一旁。刚一读完，她站起身，伸直腰，走到母亲面前。

名师批注

①这是令人泪目的一场离别。尼古拉早已把弗拉索娃当作是自己的母亲一般，这一次诀别的拥抱，令人心酸。

名师批注

②母亲明知道柳德米拉在做印刷工作，但即便是刻意寻找，都很难发现蛛丝马迹，从这点可以看出，柳德米拉的革命警惕性非常高，工作能力也很强。

[①]“这——太好了！”她低头沉思了一会儿，“我想问您，有这样的儿子好不好？”

“当然好！”母亲说道。

“也害怕，对吗？”

母亲坦然地微笑着，答道：“现在已经不怕了……”

“我很快就排好字。您睡吧，这是您最难的一天，一定累了。您就在这儿的床上睡吧，我不睡。深夜说不定还要叫醒您，请您帮忙呢……睡觉时请熄灯。”

她在炉子里添了两块木材，挺直身子，走进靠近炉子的那扇又高又窄的门，随手把身后的门紧紧地关上。母亲一边看着她的背影，一边开始脱衣服。[②]她熄了灯，躺在冰冷的床上，在被子里蜷缩着身子，很快进入了深深的梦乡……

当母亲睁开眼时，房间里已充满了冬天寒冷的白光。女主人手里拿着本书躺在沙发上，带着与往日不同的微笑，望着母亲的脸。

“哎呀，我的天！”母亲不好意思地叫道，“我这是怎么啦，睡了很久了，是吗？”

“早安！”柳德米拉应道，“快十点了，起来我们一起喝茶吧！”

“您怎么不叫醒我呢？”

“本想叫醒您的，但走近一看，[③]您睡得那么香，脸上还带着微笑……”

母亲看了她一下，从床上站起来。

她站在房间中央，沉思了片刻，衣服只穿了一半。她感到那个整天为儿子担惊受怕、只想如何保护儿子的她，现在已不一样了。过去的她已经一去不复返了，这使她感到轻松，清洗了灵魂，在心中浇注了新的力量。

“您在想什么？”女主人走近她，亲热地问道。

“我不知道。”她回答。

[④]她们沉默了一会儿，互相看了一眼，两人都笑了起来。柳德米拉走出房间，说：“我的茶炊还不知怎么样了？”

母亲朝窗口看了一眼。街上寒风凛冽，阳光灿烂。她心中一片光明，但很热。

读书笔记

①此处柳德米拉的变化体现了什么？

名师批注

②这几天是多么漫长啊，一直为巴维尔担心的母亲实在是太过疲累了，她终于可以进入深深的梦乡，去做一个甜美的梦了。

名师批注

③从柳德米拉的语言中，我们可以了解到睡着的母亲脸上还带着微笑，也许是因此时的危机暂时告一段落，也许是她开始真正意识到自己的成长，并为之自豪的一种表现。

读书笔记

④你如何理解此处的笑？

[①]"尼古拉是对的！"柳德米拉走进来说道，"他被捕了。我照您讲的派了个小孩去他那里。他说：'院子里有警察，有个警察躲在门背后。一个小孩认识的密探在走动。'"

"果然是这样！"母亲点点头说，"唉，可怜的……"她叹了口气，但没有悲伤。

"最近他经常在城市工人中组织学习，总之，他该出事了。"柳德米拉皱着眉镇静地说道，"同志们都说走吧，他不听。照我看，在这种情况下应该强迫他走，而不是劝说。"

与此同时，有人在急急地敲门。柳德米拉镇静地把一只手放在裙子的口袋里，对母亲说："如果是宪兵，您，佩拉格娅·尼洛夫娜，请站在这个墙角，谢辽沙……"

进来的是矮个子医生。他急急忙忙地说道："第一件事，尼古拉被捕了。啊，您在这里，尼洛夫娜？抓人时您不在？"

"他派我上这儿来的。"

[②]"第二件事，昨天夜里许多年轻人油印了五百份演说词。我看了，干得不坏，准确、清楚。他们想傍晚在城里散发，我不赞成。城里最好散发铅印的，那些油印的最好送到别处去。"

"就让我送到娜塔莎那里去吧！"母亲连忙说道，"给我吧。"

"天知道您现在干这种事合不合适。"医生犹豫地说道，并掏出了表，"现在是十一点四十三分，火车两点零五分开，五点十五分到达那里。您傍晚到达，还不算很迟。但问题不在这里……"

"问题是不在这里。"女主人皱着眉重复道。

"问题在哪里呢？"母亲走近他们，问道，"问题是只要能把这件事办好。"

柳德米拉凝视着她，揉着自己的前额，说：[③]"问题是这对您很危险。"

"为什么？"母亲热切而急迫地喊了起来。

"您听我说'为什么'，"医生声音忽高忽低地很快说道，"您是在尼古拉被捕前一小时离家的，您跑到工厂去，那里有个叫您婶婶的女教师，在您到那里之后就出现了违禁

名师批注

①事情果然如尼古拉所预料的那样发展了，这也照应了之前说尼古拉是一个非常警惕的革命者，我们也为尼古拉的命运感到担忧。

名师批注

②医生既带来了尼古拉被捕的准确消息，也带了危急任务，医生的出现推动了情节的发展。

名师批注

③此处通过柳德米拉的预言，直接点明了母亲这次任务的危险性。即便成功送达，也一定会被人怀疑甚至被捕入狱，为后文的曲折情节做好了铺垫。

的印刷品，这一切都像根绞索般围住了您的脖子。”

“我可以不让别人发现，”母亲很激动，想说服他们，“回来之后，就算他们抓住了我，问我上哪儿去了……”

停顿了一下之后，她高声说道：“我知道怎么回答！我就说，我从那儿出来就直接到了工人区，那儿我有个熟人叫西佐夫。我从法院出来就上他那里了，因为很伤心，他也很伤心，因为他的侄儿也被判了刑，他也会这么说的。”①母亲感到，在她的强烈要求下他们会让步的，因此迫切地想尽快取得他们的同意，于是她越来越坚持自己的意见。

他们终于让步了。

“既然这样，那您就去吧。”医生勉强同意了。

“你们总是爱护我，”她笑着说道，“对自己却不爱惜……”

“不对！”医生答道，“我们爱惜自己，也应该爱惜。现在这样吧，您上火车站等着取演说词的传单……”

他向她说清楚应该怎么去做，之后看了她一眼，说道：“好了，祝您成功！”

他走时好像仍不满意，当门在他身后关上之后，柳德米拉默默地笑着走到母亲身旁。

“我能理解您……”

她挽着母亲的手臂，轻轻地沿着房间走来走去。

②“我也有个儿子。他已十三岁了，但他跟他父亲在一起。我的丈夫是个副检察长。而孩子跟着他，他将来会怎么样呢？我经常考虑这个……”

“我最亲爱的。”母亲轻轻说道，感到心中一阵阵灼痛。

“您是最幸福的人！”柳德米拉含着微笑说道，“这真了不起，母亲和儿子并肩战斗，这是少有的。”

母亲很早就到了车站，要乘坐的那趟车还没准备好。但是在肮脏的被煤烟熏黑了的三等候车室里已挤满了人。

几个人手提包裹走了进来。一个手提黄色手提箱的年轻人朝四周匆匆扫了一眼，径直朝母亲走来。

“到莫斯科去吗？”他低声问道。

“是啊，到塔尼亚那里去。”

名师批注

①母亲并没有因任务危险而退缩，她时刻将巴维尔的英勇无畏作为自己前进的动力，所以才会强烈要求获得这次任务。

名师批注

②柳德米拉理解母亲现在的心情，因为她也是一名母亲，她用自己的亲身经历来宽慰母亲。同是母亲，感同身受。

“这就是了！”

他将箱子放在她身旁的凳子上，很快掏出香烟，点燃了，然后稍稍抬了抬帽子，默默地从另一扇门出去了。母亲用手摸了摸箱子冰冷的皮面，把胳膊肘靠在上面，小心地观察着人群。过了几分钟，她站了起来，朝通向月台近旁门口的另一张长凳走去。①她毫不费力地提着箱子——箱子不大，她昂着头走过去，打量着从身边走过的人的面孔。

一个身穿短大衣，把领子竖了起来的年轻人与母亲迎面相撞。他举手在头旁边一挥，默默地闪开了。母亲觉得此人有些面熟。她回头一看，那人一只闪亮的眼睛正从大衣领后面看着她。这种目光像利剑一样刺痛了她。她提箱子的手不由得颤抖了一下，手里的东西也变得沉重起来。

②“我在哪里见过他！”她暗暗想着，想用这个念头来抑制胸中隐隐躁动的不快，这种感觉在增长，升向喉咙，使她口干舌燥。母亲忍不住想回头再看一眼。她回头一望——那个人小心地倒换着脚站在原地。看来，他想干什么但又犹豫不决。

他的右手插在大衣的纽扣中间，左手放在口袋里，这样显得右肩比左肩略高一些。她不紧不慢地走向凳子坐下，强烈地预感到灾难即将临头。她记起曾两次碰见过眼前的这个人——一次是在城外的空地上，在雷宾越狱之后。另一次是在法院，当时他正和在雷宾越狱之后向她询问并被她骗过的那个警官站在一起。③她知道，她被盯上了！这是明摆着的事实。

“完了？”她问自己。过了一会儿，她又想：“也许，还不至于吧……”

但马上她又努力克制着，严厉地说：“完了！”

她环顾四周，什么也没看见，脑子里闪过一连串念头，然后又熄灭了。

“留下箱子，自己逃走？”

但这时一个更明亮的念头闪了一下：“扔下儿子的演说词？让它落在这伙人手里？”

④她让箱子紧紧靠在身边。“带着箱子逃？赶紧跑……”这时，她心里忽然产生了一股巨大的力量，震撼着她的全

读书笔记

①从母亲的动作中，你读到了什么？

名师批注

②母亲又一次发出了这样的疑惑，似曾相识，但又不知何时何地见过，潜伏的危险正在慢慢袭来，为下文埋下了伏笔。

名师批注

③母亲已经明白自己的处境，但她此时已经顾不上自己的安危了。

名师批注

④这里详细描写了母亲内心的矛盾，她是胆怯的，想要逃跑，但最终，信仰战胜了自己的懦弱。她要和儿子站在一起，不能给这些青年丢脸！

身，熄灭了这些狡猾而微弱的小火星，以一种不容争辩的口气对自己说："别给儿子丢脸！他们谁都没害怕过！"

那密探叫来了一个路警，附在他耳边说了些什么，同时用眼睛望着她向路警示意。路警打量了他一番，退了出去。进来了另一个路警，仔细地听着密探讲话，紧皱着眉头。他是个老头，身材高大，一头白发，没有刮脸。①他朝密探点了点头，向母亲坐着的长凳上走来，而密探很快消失了。

老头不急不忙地走了过来，用怒气冲冲的眼睛仔细地打量着母亲的脸。母亲把身体朝凳子后面挪了一下。

他在母亲身边站住，沉默了一会儿后，低声而严厉地问道："你看什么？"

"没看什么。"

"哼！当小偷！上了年纪，还要干这种勾当！"

②"我？你胡说，我不是小偷！"她用尽全力地喊道。眼前的一切在她愤怒的旋风中旋转起来，受辱的痛苦激得她心中无比愤怒。她把箱子猛地一拉，箱子就打开了。

"你看！大家都来看吧！"母亲站起来喊道，抓起一把传单在头上晃了晃。透过耳边的喧哗声，她听见聚拢来的人们的喊叫声，同时看见人们急急忙忙从四面八方跑来。

"什么事？"

"有密探……"

"有人说她偷了东西！"

"我不是小偷！"母亲放开嗓门喊道。看见人们从四面八方跑来，紧紧地围绕在自己面前，她心里稍稍平静了些。

"昨天审判了一批政治犯，其中有我的儿子——弗拉索夫。他在法庭上发表了演说，这就是演说词！我把它带给大家，让大家看看，想想真理！"

③有人小心地从她手中抽走了几张传单，她把传单朝空中一抛，撒向人群里。

母亲看见人们抢着传单，把它藏在怀里和口袋里——这使得她又振作起来。她一边从箱子里抓起一沓沓传单，向周围如饥似渴的人们迅速伸过来的手里抛去，她说道："我儿子和他的同志们为什么被判罪，是因为他们给你们带来了真理！"

名师批注

①密探终于开始行动了。危险袭来，为后文的发展做好了铺垫，小说的最后高潮即将出现。

名师批注

②母亲早已看穿了这些人的目的，他们想诬赖母亲为小偷，然后把母亲直接带走并关起来，这样传单就无法分发给众人，但是母亲不想就这样束手就擒，于是她把箱子打开了，也把自己推入了更加危险的境地。

读书笔记

③母亲为什么要这么做？

人群静了下来。人数在增多，变得越来越挤。大家围成一个圈子把母亲紧紧围了起来。

[①]“贫困、饥饿和疾病——这就是人们劳动所得到的报酬。一些人靠我们的劳动寻欢作乐、花天酒地，把我们当成用链条锁着的狗一样，把我们推入愚昧无知之中，我们因此什么也不懂！他们把我们推入恐怖之中，我们因而对什么都害怕！”

“堵住她的嘴！”

母亲在人群后面发现了密探和两个宪兵，她急急忙忙地想散发出最后几捆传单。

“散开！”宪兵们吼着，推着人群。人群不肯离去，推挤着宪兵，不让他们过去——或许这不是他们的本意。他们被这个头发花白、面容善良、长着一双正直的大眼睛的妇女吸引住了。

[②]“走吧，大娘！”

“马上会把你抓起来的！”

“滚！散开！”宪兵的叫喊声越来越近。

母亲面前的人们被推得东摇西晃，只得互相牵着。

“我儿子的话是一个工人的老实话，是一个不会出卖灵魂的人的话！”她的胸口被人推了一下，她摇晃着身子，坐到了凳子上。

宪兵的手在人们的头顶上挥动着，抓住人们的衣领和肩膀，把他们推向一边。

母亲觉得眼睛发黑，一切都旋转起来，但她克服着疲劳，用尽剩下的力气喊道：“老百姓们，大家齐心协力，团结起来！”

[③]一个宪兵用一只又大又红的手抓住了她的衣领，使劲推了一下，喊道：“闭嘴！”

母亲的后脑勺撞到了墙上。

“走！”宪兵说道。

“你们什么也不要怕！没有什么比你们这一辈子受的苦更苦的了！”

“我叫你闭嘴！”一个宪兵拽着她的胳膊，使劲拉了一下。另一个宪兵抓住了她另一只手。他们迈着大步，

名师批注

①勇敢的母亲在代替巴维尔发出最后的呼号，她希望有越来越多的人能够认清社会的本质，从而使用大众的力量改变社会现实，让这些青年以及所有人的牺牲都变得有意义，闪耀着光辉。

名师批注

②从人们的行为当中可以看出，母亲的举动是有意义的，大多数人都被她的义愤之举震撼住了，他们想要保护这个愿意为了真理英勇就义的老母亲。

名师批注

③激烈的冲突开始了。母亲走向了一条不归路，但也是一条用真理铺就的道路，她在用自己的实际行动捍卫真理的存在。

把母亲拖走。

“这种生活每天都在折磨你们的心灵，吸你们的血肉！”

密探这时跑到前面，用拳头在母亲面前威胁着，尖声喝道：“住嘴！你这个畜生！”

母亲用两脚尽力撑在石板地上，高喊：“复活了的灵魂是杀不死的！”

“下贱东西！”密探猛地挥手打了她一个耳光。

①一阵响亮的呼喊声使她振作起来：“不许打人！”

“嘿，你这坏蛋打人！”

“血是淹没不了理性的！”

有人推撞着她的颈、背，打她的肩膀和脑袋。在一片叫喊、怒吼和警笛声中，周围的一切像昏暗的旋风一样旋转起来。他们把她往门外推着。她挣脱一只手，抓住门框：“真理是用血海也淹不灭的……”

他们猛击她的手。宪兵掐住了她的喉咙，她感到窒息。

母亲发出嘶哑的喊声：“你们这群不幸的家伙……”

②有谁对她报以号啕大哭。

名师批注

①人们的反应越来越激烈，当这阵响亮的呼喊声响起的时候，母亲的内心应该是欢喜的，因为她在用自己的血肉之躯唤醒众人。

读书笔记

②你如何理解小说的最后一句话？

名师赏析

等了这么久，母亲终于等来了巴维尔和霍霍尔他们审判的日子，也终于明白了为什么他们不去越狱获得自由，反而要在法庭当中慷慨陈词。这些青年的正义与法庭当中的虚伪，形成了鲜明的对比。巴维尔的演讲如此出色，让在场的人为之振奋，在那个黑暗的时代，总有一盏明灯，尽管摇摇晃晃，却永不放弃地为他人指引着光明。虽然母亲最终以悲剧收场，但她的牺牲是伟大的，因为她捍卫了真理，她的生命永存。

积累与运用

·好词·

战栗　扼杀　桎梏　抚慰　狡黠　蜷缩　灼痛　窒息　辛辣　尖锐　瘦削　苍白
懒洋洋　肥胖臃肿　威风凛凛　神色庄重　态度倨傲　无精打采　相提并论
从容不迫　鸦雀无声　憔悴不堪　含混不清　面带倦容　漫不经心

·佳 句·

◆ “我宣布……” 老头说道，余下的词汇被他那薄薄的嘴唇吃掉了。他站了起来。喧哗声、叹息声、小声叫喊声、咳嗽声和脚步声充满了大厅。

◆ 检察官侧身站着，面对法庭，他一只手撑在桌子上，喘了口气，举起右手不断地在空中挥动着，开始说起来。他的声音飘忽不定，时高时低，很不平稳，一时很慢，一时又很快。

◆ 为了保护私有财产，需要做出无比巨大的努力。因此，事实上你们所有统治我们的人，与我们相比，更是奴隶。你们是精神上受奴役，而我们只是肉体上受奴役。你们无法摆脱在精神上扼杀你们的偏见和习惯的桎梏；而我们，没有任何东西能妨碍我们成为内心自由的人。

◆ 他们冷漠、狡猾的谈话声向母亲迎面扑来，使她两颊发颤，嘴里产生一种像生病似的难受和讨厌的感觉，巴维尔用稍微有些疲乏的眼睛温柔而镇定地望着母亲的面孔，不时朝她点点头，微笑着。

◆ 矮小干瘦的审判长站得笔直，就像被一只无形的手攥着的一根棍子。

·美文仿写·

这是通过母亲的视角介绍法庭上的人物，语言简洁而生动。一群人的不同姿势、样貌，鲜活地再现了审判的场景。请你仿照原文，设置具体的情境，写一写你周围的同学。

母亲听着老头含混不清的提问。她听见了儿子平稳而简短的回答。面孔像瓷娃娃的人毫无表情地读着案卷。四个律师正低声并十分热烈地和被告谈话。在老头的一边，坐着一个肥胖臃肿的法官，另一边坐着个驼背的法官，检察官无精打采，一副无聊的样子。法官后面坐着市长，一个威风凛凛神色庄重的胖男人；还有贵族长，一个白头发、大胡子、红脸的人；还有乡长，一个腆着大肚子的男人。

第八章 检测卷

（共 20 分）

一、填空题。（每空 1 分，共 10 分）

1. 法庭上，巴维尔说“这里没有 ________，也没有法官，这里只有 ________ 和胜利者”。
2. ________________ 拒绝回答法官的问题，也拒绝辩护。
3. 在大厅中，母亲发现一个留着 ____________ 的年轻人在看着她。
4. 法庭上，_________ 发表了慷慨激昂的演说，再一次阐明了自己坚定的革命立场。
5. “你们应觉得害臊，我是一个没文化的人，但连我也懂得正义！”说出这句话的是 _________。
6. 审判结果出来了，这些年轻人要被 _________。
7. 母亲又一次接受了任务，这一次，她要将 ________________ 给柳德米拉送去。
8. _________ 在安排好母亲离开后被捕了。
9. 为了设法逮捕母亲，路警老头诬陷母亲是 _________。

二、简答题。（每题 5 分，共 10 分）

1. 听完了巴维尔的演讲，你有什么感想？

2. 你如何理解母亲的行为？你觉得母亲的牺牲有意义吗？

参考答案

一、填空题

1 罪犯；俘虏。

2 费多尔·马津。

3 浅色胡须。

4 巴维尔。

5 布金。

6 流放。

7 巴维尔的演讲词。

8 尼古拉。

9 小偷。

二、简答题

1 答案不唯一。可以从青年们追求自由和真理的坚定角度入手，肯定他们的行为；也可以从巴维尔演讲的作用角度谈一谈。

2 母亲早已看穿了这些人的目的，他们想诬赖母亲为小偷，然后把母亲直接带走关起来，这样传单就无法分发给众人，但是母亲不想就这样束手就擒，于是就把箱子打开了，也把自己推入了更加危险的境地。母亲的牺牲是有意义的，她把巴维尔的演讲词传播了出去，唤醒更多人参与到革命事业中来。

在人间

В людях

高尔基四部曲

[苏]高尔基 著

吴兴勇 译

北方联合出版传媒（集团）股份有限公司
辽宁少年儿童出版社
沈阳

译者手稿

YIZHESHOUGAO

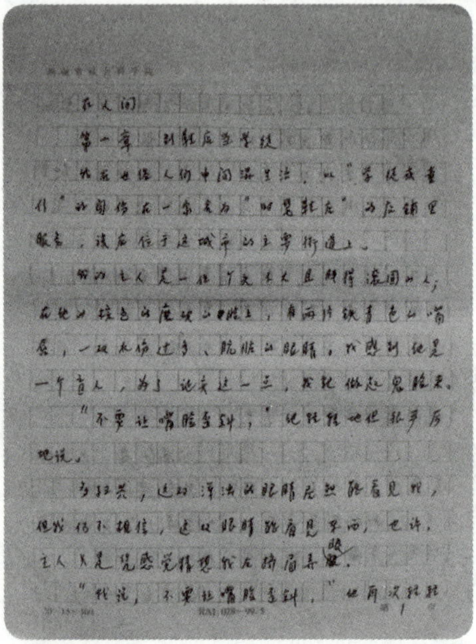

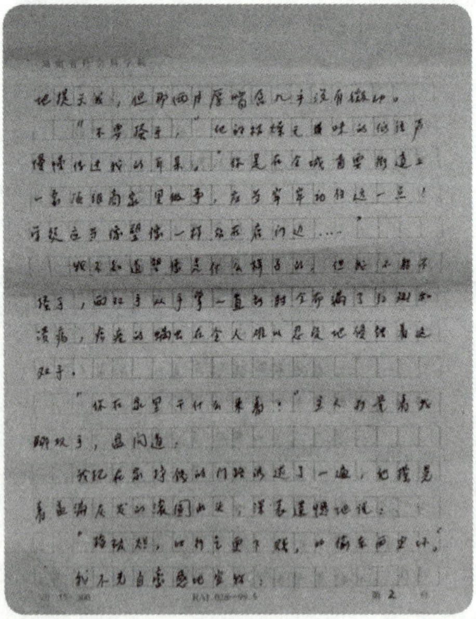

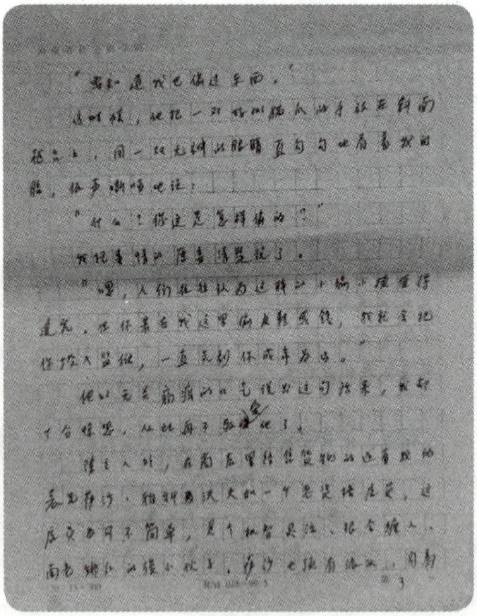

总序 / PREFACE

“太阳底下无新事”，穿越时代的洪流，与历史对话，你会发现共鸣是如此强烈。那些触目惊心、荒诞不经的情节与现实有着巧妙的呼应；那些人性的贪婪、弱点和不足，哪怕历经百年都不曾改变。读一本书，不仅仅是在和书中人物对话，更是在与自己对话，与历史和现实对话。

这套高尔基作品批注丛书，精选了高尔基“自传体三部曲”《童年》《在人间》《我的大学》和其最优秀的作品之一《母亲》，用名师引导阅读的方式将高尔基对于自我成长历程的回顾和怀念展现出来，也借此将那一声声深沉的呐喊延续下去，使其在新一代年轻人的胸中荡漾。

总的来说，这套丛书有以下几个特点：

一、全方位品读，让理解更深刻

翻开这套丛书，你会发现“多角度品评文章”的奥妙所在。所谓多角度，就是可以做到从不同的层面深读一部作品。例如，可以从品读情节、人物、语言、主题等角度加以分析，进而真正做到把一本书读“厚”。

在每一章节的开头都设置了“名师导读”栏目，用简洁凝练的语言概括本章主要内容，提出具体的问题，让读者带着问题去阅读并寻找答案，增添阅读时的趣味性和思考力。与之相呼应的是，每一章节的结尾也设置了“名师赏析”栏目，呼应开头，总结本章内容，深化主题，为开启下一章做好铺垫。

章前与章尾栏目的设置，浑然一体，能够让读者在阅读中更深刻地理解人物的选择与无奈，增强共鸣。

此外，因为文化的差异及时代背景的不同，我们在阅读高尔基的作品时是存在一些认知障碍的，这样就容易形成囫囵吞枣、走马观花式的阅读，并不能很好地理解书中的内容，更不能扩展知识，丰富自己的精神世界。

因此，译者在对本套丛书的解读中，还加入了对时代背景、相关人物或关联事件的注释，这样既有效地补充了情节，又能够使读者更容易理解全书的创作背景和人物的处境。

二、专业化批注，让内容更明晰

“名师批注”栏目是对文本的二次解读。本套名师导读丛书所批注的内容具有极强的专业性，从专业的角度出发，对原文做了有效的解读与补充，既是对原作者的敬意，也是对读者的负责。

本书的批注角度丰富深刻。译为中文时，保留了原作的韵味，也彰显了译者深厚的文化功底，因此，本套丛书的语言亮点颇丰。大量的环境描写和人物细节描写，都值得我们一起细细品读。当我们读到作者所描绘的俄国乡村与城市的风光时，仿佛眼前真的浮现出百年前它们的样子。跟随“名师批注”栏目的引导，品评文本内容，将自己的感受和原文碰撞，能使你的心灵激荡。

“名师批注”栏目除了角度丰富深刻以外，还特别注意语言的严谨性。尤其是对于独属于俄国文化的部分，是名师通过查阅大量的资料、寻求译者的帮助等方法，准确、无误地批注出来的，这让跨越国家、民族的文字更有温度和力量。

同时，“名师批注”栏目还着重点评文章中修辞手法的运用。对文章中作者的写作手法、修辞手法和人物之间的情感也进行了点评，使读者能更深刻地领悟全文的主旨思想。此外，我们还设置了

"读书笔记"栏目，由导师引出问题，促使读者开拓思维，通过这样的精读方式使读者理解全文。

三、互动式设计，让文字会说话

除了"名师批注"栏目，我们还运用了交互式的设计，通过无声的交流，在本书的内容上设置了能力提升板块，渗透着笔者作为一线名师对思维培养的关注。

"积累与运用"栏目分为"好词""佳句""美文仿写"三部分，其中"好词""佳句"是从每一章节中总结、提炼出可以用来积累、学习的部分，使读者在阅读整本书的同时做到关注细节与基础。"美文仿写"板块的设计初衷是引导读者向作家学习写作，向作品学习方法，进而迁移应用到自己的练笔与习作中。

读一本书时，除了要得到思想的洗礼外，还要在阅读习作的应用上得到提升，这样才能使这本书做到真正"为我所用"。

另外，本书设置了与每一章节对应的练习题。它能够帮助读者做到自主检测并直接体现阅读效果，而且试题设计涵盖了主观题和客观题两部分，真正让读者得到互动式的阅读体验，与作者进行思想对话。

四、兼具人文性，让情感更丰富

这套书绝不仅仅是工具书，它是一套有温度的智慧结晶。它不仅包含了原作者对人生的深刻体悟，还有译者和编写者与之交织的情感共鸣。我们对这套书的感受也许不尽相同，却因为追求的一致和表达上的差异而让这套书更加熠熠生辉。

在整本书的编写过程中，我们对内容的极致要求，正是人文性的集中体现。那些书中鲜活的人物，他们或饱含激情，或沉闷压抑，或得过且过……可谓是众生百态，包罗万象。如果仅仅只看到人物的表面，不去深究其行为背后暗含的主旨和主题，那么不过只是给

原作狗尾续貂罢了。

我们常常期望，在翻开一本书之后，能够用广阔的想象去参与他们的生活、体味他们的感情。而要达到这样的效果，就必须将自己的情感赋予其中，让冰冷的文字变得灵动起来，散发着激情与魅力，感受那个时代特定的温情。因此，不仅是专业批注的文字，还有其他流淌于这本书中的所有文字，都是一种脉动，一种与之契合的情感共鸣，希望它们可以深深地打动你。

心有所感，笔墨追录。写作无范式，批注亦如此。本书在“名师导读”栏目所展示的仅仅为“一家之言”，若因此可以启发读者的感悟，也算是起到了小小的作用。站在巨人的肩膀上，我们可以看得更远，但也别忘了，脚下的路同样需要独自走过，这样才能抵达远方。

试着想一想，你通过这套书触摸到了高尔基文字中的哪些动情点？有些问题，我们可以从书中找到答案，但更多的答案，需要我们在生活中寻找。

编者

译 序

本书是高尔基写的第二部自传小说，内容是关于他少年时代的事情。本书命名为《在人间》是有多重意义的，并不是说他像七仙女那样，由天上降生于人间。俄语的“在人间”一词指的是“在人们之间”，而“人们”这个词指的是普通的人民群众，既不是专指达官贵人，也不是单纯指被压迫的最底层的人们，而是指广大的小市民和通过各种手段谋生的人们。这些人庸庸碌碌，皆为利来，又皆为利往，在社会上取得生活资料是他们唯一生存的目的。

第一，作者用“在人间”一词，就说明主人公已不是在亲人们（外祖母、外祖父、母亲、舅舅等）中间了，他所接触的人物是过去从未见过的，而且由于环境的变换，所见到的人物也随之改变，和一些人可相处一个时期，和另一些人则只有一面之缘，各种印象、许多面孔在主人公面前一晃而过，数不胜数，若是都记录下来，也不知道有多少，所以他只能记录那些印象最深刻的、对他最有影响的人们。

第二，本书主人公当时正处于应该进入学校读书的年龄段（十岁到十六岁），但他失了学，要凭自己的劳动挣钱糊口，所以他生活中没有同学和老师，只有工友、伙伴、主人、老板和掌柜。他少有指挥、管理的权力，只有服从和受气的份儿。所以“在人间”可以说成“在头儿们中间”，而不是在“同学们”或“同志们”中间。

第三，本书描写主人公在人间的经历，而人间最常见的是男女情爱，可本书偏偏没有任何谈情说爱的情节或段落。主人公虽处于青春期，可过的是苦行僧的生活。他对本书两位善良、美丽的女性（“玛戈尔王后”和裁缝的妻子）只有敬慕和感恩之情，而没有爱上她们，对一个洗衣妇也只有同情。也许，本书主人公所处的地位也不适谈情说爱，而他心中所怀的理想也不在这方面。

第四，许多描写人间悲苦、世事沧桑的名著含有十分悲壮、激烈和引人叹息的故事，如《悲惨世界》《巴黎圣母院》等，但本书没有这样的内容。作者奉献给读者的，是当时俄国社会的缩影，情节既不悲哀也不壮烈，既无英雄也无殉道者，既无可作楷模的圣人，也没有坏到极点、无可救药的奸猾小人。本书写的只是社会上的普通俗人，芸芸众生，人都是这个样子的，有好的一面也有好坏的一面。

第五，说到底，这是一个孤儿在社会上漂泊的辛酸史，但主人公没有诉苦，也不怨天尤人。他宽容、勇敢、热爱生活、与人为善，他得到很多人的协助，他也帮助别人，见义勇为、打抱不平、怜悯弱小、同情被压迫者。他和社会融洽相处，并不仇恨社会和人类，他把人间看成是悲喜剧混杂的舞台。

本书的时间跨度为 1878 年末到 1884 年，地点背景是俄罗斯的伏尔加河沿岸，主人公服务的轮船跑得再远也离不了这片区域。书中描述的是主人公十岁到十六岁之间的经历，这正是一个少年成长的年龄。主人公虽然处于学徒、仆役或洗碗工的地位，挨打受气是家常便饭，遭人算计或陷害是常有的事，但是他学会了在逆境中不断成长。

他学会了做生意、洗碗打杂的本领，还学会了制图、绘圣像这类高级技艺，后来当上了匠人师傅的监工。在轮船上的服务拓宽了他的见识，特别是在那段时间他读了许多书，其中包括许多中外文艺作品，他的求知欲和手不释卷为他日后写作打下了丰富的基础。

可以说，他进的是一所涉及全社会的无比广阔的学校，他学的知识都是有应用价值的知识。五年时间，他学足了入世的本领，永不会失业挨饿。

最后，这本书也是主人公热爱读书、钻研文学的记录。书中有不少作家借主人公之口进行文学评论的精彩段落。

下面让我将对书中部分的情节做仔细的全盘分析，以证实我的上述结论。

本书一开始就写阿廖沙进一家鞋店当学徒，他见店员出售商品的本事就是站在那儿如雕像一般一动不动，双手的腕到指尖的部分则十分恭敬地朝四面八方伸出。客人来了，则屈腿跪在女性顾客的面前，令人惊奇地叉开十指，量她皮鞋的尺寸，千方百计缠着女性顾客不放，等女性顾客一走，就背后议论她，言辞肮脏且无耻，骂她是“一条母狗”。这些店员偷窃货物也不落后，阳奉阴违，这种资本社会的丑恶现象令阿廖沙十分反感。和他一起在店里当学徒的还有他的表哥萨沙，外祖父嘱咐萨沙照顾他，但萨沙并不尽责，在游戏中，阿廖沙用武功制服萨沙，显示他的勇武和自卫本领，不久，他就因烫伤手而离开该店。

阿廖沙回到外祖母家中，跟着外祖母到森林中去采蘑菇，欣赏大自然的美景，这段经历为他日后写作增添了灵感。

但采蘑菇会耽误一个少年的前途，于是外祖母领他到自己的妹妹家，学习制作建筑图。那一家有五口人——姨婆、姨婆的两个儿子（都是制图员）、大儿媳和她的孩子。名义上他是来学制图的，事实上得承担一个打扫房间的女仆的全部劳务，劈木材、清洗餐具、跟随女主人逛市场、为她提着装满东西的购物筐、去小铺买零星物品等。

这一家人是典型的小市民。作家借主人公的口吻说：“主人一家整天生活在一个怪圈之中：做饭、吃饭、睡觉、生病——周而复始，没完没了。”

他们一个个都极端地自私，心胸狭窄、无事生非，成天像冤家对头一样，不停地吵闹打斗，这都是因为他们饱食终日，无所事事，日子过得太无聊了，好像不闹点儿纠纷，就没法儿打发时间。要不就是牢骚满腹，怨天尤人，抱怨自己生不逢时，而从不在自己身上找原因。他们只关心自己鼻尖下的一点儿利益，认为那就是自己生活的最高理想，因而他们的生活无异于原地踏步，日复一日，总是老样子。

以上是我国一个评论家对这个家庭的结论，说得并无错误。但这家人并非一个面孔，他们都有各自的性格，对阿廖沙的态度也有区别。姨婆见大儿子已成亲，所以只关心小儿子维克托，星期天烙饼也要偷着多给他几块。她责怪大儿子只顾教阿廖沙学制图，却不认真培养弟弟绘图出师。

她把这股怨气发泄在阿廖沙身上，每次见阿廖沙在练习制图，就一把抓住他的头发，按着他的脸狂撞桌面，还将图纸撕得粉碎，或者将他的全部制图成果都浇上克瓦斯饮料，或者将圣像前神灯的油泼在那上面。

女主人是势利眼，嫌穷爱富，瞧不起阿廖沙一家，见到他开口闭口只有一句话，说自己曾送一件斗篷给他的母亲，令阿廖沙十分反感。阿廖沙每天手脚不停地干活，没有休息的时候。男主人责怪母亲和妻子不该将阿廖沙随意支来使去，好像支使一匹去势的雄马，这样的刁难和苦役会把这小孩折磨死。

在这个家庭里，阿廖沙并非没有自己的生活，他奉命去教堂参加祷告。在那里，他常常很惬意地听人们念祷告文。宗教神话故事令他十分感动。他自个儿编写祷告文，描述自己的艰难生活，他的文学创作就是这样有了萌芽。

春天来了，有一天他拿着男主人给他上街买菜的二十戈比在码头上游荡，码头上的装卸工人引导他到一艘轮船上去干洗碗的活，他就这样和姨婆一家不辞而别。

轮船上的工作扩展了他的眼界，伏尔加河两岸的美丽风景陶冶他那富有创作灵感的心灵，特别是在船上，他遇到了一个对他分外关照的人——厨师斯穆雷。斯穆雷有一只用铁皮包着的黑箱子，里面藏有许多书，这成了阿廖沙的精神食粮。此外斯穆雷还和船长太太交往，他可以向船长太太借书看，阿廖沙因此也可读到很多名著。

斯穆雷迷恋读书，常常要阿廖沙念书给他听。他常常教导阿廖沙，“若要变聪明些，就应当多读正经的书”“你多读书吧！一本书读不懂就读七遍”。在斯穆雷的影响下，阿廖沙养成了读书的习惯，取一本书在手就心满意足。书中讲述的一切，令他感到宽慰，在船上服务的期间，阿廖沙读了不少书，这也是为日后的文学事业打基础，

斯穆雷令所有的人都害怕，唯独对阿廖沙很和善，因此，仆役们都嫉妒阿廖沙，想办法坑害他。最终一名叫谢尔盖的仆役偷茶具，把罪名加到阿廖沙头上，餐厅管事打发阿廖沙八个卢布把他解雇了。斯穆雷对这事也无可奈何，只好和阿廖沙道别。

阿廖沙回到外祖父家，他和外祖母一道到森林里去捕捉鸟儿，用卖掉的钱糊口。外祖父认为这不是长久之计。1881 年冬天，外祖父又把阿廖沙领到姨婆（外祖母的妹妹）家中，使他获得了一个多见世面和进一步阅读文学书籍的机会。

在姨婆家，阿廖沙结识了一位裁缝的妻子。这位女性没有子女，成天到晚都在读书，每个星期有两个下午到图书馆去。她爱读书，也愿意借书给阿廖沙看。阿廖沙拿着她借给他的书如获珍宝，读入了迷，有时在阁楼上读书，却忘了给主人们开门，有时在晚上读，多烧了主人家的蜡烛，这些都遭到了主人们的责罚：姨婆拿着那本贵重的书使劲敲打他的肩膀；男主人训斥了他好半天，说读书人都是危险的恐怖分子，他们把铁路都炸毁了，还要谋杀沙皇。

主人们对这本书的态度，顿时提高了书在阿廖沙心目中的地位。他把书视为一个藏着重大的可怕的秘密的仓库。他对主人谎称这本书是从一个神甫那儿借来的，同时找到西多罗夫，叫他把这本书藏在箱子里，免得主人撕毁。

读了裁缝的妻子给他的名贵的书后，阿廖沙身上突然爆发出如痴如醉的读书热情，但这种热情给他带来了不少屈辱、麻烦和惶惶不安。他生怕姨婆把裁缝的妻子的书烧掉，就放弃了向她借书的念头，转而向小书店租书看，看书看上瘾了，就半夜起来秉烛夜读，姨婆发现蜡烛变短了，就冲上他睡的阁楼，把书撕个粉碎。

姨婆多次撕毁了他正在读的书，这就使他在短短的时间内债台高筑，无法归还租书老板的书钱。男主人知道了这个情况，宽宏大量，给了他五十戈比去还账，并且要他每天傍晚饭前给全家人读文学作品。并且，他得到许可，把主人床下的旧杂志找出来，如饥似渴地读着。

书籍给他展示出了另一种生活，是一种充满强烈热情和欲望的生活，这些情感和欲望可以激发、引导人们去建立功勋。只要有书看，他就感到自己更加强健有力，干起活来劲头十足，得心应手。

有一次，主人们外出，阿廖沙留在家烧茶炊，因为意外让一个茶炊报废了。主人回来后，为这事把他毒打了一顿，男主人带他就医时，因他不投诉姨婆的残酷施暴，主人们对他宽容一些了，容许他到裁缝妻子那儿借书读，对他读书也不怎么干涉了。这期间，他读了许多文学作品，如大仲马、龚古尔、格林伍德、巴尔扎克等大作家的名著。

春天来了，裁缝的妻子突然搬走了。代替她的是一位贵妇人，这贵妇人也借书给阿廖沙看。阿廖沙很仰慕她，在心中称她为“玛尔戈王后”。这位贵妇人还应允送阿廖沙去学校读书，可是圣灵降临节这天，发生了一件事，使读书的事成为泡影，让阿廖沙离开了主人家，另谋生路。

接着，阿廖沙在“彼尔姆号”轮船上又做上了洗碗工的工作，月薪七卢布。后来阿廖沙又进了一家制作圣像的作坊当学徒，但圣像馆的掌柜冷酷自私，阿廖沙奋起反抗，尽管外祖母一再要他忍耐，但最终他离开圣像馆想远走波斯（今伊朗）。此时在无意中又遇见了他的旧主人——姨婆的儿子。旧主人很器重他，给了他工作。

阿廖沙住在主人的家里，遇见了继父。原来主人请了继父过来帮助制图。继父曾和阿廖沙的母亲生过一两个小孩，都夭折了。这时他贫病交加，不久后，他死在一家医院里，死前曾写一张纸条叫阿廖沙来，阿廖沙去了，并目睹了继父的死亡。

阿廖沙后来还见过雅科夫舅舅。雅科夫彻底破产了，家当全部卖光。阿廖沙见到他时，他浑身邋里邋遢，精神萎靡不振。阿廖沙看见雅科夫舅舅这种潦倒落寞的样子，忍不住想问舅舅是否还记得小茨冈被十字架压死的事，但他问不出口。

阿廖沙给主人工作了三年，从十三岁一直干到十六岁。他在此漂泊了好几年，不酗酒，也不和女孩们鬼混，一心一意读书，但自学难以成材。所以他决心到喀山去读大学深造，而这本《孤儿飘零记》即《在人间》就此结束了。

吴兴勇

目 录

c o n t e n t s

目　录

contents

第一章

名师导读

十一岁，对于现代大部分少年来说，正是自由、享乐的年纪，但是对于阿廖沙来说，生活的重担在这一年就落在了他的肩上。他背负着压力，离开了深爱自己的外祖母，离开了温暖的港湾，一路前行。而这条前行之路，是否一帆风顺呢？他能否在黑暗的现实中杀出重围？让我们一起听听他怎么说。

①我在世俗人们中间混生活，以“学徒”或“童仆”的身份，在一家名为“时髦鞋店”的店铺里工作，该店位于这城市的主要街道上。

我的主人是一位个头不大且胖得滚圆的人，在他的棕色的脸上，有两片铁青色的嘴唇，一双水分过多、肮脏的眼睛。我觉得他是一个盲人，为了证实这一点，我就做起了鬼脸。

“不要让你的嘴脸歪斜。”他轻轻地但很严厉地说。

多扫兴，这双浑浊的眼睛居然能看见我。但我仍不相信这双眼睛能看见东西。也许，主人只是凭感觉猜想我在挤眉弄眼。

“我说了，不要让嘴脸歪斜。”他再次轻轻地提示我，那两片厚嘴唇几乎没有动。

“不要搔手，”他的枯燥无味的低语声慢慢传进我的耳朵，“你在全城首要街道上一家顶级商家里做事，应当牢牢记住这一点！②学徒应当像塑像一样站在店门边。”

我不知道塑像是什么样子的，但我不能不搔手——③两双手从手掌到肘都布满了红斑和溃疡，疥疮的螨虫在令人难以忍受地侵蚀着这双手。

“你在家里干什么来着？”主人打量着我那双手，

名师批注

①开头气势宏大，暗示了“我”的人生注定漂泊，品味人生百态。

名师批注

②主人对“我”只有冷漠的吩咐，为这样不近人情的主人做事，“我”又怎么会有温暖可言？暗示了“我”接下来的悲惨命运。

名师批注

③从“我”这一双因为生病而没有一块好地方的手，足可以看出“我”当时处境的艰难，让人心生同情。

盘问道。

我把在家挣钱的门路讲述了一遍，他摇晃着盖满灰发的滚圆的头，深表遗憾地说："捡破烂，比行乞更下贱，比偷东西更坏。"

我无不自豪地宣称："要知道我也偷过东西。"

①这时候，他把一双好似猫爪的手放在斜面柜台上，用一双无神的眼睛直勾勾地看着我的脸，低声嘶哑地说："什么？你是怎样偷的？"

②我把事情的原委清楚地说了[1]。

"嗯，人们往往认为这样的小偷小摸不值得追究。但你若在我这里偷皮鞋或钱，我就会把你送入监狱，一直关到你成年为止。"他以无关痛痒的口气说出这句话，我却十分惊恐，从此不再敬爱他了。

除主人外，在商店里售卖货物的还有我的表兄萨沙·雅科沃夫和一个老资历店员，这店员可不简单，是个机智灵活、很会缠人、面色绯红的俊小伙子。萨沙也顶有派头，身着浅棕红色的小号常礼服、胸衣、领带和散腿裤子，骄傲得很，没把我放在眼里。

那天外祖父领着我来到主人的店里，嘱咐萨沙帮我和指导我，萨沙皱起眉头，警告说："首先，他得听我的话！"

③外祖父把一只手放在我的头上，按弯了我的脖子，说："听他的话吧，无论从年龄或做事来说，他都是你的老大哥。"

而萨沙瞪圆双眼，开导我说："牢记外祖父说的话！"

从第一天起他就十分热心地运用他的为首地位，可他的老大架势受到主人的指摘。

"卡希林，不要老是瞪眼。"主人劝导他说。

"我吗？我没有瞪眼，先生。"萨沙回答说，同时低着头。但是主人没有停止挑剔："别老绷着脸，顾客会当你是头好斗的公山羊。"

④老资历店员满脸赔笑，老板难看地龇牙咧嘴，萨沙的脸羞得通红，躲到柜台后面去了。我不喜欢这样的谈话，其中有很多词句我听不懂，有时感到这些人说的是外语。

⑤每逢有一个女顾客进店时，主人会从口袋里抽出一只手来，摸摸小胡子，脸上露出甜蜜蜜的笑容；

1 详情见第一卷《童年》。

读书笔记

①此时的动作描写暗示了人物怎样的心理呢？

名师批注

②主人听说"我"偷过东西后，对"我"发出严厉警告。前后形成对比，突出主人只顾及自己利益的自私自利。

名师批注

③通过动作描写，写出了外祖父对"我"的粗暴，体现了外祖父对"我"的冷漠态度。

读书笔记

④请赏析此处描写对塑造人物形象的作用。

名师批注

⑤此处描绘了主人、老店员、萨沙面对客人时的谄媚嘴脸，人物形象生动，跃然纸上。

此时，他的两颊出现无数的皱纹，可是那双盲人似的眼睛毫无一点儿变化。老资历店员挺身直立，手肘紧紧地贴住两侧，而双手从腕到指尖的部分则十分恭敬地朝四面八方伸出，萨沙胆怯地眨着眼睛，竭力使自己的凸出的眼珠子不让人看见。我站在门旁，不自觉地搔着手，观察着这个出售商品的隆重仪式。

店员屈腿跪在女顾客面前，量她皮鞋的尺寸，令人惊奇地张开十指。①他那双手颤抖着，他触及女士的脚时是分外小心的，仿佛生怕碰断了这只脚，但这只脚很粗壮，仿佛一只带有倾斜的背带[2]的瓶颈向下的瓶子。有一次，某位太太被店员的亲热动作给弄得瑟缩起来，急遽地抽动一只脚，说道："哎呀，你弄得我好痒……"

"这个嘛，女士，是出于礼貌。"店员迅疾而紧张地解释道。

看见他这样缠住女顾客不放，我真觉得好笑，为了不让自己笑出声来，我转过脸对着门上的玻璃。但是观看卖货的趣味无法遏止地吸引着我，店员接待顾客的方式使我看了十分开心。②同时我想，我无论如何也不会如此谦恭地张开手指，如此灵巧地将一双皮鞋穿在一个陌生人的脚上。主人往往会离开店里的门面，走到柜台后面的小房间里，把萨沙也召唤到那儿去，留下店员单独和女顾客们面对面。他摸一摸一位棕红头发的女士的脚，随即把自己的大拇指、食指、中指捏在一起，吻了吻这些手指，很像现在的飞吻。

"哎哟，"女士叹口气说，"你是个多么调皮的孩子呀！"

而他鼓起腮帮，吃力地吐出几个音来："姆——乌哈！"

这当儿，我实在忍俊不禁，哈哈大笑起来。我笑得如此厉害，为了稳住身子不至于跌倒，便扶着门把手，结果，我的整个身子都吊在门把手上，门随之打开了，我的头撞在门的玻璃上，撞碎了一块玻璃。③店员朝我直跺脚，主人用沉重的镶有宝石的金戒指敲我的脑袋，萨沙试着扯我的耳朵。傍晚，当我们一同走回老板家中的我们的住处时，萨沙严厉地告诫我，说："就为了这些小玩笑，人家会撵你走的！唉，这些事有什么可笑的呢？"

2 指妇女衬裙上的背带。

名师批注

①店员在给女顾客量尺寸时十分细致、耐心，生动形象地写出了店员在顾客面前卑躬屈膝的模样。

名师批注

②孩子尚能坚守原则，与老店员形成鲜明对比，对社会的讽刺溢于言表。

名师批注

③当"我"对三人的谄媚忍俊不禁时，他们却是这样的反应，描写十分活灵活现，凸显出三人的滑稽可笑、唯利是图。

他又解释说："如果店员能令太太们喜欢——店铺的生意就会更好。太太们并不需要鞋子，可她们会进店来多买一双鞋，仅仅是为了看一眼这个讨人喜欢的店员。可你呀，什么也不明白，要人家反复开导你。"

这使我感到委屈——谁也没有认真开导过我，尤其是那老资历店员。

每天早晨，那位女厨师，一个身患疾病、脾气暴躁的女人，会早早地叫醒我，比叫醒萨沙要早一个小时，①我得把老板一家人、店员和萨沙的皮鞋擦干净，把他们的衣服也洗干净，生好茶炊，给每个炉子分发好木柴，为午餐刷洗好餐具。到了店里，我还得打扫地板，擦拭四处的灰尘，准备茶水，给买家分送货物，走回老板家取午餐。而在这段时间，我在店门旁的职责由萨沙代理，他认为这有损他的尊严，于是骂了我，说："你这行动迟缓的笨牛！这儿的工作还得我来为你做！"

我感到很痛苦，心中无限凄凉。我习惯于独立地过日子，从早到晚逡巡于库兹维涅区的被沙覆盖的街道上，徜徉于浑浊的奥卡河边，漫步在田野与森林中。②可这儿呢，见不到外祖母和同伴们，也没有可以谈知心话的人，而生活向我展现出它那不美的虚假的一面，让我生气和愤愤不平。这样的情况并不少见：一个女顾客离店走了，什么也没买——这时，他们三个感到自己受了欺负，主人收敛了自己特有的甜蜜的笑容，发令道："卡希林，整理一下货物！"

又骂道：③"瞧吧，她简直是在这儿挖掘财宝，一头母猪！这蠢猪在家中坐久了，闷得慌，就到商店里闲逛来了。假如你是我的老婆，我准会把你……"他的老婆是个枯瘦、黑发、长着大鼻子的女人，常常对着他跺脚，大声呼叫，好像对待仆役一样。

通常，他们以很有礼貌的嘘寒问暖和表示爱慕的言辞送走一名女顾客后，就会在背后议论她，言辞肮脏而无耻，使我心头产生了一种想法——④我想跑到街上去，追上那位女士，将他们背后的议论全盘告诉她。当然，我知道，人们总是在背后互相诋毁，说黑道白。但是，他们那些涉及形形色色的人的议论特别令人气愤，仿佛他们已经被谁承认为最优秀的选民，且被晋封为世间万事的评判人似的。⑤许多人引起他们的嫉妒，因此，他们永远不会夸赞任何人，他们提

名师批注

①通过一一列举每日"我"的行程，显示出少年生活的悲惨与单调无聊，引人同情。

名师批注

②受委屈时，"我"十分想念外祖母和同伴们，体现了"我"此时内心的委屈。一个少年远离自己温暖的家一个人讨生活，怎能不让人同情？

名师批注

③主人在私底下竟然肆无忌惮地谩骂女顾客，体现了他的粗鄙，以及人前人后不同嘴脸的虚伪。

④"我"想要向那位女顾客揭露主人的真面目的想法，体现了孩子内心中善良、单纯的人性的种子。

⑤通过"我"的心理活动，揭露了人们诋毁他人的黑暗心理，体现社会生活的人际交往中，一些人表面和善下的丑恶嘴脸。

到每一个人的时候，没有一句好话，在他们的心目中，此人身上的任何方面都是恶劣可憎的。

某天，商店里来了一个年轻的女郎，真称得上天姿国色，绝代佳人。①她两边脸颊上显出鲜艳的绯红色，一双眼睛闪耀着，露齿一笑，真是所谓“明眸皓齿”。她身披带有黑毛皮衣领的天鹅绒女斗篷，她的脸蛋在毛领上抬起，犹如一朵令万人惊羡的鲜花。她从肩头脱下斗篷，扔到萨沙手里，显得她更美丽无比，匀称的身材被带点儿浅蓝色的灰色丝绸衣服紧紧裹住，两耳上的钻石闪闪发光。

她使我想起瓦西丽莎[3]，我深信这就是省长夫人本人。她在店里受到盛礼接待，②店里的三个人在她面前弯腰弓背，如同拜火教的信徒在礼拜[4]火神爷一样，阿谀逢迎的颂词滔滔不绝地从他们口中吐出，使得他们上气不接下气。他们三个在店里忙得团团转，好像鬼附体一般。货柜的玻璃上掠过他们的古怪映像，令人产生这样的错觉——周围的一切都烧起来了，融化了，眼看着立刻成了另一种形态、另一种外貌，令人惊叹。

当她迅速选择了一双贵重的皮鞋，出门走了以后，主人咂了一下嘴，吹着口哨说：“一条母狗。”

“不用多说——一个女戏子。”店员带着蔑视的神情说道。他们开始互相讲述这位太太的那些情夫，以及她放荡、酗酒的情况。

③午饭后，主人在店铺后面的房间里午睡。我打开他的金表，在机械上滴了点儿醋。我十分高兴地看见，他睡醒后，走到店铺里，手里拿着表，张皇失措地、喃喃地说：“拿这奇怪的事怎么办？突然这只表蒙有水汽了，这样的事以前从未有过呀——蒙有水汽。真的遇到不吉利的事了吗？”

④尽管我在商店里有许多无谓的奔忙，在主人家里也有许多事要做，但我仍然好像落入了一张沉重的烦闷罗网里一样。我常常产生这样的念头：能否做点儿违规的事，让他们把我从这商店里赶走呢？

身上有雪的人们无声地在商店门前一闪而过。看

名师批注

①生动形象地展现出了女子的美貌，让人见之忘俗。

名师批注

②通过联想、夸张的修辞手法，极力刻画出三人的谄媚嘴脸，与下文谩骂女郎形成鲜明对比，展现出人性中的丑恶一面。

读书笔记

③为什么“我”会这样做呢？

名师批注

④运用比喻的修辞手法，将“我”的生活比作一张沉重烦闷的罗网，体现了“我”对这种生活的不满和想要逃离这种生活的强烈渴望。

---

3 瓦西丽莎：俄罗斯民间童话故事中的人物，是一个极其美丽和聪明的公主。

4 礼拜：宗教徒向所信奉的神行礼，因基督徒在星期日做礼拜，所以星期日也叫礼拜日。

样子，他们是去埋葬某个人，要送其遗体到墓地里去，但是迟到了，没赶上移出遗体的时刻，因此在急忙追赶棺材。马儿们在颤抖着，十分吃力地克服一个个雪堆。商店后面，教堂的钟楼上，每天都在发出悲凉的钟鸣——大斋期到了。①钟的每一次敲击仿佛都在敲着我的头，但像枕头一样柔软，感觉不到痛楚，因此我变得糊涂和喑哑无声了。

读书笔记

①从这段描写中可以看出“我”怎样的心理？

有一次，当我在商店门边的院子里拆卸一口刚刚收到的装满货物的箱子时，②一名教堂的看守走了过来。这是个歪肩膀的小老头儿，全身松软阴柔，好像破抹布做成的一般，而且头发蓬乱，衣服百孔千疮、破烂不堪，好像刚才他被一群狗撕咬了一番似的。

名师批注

②生动形象地展现了看守衣着的凌乱，与他的身份完全不符，体现这个人的滑稽可笑。

“你如果是一个虔诚信奉上帝的孩子，就给我偷一双橡胶做的套鞋[5]吧，好不？”他出主意道。

我没有出声。他坐在空箱子上，打了一个哈欠，在嘴上画了一个十字[6]，再次怂恿我说：“偷吧，好吗？”

“不能偷窃！”我告诉他。

③“可是大家都在偷，看在我老年人的面上，就偷一次！”他不像我周围那些人一样令我讨厌，我对他颇有好感，我认为，他深信我已打定主意要偷了。于是，我同意将套鞋从通风小窗里递给他。

读书笔记

③为什么这个看守要让“我”偷鞋？

“那样就好，”他没有喜色，平静地说，“你有没有宣誓保证这样做呢？哦，哦，我发现，你没有宣誓保证这样做。”

他默默地坐了片刻，用靴掌揉搓肮脏的潮湿的雪，然后掏出陶质的烟斗，抽起烟来。突然，他恐吓我，说：④“难道我向你宣过誓不告密吗？我会不会拿着这双套鞋，走到店主人那儿，而且添油加醋地对他说，你只要半卢布就把它卖给我了呢？会不会呢？套鞋的市价超过两卢布，可你只收半卢布。拿这钱上馆子了，会不会呢？”

名师批注

④看守反复无常的话语，暗示他对“我”的存心捉弄，体现了这一人物身上令人生厌的无聊气质。

我看着他，哑口无言，好像他已经做了他刚刚说的事一样，而他依然恬静地、鼻音很重地讲着，一面打量着自己的靴子，不时吐一口淡蓝色的烟雾。

“假如事情原本是这样的，举例说吧，店主人教我干这件事情，他说，去吧，替我去考验一下这个小

5 套鞋：原指套在鞋外面的防雨的鞋，后来泛指防雨的胶鞋。
6 俄国农民认为打哈欠时，邪气会进入嘴中，所以要画十字避邪。

子，看他有多大偷窃的能耐，那时你怎么办？”

“我不会给你套鞋了。”我气愤地说。

“不能不给了，你已经答应了！”

他抓着我的一只手，将我拉近他，用一根冰冷的手指敲我的额头，懒洋洋地继续说：“这么一来，你就左右为难了——喂，拿不拿呢？”

“你自己请求我拿的。”

“我请求你做的事情也许不少呢！我求你去打劫教堂，你怎么办，你会去打劫吗？难道你可以随便相信一个人吗？嗨，你呀，一个小傻瓜……”

他推开我，站起身来。

“我不需要这双偷来的套鞋，我不是贵族，我不穿套鞋，我只是开一个小玩笑……可是，我看重你的天真质朴，等复活节到了，我放你进钟楼，你可以撞一撞钟，看一看这座城市。”

“这城市我熟悉。”

“从钟楼上看，它更美丽。”

他将靴尖插进雪里，慢条斯理地走到教堂角落里去了。①可我呢，视线尾随着他，心里既沮丧又恐惧，想道：这小老头儿真的是和我开玩笑吗？或者，是主人秘密派来考验我的？

我向商店走时，心里很害怕，畏缩不前。萨沙跳进院子里，骂我：“你和什么鬼东西玩耍去了！”

我也勃然大怒，举起一把钳子朝他一扬。

我知道他和店员都偷窃主人的东西，他们常常将一双皮鞋或便鞋藏在炉子的烟道里，等下班离开商店时，就将赃物藏在大衣袖子里带走。这种行为令我十分憎厌，也十分恐惧——我记得主人威胁我的话。

“你在偷东西吗？”我问萨沙。

“不是我，是那老资历店员在偷，”他严肃而谨慎地对我解释，“我只是帮他的忙。他说——帮我一下，我就应当听他的，要不然他会使奸计害我。②至于主人！他自己曾经是店员，他对一切都心里有数，你只要不作声就行！”

③他一面说着，一面对着镜子整理面容，仔细打好领带，他运用不自然的张开的五指给自己修饰面容，似乎他要把自己打扮得像一个老资历店员。他不知疲倦地在我面前摆架子、耍威风，显示自己的老大哥地位和高踞于我的权力。他用男子汉特有的沙哑的低音

名师批注

①“我”在听到看守的话之后内心的忐忑不安，这正是“我”作为小孩子的天真、单纯的体现。

名师批注

②借萨沙的话，展现店铺中监守自盗的普遍现象，以小见大，揭露了社会的丑恶。

名师批注

③萨沙时时不忘精心打扮自己，体现出他的虚荣，以及始终想要赢过“我”的攀比心。

对着我大呼小叫——向我发号施令时，将一只手伸向前方，做可恶的手势。我个子比他高，力气比他大，但瘦骨嶙峋，动作笨拙。可他呢，身体较健壮，动作轻盈，身上脂肪多，因而油光满面。他衣冠楚楚，穿着常礼服和散腿裤子，在我面前一对比，自然显得端庄和有气派，但他身上也有些令人讨厌和可笑的地方。他憎恨女厨师，那是个奇怪的村妇，我一直无法弄清楚她究竟是善人还是恶人。

“世界上，我最喜欢的是打斗。”她睁着黑色的热情的眼睛说，①“无论哪种打斗，我都同样喜爱，公鸡斗架、狗儿互咬、男子汉打架——我一概喜欢、欣赏！”

如果院子里有一对公鸡或一对鸽子在打斗，她就会丢开手头的工作，专心观看这场打斗，一直看到收场为止。②当时，她眼睛定定地望着窗外，什么也听不进去，仿佛聋了，什么话也不说，仿佛哑了一样。

到了晚上，她对我和萨沙说：“你们，血气方刚的孩子，无事就闲坐，白白空着一身劲不用，还是打斗一场为好。”

萨沙怒了，说：“我对你这个蠢货来说，不是孩子，而是排名第二的店员。”

“嗯，我没注意到这一点，对我来说，没有结婚就是孩子！”

“傻瓜，傻瓜脑袋！”

“魔鬼聪明，可上帝不喜欢他。”

她的那些形象生动的俗语特别令萨沙恼怒，他常常招惹她，可她呢，斜着眼睛蔑视地说：“啊，你这只蟑螂呀，上帝真不该让你生出来！”

萨沙不止一次和我商量对付她的计策，要趁她睡熟的时候，用黑鞋油或烟油子涂抹她的脸，或在她的枕头上插上一些大头针，或者用别的什么方法和她“开个玩笑”，但我畏惧这个女厨师，不愿与萨沙共谋。而且，她入睡后很警觉，常常醒来，她从睡梦中醒来后，就点燃灯，坐在床上，看着屋角的某个地方出神。有时，她走到炉子后面我睡觉的地方，唤醒我，用嘶哑的声音哀求道：“我不能入睡，列克谢伊卡，有个什么东西令我害怕，你和我谈谈话，好吗？”

我半睡半醒地向她讲述了些什么，而她默不作声地坐着，摇摆着身体。③我感到，她的炽热的身体上

名师批注

①女厨师身上的不寻常之处让人难以捉摸，她为什么会有这样的喜好？

名师批注

②女厨师在观看打架时神情呆滞，暗示她此时的不正常，为下文做铺垫。

名师批注

③描写女厨师此时的体温、暗示死亡的气味，为下文女厨师的死埋下伏笔。

发出蜂蜡和敬神的香的气味[7]，她很快就要死了。很可能，就在当下，她的脸会撞跌在地板上，立即死去。我很害怕，就提高嗓门说话，但她制止我道：“嘘——你声音这么大，这两个恶棍会惊醒过来的，会把你往坏处想，认为你是我的小情人！”

她靠近我坐着，总是同一个姿势——俯着身子，将双手的手腕到指尖的部分塞到膝盖之间，用双腿的如柴棍的尖形骨头将其压紧。她身上没有胸膛，很厚的粗麻布衬衫下显现出肋骨，这肋骨好似大圆桶上干裂的桶箍。她长久不出声地坐着，忽然喃喃地说：①“是死了比较好，还是继续活着呢？反正都是同样的苦楚……”

或者，她好像在问谁：“眼下我活到头了吗——是不是？”

她总爱打断我的话头，说：“你睡吧！”随即挺直身子，悄悄地，在厨房的黑暗中隐没了身子。

“巫婆！”萨沙背后这样称呼她。

我建议他：“你当面和她这样说吧！”

②“你以为我害怕吗？”但是他立刻身子紧缩，“不，我不会当面说！也许，她真的是巫婆……”

她对所有的人都是轻慢和怒气冲冲的，对我在任何事情上也不姑息，早晨六点就扯着我的脚呼唤道：③“不准睡懒觉！搬柴火去！上好茶炊！将土豆洗干净！”

萨沙早晨醒来，总是抱怨说：“你干吗瞎嚷嚷呀？我和主人说去，你弄得我睡不好觉……”

她移动着骨瘦如柴的双脚，在厨房里迅速转来转去，同时用发红的失眠的眼睛朝萨沙方向发出闪光，说：“啊！上帝真不该让你生出来！如果你是我前夫生的孩子，我要拧得你全身疼痛。”

“该死的！”萨沙骂道，在和我一同到商店里去的路上，他奉劝我，“应当做点儿什么让大家将她赶走。可以这样办：偷偷地在所有的菜中加很多盐，如果她做的菜都咸得无法入口，大家会赶她走的。要不然就加煤油！喂，你怎么打哈欠呀？”

“那你自己怎么不干？”

④他生气地啐了一口吐沫，说：“胆小鬼！”

读书笔记

①女厨师的呢喃说明了什么？

名师批注

②通过描写萨沙矛盾的语言与动作，体现了他在面对女厨师时的色厉内荏，突出了他对女厨师的害怕。

名师批注

③女厨师对“我”毫不客气的命令，体现了她面对“我”的粗鄙无礼，也正体现“我”被压迫的生活常态。

名师批注

④萨沙想要报复女厨师，但是“我”并不配合，于是他反骂“我”是胆小鬼，可见他并不像他所展现的那般勇猛，反而胆小如鼠。

7 东正教在为死者做安魂祭时要点白蜡和神香，此处意指女厨师已不久于人世。

我们两人目睹女厨师死去——当时她俯下身，要将一个茶炊捧起来，可突然她身子落到地板上去了，仿佛有谁当时推了她一把似的，然后她无声息地侧身倒在地上，双手伸向前方，口中流出鲜血。

我们俩立刻明白她死了，但是，恐惧感控制着我们，使我们只能眼睁睁地看着她，半晌说不出话来。终于，萨沙摆脱了恐惧，飞快地从厨房里奔跑出去了，可我不知道怎么办才好，身体紧贴着窗户，脸对着亮光。

主人来了，他操切地蹲了下来，用手指抚摸着女厨师的脸，说道："①她真的死了……这是什么缘故呢？"

他开始在屋角画十字，脸朝着奇迹创造者尼古拉的小圣像，而他祈祷了一会儿后，在过道屋发出命令："卡希林，快去报警！"

之后便来了一个警察。他在原地踱步一番后，接了我们递上的小费就走了。不久后，他又现身了，还带来了一个拉货的大车夫，他们俩一个抱头一个抱脚将女厨师抬到街上去了。主人的老婆从过道屋往里面瞧了一眼，吩咐我说："将地板打扫干净。"

而主人却说：②"幸好她是在傍晚死的……"

我不明白，死在傍晚有什么好。到了睡觉的时候，萨沙和我说话，语气出乎寻常地短促："不要熄灯！"

"你害怕吗？"

他用被子蒙着头，长久地、一声不响地躺着。

③夜是静悄悄的，仿佛它在倾听着什么、等待着什么，有一种感觉在我头脑中油然而生——仿佛就在下一秒，钟就会敲响，城市里所有的人都会突然跑到街上，由于极大的恐怖而万分惊慌，以至于大声喊叫。

萨沙从被子里伸出鼻子，轻声提议道："让我们到炉子上去，并排睡在那儿，好吗？"

"炉子上太热。"

他沉默了一会儿，说："她好像马上要出现了，是吗？你瞧，这巫婆要和你……我怎样也睡不着……"

"我也睡不着。"

他开始讲述那些死人的故事，说他们怎样从坟墓里爬出来，趁夜半时分在城市里游荡，寻找他们原来

名师批注

①通过对主人的语言描写，表现了他对女厨师的死亡并不意外的反应。

名师批注

②主人对女厨师的死的冷漠，也更深层次体现出主人骨子里的自私。揭露了资本主义社会中人们对于生命的漠视。

名师批注

③恐惧萦绕在"我"的心头，本就如同牢笼的城市仿佛也要陷入恐慌，生动地展现了"我"在面对人的死亡时，内心的无法抑制的茫然无措。

生活过的地方，他们有亲人依然居住在那儿。

“死人只记得城市，”他轻轻地说，“至于街道和房屋，他们已经记不清了……”

①一切依然那么静寂，似乎更黑了，萨沙略微抬起头来，问道：“你想看一看我的大宝箱吗？”

我早就想看看他在大宝箱里收藏了什么东西。他用一把悬挂的锁将箱子紧锁，他打开箱子时总是保持一种特别防备的姿态，如果我试图看一眼箱子内部，他就粗暴地说：“你想干什么？”

在我表示同意要看他的宝藏之后，他就坐在床铺上，双脚没有落地，但立刻用命令的口吻，吩咐我将大宝箱放到床铺上来，钥匙系在他脖子上套着的细绳上，和贴身的十字架套在一起。②他掉转头看了看厨房里各个黑暗的角落，像煞有介事地皱了皱眉，打开锁时，用嘴吹了吹宝箱盖，仿佛那宝箱盖滚烫似的。他终于把宝箱盖略微打开了，并从里面取出若干套内衣。宝箱内有一半的空间装着各种药盒、一卷卷五颜六色的用来包茶叶的纸、装过黑鞋油铁盒子和装过沙丁鱼的罐头盒。

“这些盒子里有什么？”

“你马上就能看见。”

他用双脚拥抱着大宝箱，身子俯在箱子上面，嘴里轻轻地哼唱着：“天主护佑沙皇……”[8]

③我心中一直在期待着看见玩具——我从来没有玩具，因而对玩具抱着一种表面上的轻视态度，但是对那些拥有玩具的孩子，我心中确实有几分羡慕。

像萨沙这样的有派头的孩子能拥有好看的玩具，我是十分高兴的，即使他隐藏这些玩具带有几分羞涩，但这种羞涩心情我也能理解。

他打开第一个宝盒，从里面取出一个眼镜框架，他把镜框戴在鼻头上，严肃地看着我，说：“这眼镜缺了玻璃，可这一点儿关系也没有，这才是真材实料的眼镜咧！”

“给我看一下！”

“你的眼睛不适合戴这副眼镜，这是给黑眼睛的人戴的，可你的眼睛如此明亮。”他解释说，说的时候装模作样，像主人那样发出咯咯声，④但同时惊恐地看着整个厨房。

8 东正教《圣灵祈祷文》的起始语。

读书笔记

①萨沙为什么会突然提出这个建议？

名师批注

②通过描写萨沙开锁时小心翼翼的动作和神态，生动形象地体现了萨沙对这个宝箱的重视。一个没什么内容的箱子，却得到他如此重视，更见他内心的空虚。

名师批注

③尽管知道不可能，但“我”依旧保有对玩具的期待，写出了“我”没有玩具的悲惨童年。

名师批注

④萨沙内心的恐惧时时刻刻都在让他提心吊胆，不敢放松。

在原来装黑鞋油的宝盒里放着许多各种各样的纽扣，他带着自豪感向我解释说：“这全部是我从街上拾来的！我亲自一粒粒拾取，总共已有三十七粒。”

在第三个宝盒中，装着的是一些很大的铜佩针、装饰的针，还有大头针、别针之类。

接着他向我展示了靴子上的马蹄铁，以及皮鞋和便鞋上的扣环，大都严重磨损或折断了，但也有完整的，如门上的铜把手、折断了的骨质手杖镶头、姑娘头上戴的梳子，还有许多诸如此类的、同等价值的物品。

对于这些毫无价值的东西，我没放在眼里，在我捡拾破布和骨头的当时，我只需一个月，就可轻而易举地收集到十倍以上这样的废品。①萨沙的珍藏在我心头引起了绝望和惶惑的感情，以及对萨沙的带有几分厌恶的怜悯。②他全心全意地察看着每一件玩意儿，用手指爱抚着它们，他的厚嘴唇傲慢地鼓起，突出的眼睛感动而操切地看着，但是眼镜使他的孩子气的脸显得滑稽可笑。

“为什么这些东西让你如此珍爱？”

他透过眼镜框匆匆瞧了我一眼，用脆而易断的童声高音问道：“你想我给你一件什么吗？”

“不，不需要。”

看来，我的拒绝令他感到很失望，他听不到我对他的奇珍异宝的赞美，却发现我注意到了这些东西的无用和缺点，这使他很委屈。他沉默了一会儿后，建议道：“拿块毛巾来，让我们把所有的玩意儿都擦一擦，免得沾上灰尘。”

等到所有的物品都擦干净，并且装入箱中后，他在床上辗转反侧，脸朝着墙壁。

外面下着雨，雨水从房顶一滴滴地往下落，风敲着窗户。

萨沙没有转头朝向我，嘴里却说道：“等花园略微干燥些时，我要向你展示一件不寻常的玩意——③那时你一定惊奇不已，会喊一声哎呀！”

我没有作声，自顾着上床睡觉。

又过了几秒钟，他忽然一跃而起，用手搔抓着墙壁，用令人震惊的有感染力的声音说道：“我害怕……上帝呀，我害怕！上帝怜悯我呀！这是怎么一回事呀？”

读书笔记

①为什么萨沙会喜欢收集这些东西？

名师批注

②一堆毫无价值的东西，萨沙却将它们视为珍宝，体现出他的愚蠢、滑稽。

名师批注

③萨沙在恐惧中也依旧不忘要在“我”面前胜过“我”，可见他非同一般的虚荣心。

我立刻惊恐得说不出话来。

①萨沙号啕大哭起来，同时搔抓着墙壁，急遽地抖动双脚。我只好下床，十分困难地移动身体，犹如走在炽热的煤炭上一般，不敢回头看，终于穿过厨房，和他睡在一起。我们号哭够了，疲倦袭来，最后入睡了。

这件事情以后，过了好多天，临到一个节日。这一天，店里只做半天生意，中午我们在主人家里吃完午餐。主人午饭后总要小睡一会儿，这当儿，萨沙隐秘地对我说："我们走！"

我猜得到，眼下我将看到一个玩意，这不寻常的东西将使我不得不喊一声"哎呀"。

②我们走到花园里，那是两栋房子之间一处狭窄的条形地段，其中耸立着十五株老椴树，那粗大的树干上面长满了棉絮一样的绿色苔藓植物，黑色的光秃秃的大树枝毫无生气地、令人讨厌地伸向四周，树枝中间一个乌鸦窝也没有。这些椴树仿佛是墓地的墓碑。除了这些椴树，花园里没有其他绿色植物，既无灌木，也无青草。小径的土地被踩得很严实，呈黑色，仿佛生铁一般。曾经落满去年的树叶的地面，现在显得光秃秃的，当然，这地面也蒙上一层薄薄的青苔，好似不流动的水面蒙上了一层浮萍。

萨沙穿过花园，走到一个靠近临街的围墙的角落里，停留在一棵椴树下面，他瞪着眼睛，看着邻舍房屋的浑浊的窗玻璃。他蹲下来，用双手扒开一堆树叶，一个粗壮的树根裸露出来，靠近树根处有两块深深塞进土中的砖。萨沙拿起砖，下面是一块遮盖屋顶的烂洋铁皮，而铁皮下面是一块正方形木板。随着萨沙的动作，最后，我眼前敞开一个位于树根下面的大洞。

萨沙划燃一根火柴，点燃一个蜡烛头，将其塞进这个洞里，对我说："看吧！只是不要怕。"

看来，他自己在害怕，蜡烛头在他手中颤动不已。他的脸苍白，令人讨厌地张大嘴巴，他的眼睛是湿润的，他默默地将那只空着的手移向身后。他的恐惧传染给了我，我提心吊胆地看着这个树根下面的深洞。原来，树根在这洞穴中正好起了拱顶的作用。萨沙在这洞穴的深处点燃三个蜡烛头，使洞穴充满蓝色的光。

③洞穴相当宽广，从深度来看，它很像一只水桶的内部，但比水桶更宽阔，它的侧面全部镶砌着一块

名师批注

①此处描述了"我"与萨沙在黑夜中的艰难动作，"终于"二字生动形象地展现出"我"与萨沙在面对女厨师的死亡时的恐惧。

名师批注

②周围的自然环境毫无生气，仿佛是缺乏生机的暗无天日的时代背景，让人窒息，想要逃离。

读书笔记

③从环境描写的角度赏析这段描写。

块的五彩玻璃和茶具碎片，在中央的铺着一块红布的高处，停放着一具小棺材，棺材上裱糊着铅色的纸张。一小块类似锦缎的布料作为棺材盖，半盖着棺材，从棺材盖下面，伸出一只麻雀的淡灰色的爪子和长着尖喙的嘴。棺材后面树立着读经台，台上放着一个贴身佩戴的铜十字架。有三支燃烧的蜡烛围着读经台，烛头都安插在烛台上，烛台本身也缠绕着金银两色的包糖纸。

蜡烛火焰的尖端偏向洞穴深处，洞穴内闪烁着模糊的五光十色的光点和斑点。蜡烛的气味、温热的腐烂物的霉气和土壤的气味迎着我的脸面袭来。在我的眼前，一个支离破碎的五彩霓虹在闪变着、跳跃着，所有这一切在我心中引起了非常厌倦的惊奇，甚至抑制住我的恐惧。

“做得好吗？”萨沙问道。

“这是个什么鬼名堂呀？”

“一个小礼拜堂，”他解释说，“像不像？”

“我不知道。”

“就这只麻雀而言，它是个死去的生物！利用它，人们可以打造出一具圣尸[9]，因为它是一个无辜的受苦受难者。”

“你找到它的时候，它已经死了吗？”

①“没有。它闯进了板棚，我用帽子罩住它，使它窒息而死。”

“你这样做是为了什么？”

“就为了这样……”

他抬眼看着我的眼睛，又问道：“做得好吗？”

“不好。”

这时，他向着洞穴弯下腰去，手脚麻利地用木板、铁片将洞遮盖好了，又将砖强行塞入土中，站起身，擦净膝盖上的污泥，严肃地问道：“你为什么不喜欢？”

“我可怜这只麻雀。”

他盯着我，眼睛一动不动，仿佛瞎了一般，随即推了我一把，叫道：②“蠢货！你说你不喜欢，这是出于嫉妒心，你想一想吧，你在缆索街的你家园子里所建造的玩意会比这个更好吗？”

我记起了自己建造的凉亭，就很有把握地说：“当然比这要好！”

9 指某些基督教门徒的干尸。

名师批注

①运用语言描写，通过萨沙对自己杀死一只鸟的冷静叙述，写他竟然为了实现自己荒诞的想法而结束一个生命，这体现出萨沙的残忍，人性丑恶展露无遗。

读书笔记

②为什么萨沙会突然生气呢？

萨沙从肩上脱下自己的小礼服，扔到地上，卷起袖子，往手心吐唾沫，说："既然如此，我们打一架，见个高下吧！"

我真不想打架，我已经被苦闷的心理压倒，变得有气无力，况且，我瞧见表兄的那张凶恶的脸，心中很不是滋味。

他一跃而起，朝我扑来，用头撞我的胸膛，将我撞倒在地，他骑在我的身上，喊道："你要死还是要活？"

但是我的力气比他大，而且怒不可遏，一分钟之后，他已经脸朝下躺倒在地了，他伸手抱住头，发出嘶哑声。我颇为惊恐，想拉他起来，但是他的双手双脚都在阻挡我，这更加把我吓住了。我走到一边，心中七上八下，不知所措。而他略微抬起头，说道：①"你打赢了什么？我会装成伤员躺在这儿，直到主人午睡醒来发现为止，到那时，就够你受的了！我就会诉说你的种种不是，大家会一致赶走你！"

他破口大骂地威胁我，他的话使我勃然大怒。我几步奔跑到洞穴那儿，取出砖头杂物，将那具装着麻雀的小棺材抛过院墙，丢弃到大街之上，又把洞里的东西一股脑儿掏出来，一面用脚将洞踩平，一面说道："这就是你该受的，你看到了吗？"

②萨沙以奇怪的态度对待我的横行霸道，他坐在地上，略微张开了嘴，眉毛扬起，眼珠随着我的一举一动而转动。他什么话也没有说。当我做完这一切时，他不慌不忙地站起来，抖掉身上的尘土，将小号礼服披到肩上，冷静而凶狠地说道："你有报应了，它即将出现了。等着吧，不用多久！要知道，这一切玩意都是我为你做的，这是巫术！懂吗？"

我一下子就倒在地上，仿佛他的话使我遭受了沉重的打击。我全身内部受到冷冰冰的寒意的袭击。可他径自走了，也不回头看一眼。他以自己的若无其事、冷若冰霜的态度更加压倒了我，让我沮丧万分。③我决定明天就逃离这座城市，逃离主人，逃离萨沙和他的巫术，离开这整个沉闷而荒谬的生活。

第二天早晨，新来的女厨师唤醒我，大声嚷道："天哪！你这副丑恶的嘴脸怎么啦？"

"巫术开始显灵啦！"我沮丧地想。

但是女厨师笑得如此响亮，我也不由自主地笑了

名师批注

①通过描写萨沙在打架败给"我"后对"我"无理的威胁，凸显出萨沙无赖且幼稚又可笑的特点。

读书笔记

②为什么萨沙会以如此奇怪的态度面对"我"的破坏？

名师批注

③"我"对目前生活极度不满，内心生出想要逃离这种生活的强烈渴望。

一下。我对着她的镜子瞧了我自己一眼——我的脸被涂抹了浓厚的烟黑。

"这是萨沙干的吗？"

"难道是我干的？"女厨师嘲笑地喊道。

我动手擦皮鞋，刚把一只手伸进鞋子里，立刻有一颗大头针刺入我的大拇指中。

"这又是那个门道——巫术！"

在整双鞋中都放满了大头针和缝衣针，而且安放得如此巧妙，使得所有的针都刺入我的手掌中。①这时，我舀了一勺冷水，十分畅快地全部淋到那个还没睡醒或假装睡觉的巫术制造者——萨沙的头上。但是我的感觉依然很不好，怏怏不乐。②我头脑里产生了幻觉，仿佛看到那副装着麻雀的棺材中，灰色的蜷曲的爪子和哀怨地向上撅起的蜡黄色的尖喙，而在我的周围，不停地闪现着五颜六色的光点，仿佛它们要组成一个光怪陆离的霓虹。棺材在变宽，鸟爪在生长，向上翘起，颤抖着，在复活。

我决定这天晚上就出走，但是午饭之后发生了一件事——我打算用有柄盂在煤油炉上热菜汤，我想将汤煮开，可当我去熄灭炉火时，不小心弄翻了柄盂，滚热的菜汤都倒在我的手上，大家将我送去医院治疗。

我的手被烫伤后，非常疼痛，仿佛有谁从我的手上撕开了一层皮。③由于恐惧和痛楚，我悄悄地哭着，为了不让人看见我的眼泪，我紧闭眼睛，但是泪水夺眶而出，只要略微抬起眼皮，如泉涌的眼泪就沿着鬓角往下流，流进了耳朵里。

夜来临了。所有的病人都卧倒在床上，隐藏在灰色的被子下面。每过一分钟，就多一分寂静，只有角落里有人在低声絮语："什么治疗结果都不会有，男医生是废物，女医师也是废物……"

④我想给外祖母写一封信，求她到这儿来，趁我还活着，把我从医院里偷偷带走，但我无法写信，因为双手不能活动，什么事也不能做。不过我还要试一试——也许可以从这儿偷偷溜走呢？

夜变得越来越死寂了，仿佛这种状况已确定下来，永远不变了。我悄悄地让双脚落到地板上，向门旁挪动。门半掩着——在走廊里的灯下，一张有靠背的木制长凳上，显露出一个刺猬般的布满银白头发的人头，这个人的黑色眼窝中的双眼，盯上了我，我没

名师批注

①"我"在愤怒之下对萨沙进行毫不犹豫的报复，体现"我"当时的任性和小孩子气，也正暗示了"我"身上的反抗精神。

读书笔记

②为什么"我"会产生这样的幻觉？

读书笔记

③为什么"我"要悄悄哭？

名师批注

④"我"总在想方设法逃离医院，这样迫切的愿望萦绕在"我"的心头，也为下文情节发展做铺垫。

来得及躲避。

“谁在走动？到这儿来。”

这个声音不可怕，而且轻柔。我走近了，看见一张圆圆的脸，脸上被短毛扎满，头上的毛发要长些，朝四面八方竖立着，这些毛发泛出银白色的光。在这个人的腰上挂着钥匙串。假使他长有大胡子，而且头发更长，他就和使徒彼得[10]差不多了。

“你就是那个被热汤烫了双手的孩子吗？你干吗在晚上吊儿郎当、到处乱跑？这是听了哪方面的规矩呀？”

他朝我的胸膛和脸喷出了许多烟，用一只温暖的手围着我的脖子，将我拉到他的面前。

“你害怕吗？”

“我害怕。”

“所有的人来到这里最初都是害怕的。可是没有什么可怕的。特别是和我在一起，可以放宽心，我不会欺负任何人……你想抽烟吗？好，不要抽烟。①沾染这种习惯对你来说早了点儿，等两年后再说吧。你的父母亲在哪儿？父母亲没了呀！并非没有父母亲就不能长久过日子。只是千万不要做胆小鬼！明白吗？”

我好久没有见过这种善于以质朴、友善的口吻说话而且说话明白易懂的人了，因此，听他讲话我感到无法形容的欣喜。当他将我领向我的床位时，我请求道：“和我一起坐一会儿吧！”

“可以。”他应允了。

“你是什么人呀？”

②“我吗？兵士，真材实料的兵士，是高加索人。我一辈子从军作战，怎么样——还有另外的事好干吗？兵士就是为了战争而生存的。我和匈牙利人作过战，同切尔克斯人、波兰人作过战，无论哪种外族人，如有冲突，都可鏖战一番！战争呀，小兄弟，可是大大的恶作剧！”

之后，我闭目养神，当我又睁开眼时，看见原先兵士坐的地方坐着外祖母，她穿着一身黑衣服，而那兵士则站在外祖母的旁边，开口说道：“走吧，这里所有的病人也许都死了，不走还怎样？”

③太阳在病室里嬉戏——它给这里的一切都抹上一层金黄色，转眼间就隐没了，过一会儿它又重新明

10 耶稣的门徒之一。

名师批注

①男人对“我”的真诚劝告，在自私自利的人群中，像突然出现的一缕阳光，让我们不由得和孩子一起喜欢上他。

读书笔记

②为什么这个兵士会来安慰“我”？

名师批注

③运用拟人的修辞手法，将太阳拟人化，写出了病房中温馨的场景，这一份难得的温情，催生了孩子此时内心的喜悦。

亮地照耀着一切，犹如一个孩子在顽皮淘气。

外祖母向我垂下身子，关切地询问：“感觉怎样，亲爱的？他们没把你弄成残废吗？我已经和他，就是那个有棕红头发的恶魔谈好了。”

“我马上去办理一切手续，办完就可以出院了。”那兵士说完就走了。

而外祖母一面擦脸上的眼泪，一面感动地说：“遇到乡亲了，他热心帮忙，还是我家乡巴拉赫拉城的人。”

我依然在想自己梦中看见的情景，就没有说话。后来，来了一个医生，他给我的烫伤处做了包扎。

之后我马上就和外祖母坐着一辆出租马车沿着城市的街道穿行了，她向我诉苦，说：“你外祖父完全丧失了理智，变成了一个十分贪婪的人，以致我看见他就讨厌！还是不久前，他新结交的朋友、绰号‘鞭笞派教徒’的熟皮匠就把他夹在一本赞美诗[11]集里的一百卢布钞票偷走了。发生这样的事，既可笑又可恼。”

①太阳鲜明地照耀着，云朵像天鹅一样在天空飘移。我们沿着冰上铺的垫板行走，越过伏尔加河。冰块发出低沉的声响，膨胀着，河水在垫板铺成的狭隘通路下面哭泣。在集市场的大红色的大教堂的屋顶上，有几个金色十字架正闪闪发光。

迎面走来一个宽脸的妇人，双手抱着一捆柔软如脂的柳树的细嫩树枝，这表明春天来了，复活节快到了。

②我的心儿颤动起来，真称得上心花怒放，这当儿，我的心好似天上的云雀。

“我无法形容地敬爱你，外祖母呀！”

这句话并不使她惊奇，她以平静的口吻对我说：“你是至亲骨肉，怎能不爱我呢？不是我夸口，连外人也敬爱我，光荣属于你，圣母！”

她微笑了一下，又添了话：“你瞧，圣母很快就会喜笑颜开了，因为她的儿子耶稣复活了！可是我的女儿瓦里娅不能复活……”

于是，她沉默不语了。

读书笔记

①请从环境描写的角度赏析这段话。

名师批注

②运用比喻的修辞，将“我”的心比作天上的云雀，生动形象地写出了“我”见到外祖母的欣喜，内心的快活似乎要冲破云霄，向全世界宣告。

11 赞美诗：原指颂扬神、英雄和著名人物的诗歌，严格地说是基督教徒用来祈祷的歌曲。

名师赏析

冰冷的现实如同一盆冷水浇在头上，让本就身处寒冬的阿廖沙饱尝了人生的苦辣酸甜。在鞋店中，没有人给予他温暖，他所见到的只有店铺老板和店员们的冷漠、自私、虚伪、贪婪。阿廖沙被这样的生活折磨着，最终因为受伤而得以逃脱牢笼。但是逃离这个牢笼之后，他的生活真的能够迎来转机吗？让我们拭目以待吧！

积累与运用

·好词·

诋毁 鏖战 胆怯 瑟缩 喑哑 隐没 谦恭 逡巡 徜徉 绯红 阿谀
怂恿 死寂 懒洋洋 直勾勾 形形色色 天姿国色 滔滔不绝
张皇失措 百孔千疮 添油加醋 忍俊不禁 哑口无言 慢条斯理
勃然大怒 瘦骨嶙峋 默不作声 悄无声息 愤愤不平 怒气冲冲
油然而生 七上八下 不知所措 挤眉弄眼 明眸皓齿 不慌不忙
若无其事 怏怏不乐 行将就木 深信不疑 龇牙咧嘴 无法遏止

·佳句·

◆ 她身披带有黑毛皮衣领的天鹅绒女斗篷，她的脸蛋在毛领上抬起，犹如一朵令万人惊羡的鲜花。

◆ 夜是静悄悄的，仿佛它在倾听着什么、等待着什么，有一种感觉在我头脑中油然而生——仿佛就在下一秒，钟就会敲响，城市里所有的人都会突然跑到街上，由于极大的恐怖而万分惊慌，以至于大声喊叫。

◆ 蜡烛的气味、温热的腐烂物的霉气和土壤的气味迎着我的脸面袭来，在我的眼前，一个支离破碎的五彩霓虹在闪变着、跳跃着，所有这一切在我心中引起了非常厌倦的惊奇，甚至抑制住我的恐惧。

◆ 我们沿着冰上铺的垫板行走，越过伏尔加河。冰块发出低沉的声响，膨胀着，河水在垫板铺成的狭隘通路下面哭泣。

·美文仿写·

十一岁的阿廖沙离开自己的港湾，一路上见到了形形色色的人，每个人的模样都在作者的笔下被生动形象地展现出来，凸显出个性。

请你仿照文段，描写你最好的朋友的外貌，并凸显出朋友的个性。

这是个歪肩膀的小老头儿，全身松软阴柔，好像破抹布做成的一般，而且头发蓬乱，衣服百孔千疮、破烂不堪，好像刚才他被一群狗撕咬了一番似的。

第一章 检测卷
（共 20 分）

一、填空题。（每空 1 分，共 10 分）

1. 《在人间》的作者是 _____ 国的 ________。
2. 阿廖沙在鞋店当学徒的时候，经常欺负他的萨沙其实是他的 ________。
3. ________ 身患疾病、脾气暴躁，早早叫醒阿廖沙，让他干活。
4. 为了惩罚鞋店主人对女士的不敬，阿廖沙在他的手表上滴了 _____。
5. __________ 教唆阿廖沙偷店铺里的套鞋。
6. 教堂看守在最后答应了阿廖沙一件事，放阿廖沙 __________________。
7. 萨沙和店员经常把偷来的东西藏在 _________________，下班再带走。
8. 萨沙在背后称呼女厨师为 ________。
9. 主人得知女厨师死去之后说：“幸好她是在 ______ 死的……”

二、简答题。（每道题 5 分，共 10 分）

1. 鞋店主人这一人物形象有什么特点？请结合故事情节进行具体分析。

2. 你小时候有没有过单独离家的经历？请简要分享你当时的心理感受。

参考答案

一、填空题

1. 俄；高尔基。
2. 表哥。
3. 女厨师。
4. 醋。
5. 教堂看守。
6. 进钟楼，让他撞钟。
7. 炉子的烟道里。
8. 巫婆。
9. 傍晚。

二、简答题

1. 总结人物形象特点，并结合具体情节进行分析即可。如：他是一个极端自私的人，在听说“我”偷东西时，只警告“我”不许偷店里的东西。

2. 开放性答题，结合具体生活经历答题即可。如：“我”曾经一个人去过北京，一路上非常紧张，担心自己的安全，在到了北京之后，非常想家。

第二章

名师导读

回到了梦想中的港湾，回到了亲爱的外祖母身边，阿廖沙着实又快活了一阵子，身边没有了虚伪的嘴脸，外祖母又以她的温柔治愈着阿廖沙，教会他积极乐观地面对生活。阿廖沙认识了一位新朋友，她究竟是谁？这一位美丽的姑娘，又引起了少年们之间怎样的争斗呢？让我们一起来找到答案！

外祖父在院子里迎接我。他之前可能在哪儿用斧头砍削一个什么楔子，来的时候正举起斧头，那种架势，仿佛要朝我迎面劈来。可他见我回来了，还是摘下帽子，含讥带讽地说：①“你好，小皇帝，大老爷，服役辛苦了，期满退役了吗？嗯，也真是的，可现在你们打算怎样过日子呀，这可是个问题哟！唉，真拿你们没办法……”

“我们知道怎么办，我们心里有数。”外祖母连忙说道，挥手要他走开。

她领着我进屋后，便动手生茶炊，一面数说着：“现在你这个外祖父完全破产了。他手头有了几个钱，就一个子儿不剩地悉数交给他的教子尼古拉去放利息，还从来不要对方打一个收条。我真的不知道，他们是怎样胡乱经营的，我只知道他在买椟还珠，破产了，钱都不见了。②家里落得这个下场，只怪我们自己不好，过去我们有钱的时候，很少帮助穷苦的人们，我们走运时，对不幸的人们也少有怜悯之心，见了这样的情形，上帝就是这样评价我们的：为什么我要赐予卡希林家福分呢？他这么想，也这么做了——于是剥夺了我们的一切……”

她回头看了看，就向我说心里话：③“说真的，我一直在上帝面前求情，用一些甜言蜜语打动上帝的

名师批注

①外祖父在见到“我”之后，并没有什么甜蜜的话语表达想念，反而是冷嘲热讽，凸显出外祖父的尖酸刻薄，所幸“我”对外祖父也并不亲近。

名师批注

②外祖母在困境之中依旧坚持自我反省，凸显出外祖母的善良、乐观，与外祖父形成鲜明对比，展现了两种不同生活态度之间的矛盾。

读书笔记

③外祖父如此荒唐，为什么外祖母还要坚持为他祈祷？

心，使他不至于过分折磨我家这个老头子。现在我为了补救过错，便用自己吃苦挣来的钱，每天晚上去进行一些菲薄的施舍。你如果高兴，今晚就陪我一起去，我身上还有点儿钱。”

外祖父来了，眯缝着眼睛，问道：“你们在瞄准美味，准备贪婪地吃它们吗？”

“这不关你的事，”外祖母说，“如果你肚子饿了，就和我们坐到一块儿，够你吃的。”

他顿口无言，坐到桌旁，轻声说：“先给我倒杯茶。”

房间里的一切陈设还是原封不动，只是母亲活动的那个角落悲凉地虚空了。然而，在外祖父的床位上头的墙壁上，新贴了一张纸，纸上写满印刷体的大字：①“耶稣救世主是唯一永生的，但愿在我生活的每一天以至每一时刻，你的神圣的名和我的始终在一起。”

“这是谁写的？”

外祖父没吭声，外祖母等待了一会儿，才微笑着说：“别小看这张纸，它值一百卢布呢！”

“不关你的事！”外祖父叫道，“我要把这一切都施舍给外人！”

“施舍没错，如今你两手空空，谈得上吗？②当年你腰缠万贯，我也没见你大方施舍过。”外祖母平静地说。

“闭嘴！”外祖父厉声喝道。

屋角的一个大箱子上，放着一个篮子，以往这个篮子是存放内衣和被单的，现在这里面躺着科利亚[12]，此时他睡醒了，向外张望，③从他的眼皮底下勉强可看见青色的眼纹，他比过去更加苍白、萎靡和消瘦。他不认识我，默默地把头扭向一边，闭上眼睛。

街上有伤心惨目的消息在等着我。维亚希尔死了，在受难周[13]，因出水痘而停止了呼吸；哈比离开这个郊区村镇，住到城市里去了；雅兹被锯掉了双腿，再也不能上街溜达了。将种种凶讯告诉我的是黑眼睛的科斯特罗马，他激愤地说：“真可怕，街上的顽皮孩子很快就死光了！”

“得了吧，你没见死了的只有维亚希尔一个吗？”

“近来各种变故都同样糟透了，那些离开了的孩子，街上再也见不到他的身影，就跟死了一样。

读书笔记

①外祖父为什么会在床头贴这样的内容？

名师批注

②运用侧面描写，从外祖母对外祖父的反击中，可以看出外祖父一直是这样一个吝啬的人，他从来不曾大方过，却害怕别人揭穿他，矛盾又可悲。

名师批注

③一点一滴的细节生动形象地写出了科利亚此时的病弱，揭露出贫穷的罪过。

---

12 高尔基的母亲和他的继父生的第二个孩子，体弱多病。

13 复活节前的一周。

[1]这些孩子呀，你刚刚跟他交上朋友，刚熟悉，转眼就不见了，或者工作去了，没有空或者被病痛折磨得要死，不能出户。就在你家院子里，切斯诺科夫家的旁边，来了一家新住户——姓叶夫谢延科的，他家的小伙子纽什卡还不错，挺机灵！他有两个姐妹，一个还小，另一个是跛子，靠拐杖走路，很漂亮。”

他沉思了片刻，又说：“好兄弟，不瞒你说，我和丘尔卡都爱上了她，见面就争吵！”

“和她争吵吗？”

“干吗要和她争吵？是我们自己之间争风吃醋，和她是很少争吵的。”

我当然知道，年长的小伙子们在谈情说爱，男孩们也学着这样做，我也知道这方面的粗野的、低俗的意义，[2]因此科斯特罗马引起了我的反感，令我为他惋惜，也使我当时不得不窘困地打量着他的骨头突出的身体，难堪地瞧着他那争风吃醋的眼睛。

就在当天的傍晚，我遇见了这个跛子女孩。她从台阶上向院子走去，拐杖不慎从她的手中滑落，她茫然失措地停留在梯级上，用一双苍白的手抓住栏杆上的弦索。她面庞较清秀，个子娇小，身体显得孱弱。

我想拾起拐杖，但一双扎上绷带的手不能自如活动，磨蹭了好久，仍未如愿，心中十分懊丧。她站着比我高，轻声说道：“你这双手怎么弄成这个模样？”

“烫伤了。”

“可你看我——一直跛着脚走路。你住在这个院子里吗？在医院里住了很久吗？可我在那儿住了好长时间！”

她叹了一口气，补充说：[3]“十分漫长！”

她穿着带有蓝色马蹄铁形图案的白色连衣裙，虽然有些旧，但是很整洁。头发梳得又平又亮，粗而短的发辫落在胸脯上。她的眼睛很大，眼神严肃，在眼睛的貌似平静的深处，燃着蓝色的火花，照亮了这张瘦小的带有尖鼻的脸。她善意地微笑着，但这样的笑容吸引不了我，她整个病恹恹的形象仿佛在对周围人说：“请不要碰我！”

她这副神态，怎么会使得同伴们爱上她呢？

“我的脚早就跛了，”她乐意地述说自己，仿佛在自夸，[4]“这是一个邻舍妇人对我施魔法造成的，她和我妈妈吵架，于是对我施魔法，危害我……住医

名师批注

①朋友们的命运无常让科斯特罗马都不禁感慨，侧面体现了俄罗斯少年的悲惨命运，揭露了生活对他们的压迫。

读书笔记

②“我”对科斯特罗马的反感说明了什么呢？

读书笔记

③柳德米拉的这一句感慨有什么含意？

名师批注

④小女孩可爱、天真的话语生动形象地体现出了她的单纯与不谙世事，如花的年纪，令人怜爱的少女。

院很可怕吗？”

“是的。”

和她在一起索然无味，我便离开她，回自己房间里去了。

接近半夜时分，外祖母亲切地唤醒了我：“我们一同去，好吗？你如果肯为人们奔波一番，你的手就会很快痊愈。”

她牵着我的手，领着我步入黑暗，好像在牵着一个盲人。夜是黑暗而潮湿的，风连续不断地吹着，好似急速流着的河水，寒冷的沙子不断绊住双脚，外祖母谨慎小心地走近贫困小市民的陋屋的窗子，画三次十字，在每个窗台上留下五戈比硬币，或三个B字形的小甜面包，再次画十字，抬头仰望没有星星的天空，嘴里念叨着：“神圣的天主圣母，救助平民大众吧，在你的面前，所有的人都是有罪的，作为万民的母亲的圣母啊！”

我们走得离家越远，四周就越僻静和荒凉。①夜晚的天空，无底的黑暗和深不可测，仿佛月亮和星星永远隐没了。不知从哪儿窜出一条狗，面对着我们停下来，吠叫着，它的眼睛在黑暗中闪闪发光，我胆怯地贴近外祖母。

“不要紧，”她说，“这是只平常的狗，魔鬼要出来作祟，已经没有时间，对它来说，这时候已太迟，要知道公鸡已经鸣叫了！”

她用手势将狗招引到身旁，抚摸着它，劝告道：“你瞧着，小狗呀，不要惊吓了我的小孙子。”

狗在我的脚上蹭了蹭，我们带上狗，一共三个，继续向前走。②外祖母总共二十次走近窗台，在每个窗台上都留下了“菲薄的施舍物”。

天开始破晓，在黑暗中渐渐显露出一些灰色的房屋，纳波尔教堂的纯白得好似砂糖的钟楼也刺破黑暗而冒出。坟地的砖砌的围墙，残缺不全，像破烂的席子一样。

“我这个老太婆累啦，”外祖母说，“是回家的时候了！到明天，这里的女人一觉醒来，就发现圣母已经给她们的那些孩子们准备了一些食物，当大家都不够吃的时候，少许食物也是很急需的。哎哟，阿廖沙，③民众生活很贫困，但谁也不关怀他们！人生在世，就是要互相友爱，而上帝则关照所有的人！我真

读书笔记

①请从环境描写的角度赏析这一句话。

名师批注

②外祖母如此坚定、执着地为“我”祈祷，是“我”难得体会到的温情，可惜那时候“我”还不太懂。

名师批注

③外祖母无意识的呢喃体现出她对人世的怜悯，人们身处黑暗，可谁又能够来拯救他们呢？

高兴，你再次回到我的身边。”

我也充满平静的快乐，惶恐地感到自己领会到了某种做人的道理，而这样的道理是永远不应该忘记的。在我的旁边，一条具有狐狸嘴脸的棕红色的狗在晃动着，这狗的眼睛和善，似有愧悔之意。

“它会跟着我们一起吃喝住吗？”

“这又有什么关系呢？只要它愿意，就让它在家里吃喝住吧。我这就给它一个B字形小甜面包，我袋里还剩下两个。让我们就在这条板凳上坐一会儿吧，我实在累了……”

我们就在某家院子的长凳上坐下来休息，那条狗躺在我的脚边，咬碎那个小甜面包，而外祖母述说着：“这儿住着一个犹太女人，她养了九个孩子，一个比一个小。我问她：‘莫谢芙娜，你怎样维持生活呢？’而她说：‘和上帝一起生活就行了，另外还和谁生活吗？’”

①我倚靠在外祖母的温暖的身侧，睡熟了。

②生活重新像流水一样飞快而充实地度过，每天如泉水般涌出的广阔的印象总要赋予心灵某些新的感受，这些新印象既使人赞赏，又使人担忧，或使人感到委屈，或促使人思考。

很快我也和同伴们一样，喜欢结交这个跛子女孩了，我甚至投入全部精力，想方设法地争取和她频繁地见面，和她说上几句话，或默默地和她坐在一起——在院子大门旁的板凳上和她默默地坐一会儿也是挺愉悦的。

③她全身清新洁净，好像一只柳莺鸟，娓娓动听地讲述顿河边的哥萨克是怎样生活的。

她跟随她叔叔曾在那儿居住很久，他叔叔在当地的一家榨油厂，担任操纵机器的工人，后来她的做钳工的父亲迁居尼日尼，她因此也跟随到了此地。

“我还有一个二叔，他官运亨通，直接在沙皇跟前服务。”

④每逢节日的傍晚，这条街上的所有居民都走出了院门，小伙子和姑娘们都到墓地里跳轮舞、环舞和圆圈歌舞[14]，男人们则分散到各小酒店里买醉，街面上只剩下女人们和孩子们。女人们分别坐在各家院子

14 都是俄罗斯的民间歌舞。

名师批注

①与前文在店里无法安心睡着形成对比，体现出了外祖母给予“我”的难得的安全感。

名师批注

②运用比喻的修辞手法，将生活比作流水，将每天出现的新的感受比作泉水，体现了生活的丰富，而“我”坚持思考的习惯，此时已经初见雏形，为后文埋下伏笔。

名师批注

③运用比喻的修辞手法，将女孩比作柳莺，体现了女孩的灵动可爱，这样的少女打动了“我”，也为“我”的生活增添了一份色彩。

名师批注

④节日来临时这一份独有的热闹，让疲于奔命的世人在这样狂欢的时刻得以喘息，世俗的种种终于远离了他们，每一笔都是对人物最恰当的描绘。

的门口，或直接坐在沙地上，或坐在板凳上，在那儿说长论短，议论是非，甚至大声嚷嚷，争吵不休；孩子们打棒球、玩打木棒、玩“槌球”。母亲们的眼光追随着这些游戏的进程，夸赞那些灵活机智的游戏者，也嘲笑那些拙劣的游戏者。一片震耳欲聋的喧闹声，也充满永远难忘的欢乐。

大人们的在场和关注提高了我们这些小不点的兴致，使得各种游戏特别活跃，竞争更加激烈。但对我们三个——科斯特罗马、丘尔卡和我——而言，无论这游戏怎样强烈地吸引住我们，我们中常有一人突然又跑到那跛子女孩面前，表白自己的功绩，说：“你看见了吗？柳德米拉，我将五根木棒全部击出了城区[15]。”

她温和地微笑着，连续好多次点头表示称赞。

早先，我们这个小团体在各种游戏中总要待在一起，可现在，①我发现丘尔卡和科斯特罗马在游戏中总是各自选择不同的队列，通过各种方式在灵活性和力量方面互相竞争，常常导致哭鼻子和打架。

有一次他们打得非常激烈，以致大人们不得不动手制止，并用冷水将敌对双方全身淋透，好像对付打架的狗一样。

柳德米拉在板凳上正襟危坐，用她那条健康的腿在地上跺着，当两个扭打的人滚到她脚边时，她就用拐杖将他们撵开，惊恐地喊叫道：“别打了！住手吧！”②她的脸孔苍白，达到发青的程度，眼睛的光彩变暗淡，眼珠的疯狂转动使她就像一个患癔病的女人。

有一次玩打木棒，科斯特罗马输给了丘尔卡的团队，他羞于见人，躲藏在食品杂货店旁的一个装燕麦的大木箱后面蹲着，默默地流泪不止——那副样子简直令人害怕。他咬紧牙齿，真称得上咬牙切齿，他的颧骨凸出，瘦骨嶙峋的脸僵硬得像化石，大颗大颗的沉重的眼泪从他的阴沉的黑眼睛中滚滚落下。

当我试着安慰他时，他因落泪而上气不接下气，低声细语地说：③“等着吧……我要用砖头砸破他的脑袋……等着瞧吧！”

丘尔卡获得小胜，便傲慢自大、目中无人。他在街道中心来回走着，不停亮相，仿佛他是个年少俊美

读书笔记

①他们为什么现在要这样做?

名师批注

②柳德米拉在面对男孩子为她争风吃醋时，不免紧张、害怕。

读书笔记

③请赏析这段语言描写对塑造人物形象的作用。

15 指俄国击球游戏的城区。

的新郎。他将男式便帽的檐儿向上弯，歪戴着，双手插在裤袋里，他学会了从牙缝里豪放不羁地吐出一口唾沫，许下几句豪言壮语：①“我很快就要学会吸烟，这是个时髦的东西。我已经试着吸了两次，只是有点儿恶心。”

②对这一切，我都非常不喜欢。我发现，我正在失去这个伙伴，我也感到，柳德米拉应该为这种局面承担罪责。

有一天傍晚，当我在院子里分拣拾来的骨头、破布和各色各样的废品时，柳德米拉走到我身旁，摇晃着身体，挥动右手致意。

“你好，”她说，连续三次点头，“科斯特罗马常常和你走动吗？”

“是的。”

“丘尔卡呢？”

“丘尔卡不和我们玩了。这全是你造成的，他们俩都爱上了你，并且为了这件事而打架。”

她脸红了，但带着嘲意地回答说：“其中还有这样的事呀，可我为什么要承担罪责呢？”

③“你为什么诱使他们爱上你呢？”

“我从没有求他们爱我！”她激愤了，一边走开，一边说，“这完全是愚不可及的看法！我的年龄比他们大，我今年十四岁了。男孩是不会和年龄比自己大的女孩谈恋爱的。”

“你自以为懂很多，其实你懂什么！”我打算让她难受，叫道，“那边有个小铺女老板，是‘鞭笞派教徒’的姐妹，老得不行了，可一直同那些青年小伙子鬼混！”

④柳德米拉回转身来向着我，把自己的拐杖深深地扎进院子的沙土中。

“你自己才什么也不懂，”她急促地说起来，声泪俱下，一双可爱的眼睛变得炽烈，“那小铺女老板是个淫荡的女人，我怎么是那样的人呢？我还小，不许别人碰我一下，拧我一把什么的。你如果读过《勘察加女人》[16]第二卷，就有资格在此说话！”

名师批注

①丘尔卡沾染上了吸烟的恶习，却以此为荣，体现出他的愚蠢、虚荣，这正是社会大环境对青少年的毒害。

名师批注

②“我”在一切混乱中，从不随波逐流，始终保持着独立思考，但此时也避免不了少年的幼稚、单纯。

读书笔记

③为什么“我”会认为是柳德米拉诱使他们爱上她呢？

名师批注

④运用了动作描写，写出了柳德米拉面对“我”的无理指责而产生的内心的愤怒。

16《堪察加女人》：主人公和女伴读的一部感伤主义小说（1—4卷），И 卡拉什尼科夫著。高尔基年少时读的那本是1833年圣彼得堡出版的，小说里保存有高尔基批注的文字，现收藏在高尔基个人图书馆。

她呜咽着说完，哭着走了。一种怜香惜玉之情在我心中油然而生——她的话里流露出某些我还无法懂得的真实。我的伙伴们为什么要去撩拨她，令她伤心呢？他们还自以为是地说自己被爱上了呢？

后来的某一天，我期望补救自己在柳德米拉面前犯下的过错，就用卖废品得到的两戈比铜币，买了一些透明的水果糖（俗称“大麦糖”），我知道这是她喜欢吃的。

“你想吃这个吗？”

她暴怒地说：“走开，我不和你交朋友！”

①但她马上拿了几颗水果糖，指责我说：“你早先将糖用一张纸包一下就好了——像这样用手捧着，可这双手多脏。”

“我洗过手了，可真的没有洗干净。”

她用自己的干净而温软的手拿起我的一只手，瞧了瞧：“你的手伤成这个样子。”

②“可你的这些手指上也刺出了许多眼。”

“这是针刺的，我常做针线活。”

过了几分钟，她一面环顾四周，一面向我提出一个建议：“你听着，我们找个地方藏起来，阅读那本小说《堪察加女人》，好吗？”

于是，我们花了很长时间寻找一个能隐藏的地方，但好多地方都不太适合。最后我们决定钻到澡堂的脱衣间里去读书——③那儿光线很暗，但可以坐在窗户边，那窗户面向板棚和邻近的屠宰场之间的一个肮脏的角落，人们很少往那儿瞧一眼。就这样，她坐在那个地方，身子的一侧靠着窗户，将那只有病的脚放在长凳上伸直，健康的脚则落到地板上，她坐着，同时用打开的书本盖着脸，激动地念着许多令人难懂的枯燥的字词。但是我听着，心里还是挺激动的。④我坐在地板上，看着那双严肃的眼睛，犹如两团浅蓝色的火花在沿着书页移动，有时眼泪盈眶，姑娘的声音颤抖着，匆匆地念着我不熟悉的字词和似懂非懂的字词组合。可是我抓住这些字词，一心一意要把它们铺砌成诗句，用各种方式把它们翻来覆去地使用，这彻底妨碍我理解书中讲述的内容。

一条小狗躺在我的膝头上打瞌睡，我称它为“风”，因为它毛烘烘的、长长的，奔跑时疾如风，低声呜呜叫，好似秋天烟道里风的声音。

名师批注

①柳德米拉迫不及待从“我”手中拿过水果糖，单纯的少女哪怕闹矛盾也不记仇，她作为小孩子的天真可爱展露无遗。

名师批注

②语言描写，两个孩子无心的谈话，却能够从侧面展现出两个人不幸的生活，让人不由对他们产生同情。

读书笔记

③为什么两个孩子非要找一个这样的角落看书？

名师批注

④运用比喻的修辞手法，将柳德米拉严肃的眼睛比作两团浅蓝色的火花，体现了柳德米拉在读书时神采奕奕的样子，更加深了“我”对她的喜爱与崇拜。

"你在听吗？"姑娘问道。

我默默地点了下头，字词在我的头脑里混成一团，使我越来越紧张，一个念头使我更加激动不安——①我想将这些字词用另一个方式排列，例如，它们可以处在歌曲中，在那儿，每个字词都生动易懂了，都活了，好像星星在天空闪烁。

当天黑下来时，柳德米拉垂下拿着书的已经发白的手，问道："难道不好吗？这书里面使你看见……"

从这天傍晚起，我们常常在澡堂的脱衣间里消磨时光。柳德米拉迎合我的爱好，没有再念《堪察加女人》。如果要我回答她这本无穷无尽的书里讲的是些什么，我实在答不上来。之所以说这本书"无穷无尽"，是因为在我们已经开始读的第二卷的后面，还有第三卷，而且姑娘还对我说，还有第四卷呢！

阴雨天在那儿聚会对我们来说是再好不过了，只要阴雨天不是星期六就行，因为那一天人们会在澡堂里生壁炉。

院子里下着雨，谁也不会到院子里来，更不会无意中瞧见我们，也很难顺便朝我们待的这个阴暗的角落瞧一眼。只是柳德米拉十分害怕人们碰巧遇见我们。

"你知道，那时人们会怎样想吗？"她轻轻地问我。

②我懂得她的恐惧，也十分担心，但愿不要有人遇见我们。

我们在那儿闲坐，谈天说地，常常一坐就是好几个小时。有时我重述外祖母说过的故事，柳德米拉同样趣味盎然地讲述梅德韦季察河岸边的哥萨克的生活。

"哎，在那儿过日子是多么美妙呀！"她伤感地说道，"住在这儿算什么生活？在这儿一贫如洗、家徒四壁，只是挨日子而已。"

我暗自下定决心，等我长大了，一定要到梅德韦季察河流域走一趟，观赏那儿的美好景致。

我们很快就不在澡堂的脱衣间里挨饿受困了——柳德米拉的母亲在一个熟制毛皮工匠那儿找到了工作，一大早就出门了，一个姐妹在学校里念书，一个兄弟在瓷砖厂做工。逢上阴天下雨的日子，我便去姑娘的家里，帮助她做饭，打扫房间和厨房。她笑着说：③"我们俩在一起生活，好像丈夫和妻子一样，只是

名师批注

①"我"内心想要的创作的冲动此时已经萌芽，"我"在不经意间，已经被柳德米拉启蒙。

读书笔记

②为什么"我"和柳德米拉会担心、恐惧？

读书笔记

③为什么柳德米拉会突然说起这个话题？

晚上没有一起睡而已。我们在一起甚至好过夫妻，因为丈夫是不会帮助妻子做家务的，可你帮了我。”

如果我身上有点儿钱，我就去购买糖果甜食，这样我们一起喝茶时，就有东西配着吃了。我们每次喝完茶，都用冷水将茶炊冷却，这样就使得柳德米拉的爱喊叫的母亲不会猜到我们曾加热过茶炊。有时外祖母也来这儿，她坐着，一面织花边[17]或刺绣，一面讲述美妙动听的故事；而有时外祖父进城去了，柳德米拉就悄悄地到我家来，一起无忧无虑地吃喝美味。

①吃饱喝足，外祖母常说：“哎呀，我们的生活过得多好！花自己劳动挣来的钱，想要有什么心情，就可以是什么心情。”

她也鼓励我们的友谊：“男孩和女孩交朋友，这是件好事！只是不要放纵取乐。”

她用最简单的词汇向我们解释“放纵取乐”的意思。她的话说得很美，充满崇高的精神，而我也能很好地理解她的话，②这就是说，花朵还没开放的时候，不应当去碰它，不然的话，既闻不到香气，也得不到果实。

“放纵取乐”实在不敢为，但这条禁令并不能妨碍我和柳德米拉谈论这个人们往往闭口不谈的话题。③当然，人们如果出于需要，也会在谈话中涉及这方面，我们也如此，因为具有粗野和不文明形式的两性关系太常见了，经常惹人厌烦地闯入眼帘，令我们太难受了。

柳德米拉的父亲是个四十岁的美男子，生有一头好鬈发，蓄着小胡子，常常以一种特别优越的方式微微颤动着浓厚的眉毛。他是一个出奇地寡言少语的人，我不记得他是否说过话。他抚爱孩子时，像哑巴一样不出声，甚至他殴打妻子时也是不说话的。

④每逢节假日的傍晚，他就穿上天蓝色的衬衫、波里斯绒[18]的肥大的灯笼裤，穿上擦得锃亮的皮靴，将一架大手风琴往肩上一挂，从家里走出来，站在院子大门口亮相，好像一个兵士站在岗哨的位置上。他的举动马上招来许多闲人，然后在我们的院子旁边开始了一场“游艺会”。

名师批注

①外祖母总对这样平凡的日子充满感恩，体现了外祖母对生活的满足，展现了她身上人性真善美的光辉，这是“我”生活中难得的温情。

读书笔记

②外祖母说的“放纵取乐”是什么意思？

名师批注

③生活在黑暗中，但是“我”并不就此沦陷，展现了“我”的正直。

名师批注

④柳德米拉的父亲对自己的精心装扮，如同站岗兵士，正体现了他一本正经的模样，为下文众人注视这个男子做铺垫。

---

17 一种装饰内衣、床单、枕套、桌布和服装等的编织出花纹的网状织物。

18 一种纬织的起毛绒。

姑娘们、少妇们、村姑们像一群鸭子，络绎不绝、蜂拥而来，都是来观看丰神俊雅的美男子耶夫谢延科的，有的半遮半掩，从睫毛下面瞟着看，有的公开地张大渴求的眼睛看。而他巍然站立在那儿，鼓起下嘴唇，同样运用他的黑眼睛以选美的目光回敬所有的女人。在这种默不作声的用眼睛进行交谈的过程中，在女人们不停留的从男人们旁边缓慢的行进中，①有一种令人厌恶的猪狗般的兽性——似乎每一个女人，只要有一个男人向她使个眼色命令她，她就会驯服地躺倒在遍布垃圾的大街的沙土上，像被杀死的尸体一样。

“这只公山羊打扮得太引人注目，一副无耻嘴脸！”柳德米拉的母亲发出怨言。她清瘦，个子高，有一张毫无光泽的长脸，头发因患过伤寒类热病而剪短，这副样子，使她像一把用旧了的扫帚[19]。

柳德米拉坐在母亲的旁边，她东拉西扯，说些无关紧要的话，千方百计地要把母亲的注意力从街上引开，但徒劳无功。

“别说了，这些讨厌鬼，为非作歹的人，到头来会招灾的！”母亲声音低而不清楚地说，一面不安地眨着眼睛。她的一双狭小的眼睛闪出奇怪的光，而且呆滞不动了，这意味着她看见了什么，紧紧地盯住不放。

②“你不要气愤，妈妈，光气愤有什么用呢？还是平心静气看热闹吧。”柳德米拉说，“你看吧，那个粗席编织匠的老婆，打扮得多漂亮！”

“我如果没有养育你们三个，会打扮得还要漂亮，你们啃我，啃呀啃的！”做母亲的毫无怜悯心地回答，一双眼睛明显透过泪珠，紧紧盯住那身体硕大无朋的粗席编织匠的寡妇。

这寡妇的身体方正，类似一所小房屋，她的胸部鼓起，好像一个台阶，她的红红的脸蛋被绿色的头巾半遮掩和切削，令人想起利用玻璃反射阳光的天窗。

耶夫谢延科将手风琴搭在胸部，弹奏起来。手风琴上有许多键，它的声音令人倾倒地散发到某些地方。③孩子们从各条街上滚过来，仰面朝天地跌倒在手风琴弹奏者的脚下，在沙土中一动不动，呆若木鸡，他们都陶醉在琴声中了。

读书笔记

①对作者的看法，你认为是否正确呢？

名师批注

②柳德米拉对自己父亲的行为已经习惯了，在生活的荒诞之下，这个女孩已经有了超越年龄的成熟。

名师批注

③通过对孩子们听到手风琴声之后的动作描写，体现了他们对手风琴声的陶醉，侧面展现了手风琴声的优美。

19 这里暗指她像个巫婆，西方民间传说，巫婆是骑着扫帚飞行的。

"等着吧，我要扭下你的脑袋。"耶夫谢延科太太警告丈夫说。

他默默地斜视着她。

而那个粗席编织匠的寡妇，则在不远处的"鞭笞派教徒"的铺子门前的长凳子上心情沉重地坐着，把脑瓜侧向肩头，倾听着，红着脸。

在墓地后面的田野上空，晚霞红光闪耀。街市好像河流，漂浮着衣冠齐整的大块大块的身躯。充满爱抚和醉酒气味的温暖空气，犹如旋风一样转个不停。白天晒热了的沙土蒸腾着一种刺激性很强的气味，特别容易闻到的是一种油腻的略带甜味的屠宰场的气味——血腥味。从住着熟制毛皮工匠的院落中，刺鼻地飘散出有咸味的皮革的气味。①村妇的谈话声、喝醉了的庄稼汉的乱嚷声、孩子们响亮的叫喊声、手风琴奏出的低沉的歌曲声——这一切融合成一片低沉有力、不甚清晰的嘈杂声，那是不知疲倦地孕育万物的大地在强劲有力地深呼吸。②人们对这种无耻的黑暗的兽性生活早已习以为常，而眼前的这一切粗暴而露骨地唤起人们对这种生活的强烈而坚定的信赖感。生活，它在炫耀自己的各种力量的同时，也苦闷又紧张地找寻发泄力量的地方。

③有时，透过喧闹声，某些惊心动魄的盛世危言会直达我的心灵深处，令我永世不忘："一个人面对所有的人千万不要马上开打——应当按先后次序一个个地击败。"

"如果自己不爱惜自己，那谁会爱惜我们。"

"难道上帝降生女人只是为了供我们玩弄取乐的吗？"

深夜临近了，空气清新一些了，嘈杂刺耳的声音轻些了，一栋栋木房散发出特有的气味，在黑影幢幢的包围中，似乎膨胀、变大起来。孩子们被领回各自的院子里睡觉，有的就在院墙下面、妈妈的脚边或膝头上睡熟了。顽童们临到半夜变得平和、温顺一些。帅哥耶夫谢延科不知不觉地消失了，准确一点儿说，是融化在夜色中了。风骚女子、粗席编织匠的老婆也不见了，低沉有力的手风琴声仍在墓地后面的远处响着。柳德米拉的母亲坐在板凳上，冷得打战，佝偻着背，仿佛一只母猫。

我的外祖母到一个女邻居家喝茶去了。这位芳邻

读书笔记

①请从环境描写的角度赏析这段话。

名师批注

②人们沉溺在堕落、腐朽的生活中，觉得十分窒息，但是又无法离开这样的生活，因为如果不这么活，他们似乎就不知道怎么活了。

名师批注

③一切看似是不期而遇的灵感，其实都源于无尽的思考，这些盛世危言也初步显露出了"我"的智慧。

以接生婆和拉皮条为业，是一个高大、干瘦的村妇，生着鸭嘴一样的鼻子，在她和男人一样扁平的胸膛前面，佩戴着“见义勇为拯救多人免于死亡”的奖章。整条街上的人都畏惧她，认为她是个巫婆，人们传说她曾在一次火灾时，将某个上校团长的三个孩子和他的有病的妻子从大火中抢救出来。

①外祖母和她结为知己，她俩在街市上遇见，老远就互相微笑问好，她们的友谊达到了水乳交融的程度。

科斯特罗马、柳德米拉和我都坐在大门旁的长凳上。丘尔卡挑逗柳德米拉的兄弟和他交手打架——他们扭成一团，两人的双脚交换着踩踏沙土的地面，扬起一片尘土。

“住手吧！”柳德米拉胆怯地哀求着。

科斯特罗马讲起猎人卡里宁的故事来了，②他一面讲，一面用黑眼睛瞟着柳德米拉。据他说，猎人卡里宁是个灰白头发的小老头儿，有一双狡猾的眼睛，名声很坏，村镇远近的人们都知道他的恶名。不久前他一命呜呼，但是人们没有把他埋入墓地的沙土中，而是把棺材摆放在墓园的地上，埋在许多其他坟墓的旁边。那副棺材是黑色的，搁在一个高高的支架上，棺材盖上用白色的颜料涂画着一些图案——一个十字架，一支长矛，一根手杖和两根骨头。

③每天晚上，只要天黑下来，这个死鬼老头儿就从棺材中站起身来，沿着墓园行走，总是在寻找什么东西，一直到公鸡第一声鸣叫为止。

“不要讲如此可怕的故事了！”柳德米拉哀求着说。

“放开我！”丘尔卡叫道，他从柳德米拉兄弟的扭抱中挣脱了出来，嘲笑科斯特罗马，“你干吗要说谎？我亲眼看见，人们将那副棺材埋入了土中，而那上面什么都没有，为了以后立墓碑……至于死人会行走的鬼话，是喝醉了酒的铁匠们臆想出来的。”

④科斯特罗马的眼睛不看他，激愤地提议道：“如果你说得对，你到墓地里去睡一夜试试！”

他们开始争论不休，而柳德米拉烦闷地摇着头，启齿问道：“妈妈，死人每到晚上会站立起来吗？”

⑤“会站立起来。”做母亲的重复道，仿佛是从远方传来的回声。

读书笔记

①为什么外祖母会和她成为知己？

名师批注

②动作、神态描写，写出了少年科斯特罗马对柳德米拉的关注，随时都想吸引柳德米拉的注意，体现了他对柳德米拉的情愫。

读书笔记

③为什么会有这样的流言呢？

名师批注

④科斯特罗马在冲动下对丘尔卡的反驳，也正暗示了他想要在心上人面前给情敌难堪的小心思。

读书笔记

⑤为什么柳德米拉的母亲会这么说？

小铺老板的儿子瓦廖克走来了。这是个身材肥胖、面孔红润的十二岁少年，他听了我们的争论，开口说道：①“你们三个，谁胆敢在那副棺材上睡一晚上，睡到第二天早上，我就奖给他一个二十戈比的银币，外加十根纸烟[20]，可谁中途胆怯逃回，我就要揪他的耳朵责罚他，想揪多少次就揪多少次，怎么样？”

一时鸦雀无声，个个都面呈惶恐之色，而柳德米拉的母亲说：“多么愚蠢的事呀！难道要唆使孩子们去冒这样的危险？”

“给我一个卢布，我就去！”丘尔卡哭丧着脸提议道。

科斯特罗马立刻毒辣地问道：②“那么，因为只有二十个戈比银币的奖励，你就胆怯了吗？”

他又对瓦廖克说：“给他一个卢布吧，反正他没胆子去的，只是夸口罢了。”

“喂，拿一个卢布去吧！”

丘尔卡从地上站起身，哑口无言，慢条斯理地走开了，独自待在靠近围墙的地方，进退维谷。科斯特罗马把手指塞进嘴里，尾随着他尖声刺耳地吹口哨，而柳德米拉惊慌地开口说：“上帝呀，真有这种只说大话不敢作为的人，这样行不及言的表现真无聊！”

“你们黔驴技穷，无计可施了吧，一群胆小鬼！”瓦廖克羞辱我们，“还自认为是这条街上第一流勇士呢，原来都是缩头乌龟！”

③听着他的尖刻的嘲弄话语，我不免羞愧难言。我们大家都不喜欢这个肥胖的阔少，他总是教唆孩子们去做不好的违规的事，将一些关于姑娘和妇女们的肮脏不堪的流言蜚语讲给他们听，教孩子们去撩拨和调戏妇女，孩子们听他的话，按他指引的去做，结果因此遭受痛苦的惩罚。不知为什么他恨我家的狗，常常向狗投掷石头，有一次，他还用暗藏缝衣针的面包喂狗。

但是更使我感到耻辱的是丘尔卡临阵逃脱，他身体蜷缩着，一副羞愧得无地自容的样子。

我对瓦廖克说：“给我一卢布，我去。”

他在嘲笑和恐吓我的同时，将一个卢布递给耶夫谢延科的妻子，但这女人疾言厉色地说：“我不稀罕这钱，我不要！”

名师批注

①瓦廖克总在各处凑热闹，他丝毫不在乎他人的感受，以取笑别人为乐趣。

名师批注

②科斯特罗马在一旁的煽风点火，让人惊讶于少年的毒辣心思。少年不知善恶，所以他们可以成为最好的人，也可以成为最坏的人。

名师批注

③人性中的恶，如果不加以引导，就会肆无忌惮地侵害孩子的心灵，让他们变成像瓦廖克一样无耻、无赖的人。

20 指带纸嘴的俄国烟卷。

她气愤地走了，柳德米拉也拿不定主意是否收下这张钞票，这更加强了瓦廖克嘲弄我们的气势。我已经准备走了，不指望从这个阔少手里得到钱。但是外祖母走来了，她得悉了这件事的原委后，就拿了这一卢布，并且十分镇定地嘱咐我说：①“穿上大衣，带上被子，不然的话，临近天明时会受寒的。”

她的话给我的心中注入了希望，各种害怕的念头都消失得无影无踪了。

瓦廖克提出了条件：我必须躺或坐在棺材上，一直到天明，无论发生什么可怕的事，都不许从棺材上下来，甚至，如果棺材摇动了，卡里宁老头儿从坟墓里爬出来，我也必须继续待在棺材上，跳到地上，就算输了。

“留神点儿，”瓦廖克警告说，“我将整夜监视着你！”

当我前往墓地的时候，外祖母给我画十字，劝慰我说：②“万一出现什么幻象，也不要动，只要口中念着恳求童真圣母保佑的诗文，心里感到宽慰，保证无事。”

我走得很快，心中只希望尽快开始和了结这个困难任务。瓦廖克、科斯特罗马和另外几个小伙伴送我过去。

翻越砖砌的围墙时，我卷在被子里面，手忙脚乱，因此摔了一跤，我不甘示弱，立即一跃而起，好像从沙地上弹起来一样。那一群在围墙外监视我的人哈哈大笑。这么一来，似乎有什么东西塞在我的胸膛中，使我心里发紧。一阵很不舒服的凉意透过我背上的皮肤。

③我终于踉踉跄跄地走到黑色的棺材边。棺材的一头被沙土埋住，另一头露出短而粗的支架，好像有人打算把棺材稍稍抬起，将它弄歪了似的。我坐在棺材边上靠死人脚的那一端，举目往四下里一望，只见这个凹凸不平的墓园里布满了密密麻麻的十字架，阴影来回摇晃着，落在坟墓上，环绕着长满像鬃一样的杂草的小土堆。有些地方，在十字架中间，零落地竖立着一些细小单薄的白桦树，很难看，这些小树用其枝条将一座座孤坟联系起来。透过小树的参差交织的嫩枝叶的阴影，可以看到一些坚硬的草茎，这种灰色的像刚毛一样的硬草丛最令人恐怖胆寒！教堂像一堆

读书笔记

①外祖母为什么坚持要“我”去？

名师批注

②面对危险，外祖母让“我”祈求圣母的庇佑，体现了她对这些圣母的虔诚信仰。面对生活的苦难，这是外祖母内心最坚实的堡垒。

名师批注

③孩子恐惧时，看见的景物也必然染上恐怖的颜色。这些毫无生机的、笼罩着冰冷色调的景物，也暗示了“我”内心深深的恐惧。

用雪做成的巨物，伸向天空。在飘动的迟缓的云块当中，细小的憔悴的月亮在发光。

雅兹的父亲（绰号叫作“不中用的乡巴佬”）懒洋洋地敲着墓地守望室的警钟，他每次扯动绳索，那绳索就轻轻触及屋顶的铁皮，发出吱吱的声音，如怨如诉，然后传来小钟的冷漠的打击声，声音短促而凄凉。

①“上帝可不要让我失眠哟！”我记起了这个看守人的口头禅，可怕得不得了。不知为什么我感到憋闷，尽管这是个清凉的夜晚，可我浑身流汗。我想，万一这个卡里宁老头儿忽然从坟墓里爬出来，我还来得及逃到看守室里去吗？

我对墓地十分熟悉，有好几十次，我偕同雅兹和其他伙伴在这些坟墓中间做游戏。就在那边靠近教堂的地方，有我母亲的坟墓。

②人们还没有完全入睡，从村镇那边传来一阵阵的欢声笑语和歌曲声。

丘岗上，有铁路部门的露天开采场，人们在那里开采沙石，此时此刻从那里传来手风琴的呜咽般的声音，无休无止。当然，这种模糊的乐声也可能是从卡特佐夫卡村的某处传来的。围墙那边，永远有喝醉了的铁匠米亚乔夫在行走，一面哼着小调，我听歌声就知道是他：

哎呀！我的妈妈呀，
也犯一些小罪过——
她谁也不爱，
只爱爸爸一个。

听到生活的最后几声叹息，我心里很惬意，但是随着一声声的钟声敲响，周围就变得越来越寂静了。寂静在向四处散播，好似一条河流溢出河岸，沿着草原泛滥，淹没了一切，隐藏了万物。③我的心灵在一望无际的高不可测的太空中游荡，好似一根火柴在无穷的黑暗中暂时发光，立刻就在这虚空的海洋中无影无踪地熄灭了。太空中还存在闪烁的不可企及的星星，地上的一切都消失了，仿佛都没有存在的必要了，只剩下死一般的沉寂。

我裹在被子里，坐起来，双脚缩着，踏在棺材上，脸朝着教堂，当我微动的时候，棺材发出吱吱的声音，

读书笔记

①为什么这时“我”想起了看守人的口头禅？

名师批注

②村镇那边的欢声笑语，与“我”此时的艰难处境形成鲜明对比，更加突出了“我”此时内心对于这件事情的害怕与紧张不安。人与人之间的悲喜总是不相通的。

名师批注

③“我”在黑夜中，一颗心无法寻找到光明的指引，愈发渲染出内心的恐惧。

棺材底下的沙土窸窣作响。有什么东西打击着我身后的地面，一次又一次，然后有一块砖头落在我附近——这太可怕了，但是我立即猜到这是瓦廖克和他的伙伴们从围墙后投掷来的，他们想吓坏我。但是由于意识到近处有人在活动，我反而胆子大了一些。

我不由得想起了母亲。有一次，她阻止我干越轨的事，当我试着抽纸烟的时候，她动手打我，可我说道："别动手，现在我已经很不好过了，我直恶心，要呕吐。"

后来，她罚我坐在炉炕后面，而她对外祖母说：①"这是个没有感情的孩子，他谁也不爱。"

听了这句话，我感到很委屈。当母亲惩罚我时，我很怜惜她，我为她感到难过——她很少按照我的过失程度，公正地、有分寸地惩罚我。

总之，在生活中受委屈、忍气吞声的事情多得不可胜数，就拿眼下这些待在围墙外面的人来说吧，他们明明知道我一个人待在墓地里很害怕，可他们还要装神弄鬼来吓我，火上浇油，使我加倍恐惧。他们为什么要这样做？

我很想对他们大喊一声："你们见鬼去吧！"

②但这是危险的，会把鬼招来的——谁知道人对鬼应持什么态度？这鬼大概就待在附近的什么地方。

沙土中有许多云母，一块一块的，在月光下闪烁发光，但不透明。这种颇奇异的东西使我记起一件往事。某天，我在奥卡河边游玩，躺在河边搭的木埠头上，观察着水流。突然，一条欧洲鳊鱼浮出水面，几乎直对着我的脸，用侧翅翻转过来，变成酷似人的模样，然后潜入水中，游到深处去了，它来回游动的样子，好似一片槭树叶在渐渐飘落。

③往事的回忆越来越频繁地发挥作用，复现生活中各种不同的场合，我似乎在用这种鲜明的生活情景保护自己，免受那种顽强地制造恐怖的臆想的侵袭。

瞧，有一只刺猬在爬动，用它的坚硬的爪子敲着沙土。它令我想起家神爷和生长在家里的昆虫，都是同样的细小和毛烘烘的。

我记得，外祖母常常蹲在火炉下面的空处的前面，祈求道："好心的家神爷呀，将蟑螂赶走吧！"

远方的城市上空露出了曙光，但我见不到，清晨的寒冷使我脸颊紧缩，眼睛困得睁不开。我让身体蜷曲着，将头蒙在被子里——管他三七二十一，睡一觉

读书笔记

①为什么母亲会认为"我"没有感情，谁也不爱？

名师批注

②通过描写"我"对未知的想象，体现了"我"此时内心难以言表的恐惧。

读书笔记

③你在害怕的时候通常会用什么方式保护自己呢？

再说！

我睡熟了，直到外祖母来把我叫醒，她站在我的旁边，用手将被子拉开，说："起来吧！没冻着吧？嗨，没事吧？感到可怕吗？"

"可怕极了，只是你对谁也别说我怕，对孩子们千万别说！"

"可有什么理由要瞒着不说呢？"她惊奇地说，①"如果不可怕，就没有什么可夸耀的了……"

②回家的路上，她语重心长地说："一切都需要亲自去体验，好样的，心肝宝贝，一切都需要亲自去了解。自己不去学，谁也不会主动教你。"

到傍晚我成了街道上的"英雄"，人们纷纷问我："难道真的一点儿也不可怕吗？"

当我说"非常可怕"时，人们便摇着头，大声说："是呀！这下子你可领受到了吧？"

小铺老板娘也就大声而自信地宣告说："这么一来，卡里宁会站起来的传说全是谎话，如果他真的会站起来，难道不会把小孩吓坏吗？如果真的有他的鬼魂，那他就会把小孩从墓地里拉走，带到不知名的地方去了。"

③柳德米拉以亲热的敬意看着我，甚至外祖父也改变了态度，看来，他对我的行为很满意，成天笑眯眯的，唯有丘尔卡板着脸孔说："他做这事很容易，他外祖母就是一个巫婆！"

读书笔记

①一向谦卑的外祖母为什么要"我"夸耀这件事情呢？

名师批注

②外婆的教育不只是语言上的，她更鼓励"我"自己亲身去体验，这是这位老人身上关于教育的智慧。

读书笔记

③为什么这件事情甚至让外祖父都改变了对"我"的态度？

名师赏析

阿廖沙与柳德米拉如同一对欢喜冤家，从误解到了解的一波三折，让这两个同样美好的人最终成为知己，他们一起读书，探索新的世界，享受着这难得的美好时光。

而少年们在这样的年纪是闲不住的，一些无聊的赌约也能让他们热血沸腾。阿廖沙在祖母的鼓励下，走进了围墙中的墓地，度过了一个恐怖的夜晚，最终成为人们称赞的"英雄"，他也学会了勇敢面对生活中的苦难。

积累与运用

·好词·

楔子　菲薄　窘困　孱弱　审判　驯服　平和　温顺　知己　臆想

惬意　夸口　窸窣　曙光　夸耀　宣告　病恹恹　索然无味
想方设法　愚不可及　千方百计　徒劳无功　为非作歹　买椟还珠
原封不动　腰缠万贯　眼泪盈眶　引人注目　呆若木鸡　水乳交融
进退维谷　黔驴技穷　无地自容　疾言厉色　无影无踪　不可企及

· 佳 句 ·

◆ 天开始破晓，在黑暗中渐渐显露出一些灰色的房屋，纳波尔教堂的纯白得好似砂糖的钟楼也刺破黑暗而冒出。

◆ 生活重新像流水一样飞快而充实地度过，每天如泉水般涌出的广阔的印象总要赋予心灵某些新的感受，这些新印象既使人赞赏，又使人担忧，或使人感到委屈，或促使人思考。

◆ 她全身清新洁净，好像一只柳莺鸟。

◆ 她的脸孔苍白，达到发青的程度，眼睛的光彩变暗淡，眼珠的疯狂转动使她就像一个患癔病的女人。

◆ 在墓地后面的田野上空，晚霞红光闪耀。街市好像河流，漂浮着衣冠齐整的大块大块的身躯。充满爱抚和醉酒气味的温暖空气，犹如旋风一样转个不停。

◆ 人们对这种无耻的黑暗的兽性生活早已习以为常，而眼前的这一切粗暴而露骨地唤起人们对这种生活的强烈而坚定的信赖感。生活，它在炫耀自己的各种力量的同时，也苦闷又紧张地找寻发泄力量的地方。

· 美文仿写 ·

当节日来临，人们便陷入了狂欢。作者由面到点，将这一狂欢图景绘声绘色地描绘了出来，让人身临其境。请你仿照文段，描写你印象中节日的热闹场面。

每逢节日的傍晚，这条街上的所有居民都走出了院门，小伙子和姑娘们都到墓地里跳轮舞、环舞和圆圈歌舞，男人们则分散到各小酒店里买醉，街面上只剩下女人们和孩子们。女人们分别坐在各家院子的门口，或直接坐在沙地上，或坐在板凳上，在那儿说长论短，议论是非，甚至大声嚷嚷，争吵不休；孩子们打棒球、玩打木棒、玩“槌球”。母亲们的眼光追随着这些游戏的进程，夸赞那些灵活机智的游戏者，也嘲笑那些拙劣的游戏者。一片震耳欲聋的喧闹声，也充满永远难忘的欢乐。

第二章 检测卷

（共 20 分）

一、填空题。（每空 1 分，共 10 分）

1 屋角的大箱子上的篮子里，是 ________ 躺在里面。

2 阿廖沙回家之后，是 ________________ 将种种凶讯告诉他的。

3 柳德米拉是一个 ________。

4 外祖母在贫困小市民陋屋的窗台上留下 ____________________。

5 柳德米拉说：“你如果读过《______________》第二卷，就有资格在此说话！”

6 阿廖沙和柳德米拉常常在 ______________ 里坐着消磨时光。

7 是 __________ 提出在棺材上睡一晚上的赌约。

8 是 ___________ 鼓励阿廖沙接受赌约，最终阿廖沙挑战成功，被称为 ______。

9 在墓地，阿廖沙想起了 _____ 对他的惩罚。

二、简答题。（每道题 5 分，共 10 分）

1 阿廖沙接受赌约，并挑战成功，你从中学到了什么？

2 外祖母很支持阿廖沙与柳德米拉的交往，认为不要“放纵取乐”即可。你是否赞同外祖母的看法？

参考答案

一、填空题

1. 科利亚。
2. 黑眼睛的科斯特罗马。
3. 跛子。
4. 五戈比硬币或三个 B 字形小甜面包。
5. 勘察加女人。
6. 澡堂的脱衣间。
7. 瓦廖克。
8. 外祖母；英雄。
9. 母亲。

二、简答题

1. 一切都需要亲自去体验，一切都需要亲自去了解，自己不去学，谁也不会主动教你。（言之有理即可）

2. 开放性答题，表明观点，并结合生活实际分析即可。如：我认为外祖母的做法是对的，男女生之间的交往是正常现象，不需要太过关注或限制，只要把握好度就可以。

第三章

名师导读

弟弟科利亚的去世，让阿廖沙的宁静的生活泛起一丝波澜，又迅速消逝。之后，阿廖沙跟随外祖母走进大森林，寻找到了人生的世外桃源。这一段无忧无虑的快活日子，驱走了阿廖沙心头的阴霾，让他找到了心灵的休憩之所。究竟是什么魔力，让阿廖沙有了如此大的改变呢？让我们跟随他一起去见识这施展魔法的大森林吧！

①谁也没觉察到的事发生了，弟弟科利亚像一颗清晨霞光中的小星星一样陨灭了。

②往常，外祖母、弟弟和我睡在一个堆放劈柴的小棚子里，我们的卧具是一堆劈柴，用各色破布遮盖着；和我们安寝处并排，在一扇用零星木片拼成的有许多裂缝的墙壁后面是房东的鸡舍；从傍晚开始，我们就能听到临睡前吃饱了的母鸡抖掉身上灰尘的声音和咯咯的叫声；早晨，一只大嗓门的金色公鸡会用鸣叫唤醒我们。

“啊，因为你的叫声，我真想把你撕碎！”睡过头的外祖母埋怨道。

我早就没有睡了，一直观察着阳光是怎样透过柴棚的缝隙洒落在我的卧具上的，而阳光中，一些银色的灰尘在飞舞，这些一粒粒的灰尘粉末好像编成童话故事的一个个的字词。在院子里，成群的老鼠在弄出沙沙的响声，好些翅膀上有黑点的暗红色小昆虫在快速爬动。

有时，为了逃避母鸡粪蒸发出来的让人憋闷的气味，我从柴棚中爬出，奋力攀到棚顶上，观察屋子里那些在睡梦中身躯变大、肿胀起来的好像是没有眼睛的人们如何睡过头。瞧，从窗口伸出一个毛发浓密的头，定睛一看，原来是船夫费尔马诺夫，这个成天愁

读书笔记

①开头便设足了悬念，引发读者的阅读兴趣，让人不禁好奇，到底发生了什么？

名师批注

②“我”的居住环境十分恶劣，体现了家庭的贫穷，也让科利亚的死去没有那么出人意料，穷人的悲惨境遇可见一斑。

眉苦脸的醉鬼此刻正在用他那肿得只留下两条细缝的眼睛观察太阳，嘴里发出和公猪哼叫一样的声音。外祖父走到院子里，用一双手抚摩着棕色的头发，急匆匆地跑进澡堂里去冲冷水浴。

房东家多嘴多舌的厨娘生着很尖的鼻子，脸上布满雀斑，好似一只杜鹃鸟，而房东本人却好似一只年老变胖的鸽子，①这儿所有的人都令我联想到禽鸟和野兽。

清晨是多么可爱和明朗，但我多多少少感到忧郁，想走到旷无一人的田野中去。②我已经知道人们会像往常一样污染一个明朗亮丽的日子。

有一次，当我在屋顶上悠闲躺着的时候，外祖母呼唤我下来，她说话的声音不大，同时用手指着自己的床铺："科利亚这个孩子死了……"

小男孩从枕头的鲜红布上滑落下来，躺在毡子上，全身发蓝和裸露，衬衫歪斜，露出胀起的肚子和满是溃疡的弯曲的双脚，双手奇怪地垫在腰部下面，似乎想略微托起自己的身子。头部稍微偏向一边。

③"谢天谢地，他走了，"外祖母说，一面梳着自己的头发，"他干吗还要活着，如此病弱不堪？"

外祖父露面了，他顿着脚，好似在跳舞，同时用一根指头小心翼翼地触摸着孩子闭着的眼睛。外祖母气急地说："干吗要用没洗过的手抚摸？"

他喃喃地说：④"瞧这个孩子，人们把他生下来，他活着，每天吃东西，然而，他一生没玩乐过，也没享受过……"

"你清醒点儿吧。"外祖母阻止他说下去。

他似视非视地瞧了瞧她，走到院子里去了，嘴里还在说话：⑤"我是没钱给他下葬，你愿意怎么办就怎么办吧。"

"呸，你这个招灾的！"

我走出门去，直到晚上我都没回这个家。

第二天早晨是科利亚的葬礼。我没有去教堂，整个做弥撒的时间我都坐在掘开的母亲的坟墓旁，和一条狗以及雅兹的父亲在一起，雅兹的父亲掘好了廉价的坟墓，总是拿这一点在我面前夸耀。

"我只是对熟人才开这个价，不然的话，可要收一个卢布。"

我打量着这个黄色的墓穴，从中散发出难闻的气

读书笔记

①为什么"我"会联想到禽鸟和野兽？

名师批注

②"我"此时已经能够发现生活中的种种不美好，并且以批判的眼光去看待这一切，说明"我"的智慧在不断的思考中已经逐渐积累。

名师批注

③与其苟延残喘地活着，不如有尊严地死去，善良的外祖母不是在庆祝科利亚的死亡，而是在庆幸科利亚终于远离了世间的苦痛。

读书笔记

④外祖父对科利亚的怜悯是真心的吗？

名师批注

⑤当自己的亲外孙去世，外祖父依旧只关心他的钱，生怕花了他的钱去安葬科利亚，体现了外祖父的守财奴个性。

味。我细看墓穴中潮湿发黑的木板的侧面。每当我有轻微的动作，坟墓周围的沙土堆就纷纷塌落，一条条细细的沙土流落到墓穴的底部，在墓穴的侧面留下一道道的痕迹。①我故意大动特动，使得沙土遮盖这些木板。

“不要捣乱。”雅兹的父亲说，一面抽纸烟。

外祖母双手捧来一具白色的小棺材，“不中用的乡巴佬”（雅兹父亲的绰号）跳入墓穴中，把棺材接过来，将它安放在那些黑色的木板的旁边，随即从坟墓中爬出来，开始用脚和铲子将沙土推入墓穴。他的烟斗冒烟，仿佛教堂用的长链手提香炉。外祖父和外祖母也默默地帮他修整好坟地，既没有神甫在场作法，也没有乞丐前来伸手讨钱，只有我们四个人影在这密集的十字架群落中晃动。

外祖母付钱给这个墓地看守时，用责备的口吻说：“你还是把我家瓦里娅的棺材挪动了。”

“还有其他的办法吗？就算是这样，还是侵占了别人家坟地的一点儿地皮呢。动这么一点儿——没关系！”

外祖母在墓前凭吊逝者，弯腰鞠躬到地，啜泣着，恸哭起来，终于离开了。②外祖父跟在她后面，他用大檐帽的帽檐遮住眼睛，一面将破旧的常礼服抻平整。

③“将一粒种子播种在荒芜的土地上，是不会开花结果的。”他突然这样说，急忙朝前跑去，仿佛一只在耕地上面盘旋的渡鸦。

我问外祖母：“他这话是什么意思？”

“但愿上帝保佑他，他有自己的思想。”她回答说。

天气很热，外祖母行走很吃力，她一双脚在温热的沙土上噔噔地走，常常停步不前，用头巾擦着流汗的脸。

我费了很大的劲，开口问她：“坟墓中那些黑色的东西，就是母亲的棺材吗？”

“是的。”她很气愤地说，④“这条不聪明的公狗（指坟墓看守）……还不到一年，我的瓦里娅已经腐烂了！这全怪此地的沙质土壤，这种土壤具有透水性。如果这里是黏土，就会好得多。”

“所有的人都会腐烂吗？”

“所有的人都会。唯有圣徒能避免这个。”

读书笔记

①“我”为什么会有这么奇怪的行为？

读书笔记

②外祖父此时可能在想些什么？请大胆猜想一下。

读书笔记

③外祖父的这句话有什么含意？

名师批注

④外祖母对工人挪动自己女儿的棺材的事情耿耿于怀，体现了她对女儿深切的爱。

"你——将来是不会腐烂的！"

她停下脚步，把我头上的大檐帽摆正，严肃地告诫我："不要老想这个，尤其现在不应当想，听见了吗？"

①但是我仍在思考："这件事是多么令人难过和反感呀——死亡，这是件令人非常讨厌和不愿遇到的事情。"我心里难受极了，万念俱灰。

当我们回到家里时，外祖父已经烧好了茶炊，在桌子上摆好了茶具，准备喝茶。

②"喝点儿茶吧，要不然会热死，"他说道，"我沏的是自己的茶叶。够大家喝的。"

他走到外祖母身边，在她肩膀上一拍："你在想什么，孩子的妈，心中感受怎么样？"

外祖母挥了一下手："落到这种地步，还有什么好想的！"

③"的确是！祸不单行。上帝压迫我们，从我们身上割掉一块又一块的肉……假使我们一家人紧密团结起来，像手上的五个手指头一样……"

他好久没有如此轻柔而慈爱地说话了。我听着他说，期待这个老头子驱散我心中难受的消极情绪，帮助我忘记那黄色的墓穴和墓穴壁上一小束一小束的黑色的潮湿的沙土流。但是外祖母严厉地打断外祖父的话："别说了，孩子的爹！你一辈子说这样的话，老生常谈，可谁听了你的话会感觉轻松些？你一生都是在啃食大家，好似铁锈啃食铁。"

外祖父发出咯咯声，抬眼瞧了瞧她，就不再作声了。

傍晚，在大门口，我向柳德米拉倾诉心中的苦闷和忧愁，向她述说我早晨的所见所闻，但是这些话没有对她产生明显的影响。④她说："孤儿也要过日子。如果我的父亲和母亲相继死去，我就把妹妹留给哥哥，而我自己可以一辈子待在修道院[21]里。除了修道院，我还有什么地方可去？我不适合出嫁，一个跛子女孩无法担当家务活。即便结了婚也可能会生出瘸腿的孩子。"

⑤她的话说得如此悲观冷漠、缺乏情感，和我们街上所有的村妇说的话一模一样，也许，从那天傍晚

21 修道院指天主教和东正教等教徒出家修道的机构，在天主教会中修道院也指培养神甫的机构。

名师批注

①"我"的思考不会因别人的阻止而停止，"我"开始有了自己的主见。

名师批注

②外祖父特意强调茶叶的归属，以为人人都像他一样非要占别人便宜不可，人性的狭隘让他总是常常充满恶意地去揣度他人。

名师批注

③外祖父的语言看似温暖，可是他的行为冷漠无情，揭露出外祖父的虚伪。

名师批注

④在生活的重压之下，原本鲜活的少女柳德米拉也沦落为平常妇人，揭露了社会的黑暗对人的腐蚀。

读书笔记

⑤从"我"对柳德米拉的疏远中可以看出"我"是一个怎样的人？

起，我就对她失去了兴趣；生活就是这样安排的，让我渐渐跟她疏远了。

弟弟死后的几天，外祖父对我说："今晚早点儿睡觉，明儿天一亮我就叫醒你，我们一块儿到森林里捡劈柴去。"

"我也要去找草药。"外祖母表示说。

这是个云杉和桦树聚集的森林，坐落在一片沼地上，离城郊村镇有三俄里。森林内有大量的枯木、倒地的枯树和枯枝，森林的一头朝奥卡河延伸，另一头沿着通往莫斯科的建筑完好的马路延伸，并伸展到马路的另一面去了。在这座森林的蓬松多刺部分的上方，以黑色的幕形顶盖的形式，高高耸立起一座松树的密林——"萨韦洛夫鬃岗"。

①这整个木材宝库都属于舒瓦洛夫伯爵，但这里维护经营的工作很不到位。库纳维拉村镇的小市民把这座森林看成是他们公有的产业，纷纷前往此地采集落地的枯枝、砍伐枯树，甚至碰上正在生长的树木，他们也毫不留情地砍伐。

每到秋天，为了储存过冬的木柴，人们便成群结队，整装前往森林，人数多至数十人，腰间都系着斧子和捆木柴的绳索。

瞧！拂晓时分我们三人便出发了。我们沿着长满绿草的田野行进，②森林好似一支黑色的大军，朝我们逼近。枝叶蓬松扩展的云杉树丛，好像一些张开翅膀的大鸟，默默竖立的桦树犹如亭亭玉立的姑娘。

沿着田野飘散着的沼泽[22]的酸性的气味，伴着我们前行的还有一只狗，伸出粉红色的舌头，时而停步不前，闻着气味，疑惑地摇着狐狸一样的头。

外祖父身穿外祖母的女式毛皮上衣，头戴没有遮阳帽檐的大盖帽，眯着眼睛，朝着不知什么地方微笑。他用他的细腿小心翼翼地跨步，仿佛在干偷窃的勾当。

外祖母穿着蓝色的女式短上衣，黑色的裙子，头上系着白色的头巾。她快步如飞，要跟上她颇不容易。

越迫近森林，外祖父就越显得兴高采烈，用鼻子猛吸着新鲜空气，不时高兴地发出咯咯声。他说的话最初很不连贯，难以听懂，然后，仿佛醉汉一般，欢快而耐听地说起来："③森林是上帝的花园，谁也没

22 沼泽是指常被水漫过并被较高的草所覆盖的低洼地带。有的沼泽上面长满了毛茸茸的青苔。

名师批注

①通过一个细节，便能够感知，当时俄国社会不同阶级之间的矛盾已经初见端倪。

名师批注

②运用比喻的修辞手法，将森林比作黑色大军、云杉比作大鸟，桦树比作亭亭玉立的姑娘，体现了"我"此时内心的愉悦。

名师批注

③外祖父想象上帝留下树的种子的画面，体现了他对上帝的虔诚，他也算得上是时代的牺牲品。

有在此播种，上帝的一阵风刮过，这里的树就自然生长成林，这风是上帝的神圣的口的呼吸……我年轻的时候，作为一名纤夫，常常航行往返于日古利……啧，阿列克塞，你将来也没有机会观赏和体验我经历过的事情！我见过的世界无比辽阔，就拿奥卡河森林地带来说吧——从卡西莫夫一直延伸到穆罗姆，或者，拿伏尔加河那边的森林来说，这片森林一直延伸到乌拉尔山脉，是呀！①所有这些森林都是辽阔到无法测量和极为奇妙的。”

外祖母斜着眼睛看着他，向我使眼色，命我不要听他那颠三倒四的胡扯，可他呢，即使不时被小草丘绊着，险些栽跟斗，可嘴里仍然在滔滔不绝地吐出些干巴巴没有韵味的语句，这些语句连续而细碎，播种在我的心头，留在我的记忆里。

“我们驾驶一艘装满食油的两端尖的大帆船，从萨拉托夫出发，前往马卡里耶夫的集市上去卖食油。我们之中有一位是老板的管事，名叫基利洛，是普利赫一带的人，还有一位工长，是来自卡西莫夫的鞑靼人，名叫阿萨夫或什么的。船行驶到了日古利，我们眼前突然降临一阵高空风——我们全身力气已经使尽，靠濒临死亡的最后一点儿力量站稳脚跟，船只的剧烈摇晃使我们头晕得不得了——我们只好上岸煮点稀粥喝，才恢复一点儿气力。在那河中航行时，经常刮大北风，十分寒冷，在岸上温暖得多，到处都闻到芬芳的花香！临到傍晚，我们的基利洛（多少年来他都是条铁打的汉子）站起身来，脱掉帽子，真的有话说：‘喂，伙计们，我不再给你们当头头了，也不愿在这儿牛马般地干活，你们自己航行吧，我要到森林里去了！’我们大伙乱成一锅粥——这怎么行？我们不可能没有一个人在老板面前负责，向老板讨工钱呀，没有领头的也不可能航行！即使在熟悉的伏尔加河，就是走直线航行也可能迷失方向。②这个人，是没有理智的野兽，他怎么会怜惜我们？我们惊恐万分。而他仍坚持自己的打算：‘我不想再这样的苦挨日子了，我不能再做你们的牧人，我要到森林里去了！’我们中有一部分人打算揍他一顿，将他捆绑起来，但有一部分人为他着想，叫喊道：‘别走！’鞑靼工长却喊道：‘我也要走！’完全是一场灾难了。他这个鞑靼人，已经航行了两趟，但都没有在老板那儿领工钱，第三

读书笔记

①外祖父的这些呢喃对塑造人物形象有怎样的作用?

名师批注

②人生无常中，外祖父也曾痛苦嘶嚎，体现了他对领头的信任，也凸显了在团队中领头的重要性。

趟又航行了一半——那时候这可是笔大钱呀！大家叫呀，喊呀，一直嚷到夜幕降临，到了深夜，我们之中有七个走了。我们这些留下来的——或者有十六个，或者十四个，反正记不清了。这就是森林在作怪！”

“他们是去做强盗了吗？”

“也许是去做强盗了，可也许是去做独居修道士了，在那时，这些职业很难区分清楚。”

外祖母画着十字。

“神圣的圣母保佑我们！每当想起人的种种行径，您就会怜悯起所有的人来了。”

①“上帝只赐予大家一种智能，要知道，魔鬼总是将人引入歧途。”

我们沿着林间小路进入了森林，小路两旁是沼地中常见的长满草和青苔的土墩，或是长得不好的云杉林。

②我觉得，长久潜在森林里，像普利赫人基利洛那样，倒是一件最好不过的事情。在森林里没有饶舌妇，没有搬弄是非的人，没有打架斗殴和酗酒闹事，在这里可以忘却外祖父的令人讨厌的贪婪、母亲的沙土遮盖的坟墓，可以将一切令你感到屈辱的、一切用沉重的烦闷压抑心灵的事情通通抛之脑后。

我们走个不停，终于走到一个较干燥的地点，外祖母说道：“应当吃点儿东西了，坐下来吧！”

在她的提篮里有黑麦面包、绿色的葱、黄瓜、盐和包在破布里的酸凝乳。外祖父看着这些食物，很不好意思，眨着眼说：③“可我什么吃的东西都没有带，唉，孩子的妈，你的心地真的很诚挚。”

“东西够大家吃的。”

我们坐下来，倚靠着一棵适宜制作桅杆的很直的松树的红铜色的树干。空气中充满树脂的气味。从田野上吹来阵阵微风，木贼草在风中摇曳。

④外祖母用一只粗黑的手采集和藏好一些青草，并向我们讲解金丝桃、药慧草、车前草的药用性质，还细说蕨类植物、黏性的柳兰和含有花粉的千屈菜的神秘的治愈力量。

外祖父砍伐一棵倒下来的枯树，我的工作是抱着砍下来的木材放到一处，但是我偷偷地溜进了密林深处，追随外祖母去了。

外祖母静静地穿行在粗壮的树干之中，好似在树

名师批注

①外祖母对上帝有着无条件也最坚定的信任，体现了她对上帝的虔诚，这也是她自己生活多年积累下来的智慧，都值得被人牢记。

名师批注

②只有在与世隔绝的森林才能寻到一份内心的宁静，侧面展现出当时社会的黑暗及让人难以容忍的现状。

名师批注

③只有在讨要食物的时刻才能听到外祖父的赞美，体现出外祖父的贪婪、虚伪。

名师批注

④外祖母总是耐心细致地对我们讲解这些难得的知识，体现了外祖母的见多识广，她十分谦虚，从没有把这件小事挂在嘴边说个不停。

海中漂浮，说得更准确点儿，她已潜入了树海的深处，她不断向落满针叶的土地弯腰致意，行走着，嘴里在自言自语：“又来早了，会很难采到蘑菇！①上帝，这是你的不对，你不那么关怀穷人，而蘑菇对穷人来说，简直是珍馐美味！”

我默默地跟着她走，小心翼翼，生怕她发现了我——我不愿意妨碍她和上帝、青草、青蛙交谈……可她还是看见了我：“你从外祖父那儿跑过来了？”

于是，外祖母俯身膜拜黑色的大地，大地此时穿上了青草构成的有花纹的蓬松的法衣。她在这一刻讲述了一个故事：“有一次，上帝十分恼怒人们，降下洪水淹没了大地，淹死了所有的生物。

“可是，上帝的无比慈悲的母亲预先将所有的种子收集在一个提篮里，一直隐藏着，然后央求亲爱的太阳：‘你晒干大地吧，从大地的这一头一直晒到另一头，为了这项义举，人们会永远歌颂你的光辉业绩！’于是，太阳就把大地晒干了，而她就用收藏的种子播种。上帝看见地面上又长满了植物，出现了动物——既有青草，又有牲口，还有人。他就说：‘这是谁造成的，谁竟敢违抗我的意旨？’②她立刻向他认错，而这个上帝已经不那么固执了，他看见大地空荡荡的，也动了恻隐之心，于是，他对她说：‘你这样做得很对呀！’”

我很喜欢这个故事，但我也感到惊讶，便一本正经地问道：“难道有这样的事吗？这个上帝的母亲，也就是圣母，是在大洪水过了之后很久才出生的呀？”

此刻轮到外祖母惊讶了：“这是谁告诉你的？”

“在学校里，课本上明明写着。”

这令她心中稍安，她教训我说：③“可你不要看，忘了它，把这些课文通通忘记！这些课本在瞎说，胡说八道！”接着她默默地、愉悦地笑了笑。

“编课本的人在凭空臆造，他们是一群白痴！上帝是存在的，可他竟没有母亲，哼！那他是谁生的？”

“不知道。”

“你瞧，真太妙了！上学这么久，只学了个‘不知道’！”

“神甫老师说，上帝的母亲是约雅敬和亚拿

名师批注

①通过描写外祖母对上帝不公正待遇的批评，体现了外祖母对蘑菇的喜爱，也侧面展现了生活给予她的苦难，生活让她连一盘蘑菇都吃不起。

读书笔记

②为什么最后上帝动了恻隐之心？

名师批注

③外祖母严厉阻止“我”看课本，体现了对她自己的信仰的坚定，但是这样的方式已经被时代抛弃，读书才是人类成长的阶梯。

生的[23]。"

"这就是说，她名叫玛利亚·约雅敬芙娜吗？"

外祖母已经在发怒了，她与我面对面，严酷地、直勾勾地注视着我的眼睛，说道："如果你继续如此胡思乱想，我就要狠狠揍你一顿！"

但过了一分钟，她给我解释说："圣母是永远存在的，她的出现要早于世间万物！她生下了上帝，然后……"

"可耶稣呢，他又是谁生的？"

①外祖母哑口无言，惶惑地闭上双眼。

"可耶稣呢……是吗，是吗，是吗？"

②我发现我获胜了，使她纠缠在上帝的秘密中无法解脱了，这不是我期望的，令我怏怏不悦。

我们在森林中走得越来越远，落入了被金色的太阳光切割的浅蓝色的烟雾中。在森林的温暖和舒适的环境中，有一种特别的响声悄悄地塞满整个空间，这是种使人想入非非、沉溺于幻想的声音。

③在这森林深处，能看见的景物多得不可思议，可你还想看见更多，深入更远。在松树的树干当中，显现出一些巨大的人影，透明且位于空中[24]，不久，这些人影消失在稠密的绿荫中，透过绿荫看得见银子一般的浅蓝色的天空。

"无比神圣的圣母，人世间灿烂的光辉。"外祖母一边叹息，一边祈祷。

④她在森林里，好像真是周围一切草木花鸟的女主人和亲人——她像一头庞大的母熊向前走着，总是在观赏、在赞叹、在感恩，从她身上，仿佛发散出一股暖流，沿着整个森林流动。每当她的脚踩倒地上的苔藓时，她会立刻将其小心地扶正，使青苔重新舒展，竖立起来——我特别喜欢看她这种仁慈博爱的举动。

⑤我边走边想，如果我能成为一个劫富济贫的绿林好汉，那才够意思。我要专挑那些十分贪婪、为富不仁的财主打劫，将打劫来的钱财交给贫苦人，让大家都能吃饱穿暖，快快活活地过日子，彼此间不嫉妒、不眼红，不像恶狗一样互相辱骂和攻击。还有，最好

23《圣经》中没有记载关于圣母玛利亚诞生和其父母的任何情况。有关传说仅见于古代"旁经"（亦称"圣经外传"）。据称，圣母之父名约雅敬，母名亚拿，因无子女，虔诚求告上帝，遂于老年蒙赐而生玛利亚。

24 这样的人影可能是雾气所致。

名师批注

①长久的信仰遭到质疑，并且自己无法解答，通过神态描写，展现了外祖母当时的茫然无措。

读书笔记

②为什么"我"获胜了却怏怏不悦？

读书笔记

③在森林中，我们还可以看到什么？

名师批注

④运用比喻的修辞手法，将外祖母比作一头庞大的母熊，体现出善良博爱的外祖母。她给了"我"很大的影响，让"我"在面对社会黑暗之时，依旧保有一颗向阳的心。

名师批注

⑤通过描写小孩子对于社会黑暗的纯真想象，体现了"我"作为一个孩子的天真、烂漫、可爱。

能到外祖母的上帝和圣母的面前，诉说人间的真实情况，告诉他们天下的百姓生活得如何差劲，如何不和睦，在地球上令人感到遗憾的事情如何普遍存在，而这些事完全不必要出现。如果圣母信任我，就赐给我一种特殊的智慧吧，使得我能建造一种比以往任何时候都要完美的社会制度。让人们以无比信任的心情倾听我的召唤吧，①我真的在寻求一种使社会更美好的途径！我虽然年纪小，可这没有关系，基督在比我只大一岁的年纪时，就已经有许多哲人、贤士、智者在听他传播福音了。

有一次，当我想入非非，沉溺在这些想法之中的时候，我的眼睛已经看不见周围的事物，近乎失明了，以致我陷进一个很深的坑穴当中，我的肋部被树枝划破，我后脑壳的皮肤也擦破了。我坐在坑底，落在冰冷刺骨的泥浆中，这些泥浆像树脂一样有黏性，使我动弹不得。我自己不能挣扎着爬出坑穴，这使我感到万分羞愧。呼喊和求救会吓到外祖母，这很不合适，但我还是叫着让她来帮助我。

她手脚麻利地将我拖了出来，一边画十字，一边说："谢天谢地，唉，幸好是个空熊窝，要是熊主人躺在里面怎么办？"

②她的笑声中带着泪。然后她领我到一条小溪边，洗净我的全身，用她的衬衫给我包扎伤口，还给伤口敷上了一些能止痛的树叶，又带领我走到看守铁路的人住的岗棚里，我十分衰弱，无力步行回家。

③此后，几乎每一天我都会恳求外祖母："让我们到森林里去吧！"

她欣然允许，于是，我们在森林里度过了整个夏天，直到晚秋，我们还在森林里转悠。我们采集各种草药、浆果、蘑菇和坚果，外祖母将采集到的植物和果实拿到市场上去卖，换来食物糊口。

④"你们这些吃闲饭的人啊！"外祖父吱吱呀呀地说，可是我们完全没有享受过他买的面包。

森林唤起我心灵中的平静和安适的情感，在这种情感的陶冶中，我心中的各种痛楚消失了，不愉快的事通通抛之脑后，⑤同时，我心里萌发了一种特别警醒的知觉——听力和视力更敏锐了，记忆力也更强，能把各种印象储藏在大脑的更深的地方。

外祖母的表现越来越令我惊奇，我一直习惯于将

名师批注

①"我"看到眼前的黑暗，开始想要采取行动改变它，创造更加美好的生活，体现了"我"的成长，也为下文埋下伏笔。

读书笔记

②外祖母为什么笑中含泪？

读书笔记

③为什么"我"这么喜欢到森林里去？

名师批注

④我们从来没有受到外祖父的恩惠，却要一直被他埋怨，外祖父总是自私与无耻的。

名师批注

⑤森林远离尘世，给人以心灵最平静的慰藉，"我"在其中寻得了难得的安慰。

她视为高于所有其他人的存在，她是地球上最善良、最明智的人，而她也不断加强和巩固我的这种信念。有一天傍晚，我们采集了足够的白蘑菇，顺着熟路回家，我们已经走到了森林边缘地带。外祖母坐下来休息一会儿，我顺便钻进一处树林中，看那儿还有没有蘑菇。

突然我听到了她的声音，我回头一看，见她坐在林间小道上，神色安详地切着蘑菇的根，而一只身躯细瘦、但筋肉强壮的灰色的狗，伸出舌头，在她的旁边站着。

“你走开，走得远远的！”外祖母说道，“去吧，上帝也与你同在！”

此事发生不久前，瓦廖克毒杀了我喂养的一只狗，我很想把这只新遇见的狗引诱过来。我三步并作两步跑到那林间小道上，那狗将身子弯成弓形，没有将脖子转过来，只用它那双饥饿的绿色眼睛望了望我，就卷起尾巴，纵身跳进林子里。它的神态不像狗，当我吹一声口哨，它就像野兽似的奔往灌木林中去了。

“看见了吗？”外祖母笑着问道，①“我最初辨认这个怪兽，以为它是一条狗，仔细看一眼，发现它的犬齿实际上是狼的獠牙，而且，脖子也是狼的脖子！我甚至惊恐起来，说道，如果你是头狼，就远远走开吧！幸好，在夏天里狼的性情要温和些。”

名师批注

①外祖母平静地说着自己遇到一头狼的经历，体现她的处变不惊，让“我”对她的崇拜之情更加浓烈。

她在森林里从来不会因迷路而乱走，她会毫无错误地确定回家的路线。她根据青草的气味知道这个地点应该生长着哪种蘑菇，而在另一个地点则生长着另一种蘑菇，她常常用此类知识来测验我。

“松乳菇喜爱生长在哪种树木旁边呢？还有，你怎样区分好的红菇和有毒的蘑菇呢？还有，哪种蘑菇喜欢和蕨类生长在一起？”

她会根据树皮上很难察觉的爪子抓过的痕迹向我指出哪里有松鼠居住的树窟窿，我便爬上树，掏空这个小野兽的窝，把它储藏过冬的榛子全部取出来。有时一个窝里的榛子多到十俄磅。

有一次，当我从事这种掏窝作业时，某个猎人朝我的身体右侧射入二十七粒猎枪霰弹的细铅砂子，外祖母用针剔出十一粒，其余的长久留在了我的皮肤中，多年后才逐渐自然脱出。

外祖母欣赏我对痛苦的超常忍耐力。

①“好小伙子，”她称赞道，“有这种忍耐力，将来可成为一个有作为的人！”

每次她靠卖蘑菇和坚果积攒了少量的钱，她就要以“不出声地施舍”的方式将钱放置在别人的窗下，而她自己在节日里穿着打补丁的破衣烂衫。

②“你穿得比乞丐还要差，使我脸上蒙羞。”外祖父埋怨说。

“没有关系，我不是你的女儿，更不是在家待嫁的姑娘。”

他们俩的争吵越来越成为家常便饭。

“我没有犯比别人更重的罪，”外祖父抱屈地喊叫道，“可我受的惩罚比什么人都要多！”

外祖母挑逗他说：“究竟是谁要为这负责，只有鬼才知道。”她又挤眉弄眼地对我说：“我这老头子始终害怕那所谓的鬼！他心里怀着这份恐惧，就衰老得更快……唉，他是个时运不济的人呀！”

在这个夏天里，我的身体更加强壮了，由于山林环境的影响，我的性格变得孤僻而粗野，对同龄人的生活漠不关心，对柳德米拉也丧失了兴趣，此时她在我的心目中是个孤独无依、颇有心眼的人。

记得有一次，外祖父从城里回来，全身湿透了，时值秋季，秋雨不断，他站在门槛上，像麻雀一样，从身上抖掉雨水，郑重地对我说：“喂，游手好闲的小家伙，明天准备好行装，上岗干活去！”

“又去哪儿？”外祖母愤怒地问道。

“到你的妹妹马特廖娜[25]家去，给她的儿子做零碎事。”

③“哎哟，孩子的爹，你又琢磨出一个坏主意了！”

“闭嘴，傻女人，他们或许会把他培养成制图员呢！”

外祖母默默地垂下了头。

傍晚，我对柳德米拉说，我要进城去了，将在那儿过日子。

“大人不久也要领我到那儿去，”柳德米拉忧心忡忡地告诉我说，“爸爸打算把我这只脚完全切掉，没有这只坏脚我就是一个健康的人了。”

25 外祖母的妹妹全名马特廖娜·伊凡诺夫娜·穆拉托娃，爱称莫特里娅，马特廖娜是她的名。

名师批注

①面对苦痛，外祖母一直鼓励“我”，教会“我”用积极的态度去面对它，这也是“我”人生中一笔重要的财富。

名师批注

②外祖母为帮助他人而保持贫穷，外祖父却认为外祖母穿得不好给他丢人，体现出外祖父识人的浅薄与虚荣，更凸显出外祖母的真诚善良。

读书笔记

③为什么祖母会认为这是一个坏主意？

[①]在夏天里，她消瘦了，脸上的皮肤苍白而发青，眼睛却变大了。

“你害怕吗？”我问道。

“我怕。”她说道，默默地哭泣着。

[②]我没有什么话语好安慰她，我自己也害怕在城市里生活。我们长久地坐在那里，在忧郁的沉默中，彼此紧紧依偎在一起。

要是在夏天，我就会向外祖母提议去行乞，就像她还是一个姑娘家时所做的那样。我也可以用一辆小车载着柳德米拉同行。但这时候是秋天，潮湿的秋风沿着街道吹个不停，天空被源源不断的云层遮住，大地起皱了，露出了肮脏和凄苦的面貌。

名师批注

①外貌描写，通过描写柳德米拉相貌的改变，凸显出她对自己未来命运的担忧，生活终究是磨去了她的棱角。

读书笔记

②为什么“我”会害怕在城市里过日子？

名师赏析

大自然无私的馈赠阻隔了社会现实的黑暗。外祖母的温柔教导，让阿廖沙学会坚强、勇敢地面对生活。进入大森林的阿廖沙，如同回到海中的鱼儿，终于可以自由地呼吸，向着有光的地方尽情生长！

但是如此美好也只是昙花一现，阿廖沙又要踏上新的旅途，重新回到现实中摸爬滚打。他又会有怎样的遭遇呢？让我们同他一起收拾好心情，踏上新旅途吧。

积累与运用

·好词·

陨灭 缝隙 绿荫 依偎 啜泣 濒临 珍馐 惶惑 兴高采烈 颠三倒四

恻隐之心 大动特动 凭空臆造 想入非非 愁眉苦脸 旷无一人

·佳句·

◆ 我已经知道人们会像往常一样污染一个明朗亮丽的日子。

◆ 森林好似一支黑色的大军，朝我们逼近。枝叶蓬松扩展的云杉树丛，好像一些张开翅膀的大鸟。默默竖立的桦树犹如亭亭玉立的姑娘。

◆ 我们坐下来，倚靠着一棵适宜制作桅杆的很直的松树的红铜色的树干。空气中充满树脂的气味。从田野上吹来阵阵微风，木贼草在风中摇曳。

◆ “将一粒种子播种在荒芜的土地上，是不会开花结果的。”他突然这样说，急忙朝前跑去，仿佛一只在耕地上面盘旋的渡鸦。

◆ 森林是上帝的花园，谁也没有在此播种，上帝的一阵风刮过，这里的树就自然生长成林，这风是上帝的神圣的口的呼吸……

·美文仿写·

在虚伪、无赖的外祖父眼中森林也有独特的风景，眼前的美景加入他往昔的回忆，似乎更有神韵了。在你的生活中，必定也有让你念念不忘的风景，请你也来描绘出它的美。

森林是上帝的花园，谁也没有在此播种，上帝的一阵风刮过，这里的树就自然生长成林，这风是上帝的神圣的口的呼吸……我年轻的时候，作为一名纤夫，常常航行往返于日古利……嗬，阿列克塞，你将来也没有机会观赏和体验我经历过的事情！我见过的世界无比辽阔，就拿奥卡河森林地带来说吧——从卡西莫夫一直延伸到穆罗姆，或者，拿伏尔加河那边的森林来说，这片森林一直延伸到乌拉尔山脉，是呀！所有这些森林都是辽阔到无法测量和极为奇妙的。

第三章 检测卷

（共20分）

一、填空题。（每空1分，共10分）

1. 是 ________ 掘好了科利亚的坟墓，但较为廉价。
2. 这整个木材宝库都属于 ________，但维护经营的工作很不到位。
3. 阿廖沙、外祖母、外祖父进入大森林，伴着他们前行的还有一条 ____。
4. 外祖父年轻的时候是一名 ______。
5. 他们在森林里采集各种 _____、_____、_____ 和 _____，外祖母将采集到的植物和果实拿到市场上去卖，换来食物糊口。
6. 是 _____ 把阿廖沙送到 ________________ 家去，期待他们把阿廖沙培养成制图员。

二、简答题。（每道题5分，共10分）

1. 外祖父这一人物形象具有怎样的特点？结合具体情节进行简要分析。

2. 从外祖母身上，阿廖沙学到了怎样的品质？

参考答案

一、填空题

1. 雅兹的父亲。
2. 舒瓦洛夫伯爵。
3. 狗。
4. 纤夫。
5. 草药；浆果；蘑菇；坚果。
6. 外祖父；外祖母的妹妹马特廖娜。

二、简答题

1. 总结人物形象特点，并且进行具体分析即可。如：外祖父是一个极度吝啬的人，哪怕是科利亚的葬礼，他也坚决不肯出一分钱。

2. 宽容、善良、坚强、勇敢等，符合人物形象特点即可。

第四章

名师导读

美好的时光还是结束了，阿廖沙又回到了令他窒息的城市之中。这一次，他又要面对新的主顾，经受生活新的磨砺。尖刻的姨婆与女主人，宽容、软弱的主人，阿廖沙又会以怎样的心态去面对这群人呢？是依旧选择逃避，还是用自己的方式解决烦恼？已经有所成长的阿廖沙会不会有其他的选择呢？让我们一起来看一看！

①我又住在城里了，在一栋类似棺材的有两层楼的白色房屋里安身，这是一所有很多人居住的公共住宅。房子是新的，但是像某个恶病体质、全身浮肿的人，说准确点儿，好比一个乞丐，突然成了暴发户，于是天天猛吃猛喝，导致全身胖得浮肿。

建筑的侧面向着街道，房屋每层各有八个窗户，在应是属于房子的“脸”的那一面，可以看到每层各有四个窗户。底下那层朝向院子，从那儿可以看见一条狭窄的车马可通行的路，②若是住在上面那层，视线越过围墙，可看见一间洗衣女工住的简陋小屋和一条肮脏的沟壑。

这儿的街道，绝不是我惯常理解的街道。在这栋房屋前面展开的是一条肮脏的沟壑，一种类似堤坝的设施从两处截断了这条沟壑。沟壑的左端一直延伸到管理囚犯的连部，左边的沟壑里堆满了从各家院子倒出来的垃圾，在它的底部是一个水洼，里面充满污浊的浓绿色的泥浆；③沟壑向右方延伸的尽头是兹维兹津卡池塘，这池塘里有很多淤泥，在腐烂着，发酵变酸；而沟壑的中心正对着我所在的房屋，这里的沟壑有一半被垃圾填平，长满了荨麻、牛蒡叶草、酢浆草，在另一半，多里梅东特·波克罗夫斯基神甫培植了一处花园，花园里有一座用细灰板条建造的凉亭，板条

名师批注

①运用比喻的修辞手法，将房屋比作全身浮肿的乞丐，生动地写出房屋的模样，并且体现“我”对这个地方深深的厌恶。

名师批注

②通过环境描写，交代故事背景，为下文认识纳塔利娅做铺垫。

读书笔记

③请赏析这一段环境描写的表达效果。

上涂有绿色油漆。如果用石块投掷这座凉亭，细薄板条就会发出咔嚓声，仿佛随时都会破裂。

这个地方相当枯燥，也肮脏到极点，秋季严重毁坏了混有垃圾的黏土质的地面，土地变成了红褐色的焦油，紧紧地粘住行人的脚不放。①我从没有见过这种地方——小空间里竟有这么多脏东西，特别是在习惯了纯净的田野和森林之后，这个城市的角落令我十分沮丧。

在沟壑的后面，一些灰色的陈旧的围墙延伸开去，其中，我远远地看见一所褐色的小屋，当我在一个商店里做学徒的时候，我就在这小屋里过冬。这个我曾栖身的房子如今近在眼前，更给我增添了压抑感。②为什么我又不得不在这条街道上生活呢？

我认识这里的管辖我的主人，母亲在世时，他常常和他的兄弟一起来我母亲那儿做客，他的兄弟滑稽地唱着：

安德烈——爸爸，安德烈——爸爸……

他两兄弟还是老样子，一点儿也没有变，哥哥长着鹰钩鼻，留长发，一副招人喜欢的样子，似乎为人善良；弟弟维克托仍旧是那副马脸，上面长满雀斑。他们的母亲，也就是我外祖母的妹妹，爱发脾气，常常大呼小叫。哥哥已婚，他的妻子胖得圆滚滚的，皮肤白得像白面包，有一双纯黑的眼睛。

③初来的日子里，她一再对我说：“我曾送给你妈妈一件镶黑玉珠边的丝绸女斗篷[26]。”

不知为什么，我不愿意相信她曾送过这件斗篷，而且也不相信母亲曾接受过它。当她再次向我提起这件斗篷时，我奉劝她，说：“这件东西你既然已送出去了，就不必总是提起自夸。”

她惊恐地从我身边退后一步：“什么？你这是同谁说话？”

她脸上泛起一块块的红斑，眼睛瞪圆，并叫来了丈夫。

主人来到厨房里，手里还拿着圆规，耳朵后面夹着铅笔，听完妻子的申诉后，对我说：“对她和所有的人都应当称‘您’，不能说不礼貌的话！”

26 斗篷：指披在身上的没有袖子的外衣。

名师批注

①将宁静美好的自然与肮脏的城市形成对比，更体现出自然的美好，但是“我”只能在城市中谋生存，体现出现实的无奈。

名师批注

②“我”内心的疑问，也表明了“我”的绝望，年幼的“我”并不能掌控自己的命运，只能在大人的安排下过着自己不喜欢的生活。

读书笔记

③为什么女主人一直跟“我”强调这件事？

然后他颇不耐烦地对妻子说："你不要拿一些鸡毛蒜皮的小事来打扰我！"

"怎么是小事？如果你的亲戚……"

"鬼才拿这个做理由，什么亲戚！"主人喊叫着，走开了。

①我也不喜欢这家人——即使他们是外祖母的亲戚。根据我长期观察的结果，亲戚们彼此相处、对待，比对待外人更坏；亲戚们比外人更加了解彼此的坏处和可笑的一面，他们之间会更加恶毒地搬弄是非，更加经常地争吵和打斗。

主人倒令我喜欢，他优雅地抖一抖头发，将其拢入耳朵后面，这种动作令我想起了"美事"这个故人[27]。主人常常心满意足地笑着，一双灰色的眼睛善意地瞧着，鹰钩鼻子周围几道奇异可笑的细小皱纹显现了出来，令人觉得很滑稽。

②"你们互相对骂也骂够了吧，猛禽般的母鸡们！"他对妻子和母亲说，脸上呈现轻柔的笑容，从而露出排得很密的细小的牙齿。

每天，婆婆和儿媳妇都要对骂。令我十分惊异的是，她们吵架如此轻易而迅速，动不动就吵了起来。从早晨起，两个人都还没梳洗，身上的衣服还敞开时，她们就在房间里胡乱地转，仿佛屋子失火了似的；她们整天奔忙闹腾，只有吃午饭、喝下午茶和吃晚饭的时间才在餐桌旁休息一会儿。她们大吃大喝、狼吞虎咽，喝酒要喝到醉醺醺的程度，吃菜要吃到筋疲力尽才罢休。③午餐后的闲谈离不了品评饭菜的好坏，或者懒洋洋拌嘴，为一场大吵大闹做准备。

如果这一餐饭菜是婆婆做的，那么儿媳妇准会说："要是我妈妈来做这餐饭，肯定不会做成这样子。"

"不会做成这样子？这就意味着做得更坏！"

"不，做得要好些！"

"好，那你就到你妈妈身边去吧。"

"我是这里的主妇！"

"那我是什么人？"

主人插话说："够了，猛禽般的母鸡们！难道你们丧失理智了吗？"

这屋子里的一切都荒诞得无法解释，既令人发笑，

名师批注

①有时，伤害自己最深的人恰恰是离我们最近的人，因为他们最了解如何伤害我们。

名师批注

②将婆婆和儿媳妇比作母鸡，体现了主人对婆婆和儿媳每天吵架的厌倦、烦躁。

读书笔记

③为什么婆婆和儿媳妇这么爱吵架？

---

27 "美事"：外祖父房屋中的一个神秘的寄食房客，出现在《童年》卷中。在《在人间》卷中曾多次提到，作为美好的象征。

又使人莫名其妙。在这套间住宅里只有一个很小并狭窄的抽水厕所，可从厨房到餐厅的通路就设在这个厕所里，在厨房里做好的饭菜、烧好的茶炊，都得经过厕所运送到餐厅，这厕所往往是欢愉的开玩笑的对象，也常常是产生可笑的误会的源头。

我的职责是经常给厕所里的马桶冲水。①我就睡在这厨房里，对着厕所的门，并在一扇直通大门庭阶的门旁；我的头被厨房的炉子烤得很热，而脚部却被从大门口灌进来的寒风吹得冰凉。躺下睡觉时，我得把房间里的擦脚垫都收集到一起，全部盖在我的脚部，以抵御寒冷。

在很大的厅堂里，窗间壁上挂着两面镜子，还有几幅《田野》[28]杂志赠送的彩色画，镶在一些边上有镀金的雕花装饰的镜框里，厅里还摆着两张牌桌和十二把维也纳式的椅子，虽有这些豪华摆设，但大厅给人的感觉还是空荡荡的、冷清的、寂寞的。小客厅内挤满了五光十色的松软家具，几个装着嫁妆、银器和喝茶器皿的玻璃橱；有三盏灯装饰这房间，一盏比一盏大。在黑暗无窗的卧室里，除了一张宽大的床外，还有一些大箱子和立柜，里面散发出烟叶和波斯的除虫菊粉的气味。②这三间房子总是空洞洞的，但两个挣钱理事的人挤在小小的餐厅里，互相妨碍。

早茶过后，八点时分，主人和他的兄弟立刻移开桌子，在上面铺上白色的纸张，摆上一套制图仪器、多支铅笔和装绘图墨水的小碟，着手开始工作，一个坐在桌子的一端，另一个坐在其对面。桌子常常摇晃，而且这桌子几乎挤满了整个房间，于是，当保姆和女主人从婴儿室里走出来时，她们会稍稍碰到桌子的一角。

“你们不要在这儿闲逛！”维克托喊道。

女主人受了委屈，央求丈夫说：“瓦夏，你对他说，叫他不要这样吼我。”

“可你也不要摇晃桌子。”主人息事宁人地劝告她。

“我是个孕妇，这儿太挤了。”

③“那，我们移到厅堂里去工作吧。”

名师批注

①通过细致描绘“我”在主人家的处境，体现生活环境的恶劣，以及主人家对“我”的苛待。

读书笔记

②为什么他们没有做出更合理的安排呢？

名师批注

③通过描写主人在出现矛盾时总是和稀泥的做法，体现出他的胆小怕事与没有主见。那主人这样做是错的吗？

28《田野》周刊：俄国十九世纪后期的一种文艺和科普杂志，图文并茂，面向大众，1870年在彼得堡创刊，出版到1918年才停刊。

可是女主人气急了，她喊道："天哪，有谁在厅堂里工作的呀？"

这当儿，从厕所门的后面伸出老妇人马特廖娜·伊凡诺夫娜的那张被炉火烤得通红、十分凶恶的脸，她嚷叫道：①"喂，瓦夏，你瞧，你一心工作赚钱，可家里四个房间都不够这女人产仔之用，你娶了格列边绍克的女贵族回家，看上去是个拔尖人物，却蠢得像一头猪！"

维克托恶毒地笑了，可主人叫道："够了！"

做儿媳妇的立刻回击她，使用极为恶毒尖刻的言语，滔滔不绝地将婆婆骂得抬不起头后，便倒在椅子上，呜咽着说："我离开！我去死！"

"不要妨碍我工作，鬼把你们捉去吧！"主人喊道，由于气急败坏而脸孔苍白，"一个疯狂的家庭——②要知道我为你们累得成天直不起腰来，为了供养你们，我在拼命呀！哼，猛禽般的母鸡们！"

一开始这场风波就使我恐惧，但特别令我恐惧的是，这时候女主人居然拿起一把餐刀跑进厕所里去了，她闩住两边的门，在里面寻死觅活、撒泼怒骂。刚开始的一分钟，全家人都被这突发情况震慑住了，谁也不作声，一片肃静，随后男主人用双手撑在门上，身体弯曲成弓形，呼叫我，说："爬上去！打破玻璃，从挂锁环上卸下门钩儿！"

我一纵身跳到主人的背上，打落门上方的玻璃。当我俯身向下时，女主人大怒，她用刀把猛击我的头，但我还是打开了门，于是，男主人使用武力将他的配偶推向一边，从她手中夺下刀子。我坐在厨房里，揉着被毒打后很痛的头部，立即醒悟到，这次我真是白白受苦了——那把刀子很钝，用它切一片面包都很不容易，若是用来切皮肤，则怎么也无法割破，女主人用它来自杀是绝对做不到的。所以，③我完全不需要爬到主人的背上去敲破那玻璃，我只要站到椅子上就可做到这一点。最后一点，任何一个成年人都可以更方便地卸下那门钩儿，因为他们的手比我的更长。

从这次事件之后，这个家庭内部的风波再也不令我惊恐了。

他们兄弟二人都是教堂唱诗班[29]的成员。有时他们在工作时也小声唱歌消遣。哥哥唱歌常用男中音：

读书笔记

①从语言描写的角度赏析这段话。

名师批注

②此处深切地表达了主人对目前生活现状的不满，但是谁都没有想过改变这种生活，依然沉在其中。

读书笔记

③那为什么主人还是让"我"来解决这场闹剧？

29 指演唱教堂音乐或在教堂中歌唱的一支有组织的合唱团。

代表姑娘心意的戒指
我不小心扔进了大海……

弟弟也加入歌唱，他用的是男高音：

我把尘世的幸福
连同戒指一起抛……

从婴儿室里传来女主人的轻声呼叫：①“你们发疯了吗？婴儿在睡觉……”

读书笔记

①女主人为何总是这般不识趣？

她或者这样指责：“你，瓦夏，是个有家室的人，可以不唱关于姑娘的歌吗？唱这种风流歌有什么意思？很快就会敲响晚祷的钟了，还是严肃点儿好。”

“好吧，我们唱一首教堂歌曲吧。”

但女主人暗示说：“教堂歌曲向来不是什么地方都能唱的，何况这儿还……”她有说服力地用手指了指那扇小门，意思是这儿太窄，不是唱歌的地方。

“我们应当换一套住宅，要不然——鬼知道会闹成什么样子！”男主人说。

②他也没少提到要换一张桌子，但他连续提起这件事有三年之久了。

名师批注

②生活中也有很多我们不如意的地方，但是我们很难鼓起勇气去做出一些改变，只是一直不停地抱怨。

每次我听到主人们议论别人的话，总是想起了鞋店——那儿也常听到人们七嘴八舌，在背后说别人的坏话。③我心里明白，这儿的主人们也认为自己是全城最优秀的人物，他们知道最精确的行为规矩，从而根据这些对我来说很不明晰的规矩，毫不留情、毫无怜悯心地指摘和审判所有的人。这样的审判在我的心头引起难以忍受的苦闷和逆抗这些规矩的烦恼，对我来说，破坏这些规矩可以使我心头得到满足。

名师批注

③在麻木的社会中，大家好像都一样，都朝着一个方向生长、堕落，变成面目可憎的样子。

我的工作很繁重，我得承担一个打扫房间的女仆的全部劳务——每逢星期三要擦洗厨房的地板，擦亮茶炊和铜餐具；每逢星期六要擦洗整个套间的地板和两座楼梯；劈好木柴，搬到每个炉子的旁边；清洗餐具；将蔬菜择洗干净；跟随女主人逛市场，替她提着装满货物的购物筐；跑腿去小铺买零星物品和上药店买药。

和我血缘最近的上司是外祖母的妹妹，一个说话声音很大，且发起怒来不可遏止的老妇人。她习惯早起，每天六点就起床了，匆匆洗漱之后，她只穿着一件衬衫，就跪在圣像面前，向上帝长久地抱怨自己的生活，诉说孩子和媳妇的不是。

①“上帝呀！”她将大、中、食指撮在一起贴近嘴唇，声泪俱下地扬声喊道，“上帝，任何东西我都不需要，不用赐给我任何财物，只要容许我喘一口气，得到片刻安宁就行，上帝呀，运用你的威力吧！”

她的哀号声吵醒了我，我醒来后，从被子里面向外看，带着恐惧的心情听着情感激烈的祷告。

秋天的晨光，通过雨水淋湿的玻璃，模糊地透入厨房的窗口，在寒冷的半明半暗中，一条灰色的人影在地板上晃动，焦急不安地挥着一只手画十字。她那小小的头盖在一条时常挪位的头巾下，她头上是稀疏而灰白的头发，悉数披散在后颈和肩膀上，而头巾老是从头上脱落。这老妇人每次都是猛烈地用左手扶正头巾，喃喃地咒骂道：“唉，真该死！”

她挥手拍打着自己的前额、肚子、肩膀，发狠地低声嘟哝：②“要惩罚儿媳妇，上帝呀，为了我，把所有的，所有的我承受的委屈和不平都报应到她身上吧！让我的儿子的眼睛张开吧，让他看清儿媳妇的真面目，还要让他关怀小维克托！上帝呀，帮帮小维克托吧。把您的恩惠赐给他吧。”

小维克托此刻就睡在厨房里的高板床上，被母亲的哀号声吵醒了，他用半睡半醒的声音喊道：“妈妈呀，你又大清早号哭个不停，真糟糕！”

“好，好，你自顾着睡吧。”老太婆抱歉地压低声音说。

她摇摆着身躯，保持了一两分钟的缄默，突然又充满仇恨地对天宣告：“让他们遭天打雷劈，只剩下尸骨，继续惩罚他们，永无止境，让他们尸骨被丢弃在荒野，没有遮蔽物，上帝呀……”

最毒妇人心。即使我的外祖父，也没有这样恶毒地祷告过。

祷告完了，她叫我起来：③“起来，不要睡懒觉，你不是来睡觉过日子的！上好茶炊，搬好劈柴——昨天你是不是又没有砍柴？真要命！”

我尽量快速地做各种事情，只有这样才不会听到老太婆喋喋不休的低声责备，但是让她满意是不可能的。她在厨房里横冲直撞，好似冬天的暴风雪，发狠地念咒和号叫：“别弄出声响，小鬼头！你要是吵醒

名师批注

①细节描写之中，可以见出一个饱受生活折磨，可怜但只会抱怨的老妇人形象。当我们遇到过不去的坎儿，应该少些抱怨，多想想怎样去改变。

读书笔记

②为什么老妇人会祈求把所有的委屈与不平全部报应到自己的儿媳妇身上？

名师批注

③老妇人对“我”的吩咐体现了她对“我”无情地剥削，在她眼里，“我”并不是与她有血缘关系的孩子，而只是一个花钱雇来的工作机器。

小维克托，我就揍你。我给你派任务，上小铺去。”

平常的日子里，这家人早茶前要买两俄磅小麦面包，还要花两戈比替年轻的主妇买便宜的圆形白面包。当我买回面包时，两个女人多半会用怀疑的眼光看着面包，将其放在手上掂量，问道：①“店家称货物的时候，有没有为补足分量而加上点儿添头？没有？那么张开嘴巴吧！”随即煞有介事地叫道：“你偷吃了添头，对吧，牙缝里有碎渣！”

我乐意干活——清除房屋里的污物、擦洗地板、擦亮铜餐具、清理炉子通风口、擦拭门把手……这些活我都乐意干好，我不止一次听见两个女人在和好的时候这样谈论我：“干活挺勤快。”

“将房间收拾得很干净。”

“只是十分粗鲁。”

“唉，妈妈，过往有谁教育过他吗？”

②两个女人都竭力地教我尊重她们，但我认为她们疯疯癫癫、缺乏理智，我不喜欢她们，不爱听她们的那一套，和她们说话时总是顶嘴。

年轻的女主人也许察觉到了，她们的一些教诲在我这里只能起反作用，所以总是向我提起那件往事：“你应当明白，是我们把你从一个一贫如洗的家庭里搭救到这儿来过好日子的！我曾送给你妈妈一件丝织的斗篷，上面还有管状玻璃珠呢！”

有一次我回敬她说：“你的意思是要我为了这件斗篷剥下自己的皮来回报你吗？”

③“天哪，他如此无礼，胆大包天，可以点火烧屋了！”女主人惊慌地喊道。

我感到异常惊讶，她有什么证据呢，竟给我安上点火烧屋的罪名？

两个女人时不时在主人面前控告我，而主人就会严肃地告诫我：“你呀，小兄弟，要看在我的面上，放规矩点儿！”

④但有一次他心平气和地对妻子和母亲说：“你们也太精明了！使唤一个小孩就像是乘骑一匹去势的雄马，如果是另一个小孩，早就跑掉了，或者被这样的刁难和苦役折磨死了……”

这番话气得两个女人七窍生烟，甚至流下泪来，他妻子顿着脚，怒气冲冲地叫道：“得了吧，难道可

名师批注

①这两人虽然平时总是在争吵，但是面对金钱，难得地统一战线，一毛不拔，总以坏意揣测别人，十分可笑。

名师批注

②年幼的“我”从外祖母那里学会了善良、宽容，但是也有自己的原则，当别人怀有恶意时，适当的反击也是必要的。

名师批注

③通过语言描写，写出了女主人对“我”的无理指责，体现“我”在这里所遭受的折磨，不管是肉体上的，还是精神上的，都已经不可磨灭。

名师批注

④主人为“我”打抱不平，体现了他对“我”的同情，他不是真的无可救药，只是不知道从何反抗。

以当着他的面这样说吗？你这个长毛傻瓜[30]！在说了这番话之后，我在他心目中成了什么人？我是一个怀孕的妇人，需要使唤下人。”

他的母亲也哭哭啼啼地悲号：“上帝饶恕你，瓦西里，只是你得记住我的预言——你如此纵容这个小子，实际上是害了他，他会因此变坏的！”

①待她们走开后，主人一脸怒容，凶狠地对我说：“看见了吗？小魔头，你竟然引起这样的轩然大波！我马上把你送回你外祖父家，让你重新干那捡破烂的活儿去！”

我受气不过，便说道：“做一名捡破烂的小子，也远胜于住在你们家里！当初说是收容我来学技艺的，可我学了什么？成天搬运泔水，苦力干活！”

主人抓住我的头发，②但是小心翼翼地扯着，我不觉得痛。他仔细地端详了我一眼，颇为惊奇地说：“可是，你是一杯由伏特加和葡萄酒混合的酒，也就是说，做事勤快，但是太倔！这样的酒，不适合我喝。”

③我想，他们准会马上赶我走了，但是过了一天，主人竟然手里拿着一筒厚厚的纸到厨房里来了，一并还拿来了铅笔、三角板和尺。

“你擦净餐刀后，照着这张图纸描绘一张新图。”

在这张图纸上是一幅两层楼房屋的正面图，这房屋有许多窗子和塑造装饰。

“这是给你的圆规！测量这张图纸上所有的线段，在这张白纸上用点标出这些线段的两端，然后用铅笔沿着尺子从一个点到另一个点轻轻画线，最开始顺着画这些水平线，然后逆着画垂直线，马上动手画吧！”

我十分高兴做这种干净的工作，开始学艺，但是看着这张图纸和制图工具，心里有一种虔诚的畏惧感——我什么也不会呀。然而，我立刻洗净了手，坐下来学艺。我在这张白纸上画出了所有的水平线，并核对了一下——画得不错！尽管有三条线是多余的。我又画出所有的垂直线，定睛一瞧，可惊呆了。④这栋房屋的正面荒诞地歪着，窗户都移到了窗间的墙的位置上，而有一扇窗户则飞到了墙外，挂在空中，邻近房屋。正门的台阶也上升到了空中，达到第二层楼的高度，房檐落在屋顶的中间，天窗落在烟囱上。

30 多指东正教的信徒，他们常把胡子、头发留得很长，故称“长毛”。

读书笔记

①为什么主人突然对“我”发脾气？

名师批注

②主人虽然在处理问题时十分粗鲁无礼，但是小心翼翼的动作可以看出他凶恶外表下的一丝善意。

名师批注

③主人在听了“我”的不满之后竟真的做出了改变，说明主人还是能听进去意见的。

名师批注

④“我”第一次画图，没有成功也是情有可原，从其中可以看出孩子的笨手笨脚以及天真可爱。

我长久地打量着这幅无法补救的怪图，几乎要哭了，我试图弄明白这些错误是如何造成的，可我弄不明白。既然如此，我决定依靠幻想来纠正这个作业。①我沿着这房屋的正面图加上一些生物，在所有的房檐上和房顶的屋脊上画了一些渡鸦、鸽子和麻雀，在各个窗口的地面上画了一些长着罗圈腿的人，他们都撑着雨伞，让伞稍稍遮住他们身体的畸形。然后我画满斜着的线条，立刻把作业交给老师。

读书笔记

①为什么“我”会在图上添加这些生物？

他高高地扬起眉毛，摇了摇头，头发蓬松，脸色愠怒地问道：“这些乱涂的东西到底是什么？”

“下着雨。”我解释说，②“在雨中整个房屋就显得是倾斜的了，因为雨滴本身总是倾斜的。这些鸟儿——你瞧，这全是鸟——都停在屋檐上避雨。每次下雨都是这样的状况。而这里是有一些人急着跑回家，你瞧，这个贵太太摔倒了，还有，这是个送柠檬的小买卖人……”

名师批注

②“我”在创作这幅图时的天真想象，体现了“我”作为一个孩子的特质。

“我十分感谢。”主人说完，身子伏在桌子上，用头发将那张图纸扔到一旁，哈哈大笑起来，喊道，“哎，我谢你是要你立刻把这些猛禽般的麻雀撕得粉碎！”

女主人来了，摇着好似小圆鼓般的大肚子，看了一下我的画作，对丈夫说：“你应该抽他一顿！”

③但主人宽容地指出：“没关系，我自己最初画的也没有比这张更好。”

他用红铅笔在这张正面图上做出了报废的记号，又给我一张纸：“再一次动手画画看！你要不断地练习画草图，一直练到能画出有用的图样为止。”

读书笔记

③主人为什么对“我”犯错如此宽容、耐心？

我的第二张临摹的作品要好些，只是有一扇窗户画在台阶上了，但是我不愿意让房屋空着，于是我让这房子住进各式各样的居民。在一些窗户内，贵妇们正手摇扇子闲坐着，她们的男伴们抽着带纸嘴的烟卷。其中有一个不抽烟，长长的鼻子令众人注目。

在台阶上，站着一名马车夫，躺着一只狗。

“为什么你又这样乱涂乱画？”主人生气地问道。

我对他解释说，没有人就太寂寞了，但是他开始厉声训斥我：“这些东西都见鬼去吧！如果你想学技艺，就得好好静下心来学！你这样全是胡闹！”

随后不久，我终于临摹出一幅与原作相似的正面图，令他十分高兴。

[①]“瞧这一幅，你真学会了。看来，这样学下去，不久之后你就可以和我一起干正经事了。”他给我一份作业，说，“绘制一套住房的平面图。设想房间如何分布，门和窗户应开在哪儿，应在哪儿安置什么设施，等等。我不给你任何指点，你自己去琢磨吧！”

我步入厨房，低头沉思默想，该从什么地方着手呢？

但是在这节骨眼上，我对绘图技艺的研究被打断了。因为身为女主人的老太婆走近前来，凶恶地问道：“你想学制图吗？”

[②]她一把抓住我的头发，按着我的脸猛撞桌面，以致我的鼻子和嘴唇都撞破了。她暴跳如雷，将图纸撕得粉碎，将制图工具一一从桌上投掷到地上。然后她双手叉腰，得意扬扬地喊道：“给你个厉害瞧瞧，你画去吧！这样下去，一家人都无法和睦过日子！他热心地教外人学技艺，却把唯一的亲兄弟晾在一边！”

主人跑过来了，他的妻子也从容不迫地走来，一场野蛮的混战开始了。三个人都冲着对方一个劲儿地数落，向对方脸上吐唾沫，高声悲号，低声怒吼，最后以两个女人哭诉着离场结束，主人无可奈何地对我说：“你把这一切暂且丢下吧，不学了，你也看到了，我们为这事闹成什么样子！”

[③]我真怜惜他，他的脸色如此疲惫，他毫无自卫能力，一辈子都在女人的震耳欲聋的吼声中度日。这事发生前，我早就明白这老妇人不希望我学习制图，故意妨碍我朝这方面发展。后来，每次我坐下来学制图之前，先要请示她，求她允许：“还有什么事情要做的吗？”

她脸色阴沉地回答：“要是没有事情做，我就会说‘你待着吧’，这就是说，你可以到桌子后面去胡作非为了。”

但过不多久，她就会派我到某处做事，或者说：[④]“前面的楼梯你扫干净了没有？在那儿的角落里，有灰尘和垃圾，快去扫一扫。”

我走到那里，发现没有丝毫灰尘。

“你要和我争论吗？”她喊道。

有一次，她将我的全部制图成果都浇上克瓦斯[31]，还有一次，她将圣像前神灯的油泼在图纸上

31 一种清凉饮料。

名师批注

①通过语言描写，可以看出主人还是想要教“我”画图的，并且也十分耐心，对“我”寄予厚望，展现了他内心真诚、善良的一面。

读书笔记

②为什么老妇人如此反对“我”学制图？

名师批注

③家家有本难念的经，主人并不是一个完全的坏人，只是身处于这样的环境中，委曲求全是他的生存之道。

读书笔记

④这其中展现了老妇人怎样的心机？

面——①她爱恶作剧，好似一个小女孩，常玩弄小孩的花招，又像小孩那样，不善于掩饰自己的花招。

无论从前，或是以后，我都没有看见一个人发起怒来如此易如反掌、迅速莫测，并且如此喜欢埋怨身边的一切人和事。一般来说，人们都爱埋怨，但是，她埋怨的时候，总带着一种特殊的激情，好似在唱歌。

她对儿子的溺爱近乎丧失理智。她劲头来时，既惹我发笑，又令我害怕。我无法用别的词来形容她这种劲头，只能说走火入魔。

每次早祷之后，她就站在炉子入口处的小台阶上，把胳膊肘撑在高板床[32]靠边的板子上，紧张而激烈地说："你是我最宠爱的孩子，我的心血凝成的宝贝儿，你满怀激情，无比纯净，像钻石般宝贵，像天使翅膀上的一根羽毛那样轻盈飘逸。你在睡觉，睡吧，孩子，给我的小亲亲送一个欢快的梦吧，让你梦见未婚妻，那个头等的美女、公主、女富豪、大老板的千金！你的对头——未出生就死了，可是你的朋友——你和他们同舟共济一百年。让姑娘们成群结队、众星捧月地跟着你，好似一群母鸭跟随一只公鸭！"

②我听着不禁笑出声来——这个粗鲁无礼、懒惰成性的维克托好似一只啄木鸟，同样地满脸都是斑点，同样地长着大鼻子，同样地固执而愚笨。

有时母亲的低语吵醒了他，他梦呓般地喃喃地说："你跑到鬼那儿去吧，妈妈，你在这里唠叨个不完，一直对着我的脸！真没法活了！"

有时她温顺地从小台阶上爬下来，微笑着说："嗯，睡吧，睡吧……粗野无礼的孩子。"

但常有这样的情况。她的一双脚因激动而打战，啪啪地撞击着炉子边缘。她大张着嘴，响亮地呼吸着，仿佛舌头被烫伤了一般，喉咙呼哧呼哧地作响，口中吐出炽热而苛刻的恶言：③"有这样的道理吗？你这就把母亲打发到魔鬼那儿去，忤逆不孝的臭小子。啊哈！你是我半夜干丑事弄出来的冤孽，可恶的刺头儿，魔鬼将你植入我的心头，唉，你出生前烂在肚子里就好了。"

她说话吐词很不文雅，都是街头醉汉的脏话，令人听了很害怕。她睡眠很少，辗转不安，有时一晚上要从炉炕上跳起好多次，然后又瘫倒在我身边的沙发

32 装在火炉和墙之间的床。

名师批注

①运用比喻的修辞，将老妇人比作小女孩和小孩，体现她使出这些花招的幼稚以及她的愚蠢，不过这些幼稚又愚蠢的把戏让她实现了自己的目的。

读书笔记

②为什么老妇人会如此溺爱粗鲁懒惰的维克托呢？

名师批注

③通过描写老妇人对自己的生活的抱怨，体现了她内心的痛苦。一个人不会无缘无故成为坏人。

上，惊醒了我。

“你怎么啦？”

“别出声。”她压低声音说，一面画十字，定睛端详着黑暗中的某物，“上帝呀……伊利亚先知[33]……伟大的殉道女瓦尔瓦拉[34]……保佑我，使我能避免横死……”

①她用一只颤抖的手点燃蜡烛。她的带有大鼻子的圆脸紧张地鼓起，一双灰色的眼睛惊慌地眨着，端详着在昏暗中变了样的每件东西。

厨房原本很宽阔，但是被各种柜子和箱子塞满了，显得空间很小，特别是在晚上。月光静静地在厨房中照射着，圣像前的长明油灯[35]的火光颤动着，一把把的菜刀在墙上闪闪发光，好像冰锥，搁架上放着几个平底煎锅，仿佛是某些人的没有眼睛的假面具。

老太婆小心翼翼地从炉炕上爬下来，仿佛是从河岸进入水中。随即，用一双裸脚啪哒啪哒地走着，走到一个角落里，一只盛污水的木盆上面，有一个大耳朵的悬壶洗手器，它令我想起砍下的头颅，那儿还摆着一个直帮水桶。

她嘴一张一张地喘着气，做深呼吸，喝了几口水，然后透过窗玻璃上的浅蓝色的霜花看了看窗外。

“饶恕我，上帝呀，饶恕我。”她低语央求着。

有时，她熄灭蜡烛，跪下来，满腹牢骚地低语：②“现在谁爱我呢，上帝，现在谁还需要我呢？”

她爬上炉炕，给通向烟囱的小门画十字祝福，她摸了摸，看火炉烟道风门是否关紧了，结果双手被烟黑弄污，她绝望地大骂了几句，之后不知怎么又立刻睡着了，好像被什么看不见的力量制服了似的。

每当我受她的气、挨她的骂时，我就会想：真遗憾，外祖父没有娶她为妻——如果是那样，外祖父会被她折磨得难以忍受！同时，她也遇到一个难啃的硬坚果。她常常把我当作出气筒，使我感到十分屈辱，但是也常有这样的日子，当她胖乎乎的绵软的脸孔蒙上一层愁闷的阴影，眼睛也淹没在泪水之中时，

名师批注

①通过神态、动作描写，体现出老妇人此时的紧张不安，因为对生活一无所知，所以她害怕任何变故。

名师批注

②老妇人内心充满迷茫，她一直寻求着一份爱，但是连她的儿子都无法给她这份爱，这让她十分不安。

---

33 伊利亚：东正教先知。

34 在信奉东正教的东方和俄罗斯，圣徒瓦尔瓦拉是备受人们尊敬的女中豪杰，在君士坦丁堡（今天的土耳其城市伊斯坦布尔）有纪念她的寺庙，并且是远近闻名的避难所，人们相信圣徒瓦尔瓦拉能够“消灾免祸”。

35 常年不灭的大油灯，大多挂在佛像或神像前。

她会十分恳切地说：[①]“你替我想一想——我日子过得轻松吗？我生下孩子们，百般小心地照看着，教他们迈开步子走路，使他们能够自立——到底为了什么呢？你瞧，我在他们这里只是一个不领工钱的厨娘，我能尝到什么甜头吗？儿子将一个外边的女子领到家里来，宁可舍弃亲娘从而换取她的感情——这是好事吗？嗯？”

“不是好事。”我真挚地说。

“我说的对吗？事情的确是这样的……”

于是，她又开始厚颜无耻地数落她的儿媳妇。

“我常和她一起去澡堂，我看见过她那副本相！男人迷恋的是什么呀？色不迷人人自迷，他们怎能把那样的一团肉称作绝代佳人呢？”

[②]她谈到男女关系时，话语格外肮脏。最初她的话使我很反感，但我很快习惯了，专心听她讲，带着很大的兴趣，感觉这些谈话的后面隐藏着痛苦的真实。

“女人具有倾国倾城的力量，连上帝都被女人骗了[36]。瞧，真实就是这样的！”她瓮声瓮气地说，用手掌轻拍一下桌子，“由于夏娃的缘故，所有的世人都得下地狱。瞧，就是这样！”

她可以把女人的力量形容得有声有色，口若悬河、滔滔不绝。我经常认为，她是想用这样的谈话来吓唬别人。我对“连上帝都被女人骗了”这句话印象特别深。

在我们的院子里耸立着一栋侧屋，有正屋那么大。这两栋楼房有八套住宅，其中有四套成了军队的宿营地，住着军官，第五套住着团队的神甫。[③]勤务兵[37]和传令兵占了整个院子，而洗衣女工、打扫房间的仆妇、女厨娘等常常找他们幽会，在各家厨房里常常演出各种风流韵事和悲喜剧，伴有流不完的眼泪、争风吃醋和动武。兵士们互相打斗不已，也和房东雇请的挖土工人和帮佣打架，兵士们也常殴打女人。

院子里经常因一些绯闻而沸腾起来，这样的绯闻常被人们称作腐化堕落、道德败坏和不知羞耻，这是健康的小伙子们无法抑制的生理饥饿造成的。这种生活饱含着胜利者的极度缺乏理智的折磨人的行为和肮脏的夸耀。我的主人们在午餐、下午茶和晚餐时总爱带着鉴赏去详尽地品评这种放荡的生活情景。老太婆

名师批注

①一个被时代折磨的女人，在抱怨这种痛苦的同时，又将这样的痛苦施加在另一个女人身上，体现了老妇人的荒诞可笑。

读书笔记

②这些谈话背后“痛苦的真实”是什么？

名师批注

③通过描写这栋房子中乱糟糟的生活，以小见大，反映出整个社会的乱象，体现了“我”对这些乱象的厌恶。值得庆幸的是，在黑暗的社会环境中，“我”并没有被影响。

36 指夏娃在伊甸园违背上帝的意旨，偷吃善恶树上果子的故事。
37 为军官干杂事的兵士。

永远洞悉院子里发生的一切绯闻，用肮脏而幸灾乐祸的语言述说这些风流韵事。

①年轻的女主人听着这些桃色故事，弯着厚嘴唇，沉默地笑着，维克托则哈哈大笑，而男主人皱起眉头，说：“够了，妈妈。”

“上帝呀，你看吧，我连话也不能说了！”这位讲绯闻的老太婆央诉道。

维克托鼓励她道：②“说下去，妈妈，有什么不好意思的，这一切都是很自然的事。”

大儿子对母亲保持既厌弃又怜悯的态度，他尽量避免和她单独相处。如果发生这样的情况，母亲就会放连珠炮似的向他数落他妻子的不是，而且必然会向他要钱。③他匆忙地往她手中塞一个或三个卢布，或几枚银币。

“你不必要拿钱，妈妈，不要跟我说自己缺钱，而且你拿着钱也没地方用！”

“你要知道，我得施舍乞丐，我要买蜡烛，上教堂捐助……”

“够了，施舍什么样的乞丐呀！你把钱全部用在让维克托变坏的事上了！”

“你不爱弟弟，这对你来说，可是一桩很大的罪过呀！”

他走了，挥手让她到一边儿去。

维克托向母亲提出一些要求时，总是显现出粗暴而戏弄的态度。他十分贪吃，肚子总是填不饱。每逢星期天，母亲会用烙油煎饼，她总是会暗自藏几块饼，放在一个瓦罐里，再将瓦罐放在我睡觉的沙发下面——维克托做完日祷，就会取出瓦罐里的美味，还小声埋怨着：④“不能多烙几块吗，像铁钉钉死、王牌押定似的，每次都只这么一点点！”

“你快点儿三口两口吃完吧，不要让他们瞧见。”

“我就是要说你怎样为我偷藏烙饼，让他们气得拿餐叉互相叉后脑壳！”

有一次，我取出瓦罐，吃了两块烙饼，维克托为这事毒打了我一顿。他不喜欢我，正如我不喜欢他一样。他嘲弄我，强迫我一天给他擦三次靴子。他躺在高板床上，拨开床板，从缝隙里往下面吐痰，千方百计要使每口痰都命中我的头。

应当说，他爱仿效哥哥，哥哥常使用口头禅“像

名师批注

①与女主人之前体现出的敏感脆弱形成了鲜明的对比，体现出女主人的虚伪。人似乎总是这样，带着虚伪的面具。

名师批注

②维克托鼓励自己的母亲分享绯闻，认为这是一件很自然的事，体现出他自己本身的丑恶、无耻。

读书笔记

③为什么主人每次都会给母亲钱？

名师批注

④通过描写维克托对母亲的抱怨，体现出他的贪婪与不知感恩，理所当然地享受着母亲对他的偏爱，并且从没有想过回报。

猛禽一样的母鸡”，维克托说话也爱使用口头禅，但所有这些口头禅都是荒谬怪诞、缺乏理智的。

“妈妈，头转个圈儿向右看看，我的短袜在哪儿？”

他用一些愚蠢的问题为难我：“阿廖沙，你快回答——为什么纸上写的是‘浅蓝色的’，口头说的却是‘腓尼基’呢？为什么人们常说‘钟声’，而不说‘木桩旁边’呢？为什么说‘紧挨着树木’，而不说‘我该在哪儿哭泣’呢？[38]”

我不喜欢这一家人的日常谈吐。我的外祖父和外祖母多少受过教育，外祖父曾是城市织染公会的头，交往的都是上层的有识人士，说话用词较文雅。我来这儿听人们说话，真不能理解那些不能配合在一起的词怎么会配合在一起，诸如“令人恐怖地好笑”啦，“我想吃到死”啦，“可怕的欢悦”啦，因为好笑的事不可能是恐怖的，欢悦时不会感到可怕，所有的人都是吃喝到临死的那天。

我盘问他们：“为什么可以这样说呢？”

他们责骂我说：“谁教你动这样的歪脑筋的，看我掐下你的耳朵。”

但“掐下耳朵”这个词也令我感到不恰当，可以掐下的只有草茎、花朵和坚果。他们试图向我证明一双耳朵也可以掐下，但这不能令我信服。我振振有词地说：“可一双耳朵终究不能一下子掐断的呀！”

①周围的残酷的恶作剧和肮脏的无耻行为太多了，以至于库纳维拉镇街头的丑恶现象跟这儿的坏事是无法相比的，如果要比较，简直是小巫见大巫了。

是的，在库纳维拉镇街头的不务正业的姑娘比比皆是，可在库纳维拉镇，在肮脏事和胡作非为这两个词之外，我还可以从人们身上发现一些客观因素，诸如艰难的半饥半饱的生活，沉重的劳动等。②可在这儿，人们饱食终日，日子过得轻松，不可理解的、毫无必要的庸碌奔忙和尘世的空虚代替了艰苦的劳作，在这里，所有人身上都承负着某种腐蚀心灵的令人无故恼怒的苦闷。

在这儿我本来就很不好过，但最使我难过的莫过

> **名师批注**
>
> ①“我”对身边的丑恶都看在眼里，并且已经厌烦疲倦。

> **名师批注**
>
> ②生于忧患，死于安乐。当人生失去苦难或目标，也就失去了寻找幸福的动力。

38 这段话是维克托故意刁难主人公的。有的词读音近似，有的词拼写相像，也有前置词的固定用法。提问“为什么”在这里是毫无道理的。

于外祖母来我这儿做客。她从黑暗的台阶上走下来，走进厨房，在圣像前画十字，然后几乎弯腰到地，向妹妹深深鞠躬，如此卑躬屈节的敬礼，好似一块千斤巨石，压得我身子弯成弧形，使我无法呼吸。

“啊，是你来了，阿库林娜[39]。”我的女主人漠不关心地、冷淡地迎着我的外祖母。

①我认不出外祖母了，只见她谦卑地收紧双唇，整张脸变成一种不熟悉的模样，沉静地坐在门旁的长凳上，靠近盛泔水的木盆，不发一言，仿佛一个犯罪的人，回答妹妹的询问时，轻声而恭顺。

这使我很痛苦，我生气地说道：“你坐在这儿做什么？”

她亲切地向我使眼色，用生动的语言规劝我：“你不要多说话，你在这里不是主人。”

女主人又开始数落抱怨了：“他总是爱管闲事，操心他不该操心的事情，即使打他骂他也无用。”

②她幸灾乐祸地探问姐姐，这种奚落的提问可不是稀有的：“阿库林娜，乞丐般的日子过得怎么样呢？”

“唉，不要提起了，倒霉透了……”

“这一点儿也不倒霉，如果没有羞耻心的话。”

“人们说，耶稣基督也曾靠乞讨过日子。”

“这是笨蛋的胡说，异教徒才这样诬蔑耶稣。可你这个老蠢货仔细听着！耶稣基督不是乞丐，是上帝的儿子，他降生于世间，宣称有审判所有在世的人和死去的人的光荣权力，连死人也得受审判，你可要牢记，对他不能隐瞒任何事情，我的老姐姐，即使自己焚烧成灰也不行。他让你和你丈夫瓦西里因你们过往的自高自大而付出了代价，他现在报复你们也是因为你们从前对我很傲慢，你们有钱的时候，我常常向你们求助，可是……”

“别忘了我也曾力所能及地帮助你们，”外祖母③冷淡地说，“而上帝报复我们，你要知道……”

“对你们的惩罚太少了！太少！”

④妹妹鼓动如簧之舌，埋怨和抨击姐姐，没完没了，使得外祖母心烦意乱，而我听着她的恶毒刺耳的声音，心中既苦恼又纳闷，平日很要强的外祖母怎能

39 阿库林娜是主人公的外祖母的名字，按习俗姐妹之类的亲属，往往互相称呼名字，主人公的外祖母全名阿库林娜·伊万诺芙娜，爱称阿库丽亚。

读书笔记

①为什么外祖母会有这样的举动？

名师批注

②通过神态、语言的描写，体现出老妇人对外祖母的奚落、无礼的对待，为下文“我”无法忍受外祖母被这样对待而做铺垫。

名师批注

③外祖母也对这样的无礼对待十分不满，但是她始终没有表现出来，因为细腻、温柔的她想要保护“我”，让“我”在这里不至于受到苛待。

名师批注

④“我”完全不能理解外祖母为何能忍受这样无理的对待，当内心榜样崩塌时，“我”的内心充满了失望与痛苦。

忍受这样的对待？在这样的时刻我真不喜欢她了。

年轻的女主妇从正房里走来，向外祖母点头致意："请到餐厅用饭，不要客气，请走吧！"

①妹妹在外祖母身后叫道："将脚擦干净点儿，你从长满云杉的村庄里走来，你的房子就建在沼泽上面！"

男主人欢快地迎着外祖母："啊，绝顶精明的阿库林娜，日子过得怎么样？可爱的小老头儿瓦西里还健康吗？"

外祖母对他报以会心的微笑："你成天弯腰伏案，还在辛苦工作吗？"

"总是劳作不息，像一个被囚禁的人。"

外祖母和他亲切友好地交谈，有时他会提起我的母亲，说："是的，瓦尔瓦拉·瓦西里耶夫娜。真是个优秀的女士！一位巾帼英雄，是不是？"

他的妻子转向外祖母，插话说：②"您是否还记得，我曾送给她一件女斗篷，黑色的、丝织的，带有管状玻璃珠的呢？"

"好像是有这么回事。"

"还是件质地顶好的女斗篷呢！"

"是的，是的，"主人轻声而模糊地说，"女斗篷，棕榈，大混蛋[40]！"

"你这是在说什么呀？"他的妻子多疑地问道。

"我吗？我在自言自语……欢乐的日子在度过，美好的人们来去匆匆。"

③"我不明白，你说这些有什么用意？"女主人不安地问道。

然后他们引领外祖母去看新生的婴儿。我收拾桌上用过的茶具，男主人则用不大的声音若有所思地说："一位善良的老太太，你的外祖母……"

为了这句话，我对他感激不尽，而当我和外祖母面对面单独在一起时，我向她倾诉内心的苦衷："为什么你要到这儿来，为什么？难道你没看出他们是什么样的人？"

"唉，阿廖沙，我一切都看清楚了。"她看着我，那张和平日不同的脸上依然带着善良的微笑，我真羞于站在那儿，不用说，她看清了一切，也清楚此时此刻我的内心活动。

名师批注

①老妇人对外祖母的鄙夷，让"我"内心更加难以接受了。

名师批注

②女主人一直强调那件女斗篷，想要来获得优越感，体现出她本质中的自卑、虚伪。

读书笔记

③女主人为什么对丈夫的话感到不安？

40 斗篷、棕榈、混蛋三个词，在俄语中的读音有点儿像绕口令。

她小心翼翼地扭转头去，看有没有人走来，她抱着我，语重心长地说：①“如果你没有在这儿，我就不会到此地来。为什么他们这样对待我，就是因为外祖父病了，我忙于照顾他，不能工作，我手中没钱。而我儿子米哈伊尔把萨沙撵出家门，我应当供这孩子吃喝。他们原先答应每年付给你六个卢布。这会儿我在想，会不会连一个卢布也不给呢？要知道你待在这儿快半年了。”

她停了一会儿，又附耳对我说：“他们吩咐我好好责骂你一番，他们说，谁的话你都不听。②你可要听话点儿，我的心肝儿宝贝，待在他们这儿，百般忍耐、勉强熬过两年，等你身体强壮了再说！千万要忍耐，好吗？”

我答应忍耐，可是要一直干到那时候的确很难。这种乞丐一般的孤独乏味的生活压迫着我，从早到晚忙忙碌碌只是为了填饱肚子，我好似在梦中活着。

有时我想，应该跑掉！但该死的冬天来临了，一到夜晚，暴风雪便呼啸不已，风在阁楼上逞威，被严寒压缩的屋架在迸裂作响——这样的天气我能逃到哪儿去！

他们不准我外出散步，而且我也没有散步的时间——短短的冬日在家务事的忙乱中过得飞快，转瞬即逝。

但是我有上教堂的职责。每逢星期六奉命去参加晚祷，每逢节日要去做很晚的日祷。

③我处在教堂中常常感到很惬意，我喜欢站在某个较为宽敞和黑暗的角落里观看圣像壁[41]——整个墙壁仿佛在烛光中熔化了，形成一些浓金色的液流，在读经台[42]的灰色的石砌地板上流动；圣像的暗黑色的形体静静地晃动着；圣幛的中门上的金色花边在欢快地颤动；悬挂在发蓝的空气中的烛火好似金黄色的蜜蜂，而妇女和姑娘头上的首饰则像是供蜜蜂采蜜的花朵。

④周围的一切同合唱团的歌唱声和谐地融成一片，宗教神话故事以奇异的生命力量通通变得活灵活现，整个教堂在缓缓地摇摆，好似一个摇篮，在浓得像树

名师批注

①外祖母为了“我”才会来这儿，才会忍受这样的委屈，体现出她对“我”深沉的爱以及怕“我”在这里被虐待的担忧。

名师批注

②一生深受苦难的善良女人，从没有想过反抗命运，外祖母可怜，但也实在可悲。

读书笔记

③为什么“我”喜欢宽敞又黑暗的角落？

名师批注

④通过描写教堂中神圣、庄重的气氛，体现出“我”此时内心难得的宁静。

41 教堂中画着或挂着圣像的墙壁。
42 在圣像壁前一个隆起的平坦地段。

脂的黑暗的虚空中摇摆。

有时我似乎觉得教堂已经深深地沉入湖水之中，远离地面的一切，隐藏起来了，以便过一种和任何生活都不相似的生活。不用说，我心中的这种感觉是外祖母的关于基捷日城的故事引起的，我常常和四周的一切昏昏欲睡地摇摆着身子，周围既有合唱团的哄小孩睡觉的歌声，也有念祈祷文的沙沙声和人们的呼吸和叹息声，我在心里默念着一个音调和谐的使人感到凄凉的故事：

①该死的鞑靼人团团围困，以其不信基督的强大的兵力。他们包围了光荣的基捷日城，

就在这复活节的晨祷时分……

哎哟，上帝呀，我的上帝，怎么办，无比圣洁的圣母！

哎哟，求您保佑自己的奴仆们，让他们能够站着履行完早祷的职责，听完神圣的手写的经文！

哎哟，不要让鞑靼人亵渎神圣的教堂，

②别使妇女和姑娘们遭受羞辱，别使幼小的儿童为其唱歌跳舞，别使垂暮的老年人受尽痛苦死亡！

③于是，耶和华上帝听见了，纯洁无瑕的圣母也听见了那些人们的诉苦，和基督的哀悯。

因此上帝耶和华对神的大天使米哈伊尔说：你到那儿去，米哈伊尔，让基捷日城下的土地发生地震使基捷日城沉入湖水中；

让那儿的人们能够不停地祈祷没有休息也不会疲劳，从晨祷一直祈祷到晚祷，一切东正教徒的神圣的职责，永远不停地继续下去！

④在那个年代，我的大脑好像一个饱藏蜂蜜的蜂巢，充满了外祖母的诗句，似乎我思考问题时也套用外祖母的诗歌的形式。

在教堂里我并不祈祷——面对外祖母心中的慈祥的上帝，重复外祖父的暴躁的祈祷文和哀怨的教堂乐曲是很尴尬和不舒服的。我深信外祖母的上帝会像我一样，不喜欢这些祈祷文和教堂乐曲，而且这些东西早已印在书上——这就是说，上帝好像和所有识字的人们一样，在心中对这些东西早有感受，不当一回事了。

名师批注

①被围困的不仅是光荣的基捷日城，还有可怜的人民，名为生活的围城之中，每个人都在挣扎着。

名师批注

②年幼的“我”心中对世界充满悲悯，眼前的乱象让“我”不由长期悲歌。

读书笔记

③现实的苦难能由谁来拯救呢？

读书笔记

④请从修辞的角度赏析这一句话。

①所以在教堂里，当我因对某些事物的甜蜜的忧愁而紧缩，或者为白天受到的小屈辱搔抓着心灵的时候，我就专心致志地编撰自己的祈祷文。一旦我心中想起我生活中的不愉快的事情，一些字句就自然而然地、毫不费力地以诉苦的形式组成了：

上帝呀上帝，我心中是多么寂寞呀！
但愿我能尽快长大就好！
要不然——我活着再也无法忍耐下去了，
伶仃孤苦，甘愿上吊——上帝饶恕我吧！

学艺力倍功半，难以有成，
那鬼头鬼脑的牝鸡、外祖母的妹妹马特廖娜，
如狼似虎，厉声叱责我，
活着对我来说——战战兢兢，如临深渊，如履薄冰！

②时至今日，我还记得许多我的祈祷文，这些童年时代的智力创作如同烙印刻在我的心头——它们往往一辈子也不会平复。待在教堂里颇为舒畅，好像在树林里和田野中一样，可以松一口气，得到休息，幼小的心已饱受欺凌，尝尽屈辱，生活中恶劣的暴行玷污了的心灵，又在朦胧炽热的理想中获得洗涤。

但我只在极度严寒和暴风雪猛烈横扫城市的时候才会上教堂，那时候，天空似乎冻结了，风把天空的气体吹散成雾状，凝成含雪的云，而地面也在堆积如山的雪下面冻结了。看来，任何时候也不会复苏和重新充满生机了。

我最喜欢在静静的夜晚沿着城市各处溜达，从一条街走到另一条街，潜入最偏僻的角落。往往，你走着走着，仿佛在插翅飞行；一个人，好似天上的月亮，在天宇独步；你的影子在你的前面爬行，熄灭了雪堆上的光点，可笑地撞在人行道的防栅柱和围墙上面。

在两条行人极少的街道——季洪诺夫大街和马尔丁诺夫大街的拐角上，有一处矮小的单层平房，这是一个特别令我心醉的地方。某个月夜，正好是冰消雪融的天气，谢肉节[43]之前不久，我在溜达时无意中闯到此处，从窗户的正方形通风小窗里，和温暖的蒸汽

43 斯拉夫民族古老的节日。

名师批注

①“我”在教堂开始了自己的创作，文学的种子已经在“我”心里种下，并且为“我”指引前进的方向。

名师批注

②童年时期的一些感受，可能会对我们的一生有不可磨灭的影响。当心中情感激荡时，“我”通常用自己的文字表达出来，为下文“我”成为一名作家做铺垫。

一起，一种极不平常的声音缓缓地传到街上，似乎是一个强有力而善良的人在闭着嘴巴歌唱——我听不清歌词，因有一种乐器的弦的叮咚声令人讨厌地打断了歌曲的流出，妨碍了听觉，但[1]这支歌曲对我来说仍然是极其熟悉和极易理解的。

读书笔记

①为什么“我”会对这支歌曲有这样的感觉？

我坐在人行道的防栅柱上，心里琢磨，这是人们在弹奏某个大提琴——这乐器的魔力强大得不可思议，而且令人难以忍受，因为聆听时几乎感到痛苦。有时，这支乐曲的弹奏有非常强大的感染力，以至于令人感到似乎整个房屋都在颤动，窗户玻璃都在咔咔作响。从屋顶上滴下雨水，在我眼中，这是房屋因受到感染而痛洒热泪。

一个巡夜人悄悄走近，把我从防栅柱上推下来，问道：“你待在这儿干什么？”

“听音乐。”我解释说。

“这有什么好听的！走吧。”

[2]我迅速绕着这房屋走了一圈，又回到原来的窗下，但房屋里的人已经停止弹奏了，从通风小窗里强烈地传到街上的是欢乐的喧哗声，这和那哀伤的音乐声是如此大相径庭，以至于我觉得那音乐声是我在梦中听到的。

名师批注

②通过描写“我”对歌声的急切追寻，体现了“我”对歌声以及如同歌声一般美好事物的喜爱与追求。

以后，几乎每逢星期六我都要跑到这房屋附近，但是只有一次，那是春天的日子，我又听到那儿传出大提琴的音乐声——它连续不断地弹奏，一直到半夜。当我回家时，因在外面久留而挨了一顿痛打。他们质问我说：“你上了哪个教堂？什么样的神甫当值主持？”

他们熟悉城市里的所有神甫，知道什么时候，哪个神甫该读福音书的哪一章，哪一句话——他们对一切都了然于胸，因而很容易识破我的谎言。

两个妇人都躬身礼拜我外祖父的暴躁的上帝，这个上帝要求信徒们走近它时心存恐惧。上帝的名字经常挂在两个妇人的嘴上，[3]甚至在争吵中她们也以上帝的名义互相威吓：“你等着吧！上帝会惩罚你，他会使得你弯腰驼背，全身抽搐！”

名师批注

③嘴上挂着最虔诚的信仰，也总在细节中透露出可笑的现实，她们真的对信仰怀有敬畏吗？又或许只是因为理当如此呢？

在大斋节第一个星期的星期天，老妇人烙油煎饼。可在她手里总是煎焦了。她被炉火烤红了脸，愤怒地喊道：“哎，让鬼把你们都捉去吧！”

她突然闻到了煎锅的焦味，脸色阴沉下来，提起煎锅的把，将煎锅扔到地板上，哀号起来："上帝呀，这个煎锅是晕的[44]，有毒，要知道，星期一吃素的那天，我没有把它烧干净。上帝呀！"她跪下含泪哀求："上帝呀天主，原谅我这该死的人吧，看在耶稣基督为普天民众受难的分上！不要惩罚我这个老糊涂吧。"

煎焦的油饼都喂狗了，而且洗干净了煎锅，可是从那以后，每次吵架时，儿媳妇在争吵中仍旧责备婆婆："你甚至在斋戒期用荤的煎锅煎食物。"

①她们让上帝参与自己的家务事的所有方面，让自己渺小的生活的每个角落都有上帝的身影，这么一来，和乞丐一样卑贱的生存获得了外在的意义和重要性。似乎，这种可怜的生活的每时每刻都在为崇高的力量服务。

这种让上帝过问乏味并琐碎的小事的做法使我感到压抑，我不由自主地总是转头去察看每个角落，感到自己处在某人的不可见的监督之下。每到夜晚，恐惧构成一团寒冷的云雾笼罩着我，恐怖源自厨房的一个角落，在黑暗的圣像前面燃着长明神灯。与钉在墙上的搁架并排，有一个大窗口，两个窗框，由一个支柱分开。②窗口看起来像个无底的蓝色的空洞，似乎房屋、厨房和我都挂在这个空洞的最边缘，只要做一个剧烈的运动，一切都会失控地落入这个蓝色的寒冷的窟窿当中。从星星旁边擦过，飞入死一般静寂的某处，好像一块被投掷入水的石头，无声无息地沉没了。我长久一动不动地躺着，心里十分害怕，辗转反侧，期待着生命的可怕的终结。

我不记得我是怎样从这种恐惧病症中获得痊愈的，但我很快痊愈了。③很可能，外祖母的上帝在这方面赐予我力量。我现在想，那时候我已感觉到一种朴素的道理——我什么坏事都没做，无罪受罚是违背天理的，我不能替别人的罪孽承担责任。

我在晨祷期间也到处游荡，逢到春天尤其喜欢这样做。春天具备某些无法遏止的吸引力，它们不愿意放我去教堂。如果主人给我两戈比硬币去买蜡烛，这的确是害了我，使我有了沉迷于歪门邪道的本钱，比如我买了游戏用的一副羊拐子[45]。整个晨祷期间，我

名师批注

①信仰可以让生活变得有意义，但是当信仰超过一定的界限，即使是旁观者也会感觉到窒息。

读书笔记

②请从心理描写的角度赏析这句话。

名师批注

③信仰可以让坏人心虚，也能够令好人心安，"我"便是从信仰之中获得了面对生活的勇气。

44 用来煎烤斋期禁食的食物的煎锅称荤煎锅。
45 羊拐子是做打拐子游戏用的，这种游戏是用一块蹄腕骨扔向远处另一块，中者为胜。

都玩这种游戏，回家必定迟到。

有一次，我巧妙地弥补了一次失误，主人给我十戈比硬币去教堂买圣饼[46]和追荐亡魂名录，可是我在游戏中全输掉了。因此，我不得不从一个大盘子里拿走别人的圣饼，这是教堂执事[47]从教堂祭坛取来放在那里的。

①玩游戏很容易上瘾，我被游戏吸引，达到发狂的程度。我足够灵活精明，而且力气大，很快就在邻近的几条街道上靠玩打拐子、玩球和玩击棒而博得游戏能手的名声。

大斋节期间，主人强使我斋戒，于是我前往我们邻居陀利梅东特·波克罗夫斯基神甫那儿进行忏悔。②我认为他是一个严肃的人。在许多事情上，我个人在他面前是有愧疚和罪过的——投石块砸坏他花园里的凉亭，和他的孩子们作对，总之，他可以向我提醒不少触怒他的各种行为。这使我十分惶恐，于是，当我站在简陋的小教堂里，等待即将轮到的忏悔时，我的心忐忑不安地跳个不停。

可是陀利梅东特神甫用和蔼的、责备似的喊声迎接我："哎呀，一个邻居来了……好，跪下！你以往犯了什么罪吗？"

他用一块沉重的丝绒布罩在我的头上，那蜜蜡和乳香的气味使我几乎闷死，说话很困难，也不想说话。

"你听从大人的话吗？"

"不听。"

"你说：'我犯过罪！'"

出乎自己的意愿，我突然很快地喊道："我偷过圣饼。"

③神甫思索了一下，不慌不忙地问道："这是怎么一回事呢，在哪儿？"

"三圣教堂、圣母教堂、尼古拉教堂都偷过。"

"好啦，好啦，在所有的教堂都偷过！这不好，小兄弟，这是罪过，明白吗？"

"我明白。"

"你说'我有罪！'无理已极，可你偷圣饼是为了吃吗？"

"有时候是吃掉了，要不——是在做打拐子游戏

> **读书笔记**
> ①"我"为何会对游戏上瘾、发狂？

> **名师批注**
> ②神甫在"我"心中象征着引领的方向，"我"内心也有着虔诚的信仰，但是这般信仰似乎被无情地辜负了。

> **读书笔记**
> ③神甫当时可能在想些什么？

46 一种白色小圆面包，东正教徒在礼拜仪式时使用。
47 正教教会中最低级的工作人员，做诵经、打钟等事。

的时候输了钱，可我应当带圣饼回家，我就偷了。”

神甫开始自言自语，他究竟说了些什么，听不清楚，他明显累了，随后还提出了一些问题，突然脸色一变，厉声问道：“你读过地下出版物吗？”

我当然不理解这个问题，反问道：“什么东西？”

“你有没有读过禁书？”

“没有，无论什么样的禁书都没读过。”

①“你获得了宽恕，你的罪行豁免了，站起来！”

我惊讶地看着他的脸——那张脸是沉思的和善良的。我感到很不自然，心怀愧疚。

主人们打发我来忏悔时，为了让我诚实忏悔我的一切罪行，就骗我说他这个人很可怕，令人恐怖。

“我曾向您的凉亭投掷石块。”我表白说。

神甫略微抬起头来，说：“这不好！走吧。”

“我投掷石头打狗。”

“下一个！”陀利梅东特呼唤道，视线从我旁边看过去。

②我走了，感到受了蒙骗，也感到委屈。我在忏悔中绷紧神经、满怀恐惧，可一切都毫不可怕地过去了，甚至都没引起神甫大人的关注！大人关注的只是那些我不熟悉的书的问题。

我想起了“美事”——他也有许多黑封面的书，部头很大，带有一些看不懂的插图。

另一天，主人给我十五戈比，派我去领圣餐。

③今年的复活节很晚才来到，雪早已化了，街道变干了，路上尘土飞扬，是个阳光普照、令人欢乐的日子。

离教堂的围墙不远处，一大群手艺人在玩着打拐子游戏。我心里盘算，领圣餐晚点儿去无妨。于是，我向那些玩游戏的人请求说：④“让我参加吧！”

“先押一戈比，才有资格参加游戏。”一个脸上有麻子、长着红褐色毛发的人傲气十足地说。

但是我的傲气也不输他，说：“左边第二对下面，我押三戈比！”

“必须把钱放到‘城’[48]内！”

游戏开始！我将十五戈比的辅币兑换开，把三戈比押在长形“城区”的一对羊拐子下面。谁击中这

名师批注

①通过语言描写，凸显出神甫的敷衍与荒谬，更可见当时的信仰是多么随意。

名师批注

②“我”对世界的认知在此刻仿佛被颠覆，一切的恐惧、不安都是没有必要的。

读书笔记

③请从环境描写的角度赏析语句。

名师批注

④少年心性，终是抵不住游戏的诱惑。

48 一些游戏场地划出的区域或圈子称为“城”，是下赌注的地方。

一对，就可得到这押金，谁失手没击中，我的押金没损失，反而他要付给我三戈比。我这会儿真走运，有两人瞄准我的钱投掷，可两人都没有击中，我从这两个大人，也就是乡下佬那儿赢了六戈比，这大大提高了我赌钱的士气。

但是那些玩游戏的人中间有谁说："看着他，伙计们，要不然他会带着赢到手的钱跑了……"

这时，我感到很委屈，一时冲动，宣布我的大赌注，①声音大得像敲铃鼓[49]那样响，说："在最左边那对下面，我押九戈比！"

可是我的虚张声势在那些玩游戏的人中间并没有引起明显的关注，只有一个年龄和我相当的男孩喊叫起来，带有警告的意味："大家看，他今天手气挺好，这是个住在兹布兹金大街的绘图员，我认识他！"

旁边有一个身材瘦削的手艺人，根据他身上的气味，我判断出他是个熟制毛皮工匠。他阴险地说："是个机灵鬼[50]？嗨，让我们见个高下！"

他拿起灌铅的羊拐子，用眼睛瞄着，准确地打中了我的赌注，俯身向着我，问道："你要大声哭鼻子吗？"

②我不服输，回敬说："在最右边的羊拐子下面押三戈比。"

"我马上打下。"熟制皮毛工匠夸口说，但是没打中，输了。

按游戏规矩，在"城区"内做庄押钱下注三次，就不能再继续了，我开始攻打别人的赌注，又赢了四戈比，加上一堆羊拐子。③但是，当再次轮到我做庄押钱的时候，我下注三次，输掉了所有的钱，正好逢上晨祷结束了，钟响了起来，人们纷纷从教堂里走出来。

"乳臭未干的小子，今天知道我的厉害了吧？"那熟制毛皮工匠问道，打算一把揪住我的头发，但我敏捷地摆脱了他，跑开了。我追上某个身着节日盛装的小伙子，有礼貌地问道："你领了圣餐吗？"

"嗯，领了，这又怎么样？"④他回答说，用怀疑的目光看着我。

我请求他对我简述一下，领圣餐的仪式是如何进

名师批注

①运用比喻的修辞手法，将"我"宣布赌注的声音比作敲铃鼓，生动形象地展现了"我"当时沉迷游戏的情状。

名师批注

②从"我"的行为中可以看出，"我"还保有着少年的稚气，并不是一个完美的人，人物形象更为饱满。

读书笔记

③"我"输掉钱仅仅是因为运气吗？

名师批注

④未曾相识的陌生人让小伙子下意识地充满了防备，由此可见人与人之间的隔阂。

49 轮圈状的打击乐器，皮革蒙面，边上带有一些小铃铛或金属片。
50 "绘图员"和"机灵鬼"的俄语读音有点儿相近。

行的，神甫在这段时间讲了些什么，我在教堂里应该做什么事。

小伙子严肃地皱紧眉头，发脾气了，用恐吓的口吻咆哮道："你用逛街来逃避领圣餐礼，异教徒！我什么都不告诉你，让你主人扒掉你的皮吧！"

我跑回家时，心里认定这回逃不脱责罚了，主人们一开始就会盘问我，一定会察觉我没有去领圣餐。

①老太婆见了我，却祝福我领圣餐平安归来，只问了我一个问题："掌管圣餐酒[51]的教堂执事在酒里掺温水，你给了他多少钱？"

"五戈比。"我不假思索地答道。

"三戈比就可以了，已经对得起他了，你应该给自己留下两戈比。真是呆子，一点儿也不会算！"

读书笔记

①为什么老妇人这次没有责备"我"？

②春天来了，每一天大自然都在改变面貌，换上新装，每一天的日子都比以往更明媚，更可爱——春天，新萌发的青草和桦树的新长出的绿叶的气味令人陶醉，它以无法抗拒的力量拉着人前往田野，倾听云雀的啼叫，躺在温暖的土地上，看着天空。

读书笔记

②请从修辞手法的角度赏析这段环境描写。

而我必须刷洗冬天穿的衣服，将其叠好放入箱笼中，将一张张的烟叶撕成碎片，撒在上面；擦净家具的灰尘。从早到晚，我为了这些不愿干的无意义的事情忙个不停。

我根本无法打发空闲的时间：我们这条极简陋的街上，空荡荡的，索然无味，他们又不让我去远一点儿的地方，在院子里来来去去的尽是些怒气冲天、神情疲劳的挖土工人或衣着褴褛的女厨子、洗衣妇。每天晚上，他们在那儿就地进行狗一样的交配。这些丑事使我反感和气愤极了，我恨不得变成瞎子，眼不见为净。

③这段时间我常走进阁楼，拿出随身带的剪刀和彩色纸，剪出一些花边图案，用它们装饰人字梁。这样的精神食粮仍然驱不走我心中的抑郁。我慌乱不安，想远走他方，只要那儿的人们不会消沉不振，不会争吵不休，不会成天用喋喋不休的诉苦来支配上帝，不会常常用很厉害的审判眼光使人们深感委屈，我就到那儿去。

名师批注

③即使在充满着消沉与抱怨的环境之中，"我"也依旧向往着阳光，想要逃离这个地方，可见"我"内心光明的种子正在成长，"我"依旧保有自己独立的人格。

在复活节前的那个星期六，人们将奥兰斯基修道

51 东正教堂在给教徒们发放圣餐时，葡萄酒里都是兑了温水的，既然掺了假，就不必多给钱。

院的能创造奇迹的弗拉基米尔圣母[52]的圣像请到了城内，六月中旬以前，这神奇的圣母像将依次临幸城内每个教区的各家各户。

一个工作日的早晨，圣像临幸我的主人家。我正在刷洗铜制的餐具，忽然听到年轻的女主人在房间里惊慌地喊道："快打开前门，人们抬着奥兰斯基圣母驾临了！"

我急忙向楼下奔去，顾不得全身肮脏，用一双沾满油污和砖灰的手开启了正门。只见一位年轻的修道士站在门边，一手提着一盏灯，一手拿着一个长链手提香炉，小声埋怨我说："睡觉去了吗？快来帮忙！"

两个附近的居民抬着沉重的神龛[53]，沿着狭窄的楼梯前进，我帮助他们，用一双肮脏的手和肩膀支撑着神龛的边缘，几个身体笨重的修道士在后面踏着步子，用含混的低音唱着：

最神圣的圣母，向上帝祈求为我们赐福……

①出自哀愁的迷信，我想："圣母会为难我的，因为我全身肮脏地靠近她，抬着她，我这双手会枯萎，会失去机能的。"

人们将神龛放置在房间前面角落的两把椅子上，椅上铺有清洁的床单，两个修道士分别站在神龛的一侧，用手扶住它，修道士都年轻而俊美，好像天使——眼睛明亮，满面春风，有一头卷曲蓬松的秀发。

"啊，至高无上的圣母呀！"一个身材肥胖的神甫一边用高亢的声音用心演唱着，一边用血红色的手指抚摸隐藏在蓬松的头发里的稍微有点儿肿的耳垂。

"至高无上的圣母，怜惜我们吧。"修士们随声②懒洋洋地唱着。

我珍爱圣母。外祖母的故事中，圣母为了抚慰贫困不幸的人们，在大地上播种各种花朵，撒播各种欢乐，一切有益的和美好的事物都是她带来的。③于是，当轮到我贴近她、吻她的手时，我没有注意到大人们是怎样贴近和吻的，却内心十分激动地连带吻了神龛里圣像的脸和嘴。

不知是谁用一只有力的手拉我强推到角落里门槛

名师批注

①"我"担心"我"用肮脏的手触碰神像会被神处罚，可见"我"心思非常单纯。

读书笔记

②从这个词中我们可以读出什么？

名师批注

③"我"作为一个天真、无知的小孩子，无意识中闹出这样的笑话，让人啼笑皆非。

---

52 弗拉基米尔圣母：东正教神名，其像藏在奥兰斯基修道院。
53 神龛：旧时供奉神像或神主的小阁子。

边，我不记得这些修道士是怎样抬着神龛出去的，但我记得十分清楚的是，我坐在地板上，主人一家团团围着我，面面相觑、束手无策，他们带着恐惧和关切的心情议论今后拿我怎么办。

“我们应当去请教那位神甫，他比我们明智得多。”他说，又无恶意地责备我说，“粗鲁不懂事的孩子呀，吻圣母的嘴是不允许的，你怎么连这点基本常识也不知道呢？你还是在学校里上过神学课的。”

①有好几天，我都在诚惶诚恐地等待着，这注定要到来的惩罚究竟是怎样的呢？我用一双肮脏的手去扶这神龛，违背教规地去接触圣母，绝对不会侥幸逃脱惩罚的，罪责难逃！但是，看起来，圣母饶恕了我这次因真挚的爱而引发的情不自禁的犯罪。或者，她的惩罚是如此轻微，并且夹杂在那些善良的人们加在我身上的频繁惩罚中间，以至于我没有觉察到。

有时，为了气一气年老的女主人，我用令她绝望的语言说：“可这个圣母，看起来，忘记惩罚我了。”

“你等着吧，”老太婆恶毒地预言，“我们会看到的。”

我用粉红色的包茶叶的纸、铅片、树叶和各式各样的美丽东西装饰阁楼的人字梁。我一边装饰，一边唱着我头脑中记得的一切教堂音乐的曲调——我这是学习卡尔梅克人，他们也是一边赶路，一边唱歌的。

老太婆仔细看着我的装饰手艺，冷冷一笑，不满地摇摇头：“你应该照这个样子把厨房装饰一下。”

某天，男主人偶尔来到阁楼上，看见我完成的美术工作，叹了一口气，说道：“你真滑稽可笑，佩什科夫[54]，鬼把你捉去吧……你可以成长为一个魔术师，是不是？别人甚至没想到你有这样的才能……”

②他奖给我一枚五戈比的银币，是尼古拉一世时代[55]的。我用细金属丝做成几个爪钩，将这枚银币钩住，像一枚奖章似的悬挂起来，而且挂在我的五光十色的美术工艺中间的最显眼的地方。

③但是一天后，银币不见了，连几个金属丝做的爪钩也不翼而飞。我心中有数，一定是老太婆拿去了！

名师批注

①“我”对自己的荒唐行为进行了反思，“我”内心对圣母充满愧疚，还有等待未知的惩罚的惶恐不安。在小孩子的眼里，一点儿小事也会扩大成毁天灭地的大事，体现了“我”的小孩子心性。

名师批注

②主人对“我”总是包容且充满善意的，这算得上是“我”在生活中收获的另一份温暖。

名师批注

③当确定偷“我”金币的人是老妇人之后，“我”对她的称呼变成了“老太婆”，从中可以见出“我”对这种无耻行为的愤怒。

54 佩什科夫是主人公的姓，在俄国称呼某个后辈或下属，按习俗可只称其姓。

55 指俄国皇帝尼古拉一世（1796—1855）当政期间。

名师赏析

在本章中，作者通过细致的人物细节描写，将主人、女主人、老妇人、维克托等人物的滑稽、可笑的嘴脸活灵活现地展现了出来，尤其是老妇人的语言描写，让人印象深刻。

他们的行为、话语似乎都在将阿廖沙推入深渊，试图将阿廖沙改变成像他们一样的人！而阿廖沙并没有那么容易被改变，他似乎成了社会生活的旁观者，冷静地旁观着这些人、这些事，并且懂得自己安慰自己。在午夜时分，他静静地享受孤独，学会忍耐。

积累与运用

·好词·

抵御 呜咽 肃静 教诲 惬意 编撰 愠怒 规劝 迸裂

七嘴八舌 声泪俱下 喋喋不休 震耳欲聋 胡作非为 易如反掌 走火入魔

巾帼英雄 语重心长 转瞬即逝 纯洁无瑕 瓮声瓮气 指摘缄默 滔滔不绝

战战兢兢 寻欢作乐 不假思索 不翼而飞 鸡毛蒜皮 狼吞虎咽 筋疲力尽

·佳句·

◆ 房子是新的，但是像某个恶病体质、全身浮肿的人，说准确点儿，好比一个乞丐，成了暴发户，于是天天猛吃猛喝，导致全身胖得浮肿。

◆ 主人常常心满意足地笑着，一双灰色的眼睛善意地瞧着，鹰钩鼻子周围几道奇异可笑的细小皱纹显现了出来，令人觉得很滑稽。

◆ 月光静静地在厨房中照射着，圣像前的长明油灯的火光颤动着，一把把的菜刀在墙上闪闪发光，好像冰锥，搁架上放着几个平底煎锅，仿佛是某些人的没有眼睛的假面具。

◆ 可在这儿，人们饱食终日，日子过得轻松，不可理解的、毫无必要的庸碌奔忙和尘世的空虚代替了艰苦的劳作，在这里，所有人身上都承负着某种腐蚀心灵的令人无故恼怒的苦闷。

◆ 整个墙壁仿佛在烛光中熔化了，形成一些浓金色的液流，在读经台的灰色的石砌地板上流动；圣像的暗黑色的形体静静地晃动着；圣幛的中门上的金色花边在欢快地颤动；悬挂在发蓝的空气中的烛火好似金黄色的蜜蜂，而妇女和姑娘头上的首饰则好像供蜜蜂采蜜的花朵。

·美文仿写·

生活的酸甜苦辣让“我”沉溺在独处的宁静与快乐中，当“我”一人独处时，思维便插上了想象的翅膀，自由自在，不受拘束。你是否也喜欢独处呢？在一个人独处时，你又会在脑海中有怎样天马行空的想象？请仿照语段，描绘你的奇思妙想。

我最喜欢在静静的夜晚沿着城市各处溜达，从一条街走到另一条街，潜入最偏僻的角落。往往，你走着走着，仿佛在插翅飞行；一个人，好似天上的月亮，在天宇独步；你的影子在你的前面爬行，熄灭了雪堆上的光点，可笑地撞在人行道的防栅柱和围墙上面。

第四章 检测卷

（共 20 分）

一、填空题。（每空 1 分，共 10 分）

1 女主人一直念叨着：“我曾送给你妈妈一件 ______________。”

2 阿廖沙住在姨婆家里时，是住在 ______ 里。

3 每逢 ________ 阿廖沙要擦洗厨房的地板，擦亮茶炊和铜餐具。

4 平常的日子里，这家人早茶前要花 _________ 买小麦面包，还要花 __________ 替年轻的主妇买便宜的圆形白面包。

5 在阿廖沙向主人抱怨之后，主人给了他一幅 _____________ 的正面图进行描绘。

6 每逢星期天，老妇人都要烙 _________ 给维克托，她将饼藏在瓦罐中，放在 _________ 睡觉的沙发下面。

7 维克托一直嘲弄阿廖沙，强迫阿廖沙一天给他擦 _____ 靴子。

8 主人奖励给了阿廖沙一枚尼古拉一世时代的 ________ 银币。

二、简答题。（每道题 5 分，共 10 分）

1 当外祖母来看望阿廖沙，却被老妇人羞辱时，阿廖沙是怎样的心情？如果你的亲人遭受侮辱，你会怎么做？

2 对于老妇人对维克托的溺爱，你有怎样的看法？

参考答案

一、填空题

1. 镶黑玉珠边的丝绸女斗篷。
2. 厨房。
3. 星期三。
4. 两俄磅；两戈比。
5. 两层楼房屋。
6. 油煎饼；阿廖沙。
7. 三次。
8. 五戈比。

二、简答题

1. 心情：震惊、伤心、愤怒；做法：言之有理，并且符合实际即可。

2. 我并不赞同母亲对孩子的溺爱，这会妨碍孩子的正常成长，于孩子的未来发展无益。（言之有理即可）

第五章

名师导读

大自然治愈了阿廖沙，也在他迷茫之时，为他指明了前路的方向，他最终逃离了令人窒息的主人一家。登上船后，他遇到了人生中重要的导师——斯穆雷，在他的引导下，开始拿起书本，养成了读书的习惯。当阿廖沙如鱼得水之际，却有人正在窥伺、嫉妒着……船上的生活会不会给阿廖沙带来期盼中的自由、美好呢？又有怎样的黑暗在伺机而动，等待吞噬这个战战兢兢的少年？继续翻阅，就会知道答案！

春天，我终于不辞而别。事出偶然，那天早晨，我出门前往一家小铺为主人买喝早茶的面包，可小铺老板顾不上做生意，在和老婆斗嘴，而且吵个不停，最后他顺手拿起一个秤砣往老婆前额砸去，老婆逃到街上，没走几步就倒下了。人们马上围了上来，将那女的抬到一辆四轮马车上，送往医院。我出于好奇，一直跟在那马车后面跑，可后来呢，不知不觉中竟到了伏尔加河畔，手里还拿着主人给我的二十戈比的硬币。

①明媚的春日和煦温馨，伏尔加河水漫出了河岸，广阔地奔流着，大地上的景象欣欣向荣，眼界辽阔。这使我幡然醒悟——原来我以前过的日子都是冰山一角，好比一只老鼠待在地窖里，天下如此之大，怎能不走出去闯一闯呢？

三十六计，走为上计。我决心不回到主人家去了，也决心不到库纳维拉镇去依傍外祖母，因为我没有遵守再干两年的承诺，没有脸去见她，而外祖父见了我，一定会幸灾乐祸地奚落我一番。

我在河岸边流浪了两三天，饮食都倚靠一群好心的装卸工，天黑了，我就和他们一起在码头上过夜。后来，他们中有一个对我说：“你呀，②一个男孩子，据我看，在这儿闲着，是白白浪费青春，你不妨到‘善

读书笔记

①为什么明媚的春日能让“我”突然醒悟？

名师批注

②工人们善意的劝告，是这些底层人民内心保有的善良与温情，他们帮助“我”这个迷路少年再次找到了方向。

良号'轮船上去问问，那儿需要洗碗碟的工人。"

于是，我听从建议去了那艘轮船。一个高个子、大胡子的食堂管事，戴着没有遮阳帽檐的黑色丝绸小帽，透过眼镜，用浑浊的眼睛看我，轻声说："一个月两卢布，要看身份证。"

我没有身份证，食堂管事考虑了一下，就建议说："带你妈妈来。"

①我去找外祖母，她很赞同我的举措，就说服外祖父去手工业管理局走一趟，替我办了个身份证，并且由她亲自送我到轮船上。

"好吧，"食堂管事打量我们一眼，说，"我们走吧。"

他领我到轮船尾部，那儿有一个身材魁梧的厨师，身穿白色上衣，头戴尖顶帽子，坐在一张小桌子后面，正在大口喝茶，同时抽着一种很粗的带纸嘴的烟卷。

食堂管事将我推到他身旁。

"一个洗碗的人手。"食堂管事说完，马上走了。

那厨师用鼻子发出呼哧呼哧的声音，竖起黑色的上髭，对着他的身后说：②"你们是人是鬼都雇来，只要廉价就行。"

他生气地抬起硕大的头颅，那头上蓄着剪短了的黑发，他瞪圆一双黑色的眼睛，绷紧脸和脖子，噘着嘴，大声喊叫道："你是个什么样的人？"

我非常不喜欢这个人，尽管他全身穿着白衣服，他仍然像个肮脏鬼，他的五指上长满一撮一撮的毛，大耳朵上的长毛不像样地竖起。

"我想吃东西。"我对他说。

③他眨了眨眼，突然，他的凶神恶煞的脸孔由于一个宽宏大度的笑容而大变，肥大的赤红的双颊波浪式地提向耳畔，露出一副马齿一样的大牙，上髭柔和地下垂——他开始变得像一个肥胖、慈善的村妇。

他将自己杯中的茶倒了，斟满新鲜的茶，推到我面前，外加一个没有动过的法式甜面包和一大截香肠。

"吃吧，喝吧，有父母亲吗？会偷东西吗？嗯，不要怕，这里所有的人都是贼——他们会教你的！"

他说话的声音像狗吠，他那张阔脸剃过胡子，剃到发青的程度，脸上，特别是鼻子周围，布满红色血管，连成一片，形成一张盖住脸庞的网，松软的血红

读书笔记

①为什么外祖母会同意"我"的举措？

名师批注

②简单的语言描写，体现了厨师本身的粗鲁无礼，并且揭示了当时社会雇佣工人的黑暗现状。

读书笔记

③为什么"我"对厨师的印象发生了如此大的变化？

色的鼻子塌落在小胡子上，下嘴唇笨重地、表示厌恶地耷拉下来，嘴角粘住一支烟卷，冒着烟。看来，他刚刚洗完澡回来，身上散发出桦树条和胡椒酒[56]的气味。在他的鬓角和脖子上，大颗大颗的汗珠闪着光。

等我喝完茶，他塞给我一张面值一卢布的纸币："快去，给自己买一条有胸下护胸的围裙——慢着，我自己去买。"

他摆正尖顶白帽子，走了，同时沉重地微微摇晃着身子，用双脚探索着甲板，俨然是一只熊在走路。

夜晚，月光明亮，月亮离开轮船，向左边的牧场方向移动。这艘陈旧的棕红色的、烟囱上有白色条纹的轮船用外轮片啪啪地打击着水面，缓缓地、不均匀地沿着银灰色的河面航行。迎着它，黑色的河岸在静寂中缓缓向后移动，同时在水面投射下黑影。

岸上的村舍的窗户发出暗红色的光。村庄里有人在唱歌，姑娘们在跳圆圈舞，反复唱着《哎哟，人们》，其声调好像做祷告时念《哈利路亚》一般。

在轮船的后面，有一根很长的拖索拖着一艘驳船。那艘船也是棕红色的，但整个甲板都被铁笼遮盖起来了，铁笼内关着囚犯，被判永久流放或长期苦役。在轮船的前部，一名哨兵的刺刀闪闪发光，好似一支蜡烛。在蓝色的天空，零零碎碎的星星也和蜡烛一样在闪光。在黑色的网状的铁栅栏后边，隐隐地现出好多圆形的灰色的身影——这些囚犯在张望着伏尔加河。①河水在呜咽，时而像哭泣，时而像胆怯的笑声。周围的一切好像某个肃穆的教堂，那种强烈的油脂气味真使人觉得如在教堂里一般。

看着这艘驳船，我不禁想起了童年时期从阿斯特拉罕到尼日尼的旅行。我记得母亲的铁青的面孔，更记得外祖母，正是她引导我进入这种有趣的、哪怕是艰难的生活，来到人们中间，②每当我想起外祖母，一切纷扰、不道德、受委屈的往事都烟消云散了，一切都拨乱反正，颠倒过来了，所有的事情都成为有趣和容易接受的了，人们都变得较善良、较友好了。③夜景真美，它使我激动得几乎要流泪，这艘驳船也令我感慨万分——它全部封闭，好像一具棺材。它在这令人沉思的平静温暖的夜晚，在这漫出岸边的大河的广

读书笔记

①请从修辞的角度赏析这句话。

名师批注

②外祖母对"我"的一生有着重大的影响，她教会了"我"善良、宽容等美好品质。

读书笔记

③作者为什么要将这艘船比作棺材?

56 当时俄国人沐浴时喜欢用桦树枝蘸胡椒酒抽打自己的身子。

阔浩渺的水面上，显得不协调和多余。①河岸的走势显出不匀称的曲线，时而高扬，时而降低，两岸的景致惬意地影响着内心的感触，使我立志成为一个对人们友好、有益的人。

我们这艘船的乘客属于一种特殊的群体，他们在我眼中不论男女老少都是一模一样的。这艘船航行得很慢，忙于事务的人士都搭乘快班邮船去了，而聚集到我们这儿来的都是些无所事事的闲客。从早到晚，他们都在喝呀、吃呀，弄得杯盘狼藉，留下大量的很肮脏的餐具、刀叉和匙子。我的工作是清洗餐具，擦净刀叉，我整天做这件事，忙得不亦乐乎。从早晨开始，几乎要忙到半夜才能歇息，但白天下午两点到六点之间和晚上十点到半夜之间，我的工作较清闲，因为这时乘客们都吃饱休息去了，只是喝点儿茶、啤酒或伏特加。

在这两段时间里，所有的食堂服务人员，也就是我的上司，都颇为自由自在，往往坐在排水管弯头旁的桌子边喝茶聊天。这些聊天的人中，最显眼的是厨师斯穆雷，其次是他的厨房助手雅科夫·伊凡诺维奇，还有厨房洗碗工马克西姆，以及专为甲板上的旅客服务的侍役谢尔盖等。②谢尔盖是个驼子，天生就一张颧骨凸出的脸，脸上因出天花而麻麻点点，很不光滑，还有一双像油污一样混浊的眼睛；雅科夫·伊凡诺维奇喜欢说各种肮脏段子，说话时用哭泣一样的声音微笑着，露出一副绿色的被虫蛀坏的牙齿；谢尔盖笑着拉长自己的蛤蟆嘴时，可以一直咧到耳根；阴险的马克西姆总保持沉默，用一双冷漠的眼睛看着他们，眼睛里的神色令人难以捉摸。

“亚细亚人[57]！莫尔多瓦人[58]！”有时可听见厨师长用响亮的声音吼叫。

我不喜欢这些人。身材臃肿、秃顶的雅科夫·伊凡诺维奇只会谈论女人，而且言语总是很肮脏。他的脸圆圆的，布满斑点，脸颊的一侧生有一个肉疣，疣上有一绺棕红色的毛，他爱将这绺毛搓成针状物。每当轮船上来了一个柔和、伶俐的女乘客，他就凑上前去，不知为什么显得特别胆怯和惶恐，③好像乞丐一般。

名师批注

①每当远离人群和社会时，“我”的内心总是充满着美好的情感与想法，由此可见“我”对黑暗社会是多么深恶痛绝。

读书笔记

②在“我”眼中，这些人物都有怎样的特点呢？

名师批注

③运用比喻的修辞手法，将雅科夫比作乞丐，生动形象地写出了他在和女乘客搭话时的谄媚模样。

57 亚细亚人：俄国人对东亚人的蔑称。

58 莫尔多瓦人：俄国少数民族，居住在俄国莫尔多瓦自治共和国和许多其他地区。

他谄媚而央诉地同女乘客讲话，这时，在他的双唇上浮现出肥皂泡一样的唾沫，他要不断伸出毒舌飞快地将其舔去。不知为什么，我感到刽子手就应当是他这副油光满面的粗鲁相。

“对待一个女人，就应当想办法挑起她的欲火。”他教导谢尔盖和马克西姆，后两人注意地听着，身子鼓起，面红耳赤。

“一群亚细亚人。”斯穆雷发出雷鸣般的声音，以表示对这三人的蔑视，然后立刻笨重地站起身命令我，“佩什科夫，①开步走！”

他来到自己的船舱里，塞给我一本皮封面的小册子，自个儿躺在冷藏室墙壁旁的吊床上：②“朗读！”

我坐在装通心粉的箱子上，一丝不苟地朗读起来：“恩勃拉库伦，天上星星密布，展现出苍穹本影，意味着同天空舒适地交融，会员们有了这条接近天堂最方便的途径，可以摆脱普罗芳的恶行。”

斯穆雷抽着带纸嘴的烟卷，嗤鼻作声，吞吐烟雾，一面埋怨着：“骆驼般的作家！写出这样的东西。”

“裸露左边的胸脯意味着心灵的无辜。”[59]

“谁裸露胸脯？”

“书上没有写。”

“那就是说，女人们裸露胸脯。哼，贪淫好色的作家。”

③他闭着眼睛躺着，用手枕着头，纸嘴烟卷微微冒着烟，粘在嘴角上，他用舌头把烟卷弄正，深深地吸了一口烟，用力之猛使得他胸膛里有某个东西发出啸声，他的大脸庞也隐没在烟雾中。

有时我觉得他睡熟了，就停止了朗读，看着这本该死的书，它令我厌倦到极点。不料他声音嘶哑地发令道：“读下去！”

“大师父[60]回答道：你瞧，我殷勤的兄弟苏韦里扬[61]。”

“是塞韦里扬。”

“书上写的是苏韦里扬。”

④“是这样吗？真见鬼！那后面结尾处写的是诗，就从那儿接着往下念吧。”

59 这是授予申请入会者为共济会员称号时举行的一种仪式。
60 对共济会分会会长的尊称。
61 法语，此处意为共济会分会的副会长。会员之间互称兄弟。

读书笔记

①斯穆雷还保持着当兵的习惯，他的正直、善良是有迹可循的。

名师批注

②粗鲁的厨师视阅读为平常事，自诩文明的现代人却很少再拿起书本，终生学习是每个人都应该坚持的事。

读书笔记

③请从人物描写的角度赏析这句话。

名师批注

④哪怕只是听书，斯穆雷也依旧能够准确指出书本的内容，说明他对书本内容很熟悉，这样细腻的心思与他表现出来的粗鲁明显不同，这样的矛盾人物也十分吸引人。

我跳过去一部分，接着念了几句。

“停止，”斯穆雷说，[①]“这样的东西不是诗，把书本给我。”

他愤怒地翻看着厚厚的蓝色的书页，把书塞在褥垫下面，又说：“拿另一本书来。”

算我倒霉，他有一个用铁皮包着的黑箱子，里面藏有许多书：《奥马尔喻世故事集》《炮兵札记》《塞丹加利爵爷书简》《关于极有害的一种昆虫——臭虫，同样关于这种昆虫的消灭法，附言：不和这种昆虫生活在一起的劝告》，除了这些，还有些没头没尾的书。有时候，厨师强令我逐本翻阅这些书，一一念出书名。

我朗读着，可他生气地埋怨道：[②]“一派胡言，坏透了的作者，他们写作，好像在扇人耳光，可为什么这样写——不可理解，格尔瓦西！他怎么落到我手里来的，这个格尔瓦西！还有恩勃拉库伦……”

一连串奇怪的词语，好多我不懂的名词，讨厌地留在我记忆中，刺激得舌头发痒——为什么非得念出这些拗口的古怪东西不可，而且必须每分钟重复念一次，或许在声音里可以展现出其思想内涵呢？可在窗外，河水不停地唱着歌，哗啦哗啦地冲击着船体。

我觉得还是走到甲板上去最好，那儿的货箱中间，聚集着水手、司炉等人，他们打牌赢乘客们的钱，唱歌、说着有趣的故事。和他们一块坐着真好，听着简单明了的语言，欣赏着卡马河两岸的风光，那儿的松树伸展着像铜的弦索一样的树枝，而在牧场上，春汛在那儿留下一些小湖泊，好像一面大镜子的碎片，映照出蔚蓝的天空。此情此景，简直令人心旷神怡。我们的轮船驶离陆地，远远离开它，可在疲惫的白天的静谧中，从岸边传来了望不见的钟楼的钟声，它使人想起了那里的村庄和人们。一叶渔舟在风浪中飘摇不定，好似一块从整个圆面包上切下的小面包。

瞧，在岸上出现了小村庄，一大群男孩子在河中扑腾着游泳。一个穿红色衬衫的庄稼人沿着蜿蜒如带的黄色的沙土路行走。

[③]远远地，河那边的一切都令人感到愉悦，一切都似乎是些奇怪可笑、五光十色的玩偶，使人不禁要朝着岸上呼喊些亲热的友好的话语——朝着岸上和驳船上呼喊。

这艘棕红色的驳船令我十分心醉，我可以整整一

名师批注

①面对自己不喜欢的书，斯穆雷并不会委屈自己，而是直接痛骂，是个爽快的人。

读书笔记

②这一段语言描写有什么作用？

名师批注

③当“我”身处其中时，总感觉窒息，但是当“我”远离它时，竟然发现了其中的一些可爱之处，可见“距离产生美”，有时候我们换个角度看待生活，说不定会有不一样的感受。

个小时目不转睛地观看它怎样用钝了的前端劈开混沌的河水。①轮船牵引着它，仿佛拖曳一头母猪，牵索力量变弱时，啪啪地拍打着河水，然后重新拉紧，挥下大量的水滴，急促地拉住驳船的前端。

读书笔记

①为什么“我”会被这样的画面吸引？

我极想看看像困兽一样坐在铁笼中的人们的脸。当轮船到达彼尔姆市，他们被押送上岸时，我沿着上下船的踏板偷偷地溜到那艘船上去。只见在我身旁走过数十个灰溜溜的可怜的囚徒，他们用力踏步，让脚镣上的环圈发出叮当的响声，在沉重的背囊下弯着腰。

名师批注

②在“我”眼中，人人都是平等的，哪怕囚犯也不是特殊的。

②这些女人、男人、老人、青年，长相俊美或长相丑陋的，都在枪支押送下迈步，但他们也是人，和所有的人没有两样，只是穿着不同，因剃成怪模样的头发[62]而显得难看而已。这是些盗匪之流，但在外祖母口中，盗匪有很多可贵的品性。

斯穆雷比其他人更像盗匪，他阴郁地看着驳船，喃喃地说：“上帝呀，救救这些苦命的人吧！”

读书笔记

③这两种说法有什么区别？

有一次我问他：“为什么有这样的事——你埋头给人家做饭，而另一些人却杀人越货呢？”

③“我不是做饭，而是从事厨艺，只有女人才做饭。”他笑着说，思考了一下，又说，“人与人之间是有差别的，而且这种差别可深刻呢！一些人较聪明，另一些人不那么聪明，而第三种人是彻头彻尾的傻瓜。④若要变聪明些，就应当多读正经的书，包括那些关于黑巫术的书，开卷有益！一切书可以拿来读，读的书多了，那时就可找到正经的书了。”

名师批注

④语言描写中，看出斯穆雷对读书的真知灼见，在他粗犷的外表下，其实是一颗充满智慧的心。

他常常教导我：⑤“你多读书吧！一本书读不懂就读七遍，七遍读不懂就读十二遍……”

名师批注

⑤与外祖母的言传身教不同，斯穆雷鼓励“我”通过多读书变得聪明，是对“我”人生的又一大启蒙。

斯穆雷和轮船上的所有的人，包括那个闭嘴不言的食堂服务员在内，都会进行断断续续的交谈，但使用的是非常粗鲁无礼的语句，并且蔑视地垂着下嘴唇，竖起上髭，仿佛要用石头扔人家似的，唯独对我持温柔而关注的态度，但是，在这种关照中多少有令我恐惧的成分，真是受宠若惊。有时我感到斯穆雷是半个疯子，和外祖母的妹妹一样。

有时他对我说：“等一会儿再读。”

他长久地躺在那儿，闭着眼睛，断断续续地小声打鼾。他的大肚子微微起伏，颤动着，交叠在胸脯上的如死人一般呈灰色的烫伤的毛烘烘的手指，似乎在

62 指被剃成阴阳头。

用不可见的棒针编织一只不可见的袜子。

突然，他开始唠叨："好，看你挺聪明的，行动吧，生活吧。[①]智慧的施与是吝啬的，而且是不均匀的，假如大家都是一样的聪明，那就都谈不上聪明了。一些人懂道理，另一些人不那么懂道理，还有一些人完全不去理解事物，就是这么一回事！"

读书笔记

①从其中你能明白什么样的道理？

说着说着，他被一些词语难住了，结结巴巴，于是就说起自己当兵的经历来。我无法捕捉这些经历的主旨含意，我感到这些事索然无味，何况他讲述得没头没尾，想到什么就说什么。

"团长认出那个士兵，问道：'中尉和你讲了什么？'他一五一十地全盘供出，兵士有据实回答的职责。中尉紧盯着他，好像注视一堵墙，不一会儿，扭过脸去，低下头，就是这样。"

厨师感到愤愤不平，在吞云吐雾的同时，发牢骚说："难道我知道什么可以讲，什么不能讲吗？当时中尉被判在要塞里关禁闭，可他的老妈妈说我害苦了他……哎，上帝，我那时什么人情世故也不懂啊！"

天气很热。周围的一切都在轻微震动着，低声鸣叫着。在船舱的钢板墙壁外面，河水发出激溅声，轮船的轮叶拍击河水，发出很大的响声，河水像一条宽宽的带子，在舷窗旁边一闪而过。远处，两岸的牧场上，绿茵草地清晰可见，一棵棵树木在远处耸立。听觉习惯了各种各样的声响，似乎周围很沉静，尽管在轮船的前端，水手在忧郁地号叫着："七个，七个……"

[②]我不想加入某种集体活动中，也不想听人说教或干活，只想坐在阴凉的某处，那儿没有炽热的含油脂的厨房气味，我半醒半睡地坐着，看着这种平静的疲惫的日子随着水流而流逝。

名师批注

②当疲惫时，我们都会有逃离的想法。在生活中，或许我们的确要给自己一些呼吸的空间，不至于被生活裹挟，失去方向。

"朗读！"厨师生气地命令着。

甚至头等客舱的服务员们也害怕他，还有那个温顺随和、像鲈鱼一样不言不语的餐厅总管，看样子也畏惧他。

"哎，你呀，猪一样的笨！"他朝餐厅仆役们喊道，"过来，爱偷东西的人！亚细亚人，恩勃拉库伦。"

水手们和司炉们对他十分恭敬，阿谀逢迎。他常从肉汤里捞些肉给他们吃，和他们扯家常，细谈有关村庄和家族的琐事。

[③]那些一身油污，饱受炉火烘烤的白俄罗斯司炉

名师批注

③生活本已不易，人与人之间却还要互相倾轧，体现出当时俄罗斯社会的种族歧视。

在轮船上被认为是低等级的人，俄罗斯人给他们取绰号——白佬。戏弄地呼叫："白佬，肥佬，肥白佬！"

当斯穆雷听到这种侮辱性的称呼，会变得怒发冲冠，血往脸上涌，对着这个司炉大声喊道："你容许他们这样嘲笑自己，真恬不知耻，脸皮也太厚了，打这俄罗斯鬼一巴掌吧！"

有一次，水手长，一个长相英俊而凶恶的汉子，对他说："白佬和乌克兰佬是一样的货色。"

①厨师一把抓住他的衣领和腰带，将他举到空中，开始摇晃，问道："你想要我把你摔得遍体鳞伤吗？"

这里的人常常斗嘴，有时竟打起架来，但他们不打斯穆雷——他拥有一般人无法相比的力气。除此之外，他还有上层的人缘。船长的老婆常来亲切地和他交谈，那是个高高的粗壮的少妇，长着一副男人的脸相，头发平滑光洁，剪得短短的，和男孩子一个样。

他狂饮伏特加，但什么时候也不会喝醉，从早晨开始喝，分四次喝完一瓶，一直喝到晚上，仍旧不停地吮吸着啤酒，喝着喝着，他的脸逐渐变成褐色，黑色的眼睛也出奇地变大了。

②常常在傍晚时分，他坐在排水管的弯头旁，身躯硕大无朋，全身白色，默默地坐几个小时，皱着眉头，望着流动的远处。在这种时候，大家特别害怕他，而我却觉得他可怜。雅科夫·伊凡诺维奇从厨房里走出来，满头大汗，一张脸被炉火烤得通红，站在那儿，不时搔搔光秃秃的头顶，接着把手一甩，躲到那儿去了。或者他会远远地说："那条鲟鱼死了。"

"嗯，用来做成杂烩汤吧。"

"如果有客人点鱼汤或蒸鱼呢？"

"照样做好。他们什么都吃。"

有时，我大胆靠近斯穆雷，他好不容易把眼睛掉转过来看我。

"有什么事吗？"

"没事。"

"那就好。"

某次，逢上他正襟危坐的时刻，我仍然斗胆问他："为什么您令所有的人都害怕，您本是一个善良的人呀？"

出乎我的意料，他并没有发怒。

③"这个嘛，我仅仅对你才善良……"他用宽宏

读书笔记

①斯穆雷为什么对他们的话这么愤怒？

读书笔记

②这时候，斯穆雷可能在想什么？

读书笔记

③为什么斯穆雷会对"我"有所偏爱？

和沉思的口气说，“当然，说实话，我对待所有的人都秉着一颗善心，只是我不表露出来而已。①不能对人们都显得自己很善良。要不然他们就会欺负你，任何人都会骑到善人的背上，好像对待沼泽中的草墩子，大家都会踩。去，拿瓶酒来。”

他一口接一口地将一瓶啤酒很快喝光，用舌头舔了舔小胡子，说：“如果你，小家伙，长大一点儿，那么我就会教会你许多本事。我有好多话要对人说，我不是傻瓜。你读书吧，书本里应有尽有，包罗一切。读书可不是一件微不足道的小事！你想喝啤酒吗？”

“我不爱喝。”

“好习惯。不要喝酒贪杯。酗酒是祸害。伏特加是鬼变出来的玩意。如果我很有钱，我就会送你去读书。②一个没有学问的人，好似公牛，一头公牛力气大，但是，即便你给它套上牛轭拉车，或者你要宰了它吃肉，它也只能摇尾乞怜。”

船长太太送给他一卷果戈里的作品。我朗读其中的《可怕的复仇》[63]给他听。我很喜欢这本书，但是斯穆雷听了，气愤地喊道：“胡说，梦呓。我知道她还有另外一些书。”

他从我手中夺走那本书，从船长太太那儿拿来另一本，神情严肃地命令道：“念《塔拉斯》……这本书的主人公姓什么[64]？仔细查找一下吧。船长太太说这本书很精彩。③不知道对谁来说很精彩，但对她来说很精彩，可对我来说，或许并不精彩呢？这位太太剪短了自己的头发，哼！干吗不连耳朵也剪掉呢？”

当我念到塔拉斯挑衅奥斯达普打架时，厨师发出低沉有力的笑声：“这场面终于发生了！非这样不可吗？你有知识，会念书，而我只有一身蛮力！印刷出来的东西真精彩！这些骆驼作家……”

他用心地听，但常常插嘴埋怨：“呃，瞎编乱造！不可能将一个人从肩膀一直砍到臀部的，不可能！并且，更不可能将一个人用长矛举起——长矛会折断的！我自己当过兵！”

安德烈的叛变引起他的反感：“卑劣的小人，是

名师批注

①斯穆雷的话语展露出了他的生活智慧，人善被人欺，他只是选择了另一种方式保护自己。

读书笔记

②从斯穆雷的话中，你理解到读书的什么意义呢？

名师批注

③一千个读者，就有一千个哈姆雷特。斯穆雷早已懂得，每个人对读书的看法各不相同。

63《可怕的复仇》：19世纪俄国作家尼·瓦·果戈里（1809—1852）的作品。

64 此处指中篇小说《塔拉斯·布尔巴》，是俄国作家果戈里创作的小说。

吗？由于一个村妇！呸！”

但当我念到塔拉斯射杀儿子时，①厨师的一双脚从吊床上垂下来，用双手撑在吊床上面，身子弯成弓形，哭了起来，泪珠缓慢地顺着脸颊流，滴落在舱板上。他粗重地呼吸着，抽噎着：“啊，我的上帝……我的上帝……”

突然他开始大声呵斥我：“继续念下去，你这小鬼头！”

当念到奥斯塔普在临死前大喊的话：“爹爹呀！你听到没有？”他重新哭泣，而且哭得更厉害、更伤心。

“全部牺牲了！”斯穆雷扬声喊道，“统统死光了，啊！已经到了结局吗？嘿，该死的事件！过去到底有没有这种人？那个塔拉斯怎么样？是呀，这才是好汉呢。”

②他从我手中取了书，认真地打量它，点点热泪溅落在硬书皮上，感叹道：“好书！读起来简直像过节！”

然后我们读《艾凡赫》[65]。书中的主人公，金雀花朝的“狮心王”理查[66]令斯穆雷十分心醉。

③“这是个真正的王爷。”他十分感慨地说。

但我觉得这本书很乏味。

总之，我们的鉴赏品味很不一致，《汤姆·琼斯的故事》[67]，④即旧译本《弃婴汤姆·琼斯的故事》对我很有吸引力，可斯穆雷埋怨道：“胡说！干吗要我向他看齐，达到和汤姆不相上下？他会引导我变成什么样子！应当找另外一些书来读。”

有一次，我对他说，据我所知，还有另一种书籍，即地下出版和违禁的书，只能于深夜在地下室阅读。

他把眼睛瞪得滚圆，毛发直竖，问：“这是些什么样的书？你没撒谎吗？”

“我没有撒谎，我做忏悔时，神甫盘问我时提到这些书，而且，我亲眼看见有人读这样的书，并且感动得哭泣。”

⑤厨师阴沉地看着我的脸，问道：“谁哭泣来着？”

名师批注

①只有在读书时，斯穆雷才会有如此丰富的情感，他与“我”一样，在书本中找到了天堂。

名师批注

②通过描写斯穆雷随着书本情节不断变化的情感、动作，让我们可以窥见这位大汉内心的细腻。

名师批注

③“我”并不盲从他人，拥有自己独立思考的能力，以及自己的审美观念，斯穆雷对“我”潜移默化的教育使“我”有了成长。

名师批注

④在读书时，不仅要读丰富曲折的情节，还要注意它能给自己的生活有什么样的指导——如此现实的意义也是我们要和斯穆雷一样去思考的。

读书笔记

⑤为何斯穆雷的脸色突然阴沉下来？

65《艾凡赫》：英国作家司各特（1771—1832）的长篇历史小说，旧译《撒克逊劫后英雄略》。

66 “狮心王”理查：中世纪英国国王，司各特小说《艾凡赫》中的人物。

67《汤姆·琼斯的故事》，又译《弃婴汤姆·琼斯的故事》，英国作家菲尔丁（1707—1754）的长篇小说。

“那个听别人念书的贵妇人，另一个贵妇甚至听得吓跑了。”

“你醒醒吧，你在说梦话，”斯穆雷缓缓地闭上眼睛，沉默一会儿，喃喃地说，“当然，某些地方有……需要隐蔽着才能干的某些事情，这样的事情不存在是不可能的……不过我已经这么一把年纪了，而且干这样的事和我的性格不合，唉，可是……”

他可以这样滔滔不绝而且很有口才地讲一个小时。

不知不觉之间，我养成了读书的习惯，取一本书在手，就心满意足。

①书中讲述的一切令人宽慰，但与生活中的真实相去甚远。实际生活越来越成为我的沉重负担。

斯穆雷也越来越迷恋读书，常常打断我的工作，说：“佩什科夫，读书去。”

“我还有一大堆餐具要洗呢？”

“马克西姆会洗好的。”

②他粗暴地驱使比我高一级的洗器皿工人接替我的工作，而这些工人怀着歹意打破了一些玻璃杯。

餐厅管事口气平和地警告我：“再这样，我要把你轰下轮船的。”

有一次，马克西姆故意为难我，在盛污水和剩茶的铜盆里放一些玻璃杯，我朝船舷外倾倒污水时，那些玻璃杯也飞到船舷外去了。

“这是我的过错。”斯穆雷对餐厅管事说，“记到我的账上吧！”

餐厅的仆役们从此都不友好地看着我，他们对我说：“咦，你呀，一个书虫！你凭什么在这儿领工钱？”

③他们给我分派尽可能多的劳务，让我平白无故地替他们洗刷一叠叠的餐具（是他们故意弄脏的）。我明白，这种种迹象对我来说不是好兆头，我的预感没错。

黄昏时候，一个脸蛋红彤彤却不漂亮的乡下女人从某个小码头上了我们的轮船，她身后还有一个戴黄色头巾、穿玫瑰色新短衫的年轻姑娘，她们俩都喝醉了酒。那乡下女人满脸堆笑，向所有的人鞠躬致意，像教堂助祭一样，说话时使用重音发“o”音。

“打扰你们啦，可爱的乡亲们，法庭要给我判刑，经过辩护，证明无罪。我出于高兴，多喝了几杯。”

名师批注

①越读书，越能发现世界的令人不满意的地方，“我”对世界的思考也愈发深入，为下文情节发展做了必要的铺垫。

名师批注

②面对分工的不均，工人心中早有不平，“我”身处于危机之中，却还没有发现。

读书笔记

③为什么“我”会被众人排斥？

姑娘也笑吟吟的，用浑浊的眼睛瞧着大家，推推乡下女人说："走吧，疯婆子，说话要掌握分寸！"

她们被安置在二等客舱附近，面对着雅科夫·伊万诺维奇和谢尔盖睡觉的船舱。那乡下女人很快消失，不知道去什么地方了，谢尔盖坐在那姑娘身旁，贪婪地大大地咧开了他那张蛤蟆嘴。

①夜晚，当我做完劳务，躺在地板上睡觉的时候，谢尔盖走近我，一把拉住我的一只手。

"走吧，我让你开荤，行行桃花运。"

他喝醉了，我试图把手挣脱出来，但是他打我。

"走，走！"

马克西姆跑来，也喝得醉醺醺的。他俩拖着我，沿着舱板，往他们的船舱走去，从一些喝醉了的乘客旁边经过。万不料船舱的门边站着斯穆雷，在门里面，雅科夫·伊凡诺维奇用手抓住门的边框，尽力保持门开着，而那个姑娘用一双拳头捶打他的后背，用醉酒的声音喊道："放开！"

②斯穆雷把我从谢尔盖和马克西姆手里强拉出来，抓住他俩的头发，让他们俩的头互相撞击，然后用力将他俩一扔，像扔两个玩偶一样，于是谢尔盖和马克西姆都倒在地上。

"亚细亚人！"他对雅科夫说，啪的一声在他的鼻子前面关上了门，一边用手推我，一边用拖长低沉的声音说，"你快走！"

我疾步跑到船尾。夜晚阴霾多云，河流呈暗黑色。在船尾外面，有两条像道路一般的灰色激流在泛着水花，似在沸腾，这两条好似道路的激流朝向不可见的两岸敞开和扩散。在这两条激流中间，驳船被拖拉着，吃力地前进。

时而在右边，时而在左边，闪现着红色的火光点。这些火光永不会明亮起来，却消失在出人意料的河岸转弯处。火光不见了之后，四周更加黑暗和令人惆怅。

厨师走来了，和我坐在一排，沉重地叹了一口气，开始抽烟。

"是他们将你硬拉到这儿来的吗？这两人，是毒菌！我听见他们怎样蓄谋侵害你。"

③"你把她从他们手中抢走了吗？"

"抢她？"他用粗话把这姑娘骂了一通，用沉重的声音继续说，"这儿所有的人都是坏蛋。这条破船

名师批注

①通过人物细节描写，写出谢尔盖、马克西姆的不怀好意，人性中丑恶的一面便在其中展现。

名师批注

②斯穆雷护"我"心切，对谢尔盖、马克西姆下手毫不留情，这是一个可靠的人，为"我"阻挡了丑恶的侵害。

名师批注

③当"我"自己身处险境时，却依然记挂着那一位可能受害的姑娘，从语言细节中体现了"我"身上的善良、正直。

是罪恶的渊薮，比乡村还坏。你在乡村里生活过吗？”

“没有。”

“乡村简直糟透了！尤其在冬天……”

他将烟头扔到船舷的外面，沉默了一会儿，又开口说起来：“你现在落入畜生群里，与猪狗为伍。我很为你惋惜，你这条小狗呀。①我也为天下所有的人惋惜，悲天悯人。我不知道下一次我会怎么做……我甚至会跪倒在地，哀求着：‘你们在做什么呀，小狗们？你们为什么如此盲目糊涂？’一群骆驼……”

轮船发出拖长的汽笛声，托索在水面上拍打了一下。信号灯的灯光在浓重的夜色中亮了起来，摇摇曳曳，显示这儿是一个码头，还有一些散落的灯光，从一片黑暗中降临，照明这码头。

“醉林到了，”厨师喃喃地说，“还有一条河，名叫醉河。这儿曾有一个军需给养员，名叫普杨科夫[68]。还有一个文书官，名叫扎皮沃欣[69]。我要到码头上去看看。”

一些身材粗壮的妇女和姑娘从岸上往船上运送木柴。她们用的工具是两人抬的长长的抬架，她们的身体弯曲在抬架的宽背带下，仍旧矫健地舞动双脚向前。她们两个接着两个走进轮船的锅炉房里，将半立方俄丈[70]的劈柴倒进一个黑洞中，同时声音响亮地喊叫着：“哎哟——哟——哟！”当她们抬着木柴行进时，②水手们就趁机抚摸她们的胸部和大腿，女人们尖声叫着，朝这些粗男人吐唾沫。送完劈柴返回时，她们手持一些柴片保卫自己，或借助抬架碰撞的推力使侵犯者无法挨近。每次航程中，我会目睹这种现象上十次，凡是需要装载木柴的码头，都会发生这样的事。

③我想象，如果我长年累月待在这艘轮船上，年岁渐渐变老，就会知晓这里发生的一切事情，也能够预先推测明天、一周后、秋后这船上会发生什么，预测来年会有的一切。天空渐渐明亮，周围的景致越来越清晰了，码头高处的沙质的陡岸上显现出浓密的松林。在山上靠近森林的地方，有一些女人在走向林中，她们嬉笑着，唱着歌，低声地像狼一样地嗥叫——长长的抬架是她们的武器，她们活像一队士兵。

名师批注

①斯穆雷见惯世间的丑恶，却依旧对他们存有悲悯之心，这样的悲悯也深深影响了“我”。

名师批注

②底层人民灵魂的空虚，道德上的寡廉鲜耻，让他们只能通过这样的方式来找乐子，而女性总是被迫害的一方。

读书笔记

③明天、一周后、秋后、一年后，这里会发生什么？

68 醉汉的意思。
69 狂饮的意思。
70 1 俄丈约等于 2.134 米。

①我想哭，眼泪在胸膛里翻腾，心儿仿佛在泪水中煎熬，这是很难受的。但是大声哭泣令人难为情，为了排解，我试着帮助水手布利亚欣冲洗甲板。

布利亚欣是个不露形迹的人，他整个人的形象不太鲜明，无神采，低调。他整天隐藏在屋角，在那儿总有一双小眼睛微微闪现。

"说实在的，我不姓布利亚欣，而是姓……这是因为，你知道吗，我母亲一生放荡，才有这样的结果。我还有个姐妹，也是这样地放荡一生。或许，这是她们两人注定的命运。②命运这东西，对我们大家来说，好比是一个铁锚。你想动一动，而实际上是，你等一等再动。"

眼下，他一边沿着甲板沙沙作响地移动拖把，一边悄悄地对我说："你看见他们是怎样欺负女人的吗！世界上的事情本来就是这样的嘛！长久地点燃湿柴，也会燃烧起来的。小兄弟，我看不惯这种事情，我看不起他们。而且，我若是女人，我就会投入黑色的旋涡中自杀，我以神圣的基督的名义向你保证！③这种欲望不是某个人专有的遗传本性，而是人一遇到这种情形，欲望就重新激发起来，不可收拾，干柴遇烈火，没有不燃烧的道理。

"一提起那些阉人，我禁不住要说，他们可不是傻瓜。你听见过关于阉人的事吗？他们是一群明智的人，非常精确地领悟人生的道理——彻底去掉一切微不足道的累赘，于是就能侍奉上帝，诚心诚意。"

船长太太小心地避开甲板上的水洼，从我们旁边走过，她一边走，一边高高地撩起裙子。她总是起得很早。她的个儿高大而匀称，有一张如此质朴大方、春风满面的脸，令我仰慕。④我心中陡然产生了一个愿望，想要跑去追上她，满怀激情地恳求她："请您和我说些什么，请您！"

轮船徐徐起锚离开码头，布利亚欣画着十字，说道："我们乘船上路了。"

船开到了萨拉普尔，马克西姆上岸了。他是不声不响地离开的，没有向任何人打招呼，以一副严肃而平静的样子不辞而别。那个妇人嘻嘻哈哈地笑着，跟在他身后，而在她后面的是那个姑娘，面容憔悴，两眼浮肿。⑤谢尔盖在船长室门口跪了好久，吻着门上

名师批注

①通过心理描写，写出"我"对他人命运的悲悯，这也是成为一个作家必备的素质。

读书笔记

②布利亚欣的这句话有什么含意？

名师批注

③人的欲望并不仅仅停留在肉体，割除这些欲望或纵容这些欲望都是太过极端的方式，我们需要理智地应对它们，合理的欲望能够帮助我们成为更好的人。

读书笔记

④为什么"我"会生出这样的愿望？

名师批注

⑤为了自己的利益，可以毫无负担地抛却自尊、朋友。"我"身边并不是只有一个"谢尔盖"，他们提醒着"我"，"我"始终身处于深渊之中。

的嵌板，用额头碰板，呼天抢地地说："饶恕我吧，并不是我的错！都是马克西姆不好。"

水手们、餐厅的侍役们，甚至还有一些旅客，都知道他在撒谎，却都在给他打气，劝他说："求吧，求吧，船长会饶恕你的！"

船长把他搡开，还狠狠踢了他一脚，以致谢尔盖仰面跌倒了，但船长最后还是原谅了他。①于是谢尔盖为了补救自己的过错，立刻在甲板上奔忙起来，不停地端茶送水，像狗那样带着谄媚的神情，看着乘客的眼色行事。

船长从岸上雇了一个当过兵的维亚特卡人，以补上马克西姆的空缺。这个人身材瘦小，长着小脑袋和一双棕褐色的眼睛。厨师的助手马上使唤他去杀鸡。他杀了两只鸡，把其余的都放出来，在甲板上乱跑。旅客们纷纷帮忙去捉鸡，其中三只飞到船舷外边去了。那当兵的绝望地坐在厨房旁边的木柴堆上，伤心地哭起来。

"怎么啦，傻瓜？"斯穆雷诧异地问他，②"难道当兵的还会哭吗？"

"我是后方的卫戍兵呀。"那当兵的轻声地说。

他这一哭不打紧，麻烦也跟着来了，③半个小时之后，船上所有的人都对他发出嘲弄的笑声，人们跑到他身边，直勾勾地望着他的脸，问："就是这个人吗？"

然后，是一阵哄堂大笑，人们笑得前仰后合、浑身颤抖。这是一种带有侮辱性的、荒诞的笑。

起初，这位小士兵没注意这些人，对他们的笑声充耳不闻。他用一件旧印花布衬衫的袖子擦去脸上的眼泪，好像要把这些泪水藏进袖口里似的。但是，不一会儿，他那两只棕红色的小眼睛射出愤怒的火焰，于是，他用维亚特卡人所特有的、似喜鹊嘎嘎叫的口音嚷起来："干吗都瞪着眼珠子看我？哼，真想把你们一个个撕成碎块！"

他这么一嚷，让大家更开心了。④有的拿指头去戳他，有的拉扯他的衬衫，有的拽他的围裙，简直把他当成一只公山羊在捉弄，就这样一直折腾他到吃午饭的时候。

午饭后，不知是谁把一块挤干的柠檬套在木勺柄上，吊在他背后的围裙带上。他一走动，木勺就在他

名师批注

①谢尔盖在获得原谅之后如此谄媚与小心翼翼，而这样一个卑劣的人，真的会回头是岸吗？

读书笔记

②为什么斯穆雷认为当兵的不会哭？

名师批注

③好事不出门，坏事传千里。人们对于这些丑陋的事情，总是充满别样的热情。

名师批注

④大家对这个士兵的逗弄，正展现出人们内心深处藏着的恶，当这种"恶"隐藏于群体之中，似乎人们就有了被原谅的借口。

后背左右摆动起来，引起看客们一阵阵的哄笑。可是他像一只被关进笼里的小老鼠一般奔忙着，不明白什么东西逗得大家发笑。

斯穆雷一言不发，严肃地注视着他，然后斯穆雷的脸也慢慢松弛下来，变得像女人一样慈祥。

我同情起这个小士兵来，便问厨师："我可以把木勺子的事告诉他吗？"

斯穆雷默默地点头。

我把大家笑他的原因告诉了小士兵，他马上扯下了木勺子，扔到地上，拿脚用力踩踏着。①突然，他的两手抓住我的头发，我们扭打起来，这使看客们更加起劲，马上围了上来。

斯穆雷推开众人，把我们拉开了，先拧我的耳朵，然后又拧小士兵的耳朵。大家见那小个子士兵在厨师手底下乱蹦乱跳，竭力想挣脱束缚，便使劲地起哄——有喝彩的、有吹口哨的、有顿脚的，笑得前仰后合，乐不可支。

"小士兵！快用脑袋撞厨师的肚子！"

②这群人发疯似的幸灾乐祸激怒了我，我真想抓起一根劈柴砸碎他们肮脏的脑袋。

斯穆雷放开小士兵，把双手叠在背后，怒气冲冲，龇牙咧嘴，小胡子竖起来，像头野猪似的冲向围观人群。

"大家都回原来的地方去！走开！亚细亚人！"

那小士兵又向我冲过来。可是斯穆雷用一只胳膊把他挟起来，拎到抽水机旁边，开始摇动抽水机柄抽水，用冷水浇淋小士兵的脑袋，像摆弄布娃娃似的转动他那瘦小的身子。

一些船员、水手长、大副都跑过来，很快又聚集了一大堆人。餐厅管事站在其中，他比所有的人都高出一大截，像平常一样沉默着，一言不发。

③小士兵坐在厨房边木柴堆上，两手哆哆嗦嗦，脱掉靴子，动手想要拧干裹腿带。裹腿带其实是干的，反而是他的稀疏的头发很湿，滴着水珠。这又引起看客们的纵声大笑。

"不管怎么样，"小士兵开口说，声音又尖又细，"我一定要让这小鬼进地狱！"

斯穆雷轻轻扶住我的肩头，对大副低声说了些什么。于是水手们把看客都轰走了，待众人走散，厨师

读书笔记

①为什么小士兵反而跟"我"扭打起来？

名师批注

②"我"的怒火不仅是因为见识了丑恶，还因为自己无力改变现实，只能眼睁睁看着事情发生。

读书笔记

③从士兵这样的行动中可以看出他当时是怎样的心情？

开口问小士兵说："你叫我拿你怎么办呢？"

小士兵一声不吭，用恶狠狠的眼光看着我，浑身莫名其妙地抽搐着。

"立——正，你这惹是生非的家伙！"斯穆雷说。

小士兵回答说：①"得了吧，这又不是在你的连队里。"

我看得出，斯穆雷有点儿羞恼。他那绷紧的脸庞耷拉下来，呸的一声，他吐了口水，表示厌恶，就牵着我走开了。我虽然糊里糊涂地跟着他迈步，但还是一步一回头望着小士兵。斯穆雷纳闷地、喃喃地说："他自以为了不起是不是？瞧他那样儿……"

谢尔盖快步追上我们，煞有介事地附耳说："他想自杀！"

②"他眼下在哪儿？"斯穆雷大吼一声，拔腿就往回跑。

小士兵站在侍役舱房的门口，手拿一把大刀，这是专门用来砍鸡头和劈引火柴的。刀刃已很钝，而且有很多缺口，跟锯子差不多。一群人聚集在舱房前面，望着个子矮小、头发湿漉漉、模样令人发笑的小士兵。他那张生着一只翘鼻子的脸庞像块肉冻，不停地抖动，嘴巴吃力地张开，嘴唇也在颤抖，他不住地喃喃自语："你们欺侮人……你们欺侮人……"

③我踩到一个不知什么东西的顶层上，视线越过人群的头顶，看见很多人的脸——有的在微笑，有的在嘿嘿窃笑，有的在相互交谈："瞧呀，快瞧呀……"

当小士兵用枯瘦的孩童般的小手把打架时拽出来的衬衫塞进裤腰里时，我旁边一个仪表优雅的男士叹口气说："已经打算去死了，可还要整理好裤子。"

大伙儿笑得更欢了。显然，没有人相信这个小士兵会自杀。我也不信，可是斯穆雷瞥了他一眼，肚子一挺，赶忙将众人推开，说道："都滚开吧，傻瓜！"

他不分青红皂白把许多人都称作傻瓜。他走到一大群人跟前，冲他们喊道："该干吗就干吗去，一帮傻瓜！"

④这个称呼初听起来使人觉得很可笑，但也很恰当。从今天上午起，所有的人都成了大傻瓜。

把众人撵走后，斯穆雷走到小士兵跟前，伸过一只手去，说："把刀给我……"

"我豁出去了。"小士兵说着，把刀刃对着厨师

名师批注

①斯穆雷向小士兵展现出善意，小士兵便立马变成了一个恶人，展现了欺软怕硬的人性矛盾。

名师批注

②尽管小士兵对斯穆雷无礼，但是斯穆雷依旧关心着他，这一份善意，在这条船上、在冰冷的现实中是多么可贵！

名师批注

③通过人物细节描写，可以看出人们对于小士兵的崩溃毫无愧疚之心，甚至抱着看热闹的心态，轻视生命。雪崩时，没有一片雪花是无辜的。勿以恶小而为之，勿以善小而不为。

读书笔记

④"我"为什么会这样觉得？

递了过来。厨师将刀塞给我，把小士兵推进了舱室。

“躺下，好好睡一觉。你还想干什么？”

小士兵一声不吭地坐在吊床上。

“让他给你拿点儿饭食和伏特加来。你会喝酒吗？”

“喝一点儿。”

“不过，你可别找他纠缠。之前嘲弄你的不是他，听见了吗？我告诉你，坏事不是他干的，不要错怪了人。”

“他们为什么要欺负我？”那个小士兵轻声问道。

斯穆雷没有立刻回答他，过一会儿才神色郁闷地说：“他们爱怎么着就怎么着，我怎么知道呢？”

在和我一起走回厨房的路上，斯穆雷对我嘟哝：①“嗯——是呀，他们缠住这个可怜的小人儿不放。你瞧见那个场面了吗？有什么办法？真是没辙！小兄弟，人能把人弄得发疯，真能逼疯的。他们像臭虫一样叮你，那你就完了！我在说什么——臭虫？臭虫能算什么呢？他们简直比臭虫可恶一千倍。”

我把面包、肉和伏特加给小士兵端过来时，他正坐在吊床上，前后摇晃着身子，而且像女人似的抽抽搭搭地在小声哭泣。

把盘子放在小桌上后，我说：“你可要吃点儿东西。”

“请把门关上。”

“屋子里会黑的。”

“关上，不然他们又会闯进来。”

②我径自走了。我不喜欢这个小士兵，他没有唤起我对他的同情和怜悯。

这使我感到很愧疚，因为外祖母曾多次教导我：“对人应该有怜悯之心，大家都很不幸，人人都很艰难。”

③“饭食给他端去了吗？”斯穆雷厨师问我，“他究竟在那里干什么？”

“他在哭。”

“唉，没用的废物！他算个什么扛枪当兵的？”

“我丝毫不可怜他。”

“什么？你在说什么胡话？”

“可是我也知道，人应该对别人有怜悯之心。”

斯穆雷抓住我的手臂，把我拉到他身边，动情地说：④“怜悯别人不能勉强，说假话更不应该，听见

名师批注

①从斯穆雷的话语可以知道，人们的行为对小士兵的心灵造成了极大的伤害，体现出小士兵的可怜遭遇。

名师批注

②可怜之人必有可恨之处。小士兵的遭遇的确值得同情，但是“我”也是他选择施暴的对象，所以“我”不同情、不怜悯他也是能够理解的。

读书笔记

③请从语言描写的角度，赏析其中展现了人物怎样的特点。

名师批注

④斯穆雷对别人总是十分粗鲁，但唯独对“我”耐心教育，让“我”不被黑暗的社会污染，两种行为形成了鲜明的对比。

没有？绝对不可以见风使舵，做墙头草，要自爱自重。”说着，他把我推到一旁，郁郁不乐地添加了一句：“这个鬼地方，不是你待的地方！喏，抽支烟吧。”

旅客们的行为让我久久不能平静。他们捉弄那个小士兵，在斯穆雷拧小士兵的耳朵时，还开怀大笑，这使我感到一种难以名状的屈辱和压抑，他们怎么会喜欢这种令人厌恶的、可悲的事情呢？这种场面到底有什么东西让人如此好笑呢？

①这时他们又坐在或躺在甲板上、天棚下面，有的在喝酒、吃零食，有的在打牌，有的在平静地、一本正经地交谈，也有的在欣赏河面上的景色，仿佛一小时以前起劲地吹口哨、起哄戏弄小士兵的人不是他们。他们又像往常一样，那么平静，那么懒洋洋。他们从早到晚在轮船上悠然自得地晃来晃去，就像阳光照耀下的蚊子或灰尘。轮船每到一个码头，就有十来个乘客结成一伙，蜂拥地挤上跳板，画着十字，走上码头。而从码头那边，又有差不多数目的人跑到轮船上。每个人都背着或扛着沉重的包裹和旅行箱，让行李把背脊压弯，他们和刚才下船的那批人同样的穿着，同样的打扮。

旅客们不断更换，但船上的生活并没有产生丝毫的变化。新来的旅客所谈论的正是离去的旅客已经谈过的东西——土地呀，工作呀，上帝呀，女人呀，他们甚至会用同样的词句。

“忍耐吧，一切都是上帝的安排。所以没法子，只能忍耐下去。这就是命运。”

这种老生常谈，听着让人感到无聊，而且令人恼火。我就看不惯那些乱七八糟的事情，也不愿意忍受人们用凶狠的、不公正的、恃强凌弱的态度对待我。②我坚信他们没有理由这样待我，也不该那样对待小士兵，长相滑稽并不是他自己想要的。

③他们开除了严肃的马克西姆，却留下了卑鄙下流的谢尔盖。一切都黑白颠倒了。为什么这些变着法子折磨别人，几乎把别人逼疯的人，却会唯唯诺诺地服从水手们的呵斥呢？水手们骂得那么凶，他们竟然一点儿也不生气？这一切都无法理解。

“干吗都挤到船边上？”水手长眯起漂亮但凶狠的眼睛，叫道，“你们没看见船都歪斜了？快散开，你们这些穿厚呢大衣、道貌岸然的魔鬼！”

读书笔记

①针对这样的现象，你有怎样的感想？

名师批注

②面对社会的不公，“我”坚持自己的原则，通过对“我”的心理描写，体现了“我”身上的独立人格。

名师批注

③面对生活中的不公，“我”内心情感激荡，不能平静，却只能够无力地旁观着，体现出“我”内心的正义感。

那些魔鬼顺从地走到甲板的另一侧，可是那边又把他们往回轰，像轰赶一群绵羊似的。

“唉，你们这群可恶的家伙！”

晚上很炎热，躺在晒了一整天太阳的铁皮棚下，热得实在难受。①旅客们干脆睡在甲板上，他们就跟蟑螂一般，在甲板上爬来爬去，爬到哪里，就随便躺在哪里。

船快要靠近码头了，水手们就不讲客气地用脚踢他们起来，喊道：“喂，干吗躺在路上妨碍大家！到自己铺位上去睡！”

他们被迫爬起来，睡眼蒙眬、迷迷糊糊地向人家推他的方向走去。

其实，水手们也跟他们一样，都是出门混口饭吃的人，只是服色穿着不同而已，却能像巡警一样，对他们发号施令。

在这些乘客们身上，首先可以看出的是一种温和、怯懦和可悲的驯顺，可是，每当穿过这层可悲的、逆来顺受的躯壳，发现爆发出来的是残忍的、令人害怕的、总是令人感到不快的恶作剧时，这情形又是多么可怕，多么不可思议。②我似乎觉得，这些人不知道自己的目的地，不管让他们在什么地方下船，他们都无所谓。无论在哪里上岸，他们也待不了多久，于是又会登上船，航行到什么地方去。他们像是迷途的羔羊，无亲无故，周围的世界对他们来说都十分陌生。而且他们一个个都胆小如鼠，到了丧魂落魄的地步。

有一天，半夜过后不久，一台机器出了故障，发出很响的爆炸声，就像大炮开炮一样。甲板马上笼罩在白色的雾气中。浓浓的蒸汽从机器间里升腾，从每一条缝隙往外冒。有人刺耳地大叫：“加夫里洛，快把焊锡铅和防火布拿来！”

我睡在机器间隔壁的洗餐具的台子上，平时我就在这上面洗碗。我被爆炸和震动声惊醒了，甲板上一片死寂，只有蒸汽机咝咝地向外喷着蒸汽，汽锤不停地发出敲击声。可是片刻之后，甲板上的旅客鬼哭狼嚎地叫成一片，乱作一团，顿时出现了一幅可怕混乱的景象。

雾气很快变得稀薄，在白色雾气中，有没梳头的衣冠不整的女人和金鱼眼睛瞪得圆圆的男人，他们东奔西窜，互相碰撞着。所有的人都拖着自己的包裹和

读书笔记

①请从修辞手法的角度赏析这句话。

名师批注

②从“我”的内心感受中，体现出“我”意识到没有灵魂地活着是一件很可怕的事情。

箱子，跌跌撞撞，不断有人绊倒，人们互相撕扯着，嘴里胡乱叫着上帝、圣徒尼古拉的名字，不知要向什么地方跑去。这是一种可怕的，同时也是有趣的景象，我好奇地跟在他们后边，瞧他们究竟要干什么。

①我生平第一次看到这夜间的恐怖和惊慌的情景，但我立刻明白人们的惊慌和恐怖完全是错误的和不必要的。天下本无事，庸人自扰之。

轮船其实毫无损伤和危险，依然照着原来的速度向前行驶。船的右边，离我们很近的地方，割草人的篝火在缓慢地燃着。夜和往日那样明净，一轮满月依然高高地悬在天空上。但是人们在甲板上奔跑得越来越快，连二等舱的贵客都狂乱地跑出来了。有一个人，被这阵突起的妖风吓掉了魂，纵身一跃，就跳到船舷外边去了，接二连三地，有人跟着跳了下去。两个男人和一个修道士抓起几根劈柴，把钉死在甲板上的长椅子敲下来；有人把一大笼鸡从船尾投到水里去。

瞧！甲板的中央通往船长桥楼的扶梯边，跪着一个堂堂男子汉，向从他身旁跑过去的人叩头，吼叫着：“诸位基督教正教徒啊，我一辈子罪孽深重！”

“快给我放救生艇，你们这些魔鬼！”一位肥胖臃肿的老爷只穿一条长裤子，赤裸着上身，连衬衫也没来得及披，在大声呼唤，还用捏紧的拳头使劲捶自己的胸口。

水手们都跑过来了，一把抓住人们的衣领，对准他们的脑袋猛捶，把他们摔到甲板上。这时候，斯穆雷吃力地跑来跑去。②因夜晚较冷，他在睡衣外边还披上了一件大衣，他用低沉的嗓音奉劝众人说：“你们真不知害臊！干吗这样乱跑，是不是发疯啦？轮船一点儿事也没有，已经在靠岸了！瞧，这一边便是平静的河岸！跳进水里去的那些糊涂虫，已经让岸边割草的农民救起来了。他们就待在那里！瞧，那就是捞他们的两条船，看见没有？”

③对待三等舱的普通乘客，他就不留情面了，他举起拳头敲打他们的脑袋，劈头盖脸从上向下打，于是，这些乘客像只口袋似的，没吭一声就倒在甲板上了。

混乱还没有完全平息，突然，不知从哪儿窜出一个披着斗篷的妇女，她手持一把汤匙，向斯穆雷直冲过来，在他鼻子底下挥动着她的武器——正是那把汤

名师批注

①面对危险时，人们不会停下来认真思考，而是跟着别人乱作一团。此时“我”对世界的态度已经转变，“我”成为一个旁观者，笑看世间的沧桑变化。

读书笔记

②从这一细节中你能读到什么？

读书笔记

③为什么斯穆雷会对不同船舱的乘客有不同的对待？从中你有什么感悟？

匙，嘴里厉声叫着："你竟敢打人！"

一个大汗淋漓、浑身湿透的老爷，一边舔着自己的小胡子，一边伸手阻挡着那妇女，并恼火地说："别惹他，这是个不知趣的蠢货。"

斯穆雷耸了耸肩膀，困惑地眨巴着眼睛，转过来问我："这是怎么一回事呀？她为什么骂我呀？我和她无冤无仇，以前从没见过她！"

一个农民模样的人，一边擦鼻子里流出的血，一边诉苦道："唉，都是些什么人哪！简直是强盗！"

那个夏天，我在船上遇到了两次乘客惊慌的场面。①两次都只是虚惊一场，并非有危险，而是由人们的恐惧心理造成的。

第三次事故是乘客们捉到了两个浑水摸鱼、乘机作案的小偷——其中一个扮成朝圣的香客，乘客们趁水手不注意把这两个人拉去拷打了差不多一个钟头。②当水手们来救小偷时，众人就大骂水手："小偷向着小偷，这个道理谁不知道呀！"

"你们自己就是强盗，所以才对小偷心慈手软！"两个小偷被打得奄奄一息。等到了码头把他们移交给警察时，他们连站都站不稳了。

还有许多这样的事，这些事情让人焦躁不安，却又无法看清人们的真实面目——这些人到底是好人还是坏人？是讲道理的人还是胡作非为的人？为什么他们竟如此残酷、贪婪，同时又胆小怕事而不顾廉耻？

关于这个问题，我问了厨师，他拼命抽烟，老是用那副唉声叹气的腔调说："嗨，你白白操什么心呀！人嘛，就是这种多面目的样子。有明智的人，也有糊涂虫。③你去好好看书吧，别在这里瞎琢磨。凡是好书，里面什么问题都应该讲到。"

他不喜欢宗教典籍和圣徒传一类的书。

"喏，这种书是给神甫和他们那些儿子看的。"

我很想送他一本书，让他开心开心。我在喀山码头上，花五戈比买了本《一个士兵拯救彼得大帝的传说》[71]。可当时斯穆雷喝醉了酒，满脸怒容，于是我决定在送给他之前自己先把这本书读一遍。我非常喜欢这本书，一切都写得那么通俗易懂，有趣而简洁，

名师批注

①很多时候，作恶的其实是人们那颗装有欲望的心。

读书笔记

②水手没有做错什么，却被人们迁怒，而我们的现实中，这样理所当然的偏见与迁怒也并不少，你有见过哪些呢？

名师批注

③不管遇到什么问题，斯穆雷总让"我"读书，一直在强调读书的重要性。

71《一个士兵拯救彼得大帝的传说》：俄国19世纪70年代的畅销书。描写一个勇敢的士兵如何砍瑞典人的脑袋，建立奇功的故事。当时年少的高尔基非常喜欢这本书。

我相信，这本书一定会让他感到非常满意的。

可是当我把这书送给他时，他一句话也不说，将书捏在手里，搓成一团，扔到船舷外边去了。

“这就是你的好书？傻瓜！”他阴沉着脸说，①“我一直把你当猎狗一样驯养，可你还是想吃野食。”

他跺了下脚，朝我大吼大叫：“这算是什么书？这些胡编乱造的东西我都读过！书里描写的人与事，你以为是真的吗？嘿，你说呀！”

“我分辨不出真假。”

“我能分辨！②把一个人斩首，他的身子肯定从梯子上跌下来，这时候，别人绝不会前仆后继，再爬到干草棚上去的。当兵的都有头脑！他们放一把火，烧掉干草就完了！你明白了没有？”

“明白了。”

“明白了就好！我非常熟悉彼得大帝的生平轶事，可是这书里写的都是胡编乱造！根本没有彼得大帝救他这回事！你走开吧。”

我知道厨师的话没错，可是我依然留恋那本书。后来，③我又花钱买了一本，再次从头至尾读了一遍，这才惊奇地发现，这的确不是一本好书。

这使我感到很难为情，从此，我对厨师更加尊敬，更加信任，可不知为什么，他总是说：④“唉，你应该去上学！这里不是你待的地方。”

我也认为这里不是我待的地方。谢尔盖对我的态度坏极了，我有好几次都发现，他背着餐厅管事，偷偷把茶具从我的洗碗桌上拿走送给旅客们。我知道这被看作是盗窃行为。厨师不止一次警告过我，说：“你要注意，别让那些茶役把你洗碗台上的茶具偷走！”

船上还发生过多起坑害我、让我生气的事，我常常想，等船一靠岸，我就离船而去，逃进森林。但厨师不让我走，他对我的态度越来越温和，⑤而且我已深深迷上了永不停航的轮船生活，轮船停靠在码头就会让我感到难受。

我总期待着发生什么事情，轮船会从卡马河驶进别拉雅河、维亚特卡河，或者沿着伏尔加河航行，那样的话，我就能看见新的河岸、新的城市和新的人们。

但是我期待的事情没有发生。我在轮船上的生活以令我羞愧的方式，出人意料地中断了。

一天晚上，当我们的船从喀山开往下诺夫哥罗德

读书笔记

①为什么斯穆雷会如此愤怒？

名师批注

②斯穆雷以自己的生活经验，痛批作品中的滑稽可笑之处。读万卷书，行万里路，我们的身体和灵魂总要有一个在路上，才能真正认识世界。

读书笔记

③为什么“我”后来才发现这的确不是一本好书？

名师批注

④斯穆雷以自己的智慧发现了“我”的独特，并且为“我”的未来指明了方向，推动了故事情节的发展。

读书笔记

⑤为什么这样的生活让“我”着迷？

时，餐厅管事把我叫去了。我进了他的舱室，他随手把门关上，对阴沉着脸、坐在垫有毛毯的凳子上的厨师说："他来了。"

厨师粗暴地问我："是你经常把茶具送给谢尔盖吗？"

"他趁我没看见，自己拿的。"

餐厅管事轻声说："他没有看见，可是他知道。"

厨师在自己的膝盖上击了一拳，然后揉了揉膝盖。

"你等等，会搞清楚的。"他说，然后自己陷入了沉思。

我看着餐厅管事，他也看着我，可是我觉得他那眼镜片后面好像没有眼睛似的。

他的生活很平静，走路没有声响，说话声音低沉。有时候，他那没有光泽的大胡子和呆滞的眼睛不知从哪个角落里闪现一下，之后就立刻消失了。每晚临睡以前，他在餐厅里会点着长明灯的圣像，但在点着之前，他总是要跪好长一段时间。我是从门上一个很像红桃 A 的钥匙孔里看到的，但我看不到这位餐厅管事是如何祷告的——他只是跪着，望着圣像和神灯，一边捋胡子，一边叹气。

斯穆雷沉默了一阵，才开口问我："谢尔盖有没有给你钱？"

"没有。"

"从来没有？"

"从来没有。"

①"他不会撒谎。"斯穆雷向餐厅管事为我求情。

可是餐厅管事无动于衷，低声回答说：②"这没有什么区别。你们请便吧。"

"我们走！"厨师冲我喊了一声。

他走到我的洗碗桌跟前，我以为他要打我，不料他只是用手指头轻轻在我头顶上点了一下，对我说："你这个傻瓜！我也是傻瓜！③我本来应该照顾好你。"

轮船到了尼日尼，餐厅管事给我结了账，把我解雇了。我领到大约八个卢布，这是我赚到的第一笔大钱。

斯穆雷跟我告别的时候，忧伤地说："嗯……往后做事可要注意啦，明白了没有？凡事不可以掉以轻心。"

名师批注

①斯穆雷给予了"我"宝贵的信任，这基于对"我"的了解，也基于他内心的正直、善良。

名师批注

②如此糊涂的审判，餐厅管事却始终坚持自己的看法，可见他的愚昧。一个愚昧的掌权者，比一个无能的属下更加可怕。

读书笔记

③请从语言描写角度探究人物心理。

他把一个镶着彩珠的烟荷包塞进我手里："来，拿着吧！你看，多精细的手工，是我的干女儿给我绣的。好了，再见吧！①多读书，读书是最好的事情！"

他把手插到我的两腋下面，把我举起来亲了亲，然后把我稳稳当当地放在码头搭板上。

我感到很难过，为他，也为我自己，真的。望着他那庞大、笨拙、孤独的身子一边走，一边推开装卸工人，回到船上的样子，我差点儿放声大哭起来。

后来，我还遇到过许多像他这样善良，这样孤独，这样受尽生活折磨的人。

名师批注

①即使是离别的时刻，斯穆雷也依旧强调让"我"读书，可见他对读书的执着。这件事情也在他的不断叮嘱中融入了"我"的身体里。

名师赏析

登上船后，阿廖沙见识到了新的世界，但是虚伪、无耻的种种面目一如既往地充斥着他的生活。所幸生活并没有剥夺他的全部希望，他的生活出现了一道光——引导他读书、对他偏爱的斯穆雷。作者通过传神的语言、动作描写，体现了斯穆雷对读书的热情和非凡的人格魅力，让阿廖沙在这样的生活中，依旧保持着纯洁的本性，并且爱上了读书，真正改变了阿廖沙的命运。

不过，我们跟随阿廖沙一起也领略到了人性最大的恶——对他人无意识的伤害。作者通过对旅客们逗弄小士兵时神态、语言的细致刻画，展现出旅客们在事不关己时的冷漠、自私，阿廖沙深陷其中，想要逃离，却最终被陷害，以不体面的方式离开了轮船。他又将何去何从呢？

积累与运用

·好词·

和煦 魁梧 谄媚 热泪 耸立 无辜 耷拉 隐没 矫健 墙头草
欣欣向荣 幸灾乐祸 杯盘狼藉 受宠若惊 道貌岸然 正襟危坐
悠然自得 开卷有益 怒发冲冠 摇尾乞怜 相去甚远 唯唯诺诺
摇摇曳曳 拨乱反正 不声不响 不辞而别 呼天抢地 充耳不闻
前仰后合 乐不可支 一声不吭 劈头盖脸 见风使舵

·佳句·

- 明媚的春日和煦温馨，伏尔加河水漫出了河岸，广阔地奔流着，大地上的景象欣欣向荣，眼界辽阔。

◆ 远远地，河那边的一切都令人感到愉悦，一切都似乎是些奇怪可笑、五光十色的玩偶，使人不禁要朝着岸上呼喊些亲热的友好的话语——朝着岸上和驳船上呼喊。

◆ 轮船牵引着它，仿佛拖曳一头母猪，牵索力量变弱时，啪啪地拍打着河水，然后重新拉紧，挥下大量的水滴，急促地拉住驳船的前端。

◆ 大家见那小个子士兵在厨师手底下乱蹦乱跳，竭力想挣脱束缚，便使劲地起哄——有喝彩的，有吹口哨的，有顿脚的，笑得前仰后合，乐不可支。

◆ 旅客们干脆睡在甲板上，他们就跟蟑螂一般，在甲板上爬来爬去，爬到哪里，就随便躺在哪里。

◆ 他们像是迷途的羔羊，无亲无故，周围的世界对他们来说都十分陌生。而且他们一个个都胆小如鼠，到了丧魂落魄的地步。

· 美文仿写 ·

离别时的切切叮嘱，让人忍不住要落泪，在斯穆雷与“我”道别时，他的语言充满着恳切的担忧与叮嘱。请仿照文段，描写你与家人或朋友离别时的对话。

斯穆雷跟我告别的时候，忧伤地说：“嗯……往后做事可要注意啦，明白了没有？凡事不可以掉以轻心。”

他把一个镶着彩珠的烟荷包塞进我手里：“来，拿着吧！你看，多精细的手工，是我的干女儿给我绣的。好了，再见吧！多读书，读书是最好的事情！”

第五章 检测卷

（共20分）

一、填空题。（每空1分，共10分）

1. 阿廖沙离开主人家，来到了 ______ 轮船上，成了一名 ____________。
2. ______ 让阿廖沙进行朗读，并且养成了阅读的习惯。
3. 船长太太送给了斯穆雷一卷 ______ 的作品。
4. 读《艾凡赫》，书中的 ______________________________ 令斯穆雷十分心醉。
5. 斯穆雷也越来越迷恋读书，常常让 ________ 代替阿廖沙把餐具洗完。
6. ______ 在船长室门口呼天抢地求饶，最终留了下来。
7. 船上的人都因为小士兵 ________ 而嘲笑他。
8. 小士兵手里拿着 ____________________ 准备自杀，但是人们都不相信，还笑话他。
9. 斯穆雷在与阿廖沙告别时，送给了他一个 ______________，并且嘱咐他要多读书。

二、简答题。（每道题5分，共10分）

1. 当读《艾凡赫》时，书中的主人公令斯穆雷十分心醉，但阿廖沙觉得这本书很乏味，从中，你觉得阿廖沙是一个什么样的人？

2. 阿廖沙出于同情，把人们嘲笑小士兵的原因告诉他，反而遭到了小士兵的打，为什么呢？

参考答案

一、填空题

1. 善良号；洗碗碟的工人。
2. 斯穆雷。
3. 果戈里。
4. 主人公金雀花朝的“狮心王”理查。
5. 马克西姆。
6. 谢尔盖。
7. 伤心地哭了。
8. 用来砍鸡头和劈引火柴的大刀。
9. 镶着彩珠的烟荷包。

二、简答题

1. 阿廖沙是一个有自己独立思考、不盲从的人，对待书籍有自己的想法和态度。

2. 因为小士兵觉得阿廖沙将原因告诉他，也是一种变相的羞辱，他觉得阿廖沙和船上其他人一样，他们都是一伙的，都没有好心肠。（言之有理即可）

第六章

名师导读

重新变成了一个没有归宿的“丧家之犬”，阿廖沙有过不甘，这世界让他不能理解的事情实在太多了！但是他还是选择了重新燃起对生活的热情，钻入他热爱的森林，以捕鸟为生。在无人打扰的捕鸟生活中，他重获新生，似乎再没有遗憾，但是生活是否真的就此放过了他呢？阿廖沙对生活又有了怎样的感悟？接下来的方向在哪里？让我们跟着阿廖沙一起去探寻吧！

外祖父和外祖母又搬回城里居住了。我带着愤愤不平、寻衅斗殴的情绪回到他们那里。我心中难受极了——他们凭什么认为我是小偷？

外祖母看见我仍然很亲热，马上动手烧茶炊。

外祖父照例连讥带讽地问我：“淘金客归来了，攒了不少黄金吧？”

①“不管攒了多少，都是属于我的。”我在窗口坐下并答道。

我得意扬扬地从口袋里掏出一盒纸烟，点上一支，有模有样地抽了起来。

“好家伙，”外祖父说道，注视着我的一举一动，“居然能这样派头十足，熏起魔鬼草[72]来了，这对你来说是不是太早了？”

“人家把我当大人交往了，还送我一个绣花烟荷包呢。”我夸口说。

②“绣花烟荷包！”外祖父的声音变尖厉了，“你这是要干吗？存心在我老头子跟前炫耀吗？”

他伸出两条结实的细胳膊，眼睛泛着绿光，向我扑了过来。我跳起身，一头撞在他肚子上，老头儿被我撞得一屁股坐在地上。他吃惊地望着我，眼睛一眨

名师批注

①愤怒已经使“我”冲昏了头脑，为下文情节发展做铺垫。

读书笔记

②为什么外祖父对这件事反应这么大?

72 魔鬼草：这里是烟草的代称。因为吸烟有损健康，所以有些人称烟草为“魔鬼草”。

一眨的，黑洞洞的嘴巴张得老大。他在地上难堪地坐了好几秒钟，然后心平气和地问我：①“是你把我——把你外祖父撞倒的吗？把你母亲的亲爸爸撞倒了？”

“以前您也把我打得够意思的。”我小声地说。我已经明白，我做得太过分了。

干瘦单薄的外祖父从地上站起来，挨着我坐下，趁我不防，一下子把烟卷从我手里夺去，扔到了窗外，用吓人的声音说：“野小子！你干这种孙子撞爷爷的事，上帝一生一世都不会宽恕你，明白吗？”

然后他扭过脸冲外祖母嚷道，“你瞧瞧，老太婆！他竟撞起我来啦！就是他！他撞了我。你问问他是不是这样？”

外祖母没有问我什么，径直走到我身边，一把抓住我的头发摇晃着，一边说：“做错了事就得受罚，你看我怎么收拾你，还敢不敢了？”

②我没有觉得疼，只是觉得自己背上不孝的罪名挺委屈，尤其是听到了外祖父阴阳怪气的笑声后，心里更感到有理难伸。他在椅子上蹦上蹦下，两只手不停地拍着膝盖，像乌鸦叫似的，嘎嘎笑着，说：“该打！该打！”

我从外祖母手中挣脱出来，怀着一肚子气，冲进外屋，躺在一个角落里，觉得心里十分压抑，万念俱灰，只听见茶炊在咕咕作响。

外祖母走到我身旁，俯下身来，用轻微得几乎听不见的声音对我说：“你要体谅我，我也没有真把你弄疼，不是吗？我这是故意做样子给他看的，不这样做不行。不管怎么说，外祖父已上了年纪，你应当尊敬他。这么多年他也累断了腰，操透了心。你不能惹他生气。你不再是牙牙学语的孩子了，你应当明白事理了——你必须明白人生的道理，阿廖沙！你外祖父现在就是个老小孩，这个说法一点儿也不夸张。”

③她的话语犹如一股暖流洗刷着我的心灵。这些悄悄的知心话减轻了我的痛苦，使我感到既欣慰，又羞愧。我紧紧搂住她，并亲了亲。

“到外祖父那儿去，去吧，没事的。只是你不要突然当他的面抽烟，给他点儿时间慢慢习惯。”

我走进房间，斜眼看了看外祖父，几乎笑出声来，他果真返老还童，得意得像个小孩子，高兴地跺着脚，还不时用长满红色汗毛的小手掌拍打桌子。

名师批注

①通过语言描写，展现了外祖父在知道无法制服“我”之后的恼羞成怒。

名师批注

②当长辈认为自己的威严没有得到伸张，就拿出长辈的身份来压迫，并且总能取得胜利，“我”面对不值得尊重的外祖父，也只能被这种“长辈的威严”击败。

名师批注

③外祖母永远是“我”的心灵导师，教会“我”以善良、宽容去面对世界的无理取闹。

“你来干什么，小公羊？你又来撞人吗？你这个小土匪！跟你父亲一个样！你是个不信上帝的人，回到家门，不到圣像面前画个十字，拿出香烟就抽，唉！你这个无法无天的拿破仑，在公众眼中，一个子儿也不值！”

我一声不吭。他说够了，也疲惫地安静下来，但在喝茶的时候，他又摆出长辈的面孔教训我：“一个人面对上帝，必须要有敬畏之心，就像马怕笼头一样。除了上帝之外，我们没有朋友，人和人之间都是不共戴天的仇敌。”

①为了吃饭，人和人都在竞争，因此都是对手，是仇敌——我被这句话的严酷的真实性打动了，其余的话对我毫无触动。

“现在，你还得回到马特廖娜姨婆那里去干活，等到春暖花开，你再到船上去洗碗打杂。冬天冷，就待在他们家里暖和暖和吧。可不许对他们说，一到春天，你就要离开他们。”外祖父说。

“为什么要骗人家呢？”外祖母说，可是她自己刚才还假装打我，骗外祖父呢。

②“不欺骗能活得下去吗？”外祖父坚持己见，“没有人可以不骗人地活下去。”

晚上，趁外祖父坐下来读圣诗之时，我和外祖母走出大门，来到田野上。外祖父住的那间只有两个窗户的屋子非常简陋，而且很小，坐落在市郊，在卡纳特大街的背面，以前外祖父在这条街上有过自己的豪宅。

“瞧我们搬到什么地方来了。”外祖母笑着说，“老爷子怎么也找不到个称心如意的地方，总是搬家。这个地方他也不称心，我倒觉得挺好。”

我们面前是一片贫瘠的草地，有三俄里宽，其间沟壑纵横，尽头是茂密的树林，这是喀山大道的白桦树带。

城郊的一座座矮小的房屋，用自己的窗户作为眼睛，胆怯地望着尘土飞扬的道路、马路上，徘徊着一些长得瘦小、喂得不好的鸡群，它们在觅食。处女修道院那边，有一群牛走过，母牛哞哞地叫着。从附近的军营里，传来军乐队的声音，几管铜喇叭在呜呜地吼叫。

一个喝醉酒的人努力拉着手风琴，踉踉跄跄地向前走着，嘴里嘟囔道：“我一定要找到你……一定要找到你不可……”

③“傻瓜，”外祖母说道，眯起眼睛望着通红的夕阳，“你上哪儿找呀？眼看你就要跌倒了，睡着了。等你睡着了，你的东西就会被别人抢光——甚至抢走你心爱的手风琴。”

名师批注

①在人生经历变得丰富之后，“我”也逐渐成熟，对世界的认识更加深刻了。

读书笔记

②你如何看待外祖父的这些话？

名师批注

③面对一个醉鬼，外祖母也依旧温柔认真地跟他说话，展现了她的善良，这份善良深深地植根在“我”的心中。

我一边向外祖母讲着我在轮船上的生活，一边望着四周的景色。在我见过不少世面之后，再回到这种地方，心里总觉得很苦闷，觉得自己像煎锅里的一条鲈鱼。

外祖母默默地听我讲，听得十分专注而认真，正如我听她说话那样。当我谈到厨师斯穆雷的时候，她恭恭敬敬地画着十字，嘴里念叨着：①“他真是个好人，圣母会帮助他的，是个难得的好人啊！你可不要忘记人家的好处。你要永远把好事铭记在心，至于不好的事，你就把它遗忘掉。”

我很难说出我在船上做事被辞退的原因，但我咬咬牙，还是讲了。这事没有给她留下什么印象，②她只是轻描淡写地说了一句：“你还小，不懂得应付复杂的社会，不会生活。”

“所有的人都对别人说‘你不会生活’。农民这么说，水手这么说，马特廖娜姨婆对儿子也都这么说。可是人们应该怎样做才能算会生活呢？”

外祖母抿着嘴唇，摇了摇头，说：“这我可不知道。”

“可是你也在这么说呀。”

“干吗不说呢？”外祖母心安理得地说，“你别不高兴，你还小，还不到你会生活的时候。其实谁又会生活呢？只有那些骗子。瞧你外祖父他聪明，又有文化，可他对生活也是一窍不通。”

“那你自己生活得好吗？”

③“我？啊，是的，活得很好。苦日子也过过，生活中会发生各种情况，但是知足常乐。”

行人们不慌不忙地从我们身边经过，身后拖着长长的影子，他们脚下扬起烟雾般的灰尘很快又将影子淹没了。黄昏的郁闷情绪变得越来越浓重，④从窗子里传出了外祖父唠唠叨叨的声音：“上帝呀，祈求你别对我大发雷霆，不要趁你愤怒时惩罚我。”

外祖母笑着说：“上帝一定对他感到厌烦了！每天晚上总是这样哀叫，干吗要这样呢？这么大年纪了，也没多少欲望了吧，还这样没完没了地诉苦！上帝每天晚上听见他的话，一定会大笑着说：‘那个瓦西里·卡希林[73]又在那里唠叨了！’哼！走吧，我们回去睡觉了。”

名师批注

①外祖母的这句话体现出她的生活智慧，因为在现实中，人们总是铭记不好的事，而将好事遗忘了。

名师批注

②外祖母总是包容、理解关于“我”的所有事，并且指引“我”积极乐观地面对充满苦难的生活。

名师批注

③外祖母不知道什么才算会生活，但是她已经能够让自己心满意足地生活，无论面对什么苦难，都能以平和的心态应对，这无疑就是会生活。

名师批注

④活了一辈子的外祖父，在人生的结尾，却还不知道怎样生活，与外祖母形成鲜明对比，更凸显外祖母生活智慧的可贵。

73 此处的瓦西里·卡希林是指主人公的外祖父，主人公的外祖父全名瓦西里·瓦西里伊奇·卡希林。

[①]我决定去捕捉会唱歌的鸟，我觉得干这个可以很好地维持生计——我去捕鸟，然后外祖母拿去卖。我买了网子、环子和捕鸟器，做了几只鸟笼，于是，等天快亮的时候，我就蹲守在峡谷里的灌木丛中。外祖母则提着篮子和口袋在林子里转悠，采集新鲜的蘑菇、荚果和榛子。

九月的太阳懒洋洋地升起，它的白色的光芒，一会儿消失在云层之中，一会儿好像一把银色的扇子，倾泻在山沟里，照在我的身上。山沟底部的光线仍然很昏暗，沟底的牛蒡丛中，金翅雀在鸣啭。我看见在灰色的杂草堆里有几只活泼好动的小鸟露出了红冠。好奇的白头翁[74]围着我啼啭，鼓着白白的两腮，叽叽喳喳地乱蹦乱跳，像极了节日时的库纳维拉镇的小市民。这些鸟动作迅捷，十分聪明，性情凶悍，它们什么都想知道，什么都想碰碰，结果一个接着一个地落进捕鸟器。[②]它们拼命挣扎的样子真是叫人于心不忍，但这是我的生意，不能有恻隐之心。我把捕到的小鸟装进备用的笼子，往口袋里一装。它们便老老实实地待在黑暗之中了。

太阳越升越高，鸟儿也越来越多，它们也就叫得越欢。整个冲沟里充满了这种乐曲的响声，它的基调像是轻风吹拂下的灌木丛不停发出的飒飒声。鸟儿那充满激情的啼叫也无法压住这轻微的、忧郁而动听的嘈杂声。

[③]在这低吟中，我可以听出夏天的离歌，它用与众不同的词语向我低声诉说，这些词语自然地变成歌词，与此同时，我不由得想起了许多往事。

外祖母在我头上的某个地方叫道："你——在——哪儿？"

我找到了她，她安闲地坐在山沟边上，有条有理地摊开一块洁净的头巾，上边摆着面包、黄瓜、萝卜、苹果，令我垂涎欲滴。

[④]这一大堆天赐的食物当中，立着一只十分漂亮的多棱形的玻璃瓶，在阳光的照耀下闪闪发亮，瓶口被一个雕成拿破仑头像的水晶塞子塞住，瓶中装着用

74 白头翁是鸟的一种，头部的毛黑白相间。老鸟头部的毛变成白色，故得名"白头翁"。白头翁生活在山林中，吃树木的果实，也吃害虫。

名师批注

①通过描写"我"对未来美好生活的想象与计划，体现了"我"对大自然的喜爱，也表现出"我"排斥自己目前的生活状态。"我"渴望过着平和的、没有污言秽语的生活。

名师批注

②"我"很爱这些可爱的小精灵，但是为了生活，又不得不狠下心来伤害它们。

名师批注

③"我"又回到了令"我"感到轻松愉快的森林，在这里，一切景物都变得鲜活有趣，也反映出"我"此时内心的愉快。

名师批注

④当生活不再被痛苦占据，一些细节中的可爱之处也就得以被人们看见了。

金丝桃浸过的伏特加酒，大约有一什卡利克[75]。

“啊，多么美好的天气，多么快活的时刻，感谢上帝赐予！”外祖母十分感动地说。

①“我将眼前的景色编成了一支歌！”我说。

“真的吗？快唱给我听。”外祖母急忙说。

我就把我的似诗非诗的创作唱给她听：

眼看着严寒的冬天渐渐临近，
令人依恋的夏天的太阳呀，
我只能无限惋惜地和你说再见了！

但外祖母没等我唱完，便打断了我，她说：“这样的歌古来就有，而且更好听一些。”

于是她拔高嗓音唱了起来：

②哎哟，夏日的太阳已经走远，
踏进了黑夜，落在远方森林那边！
哎呀，留下我一个姑娘家，
失去了春天的快乐，只身一人，孤孤单单……

早晨我来到村外，
想起了五月那载歌载舞的场面——
眼下光秃秃的田野，一片凄凉，
我的青春年华也一去不返。

哎呀，我亲爱的女友们！
当初雪翩然降落的时候，
请从我白净的胸腔取出我的心，
将它埋进皑皑白雪之中！

作为一名创作者，我的自尊心完全没有受到伤害，反而我非常喜欢这支歌，对这位姑娘也深表同情。

外祖母说：“这是一支令人悲痛欲绝的歌！是那姑娘，为了咏叹自己的身世，自个儿编写的。春天，她和心上人一起在野外游玩，而到冬天，心上人却把她抛弃了，说不定是有了新欢。所以那姑娘伤心欲绝。③自己没有亲身经历过的事，就不会讲得那么情真意切。你看，这首歌她编得多好呀！”

75 什卡利克是旧俄量酒单位，1 什卡利克约合 0.06 升。

名师批注

①“我”开始尝试自己创作，而外祖母无疑是最好的听众。

读书笔记

②外祖母为什么要唱这一首歌？

读书笔记

③这句话从文学创作方面给予你什么启发呢？

她第一次卖鸟挣了四十戈比，这使她喜出望外。

“你瞧瞧！我原以为这种事白费劲儿，是小孩子家闹着玩的。这可真是意料之外，来了这么多钱！”

“你卖得还是便宜了。”

“是吗？”

遇上赶集的日子，她能卖一个卢布，或者更多，而且让她想不到的是，做这种小买卖竟然也能赚这么多钱！

“你想想，一个女人整天地洗衣服或者擦地板，一天才挣二十五个戈比。①不过，这样做也不大好。把鸟都关进笼子里，虐待动物，这是违背天性。算了，阿廖沙，别干这个啦！”

但是我非常热衷捕鸟，乐此不疲。②它使我在生活上不仰仗于人，除了鸟儿，不会给任何人带来麻烦。

我置备了很好的捕鸟器具；跟老的捕鸟人进行交流，使我受益匪浅。我常常只身一人，到几乎三十俄里之外的地方去捕鸟，比如伏尔加河沿岸的克斯托沃森林，在那盛产桅杆材料的茂密的松林中，栖息着许多交嘴雀和爱鸟人所珍爱的阿波罗山雀——一种极其漂亮的白色长尾巴鸟。

我常常在傍晚时分打点行装，出发捕鸟，为此通宵达旦地在喀山公路上走着，有时天公不作美，秋雨落下，我只能踩着深深的泥泞，艰难跋涉。不仅如此，我还是负重行走的——背上背着四周缝有漆布的袋子，里面装着捕鸟器和诱鸟的笼子，手里拿着一根核桃木做的相当粗的木杖。

秋天的黑夜十分寒冷，对行路人来说，真是又冷又怕，非常可怖。公路两旁，生长着被雷打坏的老白桦树，在我头上伸出了讨厌的湿淋淋的枝条。向左边山崖底下望去，黑黢黢的伏尔加河上，浮闪着末班轮船和驳船上的几盏桅灯，这些船好像在沉向无底的深渊。外轮在水里啪啪地响着，汽笛呜呜地叫着。

在铁青色的坚硬的地面上，伫立着路边村落的茅舍，几只气势汹汹的饿狗向你脚边冲来，守夜的更夫敲着梆子，心惊胆战地喊道：“谁在那儿？说句晚上不该说的话，鬼把谁拖到这儿来啦？”

③我怕我的捕鸟器具会被没收，因此身上总带着几个五戈比的硬币，打算贿赂更夫。

名师批注

①善良的外祖母有这样的担忧不足为奇。

名师批注

②“我”对自由、独立生活的追求在此处便已初露端倪。

名师批注

③“我”已经不再是一味任性的小孩子，也开始懂得了一些人情世故。

在福基纳村守夜的更夫和我相处得很好，他一见到我总是很惊讶。

“又是你来了？”他说，“你这个闲不住的夜游神，天不怕地不怕，是不是吃了豹子胆？”

他的名字叫尼丰特，矮矮的个子，一头灰白的头发，样子很像个圣徒。①他常常从怀里拿出一根萝卜、一个苹果或是一把豌豆什么的，塞在我的手里，说：“送给你，朋友，我特地留着给你的，好好吃吧。”

然后他一直送我走到村口：“再见，愿上帝保佑你！”

黎明时分，我来到了森林中，放好工具，在各处挂上诱猎鸟[76]，然后，我找一块林中空地，在那儿躺着，等待太阳出来。

我在这里看过几十次日出，每一次都觉得有一个新的世界在我眼前诞生——一个充溢着崭新奇异美景的世界。

②我似乎对太阳情有独钟，我喜欢它的读起来朗朗上口的名字，喜爱这个名称的甜蜜可爱的音调，喜爱这音调的铿锵有力。我喜欢闭上眼睛，让脸沐浴着温暖的阳光，喜欢用手掌捕捉射进板墙缝隙或树枝间的光线。

外祖父非常崇拜“不拜太阳的米哈伊尔·切尔尼格夫斯基大公”和“贵族费奥多尔[77]”，可我对这两个人不怎么崇拜。在我看来，这两人都跟茨冈人[78]一样，皮肤黝黑，满脸阴郁，一脸凶相。他们的眼睛总是患有疾病，充满眼屎，就跟穷苦的莫尔多瓦人一样。

令我崇拜的是太阳。每当太阳升起，阳光照在草地上时，我便不由自主地露出开心的微笑。

③忽然，一分钟以前还沉浸在深思中的整座森林，响起千百种的鸟声，充满了大地上最纯洁的生物的忙忙碌碌的生气。

大地上的万物之灵——人类，也是依照这些鸟类的形象，造出了自然神爱尔菲[79]、司智天使基路伯[80]、

名师批注

①从尼丰特特意给“我”留着好吃的这个举动中，可以看出他的热情、善良。

读书笔记

②为什么“我”对太阳情有独钟？

名师批注

③大自然以它的慷慨给予了“我”极大的冲击，这一份生机是暮气沉沉的城市生活中所缺乏的。

---

76 一种捕鸟器。

77 费奥多尔：贵族，据传惨死于金帐汗国。

78 茨冈人：即吉卜赛人，以游荡生活为主的民族，原住印度西北部，后遍布世界各地。

79 爱尔菲：德意志民间神话中的自然神，天、地、山、林、家庭，无处不在，通常善待人类。

80 司智天使：东正教神名，又译基路伯，九级天使中的第二级。

六翼天使以及整个天使群来安慰自己。

捕这些鸟儿，我真有点儿不忍心，把它们关进笼子里，我觉得良心有愧。①我更喜欢观赏它们，可是捕猎的嗜好和挣钱糊口的欲望，压倒了我的怜悯之心。

鸟儿们的各种狡猾的把戏使我觉得可笑。

有一只蓝色的山雀，它非常仔细地观察了捕鸟器，知道这东西对它的威胁在哪里，于是便侧身而入，安全、麻利地避开捕鸟器的机关，把要吃的东西一下子叼走了。蓝山雀这种鸟非常地聪明，但是它们的好奇心太强，因此常常毁了自己，真是“人为财死，鸟为食亡”；②大模大样的红肚子灰雀有点儿呆头呆脑，它们成群地钻进网子里去，就像吃得饱饱的市民们上教堂去一样。一旦被网子网住，它们便万分惊讶，瞪大眼睛，用粗大的嘴巴使劲啄着指爪；交喙鸟走进捕鸟器时不慌不忙，行若无事。

有一种神秘而独特的鸟儿，它的名字叫作鳾[81]，或叫作鹈，它和别的鸟儿不一样，在捕鸟器前待了好半天，缓缓地动动长嘴，身子靠在粗大的尾巴上。它像啄木鸟一样，在树干上跑来跑去，老是在追逐山雀。这种灰色的小鸟有点儿怪怪的，它好像很孤独，谁都不喜欢它，它也不爱谁。它像喜鹊一样，喜欢偷东西，而且会把一些细小的闪闪发光的玩意儿藏起来。

快到中午的时候，我便收拾行具，停止捕鸟，穿过森林和旷野回家去。我不会走经过村落的大路，如果走了，便会有一帮孩子和小伙子拦住道路，把我的鸟笼抢去，还会把捕鸟工具扯破弄断，这种事我已遇到多次，暗自叫苦不迭。

傍晚时分，我才回到家里，筋疲力尽、饥肠辘辘，可是我好像觉得在这一天中长大了，体验到新的经历，变得更加坚强有力。③这种新的力量，使我能够承受住外祖父恶毒的冷嘲热讽，保持一种平静而善意的心态。

外祖父发现了这一点，便有板有眼地、一本正经地对我说：④“扔掉这不务正业的玩意儿吧，洗手别干了！没有一个人能靠捕鸟挣大钱的，从来没有过这种事，我知道！好好地给自己找个正经差事，在工作中锻炼聪明才智才对。人活着可不是为了干那些乱

81鳾(shī)：身长约三寸，嘴长而尖，背部为烟灰色，翅膀黑色，胸部白色。在森林中专吃害虫。

名师批注

①有时现实会压倒我们内心向善的本性，让我们不得不违背自己的想法做出一些不好的选择。

读书笔记

②请从修辞手法的角度赏析这句话。

读书笔记

③为什么“我”能有如此大的成长？

名师批注

④一个失败的人，却喜欢教育人如何成功，展现了外祖父身上的矛盾、可笑之处。

七八糟的事，人是上帝的种子，他应该长出优质果穗！一个人就好比一个卢布，一旦进入了良性周转，那么一个卢布就能变成三个！你以为过日子容易吗？不，一点儿也不容易！世界对于人来说，好比是伸手不见五指的黑夜，每一个人都必须给自己照出一条道来。每个人都长着十个指头，谁都想用自己这双手得到更多的东西。你应当显出力量来，没有力量，就要有计谋。你要是又小又懦弱，那么既上不了天堂，也下不了地狱！你要和别人友好相处，但要永远记住自己是孤军奋战。仔细听所有人说的话，但是不要相信任何人；用眼量布，尺寸量错——轻信这东西会让你上当的。要保持沉默，房屋和城市不是靠说空话建起来的，而是用卢布和斧头。记住，你不是巴什基尔人，也不是卡尔梅克人，他们的全部财产就只有虱子和羊群。”

他可以这样口若悬河地讲下去，并且整个晚上不停歇。这些话我听得耳熟，甚至都能背下来。我很爱听他的说教，但对这些话的意义不是无怀疑的。

[①]照他说，一个人之所以不能称心如意地过活，是因为有两种力量在中间作祟：一种是上帝的力量，即天灾；一种是人的力量，即人祸。

外祖母坐在窗边，搓着织花边要用的纱线，纺锤在她灵巧的手里发出嗡嗡的响声。她默默地听着外祖父高谈阔论，不发一言，但后来忽然开口道：[②]“一切都会变得像圣母所希望的那样。”

“你这是什么意思？”外祖父叫起来，“上帝？我并没有忘掉上帝。我是知道上帝的！傻老婆子，难道你认为上帝播撒到人间来的种子，长出来的都是些无用的傻瓜吗？”

外祖母只是听着，没有理会外祖父的反驳。

[③]到了下雪的天气，外祖父又把我领到外祖母妹妹的家里去了。

“这对你来说不是件坏事，没有坏处。”他一再与我说。

我觉得，这个夏天经历了许许多多的事情，随着阅历的增多，人也变得更老成、更聪明了。[④]可是在这段时间里，主人家里沉闷的气氛愈来愈浓厚。

一家人依然因为暴饮暴食而弄得肠胃失调，从而闹出了各种疾病，依然彼此不厌其烦地讲着病情。老太太向上帝做祷告时仍然是那么咬牙切齿，脸上的表

读书笔记

①对于这个话题，你有怎样的思考？

名师批注

②当面对生活中的一切不如意时，外祖母总是习惯于向虚无的神明祈祷，其中的虔诚令人感动，而她这样面对现实的逃避行为又令人可叹。

名师批注

③人生的辗转并没有结束，“我”又踏上了在人间的旅途。

名师批注

④在这个家庭中，生活是日复一日的劳作、抱怨。

情恶狠狠的。年轻的女主人生完孩子后，人变瘦了，身子虽然缩小了不少，可是动作起来依然跟孕妇一样神气十足，摇摇摆摆、慢慢腾腾的。她每次给孩子缝内衣时，总是低声哼唱着同一首歌曲。

如果有人走进房间，她立刻就不唱了，而且生气地说："你做什么？"

我敢肯定，她只会唱这么一首歌。

①晚上，主人一家把我叫进房间里，吩咐说："跟我们聊聊你前段时间在轮船上的生活吧。"

我在厕所门口的一把椅子上坐下，毫不隐瞒地讲了起来。在这个违背我的意愿硬把我塞进来的生活环境中，回忆另一种生活，我的心里倒是挺愉快的。②我讲得津津有味，竟然忘记了听众，不过这种心境维持不了很久。那两个女主人从没坐过轮船，她们问我："你不害怕坐船吗？"

我不明白那有什么可怕的。

③"要是轮船突然在水深的地方翻了，沉了下去，怎么办？"

男主人笑了起来，虽然我知道轮船不会在水深的地方沉没，但我无法说服这两个女人。老太太以为轮船并不是在水面上浮着，而是靠桨轮支在河底行走，就像车子在路上行驶一样。

"如果船是用铁造的，在水里怎么能浮起来呢？斧头就不能浮在水面上，不是吗？"

"但是铁勺子可以浮在水面上！"

"这两者怎么比？勺子很小，而且当中是空的！"

当我讲到斯穆雷和他的书时，他们用怀疑的目光看着我。老太太说，书都是傻瓜和异教徒们写的。

"那么赞美诗呢？大卫王[82]呢？"

"赞美诗只不过是经文而已，就连那个大卫王也曾为这本赞美诗向上帝请过罪。"

"哪本书上写过这样的事？"

"在我的手掌上写着——我给你后脑勺上来一巴掌，你就知道是在哪儿写的了！"

④她什么都知道，对一切事情她讲起来都信心十足，而且总是荒唐离奇。

"一个鞑靼人在佩乔尔卡大街死了，灵魂从喉咙

读书笔记

①为什么主人会要求"我"讲讲轮船上的经历？

名师批注

②"我"通过回忆另一种生活来麻痹自己，让"我"能够忽略眼前无法避开的令人窒息的生活。

读书笔记

③为什么她们会有如此可笑的发问？

名师批注

④明明什么也没有见过，却总能自圆其说地去理解这个世界，并以此为准则，展现出老妇人身上的愚昧无知。

82 大卫王：耶稣教经书记载的以色列犹太国国王（公元前11世纪末—前约950年）。

里跑了出来，黑乎乎的，跟煤焦油一样。”

“灵魂就是神灵。”我说。

但她很不以为然地甩了一句：“难道鞑靼人也有神灵吗？傻瓜！”

①年轻的女主人也害怕书。

“读这种书非常有害，特别是年轻的时候。”她说，“我们格列比奥恩卡那儿就有一个上流人家的姑娘，家境好，不需要做事，只知道读书，读啊，读啊，后来爱上了教堂执事。执事的老婆找上了她，在大街上，执事老婆当着众人的面，对她又撕又咬，糟糕透了！”

有时我会引用斯穆雷书中让我生疑的话。其中有一本无头无尾的书中这样写道：“严格地说，火药并不是某个人发明的。它像一切事物一样，它的出现是经过一系列细微的观察与发现的最终结果。”

不知什么缘故，这句话深深印在我的脑海里，而且我尤其喜欢上了“严格地说”这个字眼，我觉得它有一种力量。可是使用这个字眼给我带来过很多痛苦——滑稽可笑的痛苦。确有其事。

有一天晚上，这家人又要我说说轮船上的经历，我说：“严格地说，我已经没有什么可讲的了。”

他们听了这个词愣住了，接着便哇啦哇啦地一通嚷嚷：“什么？你说什么来着？”他们四个人一齐放声大笑起来。

“‘严格地说’，天哪！”他们学我的话。

②连男主人也对我说：“你瞎编出来的这个词儿多别扭呀，怪人！”

从此他们很长时间都叫我“严格地说”。

“喂，‘严格地说’！你去把孩子弄脏的地板擦干净，好吗，‘严格地说’？”

这种毫无意义的嘲弄没有使我生气，却让我感到惊讶。

③我生活在一片苦闷乏味的迷雾中，为了驱散这股迷雾，我就拼命地多多干活。

我在这里有干不完的活儿。家里已经有两个小孩，保姆总是不能让女主人感到满意，经常更换，照看孩子的任务便大半落在了我的肩上。我天天洗尿布，每周还要到宪兵泉去洗衣服。在那儿，洗衣妇女们嘲笑我说：“你怎么干起女人的活来啦？”

有时候她们开玩笑开得太过分了，我就用湿衣服

读书笔记

①为什么她们会害怕书呢？

名师批注

②男主人在“我”的心中印象并不是很差，所以当他也嘲笑“我”时，才让“我”觉得十分惊奇、别扭。

名师批注

③活在毫无生气，并且充斥着丑恶的社会，“我”内心的苦闷愈发深重，无法改变，这样的矛盾令“我”深受折磨。

拧成条子噼噼啪啪地鞭打她们，她们也用同样的办法毫不客气地回敬我。①可是跟她们在一块儿，我觉得快活而有趣。

宪兵泉[83]顺着一条很深的冲沟流入奥卡河。这条冲沟隔开了以古代的神灵雅里洛[84]为名的原野和这边的城市。每逢悼亡节[85]，街上的小市民就在这个原野上举行游艺活动。外祖母告诉我，她年轻的时候，人们还信奉雅里洛神，拿祭品供奉给他，他们把一个车轮子用麻絮裹起来，外面涂上树脂，点上火，让它从山上滚下来，同时大家喊着唱着，如果轮子一直滚到了奥卡河的话，那就表示雅里洛神已经接受了他们的祭品，那么这一年的夏天肯定会风调雨顺、五谷丰登，给所有人带来幸福快乐。

②大多数洗衣女人都住在雅里洛原野，她们个个都泼辣能干、口齿伶俐、能言善辩。她们对城里的生活了如指掌，听她们讲述关于她们的雇主——商人、公务员、军官的故事，非常有趣。

冬天，在冰冷的溪水里洗衣服是件苦不堪言的差事，那些女人的手都被冻裂了。宪兵泉边有一个既不挡雪又不挡风的满是缝隙的旧棚子，棚子下方横着一条拦截泉水的水槽，女人们弯着腰就在这水槽里洗衣服。③她们的脸冻得红红的，像针扎一样疼，沾了水的手指冻得无法弯曲，眼泪从眼睛里滴落，可是她们还是不停地聊着最近发生的各种各样的事情，并且以一种特别大胆的态度看待谈论到的一切人和一切事。

讲得最好的一个女工是纳塔利娅·科兹洛夫斯卡娅。这个女工三十多岁，朝气蓬勃，身体强健，眼睛里带有讥诮的笑意。她伶牙俐齿，言辞犀利，每当她开口说话时，其他女人都会认真地听，而且她们有了事情都找她商量。又因为她干活麻利，衣着整洁，还

读书笔记

①为什么“我”会觉得快活而有趣？

读书笔记

②是什么样的生活造就了她们这样的品性呢？

名师批注

③生活的苦难不会停止，这些洗衣妇们只能以编排世界来寻得一些乐趣，可怜但是又十分可恨。

---

83 宪兵泉之所以叫宪兵泉，是因为这儿的泉眼离宪兵队的马厩很近。《下诺夫哥罗德市简史》中有这样一段记述：“这里的泉水清澈干净，味道甘甜；1767 年俄国女皇叶卡捷琳娜二世来到下诺夫哥罗德时发现这里的泉水一点儿也不比涅瓦河的水质差。”

84 雅里洛是斯拉夫民间神话的太阳神，主管丰收、爱情和男性生育。

85 悼亡节是指复活节后第七个星期四举行的民间纪念亡者的节日。通常举行民间祭祀活动，意在超度亡灵，祈求春耕吉利。

送女儿去高级中学念书，所以特别受人尊敬。每当她弯着腰、背着两篮沉甸甸的湿衣服沿着光滑的小路从山坡上往下走时，大家都高兴地和她打招呼，关心地问她："你女儿怎么样？"

"还好，感谢上帝，在念书。"

"瞧着吧，她将来会当太太的，是不是？"

①"我送她去念书，就是为了这个。那些养尊处优的老爷太太们都是从哪儿来的？统统都是从咱们这班平民百姓中产生的呀。除此之外还能从哪儿来？人们的知识越多，伸出的手臂就越长；手伸得越长，捞取的东西就越多；谁捞取东西越多，谁的职业就越光彩……上帝送我们来时，大家还都是愚不可及的孩子，我们回上帝那里要做聪明老人，这就意味着人必须学习！"

她说话的时候，大家都沉默不语，用心倾听她那有条有理、信心十足的话。②人们当面和背后都称赞她，对她的吃苦耐劳和聪明才智表示惊讶，但没有一个人试着学她的样子。

她把棕褐色的皮靴的筒剪下来，缝制了一副袖套，这样，她胳膊肘以下就不用裸露在外，也不会将衣袖弄湿了。大家都说这个办法好，可是谁都不这么做，我学样缝了一副，那些女人见了倒是笑话我："哎哟，你倒是把女人的本事学会了！"

关于她的女儿，大家七嘴八舌地议论说：③"这可是件大事呀！将来我们又要多一位高贵的太太了。可是要当太太，有那么容易吗？嗯，说不定知识还没有学到手，人就死了。"

"有学问的人也不见得就生活美满。就拿巴希洛夫家来说吧，他的女儿一门心思念书呀，向老师学习呀，后来自己也当了女教员。嗯，女教员嘛，教会了人家的孩子，自己却成了老处女……"

"这话也不错，没有学问也照样嫁人，只要在某方面有一点儿可取的地方就行。"

"总之，女人的聪明，不在脑子里。"

洗衣女工们从来不谈论自己的恋爱经历，但是从她们谈论男人的种种风流韵事中，我都能体会到一种嘲讽的、图报复的情感。于是我想，女人是一种不可忽视的力量这一说法，可能是对的。

纳塔利娅说："男人不管在外怎么转悠，也不管

名师批注

①知识改变命运，纳塔利娅懂得这个道理，但是始终局限在女子命运需要靠婚姻来改变的怪圈里，体现出这一人物身上封建与革新并存的矛盾。

读书笔记

②人们为什么会这样做呢？

名师批注

③人们嘴上说着恭维的话，其实很难接受别人过得比自己好的事实。

跟谁交朋友，最终还是要回到女人身边来，这是必然的事情。”

一个丑老太婆用沙哑的声音，对她喊道：“说得太对了，他们还能到哪儿去？连修道士、隐士，不也离开上帝到咱们这儿来了吗？”

①在这连洁白的雪花都无法掩盖其肮脏的冲沟底部，在潺潺流水的呜咽声和棒槌捣击湿衣服的啪啪声的伴奏下，她们谈论着一个伟大的传宗接代的奇迹，一个有关所有民族和种族起源的奇迹。

然而她们的言辞是如此可耻，如此恶毒，在我内心激起了一种羞怯的厌恶，使我的思想、我的感情都主动避开了在我周围出现的所有爱情生活。很长一段时间里，在我的思想中，“爱情”这一概念总是与这些肮脏的淫荡行为牢牢地联系在了一起。

可我发现，在冲沟里跟洗衣女工做伴，或者在厨房里和勤务兵做伴，或者在地下室里跟挖土工人做伴，都比待在家里要有趣得多，因为待在家里，谈论的话题、对事物的理解、发生的事情都一成不变，全是老一套，毫无新意，只能引起难以忍受的、折磨人的苦闷。主人一家整天生活在一个怪圈之中：做饭、吃饭、睡觉、生病——周而复始，没完没了。②他们永无休止地谈论罪孽和死亡，同时非常害怕死亡，他们就像磨盘上的谷粒，挤在一起，时刻都胆战心惊地等待着被研磨成粉末。

闲暇之时，我就到板棚里去劈木柴，想独自待一会儿，可是很少能够如愿——那些勤务兵常常跑来，讲院子里发生的热闹事。到板棚里经常找我的是叶尔莫欣和西多罗夫。

叶尔莫欣是卡卢加省人，细长高挑，有点儿驼背，小脑袋，两眼无神，却有一身粗壮结实的肌肉，青筋突出，又粗又硬。他是个懒鬼，蠢得令人气恼，走路动作迟钝笨拙，可是他一见到女人，就像牛一样哞哞地向前奔去，好像要拜倒在女人脚下似的。他能很快征服那些厨娘和女仆，全院子的男人都对他的征服速度感到惊讶。他们都嫉妒他，同时又害怕他狗熊般的蛮劲。

西多罗夫是图拉省人，瘦得跟皮包骨似的，一天到晚总是愁眉苦脸，说话轻声细语，咳嗽一下都小心翼翼，一双眼睛显出惧怕的神情。他非常喜欢瞧一些

名师批注

①作者虽然用的是“伟大”“奇迹”这样的字眼，但是从中表达的是自己对这些妇女七嘴八舌的鄙夷与厌恶。

名师批注

②通过比喻的修辞手法，将主人一家比作是磨盘上等待被研磨的谷粒，体现生活的无情，以及他们面对生活的消极态度，也侧面展现出了“我”对自由生活的向往与追求。

黑暗的角落，不管他在小声讲述什么，还是坐在那里沉默不语，两眼总是盯住周围那个比较黑的角落。

“你在瞧什么呢？”

①“说不定会有老鼠跑出来。我喜欢老鼠，他们是敏捷又安静的小东西。”

我常为勤务兵们代笔写信，有的是写给他们的情人，有的是写给他们乡下的家人，我挺喜欢替他们写信，尤其是替西多罗夫写信。每个星期六，他都及时地给住在图拉的妹妹写信。

他把我邀请到厨房里，然后在一张桌子旁挨着我坐下，用两只手掌使劲地揉搓剪短了头发的脑袋，在我耳边轻声说：“来，开始写吧。开头还是老样子，‘我的最亲爱的妹妹，祝你万事如意，身体健康’，如此等等。写完了？好，现在再写，‘你寄来的卢布收到了，不过，你不必再那样做了，我很感谢。我这里什么也不要，我们生活得很好’。②其实我们生活得根本不好，我们活得像狗一样。不过，我们没必要告诉她。你只写‘我们生活得很好’。她还太小，只有十四岁，何必要让她知道这一切呢？至于往下你就照着人家教你的方法写吧。”

他坐在我的左边，趴在我的左肩上，凑在我的耳边，呼出一口带有浓烈气味的热气，反复小声地叮咛说：“告诉她不要让年轻的小伙子拥抱她，也别让他们摸她身体的任何地方，绝对不许。你再写，‘如果有人对你甜言蜜语，可不要相信他的话，他这是想坑骗你，害你’。”

他竭力忍着咳嗽，本来发白的脸都憋红了。他鼓着腮帮子，眼睛里含着泪水，在桌子旁边坐立不安，没事老是推我。

“你别打搅我呀！”我说。

“没事，你接着写，‘千万别相信老爷先生们，他们见到年轻姑娘就会设法欺骗她们，一骗一个准。他们满嘴甜言蜜语，什么话都说得出来，你一旦听信了他们的话，就会被他们卖到妓院里去。你要是能攒下钱，就交给神甫，他若是好人，一定会给你好好保管。不过，最好还是埋在地下，别让任何人看见，并且记住你埋钱的地方’。”

通风窗的洋铁换气扇发出呱啦啦的响声，淹没了西多罗夫的低语声。听着他这样的唠叨，心里感到很

读书笔记

①为什么西多罗夫会喜欢老鼠？

名师批注

②西多罗夫对于妹妹的关爱与责任感让人动容，足以让人忽略他外貌、性格上的缺陷。

不是滋味。[1]我看了看烟熏火燎的炉口，满是苍蝇屎的碗柜——厨房脏得令人难以想象，到处是臭虫，满屋子是呛人的油烟味、煤油味和烟气。蟑螂在炉子上的木柴里爬来爬去，发出沙沙的响声。

我心里涌起一股悲凉感，眼泪都快要落下来了，觉得这个士兵和他的妹妹真可怜——难道就这样生活下去吗？难道这就是生活得不错吗？

我只管写，已经不听西多罗夫的唠叨。我写这里的生活多么枯燥无聊，多么令人不快。他却一边叹着气，一边对我说：[2]“你写了好多，谢谢你！现在她要懂得该怕什么了。”

“什么也不用怕。”我不高兴地说，虽然我自己对许多事情也担惊受怕。

西多罗夫边咳嗽边笑着说：“你真是个怪人！怎么能不怕呢？老爷能不怕吗？上帝能不怕吗？需要害怕的事物还少吗？”

他收到妹妹的信后，便惴惴不安地求我：“快念给我听听，快点儿！”

[3]他硬是要我把这封字迹潦草、内容空洞的短短的信，连续念三遍。

他这个人为人善良，但是对待女人，他还是跟所有的人一样，像畜生那样粗暴和随便。我对他比较友好，我憎恶叶尔莫欣，想尽一切办法嘲弄他、刺激他。我屡屡做到以后，他常常满院子追我，想报复，可他是个笨蛋，很少追得上我。

[4]生活还是变得更加无聊而残酷了，它被框死在我天天看见的形式和关系之中，凝结住了，永远不可动摇、一成不变。除了现实生活，除了每天出现在我眼前的无法排除的生活，我根本不可能想到还会有比这更美好的生活。

但是，有一次，几个当兵的给我讲了一件事，让我非常激动和不安。

院子里住着一个裁缝师傅，在市内一家高级服装店工作，为人谦虚谨慎，性格文静，不是俄罗斯人。他的老婆长得玲珑娇小，他没有子女，成天到晚都在读书。[5]院子里，楼房里，总是吵吵闹闹，而且满是酒徒，这两人从不抛头露面，日子过得非常平静。他们不接待客人，也不到别人家去串门，只是逢年过节的时候才到戏院去看看戏。

读书笔记

①这一段环境描写有什么作用？

名师批注

②世界总是教会女性要如何保护自己，却很少教会男性不要去伤害别人，与下文西多罗夫对女人的欺骗侮辱形成对比。

读书笔记

③为什么西多罗夫会这样做？

名师批注

④在这里，没有人给予“我”指引，“我”的成长在日复一日的单调乏味中停滞了。

名师批注

⑤周围的环境并没有影响到他们的生活，出淤泥而不染，正是这样的气质吸引了“我”，并解救了处于泥沼中的“我”。

丈夫从早上出门，一直在工作，晚上很晚才回去。他的妻子看上去像一个十几岁的小姑娘，每个星期有两个下午到图书馆去。我时常看见她迈着小碎步沿着堤坝走着，身子摇摇晃晃的，好像腿有点儿瘸似的。她像女学生一样，抱着一摞用皮带捆着的书，小小的手上戴着精致的手套，显得朴实可爱、清新整洁。①她长着一张鸟儿一样的脸，闪动着一双聪慧敏捷的眼睛，周身上下华美得体，就像梳妆台上的小瓷人。

据士兵说，她的右胸缺了一根肋骨，所以走起路来身体摇摇晃晃，样子古怪。但是在我看来，这样反而显得好看，一下子就能把她跟住在院子里的其他女人，特别是军官太太们区分开来。别看这些太太们声音洪亮，打扮得花枝招展，撑着很高的腰垫[86]，但毕竟年老色衰，很像一些陈旧的积压物品，长期被堆放在黑洞洞的贮藏室里，跟各种毫无用处的东西搅在一起，完全被人遗忘了。

②院子里的人都说这位娇小的裁缝的妻子有点儿呆头呆脑，精神不太正常。他们说，她因为念了太多书，都念成书呆子了，连家务都不会做。她丈夫亲自上市场买东西，亲自吩咐厨娘做中餐和晚餐，诸事都由丈夫料理。那厨娘不是俄罗斯人，大块头、郁郁寡欢，有一只眼睛红红的，总是泪眼兮兮，另一只眼睛则眯成了一条细细的粉红色的小缝。院子里的人说，裁缝的妻子连猪肉和牛肉都分不清。有一天去买香芹菜，却买回来一些辣椒。想想看，这有多糟糕！

③他们三个外来人在这座大房子里像是陌生人，似乎是偶然落进这里的，就像鸟儿为了躲避严寒，从气窗钻进了一家又闷又脏的住宅。

接下来，那些勤务兵告诉我，那些军官们正在打这个裁缝师傅的妻子的主意，玩一种卑劣的侮辱人的把戏。他们每天都派出一个人给她递纸条，向她表白爱慕之情和内心的痛苦，赞叹她的美貌。她就会给他们回信，请求他们不要打扰她，说很遗憾让他们痛苦，求上帝帮助他们不要再迷恋她。④拿到回信以后，军官们围在一块儿高声朗诵，百般嘲笑，然后又一起再给她写封信，随便署上哪个人的名字。

那些勤务兵给我讲这个故事的时候，他们自己也

86 19 世纪末欧洲妇女们常用它来撑起身子，使得姿态显得优美些。

名师批注

①运用比喻的修辞手法，将裁缝的妻子比作小瓷人，写出了她的美丽与脆弱，这样的一个女人不仅让人心生怜爱，还让人不禁嫉妒。

读书笔记

②为什么人们会这样评价她？

名师批注

③运用比喻的修辞手法，将这三个外来人比作偶尔落脚的鸟儿，体现了他们的自由灵魂，以及“我”对他们的好感。

名师批注

④象征着正直、善良的军官以欺辱女性为乐，更加凸显出当时社会中女性地位的低下，而“我”对这样的把戏异常愤怒。

笑了，而且嘲笑、谩骂裁缝师傅的妻子。

“倒霉的傻婆娘，不幸的瘸子。”叶尔莫欣用男低音说。

西多罗夫也小声跟着说：“每个女人都心甘情愿受骗，她们心里什么都明白。”

我不相信裁缝师傅的妻子知道她在被人家嘲弄，于是我决定要把这件事告诉她。有一天，我见她家的厨娘到地下室去了，便从后门的楼梯跑到那娇小女人的屋子里，我先闯进厨房，发现里面空无一人，我又来到餐厅，裁缝师傅的妻子正坐在桌子前，一只手端着笨重的镀金茶杯，另一只手捧着一本书。她吓了一大跳，把书压在胸前，低声叫道：“你是什么人？奥古斯塔[87]！你是什么人？”

我以为她会拿茶杯或书砸我，所以我就匆匆忙忙、前言不搭后语地讲了起来。①她坐在一张很大的深红色的扶手椅子上，身上穿一件天蓝色的、宽松的连衣裙，下摆上缀着天鹅绒的穗子，领口和袖口都镶着花边，浅褐色的波浪式长发披散在肩头。

她整个人像一位教堂门上画的天国的天使。她紧靠在椅背上，瞪着圆圆的眼睛看着我，开头显得很生气，后来露出了惊讶的微笑。

当我把想说的话一股脑儿都告诉她后，我已经没有什么勇气了，便转身向门口走去。这时她冲我喊道：“别走！”

她把茶杯随便往托盘上一放，把手里的书扔在桌子上，交叉着双手，用成年人那种低沉有力的声音说道：“你这孩子也真够奇怪的……过来，不要怕，走近一点儿！”

我提心吊胆地走了过去。她拉住我的一只手，用她那纤细冰凉的指头抚摸着，问道：“没有谁指使你来告诉我这些话吧，是不是？②那好，我相信你，是你自己主动来的。”

她放开我的手，闭上眼睛，慢条斯理地轻声说：“原来那些下流的士兵背后是这样议论我的。”

“你最好从这房子里搬走。”我郑重其事地劝告她。

“为什么？”

“他们会百般纠缠着你不放的。”

名师批注

①正是这样的美貌，为她招来了流言蜚语。嫉妒，是人性之中的又一大恶。

名师批注

②面对突然闯进的“我”，她在听过解释之后，选择了相信，体现了她的单纯、善良，因此使“我”对她的好感倍增。

87 奥古斯塔：可能是裁缝师傅的名字。

①她友善地笑起来，接着问："你上过学吗？喜欢看书吗？"

"我没有时间看书。"

"只要你喜欢读，就一定能抽出时间。好吧，谢谢你！"她向我伸出一只手，大拇指和中指、食指撮在一起，里面捏着一枚银币。②她把银币给了我，似乎是对我的真诚的奖赏。

我不想收下这个冷冰冰的东西，我觉得难为情，但又不敢冷落她的好意。于是我离开的时候，把银币放在了楼梯栏杆的一个小柱子上。

这个女人给我留下了深刻的印象。这种印象对于我来说是全新的，犹如在我面前突然燃起一片霞光，此后接连几天，我一想起那个宽敞的房间和住在这个房间里穿着蓝色裙子、犹如天使般的裁缝太太，就莫名高兴。③她周围的一切都出奇地美丽——她脚底下是一块豪华的金黄色的地毯，冬季的阳光透过银白色的玻璃窗射进来，温暖地照在她身上。

我想再见她一次。如果我去找她，向她借书，会怎么样呢？

我真的就这么做了，而且又一次见到了她。她还是坐在原来的地方，手里依旧捧着一本书。但这次她的脸上一边包着一条棕红色头巾，一只眼有点儿发肿。当她拿一本黑封面的书给我时，我的嘴里含混不清地不知说了一句什么。我拿了书，有点儿郁郁不乐，怅然若失地走了。书里有杂酚油和洋茴香水的气味。我十分珍惜这本书，把它用干净的内衣和纸包着，藏在阁楼上，生怕被主人家的谁拿去弄坏了。

主人家订了一份《田野》周刊。其实他们并不会阅读，只是为了收集其中刊登的服装式样和附赠的画刊。④他们看过里面的插图之后，就把杂志搁到卧室的橱柜顶上，年底将它们装订成册，再塞到床底下去，那里已经存有三本《绘画评论》[88]了。我擦洗卧室的地板时，脏水就流到了这些书的下面。男主人订了一份《俄国信使报》[89]，每天晚上看的时候他总要骂上几句："真是见鬼了，他们干吗写这样的东西！无聊

读书笔记

①为什么裁缝师傅的妻子突然转换了话题呢？

名师批注

②"我"的一腔热血被金钱打发，这是对"我"的辜负，也体现出裁缝妻子的空有其表。

名师批注

③通过对女人的外貌描写，凸显出她仙女般的美貌，也体现出"我"对这样一个爱好读书的女子的好感。

名师批注

④主人家有条件读书，却没有人会这样做，他们的粗鄙、丑恶也就有了根源。

88《田野》周刊（1870年创刊）和《绘画评论》周刊（1872年创刊）都是一般的家庭读物，通俗易懂，图文并茂。
89《俄国信使报》：1879年在莫斯科出版的一种报纸。

透顶。”

星期六，在阁楼上晾晒衣服时，我想起了那本书，便把它拿出来，打开后读了开头一行：“房子和人一样，各有自己的面貌。”这句话写得如此贴切，令我惊讶至极，我于是继续往下读。我站在气窗边，①一直读到我快冻僵了才停下来。

等到晚上，主人们都做晚祷告去了，我把书带到厨房，心无旁骛地读起来。书页已经破旧发黄，像是秋天的树叶。就是这本书一下子便把我带进了另一种生活，让我接触到许多新的人名和他们相互之间的关系，向我展示了许多高尚的英雄和阴险狡诈的坏蛋，他们不同于我经常看到的那些人。这本书是格拉维埃·德·蒙特潘的小说[90]，篇幅很长，和他所有的长篇小说一样，描写的是一种人多事杂的奇特而又充满活力的生活。②小说中的一切都是那么简洁明快，就好像字里行间藏着一道亮光，明白地照出了善与恶，帮助读书的人分清该爱什么和恨什么，并引领读书的人一步步地走出纠缠着所有人的复杂环境。

小说让读者产生会不时地想去帮助这个人，阻止那个人的想法，而且使人完全忘记这只是书中发生的事情而已。争斗情节的跌宕起伏使人把什么都忘记了。读者读这一页时，沉浸在欢喜的感情中，读第二页时，又满含悲伤的感情。我读得入了迷，当我听见大门的门铃声，竟然一时弄不明白是谁在拉门铃，为什么要拉门铃。

蜡烛快要燃尽，早晨我刚擦干净的烛台上又被蜡烛油盖满了。我本应照看的长明灯的灯芯，也从支架上滑落下来，熄灭了。我在厨房里急得手忙脚乱、蹿来蹿去，竭力掩盖我的罪迹，把书塞到炉子下边的空处，点上长明灯。

“你聋了吗？没听见门铃响？”保姆从卧室里风风火火地跑出来，喊道。

我赶紧跑去开门。

“睡懒觉了？”主人严厉地问道。

他的老婆吃力地走上楼梯，抱怨我让她感冒了。

名师批注

①“我”被书中的内容吸引着，这一份狂热能够使“我”忘却痛苦，忘却折磨。

名师批注

②在阅读书籍的过程中，“我”脱离了肮脏的现实，成为一个纯粹的人，从其中学会了爱与恨，这一份人生指引实在难得。

90 格拉维埃·德·蒙特潘（Montepin，1823—1902），法国作家，记者，以写下层人民的贫困、受欺压生活而著称。19世纪下半期，俄国翻译出版了他60多部小说，其中就有1875年在巴黎出版的小说《巴黎的悲剧》，高尔基在这里凭记忆引用的“房子和人一样，各有自己的面孔”这句话，就是小说开头的一句。

他母亲也骂骂咧咧个不停，[1]她一进厨房，就注意到那支快要燃尽的蜡烛，立即质问我刚才在干什么。

我一声不吭，好像从高处什么地方掉下来似的，垂头丧气，生怕她发现那本书。老太太一个劲地叫喊着，说如果他们不小心提防，我准会把房子烧掉的。等主人夫妇俩进厨房吃晚饭时，老太太马上对他们说："你们瞧瞧，一支蜡烛都点完了，以后他连房子也会烧掉的。"

吃饭的时候，他们四个人七嘴八舌地把我数落个够，把我以前有意无意间犯的过错都翻出来说，甚至吓唬我，说我会不得善终。可是我心里十分清楚，他们所说的这一切，并不是出于恶意或者好心，而纯粹是因为无聊至极。[2]拿他们跟书中的人物相比，就会奇怪地发现，他们是多么空虚而可笑。

吃过晚饭，他们拖着沉甸甸的肚子，十分疲乏，步履蹒跚着睡觉去了。老太太气哼哼地冲着上帝抱怨了一通之后，便爬到炉炕上，没有声响了。

这时，我爬了起来，从炉子下边的空处把书拿出来，走到窗前。晴朗的夜晚，一轮圆月直射进窗户里。然而字体太小，在月光下很难看清楚。我迫不及待地想读那本书。所以就从橱架上拿下一只铜锅子，用它把月光反射到书上来，这样一来，反倒弄巧成拙——光线更暗了。于是我爬到墙角的凳子上站着，靠近圣像，借着长明灯的亮光读起来。不知不觉，我看累了，从长凳上滑下来睡着了。

我在老太婆的叫骂声和推搡中醒过来。她站在那里，拿着书使劲敲打我的肩膀。她赤着脚，只穿一件衬衫，气得满脸通红，怒不可遏，使劲仰着棕红色的脑袋。维克托在床上嚷了起来："得啦，母亲，快别嚷嚷啦！和你在一起，日子真没法过了。"

"这下我的书是完蛋了，她一定会撕碎的。"我暗暗思忖。

第二天喝早茶时，他们开始审问我。主人严厉地问："这书你是从哪儿弄来的？"

两个女人叫喊着，互相打断对方的话。维克托狐疑地闻了闻书页，说道："有香水味，千真万确。"

我变着法儿告诉他们，说这本书是一个神甫的。他们再次把书仔细检查一遍，对于神甫阅读这种小说感到又惊讶又气愤，但这毕竟使他们对这事稍微放心

读书笔记

①这一细节之中体现了怎样的特点？

名师批注

②读书使"我"的灵魂愈发厚重，也就更能体会其他人的空虚与可笑。

了一些，虽然男主人又语重心长地训斥了我好半天，说读书既有害，又危险。

①“看看那些所谓的读书人，他们把铁路都炸毁了[91]，还想搞谋杀呢。”

女主人又急又怕地呵斥住丈夫：“你疯了吗！跟他胡说些什么呀？”

我拿着这本小说去找西多罗夫，跟他说了事情的原委。西多罗夫接过书，一声不响地打开一只小箱子，拿出一条干净的毛巾，把书包起来藏到箱子里，对我说：②“别听他们的，往后你就到我这里来看好了，我绝对不对任何人说！要是你来的时候我不在，钥匙就挂在圣像后面，你自己打开箱子，拿出来看就是了。”

主人们对这本书的态度，顿时提高了这本书在我心目中的地位，我把它视为一个包藏着重大而可怕的秘密的仓库。至于有些“读书人”在什么地方炸坏了铁路，想暗杀什么人，我并不感兴趣。尽管我仍然记得在忏悔时，神甫的关于禁书的质问和在地下室里朗读禁书的学生，还有斯穆雷的关于“正道的书”的一番话。

我想起了外祖父讲的那些读黑书、使妖术的共济会会员的故事——在神圣的亚历山大·巴夫洛维奇皇帝[92]在位的时候，贵族们和那些有妖术的人合谋，组织什么共济会，打算将整个俄罗斯民族出卖给罗马教皇和耶稣会。这时阿拉克切耶夫将军[93]进行干涉，把他们全部捉住，不管他们的官职爵位有多高，统统流放到西伯利亚去了。他们和普通罪犯一样在那儿做苦役，到死为止。

我又想起了“恩勃拉库伦，天上星星密布，展现出苍穹本影”“喀山神学院的修道士格尔瓦西”，以及那些庄重而讥诮的字句：

名师批注

①通过写主人对致力于改革社会的读书人的批评，体现出主人的愚蠢自大。

读书笔记

②为什么西多罗夫会支持“我”看书？

91 指19世纪下半期俄国民粹派针对沙皇亚历山大二世的暗杀活动。他们曾两次试图在莫斯科至库尔斯克的铁路线上进行爆炸，但未能成功。

92 亚历山大·巴夫洛维奇皇帝：即俄国沙皇亚历山大一世（1777—1825），1801至1825年为俄国的皇帝，系保罗一世的长子。他当政的最后几年，共济会的活动受到追查，1822年沙皇当局关闭了共济会所有的组织，理由是他们在传播自由思想。

93 阿拉克切耶夫将军：即阿·安·阿拉克切耶夫（1769—1834），俄国国务活动家、伯爵、将军，是亚历山大一世手下权力极大的宠臣，实际控制着国家的军政大权。

好奇的门外汉想知道我们的事情！
你们那弱势的眼睛，永远也看不分明！

①我感觉到自己已经站在某些重大秘密的门口，成天如痴如醉，几乎为此发狂。我真想一口气把书看完，因为担心西多罗夫把书弄丢，或者不小心把书弄坏。到那时，我怎么对裁缝师傅的妻子交代呢？

②老太婆总是监视着我，不让我到勤务兵那儿去跑，经常吹毛求疵地责骂："书呆子！那些书有什么好，净教人淫乱放荡，你瞧她，那个嗜书如命的女人，堕落到什么地步，连上市场买东西都不会，只会跟那些军官们鬼混，大白天还在家里接待他们，当我不知道？"

我真想大吼一声："这不是真的！她没有跟他们鬼混！"但是我不敢明目张胆地为裁缝师傅的妻子辩护，这会让老太太马上猜到书是她的。

有好几天，我的情绪简直糟糕极了，精神恍惚、焦虑不安，睡不着觉，一直担心蒙特潘那本书会出事。

有一天，裁缝师傅家的厨娘在院子里拦住我，说："把那本书还回来吧。"

午饭后，趁主人们都午睡了，我赶紧来到裁缝师傅的妻子那里还书，一副局促不安、抑郁颓丧的狼狈相。

她还是我第一次见到的那副样子，只是换了装——灰色的裙子、黑丝绒上衣，裸露的脖子上戴着一个绿松石十字架，看上去像一只红腹灰雀。

我告诉她，我没来得及把书读完，我很难过，因为主人们不许我看书。我感到委屈，但见到她又很高兴，不禁眼泪盈眶。

"真是些愚蠢的人！"她说着，扬起两道细长的眉毛，"你家老板的那张脸看上去还是招人喜欢的。③不要伤心，我想个办法，我来写一封信给他。"

这话把我吓了一跳，我告诉她，我在主人家面前撒了谎，说书是在神甫那里借的。

"别写，请你不要写，"我恳求道，"他们只会嘲笑你，骂你。我们院子里的人，没有谁喜欢你。他们都嘲笑你，说你是个傻瓜，说你缺少一根肋骨。"

我一口气把这些话说完以后，马上意识到我说的全是伤她心的话。她咬住上嘴唇，跟骑在马上似的，拍了一下自己的胯部。我不好意思地低下头，十分后

名师批注

①"我"内心的火焰已经被这些书籍燃起，为下文"我"执笔创作做铺垫。

名师批注

②"我"对老妇人的称呼有所变化，体现出"我"对她的厌恶。

名师批注

③看到想读书却不能读书的"我"，即使素不相识，她也选择伸出援手，体现出她的善良。

悔自己多嘴，真希望有个地缝能让我钻进去。

①但裁缝的妻子这时往椅子背上一靠，开怀大笑起来，反复说：“哎呀，真愚蠢……真愚蠢啊！可又有什么办法呢？”她仔细地看着我，自言自语地说，然后，她叹了口气，“你呀，是个很奇怪的孩子，非常奇怪。”

读书笔记

①她为什么此刻会开怀大笑呢？

我往她身边的一面镜子里瞧了一眼，见到一张高颧骨、宽鼻子的脸，前额上一大块青斑，未修剪的头发乱蓬蓬地向旁边支棱着——这就是她口中所说的那个“怪孩子”吗？②这个怪孩子，同这位精美的瓷人儿没有丝毫相似的地方。

名师批注

②运用对比的修辞手法，在“我”心中，她是一个精美的瓷人儿，而“我”只是一个怪孩子，体现出“我”在面对这个女人时的自卑。

“那天我给你的零花钱，你为什么没有拿去？”

“我不需要。”

她叹了口气：“唉，有什么办法呀！要是他们允许你看书，你就再到我这儿来吧，我借给你书。”

梳妆台上放着三本书，数我还回来的那一本最厚，我忧伤地看着它。

裁缝师傅的妻子向我伸出一只粉红色的小手，说：“好吧，再见。”

我小心翼翼地碰了一下她的手，赶紧转身跑了。

③或许他们议论她的话都是对的，她确实什么都不懂。她竟然把二十戈比的银币说成是一点儿零花钱，像个小孩一样。但我喜欢她的这种单纯。

名师批注

③也许她不懂得一些生活常识，但是她懂得善良，懂得尊重他人，这相比于无关紧要的生活常识来说更加宝贵。

名师赏析

作者描述了阿廖沙在姨婆家生活的苦闷、窒息与认识裁缝的妻子后读书的快乐、解脱，如此不言而喻的对比之中，彰显出理想与现实之中的尖锐冲突，也体现了阿廖沙身处其中的委屈、无助。理想与现实的撕裂，让阿廖沙找不到自己心灵的栖息之所，这样的迷茫折磨着他，但也坚定了他对读书的渴望，也算因祸得福。

积累与运用

· 好词 ·

徘徊 匍匐 跋涉 静谧 讥诮 犀利 推搡 恍惚 老成 黑黢黢
大模大样 心平气和 牙牙学语 返老还童 不共戴天 一窍不通
称心如意 踉踉跄跄 轻描淡写 乐此不疲 情有独钟 振振有词
不厌其烦 咬牙切齿 津津有味 恬不知耻 抛头露面 明目张胆
花枝招展 提心吊胆 怅然若失 弄巧成拙 自言自语 悄无声息

· 佳句 ·

◆ 九月的太阳懒洋洋地升起，它的白色的光芒，一会儿消失在云层之中，一会儿好像一把银色的扇子，倾泻在山沟里，照在我的身上。

◆ 他们永无休止地谈论罪孽和死亡，同时非常害怕死亡，他们就像磨盘上的谷粒，挤在一起，时刻都胆战心惊地等待着被研磨成粉末。

◆ 小说中的一切都是那么简洁明快，就好像字里行间藏着一道亮光，明白地照出了善与恶，帮助读书的人分清该爱什么和恨什么，并引领读书的人一步步地走出纠缠着所有人的复杂环境。

· 美文仿写 ·

“我”与裁缝的妻子见面虽然不多，但是她的模样给“我”留下了深刻的印象。作者选择了她的几个典型细节来进行外貌描写，展现了她身上独特的气质。请仿照语段，选择你最尊敬的一个人进行外貌描写，体现出这一人物吸引你的特质。

我时常看见她迈着小碎步沿着堤坝走着，身子摇摇晃晃的，好像腿有点儿瘸似的。她像女学生一样，抱着一摞用皮带捆着的书，小小的手上戴着精致的手套，显得朴实可爱、清新整洁。她长着一张鸟儿一样的脸，闪动着一双聪慧敏捷的眼睛，周身上下华美得体，就像梳妆台上的小瓷人。

第六章 检测卷

（共20分）

一、填空题。（每空1分，共10分）

1. 外祖父讽刺阿廖沙为“无法无天的 ________”。

2. 阿廖沙见过不少世面之后，回到这种地方来，心里总觉得很苦闷，觉得自己像 ________________。

3. 外祖母第一次卖鸟挣了 ____________，这使她喜出望外。

4. 阿廖沙似乎对 ______ 情有独钟，他喜欢它的读起来朗朗上口的名字，喜爱这个名称的 ____________，喜爱这音调的铿锵有力。

5. 老妇人以为轮船并不是在水面上浮着，而是 ______________，就像车子在路上行驶一样。

6. 因为 ____________________________ 干活麻利，衣着整洁，还送女儿去了高级中学念书，所以特别受人尊敬。

7. 每个 ________，西多罗夫都及时地给在图拉的妹妹写信。

8. 主人家订了一份 ________ 周刊，但是其实他们并不会阅读，只是为了收集其中刊登的服装式样和附赠的画刊。

9. 当读书的事情被发现后，阿廖沙告诉他们这本书是 ________ 的。

二、简答题。（每道题5分，共10分）

1. 外祖母总是很温柔地照顾阿廖沙，你觉得外祖母是一个什么样的人？结合生活实际，谈谈你的外祖母和阿廖沙的外祖母有什么相同之处。

2. 你觉得裁缝的妻子是个不懂事的人吗？说说你的理由。

参考答案

一、填空题

1. 拿破仑。
2. 煎锅里的一条鲈鱼。
3. 四十戈比。
4. 太阳；甜蜜可爱的音调。
5. 靠桨轮支在河底行走。
6. 纳塔利娅·科兹洛夫斯卡娅。
7. 星期六。
8. 《田野》。
9. 一个神父。

二、简答题

1. 善良、宽容、积极乐观。（言之有理即可）

2. 虽然裁缝妻子不太会做家务，但因为读书，思维十分开阔，所以显得和其他人不同，这不是不懂事的表现。（言之有理即可）

第七章

名师导读

阅读，成了生活中阿廖沙唯一的慰藉。手持书本，他便能够寻得安宁的心灵栖息之所。但是，读书对他而言并不是能够轻而易举做到的事。生活从来没有善待过他，但是越来越坚强的阿廖沙也从没有向生活低头认输过。在争取读书的权利的过程中，阿廖沙又将遭遇怎样的困难？他最终是否能够如愿，与自己最钟爱的书籍为伴呢？

当年，我那种突然爆发出来的如痴似醉的读书热情给我带来了多少屈辱、麻烦和惶惶不安，现在回想起来，①既感伤，又可笑！

> **读书笔记**
> ①感伤在哪里？可笑在何处？

在我看来，裁缝的妻子的书是极其贵重的，由于我怕老太婆把它烧掉，我放弃了向裁缝的妻子借书的念头，但我为了满足读书的欲望，每天趁着早上到小商店买早点面包时，租借一些彩色的小书回来看。

②店老板是个非常惹人讨厌的小伙子，厚厚的嘴唇，苍白松弛的脸上长满淋巴结核留下的疤痕和斑点，成天汗津津的，有一双浅色的眼睛，浮肿的胖手，手指粗短而笨拙。

> **名师批注**
> ②通过抓住外貌特点，生动地展现了人物。

他的店子是这条街上青年人和轻佻的姑娘们夜间聚会的场所。我的主人的兄弟也几乎每天晚上到那里去喝啤酒、玩纸牌。吃晚饭的时候，主人常常派我去叫他。

我不止一次看见，在店后面的一间拥挤不堪的小屋子里，那位面色红润、傻里傻气的老板娘，坐在维克托或别的小伙子的膝头上。③看上去，老板对这一点并不介意。

> **读书笔记**
> ③为什么老板对这样的事情毫不介意？

老板的妹妹在店子里帮他招待顾客，有唱歌的、当兵的和所有喜欢调情的人去搂抱这个姑娘时，老板看见了也满不在乎。

店子里货物很少，老板说因为开张不久，所以货物还没有配齐，其实这店子秋天就开业了。他经常拿一些淫秽的、不堪入目的图画给客人和顾主们看，拿一些低级下流的诗给那些偏爱这类诗的人去摘抄传阅。

我租阅过米沙·叶夫斯季格涅耶夫的空洞无物的小书[94]，每看一本都要付一个戈比。这样的租金是很贵的，而且这些小书没给我带来任何乐趣。《古阿克》（又名《忠贞不屈》）《威尼斯人法兰齐尔》《俄罗斯人和卡巴尔达人之战》（又名《一个死于丈夫墓头的美人伊斯兰教徒》）等诸如此类的读物，也没有让我感到满意，反而常常让我大失所望，十分沮丧——①因为我觉得这些书的言语晦涩难懂，并谈着令人难以置信的事情，简直把我当傻瓜一样戏弄。

我比较爱看的是《射击军》《龙里·米洛斯拉夫斯基》《神秘的修士》《鞑靼骑士亚潘恰》和类似这样的书，这种书读后可以令人有所回味。不过，对我最具有吸引力的是《圣徒传》了。这类描述圣徒的书内容比较严肃，有可信度，有时还令我深为感动。

②不知为什么，那些因为信仰而受苦难的男圣徒使我想起了“美事”，那些受苦难的女圣徒则使我想起外祖母，至于那些普通圣徒，使我想起家道兴旺时脾气好的外祖父。

出去劈柴的时候，我就躲在板棚里看书，或者干脆到阁楼上去看书。但是这两个地方都不舒服，都很冷。有时候如果碰上一本特别使我感兴趣的书，需要快点儿把它看完时，我就会在夜里起来，点燃蜡烛，挑灯夜读。

③但老太婆发现蜡烛在夜里变短了，之后便用一片松明片量一量蜡烛，然后把松明片藏起来。

我一般情况下都能找到那片松明，把它折得与点燃过的蜡烛一样长。有时候如果我没找到松明片，她早上起来发现蜡烛比松明片短了一截，就会马上在厨房里大声叫嚷起来。有一回，维克托怒不可遏地在床上大喊：“母亲，别乱叫啦！真叫人受不了！蜡烛当然是他点的，因为他在看书，书是在店子老板那里

名师批注

①读书也要有所选择，不是所有书都是好书。可见“我”在读书的过程中已经能够分辨好坏了。

读书笔记

②为什么“我”会有这样的联想？

名师批注

③老妇人阻止“我”读书的热情，堪比“我”读书的热情，滑稽又可笑。

94 一些浅薄通俗的小册子，因为出这种书的地方在莫斯科尼科尔大街，所以又叫“尼科尔市场”文学，例如《酗酒良药》《民间笑话》等。

租来的。我看见过他租借书，不信你到他阁楼去找找看！”

老太太冲上阁楼，把书找出来，撕了个粉碎。

不用说，这使我非常难过，但是我想读书的愿望变得更加强烈了。我相信，即使是圣徒来到了这个家里，两位女主人也照样会教训他，按照自己的方式去改造他——她们做这种事，完全只是因为百无聊赖，闲得发慌。如果她们不挑人家的毛病，不指手画脚，对别人不大声叫骂、讥讽嘲弄，她们就会失去语言能力，变成哑巴，就会感觉不到自身的存在。

①一个人为了体现自身的存在，必定要用某种方式来对待别人。我的主人一家对待身边的人，除了教训和指责，不会有其他的方式。即便你改头换面，开始按照他们的样子去生活、去思考和感觉，他们同样会把你说得一无是处，因为他们就是这样的人。

名师批注

①通过“我”对主人一家人的指责，表现出他们灵魂的空虚，也侧面展现了“我”的智慧。

我想方设法地去看书，老太太却多次撕毁了我赊来的书，使我在短短的时期内就债台高筑，算下来居然欠了店老板一个大数目——四十七个戈比！他向我催债，而且威胁我说，等我来店里购物时，要用主人家给我买东西的钱拿来抵债。

“到那时我看你怎么办？”他嘲弄地说。

我对他的厌恶感达到无以复加的程度，看来他感觉到了这一点，所以他怀着一种幸灾乐祸的心情，用各种威胁来吓唬我——只要我一走进店里，他那张满是疤痕的脸，便笑容满面，故作亲热地问道：“欠我的钱带来了吗？”

“没有。”

②这种无所谓的态度使他很吃惊，他马上沉下脸。

读书笔记

②请从神态描写的角度赏析其中所体现的人物形象特点。

“怎么没有带来？那我该拿你怎么办呢？让法庭惩罚你，把你送到少年犯教养院去？”

我没办法去弄钱，因为我的工钱都被我外祖父领走了，我六神无主，一筹莫展，不知道该怎么办才好。我请求店铺老板再宽限几日，可是老板伸出那只像油饼一样油腻腻的肥手，对我说：“你亲一亲这只手，我就再等些时候。”

于是，当我拿起柜台上一个磅秤的砝码，举起手要砸他的时候，他就往下一蹲喊道：“嘿！你要干什么？我只是跟你开个玩笑！”

[①]我明白他不是在开玩笑。为了还清他的钱，我走投无路，决定去偷钱。

每天早上我给主人刷衣服时，常听到他的裤子口袋里总有硬币碰撞出的哗啦哗啦的声响，有时硬币直接掉了出来，滚到地板上。

有一次，有一枚落在地上，漏进地板缝里，掉到楼梯底下柴堆里去了。我忘记把这件事告诉主人，几天之后，我在柴堆里捡到了一个二十戈比的银币时才想起来。当我把它交给主人时，他的老婆说："你瞧见了吧，把钱放在衣袋里的时候，总得数一数呀。"

主人却笑着对我说："他不会偷钱的，我了解他！"

现在，当我做出偷钱的打算以后，想起了这句话和他那信任的笑容，觉得偷钱对我而言实在是太难了。[②]有好几次，我从口袋里掏出银币，数了数，终究下不了决心把它拿走。

我为这事苦恼了两三天。没想到，这桩心事竟轻而易举地迅速地解决了。

"这几天怎么了，佩什科夫？"我的主人出乎意料地问我，"你看上去魂不守舍的，病了吗？"

我将内心的痛苦老老实实地全盘托出来。

他皱了皱眉头说：[③]"这下你明白了吧，书把你给弄成什么样子啦。看书对你没什么好处。"

他给了我五十戈比，同时严厉地叮嘱我说："千万别让我母亲和我老婆知道这事，否则就麻烦了。"

接着，他和气地笑了笑说："你真是个倔强的孩子，拿你没办法。不过不要紧，坚韧倔强是好品质。只是以后不要再看杂七杂八的书了。从新年起，我会订阅一份好报纸，这样你就有东西看了。"

于是，每天傍晚，在喝茶后到吃晚饭之间的这段时间，我就为主人一家朗读《莫斯科报》上连载的瓦什科夫、罗克沙宁、卢德尼科夫斯基写的长篇小说，以及其他的为那些饱食终日、闲得发慌的人消愁解闷的文艺作品。

我最讨厌大声念书，这妨碍我对所读内容的理解。[④]但是主人们都聚精会神地听着，以一种虔诚的、贪婪的神情品味故事情节。他们对于小说主人公的恶劣行径惊诧不已，不断嗟然长叹，而且沾沾自喜地互相庆幸，说："咱们过得安安静静，平平和和，什么事儿也没有发生，真是谢天谢地！"

读书笔记

①"我"真的偷钱了吗？为什么？

名师批注

②面对现实与内心的矛盾，"我"有过挣扎，但最终选择了光明的方向。

名师批注

③通过语言、动作、神态描写，写出了主人对"我"的善意，体现了主人的善良。

名师批注

④读书不是他们用来提升自己的阶梯，而是来进行虚荣攀比，以获得继续麻木生活下去的底气的工具，充满了讽刺意味。

[①]他们常常混淆书中的故事情节，把赫赫有名的江湖大盗丘尔金的侠义行为记在马车夫福马·克鲁奇纳的账上，又常把人名搞错，张冠李戴。

我一一纠正他们的错误，他们就会大为惊讶地说："这孩子的记性可真好。"

列昂尼德·布拉韦的诗有时登在《莫斯科报》上。我很喜欢这些诗，会把其中一部分抄在本子上。但主人们谈起这位诗人的时候说："都是一个老头子了，还写什么诗呢！"

"他是酒徒，半疯半癫，对于他，什么都无所谓。"

[②]我也喜欢斯特鲁日金和梅缅托莫里伯爵的诗，可是那两个女人，一老一少，坚持认为诗歌纯粹是胡说八道。

"只有小丑和戏子，才用诗句说话。"

那些冬日的晚上，在那狭窄憋闷的小屋子里，我被主人一家子紧盯着，简直是活受罪，日子是多么枯燥乏味呀。夜晚，死一般的寂静统治着窗外的世界，时不时听见树枝被冻得噼啪作响的声音。大家默默地围在桌子跟前，像一条条冻鱼。暴风雪吹打着玻璃窗和墙壁，发出沙沙的声音，风在烟囱里呼呼作响，炉子的火门被风吹得一开一关，发出碰撞的声音。两个小孩在儿童室里啼哭不止。[③]我真想躲进一个黑暗的角落里，蜷缩起身子，像狼那样号叫几声。

两个女主人坐在桌子的一头，一个在缝衣服，一个在织长筒袜子。维克托坐在桌子的另一头，弯着腰，不情愿地在复制图纸，时不时地喊上一嗓子："你们别老摇晃桌子呀！简直没法干了。你们两个刺儿头，真是咬耗子的狗，多管闲事！"

主人坐在旁边的大绣花架子后面，用十字花针法将一块粗麻布绣成台布。鲜红的虾、蓝色的鱼、黄色的蝴蝶和棕褐色的秋叶，在他的指尖下活灵活现。这个刺绣图案是他自己设计的，[④]他绣这个活儿已经是第三个冬天了，他已经厌倦了这项活计，因此白天，他看到我闲着没事干，就对我说："喂，佩什科夫，你来绣这台布吧，试一试！"

于是我坐下来，拿一枚粗大的针动手绣起来。我同情主人，他活得太累了，所以，不管什么时候，不管什么事情，我都尽心竭力地帮助他。我总感觉，总有一天，他会放弃制图、刺绣和玩牌，改弦更张，另

名师批注

①从未将读书放在心上的人，自然不会过多关注其中的细节。

名师批注

②通过"我"与主人们对文学作品截然不同的想法，体现出"我"在这里与他们格格不入的现状。

读书笔记

③"我"强烈地想要逃离此处，此时内心正备受煎熬。

读书笔记

④从这个细节你能看出什么？

外从事一种他梦寐以求的有意思的工作。①他常常突然扔掉手里的活儿，好像在看一件他不熟悉的东西一样，用惊讶的目光呆呆地凝视着它。他的头发披落到前额，挡住了面孔，就像修道院里的一名见习修士。

“你在想什么？”他老婆问道。

“没想什么。”他回答说，赶紧开始工作。

我没有吭声，只觉得惊讶。难道可以问一个人在想什么吗？而且，这样的问题也不好回答，一个人可以同时想好多事情，可以想眼前发生的事，可以想昨天或去年见到过的事，这些纷繁的事情全混杂在一起，是很难理出一个头绪的。而且，②世上没有静止不动的事物，一切无时无刻不在运动、不在发生变化。

《莫斯科报》上的小品文很少，不够念一个晚上。于是我建议把堆在卧室床底下的杂志拿出来念。

年轻的主妇怀疑地问：“那里面有什么可以念的呀？除了图片什么也没有。”

可是床底下除了《绘画评论》之外，还有《火花》杂志。于是我们从其中选择萨利阿斯的《佳京—巴尔季斯基伯爵》来朗读。主人家非常喜欢故事里的那个傻乎乎的主人公，那位年轻绅士的悲惨的冒险，逗得主人开怀大笑，眼泪都笑出来了，他喊道：“哎呀，真滑稽。”

“这都是胡编乱造的。”他老婆为了表示自己有独到见解，这样说道。

床底下找出来的杂志对我大有益处。因为我赢得了把杂志拿到厨房里去的权利，夜里可以看书了。

让我庆幸的是，老太婆搬到育儿室里睡觉去了，因为保姆老是喝醉酒，醉醺醺的，照管不好幼儿。维克托不妨碍我看书，他每晚等大家都入睡后，就悄悄地穿上衣服消失了，一直到早上都不见人影。女主人总是把蜡烛拿到寝室里去，这样我就没有照明的东西了。③由于我没钱买蜡烛，于是我便暗中把烛台上滴下的蜡收集起来，放到一只空沙丁鱼罐头盒里，上面淋上几滴长明灯的灯油，然后用棉线搓成一根灯芯。这样一来我就在炉炕上点起了一盏冒黑烟的油灯。

我在看一本很厚的大书。④翻书页时，小油灯的火苗忽明忽暗，晃晃悠悠，一副要熄灭的样子，燃烧的蜡油发出强烈的气味，灯芯不断地滑落进融化的蜡烛油中，油烟一直熏我的眼睛。可是我全然不顾这些

名师批注

①通过对主人偶然间的动作、神态的描绘，展现主人看似是向生活屈服，但内心依旧有着自己执着追求的梦想，依旧保有年轻人的热血。

名师批注

②通过对“我”的心理描写，表达“我”对世界的哲学思考，展现出“我”此时不断的深入思考。

名师批注

③通过描写“我”小心翼翼准备油灯的过程，体现出“我”对读书这件事的重视与渴望。正是如此孜孜不倦的阅读让“我”的灵魂更加丰盈，更加客观地看待世界。

名师批注

④读书的环境十分恶劣，但是“我”依旧乐在其中，从侧面展现出“我”对读书的痴迷，以及“我”从书籍中获得的非凡的快乐。

难受和不便，看着插图和插图下面的文字说明，沉浸在无比的精神快乐之中。

那些插图使我面前的世界变得越来越广阔，它们在大地上装点了许多神话般的城市，让我看见了崇山峻岭和美丽的海岸。①生活一下子变得豁然开朗，有趣极了。世界变得妩媚动人，人丁兴旺，城市如繁星，形形色色的东西显得多么丰富多彩！

②现在，我站在伏尔加河岸边，向对岸眺望去，已经明白那里并不是一片空旷的荒漠，而在以前，每当我遥望伏尔加河对岸这片土地的时候，心中往往变得特别惆怅——草场平平地铺在大地上，上面散落着一块块黑色补丁似的灌木丛。草地边上是参差不齐的林子，而草地上空则是灰蒙蒙的寒冷的蓝天。大地空旷而孤寂，而我也与它们形影相吊，心里空荡荡的，被一种淡淡的哀愁扰乱着。那时，我感到万念俱灰，好像没有什么事情可指望了，只想闭上眼睛。这令人沮丧的荒郊旷野，将我心里的一切都掏空，留下一片空白。

插图的说明，浅显易懂地介绍了另一些国家和人们的概况，讲述了古往今来的各种事件。但是其中也有不少东西我弄不明白，使我苦恼。有时，一些稀奇古怪的名词钻进脑子里，譬如“形而上学”“锡利亚主义”[95]“宪章主义者”[96]，简直把我弄得晕头转向。这一类的词汇铺天盖地地闯进脑子，把其他一切都挤掉了，因此我觉得，如果不首先把这些名词的含意弄清楚，那么我永远也不会搞明白任何东西。

③正是这些名词，像看守人一样，把守着所有秘密的大门。我常常遇到一些句子，它们长时间地、完整地留在脑海里，如芒刺在背，影响我去思考别的事情。

我记得念过这样一首莫名其妙的诗：

匈奴族的酋长阿提拉骑着马，
满身披着钢铁铠甲，
像坟墓一样，阴沉可怖，
像哑巴一样，默默无言，

名师批注

①“我”读书后丰盈了内心，发现生活也变得有趣起来，与前文“我”对生活的不满意形成对比，凸显出读书对“我”的影响之深刻。

名师批注

②当“我”对世界了解得越多，对它的热爱、悲悯也就越深刻。

名师批注

③运用比喻的修辞手法，将“我”看不懂的名词比作守护秘密大门的看守人，写出了“我”内心的疑惑以及想解决这些疑惑的急切心理。“我”逐渐不满足于单纯读书，而想更加深入地理解书中的内容与情感，展现了“我”在读书过程中的成长。

---

95 “锡利亚主义”一语源于希腊文，是古犹太教和早期基督教的一个神秘教派，公元3世纪受到教会的严厉谴责，中世纪时通过民间的邪教和各种教派又得到恢复。

96 指十九世纪30至50年代发生在英国的宪章运动的支持者。

在荒无人烟的原野上驰骋。

黑压压的千军万马，跟随在他的背后，他们大声叫喊：

“请问何处是罗马？雄伟的罗马在哪里？”

罗马是一座都城，这我早已知道，但是匈奴是怎样一种民族呢？我必须把它弄清楚。

我找了个合适的机会，问了主人这个问题。

“匈奴？”他惊讶地重复说，“鬼知道是什么玩意儿！也许是瞎扯。”同时他很不以为然地摇晃着脑袋。

①他说：“你脑子里净想些乱七八糟的东西，这可不是什么好事，佩什科夫。”

我不管好不好，我只想知道个究竟。

我想，随军神甫索洛维耶夫一定知道什么是匈奴，于是我在院子里碰见他时，我向他提出这个问题。

他脸色苍白，病恹恹的，总是板着面孔，两只眼睛通红，没有眉毛，留着一小撮黄胡子。

“这个与你有什么关系？”他把黑手杖杵着地，对我说。

涅斯捷罗夫中尉面对我提出的问题，恶狠狠地回答说：“你说什么？”

②于是我断定，关于匈奴这个问题必须到药房里去问那位药剂师才行，他看着我的神情总是亲切而温和的。他有一张聪明的脸，高高的鼻梁上架着一副金丝边眼镜。

“匈奴。”药剂师帕维尔·戈利德贝格对我说，“匈奴是吉尔吉斯人那样的游牧民族，这个民族现在已经没有了，绝种了。”

我的心里既难受又懊丧，倒不是因为匈奴人都已经死光了，而是因为长久以来搅得我心神不安的这个词的意思，原来如此简单，对我来说没有带来任何收获。

但我还是很感激匈奴人。因为从此之后，我不再为一些怪词而大伤脑筋了，由于那位阿提拉，我跟药剂师戈利德贝格熟悉起来了。

这个人能够很通俗地解释一切深奥的词。他有一把打开一切秘密的钥匙。

读书笔记

①从主人与“我”面对这个名词的不同反应中可以看出什么？

名师批注

②在寻找答案的过程中，“我”始终没有放弃，这体现了“我”的执着，并且正是因为“我”的这份执着，使“我”遇到了自己的另一位良师。

他伸出两个手指扶了扶眼镜，透过厚厚的镜片盯住我的眼睛，说出的每一句话都是深知灼见，像一根根钉子，直接钉进了我的脑门儿：①“小朋友，这些词语就好像树上的叶子，你想弄明白为什么这些叶子是这样，而不是那样，你就必须先明白这棵树是怎样生长的，必须要学习。书，就好比一座美丽的园子。里面应有尽有，既有令人愉快的东西，也有让人受益匪浅的东西。”

我常常到药房里去，给大人们买苏打粉和氧化镁，他们总是害烧心病[97]。我还要给两个孩子买月桂油膏和泻药。

药剂师那言简意赅的教导，使我对书籍的态度越发严肃认真，而书籍也就在不知不觉中成了我的必需品，如同伏特加酒对于酒鬼那样，一日不可缺。

书籍给我展示出了另外一种生活，一种充满强烈情感和欲望的生活，这些情感和欲望可以激发引导人们去建立功勋或者作奸犯科。我看到我周围的人们既没有能力建立功勋，也没有能力作奸犯科——他们的生活与书中描写的一切是脱离的，很难发现他们这种生活的乐趣究竟在哪里。

②我不愿意像他们那样生活，这一点我很清楚。

从插图的文字说明中，我了解到，在布拉格、伦敦、巴黎这些城市没有各种各样的沟壑峡谷和成堆的污秽不堪的垃圾。那里的街道宽敞、平直，住房和教堂也是另一个样子，别有风味。那里没有将人们围困在家里长达六个月的寒冬，也没有只能让人们吃酸白菜、腌蘑菇、燕麦面、土豆和令人作呕的亚麻籽油的大斋期。

在俄国，大斋期间不许看书，《绘画评论》也被他们收走了。于是，我又过起了这种百无聊赖的斋戒生活。现在，当我拿这种生活与我从书中了解到的那种生活做对比时，就更加觉得现实生活是那么贫乏而丑陋。一有书看，我就觉得自己更加强健有力，干起活来劲头十足，得心应手、快捷麻利。因为我有明确的目的——活儿结束得越快，剩下的看书时间就越多。

③没有书看，我就成天懒洋洋的，萎靡不振，以前从不曾有过的健忘症也找到我头上来了。

记得正是在这乏味的大斋期，发生了一件神秘的

97 指胃灼痛。

名师批注

①从对戈利德贝格的语言描写中，展现了他对读书的深刻见解与非凡智慧，所以“我”才会崇拜他，并且向他学习。

读书笔记

②为什么“我”不愿意像他们那样生活?

名师批注

③通过神态、动作描写，写出“我”没有书读时无精打采的样子，与有书读时的“我”形成对比，表达了“我”对读书的喜爱与着迷，甚至上了瘾。

事。有一天晚上，大家都躺下睡了，教堂的钟声突然响了起来，顿时把全家人都惊醒了。大家顾不得穿好衣服，纷纷跑到窗前，互相打听着："失火了吗？是警报吗？"

只听见别的人家也都在忙着，门户开开关关，响声一直没有断。还有人牵着套好了的马在院子里跑。

老太婆大声嚷着，说教堂里遭抢劫了。主人竭力阻止她："别叫了，妈，听得出来，这不是警报！"

"要不就是大主教死了。"

①维克托从床上跳下来，一面穿衣服，嘴里嘟囔着说："我知道出了什么事儿，未卜先知！"

主人要我到阁楼上去看看有没有火光。我跑上去，从天窗爬到房顶上，并没有看见火光。钟声不紧不慢地在万籁俱寂、寒气逼人的空气中回荡，整个城市依偎在大地上昏睡着。有一些看不清的人影在黑暗中狂奔乱跑，脚下的积雪踩得沙沙作响，还有雪橇的滑板的吱扭声，钟声越来越令人毛骨悚然。

我回到了屋内。

"没看见火光呀。"

"哦，上帝呀！"主人说，他穿好外套，戴上帽子，把领子竖起来，犹豫不决地穿上套鞋。

女主人恳求他说："你别出去！不要出去！"

"没事！"

维克托也穿好衣服，故意向大家卖关子，说："我可知道……"

兄弟二人出去了，两位女主人吩咐我摆上茶炊，②她们又扑到窗子跟前。

但几乎就在这个时候，主人已经从外面走了回来。他一声不吭地沿着阶梯跑上来，推开过道的门，声音低沉地说："沙皇被刺杀[98]了！"

"还是被刺杀了！"老太太大声叫道。

"被杀死了，一个军官告诉我的。那么，之后的政局会怎么样呢？"

门铃响了，维克托回来了。他满脸不高兴地脱着衣服，气冲冲地说："我还以为是打仗了呢！"

③过后，他们全家坐下来喝茶，平心静气地谈论着，但声音很低，而且十分谨慎小心。

98 被刺杀的沙皇：指俄国沙皇亚历山大二世（1818—1881），于1881年3月1日在彼得堡被民意党人刺杀。

名师批注

①通过对维克托的语言描写，看出他似乎知道发生了什么的状态，以卖关子的形式吸引读者的阅读兴趣。

名师批注

②她们对未知充满了无谓的好奇，因为她们也只能以此来填补内心的空虚了。

读书笔记

③为什么沙皇被刺杀之后，主人全家会是这样平静的反应？

街上安静下来，钟声也不再响了。

接连两天，他们神秘兮兮地交头接耳，常常外出，也有客人上门来找他们，详细地讲述一些事情。

我非常想弄明白究竟发生了什么事，可是主人们把报纸藏了起来，不让我看。我问西多罗夫，为什么有人要刺杀沙皇。他小声地回答："这事儿重大，不许乱说。"

①这件事很快就被淡忘了，大家被每天的生活琐事所掩盖，而且过了没多久，我遇上了一件很倒霉的祸事。

一个礼拜天，主人一家都外出做早弥撒去了，我把茶炊放好，生上火，就去收拾房间了。这时，大孩子钻进厨房里，把茶炊的龙头拧下，把它拿到桌子底下玩耍起来。茶炊内膛里的炭火很旺，茶炊里面的水流光后，茶炊的焊接处就融化了。②我在另一个房间里听到茶炊发出奇怪的呜呜声。

我奔进厨房一看，吓了一跳。只见茶炊整个儿已经烧得暗红，在不停地颤动，仿佛要跳起来似的；已经开焊的龙头套管垂头丧气地耷拉下来；茶炊的盖子歪向了一边，已经熔化了的锡液正从茶炊把手底下一滴一滴地掉下来。这把深蓝色的茶炊像是一个喝得酩酊大醉的醉汉。我赶忙用冷水往它身上泼，它哧哧地响着，接着便可怜兮兮地瘫倒在地板上。

就在这时，门铃响了。我去开了门，老太婆头一句话就问茶炊烧好了没有，我简短地回答说："烧好了。"

大概是出于惊慌和恐惧，我才这样信口胡说，可是他们当成了这是我对主人的嘲弄，于是加重了对我的惩罚——我挨了一顿毒打。③老太婆抓起一小捆松木引火柴，对我猛打猛抽，打在身上虽然不太疼，却在背脊皮下扎进了许多木刺，而且扎得很深。到了傍晚，我的背肿得像是一个枕头。到第二天中午，主人不得不把我送到医院里去治疗。

一个细高个儿、瘦得有点儿滑稽可笑的医生给我验了伤，用低沉平静的声音说："我必须为这种残暴私刑写一份正式的验伤证明。"

④主人一下子涨红了脸，两只脚在地板上蹭来蹭去，小声地对医生说了些什么，可是医生的目光越过他的脑袋，直视前方，简单地回答："不能这样做，

名师批注

①不管发生了什么，生活都不会停下它的脚步，每个人都被裹挟着，只能朝前走。

读书笔记

②猜想一下，当时"我"可能在干什么？

名师批注

③老妇人对"我"残忍、无情的殴打，与她所信奉的教义背道而驰，可见她的虚伪。

读书笔记

④猜想一下，主人可能对医生说了些什么？

我没这个权力。”

然后转过脸来问我：“你想提出投诉吗？”

我的脊背痛得厉害，于是我说：“不用，你快点儿给我止痛吧。”

我被送进了另外一间房子里，放到一张台子上。医生用一把令人舒服的、凉飕飕的镊子将一根根木刺拔了出来，他开玩笑地说：①“年轻人，他们把你的皮肉都收拾到家了，今后你就是常胜将军，什么样的罪都受得了了。”

手术中，我感到非常痒。完事后，医生又说：“年轻人，要记住，共拔出了四十二根刺，记住，你以后可以向别人吹嘘了！明天这个时候你再来，给你重新包扎一下。你经常挨打吗？”

我想了一下，回答说：“我以前挨的打还要多呢。”

医生瓮声瓮气地哈哈大笑。

“会好起来的，朋友，完事儿了！”

他将我送到主人面前，对他说：“请你领走他吧，算是治好他了。明天再送他来，还得换纱布。他是个乐天派，不记仇，算你运气好。”

登上马车后，主人对我说：②“我以前也经常挨打，佩什科夫，有什么办法呢？打就打了，老弟！你好歹还有我来可怜，可是我呢，没人可怜，没有一个人可怜我！人倒是很多，熙熙攘攘、摩肩接踵，可是同情我的，一个人也没有！唉，简直一群畜生啊。”

他一路发牢骚，骂声不绝口。

我有点儿同情他，也非常感激他，因为他能推心置腹跟我说这些话，是把我当一个人看了。

回到家里，主人一家接待我的态度，好像我是在过命名日似的。女人们追根究底地问这问那，让我详细讲讲医生是如何给我治伤的，和我说了些什么。

③她们一边听着，一边惊叹，哎哟哎哟地大呼小叫，时而好似津津有味地咂咂舌头，时而又皱皱眉头。

她们对于疾病痛苦以及一切不快的事，竟有那么强烈的兴趣，使我大感震惊。

我看出他们对我不控告这一点感到很满意。我便借这个机会，请求他们允许我向裁缝的妻子借书看。

他们不好拒绝我，只有老太婆惊讶地叫道：“好哇，你这个小鬼头！”

名师批注

①医生在帮我拔刺时说的开玩笑的话语，让“我”看到了医生身上除了正直以外的善良美好。“我”总是在不经意的地方感受到生活中的善意，正是这些善意避免“我”跌入黑暗。

读书笔记

②为什么主人此时会向“我”推心置腹？

名师批注

③她们对“我”毫不关心，只是满足自己的好奇心，这样的冷漠无情实在是可恶。

一天后，我站在裁缝的妻子面前。她亲切温柔地对我说："人家告诉我说你害病进医院了。可我看你好好的，这不是瞎说吗！"

①我没有反驳她，如果告诉她真相会让我内疚——干吗要用这种粗暴而又伤心的事打扰她呢？她超凡脱俗，独具慧眼，光是这一点就令我很高兴。

现在我又读起大部头的书来了。大仲马、庞逊·德·泰尔莱利、蒙特潘、扎孔纳、加博里奥、埃马尔、布阿戈贝等人的著作都到了我的手边。我如饥似渴地、一本接一本地读，读得飞快，读得非常开心，我觉得自己也好像也置身于这种非凡的生活之中。这种感觉使我很激动，使我精神振奋。

②我自己制作的小油灯又冒起了黑烟，我彻夜看书，直到黎明来临。

我的眼睛总是红红的，老太婆幸灾乐祸地说："等着瞧吧，书呆子，你的眼珠子会胀破的，那你就会变成瞎子啦！"

然而，我很快就意识到，所有这些有趣的书，尽管情节变化多样、故事背景有所不同，但它们讲的是同样的道理——好人总是遭遇不幸，总受恶人迫害，而恶人总是比好人走运，比好人更圆滑善变，可是到最后，总有某种莫名其妙的力量战胜恶人，使他们获得应有的报应。美德总会得到最后的胜利，善人会因祸得福，破涕为笑。

而且，我也看厌了所谓的"爱情小说"，因为在这些小说里，男人也罢，女人也罢，他们的话都是老一套。③这种千篇一律的套话不仅使人觉得枯燥乏味，而且也使人疑窦丛生，怀疑它的真实性。

有时候，看了书的开头几页，我就开始猜测谁胜谁败；事件的发展略有眉目，我就凭自己的想象力来揣想故事的结局；一放下书，我就琢磨书中的故事应该怎样发展，像做教科书上的算术题那样，④并且往往一猜一个准——哪个主人公将过上幸福自由的生活，哪个主人公将身陷牢狱。

但在这些书描写的种种人情世态的背后，我也可以隐隐约约地看到一种确实存在的、对我有重大意义的真实，这是另一种生活的特点、另一种人与人之间的关系。

在巴黎，无论是赶马车的、做工的、当兵的，也

名师批注

①"我"之所以喜欢她，不是因为她的美貌，而是因为她的内在十分美好，对待这样的人，"我"总是十分热切地将所有的美好形象都加在她身上。

名师批注

②一旦有机会读书，"我"绝不会放过，正是这样一份热情与坚持，让"我"在名为社会的大染缸之中依旧朝着自己光明的方向成长。

名师批注

③"我"在饱览群书之后，思考究竟什么是"好的文学作品"，意味着"我"在认识世界方面有所成长。

读书笔记

④为什么"我"能够一猜一个准？

就是一切“下等社会”的人，跟尼日尼、喀山、彼尔姆等地方的这类人完全不同。在那边，“下等社会”的人和老爷说话时，胆子要更大一些，关系比较随和，约束也比较少。比如说，书里描写的他们那儿的士兵，和我亲眼见到、十分了解的俄国士兵一个都不像——既不像西多罗夫，也不像轮船上那个来自维亚特卡的士兵，更不像叶尔莫欣，书里的士兵比上述三人更富有人情味儿。他们身上有某种和斯穆雷共同的东西，但没有斯穆雷那么凶恶和粗暴。再比如书中的店老板，也比我所知道的一切店老板都好，甚至书中的神甫也跟我所认识的神甫不一样，他们很真诚、诚恳，对人富有同情心。

①总而言之，书中描述的外国生活比我们这里的生活更加有趣，更加轻松，更加美好。在外国，人们不会那么经常地打架斗殴，不会像轮船上的旅客捉弄那个士兵一样肆意捉弄他人，也不会像我的老女主人那样凶相毕露地向上帝祈祷。

特别明显的是，书中在叙述那些贪得无厌、品质恶劣的坏人时，并没有描写他们身上那种我非常熟悉的，而且已经司空见惯了的莫名其妙的残酷，和一心要捉弄人的愿望。书里的坏人心狠手辣，丧尽天良，但他们的残忍行为总是为了达到某种目的，我几乎总能理解他们为什么如此残暴，②可我在现实生活中看到的残暴是盲目的、毫无意义的，人们只是拿残暴来寻欢作乐，并不想从中得到什么好处，或有什么目的。

每读一本新书，在我的面前，俄国生活与其他国家生活之间的反差就更加明显。③这使我心中产生一种模模糊糊的烦恼，也加深了我的怀疑，不相信这些纸张发黄、边角污损、人们不知读过多少遍的书的真实性。

后来，偶然间，我得到一本龚古尔的长篇小说《桑加诺兄弟》，我用一个晚上的时间，一口气把它读完了。使我非常吃惊的是，我有一种前所未有的感觉，于是我把这个简单、悲伤的故事重新又读了一遍。书中没有复杂的故事情节，表面看来也没什么特别吸引人的地方，开头几页写得就像是一部圣徒传，非常严肃，干巴巴的。④它用词准确，没有修饰，起初这本书的风格使我感到奇怪，读起来不舒服，但继续读下

读书笔记

①“我”在书中看到的这些内容有没有让你联想起现实生活中的某些现象呢？

名师批注

②读书让“我”更加深入地认识世界，并且发现了书本与现实的不同。

名师批注

③“我”对文学作品的思考一步一步地愈发深入，追求真实的现实主义创作思想也在这里埋下了种子。

名师批注

④“我”在阅读了大量文学作品之后，终于能够分辨出什么是好的作品，什么是坏的作品，也不再像以前那样盲目地阅读，表现了“我”在读书这件事上的巨大进步。

去之后，我发现它的遣词造句言简意赅，句句击中了我的心。

它描写的是关于两兄弟走街串巷卖艺的悲剧故事。我沉醉其中，拿着书的两只手激动得一直在颤抖。当我读到那个不幸的杂技演员拖着跌断了的两条腿爬到阁楼上，而他弟弟还在阁楼上悄悄地练习他心爱的杂技艺术的情节时，我不禁失声痛哭起来。

当我把这本好看的书还给裁缝的妻子时，我央求她再借我一本这样的书。

"这样的书是什么书呢？"她笑着问我。

她这一笑让我感到不好意思了，我也说不清我究竟想看什么书了。

她说道：①"这本书很乏味，你等几天，我找一本更好、更有意思的书给你。"

过了几天，她借给我一本格林伍德的《一个流浪儿的真实故事》。②我觉得这个书名就有些刺激，读了第一页就引起了我内心的狂喜。怀着这样的喜悦，我一口气把书读完了，有些段落还反复看了两三遍。

原来，即使在国外，一些孩子们的生活有时候也是这么艰难和困苦！和他们相比，我的生活还没有那么糟糕，换句话说，我没有理由灰心丧气。格林伍德给了我莫大的勇气。在此之后，我很快就得到了一本真正"适合"我的好书——《欧也妮·葛朗台》。

③葛朗台老头儿使我一下子就联想到了外祖父。很可惜，这书的篇幅太短。可叫人惊讶的是，书中包含了那么多的真理，这样的真理在生活中我非常熟悉，又十分厌恶，而这本书却从一种全新的、平和公正的视角把这些真理表现了出来。

从前我所读过的所有作品，除龚古尔的作品外，其中的人物都跟我的主人家里的人一样，总是疾言厉色地评判他人，把所有的人都说得一无是处，这样的书反而会引起读者对坏人的同情和对好人的抱怨。我经常遗憾地看到，一个坏人在付出了巨大的才智和毅力的情况下，仍然不能得到自己所想要的东西。究其原因，是那些好人挡在他面前，自始至终像是石柱，岿然不动。虽然坏人的一切罪恶意图和各种阴谋诡计都不可避免地在这些石柱上碰得头破血流，但石柱也唤不起人们的同情。

名师批注

①裁缝的妻子与"我"对文学作品的态度出现矛盾，也为下文"我"对她逐渐失去兴趣做了铺垫。

读书笔记

②为什么"我"觉得这个书名有些刺激？

名师批注

③通过心理描写，体现出"我"从这些经典文学作品里收获了创作宝藏，为下文"我"开始着手自己创作做了铺垫。

①要知道，无论一道墙多么漂亮和坚固，但当一个人想在这墙后边的苹果树上摘苹果时，他就不会去欣赏这道墙了。所以我总觉得最真实、最宝贵的东西，都隐藏在好人的所谓高风亮节的背后。

在龚古尔、格林伍德、巴尔扎克的笔下，没有恶人，也没有善人，有的只是鲜活生动的普普通通的人。②没有人会怀疑书中人物所说的和所做的，都恰如其分，而不可能是别的什么样子。因此我明白了，能读到一本"好的、正经的"书是一件多么大快人心的事呀。

可是如何能找到这样的书呢？③在这方面，裁缝的妻子帮不上我的忙。

"这是一些好书。"她一边说着，一边向我推荐阿尔森·古塞的《沾满玫瑰、黄金和鲜血的双手》以及贝洛、保罗·德·科克、保罗·费瓦尔的长篇小说。

但是读这些书我感到很吃力。

裁缝师傅的妻子喜欢马里耶特、魏尔纳的长篇小说，但我觉得它们非常枯燥无味。

我也不爱看施皮尔哈根的书，但对奥尔巴赫的短篇小说情有独钟。我觉得瓦尔特·司各特先生的著作比欧仁·苏[99]和雨果的小说更胜一筹。

④我想读那种能够激动人心，能给我带来欢乐的书籍，例如了不起的巴尔扎克所撰写的作品。我对那位像瓷人儿般的裁缝的妻子也渐渐失去了兴趣。

我每次去见她时，就特意穿上干净的衬衫，梳好头发，极力想使我的外观整齐顺眼。

⑤我很怀疑我是否做到了，不过我还是一直盼望她看到我这整洁的外表以后，和我说话时能随便一点儿，亲切一点儿，她那张白白净净、喜气洋洋的脸上不要总是挂着那副冷漠的笑容。

然而，她总是一面微笑，一面用懒散、甜美的声音问我："都读完了？喜欢吗？"

"不。"

她微微扬起两道细眉，看了看我，然后叹了口气，

99 欧仁·苏（1804—1857），19世纪法国作家。著有《巴黎之神秘》（旧译《巴黎的秘密》）和《流浪的犹太人》等，描写巴黎"底层"，展现了人民生活贫困和道德沦丧的情况，以感伤的小市民情调宣扬傅里叶的社会思想。晚年作品中较为重要的长篇为《人民的隐情》。欧仁·苏善于安排情节，文笔流畅，他是欧洲最早描绘下层人民生活的作家之一，曾受到马克思和恩格斯的注意。

名师批注

①运用类比的修辞手法，生动形象地描写出这些文学作品中，与初衷背道而驰的人物形象，展现出文学创作的矛盾之处，也表达了"我"对这种现状的思考。

名师批注

②描述现实生活的书籍是"我"最欣赏的一类书籍，这对高尔基的现实主义创作产生了深远的影响。

名师批注

③"我"已经开始意识到裁缝的妻子在读书上的浅薄，她虽然读书，但是灵魂并没有因此变得厚重。

读书笔记

④了解这些作家的创作特点，分析为什么"我"会欣赏他们的作品？

名师批注

⑤"我"内心有着想与裁缝的妻子更加亲密的渴望，她的冷漠不能磨灭"我"的热情。

用我熟悉的鼻音说："为什么呀？"

"这些情节我以前在别的书中就读过。"

"你说的是什么情节？"

"关于爱情。"

她微微眯起眼睛，愉快地笑着说："可是所有的书里都有爱情描写呀！"

①她身穿一件蓝色宽松长衫，坐在大沙发椅上，穿着毛皮便鞋的小脚不停地轻轻摇动着，膝头上放着一本书，她裹一裹身上的衣服，用粉红的手指敲着书皮，打着哈欠。

> **名师批注**
>
> ①简单的几笔勾勒，让一个娇憨的少女仿佛就在眼前。

我真想问问她："您为什么还不搬走呢？要知道，那些军官老是给您写信，嘲笑您。"

②可是我没有勇气对她说出这番话来，我拿着一本描写"爱情"的大厚书离开了，失望至极，心头一阵发酸。

> **读书笔记**
>
> ②为什么"我"没有勇气对她说这番话？

院子里的人仍然对这个女人议论纷纷，冷嘲热讽，说的话更难听、更恶毒。听到这些不堪入耳的、也许是无中生有的谣言，我心里很难受。

不在她面前时，我总是可怜她，替她担心。③可是来到她跟前，看到她那双尖锐的小眼睛、像猫儿一样灵巧的娇小身躯和那张总是像应酬一样冷淡的脸，我的同情和担心便都消失得无影无踪。

> **读书笔记**
>
> ③为什么"我"的同情和担心会消失？

春天，她突然离开了，不知去向。几天后，她的丈夫也搬走了。他们的房子空了下来，在等待着新的住户进来。④我进去一看，只见光秃秃的墙壁上原来挂画的地方留着方形的痕迹、弯曲的钉子和钉子的窟窿。油漆过的地板上，五颜六色的碎布、纸头、破药盒和香水瓶散落了一地。一枚很大的铜别针在闪闪发光。

> **名师批注**
>
> ④通过环境描写，表现出裁缝和他的妻子搬走之后房子里的萧条，也体现出"我"对他们离去这个事实的怅然若失。

我心里凉透了，十分想和这个娇小玲珑的裁缝师傅的妻子再见上一面，跟她说，我对她怀着多么深厚的感激之情。

裁缝的妻子还没搬走时，一个黑眼睛的年轻太太带着女儿和母亲搬到我的主人家的楼下。她的母亲是一位头发花白的老婆婆，嘴里含着琥珀烟嘴，一直在不停地抽着烟卷。⑤这位太太长得很漂亮，样子威严而高傲，她说话的声音低沉而悦耳，看人的时候总是昂着头，稍微眯着点儿眼睛，好像别人离她很远，因而她看不清

> **名师批注**
>
> ⑤开头没有描绘这位太太的美貌，但是从她的姿态中，足以看出她的倾国倾城。

楚似的。

有一个皮肤黝黑的士兵，名叫秋菲亚耶夫，作为她的勤务兵，几乎每天都牵一匹瘦腿的红毛马到她家门口的台阶前。这时，那位太太穿一件银灰色的天鹅绒连衣裙，戴一双喇叭口形的白手套，脚蹬黄色长筒马靴，从屋里缓缓走出来。她站在台阶上，一手撩起连衣裙的后摆，并紧紧握住一条柄上嵌着淡紫色宝石的马鞭，另一只手亲切地抚摩着龇着牙齿的马的鼻子和脸。马斜着一只火红色的眼睛看着她，浑身抖动，一只蹄子轻轻地刨着坚实的地面。

“罗贝尔，罗贝尔。”她小声喊着马的名字，使劲拍着马的优美地弯曲着的脖子。

①然后，她一脚蹬在秋菲亚耶夫的膝盖上，轻巧麻利地跨上马鞍。马儿撒开腿，神气活现地迈着有节奏的步伐，沿着堤坝走去。她坐在马鞍上，驾轻就熟，仿佛她天生长在马背上似的。

她长得仙姿玉色，实属罕见。这种绝佳的美常常给人一种新颖的、从未见过的感受，使人心醉神迷，不由得欢喜着。我看着她，就想起了狄安娜·普瓦提埃、玛尔戈王后、少女拉·瓦利耶，以及历史小说中其他迷人的女主人公，②她们最多也就跟这位太太一样美丽吧。

一群驻扎在我们城里的某师部的军官经常围绕在她身边。每天晚上，他们来到她家里弹钢琴、拉小提琴、弹吉他、唱歌、跳舞。其中到她那儿去得最勤的要数奥列索夫少校了。此人长着两条小短腿，身材肥胖，头发灰白，一张红脸，身上油腻腻的，像轮船上的一名机械工人。他弹得一手好吉他，对那位太太言听计从，像一个谦卑、忠诚的奴仆。

她有一个五岁的女儿，也长得像她一样漂亮。女儿有一头鬈发，脸胖乎乎的，很招人喜爱，那双蓝色的大眼睛看人时一本正经，泰然自若，目光中透出一种期待。③小姑娘喜爱沉思，身上有一种与孩子不大相称的气质。

那位老太太带着忧郁寡言的秋菲亚耶夫和斜眼的胖女仆一天到晚忙于家务。小姑娘没有保姆，几乎没有人看管，成天在门廊上或对面的一堆木头上玩耍。④我晚上时常去跟她玩，而且非常喜欢她。

她很快就跟我混熟了。当我讲故事给她听时，她常常听着听着就躺在我的怀里睡着了。她睡着以后，我就把她抱到她的床上去。

名师批注

①通过动作描写，展现了这位年轻太太的飒爽英姿，她身上有着与平常女人不一样的风情。

名师批注

②这位太太的美丽让“我”惊叹，书中那些美貌女子也只能勉强与她相比，足可见“我”对她的崇敬。

读书笔记

③为什么小姑娘喜爱沉思呢？

读书笔记

④结合上下文内容，分析“我”为什么会非常喜欢小姑娘？

不久以后，她养成了一个习惯，每次睡觉之前，一定要我跟她道个晚安。我一走进她的小房间，她就郑重其事地伸出一只胖乎乎的小手说："明天见。外婆，我还应该说什么呀？"

"上帝保佑你。"老婆婆说，她在抽烟，嘴里和尖鼻子里冒出几缕青烟。

"上帝保佑你平安，直到明天，现在我要睡觉了。"小女孩重复说，一边钻进镶花边的被子里。

老婆婆郑重其事地教她说："不是保佑到明天，而是保佑到永远！"

"难道明天不是永远都有的吗？"

①她喜欢"明天"这个词，而且把她所喜欢的一切都寄托于将来。她把采摘的鲜花和折断的小树枝插进泥土里，说："明天这里将会变成一座花园。"

"明天我要给自己买一匹马，像妈妈那样骑在上面。"

②她是个聪明的孩子，不过心里不怎么快活。常常在玩兴正浓的时候，她会突然现出沉思的神情，出乎意料地问："为什么神甫的头发像女人一样？"

有一次，她被荨麻刺疼了手，她晃着一个小指头威胁荨麻说："小心点儿，我会向上帝祷告，他会惩罚你的。上帝可以让所有的人都吃苦头，甚至包括妈妈。"

有时候，在她的身上流露出一种淡淡的、煞有介事的悲伤，这时候她紧紧依偎在我身边，那蓝色的充满憧憬的眼睛便注视着天空，说："外婆有脾气，常常爱发火，可是妈妈不会，她总是笑盈盈的。③大家都喜欢她，所以她总是忙于应酬，总有客人来看她。今天这个人来，明天那个人来，他们众星捧月地围着她转，是因为她长相标致。她是个可爱的妈妈。奥列索夫伯伯也这么说：'多可爱的妈妈！'"

我非常喜欢听小姑娘讲话，因为她在给我讲述一个我不了解的世界。④她总是很乐意地、娓娓动听地讲她母亲的事，因此，有一种新的生活面貌慢慢地呈现在我的面前。

我又想起了玛尔戈王后，这就更进一步加深了我对书籍的信赖，同样也增强了我对生活的兴趣。

有一天傍晚，我坐在门口等着主人一家散步回来，小女孩在我怀里睡着了。这时她母亲骑着马回来了，她轻快地跳下马背，略微把头一扬，问："她怎么了？睡

名师批注

①小女孩童言童语，充满童趣，这一份单纯、童真在"我"的世界中十分罕见，也十分难得。

读书笔记

②她可能因为什么而不快活呢？

名师批注

③母亲应酬的身影深深印刻在孩子眼中，大人们有时总是以为孩子不懂，便在孩子面前毫无遮掩，殊不知这一切都被孩子记在了心里。

读书笔记

④这种新的生活面貌是怎样的？

着了？”

“是的。”

“哎哟，真的是……”

士兵秋菲亚耶夫跑过来，牵走了马。她把鞭子往腰带上一插，伸开两只手说：“把她给我吧。”

“我抱她进去吧。”

“不行！”①她像吆喝马匹那样对我大喝一声，还在台阶上重重地跺了跺脚。

小女孩醒了，眨了眨眼睛，看见了她的妈妈，向妈妈张开了两只手。这位太太抱着孩子进屋去了。

被人家叱责我倒是习以为常了，可是这位太太也这样叱责我，我心里特别不舒服。其实，她只要轻轻吩咐一声，我就会服从她。

几分钟后，那个斜眼的女仆来叫我了，说是小女孩在那里闹，说不跟我道别，就不愿意睡觉。

我得意地走进了客厅，面对女孩的妈妈。小女孩坐在妈妈的腿上，而她妈妈正在用灵巧的双手给她脱衣服。

“好，你看，”她妈妈说，“他来了，这个怪人！”

“他不是怪人，是我的小朋友。”小女孩说。

②“原来是这样啊！很好。那我们送点儿小礼物给你的小朋友吧，好不好？”

“好！”

“那太好了，礼物由妈妈来送，你现在可以去睡觉了。”

“明天见！”小姑娘向我伸出一只手，“愿上帝保佑你平安，直到明天。”

太太惊讶地叫道：“谁教你这样说的，是外婆吗？”

③“是呀！”

小女孩进卧室去了，夫人用手指头示意我过去，她说：“小朋友，送你什么才合适呢？”

我说，我不需要她送我任何礼物，只是她能不能借一本什么书给我看看。

她伸出热乎乎的、散发芳香的手指微微抬起我的下巴，面露和悦的笑容，问道：“哟，你居然有闲情逸致，喜欢看书，是不是？那以往你喜欢看什么书？”

④她笑容可掬的样子显得更加漂亮了。我很不好意思地举出几部小说的名字。

“你喜欢这些书中的什么情节呢？”她把两手放在桌子上，轻轻活动着手指，问道。

名师批注

①初次见面，这位太太对“我”十分冷漠，她丝毫不知道“我”内心对她的热爱，这对“我”来说无疑是痛苦的。

名师批注

②通过描写年轻太太的戏谑的语言，体现出她身上与众不同的活力，也展现了她作为一个母亲的温柔。

读书笔记

③为什么小女孩在这里撒谎了呢？

名师批注

④“我”对她的喜爱程度更深了一些，因为“我”评判一个人的标准并不仅仅在于外表，当“我”发现年轻太太也看书时，“我”更喜欢她了。

她身上散发出一种甜丝丝的、芬芳馥郁的花香，同时夹杂着一股怪怪的马臊味。①她透过长长的睫毛，沉思而严肃地注视着我。至今为止，还没有人用如此器重的眼神注视过我。

屋子里放满了精美柔软的家具，显得有些拥挤，像一个鸟窝。窗子被各种花木的绿荫所遮挡，幽暗中，炉台上雪白的瓷砖闪闪发光。炉子旁边是一架锃亮的黑色钢琴，墙上挂着几只镜框，金色的框边已经失去光泽，②里面嵌着一些陈旧的、看不清楚的奖状，奖状上印着龙飞凤舞的倾斜的大写斯拉夫字母，而且每个嵌着奖状的镜框下面都用绳子系着一枚深颜色的大奖章。

这里的一切摆设，都像我一样，顺从而胆怯地望着这位太太。我尽可能地向她解释，说我生活得很艰难，心里很苦闷，读书可以排遣苦闷，忘掉这一切。

“啊，原来有这样的缘由？”她说着，站起身来，③“这倒不错，看来你这样做是对的，值得鼓励。好吧，咱们说好了，以后我借书给你看，但是我现在手头没有合适的书。对了，你可以先把这本书拿去。”

她从沙发上取过一本有黄色封皮且已经破损的书。

“你看完后，我再给你第二卷，它们一共有四卷。”

我接过这本梅谢尔斯基公爵的《彼得堡的秘密》，离开了那里。我开始极认真地阅读这部著作。可是我看完头几页，就清楚地意识到，彼得堡的“秘密”，比马德里、伦敦、巴黎的秘密要乏味得多。④唯一让我感兴趣的是一段关于自由的棍棒的寓言：

“我比你强，”自由说，“因为我比你聪明。”

可是棍棒回答道：“不，我比你强，因为我比你力气大。”

它们俩争呀，吵呀，最后就动武了。

棍棒痛打了自由。

往下的情节呢？在我印象中，自由似乎受了重伤，后来死在医院里了。

这本书中的一个角色是个虚无主义者。我记得，按照梅谢尔斯基公爵的观点，这位虚无主义者是十分危险的人，有极大的危害性，只要他用毒眼瞧一瞧，甚至母鸡都能被他毒死。⑤我粗略地认为虚无主义者是个带有侮辱意味的不体面的贬义词，但再深入一层我就什么也

名师批注

①这位年轻太太对“我”的平等对待，体现出她骨子里的尊重人的教养，更展现了她的美好。

读书笔记

②猜想一下，这些奖状可能是谁的？

名师批注

③当听说“我”喜欢读书以后，这位太太对“我”的态度发生了很大的转变，她会是“我”的另一个知己。

读书笔记

④这段寓言有什么样的含意？

名师批注

⑤“我”对读书充满热情，但是教育限制“我”无法再深入地探索这些内容，作者也在其中警告了世人，读书明理的重要性。

不明白了，因此感到非常沮丧。显然我没有读懂好书的能力。可是，我坚信一点——这是一本好书，因为我觉得这样一位高贵而漂亮的夫人不会看坏书！

“喜欢这书吗？”当我把梅谢尔斯基的小说还给她的时候，她这样问我。

①我很为难地回答了一声“不喜欢”，同时我推测，这会使她生气。

可她只是笑了笑，便走进她的挂着厚门帘的卧室里，从那里拿出一本精装小书，封面是蓝色的上等山羊皮革。

“这本书你一定会喜欢的。只是不要弄脏它了。”

这是一本普希金的诗集。我一口气读完了它，这种感觉就好像一个人突然来到一个无与伦比的美丽地方，恨不得一下子把那里的每个角落都看个遍。②又好像穿过森林中的泥泞的沼泽地，踏着长满苔藓的草墩，走啊，走啊，走了好长时间，忽然到达一块百花吐艳、阳光明媚的林间空地。一时间，站在那儿被它迷住了，随后便欣喜若狂地跑遍它的各个角落，感受着双脚接触到柔软的青草时带来的那种惊喜。

普希金诗句的纯朴、流畅和它们优美的音韵，都使我惊叹不已，以至于此后很长时间，我都觉得③散文作品是如此不自然，是矫揉造作的东西，读起来令人别扭。

《鲁斯兰和柳德米拉》的诗序，使我想起了外祖母讲的那些迷人的神话，仿佛这篇诗序就是这些故事的完美的凝缩，其中有些诗句以它清晰明快、刻画入微的真实性令我百读不厌、拍案叫绝。

在那人迹罕至的小路上，
留有不知名的野兽的足迹……

我把这妙不可言的句子反复念着，于是我眼前模模糊糊出现了一条熟悉的小径，看到了那些压倒青草的神秘足迹。那些草上还没有抖落掉的像水银一样沉重的露珠。那些优美动人的诗句，把它所谈及的一切，描写得绘声绘色，很容易被记住。④这使我感到无比的幸福，使我的生活变得轻松愉快。说真的，这些抑扬顿挫的诗句听起来就像是新生活的颂歌，能够读书，这是多大的幸福啊！

普希金的那些极其精彩的童话对我来说最为亲切，也容易理解。读过几遍以后，我已经能够背下来了，我

名师批注

①即使面对“我”很喜欢的人，并且知道她会生气，“我”也没有隐瞒自己的真实看法，体现了“我”的诚实。

名师批注

②通过比喻的修辞手法，把阅读普希金诗集的感受比作是穿过森林沼泽地后遇到的明媚的林间空地，表达了“我”对普希金诗歌的热爱，以及阅读到这种作品的无限欣喜。

读书笔记

③你有没有不喜欢哪一类文学作品？为什么呢？

名师批注

④读书使“我”摆脱了世俗的种种，灵魂突然变得轻松，没有束缚地在天地遨游，“我”对读书的爱越来越深。

躺在床上，闭上眼睛，默念着童话诗，直到入睡。

我有时会把这些童话诗以通俗的形式讲给那些勤务兵听，他们边听边笑，调侃地骂上几句。西多罗夫抚摩着我的头，轻声说："真是好诗，唉，天哪。"

我这种兴奋状态，连主人们都看出来了，老太婆又骂开了："懒鬼，一天到晚就知道念书，三四天都没有擦洗茶炊了。又得拿擀面杖揍了！"

擀面杖算什么？我用诗表示反抗：

那老巫婆呀，
阴暗的灵魂里，充斥着邪恶……

那位漂亮的夫人在我眼里变得更加崇高了。①因为她看的都是这种高雅的书，不像裁缝的妻子一样光有漂亮外表。

我把书送到她那里去，依依不舍地交还给她时，她满有把握地说："你喜欢这本书，对吧？你听说过普希金的生平吗？"

我曾在一本杂志上读到过关于这位诗人的一些情况，②但我很想让她亲自给我讲讲，于是就说没有听到过。

她把普希金的生平和惨死的情况简短地讲了之后，脸上荡漾着春天般暖融融的笑意，问我："爱女人有多么危险，你该知道了吧？"

从我所看过的一切书中，我知道，这种事情的确很危险，但同时也是十分美好的。我就说："危险归危险，可是人人都在爱呀！③而且女人为此也遭受痛苦。"

④她像看一切东西那样，透过睫毛向我瞥了一眼，然后郑重地说："是吗？这种事你也懂得？如果真明白，那么我希望你以后千万不要把这种领悟给淡忘了。"

接着，她问我最喜欢哪几首诗。于是，我开始饱含激情地手舞足蹈地给她解释、背诵诗句。

她一声不吭，默默地听着，一脸的严肃认真。然后，她站了起来，在屋子里走了走，若有所思地说：⑤"你这个小野兽挺可爱的，本应该去上学！这件事，容我想想办法。你的主人跟你是亲戚吗？"

当我肯定回答时，她惊叹了一声："啊！"好像在责怪我一样。

她又借给我一本《贝朗瑞歌曲集》，这本书装帧精

名师批注

①美貌于"我"而言，不是判断女子的唯一标准，在"我"眼中，读书是一件更加重要的事情，由此可见读书对"我"的重要性，这是神圣不可侵犯的领域。

读书笔记

②从"我"的撒谎中可以看出什么？

名师批注

③"我"对世界的感知不局限于自身，能够换位思考，感同身受，具有同理心，这是"我"与其他人绝对不同的一点，"我"内心对女性是平等相待的。

读书笔记

④年轻太太为什么会对"我"说这样的话？

名师批注

⑤与"我"毫无血缘关系的年轻太太却能如此关心"我"，与主人一家形成了对比，凸显出这位年轻太太的善良，主人一家的冷漠着实令人心寒。

美，页边喷金，附有版画插图，是红皮封面。这些歌谣，把刻骨铭心的痛苦和大快人心的欢乐奇特地结合在了一起，让我读得如痴似醉、神魂颠倒。

当我读到《年老的流浪汉》中悲戚的诗句时，它令我不寒而栗：

①善良的人呀，你们为什么不把我踩死，
就像碾死一只令人厌恶的害虫？
啊！当初你们如果教会我，
为人类的利益辛勤劳动。
然后帮我躲避这凛冽的寒风，
这只害虫也许会变成勤劳的蚂蚁；
即使我死于非命，
我也会爱你们像自己的兄弟。可惜现在，
我这年老的流浪汉，恨你们好像仇敌。
直到我死去……

接下去，我朗读了《哭泣的丈夫》，笑得我眼泪都出来了。我记得特别清楚的是贝朗瑞的这两句歌词：

过快乐日子的秘诀，
普通人也不难领会。
……

②贝朗瑞激起了我难以抑制的欢乐，我不由得产生了逗大家快乐的愿望。我觉得，如果能通过顽皮捣蛋，或者说些大胆而又尖锐的话，能博得大家的欢笑和赞赏的话，那就比什么都强。

而且我在很短的时间内，在这方面取得了很大的成效。贝朗瑞的歌谣我都背得烂熟，因此，我常常利用到厨房去的短暂机会，乐此不疲地把诗朗诵给勤务兵们听。

但很快我便知道，我不得不放弃这种做法，那是因为有一次我朗诵了这样两句诗：

十七岁的大姑娘，
每顶帽子都合适。

③这两句诗是普希金所作，我视为经典，却引起了一场关于姑娘们的极其下流的议论。这是对经典的亵

读书笔记

①品读一下这句诗。

名师批注

②读书对“我”有着巨大的影响，让“我”能够更加积极乐观地面对生活，在生活中找到自己的快乐。

名师批注

③通过描写众人对这首诗的反应，体现出他们的下流，也侧面展现了“我”与他们的格格不入。

渎，使我感到莫大的侮辱，简直把我气疯了，我举起煎锅朝士兵叶尔莫欣的头上打去。只是举动的后果有点儿难看——西多罗夫和其他几个勤务兵把我从叶尔莫欣那不大灵活的手中拉了出来。从此以后，我便不敢往军官们的厨房里跑了。

主人们不让我出去玩，我也没有时间出去玩，我要干的活越来越多。如今，除了承担女仆、门房和“跑腿的小学徒”该做的日常工作之外，每天还必须用钉子把白棉布钉在大木框上，把主人家画的图纸粘在上面；我还要抄写主人家的建筑工程预算材料、核查承包商的明细账目。

①我的主人像台机器一样，每天从早一直忙到晚。

那些年，市场上的公共建筑物，正在渐渐转为商人的私有财产。许多商行都急着改建装修，我们主人承包了店铺装修和新店建设的工程。他先是画出“拱梁改造和屋顶开天窗”这样诸如此类的设计图纸，然后，我再把这些图纸，连同一个装有二十五个卢布钞票的信封，送到一位老建筑师那里。老建筑师收下钱后，就在设计图上签上意见：“设计图纸经核查无误，工程由本人亲自监督。”当然他没有核查过设计图，也无法亲自监督工程建设，因为他生病了，他压根就出不了家门。

②此外，我还分别给市场主管人和某些有关人士送去贿赂的东西，然后从他们那里得到各种文件，我主人把这些文件叫作“干一切非法勾当的许可证”。

由于我做了这些事情，我才有了当主人一家人晚上出去做客时坐在门口台阶上等他们回来的权利。

这样的事不经常发生，但他们有时回到家已经是后半夜了，这样我就可以连续几小时坐在门廊上或对面那堆木头上，凝望着那位太太家的窗户，听着里面传出来的欢快的音乐和谈话声。

窗户是敞开着的。透过窗帘和窗台上摆放的花卉的缝隙，我看见军官们英俊的身影在屋子里穿梭，那个矮胖的少校摇来晃去地追随着夫人。

而她穿得极其朴素大方，却美丽非凡，身姿轻盈，仿佛在游动着。

③我心里默默地认定她就是“玛尔戈王后”。

“这就是法国小说中所描写的那种最快乐的生活。”我遥望着她家的窗子，心里默默揣度。

④而且我心里不免有一种淡淡的忧伤——眼看着围

名师批注

①运用比喻的修辞手法，将主人比作机器，体现了他日复一日的忙碌，以及对生活早已不怀热情的麻木。

名师批注

②主人对这一行为的戏称，生动地展现了当时社会的乱象，经历巨变之后，国家和社会正百废待兴。

读书笔记

③读一读这个故事，说一说为什么“我”称她为“玛尔戈王后”？

名师批注

④运用比喻的修辞手法，将围着年轻太太的男人们比作围着鲜花的黄蜂，生动地写出了这些男人献殷勤的场面。而“我”还只是一个小孩，连围绕她的资格都没有，怪不得会嫉妒。

在玛尔戈王后身边的那些男人，像一群黄蜂围着一朵鲜花转来转去，我虽然还是个小孩，但总是不禁地感到嫉妒。

和其他军官相比，有位高个子军官来她家的次数最少，是个难得的稀客。此人不苟言笑，前额有一道刀疤，两个眼窝很深。他总是随身带来一把小提琴，而且拉得妙极了，其精彩绝伦的程度，使得他演奏时，过往的行人都会驻足在窗下倾听。这条街上的人也会过来坐在木头堆上听他演奏，甚至我的主人们（要是在家里的话），也会打开窗子，一边听着一边对那位小提琴手赞不绝口。除了大教堂里的大祭司以外，我记不起他们还称赞过什么人，况且我知道，他们对鱼油馅饼的喜爱胜过对小提琴，以及其他任何音乐的喜爱。

有时候这位军官还会用他那略显低沉的嗓音唱歌或朗诵诗歌，这时他会莫名其妙地、粗重地喘着气，并且把一只手按在眉头上。有一天，我正在窗下逗着小女孩玩，“玛尔戈王后”要求他唱个歌，他推辞了好一会儿，后来说了句十分恰当的话：

①只有歌儿需要美，
而美却不需要歌……

我非常喜欢这两句诗，但不知道为什么，我对那位军官有一种怜悯之情。

我看到太太一个人在房间里，坐在那里弹钢琴时，心里感到更愉快。我完全被她的琴声吸引了，并陶醉其中。这时，我的眼里只有那扇窗户，窗户里黄色的灯光下那女人绰约苗条的身姿，她的高傲的脸庞的侧影，她那在琴键上像小鸟飞翔一样飞快移动的纤纤白手，除了这些以外，我什么都看不见了。

②我望着她，听着令人忧伤的音乐，心中不禁胡思乱想起来——我一定要到什么地方去找到宝物，然后全部献给她，让她成为有钱人，富甲一方！假如我是斯科别列夫，我会重新向土耳其人宣战，接受赔款，在城里的黄金宝地——奥特科斯建造一座富丽堂皇的房子送给她，让她离开这所房子，因为在这里，人人都在背后对她指指点点，恶意诽谤她。

无论是街坊邻居，还是院子里的男女仆役，尤其是我的主人一家，③都在恶毒、丧心病狂地说“玛尔戈王后”

读书笔记

①这两句诗引发了你怎样的人生思考？

名师批注

②此时“我”内心充斥着对这位年轻太太炽热的情感，想要毫无保留地展现出“我”对她的爱与渴望。这与爱情无关，就如同一个信徒对圣母的虔诚。

名师批注

③面对美好的人、事、物，“我”身边的人总想摧毁他们，使自己收获存在感，而这一切都是人性之中的嫉妒所产生的恶果。

的坏话，就像他们议论裁缝师傅的妻子那样，只不过说得比较小心谨慎些，总是压低声音，不时警觉地四处张望，打量一下。

他们怕她，也许因为她是一位显赫人士的遗孀。在她房间里的墙壁上挂着的那些奖状都是俄国的历代沙皇戈都诺夫、阿列克谢、彼得大帝给她丈夫的先祖的赏赐。这是士兵秋菲亚耶夫告诉我的。

这个士兵识字，总是读《圣经》，说话没有错误。庸人们害怕这位夫人，也许是怕她会举起那根柄上镶着宝石的马鞭抽他们——这鞭子好比尚方宝剑。据说，她曾经用这条鞭子抽过一个大官。

但是压低嗓音背后传播的流言蜚语比大声说出来的议论更可恶。①这位夫人生活在一片敌视她的氛围中，我觉得这种敌意简直莫名其妙，实在是百思不得其解，这令我痛苦不安。

读书笔记

①为什么周围的人会对这位夫人有敌意？

维克托说，有一次他半夜回家时，朝着“玛尔戈王后”的卧室窗口里看了一眼，看见她在沙发床上坐着，只穿一件衬衫，而奥列索夫少校在跪着给她修脚指甲，用海绵为她擦拭双足。

老太婆又是咒骂，又是往外吐唾沫。

年轻的女主人则红着脸，尖声叫道：“呸，维克托！不知羞耻的东西！哎呀，这帮老爷简直禽兽不如！”

主人只是笑了笑，一声不吭，②我很感激他什么也没有说，但我也很害怕他跟着起哄，加入到这场骂战中去。

读书笔记

②为什么主人选择什么都不说？

女人们尖着嗓子喊叫，又是长吁短叹，向维克托追问所有的细节——那夫人究竟怎样坐着，少校又是怎么个跪法。而维克托呢，则添油加醋，又讲了许多新的细节。

“他的脸红到了脖子根上，舌头伸得老长。”

我看不出少校给夫人剪脚指甲有什么可耻的地方，但是我不相信他的舌头伸到嘴外。我觉得维克托在造谣中伤，于是我说：③“如果你觉得他们这样做不好，那你为什么还要往窗子里看呢？你已经不是小孩子了。”

名师批注

③“我”难得的尖酸刻薄是为了维护“玛尔戈王后”，足以见出“我”对她的崇拜，不容许其他人对她无理指责。

当然，我挨了一顿骂，但我不在乎。我只想做一件事——立刻跑到楼下去，像少校那样跪在太太面前，请求她：“请从这楼里搬走吧！求您了！”

现在，当我知道了世界上还有另一种生活、另一种人们、另一种感情和思想的时候，这所房子及其所有住在里面的人，在我心中引起了更强烈的厌恶。

①整座房子都笼罩在一张无耻的充满流言蜚语的肮脏网子中，这里没有一个人不被恶意中伤。

教堂的神甫有病在身，一副可怜巴巴的样子，可是人们连他也不放过，硬是造他的谣，说他是酒鬼和好色之徒。那些军官和他们的妻子，照我主人们的话说，都是有外遇和奸情的。勤务兵们谈论女人的那套陈词滥调，我听得完全厌烦了。最使我讨厌的是我的主人们——他们一贯喜欢无情地议论别人。我深知这种行为的真正价值，因为对别人的毛病指指点点，是唯一一种不用花钱的娱乐。②我的主人一家的人对周围的人造谣生事，恶意诽谤，只不过是为了开心好玩，逗个趣，仿佛他们的生活如此虔诚、艰难而乏味都是别人的过错，因此要向所有的人都加以报复。

当他们用污言秽语议论“玛尔戈王后”时，我气到浑身发抖，这已经不是孩子气的冲动。我心里充满对造谣者的憎恨，一种无法克制的想法支配着我，使我想千方百计地整治他们，和他们大吵大闹，可是，有时候我的内心又陡然涌动着对自己和对芸芸众生的怜悯之情。③这种无言的怜悯比仇恨更加难受。

我对“王后”的了解，比他们多，所以我很害怕他们探听到我所知道的事。

每逢星期天早晨，主人一家去大教堂做晚祷时，我就早早地去太太家。她把我叫进卧室里，我坐在一把蒙着金黄色绸子的扶手椅子上，小女孩就会爬到我的膝盖上，我向她的母亲讲述我读过的书。

“王后”侧卧在一张宽大的床上，两只手交叠在一起，垫在脸颊下面；她身上盖着一条金黄色被单，和卧室的布置十分协调；编成辫子的黑发散落在她黄褐色的肩膀上，挂在她的胸前，有时候会从床沿上垂下来，一直拖到地板上。

她听着我说话，用温和的眼光注视我，微笑着说：“真的？”

在我看来，她的微笑也带着王后的高贵之气。她说话的声音低沉又温柔，透着优越感，我总觉得她说的话从来都是一个意思：“我自己知道，我比所有的人都美，都优秀纯洁，所以我是不需要他们中的任何人来品评的。”

有时我看见，她坐在镜子前一把矮矮的沙发椅上梳头；发梢披落在膝盖和沙发椅的扶手上，从椅子背后垂

名师批注

①运用比喻的修辞手法，将整座房子中的流言蜚语比作一张肮脏的网，表现了“我”对这些流言蜚语的厌恶，生动地描绘出了笼罩这座房子的令人窒息的氛围。

读书笔记

②为什么主人一家会有这样扭曲的心态？

名师批注

③当“我”对世界满怀恶意时，内心的悲悯却阻止了“我”的行动，没有让“我”变成自己讨厌的那种人，体现了“我”内心的正直、善良。

了下来，几乎触到地板。她的头发像我外祖母的头发一样，又长又密。她身上总是散发着一股花的香气，这种香味保护着她，使人不敢对她产生非分之想。

①我相信“玛尔戈王后”不会理解厨房间和板棚里的那些爱情。她需要的一定是另一种完全不同的高尚的喜悦，一种完全不同的爱情。

可是，有一天暮色苍茫的时候，我跑进她的客厅去，听着卧室的帐幔后面，我那衷心敬爱的王后高声的狂笑和一个在乞求着什么的男人的声音：“等一会儿呀……天哪！我不敢相信……”

②我本应该走开，我明白他们在干什么，但我不能。

“谁呀？”她问道，“是你吗？进来吧。”

卧室里充斥着浓烈的香味，让人感到憋闷，室内的光线非常暗淡，窗帘都拉上了。

“玛尔戈王后”躺在被窝里，被子盖到下巴尖。

拉小提琴的那个军官坐在她身边靠墙的地方，只穿着一件敞开的衬衫。他胸膛上也有一条疤痕，红红的，从右边肩头延伸到乳头，非常醒目，在这昏暗的光线中，我也能看得清清楚楚。军官的头发乱蓬蓬的，令人可笑。我头一次看见他那愁苦的有疤痕的脸上露出笑容，他的笑显得有点儿古怪。他那双女人一样的大眼睛凝视着“玛尔戈王后”，好像是第一次发现她的美。

“这是我的朋友。”“玛尔戈王后”说，我不知道她这句话是对我说的，还是对他说的。

“你干吗吓成那样？”她的声音仿佛是从很远的地方传来的，“到这边来。”

我走到她跟前，她伸出一只裸露的热乎乎的手搂住我的脖子，说：③“等你长大了，你也会幸福的……去吧！”

我把书放回到书架上，又拿了一本，马上走了，这一切仿佛是在做梦。

我心里好像有一种什么东西咯噔响了一声，碎裂了。④不用说，我从未想到过我的这位王后会像所有的女人那样去谈情说爱，何况那个军官的不美的容貌也不允许我产生这种想法。

在我眼前清楚地出现了他的笑脸——他笑得那么欢畅，就像一个突然间对什么事感到又惊又喜的孩子那样笑着，他的哀愁的脸神奇地变得焕然一新。他应当爱她，

名师批注

①“我”对“玛尔戈王后”未来的猜测，体现了在“我”心中的她的圣洁，与下文印象破裂形成对比。有时候我们对一个人的认识，也许并不都是正确的。

读书笔记

②为什么这时候“我”不能走开？

读书笔记

③为什么“玛尔戈王后”会说这样一句话？

名师批注

④“我”总是以过于极端的态度对“玛尔戈王后”强加想象，结果导致了自己的失望。

难道能够做到不爱她吗？她一定也毫不吝惜地把自己的爱给了他，因为他的小提琴拉得是那么出神入化，朗诵出的诗歌又是那么地沁人肺腑。

①我只能以这些来自我安慰了，对于我来说，有一点是明确的，那就是，百分之百完美的偶像是没有的，我对待所见到的事物的态度有偏爱，对“玛尔戈王后”本人的看法也并非完全正确。

我感到自己好像失去了什么东西，一连几天都闷闷不乐，长吁短叹。

有一天，我粗暴蛮横地瞎胡闹了一场。后来我到夫人那儿去借书时，她声色俱厉地对我说：“我听说，你还挺能闹的！这我可没想到。”

我再也忍耐不住了，便详细地对她说，我对这种生活多么厌恶，以及听到人家讲她坏话时心里多么痛苦。

她站在我对面，一只手搭在我肩上，起初，她认真地听我说话，神态严肃，②但是很快她便笑了起来，轻轻地将我推开。

“别说了！这些话，我都知道，你明白吗？我都知道！”

然后她握住我的双手，十分温柔地说：“你以后不要在意那些卑鄙下流的话，这样对你会更好一些……瞧，你的手没有洗干净……”

我想，这话她是可以不说的。要是她擦过铜器，洗过地板，洗过尿布，我想她的那双手不见得会比我的干净。

③“一个人会生活，遭别人嫉恨；不会生活，又遭别人蔑视，看不起。”她若有所思地说，把我拉到她跟前，搂住我，面带微笑地望着我的眼睛，“你爱我吗？”

“是的。”

“非常爱吗？”

“是的。”

“怎么个爱法呢？”

“这我不知道。”

“谢谢。你是个可爱的孩子！我喜欢别人爱我。”

她嫣然一笑，似乎想说什么，可是她喟然叹了一口气，紧紧地抱着我，好久好久没有撒手。

“以后你常来我这里吧，只要能来，就来吧。”

我充分利用了这一点，从她那里得到了许多好处。午饭后，我的主人们睡午觉了，我就跑下楼，只要她在

名师批注

①“我”认识到了主观印象会影响我们对事物、对世界的认识，“我”开始探索自己的内心世界，为下文“我”学会客观面对世界做铺垫。

读书笔记

②为什么她会笑起来？

名师批注

③这位年轻太太其实对于身边的人的诽谤十分清楚，但是她并不在意这些流言蜚语，这体现了她的洒脱、豁达。当我们面对不怀好意的流言时，不理会也是一种应对的方法。

家，我就在她那里坐上个把小时，甚至更久一些。

“应该念些俄国的书，应该了解我们自己的生活、俄国式的生活。”她一边这样指教我，一边用灵巧的蔷薇色的手指，把发针插在芳香四溢的头发上。

于是，她列举出一系列俄国作家的名字，问我：“你记得住他们的大名吗？”

她说话的时候常常若有所思，口气中流露出轻微的烦恼：①“天哪！你应该去上学，可是我老是忘记这件事情！”

在她那里坐了一会儿，听了她的教诲后，我就跑回楼上，双手捧着一本新书，这时，我好像觉得自己的整个身心都得到了净化。

我已经读完阿克萨科夫的《家庭记事》，著名俄国史诗《在林中》，令人惊叹不已的《猎人笔记》，几本格列比奥和索洛古布的作品，还有韦涅维季诺夫、奥多耶夫斯基和邱特切夫的诗作。

这些作品洗涤了我的心灵，驱散了贫穷而痛苦的现实生活笼罩在我心头的阴影。我这才体会到好书意味着什么，认识到它们对我是多么地重要。②它们使我在心中树立起了一种平静的坚强的信念——我在人间并不孤独，而且我绝不会无路可走。

外祖母来看我的时候，我兴致勃勃地对她谈起了“玛尔戈王后”。

外祖母一边津津有味地嗅着鼻烟，一边很有把握地说：“这可不错！这世上好人到处都有。你只要去找，就会找到的呀！”

有一次，外祖母出主意说：“也许我应该到她那里去一趟，替你向她道声谢，好吗？”

“不，不用去。”

“好，那就不去吧……上帝，上帝呀，③真是好运临头了，万事如意！我想活下去，永远永远活着！”

④“玛尔戈王后”想让我去上学读书的事，最后没有办成。

圣灵降临节[100]前几天，发生了一件十分遗憾的事情，差点儿把我给毁了。

过节前不久，我的眼皮忽然肿了起来，眼睛几乎完全睁不开了。

名师批注

①“玛尔戈王后”对“我”去上学这件事的重视，展现了她身上的善良品质。这也是改变“我”的人生的重要人物。

名师批注

②阅读好书对“我”有着深刻影响，“我”对这些书的喜爱不减分毫，“我”也在不断的阅读中逐渐成长。“我”内心的信念十分坚定，不会被其他人轻易改变。

名师批注

③外祖母对生活总是充满乐观的态度，即使一件小事，她也会心怀感恩，这是她的信仰带给她的宁静。

读书笔记

④根据下文，总结一下是什么原因让这件事没有办成？

---

100 圣灵降临节，又称圣三主日或三一主日，系东正教十二大节日之一，教徒们在复活节后第50日举行节日庆祝活动。

主人一家担心我会变成瞎子，我自己也非常害怕。他们把我送到熟悉的产科医生亨利西·罗泽维奇[101]那儿。他在我的眼皮内侧开了一刀。

就这样，我双眼缠着绷带，在极其难受的、黑洞洞的寂寞中躺了几天。

圣灵降临节的前一天，绷带被拆掉了，我又下了床，像是从被活埋的坟墓里爬了出来。我意识到，再也没有比失明更可怕的事了，那是一种无法形容的磨难，它夺去了一个人十分之九的世界。

喜气洋洋的圣灵降临节那天，我因为有病在身，从中午起就豁免了一切该做的劳务，于是我就到各家各户的厨房里走走，看看那些勤务兵。除了严格管束自己的秋菲亚耶夫外，所有的人都喝得醉醺醺的。

近傍晚的时候，①醉汉们全武行大打出手，叶尔莫欣拿木柴打了西多罗夫的脑袋，西多罗夫失去知觉，倒在外屋里。叶尔莫欣惊恐万状，逃到房屋前面那条肮脏的沟壑里去了。

惊慌的谣言立刻在院子里传开了，纷纷述说西多罗夫被人打死了。人们挤在大门口，望着这个倒在地上的士兵，他的脑袋在外屋里，身子搁在从厨房到外屋的门槛上，一动不动地、直挺挺地躺着。②大家交头接耳，空发议论，有人轻声说要去叫警察，可是没有一个人付诸实施，也没有一个人敢走过去扶起这个被打伤的士兵。

这时候，精明能干的头号洗衣女工纳塔利娅·科兹洛夫斯卡娅来了，她穿着一件崭新的雪青色连衣裙，肩上搭着一条白头巾，一脸怒气地推开人群，走进外屋蹲下身子，大声嚷道：“你们这些糊涂虫，他还活着！快去拿水来！”

大家劝她说：“你最好别多管闲事！”

③“我说，拿水来呀！”她像救火一样着急，又喊了一声，接着，她麻利地把新连衣裙往上一撩，过了膝盖，又扯了扯里面的衬裙，把士兵的血淋淋的脑袋搁在自己的膝头上。

怯懦的围观者带着不赞成的表情渐渐散去。

在昏暗的外屋里，我看到洗衣女工圆圆的脸庞变得发白，眼睛闪出愠怒的神色，两行热泪簌簌地流下来。

名师批注

①作者用上“全武行”来形容醉汉们的混乱，生动体现了人们狂欢时的不管不顾。也许在这时候，他们才是最自由的自己。

名师批注

②面对身处危险的人，却没有一个人敢站出来施以援手，体现了这些人的恐惧与无可救药的冷漠。

名师批注

③纳塔利娅急切救人时，与其他人形成对比，突出了纳塔利娅的善良。反衬社会中的冷漠，令人心寒。

101 妇产科医生亨利西·罗泽维奇，城市医生，性病专家，和谢尔盖耶夫一家人很熟。

我提了一桶水过来，她吩咐我把水浇在西多罗夫的头上和胸脯上。

“别把我的衣服弄湿了，我还要出门去做客呢。”她提醒道。

那士兵渐渐苏醒过来，睁着迟钝的眼睛，发出了呻吟声。

“你把他抬起来。”纳塔利娅说着，将双手插入他的腋下，平伸着胳膊，悬空托起他，以免弄脏自己的连衣裙。

我们把士兵抬到厨房里，放在他的床上。她用湿抹布替他把脸擦干净，自己便转身要离开。

在走之前，她吩咐我说：“把抹布蘸上水，敷在他头上，我去找那个混蛋算账。这些酒鬼这样喝酒，总有一天会喝出大祸，被抓去服苦役的！”

她脱下弄脏了的衬裙，扔在屋角里，又细心地抚平揉皱的连衣裙，发出窸窣的响声，离开了。

西多罗夫挺直身子，打着嗝儿，哼哼着，一滴滴污血从他头上滚落到我的光脚板上。这使我感到很不舒服，但是由于害怕，我又不敢把脚移走。

这真是活受罪。①门外是一片节日的喜气洋洋的气氛——台阶、大门都装点了小小的白桦树；每根小石柱上都系着新砍下来的枫树枝；整条街上一片翠绿，一切都显得生机盎然、朝气蓬勃。

> **读书笔记**
> ①这段环境描写在这里有什么作用？

从这天早晨起我就感到春天的节日终于来了，它将持续很久。从这天起，生活也将变得纯洁一点儿、光明一点儿和快乐一点儿。

西多罗夫开始呕吐，热乎乎的伏特加酒气和青葱的臭味弥漫整个厨房，憋得人透不过气来。

②玻璃窗外时不时有人在窥视。他们把一张张模糊不清的嘴脸紧贴在玻璃窗上，两只手掌撑在脸的两边，使劲将鼻子压在窗子的玻璃上，这样一来，放在脸庞两边的手掌仿佛是长在他们头上的两只大耳朵，使得整张脸很难看。

> **名师批注**
> ②通过动作、神态描写，写出了人们爱看热闹的丑态。好事不出门，坏事传千里，只有这些坏事才能满足人们的好奇心。

士兵边回想，边喃喃道：“我这是怎么回事？我怎么了？摔伤了吗？叶尔莫欣呢？他可真是个……好、好伙伴……”

接着，他开始咳嗽，醉醺醺地哭起来，泪如泉涌，凄然地叫道：③“我的小妹妹……我可怜的妹妹……”

> **读书笔记**
> ③为什么这时候他会想起自己的妹妹？

他从床上下来，站起来，东倒西歪，身上的衣服都湿透了，散发出一股刺鼻的臭气。他身子一摇晃，又倒在床上了，转动着眼珠子，看起来很可怕，说：“他可把我打得够惨的！”

我感到很好笑，扑哧一声笑了。

“是哪个鬼东西在笑？”他这样问着，两眼无神地望着我，“你怎么还笑呢？他把我打成这样——我可被打惨了，彻底完了……”

他伸出双手将我推开，嘴里还在念叨：“第一个轮到的是先知伊利亚，第二个轮到的是骑马的叶戈尔，第三个不准到我这里来，滚开吧，你这只恶狼。”

我说：“别胡闹！”

①他莫名其妙地大发脾气，咆哮着，两脚在地上乱蹬着：“我被打成这样了，可是你……”

他这样说着，挥着有气无力的脏手，朝着我的眼睛就是一拳。

我惊叫了一声，眼前什么也看不见了。我好不容易跑到了院子里，恰巧碰到纳塔利娅回来。她正拽着叶尔莫欣的胳膊，大声嚷着：“快走啊，你这头蠢牛！”她一看见我，便一把抓住我，问道，“你怎么啦？”

“是他打的！”

“他还能打人，啊？”纳塔利娅惊讶地拉长音调说。

她拉了一下叶尔莫欣，对他说：“该死的，这么说，你应该谢谢这位大救星了，他替你挨了揍！”

我用凉水洗了洗眼睛，再从外屋朝门口望去，发现这两个当兵的已经和好了。②他们先是相互抱头痛哭，然后两人又抱着纳塔利娅，而她则使劲打他们的手，喊叫道：“松开你们的爪子！你们把我当成什么人了？我是那种轻佻的女人吗？趁你们的老爷不在家，躺下歇会儿吧，还不快去！不然你们会倒大霉的！”

她像哄小孩似的将他们两个安顿睡下。一个睡在床上，一个睡在地板上。等他们俩都打起鼾来，她才来到外屋里。

“我全身都弄脏了，可我本来穿得干干净净，是要去做客的。他真的打了你？你也真够窝囊的！这都是那伏特加给闹的。可别喝那玩意儿，小伙子，千万不要养成喝酒的习惯。”

随后我跟她一起坐在大门口的一条长凳上。我问她，为什么不害怕喝得醉醺醺的人。

“就是没喝醉、头脑清醒的人，我也不害怕呀。他

读书笔记

①请从人物描写的角度赏析这句话。

名师批注

②纳塔利娅面对男人的轻薄时，坚定拒绝的态度与勇于反抗的行动展现了她的自尊自爱。女性应该拿起武器，保护自己。

们要是碰在我手里，就叫他们吃这个！这就是我不怕他们的原因。”说着她扬了扬一只捏得紧紧的红拳头，[①]“我已故的丈夫就是个嗜酒如命的人，因此，有时候他一喝醉，我就把他的手脚捆绑起来，等他睡醒后，我把他的裤子往下一扒，用结结实实的树枝使劲地抽他，跟他说：‘既然你结了婚，那就不要再喝酒了，不能老是醉醺醺的。你的乐趣应该是老婆，不应该是伏特加！’没错儿，就这样，我一直打到累了为止，后来他在我面前变得乖乖的了。”

“你真够有劲儿的。”我想起了连上帝都欺骗了的女人夏娃。

纳塔利娅叹了口气，说：[②]“女人应当比男人更有力气。她们需要顶得上两个男人的力量。但是上帝亏待她们，没有赋予她们足够的力气。男人都是不可靠的。”

她说这些话的时候语气平静，毫无任何恶意。她坐在那儿，两手交叠在隆起的胸脯上，背靠着墙，悲伤地望着杂草丛生、碎石遍地的堤坝。我坐在那儿听她充满智慧的谈话，入了迷，完全没有了时间概念。这时我突然看见了主人夫妇手挽手地从堤坝那边走过来。

[③]他们缓慢而行，显得很神气，像一对公鸡和母鸡，眼睛直勾勾地看着我们，互相在说着什么。我赶紧跑过去，把正门打开。女主人上楼梯时，恶狠狠地对我说：“你是在同洗衣妇调情吗？这种本领是跟楼下那位太太学的吧？”

这话简直愚蠢至极，根本不值得我去生气。真正叫人生气难以承受的，是男主人阴阳怪气的一句话：[④]“是呀，也到年纪了，不是吗？”

第二天早上，我到下面柴棚里去抱木柴，在柴棚门口一个方方的猫洞旁边捡到一个空钱包——我很多次看到西多罗夫用过这个钱包，便当即给他送去了。

“那里边的钱呢？”他问道，一面伸手往钱包里掏，“里面有一个卢布三十个戈比呀，在哪儿？拿出来！”

他头上缠一条毛巾，人看着又黄又瘦。他非常生气地眨巴着发肿的眼睛，不相信我捡的是一个空钱包。

[⑤]叶尔莫欣走过来，一个劲儿想让他相信是我偷了那钱。

“一定是他拿了钱，”他冲我点着头，“拉他去见他主人，当兵的绝不会偷当兵的！”

名师批注

①通过插叙这段回忆，写出了纳塔利娅在面对婚姻时的主见，以及为自己的命运抗争的勇气。

名师批注

②纳塔利娅作为一个女性，能够意识到女性独立的重要性，在当时的社会是罕见的，因为那个时代的社会对女性是不公平的。

名师批注

③运用比喻的修辞手法，将主人夫妇比作一对公鸡和母鸡，写出了他们滑稽的走路姿势，体现了“我”对他们的鄙夷。

名师批注

④主人的语言暗示“我”的年龄增长，推动故事情节发展。

名师批注

⑤叶尔莫欣极力想让“我”为他承担罪恶，他的无耻可恶令人匪夷所思。

这句话提醒了我，一定是他偷了钱，故意把空钱包丢在我们的柴房边，然后往我身上赖。我马上当着他的面喊道："你胡说，钱是你拿走的。"

他那张粗糙的脸被惊慌和愤怒扭曲了，这更使我相信我的推测是正确的。他尖叫道："你有什么证据？"

是呀，我怎么证明这一点呢？叶尔莫欣叫嚷着把我拖到院子里。西多罗夫跟在后面，嘴里喊叫着什么，越来越多的人从窗子里探出头来。"玛尔戈王后"的母亲悠悠地抽着从不离手的香烟看着我们，我意识到这可能会毁了我在王后眼里的形象，①想到这个，我简直要发疯了。

名师批注

①"我"生怕自己的形象在"王后"面前崩塌，侧面凸显出"我"对"玛戈尔王后"的崇敬。

我记得，当时两个当兵的抓住我的两只手，主人家的人站在他们的对面，听着他们的控诉，不停地点着头。

这时女主人很有把握地说："这事肯定是他干的！昨天他还在大门口向一个洗衣妇献殷勤呢。这就是说，他有钱了！没有钱，就可别想从她身上占到什么便宜。"

"事情本来就是这样的！"叶尔莫欣叫道。

我感到天旋地转，怒不可遏，于是冲着主人家大吼大叫，表明自己被冤枉了。

结果我被狠狠地揍了一顿。

②可是比挨打更难受的是，"玛尔戈王后"知道这件事之后会怎样看我？我该怎样在她面前证实自己是无辜的呢？在这种倒霉透顶的时刻，我真是感到苦不堪言。

读书笔记

②为什么"我"会这么在意自己在"玛尔戈王后"心中的形象？

这两个当兵的把这件事在院子里四邻间传开了，也传遍了整条街。

傍晚时分，我在阁楼上躺着养伤，忽然听见纳塔利娅·科兹洛夫斯卡娅在楼下直嚷嚷："我为什么要闭嘴。你过来，亲爱的！快过来吧，我让你过来呢！不然，我就去找管你的老爷，他会强迫你过来。"

我马上意识到这吵闹与我有关。这洗衣妇人就在我们的门口叫嚷，声音越来越大，咄咄逼人。

"昨天你拿给我看的钱是多少？你这钱是从哪儿弄来的？你说说看。"

我高兴极了，只听见西多罗夫发出懊丧的号叫："哎哟——哟，是叶尔莫欣偷的。"

"可你们败坏了一个孩子的名声，让他狠狠地挨了一顿揍，是不是？"

我真想立刻冲下楼去，在院子里高高兴兴地手舞足蹈一番，然后去亲吻打抱不平的洗衣妇的手。

不料，这时候我那位女主人从窗子向外叫道：①"那孩子挨打是因为他目无尊长，张口大骂！只有你这泼妇才认为是他偷了钱。"

"太太，你自己才是个真正的泼妇呢，跟你说吧，你更像是头母牛！"

②我听着她这番痛骂，像听音乐一样。委屈和对纳塔利娅感激的热泪，使我的心感到有些微微作痛。我强忍着眼泪，憋得我简直透不过气来。

后来，我的主人慢腾腾地顺着楼梯爬上阁楼，在我身边一根突出的横梁上坐下来，用手撩了撩头发，说："你是不是感到挺倒霉的，佩什科夫老弟？"

我转过脸一声不吭。

"不过得承认，你也骂得太不像话了。"他接着说。

"等我伤好了，能站起来，我就离开这儿。"我轻声说。

③他坐了一会儿，默默地抽着烟。后来，他两眼盯着烟头，声音不大地说："好吧，这是你的事。你也不是个小孩子了，知道自己该做什么。"

他站起身来，下楼去了。和往常一样，我又不由得同情他了，觉得他有些可怜。

这事发生以后的第四天，我离开了这幢房屋。我有一种难以克制的欲望，想去"跟玛尔戈王后"道别，④可是我没有勇气去见她，并且说老实话，我心里曾期待她能主动叫我去。

在和小姑娘道别时，我托付她说："告诉你妈妈，我非常感谢她，非常非常感谢。你能将我的这些话告诉她吗？"

"我会的。"她温柔友好地微笑着，"明天见！"

我再次见到她时，已经过去了二十年，她嫁给了一个宪兵军官。

读书笔记

①为什么女主人会说这样的话？

名师批注

②运用比喻的修辞手法，将纳塔利娅对女主人的痛骂比作美妙的音乐，体现出"我"对自己沉冤昭雪的高兴，以及对纳塔利娅愿意为"我"主持公道的感激之情。这位正义的妇人，教会了"我"什么是勇敢。

读书笔记

③猜想一下，主人此时内心会想些什么？

读书笔记

④为什么"我"没有勇气去见她？

名师赏析

作者通过大篇幅的心理描写，描绘了阿廖沙在读书过程中的思考以及感悟，展现阿廖沙的进一步成长——拥有了独立思考的能力，能够辨别书的优劣。裁缝一家的离开，使阿廖沙不得不中断读书，但是，冥冥之中似乎自有安排，阿廖沙结识了玛尔戈王后，终于如愿读到了自己梦想的好书，他的少年情怀也被这样的美人勾起。而除了玛尔戈王后，另一位女性——纳塔利娅也同样在其中展现了她的魅力，她自由野性，是与玛尔戈王后截然不同的个性，但是同样地迷人。这两位身上的魅力，正向世人展现了女性美的多样性。

积累与运用

·好词·

高傲 笨拙 谦卑 功勋 热乎乎 暖融融

惶惶不安 怒不可遏 百无聊赖 指手画脚 沾沾自喜 灰心丧气

改头换面 天旋地转 轻而易举 聚精会神 尽心竭力 梦寐以求

言简意赅 得心应手 熙熙攘攘 摩肩接踵 推心置腹 驾轻就熟

言听计从 泰然自若 郑重其事 众星捧月 笑容可掬 无与伦比

妙不可言 绘声绘色 依依不舍 刻骨铭心 流言蜚语 长吁短叹

·佳句·

◆ 书，就好比一座美丽的园子。里面应有尽有，既有令人愉快的东西，也有让人受益匪浅的东西。

◆ 窗户里黄色的灯光下那女人绰约苗条的身姿，她的高傲的脸庞的侧影，她那在琴键上像小鸟飞翔一样飞快移动的纤纤白手，除了这些以外，我什么都看不见了。

◆ 整座房子都笼罩在一张无耻的充满流言蜚语的肮脏网子中，这里没有一个人不被恶意中伤。

◆ 一个人会生活，遭别人忌恨；不会生活，又遭别人蔑视，看不起。

·美文仿写·

本章中，“我”对“玛尔戈王后”的热切情感溢于言表，“我”对她的崇敬，从面对她时“我”的内心那看似毫无边际的想象便可见一斑。请仿照语段，写一段你在生活中面对自己崇拜的人时内心不由自主的想象，体现内心热切的情感！

我望着她，听着令人忧伤的音乐，心中不禁胡思乱想起来——我一定要

到什么地方去找到宝物，然后全部献给她，让她成为有钱人，富甲一方！假如我是斯科别列夫，我会重新向土耳其人宣战，接受赔款，在城里的黄金宝地——奥特科斯建造一座富丽堂皇的房子送给她，让她离开这所房子，因为在这里，人人都在背后对她指指点点，恶意诽谤她。

第七章 检测卷

（共20分）

一、填空题。（每空1分，共10分）

1 为了满足读书的欲望，阿廖沙每天趁着早上到小商店买早点面包时，租借一些 ______________ 回来看。

2 老太太多次撕毁了阿廖沙赊来的书，使阿廖沙在短短的时期内就债台高筑，算下来居然欠了店老板一个大数目——______________！

3 台布上的刺绣图案是主人自己设计的，他绣这个已经是 _______ 冬天了。

4 由于没钱买蜡烛，于是阿廖沙便暗中把烛台上滴下的蜡收集起来，放到 ________________________ 里。

5 那些插图使阿廖沙面前的世界变得越来越广阔，它们在大地上装点了许多神话般的城市，让他看见了 ________________________。

6 “玛尔戈王后”更进一步加深了阿廖沙对 ________ 的信赖，同样，也增强了他对 __________ 的兴趣。

7 “玛尔戈王后”取过一本有黄色封皮且已经破损的书，这是梅谢尔斯基公爵的 ________________________。

8 那位漂亮的夫人在阿廖沙眼里变得更加崇高了，因为她 ___________，她才不像裁缝的妻子一样，光有漂亮外表。

9 ______________ 激起了阿廖沙难以抑制的欢乐，他不由得产生了逗大家快乐的愿望。

二、简答题。（每道题5分，共10分）

1 裁缝的妻子的离开，让阿廖沙非常难过。请你为他代笔，写一封表达感谢的信。

2 面对流言蜚语，“玛尔戈王后”选择不理会。当你在生活中，面对流言，你会是什么态度？

参考答案

一、填空题

1. 彩色的小书。
2. 四十七个戈比。
3. 第三个。
4. 一只空沙丁鱼罐头盒。
5. 崇山峻岭和美丽的海岸。
6. 书籍；生活。
7. 《彼得堡的秘密》。
8. 看的都是这种高雅的书。
9. 贝朗瑞。

二、简答题

1. 言之有理即可，注意符合信件的格式。

2. 选择不理会，清者自清；选择坦然面对，用自己的实际行动使流言不攻自破。（任选角度，但不能选择逃避）

第八章

名师导读

阿廖沙像一只迁徙的候鸟，短暂地离开轮船后，又回到了这里。他已经成长了，船上的人也都不一样了。阿廖沙在这里找到了新的乐趣——司炉工雅科夫，他身上似乎有着许多秘密，吸引着阿廖沙要去对他进行探索。但这个乐趣走得太快了，不久后，阿廖沙又停驻在了一家圣像作坊。这些形形色色、个性鲜明的人，与阿廖沙成为朋友或仇人，他们一个个登场，在社会大舞台中本色出演。

然而阿廖沙之后还是走下这个舞台，回到了主人的家。没想到，他再次见到了他的继父……

①我在“彼尔姆号”轮船上又揽下了洗碗工的工作。这是一条像天鹅一样通身洁白、宽敞快捷的轮船。我现在是一个下等洗碗工，或者叫厨房伙计，月薪七卢布，职责是给厨师打下手。

②餐厅管事是个肥头大耳、腹鼓腰圆、傲气十足的家伙，脑袋秃顶，像一只皮球。他成天两手交叉叠在背后，像一头大肥猪在大热天寻找阴凉一样，迈着沉重的步子，整天在甲板上走来走去。他的妻子在餐厅里非常引人注目。这个女人四十出头，长相还算标致，但样子有些萎靡，脸上浓妆艳抹，以致厚厚的脂粉常常从她脸上落下来，沾在她鲜艳华丽的连衣裙上。

厨师是高薪聘请来的，名字叫作伊万·伊万诺维奇，绰号小狗熊，矮个子，胖墩墩的，鹰钩鼻子，眼睛里总含有几分嘲讽的意味。他爱好打扮，衣服领子总是硬硬的，每天刮胡子，所以腮帮子时常是乌青的。黑色的小胡子往上翘着，一有空，他就用烤得发红的手指捻小胡子，不让它变形，而且没完没了地对着一面有柄的小圆镜照了又照。

司炉工[102]雅科夫·舒莫夫是船上最有趣的人。他是个宽胸膛、阔肩膀、虎背熊腰的汉子，一张脸扁平得

读书笔记

①“我”的漂泊没有停止，又来到了下一站。

名师批注

②通过对人物外貌的精准刻画，生动地展现了人物形象。

102 往火炉内添加燃料和照看火炉的工人，如蒸汽火车车头或蒸汽船中的火炉工。

像一把铁铲，有一只翘鼻子，熊眼似的小眼睛隐在浓眉底下。脸上的络腮胡子都打成了一个个小旋儿，像是沼泽地上的青苔。头发非常厚实，像一顶帽子，他要费很大劲儿才能把弯曲的手指伸进去。

①他喜欢赌博，打得一手好牌，很能赢钱，而且食量也大得惊人，他像条饿狗，老是围着厨房转悠，想讨几块肉或骨头来吃。

②大家都认为他懒惰，我倒觉得他跟大家一样，冒着地狱般窒闷污浊的炽热，站在炉膛前，干那么繁重的活儿，他和所有的人一样在勤奋地工作，尽职尽责，而且我从未听见他像其他司炉工们那样喊苦叫累过。

他经常给我讲很多故事，我认真仔细地听。他讲的故事，我至今都记得清清楚楚，但是我不记得有哪一个是令人高兴的故事。他讲起话来，比书上讲得还要平静。

我看书的时候，常常感受到作者的情感——愤怒、喜悦、忧伤和嘲讽。司炉工则不一样，他从不嘲笑他人，也不谴责他人，没有任何东西会使他生气，也不流露出明显的高兴。他说起话来，就像一个面对法官的镇静自若的证人，同被告、原告、法官都毫无关系的陌路人。③他这种冷漠的态度使我越来越难以忍受，感到反感，激起我对雅科夫的愤懑之情。

④在他面前，生命的燃烧就像锅炉下面的炉膛里熊熊燃烧的火焰，他站在锅炉门口，面对着炉膛，像熊掌似的粗糙大手紧紧握着一把大木槌，轻轻敲击着控制喷嘴的阀门，决定着减少或者增加投放的燃料。

“别人欺负过你吗？”

“谁能欺负我？我力气大着呢，一下子就把他收拾了！”

“我不是说打架，我是说，你的灵魂受到过屈辱吗？”

“灵魂不会受伤害的，灵魂又不会生气。”他说，“你都碰不到它，不管你用什么东西。”

甲板上的客人、水手们，以及所有其他的人，常常大谈特谈有关灵魂的事，就跟谈论土地、工作、面包和女人一样。灵魂这个词在普通人的词汇里再常用不过了，就好像五戈比硬币到处通行一样。但⑤我不喜欢人们在闲聊中动不动就把这个词挂在嘴边。每当男人们不管是出于恶意或善意，用极粗野的话来亵渎灵魂这个高尚的词语的时候，我的心都会遭受沉重的打击。

名师批注

①运用比喻的修辞手法，将雅科夫比作一条饿狗，描绘出了雅科夫找食物时的滑稽可笑的样子。

名师批注

②运用对比的修辞手法，其他司炉工经常抱怨，而雅科夫却从不这样做，体现了他面对生活的豁达。

名师批注

③“我”对雅科夫的冷漠感到愤怒，也正体现了“我”对生活的热情洋溢，“我”和雅科夫水火不容，于是“我”便对他不满起来。

名师批注

④通过联想与想象，生动形象地展现了雅科夫在面对生命时的冷漠态度，突出这一人物身上与周围格格不入的气质。

读书笔记

⑤从中体现了“我”怎样的心理状态？

我记得很清楚，外祖母每次说到灵魂总是很小心谨慎，她说灵魂是爱情、喜悦和美丽的一个神秘的储藏室。我坚信，一个好人死了之后，白色的天使就会带着他的灵魂飞到蓝天上，带到外祖母的那位善良的上帝那里。上帝会爱抚着接受他的灵魂："啊！我可爱的，我圣洁的灵魂，你一定历经苦难，备受煎熬了吧？"

然后，上帝便把将六翼天使的六张白色的翅膀赐予这个灵魂。

①雅科夫·舒莫夫同外祖母一样，每当提及灵魂的时候，十分谨慎小心，三言两语，而且不愿多说。他骂人的时候，从来不触及灵魂，听见别人谈论灵魂的时候，他总是弯下公牛似的粗大的红脖子，低着头从不吱声。

当我问他什么是灵魂时，他就说："灵魂就是上帝的精神和气息。"

我对这个答案并不满足，于是，我进一步向他追问，他就低下头说："关于灵魂，老弟，连神甫也不太了解，这事神秘着呢。"

我经常在琢磨他这个人，坚持不懈地努力了解他，但这种努力最终毫无结果。②除了他，我对轮船上其他人视而不见，他那膀大腰圆的身体把我眼前的任何东西都挡住了。

我常常把从书上读来的各种故事讲给他听。③这些故事在我的脑子里串在了一起，形成了一个非常长的故事，其中不仅有跌宕起伏的情节和美丽动人的生活，而且充满着火一般的激情、出生入死的英雄壮举、雍容华贵的气派场面、神话传奇般的功成名就、决斗和死亡，还有高尚的谈吐和卑劣的行径。

在我的故事中，罗卡姆博尔具有拉·莫尔和汉尼拔·柯罗纳等骑士身上的特点；路易十一有葛朗台老头儿的个性；奥特列塔耶夫骑兵少尉与亨利四世融合在一起了。④在故事中，凭借一时的灵感，我改变了人物的性格，调整了故事情节。对于我来说，这故事变成了另外一个世界。

在这个世界里，我想怎么样就怎么样，像外祖父信仰的上帝那样，我也可以主宰一切，随心所欲。但书里这种混乱的局面，并不妨碍我看清现实的本来面目，也没有冲淡我想了解芸芸众生的欲望。

读书笔记

①一向冷漠不羁的雅科夫为什么提到灵魂时会如此谨慎小心？

名师批注

②周围的人大多无聊乏味，而雅科夫和他们不一样，浑身充满着神秘感，让"我"忍不住去探究，并且想从他身上学到什么东西。

名师批注

③其实"我"在懵懵懂懂之间，已经开始了自己的创作，读到的书在"我"脑中化成新的故事，"我"的成长在这一细节中得以显现。

名师批注

④"我"开始尝试自己进行文学创作，读过的书本都化作养料，浇灌了"我"的创作。

①这种故事的大混合就像一片透明的却无法穿透的云层，把我掩护起来，使我避开了许多容易传染的肮脏勾当，避开了生活中种种能置人于死地的毒素。

②书籍使我对许多东西有了抵抗力，不受其害。我知道人们如何相爱，如何受苦，我知道我不应该涉足妓院，那种廉价的色情活动只能激起我对它的厌恶，以及对陷于其中不能自拔的人的怜悯。罗卡姆博尔教育我要坚定不移，不能向外界环境的压力屈服。大仲马笔下的那些人物使我决心要献身于某种重要而伟大的事业。快乐的皇帝亨利四世是我最喜欢的一个人物。我觉得，贝朗瑞的著名诗歌讲的恰恰就是他：

> 他给农民带来许多福音，
> 自己也喜欢喝酒，我们知道。
> 如果全体人民都很幸福，
> 皇帝又为什么不能举杯痛饮？

大仲马把亨利四世描写成一个非常善良的人。他接近人民，他光明磊落，像灿烂的太阳。他使我相信法国是全世界最美好的国家，是骑士的国度，无论是穿王袍的国王，还是身穿布衣的农民，都同样端庄自重、高风亮节。安日·皮图就是达尔坦扬这样的骑士。

当我读大仲马的名著，读到亨利四世被杀的时候，我痛哭流涕，而且对拉瓦利雅克恨得咬牙切齿。在我给司炉工讲的故事中，这个国王几乎总是充当主人公，而且我觉得雅科夫也爱上了亨利四世。

“亨利皇帝真是个好人。你可以跟他一起钓鱼，或者随便干点儿别的什么都成。”他说。

当我讲故事的时候，他从不发出感慨或赞叹声，也不打断我的故事，问这问那，③他只是默默地听着，低眉垂眼，脸上毫无表情，像一块陈旧发霉的旧石头。但是当我出于某种原因讲不下去时，他便立刻发问：“讲完了吗？”

“不，还有呢。”

“那你别停下来呀！”

有次我们说到法国人，他叹了一口气，说道：“他们活得倒是挺凉快、挺舒服的。”

“这是什么意思？”

“你看，咱们待在这么热的地方，还要干活儿，

名师批注

①“我”通过创作，能暂时逃避这个令人窒息的世界，这些故事给予了“我”的灵魂一时的栖身之所。

读书笔记

②总结一下“我”从书籍中都收获了什么？

读书笔记

③请从人物描写的角度赏析句子。

他们倒好，在那里凉快着呢。而且，他们什么事情也没有，整天吃喝玩乐，日子悠闲得很！”

“他们也有工作。”

①“我没有从你的故事里看见他们也在工作。”司炉工公正地说。

②这时我忽然明白，我看过的绝大部分的书根本都没有描写那些品德高尚的主人公是如何工作的，以什么劳动维持生计。

“好啦，我得稍微睡一会儿。”雅科夫说着，就在坐的地方往背后一倒躺下了，一分钟后，就响起了均匀的鼾声。

秋天到了，卡马河两岸一片棕红，树木变成了金黄色，倾斜的阳光开始变得发白。

雅科夫突然离开了轮船。就在离开轮船的前一天，他还跟我说：“阿廖沙，后天咱们就要到彼尔姆了，到时候咱们到澡堂里去痛痛快快地洗个蒸汽浴，然后咱们再去有乐队的饭馆，好好吃上一顿，那才叫过瘾呢！我喜欢看人家弹管风琴！”

但是在萨拉普尔码头，有个胖男人登上轮船。他那张皮肤松弛的脸像女人，没有一点儿胡子。他身穿一件长大衣，头戴一顶带护耳的狐皮帽子，这样的装束让他更加像女人了。

他迅速在厨房旁边占据了一张小桌子，因为那里暖和些。他要了茶，大衣没有解开，帽子也没有脱下，就开始喝滚烫的黄色茶水，喝得满头大汗。

秋天的乌云带来了绵绵细雨，淅淅沥沥、没完没了。我发现个有趣的事情，不知是不是我的错觉——每当上船的这个男人用方格子手帕擦脸上的汗时，雨就下得小了些，可是每当这个人又出汗的时候，雨就越下越大了。

没多久，雅科夫就在那人身边坐下了，他们开始查看日历上的地图。那个乘客用手指在地图上比画着，司炉工却平静地说：“好吧！没关系。我对这个不在乎。”

“那好。”乘客尖声细气地说，把历书塞进脚边的半开着的皮袋子里。

他们轻声谈着，喝着茶。

在雅科夫去上班之前，我问他这位乘客是什么人，他笑着回答说：“看上去有点儿女人气，是不是？

名师批注

①“我”的故事极力避免了痛苦，失去了生活原本的模样，这也只是权宜之计。

名师批注

②雅科夫的话让“我”开始反思自己看过的书和当下的创作，为“我”今后的现实主义创作埋下了种子。

他从遥远的西伯利亚来！挺有意思的，①生活有条不紊，循规蹈矩。”

他丢下我走了，两只乌黑的、硬得像马蹄般的脚后跟把甲板踩得很响。但是他突然又停下来，转身挠挠腰，说：“②我要到他那儿去打工了。等船到了彼尔姆，我就下船，要跟你分手啦，阿廖沙！我们先去坐火车，然后再走水路，接下来骑马走，大概要走五个星期才能到那儿，你瞧瞧，那个人住的地方多远啊。”

“你以前认识他吗？”我问雅科夫，为他突然做出的决定感到莫名惊讶。

“怎么会认识呢？以前从没见过他。我也从来没到过他那个地方。”

第二天早上，雅科夫穿着油迹斑斑的短皮大衣，光脚穿着一双破鞋，戴着小狗熊的破旧无檐草帽，用钢铁一样硬邦邦的大手紧握住我的手，说道：“跟我一起走吧，啊！要是对他说一声，他准会要你的。我去和他说，你想去吗？到那里后，你把你身上那个多余的东西割掉，人家还会给你钱。把一个人废了，对于他们来说可是大喜事，他们会为此而奖赏你。”

那个乘客站在船舷跟前，胳膊下夹着一个白色的包袱，③用呆滞的目光盯着雅科夫——他那笨拙臃肿的身体活像一个淹死鬼。

我低声骂了这人几句，司炉工又一次紧紧地握住我的手。

“随他去吧，别在乎！人人都以自己的方式祷告上帝，与我们有什么关系呢！好了，再见吧！祝你幸运！”

雅科夫·舒莫夫像一只狗熊一样摇摇摆摆地走了，留在我心里的却是一种沉痛而复杂的感情。对于他，我又惋惜又难过，而且，我记得当时还有点儿羡慕他，我忐忑不安地想，一个人干吗要到那不为人知的地方去呢？

④再说了，这个雅科夫·舒莫夫究竟是一个什么样的人呢？

深秋的季节到了，轮船停止航运之后，我进了一家制作圣像的作坊当学徒。

但是，第二天，我的女老板，一个脾气和蔼、总是有点儿醉醺醺的老太婆，用弗拉基米尔城的地方口音对我说：⑤“现在白昼很短，晚上很长，你早上到

名师批注

①离经叛道的雅科夫最终却要过循规蹈矩的生活，由此可见生活令他多么失望。

读书笔记

②雅科夫为什么会突然决定要跟着他离开呢？

名师批注

③换一种活法，似乎也不会让生活过得更好，但雅科夫还是义无反顾地选择了它，这是一个已经可以看到结局的悲剧。

读书笔记

④你觉得雅科夫·舒莫夫究竟是一个什么样的人呢？

名师批注

⑤女老板通过自己的手段压榨员工的每一点价值，这样精明的算计，展现了她身上令人厌恶的市侩与贪婪。

铺子里去帮忙卖圣像，晚上再学画像的手艺。”

她把我指派给店铺的掌柜使唤。这掌柜身材矮小、手脚麻利，还是个小伙子，脸长得挺帅，挺招人喜欢。每天早晨，天才微微亮，困意十足的我同他一起沿着还关着门的伊利卡街走过全城，到尼日尼市场去。铺子设在拱廊购物市场的二楼，是用堆栈改成的阴暗的小屋子，装着铁门，只有一扇小小的窗子，对着上面铁皮覆盖的外廊，外廊贯穿整个楼层。

店里堆放着许多大小不一的圣像和神龛。有的神龛表面光滑，没有饰纹，有的会装饰葡萄花纹。此外还堆放着不少教堂里用的黄皮面的斯拉夫文的书籍。另一家铺子紧挨着我们，也经营圣像和书籍，铺子老板是个黑胡子的商人，他的一位亲戚是伏尔加支流克尔热涅茨河一带的旧教派经学家，很有名气。①黑胡子商人有一个儿子，年纪和我相仿，是个瘦削活泼的孩子，长着老人一般的小而发灰的脸，脸上有一双滴溜溜地转着的小老鼠般的眼睛。

每天早上开了铺门之后，我需要先到附近一家小饭馆打热水。一喝过早茶，就要收拾好铺子，擦拭货物上的灰尘。之后，我便站在铺子前的外廊上，小心谨慎地注意着，不让买主上隔壁的铺子里去买东西。

②“买主都是傻瓜，”掌柜很自信地告诉我，“他们以为货物全都一样，哪儿便宜就在哪家买，一点儿也不懂得货色的好坏。”

他一边手脚麻利地调整着圣像小木板，发出啪啪的声响，一边炫耀着自己的买卖知识，他教导我说：③“姆斯乔拉村出产的货物，价格便宜，三俄寸宽、四俄寸高的圣像，物超所值；另一种六俄寸宽、七俄寸高的圣像，也很实惠。你知道圣徒的名字和功用吗？你记着，能帮人戒除狂饮病的叫沃尼法季，防治牙病和突然死亡的是瓦尔瓦拉大殉道女，防治高烧和精神病的是瓦西里义人。你知道有多少圣母吗？你看，这是悲叹圣母，三手圣母，阿巴拉茨卡娅预兆圣母，勿哭我圣母，消愁圣母，喀山圣母，保护圣母，七箭圣母……”

我很快就记住了各种尺寸和不同质地的圣像的价格，也记住了不同圣母像的差异。但是要记住每位圣徒的使命和功用可不容易。

有时候，我正站在铺子门口思考别的事情，掌柜会忽然考验我的知识掌握程度：“保佑难产妇的圣徒

名师批注

①通过“老人一般”“小老鼠般”等修饰词就能够看出这个孩子的机敏、活泼，用词十分精确。

名师批注

②掌柜对客人的偏见正体现出他内心的狭隘，与他出众的外表形成对比，可谓“人不可貌相”。

读书笔记

③狭隘的掌柜为什么会教“我”这些东西？

叫什么名字？”

要是我回答错了，他就轻蔑地问：①“你的脑子是拿来干什么用的？”

更困难的是招揽买主，我不喜欢那些画得奇形怪状的圣像，不好意思把它们卖给人家。听过外祖母讲的故事，我认为圣母是年轻美丽的善良女子，杂志插图上的圣母也是那样，②可是圣像上这些圣母，那么老、丑、凶恶，长着又长又歪的鹰钩鼻子，两条手臂像木头一样，毫无生气。

每逢星期三和星期五是赶集的日子，我们的生意很兴隆。外廊上绵延不断地走来很多乡下人和老婆婆，有时甚至牵老带小，全家人都爬上二楼来，他们都是些从伏尔加对岸来的旧教徒，是多疑的、阴郁的山里人。我目睹那些穿着老羊皮和家织粗毛呢大衣的身体笨重的粗人在外廊上慢腾腾地、好像怕跌下去似的走着，要我站在这种人跟前真不好意思，真别扭。③我只好硬着头皮挡住他们的去路，在他们穿着笨重皮靴的脚边转来转去，声音细得像蚊虫般地叨咕说：“你老人家需要点儿什么吗？这儿有带注释和详解的赞美诗集、耶夫列姆·西林的书、基里尔的书、《圣规集》和《日课经》等，一应俱全，请随便看。圣像价钱贵贱都有，货色地道，颜色凝重。要定做也可以，各种圣徒圣母都可以画。您是否打算为某个人订一个做生日的圣像？或者是保护尊府的圣像？这里是俄罗斯最好的圣像作坊。在全城商号中首屈一指。”

这位让人捉摸不透、难以理解的顾客，好长时间一言不发，像是瞧狗一样长久地瞧着我，忽然用木头似的手把我推开，径直走进隔壁铺子里去了。那时，掌柜就搓着两只大耳朵，不满意地嘟哝道：“你还是把他放走了，你这个优秀的生意人。”

隔壁铺子里，传来柔软甜蜜的声音，飘过了一股令人陶醉的话语：④“亲爱的，我们不做羊皮、靴子买卖，我们给您带来的是上帝的恩赐，这种神惠比金银还宝贵，当然是无价之宝！”

“见鬼！”掌柜嫉妒地叹息着，喃喃说，“看看人家说的话多中听啊，多么会蒙骗乡巴佬。你学学，学学！”

⑤我在店里学得十分认真勤奋，一丝不苟，我下定决心，不管什么工作，既然负责了，就应该做好。

名师批注

①掌柜对“我”充满嘲讽，他对“我”的严格，也是从心底里就看不起“我”，不相信“我”能把这件事做好。

读书笔记

②为什么圣像上的圣母与“我”想象的圣母差别如此之大？可以自己查阅资料，总结原因。

名师批注

③“我”在招揽客人时十分拘谨、不安，体现了“我”未经世事的单纯，还是个天真的少年，无法像其他人那样卑躬屈膝。

名师批注

④与上文“我”木讷的推销形成鲜明的对比，凸显出隔壁店员的世故圆滑，为下文掌柜的抱怨做铺垫。

名师批注

⑤“我”在这样的环境中依旧坚持要把事情做好，体现了“我”的责任心与原则，“我”正在成为一个阳光的少年。

可是吸引顾客，和他们谈生意，我屡屡失败。这帮寡言少语、神情忧郁的乡下人，特别是胆小如鼠的老婆婆，总是像被什么惊吓似的耷拉着头。这模样常常引起我的怜悯，我很想偷偷告诉他们圣像的真正的价钱，告诉他们多要了二十戈比的骗局。他们看样子都很穷，饿着肚子似的，但看到他们拿出三卢布五十戈比买一本薄薄的赞美诗，又不胜惊讶，而且买赞美诗的往往都是这些人。更奇怪的是他们对圣书的了解和对圣像装饰风格的鉴赏力。

有一天，我把一个白发老头子招呼进铺子里来，他爽朗地对我说："小伙计，你说你们的圣像作坊是俄国第一流的，你这话说得可就差了。俄国第一流的圣像作坊是罗戈任，在莫斯科。"

我尴尬地躲向一旁，他慢条斯理地往前走去，也没去隔壁铺子。

"撞上懂行的啦？"掌柜挖苦地问我。

"这个罗戈任作坊，我从未听说过，你也没有告诉过我。"

掌柜开口骂街了：①"这群人是跑江湖的，一声不响、鬼鬼祟祟，他们什么都识得，什么都知道，什么都敢说，这些老不死的！"

这个带着女人气的漂亮掌柜保养得很好，自尊自贵，厌恶乡下人。有时他也向我吐苦水：②"我聪明机智，爱清洁，喜欢花露水、香水等香味，你怎能想象我这么有品位的人，竟然要为了替老板娘赚五个戈比，不得不低声下气地向这帮满身臭气的乡巴佬哈腰！你说这让我如何忍受？乡巴佬是什么东西？乡巴佬是刮下的臭羊毛下脚，地上的虱子，可是我……"

他伤心得不再往下说了。

我却喜欢乡下人，在每个村夫身上，都可以感觉到某种类似雅科夫身上所具有的神秘的东西。

圣像作坊建造在一座半砖半石结构的大房子里，占地两间屋子。一间屋子的三扇窗户朝着院子里，两扇朝着园林；另一间屋子的一扇窗户对着园林，一扇窗户对着街道。窗户都很小，是四方形状的，嵌着玻璃。③玻璃已经很旧了，模糊不清，好像很不愿意让冬日的阳光透进作坊里面。

两间屋子里都摆满了桌子，每张桌子边上坐着一

名师批注

①掌柜粗鄙的谩骂体现出他听到老头儿的话之后的恼怒，形象生动地展现了人物身上粗鄙、暴躁的特点。

读书笔记

②为什么掌柜会如此厌恶乡下人？

名师批注

③通过环境描写，突出了房子里光线不足、十分昏暗的现状，奠定了压抑的基调，让人仿佛已经看到了工人们在这里被压迫的情景。

个伏案干活的圣像画工。有时候一张桌子旁会坐着两个人。天花板上吊着很多装满了水的圆形玻璃球，它们聚敛着灯光，把反射出来的惨白的寒光，投射到方形的圣像板上。

作坊里很闷热。有二十来个从帕列赫、霍卢伊、姆斯乔拉来的“圣像画匠”在那儿工作。①大家都穿着领口敞开的布衬衫和帆布裤子，有的人赤脚或是穿着破烂鞋子。工匠们头上烟雾缭绕，那是点燃着的马哈烟冒出的蓝灰色浓烟，周围飘荡着阿利芙油、清漆、臭鸡蛋的混合气味。还有一首来自弗拉基米尔地区的哀惋凄楚的歌曲，像松脂一样在缓缓地流淌：

名师批注

①每一个工人都衣衫褴褛，体现了他们的贫困，揭示了这些穷苦工人的悲惨命运。

啊，现今的人真是丧心病狂，
一个男孩居然当众勾引姑娘。

②他们还唱了很多其他的歌，听起来都曲调悲凉，但是这种歌是他们最喜欢唱的。歌曲中拉长的曲调并不会使人分心，丝毫不会影响他们用银鼠毛制成的精细画笔勾勒圣像上的线条。他们在圣像的“服装”上画出皱褶，给圣徒的瘦骨嶙峋的脸上画出细致入微的痛苦表情。

读书笔记

②为什么他们都爱唱悲凉的歌曲？

雕刻工戈戈列夫敲着小小的槌头的声音从窗户里传出来。他是一个爱喝酒的老头儿，有着一只硕大而发青的鼻子。在懒洋洋的歌声之中，时不时加进了他枯燥的槌声，好像是虫子在咬着树干。

没有谁热心画圣像。③不知道是哪个用心险恶、居心不良的天才把这个工作分成了一连串琐碎的、毫无美感的、不能引起任何人爱好和兴趣的工序。

名师批注

③通过展现生产过程的枯燥无聊，体现了资本主义生产模式破坏人们的生活和艺术。每个人都化身为机器，没有了自身想法。

斜眼的细木匠潘菲尔是一个恶毒阴险、奸猾狡诈的人，他把自己刨好、胶好的各种尺寸的柏木板、椴木板拿来。害肺病的小伙子达维多夫给它们刷上底漆。接着他的伙伴索罗金，涂上了一层用来打底的名叫列夫卡斯[103]的白垩涂料。米利亚申根据圣像的标准样本，用铅笔在上面勾画出一个图像轮廓。戈戈列夫老头儿再涂上一层金色，并在上面雕刻出花纹。画服装的师傅画上背景和服装。这之后，没脸没手脚的圣像就竖立在墙边，等画脸的画师来画。

那一幅幅用来挂在圣像壁和祭坛门上的大圣像，还没有画好脸、手和脚，只有空荡荡的宽大的袍子，

103 希腊语，白色的意思。这里指给圣像打底色用的白垩涂料。

或者是铠甲和大天使穿的短衬衫。它们斜靠在墙边，远远地望过去，让人有一种很不舒服的感觉。①这些色彩鲜艳的木板竟然显得死气沉沉，似乎缺失了一种让它们活过来的展现生机的东西，然而它们又似乎拥有过生命，只是奇异般地消失了，徒留沉重的金属衣饰。

画脸的画师画好了圣像的身体以后，便由另外一个工匠根据雕刻的花纹涂上“珐琅”。圣像上的题词也由专职的工匠写上去。最后一道上光漆的工序由工头亲自来做，他叫伊万·拉里奥内奇，是一个安静的人。

伊万·拉里奥内奇的脸是灰色的，一小撮胡子也是灰色的，像丝线一样又细又软。他两只眼睛也是灰色的，显得格外深邃，而且充满忧伤。②他笑起来很好看，但是别人对他笑不出来，有一种莫名的别扭。他和柱塔苦行僧西梅翁[104]圣像十分相像，跟西梅翁一样瘦弱和干瘪，就连他那木然的眼神也好像在透过人和墙，似看非看地凝视着远方。

我到作坊来几天之后，画神幡[105]的师傅卡别久欣回来了，很不幸运的是，他那个时候已经喝醉了。

他是个哥萨克人，来自顿河沿岸的一个美男子，力气很大。③他进来时咬着牙齿，眯着一双像女人一样的漂亮眼睛，二话不说，挥起钢铁一般的拳头，看见人就打。他的个子不高，但是身材匀称，在作坊里跑来跑去，好像是猫进入了老鼠窝一样，大家都惊慌失措地往屋角躲避，相互喊着：“打他呀！”

画脸的叶夫根尼·西塔诺夫用凳子重重地砸了一下发狂的肇事者的脑袋，把他打得昏昏沉沉的。哥萨克人顿时一屁股坐在地上，大家立刻上前，七手八脚地把他按倒，再用几条手巾捆绑住他的手脚。他像困兽一样想把手巾咬断，叶夫根尼就疯狂地跳上桌子，两只手肘紧紧靠在腰边，随时准备向哥萨克人扑去——他的个子高大，浑身结实有力，要是他真的扑下去，一定会把卡别久欣的胸骨压得粉碎。但就在此时，穿着大衣戴着帽子的拉里奥内奇走到他身边，先伸出一根手指向西塔诺夫威胁了一下，然后认真而低声地向工匠们说：“把他抬到门廊里去，让他醒醒酒。”

他们把哥萨克人拖出了作坊，把桌椅重新摆好，

104 西梅翁：传说是生活在5世纪初的一位基督教苦行僧，因终日幽居于柱形塔式教堂内，勤学苦练，祷告时因常站在小柱子上或把自己关在柱塔内而得名。
105 神幡是画有基督或圣徒像的锦旗。

名师批注

①工人笔下的圣像因为缺失了生机而显得死气沉沉，也正隐晦地反映出，在社会的残害下，人们本身的生机的活力也严重缺失了，整个社会都笼罩在这样的氛围中，这些圣像又怎么可能幸免于难呢？

读书笔记

②为什么别人面对他会如此别扭？

名师批注

③无法理解的疯狂动作生动地展现出卡别久欣当时的醉态。

坐下来继续工作。大家用简短的语言相互谈论交流着，说到哥萨克人的力气，说他总有一天会在打架时会被人打死，等等。

“要打死他不是很容易。”西塔诺夫很镇静地说，好像讲他熟悉的工作一样。

①我望着拉里奥内奇，疑惑不解地想着：为什么这些身体强壮、性格狂暴的人这样容易服从他呢？

他告诉大家应该怎么干活，就连本事出色的工匠也心甘情愿地听他的教诲。他教导卡别久欣比别人多，对他说的话也比对别人说的多。

“卡别久欣，你既然叫画匠，就必须根据意大利风格把画画得生动形象。②油画要求各种暖色调的和谐统一，但是你看你的画，白色用得过多，把圣母的眼睛画得冷冰冰的，没有人情味儿，带着一股肃杀之气。你把脸颊画得和苹果一样红，眼睛和它不相匹配，它们的位置也安排得不对，一只看着鼻梁尖，一只却歪到太阳穴去了。最后导致脸部并没有神圣、洁净的感觉，反而画成了一副狡猾的世俗面孔。我认为你没有全神贯注于你的工作。”

哥萨克人一边漫不经心地听着，一边做鬼脸，然后眯起女人样的眼睛，毫不害羞地笑着，他用动听的、但因酗酒而略显沙哑的嗓音说：“哎，伊万·拉里奥内奇，老爷子，这不是我的本行！我天生就是个音乐家，却在这个跟修道院一样的地方干活。”

③“有志者，事竟成。只要你努力，什么事情都可以做好。”

④“我这种人，能干这个活？我应去当个马夫，驾上三匹骏马才好……哎！”说着，他扯开嗓子，悲伤绝望地唱起来：

> 哎——我要给三套马车套上枣红色的骏马，
> 奔驰在寒冷的黑夜，
> 直奔向我爱人的家[106]。

伊万·拉里奥内奇温和地笑笑，推了推灰色的忧伤的鼻子上的眼镜，便走开了。他走后，⑤马上就有十几张嗓子跟上卡别久欣的歌声汇聚在一起，形成了一股强有力的声流，似乎整个作坊都飘浮起来，被匀

读书笔记

①想一想，为什么工人们会愿意听从拉里奥内奇的话？

名师批注

②拉里奥内奇对于绘画有着独到的见解，并且他对别人的态度都十分得当，提出的建议也非常到位。

名师批注

③拉里奥内奇对卡别久欣的鼓励体现了他的热情、阳光，让他人能够从他这里获得力量。

名师批注

④卡别久欣面对生活的悲观，与拉里奥内奇的乐观形成鲜明对比，展现了两种不同的生活态度。

读书笔记

⑤请分析其中运用到的手法。

106 茨冈人的民歌《我套上枣红马，赶起三套马车》。

称的语调震动得发抖：

路熟了马儿都知道，
哪里是我那姑娘的家……

学徒帕什卡·奥金佐夫停止了挖蛋黄的工作，两手拿着碎蛋壳，用优美的童声高音和着唱起来。

大家都沉醉在歌声当中，忘记了一切，呼吸和声音混合，怀着同一种情感，斜着眼望着哥萨克人。当他唱歌的时候，全作坊的人都愿意承认他是众人的领袖。在这种时候，大家的目光都粘着他，注视着他双臂的挥动。他不停地挥舞着双手，像是要飞向天空。①我敢相信，要是这时候他停下唱歌喊一声“来吧，让我们把这里的一切都摧毁”，那么所有的人，就连最规矩的工匠，也一定会在几分钟内把作坊毁得七零八碎。

名师批注

①运用侧面描写，通过想象众人对卡别久欣的无理要求的言听计从，体现他的歌声优美，能打动人心，让人忍不住想要追随。

有的时候，大家还试着唱圣歌，由作坊中本领最高强的画脸匠日哈列夫发起。

日哈列夫是一个四十五岁左右的人，干瘦，秃头，头上长着半圈像吉卜赛人一样的鬈曲的黑头发，眉毛和胡子一样粗黑。浓密的尖下髯让他那张纤细微黑的不像俄国人的圆脸显得非常动人，但中部高隆的鼻子底下那撮硬硬的唇髭，在浓眉的映衬下，实在显得多余。他的两只蓝眼睛也不一样大，左边那只明显比右边的大得多。他在作坊里的地位举足轻重，却一点也不骄傲自大，对待学徒工——我和帕维尔也很善良和气。他想教我们学会手艺，除了他，谁也没有做这样的事情。

日哈列夫总是用一种特别的、只有自己才懂的调子歌唱，这就妨碍了大家的合唱。这导致他失败的次数很多，也引发了他和西塔诺夫的争吵。于是，美好的、令我激动的圣歌环节，在之后日哈列夫和西塔诺夫的不愉快的争吵中落幕了。

我在圣像作坊里的工作还算比较轻松。清晨，当大家都还在熟睡之时，我要给各位师傅把茶炊准备好。趁着他们在厨房喝茶的空隙，我和帕维尔整理收拾作坊，把用于调颜色的蛋黄和蛋清分好。做完了这些，我就到铺子里去了。

晚上，我要研磨颜料，“学习”技能。刚开始，我饶有兴趣地“学习”，但是我很快就明白了，这里的每一个工人几乎都不喜欢这项工序烦琐的技能，因为它既枯燥又磨人。

①我晚上有空的时候，就会和他们谈论在船上的离奇生活，讲述书中各种各样的趣味盎然的故事。自此之后，在不知不觉间，我竟然被戴上了“说书人”和“朗诵者”的桂冠，地位特别。

我也很快就清楚了，这些人不像我一样，有很多的经历和见识。他们几乎每个人从小就被关进作坊这个狭小笼子里，一直待在里面。

在作坊里，只有日哈列夫一个人到过莫斯科，一说起莫斯科，他就感触很深，神情阴郁地说：②“莫斯科不相信眼泪，在那里做什么都要特别留神。”

其他的人经常去的地方，只有舒雅和弗拉基米尔。一讲到喀山，他们就问我：“那里俄国人多吗？有没有教堂？”

他们认为，彼尔姆在西伯利亚，并且不相信西伯利亚在乌拉尔那边。

“乌拉尔的刺鱼和鲟鱼，难道不是从里海运来的吗？由此可见，乌拉尔是在海边上。”

有时听他们说话，我真是哭笑不得，觉得他们仿佛是在嘲笑我。他们说英国在大洋的彼岸，拿破仑是卡卢加省贵族出身。我把自己的亲身经历告诉他们时，他们都不太相信，但是当我说一些编造的、离奇曲折的，令人毛骨悚然的故事时，大家都很喜欢。上了年纪的人相信真实的事件，但好像更偏爱虚构的故事。

③我看得很清楚，故事越是荒诞，越是奇怪，他们越是听得起劲。总而言之，现实世界里的东西对他们毫无吸引力。大家对眼前的贫穷和丑恶视而不见，却憧憬着模糊的未来。④更令我难以接受的是，我深刻地感受到生活和书本之间的矛盾。在我眼前的都是一个个活生生的人，那是书本中没有的。在书籍里，没有斯穆雷，没有司炉工雅科夫，也没有圣像作坊的人们，可以说完全没有我周围的那些人……

达维多夫的箱子里有一本破旧的戈利钦斯基的短篇小说集、布尔加林的长篇小说《伊凡·魏日金》和布朗别乌斯男爵写的小册子。我把这一些书都念给他们听，大家都十分喜欢。

⑤那个时候，拉里奥内奇就会说：“念书这项活动很好，省得有人闲着没事就开始吵架胡闹。”

名师批注

①“我”在这些人之中竟然能够成为地位特别的“说书人”和“朗诵者”，并不是因为“我”真的见多识广，而是相对来说，这些人的见识太短浅。“我”在这群人中获得认同，更让“我”有了坚定读书的信心与条件。

读书笔记

②猜想一下，日哈列夫在莫斯科可能有怎样的经历，让他发出了这样的感慨？

名师批注

③运用对比的手法，描写人们对不同故事的反应，体现了人们对现实生活的消极与逃避。现实生活中到处都是贫苦、丑恶，只有在那些曲折离奇的故事中，这些饱受生活折磨的人才能找到一点儿乐子和安慰。

读书笔记

④这一发现给“我”的心态带来了什么样的改变？

名师批注

⑤通过拉里奥内奇对念书的感慨，侧面展现了读书这项活动给人们带来的积极的改变，在“我”的影响下都爱上了读书。

于是我开始四处搜寻书本，不论找到了什么书，我几乎每天晚上都会念书给大家听。

①念书的这些夜晚都十分美好，并令人难忘。作坊里十分安静，就像是沉睡的午夜。桌子上方挂着玻璃球，在黑夜里像是惨白清冷的星星，它们的光线映照着俯向桌子的一个个蓬乱的、光秃秃的脑袋。呈现在我眼前的，是一张张安静、沉思的脸，不时还能听见他们对书籍的作者或其中的人物发出感慨赞叹的声音。

他们仿佛变了个人，面目温和，听得十分专心。在这种时候，我就格外喜欢他们，他们对我也很好。

我突然觉得，我找准了自己的位置。

“我们在这里有书可以看，就像是春临大地，寒冬的窗棂被拆走，窗户第一次被打开了。”有一天，西塔诺夫这样说。

找书的过程十分不易，但是我没想过去图书馆借。②所以，我拼命地开动脑子，像一个乞丐一样到处去找寻、恳求书籍，最后皇天不负有心人，我终于把书弄到了手。

有一次，我从消防队队长那里要到了一本莱蒙托夫的书。也是那个时候，我深刻地感受到了诗歌的无穷力量，我认为它对人们有着强大的影响力。

至今我还记得，我才念了《恶魔》[107]的前面几行，西塔诺夫的视线就投向了书本。他往书里看了看，又看了看我的脸，接着把手上的画笔放在桌子上，双手插在两膝之间，面带微笑，身体摇摆，身下的椅子嘎吱作响。

“伙计们，安静一点儿。”拉里奥内奇喊道，他也把手中的事情放下，走到西塔诺夫的桌子前，和大家一起听我念诗。

这首长诗令我心潮澎湃、悲喜交加。我的声音时断时续，我热泪盈眶，眼前模糊一片，甚至看不清楚诗句。而③更令我感动的是，大家的动作都小心翼翼，整个作坊似乎都在痛苦地辗转不安，我身边有了一种莫名的吸引力，就像是有一块磁铁把大家吸引到我身旁。等到我读完了第一章，几乎所有的人都围在桌子的周围，各自的身体相互依靠着，胳膊搭在彼此的肩

107《恶魔》：俄国19世纪诗人莱蒙托夫历时十余年完成的一部长诗，体现了诗人的叛逆思想。

名师批注

①通过环境描写，体现了人们听“我”念书时的安静，展现了他们的认真投入，渲染了静谧美好的氛围。

名师批注

②运用夸张的修辞手法，体现了“我”找书的努力和艰辛，突出了“我”对读书这项事业的热爱。

名师批注

③通过动作、神态描写，描绘出大家在听“我”念书时的认真投入。他们能够体会到诗歌的意境，从而摆脱了冷漠麻木，焕发新的生机活力。

膀上，有的皱着眉头，有的微微笑着。

“接着念呀，接着念呀！”日哈列夫把我的头向书本按下去。

我念完了之后，他把书拿了过去，看了看书籍的扉页，然后夹在肋下，说：“这本书你还需要再念一次。明天再念吧，书就先放在我这里。”

他走了，把莱蒙托夫的书锁进自己的抽屉里，然后又去做工了。作坊里依旧很安静，工人们动作轻柔，回到了自己的座位上。西塔诺夫走到窗边，把额头抵在玻璃上，一直茫然地站着。①日哈列夫又放下了画笔，严肃地说：“这就是我说的人生啊，上帝的仆人……真正的人生。”

读书笔记

①日哈列夫说的“真正的人生”是怎样的?

他的肩膀微耸，脖子缩着，继续说道：“我能画出魔鬼——身体是黑色的，全身毛茸茸的，有两只火红色的翅膀，脸庞和手脚都白得发青，就像是月光下的白雪。”

一直到晚上吃饭，他还坐在方凳上，神色失常，身体不安地摇动着，拨弄着指头，嘴里念念叨叨，说着恶魔、女性、夏娃、天堂、圣徒如何犯罪这类无厘头的话。

“这一切都是真实的！”他肯定地说，“既然圣徒都和罪恶的女人做出不端的行为，那怪不得恶魔会去引诱圣洁的女人。”

大家都沉默地听着他说话，可能大家和我一样，都不愿意开口说话。②他们一边看看钟表，一边无精打采地干着活，等到了九点钟打了铃，大家就马上放下工作。

读书笔记

②从这一细节中，你能看出什么?

西塔诺夫和日哈列夫走到院子里，我也紧跟其后。在院子里，西塔诺夫抬头望着星星，朗诵道：

> 凝视着在天空中漂泊的，
> 一队队被上天委弃的星辰，
> 犹如在沙漠里漂泊的商队……[108]

念完之后，他说：“谁也想不出这样的佳句！”

③“我一句也记不清了，”日哈列夫在冰冷的寒气里打着哆嗦说，“我什么都不记得了，但是诗人仿佛就在我的眼前。在诗人的影响之下，读者对恶魔也

名师批注

③日哈列夫在诗歌的影响下开始自己思考。这是可喜的改变。

108《恶魔》里的诗行。

同情起来了，这真是有趣极了。他很可怜，不是吗？”

“是的。”西塔诺夫点点头。

“你瞧，做人就是会有这样的无奈。”日哈列夫令人难忘地大声感叹。

在过道里，他叮嘱我：“喂，马克西莫维奇，在铺子里，你不要对任何人提起这本书，因为这是一本禁书。”

①我莫名高兴，原来这就是我以前举行忏悔礼那时候，神甫让我老实交代的那种书。

大家食不知味地吃了晚饭，平时的吵闹声和谈话声不见了踪影，好像每个人身上都发生了天大的事情，必须认真思考一下。晚饭过后，所有人都躺床上睡下了，这个时候，日哈列夫掏出书来对我说：“再念一遍这诗！念慢一点儿，不用急……”

②有几个人一声不吭地从床上爬起来，只穿着单衣，走到桌子边，盘着两腿，围着桌子坐了下来。

当我念完之后，日哈列夫用手指头敲着桌子说：“这就是人生。唉，恶魔，恶魔……原来是这样啊，是吗，老弟？”

西塔诺夫身体摇晃了一下，越过我的肩头，回味着念了几句，笑着说：“我要抄在我的笔记本上。”

日哈列夫站起来，拿着书，走向自己的工作台，然后突然站住了，声音颤抖，用抱怨的语气说：“我们活着，不知道为什么活着，就像是一只没有睁开眼睛的小狗。无论是对于上帝还是对于恶魔，我们的存在并不重要，他们都不需要我们，我们算什么上帝的仆人？约伯是上帝的仆人，上帝还亲自和他谈过话，还有摩西也是。摩西的名字就是上帝起的，摩西的意思就是‘我们的’，就是上帝的人。③但我们是谁的人呢？”

日哈列夫把书藏在抽屉里，上了锁，穿上衣服。

他问西塔诺夫：“去小酒店吗？”

“我要去找我的相好。”西塔诺夫小声回答。

他们出去后，我和巴维尔·奥金佐夫并排睡在门口的地板上。④他辗转良久，难以入眠，刚发出鼻息声，又突然低声哭泣起来。

我问他：“你怎么啦？”

“我觉得他们很可怜，”他说，“我已经和他们一起生活四年了，他们的情况，我了如指掌。”

我也觉得这些人很可怜。⑤很长时间我们都没有

读书笔记

①为什么“我”在知道这是一本禁书时非常高兴？

名师批注

②运用动作描写，描绘出他们听“我”读书时的积极主动，体现了他们对读书的期待与热爱。每个人都在这样的聆听中逐渐发生了改变。

名师批注

③日哈列夫陷入了迷茫，但是又无力解答这样的疑问，究竟谁能告诉他答案呢？

读书笔记

④为什么巴维尔此时辗转反侧，低声哭泣？

读书笔记

⑤是什么让两个孩子对他们产生了同情？

睡着，一直在小声地谈论着他们。我们看得出来，他们每个人身上都有美好的品质，而且他们身上还有一种说不清道不明的东西，那加深了我们两个孩子对他们的同情。

我和帕维尔·奥金佐夫相处得十分融洽。他学业有成，成了一个优秀的画师，但好景不长，他在近而立之年的时候开始酗酒。

后来我在莫斯科希特罗夫市场遇见他，他已经变成了一个流浪汉。①不久前又听说他已经因伤寒病而死去了。

我一生当中，有多少年龄和我不相上下的善良的人，都糊里糊涂地死去了，想到这儿，我就感到非常可怕。

②所有的人，都会慢慢地、逐渐地耗尽精力，归于死亡，这是不可避免的自然现象。可是，其他地方的人也没有像我们俄国的人民一样，衰老得如此快，如此毫无意义。

③郊外的积雪融化了，天空中寒冬的阴云也融化成雪，夹着雨落在地面上，很快就消失了。

太阳走得慢腾腾的，不愿落山，因此白昼时间变长了，空气也变得暖和起来。令人愉悦的春天好像已经到来，但它似乎还顽皮地躲在郊外某个地方的田野间，也许转眼就会令人猝不及防地涌进城市。

街道上到处都是棕红色的泥水，汇聚成小溪，沿着人行道边流动，囚徒广场[109]上，雪融化后，干净的地方，麻雀在快乐地跳来跳去，人们也和麻雀一样忙碌起来。

在春天的呢喃细语中，大斋的钟声，一天到晚无休止地、不知疲倦地响着，柔和的敲击声使人们的心随着它轻轻摆动。这钟声好像老人的说话一般，隐含着某种屈辱、苦难和创伤。这钟声一下一下地敲着，好似在用悲凉忧郁的音调讲述着人世间的一切："存在过，这事发生过，出现过……"

在我的命名日[110]这一天，作坊里的伙伴们送给了我一幅小巧精致的圣徒阿列克谢的画像，日哈列夫因

名师批注

①人生中，突如其来的变故太多，"我"见证周围的人来了又走，内心既悲伤又害怕，担心自己也遭遇同样的命运。

名师批注

②"快""毫无意义"等词，展现了当时社会对年轻人的摧残，"我"对这样的现状无能为力，体现了"我"的失望与愤怒。

名师批注

③通过细致的环境描写，生动形象地描绘了冬天离去，春天到来后生机勃勃的画面，渲染了和谐美好的氛围。

109 即干草广场（见《童年》）。因该广场上有囚禁犯人的建筑，因此人们又称该广场为囚徒广场。

110 旧历 3 月 17 日。

而说了很长一段话，语重心长，让我永远铭记。

“你是谁呀？”他摆弄着手指，扬起眉毛说，“你不过是出生十三年的小孩子，一个孤儿。我年龄大约是你年龄的四倍，但我还是要称赞你，因为你对万事从不退缩，总是勇敢地面对一切。你以后一直都要这样，知道吗？这非常好。”

他又说到上帝的奴仆，说到上帝的人，但我不明白奴仆和人的分别，他自己好像也不是十分清楚。他说得很枯燥乏味，师傅们都嘲笑他。我两只手捧着圣像，站在那里，心里十分感动，又有点儿不知所措，不知道该怎么办才好。卡别久欣终于耐不住了，懊恼沮丧地冲着演说家叫喊：“别贫嘴贱舌地为他唱赞歌了，瞧，他的耳朵甚至都听出老茧了。”

但是紧接着，卡别久欣拍了一下我的肩头，也开始称赞我：“你的优点就是，你对大家都很亲切热情，我喜欢你的这一个优点。所以，即使你有什么没做对的地方，别说打你了，就是要骂你，我也难以开口啊。”

①大家和善地望着我，带着善意地嘲笑我的害羞的样子。

可能再过一段时间，我一定会因为自己被这些人需要而喜极而泣。但是喜乐欢愉不可过度，正好这天早上，在铺子里，掌柜是这样在其余人面前说我的：“这小家伙真讨厌，做什么都不行，简直没用。”

我和往常一样，一大早就来到铺子里。到了午后，掌柜对我说：“你回去吧，去库房顶上把雪铲下来，然后堆到冷藏地窖里。”

他不知道今天是我的命名日，我坚信，而其他的人也不知道这件事。

作坊的人们给我举行了庆祝会以后，我就换了衣服，走到院子里，爬到仓库顶上，铲下这年冬天厚重的积雪。但是我过于兴奋，忘记了事先应该要打开地窖的门，导致铲下去的雪把门封住了。我跳到地上才发现这个错误，急急忙忙动手铲开门上的雪。雪是潮湿的，堆得又瓷实，我用木铲根本铲不动，手边又没有铁锹，于是一个不小心，木铲就被折断了。碰巧，此时掌柜走到了院门边——这正是应了“乐极生悲”这句俄国人的老话。

“好啦。”掌柜嘲讽地说着，走到我身边，“你，干的什么活？见鬼了。我一定要狠狠捶你这傻猪

名师批注

①通过神态、动作描写，写出了大家对“我”释放的善意，让“我”在命名日这一天倍感温暖。

脑袋！”

他捡起木铲折断的手柄向我挥过来，我闪开了，气愤地说：“我可不是你雇佣来给你打扫院子的！”

他把木柄扔在我脚边，我抓起一团雪丢到他脸上，他哼了一声，捂着鼻子逃开了。我也丢下手里的活不干了，回到作坊里。过了几分钟，他的未婚妻从楼上跑下来。她是一个举止轻佻、脸上长满痘痘的女人。

“马克西莫维奇，到楼上去一下。”

“不去。”我说。

拉里奥内奇十分惊讶，他压低嗓子问我：“怎么啦——你为什么不去？”

我把事情的经过跟他说了，他神情担忧，皱着眉头上楼去了。他走的时候，小声对我说：“我说你呀，小老弟，你做事也太唐突了点儿。”

①作坊里一时间闹得沸沸扬扬，大家骂着掌柜。卡别久欣说：“瞧吧，这下子他们一定会把你赶走的。”

我毫不畏惧。我和掌柜的关系早已破裂到无法修复的程度，他恨我恨得要命，近来恨得更加厉害了。我也一样讨厌他，但我其实很想知道，他到底为何对我这样蛮横、不讲道理。

在店铺的时候，他经常把钱丢到地板上。我扫地时看到了就捡起来，放到柜台上的施舍乞丐的零钱罐里。后来我经常捡到这样的钱，于是猜到了他为什么这么做，便对掌柜说：“你向地上扔硬币也达不到你的目的。”

②他恼羞成怒，口不择言地破口大骂起来：“轮不到你来教训我！我自己做的事，自己知道。”

可他又马上改口说：“谁会无缘无故把钱白白扔掉？是它们自己掉到地上的。”

他不允许我在店铺里看书，总对我说：“你这种猪脑子读什么书？难道还想当神学家吗？吃白饭的家伙。”

他一直没有放弃用二十戈比的钱币来陷害我的计谋。我知道，要是扫地时让硬币滚落进地板缝里，他一定会污蔑我偷钱。

于是，我再一次对他说，不要再和我玩这种无聊的游戏。谁知道，就在这一天，我从小酒馆那儿打了一壶开水回来之时，听见他对隔壁店铺里一个新来的伙计说：“你让他偷《圣诗选集》，最近有三箱《圣

名师批注

①在出现事故后，大家都担心着“我”，并且为“我”打抱不平，体现了大家对“我”的偏爱，给予了“我”别样的温暖。

名师批注

②掌柜谋害“我”的卑鄙手段体现了掌柜的虚伪无耻以及对“我”的敌意。

诗选集》要到了。”

我知道他在议论我，我走进店铺里，他们两个人立刻闭嘴不说话了，神情尴尬。不过，除了这件事外，我早就掌握了他们故意要陷害我的真凭实据。这又得从头说起，比如说，有这样一两件可疑的事：

隔壁店铺里的那个伙计，并不是第一次替他做坏事。那是一个擅长做生意的店员，但是太贪杯，嗜酒如命。有一次喝得酩酊大醉，被东家赶走，过了一段时间，又被重新叫了回来。①他看起来营养不良，显得瘦弱憔悴，眼睛不安分，暗藏狡猾，表面上谦卑恭敬，一举一动完全听从东家的吩咐。在他那张留着大胡子的脸上总是挂着精明计较的笑容。他喜欢说幽默的话，讲话的时候，会散发出一种患有牙病的人常有的臭味，虽然他的牙齿看起来洁白而整齐。

有一天，他的一些行为让我感到吃惊：②他假装亲热，满脸笑意地走到我身边，突然掀掉了我的帽子，使劲抓住我的头发。我们开始打架，他把我从外廊逼进店铺里，想把我推倒在地板上的大圣龛上——要是他成功了，我一定会把玻璃压碎，给雕饰造成损伤，就弄破了价格高昂的圣像，后果不堪设想。但是他的力气很小，最终是我胜出了。那一刻，这个长胡子的男子汉，竟然就坐在地板上，擦着被打破的鼻子，失声痛哭起来，这让我感到很吃惊。

第二天早上，两家店铺的老板都出去了，铺子里只有我们两个人。他用手指摸着鼻梁上以及一只眼睛下面被打肿的伤处，态度友善地对我说：“你以为，我昨天打你是出自我的本心吗？其实我才不是傻瓜，我当然知道打不过你，我是个酒鬼，没有那个力气。这是老板让我这么做的，他说：‘你去找碴儿跟他闹，和他打一架，尽量把他们店铺里的东西多弄坏一些，让那边承受损失。’③我难道自己心甘情愿要惹是生非吗？就我自己而言，我才不愿意干呢，你看你把我的脸揍成什么样啦！”

我相信了他的说辞，并在心里可怜他。听说他同一个女子一起生活，过着有上顿没下顿的日子，还经常被那女子殴打。我问他：“如果他们让你下毒药去毒害一个人，你也做吗？”

④“他会逼着我做的，”伙计声音低低地说，露出可怜无奈的苦笑，“他也许会的……”

名师批注

①通过外貌、神态描写，体现了店员的精明、虚伪，“我”对这个店员的厌恶之情溢于言表。

读书笔记

②结合上下文情节，分析隔壁店铺的伙计为什么会突然出现？

名师批注

③店员向“我”说明事情原委，体现了这个店员的软弱、毫无主见，以及阳奉阴违的虚伪。

名师批注

④这个伙计将一切的坏事都归咎于他人的逼迫，但这种无条件的顺从又何尝不是一种恶呢？他成为恶魔的臂膀，却还要为自己开脱，更凸显出他的虚伪。

过了不久，他问我："嗯，我身无分文，非常无聊，家里也没有任何吃的，老婆经常跟我吵架。朋友，你在这边仓库里给我偷一张什么圣像好吗？我可以用来换一些钱财，你愿意帮助我吗？帮我这个忙吧，或者拿一本《圣诗选集》可以吗？"

我想起鞋店和看守教堂的老头子的事，我暗地里想，这个人一定会出卖我的。①但是我很难回绝他，就拿了一张圣像给他。

我不敢把十分昂贵的、价值有几卢布的《圣诗选集》偷出来给他，我觉得这是大的罪过。可有什么办法呢？在道德当中，经常藏匿着一种经济色彩，过错也分大小，小偷小摸算不上大罪。神圣庄严的《刑法》将这个小秘密十分清楚明白地暴露在光天化日之下，秘密虽小，里面却隐藏着私有制的极大虚伪性。

这一次，我打热水回来，偷听到我的掌柜在煽动这个可怜虫让我去偷《圣诗选集》，那时我确确实实大吃一惊，而且恍然大悟。我十分清楚，我们掌柜已经知道我拿他的东西送人，换而言之，隔壁的伙计已经把我拿圣像给他的事情告诉他了。

②我偷拿别人的东西送人的龌龊行为，以及他们千方百计给我设下的卑鄙恶劣圈套，这一切综合在一起，让我对自己和所有人都产生了一种愤懑和厌恶的感情。

连着好几天，我都沉浸在这种情绪当中，一直等到几货箱的书运到。

货物终于运到了，我在仓库里打开箱子，隔壁的伙计走过来，让我给他一本《圣诗选集》。我于是问他："你把偷圣像的事情告诉我们掌柜了？"

"告诉了，"他神情可怜地向我承认，"兄弟，我这个人守不住秘密。"

③我瞠目结舌，坐在地板上，瞪大眼睛望着他。

他急了，慌忙向我解释，那种又狼狈又可怜的模样令人难以忍受。他嘟嘟囔囔地说："你知道吧，其实是你们掌柜自己猜中了，不，是我们老板猜中了，然后他又告诉了你们掌柜……"

我想，这下我可真是完蛋了——这群人联手陷害我，之后我一定会被关进少年感化院。情况既然已经这样，是横是竖都无所谓了。如果一定要在水里被淹死，那干脆就陷得更深。我④拿了一本《圣诗选集》

读书笔记

①为什么"我"还是给了他一张圣像？

读书笔记

②你有没有过被人栽赃陷害的经历？

名师批注

③"我"还不曾见过这样的人，伙计的无耻令"我"不敢相信。

名师批注

④以店员反常的举动设下悬念，与下文老板要将"我"辞退的情节相呼应，吸引读者，激发读者的阅读兴趣。

塞进这伙计的手里。他藏在外套底下，偷偷溜了出去，但是马上又回来了，把《圣诗选集》丢在我的脚边，说了一句话就飞快地走了："我不能要！会和你一起倒大霉的。"

我没能理解他话里的意思——为什么会跟我一起倒大霉？但是更令我高兴的是，他没有把书拿走。自从发生了这件事以后，我们那个小掌柜看见我，更加竖眉瞪眼、疑神疑鬼了。

当拉里奥内奇到楼上去的那一刻，我回想起了这一切。没过多久，他就回来了，神情比刚才更萎靡，更无精打采，显出从来没有过的沉静。趁着吃晚饭之前，我们俩单独在一起时，他对我轻声说："我费了不少唇舌，想叫你别到店铺去，就只在作坊里帮帮忙。但没有什么效果。掌柜不肯答应。他和你是死对头。"

我在这屋子里还有一个仇人——掌柜的未婚妻，就是那个举止轻浮的女子。作坊里的男青年都跟她胡来，他们特意在门廊底下等她，看见她过来就抱住她，她也没有生气，就只像小狗一样轻轻地、装模作样地叫几声。从白天到晚上，她的嘴巴一直嚼着东西。她的荷包里总是装满了甜饼干、小点心之类的零食。因为一直嚼着东西，她的下颌也总是在动。她那浅薄轻浮的面孔，和总是左顾右盼的不安分的眼睛，真让人感到浑身不舒服。

她时常要我和帕维尔猜谜语，谜底都是猥琐下流的，还告诉了我们很多的绕口令，也是一些下流的语言。

有一天，一个年纪较大的师傅对她说："你真是个不知羞耻的姑娘。"

她可满不在乎，甚至用下流的小调回答：

要是姑娘知羞害臊，
哪能嫁人生宝宝……

读书笔记

①女子有什么特点?

①我生平第一次遇到这样的女子，心中实在讨厌她。可她初次见到我，就粗暴地想要亲近我，和我胡来，可把我吓坏了。她见到我不喜欢这样的胡闹，反而益发纠缠不休。

有一天在地窖子里，我和帕维尔帮她刷洗做克瓦斯和酸黄瓜的空木桶，她对我们说：“小家伙们，我来告诉你们如何亲嘴好吗？”

①“我亲嘴的技术比您还好呢。”帕维尔笑着回答。

我十分不礼貌地对她说：“你想要亲嘴，就和你未婚夫去亲好啦，找我们干什么？”

她生气了，说：“咳，说话太粗暴了吧。本姑娘愿意和你亲热，你竟然还推辞不接受，你说说，你是个什么东西。”

接着她又用手做出恐吓的架势说：“你等着吧，我会叫你记得这个。”

帕维尔帮着我，对她说：“如果你的未婚夫知道你这样胡搞，他会收拾你的。”

②她的长满痘痘的脸，表现出轻蔑的神情：“我才不怕他呢。我有这么多的嫁妆，什么样的女婿找不到。姑娘在出嫁前正是寻欢作乐的好时候。”

她开始和帕维尔调情。自此以后，她就不停歇地到处传播谣言来污蔑我。

我在店铺感到越来越心烦意乱。所有的宗教书都读完了，宗教学者们谈论的事情，也无法再吸引我，他们说来说去都是那一套陈词滥调，没有一点儿意思。

我喜欢摘抄一些名言警句，也喜欢把周围一些人讲的令我感到有趣的话写在本子里。但我不知道掌柜是怎么知道我有这个本子的，有一次，在我从铺子走回作坊的路上，掌柜十分严厉地对我说：“听说你在摘抄什么东西，这种事不允许做，听到没有？只有间谍密探才会做这种事。”

我漫不经心地问他：“那么西塔诺夫呢？他也在抄呀。”

“他也抄吗？这个瘦瘦长长的傻瓜蛋。”

好半天我们没有说话，最后他用一种从来没有过的温和语气对我说：“③嗯，把你的和西塔诺夫的本子给我看一看，我给你五十戈比。但不要让西塔诺夫知道，要悄悄地干。”

想必他认为我会答应他的要求，所以他再没说话，就迈开两条小短腿，急忙往前头跑去了。

到了作坊里，我把掌柜说的话对西塔诺夫讲了，他皱着眉头说：“你嘴巴太碎了。这下他一定会找什

名师批注

①帕维尔面对女子的调戏，并没有拒绝，反而与她调笑，他的正直、善良似乎正在一点点流失。

名师批注

②掌柜的未婚妻漠视道德，以金钱作为自己横行霸道的资本，毫无羞耻心，也毫无对他人的尊重。

读书笔记

③为什么掌柜会选择用金钱收买“我”？

么人来偷我们的本子。把你的也给我，我去藏起来。而且，用不了多久你就会被撵走的，等着吧。”

在这一点上我没有怀疑，所以我打定主意，等外祖母一回城，就离开作坊。她一整个冬天都住在巴拉赫纳，因为有人请她到那里去教闺女们织花边。

外祖父又回到库纳维拉村镇去住了，我从来没有去探望过他，他有时候来市里，也不会来看我。

直到有一天，我们在大街上遇见了。他穿一件厚重的浣熊皮大衣，像神甫一样，在街上大摇大摆、神气活现地踱步走着。我跟他打了个招呼，他用手抚住额头，微微盖住眼睛，若有所思地对我说：[①]“啊，是你呀。对了，对了，你现在在画圣像……哦，去吧，走吧。”

他把我推向路边，又照样大摇大摆，慢慢地走了。

我很少见到外祖母，她要养活年老痴呆的外祖父，于是拼命地、不辞辛劳地在干活，还要养育舅舅的孩子们。

让她操碎心的是米哈伊尔的儿子萨沙，他是一个大帅哥，耽于幻想，喜爱读书。他在几家洗染店工作过，可是都不长久，频繁更换店家，最后失业，就依靠外祖母养活，静静地等候她给他找新的工作店家。

萨沙的姐姐也在拖累外祖母，她命蹇时乖，嫁给了一个酗酒的工匠，经常被他打骂，还被他赶出家门。

每次遇见外祖母，我都愈发真心实意地觉得外祖母心地善良。[②]但是我已经逐渐感受到，这颗美丽的心灵生活在一个虚空的、梦一般编织的童话世界里，被美好的童话蒙蔽了双眼，不能看见、也不能理解苦难黑暗的现实生活。所以，我所有的负面情绪，我的焦灼和不安，她是无法理解、感同身受的。

“要忍耐，阿廖沙。”

每次，当我长时间地跟她诉说着生活的丑陋面和人们遭受的痛苦磨难，以及那些让我感到愤怒的一切事情时，[③]“要忍耐”这句话就是她唯一能给我的回答。

我天生就不会忍耐，即使有时候表现出近似牲畜和木头石子的性格，也不过是为了检验自己，想要知道自己的底线和能够在这世间立足的坚实程度而已。

有的时候，年轻小伙子经常凭借着一腔热血，羡

名师批注

①外祖父要仔细辨认才能认出“我”，想起“我”的近况，可见他对“我”的忽视，不过“我”并不在意。

名师批注

②当“我”经历得越来越多，便渐渐明白了祖母的善良是多么难得，但也是自欺欺人的。有时候我们不必喊醒做梦的人，因为这个美梦正是她最坚硬的铠甲，足以应对世界的考验。

读书笔记

③外祖母对“我”的劝告说明了什么？

慕大人的力气，尝试着去举起超过自己筋骨承受重量范围的东西。一旦举起来了，为了更加炫耀自己，就会像力气大的成人一样，试着挥舞两普特重的秤锤在胸前画十字。

从现实生活中和打比方的方式来说，我在身体上、在精神上都有过这样的行为。只因幸运之神的眷顾，我才没有受到致命伤，没有落下终身的残疾。

这个世界上没有任何东西，比摧残人的韧性，使其对外界势力俯首称臣更为可怕的了。

①如果我最终将以伤残之躯躺进坟墓的话，那么我在临终的时候，就可以骄傲地说，那些纯洁善良的人，在大约四十年之内拼命地想改变我的灵魂，但是我得说，他们白费一番苦心了。

我希望搞点儿恶作剧为大伙儿消愁解闷，逗他们笑一笑。这样一种激烈的渴望更加频繁地驱使着我。当然，我也确确实实做到了这一点，每一次我都会成功——我会假扮市集上那群买卖人的嘴脸，把他们的机智狡猾的伎俩绘声绘色地讲给大伙听；我还会模仿乡下男女买卖圣像时谨小慎微的模样，讲掌柜如何利用手段巧妙地欺骗他们；还有旧派学者们是如何争吵得死去活来的。

作坊里的人都哈哈大笑，有时师傅们看我的表演看入神了，会情不自禁地放下手里的工作，所以在这之后，拉里奥内奇总是劝诫我："你最好是在晚饭后再表演，免得妨碍大家干活。"

每次"表演"完了，我好像如释重负，心里就变得轻松了，有半小时到一小时会感到神清气爽。

②但是没过多久，脑子里好像又装满了尖锐的小钉子，不停钻动我的大脑，使我痛苦。

③我身处的四周仿佛是一锅肮脏的麦片粥，而我自己好像也在其中，被慢慢地煮烂了。

我想："难道我的整个人生就是这样子的吗？我要和这些人一样混日子，不能过得更好一点儿，不能找到更美好的生活吗？"

"马克西莫维奇，你现在脾气越来越暴躁了。"日哈列夫注意到我的情绪，说道。

西塔诺夫也时常问我："你怎么啦？"

我不知道该怎么回答才好。

生活不知疲倦地、顽固而粗暴地从我的心上抹去

名师批注

①"我"逐渐成为一个坚定的人，有着自己坚持的原则、不会更正前进的方向，"我"没有被世俗污染，实在值得骄傲！

名师批注

②"我"制造的欢乐并不能长久地留存，现实中的苦痛太过强大，会瞬间侵占"我"的生活。

名师批注

③运用比喻的修辞手法，把"我"四周的世界比作一锅肮脏的麦片粥，而"我"自己也仿佛被煮烂了，形象生动地写出了"我"正经受着生活的折磨，处在无法解脱的困境。"我"开始意识到这个问题，并寻求解决之道。

美好的印迹，然后充满恶意地胡乱涂抹了一些废料。我感到愤慨，对生活的暴虐做出顽强的抵抗。①我和大家一起在同一条河流里浮浮沉沉，但是这河水于我而言过于冰冷了，它的浮力对我来说太小，它不能像托着别人一样，轻而易举地把我托起来，我时常觉得自己会就此沉没到深深的河底去。

同事们对我更加好了，他们不像对帕维尔那样呵斥我，也不随心所欲地使唤我干这干那。为了表示对我的敬意，他们用父名叫我。这诚然很好，但是我看过他们很多人狂饮酗酒后那种令人厌烦、恶心的醉态，还有他们和女子近乎病态的关系，心里痛苦万分。虽然我也知道，贪欢作乐是他们在这无望生活中唯一的慰藉。

我时常想起这些事情，非常悲痛，就连那个聪明大胆的纳塔利娅·科兹洛夫斯卡娅，她自己也说出了“女人是一种玩物”这样的话语。那么，我的外祖母呢？还有那位“玛尔戈王后”呢？

每次想起那一位“王后”，我都有一种近似畏惧的情感。②她是那样地与众不同，我好像是在梦中与她见过。

在这样起伏波动的情绪之下，再加上春天的诱惑，我下定决心再到轮船上去干活，等船开到阿斯特拉罕后，就下船逃到波斯去。

为什么偏偏要去波斯，理由是什么，现在已经想不起来了。③或许仅仅是因为在尼日尼市场的波斯商人深深地吸引了我——他们像石像一样盘着双腿坐在地上，胡子在太阳光中仿佛染了颜色，表情沉着地抽着水烟袋，他们的眼睛大大的，又黑又亮，很神奇，好像他们的经历无比丰富，对天下之事无所不知。

说不定我真的会逃到什么地方去，但是复活节的那一周，一部分师傅回乡下去了，留在这儿的人整日灌得醉醺醺的。

有一天，因为天气极好，我到奥卡河边去散步，在那里碰到了我从前的主人，外祖母的外甥。

④他穿着薄薄的灰大衣，两只手插在裤袋里，嘴里叼着烟卷，帽子戴在后脑勺上。他表情和蔼，对我露出友好的微笑，展现出一种讨人喜欢的、快活的、自由人的风度。

广阔的田野里，除了我们两个之外，没有其他人。

读书笔记

①作者运用类比的手法，想要说明什么？

读书笔记

②“玛尔戈王后”与众不同在哪里？

读书笔记

③这其中有什么特别之处吗？

名师批注

④运用外貌、神态描写，写出主人此时的春风得意，表达了“我”对他的喜欢。

真是空谷足音。

“啊，佩什科夫，恭喜基督复活了。”

我们亲吻三次以示祝贺[111]。

他问我如今生活得怎样，我毫不隐瞒，坦率地告诉他——这里的一切，包括作坊、城市等都让我厌倦，所以想到波斯去看看。

“打消这个想法吧，”他神色认真地说，“波斯有什么地方胜过俄罗斯的呀？见鬼去吧。老弟，我知道你的想法，我在你这样大的时候，也想远走高飞。”

虽然他说话总是有“见鬼”这个词语夹杂其中，我听了却挺舒畅。在他的身上洋溢着美好的春天的气息。整个人显现出一副无拘无束、悠然自得的样子。

“你抽烟吗？”他问道，并向我伸出了一只装着粗大的烟卷的银色烟盒。

我无疑被这征服了。

①“佩什科夫，再到我这里来干活吧。”他向我建议，“今年我在市场上接连承包了四万多卢布的建筑工程，兄弟，你知道吗？我派你到市场上去，你就是我派去的类似监工的人。材料运到了，你就接收下来，按时分配到一定的地方，防止工人们偷盗东西，可以吗？薪水一个月五卢布，另外每天还给五戈比的午餐钱。你用不着同我家里的女人们应酬，你每天早出晚归，与她们无关。不过你不要对她们说我们见过面了，你装作随随便便来的。复活节后的第一个星期天，你直接来。就这样定下吧。”

我们像是朋友一样就此别过，他握了握我的手离开了，走开后甚至远远地、殷勤地对我摇着帽子。

回到作坊里后，我告诉他们我要离开了。一开始，②大部分的人十分惋惜，让我的虚荣心得到了满足，尤其是帕维尔，十分舍不得我走。

“好吧，你仔细想想，”他用责备的语气和我说，“我们在一起惯了，真不知你以后如何跟那些乱七八糟的乡下人一起生活？木匠，裱糊匠，什么人都有……我说，你呀！这叫作丢了西瓜，捡了芝麻——现成的神甫不做，倒要去教堂扫地。”

日哈列夫嘟囔着说：“人往高处走，鱼往深处游，你这个漂亮小伙子，却往狭处钻。”

名师批注

①虽然交流不多，但是主人依旧愿意教导“我”、帮助“我”，体现了他身上令人如沐春风的善良。

读书笔记

②从大家对“我”的不舍中可以看出什么？

111 东正教徒在复活节期间见面时要做的礼节，先相互祝贺，后互吻三次。

作坊的人们给我举办了饯行会，伤感而冷清。

“人一生什么都得尝试一下，这是理所当然的，”脸醉得发黄的日哈列夫说，“不过，最好还是果断选定一件事，紧紧抓住不放，一直做下去……”

“做一辈子。”拉里奥内奇低声补充说。

①但我觉得他们说这些话都很勉强，好像只是因为分别，所以才需要说一些话来表示。

我和他们相互连接着的那根纽带，好像由于发霉，马上就要断了。

我又回到了主人的家，不过这次我可以在主人的家里看书。

以前“玛尔戈王后”住过的那个房子，现在有一个大家庭在那儿居住——其中有五个姑娘，一个比一个美丽，还有两个中学生，他们愿意借书给我。

我如获至宝地读着屠格涅夫的作品。令我感到惊奇的是，②他的作品都语句流畅、通俗易懂，像秋日晴朗的天空，而且作品中的人物纯洁质朴，作家用朴实的话语描绘的事物又是那么美好。

我又读了波缅洛夫斯基的《神学校随笔》，惊叹不已。最令我惊奇的是，这部作品写出来的生活同圣像作坊的情况非常相似。那种因苦闷烦恼而做出的惨无人道的恶作剧——我真是再熟悉不过了。

③读俄国的作品感觉很好，能常常在书中感知到一种熟悉的、伤感的东西。仿佛在书页中隐藏着大斋节的钟声，只要把书打开，耳边就能感觉到那钟声的凄凉和沉重。

我勉强读完了《死魂灵》，读《死屋手记》时心情也差不多；《死魂灵》《死屋》《死》《三死》《活尸首》等诸如此类不吉利且触目惊心的书名，不仅引起了我的注意，也使我对这样的书有一种模糊的反感。《时代的表征》《稳步前进》《怎么办？》《斯穆林诺村记事》这一类书籍，我也不喜欢。

④但是我最喜欢的是狄更斯和瓦尔特·司各特这两位作家。我满怀兴趣地读了他们的作品，一本书反复读，常常有两三次。瓦尔特·司各特的书会使人想起大教堂中节日的弥撒，虽然会有点儿冗长沉闷，但是格调庄严；狄更斯是一位值得我向他低头顶礼膜拜

名师批注

①平时并不常表达这些情感的人，说出这些话时肯定是生疏的，在“我”听来仿佛是带着勉强。

名师批注

②运用比喻的修辞手法，将屠格涅夫的作品比作秋日晴朗的天空，写出“我”阅读他的作品时内心的欣喜与豁然开朗。

名师批注

③读俄国书籍时，“我”的内心是满足与惬意的，“我”对读哪种书有了自己的看法。

读书笔记

④你有没有自己最喜欢的一本书或者作家？试着分享一下。

的作家，这一位文学大师领悟了最困难的关爱人的艺术，令人击节赞叹。

每天傍晚，大门口都会聚集很多人。K家兄弟和姊妹，还有其他的少年，一个长着翘鼻子的中学生维亚奇斯拉夫·谢马什科。有时候，一位大官的闺女普季齐娜小姐也会过来。大家围绕着书籍、诗文等内容谈论，这些话题我也感到亲切，而且能够听懂。

我阅读过的书籍比他们所有的人都多。但是他们谈论得更多的是中学里的事，诸如对教员不满意之类的。

我听了他们说的东西，觉得自己比这群朋友更自由自在一些，而且我对他们的忍耐能力表示惊讶。①但是话说回来，我还是很羡慕他们，他们有时间读书写字，有上学的机会。

我的朋友们的年龄都比我大，但是我认为，我比他们更具成人气质，比他们更成熟，更加富有社会经验，对于他们，我有四两拨千斤的能力。可是，这多多少少让我有点儿困惑不安，因为我希望与他们的距离能更近一点儿。

平时我回到主人家里的时候，已经很晚了，我一身尘土，十分肮脏，脑子充斥着的是和朋友们完全不同的思想。

他们的所思所想是很单纯的，他们时常谈论别人家的女儿，时而喜欢这个女孩，时而恋慕那个女孩，还想要作诗。但是真到作诗的时候他们就会求助于我。

我一直在练习作诗，十分刻苦勤奋，很快就学会了如何用韵。只是，不知道什么原因，②我的诗总是给读者带来一股讽刺幽默的感觉。

我经常在诗里，把那位更为受欢迎的普季齐娜小姐比作蔬菜，或者葱头。

谢马什科对我说：“这是什么诗？简直就和皮鞋钉一样刺人。”

③我什么事都不甘落后，也爱上了普季齐娜小姐。

我已经记不清当初是如何对她表明心意的了，总之，结果不尽如人意。

经过是这样的——兹韦金池塘里的水已经腐败发臭，颜色都绿了，水面上漂浮着一块木板。我建议普

名师批注

①“我”很羡慕同龄人可以上学，“我”进入学校的渴望在此时萌芽，为“我”今后进入学校埋下伏笔。

名师批注

②因为生活经历大相径庭，“我”并不像同龄人那般天真单纯，在经历了这些苦难之后，“我”形成了自己对世界的独到认知，并不知不觉融进了我的创作里。

名师批注

③少年人可笑又可爱的攀比呀！

季齐娜小姐到木板上划着玩耍，她答应了。

于是，我想法子把木板弄了过来，自己跳了过去。我一个人站在上面，木板还可以浮得住，可是等到穿戴华丽、满身花边和丝带的小姐身姿优雅地站上木板的另一头，我得意地用一根棍子当作船桨把木板撑离岸边时，这块该死的木板不堪重负，在我们脚下摇晃起来，小姐一下子落到水中。

我发挥骑士精神，跳进水里去救她，立刻把她抱上岸，惊慌失措和池中的绿水藻把我的小姐的仙姿玉色消灭殆尽。

她挥着水淋淋的拳头，愤怒地向我吓唬、叫骂："你故意把我翻到水里！"

不管我多么真心实意地解释，她都不相信，从此以后，她恨透了我。

总之，寄宿在主人家的生活了无趣味。老主妇一如从前不喜欢我，小主妇用怀疑的眼光打量我，维克托脸上的雀斑长得更多了，脸颊也愈加发红，不知道是不是有什么委屈和郁闷发泄不出来，总是和人吵架。

主人制图工作繁忙，两兄弟忙不过来，叫了我的继父来帮忙。

有一天，我从集市上很早回来，大约是五点钟的样子，一走进餐厅，我就看见主人和一个我早已忘掉的人一起坐在茶桌边。他向我伸出手："您好。"

①由于十分意外，我当场愣住了，旧时的情景像火一样在眼前燃烧，灼痛我的胸口。

"是不是吓了你一大跳？"主人叫道。

②继父的脸十分消瘦，黑眼睛显得更大，他微笑地望着我，整个人显得病恹恹的，一副惫懒、无精打采的模样。

我把手放在他的细瘦而发热的手掌里。

"看，我们又见面了。"他咳嗽着说。

我像挨了一顿打，垂头丧气地走开了。

现在我和继父的关系，显得既微妙，又有些说不清，他叫我的名字的时候加上父称，就像是对平辈说话一样。

③"您到店铺里去购物的时候，麻烦帮我买四分

读书笔记

①请从修辞的角度赏析句子，理解"我"当时的心情。

名师批注

②继父此时的憔悴，也暗示了后文中他命不久矣的命运。

名师批注

③继父在请求"我"为他办事时的客气疏离，表明了"我"与他之间的隔膜。

之一磅的拉费尔姆牌烟丝[112]和一百张维克托尔松牌[113]卷烟纸，另外再买一磅煮香肠。”

他给我的那些钱，还留有他发热的手蹭上去的余温，我拿着时心里很不舒服。很显然，他得了肺痨，在世的时间不多了。他自己也清楚地知道这一点，有时用手捻着下巴上尖尖的黑胡须，冷静地低声说：“我的病几乎无药可医了。①但是多吃一些肉，增加点儿营养，倒是可以养好身体，有可能我还会康复的。”

他吃得很多，抽烟的频率也很高，除了吃饭的时候，烟根本不离嘴。我每天给他买香肠、火腿和沙丁鱼。但是外祖母的妹妹一直相信他没救了，不知为何，她还有点儿幸灾乐祸地说：“拿好东西请死神吃是喂不饱的，死神总是骗不过的。”

主人们对继父似乎很关心，其实是虚情假意，他们表面上经常固执地奉劝他吃这种那种药，背地里却嘲笑他：②“真是一个贵族。他煞有介事地说，一定要把桌上的面包渣清理干净，因为苍蝇都是从面包渣里滋生的。”

小主妇一说话，老主妇紧跟着就说了：“是呀，是真正的贵族呢。那件破常礼服已经不能再穿了，都被磨出窟窿了，他还在用刷子拼命地刷。真是一个奇怪的人，一粒尘土也不愿意沾染在身上。”

主人仿佛在安慰她们：“等着好了，你们两只好斗的母鸡，他在世时间不多了。”

小市民们都对这位贵族有着莫名其妙的恶意，却使得我和继父悄无声息地接近起来。捕蝇草[114]虽然也是一种毒草，但起码它看着很美丽。

③继父在这一群人中间苟延残喘，好像是一条鱼偶然间掉落进了鸡窝，迟早都会被憋死。

这个比喻有一点儿荒诞，但是生活本身就是荒诞的。

在他的身上，我开始看见“美事”——我永远都不会忘记的人——的秉性特征，我把书籍中所阅读到

名师批注

①再理智的人面对死亡，也有可能变成一个乱投医的傻瓜。继父明知自己的病情，还以这样的方式给自己一点儿生的希望，体现了他对生的渴望。

名师批注

②小主妇和老主妇暗地里对继父的嘲讽，体现了她们的虚伪，也从侧面强调了继父在这些方面的偏执，他与整个环境格格不入，就像“我”一样，为下文“我”与他亲近起来做铺垫。

读书笔记

③请分析这一个句子的含意。

112 彼得堡拉费尔姆烟草公司生产的烟丝。

113 用维克托尔松设计的机器造出的卷烟纸，在当时的俄罗斯销路甚广。

114 捕蝇草是多年生草本植物，叶子以中肋为界分左右两半，并可以随意启开闭合。平时，两片叶子成80° 角展开，铺在地上。每当昆虫受到蜜汁的引诱飞落到叶子上时，触动了感应毛，两片叶子就会飞速地闭合，把昆虫关在“牢笼”里。

的所有美好的东西，都用来修饰“美事”和“玛尔戈王后”，这使他们显得高风亮节、光芒万丈。我把读书所产生的所有幻想，和自己最纯洁的品性统统献给了他们。继父和“美事”相同，是一个不合群的难以亲近的人。他对这家人一律平等地看待，自己不会先说话，回答别人的问题的时候，也十分客气而简短。

①我很开心能够见到他指导主人的样子。他站在桌子旁，弯着腰，用干枯的指甲敲打着厚厚的纸张，低声地说：“这个地方，必须用铁钩把人字梁连接好，减少对墙的压力，要不然，人字梁会把墙压坏。”

“有道理，真是见鬼！”主人不解地嘀咕着。

之后继父走开的时候，妻子嘲笑他：“我真的很纳闷，你怎么就不吭声站着让他教训。”

继父吃完晚饭后刷牙，仰起头，喉结凸起来漱口，不知道什么原因，这使她特别看不惯。

“我觉得，”她发出不满的声音，“叶夫根尼·瓦西里伊奇，你这样把脑袋仰到后面，对身体有害呀。”

继父十分礼貌地微笑着问：“为什么？”

“啊……我也就这么说说……”

他开始拿一把牛骨针剔他那微带蓝色的指甲。

“你瞧，还剔指甲呢。”主妇焦躁起来了，②“快要死了，还在瞎作……”

“唉。”主人叹气道，“你这只老母鸡，废话太多了。”

“你说什么？”妻子不开心了。

老婆子每晚热忱地向上帝祷告：③“上帝呀，那个肺痨鬼真是拖累我，而维克托又被晾在了一边。”

维克托模仿继父的言行举止，学他从容不迫的步态、自信满满的老爷派头的手势、优雅地系领带的方法、吃东西时不发出声音——他经常粗鲁地问：“马克西莫夫，‘膝头’用法语怎么说？”

“我叫叶甫根尼·瓦西里耶维奇。”[115]继父神色淡然地提醒他。

“啊，好吧。‘乳房’用法语怎么讲呢？”

吃晚饭的时候，维克托用法语差遣他的母亲说：

名师批注

①继父指导主人时严肃、认真的样子，体现了继父的高超技艺与责任心，使“我”对他不由敬佩。

名师批注

②主妇对待别人死亡的态度是多么冷漠无情，从此处我们可以理解主人所说的“没有知己可以倾诉的痛苦”。

读书笔记

③请从语言描写的角度赏析句子，分析其中体现的人物特点。

115 在俄国，应用名字加父称称呼长一辈的人，只用姓氏称呼是不礼貌的。对下属或后辈可直呼其姓，如书中鞋店老板称萨沙为卡希林，东家称本书主人公为佩什科夫。主人公的继父名叫叶甫根尼·瓦西里耶维奇·马克西莫夫，爱称叶尼亚，若要对他表示尊重，应称他为叶甫根尼·瓦西里耶维奇（名字加父称），不能直接称他为马克西莫夫（他的姓）。

“妈妈，上一份烤牛肉。”

“啊，你这个法国人哪。”老婆子怜爱地说。

①继父无动于衷，像个聋哑人，完全不看其他人，只顾大口嚼肉。

有一天，哥哥对兄弟说：“维克托，你现在学会了法语，得给你找一个情人。”

听了这话，继父无声地微笑了一下，我深刻地记得，②那是我第一次看见他笑得这么自然放松。

可是年轻的主妇十分不高兴，把汤匙往桌上一扔，冲丈夫大声嚷嚷道：“你真是不知羞耻，当我的面说这种下流的话。”

有的时候，继父来到后门的过道里找我。那里有个通往阁楼的楼梯，我就睡在楼梯的下面，而我经常坐在楼梯上，对着窗口看书。

“您在看书呢？”他问我，嘴里一面吐着烟雾。

他的胸腔中仿佛有尚未烧尽的木柴在发出咝咝的声音：“这是什么书？”

我让他看了看手里的书。

“啊，”他发出声音，看了看封面说，“这本书我好像也看过。您想抽烟吗？”

我们从窗口望着脏乱的院子，抽着烟。他说：“您没能够上学读书，可惜了，您好像天资聪颖……”

“我也在学习呀，看书。”

“这个不够，您应该进入学校，接受更加系统、全面的教育。”

我想跟他说：“我的老爷，你也上过学，也有系统全面的知识，可是有什么用武之地呢？”

他好像稍稍读到了我的想法，补充解释道：③“一个人只要有志气，学校就能让他接受良好的教育，使他圆满毕业。只有学问炉火纯青的人，才能推动社会进步。”

他不止一次地劝告我：“您最好离开这儿，我看不出这里对您有什么意义和好处。”

“我喜欢那些工人。”

“哦，喜欢他们什么呢？”

“和他们在一起很有意思。”

“也许吧。”

但有一次他说：④“说实话，主人这一家都是一堆废物，一堆毫无用处的东西。”

名师批注

①继父对周围的喧闹环境熟视无睹，因为他有自己坚定的信念，不会被其他人打扰。

读书笔记

②为什么这一次继父笑得这么自然放松？

名师批注

③继父认为“我”应该去接受良好的教育，并且应该成为一个能够推动社会发展的有志青年，对“我”寄予厚望。

名师批注

④继父与“我”有着共同的感受，他能够理解“我”，此处为下文做铺垫。

我突然想起来我的母亲以前也说过类似的话语，因此我情不自禁地离他远一点儿，他笑着问："您不这样想吗？"

"不，我也有同感。"

"是呀，我看得出来。"

"但是，主人这个人，我还是喜欢的。"

"对，看起来，他这个人心地还善良。不过有点儿可笑。"

我想同他谈谈书中的一些情节，但他显然不喜欢书，时常劝告我：①"不要被书迷住了，书中的一切都是被夸张地粉饰过的，而且在某些方面扭曲现实，不是偏向这一面，就是偏向那一面。写书的人，多半和这里的主人一样，是一些卑微的小人物，他们没能力揭示真实。"

我认为他这种判断很大胆，因而他获得了我的好感。

有一次，他问我："您读过冈察洛夫的书没有？"

"读过一本《战船巴拉达号》。"

"那本《战船巴拉达号》写得很枯燥无味，但总的来说，冈察洛夫是俄国最聪明的作家。我建议您读一读他的长篇小说《奥勃洛摩夫》。这是他写得最真实、最大胆的一部作品，可以说，在俄国文学中，它是最优秀的作品。"

谈到狄更斯的时候，他说："请您相信我，那全都是胡诌八扯。您看，在《新时代》报副刊上连载的《圣安东尼的诱惑》，那才是真正含意深刻的作品，您不妨读一读。②您好像喜欢宗教类，以及和教堂有关的一些作品，《诱惑》这本书对您会有好处的。"

他拿来一叠《新时代》报的副刊。我读完了福楼拜的这部杰出作品，它让我想到圣贤传中的很多片段，和经学家们讲过的故事情节。然而我对这本书没有很深刻的印象，我更喜欢的作品是在副刊上与《诱惑》同时连载的《驯兽者乌皮里奥·法马利回忆录》。

我把我的想法老老实实地对继父说了，他平静地说：③"对您而言，现在读这种书还太早。不过您不要忘掉这本书。"

有时他和我坐在一起良久，一句话也不说，只是一个劲儿地咳嗽，不断地吞云吐雾。④他漂亮的眼睛目光炯炯，有时会流露出令人害怕的神情。

名师批注

①继父对读书有着真知灼见，让"我"不要一味地只相信书。带着思考读书才是有效的读书。

名师批注

②从继父的语言中暗示了他对"我"的关注，他希望"我"能发展得更好，为下文"我"对他的态度转变做铺垫。

名师批注

③面对"我"与他相左的意见，继父并不生气，而是继续教导"我"，体现了他对"我"的耐心。

读书笔记

④猜想一下，继父会是什么样的神情。

我偷偷望着他，有时候会忘记这个看起来正派、简单、毫无抱怨、行将就木的人曾亲近过我的母亲，还侮辱过她。我知道他现在和一个女裁缝同居，我一想到这个女裁缝，就总是会可怜她，但是又会感到疑惑——她抱着这副瘦削的骨头架子，亲吻他那散发着臭烂气味的嘴巴时，为什么不感到恶心厌恶呢？

和“美事”一样，这位继父也有意无意地说出一些真心话来：“我喜爱猎狗，猎狗傻乎乎的，它们很美丽。美丽的女人往往也挺傻的。”

我十分骄傲地想道：“你要是认识‘玛尔戈王后’就好了！”

“在一个屋子里一起住久了的人，面容会变成同一个样子。”有一次他说了这句话，我把它抄写在本子里了。

①我期盼着这种意义深刻的名言警句，好像在期盼礼物。在这屋子里，每个人都说着枯燥无味的陈词滥调。我一听到不一般的话，耳朵就舒适无比。

继父从不对我说我的母亲，连她的名字也不会提起，这一点我很喜欢，并且对他怀有了一种虽然不是尊敬但近乎尊敬的情感。

有一次，我问他关于上帝的事情，我记不清楚具体问了什么。他向我瞥了一眼，很平静地说：“不知道，我是不信奉上帝的。”

我记起了西塔诺夫，于是把他的事告诉了他。继父仔细地听着，还是平静地说：“他时常会议论，而喜欢议论的人总还是有信仰的。但我就是不信。”

“难道可以这样的吗？”

“为什么不可以呢？你看，我就不信。”

我只注意到，他等同于枯木朽株，快要死了。我并不是可怜他，但是我生平第一次十分强烈而自然地对于一个即将死去的亲人、对于死亡的秘密，产生了尖锐的、单纯的兴趣。

我面前的这个人，他的膝盖碰触着我，他正发着烧沉思着。他坚信不疑地把人们按照自己的看法分门别类。他谈起任何事，就像一个当权者在审判和裁决。②在他的身上，有某种我所需要的东西，显而易见，也有某种我不需要的东西。他是十分复杂的人，有着无穷无尽的思想。不论我怎么对待他，他永远都是我身上的一部分，永远活在我心中的某个地方。我一想

名师批注

①运用比喻、对比的修辞手法，将这些名言警句比作礼物，与其他人的陈词滥调形成对比，突出了“我”对这些名言警句的喜爱，也推动了“我”对继父态度的转变。

读书笔记

②继父身上，有什么“我”需要的东西，又有什么“我”不需要的东西？

到他，他灵魂的影子就在我的心灵里闪现。到了明天，他会彻底消失，消失得毫无痕迹，连带着藏在他头脑中、心灵里的一切，和我仿佛能够从他美丽的眼睛里看到的东西，都会全部消失。①一旦他消失了，就把我和世界联系着的一条鲜活的线索剪断了，剩下的就只有回忆。然而这份回忆会完全留在我的心中，永不泯灭、永不变更。只是那个鲜活的、变化中的生命体永远地离开了。

但是，这都是一些思想罢了。

在思想之后，还隐藏着一种无法用语言文字表达出来的东西，是它产生和哺育着这些思想，是它威武严肃地使人们去用心观察生活中的各种现象，而这些现象中的每一种都要求回答——为什么？

“您知道的，不久我就会卧床不起了，”一个下雨天，继父说，“我衰弱极了，什么事都不想做……”

②第二天，晚上喝茶的时候，他很仔细地擦去桌子上和膝盖上的面包渣，从自己身上拂去一种肉眼看不见的东西。

老主妇疑惑地瞧着他，偷偷对媳妇说：“你看，他收拾自己，弄得多干净。”

过了两天，他没来工作了。老主妇拿了一个很大的白信封给我，说：“这是昨天中午一个女人送过来的，我忘记交给你了。是很可爱的一个小娘们，她究竟跟你是什么关系，我就不得而知了，真的。”

信封中是一张医院用的信笺，字迹很大，上面写着：“请抽空来看我。在马丁诺夫斯卡亚医院。叶·马。”

第二天早上，我到医院，坐在继父的病床边上。③他的身体比床要长，两只脚搁在床栏外，胡乱地套着灰袜子，一双优雅的眼睛迷蒙地望望土黄色的墙头，落在我的脸上，又落在一位坐在床头凳子上的女子的小手上。继父张开嘴巴，一边的脸颊在她的手上磨蹭着。

④女子穿着一件朴素干净的深色连衣裙，丰满的圆形脸蛋上挂着泪水，她的两只手放在他的枕头上，一双湿润的碧眼一动不动地凝视着继父的脸庞——消瘦的骨骼、尖尖的又大大的鼻子、发乌的嘴唇。

“我要去请神甫，”她声音低低地说，“但是他不同意……他什么也不明白……”

她把双手从枕头上收回来，放在胸口，好像在做

名师批注

①此时，“我”已经将继父视作“我”的亲人，甚至是“我”与世界联系的纽带，体现了继父在“我”心中的重要性，以及“我”对这一份感情的珍视。

名师批注

②运用动作描写，写出了继父清理面包渣时的细致认真，从小事中体现他对自己的尊重，展现了继父在混乱社会中体现的一份难得的气质。

读书笔记

③请从人物细节的角度赏析这个句子。

名师批注

④恰当的修饰词在寥寥数语之中就勾勒出了一个脆弱、单薄的女子的剪影。

祷告。

继父醒来了一会儿，望着天花板，似乎想起了什么，表情严肃地紧皱着眉头，后来把瘦弱的手伸到我身边："是您吗？谢谢您。您看……我难过得很……"

说完了这些话，他闭上眼睛。

我摸了摸他的手指，指甲发紫。

女子声音轻柔地哀求道："叶甫根尼·瓦西里耶维奇，请答应我。"

①"你们认识一下吧。"他望着她，却是在对我说，"挺好的人……"

他没有声音了，嘴巴越张越大，突然，像乌鸦似的，声音嘶哑地大叫了一声，身体在床上蠕动起来，他掀开上身的被子，光裸的双手在身边摸索着什么。那女子也跟着大叫一声，把脸埋在被揉皱的枕头上哭泣。

继父很快就过世了。他死了以后，脸色反而变得好看了些。

我扶着那女子从医院里出来。

她像一个病人一样步履不稳，哀痛地哭泣着。②她的一只手攥着一块手帕，擦擦右眼，又擦擦左眼。她把手帕越捏越紧，紧盯着它，好像这是她最后的、最宝贵的东西。

突然她停下来，倚靠着我，用责备的口吻说："连冬天也没有活到……唉，我的天哪，这是怎么一回事。"

说着，她向我伸出被眼泪打湿的手："再见吧。他总是在我面前夸赞你。他明天下葬。"

"需不需要我送您回去？"

她环顾四周，摇摇头，说："不用了，现在是白天，不是晚上。"

我在巷子拐角处望着她慢慢远去的背影。③她走得很慢，好像一个没有急事的人。

八月，树木的叶子开始掉落了。

我没有时间去给继父送葬，从那以后，我再也没有见到过那个年轻女子。

名师批注

①继父想要让"我"与她认识，但是未能如愿，体现了继父在临终时对"我"和她的不放心。

读书笔记

②从中可以看出女子当时的状态是怎样的呢？

名师批注

③运用了动作描写，通过描绘这个年轻女子行走时缓慢的步伐，体现了她的悲痛，而"我"也一直注视着她的背影，非常伤心。

名师赏析

阿廖沙的真诚、美好感染了身边的人，大家都对他十分赞赏。但是阿廖沙自己却与他们的感受不同，作者在本章中，重点描写了阿廖沙在面对枯燥生活时，内心的别扭、窒息，突显出他想要逃离的愿望，体现出理想与现实之中的矛盾，鼓励我们不要屈服与现实，应该为理想积极做出改变。

之后，阿廖沙与继父的重逢与永别，通过传神的神态、动作描写，体现了继父身上矜贵、自尊的气质。继父与阿廖沙谈论起书籍时，仿佛是一个最亲近的朋友，与阿廖沙推心置腹，分享自己的真知灼见，也会指导阿廖沙如何读书，继父的真诚打动了阿廖沙，继父逐渐成了他最亲近的人。而继父最终的去世也成为阿廖沙一生的遗憾。

积累与运用

·好词·

萎靡　呢喃　瓷实　回绝　惨白　藏匿　冗长　煽动　浑浊　踱步
慢腾腾　猝不及防　喜极而泣　恼羞成怒　口不择言　虚情假意
吞云吐雾　惨无人道　真凭实据　酩酊大醉　仙姿玉色　身无分文
瞠目结舌　疑神疑鬼　触目惊心　装模作样　左顾右盼　陈词滥调
睚眦必报　趾高气扬　付之一炬　苟延残喘　若有所思　胆战心惊
感同身受　谨小慎微　如释重负　神清气爽　捶胸顿足　无拘无束
挖空心思　痴人说梦　能屈能伸　如获至宝

·佳句·

◆ 在春天的呢喃细语中，大斋的钟声，一天到晚无休止地、不知疲倦地响着，柔和的敲击声使人们的心随着它轻轻摆动。

◆ 生活不知疲倦地、顽固而粗暴地从我的心上抹去美好的印迹，然后充满恶意地胡乱涂抹了一些废料。

◆ 在他的身上洋溢着美好的春天的气息。整个人显现出一副无拘无束、悠然自得的样子。

◆ 这是什么诗？简直就和皮鞋钉一样刺人。

◆ 旧时的情景像火一样在眼前燃烧，灼痛我的胸口。

◆ 我一想到他，他灵魂的影子就在我的心灵里闪现。

·美文仿写·

有时候，给人以深刻印象的，不仅是一个经历的本身，还有与经历相关的地点。作者在其中通过细致地描绘圣像作坊的构造，凸显出了对圣像作坊的印象深刻。请仿照语段，描绘一下你在经历一些事情时周围的环境是如何的。

圣像作坊建造在一座半砖半石结构的大房子里，占地两间屋子。一间屋子的三扇窗户朝着院子里，两扇朝着园林；另一间屋子的一扇窗户对着园林，一扇窗户对着街道。窗户都很小，是四方形状的，嵌着玻璃。玻璃已经很旧了，模糊不清，好像很不愿意让冬日的阳光透进作坊里面。

两间屋子里都摆满了桌子，每张桌子边上坐着一个伏案干活的圣像画工。有时候一张桌子旁会坐着两个人。天花板上吊着很多装满了水的圆形玻璃球，它们聚敛着灯光，把反射出来的惨白的寒光，投射到方形的圣像板上。

第八章 检测卷
（共20分）

一、填空题。（每空1分，共10分）

1. 在阿廖沙的命名日，作坊里的伙伴们送给了他 ________。
2. 因为阿廖沙过于兴奋，忘记了 ________，铲下去的雪把门封住了。
3. 每次，当阿廖沙长时间地跟外祖母诉说着生活的丑陋面和人们遭受的痛苦磨难，以及那些让他感到愤怒的一切事情时，外祖母唯一能给他的回答是“________”。
4. 为了表示对阿廖沙的敬意，同事们用 ________ 叫他。
5. ________ 是他们在这无望生活中唯一的慰藉。
6. “玛尔戈王后”住过的房子现在住了一个大家庭，其中有 ________，一个比一个更美丽，还有 ________。
7. 阿廖沙作的诗总是给读者带来一股 ________ 的感觉。
8. 阿廖沙每天给继父买香肠、________ 和沙丁鱼。
9. 一个人只要有志气，________ 就能让他接受良好的教育，使他圆满毕业。

二、简答题。（每道题5分，共10分）

1. 阿廖沙十分心疼自己的外祖母，请你结合自身实际，说说你是怎样对待身边的亲人的。

2. 如果阿廖沙的继父没有去世，他们之间会成为真正的父子吗？说说你的理由。

参考答案

一、填空题

1. 一幅小巧精致的圣徒阿列克谢的画像。
2. 事先应该要打开地窖的门。
3. 要忍耐。
4. 父名。
5. 贪欢作乐。
6. 五个姑娘；两个中学生。
7. 讽刺幽默。
8. 火腿。
9. 学校。

二、简答题

1. 关心家人，体贴他们劳作的辛苦，自己也要努力学习等。（言之有理即可）

2. 会成为真正的父子，因为在不断的读书交流中，阿廖沙渐渐了解继父，最终他们的心灵相通，虽没有血缘关系，但胜似亲父子。

不会成为真正的父子，因为他们有很多年的隔阂，而且没有血缘关系，所以很难成为真正的父子。（言之有理即可）

第九章

名师导读

一直辗转的阿廖沙，终于停了下来。三年的工作，仿佛掏空了阿廖沙，让他只剩下一个没有灵魂的躯壳。他努力摆脱生活中的无聊、重复，但是想要摆脱一直如此的生活，又岂是如此轻易就能做到的呢？就在阿廖沙被关在牢笼之中，作困兽之时，舅舅的出现，点燃他内心的火焰，他从舅舅身上汲取到了继续前行的力量。舅舅对阿廖沙说了什么？阿廖沙接下来将去向何方？

每天早上，我六点出发到集市的工地上去工作。

冬天，集市里几乎没有什么活可干。我在主人家里，和以前一样做着许多琐碎的工作。这些杂七杂八的事情占用了我白天的时间，只有晚上才能得到一些空闲，但是我要朗读一些我所讨厌的《田野》杂志和《莫斯科报》上的小说给主人们听。①只有在夜深人静，我才可以读一些好书，并且尝试着写诗。

②整整三年[116]，我都在这座毫无生气的城市里生活着，身处在这些空旷的建筑物中，起着“监工”的作用，日复一日地看着工人们在秋天摧毁那些无法入眼的砖砌店铺，到春天又按原样把店铺重新建造起来。

主人舍不得白给我五个卢布，想方设法让我参与劳动。因此每当店铺换地板之时，我必须把地板下面一俄尺厚的土挖出来。因为我不会额外拿钱，而如果另外雇佣其他人来做这项工作，还得花一个卢布。

与此同时，我在挖土的时候，自然而然会对木工的监督有所懈怠，他们便会趁机拿走门上的锁、把手等，偷盗各式各样的零碎东西。工人和工头都挖空心思地欺瞒我，他们堂而皇之地偷东西，好似在完成一

名师批注

①“我”对读书的渴望并没有被充满苦难的生活磨灭，“我”依旧坚持着读书这件事情，体现了“我”对读书的热爱。

名师批注

②“我”的旅途暂停，告一段落，陷入迷茫的“我”不知该去向何方。

116 高尔基是1883年春天至1884年秋天在这里当监工的，也就是说，是两个夏天。

项毫无趣味的任务。我抓住他们的时候，他们一点儿也不生气和心虚，反而很惊讶，说：①“你就只拿五卢布，看你这么卖力的样子，仿佛拿了二十卢布，真是笑死人了。”

我把这些情况告诉主人，他指使我去干其他的工作，看似节省了一卢布，损失却多得多，经常在十倍以上。他横了我一眼，说：“你别想欺骗我。”

我知道他肯定在怀疑我是他们的同伙，这令我感到十分厌恶。②但我不觉得生气，这里的风气一贯如此——大家都在偷盗，主人自己也如出一辙，经常把别人的东西据为己有。比如，在市集结束之后，主人会巡查自己承包修缮的店铺，只要看到别人忘记带走的茶炊、食具、地毯、剪子等物品，有时还有整箱或单件的货物之类，就会笑着对我说：“把这些东西列个清单，然后统统都搬到仓库里去放着。”

接着他再隔三岔五地把这些东西从仓库搬到自己家里去，并且吩咐我一次又一次地删改清单。

我不稀罕这些东西，不想拥有任何物品，连书籍也觉得是负担。我自己除了一本小部头的贝朗瑞作品和海涅的诗集以外，一无所有。我想买一本普希金的作品，可是经营着城里唯一的一家旧书店的老头子脾气不好，故意把普希金的作品卖得很贵。

至于那些把主人家里塞得满满的东西，诸如家具、地毯、镜子和任何值钱之物，我见了都不喜欢。这些东西样式不好看，颜料和清漆还会散发出难闻的气味，时常弄得我无法呼吸。③归根结底，我不喜欢主人家的房间，它们就像堆满各种废品、杂物的大箱子。最令人恶心的是，我眼睁睁看着主人从仓库中用车搬走别人的东西，来增加自己身边已经足够多的垃圾。当年“玛尔戈王后”的屋子也很狭窄，但是很美丽舒适。

我觉得生活本来就是一团糟，荒谬绝伦、不合常理，有着数不清的显而易见的蠢事。比如我们新翻修的这些店铺，一到春天就会被水淹没，地板会翘起，大门和窗户都会被大水冲歪变形，等到大水一退，房梁、柱子也被泡坏了。几十年来，市集每年遭受水患，洪水冲坏了建筑和街道。人们知道，洪水这样的自然现象，是不会自行消失的，它每年使人们承受很大的损失。

④每年春天，冰雪融化，总是会有许多的拖船和

名师批注

①运用了语言描写，通过描写工人们被“我”发现时毫无悔过之心的嘲笑，体现了这些人的无耻，“我”身处于这样的环境，必定会受到影响。

名师批注

②“我”对社会的乱象已经不再感觉愤怒，反而平静地接受了，“我”可能也会被这样的黑暗腐蚀，逐渐走向深渊。

名师批注

③运用了比喻的修辞手法，将主人家的房间比作堆满废品的大箱子，表现了“我”对主人家的厌恶，也体现了生活令“我”十分烦闷的特点。

名师批注

④人们可以预知这些洪水的发生，但是从没有人想过改变，而是接受了洪水的周而复始，体现了人们的消极态度。

几十只小轮船被冰块撞坏。人们唉声叹气，重新建造新船，然而循环往复，又到融冰时节，新船又被撞坏。这种在同一个地方重蹈覆辙的奇怪现象，太无趣了。

我每天会在傍晚时分从市集走回主人的家里，而我经常会在山坡上、内城的墙根处待一会儿，远眺伏尔加河对岸的太阳西下的景象，仰望天空中如河水一般流泻的火红晚霞，又低头观赏这匍匐在大地上的我最心爱的长河——它一会儿变红、一会儿变蓝，流动不息。有时候在一刹那间，我觉得整个大地像一条庞大的囚禁犯人的驳船，这驳船的外形和猪酷似，被一艘看不见的轮船，慢慢地拖到不知名的地方。

但我思考得最多的，是世界的广袤，因而不免憧憬我在书上见过的外国，其城市和生活方式完全是另外的样子。外国的作家在书中描绘的生活比较单纯、可爱，没有那么艰难困苦，相比之下，我们这里的生活是一潭死水，麻木单调。这两方面的强烈对比让我不安的内心有了几分平静，更勾起了我对另一种生活的执着追求和向往。①我一直觉得我很快就会遇到一个朴素而睿智的贤人，他将带领我走向宽阔光明的康庄大道。

读书笔记

①为什么"我"会有这种直觉?

有一天，我坐在城墙边的长凳子上，突然，雅科夫舅舅[117]如不速之客一般在我身边出现，我没有注意到他是什么时候来的，也没有立刻认出他。虽然在这几年之中，我们都住在一个城市里，但是见面的机会非常之少，偶然见面也不过匆匆打个招呼。

"啊，你这么高了！"他推搡了我一下，开玩笑地说。于是，我们攀谈起来，像两个非亲非故，但早已认识的人那样。

听外祖母说，雅科夫舅舅这几年彻底破产了，家当全部卖光了、喝光了。他当过一次监犯羁押站的副看守，但是他没有干好这份工作。②当正看守生病的时候，雅科夫舅舅却时常在自己屋子里请监犯喝酒，弄得热闹非凡，这件事被声张出去后，他被革职查办，罪名是他擅自让犯人夜间进城去饮酒作乐。监犯没有一个逃跑的，可是有一个犯人，在用力掐一个助祭的时候，被当场捉住了。这个案子侦查了很长时间，一

读书笔记

②你认为舅舅被革职查办是罪有应得吗?

117 雅科夫·瓦西里伊奇：爱称亚什卡、亚沙，主人公的舅舅，在《童年》卷中多次登场，为主要人物之一。

直没有开庭审判，因为监犯和看守们都极力替善良的舅舅开脱，使他脱离了干系。现在他没有工作，依靠儿子生活。儿子是当时有名的鲁卡维什尼科夫唱诗班的歌手。提起他的儿子，他阴阳怪气地说："他变得一本正经，神气十足。他是个独唱家。要是茶水烧得慢一点儿，或者衣服不给他先刷好，他就生气。是一个很整洁的小伙子，爱干净……"

①舅舅看起来老了很多，浑身邋里邋遢，头发稀疏，精神萎靡不振。原本飘逸的一头卷发已经寥寥无几，两只耳朵竖着，眼白上布满了发红的血丝，在刮光了胡子、皮肤光滑的脸颊上也有同样的东西。他说起话来引人发笑，嘴巴里好像含着东西说话，含含糊糊的，舌头转不过来，虽然他的牙齿完美无缺。

②我挺高兴能有机会跟这样一个生活乐观、见多识广的人聊聊。我清晰地想起他那些活泼的、俏皮的歌曲，外祖父评价他的话也在耳边回响："在游戏唱歌上，他简直是大卫王，但做起事来，像毒辣的押沙龙[118]。"

林荫道上还有一些衣冠楚楚的人们从我们身边走过，大多是一些雍容华贵的太太、文质彬彬的公务员、威武的军官之类。只有我的舅舅穿着磨损的秋外套，戴着皱瘪的帽子，穿着茶红色的廉价皮靴。③他缩头缩脑的样子，好像是在为自己破旧的衣装害臊。

我们离开这个地方，走到波恰因斯基峡谷的一家小酒店里，在窗下占了一个座位，这个窗子是开着的，面向市场。

一个乞丐挂出裹脚布来晒，
另一个乞丐把他的裹脚布偷走……

我哼出歌词的那一瞬间，突然领会到这其中的讽刺意味，觉得这位生性快活的舅舅，既有点儿凶狠又有点儿小聪明。他一边把伏特加倒入酒杯，一边像在思考着什么东西，说："是呀，美好的日子我过过，荒唐的事我也做过，唉，我还嫌不够呢！这首歌也不

名师批注

①通过描写舅舅此时邋遢的外表，写出了他不顺心的生活状态，可以得见他依靠儿子生活也过得不好。

名师批注

②此时的"我"正身陷旋涡，需要有一个人引领"我"走出困境，而舅舅的出现，让"我"看见了希望。

名师批注

③通过描写舅舅对自己穿着的不自信，体现了他内心依旧保留的自尊心。

118 押沙龙：大卫王的第三个儿子，很受父亲宠爱，活动时期在公元前 1020 年前后。他容貌俊美，不守法度，刚愎自用。因王位继承问题，他发动叛乱，被大卫的侄子约押击败杀死。大卫闻听，痛哭不止，临终前命所罗门杀死约押。

是我编写的，写歌的人是一位神学校的教员，他已经不在人世了，他叫什么名字来着？我忘了他的名字。他和我相处得很好，是我的好朋友。他是个单身汉，喝成了酒鬼，瞑目归西了，是活活冻死的。就我记得的，①酗酒死去的人不知道有多少，不计其数。你是不是不喝酒？挺好的，不要喝，先过几年再说。你经常见到你的外祖父吗？他是一个活得不好的老人，好像现在神经也有点儿不太正常。”

他喝了一点儿酒，人就变得开朗多了，身体不再缩着，坐直了，看起来也年轻了很多，于是比刚才更精神地与我交谈。我问他关于那些犯人的事。

“你是想听和那批犯人有关的事？”他反问了一声，向四周张望了一下，压低嗓子说，“那批犯人啊。我不是审判他们的法官。②在我看来，他们也是普通人，所以我对他们说：‘兄弟们，让我们大家一起和睦相处，生活愉快。’”他还说到了这样一首歌：

命运不能阻挡我们的欢乐！
纵然它给我们套上枷锁，
我们还是要欢笑度日，
只有傻瓜才会选择另一种生活！

他笑了起来，从窗子处看了看暗下去的峡谷，那边上上下下，一直到谷底，摆着很多的小货摊。他捋了捋胡子又说：“他们当然过得很愉快，因为监狱里的生活很无聊。所以每天只要一等查监结束了，他们就立刻跑到我这里来，又喝酒又吃菜。有时候是我请客，有时候是他们请客。③于是，这些俄罗斯母亲的儿子都耐不住了，身子摇动起来，牢房变得热闹了，地动山摇一般。我热爱唱歌和跳舞，他们当中有唱歌和跳舞都很擅长的人，那情景，能看得你目瞪口呆！因为有的人戴着脚镣，不方便跳舞，所以我允许他们把脚镣取下来，这个是真的。但其实他们自己也会下，根本用不着铁匠，他们真的挺有本事的，令人惊奇。至于说什么我放他们去街上抢劫，那完全是无稽之谈，结案的时候根本没证据。”

他沉默了一会儿，依旧从窗子里望着峡谷，那边摆着旧货摊的人们正在收拾摊子。④铁门闩吱吱嘎嘎地响，生了锈的铁铰链发出刺耳的声音，好像有些店

名师批注

①舅舅对“我”真诚的劝告饱含他对“我”的关怀，这是他人生经验的总结。

读书笔记

②你是否同意舅舅的观点和做法呢？

名师批注

③运用夸张的修辞手法，写出了囚犯们一起喝酒吃菜时的欢乐，侧面体现出了舅舅对这群人的同情，展现了舅舅的善良。

读书笔记

④从环境描写的角度赏析这个句子。

铺的门板倒下来了，发出很大的声音。

舅舅高兴地冲我使了个眼色，压低声音对我说：“说老实话，确实是有一个人每天晚上都要出去，不过他没有戴脚镣，是下诺夫哥罗德城的一个普通小偷，他在离得不远的佩乔尔卡村里有个情人，要去幽会。至于掐死助祭的案件，从头到尾都是个误会——他以为助祭是商人，冬天的夜晚飘着雪，每个人都穿着皮毛外套，慌乱中谁能看得清楚那个人是商人还是助祭呢？”

我觉得这情节很有戏剧性、也很逗人发笑，他也笑了，又说：“我的天哪，鬼才分得清呢……”

但是，舅舅突然无缘无故地有一点儿生气，他推开了装食物的盘子，厌恶地皱着脸，点上了香烟，低声地嘟囔着：“大家相互偷盗，后来又相互抓捕，投进监狱里，充军到西伯利亚罚苦役，这跟我有什么关系？呸，我管他们做什么！①我有我自己的灵魂。”

我好像看到了头发蓬松的司炉工站在面前，他也经常说“我管他们做什么”，名字也叫雅科夫，和舅舅同名。

“你在想什么？”舅父温柔地问。

“你可怜那些羁押犯吗？”

②“他们很容易引起别人的同情，那么好的小伙子，一个个棒极了！简直令人惊诧。有时候我盯着他们看，心里想着，我虽然是犯人的上司，可我给他们提鞋都不配。他们太聪明能干了。”

酒精和对往事的回忆，使他变得更加兴奋。他一只胳膊靠在窗台上，指头上夹着半截香烟，挥动着被香烟熏得焦黄的手，眉飞色舞地说：“有一个人是独眼龙，他是个雕刻匠和钟表匠，因为制造假币而被判刑，而且曾逃跑几次，你真的应该听一听他说话，他说得头头是道、有条不紊，就像火炮在扫射！他说话的声音很美，像一个独唱家在唱歌，他说：‘官方可以印钞票，我为什么不可以？请你替我解释解释。’没有人可以解释，我也不行，我还是他们的上级呢！③还有一个人是在莫斯科人人皆知的惯偷，他沉着冷静，穿着讲究，是一个有洁癖的人，说话斯文礼貌。他说：‘人们不辞辛苦地干活，干得头昏眼花，我可不愿意这样，我体验过了，你干呀，干呀，累成一个傻瓜蛋，花一戈比喝酒，打牌再输两戈比，再用五戈

名师批注

①多少人在社会大潮的翻涌中丢了自己呢？我们需要有坚定的自我，“达则兼济天下，穷则独善其身”。

读书笔记

②为什么这样优秀的人会变成囚犯呢？

名师批注

③三言两语的描绘之中，让人仿佛亲眼见到了这位令舅舅无比敬佩的囚犯。

比和女人亲热，到头来还是一个忍饥挨饿、一无所有的穷光蛋，我才不会做这样的事情呢……’”

①雅科夫舅舅趴在桌子上，满脸通红，兴奋得小耳朵直颤，他继续说：“他们都不蠢，他们的选择很正确。让一切头疼的事情都见鬼去吧！打比方说，我过着怎样的生活呢？我想起来也是觉得羞愧，人生不如意之事十有八九，受苦的都是自己，快乐是暂时的。父亲骂我是冒失鬼，老婆说我完了，我自己也提心吊胆，甚至生怕树叶掉下来砸到脑袋。就这样，糊里糊涂地过了一生。现在年纪也大了，在给儿子当佣人，有什么好瞒着的呢？我现在对他百依百顺，伺候他，他就像大老爷一样对我呼来唤去。他嘴上叫着我父亲，而我听在耳里，是叫我下人。②人生在世，忙碌一生，就是为了做这些事吗？就是为了给孩子做佣人吗？如果不是因为这些，那又是为了什么而活呢？我拥有过多少欢乐呢？”

我漫不经心地听他的话，我不想回答，但还是说了：“我也不知道要如何生活。”

他冷笑了一声，说：“这个谁知道？我还没有遇到过知道自己应该怎样生活的人。人们就这样活着，每个人按照每个人的方式活着。”接着，他又突然带着委屈和生气的语调说：“从前我那里，有一个犯了强奸罪的人，是奥廖尔的贵族，优秀的舞蹈家，时常引得大家发笑，他唱过一支万卡的歌，有这样的句子：

万卡在乡村墓地游荡，
这是小事一桩！
喂，你呀，万卡，
快快离开这个地方！

我认为这完全不是笑话，而是真理。③不论你如何兜兜转转，也转不出这块坟地。所以，对于我们都是一样的，不管是当犯人，还是当看守。”

他说得累了，又喝了口伏特加，像一只小鸟一样，用一只眼睛望进空空的酒瓶，然后又沉默地抽着香烟，烟雾从胡子里冒了出来。

“不论你多么努力，不论你有什么样的梦想，归根结底还是要躺入棺材，葬入坟中，谁都一样。”石匠彼得也经常这么说，但是他的长相和雅科夫舅舅完

名师批注

①活灵活现的神态描写，体现了雅科夫舅舅在谈论这些人时溢于言表的兴奋，他内心的火焰仿佛在这样的交谈中又被燃起。

名师批注

②舅舅活了一生，却依然不知道为什么而活，这实在可悲。同时也引发了“我”对自己人生的思考——生活到底是什么样子的呢？

名师批注

③舅舅面对自己的人生时，也难免有消极、绝望的情绪，他从没有走出这块坟地，一直被束缚着。

全不一样。类似这样的话语，后来我听到过很多次。

我不想再另外问舅舅什么事情，我们一起忧伤，我可怜他，情不自禁地想起他唱的欢快的小调——那些从吉他中发出的欢乐中带着些忧伤的声音。我也没有忘记活泼天真的“小茨冈”，所以看见雅科夫舅舅这种潦倒落寞的神色，就会忍不住想，他还记得“小茨冈”被十字架压死的事吗？我也不想问他这个事。我望向峡谷，峡谷已经完全陷入八月潮湿的黑暗之中，那儿散发着苹果和香瓜的清香。通往城市的一条小街上，街灯已经点亮，一切都是令人熟悉的。

①这个时辰，到雷宾斯克去的轮船和到彼尔姆去的轮船都快要拉汽笛了。

“好，该回去了。”舅舅说。

在酒店门口，他握着我的手摇了摇，开玩笑似的告诫我：“②你不要感到忧伤，你看起来好像有一点点忧伤，对吗？赶快走。你还正年轻呢。最重要的是，你要记住，‘命运不能阻挡我们的欢乐’。再见，我要去做圣母升天节[119]的祷告了。”

性格豁达的舅舅离开了，他的一番话搞得我更加心烦意乱。我踏上回城里的路，走在田野上。那晚月亮很圆，浓厚的云朵在天空中流动，投下了阴影，遮住了我在地上的影子。我从野外绕过了城市，走到伏尔加河斜斜的河滩上，躺在很多尘土的草地上，一直凝视着伏尔加河对岸的草场，和这一片凝固不动的大地。云朵的阴影慢慢地掠过伏尔加河，投映在操场上，好像在河水中洗了洗，变得明亮了一些。四周的所有，沉沉欲睡，万籁俱寂，一切都好像在不情愿地移动，这种移动是出于痛苦的无奈，而不是因为对移动和对生活的热爱。

③我真的很想把整个大地和自己都凶猛地踹上一脚，让万事万物，连同我自己在内，一起像奔腾的旋风那样旋转起来，像相爱中的恋人们一样，轻歌曼舞地旋转，沉醉在新开辟出的美好、充满生机、真诚正义的生活当中。我思考着：“我应当有所作为，否则就会虚度年华。”

读书笔记

①对轮船的描写可能在暗示着什么？

名师批注

②舅舅临别时不忘对“我”最终劝告，“我”体会到他的关爱，以及他寄予在“我”身上的对生活的希望。

名师批注

③通过想象与夸张的手法，表现了“我”目前对生活的强烈不满，以及“我”想要改变它的热切渴望。“我”的内心正在经历巨变，脱胎换骨，能够更加成熟地面对自己和生活。

---

119 圣母升天节：也译圣母安息节、圣母升天瞻礼等，是天主教、东正教的重要节日。为纪念传说中的“圣母荣召升天”，天主教于公历 8 月 15 日，东正教于公历 8 月 27 或 28 日，进行宗教活动。

①在阴沉的秋天，在那种不仅见不到太阳，甚至感觉不到太阳的暖意，连太阳的存在都忘记了的日子里，我时常会游荡在森林中。迷了路，走到无人的地方，我已经身心俱疲，疲倦于找寻，但是仍然咬紧牙关，穿过茂密的树枝、踩着掉落的枯枝败叶、越过沼泽上滑溜溜的草皮，向前奔跑。我相信始终会有一天，能走出一条路。

我下定决心就这么干下去。

这年秋天，我怀着或许可以设法上学读书的希望，出发到喀山[120]去了。

名师批注

①面对人生的重大选择，“我”内心充满挣扎，最终决定向前奔跑。变化的过程凸显了“我”挣扎时的痛苦压抑，和最终找到方向的解脱。人生自有光明，我们要努力成为更好的自己。

名师赏析

原本意气风发的舅舅，如今却变成了颓废不堪、身心疲惫，这样的转变让阿廖沙再次看到了人生的无常。如果一直消极地任由生活摆布，最终可能会像他们一样，最终陷入深渊……

在面对人生变与不变的矛盾时，阿廖沙扪心自问，坚定地选择了迈出那一步，重新踏上漂泊的旅途，为自己赢得一份赢的可能。

这也许就是阿廖沙这个人物最大的意义——教会我们无论生活给予再多磨难，也依旧要以积极乐观的态度去面对。不畏惧前路坎坷，只管扬帆起航！

积累与运用

·好词·

空旷 庄重 修缮 怪圈 膨胀 吹嘘 嗫嚅 欺瞒 惋惜 消磨 喧嚣 亢奋

惊诧 不计其数 衣冠楚楚 按部就班 长篇大论 寡廉鲜耻 无须多言

难以置信 侃侃而谈 毋庸置疑 狂妄自大 无稽之谈 彬彬有礼 醉生梦死

恬不知耻 三言两语 默不作声 全神贯注 兜兜转转 销声匿迹

挖空心思 据为己有 目光炯炯 丧心病狂 胡编乱造 非亲非故

·佳句·

◆ 每年春天，冰雪融化，总是会有许多的拖船和几十只小轮船被冰块撞

120 高尔基是 1884 年夏末或秋初离开下诺夫哥罗德到喀山去的。

坏。人们唉声叹气，重新建造新船，然而循环往复，又到融冰时节，新船又被撞坏。

◆ 父亲骂我是冒失鬼，老婆说我完了，我自己也提心吊胆，甚至生怕树叶掉下来砸到脑袋。

◆ 四周的所有，沉沉欲睡，万籁俱寂，一切都好像在不情愿地移动，这种移动是出于痛苦的无奈，而不是因为对移动和对生活的热爱。

·美文仿写·

本章中，作者通过夸张、想象等手法，将“我”在挣扎过后做出选择时内心的雄心壮志展现得淋漓尽致。请你仿照文段，描绘面对理想时你的心理。

我真的很想把整个大地和自己都凶猛地踹上一脚，让万事万物，连同我自己在内，一起像奔腾的旋风那样旋转起来，像相爱中的恋人们一样，轻歌曼舞地旋转，沉醉在新开辟出的美好、充满生机、真诚正义的生活当中。

第九章 检测卷

（共 20 分）

一、填空题。（每空 1 分，共 10 分）

1. 因为另外雇佣其他人来挖土，还得花__________，所以主人想方设法让__________参与劳动。

2. 阿廖沙不喜欢主人家的房间，它们就像______________________。

3. 人们唉声叹气，重新建造新船，然而循环往复又到融冰时节，新船又被__________。

4. 每天早上，我______出发到集市的工地上去工作。

5. 整整________，阿廖沙都是在这座毫无生气的城市里生活着。

6. 阿廖沙思考得最多的，是________________，因而不免憧憬我在书上见过的外国，其城市和生活方式完全是另外的样子。

7. 听__________说，雅科夫舅舅这几年彻底破产了，家当全部卖光了、喝光了。

8. ____________________有如不速之客，在阿廖沙身边出现。

9. 阿廖沙怀着或许可以设法上学读书的希望，出发到__________去了。

二、简答题。（每道题 5 分，共 10 分）

1. 阿廖沙的主人经常把他人的东西占为己有，我们如果也遇到这样的人，应该要怎么做？

2. 你觉得雅科夫舅舅私自放出囚犯是对的吗？如果你是法官，你会怎么处理呢？

参考答案

一、填空题

1 一个卢布；阿廖沙。

2 堆满各种废品、杂物的大箱子。

3 撞坏。

4 六点。

5 三年。

6 世界的广袤。

7 外祖母。

8 雅科夫舅舅。

9 喀山。

二、简答题

1 我们要进行适当的劝说，告诉他 / 她，占有他人东西绝对是一种不当行为，于道德于法律都是要被谴责的，而且会带来严重的后果。如果说服没有得到效果，那我们可以考虑采取法律途径。（言之有理即可）

2 不对，没有规矩不成方圆。私自放犯人出去，会破坏法律制度，也有可能影响社会秩序。犯了错的人就要承担相应的后果，如果我是法官，我同样会处罚雅科夫舅舅。